SALLY BEAUMAN
Engel aus Stein

Buch

10. April 1910: Das Erscheinen des Halleyschen Kometen hat Gwen Cavendish zum Anlaß genommen, eine größere Gesellschaft auf ihren Landsitz Winterscombe einzuladen. Auch Constance Shawcross, ein kleines, unheimliches und unberechenbares Mädchen, ist anwesend. Am nächsten Morgen wird ihr Vater Eddie Shawcross, der heimliche Geliebte der Hausherrin, völlig entstellt in einer Menschenfalle aufgefunden. Ein Unfall? Oder ist der unerbittliche Frauenhasser Shawcross nicht zufällig in die Falle gegangen? Wer hat dieses Mordinstrument gegen Wilderer, das schon lange verboten ist, heimlich aufgestellt? Die Routineuntersuchungen nach Shawcross' Tod verlaufen im Sand, obwohl jeder der Anwesenden in der besagten Nacht Grund gehabt hätte, seinem Haß gegen den ungeliebten Gast Ausdruck zu verleihen.

Über fünfzig Jahre später macht sich Victoria als letzte Cavendish auf die Suche nach den Wurzeln ihrer Familie. Den Schlüssel vermutet sie bei ihrer Patentante Constance, die inzwischen als Salonlöwin in New York residiert. Doch Victoria findet nur deren Tagebücher. Es sind die Dokumente eines jahrzehntelangen Kampfes, der kein Mitglied der Familie Cavendish verschonte. Zeugnisse eines Lebens, das von Obsessionen, Lügen und Rache gezeichnet war; eines verzweifelten Ringens um Anerkennung und Liebe.

Achtzig Jahre, zwei Weltkriege, die schicksalhaften Geschehnisse um ein wunderschönes Haus, aber vor allem die fatalen Verstrickungen der Lebenswege zweier grundverschiedener Frauen erzählt Sally Beauman auf unvergleichlich gekonnte Weise in ihrem neuen Roman. Mit Liebe zum Detail und großem Sprachreichtum entwickelt sie auch alle Persönlichkeiten, die in das Leben ihrer beiden Heldinnen verstrickt sind. Und bis zur letzten Seite, bis zur erschreckenden und unerwarteten Entschlüsselung der Ereignisse wird die Neugier des Lesers auf die Folter gespannt.

Autorin

Sally Beauman wurde in England geboren. Sie arbeitete als Journalistin für Zeitungen und Zeitschriften. 1970 bekam sie den Catherine Pakenham Award als Journalistin des Jahres. 1987 erschien dann ihr erster Roman »Diamanten der Nacht«, der auf Anhieb ein großer internationaler Erfolg wurde. Sally Beauman ist verheiratet und lebt mit ihrer Familie in London.

Von Sally Beauman ist bereits erschienen:
Diamanten der Nacht. Roman (41156)
Verhängnisvolle Wahrheit. Roman (41610)
Reise in die Nacht. Roman (42770)

SALLY BEAUMAN

Engel aus Stein

Roman

Aus dem Englischen
von Charlotte Franke

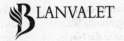

Die amerikanische Originalausgabe erschien unter dem Titel
»Dark Angel« bei Bantam Books, New York.

*Meinen Eltern
Ronald und Gabrielle Kinsey-Miles,
in Liebe.*

Umwelthinweis:
Alle bedruckten Materialien dieses Taschenbuches
sind chlorfrei und umweltschonend.
Das Papier enthält Recycling-Anteile.

Blanvalet Taschenbücher erscheinen im Goldmann Verlag,
einem Unternehmen der Verlagsgruppe Bertelsmann

Taschenbuchausgabe Mai 1998
Copyright © 1990 by Sally Beauman
All Rights Reserved
Copyright © der deutschen Ausgabe 1991 by
Blanvalet Verlag, München
Umschlaggestaltung: Design Team München
Druck: Elsnerdruck, Berlin
Verlagsnummer: 35000
MD · Herstellung: sc
Made in Germany
ISBN 3-442-35000-X

1 3 5 7 9 10 8 6 4 2

Das menschliche Herz ist der Ausgangspunkt
für alle Belange des Krieges.

> MORITZ, GRAF VON SACHSEN
> *Einfälle über die Kriegskunst,* 1731

Eins

Aus den Tagebüchern

Winterscombe, 2. April 1910

Wenn Männer unter sich sind, reden sie von Sex. Wenn Frauen unter sich sind, reden sie von Liebe. Was können wir aus diesem widersprüchlichen Verhalten schließen? Nun, daß Frauen Heuchlerinnen sind.

Mit Jarvis und zwei anderen gestern abend im Club. Bei der zweiten Flasche Portwein stellte ich ihnen eine Frage: Hatten sie je das Glück, einer Frau zu begegnen, die sie achten konnten? (Ich erlaubte ihnen, ihre Mütter auszuschließen. Denn wir wissen ja alle, daß Mütter ein Fall für sich sind.)

Nicht gerade Verfechter der weiblichen Intelligenz. Stelle ich fest – obwohl mich das kaum überraschte. Jarvis stellte weitschweifige Überlegungen über ihr vortreffliches Aussehen an: Davor habe er die höchste Achtung, erklärte er. Hitchings, vom Portwein mürrisch, ereiferte sich über alle Maßen. Er kletterte auf einen Stuhl und erklärte – Gott sei sein Zeuge –, daß er vor allen Frauen große Achtung habe. Besäßen sie feinere Instinkte als wir? Erfreuten sie sich köstlicherer geistiger Qualitäten, rigoroserer feinfühliger Herzen, die sich unserem strengen Sex verschlossen? Frauen würden (so lautete seine These) durch ihre Abhängigkeit von unseren Begünstigungen zugrunde gerichtet – ein nicht gerade überzeugendes Plädoyer. Es folgte ein ganzer Wust darwinistischer Thesen, Männer seien wilde Tiere, nicht viel mehr als Affen, und Frauen, seltsamerweise von der Affenherkunft ausgeschlossen, seien ihre Schutzengel. Zu diesem Zeitpunkt fiel er vom Stuhl, so daß wir zu dem Schluß kamen, seinen Argumenten keine Bedeutung beimessen zu müssen.

Später am Abend wieder zu Hause. Nahm die Kinderfrau auf meinem

Schreibtisch im Schein der Gaslaterne. Ihre Haut leuchtete bläulich wie ein Kadaver.

Gerade als ich zum Höhepunkt kam, schrie das Kind nebenan – wie der Schrei einer Möwe, spitz und schrill.

Einen derart ungünstigen Zeitpunkt hatte sie sich schon des öfteren ausgedacht, aber als ich dann hinging, um nachzusehen, schlief sie schon wieder.

Heute morgen, neun Uhr, nach Winterscombe, zu dem Kometen (und anderen Vergnügungen).

Der Wahrsager und meine Patentante

Ich war einmal bei einem Wahrsager. Er hieß Mr. Chatterjee; er übte seine Geschäfte in einem kleinen Laden, zwischen einem Pastetenbäcker und einem Seidenhändler, in einem Bazar mitten in Delhi aus.

Es war nicht meine Idee gewesen, Mr. Chatterjee aufzusuchen. Ich glaubte nicht an Wahrsager, Horoskope, Tarotkarten, das *I-Ging* oder ähnlichen Humbug. Und ich nehme an, daß mein Freund Wexton genausowenig daran glaubte, obwohl es sein Vorschlag gewesen war, zu dem Wahrsager zu gehen.

Mr. Chatterjee war Wexton empfohlen worden. Einer der Inder, die wir bei unserem Besuch getroffen hatten, hatte ihn geradezu gepriesen – Mr. Gopal vielleicht, von der Universität, oder die Maharani. Am nächsten Tag gingen wir zum Bazar, und Wexton machte seinen Laden ausfindig; und am Tag darauf machte er mir den Vorschlag, ihn aufzusuchen.

Wenn man mit Wexton reiste, mußte man immer auf Abenteuer und Überraschungen gefaßt sein. Warum nicht? dachte ich.

»Willst du nicht mitkommen, Wexton?« fragte ich. »Er könnte dir doch auch deine Zukunft voraussagen.«

Wexton lächelte sein gütiges Lächeln.

»In meinem Alter braucht einem kein Wahrsager die Zukunft vorauszusagen, Victoria«, sagte er.

Er deutete zum Friedhof, aber ohne ein Zeichen von Melancholie. Am nächsten Nachmittag machte ich mich auf den Weg, mein Glück in Erfahrung zu bringen.

Während ich mich in den Gassen des Bazars durch die Menschenmenge drängte, dachte ich über das Alter nach. In einem viktorianischen Roman – wie mein Vater sie so gern las – ist eine Frau mit fünfundzwanzig bereits alt, und mit dreißig hat sie den Zenit überschritten. Heute, in den achtziger Jahren dieses Jahrhunderts, wird eine Frau, zum Teil durch den Einfluß des Fernsehens, mit fünfzig noch für jung gehalten. Aber als ich Mr. Chatterjee aufsuchte, hatten wir 1968. Alle Welt trug Ansteckplaketten mit der Aufschrift: *Trau keinem über dreißig.*

Wexton, der weit über siebzig war, fand das höchst amüsant. Ich war mir nicht so sicher.

Als ich mich auf den Weg zu dem Wahrsager machte, war ich ungebunden, kinderlos, erfolgreich in meinem selbstgewählten Beruf. Und ich war fast achtunddreißig Jahre alt.

Die Reise nach Indien war Wextons Idee gewesen. In den drei Monaten davor war ich in England gewesen, in Winterscombe, bei meinem Onkel Steenie, der im Sterben lag – um ihm dabei zu helfen, ohne allzu große physische Schmerzen Abschied zu nehmen.

Morphincocktails waren eine Hilfe – Steenie behauptete sogar, sie seien fast so gut wie Champagner –, aber natürlich gab es noch andere Todesqualen, gegen die es keine Medizin gab. Als Steenie dann starb, verlor ich einen Onkel, den ich sehr gern gehabt hatte, einen meiner letzten Verwandten. Und Wexton verlor seinen ältesten Freund, einen Bilderstürmer, der, wie ich annahm, früher einmal mehr als nur ein Freund gewesen war – obwohl weder Steenie noch Wexton darüber je ein Wort hatten verlauten lassen.

»Sieh uns an«, sagte Wexton, als wir allein in Winterscombe zurückgeblieben waren. »Trüb wie zwei Novembermorgen. Wir sollten irgendwo hinfahren, Victoria. Was hältst du von Indien?«

Ein verblüffender Vorschlag. Unter dem Vorwand von Arbeitsdruck (aber in Wahrheit aus Angst vor einer Selbstprüfung), hatte ich seit acht Jahren keinen Urlaub gemacht. Wexton, der durch seine Gedichte international berühmt geworden war, machte niemals Urlaub. Er war von Geburt Amerikaner, aber seit gut fünfzig Jahren lebte er in England und hatte seine Zelte in einem unordentlichen, mit Büchern vollgestopften Haus in der Church Row, in Hampstead, aufgeschlagen; er haßte es, wenn man ihn zu überreden versuchte, es zu verlassen. Es war völlig unwahrscheinlich, daß er ausgerechnet eine Einladung nach Delhi annehmen würde, um sich in der besseren Gesellschaft herumreichen zu lassen. Aber er tat es. Er würde fahren, sagte er; und, mehr noch, ich würde ihn begleiten. Ich war ängstlich darauf bedacht, dem Kummer und der Verantwortung für Winterscombe (einem großen weißen Elefanten von einem Haus – das ich wahrscheinlich verkaufen mußte) zu entkommen, daher willigte ich ein. Ich änderte meine Arbeitspläne. Drei Tage später landeten wir in Delhi.

Als wir dort waren, hielt Wexton erst einmal seinen Vortrag an der Universität; er las einige seiner berühmten Gedichte vor einer auserlesenen Zuhörerschaft – Inder, Europäer und Amerikaner; dann machte er sich, würdevoll, aber entschlossen, aus dem Staub.

Wextons Verse haben sich in mein Gedächtnis eingegraben; und wie alle großen dichterischen Werke sind auch sie zu einem unauslöschbaren Teil meines Denkens geworden. Viele seiner Gedichte handeln von Liebe, von der Zeit und von der Veränderung: Während ich ihm zuhörte, mußte ich an verpaßte Gelegenheiten denken, an eine zerbrochene Liebesbeziehung von vor acht Jahren und an mein Alter. Ich war unsagbar traurig.

Wexton, dessen Einstellung zur Poesie pragmatischer war, fühlte sich nicht traurig. Er hielt seinen Vortrag. Er beugte sich tief über das Mikrofon und verrenkte seinen Körper, daß er wie ein menschliches Fragezeichen aussah. Er zupfte und zerrte, wie er es immer tat, an den tiefen Falten und Furchen in seinem Gesicht. Er riß an seinen Haaren, daß sie in kleinen Büscheln von seinem Kopf wegstanden. Er war ein großer gutmütiger Bär, dem es Spaß machte, bei seinen Zuhörern genau die Wirkung zu erzielen, die er erzielen wollte.

Am Ende seines Vortrags stieg er vom Podium, nahm an dem offiziellen Empfang teil, den man ihm zu Ehren gab, und ging, zum Ärger seiner Gastgeber von der Botschaft, allen berühmten Persönlichkeiten unter den Gästen aus dem Weg und unterhielt sich statt dessen mit Mr. Gopal, einem ernsten und begeisterungsfähigen jungen Mann, der an der Universität jedoch nur eine unbedeutende Rolle spielte. Noch länger unterhielt er sich dann mit der Maharani, einer äußerst gutmütigen Frau mit gebirgsartigen Körperformen, deren gesellschaftliche Bedeutung der Vergangenheit angehörte. Bereits einen Tag später reiste er zum Erstaunen seiner Gastgeber wieder ab. Wexton liebte die Eisenbahn. Er ging zum Bahnhof und stieg – aus keinem besonderen Grund – in einen mit Dampf betriebenen Zug nach Simla.

Von Simla weiter nach Kaschmir, in ein Hausboot mit nach Curry duftenden Vorhängen und einem Grammophon. Von Kaschmir nach Taj Mahal, vom Taj Mahal zu einer heiligen Stätte mit Pavianen, die Wexton geradezu umlagerten und wo uns Mr. Gopal – der inzwischen sein ergebener Jünger war – einholte.

»Ein sehr mutiger Mann, Ihr Pate«, sagte er zu mir, während Wexton den Pavianen huldigte, indem er sie tiefsinnig anstarrte. »Diese Biester können häßliche Bißwunden zufügen.«

Vom Pavianheiligtum zu den Küsten von Goa, von Goa nach Udaipur; von dort kehrten wir, nach zahlreichen Stippvisiten in Tempeln, Wäldern und Bahnhöfen, nach Delhi zurück.

Das frenetische Leben und Treiben, das hier herrschte, munterte Wexton ungeheuer auf. »Genau das richtige für uns«, sagte er und machte es sich, in einem weiteren Abteil eines weiteren Zugs, gemütlich. »Neue Orte, neue Gesichter. Am Ende muß etwas geschehen.«

Natürlich geschah etwas, nachdem ich Mr. Chatterjee besucht hatte – aber das wußten wir damals beide nicht. Ich würde mich auf eine ganz andere Reise begeben. Ich glaube, ich hatte mich schon, ohne mir dessen bewußt zu sein, seit einiger Zeit darauf vorbereitet. Mein Onkel Steenie und ein paar Dinge, die er, als er im Sterben lag, zu mir gesagt hatte – Dinge, die mich erschreckten –, hatten mich noch darin bestärkt, diese Reise anzutreten. Aber den letzten Anstoß lieferte Mr. Chatterjee.

Wexton war strikt dagegen, als er von meiner Absicht erfuhr. Er sagte, es sei ein Fehler, in der Vergangenheit zu wühlen – diesem gefährlichen Territorium. Er wich mir aus, und wir wußten beide, warum. Meine Vergangenheit hatte mit Winterscombe zu tun (das sei gut so, meinte Wexton, was aber ein Irrtum war). Sie hatte auch mit New York zu tun, wo ich aufgewachsen war (auch das war in Ordnung, falls ich mir nicht wegen eines ganz bestimmten Mannes, der noch immer dort lebte, den Kopf zerbrach). Und schließlich gehörten zu ihr auch noch meine anderen Paten, insbesondere eine Frau, insbesondere Constance.

Constances Name war für Wexton tabu. Sie war das genaue Gegenteil von ihm. Ich glaube, er hat sie noch nie gemocht. Es gab nur ganz wenige Menschen, die Wexton nicht leiden konnte, aber wenn er sie nun mal nicht leiden konnte, zog er es vor, gar nicht erst von ihnen zu reden, denn Bösartigkeit lag ihm ganz und gar nicht.

In einem Gespräch mit Steenie – der Constance anbetete –, das ich einmal mitangehört hatte, hatte er sie als den weiblichen Teufel bezeichnet. Eine derart übertriebene Beschreibung paßte nicht zu Wexton – und sie hat sich auch nie wiederholt. Als ich ihm von meinem Besuch bei Mr. Chatterjee erzählte, und von der Entscheidung, die ich getroffen hatte, erwähnte Wexton kein einziges Mal ihren Namen, obwohl ich wußte, daß er gleich als erstes an sie gedacht haben mußte. Statt dessen wurde er – für seine Verhältnisse – außerordentlich trübsinnig.

»Ich wünschte, ich hätte nie auf Gopal gehört«, sagte er (oder war es die Maharani gewesen?). »Ich hätte wissen müssen, daß nichts Gutes dabei herauskommt.« Er sah mich beschwörend an. »Denk doch mal nach, Victoria. Ich setze hundert Rupien – und ich gehe jede Wette ein –, daß Chatterjee ein Scharlatan ist.«

Da wurde mir klar, wieviel Wexton daran gelegen war, mich zu überzeugen. Denn gewöhnlich wettete er nicht.

Mr. Chatterjee sah nicht aus wie ein Scharlatan. Allerdings muß ich zugeben, daß er auch nicht gerade wie ein Wahrsager aussah. Er war ein kleiner Mann, ungefähr vierzig, der ein sauberes Bri-Nylonhemd und frisch gebügelte beigefarbene Hosen trug. Seine Schuhe glänzten; sein Haaröl glänzte. Er hatte vertrauenerweckende, sehr sanfte braune Augen; er sprach englisch mit einem Akzent, der noch aus den Tagen des Raj stammte, ein Akzent, wie er selbst in England seit 1940 aus der Mode gekommen war.

Sein Laden war, im Vergleich zu denen seiner Konkurrenten im Bazar, unauffällig und schwierig zu finden. Über dem Eingang war auf einem Pappschild das Bild eines Halbmonds mit sieben Sternen. Und darüber stand in kleiner Schrift: *Die Vergangenheit und die Zukunft – 12.50 Rupien*, mit einem Ausrufungszeichen dahinter, vielleicht um auf Mr. Chatterjees günstigen Preis hinzuweisen: Seine Konkurrenz nahm fünfzehn Rupien und mehr.

Das Innere von Mr. Chatterjees Geschäft war schmucklos. Es wurde nicht der Versuch unternommen, eine geheimnisvolle orientalische Atmosphäre vorzutäuschen. Es enthielt nur einen alten Tisch, zwei Bürosessel, einen Aktenschrank aus Metall und – an der Wand – zwei Poster mit Porträts. Das eine war von der derzeitigen Königin von England, das andere von Mahatma Gandhi: Sie waren mit Reißzwecken an der Wand befestigt.

In dem Zimmer roch es nach der Bäckerei von nebenan und – leicht – nach Sandelholz. Vor einer Tür hing ein bunter Fliegenvorhang aus Plastik, und dahinter ertönte Sitarmusik aus dem Grammophon. Das Zimmer sah aus wie der Schlupfwinkel eines kleinen Beamten – vielleicht von der Eisenbahn –, von denen ich in den vergangenen Wochen eine ganze Menge zu Gesicht bekommen hatte. Mr. Chatterjee setzte sich hinter seinen Tisch und legte Karten. Er nickte mir ermutigend zu und lächelte. Ich fühlte mich nicht ermutigt. Mr. Chatterjee sah liebenswert aus, aber als Wahrsager verbreitete er nicht gerade Vertrauen.

Zuerst schien Mr. Chatterjee seinen Job nicht besonders ernst zu nehmen: Unsere Unterhaltung zog sich ziemlich in die Länge, und an irgendeinem Punkt – ich weiß gar nicht genau, wann das war –, fing er an, die Oberhand zu gewinnen. Das war, glaube ich, als er meine Hände berührte – ja, wahrscheinlich war es von da an: Mr. Chatterjees Berührung, kühl, leidenschaftslos, wie die Berührung eines Arztes, fühlte sich merkwürdig an. Mir wurde ein wenig schwindlig – leicht benommen, genauso, als hätte ich auf nüchternen Magen ein Glas Wein getrunken.

Ich erinnere mich nicht mehr genau an alle Einzelheiten seines Verhaltens, aber es ging alles ganz flüssig vor sich, war jedoch gleichzeitig sehr bewegend. Es waren Kräuter mit im Spiel, daran erinnere ich mich, denn meine Handballen wurden mit einer brennenden Tinktur eingerieben, und dazwischen wurde viel über den Geburtsort (Winterscombe) und das Geburtsdatum (1930) gesprochen.

Die Sterne hatten auch etwas damit zu tun – zu diesem Zeitpunkt kamen die Karten ins Spiel. Mr. Chatterjee sah sich die Karten sehr genau an; er setzte sich extra eine Brille auf. Er zog Linien, die er zu Mustern von klarer Schönheit verband, Schicksale und Planeten wurden mit Hilfe eines Bleistifts, der andauernd abbrach, miteinander verbunden. Diese Muster schienen Mr. Chatterjee nicht besonders zu gefallen; ja, sie schienen ihn sogar zu beunruhigen.

»Ich sehe ein Datum. Es ist 1910«, sagte er und schüttelte den Kopf.

Er betrachtete ein bestimmtes Gebiet auf dieser Karte genauer, ein Gebiet, das allmählich feste Formen annahm und so ähnlich aussah wie eine große Straßenkreuzung. Je länger er hinsah, desto blasser wurde Mr. Chatterjee. Er schien nur zögernd weiterzumachen.

»Was sehen Sie noch?« drängte ich ihn.

Mr. Chatterjee antwortete nicht.

»Etwas Schlimmes?«

»Besonders schön ist es nicht gerade. Ach, du liebe Zeit, nein. Ganz bestimmt nicht.« Er spitzte seinen Bleistift wieder an. Die Sitarmusik verstummte, dann – nach einer kleinen Pause – spielte sie weiter. Mr. Chatterjee schien eingeschlafen zu sein (seine Augen waren geschlossen), oder vielleicht hatte ihn auch seine Kreuzung von 1910 erstarren lassen.

»Mr. Chatterjee«, sagte ich leise, »das ist zwanzig Jahre vor meiner Geburt.«

»Ein Schimmer.« Mr. Chatterjee machte die Augen wieder auf. »Zwanzig Jahre sind nur ein Schimmer. Ein Jahrhundert ist eine Sekunde. Trotzdem, ich glaube, wir sollten weitergehen. Eine neue Spur verfolgen.«

Mit sichtlicher Erleichterung sammelte er seine Karten wieder ein. Er legte sie in den Aktenschrank aus Stahl und verschloß ihn fest. Nachdem die Karten nicht mehr zu sehen waren, schien er aufzuatmen. Für das zweite Stadium benötigte er Goldstaub – jedenfalls sagte er, daß es Goldstaub sei.

»Wenn Sie so freundlich wären. Bitte, schließen Sie die Augen und denken Sie ganz fest an jene, die Ihnen lieb sind.«

Ich machte die Augen zu und bemühte mich. Die Sitarmusik kratzte. Auf meine Augenlider und meine Wangen wurde eine puderartige Substanz gesprenkelt. Es folgte ein fröhlicher Zauberspruch auf Hindi.

Mir war heiß. Das Schwindelgefühl wurde stärker. Meine Gedanken begannen in Richtungen zu laufen, die ich nie für möglich gehalten hätte. Als die Zauberformel zu Ende war und ich meine Augen wieder aufmachte, wurde der Goldstaub sorgfältig zusammengefegt und wieder in seinen Behälter geschüttet, eine alte Tabakdose für Navy Cut. Mr. Chatterjee sah mich traurig an.

»Ich sehe zwei Frauen«, sagte er. »Die eine nah, die andere sehr weit entfernt. Ich sage mir immer von neuem, daß Sie sich zwischen den beiden entscheiden müssen.«

Dann begann er mit dem Wahrsagen, und zwar bis ins Detail. Sein Bericht über meine Vergangenheit war erschreckend genau; sein Bericht über meine Zukunft allzu rosig, um wahrscheinlich zu sein. Er endete, indem er mir mitteilte, daß ich in Kürze eine Reise antreten würde.

Darüber war ich enttäuscht. Ich hatte schon angefangen, Mr. Chatterjee richtiggehend gern zu haben. Ich war fast soweit, ihm zu glauben. Ich hatte Angst, daß er jetzt gleich auf große schwarze Fremde zu sprechen kommen würde, auf Reisen über das Wasser. Das wäre mir verhaßt gewesen; ich wollte nicht, daß er mir auf diese billige Art kam.

Eine Reise? Ich reiste andauernd. Meine Arbeit als Innendekorateurin brachte es mit sich, daß ich ständig unterwegs war, zum nächsten Auftrag, zum nächsten Haus, ins nächste Land. In einer Woche würde ich nach England zurückkehren. Der nächste Auftrag war in Frankreich, der danach in Italien. Von welcher Reise sprach Mr. Chatterjee? Dann zögerte ich. Es gab noch andere Arten von Reisen.

Mr. Chatterjee spürte diese momentane Skepsis. Er lächelte mich sanft und entschuldigend an, als sei er schuld an meinem Unglauben, und nicht ich. Er ergriff meine Hände und hielt sie fest. Er hob sie an mein Gesicht.

»Schnuppern Sie«, sagte er, als würde das alles erklären. »Riechen Sie.«

Ich schnupperte. Die brennende Substanz, die er vorher auf meine Handballen gerieben hatte, hatte sich verflüchtigt. Sie enthielt Öle, aber auch Alkohol. Die Wärme des Zimmers und meine Haut gaben Gerüche ab, die noch durchdringender waren als vorher. Ich zog die Luft ein, und ich roch Indien. Ich roch Halbmonde, Honig und Sandelholz, Henna und Schweiß, Überfluß und Armut.

»Konzentrieren Sie sich; um zu sehen, müssen Sie zuerst die Augen schließen.« Mit fest geschlossenen Augen atmete ich wieder ein und roch – Winterscombe. Feuchtigkeit und Holzrauch, Lederstühle und lange Korridore, Leinen und Lavendel, Glück und Kordit. Ich roch Kindheit, meinen Vater und meine Mutter.

»Konzentrieren Sie sich. Noch einmal.«

Mr. Chatterjees Druck gegen meine Handballen wurde fester; ein Zittern lief durch sie hindurch. Der Geruch, der jetzt in meine Nase stieg, war unmißverständlich. Ich roch das frische Grün von Farn; dann etwas Kraftvolleres, Aggressiveres dahinter: Moschus und Zibet. Ich kannte nur einen Menschen mit diesem besonderen Geruch, der für mich genauso bezeichnend war wie ein Fingerabdruck. Ich ließ meine Hände heruntersinken, ich roch Constance.

Ich glaube, Mr. Chatterjee wußte von meiner Verzweiflung, denn er redete danach sehr freundlich mit mir. Und am Ende gab er mir – mit dem Ausdruck eines Priesters im Beichtstuhl oder wie ein Eisenbahnbeamter, der einen komplizierten Fahrplan enträtselt – schließlich noch einen Rat. Er sagte mir, ich solle zurückgehen.

»Wohin zurück? Bis wann zurück?« fragte Wexton an jenem Abend beim Essen nachdenklich.

»Ich bin mir nicht sicher«, sagte ich. »Aber ich kenne den Weg, und du kennst ihn auch.«

Am nächsten Tag schrieb ich ihr. Als ich keine Antwort bekam, war ich darüber nicht erstaunt; sie hatte auch nicht geantwortet, als Steenie nach ihr verlangte und ich ihr ein Telegramm geschickt hatte – ich buchte meinen Flug um.

Eine Woche später flog Wexton allein nach England zurück. Ich flog um den halben Globus bis nach New York und zu meiner Patentante Constance.

Constance hat aus mir gemacht, was ich bin. Ich könnte sagen, sie hat mich aufgezogen, denn das hat sie, da ich schon als Kind zu ihr kam und über zwanzig Jahre in ihrer Obhut blieb; aber Constances Einfluß auf mich war viel weitergehend. Für mich war sie eine Mutter, ein Mentor, eine Inspiration, eine Herausforderung und eine Freundin. Vielleicht eine gefährliche Kombination – aber schließlich bedeutete Constance selbst schon Gefahr, wie wohl jeder der vielen Männer, die unter ihr gelitten haben, bestätigen könnte. Gefahr war die Essenz ihres Charmes.

Mein Onkel Steenie, der sie bewundert, und, wie ich glaube, gelegentlich auch gefürchtet hat, pflegte immer zu sagen, Constance sei wie ein Matador. Man könne sehen, wie sie die prächtige Capa ihres Charmes herumwirbelte, sagte er immer, und ihre Darbietung sei so atemberaubend, so vollkommen, daß man erst zu spät merke, wie gekonnt sie mit der scharfen Klinge zugestoßen habe. Aber Steenie hat schon immer gern übertrieben; die Constance, die ich kannte, war voller Kraft und Energie, aber sie war auch verwundbar.

»Denk doch mal an ihre Hunde«, sagte ich dann immer zu Steenie, aber Steenie schlug seine blauen Augen zum Himmel auf.

»Ihre Hunde. Ja, tatsächlich«, sagte Steenie einmal auf seine trockene Art. »Ich war mir nie so ganz sicher, was ich davon halten soll.«

Ein Rätsel, aber schließlich war Constance ein einziges Rätsel. Ich bin bei ihr aufgewachsen, aber ich hatte nie das Gefühl, sie zu verstehen. Ich bewunderte sie, liebte sie, manchmal wunderte ich mich über sie, und manchmal war ich von ihr schockiert – aber ich hatte nie das Gefühl, sie zu kennen. Vielleicht gehörte das auch zu ihrem Charme.

Wenn ich *Charme* sage, dann meine ich nicht dieses glatte künstliche Benehmen, das in der Gesellschaft häufig für Charme gehalten wird; ich meine etwas, das sich viel schwerer erklären läßt; ich meine die Fähigkeit, andere zu verzaubern. Darin war Constance, lange bevor ich ihr begegnete, eine Meisterin. Als ich nach New York kam, um bei ihr zu leben, hatte sie bereits den Ruf einer modernen Circe. Ich nehme an, wegen ihrer Männergeschichten – obwohl ich, unschuldig, wie ich war, nichts von Männern verstand, auch nicht viel von ihnen wußte.

»Sie hinterläßt eine breite Spur, Vicky, Liebes!« würde sich Onkel Steenie später nicht ohne Bosheit ereifern. »Ein ganzes Heer gebrochener Herzen. Constances hektische Karriere hinterläßt ein Trümmerfeld, Vicky!«

Steenie war der Ansicht, daß sich Constances Zerstörungswut auf das männliche Geschlecht begrenzte. Wenn Frauen zu Schaden kamen, erklärte er, sei das reiner Zufall: weil sie nur aus Versehen in Constances Schußlinie geraten waren.

Ich glaube, für Steenie war Constance nicht nur ein edler weiblicher Ritter, sondern auch eine tapfere Kriegerin. Sie griff Männer an, erklärte er, sie trug ihre Sexualität offen vor sich her, benutzte ihre Schönheit, ihre Intelligenz, ihren Charme und ihre Willenskraft als Waffen, stürzte sich wie der Teufel auf irgendeinen privaten Zerstörungskrieg. Seiner Veranlagung nach sei er, Steenie, eine Ausnahme gewesen: Nur so, erklärte er, konnte er als ihr Freund überleben.

Ich habe damals nichts davon geglaubt. Ich war überzeugt, daß mein Onkel, wie sooft, maßlos übertrieb und die Dinge dramatisierte, und ich liebte Constance; immerhin war sie ungeheuer freundlich zu mir gewesen. Wenn Steenie derartige Behauptungen aufstellte, sagte ich immer: »Aber sie ist mutig, sie läßt sich nicht unterkriegen, sie ist begabt, sie ist großzügig.« Und das war sie auch wirklich. Aber in einer Hinsicht hatte mein Onkel recht. Constance war gefährlich. An Constance klebte das Chaos wie Eisennadeln an einem Magneten. Früher oder später (ich schätze, das war unvermeidbar) würde Constance Spaß daran haben, sich auch in mein Leben einzumischen, um Unruhe zu stiften.

Und das war dann auch geschehen, vor acht Jahren, als es Constance gelang, meine Heirat zu verhindern. Wir hatten uns damals gestritten und alle Beziehungen abgebrochen. Das war jetzt acht Jahre her, und seit dieser Zeit hatte ich sie weder gesehen noch mit ihr gesprochen; und bis zu Onkel Steenies Tod, der sie mir wieder ins Gedächtnis gerufen hatte, war ich bemüht gewesen, nicht an sie zu denken. Das war mir auch gelungen. Ich führte ein neues Leben. Constance, die selbst Innenarchitektin war, hatte mir eine gute Ausbildung gegeben: Mit meiner Karriere ging es gut voran; ich gewöhnte mich daran, allein zu leben, es sogar zu genießen; ich tröstete mich mit meinem vollen Terminkalender und hatte mein straffes Arbeitspensum zu schätzen gelernt; ich hatte (glaube ich) gelernt, mit der Tatsache zu leben, daß alle erwachsenen Menschen nur mit Bedauern zusammenleben.

Aber jetzt fuhr ich zurück. Ich saß in einem Flugzeug, das nach Osten flog, eine lange Reise mit vielen Zwischenlandungen. Von Delhi nach Singapur, von Singapur nach Perth, von dort nach Sidney. Weiter nach Fiji, von dort nach Los Angeles, von L. A. nach New York. So viele Zeitzonen. Als ich schließlich auf dem Kennedy-Airport landete, war ich mir nicht mehr sicher, ob es gestern oder morgen war – ein Zustand, der sogar noch länger anhielt als der Jet-Lag.

Ich war auf Constance eingestellt. Sobald ich aus dem Flugzeug hinaustrat, in die Hitze New Yorks, wußte ich, daß sie hier war, irgendwo in der Stadt, noch nicht sichtbar, aber ganz in der Nähe. Während ich in einem gelben Taxi in Richtung Manhattan fuhr, dröhnten meine Ohren von dem Druck in zehntausend Metern Höhe, und meine Augen brannten von der trockenen Luft im Flugzeug, und von zu wenig Schlaf waren meine Nerven aufs äußerste gespannt und mit falschem Optimismus erfüllt, einem Nebenprodukt von Adrenalin, denn ich war nicht nur völlig sicher, daß Constance ganz in der Nähe war: Ich fühlte, daß sie auf mich wartete.

Ich glaube, ich stellte mir irgendeine Art letzte Abrechnung vor – keine Versöhnung, aber Fragen, die beantwortet würden, Erklärungen für Dinge, die in der Vergangenheit geschehen waren, einen sauberen Strich, der unter eine saubere ausgeglichene Summe gezogen würde. Das würde der Augenblick sein, so sagte ich mir, an dem Constances und meine Rechnung am Ende aufgehen würde. Ich verstand mich, ich verstand meine Patentante, ich würde endlich frei sein.

Natürlich täuschte ich mich. Ich glaubte, angekommen zu sein, dabei hatte meine Reise in Wirklichkeit gerade erst begonnen.

Constance schrieb niemals Briefe, aber sie liebte das Telefon. Sie besaß mehrere Telefonnummern, und ich probierte alle durch.

Ich rief in dem Haus in East Hampton auf Long Island an. Ich wählte alle drei Nummern der Wohnung in der Fifth Avenue an. Das Haus in East Hampton war vor zwei Jahren verkauft worden; der neue Besitzer hatte Constance seither nicht mehr gesehen. Unter keiner der Nummern in der Fifth Avenue meldete sich jemand, was ungewöhnlich war, denn selbst wenn Constance verreist wäre, müßte ein Dienstmädchen dort sein.

Da es Freitag war und die Büros schon geschlossen waren, hatte es keinen Sinn, in Constances Geschäft in der 57. Straße anzurufen. Ich fing an, Constances Freunde anzurufen.

Es war Ende Juli. Ich hatte Adressen, die vielleicht schon seit acht Jahren nicht mehr stimmten, kein Wunder, daß ich viele Nieten zog. Die Freunde waren umgezogen oder in den Ferien – aber diejenigen, die ich erreichte, benahmen sich äußerst merkwürdig. Sie waren höflich, sie zeigten sich entzückt, nach so langer Zeit von mir zu hören, aber sie wußten nicht, wo sich Constance aufhielt, konnten sich nicht erinnern, wo oder wann sie sie zum letzten Mal gesehen hatten. Nicht einer von ihnen war überrascht, daß ich anrief – das war das Merkwürdigste. Schließlich war der Bruch zwischen Constance und mir kein Geheimnis – wie ich wußte, sogar Anlaß zu endlosen Klatschgeschichten und Spekulationen. Constance und ich waren Geschäftspartnerinnen gewesen, wir waren wie Mutter und Tochter gewesen, wie die besten Freunde. Ich wartete darauf, daß jemand sagte: »Warum die Eile? Ich dachte, ihr hättet euch gestritten, du und Constance.« Aber das sagte niemand. Zuerst hielt ich sie nur für taktvoll. Aber nach dem zehnten Anruf kamen mir Zweifel.

Gegen acht Uhr abends kämpfte ich mit dem Schlaf und nahm mir ein Taxi in die Stadt, zu Constances Wohnung, wo wir zusammen gewohnt hatten. Ein mürrischer, mir unbekannter Portier teilte mir mit, daß Miss Shawcross verreist sei, die Wohnung sei verschlossen. Eine Adresse habe sie nicht hinterlassen.

Ich kehrte ins Hotel zurück. Ich bemühte mich, praktisch und vernünftig zu denken. Schließlich war es mitten im Sommer und sehr heiß – es war unwahrscheinlich, daß sich Constance in New York aufhielt. Wenn sie nicht in Long Island war, dann würde sie in Newport sein. Wenn sie nicht in Newport war, würde sie in Europa sein. Auf jeden Fall gab es eine begrenzte Anzahl von Orten, an denen sich Constance aufhalten konnte – und ich kannte sie alle.

Ich rief überall an, in ihren bevorzugten Hotels, in denen sie immer darauf bestanden hatte, in derselben Suite zu wohnen. Sie war in keinem: Niemand hatte für das laufende Jahr, und schon gar nicht für den Sommer, eine Reservierung auf ihren Namen. Ich war noch immer nicht bereit aufzugeben, selbst da nicht. Ich spürte die Symptome des Jet-Lags, die falsche Energie und gleichzeitige Erschöpfung. Ich spürte auch noch etwas viel Gefährlicheres – ein unsichtbares Band, das an einem zieht und zerrt, wenn man auf die Suche geht, Nachforschungen anstellt.

Constance war hier, ich fühlte es. Sie war nicht in Europa, trotz der Jahreszeit, sondern hier in Manhattan, gleich um die Ecke, aber unsichtbar, und sie amüsierte sich. Nur noch ein Telefonanruf, und ich würde sie finden. Ich machte noch zwei, bevor ich der Müdigkeit nachgab und ins Bett ging.

Der erste – ich wählte die Nummer mehrere Male – war mit Betty Marpruder, Constances rechte Hand im Büro, die Person, die sonst immer wußte, wo sich Constance aufhielt. Ich hatte noch nie erlebt, daß sich Miss Marpruder Urlaub nahm; und außerdem konnte ich mich auch nicht erinnern, daß sie je New York verlassen hatte. Unter ihren Nummern – sie war die erste gewesen, die ich angerufen hatte – antwortete niemand, als ich um sechs anrief; und es meldete sich auch niemand, als ich es um zehn noch einmal versuchte.

Ich ging ins Bett. Ich setzte mich ins Bett, ich war erschöpft, blätterte die *New York Times* durch, die ich im Zimmer gefunden hatte. Und dort, auf den Klatschseiten, fand ich die perfekte Quelle. Conrad Vickers, der Fotograf, kam nach New York. Er bereitete eine fünfzig Jahre umfassende Retrospektive seiner Arbeiten im Museum of Modern Art vor, die im Herbst mit einer Party eröffnet wurde, die der Journalist als *le tout New York* bezeichnete. Conrad Vickers hatte Verbindungen zu meiner Familie, die viele Jahre zurückreichten; er hatte auch Verbindungen zu Constance. Neben Steenie war Conrad Vickers Constances ältester Freund.

Ich mochte Vickers nicht, und es war schon spät; trotzdem rief ich ihn an.

Da Vickers mich ebenfalls nicht mochte, erwartete ich, von ihm abgewiesen zu werden; zu meinem Erstaunen war er übertrieben freundlich. Fragen nach Constance umging er, aber blockte sie nicht ab. Er war sich nicht ganz sicher, wo sie sein könnte, aber ein paar Nachforschungen, so deutete er an, und er würde sie ausfindig machen.

»Komm doch auf einen Drink zu mir. Dann besprechen wir die Sache«, rief er mit seiner flötenden Stimme. »Morgen um sechs, Schätzchen? Gut. Also bis dann.«

»Schätzchen«, sagte Conrad Vickers und küßte die Luft neben meinen Wangen.

Schätzchen war für Vickers kein Begriff, um Zuneigung oder Nähe auszudrücken, denn er verwendete ihn sowohl bei engen Freunden als auch bei völlig Fremden. Ich nehme an, er diente ihm nur dazu, die Tatsache zu verbergen, daß er oft gar nicht wußte, wen er da gerade so herzlich begrüßte. Vickers konnte sich keine Namen merken – nur von ganz berühmten Leuten.

Er tat so, als wäre er entzückt, mich zu sehen. Conrad Vickers, in seinem üblichen Gefieder: Eine exquisite Figur in einer exquisiten Wohnung in einem exquisiten Haus in der 62. Straße – nur fünf Minuten von Constances Wohnung entfernt. Aus der Tasche eines blaßgrauen Savile-Row-Anzugs ragte ein blaues Seidentaschentuch; es paßte zu dem blauen Hemd: Das blaue Hemd paßte zu seinen Augen. Ein weißhaariger Wuschelkopf, dessen Haare sich schon ein wenig lichteten; der

Gesichtsausdruck eines Mädchens: An Conrad Vickers, der früher einmal, wie mein Onkel Steenie, ein wunderschöner junger Mann gewesen war, waren die Jahre auch nicht spurlos vorübergegangen. Sein Maß an Oberflächlichkeit schien gemindert.

»Was für eine Zeit, in der wir leben! Ich bin so froh, daß du angerufen hast. Schätzchen, du siehst hinreißend aus. Setz dich und laß dich anschauen. Toll, was du mit dem Antonelli-Haus gemacht hast – und auch mit dem von Molly Dorest. So schrecklich klug – beide. Du bist absolute Spitze.«

Ich setzte mich hin. Ich überlegte, warum sich Vickers wohl die Mühe machte, mir zu schmeicheln, das hatte er früher nie getan – aber vielleicht hatte er beschlossen, daß ich in Mode war.

»Ist das eine Hitze!« fuhr Vickers ohne Unterbrechung fort. »Absolut unerträglich. Was haben die Leute bloß gemacht, als es noch keine Klimaanlage gab? Ich bin wie ein Vogel auf der Durchreise, Schätzchen, ich bin nur kurz hier hereingeflattert, um das da fertigzumachen.« Er deutete auf einen Stoß Fotos. »Die reinste Hölle. Ich meine, fünfzig Jahre Arbeit, Schätzchen. Wo soll man da anfangen? Was soll man drinlassen? Was soll man rausnehmen? Diese Museumsleute sind absolut rücksichtslos, meine Liebe. Sie wollen natürlich das Beste. Margot und Rudy, Andy und Mick, Wallis und Lady Diana. O ja, und sie wollen natürlich Constance. Nun, das ist ja klar. Aber jeder, von dem sie noch nichts gehört haben, ist *draußen*, Schätzchen. Ich werde die Hälfte meiner Freunde verlieren.«

Bekümmertes Gejammer. Aber schon im nächsten Augenblick war der Kummer vergessen, und er deutete mit dem Finger auf einen Blumenstrauß auf dem Tisch neben mir.

»Sind die nicht himmlisch? Liebst du sie auch so – Rittersporn? Englische Gartenblumen – ich muß sie immer um mich haben, egal, wo ich gerade bin. Und jetzt habe ich diesen schrecklich klugen jungen Mann gefunden, der sie mir genauso macht, wie ich sie haben will. Wahnsinnig ursprünglich. Ich kann Blumen nicht ertragen, die arrangiert sind. Sollen wir einen Schluck Champagner trinken? Bitte, sag ja. Ich kann die Martinis nicht ausstehen – viel zu ungesund. Man fühlt sich völlig blind danach. Ja, Champagner. Wir werden wahnsinnig großzügig sein und eine Bollinger aufmachen.«

Vickers unterbrach sich abrupt. Er hatte gerade die Lieblingsmarke von Onkel Steenie angesprochen. Auf seinem Hals breitete sich Röte aus; auch sein Gesicht wurde rot. Er zupfte nervös an seinem Hemd. Er wandte sich ab, um dem jungen Mann, der mich hereingelassen hatte und der nun abwartend an der Tür stand, Anweisungen zu erteilen.

Es war ein Japaner, ein hübscher junger Mann in schwarzer Jacke und gestreiften Hosen.

Als er das Zimmer verließ, setzte sich Vickers, und ich wußte endlich, warum er mich eingeladen hatte. Vickers war mehr als verlegen; er hatte ein schlechtes Gewissen.

Da Conrad Vickers über fünfzig Jahre mit meinem Onkel Steenie befreundet gewesen war – und immer wieder auch sein Liebhaber – und da er sich dann, als Steenie im Sterben lag, so rar gemacht hatte, waren seine Schuldgefühle verständlich. Ich sagte nichts. Ich glaube, ich wollte mir ansehen, wie sich Vickers aus dieser mißlichen Situation befreien würde.

Eine Weile schwieg er, als wartete er darauf, daß ich das Gespräch auf Steenie bringen und ihm helfen würde. Aber ich schwieg ebenfalls. Ich sah mich in seinem Wohnzimmer um, das – wie alle Zimmer in seinen vielen Häusern – mit viel Geschmack eingerichtet war. Vickers Sinn für Loyalität mochte schwach oder gar nicht vorhanden sein, und seine Freundschaften oberflächlich, aber wenn es um leblose Dinge ging, um Stoffe, um Möbel, dann war sein Auge genauso unfehlbar wie das von Constance. Das war mir früher einmal wichtig vorgekommen. Ich hatte geglaubt, daß Geschmack einen besonderen Wert darstellt. Jetzt war ich mir nicht mehr so sicher.

Vickers umklammerte nervös die Lehne seines französischen Sessels. Die Seide, mit der er bespannt war, eine geschickte Nachahmung eines Musters aus dem achtzehnten Jahrhundert, kam mir bekannt vor. Sie stammte aus der neuesten Constance-Shawcross-Kollektion. Der Sessel war restauriert und dabei listig demoliert worden. Eine Lage Farbe über der Kreidegrundierung: aus Constances Werkstatt? Es war unmöglich – fast unmöglich – festzustellen, ob die blasse blaue Farbe vor zweihundert Jahren oder vergangene Woche aufgetragen worden war.

»Vergangenen Monat«, sagte Vickers, dem mein Blick nicht entgangen war. Vickers war, egal, welche Fehler er sonst hatte, nie dumm gewesen.

»Vergangenen Monat.« Er seufzte. »Ja, ja, ich weiß, ich kann dich nicht hinters Licht führen – von dem Restaurateur, mit dem Constance immer arbeitet. O Gott.«

Er beugte sich nach vorn. Anscheinend hatte er sich entschlossen, den Sprung zu wagen.

»Wir müssen über Steenie reden. Ich weiß, ich hätte kommen sollen. Aber ich hab es einfach nicht über mich gebracht, das mitanzusehen. Steenie im Sterben. Es schien so gar nicht zu ihm zu passen. Ich konnte es mir kaum vorstellen. Und schon gar nicht wollte ich es mit eigenen Augen sehen. Ah, der Champagner.«

Er stand auf. Seine Hand zitterte, als er mir das Glas reichte.

»Würdest du es schrecklich finden, wenn wir ein Glas auf ihn trinken? Auf Steenie? Das hätte ihm bestimmt gefallen. Schließlich hatte sich Steenie, was mich betrifft, nie irgendwelche Illusionen gemacht. Ich schätze, du hältst mich jetzt für einen schrecklichen Feigling, und natürlich bin ich das auch. Mir wird in Krankenzimmern immer übel, weißt du. Aber Steenie hätte es verstanden.«

Das stimmte. Ich hob mein Glas. Vickers sah mich reumütig an.

»Also dann – auf Steenie? Auf die alten Zeiten?« Er zögerte. »Auf die alten Freunde?«

»Also gut. Auf Steenie.«

Wir tranken. Vickers stellte sein Glas auf den Tisch. Er legte die Hände auf die Knie; er sah mich lange abschätzend an.

»Besser, du sagst es mir. Ich will es wissen. Als du das Telegramm geschickt hast... bin ich mir wie ein Wurm vorgekommen. War es leicht? Für Steenie, meine ich?«

Ich dachte darüber nach. Konnte der Tod jemals leicht sein? Ich hatte mich bemüht, es Steenie möglichst leicht zu machen, genauso wie Wexton. Wir hatten nur begrenzten Erfolg gehabt. Mein Onkel hatte Angst gehabt, als er starb, und er hatte sich Sorgen gemacht.

Zuerst hatte er sich bemüht, es nicht zu zeigen. Aber als ihm dann klar wurde, daß es keine Hoffnung mehr gab, hatte er sich darauf vorbereitet, stilvoll zu sterben.

Für meinen Onkel Steenie war Stil immer vor allem anderen gekommen. Ich glaube, er nahm sich vor, den großen Hades wie einen alten Freund zu begrüßen, den er schon von Partys kannte; so sorglos über den Styx zu rudern, als säße er in einer Gondel zur Giudecca; und wenn er seinem Fährmann Charon begegnete, wollte ihn mein Onkel Steenie, glaube ich, wie den Portier im Ritz behandeln: Steenie würde vorbeirauschen, aber er würde ihm ein großzügiges Trinkgeld geben.

Das erreichte er am Ende sogar. Steenie verließ uns, ganz nach seinem Geschmack, an seine Seidenkissen gelehnt, eben noch amüsant, im nächsten Augenblick tot.

Aber dieser plötzliche Abschied erfolgte am Ende von drei langen Monaten, in denen Steenie die Fähigkeit, sich selbst darzustellen, manchmal im Stich gelassen hatte. Er hatte keine Schmerzen – dafür hatten wir gesorgt –, aber jene Morphincocktails hatten, wie die Ärzte uns vorher gewarnt hatten, seltsame Nebenwirkungen. Sie versetzten Steenie manchmal zurück in die Vergangenheit, und was er dort sah, brachte ihn zum Weinen.

Er versuchte mir zu vermitteln, was er sah, er redete und redete, oft bis spät in die Nacht. Er war besessen davon, mich sehen zu lassen, was auch er sah. Ich saß bei ihm, ich hielt seine Hand, ich hörte ihm zu. Er war einer der letzten, die von meiner Familie noch übriggeblieben waren: Ich wußte, er wollte mir die Vergangenheit zum Geschenk machen, bevor es zu spät war.

Aber oft war es schwer, seine Worte zu verstehen. Die Worte selbst waren deutlich genug, aber die Ereignisse, die er schilderte, gerieten ihm durcheinander. Das Morphin machte Steenie zu einem Reisenden durch die Zeit; es ermöglichte ihm, sich vor und zurück zu bewegen, von einem eben geführten Gespräch konnte er, ohne Unterbrechung, in ein anderes übergehen, das vor zwanzig Jahren stattgefunden hatte, als wäre es ein und derselbe Tag, ein und derselbe Ort.

Er sprach von meinen Eltern und meinen Großeltern; aber mir waren nur die Namen vertraut, denn wenn Steenie von ihnen sprach, waren sie wie unbekannte Menschen für mich. Das war nicht der Vater, an den ich mich erinnerte, und auch nicht die Mutter. Die Constance, von der er sprach, war eine Fremde. Und noch etwas: Manche von Steenies Erinnerungen waren lieb und gut und manche waren es – ganz eindeutig – nicht. Steenie sah die Dinge mit jenen Schatten, die ihn zum Zittern brachten. Dann ergriff er meine Hand, richtete sich in seinem Bett auf, spähte ins Zimmer, sah Erscheinungen, die für mich unsichtbar waren.

Das machte mir angst. Ich war mir nicht sicher, ob es nicht das Morphin war, das zu mir sprach – denn ich war mit einigen Rätseln aufgewachsen, die niemals gelöst wurden, Rätsel, die bis zu meiner Geburt und meiner Taufe zurückreichten. Ich hatte geglaubt, mich von diesen Rätseln gelöst zu haben – sie hinter mir zurückgelassen zu haben. Mein Onkel Steenie brachte sie alle wieder zurück.

Eine solche Fülle von Worten und Bildern: Onkel Steenie konnte in der einen Minute vom Crocketspielen reden, und in der nächsten von Kometen. Oft sprach er von den Wäldern in Winterscombe – ein Thema, zu dem er mit wachsender und mir unverständlicher Beharrlichkeit immer wieder zurückkehrte. Er sprach auch – und das mußte das Morphin sein, da war ich mir ganz sicher – von einem gewaltsamen Tod.

Ich glaube, daß Wexton, der einige Male dabei war, es besser verstand als ich, aber er machte keine Anstalten, es mir zu erklären. Er blieb still, in sich zurückgezogen, verschwiegen – und wartete auf den Tod.

Bevor er kam, vergingen zwei Tage, in denen alles feierlich und klar war, in denen sich Steenie sammelte, um sich auf den letzten Schritt vorzubereiten. Dann starb er mit einer Geschwindigkeit, die eine Gnade war.

»Würdest du das leicht nennen?« Ich sah Vickers an, vermied es aber, ihm in die Augen zu sehen. Ich hatte das Gefühl, daß es Steenie lieb gewesen wäre, wenn ich bei meinem Versuch, seine Abschiedsvorstellung bühnenreif zu machen, die Aspekte seines Heldentums gebührend hervorhob.

»Laß dich nicht von Nebensächlichkeiten ablenken, sei auf der Hut.«

»Er... hat Haltung bewahrt«, sagte ich.

Das schien Vickers zu gefallen oder zumindest sein Gewissen zu erleichtern. Er seufzte.

»*Gut.*«

»Natürlich war er im Bett. In seinem Zimmer in Winterscombe. Du erinnerst dich doch an das Zimmer...«

»Aber Schätzchen, wer könnte das wohl vergessen? Völlig absurd. Sein Vater hätte einen Anfall gekriegt.«

»Er trug seine Seidenpyjamas. An den Tagen, an denen die Ärzte kamen, lavendelfarben – du weißt doch, wie gern er die Leute schockiert hat.«

Vickers lächelte. »Make-up? Erzähl mir bloß nicht, daß er Make-up aufgelegt hat...«

»Nur ein bißchen. Für Steenies Verhältnisse absolut diskret. Er sagte... er sagte, wenn er dem Tod schon die Hand reiche, wolle er wenigstens so gut wie möglich aussehen...«

»Laß dich bloß nicht aus der Fassung bringen. Es wäre Steenie verhaßt, wenn du seinetwegen die Fassung verlieren würdest.« Vickers Stimme klang fast freundlich. »Sag mal – es hilft dir doch, wenn du jetzt darüber redest. Das hab ich gelernt, weißt du. Steenie und ich waren gleichaltrig, weißt du. Achtundsechzig. Natürlich ist das kein Alter, heutzutage. Trotzdem...« Er machte eine Pause. »Hat er denn von mir gesprochen... am Ende, meine ich?«

»Ein bißchen«, erwiderte ich und beschloß, ihm seinen Egoismus zu verzeihen. In Wirklichkeit hatte Steenie so gut wie nie von Vickers gesprochen. Ich zögerte. »Du weißt ja selbst, wie gern er geredet hat. Er hat seinen Bollinger getrunken, er hat diese schrecklichen schwarzen Zigaretten geraucht. Er hat Gedichte gelesen.«

»Wextons Gedichte?« Vickers hatte Wexton als seinen Rivalen angesehen. Er schnitt eine Grimasse.

»Meistens die von Wexton. Und seine Briefe – alte Briefe, die er im Ersten Weltkrieg an Steenie geschrieben hatte. Die ganzen alten Fotoalben. Das war komisch – die jüngere Vergangenheit interessierte ihn überhaupt nicht; er wollte immer weiter zurück. Bis in seine Kindheit, nach Winterscombe, wie es damals gewesen war. Er hat viel von seinen Großeltern gesprochen und von seinen Brüdern. Von meinem Vater natürlich.« Ich machte eine Pause. »Und von Constance.«

»Ah, Constance. Natürlich. Steenie hat sie immer verehrt. Aber die restliche Familie...« Vickers setzte ein kleines boshaftes Lächeln auf. »Ich glaube, die waren alle nicht besonders gut auf sie zu sprechen. Deine Tante Maud hat sie natürlich verflucht, das ist ja klar, und deine Mutter... na ja, wie ich hörte, war sie es, die sie, mehr oder weniger, von Winterscombe verbannt hat. Ich habe nie herausgefunden, warum. War ein ziemliches Geheimnis, wenn du *mich* fragst. Hat Steenie es erwähnt?«

»Nein«, erwiderte ich, nicht ganz wahrheitsgemäß, und falls Vickers meine kleine Lüge bemerkte, ließ er es sich nicht anmerken. Er füllte die Gläser noch einmal mit Champagner. Irgend etwas – vielleicht der Hinweis auf Wexton – mußte ihm gegen den Strich gegangen sein. Er stand auf und begann in den Fotos zu wühlen, die auf dem Tisch lagen.

»Weil wir gerade von Constance reden, sieh dir das an! Ich bin erst neulich darauf gestoßen. Ich hatte es völlig vergessen. Meine erste Arbeit. Das erste Foto, das ich je von ihr gemacht habe. Schrecklich gestellt, viel zu künstlich – trotzdem nehme ich es vielleicht mit rein in die Retrospektive. Es hat eine gewisse Ausstrahlung, findest du nicht?« Er hielt ein großes Schwarzweißfoto in die Höhe. »1916 – das bedeutet, daß ich sechzehn war, und Constance auch, obwohl sie heute natürlich Jahre abzieht. Sieh dir das an? Kennst du das? Findest du das nicht hervorragend?«

Ich sah mir das Foto an: Ich hatte es noch nie gesehen, und Constance sah wirklich außergewöhnlich darauf aus. Sehr künstlich, wie Vickers sagte, ganz anders als seine späteren Arbeiten. Die junge Constance lag auf einer Art Bahre, eingehüllt in schweren weißen Stoff, vielleicht Satin. Nur ihre Hände, die eine Blume hielten, und ihr Kopf waren zu sehen; der übrige Körper war in ein Grabtuch eingehüllt. Ihre schwarzen Haare waren damals lang gewesen; ich hatte Constance noch nie mit langem Haar gesehen – und es war gekämmt und kunstvoll gelegt, so daß es ihr in mehreren Stufen aus dem Gesicht und über die Schultern fiel. Schokkierend in seiner Fülle, wie Vickers es zweifellos beabsichtigt hatte, fiel es bis auf den Boden. Constance war im Profil zu sehen; ein Streifen aus gestricheltem Licht hob die großen Flächen ihres Gesichts hervor, das, ohnehin faszinierend, zu einer malerischen Komposition wurde, einem Muster aus Licht und Schatten. Die schwarzen Augenlider bildeten einen Halbmond über den weißen, hohen, fast slavischen Backenknochen. Merkwürdig, aber obwohl ihre – fast schwarzen – Augen Constances auffälligstes Merkmal waren, hatte Vickers beschlossen, sie mit geschlossenen Augen zu fotografieren.

»*La Belle Dame sans Merci.*« Vickers, der sich wieder gefangen hatte, stieß ein hohes heulendes Gelächter aus. »So habe ich es genannt. Damals hat man solche Sachen gemacht. Constance auf einer Leichenbahre, die Sitwells auf Leichenbahren – nichts als Leichenbahren, ein ganzes Jahr lang, das ging *entsetzlich* schlecht, sag ich dir, natürlich, schließlich war es mitten im Ersten Weltkrieg, und die Leute fanden, es wäre dekadent. Aber nützlich, dieser Zorn...« Er sah mich von der Seite an. »Das machte mich zum *enfant terrible*, was für einen guten Start immer das beste ist. Jetzt bin ich ein großer alter Mann, und die Leute haben ganz vergessen, daß ich mal so war. Deshalb dachte ich mir, daß es auch in die Ausstellung soll – um sie daran zu erinnern. Ach, und natürlich ihre Hochzeitsfotos. Die sind herrlich...«

Er wühlte in den Fotos. »Ah, sieh dir das hier mal an; hier, das wird dich interessieren...«

Das Foto, das er mir zeigte, war das, was Vickers als *Familienschnappschuß* bezeichnete.

Ich erkannte es sofort. Es war 1956 in Venedig aufgenommen worden. Constance mit einer Gruppe Freunde am Canal Grande; hinter ihnen sah man die Türme einer Kirche – es war die Santa Maria della Salute. Eine elegante Gruppe in hellen Sommerkleidern. Auch die legendären Van-Dynem-Zwillinge waren dabei, die jetzt beide tot waren.

Abseits der Gruppe standen zwei jüngere Personen. Eingefangen in das goldene venezianische Licht: ein hochgewachsener, dunkelhaariger Mann mit angespanntem Gesichtsausdruck, eine umwerfende Erscheinung, fast wie ein Italiener, was er aber nicht war, und eine junge Frau, die er ansah.

Auch sie war groß. Sehr schlank. Sie trug ein grünes Kleid und flache Sandalen, mit bloßen Beinen. Das Auffälligste an ihr war ihr Haar, das sie offen trug. Es war sehr lang. Es wehte ihr ins Gesicht: Das venezianische Licht vertiefte seine Farbe in Rotgold oder Kastanienbraun. Eine Strähne ihres Haares, die ihr quer über das Gesicht geweht war, verdeckte ihre Gesichtszüge. Sie sah nicht in die Kamera und auch nicht zu dem Mann im dunklen Anzug. Sie sah aus, als wollte sie sich gerade in die Lüfte schwingen, fand ich – diese junge Frau, die ich einmal gewesen war.

Damals war ich fünfundzwanzig, nicht ganz sechsundzwanzig. Und ich hatte mich in den Mann, der neben mir stand, noch nicht verliebt; aber ich hatte an jenem Tag eine Vorahnung von Liebe gespürt. Ich wollte dieses Foto nicht sehen. Mit diesem Mann und mir selbst. Ich legte es schweigend aus der Hand und drehte mich wieder zu Vickers um.

»Conrad«, sagte ich, »wo ist Constance?«

Er machte Ausflüchte. Er drehte und wendete sich. Ja, er hatte einige Anrufe getätigt, wie er es mir versprochen hatte, aber – zu seiner großen Überraschung – war nichts dabei herausgekommen. Aber Constance würde sicherlich ganz plötzlich wieder auf der Bildfläche erscheinen, meinte er, genauso wie sonst auch immer. Schließlich, war sie nicht schon immer ziemlich unberechenbar gewesen?

»Einer von Constances Anfällen. Du weißt doch selbst, wie gern sie einfach abhebt...«

Dann deckte er mich mit Überlegungen ein. Die Wohnung war verschlossen? Wie merkwürdig. Hatte ich es schon in East Hampton versucht? Was, das war verkauft? Er hatte ja keine Ahnung gehabt... Er beeilte sich, schnell auf etwas anderes zu sprechen zu kommen, so daß ich mir ganz sicher war, daß er über den Verkauf Bescheid wußte, bei all den Anstrengungen, die er unternahm, es zu leugnen.

»Sie wird in Europa sein«, rief er, als sei ihm diese Idee gerade erst gekommen. »Hast du es im Danieli versucht, dem Crillon? Und was ist mit Molly Dorest, dem Connaught?« Als ich ihm versicherte, daß ich all diese vertrauten Häfen bereits angerufen hatte, und einige andere auch noch, machte Vickers den Eindruck tiefster Ratlosigkeit, als stünde er vor einem Rätsel.

»Dann tut es mir leid, dann kann ich dir leider nicht helfen. Siehst du, ich habe sie schon lange nicht mehr gesehen, fast ein Jahr lang nicht.« Er machte eine Pause, warf mir einen abschätzenden Blick zu. »Sie ist sehr seltsam geworden, weißt du – lebt völlig zurückgezogen. Partys gibt sie überhaupt nicht mehr – seit Ewigkeiten nicht. Und wenn man sie einlädt ... also, dann weiß man nie mit Sicherheit, ob sie auch wirklich aufkreuzt –«

»Zurückgezogen? Constance?«

»Vielleicht ist das nicht das richtige Wort. Nicht direkt zurückgezogen. Aber seltsam – ausgesprochen seltsam. Als wäre sie dabei, irgend etwas auszuhecken. Sie saß nur da, mit ihrem sphinxhaften Lächeln, während ich an dem Rätsel herumknobelte.«

»Keine Hinweise? Das sieht aber gar nicht nach Constance aus.«

»Kein einziger. Sie sagte, ich würde es am Ende schon herausfinden – wenn nicht, dann würde sie sich wirklich sehr wundern. Das war alles.« Vickers zögerte. Er sah auf seine Uhr. »Großer Gott! Ist es wirklich schon so spät? Tut mir leid, aber ich muß in einer Minute lossausen –«

»Conrad ...«

»Ja, Schätzchen?«

»Geht mir Constance aus dem Weg? Ist es das?«

»Dir aus dem Weg gehen?« Er sah mich an – wenig überzeugend –, als wäre er außerordentlich überrascht. »Warum sagst du das? Offenbar habt ihr euch gestritten – nun, das wissen wir doch alle. Und sie spricht immer mit sehr viel Wärme von dir. Deine neueste Arbeit hat ihr gefallen: dieses rote Wohnzimmer, das du für Molly Dorest gemacht hast.«

In seinem krampfhaften Bemühen, mich zu überzeugen, hatte er einen Fehler gemacht. Ich sah es an seinen Augen, daß es ihm sofort bewußt wurde.

»Das Wohnzimmer der Dorests? Das ist komisch. Ich habe dieses Zimmer doch erst vor vier Monaten fertiggestellt. Es war die letzte Arbeit, die ich abgeschlossen habe, bevor Steenie krank wurde. Ich dachte, du hättest vorhin gesagt, daß du Constance seit fast einem Jahr nicht mehr gesehen hast.«

Vickers schlug sich mit der Hand an die Stirn – eine bühnenreife Geste.

»Himmel, wie ich immer alles durcheinanderbringe! Dann kann es ja gar nicht das von den Dorests gewesen sein. Es muß sich um irgendein anderes Zimmer gehandelt haben. Das ist das Alter, du weißt schon, Schätzchen. Fortschreitende Senilität. So was passiert mir jetzt andauernd, ich bringe alles durcheinander, Daten, Orte; das ist wirklich eine

Geißel. Also, du darfst mir nicht böse sein, aber ich muß dich jetzt leider rausschmeißen. Ich muß in einer halben Stunde im Village sein – nur ein Treffen mit alten Freunden, aber du kennst ja den Verkehr. Die ganze Stadt vollgestopft mit den schrecklichsten Menschen – Touristen, weißt du, Autoverkäufer aus Detroit, Hausfrauen aus Idaho, die sich *jedes* verfügbare Taxi schnappen...«

Er schob mich mit festem Griff am Ellbogen in Richtung des Flurs. Dort hockte der japanische Hausjunge.

»Ich liebe dich in diesem Blau – es paßt wunderbar zu deinem Tizianhaar«, säuselte er, und da Vickers häufig Schmeicheleien benutzte, um schnell zu flüchten, war ich nicht überrascht, mich einen Augenblick später draußen auf dem Gehsteig wiederzufinden.

Ich drehte mich noch einmal um, aber Vickers, der in bestimmten Kreisen wegen seiner Zuvorkommenheit gerühmt wurde, hatte sich nie gescheut, unhöflich zu sein.

Ein überstürzter Abschied. In diesem Augenblick war ich mir völlig sicher, daß Vickers, der sich Constance gegenüber loyal verhalten hatte, nicht aber meinem Onkel Steenie gegenüber, gelogen hatte.

Bevor ich zu Conrad Vickers ging, hatte ich, zumeist am Telefon, einen enttäuschenden und frustrierenden Tag verbracht. Der Rest des Abends war nicht viel anders. Es war ein Fehler gewesen, Champagner zu trinken, denn nun war ich noch durstiger, und der Jet-Lag machte sich wieder bemerkbar. Vor allem aber war es ein Fehler gewesen, daß ich mir dieses venezianische Foto angesehen hatte, das mir gezeigt hatte, wie ich einmal gewesen war, aber jetzt nicht mehr.

Es gab genügend Leute, die ich hätte anrufen können, wenn ich Gesellschaft wollte, aber ich tat es nicht. Ich wollte allein sein. Ich mußte mich entscheiden, ob ich meine Suche fortsetzen sollte oder ob ich sie aufgeben und nach England zurückkehren sollte.

Ich schaffte es, eins der Fenster in meinem Hotelzimmer aufzumachen. Und dann ließ ich mir die warme Stadtluft ins Gesicht wehen: Ich sah hinaus über Manhattan. Es waren die Stunden des Übergangs vom Tag zur Nacht. Ich fühlte mich ebenfalls im Übergang, fühlte mich vor einer entscheidenden Veränderung – und vielleicht wurde ich gerade aus diesem Grund wieder störrisch. So leicht würde ich mich nicht geschlagen geben. Ich wußte, daß Constance hier war; das Gefühl, daß sie in der Nähe war, war noch stärker als am Tag zuvor. *Na, komm doch*, sagte ihre Stimme, *wenn du mich finden willst*.

Bevor ich ins Bett ging, rief ich noch einmal bei Betty Marpruder an. Ich rief dreimal an. Ich wählte ein viertes Mal. Noch immer keine Antwort. Das kam mir sehr merkwürdig vor.

Betty Marpruder – *Miss Marpruder* für alle, außer für Constance und mich, wir durften sie *Prudie* nennen – war anders als alle Frauen, die Constance sonst einstellte; sie war weder jung noch dekorativ. Wie die meisten Innenarchitekten, so achtete Constance sorgfältig darauf, Frauen – und Männer – einzustellen, von deren Akzent, Kleidung und Benehmen ihre Kunden beeindruckt sein würden. Das tat sie mit einem gewissen zornigen Pragmatismus – *Fassadenputz* nannte sie es. Miss Marpruder mit ihren Halsketten, ihren eckigen Bewegungen, ihren bunten Slacks, ihrer alten behinderten Mutter, ihrer trotzigen, aber traurigen Altjüngferlichkeit wurde jedoch sorgfältig in einem Hinterzimmer verborgen. Dort herrschte sie über allem: Sie überwachte die Bücher, sie tyrannisierte für Constance die Werkstätten, sie jagte den Herstellern Gottesfurcht ein, und – unter gar keinen Umständen – begegnete sie je einem Kunden. Constance war innerhalb der Firma immer das inspirierende Element gewesen; aber es war Miss Marpruder, die Constances unleugbar kapriziöse Ader ausglich und die sämtliche praktischen Arbeiten ausführte.

Dafür genoß sie gewisse Privilegien. Ich war überzeugt, daß sie die noch immer genoß. Das wichtigste dieser Privilegien war, daß sie stets wußte, wo sich Constance aufhielt. Und nur Miss Marpruder gab diese Einzelheiten weiter. Miss Marpruder, eine Verehrerin in Constances Tempel, war zugleich Constances höchste Priesterin.

»Prudie hat eine perfekte Nase«, jubelte Constance. »Wenn es eine Krise gibt, ist sie die Richterin des Obersten Gerichtshofs.«

Ich lauschte auf Miss Marpruders Telefon. Ich konnte es sehen, ganz deutlich, diesen Apparat, während ich auf das Klingeln lauschte. Ich konnte das Spitzendeckchen sehen, auf dem es stand, den wackligen Tisch darunter, all die Einzelheiten dieses traurigen Zimmers, das Prudie, auf ihre flotte Art, gern als ihr Junggesellenzelt bezeichnete.

Als Kind wurde ich oft bei Prudie abgestellt. Sie nahm mich mit, die 32. Straße hinunter, brachte mich bei ihrer behinderten Mutter vorbei, setzte mich in ihrem kleinen Wohnzimmer ab, gab mir kleine Schleckereien – selbstgebackene Plätzchen, Gläser mit richtiger Limonade; ich glaube, Prudie hätte gern eigene Kinder gehabt.

Ihr Wohnzimmer war grell und mutig. Es verbreitete eine Atmosphäre übertriebener Sparsamkeit, unzureichender Geldmittel, die bis an ihre Grenzen durch medizinische Rechnungen erschöpft waren. Da war eine trotzige Couch in einem unglücklichen rötlichen Ton, mit einer Decke auf eine Art drapiert, die Constances kostspielige Wegwerftechnik imitieren sollte. In Constances Räumen wäre die Decke aus Kaschmir gewesen oder aus einem alten Paisleystoff; bei Miss Marpruder war es Taiwanseide.

Sie wurde von Constance ausgebeutet. Wann mir das zum ersten Mal klar wurde? Loyal zu sein und unentbehrlich und trotzdem nicht gut bezahlt zu werden oder auch nur angemessen bezahlt zu werden – wie alt war ich, als ich es zum ersten Mal als falsch ansah? Egal, wie alt ich war, es muß in diesem kleinen Wohnzimmer von Prudie gewesen sein, daß sich Zuneigung mit Mitleid verband, daß meine Zweifel in bezug auf meine Patentante zu wachsen begannen.

Ich sah plötzlich ihr Telefon vor mir: Da war das kleine Spitzendeckchen, das Constance nur mit einem Schaudern hätte ansehen können. Es stammte von Miss Marpruders Mutter, die es für sie gemacht hatte. Wann immer sie das Telefon benutzte, strich sie das Deckchen glatt.

»Ich mag schöne Dinge«, sagte sie einmal zu mir; und ich muß schon ein Teenager gewesen sein, denn der Ton ihrer Stimme tat mir im Herzen weh. »Kissen, Matten, Deckchen – das sind die kleinen Berührungen, die zählen, Victoria. Das habe ich von deiner Patentante gelernt.«

Am nächsten Morgen rief ich noch einmal bei Miss Marpruder an; und als niemand abnahm, ging ich, weil ich mich in dem Zimmer eingesperrt fühlte, nach draußen, in die Hitze der Straßen. Strahlendes Licht und klebrige Luft. Ich rief ein Taxi. Ich glaube, ich beschloß erst, als ich einstieg, wohin ich wollte. Ich gab dem Fahrer die Adresse.

»Queens?« Anzeichen von Zögern, möglicherweise Ablehnung.

»Ja, Queens. Fahren Sie über die Triborough, dann werde ich Ihnen sagen, wie es weitergeht.«

»Green Lawns?«

»Ja, das ist es.«

»Irgendein bestimmtes Haus?«

»Nein«, sagte ich. »Ein Friedhof für Haustiere.«

Es war acht Jahre her, seit ich das letzte Mal dort gewesen war, und es dauerte eine Weile, bis ich Berties Grab gefunden hatte. Ich ging an schönen weißen Grabsteinen für Hunde, Katzen und – in einem Fall – für eine Maus vorbei.

Befreie dich für eine Weile von der Glückseligkeit, las ich, ich drehte mich um und wäre fast über Berties Eisberg gefallen.

Da war er, genauso wie ich ihn in Erinnerung hatte, ein launischer Einfall, der Constances Trauer entsprungen war, der Versuch, an Berties letzter Ruhestätte die Landschaft neu zu schaffen, die Constance als sein Herkunftsland betrachtete. Bertie war ein Neufundländer; Constances Kenntnis von Neufundland war poetischer Art. Bertie träume von Eisbergen, sagte sie immer. Soll ein Eisberg an diesen Platz kommen.

Ein Stein war ausgewählt worden. Ein Stein war geformt worden. Es hatte mit der Verwaltung von Green Lawns Diskussionen gegeben, denn sie zogen ordentliche Grabsteine vor und fanden Eisberge unangebracht. Constance hatte, wie üblich, gesiegt, und da war dieser Eisberg nun. Aus fast jedem Blickwinkel war die Ähnlichkeit mit Eis nur sehr begrenzt; es half, wenn man wußte, was es war.

Ich las die Inschrift: *Für Bertie, den letzten und besten meiner Hunde...* Dann entdeckte ich noch etwas anderes; einen kleinen Blumenstrauß.

Jemand hatte diese Blumen mit Bedacht gewählt; das war kein gewöhnlicher Strauß, er war so schön und so sorgfältig arrangiert wie die Blumen, die ich am Tag zuvor in Conrad Vickers Wohnzimmer gesehen hatte.

Es waren Fresien, weiße Rosen, kleine Seitentriebe von blauem Rittersporn, Nelken, Stiefmütterchen, Maiglöckchen: Blumen, wie man sie in Winterscombe nur allzuoft findet, Blumen, die jedoch in New York nur bei ganz wenigen Floristen erhältlich waren.

Ich beugte mich vor, um ihren süßen Duft zu riechen. Ich trat einen Schritt zurück und betrachtete sie. Inzwischen war der Vormittag fortgeschritten. Berties Grab lag ungeschützt in der Sonne; es war sehr heiß, mindestens achtundzwanzig Grad. Die Blumen waren ganz frisch: Sie konnten erst vor – allerhöchstens – einer Stunde hingelegt worden sein. Es gab in ganz New York nur einen Menschen, der um Bertie trauern würde, nur einen Menschen, der Blumen auf das Grab eines Hundes legen würde, der seit vierundzwanzig Jahren tot war.

Ich warf einen Blick über die Grabsteine. Es war niemand zu sehen. Ich drehte mich um und begann zu laufen.

Constance war in der Stadt; ihre Zuneigung brachte sie näher. Ich wurde wieder von Liebe zu meiner Patentante ergriffen, mit derselben Macht, wie sie mich früher immer ergriffen hatte, wenn Constance davongerannt und ich keuchend hinter ihr hergelaufen war. Sie verfolgen, aber – und jetzt verspürte ich einen Augenblick lang ein Gefühl des Triumphs – diesmal holte ich auf.

Ich tat etwas, das ich in meinem ganzen Leben noch nicht getan hatte. Ich bestach einen Portier. Es war ein neuer Portier, jung, forsch, wissend und zugänglich, der mich auf eine Weise musterte, wie es sich seine Vorgänger nie erlaubt hätten.

»Es antwortet niemand.« Er legte den Telefonhörer auf. »Was ich Ihnen gesagt habe. Die Wohnung ist verschlossen.«

Ich hätte ihm schöne Augen machen können, nehme ich an. Aber ich zog den Zwanzigdollarschein vor. Ich erwartete, zurückgewiesen zu werden. Zu meinem Erstaunen wechselte der Schein mit großer Leichtigkeit von meiner Hand in seine und verschwand sofort.

»Okay.« Er zuckte die Achseln. »Gehen Sie einfach rauf. Es wird niemand da sein.«

Ich nahm den Fahrstuhl in den fünften Stock. Ich ging durch die stillen, mit roten Teppichen belegten Gänge. Ohne große Hoffnung drückte ich auf die Klingel von Constances Wohnung. Zu meiner Überraschung ging die Tür sofort auf.

Ich sah hinein, in mein altes Heim, in Constances berühmten Spiegelflur. Das Glas an der rechten Wand reflektierte das Glas an der linken; es entstand ein illusionärer Raum, unendliche Spiegelungen.

»Zähle sie«, hatte Constance an jenem ersten Tag, als ich bei ihr angekommen war, gesagt. »Zähle sie. Wie viele Victorias siehst du? Sieben? Acht? Es sind mehr – sieh genau hin. Siehst du? Sie gehen immer weiter, bis in alle Ewigkeit.«

»Constance«, sagte ich dreißig Jahre später und ging hinein. »Constance, ich bin's, Victoria –«

»Nicht hier. Nicht hier.«

Hinter der großen Tür kam eine Gestalt hervor. Ein Liliputmädchen, von den Philippinen, in einer schmucken grauen Uniform. Sie starrte mich erschrocken an, als habe sie jemand anderen erwartet. Dann versperrte sie mir ängstlich den Weg.

»Nicht hier«, sagte sie noch einmal und schüttelte heftig den Kopf. »Miss Shawcross – ist weggefahren – alles ist geschlossen – keine Besucher ...«

Sie gab mir einen kleinen Schubs.

»Nein, hören Sie, bitte – warten Sie«, begann ich. »Ich will ja nur wissen – wann ist Constance weggefahren? Wo kann ich sie erreichen?«

»Keine Telefonnummer. Keine Adresse. Keine Besucher.« Wieder bekam ich einen kleinen Schubs. »Alles ist zugemacht. Zugemacht für den... für den Sommer.«

»Könnte ich vielleicht eine Nachricht hinterlassen? Bitte! Ich brauche nicht lange. Lassen Sie mich doch nur kurz herein. Constance ist meine Patentante. Ich muß sie sehen –«

Bei dem Wort Patentante, das sie offenbar falsch deutete, wurden die Gesichtszüge des kleinen Mädchens ganz wild.

»Keine Kinder hier. Niemals Kinder hier –«

»Nein, jetzt nicht. Aber früher. Ich habe als Kind hier gewohnt, mit Constance. Hören Sie, Sie haben doch bestimmt irgendeine Telefonnummer, irgendeine Adresse –«

»Polizei.« Sie gab mir einen noch kräftigeren Schubs. »Gehen Sie jetzt sofort, oder ich rufe Polizei, rufe sehr schnell. Sehen Sie, Alarmknopf, gleich hier.«

Sie lehnte sich ein wenig zurück, während sie sprach. Ihre eine Hand blieb am Türgriff, die andere streckte sich nach einem kleinen Kasten an der Wand aus.

»Alarmknopf – sehen Sie?« Das Mädchen richtete sich zu seiner vollen Größe auf – höchstens ein Meter fünfundvierzig.

»Warten Sie«, begann ich und ging ein paar Schritte zurück, überlegte, wann Constance (die ihre Dienstboten nie sehr lange hatte) dieses kleine feuerspuckende Wesen eingestellt haben konnte. Wie sich zeigte, war es ein Fehler gewesen zurückzuweichen. Ein Ausdruck des Triumphs breitete sich auf dem Gesicht des Mädchens aus. Die Tür wurde zugeschlagen. Dann war das Geräusch von Riegeln, Ketten, sich drehenden Schlössern zu hören.

Ich fuhr in einem anderen Fahrstuhl hinunter. Sobald sich die Türen geschlossen hatten, wurde mein Körper steif. Die primitiven Instinkte, die in uns allen stecken, erwachten. Auf meinem Rücken breitete sich eine Gänsehaut aus.

Der Fahrstuhl war nicht groß und die Luft darin sehr stickig. Durch die dicke feuchte Luft drang ein Duft, der mir bekannt war: Das frische Grün der Farne mit einem Hauch von Zibet. Constances Parfüm, das sie stets verwendet hatte und das einem im Gedächtnis blieb wie ihre Augen oder ihre Stimme. Ich spürte, wie mich die Vergangenheit einholte.

Die Fahrt nach unten kam mir unglaublich langsam vor. Ich war überzeugt, daß sie ganz kurz vor mir hiergewesen sein mußte, daß sie mit dem linken Fahrstuhl nach unten gefahren war, während ich mit dem rechten nach oben fuhr. Eine Frage von Sekunden. Constance war vielleicht noch in der Lobby oder vor dem Haus.

Die Eingangshalle war leer; die Augen des Portiers waren auf den Tisch gerichtet. Ich lief hinaus auf die Straße. Ich sah in die Gesichter der vorbeieilenden Menschen. Ich sah stadteinwärts, zum Eingang des Parks, zu dem Weg, den Constance und ich in all den Jahren fast täglich mit Bertie gegangen waren.

Das Gefühl von Verlust, das mich überfiel, war sehr stark. Ich stand da und starrte blind durch den Park. Aber dieses Gefühl, etwas verloren zu haben, weckte die Erinnerung an andere Dinge, die ich ebenfalls verloren hatte.

Ich ging zum Hotel zurück. Ich schloß die Tür ab. Ich kühlte mein Gesicht mit Wasser, ich sah zu, wie die Wasserhähne Tränen vergossen.

Dann legte ich mich aufs Bett, um die Vergangenheit zu verjagen. Natürlich weigerte sie sich wegzugehen. Sie kroch näher, immer näher zu mir – die verschlungenen Wege meines Lebens, die alle zurückführten zu Constance.

Die Landschaft meiner Vergangenheit: Sie erinnerte mich an zu Hause, sie erinnerte mich an England. An all die Wege durch die Wälder. Ich träumte von Winterscombe, als ich schlief.

Ein englisches Tal, ein friedliches Tal. Sanft geschwungene Hügel; in den Wäldern Eichen und Buchen und Eschen und Birken; wenn man in diesem Tal angekommen ist: keinerlei Anzeichen dafür, daß sich – nur ein paar Meilen weiter südlich – die Landschaft abrupt verändert, in die Kreidekalkhügel von Salisbury Plain.

Durch dieses Tal fegt kein Wind, es ist ein geschützter Ort; über die Jahrhunderte hinweg wurden seine natürlichen Schönheiten von den Menschen verfeinert. Der Lauf des Flusses, mit Fischen in Hülle und Fülle, wurde umgeleitet, und sein Wasser ergießt sich in einen See, der heiter und schön ist.

An der einen Seite des Sees beginnt der Wald. Fahrwege und Pfade wurden durch diese Wälder geschnitten: Sie führen zu Lichtungen oder zu Erhebungen, von denen einige in ihrem natürlichen Zustand belassen und andere hervorgehoben wurden, mit einer Statue, einem Obelisken oder einem Aussichtstürmchen.

Auf der anderen Seite des Sees sind die Eingriffe der Menschen deutlicher zu erkennen: Park und eine kleine, nicht besonders hübsche Kirche, die auf einem Hügel steht und von meinem Großvater gestiftet wurde; Rasenflächen und Rasentennisplätze, Blumenrabatten und ein Rosengarten; an der einen Seite, die Mauern des Gemüsegartens und schimmerndes Glas – die Dächer der Gewächshäuser, in denen die Gärtner, jetzt zwar nicht mehr so zahlreich, noch immer schwarze Trauben ziehen, und Melonen und weiße Pfirsiche, von denen es nur wenige gibt und die leicht aufspringen und niemals von Kindern gepflückt werden dürfen.

Aus den Häusern im Dorf, in dem noch einige Katen bewohnt sind, sieht man Rauch von Holzfeuern aufsteigen. Man sieht das Glitzern des goldenen Hahns, der bei den Ställen auf dem Glockenturm sitzt. Und wenn Sie ihren Blick zurückwenden, zu den Rasenflächen, dann werden Sie eine Terrasse sehen. Und dahinter das Haus meines Großvaters, das er mit dem Geld meines Urgroßvaters gebaut hat.

Jeder, der dieses Haus kennt, beklagt sich darüber. Meine Mutter sagt, daß es zu groß sei, daß es für eine andere Welt gebaut und jetzt unsinnig sei. Mein Vater sagt, daß es zuviel Geld verschlingt, weil die Zimmer so groß und ihre Decken so hoch sind und weil das Dach undicht ist und die Fenster klappern und weil die Rohrleitungen kreischen und ächzen und stöhnen. Man kann sehen, wie das Haus das Geld verschlingt, wenn man hintergeht in den Keller und in den Heizungsraum und zusieht, wie Jack Hennessy mit dem Feuerhaken im Ofen für den Boiler stochert. Der Ofen ist riesig; man könnte meinen, er reiche aus, um die Turbinen eines Ozeandampfers anzuwerfen, und Hennessy sagt, daß er Tag und Nacht Kohlen hineinschippen könnte, ohne damit seinen unersättlichen Appetit zu stillen. Hinein mit der Schaufel Kohle, die für mich Pfundnoten sind, denn ich kenne die Gesetze der Wirtschaft, und dann – weiter oben – ein Rattern und Heulen aus kilometerlangen verschlungenen Rohren. Die Rohre sind lauwarm; die Heizkörper sind lauwarm; das Badewasser ist lauwarm. »Das ist keine Zentralheizung, das ist eine Peripherieheizung«, sagt mein Vater mit verzweifelter Stimme; deshalb machen wir ein Feuer im Kamin und setzen uns alle dicht davor, mit glühenden Gesichtern und kaltem Rücken.

So ist das Haus. Mein Urururgroßvater hatte ein Vermögen gemacht, zuerst mit Seife und dann mit Patenten für Bleichmittel. Diese Tatsache wird von den meisten in meiner Familie, vor allem von meiner Großtante Maud, die groß und alt ist und früher einmal wegen ihrer Gesellschaften berühmt war, als störend empfunden; nur mein Vater spricht gelegentlich von Bleichmitteln und Seifen, aber auch nur, um Großtante Maud oder Onkel Steenie zu ärgern. Mein Urgroßvater machte mit diesen Bleichmitteln und seinen Fabriken, die im schottischen Tiefland angesiedelt waren, sogar noch mehr Geld. Ich glaube, er mochte nicht allzu dicht bei diesen Fabriken wohnen, oder vielleicht wollte er auch nicht andauernd an die Bleichmittel erinnert werden, denn er zog mit seiner Familie in den Süden, ging in die Politik, kaufte sich den Titel eines Barons, wurde der erste Lord Callendar und schickte meinen Großvater, Denton Cavendish, nach Eton.

Mein Großvater Denton war berühmt für seine Fasane und seine üblen Launen und seine amerikanische Frau, meine Großmutter Gwen, die sehr schön war, aber keinen Pfennig besaß. Mein Großvater baute dieses Haus und schuf diese Gärten und vergrößerte das Anwesen, und mein Vater und seine drei Brüder wurden, so wie ich, in ihm geboren.

Als mein Großvater Denton es baute, war es hochmodern. Es wurde in den Jahren nach 1890 fertiggestellt, als Königin Victoria noch regierte, aber seinem Geist und seiner Bauweise nach war es ein edwardianisches Haus. Da steht es, hoch und hehr, mit Zinnen geschmückt, opulent und absurd, geschaffen für die langen Sommertage vor dem Ersten Weltkrieg, geschaffen für eine nie abreißende Folge von Festen, geschaffen für Billard und Bridge, für Crocket, für Jagdwochenenden und diskrete Zerstreuungen der Erwachsenen: Winterscombe, mein Zuhause. Ich habe mich nie darum gekümmert, ob es Geld verschlang, und ich glaube, mein Vater und meine Mutter haben es, in ihrem Herzen, auch nie getan. Sie haben es geliebt; ich habe es geliebt; ich habe sie geliebt. Wenn ich heute daran zurückdenke, dann ist es immer Herbst dort, dann liegt immer Nebel über dem See (der ausgebaggert werden müßte), dann steigt immer Rauch auf, und ich bin immer glücklich. Natürlich.

Als ich schon etwas älter war und nach New York ging, um bei Constance zu wohnen, lernte ich ein schnelleres Leben kennen und lieben. Ich lernte den Charme des Kapriziösen und die Freude an verrückten Launen schätzen. Ich erfuhr den Luxus von Sorglosigkeit.

In Winterscombe habe ich solche Dinge nicht gekannt und genau das Gegenteil davon geliebt. Anderen mag unser Familienleben vielleicht langweilig vorgekommen sein; aber ich habe seine Rituale geliebt, sie gaben mir Sicherheit und die Gewißheit, daß der nächste Tag nicht viel anders sein würde als der Tag davor. Wie meine Eltern, so war auch ich sehr englisch.

Morgens um sieben wachte ich auf; dann brachte Jenna, meine Kinderfrau, den Kupferkrug mit heißem Wasser und einen ausgekochten Waschlappen zu mir ins Zimmer. Sie rieb mir das Gesicht und den Hals ab, und die Ohren, bis meine Haut zu brennen begann, und dann bürstete sie meine Haare, meine roten Locken – das habe ich gehaßt! – genau fünfzigmal. Dann wurden sie zu ordentlichen dicken Zöpfen geflochten, um sie zu bändigen, und mit Gummibändern zusammengehalten, und mit Schleifen, jeden Tag andere, damit sie zu der Bluse paßten, die ich anhatte. Ordnung und Sauberkeit waren Jenna hoch und heilig.

Zweimal im Jahr kamen Kleider für mich. In weißen Kartons aus London; sie waren praktisch, und sie änderten sich nie. Im Sommer trug ich Baumwollhemden und im Winter Wollhemden mit Ärmeln. Ich trug lange Socken oder, im Winter, Wollstrümpfe, und im Sommer kurze Söckchen. Ich hatte drei Arten Schuhe: feste braune Schnürstiefel, feste braune Sandalen und flache Ballerinas aus bronzefarbenem Ziegenleder, die ich nur zu feierlichen Anlässen anzog, obwohl ich nicht auf besonders viele ging. Im Sommer trug ich Baumwollröcke und Wolljacken, die Jenna für mich strickte. Im Winter trug ich graue Flanellfaltenröcke und graue Flanelljacken. Ich hatte eine ganze Reihe Harris-Tweedmäntel mit Samtkragen, die alle völlig gleich aussahen, und mehrere, völlig gleiche Hüte in Form von Puddingschüsseln, die mit einem Gummiband unter dem Kinn befestigt wurden. Ich haßte die Winterhemden, weil sie kratzten, aber, davon abgesehen, dachte ich nicht viel über meine Kleider nach, außer wenn ich nach London fuhr, um meine Großtante Maud zu besuchen.

Tante Maud mochte meine Kleidung nicht, und das sagte sie frei heraus: »Das Kind sieht ja trostlos aus«, verkündete sie und fixierte mich mit ihrem starren Blick. »Ich werde mit ihr zu Harrods gehen. Sie hat... gewisse Möglichkeiten.«

Ich war mir nicht sicher, was das für Möglichkeiten waren: Wenn ich in den Spiegel starrte, konnte ich sehen, daß ich groß und knochig war. Ich hatte große Füße, die in den braunen Schnürschuhen, die Jenna so lange polierte, bis sie wie Kastanien glänzten, noch größer aussahen. Ich schämte mich für meine Sommersprossen. Meine Augen hatte eine unbestimmte grüne Farbe. Und dann noch diese schrecklichen roten Locken, die mir den halben Rücken herunterreichten, während ich mir doch nichts mehr wünschte als kurze, glatte schwarze Haare und funkelnde blaue Augen, wie sie die Heldinnen in Tante Mauds Lieblingsromanen hatten.

Also absolut keine Möglichkeiten weit und breit, die ich hätte entdecken können, und die so oft versprochenen Besuche bei Harrods schienen nie Wahrheit zu werden. Ich glaube, Tante Maud, die damals schon recht alt war, hatte sie einfach wieder vergessen; andererseits war es auch möglich, daß sich meine Mutter – die alles Modische frivol fand – eingeschaltet hatte. »Ich liebe Tante Maud wirklich von ganzem Herzen«, sagte sie immer, »aber manchmal geht sie einfach zu weit. Man sollte nicht übertreiben.«

Aber dann, an einem meiner Geburtstage – meinem siebten – machte Tante Maud Ernst. Ihre Finanzen lagen im dunkeln, wenn ich es richtig verstand, lebte sie von Bildern – einer Sammlung von Gemälden, die sie von einem sehr lieben Freund geschenkt bekommen hatte. Die meisten dieser Gemälde waren schon vor Jahren verkauft worden, aber ein paar hatte sie noch in Reserve – *für Regentage*, wie sie sagte.

Ich glaube, daß zu meinem siebten Geburtstag ein Gemälde geopfert wurde, denn Tante Maud erstand einige neue Kleidungsstücke für sich selbst, und sie ging auch zu Harrods. Ein paar Wochen vorher schickte sie mir aus London ein Kleid.

Ich sehe dieses Kleid noch vor mir, in all seiner Pracht, als es aus all den Bögen Seidenpapier im Kinderzimmer ausgepackt wurde. Es war aus Samt und hatte die Farbe von chinesischem Bernstein. Es hatte einen weiten Rock und wogende Petticoats; es hatte Puffärmel und einen großen Spitzenkragen.

»Du liebe Zeit, Brüsseler Spitze. Maud ist immer so schrecklich extravagant.« Meine Mutter blickte düster auf das Kleid, und Jenna blinzelte mir – über ihren Kopf hinweg – zu.

Später, als meine Mutter nach unten gegangen war, zog Jenna die Vorhänge zu und zündete die Lampen an und stellte mitten im Kinderschlafzimmer den großen Spiegel auf.

»Und jetzt«, sagte sie, »probieren wir es an. Und dann mache ich dir deine Haare. Und du darfst nicht schauen, bis du fertig bist.«

Ich war ganz aufgeregt, sprang im Zimmer herum und zappelte unter Jennas geduldigen Händen. Es dauerte alles so lange. Die cremefarbenen seidenen Strümpfe, die an elastischen Strumpfbändern befestigt wurden, die bronzefarbenen Ziegenlederballerinas, die Petticoats. Auch als ich das Kleid schon anhatte, durfte ich noch nicht hinsehen. Jenna mußte zuerst noch meine Haare bürsten und mit einem schwarzen Band hinten zusammenbinden.

Es war ziemlich schwierig gewesen, das Kleid zuzukriegen; ich mußte die Luft anhalten, und ich hatte gesehen, wie Jenna die Stirn runzelte. Aber als ich in den Spiegel guckte, vergaß ich es völlig, denn das Kleid war so wunderschön, und das Mädchen, das mich aus dem Spiegel ansah, war so völlig verwandelt. Ich stand da und starrte dieses fremde Mädchen an; dann stieß Jenna einen Seufzer aus, und ich sah, was daran falsch war. Ich war zu groß und der Rock zu kurz; ich war dünn, aber nicht dünn genug für dieses Kleid, so daß sich das Leibchen über meinen Rippen spannte.

»Vielleicht kann ich es rauslassen – nur ein bißchen.« Jenna untersuchte den Saum. »Sieh nur, Vicky, das sind bestimmt fünf Zentimeter, wenn nicht mehr. Ich werde sie rauslassen. Vielleicht hat sich deine Tante Maud wegen der Größe geirrt. Aber mach dir jetzt keine Sorgen deswegen – bis zum Winter wird alles in Ordnung sein. Bis zu Charlottes Einladung – da gehst du doch immer hin. Du wirst es auf Charlottes Einladung tragen können.«

Charlottes Einladung war das einzige verläßliche Ereignis im Winter. Charlotte war ein kleines, dünnes blondes Mädchen, ein paar Jahre älter als ich, ein Mädchen, das ich nicht gerade besonders gut leiden konnte. Sie wohnte in einem großen Haus, ungefähr fünfzehn Meilen von Winterscombe entfernt. Charlotte gab Feste von unvorstellbarem Luxus, mit Zauberern aus London und – im vergangenen Jahr – einer Eistorte. Ihr Vater kaufte sich jedes Jahr einen neuen Rolls-Royce und rauchte Zigarren, und ihre Mutter trug tagsüber Juwelen. Einmal war Charlotte zum Tee nach Winterscombe gekommen und hatte hinterher erklärt, daß es ziemlich schäbig sei. Das hatte weh getan. Ich freute mich schon darauf, mit diesem herrlichen Kleid bei Charlotte zu erscheinen.

In diesem Jahr bekam Charlotte die Masern, und die Einladung wurde abgesagt. Das bernsteinfarbene Samtkleid hing im Schrank und wurde mit jeder Woche kleiner und kleiner. Ich bemühte mich, nichts zu essen, aber ob ich nun aß oder nicht – ich schien immer größer und größer zu werden. Als Weihnachten nahte, ließ Jenna noch einmal die Nähte raus, und wir begannen beide schon zu hoffen. Sicher würde ich es zu Weihnachten anziehen können? Tante Maud kam zu Weihnachten. Am Weihnachtsabend probierte ich es wieder an, aber die Haken und Ösen ließen sich nicht schließen; ich ging, wie immer, in meinem praktischen Viyella-Kleid hinunter zum Weihnachtsessen.

Ich glaube, Tante Maud hatte das Kleid schon ganz vergessen. Am zweiten Weihnachtstag fragte ich sie wegen einer anderen Sache um Rat.

Ich paßte sie in ihrem Zimmer ab. »Tante Maud«, sagte ich, »kann man Sommersprossen wegmachen? Kann man sie loswerden?«

Tante Maud hob ihre Lorgnette hoch und sah sich mein Gesicht aus der Nähe an.

»Natürlich kann man das«, erklärte sie. »Fuller's Erde. Damit mache ich meine Haut weiß. Ich verwende sie seit Jahren. Sie ist nicht zu übertreffen.«

Wir probierten es aus. Tante Maud nahm mich mit in ihr Badezimmer und mixte eine gräuliche Paste. Sie strich sie mir auf die Nase und die Backenknochen, dann setzte sie mich in einen Sessel und las mir, während die Paste trocknete, aus einem ihrer Romane vor. Der Roman hieß *Scheidewege des Herzens*. Er spielte auf einem Ozeandampfer. In Tante Mauds Romanen gab es immer gute Stellen, und sie las mir eine der besten dieser guten Stellen ganz vor; es war eine zärtliche Szene, auf dem Achterschiff, im Mondschein, und sie endete mit der höchst interessanten Beschreibung einer Umarmung. Wenn meine Mutter es gehört hätte, wäre sie bestimmt wütend geworden, aber Tante Maud war sehr gerührt davon, so sehr, daß sie mir eine ihrer eigenen Geschichten über Winterscombe erzählte, und von den Gesellschaften, die es hier früher immer gegeben hatte, in den alten Zeiten, als meine amerikanische Großmutter Gwen noch lebte.

»Ich erinnere mich noch an das eine Mal«, sagte sie, »als es ein Fest für einen Kometen gab. Den Halleyschen Kometen, weißt du. Es gab ein großes Abendessen, und dann sollten wir uns versammeln, um den Kometen zu beobachten, der am Himmel vorbeiziehen würde...«

Ich saß sehr still. Ich liebte solche Geschichten, aber meine Nase begann zu jucken; ich überlegte, ob es unhöflich wäre, Tante Maud zu unterbrechen, um es ihr zu sagen.

»Ich hatte meine Smaragde angelegt. Oder waren es meine Saphire? Ja, ich glaube, die Saphire, denn ich kann mich daran erinnern, daß ich ein blaues Kleid anhatte, und Monty – oh!« Sie stieß einen Schrei aus. »Die Fuller's Erde! Vicky! Schnell!«

Ich wurde schnell ins Badezimmer geschoben, und dann schrubbte mir Tante Maud mit einer speziellen französischen Seife das Gesicht ab.

»Darf ich jetzt schauen, Tante Maud?«

Tante Maud starrte mit zweifelnder Miene in mein Gesicht; ziemlich zögernd reichte sie mir einen Spiegel. Ich hielt ihn dicht an meine Nase, um sie zu untersuchen. Meine Nase war rot; mein ganzes Gesicht war feuerrot; die Sommersprossen blinkten wie Sterne. Es schienen mehr denn je zu sein.

»Ich glaube, das hat nicht richtig funktioniert, Tante Maud«, begann ich, und Tante Maud nahm mir den Spiegel aus der Hand.

»Nun, natürlich wirkt es nicht gleich beim ersten Mal! So einfach ist das nicht! *Il faut souffrir pour être belle!* Du darfst nicht aufgeben,

Vicky. Also, wenn ich dir eine kleine Packung hierließe, und du würdest sie jede Woche auftragen...«

Ich nahm die Schachtel mit Fuller's Erde. Ich versuchte es vier Wochen lang einmal wöchentlich. Als sie aufgebraucht war und die Sommersprossen noch immer nicht weg waren, mußte ich die bittere Wahrheit akzeptieren. Ich hatte Tante Maud sehr gern, aber sie hatte sich in drei Dingen geirrt: in bezug auf die Kleidergröße, in bezug auf Fuller's Erde und bezüglich meiner Möglichkeiten – ich besaß keine Möglichkeiten. Mein Glauben an Tante Maud war noch immer sehr groß, aber er war angeschlagen.

Tante Maud war einer der Stützpfeiler meines Lebens; sie markierte seine Grenzen. Es gab auch noch andere Stützpfeiler: mein Patenonkel, Steenies Freund Wexton, der ein Dichter war; mein Kindermädchen Jenna; mein Vater und meine Mutter; mein Onkel; und schließlich noch William, der Butler, der aber auch noch alle möglichen Dinge im Haus verrichtete, die die Butler von anderen Leuten nicht tun mußten, zum Beispiel Stiefel und Schuhe putzen – ein Sachverhalt, den Charlotte, als sie bei uns zum Tee war, heftig kritisierte.

»Der *Butler* putzt eure Schuhe?« fragte sie.

Es war Winter, und wir waren gerade mit matschigen Überschuhen von einem Spaziergang zurückgekommen.

»Habt ihr denn keinen Schuhjungen?«

»Nun, meine putzt Jenna gewöhnlich.«

»Jenna? Aber sie ist doch deine Kinderfrau. Sie ist nicht mal eine richtige Kinderfrau, sagt Mummy. Mein Kinderfrau hat eine braune Uniform an.«

Das bereitete mir größere Sorgen, als ich zugeben wollte. Als wir zusammen mit meiner Mutter Tee tranken, konnte ich sehen, daß Charlotte auch von ihr nicht allzuviel hielt. Ich konnte sehen, wie sie das Kleid meiner Mutter musterte, ein einfaches Kleid, wie sie es unter der Woche nachmittags immer trug, und darüber eine schon etwas ältere Tweedjacke. Ich kannte die Meinung meiner Mutter in bezug auf Schmuck und Juwelen am hellichten Tag, und – obwohl ich überzeugt war, daß sie recht hatte – begann ich mir zu wünschen, daß sie etwas Eleganteres angelegt hätte als nur eine einfache Perlenkette. Schließlich hatte sie doch Diamanten – aber die bewahrte sie auf der Bank auf; alle sechs Monate gab es eine Diskussion, ob man sie nicht lieber verkaufen sollte.

Ich begann mir zu wünschen, daß ich Charlotte von diesen Diamanten erzählen könnte, und machte Pläne, wie ich sie, ganz beiläufig, erwähnen könnte, nachdem meine Mutter das Zimmer verlassen hatte. Andererseits wußte ich, daß sich meine Mutter für mich schämen würde, wenn ich so etwas tun würde. Ich zappelte auf meinem Stuhl herum und tat so, als würde ich nichts merken, als Charlotte plötzlich am ganzen Körper zitterte und einen Blick zu den zugigen Fenstern warf.

Meine Mutter erzählte ihr von ihrer Arbeit im Waisenhaus, und Charlotte hörte ihr mit einem kleinen überheblichen Lächeln zu, das mich noch nervöser machte: Sie verabscheute Waisenhäuser genauso, wie sie meine Mutter verabscheute, das konnte ich sehen.

Als mein Vater zu uns stieß, entspannte ich mich ein wenig. Ich war sicher, daß mein Vater über jede Kritik erhaben war: Er war so groß und sah so gut aus; er hatte schöne Hände und eine ruhige, trockene Art zu reden; er war ein guter Reiter, und wenn er seinen Reiteranzug anhatte, sagte William, gab es im ganzen Land niemanden, der ihm hätte das Wasser reichen können. Ich wünschte, er hätte seinen Reiteranzug an, damit ihn Charlotte in seiner besten Form sehen konnte; aber wie es nun mal war, trug er einen seiner ältesten Tweedanzüge, aber diese Anzüge waren für ihn wie gemacht, und William (der die Aufgabe hatte, sie auszubürsten) fuhr immer mit den Fingern über den Stoff und sagte: »Das nenne ich Qualität.«

Ich hoffte, Charlotte würde das sehen. Ich hoffte, ihr eingebildetes Lächeln würde von ihrem Gesicht verschwinden, wenn mein Vater mit ihr redete. Bei bestimmten Worten stotterte mein Vater ein bißchen, das war ein Vermächtnis aus dem großen Krieg, aber er war sanft und freundlich, und er bezauberte jeden. Es war nur eine Frage der Zeit, sagte ich mir, bis Charlotte von ihm eingenommen war.

Er fragte sie zuerst nach ihren Unterrichtsstunden, was vielleicht ein Fehler war, denn Charlotte besuchte jetzt ein Internat, und sie hatte mir bereits – bei unserem Spaziergang – eröffnet, was sie von Mädchen hielt, die zu Hause erzogen wurden.

»Deine Mutter unterrichtet dich? Ich dachte, du hättest wenigstens eine Gouvernante.«

»Also, bis jetzt hattte ich auch eine, aber die ist weg.« Ich zögerte, denn das war ein gefährliches Terrain. Keine meiner Gouvernanten war sehr lange geblieben; Hausmädchen hatten wir jetzt auch nicht mehr; und die Köchinnen erhoben ebenfalls schon warnende Stimmen.

Das war wegen der Löhne und wegen der Heizung im Keller, die das ganze Geld verschlang, und dem Waisenhaus, das sogar noch mehr verschlang.

»Sie unterrichtet dich in *allem*?«

»Na, ja. Sie ist sehr klug. Ich mache Englisch und Französisch und Geographie mit ihr, und nächstes Jahr fangen wir mit Latein an. Und wegen Mathematik kommt Mr. Birdsong dreimal die Woche.«

»Mr. Birdsong? Aber der ist doch Pfarrer.«

Entschiedene Wut. Ich schämte mich augenblicklich wegen Mr. Birdsong, einem freundlichen und geduldigen Mann, den ich immer gern gehabt hatte. Ich saß in unserem Wohnzimmer und wünschte mir, daß mein Vater endlich von etwas anderem reden würde. Charlotte hielt ihm einen kleinen Vortrag über Roedean, und das kleine überhebliche Lächeln war noch immer auf ihrem Gesicht.

»Und was ist mit den Sommerferien?« fragte mein Vater, als sie mit ihrer Rede zu Ende war. Er saß auf seine übliche höfliche und freundliche Art da, aber ich sah genau, daß er Charlotte nicht mochte. Ich glaube fast, er fand sie komisch, aber das hätte er sich nicht anmerken lassen, denn er hatte ein absolut perfektes Benehmen.

»Ach, Mummy sagt, daß wir nächstes Jahr nicht nach Frankreich fahren. Sie sagt, die Riviera sei so überlaufen. Vielleicht fahren wir nach Italien. Oder Deutschland. Daddy sagt, Deutschland ist im Kommen.« Sie schwieg und schlenkerte mit den Beinen und warf mir einen listigen Blick zu.

»Und du, Vicky? Du hast mir noch gar nicht gesagt, wo du hinfährst.«

»Oh, wir haben große Pläne«, sagte mein Vater auf seine gewohnt leichte Art.

»Wirklich?« Charlotte starrte ihn mit entgeistertem Blick an.

»Ja. Wir bleiben hier, weißt du. So wie immer.«

»Den ganzen Sommer?«

»Auf jeden Fall. Den ganzen Sommer. Nicht wahr, Liebling?«

Er drehte sich zu meiner Mutter um, und ich sah, wie sie einen amüsierten Blick wechselten. Meine Mutter lächelte.

»Ich glaube schon«, sagte sie mit ihrer ruhigen Stimme. »Winterscombe ist so wunderbar im Juni und Juli – und außerdem kommen die Jungen rüber zu uns, weißt du, aus dem Waisenhaus. Deshalb müssen wir hier sein, Charlotte. Und nun – möchtest du gern ein Sandwich? Vielleicht ein Stück Kuchen?«

Als wir mit dem Tee fertig waren, verließen uns meine Eltern. Charlotte und ich saßen am Feuer und spielten Karten. Wir spielten Rommé und legten dann abwechselnd eine Patience. Charlotte erzählte mir von dem neuen Rolls, der sie abholen würde, und warum er viel besser war als der Rolls vom vergangenen Jahr. Sie erzählte mir von Roedean, und wie viele Namensschilder ihre braununiformierte Nanny auf ihre neue Uniform genäht hatte, und sie machte klar, daß Patiencenlegen nicht gerade ihre Vorstellung von einer Unterhaltung nach dem Tee war.

Ich war ziemlich beschämt und hatte Angst, Charlotte könnte auch noch auf die Sommerferien zurückkommen. Als ich wieder an der Reihe war, die Karten auszulegen, tat ich es sehr langsam, versuchte mir Mut zu machen, die Diamanten meiner Mutter zu erwähnen. Inzwischen hatte ich nämlich den Wunsch, es zu tun, weil ich sah, daß Charlotte meine Mutter für eine einfache und ungepflegte Frau hielt – genauso wie das Haus. Aber der Gedanke daran, wie sehr es meiner Mutter mißfallen würde, hielt mich zurück, und so legte ich weiter die Karten aus und kramte in meinem Gedächtnis. Es mußte doch irgend etwas geben, das ich erwähnen konnte und das dieses überhebliche Lächeln aus Charlottes Gesicht wischen würde – aber es war schon schwer genug, überhaupt etwas zu denken.

Ich dachte an meine beiden Onkel – jene anderen Stützpfeiler meines Lebens –, und während ich die Karten auslegte, zog ich sie in Erwägung. Meine beiden Onkel waren, jeder auf seine Weise, exotisch: Onkel Freddie hatte schon so viele Berufe gehabt, einschließlich dem eines Piloten von Postflugzeugen in Südamerika, was ja wirklich eine herrliche Sache war. Er hatte seine *Schwärmereien*, wie meine Tante Maud es nannte, und die letzte davon waren zwei Hunde, zwei Greyhounds, die er im vergangenen Monat mit nach Winterscombe gebracht und – zum Entsetzen meiner Mutter – mit Hackfleisch gefüttert hatte. Diese Hunde waren Draufgänger, behauptete Onkel Freddie. Sie würden das irische Greyhound-Derby gewinnen.

Andererseits war ich mir bei diesen beiden Hunden nicht so ganz sicher, die, wenn sie nicht gerade fraßen, die meiste Zeit schliefen und die auch nicht im geringsten auf die besonderen Befehle, die Onkel Freddie von ihrem irischen Trainer erfahren hatte, hören wollten. Onkel Freddies Schwärmereien hatten – wie er wehmütig sagte – die Angewohnheit zu verpuffen. Vielleicht war es doch besser, die Hunde, und auch Südamerika, das Onkel Freddie unter ziemlich undurchsichtigen Umständen verlassen hatte, lieber nicht zu erwähnen. Dann vielleicht Onkel Steenie?

Onkel Steenie war absolut wunderbar. Er war vorzüglich gekleidet und drückte sich vorzüglich aus. Sein Haar war so blond wie kein anderes und seine Haut so rosig weiß wie sonst bei niemandem. Onkel Steenie kannte Gott und die Welt, und er redete Gott und die Welt, mit sehr warmer herzlicher Stimme, mit *Darling* an. Er hatte auch die Angewohnheit, bei allem immer *absolut* hinzuzufügen: Die Reise war absolut unmöglich, der Wein war absolut schal, das letzte Hotel war absolut malerisch. Onkel Steenie hatte in der ganzen Welt viele Freunde, die er – da er nicht arbeitete – häufig besuchte. Er war ein sehr fleißiger Postkartenschreiber, gewöhnlich bekam ich eine pro Woche. Die Nachrichten waren sehr kurz: *Salut, Vicky! Hier bin ich nun auf Capri*, schrieb er und malte ein kleines entzückendes Bild darunter, von sich selbst oder von einem Baum oder einer Muschel. Onkel Steenie konnte sehr schön zeichnen und schrieb immer mit violetter Tinte. Ich hatte eine große Sammlung solcher Postkarten von ihm: Allein in diesem Jahr war er schon auf Capri, in Tanger, Marseille, Berlin und in einer Villa in Fiesole gewesen, die absolut herrlich war und einem seiner besten Freunde, Conrad Vickers, dem berühmtem Fotografen, gehörte. Onkel Steenie hatte sehr viele berühmte Freunde: Er kannte Filmstars und Maler und Sänger und Schriftsteller. Mein Patenonkel Wexton, der sein bester Freund war, hatte ihm ein ganzes Buch mit Gedichten gewidmet, Gedichte, die er in dem großen Krieg geschrieben hatte und denen er den Titel *Granaten* gegeben hatte.

Sollte ich meinen Onkel Steenie erwähnen? Er kam nicht sehr oft nach Winterscombe, das stimmte, und wenn er kam, gab es immer Streit wegen des Geldes: Onkel Steenie wollte der am besten versorgte Junge auf der Welt sein; daran pflegte er alle mit lauter Stimme zu erinnern, nachdem er beim Mittagessen den ganzen Wein ausgetrunken hatte. Ich fand das sehr merkwürdig, denn obwohl Onkel Steenie zweifellos sehr gut versorgt war und obwohl er diese wunderbare, rosig weiße Haut hatte – ein Junge war er schließlich nicht mehr und war es auch schon eine ganze Weile nicht mehr gewesen.

»Um Himmels willen, Steenie«, hörte ich meinen Vater einmal wütend sagen, als ich an der Bibliothek vorbeikam und die Tür offenstand. »Um Himmels willen, du bist fast vierzig Jahre alt. Das kann doch nicht so weitergehen. Was ist mit dem letzten Scheck geschehen, den ich dir geschickt habe?«

Vielleicht war es, im großen und ganzen, doch besser, auch meinen Onkel Steenie nicht zu erwähnen. Charlotte würde bestimmt fragen, was er machte, das fragte sie immer, das fragte sie sogar bei meinem Vater.

»Ich nehme an, er hat ein privates Einkommen?« Sie sagte es so, als handelte es sich um eine schreckliche Krankheit.

»Daddy sagte, er glaubt, daß er das haben muß. Er sagte, sonst könntet ihr unmöglich über die Runden kommen, nicht mit diesem riesigen Schuppen hier. Natürlich, da ist noch der Titel...« Sie rümpfte die Nase. »Aber Daddy sagt, Titel zählen heutzutage nichts mehr. Nur wenn sie ganz alt sind – und eurer ist ja nicht sehr alt, oder? Daddy sagt, daß sie natürlich nützlich sein können. Er hätte nichts gegen einen Titel, weil es noch immer Leute gibt, die sich davon beeindrucken lassen. Schade, daß er nicht in der Stadt ist wie Daddy, findest du nicht? Es muß schrecklich sein, wenn man so arm ist.«

»Ich glaube nicht, daß wir arm sind. Nicht direkt arm.« Ich wurde ganz rot im Gesicht. »Mummy sagt, daß wir Glück haben.«

»Unsinn. Ihr habt nicht mal zwei halbe Pennys, um sie aneinanderzureiben, sagt Daddy. Er hat letzte Woche ein tolles Geschäft gemacht, das hat er Mummy gesagt. Er sagte, daß er dabei mehr Geld rausgeholt hat, als dein Vater in fünf Jahren verdient. Das ist wahr! Frag ihn doch selbst.«

Ich warf einen verstohlenen Blick auf die Uhr, hoffte, daß es für Charlotte bald Zeit sein würde zu gehen, und legte wieder meine Karten aus: Die schwarze Königin auf den roten König; den roten Buben auf die schwarze Königin – diese Patience (das sah ich schon jetzt) würde nicht aufgehen.

Charlotte saß mir gegenüber, betrachtete den Kartenhaufen, als erwarte sie von mir, daß ich schummelte. Sie trommelte mit den Fingern auf das grüne Tischtuch. Pik-Dame auf Herz-König. Plötzlich fiel es mir ein: die perfekte Kandidatin, meine Trumpfkarte.

»Ach, übrigens«, begann ich – es war nicht mehr genug Zeit für Details – »vielleicht fahre ich nächstes Jahr nach Amerika. Hab ich dir das schon erzählt?«

»Amerika?«

»Ja. Nach New York. Meine Patentante lebt dort, und sie möchte, daß ich zu ihr komme.«

»Deine Patentante? Du hast mir nie etwas von einer amerikanischen Patentante erzählt.«

«Also, ich nenne sie *Tante*. Tante Constance. Aber eigentlich ist sie nicht meine richtige Tante.«

Das war schon mehr als reine Angabe, es war eine Lüge, weil ich sie ganz und gar nicht so nannte; aber nun hatte ich schon mal angefangen und konnte den Sieg spüren. Charlottes Augen waren klein und konzentriert.

»Constance?«

»Constance Shawcross«, sagte ich.

»Ich sprach den Namen mit einer Art Schnörkel aus. Ich hoffte, sie beeindrucken zu können, denn ich wußte – ganz vage –, daß meine Patentante berühmt war. Aber sie mußte noch viel berühmter sein, als ich mir vorstellen konnte, denn Charlottes Reaktion übertraf meine kühnsten Hoffnungen. Sie hielt die Luft an; ihre Augen wurden ganz rund; ihr Gesichtsausdruck drückte Neid aus, aber auch Zweifel.

»Nein! *Die* Constance Shawcross?«

»Natürlich«, sagte ich mit fester Stimme, obwohl ich sofort Angst hatte, daß es zwei gab und daß meine Patentante die falsche war.

»Großer Gott!« Charlotte sah mich mit neuem Respekt an. »Wenn ich das meiner Mummy erzähle!«

Welch ein Triumph! Ich hatte noch ein bißchen Angst, ob ich ihn lange würde genießen können, denn ich sah, daß Charlotte drauf und dran war, mich mit Fragen zu bestürmen, auf die ich ganz bestimmt keine Antwort wußte, und wenn, dann höchstens eine falsche, aber ich war gerettet. Auf dem Kies draußen knirschten Reifen, eine Hupe plärrte. Charlotte blickte auf. Ich ergriff die Gelegenheit, um schnell meine Karten umzulegen.

»Dein Vater ist da«, sagte ich. »Ach, sieh doch mal, jetzt geht die Patience doch noch auf.«

So begann die Lüge; es war eine Lüge, die schreckliche Konsequenzen haben würde.

Als ich Constances Namen erwähnte, an jenem Nachmittag am Kartentisch, wußte ich nicht mehr, als daß es ein Name war, der Eindruck machte. Ich wußte, daß meine Patentante berühmt war, aber ich hatte keine Ahnung, weswegen. Ich wußte, daß mein Onkel Steenie sie bewunderte und sie als unvergleichlich bezeichnete; ich wußte, daß er – wenn er nach Winterscombe kam – manchmal Zeitschriften hervorholte, die in atemberaubenden Einzelheiten von den gesellschaftlichen Aktivitäten meiner Patentante berichteten. Ich wußte auch, daß sich, wenn er ihren Namen erwähnte, Schweigen breitmachte und das Thema schnell fallengelassen wurde. Die Zeitschriften, die Onkel Steenie offen auf den Tischen herumliegen ließ, wurden noch im selben Augenblick entfernt, in dem er das Zimmer verließ. Kurz, ich wußte, daß es da irgendein Geheimnis gab.

Als ich geboren wurde (das weiß ich von Jenna), hatte Constance an meiner Taufe teilgenommen und hatte sich – wie die Patentante in einem Märchen – über meine Wiege gebeugt, um mir einen Kuß zu geben. Sie hatte mich vor der Kirche von Winterscombe im Arm gehalten und hatte mir als Taufgeschenk ein sehr ungewöhnliches Armband in Form einer geringelten Schlange gegeben. Dieses Armband, das Jenna als unpassend bezeichnete, hatte ich nie zu Gesicht bekommen: Es lag, zusammen mit dem Schmuck meiner Mutter, unter Verschluß auf der Bank.

Nach der Taufe muß Constance in Mißgunst gefallen sein, denn sie verschwand. Genauer gesagt, sie wurde völlig ausgelöscht. Es gab zahlreiche Fotos von meiner Taufe, aber Constance war auf keinem zu sehen. Sie wurde nie eingeladen, bei uns im Haus zu wohnen, obwohl ich wußte, daß sie manchmal nach England kam, weil Onkel Steenie es erzählte. Daß sie meine Patentante war, wußte ich nur deshalb, weil sie es mir selbst sagte: Jedes Jahr zu Weihnachten und jedes Jahr zu meinem Geburtstag schickte sie mir eine Karte, und darauf stand immer: Von deiner Patentante Constance. Sie hatte eine kleine Handschrift mit festen Strichen und schrieb immer mit schwarzer Tinte.

Diese Karten von ihr wurden zusammen mit den anderen, die ich erhielt, auf dem Kaminsims aufgestellt. Wenn der Geburtstag vorbei war, durfte ich meine Karten behalten, ausschneiden und in Hefte einkleben – alle Karten, das heißt, außer denen von meiner Patentante. Ihre Karten wurden immer gleich weggeräumt.

Diese Taktik sollte, glaube ich, dazu führen, daß ich meine Patentante vergaß. Aber da ich ein Kind war, hatte es genau die gegenteilige Wirkung. Je weniger man mir erzählte, desto mehr wollte ich wissen, aber es war außerordentlich schwierig, mehr über sie herauszubekommen.

Meine Eltern waren unerbittlich: Nichts konnte sie dazu bringen, Constances Namen auch nur zu erwähnen, und direkten Fragen begegneten sie mit offensichtlichem Mißvergnügen. Sie bestätigten, daß sie meine Patentante war, aber das war auch schon alles.

Ein- oder zweimal hatte ich Jenna dazu gebracht, mir von meiner Taufe und dem exotischen Armband zu erzählen; aber dann hat man es ihr, glaube ich, verboten, denn sie weigerte sich nun, etwas über Constance zu sagen. Tante Maud konnte sie ganz sicher nicht leiden: Bei dem einen Mal, als ich es wagte, ihr Fragen zu stellen, machte sich Tante Maud steif, starrte auf ihre mächtige Nase und schniefte laut.

»Deine Patentante ist absolut indiskutabel, Victoria. Ich zöge es vor, wenn du in meiner Gegenwart nicht von ihr sprechen würdest. Ich kann mir nicht vorstellen, daß sie für dich interessant ist.«

»Ich überlege ja nur... ob sie... funkelnde Augen hat«, fragte ich dickköpfig.

»Ihre Augen sind wie zwei kleine Kohlestücke«, erwiderte Tante Maud, und damit war das Thema für sie abgeschlossen.

William, der Butler, behauptete, sich nicht an sie zu erinnern. Onkel Freddie kriegte sofort das Flattern, wenn ich ihren Namen erwähnte; als ich ihn einmal auf einem Spaziergang im Wald in die Falle lockte, gab er sogar zu, daß er und seine Brüder Constance gekannt hätten, als sie noch Kinder waren. »Auf ihre Weise«, sagte er und blickte mit gerunzelter Stirn in die Bäume, »war sie eigentlich ganz nett.«

Es blieb also nur noch Onkel Steenie. Was Onkel Steenie betraf, hegte ich große Erwartungen, vor allem, wenn es mir gelang, ihn gleich nach dem Mittagessen zu erwischen, oder wenn er in seinem Zimmer war, wo er zur gelegentlichen Stärkung an kalten Nachmittagen eine silberne Reiseflasche aufhob. Onkel Steenie kam vielleicht nicht oft nach Winterscombe, aber wenn er kam, wurde er schon nach ein paar Schlucken mitteilsam.

»Setz dich, Victoria«, sagte er dann immer. »Setz dich hin, damit wir richtig schön plaudern können.« Und so drückte ich mich bei einem seiner nächsten Besuche vor Jenna und dem verordneten nachmittäglichen Spaziergang und schlich mich in Onkel Steenies Zimmer.

Onkel Steenie gab mir aus seinem geheimen Schlafzimmervorrat Schokoladentrüffel, setzte mich vor den Kamin und erzählte mir alles über Capri. Als er eine Pause machte, um Luft zu holen, stellte ich meine Frage. Onkel Steenie sah mich auf seine spitzbübische Art an.

»Constance? Deine Patentante?« Er schnalzte mit der Zunge. »Vicky, meine Liebe, sie ist eine absolute Teufelin.«

»Eine Teufelin? Du meinst, sie ist schlecht? Will deshalb niemand von ihr reden?«

»Schlecht?« Onkel Steenie schien diesen Gedanken interessant zu finden. Er nahm noch einen Schluck und dachte darüber nach. »Also«, sagte er schließlich mit schleppender Stimme. »Ich weiß nie genau, was ich denken soll. Du kennst doch dieses kleine Mädchen aus dem Kinderlied, das mit der Locke in ihrer Stirn? ›Wenn sie gut war, war sie sehr gut, und wenn sie schlecht war, war sie schrecklich‹? Vielleicht ist es mit Constance ganz genauso. Außer – daß ich persönlich – sie am liebsten mochte, wenn sie so *richtig* schlecht war. Das Tolle an deiner Patentante ist, daß sie nie langweilig ist, Vicky.«

»Ist sie... hübsch?«

»Aber nein, Darling. Nicht so. Sie ist... absolut *umwerfend*.« Er nahm noch einen Schluck. »Sie haut dich um. Ganz besonders die Männer.«

»Und hat sie dich auch umgehauen, Onkel Steenie?«

»Nun, nicht direkt, Vicky.« Er machte eine Pause. »Sie und ich waren fast gleich alt, weißt du, daher waren wir immer wie Freunde.«

»Dann ist sie jetzt also siebenunddreißig?«

Ich war enttäuscht, denn siebenunddreißig kam mir schon sehr alt vor. Onkel Steenie winkte mit der Hand.

»Siebenunddreißig? Vicky, mein Liebes, in Constances Fall haben Jahre keine Bedeutung. Das Alter kann sie nicht zum Welken bringen – auch wenn es das bei uns anderen, leider, tut. Weißt du, was ich heute morgen im Spiegel gesehen habe? Etwas absolut Schreckliches. Einen Krähenfuß, Vicky. Im Augenwinkel.«

»Aber das ist wirklich kein sehr großer.«

»Das beruhigt mich, Darling.« Onkel Steenie seufzte. »Aber das liegt nur an meiner neuen Creme. Habe ich dir schon meine neue Gesichtscreme gezeigt? Sie riecht nach Veilchen und ist absolut himmlisch...«

»Ob sie auch Sommersprossen wegmacht, was meinst du, Onkel Steenie?«

»Aber sicher, in Windeseile, Darling. Es gibt nichts, was sie nicht zustande brächte. Sie ist ein absolutes Wunder, diese Creme, aber natürlich ist das gut so, denn sie kostet so viel wie das Lösegeld für eine Königin. Hier«, sagte er mit einem schelmischen Lächeln. »Sieh her, ich gebe dir ein bißchen, wenn du willst. Klopf es dir in die Haut, Vicky, jeden Abend...«

Onkel Steenie hatte auch das Thema gewechselt – zwar etwas geschickter als die restliche Familie, aber getan hatte er es trotzdem. Am selben Abend gab es unten einen ziemlichen Krach, Türen flogen, und Onkel Steenie war so außer sich, daß mein Vater und William ihn ins Bett bringen mußten. Am nächsten Morgen reiste er schon sehr früh ab, so daß ich nie zu der Veilchencreme kam, und über Constance konnte ich nun auch nichts mehr in Erfahrung bringen.

Mehrere Monate lang geschah nichts. Charlotte fuhr nach den Masern zur Erholung in die Schweiz. Weihnachten kam und ging, und das neue Jahr, 1938, begann, und es wurde Januar, bis ich Charlotte wiedersah.

Ich wurde zum Tee in ihr Haus eingeladen – allein –, eine Ehre, die mir noch nie zuvor zuteil geworden war. Zu meiner Überraschung wurde ich in der darauffolgenden Woche schon wieder eingeladen; und in der Woche darauf lud man mich sehr herzlich ein, mit Charlotte und ihren Freunden nach London zu fahren, um ins Theater zu gehen.

Wie es schien, war mein Ansehen gestiegen, nicht nur bei Charlotte, sondern auch bei ihren Eltern. Ich war nun nicht mehr nur ein dummes Kind mit einem ärmlichen Elternhaus; ich war das Patenkind von Constance Shawcross, die ich schon bald in New York besuchen würde. Ganz plötzlich hatte ich mir Möglichkeiten erworben.

Wie ich gestehen muß, genoß ich es am Anfang sehr. Constances Glanz gab mir Flügel; und ich nahm diese Flügel und flog damit hoch in die Lüfte. Da ich aber buchstäblich nichts über meine Patentante wußte, konnte ich mir nach Herzenslust alles mögliche ausdenken; ich entdeckte die Sucht des Geschichtenerzählens.

Anfangs stattete ich Constance mit all den Attributen aus, die ich selbst in aller Heimlichkeit bewunderte. Ich gab ihr schwarze Haare und dunkelblaue Augen und ein feuriges Temperament. Ich gab ihr fünf graue Perserkatzen – ich liebte Katzen – und einen irischen Wolfshund. Ich machte sie zu einer supertollen Reiterin, die im Damensitz Rennen bestritt. Ich streute die Tatsache aus, daß sie sich in großen Flakons französisches Parfüm kommen ließ, ganz oben in einem der höchsten Türme New Yorks wohnte, mit Blick auf die Freiheitsstatue, dreimal in der Woche Roastbeef verzehrte und darauf bestand, zum Frühstück Chivers-Marmelade zu essen. Ihre gesamten Kleider, einschließlich der Unterwäsche, stammten von Harrods.

»Harrods? Bist du sicher, Victoria?« Charlottes Mutter hatte sich meine Prahlereien gierig angehört, aber jetzt schien sie zu zweifeln.

»Na ja, vielleicht nicht alle«, sagte ich vorsichtig und kramte in meinem Gedächtnis. Ich dachte an meine Tante Maud und ihre Erinnerungen.

»Ich glaube, daß sie manchmal... nach Paris fährt.«

»Oh, ich bin sicher, daß sie das tut. Schiaparelli. Vielleicht Chanel. Ich habe doch irgendwo ein Bild von ihr gesehen – Charlotte, wo hast du das Buch hingelegt?« Charlottes Mutter bezeichnete illustrierte Zeitschriften immer als Bücher, und in diesem Fall handelte es sich um eine dicke

Ausgabe von *Vogue*. Sie war mindestens zwei Jahre alt. Und da hielt ich nun mit zitternden Händen das erste Foto von meiner Patentante in den Händen. Sehr gepflegt, fast ungebührlich schick war sie auf einer Einladung in London fotografiert worden, inmitten einer Gruppe, zu der die sündhafte Wallis Simpson, Conrad Vickers und auch der Prince of Wales gehörten. Sie gestikulierte, so daß sie mit ihrer rechten Hand ihr Gesicht verdeckte.

Danach wurden meine Lügen weniger. Ich hatte aus dem Fehler mit Harrods gelernt und gestaltete das Bild meiner Patentante so, daß es dem Geschmack meiner Zuhörer angepaßt war. Ich gab Constance mehrere Autos – mit einer gewissen Boshaftigkeit, denn es war kein Rolls-Royce dabei; ich gab ihr eine Yacht, eine ständige Suite im Ritz, eine Sammlung gelber Diamanten, Reisetaschen und Koffer aus Krokodilleder, seiden Unterwäsche und eine intime Freundschaft mit König Faruk.

Ich lernte schnell, und die meisten dieser Details erfuhr ich entweder von Charlotte und ihren Eltern oder aus den dicken glänzenden Zeitschriften, die überall in ihrem Haus herumlagen – Zeitschriften, die in Winterscombe verpönt waren. Ich mochte diese Constance nicht so gern wie die erste Inkarnation der Constance, die in einem Turm lebte und in voller Rüstung auf die Jagd ging.

Aber was mir gefiel, war unwichtig; ich sah, wie sehr all diese neuen Einzelheiten meine Zuhörer beeindruckten. Als ich das Reisegepäck aus Krokodilleder erwähnte, stieß Charlottes Mutter einen Seufzer aus; sie selbst hatte, wie sie wehmütig erwähnte, erst neulich, bei Asprey's, etwas sehr Ähnliches bewundert.

Aber es war auch gefährlich – das konnte ich sehen –, denn sowohl Charlotte als auch ihre Mutter schienen über meine Patentante erschreckend gut informiert zu sein; sie verschlangen sämtliche Klatschspalten und flochten die Namen von Leuten, die meine Patentante zu kennen schien, in ihre alltäglichen Gespräche ein. Ich war mir nie ganz sicher, aber ich spürte, daß ich vorsichtig sein mußte.

Zum Beispiel, war meine Patentante verheiratet? Könnte sie möglicherweise geschieden sein? Wenn sie geschieden war, dann würde das erklären, warum sie in Mißgunst gefallen war, denn meine Mutter war entschieden gegen Scheidungen. Ich hatte keine Möglichkeit, es zu erfahren, aber ich hegte den Verdacht, daß sowohl Charlotte als auch ihre Eltern es vielleicht wußten.

Also spann ich die Märchen von meiner erdichteten Patentante immer weiter, aber ich spann sie vorsichtiger. Ich erfuhr, daß meine Patentante in England geboren war, daß sie jetzt aber amerikanische Staatsbürgerin war. Ich erfuhr, daß sie Häuser *herrichtete*, obwohl mir niemand erklärte, was das zu bedeuten hatte. Ich erfuhr, daß sie den Atlantik so selbstverständlich überquerte wie den Ärmelkanal, daß sie Venedig bewunderte und einmal jährlich dort weilte. Und wenn sie dort war, dann stieg sie nirgendwo anders ab als im Danieli.

Die größte Gefahr bestand, wenn das Gespräch auf meinen Besuch in New York kam. Ich hatte gehofft, Charlotte hätte diesen Teil meiner Prahlereien vergessen, aber das hatte sie nicht. Sie erinnerte sich auch daran, daß ich ein Datum genannt hatte: dieses Jahr.

Aber wann in diesem Jahr? Die Fragen wurden immer bohrender. Charlotte kehrte ins Internat zurück, aber sobald die Osterferien herangerückt waren, wurden die Einladungen zum Tee erneuert.

Ich erhielt einen kurzen Aufschub, in jenem Frühling, der von den Weltereignissen geprägt war: Österreich wurde von Deutschland annektiert, und obwohl ich gar nicht wußte, was das zu bedeuten hatte, wußte ich, daß es etwas Ernstes war, denn mein Vater und meine Mutter führten lange ängstliche Gespräche, die schnell abgebrochen wurden, wenn ich in Hörweite kam; selbst Charlottes Vater sah ernst aus. Ihr eigener Besuch in Deutschland, der für diesen Sommer geplant gewesen war, wurde gestrichen; am Ende entschieden sie sich doch für Italien.

»Es ist alles so ungewiß«, sagte Charlottes Mutter und seufzte. »Ich bin neugierig, ob dich deine Eltern trotzdem reisen lassen, Victoria? Es wäre doch eine schreckliche Enttäuschung, wenn du die Reise absagen müßtest, aber ich würde verstehen...«

»Vielleicht werden wir sie... verschieben müssen«, sagte ich mit kleinlauter Stimme.

Ich wußte, was man tun mußte, wenn man etwas unbedingt haben wollte: Man betete; das hatte mir meine Mutter beigebracht. Meine Mutter und mein Vater blieben viele Jahre kinderlos. Aber meine Mutter hatte nicht aufgehört, um ein Kind zu beten, und – am Ende – waren ihre Gebete erhört worden.

»Hat Daddy auch gebetet?« wollte ich wissen, und meine Mutter hatte die Stirn gerunzelt.

»Ich nehme es an, Vicky. Auf seine Weise. Vergiß nie – es ist wichtig, daß man nicht nur für sich selbst betet. Man darf den lieben Gott nicht wie den Nikolaus behandeln und ihn um zu viele Dinge bitten. Aber wenn du um gute Dinge bittest – die richtigen Dinge –, dann hört Gott dir zu. Vielleicht erfüllt Er dir deinen Wunsch nicht immer, oder« – sie machte eine Pause – »Er erfüllt ihn dir auf eine unerwartete Art und Weise, aber Er hört dir zu, Vicky. Daran glaube ich.«

War mein Besuch bei meiner Patentante eine gute Sache, eine, für die man beten durfte? Ich wog das Für und Wider gegeneinander ab; schließlich beschloß ich, daß es eine ziemlich gute Sache sei. Ich betete jeden Abend und jeden Morgen; ich betete sonntags, wenn ich zur Kirche ging. Einmal die Woche kaufte ich Pfennigkerzen und zündete sie an, um dem Gebet Flügel zu verleihen; und ich formulierte die Bitte höflich: Bitte-lieber-Gott-wenn-du-glaubst-daß-es-eine-gute-Sache-ist-dann-laß-mich-doch-bitte-nach-New-York-fahren-um-bei-Constance-zu-sein-wenn-es-Dein-Wille-ist-vielen-Dank-Amen.

Zweimal täglich, drei Monate lang, jeden Tag. Am Ende dieser Zeit, als es schon Hochsommer war in Winterscombe, ging mein Wunsch in Erfüllung. Vielleicht hätte ich besser auf meine Mutter hören sollen, denn er wurde mir auf höchst unerwartete Weise erfüllt.

Bis mein Wunsch in Erfüllung ging, genoß ich jenen Sommer. Ich erinnere mich an Tage mit Sonnenschein und Wärme und an ein Gefühl von Schläfrigkeit, als würde die Welt abwarten und die Luft anhalten. Da war Stille, aber es war eine unerwartete Stille: Irgendwo, hinter den Grenzen dieser sicheren Welt, geschah etwas; etwas, von dem ich mir vorstellen konnte, daß ich es hörte, noch weit entfernt und gedämpft wie eine große unsichtbare Maschine im Leerlauf – Ereignisse, irgendwo, die, einmal in Gang gesetzt, nicht mehr aufzuhalten waren.

Viele Jahre lang hatte ich, vage nur, gewußt, daß die Waisenhäuser, die meine Mutter so sehr in Anspruch nahmen und die eine so beängstigende Menge von dem Geld meines Vaters verbrauchten, Verbindungen zu vergleichbaren Häusern in Europa hatten. So war ich zwar, als mich meine Mutter in jenem Sommer auf die Seite nahm und mir erklärte, daß sie und mein Vater im Juli und August wegen der Arbeit mit den Waisenkindern auf den Kontinent fahren müßten, erstaunt, dachte mir aber nichts dabei. Obwohl wir niemals ins Ausland fuhren, um dort Ferien zu machen, hatte meine Mutter schon – ein- oder zweimal – derartige Reisen unternommen, gewöhnlich in Begleitung ihrer engsten Freundin, der schrecklichen Winifred Hunter-Coote, die sie seit dem großen Krieg kannte. Wie sie mir erklärte, hatte sich diesmal mein Vater entschlossen, sie zu begleiten, weil sie nicht, wie sonst, ausländische Waisenhäuser besuchen wollte, sondern weil sie sich in Deutschland mit Freunden traf, die ihr dabei helfen konnten, ganz bestimmte Kinder nach

England zu holen. Nur für eine Weile, erklärte sie, weil es für diese Kinder hier sicherer war als zu Hause, in ihrem eigenen Land. Es waren nicht direkt Waisen, sagte sie auf ihre vorsichtige Art; es waren eigentlich eher Flüchtlinge. Und weil es nicht immer ganz leicht war, die Behörden dazu zu bringen, sie gehen zu lassen, fuhr mein Vater diesmal mit ihr und Winifred, denn er sprach fließend Deutsch...

An dieser Stelle machte meine Mutter, was völlig ungewöhnlich für sie war, eine Pause, und ich wußte, daß sie etwas ausließ, etwas, das ich nicht wissen sollte.

»Werden ihre Eltern sie nicht vermissen?« fragte ich, und meine Mutter lächelte.

»Natürlich, Liebling. Aber sie wissen, daß es das Beste für die Kinder ist. Wir werden ziemlich lange weg sein, und ich werde dich auch vermissen. Du schreibst mir doch, nicht wahr, Vicky?«

Ich schrieb jeden Tag, reihte einen Brief an den andern, daß es wie ein Tagebuch war, und schickte sie dann einmal die Woche an eine ganze Reihe postlagernder Adressen ab. Am Anfang fand ich es merkwürdig, einen Sommer lang ohne meine Eltern auf Winterscombe zu sein, aber nach einer Weile gewöhnte ich mich an die Ruhe im Haus; und außerdem gab es Ablenkungen. Meine Tante Maud kam, um bei mir zu bleiben, und brachte ganze Stöße Romane mit farbenprächtigen Titelseiten mit. Sie war ein bißchen gebrechlich, denn sie hatte zu Ostern einen kleinen Schlaganfall gehabt, aber ihr Appetit auf Geschichten war unvermindert. Onkel Freddie kam mit seinen Greyhounds – sie waren bestimmt schon *verpufft*, das wußte ich, weil Onkel Freddie nie mehr von dem irischen Derby sprach. Jenna war da, und William war da, und Charlotte war in sicherer Entfernung im Danieli, so daß ich mir wegen der vielen Lügen eine Weile keine Sorgen zu machen brauchte. Es gab Erdbeeren zu pflücken und dann Himbeeren und junge Erbsen und Salat. Ich war glücklich und zufrieden, auch wenn meine Eltern fort waren. Aber das Schönste von allem war, daß ich einen neuen Freund hatte.

Sein Name war Franz-Jakob, er war zehn Jahre alt, er war Deutscher und Jude. Er kam gleich mit der ersten Gruppe Waisenkinder und gehörte zu dem kleinen Häufchen von fünf oder sechs deutschen Jungen, die ein wenig abseits standen von den englischen Kindern, die regelmäßig jeden Sommer nach Winterscombe kamen.

Für Franz-Jakob galten besondere Regeln, so daß er von den anderen getrennt wurde. Er wohnte mit den anderen Kindern in den Schlafsälen, die in den alten Molkerei- und Wäschereigebäuden schon vor Jahren eingerichtet worden waren. Er durfte an ihren Kricket- und Tennisspielen teilnehmen, an den Schwimmfesten und den Streifzügen durch die Natur, die, wie jedes Jahr, organisiert wurden. Aber er kam auch jeden Morgen zu mir ins Haus hinauf, um an meinem Unterricht teilzunehmen.

Da meine Mutter nicht da war, gab Mr. Birdsong den Unterricht völlig allein und konzentrierte sich natürlich auf seine eigenen Fächer: Geschichte, Mathematik, und, grob und heroisch, englische Literatur.

Ich war in keinem dieser Fächer besonders gut, und es muß für Mr. Birdsong sehr ermüdend gewesen sein, obwohl er seine Ungeduld, auch wenn es so war, sehr gut zu verbergen wußte. Aber vom ersten Tag an, an dem Franz-Jakob an meinem Unterricht teilnahm, blühte Mr. Birdsong richtiggehend auf.

Ich hatte damals noch immer mit dem Dividieren zu kämpfen und machte wenig Fortschritte. Franz-Jakob, dessen Englischkenntnisse begrenzt waren, gab Mr. Birdsong Gelegenheit, sein Englisch zu prüfen – das war natürlich ziemlich spannend. Aber noch viel aufregender war seine mathematische Begabung. Ich erinnere mich, daß sie mit Gleichungen begannen: Mr. Birdsong beschaffte ein Lehrbuch, und Franz-Jakob beugte sich über seinen Tisch. Die Sonne schien, es war warm im Zimmer, seine Feder kratzte. In der Zeit, die ich benötigte, um zwei Aufgaben zu lösen, hatte Franz-Jakob bereits eine ganze Unterrichtsübung fertig.

Er brachte sie Mr. Birdsong und überreichte ihm die Seiten mit einer kleinen Verbeugung. Mr. Birdsong prüfte sie nach. Er nickte; er schnalzte bewundernd mit der Zunge; zuerst schien er überrascht, und dann wurde er ganz rot im Gesicht, so aufgeregt war er.

»Das ist sehr gut, Franz-Jakob. *Das ist wirklich sehr gut*«, sagte er auf deutsch. »Großer Gott, ja. Sollen wir es mal mit ein paar Brüchen versuchen?«

Franz-Jakob zuckte die Achseln. Die Bruchrechnungen waren genauso schnell gelöst. Von diesem Augenblick an war Mr. Birdsong wie neugeboren; er betrat das Unterrichtszimmer mit neuer Energie und festen Schritten. Zum ersten Mal sah ich etwas von dem Mann, der er einmal gewesen war: ein begabter Mathematiker in Oxford, der – auf Geheiß seines Vaters – eine akademische Karriere aufgegeben hatte, um in den Priesterstand zu treten.

Von da an wurde ich ziemlich vernachlässigt, was mich aber nicht weiter störte. Mr. Birdsongs ganzer Eifer galt jetzt Franz-Jakob: Sie waren schon bei Differentialgleichungen, und Mr. Birdsongs Hand zitterte ein wenig, wenn er das Lehrbuch aufschlug.

Ich fand Mr. Birdsongs Reaktion völlig in Ordnung. Franz-Jakob war wirklich außerordentlich gut; das konnte auch ich sehen. Er war anders als alle, die ich bis dahin gekannt hatte.

Rein äußerlich war er klein und schmal gebaut, aber er war drahtig und zäh, so daß sich die größeren englischen Jungen hüteten, ihn herumzuschubsen. Er hatte ein schmales, ausgeprägtes Gesicht, dunkle Augen und dünnes schwarzes Haar, das hinten am Hals sehr weit hinauf geschnitten war, vorne aber war es länger, so daß es ihm beim Schreiben immer über die Augen fiel und er es ungeduldig wieder nach hinten schob. Er lächelte nur selten; seine Augen hatten einen Ausdruck, der mir damals fremd war, obwohl er mir seither schon oft begegnet ist: Augen, die selbst das Glück mit Vorsicht betrachteten.

Er war ein ernstes Kind, in vieler Hinsicht ein altmodisches Kind; er war einsam. Auch ich war einsam, nachdem meine Eltern abgereist waren; ich glaube, ich war ernst, und ich war bestimmt auch altmodisch, denn meine Erziehung war auf eine Lebensart und einen Standard bezogen, deren Ende bereits abzusehen war. Vielleicht war es gar nicht so überraschend, daß wir Freunde wurden.

Den ganzen Sommer über waren Franz-Jakob und ich unzertrennlich. Nachts, wenn er in den Schlafsaal zu den anderen Jungen zurückgekehrt war, gaben wir mit Fackeln, die wir aus unseren Fenstern hielten, Morsezeichen, um uns gegenseitig Botschaften zu übermitteln. Am Tag, wenn der Unterricht vorbei war, blieb er bei uns im Haus. Er wurde zum Liebling meiner Tante Maud, deren Deutsch zwar exzentrisch, aber durchaus verständlich war. Es bereitete ihr großes Vergnügen, den Dienstboten und der restlichen Familie die Essensvorschriften zu erklären, die Franz befolgen mußte.

»Kein Schweinefleisch für Franz-Jakob, William«, verkündete sie mit tönender Stimme. »Ich dachte, ich hätte um einen Lachs gebeten. Ach ja, da ist er ja! Also, Franz-Jakob, den kannst du ruhig essen – ich war extra unten in der Küche, um zu überwachen, wie er gekocht wurde, und ich kenne mich aus mit solchen Dingen! Habe ich euch schon von meinem Freund Montague erzählt? Ja, natürlich habe ich das. Nun, Montague war absolut *strikt*, wißt ihr; aber trotzdem habe ich immer darauf geachtet, daß man ihm in meinem Haus keinen Speck servierte.

Und was die Würstchen betrifft – Würstchen habe ich von meinem Frühstückstisch verbannt. Das war noch dazu keine schlechte Idee. Ich mißtraue Würstchen. Wie ich schon immer sagte, weiß man nie, was drin ist...«

Auch mein Onkel Freddie hatte ihn gern, vor allem, nachdem er entdeckt hatte, daß Franz-Jakob Hunde mochte und sich bereit erklärte, mit den Greyhounds zu trainieren. Onkel Freddie hatte ein neues Projekt, eine neue Schwärmerei, die es erforderlich machte, daß er viele Stunden mit seinen Notizbüchern in der Bibliothek verbringen mußte – was er dort trieb, wußte niemand genau, und er weigerte sich auch, es genauer zu erklären. Onkel Freddie war klein und untersetzt und vermied es, wenn es sich machen ließ, größere Strecken zu Fuß zurückzulegen, und so war er hocherfreut, daß er in der Bibliothek bleiben und die Greyhounds Franz-Jakob und mir überlassen konnte.

Wie es schien, gingen Franz-Jakob und ich den ganzen Sommer über spazieren: Wir gingen hinunter zum See und am Fluß entlang; wir erforschten das Dorf und die verfallene Hütte, die am Ende einer Straße stand und in der Jack Hennessy wohnte. Wir gingen den Hügel hinauf, an den Kornfeldern vorbei, die immer so schlechte Ernten erbrachten, und entlang der Grenzmauern, die den Besitz meines Vaters einschlossen.

Wir gingen und wir redeten. Ich brachte Franz-Jakob ein bißchen Englisch bei, und er brachte mir ein bißchen Deutsch bei. Er erzählte mir von seinem Vater, der Universitätsprofessor gewesen war, den man aber im vergangenen Jahr seines Postens enthoben hatte. Er erzählte mir von seiner Mutter, seinen beiden älteren Brüdern und seinen drei jüngeren Schwestern. Keiner seiner Angehörigen würde den bevorstehenden Krieg überleben, und obwohl er das damals nicht wissen konnte, habe ich mich hinterher oft gefragt, ob Franz-Jakob vielleicht instinktiv geahnt hat, was kommen würde, denn wenn er – voller Liebe – von ihnen sprach, hatte er immer ganz traurige Augen. Sie blickten nach Europa und in die Zukunft, aber sie waren voller Erinnerungen und Trauer.

Ich hatte noch nie einen Verwandten gehabt, der gleich alt war wie ich, und war meinem Wesen nach nicht gerade verschlossen. Wir erforschten Winterscombe, und ich erzählte Franz-Jakob alles. Ich erzählte ihm von Charlotte, meiner Patentante Constance und von meinen entsetzlichen Lügen. Ich erzählte ihm von den Gebeten, die ich noch immer aufsagte, jeden Morgen und jeden Abend. Ich hielt die Luft an, denn ich verehrte Franz-Jakob und erwartete nun, daß er mich verdammen würde.

Aber er zuckte nur mit den Schultern.

»Warum machst du dir Sorgen? Dieses Mädchen ist dumm, und deine Eltern sind gute Menschen. *Das ist alles verständlich...*«, fügte er auf deutsch an.

Keine Verdammung; er pfeift den Hunden, und wir gehen weiter. Ich glaube, es war an jenem Tag, als wir zum Haus zurückkehrten und Franz-Jakob, der gerade über Mathematik gesprochen hatte, die er, wie er sagte, deswegen so gern mochte, weil sie vollkommen war und unabänderlich genauso wie die beste Musik, plötzlich auf den Stufen zur Terrasse stehenblieb. Er sah in mein Gesicht, ganz fest, mit angespanntem Gesicht, als würde er mich zum ersten Mal sehen.

»Weißt du eigentlich, wie viele Sommersprossen du hast?« fragte er schließlich und trat einen Schritt zurück.

»Nein, wie viele denn?« Ich weiß noch, daß ich dachte, wie grausam es von ihm war, sie auch noch zu zählen.

»Zweiundsiebzig. Und weiß du, was noch?«

»Was denn?«

»Mich stören sie nicht. Ich finde sie gar nicht so schlimm.«

»Wirklich?«

»Natürlich.«

Er warf mir einen ungeduldigen Blick zu, als sei ich wieder mal zu langsam, wie manchmal, wenn wir unseren gemeinsamen Unterricht hatten. Dann rannte er die Treppe hinauf, und die Hunde hinter ihm her, und ließ mich einfach stehen, knallrot und überglücklich.

Viele Wochen später, gegen Ende August, kam der besondere Tag. Ich wußte es nicht, aber es war von Anfang an ein merkwürdiger Tag.

An jenem Morgen ließ ich, zum ersten Mal seit drei Monaten, das Gebet von New York und meiner Patentante Constance weg, denn ich hatte begriffen, wie unsinnig diese ganze Sache war, und daß es unmöglich sein würde, sie länger aufrechtzuerhalten, wenn Charlotte aus Italien zurückkam. Franz-Jakobs abfällige Meinung über Charlotte – *dieses Mädchen ist dumm* – hatte mir Kraft gegeben. Warum sollte ich mich darum kümmern, was Charlotte dachte? Ich hatte sie nicht besonders gern, und ich bewunderte sie auch nicht; von mir aus konnte sie meine Familie ruhig für langweilig und ärmlich halten, denn Franz-Jakob, der es viel besser beurteilen konnte, sagte, Winterscombe sei ein zauberhafter Ort – *ein Zauberort* –, und er wußte auch, daß meine Eltern gute Menschen waren. Ich fühlte mich rein, als ich das Gebet ließ, und komischerweise auch befreit.

Nach dem Mittagessen gingen Franz-Jakob und ich mit den Greyhounds spazieren. Wir gingen hinunter zum See, wie wir es oft taten, und blieben stehen, um die schwarzen Schwäne zu beobachten; dann – und das war ungewöhnlich – gingen wir in Richtung der Wälder von Winterscombe weiter. Aus irgendeinem Grund mochte Franz-Jakob diese Wälder nicht, obwohl ich sie zu allen Jahreszeiten liebte, aber ganz besonders im Sommer, weil es in ihrem Schatten schön kühl war.

An diesem Tag war es sehr heiß; Franz-Jakob zuckte, wie sooft, die Achseln und willigte ein, diesen Weg zu gehen. Wir hätten genausogut um den Wald herum und dann den Weg zum Dorf gehen können, aber die beiden Greyhounds nahmen irgendeinen Geruch auf und rasten davon; wir mußten ihnen folgen, riefen und pfiffen hinter ihnen her und gerieten immer tiefer und tiefer in den Wald, wo die Wege schmal und überwachsen waren.

Wir kamen an der Stelle vorbei, an der mein Großvater sein Fasanengehege gehabt hatte, und dann auf einen Pfad, der dicht mit Brombeeren bewachsen war. Ich ging ein Stückchen vor Franz-Jakob; ich konnte die Hunde durchs Unterholz jagen hören, und dann sah ich die Lichtung vor mir, die in Sonnenlicht getaucht war und über die ich manchmal mit Jenna gegangen war.

»Sie sind hier entlang, Franz. Komm«, rief ich über die Schulter nach hinten. Ich hörte, wie er zögerte, dann eine Bewegung im Unterholz und das Knacken von Zweigen, während er mir folgte. Erst als er hinaustrat, in das Sonnenlicht der Lichtung, und ich sein Gesicht sah, merkte ich, daß irgend etwas nicht stimmte.

Franz-Jakobs Gesicht war immer blaß, aber jetzt war alle Farbe aus seinem Gesicht gewichen, und auf seiner Stirn stand Schweiß; er zuckte unter der Wärme des Sonnenlichts zusammen und begann zu zittern.

»Komm weg von hier. Weg von hier.« Er zog mich am Ärmel. »Komm weg von diesem Ort.«

»Was ist denn, Franz?«

»*Gespenster.*« Er warf einen Blick über die Schulter, nach hinten zu den Bäumen und dem Dickicht. «Geister. *Ich fühle sie. Sie sind hier. Es ist ein übler Ort. Komm, laß uns gehen.*«

Angst überträgt sich sehr schnell. Vielleicht verstand ich die hastig gesprochenen deutschen Worte nicht, aber ich verstand den Ausdruck in Franz-Jakobs Augen. Sofort bekam auch ich Angst: Ein vertrauter und schöner Ort war plötzlich finster, bedrohlich und voll Schatten. Franz-Jakob ergriff meine Hand, und wir rannten los, schneller und schneller, rutschten auf dem Moos aus, stolperten über Zweige. Und wir hielten nicht an, bis wir aus dem Wald heraus waren und wieder auf den Wiesen, hinter denen Winterscombe lag.

»Was ist dort geschehen? Da ist irgendwas geschehen«, sagte Franz-Jakob. Er stand keuchend da und sah zum Wald und zu den beiden Greyhounds, die gerade aus dem Unterholz herausbrachen.

»In den Wäldern?« Ich zögerte. »Nichts. Da war mal ein Unfall, glaube ich. Aber das ist schon sehr lange her, viele Jahre. Heute spricht niemand mehr davon.«

»Aber es ist noch dort.« Franz-Jakob zitterte noch immer. »Ich habe es gespürt. *Ich habe es gerochen.*«

»Was? Was denn? Ich verstehe dich nicht. Was hast du gesagt?«

Die Hunde hatten uns jetzt erreicht; Franz-Jakob bückte sich zu ihnen hinunter. Sie mußten ein Kaninchen oder einen Hasen erwischt haben, denn als sie sich aufrichteten, sah ich, daß sie Blut an der Schnauze hatten, und Franz-Jakob hatte Blut an den Händen.

»Ich sagte, ich konnte es riechen.« Er sah mich mit seinen großen dunklen Augen an. »Das habe ich gerochen.«

Er streckte die Hand aus und sah ungläubig darauf.

»Blut? Du meinst, du hast Blut gerochen?«

»Nein. Nein. Du bist ein dummes englisches Mädchen, und du verstehst es nicht.« Er drehte sich weg von mir. *»Es hat nach Krieg gerochen.«*

Jetzt begriff ich. Ich begriff, daß er mich für dumm hielt; mir traten Tränen in die Augen. Ich war verletzt, und weil ich verletzt war, verlor ich die Beherrschung. Ich stampfte mit dem Fuß auf.

»Ich verstehe es. Ich verstehe es. Und ich bin nicht dumm. Du bist dumm. Du bildest dir Dinge ein. Wie kannst du den Krieg riechen, im Wald?«

Ich schrie ihm die Frage mitten ins Gesicht, und dann schrie ich sie noch einmal. Franz-Jakob drehte sich um und ging weg. Die Hunde folgten ihm, und als ich auch hinterherlief und ihn am Ärmel festhielt und die Frage ein drittes Mal stellte, gab Franz-Jakob keine Antwort.

An jenem Abend hatten wir ein Fest. Es war ein improvisiertes Fest. Tante Maud hatte sich darüber beklagt, daß sie den ganzen Tag allein gewesen war. Tante Maud sah, auf ihre Weise, auch Geister – in ihrem Fall die Geister der glorreichen Vergangenheit von Winterscombe, die traurigen Bilder von Gesellschaften, die vor langer Zeit stattgefunden hatten. »Früher waren immer Leute hier«, sagte sie beim Abendessen klagend und warf einen vorwurfsvollen Blick über den Tisch. »Und seht uns jetzt an! Wie vier Erbsen in einem Topf. Nur vier, dabei kann ich mich noch gut an die Zeiten erinnern, in denen vierzig Leute an diesem Tisch saßen. Es wurde getanzt und Bridge gespielt – die Männer Billard –, es gab Musik und Champagner, Victoria! Ein Diener hinter jedem Stuhl... Und was haben wir jetzt? Wir haben William – dessen Schuhe knarzen. Freddie, du mußt unbedingt mit ihm reden.«

William, der einen Meter von Tante Maud entfernt stand, während sie es sagte, starrte, ohne mit der Wimper zu zucken, vor sich hin, denn er hatte Tante Maud gern, war an ihr Benehmen gewöhnt und hatte gelernt, daß die besten Diener sich taub stellen.

Onkel Freddie wurde rot und nahm sich noch eine Portion Fleisch. Später, als es Stachelbeeren mit Streusel gab, hellte sich seine Miene ein wenig auf. Es war Onkel Freddie, der den Vorschlag machte, daß wir nach dem Essen ein kleines Tänzchen wagen sollten. Tante Maud lebte bei diesem Vorschlag sichtlich auf und wurde sofort wieder munter. Nein, erklärte sie, das Wohnzimmer mit dem zusammengerollten Teppich würde nicht genügen; es solle der Ballsaal sein, und sonst gar nichts. Soviel ich wußte, wurde dieser Ballsaal niemals benutzt; er lag am anderen Ende des Hauses, war von meinem Großvater angebaut worden, wie ein Nachgedanke, in Zuckerwattefarben.

Onkel Freddie und Franz-Jakob begannen mit den Vorbereitungen. William wurde gerufen, um Trittleitern zu bringen und Glühbirnen und das Grammophon meiner Mutter, das zum Aufziehen war. Als die Kerzenleuchter angezündet waren, erwachte der Raum zu Leben, und seine Fröhlichkeit wirkte nicht mehr ganz so billig. Franz-Jakob und ich untersuchten das Podium, das für das Orchester gebaut worden war. Es erhob sich über den Boden wie die Bühne in einem Theater und hatte Verzierungen aus Blattgold. Es hatte rosafarbene Seidenvorhänge, die in Fetzen herunterhingen.

»Was für ein herrlicher Abend!« Ob Tante Maud diesen Abend meinte oder andere, in ferner Vergangenheit, war unklar; sie öffnete die Glastüren weit. Frische warme Luft, ein paar Motten, vom hellen Licht angezogen, kamen herein.

»Wann ist dieser Raum das letzte Mal benutzt worden, Freddie?« fragte Tante Maud, und von der Höhe des Orchesterpodiums sah ich, wie Onkel Freddie zögerte.

»Ich weiß nicht mehr genau...«, begann er, aber Tante Maud warf ihm einen zornigen Blick zu.

»Du weißt es noch sehr gut, Freddie, genau wie ich. Constances Ball. Ihr Debüt. Sie hatte ein ziemlich vulgäres Kleid an. Freddie, zieh das Grammophon auf.«

In der Plattensammlung meiner Mutter, hauptsächlich Beethovens Klaviersonaten, ein bißchen Mozart und Haydn, hatte Onkel Freddie zwei passende Platten zum Tanzen gefunden; beides waren Wiener Walzer.

Zu den Klängen der *Blauen Donau* tanzten Onkel Freddie und Tante Maud, Tante Maud aufrecht und steif, Onkel Freddie schnell außer Atem.

Dann waren Tante Maud und Franz-Jakob an der Reihe. Franz-Jakob tanzte, wie er alles tat, mit ernster Miene. Er ging auf meine Tante zu, verbeugte sich vor ihr und legte ihr dann seinen Arm um die Taille. Tante Maud war groß, Franz-Jakob war klein für sein Alter; sein Kopf reichte genau bis zu Tante Mauds Busen, der in einem Korsett verschnürt war. Franz-Jakob drehte höflich seinen Kopf auf die Seite, und sie begannen sich zu drehen, Franz-Jakob in seinem besten Anzug, der braun war, mit Hosen, die an den Knien endeten. An seinen Füßen trug er, wie gewöhnlich, derbe und blankpolierte Stiefel, die eher auf die Landstraße paßten als in einen Ballsaal. Sie waren ein komisches Paar – Tante Maud, edwardianisch-locker und beschwingt, Franz-Jakob, korrekt und steif wie eine Marionette. Onkel Freddie und ich sahen ihnen eine Weile zu; ich tanzte mit Onkel Freddie, der mir anvertraute, daß er ein Meister im Black-Bottom und im Charleston gewesen sei und daß diese Walzermusik überhaupt nicht nach seinem Geschmack war; dann waren Franz-Jakob und ich an der Reihe.

Tante Maud ließ sich in einen kleinen vergoldeten Sessel sinken und feuerte mich an: »*Beugen*, Vicky – in der Taille. Locker! Locker! Großer Gott, wie steif dieses Kind ist!« Onkel Freddie saß neben dem Grammophon und grübelte, und Franz-Jakob und ich stolperten über den Tanzboden.

Ich hatte nur eine ganz vage Vorstellung von Walzerschritten, Franz-Jakob schien sich etwas besser auszukennen, aber es machte mir nichts aus, daß ich stolperte, daß wir langsam waren, während die Musik seufzte und immer weiterging. Es war bittersüße Musik und ein bittersüßer Tanz. Wir drehten uns im Kreis, und ich träumte von einer anderen Welt: von blauen Abenden und violetten Dämmerungen, von melancholischen Städten und jungen Mädchen, von blassen Schultern und weißen Handschuhen, von Patschulidüften und romantischer

Liebe. Ich bildete mir ein, meine Patentante Constance zu sein: Ich hörte, wie sie mir in diesem – ihrem – Ballsaal etwas zuflüsterte, während wir tanzten.

Erst als das Grammophon neu aufgezogen wurde und Franz-Jakob und ich zum zweiten Mal tanzten, sah ich ihn an. Und da merkte ich, daß sein Gesicht ganz starr war vor Konzentration, als würde er sich nur auf die Schritte konzentrieren, um andere Gedanken zu verdrängen. Ich mußte an sein Benehmen am Nachmittag denken, an seinen Gesichtsausdruck, als wir zum Wald zurücksahen, und überlegte, ob er noch immer diese Geister sah, denn seine traurigen Augen wirkten wie gehetzt.

»Du kannst sehr gut tanzen, Franz-Jakob. Du kennst alle Schritte.«
»Das hat mir meine Schwester Hanna beigebracht«, erwiderte er und blieb stehen. »*Es ist genug.* Laß uns aufhören.«

Er ließ mich los und trat einen Schritt zurück. Ich war verwirrt, aber dann sah ich, daß er zu lauschen schien. Und da hörte ich es auch. Durch die verblassenden Töne des Walzers war gedämpft, aus einem anderen Teil des Hauses, das Klingeln eines Telefons zu hören.

Die Dinge, die dann geschahen, laufen noch heute in meiner Erinnerung wie ein Film ab, dessen Geschwindigkeit nicht steuerbar ist. William, der meinen Onkel Freddie holen kam; Tante Maud, die unaufhörlich plapperte, nachdem er den Raum verlassen hatte, und dann, als er zurückkam, abrupt abbrach. Tante Maud und Onkel Freddie, die sich gemeinsam zurückzogen, eine unheimliche Stille, die sich im Ballsaal ausbreitete, wie das Brechen von Glas.

Wir wurden in den Salon gerufen, wo Tante Maud und Onkel Freddie wie zwei Verschwörer vor dem Kamin standen. Sie hatten wahrscheinlich vorgehabt, mit mir allein zu reden, aber als sie sich Franz-Jakob gegenübersahen, brachten sie es nicht fertig, ihn wegzuschicken.

So kam es, daß die Worte aus großer Entfernung zu kommen schienen, als mir Onkel Freddie mitteilte, daß sich ein Unfall ereignet habe, und Tante Maud sagte, daß noch nichts sicher sei, daß ich aber tapfer sein müsse. Bis zum heutigen Tag weiß ich eigentlich nicht genau, was sie sagten. Ich kann mich nicht erinnern.

Aber ich erinnere mich an Franz-Jakob: Er stand neben mir und hörte zu, während er auf seine braunen Schnürstiefel starrte. Als Onkel Freddie und Tante Maud schwiegen, drehte sich Franz-Jakob um. Er ging zum Fenster, schob die alten Vorhänge zurück und sah hinaus.

Hoch am Himmel stand der volle Mond; sein silberner Schein hüllte den Hahn ein, der über den Ställen den Morgen ankündigte; er verwandelte den Wald in ein Schattengewirr und gab dem See eine graublaue Farbe, hell und dunkel. Franz-Jakob sah über Winterscombe, dann ließ er den Vorhang fallen.

Er machte eine typische Bewegung, er zuckte mit den Schultern, dieses wissende Schulterzucken über die Tricks dieser Welt.

»*Es geht los*«, murmelte er auf Deutsch; dann, als er sah, daß ich ihn hörte, aber nicht verstanden hatte, übersetzte er es mir. »Es geht los«, sagte er. »Es geht wieder los, ich wußte es. Ich habe es schon am Nachmittag gehört.«

Schließlich sagten sie mir, daß meine Mutter und mein Vater tot waren, aber bis dahin verging eine ganze Woche, während der ich ihr Gerede von Verwirrungen, von Krankenhäusern glaubte. Heute bin ich der festen Überzeugung, daß Onkel Freddie von Anfang an gewußt hat, daß sie tot waren, seit diesem ersten Telefonanruf, daß er aber geglaubt hatte, daß es besser wäre und nicht so schwer für mich, wenn ich die Wahrheit erst nach und nach erfuhr.

Aber auch als er es mir sagte, waren viele Dinge unklar, und sind es bis zum heutigen Tag: Niemand konnte mit Sicherheit herausfinden, wie meine Eltern gestorben waren und warum, und es schien weder Onkel Freddie noch Tante Maud zu stören, daß alle Informationen, die sie erhalten konnten, einander widersprachen.

Winifred Hunter-Coote, die an jenem Abend, den wir im Ballsaal verbrachten, angerufen hatte, sprach von Revolten, Gewalt in den Straßen und lächerlichen Nazis. Tante Maud, die früher einmal den deutschen Außenminister, von Ribbentrop, gekannt hatte, schrieb einen dringlichen Brief und bekam – in höflichen Floskeln – die Auskunft, daß es leider einen Zwischenfall an der Grenze gegeben habe, eine Verwechslung, und daß er selbstverständlich auf höchster Ebene des Reichs untersucht werden würde.

Viele Jahre später, nach dem Krieg, bemühte ich mich, die Wahrheit herauszufinden, was aber vereitelt wurde. Es war nur ein unbedeutender Vorfall aus den Monaten kurz vor Kriegsausbruch; die Unterlagen mußten in Berlin sein; aber diese Unterlagen waren vernichtet worden.

Zum Zeitpunkt des Geschehens beschäftigten sich die Zeitungen kurz mit der Angelegenheit. Ich glaube, einer der ältesten Freunde meines Vaters stellte im Parlament sogar einen Antrag auf Untersuchung, aber in der Hektik jenes Septembers hatte man keine Zeit, solche Fragen zu behandeln. Der Tod meiner Eltern war kein Thema mehr, als die Navy mobil machte. Als Chamberlain dann mit dem Versprechen für *peace in our time* aus München zurückkam, hatten die Zeitungen längst das Interesse verloren; es gab wichtigere Dinge zu berichten.

Die Erinnerung legt auf ganz eigene Weise Salben auf die Wunden, und an viele Dinge der darauffolgenden Wochen kann ich mich überhaupt nicht mehr erinnern: Wenn ich heute zurückdenke, sehe ich helle scharfe Bilder, eine Halskette aus Glasperlen, die Lücken aufweist, die ich nicht füllen kann. Die Leichen meiner Eltern wurden nach England geflogen, und die Beerdigung fand in Winterscombe statt. Die kleine Kirche war sehr voll, und ich erinnere mich noch, daß ich mich darüber gewundert habe, denn meine Eltern gaben nur selten Feste, und ich hatte angenommen, daß sie nur wenige Freunde besaßen. Mein Patenonkel Wexton kam, denn er hatte sowohl zu meiner Mutter als auch zu meinem Onkel Steenie eine enge Beziehung; er stand auf der Kanzel und las ein Gedicht über die Zeit und die Veränderung, das ich nicht verstand, das aber Jenna, die neben mir saß, zum Weinen brachte. Außerdem waren auch noch ein oder zwei Freunde aus dem Regiment meines Vaters gekommen und die Eltern von Freunden, die mit ihm in den Schützengräben gekämpft hatten und nicht zurückgekehrt waren; darüber hinaus Leute aus Kinderheimen und den unzähligen Wohlfahrtsorganisationen, für die meine Mutter gearbeitet hatte, sowie die Waisenkinder, mit schwarzen Armbinden an ihren braunen Anzügen, und mein Freund Franz-Jakob, der in der Kirchenbank hinter mir saß.

Als es vorbei war, drückte mich Winifred Hunter-Coote, die sehr laut gesungen hatte und die, groß und prächtig, in schwarze Wollseide gekleidet war, fest an ihren Schlachtschiffbusen und gab mir einen bärtigen Kuß. Dann fütterte sie mich mit süßem Tee und Fischpastetensandwiches; sie sagte mir, meine Mutter sei die feinste Frau gewesen, die ihr jemals begegnet sei. »Jemals!« rief sie und warf einen Blick durch das Zimmer, als erwarte sie, daß es jemand leugnen könne. »Jemals. Niemand. Sie hatte das Herz einer Löwin!«

»Nur über meine Leiche!«

Onkel Steenie traf, wie er in seinem Telegramm versprochen hatte, drei Tage später ein, nachdem es ihm nicht gelungen war, einen Platz auf einem früheren Schiff von New York zu bekommen. Onkel Steenie liebte es, Dinge zu organisieren, je komplizierter, desto besser, und seine Augen blitzten angesichts der bevorstehenden Entscheidungen, die er zu treffen hatte, als ich ihm nach oben in sein Zimmer folgte. Er gab mir ein Stück Schokoladentrüffel, das ein bißchen schal schmeckte; er genehmigte sich mehrere aufbauende Schlucke aus der silbernen Reiseflasche.

»Also, Vicky«, sagte er, »ich möchte, daß du weißt, mein Liebes, daß alles in Ordnung kommen wird. Ich habe alles wunderbar organisiert. Aber vorher...« Er drückte mich an seine Brust. »Aber vorher muß ich einen kleinen Kampf austragen. Nur ein kleines Scharmützel. Du wartest hier oben, sei ein braves Mädchen. Ich muß mit deiner Großtante Maud reden.«

Ich war über seine Zusicherung erschrocken. Schließlich wußte ich bereits, daß alles in Ordnung kommen würde – soweit das jetzt überhaupt möglich war. Ich konnte mit Jenna und William in Winterscombe bleiben, Tante Maud würde viel Zeit hier verbringen, und Onkel Freddie würde für einige Zeit hier sein; Onkel Steenie würde seine üblichen kurzen Besuche abstatten. Was gab es für Onkel Steenie also zu organisieren?

Ich blieb eine Weile oben, wie er es mir gesagt hatte; dann schlich ich mich nach draußen auf den Treppenabsatz; dann – das Scharmützel schien sich in die Länge zu ziehen – schlich ich mich die Treppe hinunter. Die Tür zum Frühstückszimmer stand einen Spalt offen, und mein Onkel Steenie hatte eine hohe, klare, tragende Stimme.

»Nur über meine Leiche!« erklärte Tante Maud mit wütender Stimme, und Onkel Steenie unterbrach sie.

»Maud, Liebes, sei doch vernünftig! Es wird Krieg geben. Wenn du den Beschwichtigungen glauben willst, ich nicht – und Freddie auch nicht. Was hast du denn sonst vorzuschlagen? Es ist kein Geld da. Freddie kann sich nicht um sie kümmern. Und ich bin sicher, daß du mich nicht für geeignet hältst. Das arme kleine Ding sieht völlig verwirrt aus. Sie muß weg von hier, um alles zu vergessen –«

»Niemals. Nicht zu dieser Frau. Das werde ich nicht zulassen, Steenie. Und ich dulde keine weiteren Diskussionen darüber, verstehst du mich? Das ist doch nur eine deiner absolut irrwitzigen Ideen. Aber bis hierher und nicht weiter. Es gib doch überhaupt keine Probleme, außer in deinem Kopf. Victoria wird nach London kommen, sie wird bei mir bleiben.«

»Irrwitzig?« Onkel Steenie klang mürrisch. »Das ist nicht im mindesten irrwitzig; es ist das Allervernünftigste. Nur weil du gegenüber Constance Vorurteile hast und schon immer gehabt hast. Sie ist die Patentante des Kindes.«

»Patentante! Das war ein Fehler, das habe ich damals gleich gesagt.«
»Als sie es hörte, hat sie sofort angeboten, Victoria zu sich zu nehmen. Sofort. Ohne zu zögern...«
»Nichts dergleichen wird sie tun, und, Steenie, du kannst ihr auch gleich noch sagen, daß ich dankbar wäre, wenn sie sich nicht einmischen würde. Victoria kommt mit mir nach London.«
»Und wenn es Krieg gibt, was dann? Du bleibst doch in London, nicht wahr? Das hört sich nicht besonders vernünftig an, muß ich sagen. Außerdem geht es dir nicht gut; du bist nicht mehr so jung, wie du einmal warst. Amerika erscheint mir das Vernünftigste – jedenfalls für den Augenblick. Wenn es Krieg gibt, wird sie dort absolut sicher sein. Um Himmels willen, Maud, wir reden doch nicht von einem Dauerzustand, sondern nur von einer vorübergehenden Lösung. Es wäre gut für das Kind. Es würde ihr Spaß machen. Sie wollte Constance schon immer mal sehen – du weißt doch, wie sie immer nach ihr gefragt hat.«
»Hast du etwa getrunken, Steenie?«
»Nein, habe ich nicht.«
»Doch, das hast du. Deine Augen glänzen. Ich kenne dich doch. Dann gerätst du immer völlig aus dem Häuschen, ich schlage vor, du legst dich jetzt ein bißchen hin. Es gibt nichts mehr zu bereden. Du wirst diesen lächerlichen Plan vergessen, und dann werde ich vergessen, daß du ihn je auf den Tisch gebracht hast.«
»Ich werde ihn nicht vergessen«, sagte Onkel Steenie trotzig. »Vielleicht sollte ich dich darauf aufmerksam machen, Maud, daß Freddie und ich die Vormundschaft haben, nicht du – rein theoretisch liegt die Entscheidung also bei uns.«
»Unsinn. Und im übrigen ist Freddie ganz meiner Meinung, nicht wahr, Freddie?«
»Nun«, hörte ich Onkel Freddie mit einem tiefen Seufzer sagen – er spielte nicht gern den Schiedsrichter, »ganz offensichtlich spricht so manches für Maud.« Er machte eine Pause. »Andererseits spricht auch so manches für Steenie. Ich meine, wenn es Krieg gibt, könnte Amerika die bessere Lösung sein. Aber eigentlich glaube ich nicht, daß Constance...«
Und so ging es, mindestens noch eine halbe Stunde, weiter.
Als ich an diesem Abend zu Bett ging, war ich der festen Überzeugung, daß meine Tante Maud gewinnen würde, denn Tante Maud hatte, auch wenn sie schon älter und manchmal ein bißchen vergeßlich war,

einen unbeugsamen Willen. Ich betete intensiv und ausdauernd, daß ich bei ihr in London wohnen könnte.

Wenn sie verlor, konnte ich schon jetzt ein schreckliches Bild vor mir sehen, das drohend über meinem Kopf schwebte. Ich würde nach New York fahren, um bei meiner Patentante Constance zu wohnen, genauso, wie ich es mir in meinen Gebeten immer gewünscht hatte, viele Monate lang, zweimal täglich. Mein Besuch bei ihr würde durch den Tod meiner Eltern ermöglicht werden; und ihr Tod war durch meine bösen Gebete heraufbeschworen worden. »Ach, bitte, lieber Gott«, sagte ich an jenem Abend, »das wollte ich nicht. Bitte, tu mir das nicht an.«

An jenem Abend wurde meine Tante Maud bezwungen, nicht von den Argumenten meines Onkels Steenie, sondern von den Eskapaden ihres Herzens. Beim Abendessen hatte sie über ein Stechen im Arm gesprochen; sie hatte Steenie beschuldigt, sie zu sehr aufzuregen. Und noch am selben Abend, im Bett, hatte sie einen zweiten Anfall, schwerer als der erste, infolgedessen sie auf der rechten Körperseite gelähmt war und viele Monate nicht sprechen oder schreiben oder aufrecht sitzen konnte. Am Ende erholte sie sich wieder davon, aber nur sehr langsam, und in der Zwischenzeit nahm Onkel Steenie die Dinge in die Hand. Ich glaube, Onkel Freddie war im Grunde gegen diese Idee, aber er hatte es mit seinem jüngeren Bruder noch nie aufnehmen können. Ich bemühte mich, beiden zu sagen, daß ich in England bleiben wollte, aber Onkel Freddie hatte Angst, Onkel Steenie zu verärgern, und Onkel Steenie weigerte sich, mir zuzuhören: Er war nicht zu stoppen, mit dem Zaumzeug zwischen den Zähnen galoppierte er auf sein Ziel los. Nichts, was ich sagte, konnte ihn bremsen.

»Unsinn, Victoria, es ist das Beste für dich. Für eine solche Chance würden viele kleine Mädchen ihre Eckzähne hergeben. New York – New York wird dir gefallen! Und Constance – die wird dir auch gefallen, genauso, wie sie mir gefällt. Sie ist so wunderbar, Vicky. Sie geht überall hin, sie kennt Gott und die Welt, du wirst eine herrliche Zeit haben. Sie wird was aus dir machen, warte nur...«

»Ich glaube nicht, daß Daddy gewollt hätte, daß ich bei ihr bin. Und Mummy auch nicht. Sie haben sie nicht gemocht, Onkel Steenie – du weißt, daß sie sie nicht gemocht haben.«

»Na ja, dafür gibt es Gründe.« Onkel Steenie wandte den Blick ab und machte eine wegwerfende Handbewegung. »Das mußt du vergessen, Liebes. Das hat jetzt nichts mehr zu sagen. Es gehört der Vergangenheit

an.« Er nahm einen kleinen Schluck und sah mich verschmitzt an. »Auf jeden Fall ist das nicht völlig richtig. Es hat einmal eine Zeit gegeben, da hat dein Papa Constance sehr gern gehabt.«
»Stimmt das wirklich, Onkel Steenie?«
»Absolut. Und sie hat ihn *immer* gern gehabt. Es ist also völlig in Ordnung, stimmt's?«
Er schenkte mir sein rosiges weises Lächeln, und bevor ich noch etwas einwenden konnte, stopfte er mir ein weiteres Stück von seinen schalen Schokoladentrüffeln in den Mund.

Ich verließ England am 18. November 1938 mit der *Queen Mary*, einen Monat vor meinem achten Geburtstag. Wir legten in Southhampton ab.

Tante Maud ging es noch nicht wieder gut genug, um mich zum Hafen zu begleiten, so daß ich ihr in London Lebewohl sagte, in ihrem früher so berühmten Salon, von dem aus man den Hydepark überblickte. Ich wurde von Jenna nach Southhampton begleitet, die mich nach New York bringen sollte, und von meinen beiden Onkeln und – auf meine Bitte – von meinem Freund Franz-Jakob.

Sie gaben mir alle ein Geschenk mit auf die Reise. Onkel Freddie schenkte mir einen Stoß Detektivgeschichten. Onkel Steenie schenkte mir eine Orchidee, die mich an ein Raubtier erinnerte. Franz-Jakob schenkte mir eine Schachtel Pralinen.

Dieses Geschenk zog er im allerletzten Augenblick aus der Tasche, schon an Bord des Schiffes, dicht beim Landungssteg. Die meisten der anderen Begleiter der Reisenden waren bereits vom Schiff gegangen; auch meine Onkel waren schon wieder an Land und winkten; erstes Konfetti und Luftschlangen wurden geworfen.

»Hier.« Franz-Jakob zog einen rechteckigen, mit Gold bemalten Karton aus der Tasche. Er enthielt, wie ich später entdeckte, acht köstliche handgefertigte Schokopralinen, eine für jedes Jahr meines Lebens. Sie waren mit Kristallveilchen geschmückt, die wie Amethysten aussahen, und mit kandierten Angelikastreifen so grün wie Smaragde. Sie lagen in der hübschen Schachtel wie Juwelen. Wiener Schokolade: Ich glaube, seine Familie hatte sie ihm extra geschickt. Franz-Jakob überreichte mir dieses Geschenk mit einer kleinen steifen Verbeugung, so daß ihm seine langen dünnen Haare in die blasse Stirn fielen.

Ich war ganz gerührt, weil er sich soviel Mühe gemacht hatte, gab mir aber selbst große Mühe, ihm nicht meine Gefühle zu zeigen, um ihn nicht in Verlegenheit zu bringen. Deshalb bedankte ich mich höflich bei ihm und klammerte mich an die Pralinenschachtel.

»Ich werde dich vermissen, Franz-Jakob«, sagte ich schließlich doch noch.

»Du wirst mich nicht vermissen. Für die Herzen von Freunden spielt Entfernung keine Rolle.«

Ich glaube, er hatte diese kleine Rede vorbereitet, denn er sagte sie so steif und förmlich auf, als habe er sie auswendig gelernt. Wir sahen uns unsicher an; dann schüttelten wir uns, nach englischer Art, die Hände.

»Ich werde dir jede Woche schreiben, Franz-Jakob. Wirst du mir auch schreiben? Du mußt mir schreiben, wo sie dich als nächstes hinschicken.«

»Natürlich schreibe ich dir.« Er warf mir einen ungeduldigen Blick zu. Dann zog er braune Lederhandschuhe aus seiner Manteltasche und zog sie sich umständlich an.

»Ich werde dir jeden Samstag schreiben. Ich werde dir in jedem Brief eine Rechenaufgabe stellen.« Er lächelte, jedenfalls verzog er das Gesicht, so daß es fast wie ein Lächeln aussah. »Ich werde deine Fortschritte überwachen – ja?«

»Aber keine Algebra, Franz-Jakob – versprich mir das, keine Algebra.«

»Aber natürlich auch Algebra. Algebra ist wichtig für dich. Bitte, vergiß das nicht.«

Er wußte, daß ich gleich weinen würde, und das wäre ihm bestimmt peinlich gewesen. Das Schiffshorn ertönte, und ich erschrak; neben mir warf eine Frau eine rosa Papierschlange in die Luft. Ich sah ihr nach, wie sie sich auseinanderrollte, durch die Luft flatterte, dann herunterfiel.

Als ich mich umdrehte, ging Franz-Jakob mit steifen Schritten über den Landungssteg und aus meinem Leben. Damals wußte ich es noch nicht – und das war ein Glück –, aber Franz-Jakob, dem ich mein Leben anvertraut hätte, hielt sein Versprechen nicht. Er hat mir nie geschrieben.

Die Schleppseile wurden festgemacht, die Taue gelöst; langsam glitten wir aus dem Hafen. Jenna und ich standen lange Zeit an der Reling und sahen durch den Nieselregen zurück; am Kai spielte eine Band, meine Onkel winkten, Franz-Jakob stand völlig reglos da. Sie wurden immer kleiner und kleiner, bis wir zugeben mußten, daß sie nicht mehr zu sehen waren – auch wenn wir unsere Augen noch so anstrengten.

Das ist es, woran ich mich erinnere, wenn ich an meine Abreise denke: an Franz-Jakob und sein Versprechen, das er nicht gehalten hat. Die

Reise, die dann folgte, habe ich vergessen, und ich träume auch nie davon. Der Ozeandampfer, der Blick von seinem Deck auf den Atlantischen Ozean – all das ist aus meinem Gedächtnis verschwunden; aber manchmal träume ich von der Stadt, die am Ziel der Reise wartete. Dann sehe ich Manhattan, wie ich es zum ersten Mal gesehen habe, ein fremder Ort von erschreckender Schönheit. Über dem Wasser liegt Nebel; ich schmecke den Morgen auf meinen Lippen; die Wintersonne glitzert über ein Babylon aus spitzen Türmen und Zinnen.

Constance wartet am Kai. Sie ist von Kopf bis Fuß in Schwarz gekleidet, während ich am Ärmel meines Harris-Tweedmantels nur ein Trauerband aufgenäht habe. In meinen Träumen begrüßt mich Constance so, wie sie mich dann begrüßte. Sie kommt näher. Sie schlingt ihre Arme um mich. Ihre Kleider sind weich. Ich rieche ihr Parfüm – wie das Grün von Farn, mit einem feuchten, hungrigen Duft dahinter, wie Erde.

Sie trägt Handschuhe. Sie berührt mein Gesicht mit diesen Handschuhen. Ihre Hände sind winzig, fast so klein wie meine. Die Handschuhe sind aus feinstem Leder und sitzen so eng wie eine zweite Haut. Wie Constance es liebt, mich zu berühren! Sie berührt meine Haare. Sie lächelt über meinen Hut. Ihr Gesicht wird ernst. Sie nimmt meine Hände in ihre Hände. Sie betrachtet prüfend meine Gesichtszüge, einen nach dem anderen. Die blasse Haut, die Sommersprossen, die verschwommenen und umherirrenden Augen – und was sie sieht, scheint ihr zu gefallen, denn sie lächelt.

Es ist, als würde sie mich wiedererkennen – obwohl das eigentlich unmöglich ist. Ich starre meine Patentante an. Sie strahlt mich an.

»Victoria«, sagt sie und hält meine Hand fest. »Victoria. Da bist du ja. Willkommen daheim.«

»Da bist du ja.«

Dreißig Jahre später würde Miss Marpruder ganz genau das gleiche zu mir sagen, als ich, unangemeldet, auf den Treppenstufen vor ihrer Tür stand.

»Da bist du ja«, sagte sie noch einmal, und ihr Gesicht schien in sich zusammenzufallen. Sie stand da und rührte sich nicht vom Fleck.

Sie sagte nicht auch *Willkommen daheim*; sie stand nur da und versperrte die Tür – Miss Marpruder, die sonst immer so gastfreundlich gewesen war. Verlegen starrten wir uns an, während sich auf ihren Wangen häßliche Flecke bildeten. Hinter ihr sah ich das vertraute Wohnzimmer und die grelle rote Couch. Dicht vor dem Fernseher stand ein ausgebeulter Sessel; es lief gerade eine Seifenoper, die im Krankenhaus spielte. Miss Marpruders Mutter war schon tot, das wußte ich. Es hing der Geruch von Einsamkeit in der Luft – er schlug mir aus dem Flur entgegen.

»Prudie«, begann ich, verwundert über diesen Empfang. »Ich habe versucht, dich anzurufen. Immer wieder habe ich es versucht, das ganze Wochenende. Zum Schluß dachte ich –«

»Ich weiß, daß du angerufen hast. Ich habe mir gedacht, daß du es warst. Deshalb habe ich nicht abgenommen.«

Fassungslos starrte ich sie an. Sie machte sich gar nicht erst die Mühe, die Feindseligkeit in ihrer Stimme zu verbergen.

»Geh weg. Ich will dich nicht sehen. Ich habe zu tun. Ich sehe mir gerade was im Fernsehen an –«

»Prudie, bitte, warte einen Moment. Was ist denn los?«

Sie wollte mir schon die Tür vor der Nase zuschlagen, überlegte es sich dann aber anders. Zu meiner Verblüffung wurde sie plötzlich ganz zornig.

»Was ist los? Das fragst du *mich*? Ausgerechnet *du* fragst mich das? Ich weiß, warum du hier bist – bestimmt bist du nicht gekommen, weil du mich sehen willst, das ist mal sicher. Du suchst Miss Shawcross. Nun, da kann ich dir leider nicht helfen – und selbst wenn ich es könnte, würde ich es nicht tun. Aber ich *weiß* nicht, wo sie ist. Genügt dir das?«

»Prudie – warte. Ich verstehe nicht –« Ich streckte die Hand aus, um ihren Arm zu berühren. Aber Miss Marpruder reagierte, als hätte ich versucht, sie zu schlagen.

»Das verstehst du nicht? O ja, sicher – glaub das nur, du würdest alles glauben. Kleine Miss Erfolgreich – o ja, es geht uns jetzt gut, wie ich höre. Mit all den tollen Kunden. Irgendwie ist es schon komisch, nicht? Wie viele von denen früher deiner Patentante gehört haben!«

Sie redete sehr schnell, als bräche lang angestaute Verachtung aus ihr hervor. Unter dieser geballten Kraft machte ich einen Schritt nach hinten und Miss Marpruder einen Schritt nach vorn.

»Du hast Miss Shawcross *benutzt* – glaubst du vielleicht, das wüßte ich nicht. Du hast sie benutzt. Und jetzt versuchst du mich zu benutzen. Acht Jahre – acht Jahre lang habe ich dich nicht zu Gesicht bekommen.«

»Aber, Prudie, ich bin seit acht Jahren nicht mehr in New York gewesen. Höchstens einmal auf dem Flughafen, um in ein anderes Flugzeug zu steigen. Und auf jeden Fall habe ich dir doch geschrieben – du weißt, daß ich dir geschrieben habe. Ich habe geschrieben, als –«

»Als meine Mutter starb – o ja, sicher.« Miss Marpruders Augen füllten sich mit Tränen. »Du hast geschrieben. Ach so, dann bin ich dir wohl was schuldig – oder?«

»Natürlich nicht, wie kannst du nur so etwas sagen, Prudie?«

»Das ist leicht. Ganz leicht ist das – weil ich jetzt weiß, wie du bist. Früher wußte ich das vielleicht nicht – aber jetzt weiß ich es, und mir wird ganz schlecht, wenn ich daran denke.«

Sie kam noch ein Stückchen näher auf mich zu; sie zitterte – zuerst dachte ich, weil es soviel Anstrengung kostete, mich von ihren Worten zu überzeugen. Dann änderte ich meine Meinung: Mir schwante, daß zumindest ein Teil dieses Zorns gegen sie selbst gerichtet war; es war, als müßte sich Miss Marpruder auch selbst überzeugen.

Ich behauptete meinen Platz. Ich sagte, so ruhig ich konnte: »Also gut, Prudie, dann gehe ich eben wieder. Aber bevor ich gehe, möchte ich noch eins klarstellen: Ich möchte nicht, daß du glaubst, ich hätte Constance ihre Kunden abgeworben. Das ist nicht wahr. Constance und ich haben völlig verschiedene Arbeitsmethoden, das müßtest du doch wissen –«

»Tatsächlich? Und was ist mit dem Haus der Dorests? Und dem der Antonellis?« Die Namen kamen ihr über die Lippen, als habe sie sie lange einstudiert. Ich starrte sie bestürzt an.

»Hör zu, Prudie. Die beiden haben zuerst Constance gefragt, ob sie die Arbeit übernehmen wolle. Aber sie wollte nicht, und da sind sie zu mir gekommen.« Ich machte eine Pause. »Das sind meine einzigen Kunden, die vorher geschäftliche Beziehungen zu Constance hatten. Ich bin meinen eigenen Weg gegangen, Prudie. Das mußt du mir glauben.«

»Sie hat sie abgelehnt?« Miss Marpruder schien in sich zusammenzusinken. Sie sah mich erstaunt an, schüttelte den Kopf.

»Das ist wahr, Prudie.«

»Es könnte sogar stimmen. Ja, das wäre möglich. Du könntest recht haben. Vielleicht hätte ich das nicht sagen sollen.«

»Prudie, stimmt irgend etwas nicht?«

»Nicht stimmen?« Sie stieß die Worte mit großer Bitterkeit hervor. »Was soll denn nicht stimmen? Wenigstens habe ich jetzt meine Ruhe! Und muß mich nicht ständig mit irgendwelchen Katastrophen herumschlagen. Keine Hetzerei, um morgens die U-Bahn zu erreichen. Sicher, mir geht es gut. Ich bin in Rente.«

Ich starrte sie fassungslos an. Ich konnte mir nicht vorstellen, daß sie je in Rente ging, und ich konnte mir auch nicht vorstellen, wie Constances Geschäft ohne sie funktionieren sollte.

Ich verspürte Mitleid mit ihr. Miss Marpruder sah alt aus, jetzt, nachdem sie nicht mehr ihrer Arbeit nachging, die sie so belebt hatte. Die dicke Puderschicht auf ihrem Gesicht zeigte Falten. An ihrem Hals standen die Knochen vor. Ihr Haar, in Dauerwellen gelegt, war dünn geworden.

Schuldbewußt wurde mir klar, daß ich gar nicht wußte, wie alt sie eigentlich war.

»Fünfundsechzig«, sagte sie, als habe sie meine Gedanken gelesen. »Und bevor du fragst – nein, es war nicht meine Idee. Ich hätte niemals aufgehört. Es war Miss Shawcross, sie hat mich in Rente geschickt. Vor zwei Monaten. Ich habe mit ihr gestritten, aber sie wollte nicht hören. Du weißt ja, wie sie ist, wenn sie sich etwas in den Kopf gesetzt hat...«

»Das tut mir schrecklich leid, Prudie.«

»Ich werde mich schon daran gewöhnen. Ich gewöhne mich schon daran. Sie ruiniert es, weißt du – das Geschäft. Als wolle sie selbst aufhören. Ich schätze, deshalb wollte sie auch, daß ich gehe.«

Sie muß in meinem Gesicht gelesen haben, denn sie sprach weiter, bevor ich meine Frage formulieren konnte.

»O nein, sie ist nicht krank – sie doch nicht! Noch immer hübsch. Noch immer voller Energie. Aber sie hat sich verändert. Seit du weg bist – damals muß es begonnen haben. Und es hat sie schwer getroffen, als dein Onkel Steenie gestorben ist. Ich glaube, sie hat genug von allem. Sie will reisen – das hat sie mir gesagt.«

»Reisen? Wohin reisen? Prudie, ich habe in allen Hotels angerufen. Sie hat nirgends reserviert. Keiner ihrer Freunde erwartet sie – wenigstens hat man mir das gesagt.«

Prudie zuckte die Achseln. Ihr Gesicht wurde verschlossen.

»Ich weiß es nicht. Sie hatte die Reise schon fertig geplant – das hat sie mir gesagt. Aber ich weiß nicht, wohin, ich weiß nicht, wann. Und ich habe sie auch nicht gefragt.«

»Bitte, Prudie. Das kann doch nicht wahr sein. Du mußt doch wissen, wo sie ist und wo sie hinfährt. Das hast du doch immer gewußt. Ich muß sie sehen. Ich muß mit ihr reden. Jetzt, nachdem Steenie tot ist, ist sie – meine *Vergangenheit*, Prudie. Es gibt Dinge, die nur sie erklären kann. Das mußt du doch verstehen?«

Sie zögerte. Sie spielte mit den Glasperlen, und für einen Augenblick dachte ich, sie würde nachgeben. Ihr Gesichtsausdruck wurde weicher. Sie nickte ein- oder zweimal.

»Sicher, das verstehe ich. Als meine Mutter starb – da gab es auch einige Dinge, die ich gern gewußt hätte, Fragen, die nur sie mir hätte beantworten können, aber ich hatte sie nicht gefragt, und dann war es zu spät.« Sie unterbrach sich ganz plötzlich. Ihr Gesicht wurde hart. »Du siehst also, ich kann dich gut verstehen. Aber das macht keinen Unterschied. Wie ich dir schon gesagt habe – ich kann dir nicht helfen.«

Sie trat einen Schritt zurück, hinter ihr plärrte der Fernseher.

»Kannst du nicht, oder willst du nicht, Prudie?«

»Das mußt du selbst entscheiden.« Sie zuckte die Achseln. »Jetzt fängt gerade meine Lieblingssendung an. Ich will sie nicht versäumen, okay?«

»Prudie!«

»Laß mich in Ruhe«, sagte sie, wieder mit einem Anflug von Zorn. Und dann schlug sie mir zum zweiten Mal die Tür vor der Nase zu.

Ich glaube, ohne diese Begegnung mit Prudie hätte ich vielleicht aufgegeben und wäre nach Hause gegangen. Den ganzen Abend war mir der Traum von Winterscombe nicht aus dem Kopf gegangen: Ich spürte, wie mich meine Heimat rief.

Zwei Frauen. Ich mußte an Mr. Chatterjee denken; mit einigem Glück hatte er recht gehabt – mir zumindest die Richtung gezeigt, in der die Lösung lag. Wer war Constance? War sie die gute Patentante meiner New Yorker Kindheit oder die böse? War es, wie Vickers gesagt hatte, meine Mutter gewesen, die Constance von Winterscombe verbannt hatte – und wenn ja, warum? Was hatte meine Mutter über Constance gewußt, das ich noch nicht wußte?

Es hat einmal eine Zeit gegeben, in der dein Papa Constance sehr sehr gern gehabt hat... Und sie hat ihn auch immer gern gehabt...

Ein durchtriebener Hinweis, vor dreißig Jahren ausgesprochen, aber nicht vergessen. Ich wünschte, diese Stimme würde verstummen; ich wünschte, alle Stimmen würden verstummen – aber das taten sie nicht. Ich hatte das Gefühl, in eine Sackgasse geraten zu sein. Ich glaube, daß Constance in New York war, und ich glaubte, daß sie mir bewußt aus dem Weg ging. Wenn mir Miss Marpruder nicht bei meiner Suche helfen würde, dann gab es niemandem mehr, der es tun würde – jedenfalls glaubte ich das. Aber dann fiel mir etwas ein. Ich mußte an meinen Besuch an Berties Grab denken, heute morgen. Ich mußte an die Blumen auf dem Grab denken, ihre Ähnlichkeit mit den Blumen, die ich gestern abend in Vickers Wohnung gesehen hatte.

Ich erinnerte mich an Constance und Vickers in all den Jahren, wie sie beide vor dem Altar des guten Stils gekniet hatten. Ich erinnerte mich daran, wie sie ständig die Namen und Telefonnummern kluger talentierter junger Männer ausgetauscht hatten: junge Männer, die französische Stühle restaurieren konnten, Vorhänge drapieren, *trompe l'œil* malen, Stoffe färben – oder die Blumen so zu arrangieren wußten, daß sie aussahen, als habe man sie gerade eben in einem englischen Landgarten gepflückt.

Ich rief sofort bei Conrad Vickers an.

Zuerst klang er vorsichtig, als erwarte er noch mehr Fragen über Constance. Dann merkte er, daß ich nur den Namen seines wunderbaren Floristen wollte, und war sofort zugänglich.

»Aber natürlich, Schätzchen! Ist das für einen Kunden – einen potentiellen Kunden? Meine Liebe, sag nichts – sein Name ist Dominique. Er ist absolut *vollkommen*. Eine Millisekunde, ich habe die Nummer hier... Ach, und wenn du anrufst, dann erwähne doch meinen Namen. Manchmal ist er ein winziges bißchen schwierig. Letztes Jahr war er so entgegenkommend – aber in diesem... Nun, du weißt ja, wie das ist! Wenn die Temperamente aufeinanderprallen. *Folie de grandeur.* Er fängt schon an, *mir* Namen zuzustecken – was wirklich ziemlich albern ist, wenn man es bedenkt. Ach, und übrigens, laß dich nicht von seinen schrecklichen Assistenten abwimmeln. Sprich mit Dominique selbst – er wird von deinem Charme entzückt sein. Noch eine Feder an seinem Hut. Ciao...«

»Ja-a-ah?«

Dominique zog das eine Wort über mehrere Silben. Mit diesen Silben gedachte er Abgespanntheit, Größe und anfängliche Servilität zu vermitteln. Es *könnte* sich eine Zusammenarbeit ergeben, sagte diese Stimme, unter gewissen Umständen – wenn, zum Beispiel, wenn am andern Ende der Leitung eine Herzogin wäre oder wenn sich herausstellen sollte, daß die First Lady persönlich am Montag morgen um sieben Uhr bei Dominique anrief.

Ich überlegte. In meinem Geschäft hatte ich mit vielen Dominiques zu tun. Es kam mir vor, als müßte ich zwischen zwei Möglichkeiten entscheiden: Ich konnte anmaßend oder verwirrt sein. Verwirrt zu sein, könnte einen Verbündeten schaffen: Es schien mir den Versuch wert. Ich benutzte meinen englischen Akzent, nicht meinen amerikanischen. Ich gab ein wehleidiges Knightsbridge-Klagen von mir.

»Dominique? Ist das Dominique persönlich? Gott sei Dank, daß ich Sie erreiche – es war ein solches *Durcheinander*...«

»*Calmez-vous*«, sagte Dominique in sehr schlechtem Französisch. Ich nannte ihm einen falsch klingenden Doppelnamen:
»Das liebe ich«, jubelte er. »*Alles*. Und den *Akzent*.«
»Dominique, ich hoffe, Sie können mir helfen. Sehen Sie, ich bin die neue Assistentin – und Sie wissen ja, wie Miss Shawcross ist. Ein Fehler, und ich werde die neue Ex-Assistentin sein. Sie ist völlig außer sich wegen der Bestellung. Sie arbeiten doch daran?«
»Schätzchen!« sagte er und klang fast genauso wie Conrad Vickers. »Natürlich! Gerade jetzt arbeite ich daran.«
»Und Sie schicken Rittersporn?«
»Aber *natürlich*, Schätzchen«, ich war jetzt so gut wie sicher, daß er ein Verbündeter war. »Rittersporn, die köstlichsten Rosen, ein paar klitzekleine Stiefmütterchen –«
»Keine Lilien? Sind Sie sicher, daß keine Lilien dabei sind?«
»*Lilien*? Für Miss Shawcross?« Es klang wie ein Röcheln. »Ob ich Lilien dazugebe? Aber meine Liebe, sie *verabscheut* Lilien – mehr als mein Leben wert ist.«
»Großer Gott. Dann muß es ein Irrtum gewesen sein. Miss Shawcross glaubte, jemand habe Lilien erwähnt...« Ich machte eine Pause. »Und noch etwas, Dominique. An welche Adresse werden Sie sie schicken?«
»An welche Adresse?«
Seine Stimme klang jetzt etwas mißtrauisch. Mein Herz begann laut zu pochen.
»Schicken Sie sie in die *Fifth* Avenue?«
Es klappte. Jetzt war es Dominique, der wehleidig klang.
»Fifth? Schätzchen? Nein, *Park*. Dieselbe Adresse wie letzte Woche und die Woche davor. Warten Sie, sie liegt direkt vor mir. 756 Park Avenue, Appartement fünf-null-eins. Sagen Sie mir bloß nicht, daß sie in die *Fifth* sollen, wenn das der Fall ist, werde ich diesen Assistenten von mir ans Kreuz schlagen...«
»Nein, nein, es stimmt schon. Park ist korrekt«, sagte ich hastig und schrieb die Adresse auf. »Danke, jetzt bin ich wirklich erleichtert! Und – wann werden sie dort sein?«
»Um zehn, meine Liebe, darauf haben Sie mein Wort...«
»Dominique, Sie sind wunderbar. Vielen tausend Dank.«
»*Rien*, meine Liebe, absolut *rien*.«

Ich stand vor dem Gebäude in der Park Avenue, als ich das dachte. Es war halb zehn, und unter meinem Arm war ein großer Karton mit

Blumen, die ich kurz davor mit meinem amerikanischen Akzent bei Dominique gekauft hatte. Ein auffälliger Karton, auf dem in großen grünen Buchstaben sein Name stand. Es schien passend, dachte ich, daß ich Constance am Ende durch eine Täuschung fand.

Ich hatte sie schließlich doch noch aufgespürt. Hier hielt sie sich also versteckt. Ich sah an dem Gebäude hinauf. Wahrscheinlich hatte sie die Wohnung von einem Freund geliehen; trotzdem kam es mir merkwürdig vor für Constance.

Constance ließ sich von irrationalen Argumenten leiten – man konnte hier sein, aber aus irgendeinem Grund nicht dort – und die Park Avenue hatte sie immer mit bissiger Schärfe bedacht. Es war eine ruhige, langweilige, bürgerliche Gegend ohne Überraschungen. »Park«, sagte sie, »ist phantasielos.« Natürlich war es auch nicht besonders phantasievoll, in der Fünften zu wohnen – aber ich wußte, was Constance meinte. Außerdem, wenn Park bürgerlich und respektabel und langweilig war, dann war das Gebäude, das sie gewählt hatte, das makelloseste, langweiligste von dem ganzen Block. Zwölf Stockwerke aus rotem Sandstein; ein hochtrabender Eingang, der an den Knickerbockerclub erinnerte. Ein seltsamer Ort für Constance, um sich darin einzuigeln.

Aber natürlich war es nur vorübergehend, sagte ich mir, als ich die vornehme Lobby betrat. Ich war nervös. In wenigen Minuten würde ich mit Constance reden. Würde sie mich willkommen heißen? Mich zurückweisen? Ich ging zum Empfangstisch.

»Ich komme von Dominique mit den Blumen für Miss Shawcross. Ich glaube, ich bin ein bißchen zu früh hier. Könnten Sie fragen, ob ich raufkommen kann?«

Ich war nicht besonders gut im Lügen. Ich wurde immer rot dabei. Ich erwartete, als Betrügerin entlarvt zu werden. Ich war richtig erstaunt, als der Mann den Telefonhörer auflegte und sagte: »Fünf-null-eins. Sie können rauffahren.«

Vor der Wohnungstür zählte ich bis fünf. Meine Hände hatten zu zittern begonnen.

Aber es war nicht Constance, die mir die Tür öffnete; es war ein Dienstmädchen. Schlimmer noch, es war dasselbe Dienstmädchen wie am Tag davor, es war die streitsüchtige Lilliputanerin.

Mit dieser Möglichkeit hätte ich rechnen müsse – aber daran hatte ich gar nicht gedacht. Verzweifelt wartete ich, daß sie mich wiedererkannte.

Ich bin ein Meter siebenundsiebzig groß; ihr starrer Blick setzte etwa in Höhe meiner Brust an. Er glitt langsam nach oben. Ich wartete schon auf einen weiteren kleinen Wutanfall, auf eine Tür, die mir wieder vor der Nase zugeschlagen wurde. So weit war ich gekommen, und nun dieses Fiasko, das war mehr, als ich ertragen konnte. Ich stellte meinen Fuß zwischen die Tür. Ich sah zu Boden, als ich es tat. Als ich wieder aufblickte, sah ich etwas sehr Verblüffendes.

Kein Zeichen von Feindseligkeit: Das Dienstmädchen lächelte.

»Victoria, ja?« Sie kicherte. »Sie sind sehr pünktlich – das ist gut. Kommen Sie herein. Hier entlang – kommen Sie.«

Sie nahm die Schachtel mit den Blumen, stellte sie ab und lief mit schnellen Schritten einen schmalen Korridor entlang. Mit einem Schwung stieß sie eine Tür auf und trat dann zur Seite, um mich vorbeizulassen.

Das Zimmer, das nach vorn, zur Straße, führte, war leer. Keine Constance weit und breit. Bestürzt drehte ich mich zu dem Dienstmädchen um; im Flur klingelte schrill ein Telefon. »Warten Sie. Eine Minute. Bitte, entschuldigen Sie mich.«

Das Mädchen verschwand. Sie machte die Tür hinter sich zu. Aus dem Flur dahinter waren lange Pausen des Schweigens zu hören, dazwischen das Mäusepiepsen des Mädchens.

Verwirrt ging ich in das Nebenzimmer – ein Schlafzimmer. Auch dort versteckte sich niemand, schon gar nicht Constance. Die Zimmer versetzten mich in Erstaunen. Selbst in einem Notfall konnte ich mir Constance nicht darin vorstellen.

Constance war Innenarchitektin, eine begeisterte Ausstatterin von Innenräumen. In ihren Zimmern, auch in ihren Hotelzimmern, mußte alles nach ihrem Geschmack sein, jede Kleinigkeit. Constance würde in einem Zimmer, das nicht ihrem Geschmack entsprach, genausowenig bleiben, wie ein Konzertpianist einem Amateur zuhören würde, der sich mit Mozart versucht.

War es denkbar, daß Constance hier lebte?

Constance liebte leuchtende Räume; sie liebte starke, lebendige, auffällige Farben. Sie schwärmte für prächtige Räume, die mit ungewöhnlichen, seltenen Dingen vollgepackt waren. Farben, die sich in weniger geübten Händen gebissen hätten, Möbelstücke, deren Herkunft und Entstehungszeit widersprüchlich waren, verstand Constance in einen harmonischen Einklang zu bringen. Blumen in Hülle und Fülle, und stets bemalte Möbel; und überall Spiegel, alte Spiegel mit fleckigem, blindem Glas.

Dieses Zimmer war mit matten Weißtönen ausgemalt. Die Lieder aus dem Zeitalter des Cocktails schwangen darin mit, 1925 bis höchstens 1930, eine Zeit, die Constance immer verabscheut hatte. Es war geradlinig, schlicht, mit einem Hang zur Bauhaus-Brutalität. Ich kam zu dem Schluß, daß Constance nicht hier sein konnte. Ich war an den falschen Ort gekommen. Als ich mich gerade zur Tür umdrehte, um wieder zu gehen, kam das Mädchen herein, und ich merkte, daß ich mich geirrt hatte.

Constance war hier, in diesem Zimmer. Ich hatte sie gefunden, und – wie ich mir hätte denken können – wartete sie nur darauf, mir noch einen Streich zu spielen.

»Geschenk.« Das Mädchen deutete durch das Zimmer auf einen Tisch aus gebleichtem Holz. Sie kicherte wieder wie vorhin. »Miss Shawcross – am Telefon. Flug wird aufgerufen. Sehr in Eile. Hat Geschenk für Sie dagelassen. Sie nehmen es mit – ja?« Wieder deutete sie auf den Tisch. Sie deutete auf etwas, das auf dem Tisch lag.

Ich ging zu dem Tisch. Ich sah mir an, was darauf lag. Es war ein sonderbares Geschenk. Dort auf dem Tisch lag ein ganzer Stapel Notizbücher – zwanzig oder fünfundzwanzig, schätzte ich. Jedes war ungefähr dreißig mal fünfunddreißig Zentimeter groß; jedes hatte den gleichen schwarzen Deckel. Sie sahen aus wie altmodische Schulhefte. Das oberste im Stapel trug keine Aufschrift oder sonst einen Hinweis darauf, was es sein könnte; und wie ich später feststellte, waren die anderen ähnlich anonym. Sie waren sorgfältig aufeinandergelegt, mit einer Schnur umwickelt und fest verknotet.

Um keine Zweifel aufkommen zu lassen, daß es sich um ein Geschenk handelte und daß es für mich bestimmt war, steckte ein Zettel mit meinem Namen daran. Dickes weißes Papier; die vertraute Handschrift: Die Striche der Buchstaben waren kräftig, die Tinte schwarz, die Nachricht kurz.

Du brauchst nur zu pfeifen, und ich werde zu Dir kommen, hatte Constance geschrieben. *Du hast mich gesucht, liebste Victoria. Nun, hier bin ich.*

Ich fuhr zurück nach England, zurück nach Winterscombe. Constances Geschenk, die Notizbücher, nahm ich, ungeöffnet, so wie sie waren, mit Bindfäden zusammengebunden, mit. Ich wußte, daß es keinen Sinn hatte, Constance noch weiter zu suchen, daß es keinen Sinn hatte,

Freunde anzurufen, oder Hotels oder Fluggesellschaften. Dafür hatte ich die Notizbücher: *Hier bin ich.*

Trotzdem zögerte ich, sie auszupacken und zu öffnen. Die Art und Weise und die Umstände, unter denen sie mir überreicht worden waren, bereiteten mir Unbehagen. Und auch Constances Nachricht irritierte mich: *Du brauchst nur zu pfeifen, und ich werde zu Dir kommen.* War es ein Zitat? Es kam mir irgendwie bekannt vor – aber mir fiel nicht ein, woher. Die Zeile aus einem Gedicht? Ich war mir nicht sicher.

Als ich in Winterscombe ankam, legte ich den Stoß Hefte in die Bibliothek. Und dann vermied ich es, diesen Raum zu betreten.

Inzwischen war es September geworden, Winterscombe befand sich in in schlimmem Zustand; viele Reparaturen waren notwendig; es wäre nicht gut gewesen, es abzuschließen und noch einen ganzen Winter leerstehen zu lassen – das war das Argument, das ich vor mir selbst benutzte. Es war aber nicht die ganze Wahrheit: Die Wahrheit war, daß ich mich von meiner Heimat, der ich so viele Jahre ferngeblieben war, angezogen fühlte.

Mit Erinnerungen war nicht zu spaßen – das fühlte ich. Ich hatte mir gewünscht, daß Winterscombe das Haus meiner Kindheit bleiben sollte, das Haus, das ich zwischen den beiden Kriegen so geliebt hatte. Sogar als Steenie noch dort lebte, hatte ich mich immer gedrückt hinzufahren. In den Jahren, in denen ich in Amerika lebte, war es leicht gewesen, Winterscombe aus dem Weg zu gehen. Ich ging ihm noch immer aus dem Weg, auch nachdem ich nach England zurückgekehrt war. Wenn Steenie mich zu einem Besuch zu überreden versuchte (was er anfangs tat), konnte ich mich immer hinter meiner Arbeit verstecken. Bis zu seiner letzten Krankheit war ich höchstens drei- oder viermal dort gewesen. Nie hatte ich eine Nacht unter seinem Dach verbracht. Dieses Haus hatte mir angst gemacht, denn ich fürchtete mich davor, den Beweis für die Veränderungen der Zeit wahrzunehmen. Aber jetzt rief es nach mir – das spürte ich ganz stark.

Eine reine Sache der Organisation, sagte ich mir. Winterscombe würde verkauft werden müssen. Aber bevor es verkauft werden konnte, bevor ich bei Sotheby's oder Christie's wegen der Versteigerung des Mobiliars anrief, würde ich alles, was sich im Haus befand, noch einmal durchsehen müssen. Ich wollte nicht, daß die unbeteiligten Hände eines Auktionators oder Schätzers in den Truhen und Kisten stöberten, alte Kleider anfaßten, altes Spielzeug, Akten, Fotos, Briefe. Diese traurige Aufgabe – die fast jeder, der schon etwas älter ist, kennt, mußte ich auf mich nehmen. Denn es war meine Vergangenheit und die meiner Familie: Nur ich konnte entscheiden, was weggegeben und was aufbewahrt werden sollte.

Ich hatte mit einem Monat gerechnet. Schon kurz nach meiner Ankunft wurde mir klar, daß ein Monat nicht ausreichen würde:

Steenie hatte Winterscombe in einem Chaos zurückgelassen.

Zuerst glaubte ich, es sei nur Nachlässigkeit gewesen: Von Unordnung hatte sich Steenie nie stören lassen. Aber nach und nach wurde mir klar, daß Steenie mit wachsender Verzweiflung etwas gesucht hatte; er war von einem Zimmer zum nächsten gegangen, hatte hier eine Schublade aufgezogen, dort eine Truhe geöffnet, den Inhalt verstreut, war dann weitergegangen. Steenie hatte eine Spur hinterlassen – eine Spur, der man nicht mehr folgen konnte.

In dem unbenutzten Ballsaal, in dem Franz-Jakob und ich einmal getanzt hatten, fand ich einen Karton mit den Kleidern meiner Großmutter. Ein anderer lag, halb ausgepackt, in dem Zimmer, das früher das Schlafzimmer des Königs genannt worden war, ein dritter, aus dem Fischbeinkorsetts quollen, tauchte in den Ställen auf.

In dem Ballsaal war ein Krocketspiel und eine ganze Sammlung mottenzerfressener Teddybären auf einem nach hinten führenden Flur. In den Geschirrküchen standen einzelne Teile eines einmal umfangreichen Eßservices; der Rest war unter dem Billardtisch aufgestapelt. Und dann Papier – überall lag Papier herum, Bruchstücke der Familiengeschichte, von der ich nie etwas gewußt hatte. Liebesbriefe meines Großvaters an meine Großmutter, Briefe ihrer Söhne aus dem Schützengraben.

Es waren Schätze dabei für mich, in diesem Durcheinander von Papier. Ich fand Zeitschriften, die meine Mutter aufbewahrt hatte und von denen ich noch nie etwas gehört hatte. Ich fand Briefe, die mein Vater ihr, lange bevor ich geboren wurde, geschickt hatte. Ich betrachtete all diese Dinge mit einem gewissen Vergnügen, aber auch voller Unbehagen, wollte sie lesen, war mir aber nicht sicher, ob ich ein Recht dazu hatte. Ich kam mir vor wie eine Unbefugte, die hier eingedrungen war, und ich war ganz eindeutig nicht die erste, die hier eindrang – wodurch sich mein Unbehagen noch verstärkte. Wo ich jetzt suchte, hatte Steenie bereits vor mir gesucht – soviel war klar. Eine Reihe von Briefen war auf die Seite gelegt worden, Umschläge waren aufgerissen, Tagebücher geöffnet und dann einfach wieder weggelegt worden: Es sah aus, als habe Steenie verzweifelt nach etwas Bestimmtem gesucht, es aber nicht gefunden. Ein häßlicher Verdacht ergriff mich. Konnte es sein, daß mein Onkel nach jenen Notizbüchern gesucht hatte, die jetzt unten in der Bibliothek lagen und fein säuberlich verschnürt waren?

Tagsüber, wenn die Hausverwalter bei mir waren, wenn die Sonne schien und es so viel zu tun gab, war es leicht, solche Mutmaßungen wegzuschieben. Wenn es Nacht wurde, war es schon nicht mehr so leicht. Aber wenn ich allein war im Haus, empfand ich das Vorhandensein dieser Notizbücher als bedrückend. Dann ging ich in die Bibliothek. Sah sie an. Und ging wieder hinaus.

In der dritten Nacht, als ich noch immer gegen die Versuchung ankämpfte, rief ich Wexton in London an.

»Wexton«, sagte ich, nachdem wir die üblichen Freundlichkeiten und Floskeln ausgetauscht hatten. »Wexton, erlaubst du mir, ein Zitat oder so was Ähnliches an dir auszuprobieren? Es geht mir seit Wochen durch den Kopf. Ich habe es schon irgendwo gehört, aber ich kann es nicht einordnen –«

»Natürlich.« Wexton schien amüsiert. »Ich bin ein ziemlich gutes Lexikon. Versuch es doch einfach.«

Du brauchst nur zu pfeifen, und ich werde zu Dir kommen. Ist das aus einem Gedicht, Wexton?«

Wexton kicherte. »Nein. Das ist kein Gedicht, und es ist auch nicht vollständig. M. R. James – hat übrigens nichts mit Henry zu tun. Linguist, Kenner des Mittelalters, Bibelforscher. Schon von ihm gehört?«

»Vage. Gelesen habe ich noch nichts von ihm.«

»Nun ja, er ist natürlich schon tot. Neben seiner akademischen Arbeit hat er auch Geschichten geschrieben – auf ihre Art gar nicht so schlechte Geschichten. Das ist der Titel von einer der schaurigsten.«

»Schaurig?«

»Es sind Gespenstergeschichten. Die er geschrieben hat. Ausgesprochen gruselig übrigens. Falls du vorhast, sie zu lesen, dann besser nicht in Winterscombe. Nicht, wenn du nachts allein dort bist.«

»Ich verstehe.« Ich überlegte. »Und diese spezielle Geschichte, Wexton – weißt du noch, wie sie geht?«

»Sicher.« Wexton klang amüsiert. »Ich glaube, es ist sogar seine bekannteste Geschichte. Aber die Handlung werde ich dir nicht erzählen – nicht, wenn du sie lesen willst. Ich will dir nicht den Spaß verderben.«

»Sag mir, worum es geht, Wexton, das genügt schon.«

»Also«, sagte Wexton, »sie handelt von ... einer Heimsuchung, einem Spuk – wie du dir vielleicht denken kannst.«

Das gab für mich den Ausschlag. Constance war keine leidenschaftliche Leserin. Tatsächlich konnte ich mich nicht erinnern, je gesehen zu haben, daß sie ein Buch zu Ende las; darin unterschieden wir uns gründlich. Aber Constance hatte die Angewohnheit, sich von anderen Leuten Bücher auszuleihen und sie dann flüchtig durchzublättern. Wenn sie dieses Zitat gewählt hatte – vielleicht, weil sie glaubte, daß ich es sofort erkennen würde –, dann hatte sie es mit voller Absicht getan. Ein weiterer kleiner Trick in dem Versteckspiel, das sie mit mir spielte – oder war es Katz und Maus?

Ich hatte inzwischen genug von Constances Spielen. Und da sie mir ihre Notizbücher nun mal geschenkt hatte, würde ich sie mir ansehen, ich würde sie durchlesen und dann wieder vergessen; aber ich würde es nach meinen eigenen Vorstellungen tun, und auf meine Art. Wenn Constance die Absicht hatte, mich wie ein Spuk heimzusuchen – und diese Vorstellung hätte ihr ganz bestimmt gefallen –, dann würde sie damit nichts erreichen. Denn ich würde die bösen Geister vertreiben.

Am nächsten Tag begann ich mit den Vorbereitungen. Das Wetter war umgeschlagen, und es war jetzt kalt. In Winterscombe war es ungemütlich und klamm, das Haus war feucht, und die Kälte kroch aus allen Winkeln und Ritzen, wie in allen Häusern, die über längere Zeit nicht bewohnt worden sind.

Ich überredete den Hausverwalter, im Keller den alten Ofen anzuheizen, der in meiner Phantasie immer die vielen knisternden Pfundnoten verschlungen hatte. Nach langem guten Zureden und vielen Protesten funktionierte er dann schließlich. Ich ging wieder nach oben ins Haus. Die Leitungen stöhnten und keuchten und röhrten. Ich spürte, wie das Herz meines Hauses wieder zu schlagen begann.

Am selben Abend, als ich wieder allein war, brachte ich Constances Päckchen ins Wohnzimmer. Ich machte Feuer im Kamin. Ich zog die alten fadenscheinigen Vorhänge zu. Ich rückte die Möbel zurecht. Einige Stücke waren in den vergangenen Jahren verlorengegangen, aber es war noch genügend da, um im Schein der Lampe die Illusion der Vergangenheit wiedererstehen zu lassen. Das ausgebeulte Sofa; die abgetretenen Teppiche; der Sessel meiner Mutter; der Schreibtisch zwischen den Fenstern; die Chaiselongue, auf der Tante Maud Hof gehalten hatte; der Hocker, auf dem mein Freund Franz-Jakob immer gesessen hatte – als alles wieder an seinem Platz stand, fing mein Haus wieder zu sprechen an. Ich war bereit. Es blieb nur noch eines zu tun.

Ich fand ihn schließlich, weggestellt in einer Kammer: den Klapptisch, an dem ich, in einem anderen Leben, mit einem Mädchen namens Charlotte Karten gespielt hatte.

Ich stellte den Tisch auf. Ich rückte mir einen Stuhl zurecht, und einen anderen für ein Mädchen, das ich seit dreißig Jahren nicht mehr gesehen hatte. Und dann – und ich glaube, ich habe vorher gewußt, daß ich es tun würde – legte ich Constances schwarze Notizbücher auf das grüne Tuch. Hier war Constance in mein Leben getreten; hier würde sie es wieder verlassen. *Hier bin ich.*

Es war still im Zimmer. Ich machte die Augen zu. Ich ließ Winterscombe durch meine Poren in mich eindringen und meine Gedanken gefangennehmen: Feuchtigkeit und Holzrauch, Ledersessel und lange Korridore, Leinen und Lavendel, Glück und Kordit. Als ich die Augen aufschlug, hatte sich das Zimmer mit Menschen gefüllt.

Sie warteten mit der Unterwürfigkeit von Bittstellern, und weil sie alle da waren und ich ihnen vertraute, öffnete ich das Päckchen mit den Notizbüchern. Wie erwartet, waren es irgendwelche Journale oder Tagebücher: Ich klappte das oberste auf, um nach dem Datum zu sehen: 1910; und der Ort: Winterscombe. Linien in feiner gestochener Schrift. Die Handschrift kannte ich nicht.

Verwirrt starrte ich auf das Blatt Papier. Irgend etwas daran war mir vertraut, aber ich wußte nicht, was. Es war vorhanden, aber nicht greifbar, nagend, am Rande meiner Erinnerungen. Wem gehörte diese Handschrift? Aus welchem Grunde hatte mir Constance diese alten Aufzeichnungen geschickt? Ich klappte das nächste Notizbuch auf: die gleiche unbekannte Schrift. Ich blätterte in dem dritten: diesmal war es eine andere Handschrift, eine, die ich wiedererkannte. Ein Brief, der zwischen dem Deckblatt und der ersten Seite gesteckt hatte, fiel heraus.

Dieser Brief war der erste und zugleich der letzte, den ich je von Constance erhalten habe. Ich las ihn viele Male. Ich habe ihn noch immer neben mir liegen, durch und durch Constance.

Meine liebste Victoria,

sitzt du bequem? Gut. Dann werde ich Dir eine Geschichte erzählen – eine Geschichte, die Du bereits zu kennen glaubst.

Sie handelt von Winterscombe, Deiner Familie, Deinen Eltern und mir. Sie handelt auch von einem Mord – ist es ein Mord? – paß also gut auf, wenn Du liest. Ich möchte nicht, daß Du wichtige Hinweise übersiehst.

Also, wo sollen wir beginnen? Mit Deiner Taufe und meiner Verbannung? Ich glaube, das würde Dir gefallen – die Chance, alle Geheimnisse zu lüften! Aber ich würde es vorziehen, wenn Du noch warten könntest. Wir werden im Verlauf der Geschichte schließlich auch auf Deine Rolle kommen: Doch am Anfang stehe ich im Mittelpunkt des Geschehens.

Ich nehme an, daß Du Dich über mich wundern wirst! Du wirst feststellen, daß Du die Constance, von der Du hier erfährst, gar nicht kennst. Du wirst vielleicht auch feststellen, daß Du diese Mutter und diesen Vater nicht kennst – vielleicht bist Du sogar ein bißchen erschrocken über uns. Aber das macht nichts – manchmal ist es ganz gut, erschrocken zu sein, findest Du nicht? Nimm meine Hand und folge mir zurück in die Vergangenheit. Sieh her, ich bin noch ein Kind, und es ist 1910.

Heute abend gibt Deine Großmutter Gwen, die noch jung und noch sehr schön ist (so alt, wie Du jetzt bist, meine liebe Victoria) eine große Gesellschaft. Heute abend wird ein Komet – der Halleysche Komet – vorbeiziehen. Wir werden ihn alle beobachten: Das ist der Grund der Einladung. Ein Komet ist vielleicht nicht gerade das beste Omen für eine solche Gelegenheit, aber vergiß Deine Großmutter: Sie hat andere Dinge im Kopf. Was ist das? Du hast von dieser Nacht gehört, und von dieser Gesellschaft? Ich bin sicher, daß Du davon gehört hast. Nun, jetzt hör mir zu. Ich werde Dir einen unzensierten Bericht geben. Lies die Version meines Vaters über die Ereignisse (ja, die ersten beiden Hefte sind von ihm). Und dann lies meine Version. Aber hör nicht gleich auf – nicht, wenn Du alles wissen willst, was auch ich weiß. Dazu mußt Du alles zu Ende lesen. Diese Tagebücher umfassen eine große Zeitspanne!

Und dann, wenn Du fertig bist, können wir reden, ja? Das würde ich mir wünschen, denn ich vermisse Dich, weißt Du, mein kleines Patenkind mit den ernsten Augen! Ja, laß uns reden. Ich würde gern wissen, was Du davon hältst. Zu welchem Schluß Du kommst. Ich würde es gern erfahren. Sag mir, wer der Mörder war und wer das Opfer; sag mir, was für eine Art Verbrechen es war.

Die Vergangenheit. Das ist ein schönes Geschenk, findest Du nicht? Und es scheint jetzt der richtige Augenblick gekommen zu sein – für Dich und für mich. Hör zu, hier ist die Vergangenheit; hier ist ein Geschenk, das nur ich Dir machen kann. Weißt Du, wie es ist? Es ist wie mein Spiegelflur in New York, der Dir so gut gefallen hat. Immer mehr und mehr zurück, eine Spiegelung nach der anderen, immer weiter und weiter, bis in alle Ewigkeit.

Sie hatte meine Neugier wecken wollen, und sie hatte Erfolg gehabt. Ich begann zu lesen. Ich ließ mich von Constance und ihrem Vater an die Hand nehmen – jedenfalls am Anfang.

Ich erinnerte mich inzwischen daran, wann ich das letzte Mal etwas aus dem Jahr 1910 erfahren hatte. Ich hörte Sitarmusik, saß dem Porträt eines Mormomen gegenüber, roch Indien, roch Winterscombe. Es war wie Zauberei. Als ich zu der gestochenen Handschrift und einem Datum im April 1910 zurückkehrte, hatte ich das Gefühl, als wäre Mr. Chatterjee jetzt auch im Zimmer, zusammen mit den anderen, um abzuwarten und zu sehen, was passierte.

Heute morgen mit Gwen zum Steinhaus im Garten. Die neuen schwarzen Bänder in meiner Tasche sicher verwahrt. Dort angekommen, Himmel, verlangt dieser Langweiler Boy, daß wir für ein Foto posieren. Was für ein Einfaltspinsel er ist! Infernalische Verzögerungen, lange Belichtungen; ein Abdruck von Ehebruch: O süße Tatsache, die Boy, dieser wahrhaftige Narr, nie erraten würde ...

Ich las weiter. Was dann folgte, habe ich nicht nur von Constance und ihrem Vater erfahren, sondern auch von all den anderen Zeugen, die sich in meinem Haus versammelt hatten. Es war ein Rätsel, dessen einzelne Teile nicht immer zusammenpaßten, ein Puzzle, bei dem (wie ich manchmal fürchtete) wichtige aufschlußreiche Stücke fehlten.

ZWEI

I

Der Komet und eine Kopulation

»Eddie, willst du dich nicht zu mir stellen?«

Es war das Jahr 1910, der Monat April, der Tag ein Freitag, das Wetter war schön. Meine Familie genoß den Frühling in Winterscombe. Sie konnte nicht wissen, daß sie sich dem Ende einer Ära näherte, daß sie, gerade jetzt, am Scheitelpunkt zweier Welten stand.

In einem Monat würde der König tot sein – Edward VII., der einmal, zu irgendeiner Gelegenheit, in Winterscombe gewesen war. Seine Beerdigung, an der mein Großvater teilnahm, würde ein großartiges Ereignis sein: Neun Könige würden in der Prozession reiten, und Edwards Neffe, Kaiser Wilhelm, würde den Ehrenplatz einnehmen, direkt hinter dem Leichenwagen seines Onkels. Diese Könige, der Kaiser, die zahlreichen Erzherzöge, Prinzen und Königinnen teilten Europa unter sich auf; viele von ihnen gehörten, durch Geburt oder durch Heirat, ein und derselben Familie an, es waren die Nachkommen von Königin Victoria – die von Britannien bis zum Ural herrschten. Vier Jahre nach der Beerdigung würde diese Familie im Krieg stehen.

Meine Familie konnte das natürlich nicht wissen. Es war ihnen noch nicht in den Sinn gekommen, oder sonst jemandem, daß das Auftauchen des Halleyschen Kometen in diesem Frühjahr ein schlechtes Omen sein könnte. Dieser Gedanke wird hinterher in Winterscombe und andernorts auftauchen: eine späte Einsicht.

Zunächst war der Halleysche Komet ein Grund zum Feiern. Für meine Großmutter Gwen war es der Vorwand für eine Gesellschaft. Dieses Fest würde in wenigen Stunden beginnen: Es war Vormittag. Die Luft war süß, der See glatt, die Sicht gut, das Licht ausgezeichnet, ideal, um zu fotografieren.

Meine Großmutter Gwen machte sich bereit, vor der Kamera ihres ältesten Sohns Boy zu posieren.

Sie drehte den Kopf auf die Seite, richtet den Blick ihrer schönen, aber kurzsichtigen Augen auf ihren Geliebten Edward Shawcross. Er steht zwei Meter von ihr entfernt, seine Konturen sind verwischt. Sie streckt die Hand aus, um ihn ein wenig näher zu sich heranzuziehen; sie lächelt.

»Eddie«, sagt sie, »Eddie, willst du dich nicht zu mir stellen?«

Gwen wußte nichts von Kometen oder Sternen, konnte nicht einmal mit Bestimmtheit ein Sternbild wie den Großen Bären oder Orion identifizieren. Trotzdem spornte der Halleysche Komet ihre Phantasie an. Sie hatte das Gefühl zu wissen, wie er aussehen würde: ein großer Lichtstrahl, der quer über den Himmel fährt. Der Schwanz des Kometen könnte zweihundert Millionen Kilometer lang sein, hatte Eddie ihr gesagt (nachdem er Zeitungen zu Rate gezogen hatte, die Astronomen zu Rate gezogen hatten). Zweihundert Millionen. Gwen sah Eddie voller Stolz an: Ein Schriftsteller verstand die Poesie der Tatsachen.

In der kommenden Nacht würde sie mit ihm den Kometen sehen. Natürlich würden auch noch an die vierzig andere Gäste da sein, und die Dienerschaft würde von der Seite des Hauses, vom Küchengarten aus, zusehen, aber für Gwen waren die anderen Kometenbetrachter ohne Bedeutung. Dieser Abend würde ihr und ihrem Gebliebten gehören – das wußte sie. Sie würden zusammen zuschauen; in den Mantel der Dunkelheit gehüllt, und vielleicht würde sie Eddies Hand halten; und dann, später –

Da die Diener alle sehr geübt waren und alle Anweisungen bereits vor Wochen ausgeführt worden waren – hatte Gwen nichts zu tun. Sie konnte die Frühlingsluft genießen und die Freude über ihr neues Kleid (das Eddie bereits bewundert hatte). Sie freute sich über Eddies Nähe und über die Abwesenheit ihres Ehemanns Denton. Sie genoß es, dem Haus entkommen zu sein und jetzt an ihrem Lieblingsplatz in Winterscombe zu sitzen, einem kleinen rustikalen Haus mit einer Loggia davor, das ein wenig abseits im Garten stand, ein Platz, den Gwen zu ihrem Lieblingsplatz erkoren hatte. Es wurde das Steinhaus genannt.

Hier konnte sie sich entspannen, in ihrem *Petit Trianon*, wie Eddie es nannte, das sie schlicht und hübsch nach ihrem eigenen Geschmack eingerichtet hatte. Winterscombe war Dentons Haus: Vor Jahren hatte sie einige Versuche unternommen, ihm ihren Stempel aufzudrücken, es aber schon bald – angesichts der Unbeugsamkeit von Denton – wieder aufgegeben. Es war einfacher, sich hierher zurückzuziehen, wo sie ihre Wasserfarben und ihren Pinsel aufbewahrte, ihre Blumenpresse, ihre

Seidenstickereien und den Rahmen, ihre amerikanischen Bücher, die sie als Kind so geliebt hatte, und ein oder zwei Möbelstücke, schlicht, aber schön, die sie, nachdem ihre Mutter gestorben war, von Washington mit dem Schiff hatte hierherbringen lassen.

Hier konnte sie sich an dem Licht über dem See erfreuen, an dem blassen jungen Grün des Waldes. Kurz vorher hatte sie in der Ferne Denton gesehen, mit seinem Verwalter Cattermole, die beide im Wald verschwunden waren, wahrscheinlich, um nach den Fasanen zu sehen, wahrscheinlich, um Kaninchen oder Tauben zu schießen, wahrscheinlich, weil sich Cattermole wieder einmal über die Wilderer beklagt hatte.

Das hatte ihr für den Augenblick die Stimmung verdorben, aber jetzt waren Denton und der Wildhüter nicht mehr zu sehen und würden wohl mindestens eine Stunde wegbleiben, so daß sich Gwen wieder entspannen konnte. Sie stieß einen Seufzer aus. Die Luft in Winterscombe war, wie Gwen gern behauptete, nicht nur frisch; sie war wohltuend.

Ihr jüngster Sohn Steenie, der jetzt zehn war, zog an ihren Röcken, und Gwen bückte sich, um ihn mit einem liebevollen Lächeln auf den Schoß zu nehmen. Eddie Shawcross war inzwischen, wie sie ihn gebeten hatte, weiter nach vorn gekommen; er hatte sich hinter sie gestellt. Sie konnte den Rauch seiner Zigarre riechen. Mit dem Gefühl, eine reizende Gruppe zu bilden, fast eine Familie – sie selbst, Steenie, ihr Geliebter –, hob Gwen das Gesicht, so daß ihre Schokoladenseite auf die Linse ihres ältesten Sohnes gerichtet war. Diese Kamera war der neueste Schrei, eine teure Adams Videx, die auf einem dreibeinigen Stativ stand. Ihr Sohn Francis – der Boy genannt wurde – beugte sich darüber, hantierte daran herum und stellte sie ein. Boy war achtzehn; er hatte die Schule abgeschlossen; er würde schon bald seine militärische Ausbildung in Sandhurst beginnen, um Berufssoldat zu werden. Gwen konnte sich Boy nicht erwachsen vorstellen: Für sie blieb er ihr Kind.

Die Videx hatte Boy von Gwen zu seinem letzten Geburtstag geschenkt bekommen; Boy liebte sie. In den vergangenen Monaten war für ihn das Fotografieren zu einer wahren Leidenschaft geworden – was seinem Vater Denton ganz und gar nicht gefiel. Denton hatte Boy zu diesem achtzehnten Geburtstag ein Paar Purdey-Schrotflinten geschenkt. Diese Gewehre – man könnte sie als Statussymbol bezeichnen, und Denton liebte Statussymbole – waren die schönsten, die es in dieser Art gab. Denton selbst hatte bei ihrer zweijährigen Herstellung jede Einzelheit überwacht. Er hatte Boy zu den Purdey-Werkstätten begleitet, und obwohl er wußte, daß Gewehre nur dazu da waren, um damit zu prahlen – vor allem bei einem achtzehnjährigen Jungen, der noch dazu ein schlechter Schütze war –, war Denton trotzdem stolz darauf. Ihr Mann – und das gefiel Gwen, obwohl sie es nicht zugegeben hätten – war auf die Videx eifersüchtig.

Boy fotografierte ununterbrochen: die Familie, die Dienerschaft, das Haus. Im vergangenen Herbst hatte er Fotos von der Jagd auf Winterscombe gemacht, obwohl er eigentlich hätte mit dem Gewehr schießen sollen, nicht mit der Kamera: Darüber war sein Vater sehr wütend gewesen. Aber Boy, der sich sonst vor Denton und seinen Wutanfällen fürchtete, war in dieser Hinsicht von einer neuen unerwarteten Hartnäckigkeit. Er machte weiter seine Fotos; er gab nicht auf.

Boy zog das schwarze Kameratuch über Kopf und Schultern und sah mit zusammengekniffenen Augen durch den Bildsucher. Genauso wie seine Mutter war auch er mit der Aufstellung zufrieden – und Eddie Shawcross war ein alter Freund der Familie, der, zumindest nach Boys Ansicht, schon fast zur Familie gehörte. Seine Augen blieben an dem auf dem Kopf stehenden Bild seiner Mutter hängen: Sie war achtunddreißig und eine bemerkenswert gutaussehende Frau. Sie hatte sieben Kinder auf die Welt gebracht und drei davon verloren, aber sie hatte immer noch eine gute Figur. Sie entsprach dem edwardischen Ideal einer Stundenglasform. Ihre Gesichtszüge waren ausgeprägt, ihr Haar war dunkel und lose zusammengehalten, ihr Gesichtsausdruck friedlich. Ihre blassen Augen blickten verträumt, fast lässig, was die meisten Männer als Sinnlichkeit deuteten und was ihr Ehemann Denton, wenn er zornig war, zuerst als Beweis ihrer Dummheit und dann ihrer Faulheit bezeichnete.

Boy hatte alle Vorbereitungen für sein Foto getroffen. Während der sechs Sekunden Belichtungszeit mußten alle absolut bewegungslos dastehen. Ein schneller Blick hinunter zu Steenie, der mit dem Ausdruck dankbarer Bewunderung zu Gwen aufblickte; ein schneller Blick zurück zu Eddie: Ja, alles war gut so.

Nein, nicht alles. Aus dem Augenwinkel heraus bemerkte Gwen eine Bewegung, etwas Schwarzes huschte vorbei. Es war Eddies Tochter Constance.

Bis zu diesem Augenblick war es Gwen gelungen zu vergessen, daß Constance auch da war – ein leichtes, da sich das Kind immer in den Ecken herumdrückte. Aber nun, gerade zur rechten Zeit, hatte sich Constance ins Bild geschmuggelt. Sie schoß nach vorn, kniete sich vor den Füßen ihres Vaters zu Boden, direkt neben Gwens Stuhl, und wendete ihr kleines unattraktives Gesicht trotzig der Kamera zu. Gwen, die sich vergaß, runzelte die Stirn.

Boy steckte unter seinem Kameratuch und blickte durch den Bildsucher; er hatte die Hand gehoben, um gleich den Schalter zu betätigen. Noch eben war es eine ausgezeichnete Komposition gewesen. Jetzt hatte Constance sie aus dem Gleichgewicht gebracht; sie war ruiniert. Boy war zu höflich, um es zu sagen; er ignorierte den feindseligen Ausdruck auf Constances Gesicht, der für sie charakteristisch war. Er überprüfte noch einmal die anderen: Steenie – hübsch, reizend, köstlich; Shawcross – gepflegt, gutaussehend, gleichgültig, jeder Zoll ein Schriftsteller; seine Mutter... Boy kam unter dem Kameratuch hervor.

»Mama«, sagte er eindringlich, »Mama, du mußt lächeln.«

Gwen warf einen kurzen Blick zu Constance; dann drehte sie sich wieder Boy zu. Eddie Shawcross, der ihre Irritation spürte, drückte seine behandschuhte Hand fester auf ihre Schulter. Ein Daumen – für Boy unsichtbar – massierte ihren Nacken. Gwen, die besänftigt war, beschloß, Constance zu vergessen. Sie drehte ihr Kinn wieder in den schmeichelhaften Winkel zur Kamera. Leder an nackter Haut; Wildleder an nackter Haut. Es war wunderbar. Gwen lächelte.

Unter dem schwarzen Tuch wurde der Auslöser gedrückt. Sechs Sekunden surrte die Kamera; sechs Sekunden lang bewegte sich niemand.

In der Ferne, vom Wald her, ertönte ein Schuß. Denton oder Cattermole und ein weiteres totes Kaninchen, dachte Gwen. Niemand reagierte auf den Schuß – der von ziemlich weit herkam –, und so wurde Boys belichtetes Bild zum Glück nicht verdorben.

Sechs Sekunden später tauchte Boy mit rotem Gesicht unter dem Tuch auf.

»So«, sagte er triumphierend. »Fertig.«

Wieder ertönte ein Schuß, diesmal aus noch größerer Entfernung. Steenie gähnte und kletterte vom Schoß seiner Mutter. Boy war damit beschäftigt, sein Stativ abzubauen. Gwen, die sicher war, daß keiner ihrer Söhne sie beobachtete, hob ein wenig die Schultern. Einen Augenblick lang fühlte sie am Nacken den Hüftdruck ihres Geliebten. Sie stand auf, streckte sich, begegnete seinem Blick, las die Botschaft darin, zögerte und sah weg.

Sie drehte sich um, jetzt mit etwas schlechtem Gewissen, aber glücklich genug, um großzügig sein zu können und Constance zu entschädigen. Sie mußte sich mehr Mühe geben, sich mit dem Kind anfreunden, sie mit einbeziehen. Gwen sah sich um, sah in alle Richtungen. Aber nein: Constance war verschwunden.

Später an diesem Vormittag: Boy hatte sein Stativ in einem anderen Teil des Gartens aufgestellt. Neben dem Krocketrasen: zwei Spieler – Acland und Frederic, seine Brüder. Acland ist gerade dabei zu gewinnen: Das ist weniger von der Lage der Krocketkugeln und Tore, als vielmehr von dem Gesichtsausdruck der beiden abzulesen. Acland ist ein Jahr jünger als Boy und wird in vier Monaten seinen achtzehnten Geburtstag feiern. Freddie ist noch nicht ganz fünfzehn, was ihn manchmal ärgert.

Freddie ist übelgelaunt; sein Gesicht hat sich dunkel verfärbt. Sein Mund ist mürrisch und seine Augenbrauen so zusammengezogen, daß er eine Falte über der Nase hat. Die Ähnlichkeit mit seinem Vater Denton ist so noch deutlicher zu erkennen. Vater und Sohn – beide von kräftigem Körperbau, mit breiten Schultern, eckigen Hüften, sie erinnern irgendwie an Boxer, die sich vor der Welt aufpflanzen und gleich einen Schlag landen würden. Aber beides, Gesichtsausdruck wie Haltung sind irreführend: Im Unterschied zu seinem Vater, dessen berüchtigte Wutanfälle sich über Wochen aufstauen konnten, manchmal sogar über Monate, bevor sie sich entluden, lösten sich Freddies Stimmungen schnell auf, klangen ab und waren sofort vergessen: Keine Viertelstunde, nachdem Boy das Foto gemacht hatte, war Freddies Zorn verraucht.

Im großen und ganzen genoß Freddie das Leben; er stellte keine großen Ansprüche, und wenn, dann sehr einfache. Er liebte ein gutes Essen – schon jetzt war er ein wenig korpulent; er begann seine Vorliebe für ein Schlückchen Wein zu entdecken; er flirtete gern mit hübschen Mädchen, auch wenn er dazu nur wenig Gelegenheit hatte, was er bedauerte.

Ein sonniges Gemüt, sagte Gwen von Freddie, der ihr von allen ihren Söhnen die wenigsten Schwierigkeiten bereitete. Freddie besaß nicht die quälende Schüchternheit Boys. Und er war auch nicht so verkrampft wie Steenie; Freddie schien ohne Nerven auf die Welt gekommen zu sein. Freddies größter Vorzug (behauptete Gwen) war seine *Einfachheit:* Vielleicht redete er ein bißchen viel, aber wenn man mit ihm zusammen war, dann war das ganz genauso wie ein Bad an einem warmen Junitag. So friedlich, dachte Gwen, so heiter, so fröhlich, so... *anders als Acland*. Und bei diesem Gedanken zog sie schuldbewußt die Schultern hoch, seufzte und gestand sich die Wahrheit: Acland war der schwierigste ihrer Söhne; sie liebte ihn, aber sie konnte ihn nicht verstehen.

Auf Boys Foto steht Acland ziemlich am Rand des Bildes, und, anders als Freddie, der genau in die Linse starrt, ist Aclands Kopf ein wenig abgewandt, als würde er diesem Festhalten seiner selbst in einem Bild nicht ganz trauen oder es nicht mögen. Ein hochgewachsener junger Mann, dünn, im Vergleich zu seinen Brüdern. Seine Kleider sind elegant, und seine Haltung (mit dem Krocketschläger in der Hand) wirkt einstudiert, von sorgfältiger Lässigkeit. Aber Boy war ein gewissenhafter Fotograf, er hatte in Aclands Haltung etwas aufgespürt – einen Anflug von Arroganz, eine Andeutung von Triumph. Acland hat nicht nur das Spiel gewonnen, sondern er freut sich auch darüber, gewonnen zu haben, und kann seine Freude über seinen Sieg nicht verbergen.

Auf dem Foto fällt das Licht direkt auf Aclands Gesicht, und der Wind hat seine Haare aus der Stirn geweht. Acland hat rotblonde Haare; seine Augen – das auffälligste Merkmal in seinem ausdrucksvollen Gesicht – sind eindeutig von unterschiedlicher Farbe, das linke braun wie ein Haselnuß und das rechte grün.

Als er noch klein war, gab ihm Gwen – die von diesem Sohn, der niemandem aus der Familie ähnlich sah, entzückt war – immer alle möglichen phantasievollen Spitznamen. Sie nannte ihn ihren Wechselbalg, ihren Ariel – bis Denton, den solche Sentimentalitäten in Wut versetzen, dem ein Ende machte. Von da an nahm sich Gwen zusammen – gewöhnlich gehorchte sie Denton; aber wenn sie mit Acland allein war, gab sie ihm wieder diese Spitznamen.

Acland war so flink, so klug, so seltsam und unberechenbar, so wild und ganz plötzlich so nachdenklich. Er war aus Feuer und Luft gemacht, dachte Gwen – es war nichts Irdisches an ihm.

In jenen ersten Jahren war Acland Gwens ganze Freude. Sie war stolz auf seine schnelle Auffassungsgabe. Sie freute sich über seine Gesellschaft, sie entdeckte – und das traf sie tief –, daß Acland verletzlich war. Er rannte hinter allem möglichen her, mußte immer noch mehr wissen, mußte immer alles *verstehen* – aber dieser Eifer, als würde er immer hinter irgend etwas herjagen, gab ihm etwas Hektisches.

Diese Jagd auf etwas, die ihn seit seiner frühesten Kindheit trieb, machte ihn rastlos. Aber Gwen fand heraus, daß sie ihn ein wenig beruhigen konnte, nicht mit Worten, nicht mit Argumenten – die nutzten nichts –, sondern einfach nur, indem sie da war.

»Ach, Acland«, sagte sie dann zu ihm, »du kannst doch nicht gegen die ganze Welt anrennen.« Und dann nahm sie ihn in den Arm und streichelte ihn, bis er ruhiger wurde.

Das war, als er noch ein kleiner Junge war. Später änderte sich das.

Vielleicht, als man Acland in die Schule schickte, vielleicht, als Steenie, ihr letztes Kind, geboren wurde – Gwen zählte diese Dinge manchmal zu ihrer Entschuldigung auf, obwohl sie wußte, daß in Wahrheit keines dieser Ereignisse eine Erklärung dafür war, was wirklich geschehen war. Plötzlich, anscheinend ohne einen besonderen Grund, entfernte sich Acland von ihr. Von nun an kam er, wenn er Trost brauchte, nie mehr zu seiner Mutter, und mit zwölf war der Bruch endgültig.

Er vertraute ihr nicht mehr, wie er es früher getan hatte; er schien Angst zu haben, seine Gefühle zu zeigen, und er ... verurteilt Menschen, dachte Gwen, verurteilt sie auf eine Weise, daß Gwen ihn zu hassen und zu fürchten begann. Er zeigte wenig Mitleid und machte keine Zugeständnisse: Wenn von menschlicher Schwäche die Rede war, reagierte Acland nur zornig. Nein, er beobachtete, wog ab, urteilte, und damit war für ihn die Angelegenheit nur allzuoft erledigt.

Von dem fünfzehn- oder sechzehnjährigen Acland abgetan zu werden, war nicht besonders angenehm: Es war vernichtend. Gwen redete sich ein, daß es sich um jugendliche Arroganz handle, die auf Aclands Intelligenz zurückzuführen sei, daß es sich von selbst geben würde – aber da war Eddie Shawcross bereits in ihr Leben getreten, und Aclands unerbittliche Weigerung, Shawcross zu akzeptieren, schmerzte Gwen zutiefst.

Nun konnte sie ihn allerdings schwerlich bitten, ihrem Geliebten Sympathie entgegenzubringen, obwohl sie es immer wieder versuchte, ihm seine Vorzüge schmackhaft zu machen. Sie gab Acland Bücher, die Shawcross geschrieben hatte, und litt dann schweigend, wenn Acland ihr, schonungslos, eröffnete, daß er sie schlecht fand. Im ersten Jahr bemühte sie sich, die beiden zusammenzubringen; aber danach gab sie es auf. Ihr kam der Verdacht, daß Acland es *wußte*, daß man ihn nicht hintergehen konnte wie die restliche Familie, daß er von ihrer wahren Beziehung zu Eddie wußte. Gwen bekam regelrecht Angst, als sie daran dachte: Acland verurteilte nicht nur die Welt ganz allgemein, sondern er verurteilte sie, seine Mutter und fand sie – wahrscheinlich – verdammenswert.

Ich habe einen Sohn verloren, dachte Gwen manchmal, den Tränen nahe, und sehnte sich danach, ihre Arme um Acland zu schlingen, ihm alles zu erzählen und zu erklären. Aber da sie ihn fürchtete, tat sie es nicht: Sie wußte, daß sie Acland vielleicht zurückgewinnen konnte, aber dafür würde sie bezahlen müssen, und der Preis würde Shawcross sein. Um das Vertrauen und die Achtung ihres Sohnes zurückzugewinnen, würde sie ihren Geliebten opfern müssen – und dazu konnte sich Gwen nicht entschließen. Sie liebte Shawcross; sie konnte ihn nicht aufgeben, aber das würde ihr Sohn niemals verstehen. Acland war zu diszipliniert: In Aclands Welt gab es keine Leidenschaft.

Doch darin irrte Gwen, denn Acland war selbst verliebt. Im vorangegangenen Jahr hatte ihm diese Liebe ein wahres Universum erschlossen, aber noch nie hatte er mit jemandem darüber gesprochen, weder mit seiner Mutter noch mit sonst irgend jemandem. Acland hatte seine Liebe hinter einer Mauer aus Sarkasmus und Nonchalance vor dem neugierigen Blick der anderen versteckt.

Während all dies im verborgenen lag, posierte Acland für Boys Kamera. Er schwang den Schläger, hielt ihn dann still – obwohl er Stillstehen haßte, genauso wie Boys ewige Fotografiererei, die ihn ungeduldig machte. Ein strahlender Freddie, ein unaufmerksamer Acland.

»Steht *still*«, befahl Boy, und die Kamera surrte.

»Was für ein Tag! Was für ein Tag! Was für ein Tag!« schrie Acland, als die Belichtungszeit endlich abgelaufen war, und warf sich der Länge nach ins Gras.

Freddie und Boy sahen ihm zu, wie er, das Gesicht zum Himmel, mit verzücktem Ausdruck und breit ausgestreckten Armen dalag.

Freddie grinste. Boy, der sein Stativ zusammenklappte, warf Acland einen strengen Blick zu. Nach Boys Meinung waren Aclands Stimmungen viel zu ungestüm. Sie wechselten ständig von himmelhoch jauchzend zu zu Tode betrübt. Boy fand diese Stimmungen allzu theatralisch.

»Um Himmels willen, Acland«, sagte er und klemmte sich das Stativ unter den Arm. »Mußt du denn immer so unbeherrscht sein?«

»Falsch«, erwiderte Acland, ohne auch nur in Boys Richtung zu sehen. »Falsch, falsch, falsch! Ich bin nicht unbeherrscht, ich bin... *unerschütterlich*.«

Es klang wie eine Verkündigung, vielleicht an seine Brüder, vielleicht an den Himmel, vielleicht an sich selbst.

Freddies Antwort war ein freundschaftlicher Schubs; Boy entfernte sich. Er ging über den Rasen und sah sich noch einmal um. Acland hatte sich noch immer nicht vom Fleck gerührt; er lag im Gras und starrte in die Sonne, aber der Ausdruck in seinem Gesicht – so blaß und fein wie eine Marmorstatue – hatte sich verändert: Es war jetzt völlig ernst.

Boy machte noch viele Fotos an jenem Tag – an jenem entscheidenden Tag –, und manche von ihnen waren sehr aufschlußreich.

Zum Beispiel ein Gast des Hauses: Mrs. Heyward-West, früher einmal die Geliebte des Königs. Sie steigt aus einem Auto, trägt Pelze, einen riesigen Hut mit wehendem Schleier, den sie gerade gelüftet hat.

Nicht weit entfernt, noch ein Gast: Jane Conyngham – die unscheinbare Jane, wie sie unfreundlicherweise genannt wurde, aber eine der reichsten Erbinnen ihrer Tage. Jane, deren seit langem verwitweter Vater mehrere angrenzende Güter in Wiltshire besaß, kannte die Familie seit ihrer Kindheit. Jane war an diesem Wochenende aus einem ganz besonderen Grund eingeladen: Denton beabsichtigte, sie mit seinem ältesten Sohn Boy zu verheiraten; der Antrag stand unmittelbar bevor.

In einem wenig schmeichelhaften Aufzug steht sie neben Acland und sieht ihn an. Jane hat ein intelligentes Gesicht; heute würde man sie wahrscheinlich nicht mehr als unscheinbar bezeichnen, denn die Vorstellungen von Schönheit haben sich geändert. Völlig versunken steht sie neben Acland, aber Acland tut, als würde er in die andere Richtung sehen.

Als nächstes stellt sich draußen vor der Halle des Personals eine Gruppe Hausdiener und Dienstmädchen auf wie für ein Schulfoto. Wie geduldig Boy gewesen sein muß. Weiter hinten, ganz außen in der Reihe, steht ein Mädchen, das Jenna Curtis heißt.

Sie war sechzehn Jahre alt und stand seit zwei Jahren in Winterscombe in Diensten; ihre Eltern, die beide tot waren, hatten auch schon hier gearbeitet. Jenna war ständig befördert worden, so daß sie es inzwischen zum Zimmermädchen gebracht hatte. Für das Fest war ihr jedoch eine neue Rolle zugeteilt worden: Jane Conynghams Zofe war krank geworden; Jenna sollte sie ersetzen. Heute mußte sie Janes Kleider auspacken, bügeln und bereitlegen. Sie würde Jane Conyngham dabei helfen, ihre Haare für das große Dinner hochzustecken, und sie würde es mit einem solchen Takt, mit einer solchen Gewandtheit und Geduld tun, daß Jane – die selbst sehr schüchtern war und sich leicht von frechen Dienstmädchen einschüchtern ließ – sie in Erinnerung behalten würde und – in ein paar Jahren – ihrer Heirat Vorschub leisten würde. Ein Fehler.

Die sechzehnjährige Jenna war hübsch, vielleicht ein wenig rundlich, weich wie eine Taube; ihre Augen waren groß und dunkel und still. Ein liebliches Mädchen, sogar in dieser eintönigen Uniform und mit dem Häubchen, das ihr nicht stand.

Meine Jenna, dachte ich, als ich dieses Foto zum ersten Mal sah. Doch sie sah nicht aus wie die Jenna, die ich kannte und an die ich mich erinnerte. Aber auch die Jenna, die ich in den Notizbüchern fand, war eine andere. Wörter und Bilder: Ich legte sie nebeneinander, und ich betrachtete sie beide.

Und noch ein letztes Foto. Im Innern des Hauses hatte Boy den Leuten freigegeben; sie blieben von ihm verschont, denn er hatte so schon Mühe, es auszuleuchten. Wie es schien, hatte Boy einen Plan, den er noch niemandem verraten hatte. Er hatte vor, jedes einzelne Zimmer in Winterscombe zu fotografieren und die Bilder in ein Album zu kleben, das er dann seinem Vater schenken wollte. Vielleicht konnte es seinen Vater dazu bringen, seine Meinung zu ändern: Vielleicht sah Denton dann, daß die Videx schließlich doch nicht so nutzlos war, denn Denton war ungeheuer stolz auf sein Haus.

Aber vor allem war er stolz auf dieses Zimmer, in dem Boy jetzt stand. Ohne rot zu werden, nannte Denton dieses Zimmer das *Schlafzimmer des Königs*. Auch alle anderen Schlafzimmer hatten einen Namen: das blaue Zimmer, das rote Zimmer, das chinesische Zimmer, das Hochzeitszimmer... aber diese Namen wurden von Denton kaum je heraufbeschworen. Wohingegen er das Schlafzimmer des Königs bei jeder Gelegenheit erwähnte, vor allem gegenüber Gästen, die zum ersten Mal nach Winterscombe kamen.

Es war eine gute Gelegenheit, sie daran zu erinnern – falls sie es noch nicht gewußt haben sollten –, daß in Dentons Haus einmal königliche Gäste empfangen worden waren. Es lieferte Denton, dem Patrioten, dem Monarchisten, dem Snob, den Aufhänger, den er brauchte. Dann konnte er all die Geschichten erzählen, die seine Familie fürchten gelernt hatte: Wie König Edward ihm wegen seiner ausgezeichneten Schießkünste, seines roten Bordeaux, seiner Ansichten, seiner Baukünste, seiner Landwirtschaft, vor allem aber wegen seines Scharfblicks, eine Schönheit wie Gwen zu heiraten, höfliche Komplimente machte.

Denton vergaß auch nie zu erwähnen, wie bemerkenswert gutgelaunt der König während seines Aufenthalts in Winterscombe gewesen war – der König, der sonst von einer geradezu notorischen Unzuverlässigkeit war; Denton führte es auf die gute Luft in Winterscombe zurück, die es, wie er glaubte, in keiner anderen Gegend von England gab. Denton ließ auch nicht unerwähnt, wie ihn der König zu sich nach Sandringham auf die Jagd eingeladen hatte; daß diese Einladung niemals verwirklicht wurde, verschwieg er jedoch.

Denton führte, ohne sich von Gwens gerunzelter Stirn irritieren zu lassen – Gwen, die Amerikanerin, fand dieses übertriebene Getue um den Monarchen langweilig –, seine Gäste manchmal sogar nach oben, damit sie das Zimmer, in dem der König geschlafen hatte, mit eigenen Augen sehen konnten: ein Zimmer, das abgedeckt und vollgestellt war. Er klopfte auf die prallgepolsterten roten Samtsessel, zog die Falten der roten Vorhänge glatt, strich über das gewölbte Himmelbett. Das ganze Zimmer war für den Königsbesuch neu gestaltet worden, und im Badezimmer dahinter waren für teures Geld die Wunder der deutschen Sanitäreinrichtungen installiert worden – aber das Bett, das Denton selbst konstruiert hatte, war und blieb sein ganzer Stolz und seine größte Freude.

Das Bett war so groß, daß es die Tischler erst hier im Zimmer zusammensetzen und aufstellen konnten. Nur mit einer Treppe konnte man es erklimmen. An seinem Kopfende war ein Baldachin, in den das königliche Wappen gestickt war; an seinem Fußende zwei sich lebhaft vergnügende Engel. Die Matratze, handgefertigt und mit Roßhaar und feinster Wolle gestopft, war fünfzig Zentimeter dick; um zu demonstrieren, wie luxuriös und elastisch sie war, sprang Denton – gelegentlich – auf ihr herum.

Allerdings tat er das mit der nötigen Ehrerbietung, denn – für Denton – war dieses Schlafzimmer ein Schrein, ein heiliger Ort. Manchmal erlaubte sich Denton sogar, über die Geheimnisse, die dieses Schlafzimmer bergen mochte, Spekulationen anzustellen. (Als der König zu Besuch kam, war die Königin indisponiert, aber seine derzeitige Mätresse nahm an dem Ball teil.) Er stellte Spekulationen an, aber er blieb ehrerbietig. Jedenfalls war das der Grund, warum das Schlafzimmer des Königs seit fünf Jahren nicht mehr benutzt worden war. Bis zu diesem Wochenende.

An diesem Wochenende würde das Heiligtum entweiht werden – das hatte Gwen durchgesetzt. Wegen der vielen Gäste, die zu ihrem Kometenfest kamen und für die sie nur achtzehn Schlafzimmer zur Verfügung hatte, wurde Gwen der Platz für die Unterbringung knapp. Dieses eine Mal hatte sie, mit der Autorität der Hausherrin, darauf bestanden, und Denton mußte – wütend – nachgeben. Das Schlafzimmer des Königs wurde diesmal geöffnet; und Gwen hatte angeordnet, daß Eddie Shawcross darin schlafen sollte.

Tatsächlich hatte sie ihr Geliebter seit Monaten bedrängt, ihm dieses Zimmer zu geben. Shawcross besaß eine lebhafte sexuelle Phantasie, und Gwen ahnte, daß er mit diesem Zimmer besondere Pläne hatte – obwohl er ihr nicht sagen wollte, was das für Pläne waren, aber er gab sich sehr geheimnisvoll. Diese unausgesprochenen Pläne hatten auch ihre Phantasie angeregt; seit Monaten schwankten ihre Gefühle zwischen Verlokkung und Scheu. Schließlich ging sie das Risiko ein und stellte – zu ihrem eigenen Erstaunen – fest, daß Denton nicht unüberwindbar war.

Allerdings stimmte es, daß Gwen dann, nach ihrem Sieg, etwas bange zumute war. Sie beobachtete ihren Mann, fragte sich, ob er vielleicht doch etwas ahnte, ob sie nicht zu weit gegangen war. Aber in den letzten Tagen war diese Angst verflogen. Denton war zwar schlecht gelaunt, aber das war nichts Ungewöhnliches, und Gwen glaubte – ganz fest –, daß ihr Ehemann keinen Verdacht geschöpft hatte. Vor allem deshalb, weil sie und Shawcross außerordentlich diskret waren; aber auch, weil Denton keine Phantasie hatte; hauptsächlich aber, weil es Denton überhaupt nicht interessierte.

Seit der Geburt von Steenie hatte sich Denton von ihr zurückgezogen; seine regelmäßigen wöchentlichen, sehr gebieterischen Besuche in ihrem Zimmer hatten ganz aufgehört. Statt dessen stattete er jetzt regelmäßig Besuche in London ab – bei irgendeiner Frau, wie Gwen glaubte. Es war richtig, daß er Shawcross nicht leiden konnte und daß er sich nicht einmal Mühe gab, seine Abneigung zu verbergen, aber das war reiner Snobismus. Denton mochte Shawcross aus mehreren Gründen nicht: wegen der Klasse, der er angehörte, wegen der Schule, auf die er gegangen war, und weil er Schriftsteller war – ein Beruf, für den Denton nichts als Verachtung empfand. Aber in gewisser Hinsicht war dieser Snobismus hilfreich, denn es wäre Denton nicht im Traum eingefallen, einen Mann wie Shawcross als seinen Rivalen anzusehen.

Im großen und ganzen fühlte sich Gwen also sicher. Und weil sie sich sicher fühlte, wurde sie allmählich immer unvorsichtiger. Sie hatte begonnen sich gegen ihre Ehe mit Denton aufzulehnen; sie hatte begonnen seine ungehobelte Art zu verabscheuen. Sie war achtunddreißig und Denton fünfundsechzig. Als sie schließlich den Mut fand, laut zu verkünden, daß Eddie dieses Wochenende im Schlafzimmer des Königs schlafen würde, kam ihr, während das Gesicht ihres Mannes vor Zorn ganz rot wurde, plötzlich eine andere Frage: Mußte sie sich eigentlich für den Rest ihres Lebens an Denton binden?

Aber sie behielt diese Frage für sich. Sie wagte nicht, sie vor ihrem Geliebten zu äußern. Welche Alternative gab es denn? Scheidung? Eine Scheidung kam nicht in Frage: Sie würde ihre Kinder verlieren, ihren Platz in der Gesellschaft; sie würde ohne Geld sein, und sie würde von der Gesellschaft verstoßen werden. Ein solcher Weg in die Freiheit war nicht vorstellbar, und außerdem würde ihn Eddie Shawcross auch gar nicht akzeptieren. Er lebte vom Schreiben; es war für ihn schon schwierig, Constance durchzubringen, darüber klagte er häufig genug. Und außerdem war er nicht gerade ein Mann, der sich durch Beständigkeit auszeichnete. Als Gwen ihn kennenlernte, hatte er bereits den Ruf eines Frauenhelden, mit einer besonderen Vorliebe für Frauen aus der Aristokratie: Wie es hieß, würde Shawcross mit keiner Geringeren ins Bett gehen als mit einer Gräfin, und seine Freunde rissen geschmacklose Witze über ihn und seine Methoden, sich zu entsprechenden Kreisen Zugang zu verschaffen.

Unter diesen Umständen wunderte sich Gwen sowieso, daß Shawcross etwas für sie übrig hatte und daß sie, nachdem er sie erwählt hatte, an ihm festgehalten hatte. Ihre Beziehung war jetzt schon vier Jahre alt: für Shawcross sicher ein Rekord. Allerdings hatte er ihr – in all den Jahren – nie eingestanden, sie zu lieben, und Gwen fühlte sich seiner nie ganz sicher. Scheidung? Trennung? Nein, einen solchen Gedanken würde sie Eddie gegenüber niemals auszusprechen wagen: Wenn sie auch nur den geringsten Druck ausübte, mußte sie damit rechnen, daß er sie verließ. Statt dessen ging ihr in letzter Zeit, genauer, seit sie Denton darüber informierte, daß Eddie in diesem Zimmer schlafen würde, und Dentons Gesicht rot anlief und er zu toben begann, ein anderer Gedanke durch den Kopf: *Was wäre, wenn nun ihr Mann sterben würde?*

Gwen schämte sich wegen dieses Gedankens; aber nun war er einmal da und ließ sich nicht vertreiben. Wenn ihr Mann starb, würde sie reich sein, sehr reich – und diese Tatsache könnte Eddies Einstellung erheblich beeinflussen. Gwen schreckte vor solchen Spekulationen zurück, redete sich aber ein, doch nur realistisch zu sein. Schließlich war Denton sehr viel älter als sie. Er aß zuviel. Er trank zuviel. Er hatte Gicht, er hatte cholerische Anfälle, vor denen ihn seine Ärzte immer warnten. Er *konnte* sterben; vielleicht starb er. Er konnte plötzlich einen Anfall bekommen, einen Schlaganfall...

Gwen wollte nicht, daß Denton starb; in Wahrheit tat ihr schon der Gedanke an seinen Tod weh, denn Denton war – trotz seines Jähzorns – in mehrerer Hinsicht ein guter Ehemann, und Gwen sorgte sich um ihn. Wenn er nicht gerade schlechte Laune hatte, ließ es sich mit Denton gut zusammenleben: Er liebte seine Söhne und war sehr stolz auf sie; zu Gwen konnte er durchaus galant sein, sogar rücksichtsvoll. Gwen war klug genug, um zu wissen, daß ihr diese unkomplizierte eheliche Beständigkeit recht gut gefiel und daß sie sie nicht leichtfertig aufs Spiel setzen sollte.

Andererseits war da aber Eddie. Andererseits wäre sie gern frei... außer – aber was hieß das eigentlich genau, *frei sein*? Frei, um mit ihrem Geliebten zusammensein zu können, frei, um sich ihm hingeben zu können? Diese Freiheit genoß sie ja bereits. Aber frei, um *immer* mit Eddie zusammensein zu können? Frei, um ihn zu heiraten? Nein, vor diesem Gedanken schreckte Gwen zurück. Eddie war ein Liebhaber, ja; aber ob sie ihn auch als Ehemann haben mochte? Da war sich Gwen schon nicht mehr so sicher. Inzwischen hatte sie das Beste von beidem. Denton wußte von nichts; und Shawcross beklagte sich nicht, und was er von ihr forderte – o diese Forderungen! Gwen war stolz auf ihn –, zwar intensiv, doch in begrenztem Ausmaß. *Hör auf, am Boot zu rütteln, Gwen*, hatte er einmal zu ihr gesagt: Und obwohl sie sich durch diese Bemerkung verletzt fühlte und sie irgendwie grob fand, mußte sie sich hinterher eingestehen, daß es nur vernünftig war. Das Wichtigste war doch, daß sie sich in Sicherheit wiegen konnten.

Boy stellte sein Stativ auf, drehte die Schrauben fest, sah nur ein Zimmer, das Zimmer des Königs, dessen Foto seinem Vater gefallen könnte; bis jetzt hatte er keine geheimen Strömungen gespürt. Es war einfach nur ein Schlafzimmer. Er betrachtete die Formen des Betts, die sich aufblähenden Vorhänge, die den Schlafbereich vom Wohnzimmer trennten; er sah die schweren, drapierten Vorhänge vor den Fenstern und runzelte die Stirn; er befestigte sie – umständlich – an den Seiten, um mehr Licht hereinzulassen. In diesem Zimmer konnte sich jemand verstecken, ohne je gefunden zu werden, dachte Boy – vergaß es dann aber sofort wieder und konzentrierte sich voll auf die technischen Dinge.

Im Haus, wo es weniger natürliches Licht gab, mußte die Belichtungszeit länger sein. Zehn Minuten, entschied Boy und hoffte, daß niemand hereinkommen und alles verderben würde. Zehn Minuten.

»Warum nennen sie dich Boy?«

Boy sah erstaunt von seiner Kamera auf. Das Mädchen war leise ins Zimmer gekommen, war vielleicht schon eine ganze Weile da, hatte ihn beobachtet. Zum Glück waren seine Fotos fertig; Boy – der damit beschäftigt war, sein Stativ zusammenzuklappen – hatte geglaubt, allein zu sein. Das Mädchen stand dicht bei der Tür. Ihre Frage schien ihr nicht besonders wichtig zu sein, denn ihr Blick wanderte durch das

Zimmer; er blieb an dem königlichen Wappen hängen, an den undeutlichen Ölgemälden mit Dentons schottischem Besitz darauf und an den Vorhängen. Boy zögerte, sie sah ihn wieder an.

»Du bist gar kein Junge. Du bist ein Mann. Du siehst aus wie ein Mann. Warum nennen sie dich also Boy?«

Ihre Stimme war verwirrend, fast anklagend. Boy, der leicht in Verlegenheit geriet, merkte, wie er rot wurde. Er beugte den Kopf, um es zu verbergen, und hoffte, daß das Kind wegginge.

Boy mochte Constance nicht, und er schämte sich deswegen, denn er war großzügig und wußte, daß es hartherzig war. Schließlich hatte Constance keine Mutter mehr, sie erinnerte sich nicht einmal mehr an Jessica, ihre Mutter, die in einem Schweizer Sanatorium an Tuberkulose gestorben war, als Constance gerade zwei Jahre alt war.

Ja, Constances Mutter war tot, und ihr Vater behandelte sie kalt, fast grausam. Boy, der es bemerkt hatte, der sah, wie Shawcross seine Tochter vor den Freunden verhöhnte, hatte sich gesagt, daß Constance wahrscheinlich schmerzhafte Erinnerungen in Shawcross weckte, daß sie ihren Vater an den Verlust seiner Frau erinnerte... Aber selbst wenn es für dieses Benehmen einen Grund gab, war es nicht nett von ihm, und Boy war überzeugt, daß Constance sehr einsam sein mußte. Er sollte sie gern haben; er sollte Constance bedauern. Schließlich war sie ja nicht immer in Winterscombe. Und die paarmal, die sie zu Besuch kam, konnte er doch freundlich zu ihr sein.

Andererseits war es nicht gerade einfach, zu Constance freundlich zu sein. Constance lehnte Mitleid hartnäckig ab; wann immer Boy Mitleid für sie empfand, schien sie es zu merken und sofort zunichte zu machen. Sie benahm sich schroff, borstig, unhöflich. Sie hatte einen unfehlbaren Instinkt für die Schwächen anderer und griff diese Schwächen sofort auf; und Boy wußte nie mit Sicherheit, ob es Absicht war oder nur ein Zufall. Immer wieder sagte er sich, daß es Zufall war: Schließlich konnte Constance nichts dafür. Sie hätte eine Kinderfrau oder eine Erzieherin haben müssen, aber wahrscheinlich konnte sich Eddie Shawcross dies nicht leisten.

Wenn es aber so jemanden gäbe, dachte Boy, während er die kleine Gestalt betrachtete, dann würde sie bestimmt dafür sorgen, daß sich an Constances Äußerem etwas änderte. Ihre Haare waren nie gekämmt, ihr Gesicht, ihre Hände und Fingernägel waren meistens schmutzig, ihre Kleider waren billig, häßlich, wenig vorteilhaft. Ja, Constance verdiente es, freundlich behandelt zu werden; sie benahm sich nur so unhöflich, weil sie kein besseres Benehmen gelernt hatte, und nicht, weil sie einen schlechten Charakter hatte. Schließlich war Constance erst zehn.

Jetzt wartete Constance auf eine Antwort – aber wieder war es ein Schwachpunkt, an den sie rührte –, und Boy wußte nicht, was er sagen sollte. Er haßte seinen Spitznamen Boy, wünschte, seine Mutter und seine Familie würden endlich damit aufhören, ihn so zu nennen. Allerdings fürchtete er – völlig zu recht, wie sich zeigen sollte –, daß sie es nicht tun würden. Jetzt saß er in der Falle und mußte etwas sagen. Er zuckt die Achseln.

»Das hat nichts zu bedeuten. Mama hat mich so genannt, als ich noch klein war, und dann ist er mir einfach geblieben, schätze ich. Viele Leute haben Spitznamen, Familiennamen. Das hat nichts zu sagen.«

»Ich kann ihn nicht leiden. Er ist albern.« Das Kind dachte nach. »Ich werde dich Francis nennen.«

Und dann lächelte ihn Constance zu seiner Überraschung an. Das Lächeln erhellte ihr normalerweise verschlossenes, mürrisches kleines Gesicht, und Boy hatte sofort wieder ein schlechtes Gewissen und schämte sich. Denn auch Constance hatte Spitznamen, obwohl sie vielleicht gar nichts davon wußte. Ihr Vater sprach von ihr nur als *der Albatros*. »Ich frage mich, wo der Albatros ist?« sagte er schelmisch zu seinen Zuhörern, und manchmal machte er sogar nach, wie schwer dieser mit einem schlechten Omen behaftete Vogel an seinem Hals hing.

Boy und seine Brüder hatten ihr einen anderen Namen gegeben: Sie nannten sie Constance Cross. Das war Aclands Idee gewesen. »Na ja, wo sie doch immer so ein alter Sauertopf ist«, sagte er. »Und außerdem ist sie ein Kreuz, das wir alle tragen müssen. Gleich mehrere Wochen im Jahr.«

Constance Cross, der Albatros. Ziemlich häßlich, dachte Boy in diesem Augenblick, dort in dem Zimmer, und beschloß, sich zu bessern.

Er lächelte Constance schüchtern an und deutete auf seine Videx.

»Wenn du willst, mach ich ein Foto von dir. Es dauert nicht lange.«

»Du hast doch heute morgen schon eins gemacht.«

Wie üblich wies sie sein Angebot zurück. Boy blieb hart. »Ja, aber das war mit den andern. Auf dem wirst du ganz allein sein. Nur du...«

»Hier?« Das Gesicht des Mädchens hellte sich plötzlich ein wenig auf.

»Wenn du willst... Ich glaube, das ginge. Nur das Licht ist etwas schwierig. Eigentlich hatte ich draußen gemeint...«

»Nicht draußen. Hier.« Ihre Stimme klang fest, fast fordernd. Boy gab nach. Er baute das Stativ und die Kamera erneut auf.

Als er wieder aufblickte, war er verblüfft, fast schockiert. Das Mädchen hatte sich für ihn in Pose gesetzt. Sie war auf das Bett des Königs geklettert und saß jetzt dort mit schlenkernden Beinen, ihr Rock war ein Stück nach oben gerutscht. Boy starrte sie entsetzt an, warf einen Blick zur Tür.

Nicht nur, daß sie oben auf dem heiligen Bett saß und bestimmt die Bettdecke zerknitterte – worüber Denton Cavendish einen Wutanfall kriegen würde –, sondern auch die Art und Weise, wie sie dort saß.

Boy starrte erschrocken auf ein Paar staubige Schnürstiefel, die bis zu den Knöcheln reichten. Und über den Stiefeln sah er zerknautschte weiße Baumwollstrümpfe und mehrere nicht gerade saubere Unterröcke.

Constance hatte ihre schwarzen langen unordentlichen Haare zurückgeworfen, so daß sie ihr über die dünnen Schultern hingen. Ihr Gesicht war blaß und konzentriert, ihr Gesichtsausdruck spöttisch. Als Boy sie ansah, biß sie sich zuerst mit ihren kleinen weißen Zähnen auf die Unterlippe, dann fuhr sie mit der Zunge darüber hinweg, so daß sie rot wurde und sich von ihrer blassen Haut abhob. Boy starrte sie fassungslos an, wendete sich dann seiner Videx zu. Noch ein paar Handgriffe; dann zog er sich das schwarze Tuch über den Kopf und stellte den Bildsucher ein.

Vor sich hatte er jetzt, auf dem Kopf, ein Bild von Constance Shawcross. Er blinzelte. Es kam ihm so vor, als würden die Strümpfe jetzt noch viel mehr zu sehen sein, weniger von dem häßlichen Rock, aber mehr von den schmuddligen Unterröcken. Er räusperte sich, gab seiner Stimme einen gebieterischen Klang.

»Du mußt unbedingt ganz still sitzen, Constance. Das Licht ist sehr schwach, deshalb brauche ich eine lange Belichtungszeit. Dreh dein Gesicht ein bißchen nach links.«

Das Kind drehte den Kopf, stellte ihr kleines spitzes Kinn ein wenig schräg. Boy sah, daß sie steif und selbstbewußt posierte, als wäre ihr daran gelegen, daß sie auf dem Foto vorteilhaft aussah. Sie war ein unansehnliches Kind, und Boy war gerührt.

Unter dem Tuch griff er nach dem Auslöser, justierte das Bild. Eine halbe Sekunde, bis er den Auslöser drückte, zu spät, um das Kind daran zu hindern, seine Stellung zu ändern. Zwei Minuten. Schweigen und Surren.

Boy war knallrot im Gesicht. Er starrte Constance vorwurfsvoll an, sie starrte zurück. In dieser halben Sekunde, die er brauchte, um den

Auslöser zu drücken, hatte sie ihre Schenkel geöffnet und die Stellung ihrer Hand verändert. Sie saß da, ihre linke Hand lag auf den Oberschenkeln, und ihre ausgestreckten Finger zeigten auf ihren Schoß. Ein Strumpfband, ein Stück braune Haut, ein Stück ihrer Unterhosen waren zu sehen. Es war eine Geste, die mit einiger Mühe – gerade noch – eine unschuldige Erklärung zuließ. Es war aber auch – zusammen mit dem unverschämten starrenden Blick – die lüsternste, laszivste Geste, die Boy in seinem ganzen Leben gesehen hatte.

Zu seinem Entsetzen hatte sich sein Körper versteift. Er blieb hinter der Kamera, froh über den Schutz, den sie gewährte, und sagte sich, daß er schmutzig, daß er böse wäre. Constance war ein zehnjähriges Kind; sie hatte keine Mutter, sie war unschuldig... Constance sprang vom Bett. Sie schien jetzt bester Laune zu sein.

»Danke, Francis«, sagte sie. »Ich bekomme doch einen Abzug von dem Foto, ja?«

»Oh, ja ... ganz bestimmt. Das heißt, wenn es was geworden ist. Ich bin mir nicht ganz sicher, wegen der Belichtung, und –«

Boy war ein schlechter Lügner. Er hatte bereits beschlossen, die Platte zu vernichten, obwohl er seine Meinung später, als er sie sah, wieder änderte.

»Ach, *bitte*, Francis...« Zu Boys großer Bestürzung stellte sich Constance auf die Zehenspitzen und streckte sich ihm entgegen – Boy war über einsachtzig groß –, und als er sich unbeholfen nach vorn beugte, drückte sie ihm einen kindlichen Kuß auf die Wange. Boy fiel dabei eine der Flügelschrauben seines Stativs aus der Hand. Aber in seiner Verwirrung merkte er es gar nicht. Sie rollte über den Teppich und blieb unter einem Tisch liegen. Constance lief zur Tür.

»Ich werde es meinem Vater schenken«, sagte sie und warf ihm noch einen Blick über die Schulter zu. »Es wird Papa gefallen, glaubst du nicht?«

»Holt die Fallen raus.« Denton trank einen großen Schluck von dem Rotwein. »Zum Teufel mit dem Gesetz. Das hier ist mein Land. Holt sie raus – mal sehen, wie ihnen *das* gefällt, diesen Mistkerlen! Fallen, die in Scheunen vor sich hinrosten – was soll das für einen Sinn haben? Stellt sie auf – ich werde es Cattermole sagen. Stellt im Wald Wachen auf. Stellt vier Männer auf, sechs, wenn nötig. Das werde ich nicht länger hinnehmen! Im letzten Monat müssen es an die fünfzig Vögel gewesen sein, die ich verloren habe. Fünfzig! Allein gestern nacht drei. Wie sie reinkommen – ich weiß es nicht; aber ich werde es herausfinden, und wenn ich es herausfinde, werden sie es verdammt bereuen. Eine Ladung Schrot in den Hintern – das ist das einzige, was sie verstehen, diese Kerle. Einen Schuß in den Hintern. Und dann ab mit ihnen, vor den Richter. Der alte Dickie Peel – der sitzt schon seit Anbeginn der Zeiten auf seinem Posten. Der weiß, wie man mit denen umspringt. Höchststrafen, das volle Gewicht des Gesetzes. Wartet nur...« Ein weiterer kräftiger Schluck. »Das Gefängnis ist viel zu schade für sie. Wilddiebe? Wißt ihr, was *ich* mit denen täte, wenn es nach *mir* ginge? Verschiffen würde ich die, ja, das würde ich. In die Kolonien – Amerika, Australien. Damit wir sie ein für allemal los wären. Kein Respekt vor anderer Leute Besitz. Das bringt mein Blut in Wallung...«

Denton sah wirklich aus, als wäre sein Blut auf hundert Grad Celsius erhitzt; sein Gesicht war blau angelaufen wie eine überreife Pflaume; sein großer Zeigefinger fuhr belehrend durch die Luft; Denton sah alle am Tisch nacheinander an, ein Gesicht nach dem anderen, als wären seine Gäste, die am Mittagstisch saßen, schuld daran, daß man ihm seine Fasane gestohlen hatte, als hätten sie dabei mitgeholfen.

Er starrte seine drei älteren Söhne an, funkelte Mrs. Heyward-Wests sanftmütigen kleinen Mann an, betrachtete Jarvis mit Stirnrunzeln – Jarvis, ein Freund von Eddie Shawcross, war auf dessen Bitte eingeladen worden; er hatte irgend etwas mit Kunst zu tun, niemand wußte genau, was.

Jarvis trug eine Krawatte, die vielleicht ein bißchen zu grell war; in St. James in London hatte sie Jarvis noch gefallen; jetzt, unter Dentons starrem Blick, war sich Jarvis nicht mehr so sicher. Er zuckte zusammen, und Dentons anklagender wütender Blick wanderte weiter: Schließlich blieb er an dem aufgetakelten Eddie Shawcross hängen, der am anderen Ende des Tischs, links von Gwen, saß. Während Denton Shawcross anstarrte, wurde sein Gesicht noch röter.

»Wilddiebe. Unbefugte Eindringlinge. *Einschleicher.*« Denton sprach voller Haß, und Shawcross, der diese Ausbrüche besser kannte als die anderen Gäste und sich deshalb darüber amüsieren konnte, so sehr, daß er sie in allen boshaften Einzelheiten in seinen Tagebuchaufzeichnungen wiedergab, bedachte ihn mit einem höflichen gelassenen Lächeln. Denton stieß ein gurgelndes Geräusch aus, und seine Familie wußte, daß er jetzt außerordentlich wütend war, und Gwens treuloses Herz machte einen kleinen Sprung. Ein Anfall? Ein Schlaganfall? Jetzt, hier, am Eßtisch, vor ihren Gästen? Aber nein, es war nur ein Restchen Wut, das

Resultat seiner Inspektion der Wälder, zusammen mit Cattermole, heute morgen, die ehrliche Entrüstung eines Mannes, der ein leidenschaftlicher Verfechter von Eigentum war. Seine Entrüstung richtete sich gar nicht im besonderen gegen Eddie Shawcross, und sie ließ jetzt auch schon wieder nach.

Gwen fühlte sich als Gastgeberin verantwortlich. Es waren Damen anwesend, was Denton ganz vergessen zu haben schien. Durchaus möglich, daß Denton, selbst wenn seine Wut verflogen war, noch eine Weile weiterfluchen oder blasphemische Verwünschungen ausstoßen würde.

Gwen beugte sich nach vorn, um ihn zu unterbrechen, aber Acland war schneller.

»Nur eine Kleinigkeit, Sir«, sagte er in die Stille hinein, die nach Dentons Ausbruch herrschte. »Es ist nur, daß die Unabhängigkeitserklärung im Jahre 1776 unterzeichnet wurde – was bedeutet, daß Amerika gar keine Kolonie mehr sein wird...«

»Na und? Was denn?« Denton war von neuer Angriffslust gepackt.

»Na ja, es könnte sich als schwierig erweisen, die Verbrecher dort auszusetzen. Selbst die Wilddiebe. Die Amerikaner könnten was dagegen einzuwenden haben, glaubst du nicht?«

Aclands Stimme war außerordentlich höflich; sein Vater, der wie ein Bulle vor dem Angriff den Kopf gesenkt hatte, betrachtete ihn mißtrauisch, roch Ketzerei, aber er ließ sich von Aclands höflichem Ton täuschen.

»Vielleicht beschwerlich, das gebe ich zu. Trotzdem sollte man nicht nachgeben.«

Es herrschte peinliche Stille; Shawcross feixte hinter seiner Serviette. Mrs. Heyward-West – die reizende taktvolle Mrs. West, dachte Gwen – kam zu Hilfe. Sie saß rechts von Denton, und sie beugte sich vor, und ihre Hand strich über seinen Arm. Sie war noch immer eine gutaussehende Frau.

»Amerika!« sagte sie mit ihrer tiefen Stimme. »Wie ich dieses Land liebe. Und die Amerikaner – so ungeheuer gastfreundlich. Denton, mein Lieber, habe ich Ihnen schon von unserem letzten Besuch dort erzählt? Wir waren in Virginia, bei einigen Freunden, die ganz prächtige Pferde züchten. Nun, ich weiß schon, Denton, was Sie sagen wollen. Sie wollen sagen, daß ich mir über Pferde kein Urteil erlauben kann, und damit haben Sie auch ganz bestimmt recht; aber – nun, das wird Sie interessieren...«

Das Wunder war geschehen: Mrs. Heyward-West hatte jetzt seine volle Aufmerksamkeit. Dentons vorquellende Augen drehten sich und blieben dann auf sie gerichtet. Alle atmeten auf – sogar Jarvis mit seiner lavendelfarbenen Krawatte –, und am anderen Ende des Tisches tauschten Gwen und Shawcross Blicke aus.

Der dramatische Augenblick war vorübergegangen, und von nun an verlief das Mittagessen in angenehmer Atmosphäre. Gwen hatte einen sehr guten Koch eingestellt, und das Essen war – für edwardianische Verhältnisse – leicht, in Anbetracht des Dinners, das es bei dem Kometenfest am Abend geben würde. Links von Gwen unterhielt sich Eddie Shawcross sehr reizend mit seiner schon älteren schwerhörigen Nachbarin, einer alten Jungfer, letztes Mitglied einer einstmals in Wiltshire sehr prominenten Familie. Er sprach mit ihr über die Werke von George Bernard Shaw – Eddie ging nie von seinen großstädtischen Gepflogenheiten ab, selbst nicht auf dem Land. Die Nachbarin hatte noch nie etwas von Shaw gehört, soviel war klar, aber wie auch immer – Eddie war geistreich. Rechts von Gwen erklärte George Heyward-West, ein würdevoller kleiner Mann, der von den früheren Skandalen, die seine Frau und den König betrafen, stets völlig unbeeindruckt schien, die Feinheiten der Aktienbörse: Dentons Schwester Maud, die für ihre Schönheit berühmt war, ein spektakuläres Mädchen, das so hoch hinaufgeheiratet hatte, daß Eddie immer behauptete, ihm würde ganz schwindlig davon, folgte ihm aufmerksam. Maud (die, wie Gwen befriedigt feststellte, nun auch schon ein wenig dicker wurde) hatte ihren Stern einem kleinen italienischen Prinzen an die Brust geheftet. Dieser kleine italienische Prinz trat niemals in Erscheinung und war auch jetzt nicht hier; Maud behauptete, er sei in Monte Carlo, beim Glücksspiel.

Maud wußte selbst erstaunlich viel über die Börse, aber sie war Dame genug, um es vor George Heyward-West zu verbergen, der ihr geduldig den Unterschied zwischen Pfandbriefen und Dividendenpapieren erklärte. Geld als Konversationsthema beim Mittagessen war nicht direkt *de rigueur*, aber beide schienen sich gut zu unterhalten, so daß sich Gwen nicht einmischte.

Statt dessen überließ sie sich ihren angenehmen Träumen. Es war warm im Zimmer, der Wein hatte sie ein wenig schläfrig gemacht, ihre Gäste schienen sich alle gut zu unterhalten – sie konnte sich ein wenig gehenlassen.

Sie waren vierzehn am Tisch, ihre Söhne, außer Steenie, der, Gott sei Dank, mit Constance Albatros oben in den Kinderzimmern war; strikte Anweisungen an Nanny, daß beide Kinder den ganzen Nachmittag dort bleiben sollten. Steenie war zart und brauchte Ruhe; Constance würde sich damit abfinden müssen. Was Gwen an Constance am meisten mißfiel, war die Art, wie sie immer überall herumschlich, als würde sie ihrem Vater nachspionieren, von dem sie – wenn sie ihn einmal gefunden hatte, nicht wieder zu trennen war. Wie eine Klette, dieses Kind.

Vierzehn am Mittagstisch, dreißig beim Dinner. Gwen war mit ihrem Abendmenü zufrieden: falsche Schildkrötensuppe, Austernpasteten, und – immer ein voller Erfolg – ein Hummerragout. Dann der einfachere Gang, der Dentons gute Laune sichern würde: gebratene Gänschen, gebratener Hammelrücken, gekochter Kapaun. Perlhuhn – hatte sie auch nicht vergessen, das Perlhuhn zu bestellen, das Eddie so gern aß? Nein, das hatte sie nicht vergessen. Und dann natürlich die Desserts, die immer so hübsch aussahen – kleine Kristallgläser mit Champagnergelee, und Käsekuchen, Biskuittörtchen und das Zitroneneis, das in kleinen Körben aus Minzblättern serviert wurde – das liebte Steenie über alles, sie durfte nicht vergessen, ihm etwas davon hinaufzuschicken...

Schließlich das Konfekt. Gwen, die eine Vorliebe für Süßes hatte, genoß diesen Teil eines Essens am meisten: wenn das Tuch weggezogen wurde und wenn die Silberplatten funkelten – Schleckereien und Zukkerwerk, purpurrote Karlsbader Pflaumen, klebrig vom Zucker, winzige Pyramiden aus eingelegten Kirschen und überfrorenen Trauben, Haselnüsse, Feigen aus den Treibhäusern, geschliffene Gläser mit eiskaltem weißen Bordeaux, oh, es würde herrlich sein.

Sie würden im Haus speisen; dann versammelten sie und ihre Gäste sich draußen auf der Terrasse, und der Komet würde in seiner ganzen Strahlenpracht über den Himmel ziehen.

Gwen wollte ihren Pelz anlegen. Denton hatte ihren neuen Seal noch gar nicht gesehen – er hatte einen Hermelinkragen –, und die Rechnung dafür auch noch nicht. (Wenn er sie sah, würde er nicht gerade erfreut sein, denn Denton war sehr sparsam.) Aber Gwen hatte hier keine Bedenken: Denn zu dem Zeitpunkt, da sie ihn anziehen würde, war Denton sicher schon viel zu betrunken, um es noch zu bemerken. Ja, Denton würde betrunken verschwinden, wie er es immer tat; die herumschnüffelnde Constance würde längst tief schlafen, die Gäste würden sich zerstreuen; und dann – endlich – würden Gwen und Eddie allein sein können. Irgendwo.

Gwen war eine Träumerin, aber als sich ihre Gedanken auf den süßen Augenblick richteten, der vor ihr lag, wurde sie von Ungeduld ergriffen. Sie wollte Eddie; sie brauchte Eddie; das Verlangen nach ihm war so stark, daß sie von einer Hitzewelle erfaßt wurde, völlig atemlos – als würde sie gleich in Ohnmacht fallen.

An diesem Morgen hatte Eddie am Stone House, nachdem die Kinder gegangen waren, ihre Hand genommen und in seine Jackentasche gesteckt. Sie schloß sich um etwas Weiches: Sie zog mehrere Meter eines schwarzen Seidenbands heraus. Sie betrachtete die Bänder schweigend, in ihrem Körper breitete sich eine ihr vertraute Trägheit aus. Sie brauchte ihn gar nicht zu fragen wegen dieser Bänder; schon jetzt eilten ihre Gedanken voraus – ins Schlafzimmer des Königs oder zu der Lichtung, wo sie sich manchmal mit Eddie traf. Die verschiedensten Orte zuckten durch ihre Gedanken, wie diese Bänder, und was Eddie mit ihnen tun würde.

Gwen sah Shawcross an. Er schien gar nicht an sie zu denken, nicht so, wie sie an ihn dachte. Im Gegenteil, sein Benehmen war weltmännisch, amüsiert, gelöst. Er unterhielt sich über den Tisch mit seinem Freund Jarvis über irgendeinen Maler, und soviel Gwen verstehen konnte, war Jarvis ein Mittelsmann. Er hoffte, daß Denton vielleicht ein paar Bilder von einem Maler aus seinem Bekanntenkreis in Kommission nahm. »Der Maler ist gut«, sagte Jarvis; mit Themen, die für Denton als einzige in der Kunst Gültigkeit hatten – mit Pferden, Hunden, Rothirschen und Füchsen.

Eddie sprach von einer Kunstgalerie, von der Gwen noch nie etwas gehört hatte. Vielleicht hatte er die schwarzen Bänder sogar in seiner Tasche, während er mit einer solchen Überzeugung sprach, mit glitzernden dunkelgrauen Augen, mit dem von Pomade glänzenden rötlichen Bart, seinen kleinen damenhaften, heftig gestikulierenden weißen Händen... »Mein Lieber«, sagte er. »Bitte. Ich bin nicht interessiert an deinen Farbklecksern. Wörter. Sätze. Die schmerzlichen Wahrnehmungen des Romanciers – *das* ist es. Jede Kunst trachtet nach dem Zustand der Literatur – nicht nach Musik und ganz bestimmt nicht nach ihren langweiligen Bildern und Skulpturen. Also, wenn es nach mir ginge, dann würden wir alle wie die Affen leben: Bücher über Bücher, und nackte Wände.«

Als er *nackte Wände* sagte, glitt Shawcross' unverschämter Blick über die Eßzimmerwände. Sie waren mit großen viktorianischen Ölgemälden vollgehängt: zwei kapitale Hirsche; ein Hase, der von zwei Greyhounds in Stücke gerissen wurde; und mehrere Seeschlachten in düsteren Farben, die Dentons Vater erstanden hatte.

Gwen, die von einem Augenblick zum anderen die Seidenbänder

vergaß, hörte wieder aufmerksam zu, jetzt nicht mehr als Geliebte Eddies, sondern als Gastgeberin. Mit ängstlichen Blicken betrachtete sie ihre Gäste. Was war geschehen? *Irgend etwas* war geschehen. Denton war schon wieder ganz rot im Gesicht. Acland beobachtete ihn, wie immer, gelassen und distanziert. Freddie unterdrückte ein Lachen. Boy war vor Verlegenheit rot, Jane Conyngham starrte angestrengt auf ihren Teller, und Mrs. Heyward-West, die sonst so ausgeglichen und ruhig war, runzelte ärgerlich die Stirn.

Konnte es an Eddies letzter Bemerkung gelegen haben? Aber nein – was immer gesagt oder getan worden war, es war schon vorher passiert. Gwen war verwirrt, sie zögerte, und dann beugte sich ihr Mann – zu ihrem Entsetzen – über den Tisch – Silber klapperte, Gläser klirrten – und streckte noch einmal seinen drohend erhobenen anklagenden Finger in die Luft und deutete damit direkt auf den verstummten Shawcross.

»Sie, Sir«, brüllte Denton. »Ja, Sie, Sir. Ich rate Ihnen, auf sich aufzupassen. Vergessen Sie nicht, wo Sie sich befinden. Vergessen Sie nicht, daß Sie Gast in meinem Hause sind. In *meinem* Haus, Sir...« Und dann – zu ihrem noch größeren Entsetzen – diesmal ging Denton nun wirklich zu weit – erhob sich Denton. Ohne abzuwarten, bis sich die Damen zurückgezogen hatten, ohne sich auch nur die geringste Mühe zu geben, höflich zu sein: Denton stand auf, drehte ihnen den Rücken zu und stampfte aus dem Zimmer. Die Tür fiel krachend hinter ihm ins Schloß. Gwen war so entsetzt, daß sie das Gefühl hatte, gleich in Tränen auszubrechen oder in Ohnmacht zu fallen. Dieses Benehmen ließ sich nicht entschuldigen oder einfach abtun; plötzlich schien ihre wunderschöne Abendgesellschaft absolut ruiniert zu sein. Es war Acland, der ihr half.

Er blickte über den Tisch, in die verlegenen Gesichter; als Eddie Shawcross sich entschuldigen wollte, unterbrach ihn Acland mit verächtlichen Blicken. »Machen Sie sich keine Sorgen, Shawcross. Das hat nichts damit zu tun, was Sie gesagt haben. Wenn mein Vater seine Fasane verliert, wird er immer ziemlich wild. Ich kann mir vorstellen, daß er losgezogen ist, um irgendwelchen Wilddieben den Hals umzudrehen. Wahrscheinlich mit den nackten Händen. Mama?«

Rund um den Tisch brach nervöses Lachen aus. Acland drehte sich zu Gwen um, und die ergriff die Gelegenheit: Sie stand auf, die anderen Frauen folgten ihr, so daß es Gwen gelang, ihren Abgang mit einiger Würde zu vollziehen.

Und später – eine halbe Stunde später, als sie wieder draußen auf der Terrasse waren und die Gäste Pläne für den Nachmittag machten – hatte sich Gwen wieder beruhigt. Die Situation war gerettet; die meisten Gäste waren Freunde der Familie, sie verstanden Dentons Launen und sein exzentrisches Benehmen. Und jetzt, nachdem er verschwunden war, wurde auch die Stimmung wieder besser, die Nervosität ging in Fröhlichkeit über.

Bald waren Gwen und Eddie Shawcross mit der alten Nachbarin, die über ihrer Häkelarbeit eingeschlafen war, allein auf der Terrasse. Gwen spannte ihren Sonnenschirm auf und spürte, daß ihre Angst und die Verlegenheit verflogen waren. Sie sah hinaus in den Garten, fühlte den leichten Wind auf ihrer Haut. Es war drei Uhr. Eddie legte die Hand auf ihren Arm, hob ihn hoch und kam dabei, wie zufällig, mit dem Rücken seiner Hand an ihre Brust.

Gwen sah zu ihm auf; die Stille dröhnte in ihren Ohren; ihre Augen begegneten sich, und Gwen erkannte in Eddies Gesicht etwas Beständiges, das nur das eine bedeuten konnte.

»Um wieviel Uhr kommen die anderen Gäste?« fragte er.

»Nicht vor fünf...«

»Und wann gibt es Tee?«

»Um halb fünf. Für alle, die Tee wollen. Aber dann muß ich da sein.« Gwens Stimme war schwach; mit wahnsinniger Langsamkeit zog Eddie seine Taschenuhr zu Rate. Er steckte die Hand in seine Tasche – in *die* Tasche – und zog sie wieder heraus.

»Wie unbeherrscht dein Mann sein kann«, bemerkte er nüchtern, und Gwen verstand ihn sofort: Das grobe Benehmen des Ehemanns erleichterte es den Liebenden, machte die Sache noch pikanter.

»Du mußt mir unbedingt noch mehr von Dentons Wutanfällen erzählen«, sagte Eddie und stand auf und bot seiner Gastgeberin den Arm an. Sie gingen mit langsamen Schritten zum Haus zurück. An der Terrassentür blieben sie stehen.

»Ich denke, mein Zimmer«, sagte Eddie und warf einen prüfenden Blick über den Garten.

»Jetzt? Eddie...« Gwen zögerte, rollte ihren Sonnenschirm zusammen, trat in den Schatten des Hauses.

»Mein liebe Gwen«, Eddie wendete sich ab, »willst du vielleicht anderthalb Stunden verschwenden?«

»Galoschen!«

Boy blieb direkt vorm Haus stehen und sah mit besorgtem Gesicht auf Janes Füße.

»Ich glaube – das Gras ist zu feucht –, und wenn wir durch den Garten hinuntergehen wollen – ja, Galoschen wären genau richtig.«

»Ich brauche keine Galoschen, Boy«, erwiderte Jane schroff, die von seiner übertriebenen Zuvorkommenheit irritiert war.

Acland stand neben ihnen und beobachtete sie mit ausdrucksloser Miene. Er schwang seinen Tennisschläger, sah in den Himmel, sah weg.

»Es hat gestern nacht geregnet. Das Gras ist noch nicht wieder trokken. Du könntest dich erkälten. Es ist ein weiter Weg bis zum Platz. Wirklich – Galoschen! Ich bestehe darauf.«

Boys Stimme klang eigensinnig, wie immer, wenn er besorgt war. Jane hörte das leichte Zögern vor bestimmten Konsonanten, ein kleines Überbleibsel aus seiner Kindheit, in der Boy gestottert hatte. Das passierte ihm nur noch, wenn er nervös war – zum Beispiel, wenn er mit seinem Vater sprach oder wenn Acland ihn ärgerte, was nicht gerade selten war. Es passierte ihm, wenn er mit Jane zusammen war. Der Antrag, den Boy Jane machen sollte, lag wie eine Verschwörung in der Luft. Es war der Wunsch seines Vaters. Das wußte Jane, und sie wußte auch, daß Boy ihr keinen Antrag machen wollte, weil er sie nicht liebte. Armer Boy; es fiel ihm nicht leicht zu heucheln. Jane, die ihn bedauerte, aber trotzdem irritiert war, stieß einen Seufzer aus.

»Ich habe keine Galoschen dabei, Boy. Bitte, hör auf mit dem Unsinn.«

Sie brach ab, merkte, daß Acland sich umdrehte, sie anstarrte. Sein Blick wanderte von ihrem Kopf bis zu ihren Füßen: Die steife Tennisbluse mit dem Matrosenkragen; der breite schwarze Gürtel mit der Silberschnalle, der weiße Faltenrock, der ihr bis zu den Knöcheln reichte; die gepflegten Schuhe, die ihre Zofe Jenna weiß gefärbt und eingestäubt hatte. Diese Ausstattung war neu: Jane hatte sie extra für diesen Besuch bestellt, genauso wie das grüne Seidenkleid, das sie am Abend tragen wollte. Stundenlang hatte sie Bücher mit Mustern durchgeblättert, stundenlang war sie vor dem Spiegel gestanden, während die Schneiderin ihrer Tante, mit Stecknadeln im Mund, vor ihr am Boden gekniet hatte und an ihr gezupft und gezogen hatte.

Mit dem grünen Kleid war sich Jane noch immer nicht ganz sicher: Es war nicht die Farbe, die sie selbst gewählt hätte. Aber ihre Tante, bei der sie aufgewachsen war und die sie sehr gern hatte, hatte den Stoff freudestrahlend aus London mitgebracht. So stolz, so zufrieden, so eifrig, daß Jane nicht den Mut gehabt hatte, Einwände zu erheben.

»Bourne and Hollingsworth«, hatte ihre Tante stolz gesagt und über die Seide gestrichen. »Es war eine wirklich zuvorkommende Verkäuferin, und sie hat mir versichert, daß es die neueste Mode ist. Ein ganz besonderes Kleid für einen ganz besonderen Abend.«

Eine kleine Pause, dann ein bedeutungsvoller Blick zu der schon etwas älteren Schneiderin, und das Wort lag in der Luft, unausgesprochen, aber jedem verständlich: ein Antrag. Endlich.

»Meine Achatkette, liebste Jane«, hatte ihre Tante gesagt und einen polierten Lederkasten geholt, als Jane gerade losfahren wollte. »Meine Achatkette – ein Verlobungsgeschenk von William, als ich achtzehn war. Liebste Jane, die würde wunderbar zu deinem Kleid passen.«

Ihre Tante war seit fünfzehn Jahren verwitwet; ihr Onkel war für Jane nicht mehr als eine verschwommene Erinnerung, aber Jane war gerührt. Sie gab ihrer Tante einen Kuß; sie würde die Kette an diesem Abend – wie versprochen – tragen. Nicht für Boy, wie ihre Tante annahm, sondern für jemand anderen, für jemanden, der jetzt sie und ihre neue Tenniskleidung sah und lächelte.

Unter diesem forschenden Blick, der sich anscheinend über Boys umständliches Benehmen lustig machte, wurde Jane befangen. Sie zog ihren Rock glatt, errötete, erwiderte den Blick. Noch vor wenigen Minuten hatte sie sich mit einem Blick in ihren Spiegel gesagt, daß sie ja eigentlich ganz gut aussah, daß ihr einfache Kleider am besten standen, und war selbstsicher gewesen: Sie war sich ihrer Kleider sicher gewesen, ihrer selbst sicher, hatte sich auf eine merkwürdige und irrationale Art sicher gefühlt, auch, was ihre unmittelbare Zukunft betraf. Der Nachmittag lag hell und licht vor ihr, und da war die Treppe, die hinunterführte in diesen Nachmittag; und unten, am Fuß dieser Treppe, wartete – Acland.

Wie lange hatte sie Acland schon geliebt? Jane machte sich gar nicht mehr die Mühe, diese Frage zu stellen, die sie sich sowieso noch nie beantworten konnte. Sie wußte nur, daß sie Acland liebte und daß sie ihn schon immer, solange sie denken kann, geliebt hatte.

Als sie beide noch Kinder gewesen waren und sich ihre Familien noch regelmäßig trafen, hatte sie ihn vielleicht wie einen Bruder geliebt. Roland, ihr Bruder, den sie vergötterte und der viel älter war als sie, sah Acland sehr kritisch. Was Acland brauchte, war Disziplin, behauptete Roland, Acland war wild, aber die richtige Schule würde ihn schon noch zähmen.

Die richtige Schule schaffte es nicht; aber Roland lebte nicht lange genug, um es noch mitzuerleben, denn er ging nach Afrika, um im

Burenkrieg zu kämpfen, und kehrte nie zurück. Nach Rolands Tod – war es da gewesen? Aber nein, damals war Jane erst elf und noch zu jung, es mußte also später gewesen sein, vielleicht, als sie fünfzehn oder sechzehn war, als sich ihre Gefühle für Acland geändert hatten und nun nicht mehr rein geschwisterlicher Art waren.

An eine besondere Gelegenheit erinnerte sie sich noch ganz deutlich. Sie und Fanny Arlington, ihre beste Freundin, deren Vater das Land neben dem ihres Vaters gehörte, Fanny, die dieselbe Erzieherin hatte wie sie, Fanny, die ein sanftes Gemüt, aber keine großen geistigen Gaben besaß, die lockige blonde Haare hatte und Augen so blau wie Hyazinthen: Sie waren beide in Winterscombe gewesen, mit Hector – Fannys Bruder – und mit Boy und Freddie und Acland. Es war Frühling; die Jungen kletterten auf die Eichen. Sie und Fanny standen da und sahen ihnen zu.

Höher und höher, und wer von ihnen mußte – natürlich – am höchsten klettern? Natürlich Acland. Dreieinhalb Meter, vier Meter: Hector und Aclands Brüder gaben auf; Acland kletterte weiter. Jane stand schweigend da und sah zu. Neben ihr stand Fanny und klatschte in die Hände; sie seufzte und stöhnte und stieß mit einer Stimme, wie sie Jane noch nie von ihr gehört hatte, Warnungen aus, bis Jane – ganz plötzlich – ein bitterer Gedanke durch den Kopf schoß und sich dort festsetzte. Fanny *ermutigte* Acland »O nicht weiter!« rief sie, oder: »Bitte nicht, Acland. Du wirst runterfallen, ich kann es nicht ertragen.« Und dann würde Acland noch ein Stückchen weiter hinaufklettern, und während er es tat, machte sich auf dem Gesicht ihrer Freundin ein sonderbares, zufriedenes Lächeln breit.

War die Vorstellung, die Acland hier gab, also nur für Fanny gedacht? Jane war davon überzeugt. Zum ersten Mal in ihrem Leben war sie eifersüchtig. Die Eifersucht fraß sich in ihre Gedanken: Einen Augenblick lang haßte sie ihre Freundin sogar, haßte sie wegen ihrer Locken und ihrer hyazinthenblauen Augen und haßte auch Acland, weil er das alles nur für Fanny tat. Acland, dem es wahrscheinlich überhaupt nichts ausmachte – warum sollte es auch? –, daß Fanny dumm war.

»Sieh mich an«, hätte Jane am liebsten laut gerufen, wollte es rufen. »Sieh *mich* an, Acland. Ich kann Französisch, und ich kann Latein; ich bin gut in Mathematik; ich interessiere mich für Politik; ich lese Gedichte und philosophische Werke, über denen Fanny einschläft.« All das, und noch viel mehr, hätte sie am liebsten gerufen – aber was hätte es für einen Sinn gehabt, wofür waren all diese Errungenschaften gut, und welcher Mann oder Junge kümmerte sich schon darum? Mit mir könntest du *reden*, Acland, wollte sie rufen – und doch wandte sie sich ab und drehte dem Baum den Rücken, weil sie wußte, daß es hoffnungslos war, denn warum sollte Acland mit ihr reden, wenn er statt dessen wunderbare rosa Wangen und hyazinthenfarbene Augen ansehen konnte?

Ich bin nicht hübsch, dachte Jane. Zum ersten Mal war sie sich ihrer mißlichen Lage bewußt; und im selben Augenblick, als sie diese Bitterkeit verspürte, kletterte Acland vom Baum. Das letzte Stück sprang er herunter, überschlug sich im Gras und sprang unverletzt auf.

Fanny lief zu ihm. Sie mußte seine Jacke abputzen und sich an seinen Arm hängen und sich vergewissern, daß alles in Ordnung war mit ihm. Aber Acland stieß sie, ganz plötzlich und – wie Jane fand – mit einem triumphierenden Blick von sich weg.

»Häng dich nicht so an mich, Fanny. Du langweilst mich«, sagte er.

Nicht einmal der Versuch, seine Ungeduld zu verschleiern: Fannys Augen wurden ganz rund vor Kummer. Dann ging Acland weg.

Fanny hatte mit achtzehn geheiratet und lebte jetzt in Northumberland und hatte zwei Kinder; und Jane war noch immer ihre beste Freundin. Jane besuchte sie zweimal im Jahr; und manchmal, wenn sie von den alten Zeiten redeten, ahnte Jane, daß Fanny von ihren Gefühlen für Acland wußte. Irgendwie kamen immer wieder Andeutungen, die Jane jedesmal in Panik versetzten. *Niemand* durfte von ihren Gefühlen für Acland wissen. Sie sprach nie darüber, würde sie nie zugeben, nicht einmal gegenüber ihrer engsten Vertrauten, ihrer Tante Clara. Es waren heimliche Gefühle, tief in ihrem Herzen verschlossen, dieses Geheimnis behielt sie für sich. Ihre Liebe zu Acland behütete Jane ängstlich.

Würde Acland ihre Gefühle auch nur erahnen, dann wäre es aus mit ihrer Freundschaft, das wußte Jane. Aber so, wie es war, konnten sie – weil Acland nichts wußte, nichts ahnte – Freunde sein. Sie konnten sich regelmäßig treffen, Tennisspielen, zusammen auf den Bällen ihrer Freunde tanzen, gelegentlich ausreiten, spazierengehen ... spazierengehen und miteinander reden – vor allem reden –, und diese Gespräche, die Acland wahrscheinlich sofort wieder vergessen hatte, waren für Jane etwas sehr Kostbares. Jahrelang hatte sie jedes Wort in ihrem Tagebuch aufgeschrieben, hatte Aclands beiläufigste Bemerkung mit großer Gewissenhaftigkeit und in allen Einzelheiten aufgezeichnet: Manchmal las sie es noch einmal, obwohl sie alles auswendig kannte, bemühte sich, darin ein Muster zu erkennen, und in diesem Muster die charakteristischen Züge des Mannes, den sie liebte.

Was für ein Nihilist! mußte Jane manchmal denken, wenn sie es las. Ihm schien nichts heilig: Die Religion, der er angehörte, setzte er lauthals herab, die Existenz eines Gottes leugnete er, und es bereitete ihm ein geradezu perverses Vergnügen, all die anderen Glaubenssätze zu leugnen, die seiner Familie und seiner Klasse so viel bedeuteten. Patriotismus; der wohlwollende und zivilisierte Einfluß der Artistokratie? Das alles ließ Acland nicht gelten. Die Heiligkeit des Weiblichen? Ehe? Über all diese Themen konnte er heftig streiten – obwohl es Jane aufgefallen war, daß sich sein Sarkasmus in letzter Zeit mehr gegen andere Ziele richtete.

Acland, dachte Jane, war radikal, ein Freidenker – und natürlich fühlte sie sich auch deswegen von ihm angezogen. Er war, in gewisser Hinsicht, ihr Stellvertreter, der Ketzereien durchleuchtete, von denen Jane wußte, daß sie bestanden, vor denen sie aber selbst zurückschreckte. Und außerdem gab es, neben dieser nihilistischen Einstellung, an Acland viel Bewundernswertes. Er war außerordentlich loyal, lehnte aber jede Art von Heuchelei strikt ab und war gegenüber denen, die er liebte oder achtete, sehr rücksichtsvoll. Acland war edel, dachte Jane; er hatte große Fehler, nicht gerade unbedeutende. Er war ungeduldig, ungestüm, arrogant, sicherlich, das war er – aber schließlich war er sehr klug, dachte Jane, und eine gewisse Überheblichkeit nicht auszuschließen. An Acland war nichts, nichts Schlimmes, was sich nicht ändern ließe; manchmal ertappte sich Jane bei solchen Gedanken, und sie wußte natürlich, worauf sie hinausliefen: Acland konnte durch die Liebe einer guten Frau geheilt werden.

Dieser Gedanke beherrschte Jane. Sie sah Acland vor sich, wie er später einmal sein konnte: ruhiger, stabiler, freundlicher; Acland, ein zufriedener Mann. Ich könnte Acland vor sich selbst retten: Auch dieser Gedanke stahl sich in ihren Kopf. Aber sie gab ihn schnell wieder auf. Für Acland war sie eine Freundin. Darüber hinaus empfand er nichts für sie: Und daran schien sich auch nichts zu ändern.

Ja, Acland mochte sie; er respektierte ihre geistigen Fähigkeiten, was Jane – manchmal – unerträglich fand.

Und jetzt, während Boy sich noch immer über kalte Füße und die Anfälligkeit von Frauen ausließ, wandte sich Jane ab. Auf ihrem Gesicht lag die übliche Maske von Gleichgültigkeit.

Acland zeigte Anzeichen von Ungeduld. Boy war unerbittlich. In der Garderobe, sagte er – er meinte eine unordentliche Kleiderkammer, die sie *Höllenhöhle* nannten –, gäbe es unendlich viele Galoschen. Bestimmt fände Jane welche, die ihr paßten.

»Um Himmels willen, Boy«, sagte Acland plötzlich irritiert und sah auf seine Uhr. »Willst du nun Tennis spielen oder nicht? Wir haben schon den halben Nachmittag verplempert.«

»Ich dachte ja nur«, begann Boy umständlich, und Acland warf seinen Schläger auf den Rasen.

»Dann hole ich sie eben, wenn du unbedingt willst. Aber du benimmst dich wirklich lächerlich. Jane will die verdammten Dinger doch gar nicht.«

Mit diesen Worten verschwand Acland im Haus. Boy machte Anstalten, sich zu entschuldigen, überlegte es sich dann aber anders, ließ sich auf eine Gartenbank fallen, stand aber wieder auf und wartete, bis Jane sich hingesetzt hatte.

Sie warteten fünf Minuten. Jane sagte sich, wie schon so oft, daß Boy wirklich nett war; daß er nur so lästig war – so wie jetzt –, weil er kein Selbstvertrauen hatte und deshalb in banalen Dingen so dickköpfig war. Sie begann seine guten Qualitäten zu sammeln. Er war ehrlich, er war rechtschaffen. Sie dachte an ihr Alter: zweiundzwanzig, gräßlich alt, um, mit ihrem Vermögen, noch unverheiratet zu sein.

Zehn Minuten waren vergangen. Boy hatte schon zweimal Bemerkungen über das Wetter gemacht. Jetzt sah er auf seine Uhr und stand auf.

»Was treibt Acland bloß so lange?« sagte er und blickte zum Himmel. »Er sollte doch nur ein Paar Galoschen holen. Ah!«

Er verstummte. Denn in dem dunklen Türeingang war jetzt Acland zu erkennen, und er lachte, als hätte er gerade etwas Komisches vernommen. Dann brach er ab. Und hinter ihm tauchte, mit einem Paar schwarzer Galoschen in der Hand, das Mädchen Jenna auf.

»Endlich«, sagte Boy vorwurfsvoll, aber Acland achtete nicht auf ihn.

»Weißt du eigentlich, wieviel Galoschen da drin sind? Mindestens dreißig Paar. Aber nie passen zwei richtig zusammen, die Hälfte hat Löcher, und dann mußte ich auch noch die Größe schätzen – Jane hat ziemlich kleine Füße – zum Glück kam Jenna vorbei, und da...«

»Danke, Jenna«, sagte Jane und nahm dem Mädchen die Galoschen ab. Insgeheim wünschte sie Boy zum Teufel, während sie, mit möglichst viel Würde, die Galoschen überzog. Sie richtete sich auf, machte einen oder zwei Schritte. Die Galoschen quietschten. Jane blieb stehen, wurde rot, sah, wie sich Acland amüsierte.

»Können wir jetzt gehen, Boy?« fragte sie scharf, und Boy nahm ihren Arm. Sie waren schon ein ganzes Stück gegangen, als sie merkten, daß

Acland nicht mitgekommen war. Er hatte seinen Schläger auf den Boden geworfen und sich auf der Gartenbank ausgestreckt.

»Acland«, rief Boy, »kommst du nicht? Dieser Jarvis wartet bestimmt schon. Ich habe ihm gesagt, daß wir ein Doppel spielen.«

»Ich hab's mir anders überlegt. Hab keine Lust mehr. Es ist viel zu heiß zum Tennisspielen«, antwortete Acland auf seine sorglose Art. Boy blieb stehen, als wollte er einen Streit anfangen, überlegte es sich dann aber anders. Etwas schneller als vorher ging er weiter.

»Dann eben nicht. Ist sowieso besser. Acland hat einen schrecklichen Aufschlag«, sagte er, jetzt schon etwas fröhlicher. Jane nickte zustimmend, sie hörte ihm kaum zu. Der Nachmittag schien plötzlich alle Farbe verloren zu haben; jetzt war er ohne Acland und ohne Erwartung. Sie war schon damit beschäftigt, die nächsten Stunden aus ihren Gedanken zu streichen und weiterzudenken. Tee – sie würde Acland beim Tee sehen. Und dann heute abend; und sie würde das grüne Kleid anhaben, mit der Achathalskette.

»Kann es nicht ertragen, wenn er verliert. Und zeigt es auch«, fügte Boy hinzu. »Auch wenn er nicht oft verliert.« Arm in Arm gingen sie um eine große düstere Eibenhecke herum und bogen dann ab, zwischen den Blumenrabatten hindurch zum Tennisplatz.

»Die sind schön«, sagte Boy, als sie schon die Hälfte der Strecke zurückgelegt hatten, und deutete nach rechts und links. »Natürlich nur zur richtigen Jahreszeit.«

Jane warf ihm einen erstaunten Blick zu. Das sagte Boy immer, aber sonst wartete er, bis sie am Ende der Beete angekommen waren.

»Wenn die Rosen blühen«, erwiderte Jane, wie sie es immer tat. Noch einmal warf sie einen kurzen Blick nach hinten.

Bäume und Büsche, die schwarzen Eiben, die sich bis hoch in den Himmel wölbten: Nur das Dach von Winterscombe war zu sehen, aber Acland war verschwunden.

»Jetzt«, sagte Acland im selben Augenblick, in dem Jane und sein Bruder hinter der Eibenhecke verschwunden waren. »Jetzt, Jenna.«

Er nahm ihre Hand. Er zog sie von der Tür weg und hinaus in die Sonne.

Er preßte ihre beiden Hände flach gegen seine und stand ganz still da und sah in ihr Gesicht. Eine Weile blieben sie so, ohne sich zu bewegen, ohne etwas zu sagen. Jenna trat als erste zurück.

»Jetzt geht es nicht. Ich habe zu tun. Ich muß bügeln. Miss Conynghams Kleid – ich muß es für heute abend bügeln.«

»Wie lange dauert es, ein Kleid zu bügeln?«
»Zehn Minuten, vielleicht fünfzehn. Außer es ist sehr zerknittert von der Reise.«
»Und dann?«
»Nicht viel. Ein paar Sachen rauslegen. Das ist alles. Ihre Koffer habe ich schon heute morgen ausgepackt.«
»Dann haben wir also eine Stunde. Fast eine Stunde.«
»Nein, haben wir nicht. Um vier muß ich zurück sein. Sie will sich bestimmt zum Tee umziehen. Sie könnte nach mir läuten.«
»Mein Liebes.«
Acland, der die ganze Zeit völlig still dagestanden war, bewegte sich plötzlich. Mit neuer Erregung preßte er Jennas Hand an seine Lippen. Jenna spürte sein Drängen und seinen Zorn – bei Acland war beides eng beieinander. Sie stand still, sah ihm in die Augen: ein ernster Blick, ein stiller Blick; diese Ruhe, die Jenna ausstrahlte und die er nicht besaß, war es, was er so liebte an ihr.

»Immer nur kleine Bruchstücke«, schimpfte er unbeherrscht, obwohl er wußte, daß es besser wäre, nichts zu sagen. »Mehr ist es nie. Bruchstücke der Zeit. Eine Stunde hier, ein paar Minuten dort. Ich will das nicht. Ich hasse es. Alles oder nichts. Lügen und Ausflüchte. Ich hasse es. Ich verfluche es. Ich will –«

»Sag schon. Sag, was du willst.«
»Zeit. Unsere Zeit. Alle Zeit der Welt. Zeit bis in alle Ewigkeit. Das wäre immer noch nicht genug. Ich würde *sterben* und mir immer noch mehr Zeit wünschen...«

»Ich glaube, so sterben alle«, sagte Jenna ruhig.
Sie schlang ihre Arme fester um seinen Hals. Sie wußte, daß diese Stürme aus Acland herausbrachen; sie wußte auch, daß sie sie beruhigen konnte – mit ihrem Körper. Sie warf zuerst einen Blick über ihre Schulter, bevor sie Acland dichter zu sich zog. Sie drückte seine Hand an ihre Brust. Sie küßten sich. Jenna wollte, daß sie sich küßten, um sich dann zu trennen, aber das geschah nicht. Es geschah nie: Wenn sie sich berührten, wurde das Verlangen größer. Acland zog sie durch die Tür und in den Garderobenraum. Dort war es dunkel; sie lehnten sich an die Mäntel; sie atmeten schnell. Acland stieß die Tür zu, öffnete ihren Mund mit seinen Lippen.

»Schnell. Hier. Wir können es hier tun. Niemand wird hier hereinkommen...« Acland hatte schon ihr Kleid aufgeknöpft. Aber noch immer mußte er sich einen Weg durch die Röcke und das Leibchen bahnen, um an ihre Haut zu gelangen. »Dieses Zeug – verdammt, dieses viele Zeug –, warum mußt du immer so viel davon anhaben?«

»... damit ich sittsam bleibe.« Jenna lachte. »Ich bin ein sittsames Mädchen. Reiß nicht so. Sieh her, das ist doch ganz leicht.«

Und sie zog ihr Mieder vorn auseinander, daß ihre Brüste herausquollen.

»Sittsam? Sittsam?« Auch Acland lachte jetzt. Er flüsterte es in ihr Haar. Ihre Brüste fühlten sich schwer an in seiner Hand, voll und ein wenig feucht. In der Spalte zwischen ihren Brüsten rann Schweiß herunter. Er leckte ihn ab. Ihre Haut schmeckte nach Salz und roch nach Seife. »Sittsam ist ein schreckliches Wort. Ein obszönes Wort. Ich fände es schrecklich, wenn du sittsam wärst.«

»Jack nennt es so – das sagt er immer –«

»Ach, Jack. Jack ist ein Alibi. Mehr nicht. Vergiß ihn. Komm.«

»Komm du doch und hol mich.«

Jenna lief lachend davon. Acland griff nach ihr. Sein Arm umschlang ihre Taille. Er hob sie hoch, und im nächsten Augenblick taumelten sie gegen die Mäntel und auf den Boden. Sie rollten über den Boden, schwer atmend, strampelnd, lachend. Sie küßten sich, immer wieder und wieder. Dann ließ Acland sie los.

»Ich kann dich nicht auf einem Haufen Galoschen lieben. Na ja, vielleicht könnte ich doch...«

»Ich weiß«, sagte Jenna.

»Aber ich werde es nicht tun. Komm mit nach draußen – ins Birkenwäldchen.«

»Und was ist mit dem Kleid? Ich muß doch das Kleid bügeln.«

»Zum Teufel mit dem Kleid.«

»Soll ich das vielleicht zu Miss Conyngham sagen?«

Jenna kniete sich auf den Boden; sie preßte ihre Lippen auf seinen Mund. Acland fühlte ihre Zunge, die über seine Lippen strich; ihre Brüste drückten sich gegen seine Handflächen; ihre Augen, die ein wenig schräg verliefen, funkelten ihn an, schienen ihn zu necken.

»Ich werde kommen. Aber zuerst will ich das Kleid fertigmachen. Die Unterröcke lasse ich einfach; sie wird es schon nicht merken. Zehn Minuten. Solange kannst du doch warten –«

»Kann ich nicht.«

»Wenn ich es kann, kannst du es auch. Aber jetzt mußt du gehen.«

Jenna konnte energisch sein, so praktisch. Jetzt knöpfte sie ihr Mieder zu und zog sich mit geübten Fingern schnell an. Die schönen Brüste wurden wieder versteckt, der gestärkte Latz ihrer Schürze wieder festgesteckt, ihr Haar – das durcheinander geraten war – wurde geschickt zusammengedreht und in ihrem Nacken zu einem Knoten gewunden.

Fasziniert sah Acland ihr zu. Er sah ihr zu, wie sie die Haarnadeln mit den Zähnen hielt; sah zu, wie sie ihren Nacken beugte, das Haar zusammenfaßte, es drehte, es feststeckte: Es dauerte nur Sekunden. Acland liebte Jennas praktische Art; er liebte es, ihr beim Ankleiden oder Auskleiden zuzusehen; er liebte ihre Natürlichkeit.

Beim ersten Mal – und das wird Acland nie vergessen – waren sie am Badehaus gewesen, unten am See. Acland wurde von wildem Verlangen und seelischen Schmerzen erfaßt. Sein Herz raste, sein Körper pulsierte, seine Gedanken waren von Fragen, Argumenten, Rechtfertigungen, Erklärungen aufgewühlt. Er war damals sechzehn, jungfräulich wie Jenna. Es kam Acland schrecklich schwer vor, Jenna zu erklären, daß er sie liebte. Erst wenn er ganz sicher sein würde, daß sie es verstand, würde er sie anfassen können. Andererseits wurde der Drang, sie zu berühren, immer stärker. Acland stand in dem Badehaus, ganz rot vor widersprüchlichen Gefühlen, hin- und hergerissen zwischen seinem instinktiven Bedürfnis, seiner hochentwickelten Intelligenz und seiner Erziehung – einer kostspieligen Erziehung –, die dem gesprochenen Wort immer größte Bedeutung beigemessen hatte.

Jenna stand ein paar Schritte von ihm entfernt und sah stirnrunzelnd ins Wasser. Das Licht, das sich auf dem Wasser brach, warf Muster auf ihr Gesicht; ihr Mund, dann ihre Augen schienen in dieser Helligkeit zu schmelzen. Sie drehte sich um und sah den noch immer schweigenden Acland lange und prüfend an. Dann begann sie, ohne ein Wort zu sagen, sich zu entkleiden. Sie zog all ihre Sachen aus, genauso ordentlich und geschickt, wie sie sie jetzt, in der Kleiderkammer, wieder anzog. Sie legte sie auf einen Haufen. Sie löste ihr Haar. Sie stand vor Acland, die erste Frau, die er nackt sah. Ihre Haut war rosig. Die Kurven ihres Körpers erstaunten ihn. Auf ihre Hüften und ihre Brüste fiel Licht. Er starrte auf ihre unerwartet dunklen Brustwarzen, auf die geheimen Kurven und Rundungen ihrer Beine, Arme, Taille, Kehle, Haare.

»Tu's«, sagte Jenna.

Jenna, Jenna, Jenna, dachte Acland jetzt und verließ das Haus und ging zu dem Weg, der zum Birkenwäldchen führte. Er sprach ihren Namen nicht laut aus, aber er dröhnte in seinem Kopf wie ein Triumphschrei. In der Ferne, über dem Wald, erhoben sich die schwarzen Saatkrähen von den Zweigen, als würden auch sie stille Schreie hören.

Sie zogen Kreise, stießen ihr rauhes Krächzen aus und ließen sich wieder nieder. Ich habe meine Religion gefunden, dachte Acland, der Ungläubige – und weil ihn auch jetzt Gedanken, Paradoxien, Ironie freuten, lächelte er, spann diese Idee in seinem Kopf noch weiter aus, spielte damit.

Gegen halb drei war Steenie eingeschlafen. Constance, die auf diesen Augenblick gewartet hatte, schlich sich in sein Zimmer und betrachtete ihn. Seine Wangen waren leicht gerötet; er atmete gleichmäßig.

Schon zweimal – einmal als Baby, mit Kehlkopfdiphterie, einmal mit acht, als er an Scharlach erkrankt war – wäre Steenie fast gestorben. Constance überlegte, ob seine Mutter ihn deshalb so lieb hatte, weil er schon zweimal fast tot gewesen war. Aber das konnte nicht der einzige Grund sein: Gwen liebte sie alle, Boy und Acland und Frederic auch, aber die waren alle kräftig und gesund; sie mußten nie den ganzen Nachmittag lang im Bett liegen und sich ausruhen so wie Steenie.

Constance runzelte die Stirn. Vielleicht würde sich ihr Vater auch mehr um sie sorgen – wenn sie fast tot wäre? Würde er dann auch die ganze Nacht an ihrem Bett wachen, so wie Gwen es getan hatte, als Steenie krank war? Vielleicht würde er das, dachte Constance, vielleicht würde er das wirklich, obwohl er ein Mann war und immer so beschäftigt. Beschäftigt, beschäftigt, beschäftigt – das war das Problem: Er war damit beschäftigt zu schreiben und durfte dabei nicht gestört werden; damit beschäftigt, sich umzuziehen, um auf eine Einladung zu gehen oder um in irgendeiner literarischen Versammlung eine Rede zu halten; beschäftigt, auch wenn er einfach nur in einem Sessel saß, denn wenn er still saß – hatte er ihr einmal ungeduldig erklärt –, dann war er mit Denken beschäftigt.

Ich hasse es, daß er so beschäftigt ist, dachte Constance; ich hasse ihn, weil er hier in Winterscombe ist, wo er noch viel mehr beschäftigt ist, wo er mit Gwen beschäftigt ist, immer nur mit Gwen... Constance rang die Hände, drehte sich wütend im Kreis. Am liebsten würde sie jetzt mit dem Fuß aufstampfen oder weinen oder irgend etwas kaputtmachen. Aber das durfte sie nicht; sie durfte Steenie nicht wecken. Wenn Steenie aufwachte, kam sie nie von hier weg.

Auf Zehenspitzen ging sie zur Tür und lugte in das Spielzimmer, ja, es war sicher. Kein Zeichen von Steenies Gouvernante; und neben dem Kamin saß die alte Nanny Tempel, die schon fast hundert Jahre alt sein mußte – sie war schon Dentons Kinderfrau gewesen, einfach unvorstellbar! – und schlief tief und fest. Kein Problem! Constance schlich sich an ihr vorbei zur Hintertreppe hinunter, bis an das Ende des Ostflügels. Hier war die Mädchenkammer, in der die Hutschachteln und Truhen ausgepackt und die Kleider der Gäste aufgehängt, gereinigt und gebügelt wurden.

Sie warf einen Blick in das Zimmer: Eine der Zofen bügelte ein Kleid. Constance roch die Wärme des Ofens, auf dem die Eisen heiß gemacht wurden; sie roch die Dämpfe, die von dem feuchten Baumwollstoff und dem Leinen aufstiegen. Sie kam hinter der Tür hervor, und das Mädchen sah sie erschrocken an, dann lächelte es.

Constance kannte das Mädchen. Es hieß Jenna und wohnte bei den Hennessys, unten im Dorf, weil es eine Waise war, und ging mit Jack Hennessy, dem Sohn des Zimmermanns. Constance hatte sie schon zusammen im Dorf gesehen; bei gemächlichen Spaziergängen. Sie hatte Jenna aber auch schon bei anderen Gelegenheiten gesehen, die nicht so ruhig und leidenschaftslos verlaufen waren. Jenna wußte das hoffentlich nicht. Jenna tauschte die Eisen aus; Constance schob sich seitwärts ins Zimmer.

»Miss Conynghams Kleid«, sagte Jenna und deutete auf die Volants aus Seide. Sie hielt das neue Eisen dicht an ihr Gesicht, um seine Wärme zu prüfen, und dann fuhr sie mit geübter Hand über die gekräuselten Ränder. »Ich helfe ihr heute abend beim Anziehen, lege ihr das Haar. Alles.«

Constance sah Jenna zornig an. Jenna hatte ein hübsches Gesicht, das war wahr. Sie hatte langes schweres Haar, glänzend und kastanienbraun. Sie hatte klare Gesichtszüge und – was Constance ärgerte – ausgesprochen schöne haselnußbraune Augen, die sanft und manchmal schelmisch in die Welt blickten und die Dinge auch wahrnahmen. Sie war nicht dumm, diese Jenna. Trotzdem, ihre Hände waren von der Hausarbeit angegriffen, geschwollen und rot; und sie sprach mit einem stark ländlichen Akzent. Constance zog es vor, sie dumm zu finden. Sie schien zufrieden mit dieser Arbeit, sogar stolz, was Constance pathetisch vorkam. Worauf konnte man schon stolz sein, wenn man das Kleid einer anderen Frau bügelte? Man konnte vielleicht stolz sein, wenn man es anhatte – aber bügeln?

»Ich finde die Farbe häßlich«, sagte Constance. »Grün. Häßliches Dunkelgrün! Grün ist doch überhaupt nicht Mode, nicht in London.«

Das Mädchen hob den Blick und sah sie an. Dann sagte sie ruhig: »Na schön. Aber ich finde es hübsch. Ich finde, es genügt – auf dem Lande.«

Es klang vorwurfsvoll. Constance sah Jenna jetzt etwas vorsichtiger an; das Mädchen, das, wie Constance wußte, nicht lange streng sein konnte, lächelte plötzlich, mit Grübchen in den Wangen.

»Hier«, sie steckte ihre rote Hand in die Schürzentasche, »ich habe dir etwas aufgehoben. Sag niemandem, wo du es herhast. Und laß dich nicht erwischen. Du solltest eigentlich im Bett sein.«

Sie hielt Constance ein Stück Konfekt hin, eins von den Petits fours, die Gwen mit dem Kaffee servierte.

Constance nahm das Konfekt; sie wußte, daß sie sich dafür bei Jenna hätte bedanken sollen, aber die Worte kamen ihr einfach nicht über die Lippen, blieben ihr in der Kehle stecken, genauso wie sonst auch immer, wenn sie sich eigentlich hätte bedanken müssen, es aber nicht tat. Constance wußte, daß die andern sie auch deshalb nicht mochten.

Aber dem Mädchen schien das nichts zu machen; sie nickte Constance nur zu und widmete sich wieder ihrem Bügeleisen. Sie schien es eilig zu haben, ihre Hände bewegten sich schnell und geschickt. Constance schob sich rückwärts zur Tür. Sie sah Jenna einen Augenblick lang an: Jenna, die nur ein paar Jahre älter war als sie; Jenna, die sechzehn war und mit ihrem Los zufrieden zu sein schien; Jenna, die nie etwas anderes als ein Dienstmädchen sein würde. Und dann lief sie hinaus in den Garten.

Dort blieb sie hinter einem Busch stehen. Sie hörte entferntes Gemurmel von Gästen. Aber nicht die Stimme ihres Vaters. Wo war ihr Vater nach dem Mittagessen hingegangen? Constance hob den Kopf wie ein Tier und lauschte. Sie wartete einen Augenblick, überlegte und lief dann – man konnte sie vom Haus aus nicht sehen – in Richtung Wald.

Als sie den Wald erreicht hatte, war sie vorsichtiger. Sie blieb stehen, um Atem zu holen, überlegte, auf welchem Weg sie weitergehen sollte. Nicht auf den beiden Hauptwegen, von denen der eine zum Dorf führte und der andere zu einem kleinen gotischen Bauwerk, das Gwen, die dumme Gwen, als *Aussichtstürmchen* bezeichnete. Nein, keinen dieser Wege; Constance bog ab und ging auf einem kleinen Pfad weiter. Dieser Pfad war schmal und überwachsen und wand sich quer durch den Wald, bis zum anderen Ende, auf die andere Seite des Verstecks. Eigentlich war er nur für Waldhüter da, aber die benutzten ihn selten, sie zogen es vor, auf dem direkten Weg zum Dorf zu gehen.

Es war still hier, ganz still, ein bißchen unheimlich; hier begegnete man niemandem, das wäre unwahrscheinlich. Aber Constance wußte, daß aus diesem Grund außer ihr auch noch andere diesen Weg benutzten. Ihr Vater benutzte diesen Weg; Gwen Cavendish benutzte diesen Weg, Constance hatte ihnen nachspioniert – ja, Constance hatte sie gesehen.

Es war matschig, und Brombeerzweige verhakten sich in ihren Rock; junge Brennesseln strichen an ihren Knöcheln entlang und brannten, aber Constance blieb nicht stehen. Sie ging unbeirrt weiter auf diesem kleinen Pfad. Immer tiefer drang sie in den Wald ein, auf dem Weg zu der Lichtung.

Aber Constance wußte, daß sie trotzdem aufpassen mußte; sie suchte das Unterholz ab, bevor sie weiterging, denn in diesem Teil des Waldes gab es Fallen, und nicht nur für Tiere. Cattermole verwendete auch Menschenfallen, hatte Freddie gesagt, um die Wilddiebe zu fangen. Freddie hatte sie ihr beschrieben. Es waren Fallen aus Stahl, mit gezackten Klemmbacken, die sich um das Bein eines Menschen schlossen. Und dann gab es auch noch Grubenfallen, mit scharfen Dauben, in die man fallen konnte, wenn man nicht aufpaßte. Constance wußte nicht recht, ob sie Freddie glauben sollte, als er es ihr, richtig genüßlich, erzählte. Sie wußte nur, daß Menschenfallen schon seit Jahren verboten waren. Trotzdem, sie würde vorsichtig sein.

Alle paar Meter blieb sie stehen, lauschte, stocherte im Unterholz, aber da war nichts – nur Schöllkraut, der Duft von wildem Knoblauch und völlige Stille. Trotzdem fürchtete sich Constance ein bißchen: Als sie endlich zur Lichtung kam, war sie außer Atem. Hier war das Gras niedrig, der Untergrund sicher. Schwer atmend ließ sie sich auf den Boden sinken. Würde Gwen heute nachmittag kommen? Würde ihr Vater kommen? Es mußte jetzt schon nach drei sein; wenn sie überhaupt kamen, dann bald.

Und als sie sich gerade im Gras ausstrecken wollte, dessen Kühle und Feuchtigkeit durch ihr Kleid drang, hörte sie ein Geräusch. Ein kurzes Rasseln, dann Stille, dann noch einmal ein Rasseln. Erschrocken richtete sie sich auf, bereit wegzulaufen. Wieder hörte sie das Geräusch, direkt hinter sich, im Brombeergebüsch. Sie erstarrte und blieb völlig reglos sitzen und lauschte dem Pochen ihres Herzens; dann merkte sie, wie dumm sie sich benahm. Kein Mensch würde ein so unscheinbares Geräusch machen. Es mußte ein Tier sein, ein ganz kleines Tier.

Und als sie hinging, um nachzusehen, die Dornenzweige und das Laub beiseite schob und sich bückte, sah sie ein Kaninchen. Zuerst verstand sie nicht, warum es nicht weglief, warum es zuckte und zappelte, und dann sah sie die Schlinge um seinen Hals, den dünnen gebogenen Draht. Und mit jeder Bewegung zog sich der Draht enger zusammen.

Constance stieß einen erschrockenen Schrei aus. Sie beugte sich zu dem Kaninchen hinunter; und das Kaninchen zappelte vor Schreck noch wilder.

»Halt still, halt still«, rief Constance. Sie konnte die Schlinge nicht vom Hals lösen, dazu saß sie schon zu fest, und das Kaninchen blutete. Sie mußte sie zuerst von dem Stock, an dem sie befestigt war, lösen – und das war schwierig. Sie mußte vorsichtig vorgehen. Sie drehte und zerrte und zog an dem Stock. Das Kaninchen lag jetzt ganz still, zitterte nur noch ein wenig, und Constance wurde von einem Gefühl der Hoffnung und des Glücks erfaßt. Das Kaninchen wußte, daß sie es retten würde.

Da! Die Schlinge löste sich von dem Stock. Sie konnte das Kaninchen hochheben, und sie tat es.

Ganz sanft wiegte sie das Kaninchen in ihren Armen – es war ein kleines Kaninchen, fast noch ein Baby –, sie trug es zurück auf die Lichtung und legte es in die Sonne.

Sie kniete sich hin, streichelte das graue Fell, wischte ihm das Blut mit ihrem Unterrock ab. Das Kaninchen lag auf der Seite; sein eines Auge, mit dem es Constance ansah, war mandelförmig. Sie mußte jetzt die Schlinge lösen... Sie wollte gerade die Hand ausstrecken, als das Kaninchen krampfhaft zu zucken begann.

Constance fuhr erschrocken zurück. Der Kopf des Kaninchens hob sich, zuckte, fiel wieder zurück auf den Boden. Seine Pfoten kratzten in der Erde. Es urinierte. Ein winziger Bluttropfen rann aus dem einen Nasenloch, dann lag es still.

Constance wußte sofort, daß es tot war. Noch nie zuvor hatte sie ein totes Tier gesehen und schon gar keins, das erst im Sterben lag, aber sie wußte mit absoluter Sicherheit, daß das Kaninchen tot war. Das Auge des Kaninchens veränderte sich. Während sie es noch ansah, wurde es verschwommen.

Constance setzte sich nach hinten auf ihre Fersen. Sie zitterte am ganzen Körper. Sie verspürte einen stechenden Schmerz in ihrer Brust. Sie konnte nicht schlucken, sie wollte schreien, sie wollte den Menschen, der das getan hatte, umbringen.

Plötzlich sprang sie mit einer heftigen Bewegung auf. Sie hob einen Stock auf und lief im Kreis um die Lichtung, schlug gegen das Unterholz, gegen die Brennesseln, die Brombeeren, gegen all die Stellen, an denen noch mehr Fallen versteckt sein konnten. Und dann entdeckte sie sie. Rechts neben dem Pfad, auf dem sie gekommen war, direkt daneben, unter Zweigen versteckt, die sie auf die Seite geschoben hatte. Sie blieb stehen, ließ den Stock fallen, starrte ungläubig auf den Boden.

Da war die Menschenfalle, ganz genauso, wie Freddie sie beschrieben hatte. Ein metallener Rachen, zwei Kieferzangen aus Stahl, mit rostigen Zähnen besetzt, eine Schnappvorrichtung; die Kiefer grinsten sie an. Einen Augenblick stand Constance völlig regungslos da. Funktionierte die Falle noch? Sie mußte schon sehr alt sein, vielleicht zerbrochen... Constance betrachtete sie aus der Nähe. Sie sah nicht zerbrochen aus. Das Dickicht ringsherum war zertrampelt, als hätte man sie gerade erst hier aufgestellt; die Zweige, mit denen sie zugedeckt gewesen war und die sie weggeräumt hatte, waren frisch geschnitten, ihre Blätter noch nicht verwelkt.

Lange starrte sie auf die Falle, fasziniert und abgestoßen, sie wollte mit dem Stock darin herumstochern, hatte aber Angst, es zu tun, auch wenn sie gern gewußt hätte, ob sie wirklich noch funktionierte. Der Rachen grinste. Die Zweige der Bäume bewegten sich im Wind. Ganz plötzlich verlor Constance das Interesse an der Falle. Es war bestimmt bald halb vier; im Wald war es still; ihr Vater würde nicht mehr kommen. Sie wollte loslaufen, um ihn zu suchen.

Aber vorher mußte sie das Kaninchen begraben. Sie konnte es nicht einfach hier liegenlassen.

Sie ging zurück, berührte sein Fell, das noch warm war. Das Blut auf dem Fell war schon fast trocken. Armes Kaninchen. Süßes Kaninchen. Sie würde ihm ein schönes Grab machen.

Sie hob wieder ihren Stock auf, wählte eine Stelle aus, lockerte die Erde unter einer kleinen Birke, schob sie auf die Seite. Nach dem wochenlangen Frühlingsregen war der Boden weich; trotzdem war es schwierig, ohne Werkzeug ein Loch zu machen. Sie legte den Stock weg und grub mit den bloßen Händen. Es tat weh, und ihre Fingernägel brachen ab, aber sie schaffte es. Nach einer Viertelstunde hatte sie eine flache Grube in die Erde gegraben. Dort hinein legte Constance, in sich versunken, konzentriert, eine Lage aus Kieselsteinen, dann bedeckte sie die Kieselsteine mit Gras. Jetzt sah das Grab einladend aus, wie ein Nest, ein Bett für ihr Kaninchen. Sie pflückte ein paar wilde Blumen vom Rand der Lichtung: gelbes Schöllkraut, Veilchen, zwei halb geöffnete Primeln.

Sie legte sie neben das Grab, kniete sich hin und setzte sich auf die Fersen, um ihr Werk zu bewundern. Dann hob sie vorsichtig das Kaninchen hoch. Sie legte es auf die Seite in das Grab und steckte ihm den Schöllkrautzweig zwischen die Vorderpfoten, damit es ihn mit auf seine Reise nehmen konnte, dann bedeckte sie den Körper des Kaninchens mit Grasbüscheln. Zuerst bedeckte sie das Kaninchen, bis nur noch sein Kopf frei war und es aussah, als läge eine grüne Steppdecke über ihm. Aber weil sie nicht wollte, daß das Kaninchen Erde in die Augen bekam – bedeckte sie dann auch sein Gesicht. Eine Handvoll Erde; und dann noch eine; sie drückte alles fest an und ordnete das Gras und die Blätter auf dem Hügel.

Ihr Kaninchen. Ihr heimliches Kaninchen. Constance kniete sich neben den Hügel und beugte den Kopf. Erst als sie sich eine Haarsträhne aus dem Gesicht streifte, merkte sie die Tränen auf ihren Wangen. Süßes Kaninchen. Heimliches Kaninchen. Hatte Constance – die sonst niemals weinte – wegen des Kaninchens geweint?

Von seinem Hochsitz in den Ästen einer Eiche hatte Freddie einen beherrschenden Überblick. In der einen Richtung konnte er den Weg vom Wald zum Dorf überblicken; in der anderen konnte er über den Rasen bis zum Haus sehen. Er selbst konnte nicht gesehen werden, was auch der Zweck seines Aufenthalts hier oben war.

Freddie lehnte sich zurück, machte es sich so bequem wie möglich, stemmte den Rücken gegen den Baumstamm. Er lächelte und zog die Zigaretten aus seiner Tasche, die er heute morgen aus Aclands Schlafzimmer gestohlen hatte. Er faltete das Papier auseinander, in dem er sie versteckt hatte, zündete sich eine an und zog den Rauch ein. Er hustete ein wenig, aber nicht schlimm, und war mit sich zufrieden: Er machte Fortschritte.

Von der ersten Zigarette – um die er Cattermole angehauen hatte, eine selbstgedrehte – war ihm schrecklich übel geworden, was Cattermole amüsiert hatte. Seitdem hatte Freddie trainiert: Eine pro Tag, gelegentlich zwei – mehr nicht, weil Acland sonst noch merkte, daß sein Vorrat so schnell schwand. Aclands Zigaretten, aus bestem Virginiatabak, die er von einer Firma in London geliefert bekam, waren im Vergleich zu der von Cattermole eine erhebliche Verbesserung. Sie waren mild, aber doch stark; sie erzeugten in Freddies Kopf ein angenehmes Gefühl von Benommenheit. Er zelebrierte das Zigarettenrauchen wie eine schöne Kunst: Schon das Anzünden – ein wichtiger Akt, und zwischen den einzelnen Zügen fuhr er mit der Zigarette auf eine höchst überhebliche Art durch die Luft, bis er sie schließlich umständlich ausdrückte. Diese

Vorstellung hatte er dem Schauspieler Gerald du Maurier abgeguckt, den er vor einigen Jahren in der Rolle des Gentlemaneinbrechers Raffles gesehen hatte. Du Maurier war der Mann, den Freddie auf der ganzen Welt am meisten bewunderte, und er hielt seine Zigarette immer auf eine ganz bestimmte Art, die zu kopieren Freddies oberstes Ziel war. Jetzt hatte er das Gefühl, daß es ihm schon gut gelang – mit leicht zusammengekniffenen Augen, so war's richtig! –, und den Tabakstengel lässig und flott zugleich zwischen den Fingern...

Er war darauf bedacht, die Zigarette möglichst lange glühen zu lassen, bis er sie schließlich zögernd ausdrückte. Er sah auf seine Taschenuhr – fast drei – und überlegte, was er jetzt tun konnte, nachdem der Höhepunkt des Nachmittags vorüber war.

Hinten im Dorf stieg eine dünne Rauchsäule in den klaren Frühlingshimmel. Von seinem erhöhten Standort aus konnte Freddie zwei Männer erkennen, die auf dem Weg zum Wald standen und miteinander redeten. Der eine, der sich gegen das Holztor lehnte, war Cattermole; der andere – Freddie kniff die Augen zusammen –, der andere war Jack Hennessy, der Sohn des Zimmermanns von Winterscombe. Hennessy hatte eine ganze Schar Söhne, die alle auf dem Besitz seines Vaters arbeiteten. Jack ging mit einem der Dienstmädchen von Winterscombe, mit der pummligen hübschen Kleinen, die Jenna heißt. Freddie wußte das von seinem Kammerdiener Arthur Tubbs, einem dürren Jungen mit Akne aus den Londoner Slums, der aus ihrem Londoner Haus hierher gebracht worden war und auf den die anderen Bediensteten, die fast alle aus der Umgebung stammten, nicht besonders gut zu sprechen waren. Freddie mochte Arthur auch nicht besonders, aber er war eine vorzügliche Informationsquelle, vor allem, was Mädchen betraf.

Hinsichtlich dieses Themas waren Arthurs Informationen sehr viel bunter, als die oft widersprüchlichen Informationen, die Freddie von den Jungen in seiner Schule erhielt. Die Bemerkung über Jenna und Jack Hennessy war ihm nicht so willkommen gewesen: Vor ein paar Jahren, mit dreizehn, hatte Freddie unausgesprochene und unerwiderte leidenschaftliche Gefühle für Jenna empfunden, so daß Freddie, als ihm Arthur erzählte, daß Jenna und Jack miteinander gingen, einen kurzen Anfall von Eifersucht verspürt hatte. Aber das hatte sich gelegt, und Freddie mußte selbst zugeben, daß es dumm von ihm gewesen war. Es hatte keinen Sinn, einem Dienstmädchen nachzutrauern, und wenn es noch so hübsch war.

Er drehte den Kopf: Cattermole und Jack Hennessy hatten sich getrennt, Cattermole ging zum Dorf zurück; Hennessy schlenderte in Richtung Wald. Freddie sah zum Haus und zum Garten, wo Boy und dieser Kunstjünger aus London Tennis gespielt hatten; Boy reichte Jane Conyngham seinen Schläger, und Jane, die an der Grundlinie stand, hatte gerade einen Aufschlag ins Netz befördert.

Freddie stellte fest, daß Boy nicht einmal stehenblieb, um Jane beim Spielen zuzusehen; Freddie mußte grinsen. Jeder hier wußte, warum Jane Conyngham hier war: eine Mitgift von zwölftausend Morgen plus einem Einkommen, das nach vorsichtigen Schätzungen fünfzigtausend Pfund pro Jahr betragen mußte, für Winterscombe zu sichern.

Freddie sah wütend hinüber zu Jane. Groß, dünn, ungeschickt. Sie hatte glattes, sandfarbenes Haar und ein schmales, mit Sommersprossen übersätes, ebenfalls sandfarbenes kleines Gesicht. Zum Lesen trug sie eine Brille – und sie las ständig. Mehr noch, diese dumme Person traf noch nicht einmal einen Tennisball. Selbst Jarvis schien schon bald die Geduld zu verlieren.

Freddie begann es langweilig zu werden; er sehnte sich nach Gesellschaft. Vielleicht sollte er zum Haus zurückgehen? Sein Blick wanderte über die Terrasse. Aber nein, dort war keine Aussicht auf Ablenkung – nur die alte Mrs. Fitch-Tench, die über ihrem Häkelzeug fest eingeschlafen war. Freddies Mutter ging gerade ins Haus zurück – Freddie sah, wie sie ihren Sonnenschirm zuklappte, und dann verschwand sie aus seinem Blickfeld –, und Eddie Shawcross, für den Freddie nicht gerade viel übrig hatte, schlenderte, in Gedanken versunken, um das Haus und warf nur ein paarmal einen Blick über die Schulter nach hinten.

Freddie wartete, bis auch Shawcross im Haus verschwand, und kletterte dann von seinem Hochsitz herunter. Er beschloß, Acland zu suchen. Wahrscheinlich würde es Acland vorziehen, allein zu sein – das tat er gewöhnlich –, aber dann würde er eben Pech haben. Freddie, der ein geselliger Junge war, hatte Bedürfnis nach Gesellschaft. Außerdem überlegte er hin und her, ob er Acland vielleicht von den Zigaretten erzählen sollte, damit ihm Acland – vielleicht – noch eine gab. Er wußte genau, wo er Acland finden würde. Im Birkenwäldchen, im Aussichtsturm. Er ging jetzt fast immer nachmittags dorthin.

Freddie fand Acland tatsächlich im Aussichtsturm; er saß mit einem Buch auf einer Bank. Freddie, der ihn schon von weitem sichtete, glaubte, daß Acland schon eine ganze Weile dort gewesen war. Aber als er dann zum Aussichtsturm kam, wunderte er sich doch. Denn erstens schien Acland nicht gerade erfreut, ihn zu sehen. Zweitens war er außer

Atem, als wäre er gerade schnell gelaufen; und drittens hatte er das Buch – einen Roman von Sir Walter Scott – verkehrt herum in der Hand, so daß es auf dem Kopf stand.

Freddie überlegte, ob er es erwähnen sollte, beschloß aber, es lieber nicht zu tun. Schließlich wäre es nicht gerade höflich. Acland ließ sich nicht gern in die Karten gucken: Er mochte es nicht, wenn man ihm nachspionierte. »Das Schlimmste an diesem verdammten Haus ist, daß man nie allein sein kann«, erklärte Acland häufig.

Freddie ließ sich auf die Steinbank fallen und wischte sich die Stirn ab. Er spürte, daß er im vergangenen Winter zugenommen hatte, seine neue Hose war entschieden zu eng: Diese idiotischen Schneider. Und im übrigen hätte er zu Mittag nicht gleich zwei Portionen Nachtisch essen sollen. Der Gedanke an das Essen rief ihm die Szene, die sein Vater gemacht hatte, ins Gedächtnis zurück, und Freddie seufzte.

»Großer Gott. Was für ein Tag. Zuerst verliere ich beim Krocket gegen dich. Und dann langweilt mich dieser Shawcross zu Tode. Und dann auch noch diese schreckliche Szene mit Vater. Ich wußte gar nicht, was ich tun soll. Mein Gesicht war wie rote Bete, und dabei bin ich schon seit anderthalb Jahren nicht mehr rot geworden. Ich dachte, das wäre ich endlich los. Hast du es gemerkt?«

»Eigentlich nicht.« Acland hatte sein Buch jetzt richtig herumgedreht. Sein Gesicht beugte sich über die Seiten.

»Verdammt peinlich ...« Auch das Fluchen hatte Freddie geübt, genauso wie das Rauchen. »Warum müssen wir uns ausgerechnet mit *diesem* Vater abplagen? frage ich dich – niemand sonst, den ich kenne, hat einen Wahnsinnigen zum Familienoberhaupt.«

»Einen Wahnsinnigen?« Acland blickte auf. »Findest du?«

»Ja, das finde ich«, erwiderte Freddie entschieden. »Ich finde, daß er verrückt ist. Verrückt wie ein Märzhase. Und ständig diese üblen Launen. Alle naselang und aus keinem ersichtlichen Grund. Führt Selbstgespräche. Und neulich morgen hat er sein Rasierwasser ausgetrunken. Das weiß ich von Arthur.«

»Ach, Arthur, der ist wohl kaum eine zuverlässige Informationsquelle.«

»Aber es stimmt. Und weißt du, was ich noch glaube? Ich glaube, er wird schon senil. Ich meine, könnte doch sein, oder? So alt wie Methusalem, und er sabbert – hast du das schon gemerkt? Wenn er seinen Wein trinkt. Und furzen tut er auch. Neulich abend hat er einen fahren lassen. Gewaltig, sage ich dir. Ich spielte gerade Billard mit ihm, und er beugte sich und – wumm! Hörte sich an, als würde ein Gewehr knattern. Dann hat er den Hund angesehen und so getan, als wär der's gewesen, und hat ihn aus dem Zimmer geschubst. Als würde das was ändern... Außerdem ist er mies zu Mama. Er ist mies zu Boy. Er ist zu allen mies. Boy diese peinlichen Gewehre zu kaufen, wo er doch weiß, daß Boy die Schießerei haßt, und können tut er's auch nicht. Und seine eigene Schießerei! Jaja, hast du ja gesehen. Sogar Cattermole macht sich schon Sorgen. Er hat das Gewehr gar nicht mehr richtig unter Kontrolle. Es wackelt nur so herum. Letzten November hat er den Shawcross fast gestreift. Ich meine, ich weiß, daß Shawcross diesen schrecklichen Hut aufhatte, aber das ist doch wohl kaum eine Entschuldigung, oder? Man kann doch nicht einfach jemanden abknallen, nur weil der nicht die richtige Kleidung trägt. Ich sag dir: Er ist verrückt. Denk doch mal an die Szene heute mittag. Ich dachte, gleich explodiert er. Na gut, es war nicht gerade höflich von diesem Shawcross, das mit den Bildern – hast du gesehen, wie er sie angesehen hat? Ich kann gar nicht verstehen, was er gegen sie hat. Das mit dem Greyhound darauf, das ist doch verdammt gut. Wenn du mich fragst, zu realistisch, aber...«

»Das hatte doch nichts mit den Bildern zu tun. Oder mit dem, was Shawcross gesagt hat.« Acland klappte das Buch zu. Er sah Freddie mit einem Ausdruck von Ärger und Belustigung an. Er kramte in seiner Tasche, sah auf seine Uhr, dann zog er sein goldenes Zigarettenetui heraus.

»Du willst doch eine, was, Freddie?«

Zu seiner Bestürzung wurde Freddie schon wieder rot. Er zögerte.

»Na ja, wie es aussieht, ist es jetzt eine am Tag, manchmal zwei. Heute morgen hast du dir schon eine geklaut, vielleicht willst du ja noch eine.«

»Acland... ich...«

»Um Himmels willen. Wenn du eine willst, nimm sie dir. Dann hörst du vielleicht wenigstens auf zu reden. Und wenn ich Glück habe, gehst du dann auch endlich!«

Es entstand eine Pause. Freddie zündete sich eine Zigarette an, hoffte, daß Acland seine Du-Maurier-Manieren bemerkte; vielleicht bemerkte sie Acland auch, denn er lächelte, sagte aber nichts. Auch er zündete sich eine Zigarette an, atmete tief den Rauch ein, stieß ihn wieder aus, lehnte sich nachdenklich an die Wand des Aussichtsturms.

»Was hat denn diesen Anfall heraufbeschworen?« fuhr Acland nach einer Weile fort. »Der Anlaß war doch Boys Bemerkung. Ist dir das nicht aufgefallen?«

»Boy? Nein. Ich habe gerade diesem affigen Jarvis zugehört. Boy hat sich doch mit der häßlichen Jane unterhalten. Ich glaube, er hat sich mit der häßlichen Jane unterhalten.«

»Allerdings. Boy pariert doch.« Acland stand auf, ging zur Tür, sah hinaus. »Boy hat sich mit Jane unterhalten, und Jane – die ein gutes Herz hat – hat ihn nach seinen Fotos gefragt. Übrigens, ich muß ihr unbedingt sagen, daß sie das nicht tun soll. Wenn Boy erst mal loslegt, davon zu sprechen, ist er nicht mehr zu stoppen. Deshalb hat er uns eine komplette Liste aller Fotos gegeben, die er heute seit dem Frühstück gemacht hat. Das letzte war vom Schlafzimmer des Königs. Ziemlich unklug von ihm, es zu erwähnen. Und unser Vater hat es gehört, das ist alles.«

Das Schlafzimmer des Königs: Aclands Abscheu war nicht zu überhören. Freddie starrte ihn mit großen Augen an.

»Das war der Grund? Aber warum denn?«

»Freddie, weil dieses Zimmer heute abend seit fünf Jahren zum ersten Mal wieder benutzt wird. Von Shawcross, und keinem Geringeren. Papa würde lieber nicht daran erinnert werden. Er ist empfindlich, wenn es um dieses Zimmer geht, das weißt du doch.«

»Und außerdem kann er Shawcross nicht leiden.«

»Wie wahr. Wie wahr.«

»Besser gesagt: Er kann ihn nicht ausstehen. Wie Arthur mir sagte. Arthur sagt, das käme, weil Shawcross kein Gentleman ist.«

»Und was denkst du, Frederic?« Acland drehte sich um, während er diese Frage stellte. Freddie, der sich über den Tonfall, in dem er es gesagt hatte, wunderte, runzelte die Stirn.

»Na ja, ich weiß nicht. Vielleicht ist er ja wirklich keiner. Shawcross ist ein übler Kerl; er ist hochnäsig und eitel, und er hat widerlich kleine weiße Hände – ist dir das auch schon aufgefallen? Und seine Anzüge – schrecklich!« Freddie lachte. »Erinnerst du dich noch an den gräßlichen Blauen, zu dem er braune Schuhe trug? Und die Hüte...«

Acland lächelte. Aber er wandte sich ab, und Freddie hatte das Gefühl, daß Acland ihm etwas verheimlichte.

»Natürlich«, sagte Acland mit frecher Stimme.

»Natürlich, Freddie. Wie klug du bist. Ich bin sicher, daß du recht hast. Die Anzüge. Absolut. Und die Hüte.« Er macht eine Pause. »Und jetzt verzieh dich, Freddie. Ich möchte einen Spaziergang machen. Allein.«

Freddie wußte, wann sein Bruder ihn aufzog; und er wußte auch, wann er entlassen war. Er warf Acland einen unwirschen, einen mißtrauischen Blick zu und machte sich dann auf den Weg zum Haus.

Als er nicht mehr zu sehen war, legte Acland sein Buch aus der Hand, warf einen Blick nach rechts und links, drehte sich zum Birkenwäldchen um und begann schnell zu laufen.

Jenna war vor ihm da. Als sie ihn sah, wußte sie, daß irgend etwas nicht stimmte mit ihm. Acland konnte seine Gefühle nicht gut verbergen: Die Anstrengung, vor Freddie seine Gefühle zu verbergen, hatte sein Gesicht weiß verfärbt vor Zorn, sein grünes Auge glitzerte.

Jenna kannte diesen Ausdruck. Sie wußte auch, wodurch er hervorgerufen wurde. Das hatten sie schon so oft besprochen.

»Ach, Acland, Acland.« Sie legte die Arme um ihn. »Nicht. Laß doch. Denk nicht an ihn –«

»Nicht denken?« Acland zuckte zurück. »Wie kann ich das? Er ist hier. Ich muß ihn ansehen. Am selben Tisch sitzen mit ihm. So tun, als wäre er nur ein Gast wie alle anderen. So tun, als würde ich die Blicke, das heimliche Lächeln nicht sehen – die Berührungen, wenn sie glauben, daß sie niemand sieht. Am liebsten würde ich –«

»Acland –«

»Hast du seine Hände gesehen? Er hat widerliche kleine weiße Hände – weiche Hände. Er ist auch noch stolz darauf. Ich glaube, er tut irgendwas drauf, irgendeine Salbe – sie stinken nach Nelken. Ich sehe mir diese Hände an – sie halten nie still – gestikulieren immer, gestikulieren – und ich denke: *Sie müssen ihr gefallen. Diese Hände müssen meiner Mutter gefallen.* Wie kann sie so blind sein? Wie können alle so blind sein? Shawcross. Der Freund der Familie. Der *Schriftsteller.* Ich lese seine Bücher – sie hat mich dazu gebracht, seine Bücher zu lesen. Billige Schwätzerei: zum Kotzen!«

»Acland, nicht. Nicht jetzt.«

»Ich könnte ihn umbringen, weißt du das? Ich könnte ihn wirklich umbringen. Ihn wie einen kranken Hund erschlagen.«

»Das meinst du doch nicht im Ernst.«

»Nicht? Da irrst du dich aber. Leicht genug wäre es. Ein Schuß. Oder vielleicht würde es mein Vater für mich tun – ich bin mir nicht sicher, ob er es nicht schon versucht hat, vergangenen Herbst. Leider hat er danebengeschossen. Leider.«

»Das war ein Unfall, Acland –«

»Tatsächlich? Oder war es eine Warnung? Dann wäre er ja gewarnt – und trotzdem ist er noch immer hier. Er beleidigt uns. Er macht sich über uns lustig. Er riecht nach billigem Parfüm. Er wickelt seine Zunge um Titel. Er benutzt und verachtet uns. Er verachtet auch meine Mutter. Er liebt sie nicht – er liebt sie nicht mal! Er redet immer so von oben herab mit ihr. Ich möchte ihm an die Kehle gehen, ihn schütteln und zusammenschlagen, damit ich sie nur nicht noch mal höre, diese schreckliche, gezierte, affektierte Stimme. Wie kann sie es ertragen, ihm zuzuhören?«

Jenna ließ ihn los und wich vor ihm zurück. Acland zitterte vor Zorn. Wie er Shawcross nachgeahmt hatte, das war echt – Acland war ein guter Schauspieler.

»So solltest du nicht reden.« Sie zögerte. »Ich erkenne dich gar nicht wieder, wenn du so redest.«

Acland antwortete nicht. Er stand ganz still da, inmitten der Birken, deren Schatten sein Gesicht blau färbten. Es war, als würde er sie überhaupt nicht sehen.

»Soll ich gehen?« fragte Jenna. »Vielleicht sollte ich lieber gehen.« Sie drehte sich um. Und endlich schien Acland wieder zu sich zu kommen.

»Nein. Geh nicht. Jenna –« Er packte sie, zog sie näher zu sich, sah in ihr Gesicht, berührte ihr Gesicht, dann begrub er – wütend – seinen Kopf in ihrem Haar.

»O Gott, o Gott, o Gott. Geh nicht. Ich will dich anfassen. Halte mich fest, Jenna. Jenna, mach, daß es weggeht. Bitte, mach, daß es weggeht.«

»Himmel. Wo sind denn alle?«

Die alte Mrs. Fitch-Tench war erwacht. Sie hatte ihren gebeugten Rücken, soweit es ging, aufgerichtet und mit einem Taschentuch aus dem ledernen Ding, das sie Retikül nannte, ihre wäßrigen Augen ausgewischt und sah sich jetzt prüfend im Garten um. Mrs. Fitch-Tench mochte vielleicht taub sein, aber ihre Augen waren ausgezeichnet, vor allem für die Ferne. Der Garten war verlassen.

»Ich weiß nicht, Mrs. Fitch-Tench«, sagte Freddie brummig.

»Was war das, mein lieber Junge?«

»Ich sagte, ich weiß es nicht, Mrs. Fitch-Tench«, schrie Freddie. »Ich nehme an, die Leute sind in ihren Zimmern, um sich umzuziehen. Es ist gleich Zeit für den Tee.«

»Tee? Tee? Ganz bestimmt nicht. Wir haben doch eben erst zu Mittag gegessen.«

»Es ist gleich vier Uhr, Mrs. Fitch-Tench«, schrie Freddie. »Um halb fünf gibt es Tee. Das Mittagessen war schon vor Stunden. Sie haben geschlafen.«

Mrs. Fitch-Tench war beleidigt.

»Unsinn, mein lieber Freddie. Ich schlafe nie. Ich habe mich nur ein bißchen ausgeruht. Ich war völlig wach, völlig wach. O je, ja... Allerdings, wenn es bald Tee gibt, dann sollte ich vielleicht hineingehen, wie du gesagt hast...«

Freddie stellte sich neben sie. Er half Mrs. Fitch-Tench aufzustehen, half ihr mit dem Retikül, dem Sonnenschirm, der Häkeltasche, dem Lorgnette-Etui, dem dünnen Gedichtband und dem Schal. Nachdem er Mrs. Fitch-Tench sicher ins Haus verfrachtet hatte, kehrte Freddie auf die Terrasse zurück.

Er war noch mürrischer als sonst. Mit schlechtem Gewissen verspürte er schon wieder riesigen Hunger. Außerdem langweilte er sich, was seine Stimmung nicht gerade hob: Er fühlte sich irgendwie ausgeschlossen von allem. Keine Spur von seiner Mutter oder irgendwelchen Gästen. Boy schien wie vom Erdboden verschwunden. Acland hatte er gerade über die Seitenterrasse ins Haus gehen sehen, als wollte er nicht, daß ihn jemand sah.

Sein Vater war ebenfalls zurück. Freddie hatte ihn gesehen, als er wie ein Elefantenbulle aus dem Wald gestürmt gekommen war, knallrot im Gesicht, mit wild fuchtelnden Armen und laut schimpfend. Armer alter Cattermole. Mit seiner Hündin Daisy auf den Fersen, war er über die Terrasse gestampft und im Haus verschwunden. Er war ganz dicht an Frederic vorbeigekommen, schien ihn aber gar nicht bemerkt zu haben.

Ein Wahnsinnger! Freddie runzelte die Stirn, sah auf seine Uhr – zehn Minuten nach vier, Tee in zwanzig Minuten – und beschloß, in sein Zimmer zu gehen, um sich die Hände zu waschen. Er würde sich mit einem speziellen Zahnpuder die Zähne putzen – besser er verbannte den Geruch von Tabak aus seinem Atem, bevor er seiner Mutter begegnete.

Diese neuen Aktivitäten und die bevorstehende Teestunde versetzten ihn wieder in bessere Laune. Pfeifend ging er ins Haus. Er strich dem Hirsch über den Kopf, den Denton vor zehn Jahren auf seinem schottischen Besitz erlegt hatte. Seine Laune wurde zusehends besser, er nahm auf der Treppe immer gleich zwei Stufen, bog in den Gang zum Westflügel ein.

Bei den Gesellschaften seiner Mutter war die Trennung der Geschlechter eine streng eingehaltene Devise: Die Gästezimmer der Junggesellen lagen im Westflügel, obwohl (wie Freddie sehr wohl wußte) niemand im Ernst erwartete, daß die Junggesellen auch dort blieben. Die Suche nach dem Zimmer derjenigen Frau, die sie gerade begehrten, wurde ihnen durch Gwens Praxis, außen an den Schlafzimmertüren Namensschilder anzubringen, leicht gemacht. Aber auf diese Weise standen die Gäste sozusagen unter ständiger Beobachtung, während der Schein gewahrt blieb.

Freddie las im Vorbeigehen die Namen. Er warf einen Blick zum Ende des Korridors, wo – vom Rest des Hauses durch einen kleinen Flur getrennt – das Schlafzimmer des Königs lag. Das beste Zimmer im ganzen Haus, mit einer eigenen Treppe nach unten in den Dienstbotenbereich. Freddie grinste: Die bevorstehende Nacht würde Edward Shawcross in Luxus verbringen.

Freddies eigenes Zimmer lag im zweiten Stock, fast genau über dem Schlafzimmer des Königs. In diesem Flügel lagen auch die Zimmer seiner Brüder. Noch immer vor sich hinpfeifend, klopfte er an Aclands Tür, stieß sie auf und stellte fest, daß das Zimmer leer war. Dann klopfte er an Boys Tür, erhielt aber keine Antwort und stieß leicht mit dem Fuß dagegen.

Die Tür ging auf, und er sah Boy, der auf seinem Bett saß. Er hatte den Kopf in die Hände gestützt; er schien vor sich auf den Boden zu starren. Neben ihm auf dem Bett lagen seine Kamera und sein Stativ.

»Tee!« rief Freddie. »Na, komm schon, Boy. In fünfzehn Minuten. Mach dich auf die Beine! Ich sage...« Freddie brach ab, starrte seinen Bruder an. »Was ist los? Du siehst ja ganz grün aus.«

»Mir ist nicht nach Tee zumute.« Boy sah Freddie an. Sein Gesicht war leichenblaß und verschmiert, so daß Freddie – einen Augenblick lang – den Verdacht hatte, daß sein ältester Bruder geweint hatte.

»He, Boy. Was ist denn? Du siehst wirklich ganz komisch aus. Alles in Ordnung mit dir?«

»Alles in Ordnung.« Boy stand auf. Er drehte seinem Bruder den Rücken zu und machte sich umständlich an seinem Stativ zu schaffen. »Es ist bloß – es ist so heiß hier. Keine frische Luft. Verdammt noch mal, dieses verdammte Ding!«

Freddie wunderte sich, denn Boy fluchte sonst so gut wie nie. Er sah genauer hin, um den Grund für diesen Ausfall zu erfahren.

»Da fehlt eine Schraube«, sagte er, weil er Boy helfen wollte. »Eine von den Flügelschrauben, von den Beinen. Das wird jetzt aber nicht gut stehen, nicht ohne die –«

»Das weiß ich auch, Freddie.«

»Schätze, die ist dir irgendwo runtergefallen. Soll ich sie mal suchen?«

»Nein, bloß nicht. Um Himmels willen, mach, daß du rauskommst,

Freddie!« Zu Freddies Verwunderung wurde Boy ganz wild. »Ich finde sie schon selbst. Ich brauche deine Hilfe nicht. Und ich brauche mir von dir auch nicht erst erklären zu lassen, wie ein Stativ funktioniert –«

»Schon gut, schon gut. Ich wollte dir ja nur helfen. Kein Grund, mich so anzuschnauzen. Was ist eigentlich los mit dir?«

»Das hab ich dir doch gesagt. Mir ist heiß. Ich hab Kopfschmerzen. Hör zu, laß mich einfach in Ruhe, ja?«

Frederic schnitt hinter Boys Rücken eine Grimasse und ging.

Als er in seinem Zimmer war, pfiff er wieder – zuerst Acland mit seiner schlechten Laune, und jetzt Boy; ach was, zum Teufel mit denen und ihren schlechten Launen – Frederic ging zum Waschtisch. Er wollte sich gerade die Zähne putzen, als er plötzlich innehielt, sich umdrehte.

Hatte er nicht etwas gesehen, als er ins Zimmer kam? Ja, hatte er. Dort, auf seinem Bett, waren seine Sachen für den Abend, die Arthur schon zurechtgelegt hatte. Frack, ein weißes gestärktes Hemd und... Freddie erstarrte. Mitten auf dem schneeweißen Hemd, da lag... ein Stück Konfekt: eines von den Petits fours aus Marzipan, die seine Mutter mit dem Kaffee servierte. Es lag in einer kleinen Papierkapsel und hatte daher – hoffentlich – keinen Fleck auf seinem Hemd hinterlassen, obwohl das Marzipan schon weich wurde.

Freddie fand das gar nicht komisch. Sollte das vielleicht ein Witz sein, den sich Arthur ausgedacht hatte?

Er zog an der Glocke, marschierte zur Hintertreppe.

»Arthur«, bellte er. »Was, zum Teufel, hat das zu bedeuten?«

Er erhielt keine Antwort, auch nicht das Geräusch schnell nahender Schritte. Als er gerade wieder in sein Zimmer zurück und die Tür zuknallen wollte, hörte er – von ziemlich weit her – einen Schrei.

Er blieb stehen, horchte, glaubte zuerst, daß er sich getäuscht hätte. Aber, nein, denn er hörte es noch ein zweites Mal: den Schrei einer Frau oder vielleicht eines Kindes. Freddie legte den Kopf auf die Seite und lauschte. Auf den zweiten Schrei folgte völlige Stille. Wer immer es war – Steenie, Constance, die irgendwelche Spielchen trieben? – und was immer geschah, jetzt war es völlig still.

»Mach dich fertig«, sagte Shawcross, als Gwen in sein Schlafzimmer kam, das Schlafzimmer des Königs. Er schloß die Tür ab, die zu dem Gang des Westflügels führte, und gab ihr die Anweisung über die Schulter, ohne Gwen auch nur anzusehen.

Gwen zögerte, und als Shawcross sich umdrehte, streckte sie die Hand nach ihm aus, wie um ihn festzuhalten oder um ihn zu streicheln. Shawcross schob die Hand auf die Seite; Gwen, deren mangelnde Beherrschung Shawcross verachtete, gab einen klagenden Laut von sich.

»Und beeil dich«, fügte Shawcross noch hinzu. Er hatte Grund zur Eile, nur einen einzigen, aber der war einfach genug: Sie hatten nur etwas über eine Stunde, und Shawcross wollte diese Zeit voll nutzen. Aber wenn er sie ließ, würde Gwen die Hälfte der Zeit sinnlos verplempern. Ohne die Hilfe ihres Mädchens brauchte sie immer so lange zum Ausziehen genauso wie zu allem anderen: Sie war langsam in ihren Bewegungen, langsam in ihren Reaktionen, langsam – übrigens auch – im Denken. Die große, stattliche, tolpatschige, dumme Gwen: Manchmal fragte sich Shawcross, ob sie eigentlich wußte, daß es vor allem ihre Dummheit war, die sie für ihn so anziehend machte. Im Augenblick schien sie sich allerdings durch seinen Ton verletzt zu fühlen.

»Ach, Eddie«, sagte sie, und Shawcross, der keine Lust hatte, noch mehr Zeit auf blöde Fragen und Zusicherungen zu verschwenden, drehte sich zögernd zu ihr um. Er wußte, wie er Gwen am schnellsten zum Mitmachen bringen konnte. Diese Methode hatte er schon des öfteren angewandt, und bis jetzt hatte sie sie noch nicht durchschaut. Ohne Vorbereitung starrte er ihr tief in die Augen und rieb seine Handflächen an ihrer Brust.

Gwen wechselte ihre Kleidung mindestens viermal am Tag, und so war das austernfarbene Kleid vom Morgen zum Mittagessen von einem aus blaßblauem Crêpe de Chine ersetzt worden. Der Stoff war dünn; durch seine Falten und Abnäher fühlte er ihre großen Brüste, die unweigerliche Verhärtung ihrer Brustwarzen. Gwen seufzte, rückte näher zu ihm; ihre Augen weiteten sich, die Pupillen wurden groß, ihre Lippen öffneten sich.

Mit diesem Ausdruck – hingebungsvoll und erregt – verabscheute Shawcross sie am meisten. Diese Züge, die sie schön und seelenvoll aussehen ließen, versetzten ihn in Wut, weckten in ihm den Wunsch, sie zu bestrafen.

Jetzt beugte er den Kopf nach vorn und stieß seine Zunge zwischen ihre Lippen. Gwen wurde von einem Schauer erfaßt, sie streckte die Arme nach ihm aus, aber Shawcross zog sich sofort zurück.

»Beim Mittagessen – da wolltest du mich. Du hast daran gedacht. Du hast deinem Mann direkt gegenübergesessen, aber du hast es gewollt. Glaubst du, das weiß ich nicht? Wieso? Was bringt dich dazu, Gwen?«

Gwen antwortete nicht. Zu Shawcross' Verwunderung ließ sie den Kopf hängen, obwohl sie wußte, wie die Antwort lauten mußte; sie hatten es schon oft geprobt.

Shawcross nahm ihr Kinn in die Hand; seine Finger schlossen sich um ihren Mund, verzerrten ihn, drückten fest zu, daß es weh tat.

»Na, komm schon. Antworte mir. Was bringt dich dazu, Gwen?«

Sein Griff an ihrem Mund ließ ein wenig nach; Gwen sah zu ihm auf.

»Begierde, Eddie«, sagte sie leise. »Es macht mich begierig, lasterhaft, wie eine... wie eine Hure.«

Zur Belohnung schenkte ihr Shawcross ein kleines steifes Lächeln. Drei Monate hatte er gebraucht, bis er sie soweit hatte, bis dieses Wort über Gwens Lippen kam; aber auch jetzt gab es gelegentlich noch Rückschläge, Anfälle besorgniserregender Sittsamkeit, wenn das Wort einige Wochen aus ihrem Repertoire genommen wurde. Jetzt war es wieder da; immerhin etwas.

»Und wie hat sich das auf mich ausgewirkt, Gwen?« Er beugte sich wieder dichter zu ihr. »Na, komm, sag es. Du weißt es doch. Sag es mir.«

»Es... es hat gemacht, daß du mich willst, Eddie.«

»Genau. Es hat mich ungeduldig gemacht. Also, beeil dich jetzt gefälligst. Mach dich fertig.«

Zu seiner Erleichterung griff Gwen nach den kleinen Perlenknöpfen am Verschluß ihres Kleides und begann sie, einen nach dem anderen, aufzuknöpfen. Shawcross wendete sich sofort ab: Er wußte nur zu gut, daß es nur zwei Taktiken gab, die Gwen dazu veranlassen konnten, ihre Vorbereitungen für den Sex voranzutreiben: zum einen feurige Liebeserklärungen, und zum anderen, wenn er sie auf die Dringlichkeit seiner männlichen Bedürfnisse aufmerksam machte. Er zog es vor, auf der Dringlichkeit seiner männlichen Bedürfnisse zu beharren. Das ging schneller, war nicht so langweilig und im übrigen auch ehrlicher, obwohl Ehrlichkeit für Shawcross – bei Gwen, wie bei allen anderen Frauen – nur von geringem Interesse war.

Aber jetzt hatte er gesiegt. Gwen zog sich nun aus. Mit einem Gefühl der Erleichterung schlug Shawcross die Vorhänge am Alkoven zurück und ging durch den Ankleideraum ins Badezimmer. Dort zog er die schwarzen Seidenbänder, die er Gwen heute morgen gezeigt hatte, aus der Tasche und ließ sie zwischen seinen Fingern hindurchgleiten. Es waren breite Seidenripsbänder, wie man sie für Hutränder verwendete, und sie waren fest. Shawcross betrachtete sie, steckte sie dann wieder ein. Er beschloß, völlig bekleidet zu bleiben, eine Variante, die er schon ein- oder zweimal ausprobiert hatte – wenn auch bis jetzt nicht bei Gwen.

Dieser Entschluß erregte ihn; sein Glied, das sich auf seine Phantasie einstellte, wurde hart. Shawcross ließ einen kühlen Blick über das opulente Badezimmer gleiten und drehte sich zum Becken um, um sich die Hände zu waschen.

Dieses Händewaschen war wichtig für ihn: Er tat es gründlich, wie ein Chirurg, der sich auf eine Operation vorbereitete. Dreimal seifte er die Hände mit französischer Seife ein, die nach Nelken roch; dreimal wurden die Hände abgespült. Die Nägel wurden mit der Bürste geschrubbt. Gelegentlich schlief Shawcross mit ungewaschenen Händen mit einer Frau – zum Beispiel im Wald, was war der Unterschied? –, aber so war es ihm lieber. Für Shawcross war Sex etwas Schmutziges: Das Verführerische daran war das sinnliche Fleisch in den Öffnungen, die ihn anekelten. Er verabscheute sie, diese weichen, gebenden Schalen, mit ihrem Geruch nach Seegras und ihren nassen, klebrigen Ergüssen. Wissen sie eigentlich, überlegte Shawcross manchmal, wie obszön sie aussehen, diese Frauen, mit ihren fetten, milchigen Brüsten, ihrem blassen fleischigen Hintern, ihren häßlichen feuchten Fleischbeuteln?

Sie schienen es nicht zu wissen; und wegen dieser Dummheit, und nicht nur, weil sie schmutzig waren, nicht nur, weil er sie widerwärtig fand, wollte Shawcross sie bestrafen. Die Möglichkeiten der Bestrafung waren unendlich: Er konnte sie bestrafen, indem er sie warten ließ, bis sie in Schweiß ausbrachen, bis sie darum bettelten; er konnte sie mit seinen Worten bestrafen – wenn er mit ihnen schlief, schwieg Shawcross nur selten, aber die Worte, die über seine Lippen kamen, waren niemals liebevoll oder zärtlich. Aber vor allem konnte er sie mit all den Waffen bestrafen, die ihm sein Körper zur Verfügung stellte: mit Händen, die drücken, kneifen, schlagen, kratzen konnten; mit Zähnen, die beißen konnten; mit seinem Gewicht und mit seinem Geschlecht, das Shawcross zu beobachten pflegte, wenn es zustieß und zurückschnellte – wie ein Schwert, dachte Shawcross nicht gerade originell.

Je verehrungswürdiger eine Frau nach außen war, je herausragender ihre gesellschaftliche Stellung, desto mehr genoß Shawcross es, sie zu bestrafen. Gekaufte Frauen waren für ihn uninteressant; sie waren schon zu oft von anderen Männern gedemütigt worden. Aber eine verheiratete Frau, eine angesehene Frau, eine Jungfrau oder eine Ehefrau, die noch nie zuvor einen Geliebten gehabt hatte – solche Frauen waren für Shawcross das Höchste. Solchen wertvollen Frauen beizubringen, was sie waren, sie zu zwingen, ihr Verlangen nach ihm zuzugeben – erzeugte in Shawcross ein Gefühl der Erregung, das mehr war als reiner Sex. Verführung würde er es nennen, wenn ihn ein Mann danach fragen würde, eine Art moralischer Kreuzzug.

Gwen glaubte natürlich, daß sie ihn liebte. Wahrscheinlich glaubte sie sogar, daß er sie liebte, und so ließ sich im Namen der Liebe jeder Exzeß rechtfertigen. Nun, in diesem Punkt würde ihr Shawcross, im angemessenen Verlauf der Dinge, alle Illusionen rauben: Absolute Verachtung zu zeigen, eine Beziehung so zu beenden, daß sein ganzer Abscheu, den er stets verspürt hatte, und das Fehlen jeglicher Loyalität, das er stets praktiziert hatte, voll zum Ausdruck kamen – das war für Shawcross das wunderbarste, quälendste, erregendste Gefühl überhaupt.

Aber soweit war er mit Gwen noch nicht. Dieser Augenblick – überlegte Shawcross, während er sich die Hände abtrocknete – würde vielleicht in fünf oder sechs Monaten erreicht sein. Dieser Tage fiel es ihm nicht mehr ganz so leicht wie früher einmal, seine Mätressen auszutauschen, und infolge früherer Privilegien war ihm inzwischen auch eine ganze Reihe großer Häuser – mit guten Jagdgründen – verschlossen. Einstweilen mußte Gwen genügen; ihre Unterwerfung genoß er noch immer, und nebenbei demütigte er durch Gwen auch noch ihren Ehemann.

Gwen mit ihrem trägen, tumben Geist *und* ihrem Tölpel von Ehemann: ein doppelter Gewinn. Shawcross befingerte die Seidenbänder und wandte sich dem Schlafzimmer zu, dachte kurz nach, erinnerte sich, daß es noch einen anderen Weg in diese Suite gab, die Tür zum Ankleideraum, die zur Dienertreppe führte. Es würde gut sein, sie auch abzuschließen.

Shawcross tappte durch den Ankleideraum. Er öffnete die Tür einen Spalt, machte sie wieder zu. Es steckte kein Schlüssel im Schloß, und einen Riegel gab es auch nicht. Er überlegte: Höchst unwahrscheinlich, daß sie zu dieser Stunde jemand stören würde; und sollte der männliche Diener, der ihm für den Abend zugeteilt war, zufällig kommen, dann würde er ganz bestimmt anklopfen. Shawcross drehte sich um, durchquerte das Schlafzimmer, blieb unter der Erkertür stehen und zog (nur um ganz sicherzugehen) die schweren Samtvorhänge zu.

Gwen erwartete ihn. Sie saß auf einer dicken Ottomane am Fuß des Königsbettes, lehnte sich nach hinten, gegen die beiden vergoldeten Engel. Inzwischen wußte sie – von Shawcross –, daß sie sich nicht völlig ausziehen durfte. Sie saß dort in ihrem festverschnürten Korsett, still und geduldig, die Hände im Schoß gefaltet wie ein wohlerzogenes Schulmädchen; ihr Kleid lag, ordentlich zusammengefaltet, auf einem Stuhl.

Als Shawcross den Raum betrat, hob sie den Kopf, und ihre Augen leuchteten. Dann, als sie sah, daß er noch angezogen war, machte sich Bestürzung auf ihrem Gesicht breit.

Shawcross ging zu ihr und stellte sich direkt vor sie; er steckte die Hand in die Tasche, schaukelte auf den Fersen vor und zurück.

»Willst du's?« begann er.

»Eddie, ich –«

»Wenn du's willst, dann sag's.«

»Ich will dich, Eddie. Ich liebe dich.«

»Wenn du's willst, dann hol ihn raus.«

Gwen wurde rot. Ihre Finger – tolpatschige, tolpatschige Gwen – nestelten an seinem Glied, aber Shawcross würde ihr nicht helfen. Er wartete, blickte auf sie hinunter, blickte auf die unnatürlich schmale Taille, die anschwellenden Brüste über den Fischbeinstützen. Unterhalb der Taille war sie nackt – wie er es ihr so viele Male gesagt hatte. Shawcross konnte die blauen Äderchen an ihren Schenkeln sehen, konnte das dunkle Dreieck der Schamhaare sehen. Ihr Bauch, der hinter Büscheln und Rüschen von Organzaseide verborgen war, hatte vom Gebären der Kinder Streifen, genauso ihre Oberschenkel. Shawcross kniff sie dort manchmal und machte abfällige Bemerkungen darüber, weil er wußte, daß sich Gwen deswegen schämte.

»In den Mund«, sagte Shawcross, als sie ihn herausholte. »Beug den Kopf weiter nach hinten«, sagte er noch, und Gwen, die wohltrainierte Gwen, die diesen Teil haßte und die erst von Shawcross mit diesen Praktiken vertraut gemacht worden war, gehorchte.

Sie war noch immer nicht besonders bewandert darin, selbst nach monatelanger Unterweisung. Shawcross, der die Hände in den Taschen hatte und mit den schwarzen Seidenbändern spielte, wurde ungeduldig, gelangweilt.

Er schrumpfte in ihrem Mund, zog sich zusammen. Gwen blickt nach oben, ihre Augen waren ängstlich geweitet. Shawcross wollte sie am liebsten schlagen; nichts würde ihm größeres Vergnügen bereiten, als diesen dummen ängstlichen Ausdruck mit einem Schlag aus ihrem Gesicht zu wischen. Aber er hielt sich zurück; eben war ihm eingefallen, wie die schwarzen Bänder auf perfekteste Weise Verwendung finden könnten. Bis jetzt hatte er sich ihre vorteilhaften Möglichkeiten nur ganz allgemein vor Augen gehalten. Jetzt aber nahm in seinem Kopf ein ganz konkretes Szenarium feste Formen an. Sofort wurde er wieder hart. Gwen gab vor Wonne ein triumphierendes Stöhnen von sich; sie griff fester nach ihm.

Shawcross stieß ihre Hand zurück, hob sie hoch, gab ihr einen Schubs.

»Dreh dich um«, sagte er. »Knie dich hin.«

Gehorsam drehte ihm Gwen den Rücken zu; sie kniete sich auf die Ottomane. Shawcross schlang die Bänder um ihre Handgelenke, zog sie fest, band sie an den Holzpfeilern rechts und links des Bettes fest. Gwens Gesicht war von ihm abgewandt – an die Flügel des Engels gepreßt. Gut so, dachte Shawcross; ihm war es lieber, wenn er ihr nicht in die Augen sehen mußte, während er sie anfaßte.

Shawcross, der zwischen ihren Schenkeln stand, verschaffte sich noch einmal einen Überblick über die Szene; da ihn Gwen nicht sehen konnte, streichelte er sich selbst; seine sauberen, nach Nelken duftenden weißen Hände bewegten sich zuerst behutsam, dann schneller; sein Geist war entflammt. Er beugte sich nach vorn, rieb sich an dem Spalt zwischen Gwens Gesäßbacken, stellte zufrieden fest, daß sie jetzt völlig hilflos war und er tun und lassen konnte, was er wollte. Dieses Gefühl von Macht und Überlegenheit brachte ihn noch mehr in Erregung; er überlegte, ob er sich – eine ganz neue Idee in Verbindung mit Gwen – an ihr reiben und seinen Samen auf ihrem Rücken entleeren sollte; dann entschied er sich anders. Der Wunsch nach exzessiver Gewalt wurde stärker, der Wunsch, Schmerzen zuzufügen; er schob seine Hand zwischen Gwens Schenkel, fühlte die Feuchtigkeit dort und begann, mit vor Ekel verzerrtem Gesicht, fest zu reiben.

Frauen sind schleimige Kreaturen, ging es ihm durch den Kopf – wie Schnecken, wie Würmer, die er beide verabscheute. Er führte seinen Daumen in Gwens weiche Öffnung ein und ließ ihn darin kreisen. Wie erwartet, drückte sich Gwen zitternd an ihn; wie erwartet, stöhnte Gwen.

Zeit für die Litanei: Shawcross sprach ganz mechanisch, war sich der vertrauten Worte kaum bewußt; je mehr er Gwen berührte, desto weniger sah er sie. Sie war für ihn zu einem Nichts geworden; während sein Verlangen stärker wurde und ihn zu überwältigen begann, breiteten sich in seinem Kopf Bilder von ihrem Mann Denton aus.

»Wie groß bin ich, Gwen?«

»Groß. Sehr groß.«
»Größer als dein Mann?«
»Viel größer, ja.«
»Was würde er tun, wenn er uns jetzt sehen könnte, Gwen?«
»Er wäre wütend. Er wäre verletzt. Er würde dich umbringen wollen.«
»Hat er so was je bei dir getan? Oder das?«
»Nie. Niemals.«
»Wird er hart?«
»Nicht so hart wie du. Du bist so groß. So hart. Du machst mir angst. Du – du füllst mich aus. Ich will, daß du mich ausfüllst –«

Gwen zögerte, aber Shawcross war jetzt schon so weit, daß er es nicht bemerkte. Sein Körper zitterte; er streckte die Hände nach vorn und packte Gwens Brüste, drückte ihre Brustwarzen zwischen Finger und Daumen. Und in diesem Augenblick, als Gwen dumm genug war, vom Ritual abzuweichen und ihm wieder mal stöhnend offenbaren mußte, wie sehr sie ihn liebte, traf Shawcross seine Entscheidung.

Er ließ ihre Brüste los, zog sich ein Stück von ihr zurück, richtete sich auf, hielt sich bereit und sah auf sie hinunter. Wut durchzuckte ihn: Er sah die schwarzen Bänder, Gwens vor ihm ausgebreitetes weißes Fleisch; er roch ihren schrecklichen, scharfen weiblichen Geruch. Er starrte auf die Falten und Runzeln ihres Fleisches, auf zwei Öffnungen; der Wunsch, Gewalt zu üben, zu bestrafen, wurde immer stärker. Dumme, dumme Gwen.

Mit Hilfe von Speichel, den er schnell aufgetragen hatte, stieß er schließlich zu. Halb hinein: Das hatte er noch nie getan; Gwen hätte nie gedacht, daß so etwas möglich wäre; und die Schmerzen waren entsetzlich. Halb hinein: Gwen schrie. Ganz hinein: Gwen schrie ein zweites Mal. Shawcross drückte ihr, nun zufriedengestellt, die Hand auf den Mund. Gwen zuckte. Es war vorbei.

Als er sich schließlich herauszog – angeekelt von Gwen, angeekelt von sich selbst –, wußte Shawcross, daß er einen Fehler begangen hatte. Es war zwanzig Minuten nach vier, er hatte gerade noch zehn Minuten Zeit, um Gwen zu beruhigen, ihr beim Anziehen zu helfen, und er spürte, daß es nicht genug sein würde.

Mit gefaßter Miene löste er die Bänder. Es blieb ihm gar nichts anderes übrig – er würde den Liebenden spielen müssen. Das tat er, aber ohne Erfolg. Gwen zitterte am ganzen Körper; ihr Gesicht war von Tränen verschmiert, sie sah ihn nicht an.

Sie schien die Lügen nicht zu hören, mit denen er sie besänftigen wollte; sie schien es nicht zu verstehen, als er von Eile sprach.

»Meine Liebe, warte, ich helfe dir. Schnell. Wir müssen uns beeilen. Deine Haare – und dein Gesicht. Du mußt dein Gesicht waschen. Denk doch nach, Gwen. Es ist schon spät. Deine Gäste warten.«

Langsam hob Gwen den Kopf.

»Das hättest du nicht tun sollen«, sagte sie mit tonloser Stimme. »Das hättest du nicht tun sollen, Eddie. Du hast mir weh getan.«

»Ich weiß, Liebste. Das wollte ich nicht – es ist einfach geschehen, ganz plötzlich. Ich wollte dich so sehr – Gwen, das ist etwas, das die Menschen tun – Männer und Frauen –, sie tun es. Du weißt, ich habe dir erklärt, daß es viele Dinge gibt, andere Dinge, die du noch nicht getan hast. Das ist doch alles ein und dasselbe. Es gibt keinen Unterschied. Ich weiß, es hat dir weh getan; aber du mußt das doch verstehen, Gwen, *nichts* ist verboten. Manchmal nicht einmal Schmerzen. Männer haben andere Bedürfnisse als Frauen – das weißt du doch. Und jetzt, hör zu, steh einfach auf – und geh ein bißchen hin und her, Gwen, du mußt versuchen –«

»Das war *nicht richtig*, Eddie. Das war gemein.«

Gwen wandte ihr Gesicht wieder ab und bedeckte es mit den Händen. Shawcross war genervt und wütend, als er sah, daß sie wieder zu weinen anfing. In einer solchen Situation hätte es Shawcross, wenn er mehr Zeit gehabt hätte, normalerweise mit eisiger Kälte versucht: Er wußte aus Erfahrung, daß er Gwen mit nichts wieder so schnell zu sich bringen konnte wie mit der Drohung, sich von ihr beleidigt zu fühlen. Seine letzte Waffe war immer ihre Angst, ihn zu verlieren, aber jetzt zögerte Shawcross, sie anzuwenden. Jetzt war nur eins wichtig: Gwen wieder auf die Beine zu bringen, in ihre Kleider zu stecken und aus seinem Zimmer zu entfernen.

Shawcross seufzte; er nahm ihre Hand. Er würde es sagen müssen; einen anderen Ausweg gab es nicht. Mit drängenden Blicken sah er Gwen an. »Gwen. Ich liebe dich. Und weil ich dich liebe, kann nichts, was wir tun, falsch sein«, sagte er mit verletzter Stimme, mit gefühlvoller Stimme.

Zu seiner Erleichterung drang er damit zu ihr durch. Sie hörte auf zu schluchzen; sie war jetzt ganz still. Sie nahm die Hände vom Gesicht und sah ihn an. Noch nie hatte Shawcross das gesagt. Gott sei Dank, dachte er, daß er sich was für den Notfall aufbewahrt hatte. Er wartete darauf, daß Gwen zerschmolz, daß sie sich in seine Arme warf; am Ende würde alles ganz leicht sein. Aber Gwen zerschmolz nicht; sie warf sich nicht in seine Arme; sie sah ihn an, sah ihn lange Zeit an, und dann sagte sie mit flacher Stimme, einer Stimme, die Shawcross ganz und gar nicht gefiel: »Wirklich, Eddie? Tust du das? Ich weiß nicht.«

Dann stand sie zu seiner großen Überraschung auf. Sie wandte sich von ihm ab und zog sich ganz ruhig und – für Gwens Verhältnisse – ordentlich an. Eine lange Reihe aus Zuchtperlenknöpfen, dreißig an der Zahl, jede einzelne an Ort und Stelle, bis das Mieder und das Jabot zugeknöpft waren.

»Ich gehe jetzt in mein Zimmer, Eddie. Wir sehen uns unten...«

Diese Stimme gefiel Shawcross überhaupt nicht; sie erschreckte ihn. Gwen klang wie eine Schlafwandlerin, sah aus wie eine Schlafwandlerin, als sie sich auf die Tür zubewegte.

Shawcross stand da und starrte sie an; jetzt war er es, der zu ihr eilte und ihre Hand ergriff. Jetzt hatte er Angst; diese neue Gwen, diese verwandelte Gwen sah aus, als wäre sie zu allem fähig; als könnte sie Schluß machen, die Affäre beenden; könnte auf den Gedanken kommen, eine Beichte abzulegen. Shawcross, körperlich feige, hatte vor allem vor, *diese* Möglichkeit abzuwenden. Bilder von Denton Cavendish, der eine Pferdepeitsche schwang, gingen ihm durch den Kopf. Er umarmte Gwen voller Leidenschaft.

»Meine Liebste. Sag, daß du mir nicht böse bist. Sag, daß sich nichts geändert hat zwischen uns. Bitte, Gwen, laß mich erklären...«

»Ich muß jetzt nach unten gehen.«

»Jetzt mußt du gehen, ja, aber später. Gwen, heute abend. Dann können wir reden; wir können uns treffen. Versprich es mir, mein Liebling. Schwöre, daß du kommst. Nach dem Essen, nach dem Kometen – dann können wir allein sein. Du weißt, daß wir das können; das hast du selbst gesagt. Ich komme zu dir in dein Zimmer –«

»Nein, Eddie.«

»Dann hier – nein, nicht hier –« Als er ihren Gesichtsausdruck sah, änderte Shawcross schnell seine Taktik. »Dann im Wald. An unserem Platz. Wir können, jeder für sich, weggehen und uns dort treffen. Wir können uns um Mitternacht treffen, unter den Sternen. Denk doch, Gwen, denk doch nur. Meine Liebste, sag, daß du kommen wirst. Ich möchte dich in meinen Armen halten. Ich möchte dich ansehen. Ich möchte dich anbeten. Bitte, Gwen. Sag, daß du kommen wirst.«

Stille. Gwen machte die Tür auf, sah hinaus, prüfte, ob der Gang leer war, und drehte sich dann noch einmal um.

»Gut. Ich verspreche es«, sagte sie und schlüpfte durch die Tür nach draußen.

Als er allein war, atmete Shawcross erleichtert auf, sah noch einmal auf seine Taschenuhr. Er mußte bald hinunter; es wäre nicht klug gewesen, gleichzeitig mit Gwen unten anzukommen, auch nicht aus verschiedenen Richtungen. Aber zuerst mußte er sich waschen.

Schnell ging er in das Ankleidezimmer. Als er sich dem Erker mit dem Vorhang näherte, blieb er kurz stehen, glaubte, etwas gehört zu haben – eine Bewegung.

Er zog die Vorhänge zurück; das Zimmer dahinter war leer; das Badezimmer war leer. Und doch hatte sich etwas verändert: Die Tür, die zu den Zimmern der Dienerschaft führte, stand offen. Er hatte sie doch zugemacht – ganz bestimmt hatte er sie zugemacht. Jetzt stand sie einen Spalt offen; noch während er sie ansah, bewegte sie sich ein wenig in den Angeln, senkte sich ein wenig, als würde sie von einem Luftzug bewegt.

Wahrscheinlich hatte er sie doch nicht zugemacht – wie leichtsinnig von ihm! Shawcross erschrak plötzlich; er ging zur Tür, stieß sie auf, sah hinaus.

Im selben Augenblick kam er sich albern vor: Es war niemand da, natürlich war niemand da. Der Treppenflur war leer, die Treppe zu den Wirtschaftsräumen war leer. Kein Grund zur Aufregung.

Shawcross ging wieder zurück und ins Badezimmer, ließ frisches Wasser einlaufen, griff nach der Nelkenseife; etwas Pomade auf den Bart – Shawcross war stolz auf seinen gepflegten Bart; kurz die Haare gekämmt; ein frischer Hemdkragen. Innerhalb weniger Minuten war er wieder zuversichtlich; innerhalb weniger Minuten war er fertig.

Draußen auf der Terrasse wurde es kühl. Ein frischer Wind war aufgekommen, und Mrs. Fitch-Tench hielt ihre Teetasse mit in Fausthandschuhen steckenden Händen; ihre Schultern waren in zwei Schals gehüllt, ihre Knie waren in Decken verpackt. Eddie Shawcross schlenderte mit einem Buch unter dem Arm über die Terrasse und gesellte sich zu den anderen. Es waren alle versammelt: Denton und Maud, die den Tee einschenkte – Gwen war noch nicht da; die Heyward-Wests; Jarvis, jetzt mit einer etwas dunkleren Krawatte; Jane Conyngham; die drei erwachsenen Söhne; und Steenie.

Als Shawcross zu ihnen ging – *tut mir so leid, hab gar nicht auf die Uhr gesehen, war in mein Buch vertieft* –, löste sich ein Schatten aus einer

Ecke, und Constance folgte ihrem Vater. Verärgert sah Shawcross auf sie hinunter.

»Ah, da bist du ja, kleiner Albatros«, sagte er in leichtem Ton und ließ sich in einem Sessel nieder. »Flieg weg, sei ein braves Kind. Häng nicht immer wie eine Klette an mir.«

Constance zog sich ein paar Schritte zurück; einige Gäste lächelten über seine Bemerkung, aber nicht viele. Shawcross nahm eine Tasse Tee entgegen; ein Mädchen reichte ihm eine mit Spitzen besetzte kleine Serviette, einen winzigen Teller und ein Silbermesser und bot ihm Sandwiches an. Shawcross balancierte alles in seinen Händen – er hatte sowieso keinen Appetit – und ließ die Unterhaltung über sich hinweggleiten. Als schließlich eine Pause entstand, sagte er, bewundernswert beiläufig, wie er fand: »Und wo ist Lady Callendar? Läßt uns unsere Gastgeberin im Stich?«

»Schätze, sie ruht sich ein bißchen aus.«

Es war Acland, der ihm antwortete, und Maud, die ihm zustimmte, und Constance, die ihnen – zur Verwunderung aller – widersprach.

»Nein, das tut sie nicht«, sagte sie in entschiedenem Ton. »Ich habe sie gerade auf der Treppe gesehen.«

»Mama war oben, um nach mir zu sehen«, mischte sich Steenie ein. »Sie sagte, sie hätte verschlafen und die Zeit vergessen. Jetzt zieht sie sich um.«

Steenie schien recht zu haben, denn in diesem Augenblick erschien Gwen, die gefaßt, ausgeruht, hübscher als sonst aussah. Ihre Haare waren frisch gebürstet und mit Schildkrötenspangen und Silberkämmen hochgesteckt; sie hatte ein neues Kleid an, Brüsseler Spitze auf Café-au-lait-Seide, die leise raschelte, wenn sie sich bewegte.

Die Männer erhoben sich; Gwen lächelte und bat sie, sich wieder hinzusetzen. Sie nahm ihren Platz neben Maud ein und akzeptierte eine Tasse chinesischen Tee.

»Ihr müßt mir verzeihen«, sagte sie zu ihren Gästen. »Ich habe so fest geschlafen! Aber jetzt müßt ihr mir alles erzählen – wie habt ihr den Nachmittag verbracht? Maud, hast du deine Briefe geschrieben? Ross wird sie für dich frankieren und hinunter ins Dorf zur Post bringen. Mrs. Heyward-West, haben Sie den Weg am See entlang gefunden? Haben Sie die Schwäne gesehen? Sind sie nicht entzückend? Denton, mein Lieber, hast du dich von deiner schlechten Laune erholt?«

Letzteres sagte sie mit besonderem Charme und ergriff dabei die Hand ihres Mannes und hielt sie fest. Sie lächelte ihn an wie ein kokettes junges Mädchen. Denton tätschelte ihre Hand, drückte sie, dann sagte er brummig: »Völlig, meine Liebe. Bin wieder ganz der Alte. Muß mich bei dir entschuldigen. Muß mich bei allen entschuldigen, schätze ich. Hoffe, ihr vergebt mir alle. Hab mich aufgeregt – ihr wißt ja, wie das ist. Hab mich wegen dieser verdamm – dieser Fasane aufgeregt...«

Ringsherum allgemeines Gemurmel, daß man es verziehen hatte; Maud lachte ihren Bruder an; Boy wurde knallrot; und Eddie Shawcross wandte den Blick ab. Bis zu diesem Augenblick war ihm gar nicht klar gewesen, was für eine gute Schauspielerin Gwen – die dumme Gwen – war. Aber das gefiel ihm nicht; wie Gwen sich ihrem Mann gegenüber bemühte, gefiel ihm nicht.

Shawcross dachte an die Szene, die sich eben erst, vor nur einer Stunde, abgespielt hatte. Konnte es sein, daß er Gwen unterschätzt hatte? Konnte es sein, daß sie ihn mit einem Trick zu diesen scheußlichen, erniedrigenden und überflüssigen Bekenntnissen gebracht hatte? Es passierte oft, daß Shawcross schlecht gelaunt war, wenn er gerade mit einer Frau zusammen gewesen war: Der Geschlechtsakt hinterließ bei ihm einen sauren Geschmack, ein geistiges Stück Galle. Und angesichts der Sicherheit, die Gwen ausstrahlte, und der Tatsache, der unleugbaren Tatsache, daß man ihn – wie sooft in Winterscombe – einfach ignorierte, wurde seine Laune auch nicht gerade besser.

Die Gäste plauderten angeregt miteinander. Wie gewöhnlich sprachen sie von gemeinsamen Freunden. Selbst Jarvis schien in ihren Kreis aufgenommen zu sein – Jarvis, der auf Shawcross' Bitte hin eingeladen worden war, damit Shawcross nicht der einzige Außenseiter sein würde. Shawcross sah von einem Gesicht zum anderen. Wie er diese Leute haßte! Wie sie ihn anwiderten, alle, mit ihrem gedankenlosen Geplapper, ihrem unerschöpflichen Vermögen, dem beruhigenden Gefühl, keinen einzigen Tag ihres Lebens arbeiten zu müssen.

Sie hatten Geld; Shawcross hatte keins. Sie waren seine Gönner, und er mußte ihr gönnerhaftes Gehabe hinnehmen. Er wußte, daß er ihnen in jeder Hinsicht überlegen war; und doch blickten sie auf ihn von oben herab, das spürte er ganz deutlich. Sie lächelten nur aus Höflichkeit über seine Bonmots – Perlen vor die Säue. Sie hörten sich sogar seine Geschichten über das literarische Leben Londons an, obwohl Shawcross ganz genau wußte, daß es sie überhaupt nicht interessierte. Sie hatten keine Ahnung, was es hieß, nicht zahlungskräftig zu sein, sich den Lebensunterhalt mit der Durchsicht von Büchern verdienen zu müssen, mit dem Schreiben von Essays. Sie mußten nicht vor Verlegern katzbukkeln – Verleger, die Shawcross haßte, weil er wußte, daß er ihre Arbeit viel besser tun könnte, wenn er die Gelegenheit hätte. Sie brauchten nicht um ihren Ruf besorgt sein, in einer Welt, in der Talent und Können nichts zählte, sondern nur das Modische. Shawcross kannte den Wert seiner schriftstellerischen Arbeit: Er wußte, wieviel Schweiß in seine drei Romane geflossen war – wirklich gute Romane; für Shawcross waren sie verwegen, gefährlich, provozierend, von pulsierendem Leben erfüllt. Allerdings waren die Kritiker bis jetzt nicht dieser Meinung; aber Kritiker haßte Shawcross ebenfalls – weil sie alle korrupt waren.

Aber was verstanden diese Leute hier schon davon – vom Kampf eines Künstlers? Nichts. Sie interessierten sich nicht einmal dafür. Vielleicht, wenn er berühmt wäre – aber, nein, selbst dann gäbe es Schranken. Voller Verbitterung und zum hundertsten Mal, hielt sich Shawcross die Wahrheit vor Augen. Er wurde auf der falschen Seite einer sozialen und finanziellen Schranke geboren, und er würde diese Schranke nicht durchbrechen, niemals – außer im Bett natürlich, wo er, zwischen den Laken, für kurze Zeit die Herrschaft übernahm.

Shawcross sah von einem Gesicht zum anderen. Am liebsten wäre er aufgestanden und hätte sie alle öffentlich bloßgestellt, diese Freunde von Gwen. Ihnen ins Gesicht schreien, was sie waren! Degenerierte, Philister, Parasiten.

Sein Blick glitt über die Runde: Denton, der Hahnrei; der dicke dumme Freddie; Boy – ein passender Name für diesen unreifen, linkischen langweiligen Narren; Schwester Maud mit ihrem Playboyprinzen und ihren Juwelen; Jane Conyngham – die typische alte Jungfer, wie sie im Buche stand; Acland Cavendish, der Sohn, den Shawcross am meisten haßte, Acland, der klug, kalt und herablassend war. Acland, der einzige von ihnen, der sich erst gar nicht die Mühe machte, seine Verachtung für Shawcross zu vertuschen.

Ja, er würde sie am liebsten alle bloßstellen, und doch schien es klüger, es nicht zu tun. Ihre Zeit würde kommen, dachte Shawcross, ihre Klasse würde es nicht mehr lange machen; ihre Tage waren gezählt, und bis dahin konnten sie ihm mit ihren Landhäusern, ihrem sorglosen Luxus, ihren Festen, ihren Empfehlungen und ihrem Gönnertum von Nutzen sein. Ja.

Wütend biß Shawcross ein Stück von seinem Gurkensandwich ab, wandte sich ab und erhaschte einen Blick seiner Tochter Constance. Wie gewöhnlich beobachtete sie ihn. Sie saß ein Stückchen von ihm entfernt neben Steenie im Gras, kaute auf einem Stück Kuchen herum. Steenie war in saubere Samtbreeches gesteckt worden, Constance war schmutzig, wie Shawcross registrierte. Ihre Haare waren ungekämmt und verfilzt; an ihrem Kleid war der Saum aufgerissen, ihre Hände waren ungewaschen und ihre Nägel schwarz.

Er geriet in Wut; wenn er die Cavendishs und ihre Gäste nicht bloßstellen konnte, dann mußte eben Constance herhalten, dieses Kind, das er nie gewollt hatte, dieses Kind, das seinen ganzen Stil ruinierte, dieses Kind mit seinen ewigen Kosten. Constance bot sich geradezu an für seine Zwecke, vor allem deshalb, weil sie ihm nicht antworten konnte.

»Constance, Liebes«, Shawcross beugte sich nach vorn, seine Stimme war freundlich und mild. Constance, die diesen Ton kannte und fürchtete, blinzelte mit den Augen.

»Constance, ich weiß, daß du am liebsten eine kleine Zigeunerin wärst, Liebes; aber, ehrlich, findest du nicht, daß du ein wenig übertreibst? Wir sind hier doch nicht unter Kesselflickern, wir sind in Winterscombe, und ich würde meinen, meine liebe Constance, daß es vielleicht keine schlechte Idee gewesen wäre, wenn du dich gewaschen und dir etwas Sauberes angezogen hättest, bevor du uns beim Tee mit deiner Gegenwart beehrst...«

Shawcross hatte seine Rede mitten in das allgemeine Geplauder hinein aufgesagt; als er fertig war, herrschte Schweigen, ein wunderbares, tiefes Schweigen, in das hinein seine Worte fielen und eine optimale Wirkung erzielten.

Aus dem Kreis erklang leises verlegenes Räuspern – mehreren Anwesenden mißfiel Shawcross, und sie verübelten ihm, wie er mit seiner Tochter umsprang. Shawcross, der dieses Mißfallen spürte und in seiner gegenwärtigen Stimmung als zusätzlichen Kitzel empfand, fuhr fort:

»Hast du vielleicht schon von Seife und Wasser gehört, meine liebe Constance? Weißt du, was eine Haarbürste ist? Womit hast du dir wohl deine Zeit vertrieben, heute nachmittag, Kind? Bist auf Bäumen herumgeklettert? Oder durch einen Graben gekrochen?« Shawcross lachte. »Ja, durch einen Graben gekrochen, glaube ich, wenn ich mir deine Nägel betrachte.«

»Nichts«, sagte Constance. Sie stand auf und sah ihren Vater an. »Ich habe nichts getan. Ich war im Kinderzimmer. Mit Steenie.«

Sie sah Steenie an, als sie es sagte; und Steenie, der wußte, daß es nicht wahr war – einmal war er aufgewacht, und da war Constance weg gewesen –, nickte zustimmend. Steenie war der einzige von Gwens

Söhnen, der Constance mochte. Shawcross, der seine Mutter immer soviel in Anspruch nahm, mochte er nicht. Für Steenie war schon seit langem klar, daß er und Constance Verbündete waren. Sein Beistand irritierte Shawcross; mit einem lauten Knall stellte er seinen Teller hin.

»Constance, bitte, lüg nicht«, sagte er. »Lügen macht die Sache nur noch schlimmer. Ich dulde keine Unwahrheiten. Du gehst sofort in dein Zimmer. Und dort wirst du so nett sein, ein bißchen Wasser und Seife an deinen Körper zu bringen.«

»Ich begleite dich.«

Alle waren überrascht, weil es Jane Conyngham war, die es sagte. Sie stand auf und streckte ihre Hand aus, aber Constance ignorierte sie.

»Ich wollte sowieso hineingehen«, sagte Jane. »Es ist so windig. Gwen, wenn du mich bitte entschuldigen würdest, mir ist ein bißchen kalt.«

Es war eine Maßregelung – Shawcross wußte es sofort: eine Maßregelung von dieser häßlichen dummen reichen Erbin. Aber was noch schlimmer war: Seine Wut vernebelte seine Gedanken, so daß ihm nichts Passendes einfiel, was seiner Rechtfertigung gedient hätte; doch bevor er auch nur irgendeine lahme Bemerkung von sich geben konnte, war Jane schon gegangen. Sie legte den Arm um Constances Schultern und führte sie, schob sie fast, ins Haus.

Danach herrschte tiefes Schweigen; Mrs. Heyward-West machte eine Bemerkung über die Unbeständigkeit des Frühlingswetters; Freddie hustete, Boy starrte angespannt in Richtung Wald; Daisy, die Labradorhündin, wälzte sich am Boden und legte sich vor Denton, ihrem Herrchen, auf den Rücken.

»Tee, Eddie...«

Gwen streckte die Hand nach seiner Tasse aus. Sie hatte die Teekanne von Maud übernommen und thronte hinter ihrem Teetisch. Ein Silbertablett, eine silberne Teekanne, eine silberne Zuckerdose und Zangen, ein silberner Milchkrug... Shawcross betrachtete das glitzernde Aufgebot; überlegte, wieviel diese paar Gegenstände wohl brächten, wenn man sie verkaufen würde, bestimmt genug für ihn, um ein Jahr oder zwei davon zu leben. Stilgerecht. Dann wäre Schluß mit den schäbigen Kompromissen seiner künstlerischen Intentionen; dann wäre sein Genius frei und ungebunden und könnte aufblühen.

»Vielen Dank.«

Er hielt ihr seine Tasse hin, warf einen Blick auf Denton, der neben Gwen saß, in seinem Sessel eingenickt war, seine großen mit Leberflekken übersäten Hände lagen schlaff in seinem Schoß. Merkwürdigerweise mußte Shawcross zum ersten Mal daran denken, daß Gwen eine sehr reiche Frau wäre, wenn Denton sterben würde.

»Nein. Keinen Zucker. Danke.«

Eine sehr reiche Witwe. Die, nach einiger Zeit, wieder heiraten könnte. Die ihn heiraten könnte – es würde ihm wohl kaum schwerfallen, sie davon zu überzeugen. Vorausgesetzt, natürlich, daß er sich an den Gedanken einer zweiten Ehe gewöhnen könnte, nach der Langeweile und der erstickenden Enge seiner ersten.

Wenn Denton Cavendish tot wäre... Shawcross überließ sich dieser erregenden Vorstellung; er nahm Gwen die Teetasse ab. Seine Finger unterließen es, sie zu berühren, aber – war es möglich, daß Gwen seine Gedanken gelesen hatte, oder dachte sie daran, was am Nachmittag geschehen war? – Gwens Hand zitterte. Ein winziger Augenblick nur, eine kleine Schwäche; die Tasse klirrte, als sie gegen den Silberlöffel stieß; aber Shawcross hatte es bemerkt: Genauso, wie Acland es bemerkt hatte.

Shawcross trank seinen Tee, der zu heiß war, in kleinen Schlucken und verbrannte sich die Lippen. Acland beobachtete ihn mit starrem, feindseligem Blick. Ein unangenehmer Augenblick für Shawcross, der in seinem Sessel hin- und herrückte.

»Shawcross...« Acland beugte sich nach vorn, sprach mit höflicher Stimme. Er stellte ihm eine Frage, und Shawcross hatte das unangenehme Gefühl, daß er die Antwort schon kannte. »Sie haben uns noch gar nicht erzählt, was Sie gemacht haben. Hatten Sie einen angenehmen Nachmittag? Haben Sie sich gut unterhalten? Tennis, Krocket, ein Spaziergang im Wald vielleicht? Waren Sie bei den Schwänen am See? Verraten Sie's uns, Shawcross. Bestimmt haben Sie nicht den ganzen Nachmittag Bücher gelesen!«

2

Eine Verabredung und ein Unfall

Aus den Tagebüchern

Winterscombe, 10. April 1910

Eine Erinnerung an meine Mutter: Ihre vornehme Abstammung, dünn, aber fest – durchsichtig wie feines Porzellan. Wenn ich ihr einen Kuß gab, wischte sie sich gleich mit einem weißen Taschentuch die Lippen ab. Als ich noch ganz klein war, betete ich immer, daß ich ihr einmal einen Kuß geben könnte, den sie hinterher nicht gleich abwischen würde. Ich fragte sie, ob das ginge, aber sie sagte mir, daß Küsse Bakterien übertragen.

Eine Erinnerung an meinen Vater: Wenn er aufstieß, bewegte sich sein Bauch. Man konnte sehen, wie er den Wind herauspumpte. Ein Mann voller Gas; gasförmige Stoffe, schädliche Stoffe: Ein Mann, der von innen her verfaulte. Als er starb, roch es nach Fäulnis. Weiche Lippen und große Hände; ich sah, wie seine Hände unter ihrem Kleid wühlten. Ich war drei Jahre alt, als ich sie das erste Mal dabei ertappte: Meine Mutter keuchte.

Eine Erinnerung an meine Tochter: Zwölf Monate alt: Jessica liegt schon im Nebenzimmer und stirbt: Hustet Tag und Nacht und stört mich bei der Arbeit. Mitten in einem Kapitel lernte das Kind zu gehen, und die verdammte Kinderfrau mußte sie natürlich hereinbringen, um es mir zu zeigen. Fünf wacklige Schritte, dann packte sie mich am Knie. Ein häßliches Geschöpf, diese Constance, die ich in die Welt gefickt habe: gelbe Haut, asiatisches Haar, semitischer Höcker auf der Nase, feindselige Augen. Ich verspürte den Wunsch, ihr einen Tritt zu geben.

Schreibe über den Haß – und seine Reinheit. Heute nacht – der Komet. Durch einen Unfall der Elemente in die Welt gesetzt – wie meine Tochter. Heiß und gasförmig – wie mein Vater.

Seltsam, diese Assoziationen meiner Gedanken. Ich vermisse meine Mutter. Schon zwölf Jahre tot, verrottet. Ich denke jeden Tag an sie. Wie sie sich nach jedem Kuß die Lippen abgewischt hat. Sie war sauber und kalt und so fern. Wie der Mond.

»Kesselflicker. Zigeuner. Halunken. Schmarotzer. Denkt an meine Worte. Die stecken dahinter.«

Denton trank einen kräftigen Schluck von dem Portwein, kippte ihn gierig in sich hinein, würgte und blickte finster in die Runde. Das Essen war vorüber, die Frauen hatten sich zurückgezogen. Rechts und links von ihm saßen seine Kameraden; er wußte, daß sie mit ihm fühlten – sie waren auch Landbesitzer –, und so war er wieder auf seine gegenwärtige *idée fixe* zurückgekommen.

»Ich dachte, die wären weitergezogen«, bemerkte Sir Richard Peel, der Boss dieser alten Kameraden, – der alte Dickie Peel, Friedensrichter, furchtloser Jäger – und runzelte die Stirn. Sein Besitz grenzte an Dentons an; wenn Denton Cavendish diesen Monat Fasane abhanden gekommen waren, würde es ihm wahrscheinlich nächsten Monat nicht viel besser ergehen.

»Weitergezogen? Weitergezogen?« Denton erstickte fast an seinen eigenen Worten. »Natürlich sind sie weitergezogen. Aber jetzt sind sie wieder da. Unten bei der Eisenbahnbrücke. Ein dreckiger abgerissener Haufen. Die klauen. Verbreiten Dreck und Seuchen. Jack hat sie letzte Woche oben an meinem Wald gesehen, das hat er Cattermole gesagt. Du mußt dich darum kümmern, Peel.«

»Unten bei der Brücke, das ist öffentlicher Grund. Das dürfte schwierig sein...«, sagte Sir Richard nachdenklich, und Dentons Nase lief rot an und begann zu zittern.

»Öffentlicher Grund? Was soll das heißen? Soll das etwa heißen, die können tun und lassen, was sie wollen? Soll das etwa heißen, daß sie sich nachts in meinen Wald schleichen und sich meine Vögel holen können, wie es ihnen gerade paßt? Heißt das etwa, daß sie mit ihren dreckigen räudigen Tölen einfach in mein Dorf kommen können – widerliche Kreaturen sind das, Gift wäre noch zu schade für sie. Einer davon ist letztes Jahr auf Cattermoles beste Hündin losgegangen. Hat sie direkt vor der Kirche bestiegen; Cattermole konnte nichts tun. Hat die kleinen Bastarde natürlich ertränkt, hat sie in einem Sack in den Fluß geworfen – aber diese Hündin ist seither nicht mehr, was sie mal war. Diese Sache hat sie völlig verdorben. Kaputtgemacht. Dabei war sie früher eine wirklich gute Hündin. Gute Nase, feine weiche Schnauze. Aber jetzt...«

Denton schüttelte den Kopf, murmelte vor sich hin, griff nach der Portweinkaraffe und goß sich immer wieder ein.

Schon sein drittes Glas, stellte Shawcross vom anderen Ende des Tisches fest. Trunkenbold. Säufer. Philister. Denton, der Hahnrei, hatte schon einen sitzen gehabt, bevor sie zu Tisch gingen; aber jetzt war er völlig betrunken.

Shawcross nippte mit kleinen damenhaften Schlucken an seinem Glas und tupfte sich dann mit der schneeweißen Serviette seinen kleinen sauberen Mund, seinen wunderbaren mit Pomade behandelten Bart ab. Mit einem arroganten Lächeln wandte er den Blick von Dentons Tischende ab und musterte die Gäste, die um ihn herumsaßen; links von ihm, ganz hinten, ein seniler Graf, ein verklemmter Bischof, Jarvis, der gerade dabei war, irgendeinem Nachbarn der Cavendishs eine schöne Sammlung Landseers aufzuschwatzen.

Rechts von ihm saß der prominente Finanzier Sir Montague Stern, der sich mit George Heyward-West unterhielt – bestimmt wieder über Prozente, gar kein Zweifel. Dahinter eine Gruppe junger Männer, darunter Hector Arlington. Arlington, ein ernster und gebildeter junger Mann, sollte angeblich einen beachtlichen Ruf als Amateurbotaniker haben. Shawcross gestattete sich ein höhnisches Grinsen. Ein Botaniker! Auch nichts.

Hinter Arlington eine Gruppe eleganter junger Eton-Schüler mit auffälligem Akzent, und hinter ihnen, vermischt mit einer ganzen Reihe enervierend prominenter Männer, die drei ältesten Söhne von Gwen: Boy, mit gerötetem ängstlichen Gesicht; Freddie, der vorhatte, sich ein bißchen zu betrinken; und Acland, der an diesem Abend meistens still und in sich gekehrt war.

Shawcross sah, wie Acland ein Gähnen unterdrückte, und stellte fest, daß Acland anscheinend nur Wasser trank. Außerdem bemerkte er, daß Acland so tat, als würde er dem Mann, der neben ihm saß, zuhören; dabei wanderte Aclands Blick von einem Gesicht zum nächsten, und es sah aus, als würde diesem Blick nur sehr wenig entgehen.

Shawcross fühlte sich unter Aclands Blick immer unbehaglich, und so wandte er sich jetzt lieber ab, um ihm nicht begegnen zu müssen. Shawcross hatte das Gefühl, daß Acland ihn nicht nur nicht mochte: Acland wußte Bescheid. Er wußte von der Affäre mit Gwen; er spürte die Verachtung, die Shawcross für Gwen empfand – und die er – wie er immer geglaubt hatte – so gut vertuscht hatte. Diese Bemerkung, die Acland vorhin quer über den Tisch geäußert hatte: *Sie haben uns noch gar nicht erzählt, ob Sie sich heute nachmittag gut unterhalten haben.* Kein Zufall, fühlte Shawcross, sie zielte darauf ab, ihn in Verlegenheit zu bringen. Gott, wie er diesen Jungen haßte ... Er zündete sich umständlich eine Zigarre an, war sich bewußt, daß Aclands Blick jetzt auf ihm ruhte. Er rückte unruhig in seinem Sessel hin und her. Neben allem anderen haßte er es am meisten, wenn Acland ihn so wie jetzt ansah, während er gerade benachteiligt war, weil niemand mit ihm sprach, weil man ihn wieder mal nicht einbezog in die Gespräche. Er räusperte sich und beugte sich nach vorn und unterbrach das Gemurmel um Geld unmittelbar rechts von ihm.

George Heyward-West musterte ihn erstaunt. Der Finanzier Sir Montague Stern gab sich weltmännischer. Er ließ Shawcross an der Unterhaltung teilnehmen, wechselte aber das Thema, damit der andere mithalten konnte: Innerhalb kürzester Zeit waren sie von Dividenden und Wertpapieren bei der Oper angekommen; Shawcross beruhigte sich wieder.

Montague Stern war ein prominenter Mäzen von Covent Garden; Shawcross, der unmusikalisch war, verstand nichts von Opern und interessierte sich auch nicht im geringsten dafür, aber zumindest hatten sie etwas mit Kunst zu tun, zumindest waren sie bei einem Thema von einem gewissen Bildungsniveau und immerhin besser als die ausfallenden Schimpftiraden über Zigeuner und Hunde.

Es gelang ihm – wie er fand –, einige ganz passable, intelligente Bemerkungen zum Thema Wagner von sich zu geben, während er Sir Montagues Weste betrachtete – ein unkonventionelles Kleidungsstück aus bestickter roter Seide – und sich entspannte und Sir Montague – der ein großzügiger Mann war – ihn nicht einmal korrigierte, als er Rossini mit Donizetti verwechselte.

Shawcross nippte jetzt beherzter an seinem Portwein, merkte, wie er, ein bißchen nur, angenehm, sanft, angeheitert wurde. Noch ein paar Schlückchen, und er war bereit, es den anderen zu zeigen. Von der Oper zum Theater, vom Theater zu den Büchern.

Im Hinterkopf war er sich immer bewußt, daß Acland ihn beobachtete. Sollte er doch; sollte er sich doch anstrengen, ihn bei einem Fehler zu ertappen – wenn es ihm gelang! Shawcross war jetzt kein Außenseiter mehr, er war durch und durch weltmännisch, und die Namen modischer Gottheiten – alles Freunde von ihm, alles so enge, enge Freunde: Wells,

Shaw, Barrie – ein so charmanter kleiner Mann, dieser Barrie – gingen ihm von den Lippen wie Balsam aus Rosennektar.

Sir Montague hörte ihm aufmerksam zu; gelegentlich nickte er; ein- oder zweimal schüttelte er – was Shawcross nicht bemerkte – den Kopf. Shawcross spürte freudige Erregung, riskierte sogar einen kleinen triumphierenden Blick in Aclands Richtung. Sicher, so sicher fühlte er sich auf diesem herrlich vertrauten Terrain: Literatur, ganz allgemein, aber im besonderen, jene literarischen Werke, die er selbst verfaßt hatte. Hier in diesen Höhen, konnte ihn niemand verächtlich machen, ihn höhnisch angrinsen – jedenfalls niemand an diesem Tisch. Sir Montague? Ein kultivierter Mann, gewiß – ein intelligenter und gebildeter Mann, ja; aber die Aufmerksamkeit, die ihm Sir Montague zuteil werden ließ, verstärkte das Gefühl von Sicherheit nur noch, von dem Shawcross jetzt erfüllt war.

Denn Sir Montague konnte es sich, als einziger der anwesenden Männer, nicht leisten, ihn von oben herab zu behandeln. Er konnte Shawcross nicht wegen seiner Herkunft, seiner Schulausbildung, seines Benehmens, seiner Kleidung verachten. Warum nicht? Und warum konnte, umgekehrt, Shawcross nun das schönste von allen Gefühlen genießen: daß nämlich er derjenige war, der herablassend sein konnte, gönnerhaft?

Ganz einfach: Sir Montague war Jude. Er war, jedenfalls den Gerüchten nach – von allerniedrigster Herkunft, und obwohl er es – beruflich – weit gebracht hatte, sehr weit sogar, ließ sich eine solche rassische und soziale Herkunft nicht einfach ablegen. Sie war in seine Gesichtszüge eingemeißelt, an seiner Weste zu erkennen, verriet sich, nur gelegentlich, in seiner satten Stimme, mit einem mitteleuropäischen Tonfall, nicht aber dem von englischen Grafen.

Ausgezeichnet, fand Shawcross, denn natürlich verabscheute er Juden genauso wie Frauen und die Arbeiterklasse, die Iren und Menschen mit dunkler Hautfarbe. Sich mit Sir Montague gegen die Philister verbünden zu können, gleichzeitig aber sicher zu sein, daß er, Shawcross, von Geburt überlegen war – o welch ein köstliches Vergnügen. Seine geistreichen Bonmots erklommen neue Höhen; und so war er ausgesprochen enttäuscht, als sich die Weinrunde auflöste und sein Auftritt ein jähes Ende hatte.

Etwas später am Abend, als das Fest in vollem Gang und das Auftreten des Kometen immer näher rückte, ging Boy Cavendish mit Jane Conyngham in die Waffenkammer.

Die Idee stammte von Jane und war ein Akt der Verzweiflung. Viele Stunden während des Dinners, bei dem man sie wieder zusammengesetzt hatte, hatte sich Boy in dem einzigen Thema, das ihn je belebt hatte – die Fotografie –, erschöpfend ausgebreitet. Tapfer hatten er und Jane sich, während ein Gang dem anderen folgte, durch alle Gewässer höflicher Konversation gekämpft. Boys Antworten wurden immer zerfahrener. Als Jane lustlos in ihrem Dessert stocherte, waren sie schließlich beim Reisen angekommen: Und da entdeckten sie, daß Jane – die Museen liebte, die niemals ohne Baedeker losfuhr – in Florenz, Rom, Venedig und Paris gewesen war, während Boys Auslandsreisen nicht so vielseitig gewesen waren. Er verbrachte den Sommer in Winterscombe, den Herbst auf Dentons schottischem Besitz, den Winter in London. Angeregt von Janes Berichten, erinnerte sich Boy, daß er einmal auch, mit seiner Tante Maud, eine Reise in die Normandie gemacht hatte, aber da war er noch sehr klein, und von dem Essen dort war ihm schlecht geworden.

»Papa«, sagte Boy mit hochrotem Kopf, »Papa hält nicht viel vom *Ausland*.«

Als die Männer dann zu den Frauen in den Salon gingen, lief alles etwas besser, denn Acland nahm Boy auf die Seite, und Jane blieb – zu ihrer großen Erleichterung – mit Freddie zurück. Allerdings war Freddie nicht gerade entzückt davon: Er hatte keine Lust, bei Jane hängenzubleiben. Er runzelte die Stirn und sah seinen älteren Brüdern nach, die beide blaß waren und sich zu streiten schienen. Er drehte sich wieder zu Jane um und machte ihr Komplimente über ihr Kleid.

In Wirklichkeit mochte er dieses Kleid gar nicht – das düstere Grün –, aber mit einiger Mühe gelang es ihm, sein Kompliment einigermaßen überzeugend vorzubringen, denn Jane sah eigentlich hübsch aus. Ihr schmales Gesicht hatte ein wenig frische Farbe bekommen – ihre Haare waren in weichen Wellen gelegt, und die Frisur betonte ihre hohe Stirn und ihre weit auseinanderliegenden haselnußbraunen Augen. Acland hatte schon oft gesagt, daß Jane nicht häßlich wäre, daß ihre Klugheit ihr Gesicht zum Leuchten bringe, sie schön mache. Freddie fand das nicht – und außerdem war Acland doch nur boshaft –, aber immerhin brachte er die Bemerkung über das Kleid zustande. Jane runzelte die Stirn.

»Bitte, Freddie, du brauchst nicht höflich zu sein. Das Kleid ist ... ein Fehler.«

»Wie bitte?«

»Es stehen gute Absichten dahinter, dieses Kleid ...«

Jane unterbrach sich. »Aber sie wurden nicht erfüllt.«

Jane warf einen Blick zu Acland, während sie es sagte. Freddie verstand sie nicht, vielleicht sollte es ein Witz sein – aber Freddie hatte Janes Witze noch nie verstanden.

Peinliches Schweigen legte sich über sie. Freddie warf einen prüfenden Blick durch den Salon, hilfesuchend, aber ohne Erfolg. Es gelang ihm, Blickkontakt mit Hector Arlington herzustellen, aber Arlington wandte sich – als er Jane bei ihm sah – schnell ab.

Freddie wußte auch, warum: Arlington war einmal dazu bestimmt gewesen, Jane zu heiraten – jedenfalls hatte das ihre Familie so geplant. Die Angelegenheit wurde von ihrer Tante mit großer Energie vorangetrieben. Arlington, der, so wie Acland, ein überzeugter Junggeselle war, konnte gerade noch rechtzeitig seinen Kopf aus der Schlinge ziehen. Freddie bezweifelte, daß das Boy so leicht gelingen würde. Nicht, wenn sein Vater etwas damit zu tun hatte.

Was für ein trauriges Schicksal, bei einem Blaustrumpf zu landen! Freddie sah Jane von der Seite an: Nach allem, was Acland – wieder einmal – erzählte, hatte Jane einen Platz für Literatur in Cambridge gehabt, aber sie gab ihn zurück, als ihr Vater krank wurde. Freddie drehte sich in seinem Sessel und überlegte, wie er sich, ohne unhöflich zu sein, von ihr verabschieden könnte: Er konnte sich nicht entscheiden, ob er Frauen an der Universität schrecklich oder komisch finden sollte.

»Geht es Boy nicht gut?« fragte Jane plötzlich, so daß Freddie erschrocken zusammenfuhr.

»Nicht gut?«

»Er ist so blaß. Beim Essen schien er mir ein wenig zerstreut...«

Machte sich wahrscheinlich Sorgen wegen des Antrags, dachte Freddie und unterdrückte ein Lächeln.

»Ich glaube, das kommt vom Wetter. Er hat schon heute früh über Kopfschmerzen geklagt. Ach ja – und noch dazu hat er ein Teil von seinem Stativ verloren – du weißt ja selbst, wie er sich immer anstellt mit seiner Kamera! Aber ohne dieses Teil kann er sie nicht aufstellen. Ich schätze, daß er ganz schön wütend ist deswegen.«

»Nein. Das glaube ich nicht. Er muß es schon wiedergefunden haben. Vorhin hat er doch am See Fotos gemacht. Die Schwäne, weißt du. Ich war dabei. Das war direkt vor dem Essen.«

Wieder mußte Freddie ein Lächeln unterdrücken. Boy hatte also ganz eindeutig Gelegenheit gehabt, seinen Antrag vorzubringen, hatte sich offenbar gedrückt.

»Ja, also dann, dann weiß ich es nicht«, sagte er höflich.

»Auf jeden Fall kommt er ja jetzt«, fügte er erleichtert hinzu, als er sah, daß sich Boy von Acland trennte. »Würdest du mich, bitte, entschuldigen?«

Er entfernte sich eilig. Boy setzte sich zu Jane und griff – zu ihrer wachsenden Verzweiflung – wieder die schrecklich gestelzte Unterhaltung von vorhin auf. Wie es schien, gab es nichts, das Boy beleben konnte, Musik nicht, Bücher nicht, die anderen Gäste nicht und auch nicht der Komet – gar nichts. Und dann kamen sie irgendwie auf Gewehre zu sprechen und schließlich auf Boys berühmte Purdeys. Jane sagte, daß sie bestimmt sehr schön wären; sie wußte noch, wie ihr Bruder Roland, der sich für Holland-Gewehre entschieden hatte, immer sagte, daß sie wirklich gut wären, aber nicht so gut wie –

»Wenn du willst, zeige ich sie dir. Ich kann sie dir jetzt gleich zeigen«, sagte Boy zu Janes großer Verwunderung. Er stand auf. Er hielt ihr seinen Arm hin. Mit eiligen Schritten, Jane im Schlepptau, lief er los. Er schien das nachsichtige Lächeln und die wissenden Blicke, die ihnen folgten, als sie das Zimmer verließen, nicht zu bemerken, aber Jane bemerkte sie: Also glaubten alle, daß der Antrag unmittelbar bevorstand – aber sie sollten sich irren.

Während sie durch Korridore eilten, glaubte Jane, den Grund für Boys Eifer zu kennen: Es gab viele Orte, an denen ein konventioneller Mann vielleicht seinen Antrag vorbringen würde: am See, zum Beispiel, oder an einem schönen Aussichtspunkt; auf einer Terrasse im Mondschein; vielleicht in einem Gewächshaus – ja, das würde zu Boy passen. Überall, aber in einer Waffenkammer – niemals.

In der Waffenkammer, in der sie vor Anträgen sicher waren, entdeckten sie etwas sehr Erstaunliches: Die beiden Purdeys waren weg.

Es dauerte eine ganze Weile, bis sie auch wirklich davon überzeugt waren, denn Dentons Waffenkammer war ziemlich geräumig, geradezu ein Waffenarsenal, und Boy wurde sehr nervös. Gereizt und völlig geistesabwesend erklärte er ihr, daß sein Vater diese Waffenkammer mit fetischistischer Sorgfalt umhegte. Es gab nur vier Schlüssel für die Tür: Sein Vater hatte einen, er selbst hatte einen, Acland hatte kürzlich einen bekommen, und den vierten hatte Cattermole in Verwahrung. Die anderen Wildhüter durften das Zimmer nur betreten, um die Gewehre zu reinigen, aber auch nur unter Aufsicht seines Vaters oder Cattermoles.

Boy wollte es einfach nicht glauben. Er durchsuchte die ganze Kammer von oben bis unten, sah in alle Ecken, hinter alle Schränke, und wurde immer aufgeregter.

»Papa wird außer sich sein, absolut außer sich! Bitte...« Er faßte Jane bittend am Arm. »Bitte, sage niemandem etwas davon, niemandem!«

»Natürlich nicht, Boy«, erwiderte Jane, und sie hielt ihr Wort. Dieser Vorfall stand in ihren Tagebüchern, aber er wurde nie diskutiert, genausowenig wie Boys Erklärung – zwei Tage später –, daß sich die Gewehre schließlich doch gefunden hätten, nie diskutiert wurde. Boy sprach nie wieder davon – auch nicht, als er bei einer Untersuchung, die die Ereignisse dieser Nacht in allen Einzelheiten durchleuchten sollte, als Zeuge aussagen mußte.

In dem Waffenzimmer bemerkte Jane in Boys Gesicht den Ausdruck kindlicher Schmerzen. Armer Boy, dachte sie. Boy, der von seinem Vater entmannt wurde, machte sich wegen seines Vaters und der Purdeys nicht wirklich Sorgen; er machte sich wegen seines Vaters und des Antrags Sorgen, den er ihr machen sollte.

Sie verspürte einen Anflug von Mitleid für Boy, der genauso ein Gefangener war wie sie selbst. Sie würde ihm sagen, dachte sie – sie würde es ihm jetzt sagen –, daß sie seinen Antrag, wenn er ihn ihr wirklich machen sollte, ablehnen würde. Die Sätze waren in ihrem Kopf schon fertig formuliert – aber sie wurden nie ausgesprochen.

In diesem Augenblick ertönte ein Gong. Sein Echo hallte durch die Flure und Gänge. Ein geisterhafter Ton. Boy sprang auf. Aber dieser Gong war nur das Signal für die Gäste, daß es Zeit wurde, sich draußen zu versammeln.

Boy schien es als einen weiteren Strafaufschub anzusehen.

»Wir müssen uns beeilen«, sagte er, und Jane – die wußte, daß der Augenblick der Ehrlichkeit verpaßt war – warf noch einen Blick in die Runde, auf die Waffen, und folgte ihm dann nach draußen.

So viele Menschen, draußen, auf der Terrasse von Winterscombe, die alle hinauf in den Nachthimmel starrten. Es wehte ein leichter Wind; es war eine ruhige Nacht; alle warteten.

»Da drüben!«

Es war Acland, der ihn zuerst entdeckte und darauf zeigte. Überall um ihn herum drehten sich die Menschen um, schubsten, verrenkten die Hälse, verbrachten die Minuten des Wartens damit, die Sternbilder zu suchen.

Der Polarstern, der Gürtel des Orion. Cassiopeia, die Zwillingssterne

Kastor und Pollux, der Große Bär, der Kleine Bär: Heute war der Himmel ohne Wolken; die Sterne funkelten in ihrer Pracht.

Sie sahen aus wie dicke Samenkörner, dachte Acland, die von der Hand eines großzügigen, verschwenderischen Gottes über den Himmel verstreut wurden: Ihre Fülle machte ihn schwindlig. Er ging ein Stückchen weg von den andern, so daß das Stimmengewirr nicht bis zu ihm drang, so daß er – wie er es gern hatte – allein sein konnte.

Er blickte zum Himmel empor und wurde von einem wunderbaren Gefühl erfaßt. In einer solchen Nacht war alles möglich; all die verächtlichen Dinge des Lebens, jeder Unsinn und alle Ausflüchte und jeder Kompromiß und jede Unwahrheit waren verbannt. Einen kurzen Augenblick, direkt vor dem Auftauchen des Kometen, erhob er sich hoch hinauf in einem gewaltigen geistigen Höhenflug, als würde er der dumpfen Schwerkraft der Erde entfliehen, als würde er sie weit hinter sich lassen, um hinaufgetragen zu werden zu den Sternen.

Dieses Gefühl hielt nicht lange an. Es war schon wieder verblaßt, als er den Kometen entdeckte, und der Komet ernüchterte ihn. Er hatte erwartet, daß er enttäuscht sein würde von diesem Kometen, diesem vielgepriesenen Phänomen. Eine zufällige Ansammlung von Teilchen, Gasen und Staub: Er war überzeugt gewesen, daß es überhaupt nicht spektakulär sein würde.

Aber als er ihn dann sah, wußte er, daß das ein Irrtum gewesen war. Der Komet erfüllte ihn mit Ehrfurcht; er erfüllte seine Freunde mit Ehrfurcht. Als er aufschrie und auf ihn zeigte, verstummten die Gespräche, und die Menschen auf der Terrasse fielen in Schweigen.

Der Komet zog in einem Bogen über den Himmel, die Sterne verblaßten, die Dunkelheit wurde erhellt wie von einem Blitz, die große Kurve der Flugbahn vollzog sich im Schweigen.

Das war es, dachte Acland, was die Erscheinung so furchteinflößend machte. Willenskraft, Erstrahlen und Schweigen. Mit einer solchen Geschwindigkeit und Feuersbrunst, er hätte das Knistern von Flammen erwartet, den Knall einer Explosion oder gar das Aufbrüllen eines Motors, wie bei einem Auto oder einer Dampflokomotive oder einem Flugzeug – Acland hatte schon – ein einziges Mal – ein Flugzeug gesehen.

Aber der Komet war so still wie ein Stern; und gerade das machte ihn so ehrfurchtgebietend, dachte Acland. Dies und – nur einen Augenblick lang – die Wahrnehmung der Zukunft. Denn der Komet würde natürlich zurückkehren, in genau sechsundsiebzig Jahren: Soviel war sicher.

Acland sah zu ihm hinauf und rechnete – wie vielleicht alle Menschen in diesem Augenblick hinaufsahen und rechneten. 1986 würde der Komet das nächste Mal zu sehen sein: Die Zahl klang fremd, unvorstellbar, bizarr. Dann würde er... zweiundneunzig Jahre alt sein.

Aber so lange würde er nicht leben; das war Acland sofort klar. Das wäre unwahrscheinlich alt, zu alt. Er ließ den Kometen nicht aus den Augen, sah zu, wie sich Licht spiralförmig wand: Er wußte – nur einmal im Leben, und dann nie wieder.

Acland blickte hinauf und begriff, für einen kurzen Augenblick, seine eigene Sterblichkeit. Das machte ihn traurig und zornig. So wenige Jahre, dachte Acland; bevor es vorbei war, würde er gern irgend etwas Mutiges, irgend etwas Außerordentliches, irgend etwas Wunderbares tun.

Ungeduldig, zornig wandte er sich ab. Er mußte zu Jenna, er mußte bei ihr sein; er mußte *jetzt* bei ihr sein – und es war ihm egal, ob ihn jemand weggehen sah. *Das Leben ist so kurz*, dachte Acland und ging zu den Ställen; Jenna hatte versprochen, sich dort mit ihm zu treffen. Er lief schneller: Niemand sah ihn weggehen, außer Jane Conyngham, die ihn immer beobachtete.

Die Luft in Aclands Lungen schmeckte süß. Das erhebende Gefühl kehrte zurück. Heute nacht könnte ich alles tun! Er begann zu laufen und warf noch einmal einen Blick über die Schulter.

Aber nein: Niemand rief ihn, und – sehr viel später – würde auch niemand fragen, wohin er gelaufen war.

Und die anderen Beobachter? Manche von ihnen hatten auch Angst. Selbst Denton spürte, wie er von Melancholie erfaßt wurde: Er dachte an seine steifen Gelenke, seine Kurzatmigkeit, an die Nähe des Grabes. Gwen, die ihr mit Hermelin besetztes Sealskin umgelegt hatte und direkt neben Shawcross stand, wie sie es vorgehabt hatte, begriff, wie die Realität Erwartungen verkleinern konnte.

Sie hatte sich ein wolkenloses Glück vorgestellt; jetzt war sie besorgt, schwankte zwischen Hoffnung und Panik. Heute hatte sie ihren Ehebruch zum ersten Mal in Frage gestellt. Sie schob nicht mehr alle Zweifel einfach auf die Seite. Sie gab sie jetzt zu; sie bedrängten sie. Sie liebte Eddie; sie liebte ihn nicht. Er liebte sie; er liebte sie nicht. Sie war eine Mätresse; sie war eine Mutter. Und zum ersten Mal schienen diese beiden Rollen jetzt zu kollidieren, und sie hatte Angst vor der Bestrafung.

Sie hatte gesündigt; sie sah den Kometen an, und sie wußte es. Das war keine Verfehlung; das war eine Sünde. Eddie würde lachen über dieses Wort, aber dieses eine Mal würde sie sich nicht von Eddie beeinflussen lassen. Was sie getan hatte, so urteilte sie, ließ sich durch nichts entschuldigen; die Scham über das, was geschehen war, verursachte ihr Übelkeit. Sie sah sich selbst, wie sie als Kind im Wohnzimmer saß und ihrem Vater zuhörte, der ihr aus der Bibel vorlas, und sie wußte jetzt so sicher, wie sie es damals gewußt hatte: Sünde forderte Vergeltung.

Eddie hatte ihre Hand ergriffen, aber sie entzog sie ihm. Sie würde sich bessern, sie würde diese Beziehung beenden, und sie würde sich nie wieder in Versuchung führen lassen. Eddie sah sie an, aber Gwen merkte es nicht einmal. Sie versuchte sich ihre Strafe auszurechnen und wurde mit einem Schlag von einem irrationalen Entsetzen erfaßt, denn sie begriff plötzlich, woher sie kommen würde.

Sie selbst würde nicht zu Schaden kommen. Natürlich nicht; das wäre zu einfach. Nein, jemand, den sie liebte, würde zu Schaden kommen: Ihre Strafe würde der Verlust sein. Entsetzt suchte sie jetzt in den Gesichtern der Menschenmenge nach ihren Kindern, ihrem Mann. Dann drehte sie sich um und taumelte über die Terrasse zum Haus.

»Gwen, wohin gehst du?« rief Shawcross. Gwen sah sich nicht um.

»Ich sehe nach Steenie«, sagte sie. »Ich muß nach Steenie sehen.«

Steenie und Constance hatten aufbleiben dürfen. Sie knieten nebeneinander am Fenster des Kinderzimmers. Das Fenster war weit geöffnet, und sie beugten sich gefährlich weit über den Sims hinaus. Steenies Gesicht war gerötet, erregt; Constances Gesicht war blaß und verschlossen: Sie starrten beide in den Himmel, sahen dem Licht nach, das am Horizont verblaßte.

Nanny Temple, die ihr graues Haar im Nacken zu einem Schwanz zusammengebunden hatte und in einen roten Flanellmorgenrock gehüllt war, machte sich hinter ihnen zu schaffen. Als Gwen in das Zimmer gelaufen kam und Steenie in ihre Arme schloß, war Nanny Temple gekränkt. Das Kinderzimmer war ihre Domäne.

Gwen bedeckte Steenies Gesicht mit Küssen. Sie bestand darauf, daß sie ihn ins Bett bringen müßte. Ihm sein Glas Milch geben müßte, seine Kissen glattstreichen müßte, seine Stirn fühlen, die Decken und Laken bis zu seinem Kinn hochziehen müßte. Selbst dann zögerte sie noch, wieder zu gehen: Sie erinnerte sich an die Nächte, in denen sie hier gesessen war, als Steenie krank gewesen war und sie überzeugt, daß er sterben würde, wenn sie ihn nicht beschützte. Die Angst jener Nächte machte sich auch jetzt wieder breit; sie wußte genau, daß sie erst gehen würde, wenn Steenie eingeschlafen war, wenn sein regelmäßiger Atem ihr zeigen würde, daß er schlief.

Sie war so in sich versunken, daß sie gar nicht auf Constance geachtet hatte, die die ganze Zeit am offenen Fenster gestanden war und erst jetzt von Nanny Temple ins Bett geschickt wurde.

Die Fenster wurden geschlossen. Die Vorhänge zugezogen.

»Zeit für den Sandmann«, sagte Nanny mit fester Stimme.

»Gute Nacht, Constance«, rief Gwen und ging hinaus.

Constance, die wußte, daß sie jetzt nicht schlafen könnte, wurde in ihr Schlafzimmer gebracht.

»Ich habe heute ein Kaninchen begraben«, erzählte sie der Nanny, als sie im Bett lag und zugedeckt wurde.

»Sicher, mein Liebes«, sagte Nanny und löschte das Licht. Nanny Temple, die Constance nicht mochte, war an ihre Lügenmärchen gewöhnt; sie ignorierte sie einfach.

»Es war ein kleines Kaninchen. Ein graues«, fügte Constance leise hinzu.

»Ab ins Traumland«, sagte Nanny und machte die Tür zu.

In der Dunkelheit lag Constance ganz still und steif da. Sie zerrte an ihren Fingern. Sie dachte nach. Sie summte mit flacher Stimme eine kleine metallene Melodie. Sie wartete, und nach einer Weile kam der Albatros, wie jeden Abend.

Constance sah ihm zu, wie er unter der Decke Kreise zog; sie lauschte auf das langsame Schlagen seiner großen weißen Flügel. Der Albatros war kein Vogel mit einem bösen Omen – wie dumm die Menschen waren. Dieser Albatros war ihr Berater, ihr Freund, ihr Wächter unter den Engeln.

Und er war wunderschön. Jeden Tag flog er bis ans Ende der Welt und wieder zurück; jeden Tag überquerte er die großen Meere der Welt. Eines Tages würde er Constance mitnehmen – das hatte er ihr versprochen. Sie würde auf seinem Rücken sitzen und zwischen seinen Flügeln ruhen, so sicher wie eine Nuß in der Schale – und dann würde auch sie die Welt sehen. Constance freute sich schon darauf; inzwischen hielt sie die Augen offen und wartete. Geduldig.

Es war elf Uhr; unten wurden die Leuchter angezündet, der Salon erstrahlte in seinem Glanz; Jane Conyngham spielte Klavier.

Zu Beginn hatte sie die von ihr erwarteten Stücke gespielt: einen oder zwei rauschende Walzer, eine sanfte Mazurka, eine Musik, wie sie eine zarte Frau spielen sollte, eine Musik, die Jane verabscheute.

Zu Beginn hatten ihr die Leute zugehört: Sie hatten sich im Kreis versammelt, weil sie vielleicht erwarteten, daß sich ihre Gastgeberin zu Jane ans Klavier setzen würde, wie sie es oft tat. Gwen hatte eine schöne Stimme, und ihr Repertoire rührte die Herzen. Aber heute abend hatte es Gwen, als sie mit einer Entschuldigung wieder zu ihren Gästen kam, abgelehnt, etwas zu singen.

Jane blickte von den Tasten auf – sie kannte diese elende Mazurka auswendig – und sah, wie Gwen die Runde machte. Sie fing mit ihren vornehmsten Gästen an: dem alten Grafen und seiner Frau, die nur ganz selten zu sehen waren. Sie ging weiter zu Dentons Schwester Maud und zu Sir Montague Stern, dem Finanzier. Sie begrüßte Colonels und Captains, Staatsmänner und Politiker, Städter und Börsenmakler. Sie forderte Boy und Freddie auf, die jungen Frauen, die hier waren, zu unterhalten; lächelnd dirigierte sie ihren Mann und seine Kameraden ins Rauchzimmer und zum Billardtisch. Ein Wort hier, eine Berührung des Arms dort: Gwen ist gut in diesen Dingen, dachte Jane.

Die Mazurka war zu Ende. Der Kreis um das Klavier löste sich auf. Von jetzt an würde ihre Musik nur als Hintergrundgeräusch dienen. Jane legte die Finger auf die Tasten. Das machte ihr nichts aus: Abseits zu stehen hieß, für sich zu sein.

Eine Weile beobachtete sie, während sie ein paar Stücke spielte, noch die anderen Gäste, dachte an den Kometen. Zuerst hatte sie ihn gar nicht angesehen – eine ganze Weile nicht –, weil ihr Blick auf Acland gerichtet war, der wie immer ein Stückchen von den anderen entfernt stand, seine Silhouette hob sich vor dem hellen Himmel ab, er hatte den Arm ausgestreckt und deutete nach oben.

Jane beugte den Kopf über die Tasten. Sie wußte, daß Acland nicht im Zimmer war und daß er auch nicht aus dem Garten zurück war – niemand sonst schien es bemerkt zu haben. Gleichviel; niemand kümmerte sich um sie, und so konnten ihre Gedanken weiter zu Acland wandern. Sie mußte an sein rotes Haar denken, und wie es geleuchtet hatte in diesem ungewöhnlichen Licht am Himmel, wie ein Glorienschein rund um seinen Kopf. Sie sah seine Gesichtszüge vor sich, die sie unglaublich faszinierten. Acland hatte eine sehr blasse Haut, fast durchsichtig – auf ihr ließen sich seine Gefühle ablesen. Wenn Acland wütend war – und sie hatte ihn schon oft wütend gesehen –, wurde er blaß; wenn er glücklich war oder erregt oder belustigt, dann breitete sich eine dünne Farbe über seine Haut aus. Wenn sie an Acland dachte, dann immer in Zusammenhang mit Geschwindigkeit. Er dachte schnell, er hatte eine flinke Zunge, er urteilte hastig. Er mußte sich immer bewegen – an den nächsten Ort, zum nächsten Gedanken, zum nächsten Menschen, zum nächsten Projekt; und wenn Jane mit ihm zusammen war, hatte sie oft Angst. Acland, das spürte sie, konnte zerstörerisch sein; er war wunderbar, aber unbekümmert.

Als sie ihn vorhin, draußen im Garten, beobachtete, hatte Jane das Gefühl, als würde in ihrer Haut ein Kampf stattfinden. Es war, als würde irgend etwas in ihr, irgend etwas Wildes und Aufsässiges, etwas Bedrückendes, darum kämpfen, nach draußen zu gelangen. Jetzt war dieses Bedrückende wieder da: Jane konnte es fühlen. Dieses Bedrückende – natürlich war es gar nichts Derartiges, sondern reine Versuchung – unterbreitete ihr teuflische Vorschläge. Es sang ein Lied von einer wilden Welt, einer Welt außerhalb der gewohnten Ordnung, in der Jane lebte. Dort könnte eine andere Jane so ermüdende Begriffe wie Pflicht, Diskretion und Gehorsam vergessen. Sie würde ihren kränklichen Vater vergessen, und die Hoffnungen ihrer verwitweten Tante, und sie würde... frei sein.

Jane zögerte, dann klappte sie die Noten vor sich zu. Sie legte die Hände auf die Tasten und begann aus dem Gedächtnis zu spielen. Ein Musikstück, das sie liebte, das sie achtete; diese Musik gab keine ausweichenden Antworten, ihr Rhythmus war nicht beruhigend. Chopins Revolutions-Etüde. Kein Salonstück.

Frei, frei, frei: Es war ein schwieriges Stück. Als sie sich dem Ende näherte, merkte sie, daß jemand hinter ihr stand. Ein Mann. Solange sie spielte, war sie überzeugt, daß es Acland wäre.

Aber es war nicht Acland. Es war Boy. Er wartete, bis sie fertig war; er klatschte höflich.

»Ich frage mich«, sagte er, als Jane den Klavierdeckel zuklappte, »ob du wohl gern ein bißchen frische Luft schnappen möchtest? Ich dachte mir, daß wir vielleicht mal in den Wintergarten gehen könnten.«

Jane stand auf und folgte ihm. Sie wußte, was im Wintergarten passieren würde; sie wußte, daß sie nicht daran denken mochte. Statt dessen bewahrte sie die Musik in ihrem Kopf auf, und den Kometen, und ein Bild von Acland, der mit dem Finger zum Himmel zeigte, nicht auf den Kometen, sondern auf einen Weg, eine Route, eine andere Richtung, die sie einschlagen könnte.

Kamelien streiften an ihrem Arm entlang; Boy kniete sich hin – er kniete im wahrsten Sinne des Wortes vor ihr –, er legte seine Hand mit einer zaghaften Geste in die Nähe seines Herzens.

»Miss Conyngham... Jane...«, begann er.

Jane konzentrierte sich auf den Kometen, auf einen Glorienschein aus leuchtenden Haaren, auf die absolute Stille, deren Echo in ihren Ohren hallte, immer wieder und wieder, so laut wie Schüsse aus einem Gewehr.

»... um deine Hand anhalten.«

Boy verstummte, Jane wartete. Lange herrschte Schweigen, dann verließ sie der Wagemut von vor nur wenigen Minuten, wie sie befürchtet hatte. Lange einsame Jahre als alte Jungfer – war es das, was sie wollte? Und das war es doch schließlich, was sie erwartete. Eine Taufe nach der andern, zu der sie gehen würde – aber alle nur für die Kinder anderer Frauen. Wie würde die Zukunft aussehen, wenn ihr Vater starb, und ihre Tante starb und sie mit ihrem Vermögen allein sein würde?

Eine alte Jungfer – oder Boy, der mit fast absoluter Sicherheit ihre letzte Chance war. Sie sah Boy an und akzeptierte – auch wenn sie, gleich im nächsten Atemzug, darauf bestand, daß es eine längere Verlobungszeit geben müsse. Sie möchte noch warten, sie zog es vor zu warten, bis er einundzwanzig war.

Boy verzog das Gesicht, dann strahlte er. Er stand auf. Seine Knie knackten in den Gelenken. Jane wollte am liebsten lachen, so absurd war alles; aber sie streckte – voller Mitleid für sie beide – die Hand aus und lächelte ihn an.

Es war eine Nacht für Anträge, vielleicht eine Nacht der Liebe.

Im Salon flirtete Freddie mit einem jungen Mädchen namens Antoinette, die eine angeheiratete entfernte Verwandte von Tante Maud war und – entfernt – unter deren Schutz stand. Antoinette, gerade vierzehn, aber frühreif, spielte mit. Freddie plusterte sich auf.

Am anderen Ende des großen Raums stellte ihre Tante Maud, die ihre berühmten Saphire trug, gerade fest, daß sie und der Finanzier Sir Montague Stern viel gemeinsam hatten. Während sie über Opern redeten, betrachtete Maud seine Weste; auffällig und luxuriös, sie war fasziniert. Sie versuchte sich daran zu erinnern, was sie von diesem Mann wußte, dessen Name in Londoner Kreisen ein Begriff war. Ein Mann mit rasantem Aufstieg, ein Mann, der bestimmt großen Einfluß hatte, von dem man sich erzählte, daß er ein Vertrauter des Premierministers wäre; natürlich jüdisch, obwohl davon nur hinter seinem Rücken die Rede war, meistens von denen, die ihm Geld schuldeten. Wie war sein richtiger Name?

Nicht Stern, dessen war sie sicher; über ihn waren eine ganze Reihe Geschichten im Umlauf, die, wie sie sich vage erinnerte, nicht gerade schmeichelhaft waren, obwohl sie sich an keine Einzelheiten erinnern konnte. Ein Mann, der vielleicht ein paar Jahre jünger war als sie; um die Vierzig, schwer zu sagen, konnte auch noch jünger sein. Ein mächtiger Mann; ein verschlossener Mann; amüsant und weltmännisch; Maud fiel ein, daß sie noch nie mit einem Juden geschlafen hatte, und gerade, als sie es dachte – merkte sie, daß sie eine Einladung in Sterns Loge in Covent Garden angenommen hatte.

»Entzückend«, murmelte Maud und ließ den Blick durch das Zimmer gleiten. »Und Ihre Frau? Wird sie auch dort sein? Ist sie heute abend hier?«

»Ich habe keine Frau«, erwiderte Sir Montague, und er sagte es auf eine irgendwie abgewogene Art, daß Mauds Herz höher schlug.

Er wartete einen kurzen Augenblick, dann neigte er den Kopf. »Und Ihr Gemahl, der Prinz?«

»Der ist in Monte«, sagte Maud mit fester Stimme. Sie lächelten sich an. Damit war für sie beide klar, daß der Prinz abgetan war, daß er nie wieder erwähnt zu werden brauchte.

Sir Montague nahm ihren Arm: Er führte sie zwischen den gedrängt stehenden Gästen zu einem Diener mit einem Silbertablett und Champagner. Sie kamen an dem alten Grafen vorbei, der Sir Montague förmlich grüßte. An einem Politiker, der ihn mit etwas mehr Wärme begrüßte; an Eddie Shawcross, der möglicherweise ein bißchen betrunken war und sich näher zu Gwen schob.

»Was für ein unangenehmer Mann«, sagte Stern und blickte in Shawcross' Richtung, während er Maud behutsam auf die Seite führte. Diese Bemerkung – die er mitten in ein Gespräch hinein machte – überraschte Maud, weil sie nicht erwartet hatte, daß Sir Montague so offen reden würde.

»Gwen gefällt er«, erwiderte sie und bedauerte es sofort, vor allem die Art und Weise, wie sie es gesagt hatte. Maud, die Gwen gern hatte und die sich keine Illusionen darüber machte, wie schwer es sein mußte, mit Denton verheiratet zu sein, und die es rührend fand, daß Gwen sich die Mühe machte, ihre Affäre derart geheim zu halten, zögerte jetzt. »Das heißt«, fügte sie verlegen hinzu, »Gwen interessiert sich für Kunst, verstehen Sie, für Bücher. Und mein Bruder Denton –«

»Aber natürlich«, sagte Sir Montague ruhig und wechselte sofort das Thema.

Maud war beruhigt – was vielleicht beabsichtigt war; ihr Gefühl sagte ihr, daß dieser Mann es nicht weitererzählen würde, daß ihre Indiskretion bei ihm sicher war. Aber sie hatte auch das Gefühl, daß er diese Information, die sie ihm unabsichtlich gegeben hatte, nicht vergessen würde. Nur eine Sekunde lang, als sich ihre Blicke begegneten, spürte sie einen Mann, dessen Kopf mit Geheimnissen vollgestopft war, mit Informationsfetzen – möglicherweise nutzlos, möglicherweise nützlich –, die aber alle für irgendwelche künftigen Eventualitäten sorgfältig gespeichert wurden.

Ein Banker; eine Bank; gespeicherte Macht – war es das, was Sir Montague diesen Anflug von Zurückhaltung verlieh? Maud war sich nicht sicher, aber sie spürte irgendeine Macht, und sie war erotisch; und wieder beschleunigte sich ihr Pulsschlag.

Eine kurze Pause des Schweigens; Maud sah Sir Montague in die Augen, die dunkel waren, mit schweren Lidern. Sie wandte den Blick ab.

»In welchem Zimmer schlafen Sie heute nacht?« fragte Sir Montague, und weil er die Frage so und nicht anders stellte, ohne Vorankündigung, ohne nach irgendwelchen Vorwänden zu suchen, nur wenige Stunden, nachdem sie sich zum ersten Mal begegnet waren, gab Maud ihm sofort Auskunft.

Ohne sich zu zieren; ohne den Versuch, sich schockiert zu zeigen; deshalb mochte sie Sir Montague.

»Die erste Tür links«, erklärte Maud kurz. »Oben an der Treppe zum Ostflügel.«

»Um zwölf?« fragte Sir Montague und warf einen kurzen Blick auf seine Uhr.

»Wie ungeduldig Sie sind!« erwiderte Maud und legte die Hand auf seinen Arm. »Halb eins.«

»In einer halben Stunde«, sagte Eddie. Seine Stimme klang ein wenig undeutlich. Er ergriff Gwens Hand.

»Unmöglich. Das ist viel zu früh.«

»Dann um Mitternacht. Ich werde mich kurz vorher auf den Weg machen und dort auf dich warten. Du kommst doch? Du hast doch keine Angst?«

Gwen zog ihre Hand zurück, warf einen Blick nach rechts und links. Natürlich würde sie keine Angst haben, sie hatte nie Angst. Sie hatte sich mit Eddie schon öfter im Wald getroffen, in der Dunkelheit, und – falls sie Angst gehabt hatte, während sie im Dunkeln den Weg entlangtappte – dann hatte diese Angst das erregende Gefühl, das sie immer verspürte, wenn Eddie sie in den Armen hielt, nur noch verstärkt.

»Ist es sicher?«

Gwen starrte Eddie an, verstand ihn nicht.

»Ist es sicher?« wiederholte er noch nachdrücklicher. »Was ist mit den Waldhütern? Du weißt doch – beim Mittagessen –, da hat dein Mann doch gesagt, daß er Patrouillen losschicken will.«

Seine Sorge irritierte Gwen; Ängstlichkeit war nicht gerade eine Eigenschaft, die sie von einem Geliebten erwartete.

»Nicht heute nacht«, sagte sie. »Das ganze Dorf hat frei heute abend. Sie haben alle auf den Kometen gewartet – es gab auch ein Essen für sie. Wahrscheinlich sind sie schon alle betrunken. Viel zu betrunken, um sich wegen der Wilddiebe Gedanken zu machen.«

Eddie drückte ihren Arm. »Dann also um zwölf«, sagte er und ging weiter.

Gwen wandte sich zu einem anderen Gast um. Später, fünfzehn Minuten vor der abgemachten Zeit, sah sie Eddie auf die Terrasse gehen; fünf Minuten später hatte auch sie das Zimmer verlassen.

Das Fest war in vollem Gang; niemand merkte, daß sie hinausging. Sie lief die große Treppe zu ihrem Schlafzimmer hinauf.

Eine Stunde, dachte sie. Eine Stunde lang würde sie niemand vermissen. Sie blieb auf dem Treppenabsatz stehen und lauschte. Aus dem Billardzimmer hörte sie männliches Gelächter; sie lauschte. Sie war sicher, die Stimme ihres Mannes zu hören. Sie hörte sich betrunken an; es klang wie ein Bellen.

Bei den Ställen wartete Acland und lauschte. Er hob das Gesicht zum Nachthimmel und hörte aus der Ferne, hinter dem Küchengarten, Stimmengemurmel. Die Arbeiter, die Dorfbewohner, einige der Hausdiener – auch sie beobachteten den Kometen. Gleich würde Jenna sich davonstehlen, um bei ihm zu sein. Fünf Minuten, zehn – jede Minute war eine zuviel. Komm schnell, schnell, dachte Acland und warf einen Blick zurück zu dem grauen Haus.

Dort oben, im oberen Stockwerk, brannte ein Licht. Vor dem hellen Schein konnte er zwei kleine Gestalten erkennen: Steenie und Constance. Noch während er hinsah, verschwand Steenie, entzog sich seinem Blick. Constance blieb allein am Fenster. Einen Augenblick lang hatte Acland das Gefühl, daß sie ihn anstarrte; er zog sich in den Schatten zurück. Constance Cross, der Albatros: Acland mochte sie nicht.

Aber *nicht mögen* war nicht ganz das richtige Wort: Er *hütete sich* vor Constance, und das ärgerte ihn, denn Acland hütete sich vor wenigen Menschen, und warum sollte er sich vor einem zehnjährigen Kind hüten?

Sie schnüffelte überall herum. Constance lauschte hinter Türen, darin war sie ganz groß; sie mußte überall ihre Nase reinstecken, alles ausspionieren, und wenn man sie erwischte – und Acland war es schon mehrmals gelungen –, sah sie einen mit einer Unverschämtheit an, daß man staunen konnte. »Tust du das immer, Constance«, hatte er einmal zu ihr gesagt, »anderer Leute Privatbriefe lesen?«, und Constance, die damals gerade neun war, als er sie dabei erwischte, wie sie in Gwens Schreibtisch kramte und einen Brief ihres Vaters an Gwen in der Hand hielt, zuckte nur die Achseln.

»Ab und zu. Warum nicht? Ich wollte wissen, was mein Vater ihr geschrieben hat. Von ihm oder von deiner Mutter würde ich es ja doch nicht erfahren.«

Da hatte Acland geschwiegen, um so mehr vielleicht, weil auch er diesen Brief gern gelesen hätte. Außerdem hatte in Constances Stimme ein Ton mitgeschwungen, ein Wissen, das Acland zutiefst erschreckte. Shawcross und seine Mutter zu verdächtigen, war eine Sache; aber es dann zu erfahren, es geradezu bestätigt zu bekommen, und noch dazu von einem neunjährigen Mädchen, war eine andere. Das war ein Trick von Constance – das war ihm schon früher aufgefallen –, andere zu Mitschuldigen zu machen. Als sie ihn mit ihrem gewohnten steinernen Gesichtsausdruck anstarrte, mit spöttischem Blick (in ihren Augen flakkerte Spott auf und Hohn), fühlte sich Acland angesteckt und mit hineingezogen – und das machte ihn wütend.

»Leg ihn sofort zurück.« Er machte einen Schritt nach vorn und packte ihre Hand und schüttelte sie, daß der Brief herausfiel. Gut möglich, daß er Constance weh getan hatte, denn sie wich zurück und verzog das Gesicht, weinte aber nicht.

»Warum bist du so wütend, Acland? Du bist ja ganz weiß im Gesicht. Du wirst immer ganz weiß im Gesicht, wenn du dich ärgerst.« Constances Augen glitzerten, als gefiele es ihr, daß er so darauf reagierte. »Außerdem hast du mir weh getan. Das darfst du nicht.«

Und noch während sie es sagte, fuhr ihre Hand nach oben, und –

bevor Acland es sich versah – zerkratzte sie ihm das Gesicht. Nur eine einzige schnelle Bewegung der Hand: ihre Nägel an seiner Wange. Sie hatte ihn blutig gekratzt, und dann standen sie beide da und sahen einander an, ohne sich zu bewegen, ohne etwas zu sagen, bis Constance – einen Augenblick später – in Lachen ausbrach und aus dem Zimmer lief.

Ein Vorfall, über den nie mehr gesprochen wurde, von keinem von beiden, aber Acland hatte ihn nicht vergessen, denn als es passierte, hatte er etwas gefühlt, das er nicht verstand und das er noch immer nicht erklären konnte. Auf eine ganz besondere Art respektierte Acland Constance: Sie war das Gegenteil von allem, was er bewunderte, mit ihren kleinen Betrügereien und ihren schamlosen Lügen und ihren spitzen Bemerkungen – aber trotzdem war sie, auf ihre Weise, ehrlich.

Constance sah zuviel, fuhr es Acland durch den Kopf. Er fühlte sich unbehaglich. Es gab Dinge, von denen er nicht wollte, daß Constance sie sah – dazu gehörte auch der Haß, den er für ihren Vater empfand. Noch einmal warf er einen Blick zum Haus, aber jetzt war Constance verschwunden, die Vorhänge am Fenster waren zugezogen. Acland fühlte sich erleichtert. Er öffnete die Tür, die zur Treppe des Dachbodens führte, und kletterte hinauf.

Der süße Geruch von Heu; von unten das Rascheln von Stroh, wenn sich die Pferde in ihren Boxen bewegten. Acland ging zum Giebelfenster an der Westseite; die Nacht war still, der Garten war dunkel, das Licht des Kometen wurde schwächer, Acland verspürte freudige Erregung. Oh, bitte, laß Jenna bald kommen.

Seine Gedanken konzentrierten sich auf sie, auf Jenna, die die Dunkelheit vertrieb. Wenn er mit ihr zusammen war, konnte er ... alles vergessen. Sogar seine Mutter und Shawcross.

Er ließ sich ins Heu fallen, zog den süßen staubigen Geruch ein, schloß die Augen, stellte sich die einzelnen Teile ihres Körpers vor, so wie ein anderer vielleicht die Perlen am Rosenkranz zählte: ihr Haar, ihre Augen, ihren Mund, ihre Kehle. Als er auf der Treppe ihre Schritte hörte, sprang er auf und nahm sie in seine Arme.

Es ging sehr schnell. Jenna fühlte seinen Zorn, den er über ihr ausschüttete. Sie kannte den Grund für seinen Zorn und wartete. Dann, als Acland ruhiger geworden war, nahm sie seine Hand.

»Noch immer seinetwegen?«

»Wegen ihm, wegen meiner Mutter, wegen allem. Wegen des Kometen vielleicht.«

Jenna kniete vor ihm. Acland sah sie nicht an. Seine Augen starrten durch das Fenster nach Westen, sein Körper war angespannt, sein Gesicht verärgert.

»Warum der Komet?«

»Aus keinem Grund, aus jedem Grund. Wegen der Eile vielleicht. Ich konnte ihn sehen – wie er vorübergeglitten ist. Und nichts hat sich geändert. Dieser Ort, dieses Haus, dieser Mann – das alles hat mich ... so gewalttätig gemacht. Ich wollte ... irgend etwas tun, etwas Schlimmes. Irgend jemanden töten. Mir eine Kugel durch den Kopf jagen. Das Haus anstecken – dastehen und zusehen, wie es in Flammen aufgeht, jedes Bild, jedes Möbelstück, jede Ausrede, jede Lüge: eine einzige große herrliche Feuersbrunst.« Er stockte. »Ist das verrückt?«

»Ja.«

»Ja, vielleicht ist es das. Aber genau das habe ich gefühlt. Jetzt ist es vorbei – schon vorbei. Habe ich dir weh getan? Es tut mir leid, ich wollte dir nicht weh tun.«

»Soll ich machen, daß du alles vergißt?«

»Kannst du das denn?«

»Wenn du dir Zeit läßt, kann ich es. Aber du mußt tun, was ich dir sage, paß auf ...«

Acland drehte sich um. Er sah ihre Haare an, ihre Augen, ihre Kehle, ihre Brüste. Durch das dämmrige Licht des Dachbodens betrachtete Jenna sein Gesicht. Es war wieder konzentriert. Sie legte ihre Hand auf seinen Schenkel; sie schob ihre Hand ein wenig höher; Acland stöhnte, lehnte sich zurück:

»Ich glaube dir. Fast glaube ich es dir. Zeig es mir.«

Oben wechselte Gwen mit zittrigen Händen die Satinsandalen gegen feste Lederschuhe. Sie nahm ihren neuen Pelz – wenn sie Eddie treffen und zurück sein wollte, bevor sie vermißt wurde, mußte sie sich beeilen –, aber dann blieb sie, mit dem Pelzmantel im Arm, stehen und starrte auf ihr Spiegelbild.

Welch ein Schauer der Unentschlossenheit. Was würde sie Eddie sagen? Was würde sie tun? Sollte sie diese Liaison beenden oder sollte sie bis zum Morgen warten, bis sie ruhiger war, und sich dann entscheiden?

Wer ist diese Frau, dachte sie, während sie ihr starres weißes Gesicht im Spiegel betrachtete. Trotz ihrer achtunddreißig Jahre fühlte sich Gwen noch immer wie ein junges Mädchen – aber es war nicht das Gesicht eines jungen Mädchens, das sie aus dem Spiegel ansah.

Oh, laß mich klug sein, dachte Gwen und wandte sich mit einem Stöhnen vom Spiegel ab. Während sie es tat, hörte sie ein Geräusch.
Ein leises Klopfen an der Tür. Gwen stand still. Es mußte ihr Mädchen sein – und was würde ihr Mädchen denken, wenn sie den Pelzmantel sah? Nervös versuchte sie, ihn wieder auf den Bügel zu hängen, aber der Pelz verfing sich in der Stickerei ihres Kleides. Sie hatte ihn gerade wieder gelöst, als die Tür aufging und Constance ins Zimmer kam.
»Es ist wegen Steenie«, sagte sie ohne Einleitung. Gwen erblaßte, wurde von einem kalten bebenden Gefühl der Vorahnung verfaßt.
»Ich glaube, er hatte einen Alptraum.« Constances Augen waren starr auf Gwens Gesicht gerichtet. »Er hat Ihren Namen gerufen und geweint. Er fühlt sich ganz heiß an. Ich bin zu ihm reingegangen und hab ihn angefaßt. Er ist nicht aufgewacht. Ich glaube, er hat... Fieber.«
Constance sprach klar und deutlich; ihre Augen bewegten sich von Gwens weißem Gesicht zu dem Sealskinmantel, der jetzt auf dem Bett lag.
»Ach, Sie wollen weggehen«, sagte sie mit ausdruckslosem Gesicht, als wäre es nichts, worüber sie sich wundern müßte. »Das tut mir leid. Soll ich Nanny wecken?«
Gwen nahm sich nicht die Zeit, diese Frage zu beantworten. Sie nahm sich nicht die Zeit, das Merkwürdige an dieser Situation zu bemerken, denn Constance war noch nie in ihrem Zimmer gewesen; sie merkte nicht einmal, daß Constance sich gerade entschuldigt hatte – und Constance entschuldigte sich sonst *nie*. Als Constance ausgeredet hatte, hatte Gwen sie schon fast vergessen. Sie lief bereits zur Tür.
Sie lief den Gang entlang, lief die Treppe des Kinderflügels hinauf, lief zu Steenie, ihrem letzten Kind, ihrem Baby, dem Sohn, den sie am meisten liebte – und während sie lief, betete sie in Gedanken: Lieber Gott, vergib mir, lieber Gott, vergib mir, laß Steenie nichts geschehen.
Sie stieß die Tür des Kinderschlafzimmers auf und lief zum Bett. Steenie schlief. Während sie sich neben ihn kniete, bewegte er sich, murmelte, rieb sich die Nase; er drehte sich von der rechten Seite auf die linke um. Gwen beugte sich über ihn.
Constance kam herein, aber Gwen schickte sie weg.
»Geh zurück in dein Zimmer, Constance«, sagte sie und wandte ihr Gesicht ab. »Geh wieder schlafen. Ich bleibe bei Steenie. Wenn ich bei ihm bin, wird ihm nichts geschehen.«
Constance schlüpfte aus dem Zimmer, zog die Tür hinter sich zu. Gwen blieb kniend neben dem Bett ihres Sohnes. Sie legte eine Hand auf

seine Stirn; sie fühlte seinen Puls. All die schrecklichen Dinge gingen ihr durch den Kopf: Haviland, der Hausarzt, der den Kopf schüttelte; der Spezialist aus London, der sie auf die Seite zog, ihr sagte, daß er ehrlich sein müßte und daß es nur wenig Hoffnung gäbe. Eins der toten Babys – welches tote Baby? Das kleine Mädchen, das in ihren Armen lag, ein gelbliches winziges wächsernes Geschöpf mit blauen Lippen. Das Röcheln bei Diphterie, das schreckliche Scharlachfieber, als Steenies Kehle so angeschwollen war, daß er nicht einmal mehr seinen Speichel schlucken konnte, und erst recht kein Wasser. Eine Woche bis zur Krise; sie hatte seinen Körper stündlich mit Essig und kaltem Wasser abgerieben, um das Fieber zu senken; auf der Höhe des Fiebers erkannte Steenie sie nicht mehr, konnte nicht sprechen – *bitte, lieber Gott.*

Gwen lehnte ihren Kopf gegen den Körper des Jungen und fühlte, wie er sich beim Atmen hob und senkte. Seine Stirn war kühl; sein Atem regelmäßig; der Puls flatterte nicht. Gwen zählte die Herzschläge – langsam, ganz langsam wurde sie ruhiger.

Es gab keine Anzeichen für Fieber – Constance mußte sich geirrt haben; es war nur ein Alptraum, mehr nicht. Steenie war in Sicherheit, und Gott war gnädig.

Aber Gwen war Mutter, und – als Mutter – wußte sie, wie brüchig die Trennungslinie zwischen Leben und Tod war. Eine gewöhnliche Kinderkrankheit konnte zur Gefahr werden. Masern, Mumps, Grippe, Bronchitis – selbst ein kleiner Schnitt, der sich infizierte –, alles konnte tödlich sein. Das wußte Gwen; sie wußte, daß sie gewarnt war.

Diesmal, dachte sie und vergrub das Gesicht in den Händen, diesmal war es ihr erspart geblieben. Gott hatte sie nicht bestraft, aber Er hatte sie an Seine Macht erinnert. Sie rang die Hände, beugte den Kopf.

Schweigend bereute sie ihre Beziehung zu Shawcross; sie würde sie beenden – ihn niemals wiedersehen. Von dieser Nacht an würde sie nach dem Ideal leben, das ihr seit ihrer frühesten Kindheit vor Augen geführt wurde: Sie würde eine treue Ehefrau sein, eine tugendhafte Mutter.

Zu ihrer Überraschung war die Entscheidung weder schmerzlich noch schwierig; sie verschaffte ihr plötzliche Erleichterung. Noch heute morgen hätte sie geglaubt, daß die Bande, die zwischen ihr und Shawcross bestanden, niemals zertrennt werden könnten; am selben Abend waren die Bande bereits gelöst.

Mit gebeugtem Kopf gestand sich Gwen, daß sie eine moralische Entscheidung traf. Zwischen Recht und Unrecht, zwischen dem Stand der heiligen Ehe und Unzucht. Aber tief in ihrem Herzen fühlte es sich nicht so an. Es fühlte sich an, als würde sie sich zwischen ihrem Geliebten und ihrem Sohn entscheiden – obwohl die natürlich gar nicht miteinander konkurrierten.

Gwen blieb fast die ganze Nacht in Steenies Zimmer, die friedliche Umgebung wirkte beruhigend auf sie; dann ging sie wieder hinunter zu ihren Gästen.

Die Kaminecke im Salon war noch immer gut besetzt, die Diener gingen noch immer herum und boten Getränke an, das Fest hatte seinen Höhepunkt überschritten und näherte sich allmählich dem Ende. Der alte Graf und seine Frau, die schon seit längerem darauf warteten, sich verabschieden zu können, brachen auf.

Das war das Zeichen für die anderen Gäste, sich ebenfalls zu verabschieden, die Gäste, die nicht in Winterscombe übernachteten, es war ein großes Durcheinander – Dankesworte, Gratulationen, Verabschiedungen. Alle waren guter Dinge; die Diener holten eilig Hüte und Mäntel und Spazierstöcke; Autos und Kutschen fuhren vor dem Haus vor. Die Hausgäste blieben noch, bis alle verabschiedet waren, und dann kamen auch sie, einer nach dem andern, zu Gwen, um ihr eine gute Nacht zu wünschen.

Genaugenommen mußte Denton bei den Verabschiedungen neben Gwen stehen, aber das tat er nicht; und Gwen, die daran gewöhnt war, machte sich deswegen keine Gedanken. Denton würde inzwischen fast eine ganze Flasche Port konsumiert haben, möglicherweise auch noch einige Gläser Kognak. Wahrscheinlich war er noch immer im Herrenzimmer oder am Billardtisch.

Auch als sie feststellte, daß das nicht der Fall war, machte sich Gwen noch keine Gedanken. Boy kam zu ihr, er war aufgeregt. Er verkündete, daß er schon seit einer Stunde seinen Vater suchte, ihn aber nicht finden konnte.

»Dann muß du eben bis morgen warten, Boy«, sagte Gwen freundlich und gab ihm einen Kuß. »Dein Vater wird ins Bett gegangen sein. Du weißt, wie ihn diese Einladungen immer ermüden.«

Boy stellte die Beschönigung nicht in Frage. Höflich begleitete er Jane Conyngham bis zu ihrer Zimmertür; höflich wünschte er ihr gute Nacht und floh – nachdem sich die Tür hinter ihr geschlossen hatte – in die Abgeschiedenheit seines eigenen Zimmers. Dort sah er sich seine Sammlung Bleisoldaten an, seine Sammlung Abenteuergeschichten – und all die anderen vertrauten und heißgeliebten Totems seiner Kindheit. Er saß auf seinem Bett, hatte das Kinn in die Hand gestützt und starrte in die glühende Asche seines Kaminfeuers: Er wußte, daß er nicht schlafen würde; er wußte auch, daß nun seine Kindheit zu Ende war.

Jane Conyngham klingelte in ihrem Zimmer nach Jenna, die ihr an diesem Abend die Haare so vorteilhaft gelegt hatte, und dachte – während sie ihr das Kleid öffnete, das Korsett aufschnürte, das Haar für sie löste und ihr dann, als sie schon in ihrem Batistnachthemd war, das Haar bürstete –, wie hübsch dieses Mädchen war.

Ihre Finger waren geschickt; ihre Wangen gerötet; ihre Augen funkelten. *Ich bin verlobt: Das sollte man mir ansehen*, dachte Jane und betrachtete ihr Spiegelbild. Sie stieß einen Seufzer aus. Fünfzig Bürstenstriche; aber nichts würde ihr feines Haar dazu bringen, so auszusehen wie das von diesem Mädchen, glänzend, schwer, üppig, ein Rausch von kastanienbraunem Haar, das unter ihrem Häubchen hervorlugte – das Häubchen war ein wenig verrutscht, als wäre es in großer Eile festgesteckt worden.

»Hast du den Kometen gesehen, Jenna?« fragte Jane, als das Mädchen die schwere Silberbürste weglegte, Janes grünes Kleid aufhob und vor Jane einen Knicks machte.

»Ja, das habe ich, Miss Conyngham. Wir – alle von der Dienerschaft – haben ihn gesehen.«

»Er war wunderschön, findest du nicht?«

»Ja, sehr schön.«

»Aber beängstigend, fand ich. Ein bißchen beängstigend.« Jane sah das Bild des Mädchens im Spiegel; es antwortete nicht.

»Mir war, als würde – ach, ich weiß nicht genau. Als würde sich die Welt verändern. Irgend etwas hat sich geändert. Ich –«

Jane brach ab; nein, das war es nicht gewesen, was sie gefühlt hatte, und das wußte sie auch. Im übrigen wußte sie, daß sie über ihre Gefühle nicht mit einem Dienstmädchen sprechen konnte, eigentlich mit niemandem.

»Einbildung, nehme ich an. Völlig albern. Trotzdem, es war eine bemerkenswerte Nacht. Eine, die wir nie vergessen werden. Gute Nacht, Jenna.«

Unten im Wohnzimmer wünschten die letzten Gäste der Gastgeberin eine gute Nacht. Als Gwen allein war, sah sie in einen Spiegel, strich ihr dunkles Haar glatt, sah, daß die Entscheidung, die sie getroffen hatte, in ihrem Gesicht abzulesen war: Es war jetzt ganz friedlich.

Sie berührte die Smaragde, die um ihren Hals lagen: Dentons Verlobungsgeschenk, das er ihr überreicht hatte, als sie achtzehn Jahre alt gewesen war, als sie eben erst mit ihrer verwitweten Mutter in England eingetroffen war, ein Teil jener Gruppe amerikanischer Mädchen, die nach England kamen, um sich hier einen aristokratischen Freier zu suchen. So lange her war das: Damals hielt sie Denton für einen Aristokraten; jetzt war sie sich nicht mehr so sicher. Ein bißchen frische Luft würde guttun, dachte sie, bevor sie ins Bett gehen würde. Ein letzter Blick zu den Sternen.

Da war die Gestalt eines Mannes im Abendanzug, die sich gegen die Balustrade lehnte und in den Garten blickte. Aus der Ferne sah sie zuerst wie Shawcross aus. Gwen wollte sich schon zurückziehen – sie wollte ihrem Liebhaber jetzt nicht begegnen, ihr Gespräch mußte bis zum Morgen warten –, als die Gestalt sich umdrehte und nach oben blickte. Sie sah, daß es Acland war.

Sie lächelte erleichtert und ging zu ihm. Natürlich war es nicht Eddie! Eddie würde es längst aufgegeben haben, auf sie zu warten, und übelgelaunt ins Bett gegangen sein.

Sie legte den Arm um die Schultern ihres Sohnes und streckte sich, um ihm einen Gutenachtkuß zu geben.

»Acland«, sagte sie, »deine Jacke ist ja ganz feucht. Wo bist du gewesen? Du solltest ins Haus gehen, mein Lieber, bevor du dich erkältest.«

»Ich gehe gleich hinein, Mama.«

Acland erwiderte ihren Kuß nicht; kühl löste er sich aus ihrer Umarmung.

Gwen ging zum Haus zurück. In der Tür sah sie sich noch einmal um. Acland stand noch immer an der gleichen Stelle, gegen die Balustrade gelehnt.

»Acland, du solltest ins Haus gehen«, sagte sie in etwas schärferem Ton. »Es ist schon ein Uhr. Alle anderen sind gegangen. Was tust du eigentlich dort?«

Acland wandte sich wieder ab.

»Nichts, Mama«, sagte er.

Und dann: »Ich denke nach.«

Es war Cattermole, der den Unfall entdeckte. Cattermole, der am nächsten Morgen um fünf Uhr dreißig durstig und mit einem schlimmen Kater aufwachte.

Er wälzte sich aus dem Bett, ließ seine Frau weiterschlafen und ging nach unten in die Küche. Dort stocherte er im Herd und brachte das Feuer in Gang. Dann füllte er einen Krug mit eiskaltem Wasser aus der Pumpe, stand in Hemdsärmeln am Ausguß, kippte sich die Hälfte des Wassers über den Kopf und stöhnte.

Die Küche war klein und wurde schnell warm. Cattermole stellte den Kessel auf den Herd, um Wasser zu kochen, legte eine Zeitung auf den Küchentisch und darauf ein Messer, eine Gabel, einen Teller und einen großen Becher. Jetzt fühlte er sich schon ein bißchen besser; er pfiff vor sich hin, während er sich eine dicke Scheibe Schinken abschnitt und zum Braten in die Pfanne legte. Zwei Eier, ein großes Stück Brot, vier Löffel von dem starken indischen Tee in den großen braunen Topf – den er auf den Herd stellte, um ihn warmzuhalten; Cattermole mochte es, wenn sein Tee gut gezogen hatte –, dann konnte er frühstücken. Cattermole war ein Frühaufsteher; er war daran gewöhnt, allein zu frühstücken; er war sorgfältig domestiziert. Mit dem Rücken zum Feuer, die Arme auf den Tisch gestützt, kaute Cattermole seine Mahlzeit.

Als er fertig war, benutzte er den Rest des heißen Wassers aus dem Kessel, um sich am Ausguß zu rasieren; dazu verwendete er ein gefährlich aussehendes langes Rasiermesser und schärfte es an einem Stück Leder. Danach ging er wieder die quietschende Treppe hinauf, um sich fertig anzuziehen. Zwei Paar dicke Wollstrümpfe; feste braune Stiefel, die schon seinem Vater gehört hatten und noch einige Jahre halten würden; Kniehosen aus Harris-Tweed, Wollhemd, Baumwollweste, Jacke aus Harris-Tweed – nichts war besser gegen die Kälte.

Unten in der Küche goß er Tee in eine Tasse, die er für Rose, seine Frau, hinauftrug und neben ihr Bett stellte. Wieder unten: Patronenkasten, Patronengürtel, Gehstock, Gewehr. Er prüfte sein Gewehr – ebenfalls von seinem Vater –, warf einen Blick durch die Läufe, klappte es um, schob es sich in den gebeugten Arm. Draußen begann sich der Nebel zu lichten, die Luft war kühl und frisch; der Boden, noch feucht vom Tau, roch nach Frühling.

Die Hunde waren wie üblich bereit. Er ging zu ihrem Zwinger und ließ zwei von ihnen heraus, Dancer und Lightning, seine beiden schwarzen Apportierhunde mit dem kurzen Fell, Vater und Tochter, bei weitem bessere Hunde als irgendeiner von den verzogenen Kötern oben im Herrenhaus.

Dancer und Lightning begrüßten ihn aufgeregt und gingen dann sofort bei Fuß. Beide bekamen einen kleinen Klaps, eine kurze Berührung der Hand mit der feuchten Schauze. Sie sahen ihn erwartungsvoll an; Cattermole wußte, daß sie sich, genau wie er, auf diesen morgendlichen Gang durch den Wald freuten.

Es war jetzt halb sieben, was für Cattermole spät war; ein dünner hoher Pfiff, und schon waren sie auf und davon, der Mann und die Hunde, auf in den Wald.

Cattermole machte einen Bogen um das Dorf, sah hinüber zum Haus der Hennessys. Er überlegte, ob die Hennessys heute morgen später aufstehen würden als er. Jack Hennessy hatte letzte Nacht zuviel getrunken, das stand fest: Den größten Teil des Dorffestes hatte er verpaßt, war verschwunden, als das Essen noch nicht mal halb zu Ende war. Um diese Jenna zu treffen – sagte Rose, seine Frau –, aber Cattermole wußte nicht so recht, ob er das glauben sollte. Letzte Nacht war Jack Hennessy bereits betrunken gewesen, als sie mit dem Essen begonnen hatten – viel zu betrunken für Liebesspiele, fand Cattermole –, und er kippte den Alkohol runter, wie er es manchmal tat, auf diese merkwürdige Art, als würde er sich in Besinnungslosigkeit stürzen wollen.

Der Pfad teilte sich; Cattermole nahm die linke Abzweigung, die tiefer in den Wald hineinführte. Schweigend jetzt, ohne zu pfeifen.

Diese Spaziergänge folgten einem Ritual, von dem Cattermole nur selten abwich. Er durchquerte den Wald zweimal; dann ging er zu der Lichtung auf der anderen Seite des Dorfes, wo er sich eine fünfminütige Rauchpause gönnte. Dann ging er zurück, prüfte – in dieser Jahreszeit – das Fasanengehege, öffnete die Kästen und gab den Vögeln ihre Getreidekörner.

Heute stand die Sonne schon ziemlich hoch am Himmel, als er die Lichtung erreichte. Cattermole machte es sich, weiter hinten, an einer Eiche bequem, zog seine Tabakdose heraus, sein Zigarettenpapier, rollte sich eine dicke aromatische Zigarette.

Dancer und Lightning wußten, daß sie jetzt fünf Minuten lang ihre Freiheit genießen durften, sie durften auf der Lichtung herumrennen, schnüffeln und ihr Territorium markieren. Sie durften Scheingefechte austragen und sich im nassen Gras rollen; sie waren vom Dienst befreit.

Cattermole sah ihnen mit ausgestreckten Beinen, in beißenden Zigarettenrauch gehüllt, eine Weile zu. Er nahm seine Mütze ab, hob das Gesicht zur Sonne und er dachte an den Kometen. Sein Vater hatte diesen Kometen gesehen, ganz genau denselben, als er noch ein kleiner Junge war, damals, 1835 – hatte ihn wahrscheinlich von demselben Platz aus gesehen.

Er paffte die Zigarette, bis nur noch ein kurzer Stumpen blieb, dann vergrub er sie im Boden. Er stand auf, bemerkte erst jetzt, daß im Gras ein seltsamer kleiner Hügel war, gleich rechts von ihm, ein Hügel, der am vergangenen Morgen noch nicht dagewesen war. Er inspizierte den Hügel – Kinderarbeit, wie es aussah, aber die Kinder sollten nicht in diesen Teil des Waldes, von Rechts wegen sollten sie hier nicht her –, als die Hunde zu bellen begannen.

Cattermole richtete sich auf. Die Hunde waren nicht zu sehen, aber sie waren ganz in der Nähe, und sie kläfften. Cattermole kannte dieses Bellen, ein hoher, sich wiederholender, jaulender Ton, der Ton, den sie auch von sich gaben, wenn sie einen Fuchs oder ein Kaninchen gestellt hatten.

Er wartete, aber keiner der Hunde kam zum Vorschein, und das Bellen hielt an. Irritiert überquerte Cattermole die Lichtung, nahm den Weg, der durch den Wald führte, und blieb dann mit einem Ruck stehen.

Cattermole kannte den Tod. Er hatte ihn schon oft gesehen. Er wußte sogar, wie ein Mann aussah, den eine volle Ladung aus dem Gewehr mitten ins Gesicht getroffen hatte – und obwohl es schon dreißig Jahre zurücklag, hatte es Cattermole nie vergessen können. Aber auf das, was er jetzt sah, war er nicht vorbereitet. Entsetzt starrte er auf das Bild, das sich ihm bot, denn er wußte, daß man ihn dafür verantwortlich machen würde. Ihm wurde übel, ihm drehte sich der Magen um; er wandte sich ab und übergab sich in die Büsche. Der Schweiß stand ihm auf der Stirn; er zitterte am ganzen Körper. Und als er sich aufrichtete, hörte er ein Stöhnen. Hastig drehte er sich um.

Du lieber Gott, dachte er, soviel Blut und noch immer am Leben. Das ist doch nicht möglich.

»Ein Unfall. Ein schrecklicher Unfall...«

Arthur war es, der Freddie diese Neuigkeit überbrachte, als er in sein Zimmer gestürmt kam, die Vorhänge zurückzog und Licht und Unruhe sich breitmachten.

Freddie erwachte aus tiefem Schlaf und starrte Arthur verwirrt an. Gewöhnlich achtete Arthur gewissenhaft auf seine Aussprache, aber in seiner Aufregung vergaß er es, und sein Cockney-Akzent kam durch.

»Im Wald. Heute nacht. Cattermole hat ihn gerade gefunden. Hat Jack Hennessy raufgeschickt. Sie haben schon nach dem Doktor telefoniert und holen ihn jetzt auf einer Bahre. Alles voller Blut, sagt Jack. So viel Blut, daß man es gar nicht glauben kann. Sie sollten lieber aufstehen, Master Frederic –«

Wer, wer? Freddie wollte es wissen, aber Arthur konnte es ihm nicht sagen. Jack Hennessy wußte es nicht oder hatte es nicht gesagt, und im Augenblick war Arthur so benommen von der Katastrophe, daß er sich darüber keine Gedanken machte: Es genügte schon, daß etwas Schreckliches passiert war, daß Cook geradezu hysterisch war, das ganze Haus in Aufruhr... »Blut, Blut«, sagte er immer wieder mit gurgelnder Stimme und verdrehte die Augen, während Freddie die Bettdecke zurückschlug und sich bemühte, in seine Kleider zu kommen.

Zu Freddies Ärger lief Arthur hinaus, um aus der Küche neue Informationen zu holen, und überließ es Freddie, sich Hemd und Krawatte zu suchen. Er vergeudete kostbare Minuten, während er Schritte laufen hörte, entfernte Rufe, das Hupen von Autos und das Quietschen von Rädern auf Kies. Seine Hände zitterten; Arthur kam nicht zurück. Freddie spähte durch das hohe Fenster und sah eine Gruppe Menschen, die sich draußen auf der Auffahrt versammelte. Er sah Boy, Acland, seine Mutter, seine Tante Maud; er sah Ross, den Butler, und – und in diesem Augenblick wurde ihm klar, daß tatsächlich etwas Schreckliches passiert sein mußte –, denn er sah, wie Ross – der gesetzte, untadelige, ungerührte Ross – losrannte.

Ross wedelte mit den Händen durch die Luft wie eine aufgeregte Gans, die mit den Flügeln schlägt. Er schien sich zu bemühen, die Mädchen ins Haus zu treiben, aber es gelang ihm nicht. Sie kamen immer wieder aus dem Haus gelaufen, die Bänder ihrer Häubchen flatterten im Wind; sie standen zusammen, liefen auseinander, bildeten wieder einen Kreis. Eine von ihnen – Jenna – weinte.

Zornig brummend ließ Freddie seinen Kragen offen, seine Krawatte ungeknotet, seine Schuhe halb zugebunden und lief zur Treppe. Hinunter, und an dem Kopf des Hirsches vorbei, durch die Eingangshalle, auf die Treppe vorm Haus: Die Szene, die sich ihm bot, war die Hölle.

Jack Hennessy war nicht mehr da – war wieder zurückgegangen, um den Leuten mit der Tragbahre zu helfen, sagte jemand; niemand wußte genau, was passiert war und wem etwas passiert war. Von allen Seiten hörte Freddie Gesprächsfetzen, Aufstöhnen, Gerüchte und Gegengerüchte. Er starrte von einem Gesicht zum anderen, Boy, der bestürzt aussah und zu seiner Mutter lief; Acland, mit weißem Gesicht, der abseits stand und zum Wald sah. Die erste Kammerzofe, die weinte; Ross forderte Riechsalz, und zwar schnell; Nanny Temple, die Steenie festzuhalten versuchte, um ihn ins Haus zu bringen, und Steenie, der mit wilden Sätzen von einer Gruppe zur anderen sprang, sich von Nanny Temple losriß und laut gellend kreischte.

Auch seine Mutter hatte sich, wie Freddie sah, in aller Eile angezogen. Ihr Haar war nicht ordentlich hochgesteckt und rutschte ihr im Nacken schon aus den Spangen; und sie war ohne ihren Mantel nach draußen gelaufen.

»Aber was ist denn passiert?« sagte sie immer wieder und wieder. Sie drehte sich um; Freddie sah, wie ihr Blick suchend über die Terrasse glitt. Sie registrierte seine Anwesenheit, die Tatsache, daß Boy da war, daß Acland da war, daß Steenie da war. Einen Augenblick lang schien sie beruhigt, dann rief sie laut: »Denton. Wo ist Denton?«

Köpfe drehten sich; eine Gruppe Mädchen fuhr auseinander; Ross sprach eindringlich mit einem der Hausdiener; der Mann lief schnell zum Haus. Keine Spur von Lord Callendar; und jetzt erschienen, von dem Lärm alarmiert, noch einige andere Gäste auf der Treppe: Montague Stern, majestätisch in einem wattierten Morgenrock aus roter Seide, anscheinend ohne sich darüber Gedanken zu machen, daß er die Konventionen verletzte; er stand einen Augenblick lang oben auf der Treppe und überblickte die Szene. Dann drehte er sich zu Acland um.

»Was ist geschehen?«

»Ein Unfall.«

Aclands Stimme klang gepreßt, er machte einen zerfahrenen Eindruck.

»Hat man nach dem Doktor geschickt?«

»Ich glaube, der Doktor ist schon da.«

Als Acland es sagte und ein paar Schritte nach vorn lief, war das Geräusch eines Autos zu hören. Es kam ziemlich schnell die Auffahrt heraufgefahren; knirschend blieb es vor Freddie stehen, Kies sprang nach allen Seiten. Heraus stieg Doktor Haviland, mit rotem Gesicht, zerzaustem Bart, unrasiert, den Hut bis über die Augenbrauen gezogen. Er umklammerte seinen Arztkoffer aus Krokodilleder. Bei seinem Erscheinen, dem Erscheinen einer Autorität inmitten des Chaos, stießen die Hausmädchen, die dicht zusammenstanden, einen Seufzer der Erleichterung aus.

Das Auftreten des Doktors war eine Zerstreuung; während er zu Gwen ging und sich die ganze Familie um sie versammelte, blieb nur Acland abseits stehen, genauso wie am Abend zuvor, als der Komet kam. Acland stand abseits, und Jane Conyngham, die mit Mrs. Heyward-West aus dem Haus kam und auf der Treppe stehenblieb, sah, wie sich Aclands Kopf hob, sah, wie er den Arm hob, genauso wie er es am Abend davor getan hatte.

Jane drehte sich um, kniff ihre kurzsichtigen Augen zusammen. Zuerst konnte sie nichts erkennen; dann, allmählich, sah sie die Gruppe, auf die Acland deutete.

Unten im Tal lag, wie fast immer an einem Frühlingsmorgen, bläulich-violetter Dunst über dem Boden. Er hüllte den See und den Wald ein, und aus diesem dünnen Nebel kam eine Gruppe Männer heraus. Es waren neun, vielleicht zehn, angeführt von Cattermole, Jack Hennessy und den anderen kräftigen Söhnen Hennessys. Sie kamen nur langsam voran, zögerten, blieben stehen, unterdrückte Rufe waren zu hören, mit denen sie sich gegenseitig zur Vorsicht ermahnten.

Sie schienen etwas zu tragen. Jane kniff die Augen zusammen: Sie waren jetzt näher gekommen; sie konnte sehen, daß vier der Männer eine provisorische Bahre trugen. Auf der Bahre lag ein Stoß Decken, die vertrauten karierten Decken, die in Winterscombe immer zum Picknick hervorgeholt wurden.

»Ach, du liebe Zeit«, sagte Mrs. Heyward-West leise und griff nach Janes Hand. Die Menschen auf der Terrasse verfielen in Schweigen. Jane wußte, daß sie alle nur nach einem Ausschau hielten: nach einem Gesicht, und ob dieses Gesicht zugedeckt war.

Die Männer kamen jetzt näher. Jane sah, daß ihre Gesichter vor Entsetzen ganz blaß waren; und daß Cattermole, den sonst nichts erschüttern konnte, ganz grün aussah und am ganzen Körper zitterte. Er hatte seine Tweedkappe abgenommen, und während er näher kam, drehte er die Kappe zwischen den Händen wie ein nervöses Kind vor seinem Lehrer. Noch fünfzehn Meter; die Männer blieben stehen; sie schwitzten, und ihr Atem war in der kalten Luft deutlich zu sehen; ein Wort von Cattermole, und – vorsichtig, zögernd, mit abgewandten Gesichtern – stellten sie ihre Last auf den Boden.

In der Gruppe der Mädchen entstand Unruhe. Montague Stern hielt die Luft an; Acland stand stocksteif da. Jane starrte; Frederic starrte. Jetzt konnten sie das Bündel auf der Bahre sehen; sie konnten die Reste einer weißen Hemdbrust sehen; sie konnten Blut sehen, und einen Kopf, der von einer Seite zur anderen rollte.

Gwen ging als erste darauf zu, und Jane hat sie nie mehr bewundert als in diesem Augenblick; Gwen schob Boys Arm, der sie festhalten wollte, auf die Seite und ging weiter. Sie ging zu dem Bündel aus Decken, bückte sich, kniete in ihrem Seidenkleid auf den Kies, und Cattermole hob die

Hand, wie um sie zu warnen, dann ließ er sie wieder fallen. Gwen zog die karierte Decke hoch und schob sie auf die Seite.

Sie hatte angenommen – alle hatten das angenommen –, daß es sich um einen Jagdunfall handelte, aber kein Gewehr wäre fähig gewesen, solche Verletzungen zu verursachen. Gwen starrte – bestürzt, entsetzt, der Schock verlangsamte ihre Gedanken. Der Körper vor ihr war so in Blut getaucht, daß sie zuerst gar nicht erkennen konnte, wo die Wunden waren, daß sie den Mann, der vor ihr lag, nicht erkennen konnte. Seine Hände, seine Arme, sein Gesicht waren zerfleischt; aus seinem Mund quollen Blutklumpen; seine Lippen waren zurückgezogen, so daß seine Zähne sie anzufletschen schienen.

Die Nägel an seinen Händen waren weggerissen, und die Fingerstumpen waren ganz schwarz von geronnenem Blut; die Hände waren wie Klauen zusammengekrümmt und umklammerten seine Kleiderfetzen. Die Hände bewegten sich nicht, und der Geruch – Gwen mußte einen Augenblick lang das Gesicht abwenden –, der Geruch war schrecklich.

Mit dem Ausdruck des Entsetzens sah Gwen zu Cattermole. Cattermole zögerte, und dann kam Doktor Haviland, stellte seine Tasche ab und zog die Decke noch ein Stückchen weiter auf die Seite. Gwen erstarrte. Hinter ihr war ein Stöhnen zu hören, ein erschrockener Aufschrei, der Schrei eines Mädchens. Das rechte Bein des Mannes war zertrümmert. Unterhalb des Knies war es völlig verdreht. Ein schuhloser Fuß lag verbogen unter seinem Körper; das Schienbein war der Länge nach gespalten, ragte seitlich aus dem Fleisch heraus; Knochensplitter glänzten.

»Großer Gott«, sagte Doktor Haviland mit tonloser Stimme. Er sah Cattermole an. »Großer Gott, was ist denn hier passiert?«

»Eine Falle, Sir«, sagte Cattermole leise. »Er muß schon seit Stunden da drin gewesen sein, bis ich ihn gefunden habe.« Er zögerte. »Er muß wahnsinnig geworden sein, Sir, als er rauszukommen versuchte, wie ein Tier. Deshalb sind seine Hände... und seine Zunge, Sir...« Er beugte sich nach unten, bis an Doktor Havilands Ohr, sprach noch leiser, damit Gwen ihn nicht hörte. »Hat sie abgebissen, Sir, abgebissen... aber er lebt, Sir, das ist es ja. Wenigstens lebte er noch – als wir ihn rausgeholt haben...«

Doktor Haviland wandte sich mit versteinerter Miene ab. Neben ihm saß Gwen, ohne sich zu rühren; sie kniete mit gesenktem Kopf auf dem Kies. Der Doktor beugte sich zu ihr. Er war ein freundlicher Mann, ein Mann der alten Schule; seine erster Gedanke war, daß dieser Anblick nichts für Damen war.

»Lady Callendar...« Er nahm ihren Arm, um ihr auf die Beine zu helfen; er winkte dem Butler, ihm das Riechsalz zu bringen.

»Lady Callendar, bitte...«

Noch immer rührte sich Gwen nicht vom Fleck; hilflos blickte der Doktor in die Runde, auf die versammelte Gruppe Menschen. Einen Augenblick herrschte völliges Schweigen. Boy, der älteste Sohn, der eigentlich etwas hätte tun müssen, schien völlig erstarrt. Schließlich trat Acland vor. Er beugte sich über seine Mutter, nahm ihren Arm, drückte ihn.

»Komm weg hier«, sagte er leise. »Komm weg, Mama. Haviland wird sehen, ob –«

Acland beendete den Satz nicht. Plötzlich sah er aus dem Augenwinkel etwas Schwarzes, eine schnelle Bewegung von etwas Schwarzem. Er sah sich um, und es war Constance – Constanze Cross, der Albatros –, die angelaufen kam. Die Treppe herunter und auf den Kiesweg; an Jane vorbei; an Nanny Temple vorbei, die sie festhalten wollte, es aber nicht schaffte; an den Mädchen vorbei, und an Montague Stern und an Maud, die zu weinen begonnen hatte; an Boy vorbei, an Freddie vorbei...

Sie stürzte zu der Gruppe neben der Bahre, schoß zwischen den Männern durch; mit fliegenden schwarzen Haaren, schwarzen Röcken, die sich aufblähten, und – bevor Acland sie aufhalten konnte, bevor irgend jemand sie aufhalten konnte – warf sie sich mit aller Kraft über die Decken, über die Bahre, über den Körper, der darauf lag. Und im selben Augenblick, in dem sie es tat, begann sie zu schreien. Diesen Ton, den sie ausstieß, würde Acland niemals vergessen, würde niemand, der ihn an jenem Tag gehört hatte, je wieder vergessen können, ein Ton, so furchteinflößend und primitiv. Nicht der Schrei eines Kindes, sondern ein Schrei aus Wut und Schmerz, so schrill wie der Schrei einer Möwe. Dieser reine hohe Ton schallte wie ein Echo in der Luft; dann vergrub Constance ihr Gesicht an dem verbogenen Hals, an dem einst so sauberen und mit Pomade gepflegten Bart. »Vater«, rief sie, und dann, während sie ihn schüttelte, noch einmal. »Papa...«

Ringsherum herrschte Totenstille; Shawcross' Körper zuckte; sein Kopf rollte hin und her.

Constance blickte auf. Sie hob ihr spitzes weißes Gesicht und starrte anschuldigend die schweigende Gruppe Menschen um sie herum an: Gwen, Acland, Boy, Freddie, den Doktor, Cattermole.

»Ihr habt ihn umgebracht«, schrie sie in den Kreis der Gesichter. »Ihr habt meinen Vater umgebracht.«

Noch nie hatte Acland soviel Haß in einer Stimme gehört, soviel Bosheit, daß ihn fröstelte.

Er starrte Constance an, und Constance – deren Blick noch durchdringender wurde – starrte ihn an. Ihr weißes Gesicht war ausdruckslos; ihre schwarzen Augen schienen leer und nichts wahrzunehmen. Ein steinernes Gesicht, ein Medusengesicht, dachte Acland, und dann veränderte sich – nur für einen Augenblick – Constances Starren. Ein Aufflakkern in ihren Augen, die auf Acland gerichtet waren, und er wußte, daß sie ihn sah. Nur den Bruchteil einer Sekunde, aber in diesem kurzen Augenblick fühlte Acland etwas Gemeinsames zwischen ihnen, einen Augenblick des Erkennens, wie ein Zeichen, das verstanden wurde.

Acland wollte sich umdrehen, sich abwenden, stellte aber fest, daß er nicht fähig war, es zu tun. Den Gedanken, daß dieses Kind und er auf irgendeine Weise etwas teilten, empfand er als abstoßend, aber er konnte sich dem Zwang ihrer Augen nicht entziehen. Er blieb stehen, erstarrt; hinter ihm war alles still, niemand bewegte sich, und es war – am Ende – Constance, die den Faden zerschnitt. Sie stand auf, stand schwankend auf ihren Füßen, einen Augenblick glaubte Acland, daß sie in Ohnmacht fiele. Dann riß sie sich zusammen. Sie stand absolut still da, ein dünnes, steifes, aufrecht stehendes Kind, ein häßliches Kind in einem schäbigen schwarzen Rock, ihre Augen wie Späne von Feuersteinen. Sie streckte die geballten Hände über den Kopf; und dann wiederholte sie, mit immer hellerer Stimme, immer den gleichen Satz, immer wieder und wieder. »Ich habe ihn geliebt. Ich habe ihn geliebt. Ich habe ihn *geliebt*.«

Melodramatisch, sagte sich Acland. Melodramatisch, haltlos und schrecklich schlechtes Benehmen; und doch konnte er seinen Blick nicht von ihr lösen, weil er wußte, daß diese Zurschaustellung jenseits jeden Benehmens lag, jenseits aller Konventionen, und daß sie – trotz aller Theatralik – ehrlich war.

Constance endete mit einem hohen klagenden Ton, einem letzten gellenden Schmerzensschrei. Dann war sie still. In der langsamen, zeitlupenartigen Bewegung des Schocks – geschahen dreierlei Dinge.

Als erstes stieß der Körper von Eddie Shawcross ein blubberndes Stöhnen aus. Als zweites ging Jane Conyngham ein paar Schritte auf Constance zu, nahm ihren Arm und führte sie still, aber bestimmt weg von dort. Oben auf der Treppe sah sich Constance Sir Montague Stern und seinem blutroten Morgenrock gegenüber und blieb stehen. Sie sahen einander an, ein kleines Kind mit einem schwarzen Kleid, ein großer Mann, in Rot, dann trat Stern auf die Seite, um ihr Platz zu machen. Und danach erschien oben auf der Treppe noch jemand.

Es war Denton Cavendish, der vollständig angekleidet, steif dastand und ins Tageslicht blinzelte, alles an ihm, sein Aussehen und sein Benehmen, deutete auf einen Mann hin, der mit einem schweren Kater aufgewacht war.

Acland sah, wie sich sein Vater mit der Hand an die Stirn griff, sich, anscheinend bestürzt, mit blutunterlaufenen Augen umsah. Verständnislos starrte er auf das Auto des Doktors, auf die Gruppe unten auf dem Kiesweg, auf die Bahre. Seine alte Labradorhündin Daisy tauchte an seiner Seite auf, wedelte mit dem Schwanz, rieb sich an seinen Beinen. »Guter Hund, guter Hund«, sagte Denton abwesend, während sein Blick über die Menschengruppe glitt. Sein Blick schien sich ein wenig zu erhellen, als er zu Sir Montague Stern kam, Stern in seinem barbarisch roten Morgenrock. Dentons Blick glitt weiter; kehrte zurück; der Ausdruck der Verwirrung wechselte zu zornigem Funkeln.

»Was ist passiert? Ist irgend etwas *vorgefallen*?« bellte Denton in Richtung des Morgenrocks. Sein Ton machte deutlich, daß nichts Geringeres als Harmageddon dieses Kleidungsstück zu dieser Stunde und an diesem Ort entschuldigen könnte.

Bevor irgend jemand auf diesen absurden Vorwurf antworten konnte, hob Dentons Hündin Daisy den Kopf. Wie der geduldige Beobachter Stern spürte auch Daisy, daß etwas nicht stimmte. Vielleicht roch sie auch nur das Blut; vielleicht spürte sie aber, wie Stern, die Schuldgefühle und die Angst, die in der Luft lagen – irgend jemand unter diesen Menschen fühlte sich schuldig und hatte Angst. Egal, aus welchem Grund: Daisys Rückenhaare hatten sich steil aufgerichtet. Sie begann zu hecheln.

Denton packte sie am Kopf; versetzte ihr einen kräftigen Stoß. Aber seine Hündin kümmerte sich nicht um ihren Herrn. Sie hörte nicht auf zu jaulen.

Es war klar gewesen, daß Shawcross sterben würde. Er hatte stundenlang in der Falle festgesessen und viel Blut verloren. Es gab keine Hoffnung für ihn: Es war nur, wie Haviland Gwen erklärte, eine Frage der Zeit.

Aber wieviel Zeit? Eine Stunde? Eine Woche? Ein Tag? Gwen drängte den Doktor um eine Antwort. Und der Doktor sagte: »Ich fürchte, keine Woche.«

Das nächste Krankenhaus war dreißig Meilen entfernt. Doktor Haviland erklärte, daß Shawcross die Fahrt nicht überleben würde. Gwen hörte ihm kaum zu. Für sie kam ein Krankenhaus sowieso nicht in Frage; Eddie mußte in Winterscombe bleiben. Und so mußte Shawcross wieder in das Schlafzimmer des Königs gebracht werden, und in das Bett des Königs mit den Engeln an seinem Fußende. Er mußte unter dem königlichen Wappen liegen und von Gwen und Maud betreut werden; private Krankenschwestern in gestärkten Uniformen mußten eingestellt werden. Shawcross mußte vierundzwanzig Stunden am Tag versorgt werden.

Doktor Haviland glaubte nicht, daß sein Patient auch nur die ersten vierundzwanzig Stunden überleben würde, aber er tat, was getan werden mußte. Die Wunden wurden mit antiseptischen Mitteln ausgewaschen; das zersplitterte Bein wurde gestreckt und zusammengehalten; Shawcross kam wieder zu Bewußtsein, schrie vor Schmerzen und fiel wieder in Ohnmacht. Nachdem es geschehen war, traten Probleme auf, auf die Doktor Haviland mit ernster Miene hinwies. Das Bein hätte gegipst werden müssen, aber Haviland fürchtete den Wundbrand.

Wie lange hatte Shawcross in der Falle gelegen? Niemand wußte es, jedenfalls nicht genau, aber offensichtlich waren es viele Stunden gewesen. Nachdem die Blutversorgung seines Körpers teilweise unterbrochen gewesen war, konnte der Wundbrand innerhalb der nächsten halben Stunde beginnen. Haviland legte die Hand auf den schwarz verfärbten Fuß von Shawcross, roch daran und entschied: kein Gips; es lohnte sich nicht, wegen der Schmerzen, die es verursachen würde – nicht bei einem Mann, der in wenigen Stunden tot sein würde.

Neben dieser Frage gab es noch andere Probleme: Die Blutzufuhr zum Gehirn mußte unterbrochen gewesen sein: Daher wäre es vielleicht von Vorteil – das hatte Haviland schon praktiziert –, den Patienten so zu betten, daß der Kopf tiefer lag als der Körper und die Beine. Andererseits mußte die Blutzufuhr zu dem verletzten Bein aufrechterhalten werden; sollte man also doch lieber den Kopf höher legen und die Beine tiefer? Haviland runzelte die Stirn und überlegte, während Maud – die aufgeregt an der Tür stand – an die ausgezeichnete Rinderbrühe erinnerte und Gwen – die aufgeregt neben dem Bett hin und her ging – die eben eingetroffene Krankenschwester bat, ihr das Eau de Cologne zu bringen.

Die Frauen schienen zu spüren, daß es das oberste Gebot war, wenigstens Würde zu bewahren: Sie sprachen sich alle dafür aus, daß Shawcross irgendwie dekorativ daliegen müßte, daß die Schultern von Kissen mit Leinenbezügen mit gestickten Monogrammen gestützt werden müßten und daß sein zertrümmertes Bein unter den weichen Decken und Laken von einem Gestell gehalten werden sollte. Haviland, der wußte, daß all ihre Bemühungen umsonst sein würden, gab auf. Sollte der Mann liegen, wie sie es wünschten; sollte er ruhig auch die Rinderbrühe bekommen, falls er sie überhaupt würde zu sich nehmen können; ja, ja, Eau de Cologne auf der Stirn konnte manchmal beruhigend wirken.

Alle beobachteten gebannt, wie Haviland das Befinden des Patienten untersuchte: Mit ernster Miene lauschte er seinem Herzschlag, vermied es jedoch zu erwähnen, wie rasend schnell und flatternd er war. Eindrucksvoll, gebieterisch leuchtete er dem Patienten mit einer kleinen Fackel in die Augen und schob ihm einen kleinen Spachtel in den Mund, um die zerbissene Zunge zu untersuchen; er empfahl Ruhe, er verschrieb Morphium und schwieg sich – ohne falsche Hoffnungen zu wecken – über Fragen wie Fieber und Delirium aus. Und von einer Sepsis, die ihm als erstes in den Sinn kam, wurde nie gesprochen.

Haviland war überzeugt, daß Shawcross den ersten Tag nicht überleben würde, und schon gar nicht die folgende Nacht; und er war sehr erstaunt, als er feststellen mußte, daß er sich geirrt hatte. Shawcross schaffte den ersten Tag und die erste Nacht; er schaffte den ganzen zweiten Tag und die ganze zweite Nacht, und er lebte auch noch am Morgen des dritten Tags. Maud und Gwen triumphierten: Die beiden waren von Optimismus und falscher Hoffnung beflügelt, ein Zustand, der durch den Schock und mangelnden Schlaf gefördert wurde; beide fingen schon an zu glauben, daß sich Shawcross von seinen Qualen erholen könnte.

»Doktor, er hat heute morgen etwas Wasser getrunken«, rief Gwen Dr. Haviland zur Begrüßung entgegen, als er am dritten Morgen nach seinem Patienten sah. »Und gestern abend einen Löffel mit Brühe«, ereiferte sich Maud. »Wir haben uns überlegt... ob wir nicht vielleicht – etwas ganz Leichtes? Ein Stückchen trockenen Toast? Was glauben Sie, oder ein bißchen Rührei?«

Sie sahen ihn mit erwartungsvollen Gesichtern an. Haviland schwieg. Er sah auf seinen Patienten, öffnete seine Arzttasche und wechselte – über das Bett des Königs – einen Blick mit der erfahrenen Schwester und sah, wie sich ihre Mundwinkel nach unten zogen. Er sah Shawcross an und wunderte sich – wie schon sooft – darüber, wie sich die Menschen oft selbst etwas vormachen.

Shawcross hatte jetzt noch viel höheres Fieber; das konnte er sehen, noch bevor er seine Hand auf die heiße trockene Haut legte. Innerhalb von zwei Tagen hatte er sich so verändert, daß sich die Haut in seinem Gesicht über den Knochen spannte. Seine Lippen waren trocken und durch den Feuchtigkeitsmangel aufgesprungen; seine Augen starrten weit geöffnet ins Leere und rollten ruckartig von einer Seite zur anderen. Als Haviland sich über ihn beugte, begann er zu zittern, und auf seiner Stirn traten Schweißperlen hervor.

»Lady Callendar, würden Sie uns vielleicht für einen Augenblick allein lassen, bis wir den Verband gewechselt haben?«

Er sah, daß Maud und Gwen Blicke wechselten, erschrockene Blicke. Sie verließen wortlos das Zimmer. Haviland schob die Decke auf die Seite, hob das Gestell heraus, das sie stützte.

Der üble Geruch, der ihm entgegenschlug, verriet ihm alles, noch ehe er der Verband sah.

»Wann haben Sie ihn das letzte Mal gewechselt?«

»Vor einer Stunde.« Die Krankenschwester machte eine Pause. »Und seine Temperatur liegt bei vierzig. Seit heute früh sechs Uhr ist sie um zwei Grad gestiegen.«

»Delirium?«

»In der Nacht hatte er Schmerzen. Schwer definierbar. Seither ist er ohne Bewußtsein.«

Haviland seufzte. Mit Hilfe der Krankenschwester wurde noch einmal der Verband gewechselt und Morphin verabreicht. Dann ging er mit ernster Miene die Treppe hinunter und bat um ein Gespräch mit Lady Callendar und ihrem Mann.

Im Frühstückszimmer sah der Arzt von dem Ehemann zu der Ehefrau. Lady Callendars Gesicht war von zuwenig Schlaf und Tränen geschwollen; ihr Mann, dessen Bewegungen langsam und steif waren, schien in den vergangenen Tagen um Jahre gealtert. Haviland holte tief Luft und hielt eine kleine Ansprache, die er sich seit zwei Tagen immer wieder in Gedanken zurechtgelegt hatte; es war traurig und bedauernswert, aber er mußte sie leider davon in Kenntnis setzen, daß es jetzt nur noch um Stunden ging. Nach dem Tod – wirklich, er konnte verstehen, wie schmerzlich es für sie sein mußte, zu diesem Zeitpunkt daran zu denken – würde man die Polizei benachrichtigen müssen. Es würde eine Untersuchung geben müssen – natürlich nur eine Formalität.

Nachdem er diese schwierigen Worte gesagt hatte, verstummte der Arzt. Lady Callendar blieb stumm. Ihr Mann, der in sich zusammengesunken vor dem Kamin saß, zog, zittrig wie ein alter Mann, an den Decken, die über seinen Knien lagen. Er sah dem Arzt nicht in die Augen.

»Ich will nicht, daß Cattermole dafür verantwortlich gemacht wird«, war alles, was er sagte. »Das werde ich nicht zulassen, hören Sie? Es war ein Unfall – ein Unfall.«

War es ein Unfall? Constance zum Beispiel glaubte das nicht. Constance durfte nicht zu ihrem Vater ins Zimmer gehen, sie hatte ihn, seit er ins Haus gebracht wurde, nicht mehr gesehen. Sie mußte im Kinderzimmer bleiben und wurde von Nanny Temple bewacht. Sie fühlte sich wie eine Gefangene.

Constance konnte nicht schlafen. Sie lag Nacht für Nacht wach und starrte an die Zimmerdecke, lauschte den Flügelschlägen des Albatros. Constance wartete auf den Albatros, der überall hinflog und alles sah, und der Albatros sagte, daß es kein Unfall war, daß jemand wollte, daß ihr Vater sterbe.

Aber wer? Auf diese Frage schwieg der Albatros, so daß Constance mit ihren Vermutungen allein blieb. Denton Cavendish? Gwen? Boy? Acland? Frederic? Jeder von ihnen hätte sich, wie ihr Vater, von der Party wegschleichen können, und dann... was dann? War ihm jemand gefolgt? Hatte ihn jemand gestoßen? Gerufen? Geködert? Hatte ihn jemand bedroht – vielleicht mit einem Gewehr, so daß er zurückgewichen war, vom Weg in das Dickicht, in dieses schreckliche, schreckliche Ding mit seinen grinsenden Kieferbacken?

Constance hielt die Luft an und lauschte dem Flügelschlag des großen weißen Vogels, der langsam und bedächtig über ihr seine Kreise zog. Kein Unfall, kein Versehen: Constance hatte das Kaninchen gefunden, und sie wußte Bescheid. Jemand hatte ihrem Vater etwas antun wollen, jemand hatte ihm eine Falle stellen wollen.

Sie hätte so gern geweint; sich die Augen zerkratzt, aber die Tränen wollten nicht kommen. Gleich würde es Morgen sein; hinter den Vorhängen konnte sie schon Licht sehen; im Garten sangen die Vögel. Am Morgen würde der Albatros sie verlassen. Dann würde sie wieder allein sein.

Als das erste fahle Licht in ihr Zimmer fiel, schob sie die Bettdecke zur Seite und schlich leise zur Tür. Es war noch sehr früh, und wenn sie ganz leise wäre, jetzt, wo Nanny Temple, ihre Aufseherin, bestimmt noch schlief... Barfuß und auf Zehenspitzen verließ sie ihr Zimmer, ging durch Steenies Zimmer, dann durch das Spielzimmer und hinaus auf den Flur. Kein Laut war zu hören, nichts bewegte sich: Sie schöpfte neuen Mut. Sie würden sie nicht von ihm fernhalten, das würden sie nicht schaffen, die Cavendishs, die immer nur so taten, als würden sie sie nicht verachten.

Aber nicht die hintere Treppe; dort könnte sie eins von den Hausmädchen sehen, denn die standen in Winterscombe sehr früh auf. Die Haupttreppe war sicherer; und dann, als sie in der Eingangshalle war, mit kalten Füßen auf dem kalten Steinboden – auf die Seite, und dann durch einen Gang und noch einen Gang. An der Kammer mit dem Silberbesteck und dem Porzellan vorbei – an der Teeküche, an dem Zimmer der Haushälterin und an der Vorratskammer: Ein Gewirr von Zimmern und Korridoren, aber Constance kannte sie alle ganz genau. Ein gefährlicher Augenblick: Als sie sich der Küche näherte und den Spülküchen, waren dort Stimmen zu hören – aber sie bog schnell um die Ecke und war in Sicherheit.

Sie stieß eine grüne mit einem Fries geschmückte Tür auf und ging, mit klopfendem Herzen, hinein und stand jetzt auf der anderen Seite. Rechts von ihr war ein kleiner leerer Raum mit einem Eisenbett und einem Waschständer. Dieses Zimmer, das früher für den Diener des Königs gewesen war, stand jetzt immer leer. Ihm gegenüber, links von ihr, war die Treppe, die nach oben, in den Ankleideraum des Königs, führte. Sollte sie es wagen hinaufzugehen. Constance wußte, daß es verboten war, aber das war ihr egal. Sie brauchte sich nicht darum zu kümmern! Sie hatten kein Recht, sie von ihrem Vater zu trennen.

Leise schlich sie die Treppe hinauf. Die Tür, gleich oben an der Treppe, war geschlossen, und Constance lauschte. Sie hörte Schritte, das Rascheln von Röcken, vielleicht die Krankenschwester in ihrer gestärkten Uniform. Das klickende Geräusch von Glas an Metall; Stimmengemurmel, dann Stille. Aber ihr Vater war ganz in der Nähe. Das wußte Constance; und obwohl sie es nicht wagte, noch weiter zu gehen, verschaffte ihr dieses Wissen Frieden.

Sie ließ sich auf den Fußboden sinken: Sie rollte sich dort zusammen wie ein Tier. In Gedanken war sie bei ihrem Vater, in seinen Gedanken, so daß er wußte, daß sie bei ihm war, sein kleiner Albatros, seine Tochter, die ihn lieb hatte. Sie machte die Augen zu; und nach einer Weile schlief Constance.

Im Schlafzimmer des Königs saß Gwen, sie konnte nicht schlafen. Sie hatte die ganze Nacht bei ihm gewacht, sie hatte gesehen, wie Eddie immer mehr verfallen war, sie hatte das Gesicht der Krankenschwester gesehen, und sie machte sich nichts mehr vor: Sie wußte, daß die Zeit gekommen war.

Die Krankenschwester hatte sich zurückgezogen. Gwen war allein mit Eddie, die Stille des Zimmers nur unterbrochen von dem Knistern des Feuers und dem Ticken der Uhr. Gwen sah auf die Uhr – es war bald sechs, und sie überlegte, wie viele Minuten Eddie Shawcross noch zu leben hätte. Sie schämte sich, aber sie war inzwischen so erschöpft, daß sie hoffte, es möge bald vorbei sein: Nachdem sie sich an den Gedanken gewöhnt hatte, daß Eddie sterben mußte, begann sie ungeduldig zu werden, und ärgerte sich, weil der Tod so lange auf sich warten ließ. Sie wußte, daß das nicht schön war von ihr, daß es hartherzig war und grausam, aber unwillkürlich ging ihr das Gebet durch den Kopf: Laß es bald sein, laß es gleich sein, laß es schnell sein – ihm zuliebe.

Ihre Hände umschlangen den seidigen Stoff ihres Kleides; sie drehte sich um und sah in das Gesicht ihres Geliebten und konnte es fast nicht glauben, daß dies derselbe Mann war, den sie so sehr geliebt hatte.

Seine Lippen waren aufgesprungen; seine Hände, die er immer so gepflegt hatte, rissen und zerrten an den Bettüchern: Gwen wandte den Blick ab von den abgerissenen Nägeln und Bandagen. Sie richtete ihn auf ihre Gedanken – und da, noch bevor sie es wegschieben konnte – sah sie ein Bild, sie und Eddie, hier in diesem Zimmer, vor nur wenigen Tagen; sie sah sich selbst, mit den schwarzen Bändern an den Handgelenken, festgebunden; und obwohl sie allein war, wurde ihr Gesicht rot vor Scham. Sie rieb sich die Handgelenke, mußte daran denken, wie er sie festgebunden hatte und wie weh es getan hatte, und an den Geruch von Nelkenseife, an die Verlockung des Verbotenen. Als sie sich bemühte, dieses Bild aus ihren Gedanken zu verbannen, bewegte sich Shawcross; und Gwen drehte sich wieder zu ihm um.

Auf seiner Stirn stand wieder Schweiß – das Fieber kam in Wellen. Seine Augen waren offen und starr, seine Lippen wurden schlaff, formten dürre unverständliche Laute und wurden dann wieder schlaff.

Gwen griff nach der Klingel, um die Krankenschwester zu rufen; in Wahrheit war sie über das Aussehen von Shawcross erschrocken und mochte ihn jetzt nicht anfassen. Aber noch bevor sie klingeln konnte, fing Shawcross zu sprechen an – Worte und Sätze quollen aus ihm heraus, von denen ein paar zu verstehen waren.

Ratten. Shawcross redete von Ratten: Große Ratten, schwarze Ratten, Ratten, die zucken, Ratten, deren Augen aus den Köpfen quellen, Ratten, die nagen, Ratten in Teeküchen, Ratten in Scheunen, Ratten in Abwässerkanälen, Ratten in Fallen – ja – »Ratten schnappen«, gurgelte er, und der halbe Reim schien ihm zu gefallen, denn er zitterte und wiederholte die Worte, und dann – bäumte er sich im Bett auf, mit einer solchen Kraft, wie sie Gwen gar nicht für möglich gehalten hätte bei ihm – redete er weiter und immer weiter und kam schließlich von den Ratten zu Riemen und Bändern.

»Schwarze Bänder«, krächzte Shawcross, und obwohl seine Stimme undeutlich war, konnte sie es genau verstehen. »Schwarze Bänder. Trampelt auf ihre Köpfe. Recht so. Trampelt auf ihnen herum...«

Gwen war vor Entsetzen und Abscheu erstarrt. Bänder, Bänder, warum sollte er von Bändern reden? Sie zog heftig an der Klingelschnur und mußte sich zwingen, sich über ihn zu beugen, um ihm beschwichtigend zuzureden. »Eddie«, sagte sie sanft. »Eddie, mein Lieber. Du mußt dich ausruhen, du darfst nicht sprechen, bitte, Eddie...«

Eddies Stimme war fast verstummt; er ließ sich wieder nach hinten in die Kissen fallen. Er stieß noch eine Reihe blubbernder gutturaler Laute aus; über seine Lippen rann Speichel. Gwen starrte ihn angsterfüllt an. Konnte das das Todesröcheln sein? Sie zog heftig an der Klingel – zog noch einmal, und während sie noch klingelte, hörten Eddies Augen auf, Pfeile abzuschießen und zu flackern; sie schienen ihr Gesicht zu fixieren. Er sah ihr direkt in die Augen und sagte mit absolut klarer deutlicher Stimme:

»Du hast mich gerufen. Im Wald. Ich habe gehört, wie du mich gerufen hast.«

»Nein, Eddie«, sagte Gwen, die Angst hatte, daß die Krankenschwester ins Zimmer käme und ihnen zuhörte. »Nein, Eddie, du irrst dich, du hast Fieber. Bitte, lieg still...«

Aber dann geschah etwas, noch während sie sprach – ein Krampf. Nur ein Schauer, oder nicht einmal das, ein Erbeben; im Grunde nicht mehr als ein leichtes Zucken der Gesichtsmuskeln, und dann das Erschlaffen. Im Bruchteil einer Sekunde war die größte aller Grenzen überschritten, und Gwen wußte es sofort, noch bevor die Krankenschwester, die jetzt neben ihr stand, die Hand ausstreckte, um sie an Eddies Hals zu legen; sie seufzte, warf einen Blick auf die Uhr und sagte:

»Es ist vorbei.«

Es war Viertel nach sechs, der Beginn eines neuen Tages; Dr. Haviland wurde gerufen, und dann galt es nur noch, eine letzte unangenehme Aufgabe zu verrichten, die Gwen jedoch glücklicherweise nicht miterleben mußte.

Bevor die Totenstarre einsetzte, mußte Shawcross gewaschen und aufgebahrt werden. Um halb acht, als sie damit fertig waren und Dr. Haviland schon gehen wollte, ertönte vom Bett her ein schreckliches Geräusch, ein Gurgeln, ein Aufstoßen. Der Doktor und die beiden Krankenschwestern drehten sich erschrocken um; eine der Krankenschwestern – eine irische Katholikin, die noch nicht soviel Erfahrung hatte – umklammerte ihr Kruzifix und bekreuzigte sich. Der Anblick, der sich ihnen bot, war kein angenehmer und auch durchaus nicht üblich, obwohl er Dr. Haviland, im Fall einer schweren Blutvergiftung, in ähnlicher Form schon begegnet war. Shawcross triefte aus sämtlichen Körperöffnungen. Eine dicke gelbe Flüssigkeit, wie Honig, aber nicht so süß, quoll ihm aus den Ohren, den Nasenlöchern, dem Mund...

Er mußte noch einmal gewaschen werden, noch einmal hergerichtet werden; das Nachthemd mußte gewechselt werden, das Kissen – die Kissenbezüge, die Laken. Die geübtere der beiden Krankenschwestern schickte mit konzentrierter Miene eine Nachricht hinunter zur Küche, damit aus den Gewächshäusern Blumen heraufgebracht wurden, wenn möglich Lilien.

Sie wurden gebracht, und schließlich – gegen neun – konnten die anderen Formalitäten stattfinden. Im ganzen Haus waren bereits die Jalousien heruntergelassen, und in diesem trüben dämmrigen Licht kam die gesamte Familie Cavendish, um ihm die letzte Ehre zu erweisen. Boy, Acland, Frederic. Steenie blieb dieser Akt erspart, da er sehr schwache Nerven hatte; aber nicht Constance. Sie kam als letzte herein, stand steif zwischen Denton und Gwen Cavendish am Bett des Königs.

Sie betrachtete die Engel, das königliche Wappen, das Bett, auf dem sie – noch vor wenigen Tagen – für Boys Foto posiert hatte. Sie sah ihren Vater an – der mit geschlossenen Augen dalag, die Bettücher bis ans Kinn hochgezogen. Als Gwen sie näher ans Bett führte, beugte sie sich über seine Leiche und gab ihm neben der Wange einen Kuß in die Luft.

Das Zimmer roch nach Lilien, die Constance von diesem Tag an hassen würde. Sie weinte nicht: Sie sagte nichts. Sie lauschte dem Flügelschlag eines Vogels, denn obwohl es Tag war, wußte sie, daß ihr Beschützer bei ihr war, hier in diesem Zimmer. Sie lauschte, und er kam, ein leises Rauschen in der Luft; sie beugte den Kopf.

Constance blieb stumm, keine Träne: Sie erschreckte Gwen. Gwen brachte sie zurück in ihr Zimmer, setzte sich zu ihr und redete mit ihr, so ruhig und so sanft sie nur konnte. Gwen wußte, daß die Dinge, die sie Constance sagte, banal waren; sie sagte sie trotzdem. Sie überlegte, ob sie davon sprechen sollte, daß Constance von der Krankenschwester auf der Treppe des Ankleideraums gefunden worden war, entschied sich aber dagegen. Das Kind ist tieferer Gefühle fähig, als alle glauben, dachte Gwen. Lassen wir die Angelegenheit auf sich beruhen.

»Constance, ich möchte, daß du weißt«, sagte sie schließlich, »daß wir uns für dich verantwortlich fühlen, meine Liebe, und daß wir uns um dich kümmern werden. Die Angelegenheit muß überdacht werden, aber vergiß nicht, Constance, daß du hier bei uns, in Winterscombe, immer ein Zuhause haben wirst.«

Darauf hatte Constance gewartet. Sie begriff, daß diese Einladung, obwohl Gwens Augen mit Tränen gefüllt waren, aus Schuldgefühlen und nicht aus Zuneigung ausgesprochen wurde.

»Ich verstehe«, erwiderte sie auf ihre steife Art. Sie machte eine Pause. Sie fixierte Gwen mit den Augen. »Wann werden sie meinen Vater wegbringen?«

Gwen war von dieser Frage irritiert.

»Später, irgendwann, noch heute, Constance. Heute nachmittag. Aber es ist besser, nicht daran zu denken, meine Liebe...«

»Wenn er weg ist...« Constance legte ihre kleine schmutzige Hand auf Gwens Ärmel. »Darf ich dann ein bißchen für mich allein in seinem Zimmer sitzen? Nur ein Weilchen. Damit ich ihm Lebewohl sagen kann?«

»Natürlich, Constance. Das verstehe ich«, erwiderte Gwen, die von dieser Bitte gerührt war.

Und später, noch am selben Tag, als Gwen sicher war, daß die Leichenbestatter abgefahren waren, führte sie Constance selbst in das Schlafzimmer des Königs. Sie öffnete die Tür und machte die Lampen an – sie wollte nicht, daß sich Constance fürchtete. Sie prüfte, ob das Bett schon gemacht war und die Lilien fortgebracht waren. Sie setzte Constance in einen Sessel.

»Bist du sicher, daß du allein hier bleiben willst, Constance? Oder möchtest du, daß ich mich zu dir setze?«

»Nein. Ich möchte lieber allein sein«, erwiderte das Kind auf seine seltsame förmliche Art. »Nur eine Weile. Eine halbe Stunde. Ich möchte an ihn denken.«

»Ich werde um vier zurück sein«, erwiderte Gwen und ließ sie allein.

Als Constance allein im Zimmer war, sah sie über die Schulter zum Bett. Seine Vorhänge sahen beängstigend aus; sie blähten sich vor ihr auf.

Sie stand auf und näherte sich vorsichtig dem Bett. Sie streckte die Hand aus und zog die Überdecke zurück. Die Kissen gaben ihr Sicherheit. Sie waren sauber und weich. Nirgends der Abdruck eines Kopfes.

Constance zog die Decke wieder glatt. Sie trat von dem Bett zurück. Langsam ging sie im Zimmer umher, berührte im Vorbeigehen die Möbel. Eine Sessellehne: Ihr Roßhaarbezug war rauh und kratzte. Die Rückenlehne eines anderen Sessels: aus Samt. Sie ging ins Ankleidezimmer, dann in das dahinterliegende Badezimmer, schaltete das Licht an, als sie am Schalter vorbeikam. Sie betrachtete die große kupferne Dusche, die Hebel und Hähne, all die Wunder des deutschen Installationshandwerks. Aus der Seifenschale stahl sie ein kleines Stück Nelkenseife, das sie in die Tasche steckte.

Sie kehrte ins Schlafzimmer zurück. Sie ging jetzt gezielter vor. Dort auf der Kommode lagen die persönlichen Sachen ihres Vaters, die in den Taschen seines Abendanzugs gewesen waren, als sie ihn hier heraufbrachten. Ein paar Münzen; die Schachtel mit seinen Zigarrenstumpen; eine Streichholzschachtel; seine Taschenuhr mit Kette; ein sauberes und unbenutztes Leinentaschentuch. Constance hob das Taschentuch auf, aber es war frisch gebügelt; es roch nicht nach ihrem Vater. Sie preßte es gegen ihr Gesicht. Sie legte es wieder auf die Kommode. Sie hob die Silberuhr mit der Kette hoch.

Sie öffnete die Uhr, die verbeult war. Sie untersuchte die Zifferblattseite. Die Uhr, die seit mehreren Tagen nicht aufgezogen worden war, war stehengeblieben. Ihre zwei kleinen schwarzen Zeiger deuteten in verschiedene Richtungen.

Constance klappte die Uhr wieder zu. Sie hielt die Uhr fest in ihrer Hand. Noch einmal warf sie einen Blick über die Schulter zum Bett. Das Bett war noch immer leer.

Seitwärts – wie im Krebsgang – bewegte sich Constance weg von der Kommode und hin zum Schreibtisch, der zwischen den Fenstern stand.

Der Schreibtisch war nicht verschlossen. In seinem rechten unteren Fach – in der Schublade, unter ein paar Blättern Papier und Druckfahnen, lag jedoch ein Reiseschreibkasten aus Holz. Er war, wie immer, verschlossen. Der Schlüssel zu diesem Schreibkasten war klein und aus Silber. Er hing an der Uhrkette ihres Vaters.

Constance biß sich mit ihren kleinen Zähnen auf die Zunge. Sie beugte sich nach vorn. Sie konzentrierte sich. Sie steckte den Schlüssel in das Schloß und drehte ihn um.

In dem Schreibkasten waren ein Stapel Briefe und Rechnungen, aber sie nahm sich nicht die Zeit, sie näher zu untersuchen. Darunter lag ein Schreibheft mit schwarzem Einband. Es war ein Heft, wie es Schüler in der Schule verwenden würden: Es trug ein Namensschild.

Constances Hände fürchteten sich ein wenig, dieses Heft anzufassen. Sie bewegten sich darauf zu, zogen sich dann wieder zurück. Schließlich griffen sie in den Kasten. Sie holten das Notizbuch heraus. Sein Umschlag war elastisch. Das Notizbuch ließ sich zusammenrollen wie eine Zeitung.

Constance rollte es so fest zusammen, wie es nur ging. Sie steckte es bis ganz nach unten in die tiefste Tasche ihres weiten schwarzen Rocks. Sie betrachtete den Rock mit prüfendem Blick. War er jetzt ausgebeult? Nein, das war er nicht.

Danach beeilte sie sich. Sie schloß den Schreibkasten wieder zu und schob die Schublade hinein. Sie legte die Uhr mit der Kette auf die Ankleidekommode. Sie vermied es, in den Spiegel zu sehen, der auf der Kommode stand, denn sie hatte Angst. Wenn sie dort hineinsah, würde sie vielleicht das blasse Gesicht ihres Vaters sehen, seinen gepflegten Bart. Und er könnte etwas Schreckliches tun: Er könnte ihr zuwinken. Sie ging wieder zu dem Sessel, in den Gwen sie vorhin gesetzt hatte. Sie setzte sich wieder hinein und blieb still sitzen, gehorsam. Sie dachte an ihren Vater. Sie versuchte nicht daran zu denken, wohin sie ihn gebracht haben könnten. Wo es auch war, sie war sicher, daß es dort kalt und einsam war. Sollte sie ihm jetzt Lebewohl sagen? Sollte sie es laut sagen? Constance zögerte. Sie fühlte, daß ihr Vater ganz in der Nähe war. Es kam ihr dumm vor, ihm Lebewohl zu sagen.

»Gute Nacht, Papa«, sagte sie schließlich mit zaghafter Stimme.

In der darauffolgenden Woche fand, wie Dr. Haviland vorausgesagt hatte, eine Art Untersuchung statt. Man sollte sich diese Untersuchung nicht allzu gründlich vorstellen, denn das war sie nicht.

Man könnte sie vielleicht als planlos bezeichnen, oder als taktvoll. Die örtliche Polizei war eingeschüchtert und hatte nicht die Absicht, einem so prominenten Landbesitzer wie Lord Callendar, dessen Cousin der Polizeichef der gesamten Grafschaft war und dessen engste Freunde in den Justizbehörden hohe Posten einnahmen, zu nahe zu treten.

Es gab eine Vorladung. Nicht ein Mitglied der Familie Cavendish folgte ihr: Sie gaben ihre Zeugenaussagen schriftlich ab. Diese Zeugenaussagen nannten mit ziemlicher Genauigkeit den Zeitpunkt, an dem Shawcross, wie sie annahmen, das Fest verlassen hatte. Sie betonten, daß Shawcross – immerhin Schriftsteller – häufig allein zu Spaziergängen aufgebrochen war. Darüber hinaus hatten sie dem Untersuchungsgericht nichts zu sagen.

Cattermole, der zu der Untersuchung vor Gericht erschienen war und diese Erfahrung genoß, war entgegenkommender. Er erklärte, daß die Fallen, die früher einmal verwendet wurden, um Wilddiebe abzuschrecken, viele Jahre lang in einer Scheune aufbewahrt gewesen waren, wo sie vor sich hinrosteten, so daß niemand mehr auch nur an sie gedacht hatte. Bevor der Untersuchungsrichter ihm Einhalt gebieten konnte, erinnerte er die Jury daran, daß es in dieser Gegend wochenlang Zigeuner gegeben hatte, und diese Zigeuner, so fuhr er fort, waren noch an dem Tag, an dem der Unfall entdeckt worden war, weitergezogen. Da weder er noch irgendeiner seiner Männer – dafür konnte er sich verbürgen – Fallen aufstellen würden, die verboten waren, zog er für seinen Teil seine Schlüsse daraus. Und die Jury sollte das auch tun, fuhr er fort, als sich der Untersuchungsrichter vorbeugte, um ihn zu unterbrechen: Seiner Meinung nach waren es die Zigeuner gewesen, die die Falle aufgestellt hatten, um den Waldhütern oder ihm Ärger zu bereiten.

Die Jury setzte sich aus Einheimischen zusammen, unter ihnen auch ein paar Landpächter der Cavendishs. Ihr Urteilsspruch? Tod durch Unfall. Die Sache wurde zu den Akten gelegt.

Wurde dieses Urteil im Familienkreis von Winterscombe akzeptiert? Vielleicht von einigen, obwohl wahrscheinlich manche Zweifel hegten. Der einzige, der diese Zweifel offen zum Ausdruck brachte, war Sir Montague Stern. Er formulierte sie am Tag nach der gerichtlichen Untersuchung in seiner Wohnung im Albany in London. Dort kam ihn Maud zum ersten Mal besuchen.

»Tod durch Unfall«, sagte Stern auf seine ruhige Art. »Das kommt sehr gelegen. Und ist eine feine Lösung.«

Maud, die durch die Anziehungskraft, die Stern auf sie ausübte, und auch durch die Einrichtung seines Wohnzimmers abgelenkt war – welch ein vornehmer vollkommener Raum und voller edler vollkommener Dinge, die in einem krassen Gegensatz zu dem Mann selbst standen –, verstand es nicht sofort. Als sie es dann aber verstand, stieß sie einen leisen Schrei aus.

»Montague! Was willst du damit sagen? Schließlich war das doch das einzig mögliche Urteil. Wir alle wissen doch, daß es ein Unfall war.«

»Tatsächlich?« Stern stand am Fenster. Er sah hinunter auf die Straße.

»Aber, natürlich. Die Zigeuner –«

»Das Gerede von den Zigeunern – kann mich nicht überzeugen.«

Die Art und Weise, wie er es sagte, ließ Maud aufhorchen. Sie ging ein paar Schritte auf ihn zu. Sie sah Stern an, der groß war, mit blassem Gesicht, dessen Züge die Merkmale seiner Rasse trugen und dessen Augen mit schweren Lidern überschattet waren. Diese Augen verrieten ihr nichts. Er sah sie an, bewundernd, aber kühl: Genausogut hätten sie sich über ein Dinner unterhalten können, nicht über den Tod. Wieder hatte sie, wie schon in Winterscombe, das Gefühl, daß sich dieser Mann zurückhielt, daß in ihm Kräfte verborgen waren, die niemand kannte. Sie war über seine Worte erschrocken; aber auch erregt.

»Du willst doch nicht sagen – aber wenn es kein Unfall war –, dann war es doch –«

»Mord?« Stern zuckte die Achseln, als verabscheue er dieses Wort. Maud fühlte sich herausgefordert, war aber vernünftig. Sie machte noch einen Schritt nach vorn, blieb stehen.

»Das ist doch lächerlich. Undenkbar. Für einen Mord muß es doch einen Mörder geben...«

»In der Tat, und ich würde sagen, daß es dafür genügend... Kandidaten gibt.«

»Das ist ja lachhaft. Ich will nichts mehr davon hören. Ich glaube fast, du willst mir nur angst machen.« Sie zögerte. »Und wer, meinst du?«

Stern lächelte. Er streckte die Hand nach ihr aus. Fasziniert starrte Maud auf diese Hände, wohlgeformte Hände, und auf die außerordentlich weißen Manschetten. Am Handgelenk das Glitzern von Gold.

»Es hat keinen Sinn, Spekulationen anzustellen.« Sterns Stimme klang sehr energisch. »Die Angelegenheit ist abgeschlossen. Es ist unwahrscheinlich, daß noch weitere Untersuchungen durchgeführt werden. Ich löse gern Rätsel – das ist alles. Ich versuche sie zu lösen. Natürlich nur zu meinem eigenen Zeitvertreib.«

Maud beschloß, das Thema zu wechseln; sie überlegte, ob sie seine Hand ergreifen sollte. Sie fühlte sich beunruhigt.

»Das hier ist ein sehr schönes Zimmer«, begann sie hastig, unbeholfen, und das passierte Maud selten, daß sie unbeholfen war.

»Ich bin froh, daß es dir gefällt.« Er deutete auf die Bilder an den

Wänden und die Porzellanvasen, die in den Regalen standen. »Mir gefallen diese Dinge. Ich sammle sie. Irgendwie – bin ich ein Sammler.«

Irgend etwas war an dieser ruhigen Art, auf die er es sagte, und irgend etwas war auch an seinen Augen, als er es sagte, stellte Maud fest. Es erinnerte sie an etwas, an den Mann in ihrem Zimmer in Winterscombe.

Sie vergaß die Untersuchung und noch ernstere Dinge und trat auf ihn zu und ergriff seine Hand. Stern schien das Gespräch ebenfalls vergessen zu haben. Entschlossen, aber wohlüberlegt, verließ er seinen Platz am Fenster und nahm Maud in die Arme.

Die Untersuchung war vorbei – die Angelegenheit abgeschlossen –, und es wurde Zeit für die Beerdigung. Aber wo sollte sie stattfinden? Nicht in Winterscombe. Dieser Vorschlag, den Gwen, etwas zaghaft, vorbrachte, wurde von Denton sofort zurückgewiesen. Dann in London, in Bloomsbury, wo Shawcross ein paar Zimmer gemietet hatte.

Gwen traf die Vorbereitungen, denn Shawcross schien praktisch keine Angehörigen zu haben. Sie arbeitete hart, ihre Gedanken waren damit beschäftigt, die Vergangenheit zu sanieren: eine selbstverständliche Pflicht gegenüber einem alten Freund der Familie. Als es dann soweit war, glaubte Gwen fast schon selbst daran.

Zur Beerdigung kamen nur wenige. Gwen stellte zu diesem Zweck ihr Haus in Mayfair zur Verfügung. Sie hatte sich bemüht, eine möglichst große und auserlesene Trauergesellschaft zusammenzubekommen. An dem Tag, an dem die Beerdigung stattfand, war sie gekränkt, als sie sah, wie mager das Ergebnis ausgefallen war.

Ihre Familie war – natürlich – vollzählig anwesend. Aber wo waren die vielen literarischen Freunde, von denen Eddie mit einer solchen herzlichen Vertrautheit gesprochen hatte? Sie hatte an alle geschrieben, an all die berühmten Männer. Und wo waren sie jetzt, die illustren Romanciers, die Dichter mit ihren progressiven Anschauungen, die einflußreichen Verleger, die Titanen, mit denen Eddie angeblich so oft diniert hatte?

Kein einziger war gekommen. Die Welt der Kunst wurde von einem Amerikaner, der als Hitchings vorgestellt wurde, repräsentiert, und von Jarvis mit der lavendelfarbenen Krawatte, der die Feier eilig wieder verließ und die Einladung ablehnte, mit in die Park Street zu kommen. Hitchings behauptete, Repräsentant einer New Yorker Zeitschrift zu sein. Sein Atem roch nach Whisky.

Als Gwen in ihr Wohnzimmer in Mayfair zurückkehrte, betrachtete sie die merkwürdige Versammlung. Vor Mitleid und Erniedrigung wäre sie fast in Tränen ausgebrochen. Eine magere, frostige kleine Gruppe. Ihre eigene Familie; Boys Verlobte Jane Conyngham; Maud; Sir Montague Stern – auf Mauds Vorschlag eingeladen – hatte einen überdimensionalen Kranz geschickt; Constance, die erkältet war und deren Nase lief; ein Student mit traurigen Augen, der in demselben Haus wie Shawcross in Bloomsbury zur Miete wohnte. Eine ältere Witwe, deren Namen Gwen nicht verstand und die behauptete, Shawcross einmal einem literarischen Verleger vorgestellt zu haben.

Außer ihnen war nur noch ein einziger anderer Trauergast anwesend: ein piepsiger junger Mann, der Sekretär eines Anwalts, in einem abgetragenen schwarzen Anzug, der Shawcross nie persönlich kennengelernt hatte, der aber in Vertretung der Firmenleitung gekommen war.

Jane Conyngham unterhielt sich freundlich mit dem Studenten. Gwens Familie rückte zusammen, um eine geschlossene Front zu bilden. Montague Stern kümmerte sich sehr geduldig um die nicht gerade gesprächige Constance. Gwen, die das Gefühl hatte, es nicht länger ertragen zu können, winkte den Sekretär des Anwalts auf die Seite.

Sie zog ihn in die Bibliothek. Dort zählte der junge Mann einige düstere Tatsachen auf. Shawcross hatte, wie es schien, nach dem Tod seiner Frau durchgesetzt, ein Testament zu machen: Seine Erbin war Constance. Shawcross hatte seiner Tochter allerdings nur sehr wenig hinterlassen. Seine Bankkonten waren überzogen; sein Vermieter und seine Schneider riefen lauthals nach der Begleichung ihrer Rechnungen. Alles, was Constance erben würde, sagte der junge Mann steif und mit tadelnder Stimme, waren die Bücher ihres Vaters, sein persönliches Eigentum und ein Haufen Schulden.

Und da gab es noch ein Problem. Natürlich waren sorgfältige Nachforschungen angestellt worden: Aber wie es schien, besaß Shawcross keine engen Verwandten. Seine Eltern waren tot; er hatte weder Brüder noch Schwestern; die nächste Verwandte, die noch am Leben war, war die Schwester seiner Mutter und ihr Mann, der ein kleines Geschäft in Solihull besaß.

»In Solihull?« Gwen war sich nicht sicher, wo das war, aber egal, wo auch immer, der Name gefiel ihr nicht.

Mit diesen Verwandten hatte man Kontakt aufgenommen, fuhr der mickrige junge Mann fort und zupfte an seinem schlecht sitzenden vergilbten Hemdkragen. Sie hatten ihre Trauer zum Ausdruck gebracht und gebeten, daß dem Kind ihr Beileid mitgeteilt würde; aber eins hatten sie klargemacht: Sie besäßen nur geringe Mittel; sie bedauerten, aber man könne ihnen nicht die Verantwortung für ein Kind aufhalsen, dem sie nie begegnet waren. Die Umstände, so wie sie waren, ließen es unmöglich zu – *unmöglich*, wiederholte der junge Mann nachdrücklich –, daß sie Constance zu sich nahmen.

Gwen fühlte sich gekränkt. Sie fühlte sich von dem jungen Mann gekränkt, von seinem schmutzigen Hemdkragen und von seinem Adamsapfel, der beim Sprechen auf- und abhüpfte. Ihr mißfiel die Art und Weise, wie er ihren Namen aussprach, indem er ihren Titel von seinen Lippen abrollen ließ. Ihr mißfiel die Art und Weise, wie seine Augen ihre Bibliothek und deren Inhalt verschlangen.

Gwen hatte *hauteur* gelernt; sie bedachte den jungen Mann mit einem herablassenden Blick. Sie äußerte sich nicht weiter zu diesen unbarmherzigen Verwandten; sie überging die Frage dieser albernen Schulden, die sie begleichen würde. Sie überging schließlich die Frage von Constance.

Ihre Familie würde sich Constances annehmen, sagte sie. Das war von Anfang an ihre Absicht gewesen. Mister Shawcross war ein alter Freund der Familie gewesen. Alles andere – und dabei bedachte sie den jungen Mann mit einem eiskalten Blick – wäre sowieso nicht in Frage gekommen.

Möglicherweise gefiel dem jungen Mann diese Bemerkung nicht, und auch nicht die Art und Weise, wie sie vorgebracht wurde. Seine blasse Haut überzog sich mit Röte. Er erklärte, daß seine Firma sehr erleichtert sein würde und daß die Abwicklung der Dinge dadurch vereinfacht würde.

»Allerdings wäre da noch die Sache mit dem Bloomsbury-Darlehen. Die gemietete Wohnung.« Er blieb an der Tür stehen. »Das wird geklärt werden müssen. Der Hauswirt fordert die Räume zurück. Wir haben bereits mit ihm verhandelt.«

Er sagte es auf eine häßliche Art, mit einem anmaßenden Blick auf den Vorleger aus Tigerfell. Nachdem er sich Shawcross' auf diese Weise entledigt hatte, der vielleicht reiche und adlige Freunde besitzen mochte, der aber trotz alledem zahlungsunfähig gewesen war, verabschiedete er sich.

Zwei Tage später – ihre letzte Aufgabe, dachte sie und war erleichtert – machte sich Gwen, mit Constance im Schlepptau, nach Bloomsbury auf. Constance hatte darauf bestanden, sie zu begleiten: Sie sagte, sie müsse ihre Sachen selbst packen. Es würde nicht lange dauern. Ein Koffer, mehr nicht.

Das Haus war groß und düster. Die Eingangshalle roch nach Bohnerwachs und – ein bißchen – nach gekochtem Kohl. Gwen lehnte sich gegen die Wand; ihr wurde ganz schwach in den Beinen.

Constance drängte sie weiterzugehen, die breite Treppe in den ersten Stock hinauf und dann, noch weiter hinauf, über eine steile Treppe in den zweiten Stock.

Man hatte Gwen einen Schlüssel gegeben; aber die Wohnungstür war unverschlossen. Zum ersten Mal betrat sie den Ort, an dem ihr Geliebter gewohnt hatte.

Sie hatten sich nie hier getroffen, und diese Räume waren auch nicht so, wie sie es sich vorgestellt hatte. Obwohl sie gewußt hatte, daß Shawcross nicht reich war, besaß Gwen eine gutartige Phantasie und hatte sich diese Räume in ihren Gedanken als einen angenehmen Ort mit Büchern vorgestellt, das Glühen von Lederbänden im Feuerschein des Kamins; einen Schreibtisch, vielleicht mit einer Lampe mit grünem Schirm; ordentlich gestapelte Papierstöße; einen Sessel; Geräumigkeit. Das hatte ihr oft Freude bereitet, wenn sie sich trennen mußten, dann hatte sie sich Shawcross vorgestellt, wie er hier an seinem Schreibtisch arbeitete und immer wieder innehielt, um an sie zu denken.

Sie hatte ihn sich vielleicht vorgestellt, wie er eine Mahlzeit zu sich nahm, die ihm ein Diener auf einem Tablett brachte. Sie hatte ihn sich von Zeit zu Zeit vorgestellt, wie er in diese Räume irgendwelche berühmte Männer eingeladen hate, die er zu seinen Freunden zählte. Sie hatte sich vorgestellt, wie sie vor einem hell flackernden Feuer saßen und über das Leben, die Kunst, die Religion, die Philosophie diskutierten.

Dieser Raum widersprach all diesen Vorstellungen, die sie sich gemacht hatte. Zunächst war er bis an den Rand vollgestopft mit Dingen, irgendwann einmal mußte er geteilt worden sein. Die Bücherregale waren von billigster Bauart; sie waren zwar gut mit Büchern gefüllt, aber völlig verstaubt. Vor einem verschmierten ungeputzten Fenster, das auf eine laute Straße führte, stand ein billiger Schreibtisch mit einer häßlichen Lampe darauf. Er war mit Briefen, Papieren, Druckfahnen, Rechnungen überhäuft. Gwen empfand das als störend. Shawcross hatte immer soviel Wert auf sein Äußeres gelegt. Er war ihr immer so ordentlich und gepflegt vorgekommen.

»Insgesamt sind es drei Zimmer.«

Constance hatte ihren kleinen schwarzen Koffer hingestellt. Sie stand mitten im Zimmer. Ihr Gesicht sah spitz aus.

»Das ist das Schlafzimmer meines Vaters.« Sie deutete auf eine Tür.

»Mein Zimmer liegt daneben, über den Korridor. Es hat zwei Betten. Meine Kinderfrau hat mit mir in einem Zimmer geschlafen.« Das sagte sie mit einem Anflug von Stolz, als wäre die Tatsache, daß sie sich mit ihrer Kinderfrau ein Zimmer geteilt hatte, etwas, das ihr einen besonderen Status verlieh.

»Natürlich ist sie schon seit ein paar Jahren nicht mehr da. Papa hat sie nicht durch eine neue ersetzt. Ich war schon etwas älter damals. Wir brauchten keine. Wir sind ganz gut so ausgekommen.« Sie machte eine Pause und hob ihr spitzes kleines Gesicht und sah zum Fenster.

»Gefällt es Ihnen hier? Mir gefällt es. Wenn man sich aus dem Fenster lehnt, kann man den Platz sehen. Und am Ende der Straße ist eine Kirche. Am Sonntagmorgen haben die Glocken von St. Michael und allen Engeln geläutet. Der Name gefällt mir. Alle Engel – das hört sich so mächtig an, finden Sie nicht?«

Gwen gab keine Antwort. Sie sank auf einen unbequemen Stuhl und starrte in den leeren Kamin. In den Regalen standen mehrere leere Flaschen, eine Reihe schmutziger Weingläser. Sie preßte ihre behandschuhte Hand an die Stirn.

»Constance. Vielleicht... ist es noch etwas zu früh, um es zu tun, ja, das glaube ich. Ich weiß nicht, ob ich es schon kann. Es muß schwer sein für dich. Vielleicht müssen wir ja gar nicht hierbleiben. Ich könnte es so arrangieren... nun, daß alles nach Winterscombe gebracht wird. Dann können wir die Sachen später durchsehen. Vielleicht wäre es das beste.«

»Ich brauche aber meine Kleider«, sagte Constance störrisch. »Und ich habe auch ein paar Bücher. Und ein paar Sachen von meiner Mutter – ihre Haarbürsten. Ich habe sie hiergelassen. Ich will sie mitnehmen.«

»Natürlich, natürlich«, Gwen wollte aufstehen, aber es gelang ihr nur halb, dann sank sie wieder auf den Stuhl zurück. Sie wünschte, sie hätte nie einen Fuß in diese schrecklichen Räume gesetzt. Es wäre so leicht gewesen, jemanden hierherzuschicken. Sie seufzte. Neugier, dachte sie. Neugier von der schlimmsten Art hatte sie hierhergetrieben.

Nur ein einziges Mal hatte sie Eddies Zuhause sehen wollen, bevor sie ihn aufgab. Nun, jetzt sah sie es.

»Sie können hierbleiben.« Constance sah sie besorgt an. »Sie sehen müde aus, und ich komme alleine zurecht, ich weiß, wo alles ist. Ich brauche nicht lange.« Sie wühlte in den Papieren, die auf dem Schreibtisch lagen, brachte einen Brief aus malvenfarbenem Papier zum Vorschein. Sie nahm einen Stoß Druckfahnen und drückte sie Gwen in die Hand.

»Hier. Sehen Sie. Das sind die Fahnen von Papas neuem Roman. Sie können Sie sich ansehen, während Sie warten. Ich weiß, wie gut Ihnen seine Bücher gefallen haben. Er hätte bestimmt gewollt, daß Sie... es lesen.«

Gwen war gerührt. Sie nahm die Fahnen. Constance sah sie anerkennend an. Sie nahm ihren Koffer und verschwand.

Nachdem sich die Tür hinter ihr geschlossen hatte, begann Constance sich zu beeilen.

Zuerst ging sie in das Schlafzimmer ihres Vaters. Sie zog einen Stuhl neben den Schrank, kletterte hinauf und tastete die staubige Oberfläche ab. Als sie den Schlüssel, den sie suchte, gefunden hatte, schloß sie damit das kleine Schränkchen neben seinem Bett auf. Es hatte zwei Fächer. In dem oberen lag eine Sammlung Medikamente, Salben, Lotions und Tablettenschachteln, denn ihr Vater war ein Hypochonder gewesen. In dem Fach darunter lag, säuberlich übereinander, ein Stapel schwarzer Notizbücher.

Constance kniete sich hin. Sie setzte sich nach hinten auf die Fersen. Was sie gerade tun wollte, erschreckte sie ein wenig, denn diese Notizbücher waren geheim. Das wußte sie. Ihr Vater hatte jeden Abend etwas hineingeschrieben. Wenn sie ins Zimmer kam, während er schrieb, deckte er sie zu, oder er klappte sie zu. Er schloß sie immer weg. Er bewahrte den Schlüssel in seiner Tasche auf, außer wenn er nach Winterscombe fuhr, dann legte er ihn in den Staub auf dem Schrank, außer Sichtweite.

Würde er wollen, daß sie die Notizbücher bekam? Constance glaubte, daß er das gewollt hätte. Es waren seine ganz besonderen Hefte, und jetzt, nachdem er tot war, gehörten sie seiner Tochter. Ich werde für Papa auf sie aufpassen, dachte Constance. Sie nahm die Notizbücher und legte sie ganz unten in ihren Koffer. Ihre Hände juckten von dem Staub. Sie wischte sie sich an ihrem Rock ab.

Dann stand sie auf und trug den Koffer über den Korridor in ihr eigenes Zimmer.

Sie wollte keinen Augenblick länger hier bleiben, als nötig war. Sie nahm zwei Kleider aus ihrem Schrank; das ging schnell. Sie steckte sie, ohne sie zusammenzulegen, in den Koffer. Ein paar Blusen, ein paar zerknitterte Unterröcke, ein Nachthemd, ein Paar Knopfstiefel, die repariert werden mußten, und ein Paar Sandalen.

Sie mußte sich auf den Koffer setzen, damit sie ihn zubekam. Als es geschafft war, merkte sie, daß sie die Haarbürsten vergessen hatte. Sie betrachtete diese Haarbürsten, die jemandem gehört hatten, den sie nie gekannt hatte: einer Fremden. Sie beschloß, sie hierzulassen. Als sie wieder ins Wohnzimmer kam, war sie außer Atem. Ihre blassen Wangen waren gerötet. Ihre Hände zitterten vor ihrem eigenen Mut.

Wie Constance sah, mußte Gwen der Fahnen überdrüssig geworden sein, denn sie hatte sie wieder auf den Schreibtisch gelegt. Gwen stand jetzt neben dem Schreibtisch. Sie hatte also den malvenfarbenen Brief gesehen. Nun, Constance hatte gewollt, daß sie ihn sah. Warum ihn verstecken? Auch wenn Gwen ihrem Vater vielleicht nicht geschrieben hatte – andere Frauen, die nicht so diskret waren, hatten solche Skrupel nicht gehabt. Ihr Vater hatte sich nie die Mühe gemacht, ihnen zu antworten. Der Brief lag schon seit Wochen dort, inmitten des Durcheinanders.

Der Brief – nur eine Seite – lag offen auf dem Tisch. Das Papier, auf dem er geschrieben war, roch nach Parfüm. Die Handschrift – eine große, impulsive, weibliche Handschrift – konnte man von weitem lesen. Gwen, die – im Unterschied zu Constance – gewöhnlich nicht die Briefe anderer Leute las, hatte allem Anschein nach nicht widerstehen können, diesen Brief zu lesen.

Einen Augenblick lang schien Gwen gar nicht bemerkt zu haben, daß Constance zurückgekommen war. Sie stand neben dem Schreibtisch, erstarrt, während sie dabei gewesen war, sich abzuwenden. Ihr Hals war rot angelaufen, und während Constance sie ansah, verfärbte sich auch Gwens Gesicht. Sie gab einen klagenden Laut von sich. Sie blinzelte mit den Augen. Dann drehte sie sich mit einem Rest von Würde zur Tür um und zog ihren Schleier vor das Gesicht.

Die große, langsame, stattliche Gwen: Als diese Zimmer schließlich ausgeräumt wurden, gab sie den Möbelpackern die Anweisung, alle Briefe und private Korrespondenz in Kisten zu verpacken und mit den anderen persönlichen Dingen nach Winterscombe zu schicken. In Winterscombe ordnete sie dann, nachdem die Kisten eingetroffen waren, ausdrücklich an, daß sie versiegelt bleiben sollten. Um bei nächster Gelegenheit verbrannt zu werden.

Gwen ging mit Constance in ihr Haus in Mayfair zurück. Constance betrat mit ihrem schwarzen Mantel und dem Hut und ihrem kleinen schwarzen Koffer in der Hand steif das Haus. Die Familie saß vor dem Kamin in der Bibliothek beim Tee. Zu Gwens Überraschung marschierte Constance geradewegs dorthin, in Hut und Mantel und mit ihrem kleinen Köfferchen, das sie mitten ins Zimmer vor das Feuer stellte. Denton war sichtlich verblüfft wegen dieser Unterbrechung, er hatte eine Decke auf den Knien, seine Hand mit der Teetasse verharrte in halber Höhe zwischen Schoß und Lippen. Seine vier Söhne, die die Situation schneller erfaßten als ihr Vater, erhoben sich. Anscheinend gleichmütig sah Constance einen nach dem andern an.

»Ich habe jetzt meine Sachen hier.« Sie deutete auf den Koffer. »Ich möchte, daß ihr wißt, daß ich sehr froh bin, bei euch bleiben zu dürfen. Es ist sehr freundlich von euch, mich aufzunehmen.«

Gwen, die in der Tür stand, sah Constance mit ohnmächtigem Schmerz an. Sie hatte die Pläne, die sie mit Constance hatte, mit ihr selbst besprochen, und auch mit Denton, der resigniert und verwirrt zugestimmt hatte, aber sie hatte sie nicht mit ihren Söhnen besprochen.

Sie nahmen die Neuigkeit, daß Constance Cross, der Albatros, von nun an ständig bei ihnen wohnen würde, nicht nur einige Wochen im Jahr, nicht anders, als vorauszusehen gewesen war, auf: Steenie klatschte ehrlich begeistert in die Hände; seine drei älteren Brüder konnten ihren Schrecken nicht verbergen.

Boy wurde knallrot; er starrte auf den Teppich vor seinen Füßen. Freddie gab ein lautes Stöhnen von sich, das er als Husten zu tarnen versuchte. Acland, dem es schwerfiel, sein Mißfallen zu verbergen, bedachte Constance mit einem kühlen und mißtrauischen Blick. Dann sah er zu seiner Mutter. Quer durch das Zimmer begegnete sie dem Blick aus seinen bemerkenswerten schönen Augen; vielleicht war er verärgert, aber vielleicht – und das war seltsam – auch amüsiert. Gwen war verwirrt und wußte nicht, was sie denken sollte.

Constance betrachtete ihre neue Familie mit offensichtlichem Gleichmut. Ihr kleines spitzes Kinn zog sich tiefer nach unten. Wie ein artiges und braves Kind ging sie direkt zu Denton. Sie stellte sich auf die Zehenspitzen. Und Denton, der völlig überrumpelt wurde, mußte sich vorbeugen, um ihren Kuß entgegenzunehmen.

Als nächstes ging sie zu Steenie und nahm ihn in die Arme. Dann machte sie eine kurze Pause, bevor sie mit völlig ernster Miene nacheinander zu jedem seiner älteren Brüder ging. Boy, Freddie, Acland: Jeder mußte seinen Kuß bekommen.

Alle drei hatten gutes Benehmen gelernt. Da sie viel größer waren als Constance, mußten sie sich bücken, um Constances flüchtigen Kuß auf die Wange entgegenzunehmen.

Nur Acland, der als letzter an der Reihe war, um seinen Kuß zu bekommen, sagte etwas zu ihr. Flüsterte es leise in Constances Ohr, als sie ihm ihr Gesicht entgegenstreckte. Ein Wort nur, das nur Constance hörte.

»Heuchlerin«, sagte er. Mehr nicht.

Aber Constance war entzückt.

Sie ließ Acland los und trat einen Schritt zurück und strahlte über das ganze Gesicht. Ihre Augen leuchteten. Ihre Lippen verzogen sich zu einem Lächeln. Für sie war dieses eine Wort eine Kriegserklärung.

DREI

I

Kriegserklärung

»Na, wie geht's?« rief Wexton durch die offene Küchentür. »Kommst du voran, hast du dich eingerichtet?«

Ich konnte hören, wie Dosen geöffnet wurden; einen automatischen Toaster, der sich ausschaltete. Wexton war damit beschäftigt, mir aus seinen heißgeliebten Vorräten ein unkompliziertes Abendessen zu kochen. Wextons Küchengötter waren Heinz and Campbell; er schwärmte unentwegt von all den herrlichen Dingen, die aus diesen Dosen kamen, war stets von neuem entzückt und voller Staunen. Was würde es heute abend sein? Ochsenschwanzsuppe mit einem Schuß Sherry oder Corned beef mit Worcestersauce – oder würde es seine Lieblingsspeise sein, etwas, das bis in die Tage der Rationierung zurückdatierte, bei dem Ketchup und getoasteter Käse im Spiel waren und das als Blushing Bunny bekannt war? Was immer es war, Wexton würde an seiner unerschütterlichen Regel festhalten: Beim Kochen durfte ihm niemand zusehen.

»Ich weiß nicht so recht«, rief ich durch die Tür zurück. »Ich glaube, ich trete immer nur auf der Stelle, ziemlich schnell zwar, aber trotzdem. Gestern war der Schätzer von Sotheby's da. Und heute habe ich den Grundstücksmakler getroffen. Aber, Wexton, da ist soviel *Zeug*...«

»Verdammt.« Wexton stieß einen wütenden Schrei aus. Der Geruch von verbranntem Toast zog durch den Raum. Es hörte sich an, als hätte er dem Toaster einen Klaps versetzt. Ich hielt es für klüger, mich nicht in seine Haßliebe zu seinem Toaster einzumischen. Ich ging zum Fenster, schlängelte mich durch Stöße von Zeitungsausschnitten und Büchern hindurch.

Ich nahm ein Buch von dem Stapel neben mir: Es war ein Exemplar von Eliots *Das wüste Land* mit vielen Eselsohren. Ich las die Zeilen über Madame Sosotris, die berühmte Hellseherin mit ihren bösen Karten.

Ich zeige ihnen die Angst in einer Handvoll Staub. Ich legte das Buch wieder hin. Ich hatte Wexton noch nicht erzählt, wie ich die vergangene Woche in Winterscombe verbracht hatte. Und auch nicht von Constances Tagebüchern.

»Gehackte Sardinen. Auf Toast. Unverkohlter Toast.« Wexton näherte sich mit einem Tablett.

Wir räumten die Bücher und Zeitungsausschnitte auf die Seite, um das Tablett abstellen zu können. Wir balancierten unsere Teller auf den Knien, saßen vor Wextons Kamin – er liebte Kohlefeuer – und aßen. Das Zimmer war gemütlich und anheimelnd; die Sardinen waren stark gepfeffert und schmeckten ausgezeichnet. Wexton, der gemerkt haben muß, daß ich etwas zurückhielt – das tat er immer –, steuerte die Unterhaltung in sorgfältig abgesteckte Bahnen.

»Also. Erzähl mir von dem Sotheby-Mann«, sagte er, während er kaute.

»Er mag viktorianische Möbel. Die Pugin-Stühle und diesen Schrank mit der Philip-Webb-Malerei. Als er die William-Morris-Wandteppiche entdeckte, geriet er in Verzückung. Er heißt Tristram.«

»Toll«, sagte Wexton.

»Aber das ist noch gar nichts. Der Grundstücksmakler heißt Gervase. Gervase Garstang-Nott.«

»Ist er auch in Verzückung geraten?«

»Kaum. Das kann man nicht gerade sagen. Er gab nur Negatives von sich. Die falsche Zeit – alle Leute wollen Queen Anne. Zu weit weg von London. Zu weit weg vom Bahnhof. Zu groß – offenbar interessieren sich nur irgendwelche Vereine für Häuser mit fünfundzwanzig Schlafzimmern, aber Vereine wollen kein Geld ausgeben. Aufhorchen nur, als ich den Wald erwähnte – denn das Holz könnte ja einiges bringen. Ein kurzes Aufblitzen in den Augen, als ich auf die Größe zu sprechen kam – *wenn* eine Baugenehmigung erteilt wird. Er kommt nächste Woche. Es hört sich an, als täte er mir einen großen Gefallen damit.«

Wexton musterte mich eingehend.

»Also, deprimierend?«

»Ja. Ich schätze, das war's. Ich will nicht, daß der Wald abgeholzt wird; er ist so schön. Ich will nicht überall Häuser sehen auf den Feldern; schon möglich, daß das egoistisch ist, aber ich will es einfach nicht. Ich möchte jemanden finden, der das Haus haben will. Aber dafür kommen wohl nur irgendwelche exzentrischen Millionäre in

Frage. Und sonst niemand. Ich weiß, daß es groß ist, Wexton. Ich weiß, daß es im edwardischen Stil ist. Ich weiß, daß es baufällig ist. Aber ich liebe es. Ich muß daran denken, wie es gehegt und gepflegt wurde, ich muß an all die Dinge denken, die dort passiert sind... Aber was ich fühle, ist nicht ausschlaggebend. Anscheinend denken andere Leute anders darüber. Vielleicht bin ich nur blind und voreingenommen, oder vielleicht stimmt irgendwas nicht mit mir.«

»Du mußt unbedingt das Eis probieren«, Wexton stand auf. »Eine neue Sorte, die ich entdeckt habe. Amerikanisches. Wir essen es zu den Kirschen. Dosenkirschen. Ausgezeichnet.«

»Ich glaube nicht, daß ich noch mehr essen kann, Wexton. Es war wunderbar. Danke.«

»Na gut.« Wexton setzte sich wieder hin. Er beugte sich nach vorn. »Hör mal«, sagte er schließlich. »Warum erzählst du mir nicht, was wirklich los ist?«

Ich erzählte es ihm. Jedenfalls erzählte ich ihm einiges davon. Ich erzählte ihm von dem Chaos, das Steenie hinterlassen hatte, von den Kisten und Kästen, den Familienpapieren, den vielen Briefbündeln, von den Tagebüchern, den Fotoalben – von den ganzen Zeugnissen der Vergangenheit. Ich erzählte ihm nicht von Constances Tagebüchern: Fast hätte ich es getan, aber dann behielt ich es doch für mich.

Wexton hätte diese Tagebücher nicht gutgeheißen. Er hätte mir vielleicht geraten, sie aus der Welt zu schaffen, sie zu verbrennen – und es hätte wie ein guter Rat geklungen. In diesen Tagebüchern, vor allem in denen ihres Vaters, standen Dinge, die mich krank machten und die ich eigentlich gar nicht wissen wollte. Aber es gab auch noch andere Dinge und Beweise, die sich noch im Haus befanden, die mir angst machten und mich in Verwirrung versetzten. Dieses Forschen in der Vergangenheit war wie ein Zwang – das war bereits jetzt zu sehen. Die Vergangenheit hatte mich in ihren Bann geschlagen.

Vielleicht war ich deshalb so verschwiegen – vor allem bei Wexton, insbesondere bei Wexton, zu dem ich immer offen und ehrlich gewesen war. Ähnlich einem Alkoholiker, der vielleicht die Flaschen versteckt, verbarg ich diese Tagebücher vor Wexton. So war es leichter; so konnte ich einfach so tun, als würde ich sie nicht brauchen, als würde ich nun nicht mehr trinken. Wexton mußte gewußt haben, daß ich etwas vor ihm verbarg, da bin ich mir ganz sicher. Aber er respektierte es, wenn andere etwas für sich behalten wollten, und beließ es dabei. Ich schämte mich.

Ich liebte Wexton, und wenn man jemandem liebt, ist Heimlichtuerei genauso schlimm wie eine Lüge.

»Ich glaube, es bringt mich ganz durcheinander, Wexton«, sagte ich schließlich. »Da ist die Vergangenheit: Ich dachte, ich würde sie kennen, und nun stelle ich fest, daß ich sie nicht kenne. Ich erkenne die Orte, aber ich erkenne die Ereignisse nicht wieder. Sie hören sich jetzt ganz anders an, nicht so, wie man sie mir erzählt hat und wie ich sie in Erinnerung habe. Und ich erkenne auch die Menschen nicht wieder; das ist das Schlimmste. Tante Maud, Onkel Freddie – nun, die vielleicht. Aber Jenna, mein Vater und meine Mutter ... die sind völlig anders, Wexton. Und das tut mir weh.«

»Das läßt sich voraussehen, weißt du«, sagte er mit ruhiger Stimme.

»Das weiß ich auch. Es ist vorhersehbar und dumm; ich weiß das. Anscheinend haben sie gelebt, noch bevor ich sie gekannt habe, und dann sind sie erwachsen geworden und haben sich geändert ...« Ich zögerte. »Aber im Augenblick habe ich das Gefühl, als hätte ich sie nie gekannt, als hätte ich völlig falsche Erinnerungen. Ich glaube, das ist es: Ich will sie zurückhaben.«

»Dann hör auf damit. Du mußt das doch nicht alles lesen. Na schön, du willst es nicht wegwerfen, das verstehe ich ja. Aber warum legst du es jetzt nicht einfach auf die Seite. Und siehst es dir später einmal an? Vielleicht, wenn du älter bist –«

»Also, wirklich, Wexton. Ich bin schon fast achtunddreißig. Wenn ich jetzt schon nicht damit umgehen kann, wann eigentlich dann? Und im übrigen – ich kann es nicht erklären –, aber es scheint der richtige Augenblick zu sein.«

»Wahrscheinlich hast du recht. Du mußt dich auf deinen Instinkt verlassen.« Wexton betrachtete seine Hände. »Übrigens, gehst du chronologisch vor? Wie weit bist du schon?«

»Ungefähr beim Ersten Weltkrieg. Nein. Noch nicht ganz, noch kurz davor. 1910. 1912. So genau weiß ich das nicht – ich bemühe mich nur, alles in eine Reihenfolge zu bringen. Als Constance nach Winterscombe kam, nach dem Tod ihres Vaters – da gibt es eine ganze Menge.«

»Das war vor meiner Zeit. Damals war ich noch in Amerika.«

»Aber du hast davon gehört, Wexton? Ich meine, Steenie muß dir doch erzählt haben, von meinen Eltern. Von Constance und ihrem Vater und dem ... Unfall, den er hatte.«

»Vielleicht. Ich erinnere mich nicht genau. Frag doch Freddie. Schließlich war er dabei.«

»Das kann ich nicht. Er ist auf Reisen. Du weißt doch – seine alljährliche Expedition. Zuerst hieß es Peru, aber dann haben sie sich für Tibet entschieden.«

Wexton lächelte. Die jährlichen Exkursionen meines Onkels Freddie in abgelegene Teile auf dieser Erdkugel versetzten Wexton in Entzücken. Er fand sie, wie ich, eindrucksvoll, aber auch komisch.

»Darf ich dir einen Vorschlag machen?« Wexton, der noch immer vornübergebeugt in seinem Sessel hockte, sah mich nachdenklich an.

»Natürlich, Wexton. Ich weiß, daß ich mich verzettle. Vielleicht hast du recht, und ich sollte aufhören damit.«

»Ich habe nicht gesagt, daß du aufhören sollst. Ich habe gesagt, daß du aufhören kannst. Warum siehst du dir nicht die Kriegsjahre an?«

»Du meinst – den Ersten Weltkrieg?«

»Das wäre vielleicht eine Idee.« Er zuckte mit den Schultern. Er legte die Hände aneinander. »Vielleicht kommen deine Probleme – daß du die Leute, die du zu kennen glaubtest, nicht wiedererkennst – also, warum betrachtest du diese ganze Sache nicht einfach als eine Kluft zwischen den Generationen. Du mußt bedenken, daß du erst neun warst, als der Zweite Weltkrieg begann. Du hast die Kriegsjahre in Amerika verbracht. Aber wenn du, sagen wir, fünf Jahre älter gewesen wärst – wenn du damals, während des Blitzkriegs, in London gewesen wärst –, dann hätte das auch bei dir Spuren hinterlassen. Nimm, wenn du willst, irgend jemanden, der in diesem Krieg war und gekämpft hat – egal, für welches Land –, Russen, Amerikaner, Briten, Australier, Deutsche, Polen: Sie haben alle etwas gemeinsam, die Erfahrung. Und wenn du diese Erfahrungen nicht mit ihnen teilst, kannst du sie nicht verstehen.«

»Und du glaubst, daß es beim Ersten Weltkrieg genauso war?«

»Natürlich. Dieser Krieg hat uns alle geprägt. Deine Großeltern, deine Onkel, deinen Vater und deine Mutter – vor allem sie, glaube ich. Sogar... Constance.«

Ich drehte mich zum Fenster um. Ich war überrascht, daß Wexton ihren Namen erwähnte. Aber ich wußte auch, daß er recht haben könnte. Ich sah schon jetzt, daß die Tagebücher auf den Krieg zuführten. *Krieg* war eins von Constances Lieblingswörtern, auch wenn es bei ihr meistens nichts mit Politik und militärischen Dingen zu tun hatte. Unsicher drehte ich mich wieder zu Wexton um.

»Wie soll ich denn den Krieg ansehen, Wexton? Meinst du, daß ich die Briefe von der Front lesen soll?«

»Nein. Nicht direkt«, erwiderte Wexton mit ruhiger Stimme. Er sah abwesend aus, als wäre er in Gedanken ganz woanders, weit weg von diesem Zimmer und von mir. Lange Zeit herrschte Schweigen, dann schien er wieder zurückzufinden. Er stand auf und legte seinen Arm um meine Schultern.

»Du bist müde. Ich merke, wie sehr dich dies alles mitnimmt. Hör nicht auf mich. Ich werde alt – und wahrscheinlich bin ich auch auf einer völlig falschen Fährte. Ich kann im Augenblick an nichts anderes denken als an den Krieg; wahrscheinlich ist das der Grund...« Er deutete auf die vielen Zeitungsausschnitte. »Ich war noch niemals dort, an all diesen Orten. Afrika. Südostasien. Aber das ist nicht das Entscheidende. Es sind nicht die Orte, die mich interessieren, und auch nicht die Politik oder die Waffen. Ich schreibe nicht über Napalm. Das können die Journalisten viel besser als ich, und wenn sie es getan haben, können sich die Historiker an die Arbeit machen. Nein, das ist es nicht. Ich wollte schreiben, wie –«

Er blieb mitten im Wohnzimmer stehen. Wexton sprach selten über seine Gedichte; aber wenn er es tat, war er zuerst erregt und dann voller Geringschätzung und am Ende trübsinnig. Er benahm sich nie wie ein kluger Mann, sondern wie jemand, der sich Mühe gibt, ein besonders kompliziertes Strickmuster zu erklären.

»Ich wollte – den Krieg als einen Geisteszustand beschreiben. Ja, ich glaube, das ist es. Daß es das gar nicht gibt. Das habe ich selbst gesehen. Die Soldaten – sie müssen erst gedrillt werden, um es zu lernen. Aber es gibt auch Menschen, die von ganz allein so sind. Manche werden schon damit geboren. Menschen, die noch nie in einer Schlacht waren, nicht einmal in unmittelbarer Nähe einer Schlacht. Es steckt in allen von uns und wartet. Bajonette im Gehirn. Das war es, worüber ich schreiben wollte – glaube ich.«

Sein Gesichtsausdruck veränderte sich. Die Fältchen und Furchen zogen sich zu kummervollen Falten zusammen.

»Ich bin sogar schon fertig. Gestern. Mit dem ersten Teil. Natürlich ist es nichts geworden. Heute morgen hab ich es mir angesehen und festgestellt, daß es absolut peinlich ist. Schrott.«

»Und was hast du damit gemacht, Wexton?« fragte ich ihn leise.

»Zerrissen hab ich's«, sagte er, »was sonst?«

Ich kannte Wexton, ich verstand seine Hinweise, und ich respektierte sie. Wexton gab mir selten Ratschläge; aber wenn er einmal einen gab, dann mit Sicherheit einen außerordentlich scharfsinnigen und nützlichen. Als ich nach Winterscombe zurückkam, in die Vergangenheit zurückkehrte, schlug ich Constances Tagebücher auf: Es war der neunzehnte Geburtstag meines Onkels Freddie, der Tag, an dem der Krieg erklärt wurde.

Ich hatte mich in eine Ecke des Salons gesetzt; in den Räumen dahinter machten sich Tristram Knollys und sein Team an die Bestandsaufnahme. Sie stellten Listen zusammen: Jedes Gemälde, jeder Teppich, jedes Möbelstück wurde aufgeführt. Auch Constance hatte an jenem Tag Listen aufgestellt, aber es waren völlig andere Listen.

4. August 1914

Wie gut, ein neues Buch zu beginnen, auf einer neuen sauberen Seite zu beginnen. Siehst Du, Papa – ich habe Notizbücher gefunden, die genauso aussehen wie Deine! Dieselbe Größe, dasselbe Papier, dieselben Einbände. Ich bin so glücklich, daß ich sie gefunden habe! Ich wollte, daß sie zueinander passen.

Es ist wieder so heiß heute. Francis mißt jeden Morgen die Temperatur. Er hat eine Karte mit den Temperaturen angelegt, und ich helfe ihm dabei. Um acht Uhr waren es vierundzwanzig Grad Celsius, stell dir bloß mal vor! Ich habe es in dem Diagramm eingezeichnet. Es sieht aus wie Berge. Es sieht aus wie der Himalaya. Rauf und rauf und rauf. So heiß ist es. Und im Haus dreht sich alles nur immer um dieses heiße Wort »Krieg«, deshalb bin ich weggelaufen, hierher, in das Birkenwäldchen, um zu schreiben. Unter den Bäumen ist es kühl. Floss leckt mein Bein ab. Früher hat sich Acland immer mit Jenna hier getroffen, aber er hat sich verändert, und jetzt treffen sie sich nicht mehr, nicht hier, nirgendwo. Das – interessiert mich, aber nur ein bißchen.

Papa, soll ich Dir jetzt meine Liste aufschreiben – die ich Dir versprochen habe? Hier ist sie. Die auf der linken Seite hatten ein Motiv, und die auf der rechten Seite hatten die Mittel dazu.

Denton	*(Eifersucht)*	*Denton*
Gwen	*(Schuldgefühle)*	*Cattermole*
Francis	*(wenn er es wußte)*	*Hennessy*
Acland	*(aus Haß – den er hatte)*	*Acland*
Jack Hennessy	*(Eifersucht – nicht auf dich)*	*Francis*
Zigeuner	*(aus Versehen)*	*Zigeuner*

Da. Hilft es Dir? Bitte, Papa, sag mir, was Du denkst. Heute auf dem Weg hierher haben Floss und ich das Nest von einer Heckenbraunelle entdeckt. Es waren sieben Eier, in wunderschönen blauen Tönen. Sie waren so blau wie Deine Augen, Papa, aber es saß kein Vogel drauf. Floss meinte, das Nest sei aufgegeben worden.

»Aufgegeben« ist ein gutes Wort. Es hat zwei Bedeutungen. Es würde Dir gefallen. Manche Wörter haben drei, und ein paar haben sogar vier Bedeutungen. Vielleicht mache ich davon auch mal eine Liste – würde Dir das gefallen?

Es ist ganz still hier. Die Büsche sind ein gutes Versteck. Oh, aber jetzt fängt Floss zu knurren an. Er sagt: Sei vorsichtig, Constance. Hör jetzt auf. Jemand beobachtet dich.

Acland blieb gleich hinter dem Aussichtstürmchen stehen. Durch die Bäume konnte er einen blauen Fleck sehen. Er zögerte, dann ging er ein paar Schritte näher. Dort, mitten im Birkenwäldchen, mit dem Rücken gegen einen silbrigen Baumstamm gelehnt, saß Constance. Floss war bei ihr, er hatte sich zu ihren Füßen ausgestreckt. Sie wirkte konzentriert, ihr dunkler Kopf war nach vorn, über ihren Schoß, gebeugt.

Ganz leise ging Acland noch einen Schritt näher. Sie schrieb etwas, schrieb langsam und gewissenhaft, als würde sie Hausaufgaben machen. Zwischendurch hörte sie immer wieder auf zu schreiben und streichelte Floss geistesabwesend, dann schrieb sie weiter. Sie schrieb in einem Notizbuch, einem Notizbuch mit einem schwarzen Einband.

Sie schien völlig in sich versunken. Auch als sein Fuß auf einen kleinen trockenen Zweig trat und ihn zerbrach und der Hund seine Ohren aufstellte, blickte Constance nicht hoch.

Acland war von Constance fasziniert: Manchmal war ihm das verhaßt. Er beobachtete sie gern – vor allem, wenn sie nicht wußte, daß sie beobachtet wurde. Er beobachtete sie wie ein Kind, das in ein Kaleidoskop blickt. Er wollte sehen, wie sich die Muster veränderten, wie sie sich neu bildeten und sich drehten; er liebte diese Muster wegen ihrer schillernden Farben und ihrer Vielschichtigkeit. Sie spielten seinen Augen einen Streich, so daß er den Eindruck hatte, als wäre jedes Muster neu und würde sich niemals wiederholen. Es mußte unendlich viele von diesen Mustern geben, aber die Schnelligkeit, mit der sie sich veränderten und neu bildeten, und die verwirrenden Farbspiele gefielen ihm: Es gefiel ihm zu glauben, daß sie unendlich waren und völlig willkürlich.

Acland hatte als Kind ein Kaleidoskop besessen. Einmal, als er sein

Geheimnis lüften wollte, hatte er es auseinandergenommen. Und hatte am Ende eine Papprohre und eine Handvoll glitzernder Glasstückchen übrig gehabt. Als sie auf einem kleinen Haufen in seiner Hand lagen, hatten sich die Farben vermischt und ihre Vielseitigkeit und Gegensätzlichkeit verloren Constance war faszinierend, dachte er, genau deshalb beobachtete er sie, und zwar stets aus sicherer Entferung; sie näher zu untersuchen, lag nicht in seiner Absicht.

In den letzten vier Jahren hatte sich Constance sehr verändert. Jetzt suchte Gwen ihre Kleidung aus, und Jenna – die jetzt Constances Zofe war – pflegte ihre Sachen und ihre wilden Haare. Aber die wichtigste Veränderung war von Constance selbst ausgegangen: Sie war, wie Acland beobachtete, dabei, sich selbst zu erfinden.

Später, als sie sich zu einer eleganten Schönheit entwickelt hatte, bewunderte Acland sie noch immer, wegen ihres Trotzes und ihrer Energie, mit der sie sich ihren künstlerischen Talenten widmete; aber in mehrerer Hinsicht bewunderte er sie mehr, als sie noch jünger war, als sie noch rundlicher war, so wie damals, im Jahre 1914. Constances Energie war schon immer unheimlich stark gewesen – aber jetzt war sie wie ein Kraftfeld. Sie knisterte – so daß Acland manchmal überzeugt war, einen elektrischen Schlag zu bekommen, wenn er seine Hand ausstrecken und über ihr Haar streichen würde.

Sie war klein, wild, unberechenbar und flink. Ihr Gesicht hatte die natürliche Begabung, sich wie bei einer Schauspielerin zu verändern; sie konnte in einem Moment so traurig aussehen wie ein Clown, und im nächsten so würdevoll wie eine adelige Witwe. Bei ihr schien alles aus irgendeinem Energiezentrum zu kommen. Sogar ihr Haar, das Jenna inbrünstig bürstete und zu zähmen versuchte, hatte seinen eigenen Willen. Constance war noch nicht alt genug, um es hochzustecken, und so fiel es in wilden Locken über ihre Schultern und ihren schmalen Rücken, schwarzes, dickes, nicht zu bändigendes Haar, dick wie eine Pferdemähne. Gwen verzweifelte an diesem Haar, das ihr irgendwie unhöflich vorkam: Selbst mit artigsten Salonmanieren wirkte Constance immer wie eine Zigeunerin.

Constance lernte nie, gesittet und damenhaft zu sein: Wenn sie ihre Beine übereinanderschlagen konnte, dann tat sie es; wenn sie sich auf den Boden legen konnte, dann tat sie es; wenn sie rennen konnte, dann tat sie es. Und die ganze Zeit, während sie herumrannte, saß, stand, redete – waren ihre Hände in Bewegung. Constance hatte kleine Hände, sie gestikulierten und redeten, und – da Constance eine elsterhafte

Vorliebe für kleinen bunten Glitzerschmuck hatte, funkelten sie von den vielen Ringen, die sie völlig unbefangen und sorglos einen nach dem anderen an ihre Finger steckte, was Gwen als außerordentlich störend empfand; Gwen hatte diese Ringe einmal aus der Nähe betrachtet und darunter einen wertvollen teuren gefunden, den sie ihr selbst geschenkt hatte und der nun neben billigem Modetand steckte, den Constance zu Weihnachten in Knalltüten gefunden hatte.

Constance konnte diesen Dingen einfach nicht widerstehen: Sie konnte grellen Farben nicht widerstehen. Als Acland sie zwischen den Bäumen hindurch beobachtete, fiel ihm ein, daß er Constance noch nie in gedämpften Farben oder Pastelltönen gesehen hatte. Ihre Kleider waren so bunt, und häufig erschlagend, wie die Federn eines Kolibris: Scharlachrot, Fuchsienrot, elektrisierendes Lila, Ringelblumengelb, schillerndes Blau, von einer solchen Leuchtkraft, daß man geblendet war – das waren die Farben, die Constance liebte, und so waren auch ihre Kleider, die sie sich von Gwen erschmeichelte. Sie putzte sich damit heraus; und dann fügte sie, Tag für Tag, heimlich und verstohlen, noch hier und da Dinge hinzu, die sie noch greller werden ließen: ein Stück Spitze, Ziermünzen, eine bunte Stickerei, eine wie Diamanten glitzernde Schnalle auf einem sonst schlichten Schuh. Gwen seufzte und gab nach. Denn auch wenn sie diese Dinge nicht gutheißen konnte, sah sie, daß sie Constance standen. Mit kleinen Stoffresten und Schmuckstückchen konnte sie sich herausputzen: Ein glitzerndes buntes Emsemble der Widersprüchlichkeit. Seht mich an, rief dieses Wesen. Ich unterhalte mich! Ihr könnt mich nicht zähmen! Seht mich an – seht, wie ich funkle, wenn ich tanze!

An jenem Tag im Birkenwäldchen trug Constance ein grelles blaues Kleid. Zuerst war es ganz einfach gewesen, aber inzwischen hatte es zur Verzierung ein scharlachrotes Zickzackband, das um ihre schmale Taille verlief und die nun hervorgehobenen Spitzen ihrer Brüste deutlich abzeichnete. Acland betrachtete diese Verzierung und überlegte, ob es Zufall war, daß sie die Aufmerksamkeit gerade auf diese Körperstellen von Constance lenkten. Constance mochte vieles sein: Unschuldig war sie nicht. Sie schrieb, stockte, schrieb weiter. Ab und zu hörte sie mit Schreiben auf, um Floss zu streicheln.

Floss, den Boy ihr geschenkt hatte, war Constances erster Hund: ein hübsches kleines Ding, ein frecher King-Charles-Spaniel in dreierlei Farben und mit einem Schwanz, der so fein wie eine Feder war. Er hatte einen unersättlichen Hunger nach Zuwendung; er genoß es schamlos, wenn ihn Constance streichelte und klopfte. Nach einer Weile rollte er sich auf den Rücken und hielt ihr seinen Bauch entgegen, aber er tat es auf eine träge Art, als wäre er ein Potentat und Constance nur eine nützliche Hand aus seinem Harem.

Zu seiner eigenen Überraschung war Acland von diesem Bild gerührt. Wer nicht weiß, daß er beobachtet wird, ist in gewisser Weise schutzlos. Constance umgab sich gewöhnlich mit einem dicken und undurchdringlichen Schutzschild – und Acland nahm an, daß sie nun entdeckt hatte, daß Charme einen besseren Schutz gewährte als die mürrische Laune, die sie als Kind immer gehabt hatte. Da sie ihn jetzt nicht sah, unternahm sie auch nicht den Versuch, ihn zu ärgern, zu provozieren, herauszufordern oder ihm zu gefallen, wie sie es sonst immer tat, und Acland fühlte sich zu ihr hingezogen.

Sie sah wie ein Kind aus, obwohl sie fast fünfzehn war, fast eine Frau. Sie sah traurig und fleißig und einsam aus, dieses Mädchen mit ihrem Hund und ihrem Notizbuch und ihrem Stift. Was schrieb sie da hinein?

Acland wollte gerade zu ihr gehen, als Constance das Notizbuch zuklappte und aufblickte.

»Oh, Acland«, sagte sie, »du hast mich erschreckt.«

»Du warst so beschäftigt«, sagte Acland, während er sich der Länge nach im Gras ausstreckte, wie er es immer gern tat. Er spürte die Sonne auf seinem Gesicht; er stützte sich auf seinen Ellbogen und sah sie an.

Constance hatte neugierige Augen: Sie waren groß, ein wenig nach außen gestellt und von unbestimmter Farbe; manchmal fand Acland, daß sie leuchtendblau waren, manchmal dunkelgrün, manchmal schwarz. Er konnte sich jetzt in ihnen sehen: Ein winziges Spiegelbild. In diesen Augen konnte man nicht lesen; sie waren auf ihn gerichtet, aber sie waren dunkel und leer.

Wenn man in Constances Augen sah, war man immer versucht, näher hinzusehen, tiefer hineinzusehen, um die Wahrheit zu finden, die sie zu verhüllen schienen. Ab und zu verspürte Acland den Wunsch, Constances Augen zu berühren, mit den Fingern ihre Form nachzuziehen. Auch ihre Lippen, die sie, wie er annahm, mit einer Salbe aufhellte; die obere Lippe hatte scharfe Konturen, die untere war weicher und sinnlicher. Zwischen ihren Lippen, die ein wenig geöffnet waren, kamen kleine ebenmäßige weiße Zähne zum Vorschein. Acland wich ein wenig zurück.

»Kommst du nicht zu Freddies Picknick?«

»Ist es schon Zeit?«

»Fast.« Acland lehnte sich wieder ins Gras zurück. »Ich wollte gerade zurück zum Haus.«

»Ich mag nicht ins Haus.« Constance verzog das Gesicht. »Immer nur Krieg, Krieg, Krieg. Von etwas anderem ist kaum noch die Rede. Sir Montague sagt, er sei unabwendbar, dann streitet Tante Maud mit ihm, und deine Mutter weint, und dein Vater holt wieder seine Karten raus, und Francis redet von seinem Regiment... ich habe beschlossen, mich aus dem Staub zu machen.«

»Was hast du da geschrieben? Du warst so konzentriert.«

»Nur mein Tagebuch«, Constance schob das Heft zwischen die Falten ihres bunten Rocks. Acland lächelte.

»*Du* führst ein Tagebuch? Das kann ich mir nicht vorstellen. Was schreibst du denn hinein?«

»Ach, nur meine Mädchengedanken.« Constance warf ihm von der Seite einen Blick zu. »Ich schreibe über ernste Dinge. Mein neues Kleid, meine neuen Schuhe. Ob meine Taillenweite gerade vierzig oder zweiundvierzig Zentimeter mißt. Meine Träume vor allem! Über meinen künftigen Ehemann – ihm widme ich sehr viel Platz, wie alle jungen Mädchen...«

»Tatsächlich?« Acland, der ihr nicht glaubte, betrachtete sie ein wenig träge. »Und was noch?«

»Ach, über die Familie. Ich schreibe über sie. Was Steenie gesagt hat. Was Freddie sich von mir zum Geburtstag wünscht. Über Francis und seine Fotos. Seine Heirat mit Jane, und wie sie wieder einmal hinausgeschoben wurde...« Sie hielt inne und warf ihm einen listigen Blick zu. »Manchmal, aber nicht oft – schreibe ich auch etwas über dich.«

»Verstehe. Und was schreibst du dann?«

»Also, laß mal nachdenken. Ich schreibe über die Fortschritte, die du in der Welt machst. Über die Bücher, die du liest, und die Dinge, die du über sie sagst. Ich schreibe darüber, wen du bewunderst und wen nicht. Ich beschreibe dich natürlich. Ich sage, daß du mich an Shelley erinnerst – du siehst wirklich wie er aus, Acland, weißt du –«

»Was für ein Unsinn.« Acland, der wußte, daß es Unsinn war, fühlte sich trotzdem geschmeichelt. »Ich wette, du hast noch nicht einmal was von Shelley gelesen.«

»Na, schön. Vielleicht schreibe ich das gar nicht. Vielleicht schreibe ich... daß du dich verändert hast.«

Der neckende Ton war plötzlich aus Constances Stimme verschwunden. Wieder sah sie ihn von der Seite an. Acland begann, Grasbüschel auszureißen. »Ach – ich habe mich verändert?« sagte er leichthin.

»Aber natürlich. Du hast schon Oxford hinter dir. Du bist der kommende Mann – das sagen jedenfalls alle.«

»Und du glaubst, was alle sagen?«

»Natürlich, ich glaube grundsätzlich allen Klatsch. Ich gäbe mein Leben für ein Gerücht. Acland, der Partyboy. Acland, der goldene Junge von Balliol. Außerdem...«

»Außerdem was?«

»Ich mache so meine Beobachtungen. Ich zeichne Daten auf. Kein Wissenschaftler könnte gründlicher sein als ich. Natürlich stimmen meine Befunde manchmal nicht mit deinem Ruf überein...«

»In welcher Hinsicht?«

»Ah, jetzt bist du neugierig, was? Ihr Männer seid wirklich egoistisch – immer wollt ihr wissen, was wir Frauen von euch denken. Na gut, ich werde es dir sagen. Ich schreibe, daß du älter bist, nicht so ungestüm, daß du dir eine gewisse Vorsicht angeeignet hast und daß du dich nicht mehr so gegen das Leben wehrst.«

»Ein lahmer Hund. Als wäre ich ein Banker.«

»Vielleicht, ich meine – dich weniger gegen mich wehrst, weil du einen Waffenstillstand beschlossen hast.«

»Einen Waffenstillstand? So nennst du das? Einen taktischen Rückzug, das ist alles. Kämpfen ist anstrengend. Außerdem hast du dich verändert. Du bist nicht mehr ganz so abscheulich wie früher.«

»Vielen Dank, Acland, mein Lieber.«

»Du hast dich gebessert. Du würdest sogar zugeben, daß dazu reichlich Gelegenheit war.«

»O ja. Und ich werde mich noch weiter bessern. Warte nur ab. Wenn es um Selbsterkenntnis und Besserung geht, mache ich dies mit mir selber ab. Aber ich habe ja kaum begonnen! Ich werde an mir arbeiten, Acland, du wirst schon sehen: feilen und polieren, bis ich von schwindelerregender Vollkommenheit sein werde.« Sie machte eine Pause. »Aber das ist nicht das Thema. Lenke nicht vom Thema ab. Wir haben doch davon gesprochen, wie *du* dich verändert hast. Und das Wichtigste von allem habe ich noch gar nicht gesagt.«

»Ach, und was ist das?«

Constance lächelte ein wenig. »Das ist Jenna.«

Acland stand auf und ging weg. Er war wütend auf Constance. Am liebsten hätte er sie geschlagen, weil sie überall herumspionierte und nicht aufrichtig war, und dafür, daß sie – wie und wann es ihr paßte – das eine Mal ein junges Mädchen und das andere Mal eine junge Frau war. Ihre Worte trafen ihn – wie sie es vorausgesehen hatte –, trafen ihn um so mehr, als er wußte, daß sie stimmten. Wenn er sich geändert hatte, dann wegen Jenna, und weil jetzt Schluß war mit ihr.

Acland sah über die Schulter zu Constance, die sich wieder ihrem Notizbuch widmete, ohne irgendein Anzeichen von Interesse für ihn, und er dachte, wie er schon so oft gedacht hatte: Constance sieht zuviel.

Nicht nur, daß Constance von einer Beziehung wußte, die er für geheim gehalten hatte, und sogar wußte, daß mit dieser Beziehung Schluß war – seit fast zwei Jahren schon: Sie hatte gesehen, daß er sich verändert hatte. Wahrscheinlich negativ verändert, schätzte er, denn das Ende dieser Beziehung war nicht gerade schön gewesen.

Als er nach Oxford gefahren war, war er von Liebe erfüllt gewesen und hatte Jenna Versprechungen gemacht: ewige Treue, immerwährende Liebe. Dieser seelische Zustand hatte keine drei Monate angehalten. Jenna war ganz einfach verschwunden. Er hatte sie hinter neuen Freunden, neuen intellektuellen Herausforderungen, neuen Horizonten, neuen Büchern aus den Augen verloren. Als er das nächste Mal, schon etwas vorsichtig, schon mit einem schlechten Gewissen, nach Winterscombe gekommen war, hatte er eine Jenna vorgefunden, die sich überhaupt nicht verändert hatte und die doch nicht wiederzuerkennen war.

Er sah, daß sie hübsch war, anstatt, wie früher, wunderschön. Ihre roten Hände, ihre schwieligen Hände, das alles stieß ihn ab. Ihr Akzent, ihre Art, langsam zu reden, wie es in Wiltshire üblich war – alles, was er früher an ihr geliebt hatte, irritierte ihn jetzt. Aclands Kopf war voll von neuen Ideen, neuen Freunden, neuen Büchern, alles Dinge, über die er mit Jenna nicht reden konnte.

Seine Untreue beschämte ihn. Die Scham züchtete Schuldgefühle, die Schuldgefühle zerstörten das Verlangen. Acland mußte eine bittere Tatsache entdecken: Liebe war nicht unsterblich, wie er geglaubt hatte, und körperliches Verlangen auch nicht: Beides konnte über Nacht vergehen.

Jenna, die die Veränderung an ihm wahrscheinlich noch vor ihm bemerkt hatte, sagte kein einziges vorwurfsvolles Wort. In stiller Resignation belegte sie ihre hoffnungslose Lage mit platten Sprüchen, daß Acland zusammenzuckte; und sie sagte, daß sie verstünde, wenn es nun aus sei mit ihnen; daß es vielleicht am besten so sei; daß sie sich damit abfinden würde, wenn man ihr nur ein wenig Zeit ließe; daß er, nein, auf gar keinen Fall schuld daran war – niemand war schuld.

Sein Freund Ego Farrell – und Farrell war zum Erstaunen vieler, weil sie so verschieden waren, Aclands bester Freund – hatte gesagt, daß Acland damals noch ein Kind gewesen sei, das Liebe mit Sex durcheinanderbrachte: verliebt in seine Vorstellung von einer Frau, nicht in Jenna selbst. Und auf seine trockene Art fügte er noch hinzu, daß Acland aus dieser Erfahrung lernen könne, daß es unnötig sei, sich deswegen selbst zu bezichtigen, daß diese Beziehung eine Station auf dem Weg zum Erwachsensein gewesen sei.

Acland sah ein, daß es vernünftig war; aber ein Rest schlechtes Gewissen und Selbstverachtung blieb. Schon in Oxford war Acland der Gedanke gekommen, und er kam ihm jetzt, als er am Rand des Birkenwäldchens stand, wieder, daß auf diese Weise erwachsen zu werden auch bedeuten konnte, kleiner zu werden. War er jetzt weniger, als er einmal gewesen war – oder mehr?

Acland wußte es nicht. Er hatte sich in Oxford hervorgetan; er hatte aber auch gelernt, diesem besonderen Erfolg zu mißtrauen. Im selben Augenblick, in dem ihm sein schnelles Auffassungsvermögen, seine Fähigkeit, abstrakt zu denken, Beifall eingebracht hatte, als er – wie Constance sagte – eine goldene Zukunft vor sich hatte, waren Acland Zweifel gekommen.

Er fand sich verdorben, verunstaltet, Opfer einer Selbsttäuschung. *Ich habe keinen eigenen Willen*, dachte er, und fühlte sich durch seine Herkunft eingeschränkt, als Gefangener seiner unbeschwerten Kindheit.

Jenna hätte mich vielleicht davon befreien können, dachte er, und seine Zweifel wurden größer. Ja, er war ein guter Sprinter – das hatte man ihm in Oxford gesagt –, aber hielten Sprinter, auf lange Sicht, den Kurs?

»Warum hast du das gesagt?«

Er war wieder zu Constance gegangen. Er sah Constance mit finsterer Miene an. Constance klappte ihr Notizbuch zu und zuckte mit den Achseln.

»Das mit Jenna? Weil es wahr ist. Du hast sie geliebt. Ihr habt euch immer hier getroffen. Ich habe selbst gesehen, wie du sie geküßt hast – ja, das ist schon viele Jahre her! Dann habe ich gesehen, wie sie geweint hat, am Michaelitag. Und jetzt soll sie diesen schrecklichen Jack Hennessy heiraten... Was ich dir gesagt habe: Ich sammle Daten. Ich stelle meine Beobachtungen an.«

»Du bist eine kleine Spionin. Das warst du schon immer.«

»Das ist wahr. Schon wieder etwas, das besser werden muß. Ich werde mir eine Notiz machen, Acland. Vielen Dank. Und sieh mich bloß nicht so wild an – hast du etwa Angst, daß ich es weitererzähle? Das werde ich nicht tun, das weißt du. Ich bin sehr verschwiegen.«

»Zum Teufel mit dir, Constance!«

Acland wollte sich umdrehen. Constance hielt ihn an der Hand fest.

»Sei nicht böse. Hilf mir mal hoch. Und jetzt sieh mir in die Augen. Siehst du? Ich will nichts Böses. Du hast mich gefragt, ob du dich verändert hast. Und ich habe dir geantwortet. Ja, du hast dich verändert, und zwar zum Besseren.«

Acland zögerte. Constance war jetzt aufgestanden; sie stand ganz dicht vor ihm; ihre Haare berührten seine Schultern; ihr Gesicht blickte zu ihm auf.

»Zum Besseren?«

»Aber natürlich. Du bist jetzt härter, stählerner. Das gefällt mir. Manchmal denke ich sogar, daß du mir von allen am besten gefällst, sogar noch besser als deine Brüder. Aber es ist ja sinnlos, es dir zu sagen. Du würdest mir ja doch nicht glauben. Du hältst mich für eine Heuchlerin – jedenfalls hast du das mal zu mir gesagt.« Sie machte eine Pause. »Glaubst du das noch immer, Acland?«

Acland sah zu ihr hinunter. Ihr jetzt ernstes Gesicht war noch immer auf ihn gerichtet. Auf ihrer Stirn stand ein kleiner Schweißtropfen wie eine Träne. Ihre Nase faszinierte ihn. Ihre breiten flachen Backenknochen faszinierten ihn. Die Fülle ihres Haars faszinierte ihn. Als er hinuntersah, in ihr Gesicht, wurde Acland von einem ungewöhnlichen, einem irrationalen Gedanken ergriffen: Wenn er sich nur ein paar Zentimeter nach unten beugte, wenn er diese fülligen Haare berühren würde, wenn er diese geöffneten Lippen küssen würde, dann würde er die Antwort auf ihre Frage erhalten, ein für allemal. War sie eine Heuchlerin? Der Geschmack ihrer Lippen würde es ihm verraten.

Mit einem Ruck wandte er sich ab, ließ ihre Hand los. »Ich gehe zurück zum Haus«, sagte er steif.

»Warte auf mich, ich komme mit.« Sie hakte sich unter. Floss folgte ihr auf dem Fuß. Sie plapperte munter drauflos, kümmerte sich nicht darum, daß Acland verstummt war: Sie redete von Freddie, seinem

Geburtstag, dem Picknick, dem Geschenk, das sie für ihn gekauft hatte, und von dem Essen, das es geben würde, und von Francis, der bestimmt Fotos machen würde...

»Warum nennst du Boy so?« fragte Acland irritiert, er hatte das Gefühl, ausgetrickst und ausgespielt worden zu sein. »Warum Francis, um Himmels willen? Niemand sonst nennt ihn so.«

»Aber das ist doch sein richtiger Name. Warum soll ich ihn denn nicht so nennen?« Constance machte einen kleinen Hüpfer.

»Du sagst es immer so auffällig. Du tust es extra.«

»Ja, natürlich. Es gefällt Francis. Hast du das noch nicht gemerkt?«

Sie ließ seinen Arm los, dann lief sie vor ihm her, Floss folgte ihr bellend. Der Abstand zwischen ihnen wurde größer. Acland, der den Verdacht hatte, daß sie ihn dazu bringen wollte, sie zu fangen, ging noch langsamer.

Sie hatten jetzt den Wald verlassen. Acland blieb stehen. Constance lief weiter, ohne sich auch nur einmal umzusehen. Aus der Ferne sah sie noch wie ein Kind aus, eine winzige flinke Gestalt, das Aufblitzen blauer Röcke.

Auf der Terrasse beim Haus hatte sich schon die ganze Familie versammelt. Wie ein Pfeil stürzte Constance auf Boy los.

Boy mußte ihren plötzlichen übermütigen Ausbruch über sich ergehen lassen: Acland war überzeugt, daß Constance es mit Absicht tat. Jetzt wieder. Als sich Constance auf ihn stürzte, stieß Boy einen Freudenschrei aus. Er hielt Constance fest, hob sie hoch, wirbelte sie im Kreis herum, setzte sie wieder auf die Füße. Genauso, wie es vielleicht ein Onkel tun würde, um einem kleinen Kind eine Freude zu machen. Mit dem Unterschied, daß Boy nicht Constances Onkel war, und Constance – in Aclands Augen – kein Kind mehr.

Vom Rand des Rasens aus sah er sich dieses Schauspiel an. Boy, der sich zum Narren machte; und Constance, die Boy neckte und damit Erfolg hatte.

Heuchlerin, dachte er.

Das Picknick begann mit einem Foto:

In der Mitte der hinteren Reihe Denton und Gwen; Freddie, die Hauptperson, zwischen ihnen, Acland und Steenie rechts und links von ihren Eltern, auf der einen Seite von Maud und auf der anderen von Jane Conyngham flankiert. Noch zwei weitere männliche Gäste sind da, die untergebracht werden müssen: Ego Farrell und James Dunbar, Boys Freund aus Sandhurst und jetzt sein Kamerad auf der Offiziersschule.

Dunbar, ein junger Mann ohne jeden erkennbaren Sinn für Humor, trägt ein Monokel und ist der Erbe eines der größten Besitztümer in Schottland. Farrell wird neben Jane, Dunbar neben Maud gestellt: Die beiden Männer knien, um die Komposition des Bildes zu verbessern. Maud verdeckt Dunbars Gesicht sofort mit ihrem Sonnenschirm.

Da Montague Stern im Haus geblieben war, weil er eine Nachricht erwartete, war das Bild fast vollständig. Nur eine einzige Person fehlt noch: Constance.

Boy machte sich an seiner Kamera zu schaffen, und Maud beklagte sich, weil sie von der Sonne geblendet wurde. Freddie – der es eilig hatte, seine Geschenke auszupacken – protestierte bereits. Schließlich erschien Constance, sie kam wie ein Pfeil herangeschossen und setzte sich in die Mitte der Gruppe auf den Boden, direkt vor Freddie.

Da Freddie groß und Constance winzig war, schien alles in Ordnung. Boy verschwand unter seinem Kameratuch.

»Lächeln!« befahl er und streckte die eine Hand unter dem Tuch hervor, bereit, den Auslöser zu drücken.

Alle lächelten. Freddie beugte sich nach vorn und legte die Hände auf Constances Schultern. Constance, die sich ein wenig zurückbog, lächelte. Freddie lachte. Boy tauchte unter dem Tuch hervor.

»Wenn ihr redet, kann ich es nicht machen.«

»Tut mir leid, Francis.« Boy verzog sich wieder unter dem Tuch: Er drückte den Auslöser; die Videx surrte.

Das Bild ist noch immer in einem der alten Alben, Sepia, mit Eselsohren an den Ecken: Das einzige Foto, das ich kenne, auf dem Constance zusammen mit meiner Familie in Winterscombe zu sehen ist. Constance hält Floss, ihren kleinen Hund, im Arm; sie starrt direkt in die Kamera; ihre Haare fliegen nach oben; ihre Finger sind über und über mit Ringen bestcckt.

Constance liebte es, fotografiert zu werden; wenn man sich ein Foto ansieht, sagte sie immer, weiß man, wer man ist.

Freddie liebte es, Geschenke zu bekommen; es war angenehm, auch einmal im Mittelpunkt des Interesses zu stehen, angenehm, nicht mit Steenies Schauspielkünsten oder Aclands Intelligenz konkurrieren zu müssen. Als Boy damit begann, die Picknickkörbe auszupacken, hatte Freddie schon einen ganzen Stoß höchst zufriedenstellender Geschenke neben sich. Constances Geschenk, das letzte, das ihm überreicht wurde, lag auf seinem Schoß: Eine grell leuchtende Krawatte aus Paisleyseide –

die Art Krawatte, um die ihn vielleicht Sir Montague beneidet hätte. Unsicher starrte Freddie darauf.

»Mach dir keine Sorgen«, flüsterte ihm Constance zu. »Das ist nur dein offizielles Geschenk. Das richtige kriegst du später...«

Diese Worte gruben sich in Freddies Kopf ein, wie Constance es wohl beabsichtigt hatte. »Ein richtiges Geschenk«, »später« – Freddie wurde unruhig.

»Constance«, sagte Boy mit strenger Stimme, »möchtest du lieber Hühnchen oder von dem Lachs?«

Er sah von seinem Picknickkorb auf, als würde er von Constance eine tiefgründige moralische Entscheidung verlangen, zwischen Gut und Böse, Erlösung und Verdammung vielleicht.

»Och, ich glaube Lachs, Francis«, erwiderte Constance gleichgültig und zog sich in den Schatten zurück.

Es war sehr heiß; die Luft fühlte sich feucht an, dampfend; die Oberfläche des Sees war spiegelglatt. Freddie aß sich zufrieden durch das verlockende Angebot eines Winterscombepicknicks: Möweneier, gedünsteter Lachs, Hühnchen in Aspik, der zu schmelzen begann.

Er teilte sich mit seinem Vater ein kaltes Steaksandwich; er aß Himbeeren, dann ein Stück Apfelkuchen. Es wurde mit Champagner Rosé auf seinen Geburtstag angestoßen. Freddie zog seinen Panamahut bis über die Augen und lehnte sich auf der Bank zurück. Eine angenehme Müdigkeit breitete sich in ihm aus.

Vor diesem Picknick hatte Acland jeden einzelnen auf die Seite genommen: Er hatte gebeten, das Thema Krieg, das seine Mutter so erregte, zu vermeiden, so daß der Krieg vielleicht alle Köpfe bewegte, obwohl niemand davon sprach. Als sich Freddie nach hinten lehnte und halb zuzuhören, halb zu träumen begann, zogen Teile von Gesprächsfetzen durch seinen Kopf. Sein Vater sprach von Schottland und den Lachsen dort; Gwen und Maud sprachen über Kleider; Acland und Jane sprachen von einem Buch, das sie beide gelesen hatten; Steenie redete die ganze Zeit über das Bild, das er von der Familie malte. Freddie saß mit halb geschlossenen Augen da. Steenies Kohlestift schabte über den Zeichenblock; Constances Worte bohrten sich tiefer in Freddies Kopf, wie Mäuse hinter einer Täfelung. Durch die halb geschlossenen Augenlider sah er, wie Constance James Dunbar belagerte.

Boys Freund war nicht besonders umgänglich, aber Constance ließ sich dadurch nicht beirren. Es machte ihr Spaß, mit ihrem Charme die Störrischen zu überschütten, dachte Freddie manchmal; und sie tat es mit einer süßen Beharrlichkeit, wie ein künftiger Pianist, der seine Tonleitern übt.

Nach einer Weile begann Boy, der diese Darbietung ebenfalls beobachtete, mit einem kleinen Spiel. Er hob ein paar kleine Zweige und Aststücke auf und begann an ihnen herumzuschnitzen. Dann warf er sie Constances Hund hin, und Floss jagte hinter ihnen her. Floss war kein gehorsamer Hund; er war kein Apportierhund; wenn er einen Stock geschnappt hatte, weigerte er sich, ihn Boy zurückzubringen. Er stieß mit der Schnauze dagegen, warf sie in die Luft, rollte sich, ohne sie loszulassen, der Länge nach auf dem Boden und knabberte daran.

Constance beugte sich zu Boy und schlug auf seine Hand.

»Francis«, sagte sie. »Laß das. Ich habe es dir schon tausendmal gesagt. Wenn er die Rinde kaut, wird er krank.«

»Tut mir leid.«

Boy schien die Schärfe ihres Verweises zu ignorieren. Constance wandte sich wieder Dunbar zu und fuhr mit ihrem Vorstoß fort, der die Form einer Inquisition anzunehmen begann.

»Sagen Sie«, sagte sie und legte ihre kleine beringte Hand auf Dunbars Ärmel. »Sind Sie ein guter Soldat? Ist Boy ein guter Soldat? Was ist eigentlich ein guter Soldat?«

Dunbar drehte an seinem Monokel. Er war sichtlich verblüfft – eine solche Frage schien er sich bis jetzt noch nie gestellt zu haben. Er warf einen Blick zu Gwen, um sich zu vergewissern, ob sie ihn auch nicht hören konnte, und entschloß sich dann zu einer Antwort.

»Nun, also.« Er räusperte sich. »Dazu gehört natürlich Mut.«

»Ach, das dachte ich mir, daß Sie das sagen würden.« Constance verzog schmollend den Mund. »Aber das müssen Sie mir schon ein bißchen genauer erklären. Ich bin eine Frau, wissen Sie, und Frauen verstehen nichts von männlichem Mut. Wir sind so völlig anders. Was bringt einen Mann dazu, mutig zu sein? Ist das Wagemut? Oder Dummheit?«

Dunbar war verwirrt; Acland, der die Bemerkung aufgefangen hatte, lächelte. Boy, der sah, daß Constance ihm wieder den Rücken zudrehte, warf ihrem Hund einen neuen, noch größeren Stock zu.

»Nein, nicht Dummheit«, fuhr Constance fort. Sie lächelte Dunbar gewinnend an. »Das ist ein *völlig* falsches Wort dafür – ich weiß gar nicht, wie ich darauf gekommen bin. Mangelnde Phantasie – das habe ich eigentlich gemeint. Ich dachte immer, daß die großen Helden wahrscheinlich keine Phantasie haben. Oder sie weigern sich, sich all die schrecklichen Dinge vor Augen zu führen, die passieren können – all die Schmerzen und Katastrophen und der Tod. Deshalb sind sie so stark. Glauben Sie nicht?«

Als Constance »stark« sagte, legte sie wieder, wie Freddie bemerkte, ihre kleine Hand auf Dunbars Arm. Dunbar spielte mit seiner Monokelschnur; er seufzte; vielleicht hatte ihn das Argument nicht direkt überzeugt – es war bestimmt gegen Acland gerichtet, dachte Freddie –, aber ihre Augen überzeugten ihn. Dunbar stieß ein paar hilflose Laute aus, ehe er kapitulierte.

Freddie lächelte. Er wußte genau, daß Constance eine ziemliche Wut auf Dunbar hatte, sie nannte ihn »den Zinnsoldaten«. Er sah, wie Boy wieder einen Stock warf und Floss hinterhersprang. Dann machte er die Augen zu und begann, ganz allmählich, einzuschlafen.

Wortfetzen zogen über ihn hinweg. »... das ist doch nur«, sagte sein Vater in gekränktem Ton, »weil sie so verdammt heikel sind, weil es für sie so wichtig ist, wo sie laichen... Du verschaffst ihnen optimale Bedingungen, und was tun sie, diese verdammten Lachse? Sie schwimmen Dunbars Fluß hinauf, das ist es, was sie tun...«

«Gwen, ich glaube fast, ich würde Mr. Worth vorziehen. Ich habe dort vergangene Woche das charmanteste *Ensemble* gesehen, das du dir vorstellen kannst. Montague hätte es angebetet.«

»Ein absolut vollkommenes Buch.«

»Kann denn etwas vollkommen sein?«

»Bücher schon. Bücher können vollkommen sein. Während man sie liest.«

»Frauen sind das schwächere Geschlecht; das habe ich nie bezweifelt«, sagte Constance, die so etwas auch nicht im entferntesten geglaubt hätte. »Die Frau blickt zum Mann auf wie zu einem Vater. Schließlich ist er ihr Beschützer...«

»Das kommt, weil deine Lachse widrige Kreaturen sind. Manchmal denke ich, man sollte sich lieber auf die Forellen konzentrieren und die verdammten Lachse einfach vergessen...«

»Kleine Abnäher. Und auf dem Rock noch ein paar hübsche Stickereien...«

Freddie stieß einen Seufzer des Wohlbehagens aus; durch sein Bewußtsein glitten verwirrende Bilder: Lachse in Ballkleidern, Flüsse, in denen Bücher schwammen. Er sah sich, wie er eine neue Fliege anbrachte, und hörte, wie er mit großer Autorität verkündete, daß er sie mit dieser Fliege fangen würde – in Scharen. Und da war er auch schon, in seinen Gummistiefeln, bis zu den Hüften in reißenden Gewässern, und hatte das Buch an der Angel, die er einzog, dasselbe Buch, das Constance am Tag davor gelesen hatte, das sie sich von Acland ausgeliehen hatte, ein schlangenförmiges Untier, mindestens ein Fünfzehnpfünder, den er gerade eingeholt hatte, als es sich zu wehren begann...

»Floss!«

Ein plötzlicher Aufschrei, so durchdringend, daß Freddie augenblicklich aufwachte. Er richtete sich auf und kniff verschlafen die Augen zusammen.

Seine Tante Maud war aufgesprungen und klatschte verzweifelt in die Hände; Acland erhob sich; Constance lief mit wehenden Röcken zum Schilf.

»Boy, das war deine Schuld«, sagte Jane, die aufgestanden war. »Constance hat dir gesagt, daß du es nicht tun sollst.«

»Aber es war doch nur ein Spiel«, stotterte Boy.

»Ein dummes Spiel. Ist alles in Ordnung mit ihm, Constance? Was ist passiert?«

Freddie stand auf. Constance war beim Schilf angekommen. Er sah, wie sie sich bückte und ihren Hund hochhob. Sie hielt ihn in den Armen; Floss zappelte; er zuckte und zitterte am ganzen Körper; erst nach einer Weile erkannte Freddie, daß er würgte.

»Er kriegt keine Luft. Er kriegt keine Luft«, Constances Gesicht war weiß und durchsichtig; ihre Stimme vor Schmerz verzerrt. »Francis, ich hab es dir doch *gesagt*. Siehst du nun, was du angerichtet hast? Es steckt in seiner Kehle fest. Er kriegt keine Luft mehr. Helft mir doch – schnell...«

Floss stieß würgende Laute aus. Sein Körper zitterte der ganzen Länge nach, von der Nase bis zum Schwanz. Er zuckte, drehte und wendete sich, riß die Schnauze auf, als wollte er gähnen; seine kleine Zunge schnellte vor und zurück. Seine Pfoten schabten und kratzten, dann wurde er plötzlich still. Constance stöhnte; mit gesenktem Kopf hockte sie am Boden, hielt ihren Hund noch fester umklammert, als wollte sie seinen Kampf vor den Zuschauern verbergen.

»Halt ihn fest, daß er ruhig bleibt.«

Acland lief an Freddie vorbei. Er kniete sich neben Constance und packte den Hund an der Kehle. Floss warf seinen Kopf hin und her; er wehrte sich so heftig, daß in Constance fast fallen lassen hätte.

»Halt ihn *still*.«

»Ich kann nicht. Er hat Angst. Ruhig, Floss, ganz ruhig...«

»Verdammt, Constance, halt seinen Kopf fest. So... ja.«
Acland drückte den Kopf des Hundes nach hinten und stemmte mit Gewalt die zusammengebissenen Zähne auseinander; dann fuhr er mit den Fingern in die Schnauze des Hundes; Blut und Speichel liefen ihm über die Hand. Eine schnelle Bewegung, dann zog er die Hand zurück. Acland schloß die Hand, dann öffnete er sie wieder. Auf seiner Handfläche lag ein Stück Stock, nicht mehr als zwei oder drei Zentimeter. Während sie noch alle darauf starrten, wurde Floss noch einmal von einem Zittern erfaßt. Er schüttelte sich. Er merkte, daß er wieder atmen konnte. Er schnappte nach Luft, dann leckte er sich die Schnauze. Mit einem gewaltigen Satz sprang er auf Acland los und schnappte einmal zu.

Danach erholte er sich schnell wieder. Er genoß die erleichterten Seufzer und Liebkosungen, und das Bewußtsein, im Mittelpunkt zu stehen, erfüllte ihn mit neuer Energie. Mit den Vorderpfoten sprang er an Constance hoch und stieß mit seiner Nase gegen ihre Hand; er sprang zwischen den Menschen hin und her und wedelte mit seinem eleganten Schwanz. Als schon klar war, daß Floss gerettet war, kam Sir Montague Stern aus dem Haus.

Bei all der Aufregung dauerte es eine Weile, bis Stern bemerkt wurde. Und es dauerte noch einmal eine Weile, bis sie seinen Gesichtsausdruck zu deuten wußten. Danach scharten sich alle im Kreis um ihn. Sie bedrängten Stern mit Fragen. Es war also sicher? Woher wußte er es?

Krieg, Krieg, Krieg: Das verbannte Wort wurde nun doch ausgesprochen – trotz Gwen. Nachdem es so lange ausgeschlossen und verdrängt worden war, schien es jetzt mit neuer Kraft von einem zum anderen zu springen wie züngelndes Feuer.

Alle Augen waren auf Stern gerichtet. Nur Freddie sah weiter zu Constance, und so sah er als einziger das Merkwürdige, das dann geschah.

Trotz Sterns Auftritt, trotz seiner wichtigen Neuigkeiten, hatten sich weder Constance noch Acland vom Fleck gerührt. Sie knieten, einander zugewandt, am Boden, mit dem schnüffelnden und keuchenden Floss direkt neben sich. Aber sie sahen nicht Floss an, sondern sie sahen einander an.

Acland sagte etwas, das Freddie nicht hören konnte; Constance erwiderte etwas – und auch das konnte er nicht hören. Dann streckte Constance die Hand aus und nahm Aclands Hand in ihre. Es war die

Hand, die Floss gebissen hatte, und obwohl der Biß weder besonders gefährlich noch sehr tief war, war er deutlich zu erkennen – ein roter Halbmond, die Abdrücke von Zähnen. Die Haut war nicht verletzt.

Constance hob Aclands Hand an ihr Gesicht; sie beugte sich über sie und preßte ihren Mund auf den sichelförmigen Biß; ihr Haar fiel nach vorn und versperrte Freddie die Sicht.

Einen Augenblick lang bewegte sich Acland nicht; dann hob auch er, ganz langsam, als würde er sie jeden Augenblick zurückziehen, seine Hand. Zuerst schwebte sie wenige Zentimeter über Constances Kopf, dann senkte sie sich ein wenig und legte sich auf Constances Haar.

So blieben sie eine Weile, wie die Figuren einer Pietà, anscheinend taub und blind, ohne den See, die Sonne, die Familie und die Rufe und Aufschreie ringsherum wahrzunehmen. Diese absolute Stille zweier Menschen, erstaunte Freddie und ließ ihn verstummen. Er war drauf und dran gewesen, sie zu unterbrechen – vielleicht sich einzumischen, aber er tat es nicht.

Als Freddie wenige Minuten später zum Haus zurückging, war er verwirrt und ein wenig zornig. Ganz vage, ganz am Rande seines Bewußtseins hatte er ein Gefühl von Bitterkeit, von etwas Bösem, verschwommen nur, aber so eindeutig wie ein Katzenjammer. Acland ging vorn, er hatte den Arm um seine Mutter gelegt, die jetzt weinte; Freddie ging am Ende der Prozession. Er starrte in den Himmel.

Constance kam hinter ihm hergehüpft, Floss ihr auf den Fersen. Sie ergriff seinen Arm; sie sah seinen starren Blick.

»Wir wußten, daß es so kommen würde, Freddie«, sagte sie freundlich. »Es war unvermeidlich, schon seit Wochen...«

»Was denn?«

»Der Krieg natürlich«, sagte sie und beschleunigte ihre Schritte; diese Nachricht schien sie zu beleben. »Trotzdem gibt es Dinge, auf die man sich freuen kann.« Sie drückte Freddies Arm. »Sei nicht so griesgrämig, Freddie. Du kriegst doch noch dein Geschenk, weißt du nicht mehr? Ich werde es dir später geben...«

»Wann denn?« fragte Freddie eilig.

»Nach dem Abendessen.« Constance ließ seinen Arm los.

Sie strich ihr Haar zurück, sie ging schneller, dann lief sie davon. Freddie folgte ihr langsam, sein Kopf fühlte sich an wie ein Prellbock. Krieg und ein Geschenk; Krieg und Constance.

Aber dann, später – und das verwirrte ihn – war es ihm unmöglich, beide voneinander zu trennen.

»Sagt mal, Acland, Farrell – was werdet ihr tun? Werdet ihr auf die Einberufung warten oder meldet ihr euch freiwillig?« Es war am selben Abend beim Essen, und Dunbar schnitt ein Stück von seiner Scheibe Rindfleisch ab und sah durch sein Monokel über den Tisch. Er war sichtlich erleichtert, endlich vom Krieg sprechen zu können.

»Ich habe mich noch nicht entschieden«, sagte Ego Farrell und sah weg.

»Ihr solltet euch freiwillig melden – beide. Findest du nicht, Boy? Schließlich wäre es möglich, daß diese ganze Schießerei bis Weihnachten vorbei ist. Vielleicht kommt es gar nicht erst zur Einberufung.«

»Ich würde nichts überstürzen«, mischte sich Sir Montague Stern ein. »Vielleicht sind Sie ein bißchen zu optimistisch, Dunbar. Oft zieht sich alles etwas länger hin, als man zuerst glaubt.«

»Wirklich, Sir? Spricht man so in der Stadt?« Dunbar war nur um Haaresbreite davon entfernt, unhöflich zu sein. Mit der *Stadt* waren ganz eindeutig die Geldverleiher gemeint, und mit den Geldverleihern die Juden. Kurz, er wollte Montague mit dieser Bemerkung auf seinen Platz verweisen, der – nach Dunbars Meinung – ganz gewiß nicht an einem Tisch wie diesem war. Sicher, manche prominente Juden, zu denen auch Stern gehörte, waren in der Londoner Gesellschaft zu Hause, waren gelegentlich auf Gesellschaften wie dieser eingeladen: Aber in Schottland, wo Dunbar zu Hause war, wäre das ganz bestimmt nicht der Fall.

»In der Stadt?« Stern, an derartige Sticheleien gewöhnt, schien sich nicht stören zu lassen. »Nein, um genau zu sein, in Downing Street. Letzte Woche.«

Stern wies nur selten auf seinen Einfluß oder seine Kontakte hin. Und noch seltener geschah es, daß er Leute, die ihn beleidigten, zurechtwies. Auf seine Bemerkung folgte Schweigen. Steenie, der Dunbar nicht leiden konnte, kicherte. Constance, die Stern wegen seiner Haltung bewunderte, warf ihm einen zustimmenden Blick zu. Dunbar wurde rot. Maud schaltetet sich schnell ein. Sie war sehr sensibel, wenn man ihren Liebhaber zu kränken versuchte. Außerdem hatte sie, anders als Dunbar, bemerkt, daß Gwen über Sterns Bemerkungen entsetzt war.

»Monty, mein Lieber«, sagte sie mit einem charmanten Lächeln, »gewöhnlich hast du recht, aber manchmal bist du auch ein schrecklicher Pessimist. Ich persönlich habe volles Vertrauen ins Auswärtige Amt, vor allem jetzt, wo Acland ihm bald angehören wird. Meiner Meinung nach wird diese ganze Angelegenheit auf diplomatischem Weg gelöst werden. Vielleicht kommt es gar nicht erst zu Krieg! Ich bin sicher, daß der Kaiser wenigstens soviel Verstand hat. Wenn er erst mal begriffen hat, worauf er sich einläßt – die Navy, denkt doch bloß mal an die Navy! –, dann wird er die ganze Sache schleunigst wieder abblasen. Die tapferen Belgier, na ja, gut – man kann nicht einfach dastehen und zusehen, wie sie überrannt werden, schätze ich – aber, wirklich, wenn man es richtig überlegt, worum geht es denn überhaupt bei diesem albernen Krieg? Um eine Reihe obskurer Länder im Balkan, von denen ich nicht eins mit Namen kenne – also, ehrlich, nicht mal auf dem Globus würde ich sie finden. Außerdem hörte ich erst vergangene Woche bei der lieben Lady Cunard – von einer sehr wichtigen Persönlichkeit, daß –«

Am anderen Ende des Tischs betrachtete Gwen prüfend die Gesichter ihrer Söhne. Alle, außer Steenie, waren in einem Alter, in dem sie in den Krieg gehen konnten. Selbst Freddie, den sie bislang immer noch als Kind betrachtet hatte, auch Freddie, der gerade erst mit der Schule fertig war. Gwen schob ihren Teller unberührt beiseite. Das Schlimmste war, daß sie die Angst, die sie erfaßte, nicht aussprechen durfte. Sie hätte nicht nur als feige, sondern auch als unpatriotisch gegolten. Es war schon beschämend genug, daß sie geweint hatte, jede weitere Zurschaustellung ihrer Gefühle würde Denton in Rage bringen, und auch ihre Söhne müßten sich ihrer schämen.

Ich laufe Gefahr, Verluste zu erleiden, sagte sich Gwen; während das Gespräch weiterging, begann sie insgeheim und panikartig Pläne zu schmieden. Denton würde ihr nicht dabei helfen; soviel war gewiß. Denton war für den Krieg, er würde stolz sein, daß seine Söhne in den Kampf zogen. Denton war fast siebzig, und das sah man ihm auch an. Gwen blickte über den Tisch, sah, wie die Hand ihres Mannes zitterte, als er das Essen zum Mund führte. Armer Denton, sein Feuer war erloschen. Seine großen Wutanfälle kamen jetzt nur noch selten, und Gwen hatte im vergangenen Jahr – oder in den beiden vergangenen Jahren – festgestellt, daß sie ihn jetzt wieder viel lieber mochte. Irgendwie – wie, das wußte sie nicht genau – hatte der Tod von Shawcross, dieser schreckliche Unfall, einen Schlußstrich im Leben ihres Mannes gezogen. Davor war er zwar jähzornig, aber immerhin noch tatkräftig gewesen; aber danach wurde er ein alter Mann.

Gwen nahm einen Schluck von ihrem Wein. Das Gespräch hatte sich jetzt, dank Maud, anderen Dingen zugewandt. Sie faßte wieder ein wenig Mut. Sie begann, Pläne zu schmieden. *Freunde*, sagte sie zu sich –

Freunde in der Politik, Freunde beim Militär, Freunde – das war es, was sie brauchte. Freunde, die für sie die Fäden spinnen konnten.

Boy mußte eine Stellung im Stab bekommen, als Adjutant vielleicht, weit hinter der Front. Acland... nun, Acland hatte in Balliol einen Tutor; er hatte die schwierige Prüfung für den zivilen Staatsdienst bestanden; er würde schon bald eine Stellung im auswärtigen Dienst antreten. Acland sagte man eine schillernde Zukunft voraus – Gwen sah ihn schon als Botschafter. Der auswärtige Dienst: Sicher würde man Acland aufgrund seiner Arbeit – falls es je zu einer Einberufung kommen sollte – zurückstellen? Das dürfte nicht besonders schwer zu erreichen sein, dachte Gwen. Blieb also nur noch Freddie. Freddie mußte irgeneinen gesundheitlichen Defekt haben, entschied Gwen. Sie dachte an ein schwaches Herz, an Plattfüße und an gefällige Ärzte.

Während sie all diese Pläne schmiedete, wurde ihre Stimmung wieder besser. Sie würde mit Maud reden, und mit Montague Stern.

Als sie zu Stern hinübersah –, der an diesem Abend eine seiner bunten Westen anhatte, die Constance schon verlangend betrachtet hatte, verspürte Gwen, ganz kurz nur, Neid, eine Art Eifersucht auf Maud, die aber schnell verging. Durch Sir Montague hatte sich Mauds Leben verändert, das mußte man zugeben. Mit einem bemerkenswert geringen Maß an Skandalen und Gerüchten war es Maud gelungen, den italienischen Prinzen aus ihrem Leben zu verbannen. Maud brauchte nun nicht länger Schulden zu machen, mußte nicht immer auf Reisen gehen, in ständiger Unsicherheit leben, und sie mußte auch nicht mehr ganze Scharen junger Mätressen ertragen. Jetzt war Maud die Eigentümerin einer prächtigen Londoner Wohnung, die Stern für sie gekauft hatte und von der aus man den Hydepark überblickte: Maud kleidete sich in Paris ein, bei den besten Couturiers. Maud bewährte sich, Monat für Monat, als prominente Gastgeberin. Auf ihren Londoner Einladungen, auf denen sich Gwen manchmal wie eine Dorfpomeranze fühlte, versammelte Maud eine höchst elitäre Gesellschaft: Königliche Hoheiten, britische wie auch europäische, Maharadschas; reiche Amerikaner, zu denen Stern Geschäftsverbindungen unterhielt; berühmte Namen aus der Welt der Musik, Literatur, Oper, der bildenden Künste und des Tanzes.

Maud gab Empfänge für das russische Ballett. Sie lud Diaghilev zum Tee ein. Sie betätigte sich als Sponsorin von Covent Garden. Der Künstler Augustinus John hatte gerade ein Porträt von ihr gemalt. Maud triumphierte: Sie war jetzt sogar eine gefürchtete Rivalin von Lady Cunard, der rangältesten aller Londoner Gastgeberinnen.

Gwen fand diese Triumphe atemberaubend. Sie neidete Maud ihren Erfolg nicht. Nein, sie liebte Maud, die ein freundliches Herz und einen klaren Verstand besaß, was sie nur durch ihre Art zu reden verbarg. Nur gelegentlich betrachtete Gwen Maud mit etwas wehmütigen Gefühlen. Maud war schließlich älter als sie: Obwohl ihr Alter ein streng gehütetes Geheimnis war, näherte sie sich bereits den Fünfzig, sagte Denton. Mit – was? – siebenundvierzig, achtundvierzig, hatte Maud einen Mann an ihrer Seite, der klug, verläßlich, rücksichtsvoll, diskret war. Ein Mann, der jünger war, der tatkräftig war, aktiv, voller Leben. Kurz, Maud hatte einen Geliebten und einen Freund. Und Gwen verbrachte ihre Tage mit einem alten Mann, den sie wie einen Sohn bemutterte.

Manchmal hatte Gwen das Gefühl, daß es angenehm sein müßte, einen Mann zu haben, bei dem sie sich anlehnen konnte, einen Mann, der sie küßte, einen Mann, den sie umarmen konnte. Aber das hatte sie nicht. Und das würde sie auch niemals wieder haben, das wußte sie, denn davon hatte Shawcross sie geheilt. Diese Zeiten waren vorbei: Jetzt, mit zweiundvierzig, hatte Gwen das Gefühl, den Höhepunkt ihres Lebens überschritten zu haben. Sie lebte von ihren Erinnerungen und Erfahrungen. Wenn sie es recht bedachte, war sie zufrieden. Schließlich hatte Maud auch keine Kinder. Sie aber war Mutter: Das war ihre Erfüllung.

Meine lieben Söhne, dachte Gwen und schloß Denton fast in diese Gruppe mit ein. *Meine liebe Familie.*

»Krankenpflege«, drang Jane Conynghams klare Stimme an ihr Ohr.

»Krankenpflege«, wiederholte Jane. »Ich werde sofort eine Ausbildung machen. Ich habe mich schon vor einem Monat danach erkundigt. Ich glaube, Guy's Hospital wird mich nehmen.«

»Und ich werde *stricken*«, fuhr Constance mit einem gezierten Blick in Richtung Montague Stern dazwischen. »Das heißt, bis jetzt kann ich es leider noch nicht – soweit habe ich es nie gebracht –, aber jetzt werde ich es tun. Ich werde *ununterbrochen* stricken. Wollmützen und Wollwesten, kleine nützliche Täschchen und Gürtel. Glauben Sie nicht, daß das sehr passend wäre, Sir Montague? Für eine Frau, meine ich?«

Stern, der neben ihr saß, lächelte. Er hatte den Spott in ihrer Stimme gehört, wie – vielleicht – auch Jane, auf die er gemünzt war.

»Sehr passend«, erwiderte er. »Wenn auch recht schwierig, sich das bei dir vorzustellen, Constance.«

»Nun, *irgend etwas* müssen wir ja tun«, sagte Jane und errötete. »Ich meinte damit nicht... Es ist nur, weil eine Krankenschwester...«

Krankenschwester? Gwen runzelte die Stirn und sah Jane an, die sie mochte, die sie aber taktlos fand. Ihre Söhne würden keine Krankenschwester benötigen: Das war für sie beschlossene Sache.

Sie beugte sich zu Stern und berührte seinen Arm.

»Monty, mein Lieber«, sagte sie. »Könnte ich nach dem Essen etwas mit Ihnen besprechen?«

»Wie lange noch?« fragte Freddie ein wenig irritiert, als das Kreischen und Kichern hinter dem Schirm in Constances Zimmer gar nicht wieder aufhören wollte.

»Nicht mehr lange. *Warte*, Freddie. Steenie, halt still. Hör auf zu zappeln; ich kann es nicht zukriegen...«

Freddie zuckte die Achseln; er begann im Zimmer auf und ab zu gehen. Es ärgerte ihn, daß Constance darauf bestanden hatte, Steenie mit aufs Zimmer zu nehmen, um mitzumachen, daß sie darauf bestanden hatte, diese Scharade vorzuführen. Das Abendessen war jetzt vorbei. Aber schon wieder zögerte Constance die Übergabe ihres Geschenks hinaus.

Doch es hatte keinen Sinn, Verstimmung zu zeigen; Freddie wußte, daß er vorsichtig sein mußte. Wenn er sich beschwerte, würde Constance wütend werden. Und dann würde es vielleicht gar kein Geschenk geben: Sie würde ihr Angebot zurücknehmen – sie würde den Kopf zurückwerfen und mit dem Fuß aufstampfen.

Es war besser, sich nicht zu beklagen; auf jeden Fall hatte es auch seinen Reiz, noch länger warten zu müssen. Der Vorgeschmack wurde immer intensiver, und das wußte Constance natürlich. Constances Lieblingswort – das sie bei ihm ständig anwandte, war – warten.

Resigniert summte Freddie eine Melodie und ging weiter auf und ab. Er steckte sich eine Zigarette an und sah sich neugierig um.

Vor ein paar Jahren war Constance aus dem Kinderzimmer in diese neuen Räume gezogen: Sie hatte sie auf eine Weise, die Freddie faszinierte, zu ihren eigenen gemacht. Dieses Wohnzimmer war sofort für ihn, Constance und Steenie zu einer Art Hauptquartier geworden. Dorthin zogen sie sich immer zu dritt zurück, wenn die Aktivitäten der älteren Bewohner des Hauses langweilig zu werden drohten. Für Freddie war dieses Zimmer Teil eines Rätsels – ein direkter Hinweis auf Constances Geheimnisse.

Als Constance hier einzog, wurde das Zimmer nach Gwens Anweisungen renoviert. Gwen, die für Inneneinrichtung nicht viel Interesse aufbrachte, hatte nur vage angeordnet, daß das Zimmer hell und feminin aussehen sollte.

Dementsprechend war es in blassen Farben gehalten, mit einer gehörigen Menge Flitterkram: Spitzenvorhänge, niedliche Verzierungen, dekorative kleine Kissen. Aber dann hatte sich eine andere, bestimmtere Hand daran zu schaffen gemacht: Constance hatte das Zimmer übernommen und ihre Zeichen gesetzt. Jetzt sah es mehr wie in einem Zigeunerwagen oder in dem Zelt eines Wüstennomaden aus. Gwens Sessel waren mit Teppichen und Decken aus bunten Stoffen bedeckt, die Constance im Speicher aufgestöbert hatte. Bunte Seidefetzen hingen über den Lampen und dämpften das Licht, und immer brannten Kerzen. Auf den alten Paravent – hinter dem Constance und Steenie noch immer geheimnisvoll taten und albern kicherten – hatte Constance viele bunte Bilder geklebt, die sie aus Zeitschriften und Karten ausgeschnitten hatte oder die Steenie ihr gemalt hatte. Neben dem Fenster war ein großer Messingkäfig, in dem ein rosaroter Papagei saß. Unter dem Käfig hausten Steenis und Constances andere Haustiere – ihre Menagerie: eine weiße Ratte, die Ozymandias hieß (Steenies Beitrag) ein Bassin mit Goldfischen; eine Grasschlange, die Constance von Cattermole bekommen hatte. Diese Schlange, eine harmlose und schläfrige Kreatur, liebte Constance über alles. Sie versteckte sie immer in ihrer Tasche oder wickelte sie sich um den Arm und erschreckte Maud damit. Sie liebte die Schlange fast genauso wie Floss, aber das akzeptierte Freddie. Manchmal dachte er, daß Constance ihre Tiere den Menschen vorzog.

Freddie gähnte, paffte seine Zigarette, ließ sich in einem von Constances Sesseln nieder. Ja, ihm gefiel dieses Zimmer. Constance spottete natürlich darüber. Constance behauptete, daß sie, wenn es nach ihr ginge, ein Zimmer bewohnen würde, das schwarz und silbern und rot war. Aber das nahm Freddie nicht ernst. Das war nur ein weiterer Beweis für Constances Bedürfnis nach Dramatik, sagte sich Freddie – dann rückte er unbehaglich in seinem Sessel hin und her. Manchmal machten ihm Constances kleine Dramen (nach denen Freddie süchtig war) angst. Bei Constance mußte man auf alles gefaßt sein, und gefährlich war es immer: Würde sie zu weit gehen oder – was noch schlimmer war – würde sie nicht weit genug gehen?

»Fertig!« rief Constance hinter der spanischen Wand.

Ein kleines unterdrücktes Lachen; dann kamen Constance und Steenie zum Vorschein. Freddie erstarrte, kniff die Augen zusammen, starrte fassungslos. Constance musterte ihren Zuschauer mit stählerner Konzentration.

Constance und Steenie hatten die Kleider getauscht. Constance war als junger Mann verkleidet. Steenie war zwar größer als Constance, aber sehr schlank. Sein steifes Hemd und die schwarzen Abendhosen standen ihr gut. Freddie hatte noch nie eine Frau in Hosen gesehen; er starrte sie fasziniert an, starrte Constances schlanke Beine an, ihre schmalen Hüften, und – während sie sich vor ihm drehte – ihr keckes und erotisches Hinterteil.

Neben ihr stand Steenie, er stieß leise Seufzer aus und klapperte mit den Augendeckeln. Er sah absolut gräßlich aus, fand Freddie. Er hatte Janes dunkelgrünes Kleid an, das – im Bereich der Brüste – ausgestopft war. Er trug Ringe an den Fingern und hatte Rouge auf Lippen und Wangen; sein ziemlich langes Haar war hinten am Hals zu einem Knoten geschlungen; auf seiner Nase saß eine kleine runde Lesebrille. Während Freddie ihn anstarrte, grinste Steenie höhnisch zurück. Er wackelte lässig mit den Hüften. Constance warf ihm einen mißbilligenden Blick zu.

»Steenie hat mal wieder übertrieben. Wie gewöhnlich. Ich habe ihm gesagt, daß er sich nicht auszustopfen braucht – Janes Busen ist sowieso ein Bügelbrett. Und diese Kriegsbemalung! – hast du je bemerkt, daß Jane sich anmalt? Wirklich, Steenie, du bist die gräßlichste kleine Tunte...«

»Bei dir stimmt auch nicht alles.« Steenie schien von ihrer Kritik unberührt. »Du siehst kein bißchen wie Boy aus. Boy ist untersetzt. Breit gebaut – um es freundlich zu sagen. Auf jeden Fall ziemlich vierschrötig. Ich habe dir gesagt, daß du dir ein Kissen reinstopfen sollst – das wäre überzeugender –«

»Sei still, Steenie. Warte. Und jetzt...« Constance drehte sich wieder gebieterisch zu Freddie um. »Jetzt. Heute abend können Sie mit eigenen Augen in einer Exklusivvorstellung einen sehr ernsten und historischen Augenblick miterleben... Wir zeigen Ihnen – die Verlobung, den berühmten Antrag des ehrenwerten Boy Cavendish um die Hand von Miss Jane Conyngham, einer alten Jungfer und Erbin aus unserer Nachbargemeinde. Und jetzt, zu Ihrem Vergnügen: ›Die Nacht des großen Kometen.‹ Wir befinden uns – ich muß mich entschuldigen, aber Boy hat eben keine Phantasie – im Gewächshaus von Winterscombe...«

Constance drehte sich zu Steenie; Steenie hob die Hände an die Brust und grinste; Constance veränderte ihre Haltung, und – ja, Constance war eine begabte Schauspielerin und verwandelte sich jetzt vor Freddies erstaunten Blicken. Natürlich war sie nicht groß genug, natürlich war sie viel zu dünn, natürlich sah sie noch immer wie ein kleines Mädchen aus – aber auf eine geheimnisvolle Weise war sie auch Boy. Sie stand leicht breitbeinig in Boys üblicher steifer Haltung da; sie hatte Boys vorgestreckte Brust und seine nervös gespannten Schultern; sie ahmte – bis ins letzte Detail – die wenig überzeugende Gestik seiner Hände nach. Freddie sah seinen Bruder vor sich, und er tat ihm leid – wegen seiner Unbeholfenheit, wegen seiner guten Absichten, wegen seines guten Herzens und wegen seiner Dummheit.

Constance sank vor Steenies Füßen auf die Knie und legte sich die Hand aufs Herz. Sie lag schlaff auf der gestärkten Hemdbrust wie ein toter Fisch auf einer Platte.

»Miss Conyngham ... Jane ...«, begann Constance, und obwohl ihre Stimme nicht so tief war wie die von Boy, sprach sie genauso wie er. Sie hatte dieselbe feierliche Art, dieselbe unterschwellige Unsicherheit – selbst die Art und Weise, wie Boy bei manchen Konsonanten stockte, dieses Erbe aus seiner Kindheit, als Boy gestottert hatte. »... ich werde natürlich mit deinem Vater sprechen. Das heißt, wenn du es wünschst ... wenn es dir recht wäre. Aber inzwischen habe ich die Ehre, würde ich gern um deine Hand anhalten und dich bitten ... mich zu heiraten ...«

Freddie lachte, hörte, wie Boy in seinen Worten ertrank, wie er sich mühsam an ihnen festklammerte. Constances Spiel war sehr amüsant. Sie spielte mit ruhiger Überzeugung und ließ sich auch durch Steenie nicht stören, der seine Rolle auf groteske Weise übertrieb. Constance ignorierte es und fuhr wie ein Profi fort, und am Ende brachen beide, Steenie und Freddie, in hilfloses Gelächter aus.

»O Gott. Das kann er doch nicht ... das hat er nicht. O Gott, was für ein Idiot er ist. Bist du dir ganz *sicher*, Constance?« Steenie hielt sich die Seiten, er schüttelte sich vor Lachen, vor boshaftem Vergnügen.

»Das waren ganz genau seine Worte. Haargenau.« Constance warf den Kopf zurück und zog – da die Vorstellung zu Ende war – das Band, das ihre Haare zusammengehalten hatte, von ihrem Kopf; sie schüttelte sich, so daß ihre Locken weich über die Schultern fielen.

»Armer Boy.« Freddie, der noch immer lachte, griff nach einer neuen Zigarette. »Kein Wunder, daß er es so versaut hat. Er liebt sie nicht, weißt du. Boy kann keine Gefühle verbergen. Ich sehe es direkt vor mir, wie sich sein Gesicht erhellte, wie er aufatmete, als sie auf einer langen Verlobungszeit bestand.«

»Ja, aber *sie* war auch erleichtert.« Constance warf sich in einen Sessel und lächelte. »Sehr erleichtert sogar. Sie liebt Boy kein bißchen mehr als er sie. Durchaus möglich, daß sie die nächsten dreißig Jahre verlobt bleiben. Während der ganzen Zeit wird Jane ihr gebrochenes Herz hegen und pflegen...«

»Ihr gebrochenes Herz? Jane? Warum sollte sie?« Freddie sah sie erstaunt an: Constance und Steenie wechselten Blicke.

»Also, wirklich, Freddie, sei bloß nicht so schwer von Begriff...« Steenie blinzelte. »Das mußt du doch gemerkt haben. Jane ist gar nicht so ohne, wie sie immer tut. Sie ist schon seit Jahren, seit *Ewigkeiten*, total verknallt...«, dann machte Steenie eine Pause.

»Aber in wen denn? In wen?«

»In Acland natürlich«, sagten die beiden wie aus einem Mund und brachen wieder in Gelächter aus.

Ihr Lachen und ihre Heimlichtuerei ernüchterte Freddie. Das Lächeln verschwand aus seinem Gesicht, und er sah sie ernst an. Was sie sagten, kam ihm unwahrscheinlich und absurd vor, aber sie schienen so sicher zu sein. Wie sooft bei solchen Gelegenheiten fühlte sich Freddie ausgeschlossen. Offenbar hatten Steenie und Constance schon vorher darüber gesprochen, so daß es ein weiteres ihrer vielen Geheimnisse war. Freddie haßte diese Geheimnisse, er haßte es, daß Steenie und Constance so ungezwungen und mühelos miteinander umgingen.

»Unsinn«, sagte er nach einer kurzen Pause. »Das habt ihr doch erfunden. Jane in Acland verknallt? So was Dummes hab ich noch nie gehört. Das glaube ich nicht. Ich glaube kein einziges Wort davon. Das ist typisch für euch beide. Ihr habt euch die ganze Sache ausgedacht, alles erfunden. Und überhaupt, woher wollt ihr das denn wissen?«

»Constance weiß es«, sagte Steenie und lächelte.

»Ich schätze, sie war dabei«, begann Freddie spöttisch.

»Constance saß ganz zufällig im Wintergarten, als Boy und Jane reinkamen, und Constance sagte: ›Laßt euch nicht stören. Mach ihr ruhig deinen Antrag.‹ Unsinn. Ihr wart beide im Bett. Oben im Kinderzimmer. Wo ihr ja auch hingehört.«

»*Ganz* so war es nicht...« Steenie kicherte. »Oder, Constance?«

»Nicht ganz.« Constances Gesicht war verschlossen.

»Mit anderen Worten, ihr habt es euch nur ausgedacht. Wie ich gesagt habe.«

»O nein. Es stimmt. Wort für Wort. Constance war nicht im Bett, nicht wahr, Constance?« Steenie warf Constance einen listigen Blick zu.

»Nein, war ich nicht.« Constance sah weg. Sie machte jetzt einen gelangweilten Eindruck, trotzdem hatte Freddie das Gefühl, daß ihr dieses Verhör unangenehm war, und wünschte, Steenie würde damit aufhören.

»Die Wahrheit ist...«, fuhr Steenie fort, während er die Hand unter sein Kleid steckte und gleich meterweise Stoffbahnen herauszog, mit denen er ausgestopft war. »Die Wahrheit ist, daß Constance eine schreckliche Schnüfflerin war, nicht wahr, Constance? Winterscombes hauseigener kleiner Spion. Früher einmal. Als sie noch klein war. Jetzt natürlich nicht mehr.«

»Also, das würde ich nicht sagen.« Constance stand auf. Sie stand aufrecht da und sah Steenie in die Augen. »Ich sehe alle möglichen Dinge, Steenie. Auch jetzt noch. Ich kann nichts dafür; es passiert eben einfach. Ich sehe Dinge, die die anderen lieber vor mir verbergen würden, und ich höre Dinge, die ich eigentlich nicht hören soll. Aber das macht ja nichts, weil ich nie darüber rede, nicht wahr, Steenie?«

Constance streckte die Hand aus, als sie es sagte. Sie hob die Hand und rieb mit ihrem Finger – auf eine ganz bestimmte Art – über Steenies rauhe Lippen. Der Lippenstift verteilte sich quer über seine Wangen, und dann herrschte gefährliches Schweigen. Steenie wandte als erster den Blick ab.

»Nein«, sagte er mit flacher Stimme. »Nein. Du bist sehr verschwiegen, Constance. Das gefällt uns so an dir. O je!« Er gähnte übertrieben laut. »Wie spät ist es eigentlich? Ich glaube, ich gehe jetzt lieber ins Bett...«

Er zog sich hinter den Paravent zurück, und dann in das Zimmer dahinter, und Freddie und Constance sahen sich an. Freddie trat von einem Fuß auf den andern, er spürte, daß sich die Stimmung im Zimmer verändert hatte. Er spürte Feindseligkeit und Bedrohung – die er sich nicht erklären konnte.

Constance schien völlig ungerührt. Als Freddie sie unsicher ansah, blies ihm Constance einen kleinen Kuß hin. Sie deutete mit dem Kopf in Richtung Tür. Sie formulierte lautlos ein paar Worte: *dein Geschenk*, und sofort begann Freddies Herz schneller zu schlagen. Sein Kopf dröhnte, und er verspürte wieder diesen ihm vertrauten erwartungsvollen Schmerz, diese Mattigkeit und Wachsamkeit.

Constance konnte diese Wirkung immer sehr leicht bei ihm erzielen. Das ging nun schon eine ganze Weile so. *Wie lange?* fragte er sich, während er langsam zur Tür ging. *Warum?*

Die Tür schloß sich hinter ihm. Freddie wartete auf dem Treppenabsatz. *Wie lange? Warum?* Das waren Fragen, die er sich jetzt immer häufiger stellte, aber beantworten konnte er sie nicht.

Wie lange? Wahrscheinlich hatte es schon bald nach dem Tod von Constances Vater begonnen, und das bedeutete, daß es jetzt schon über vier Jahre so ging. Aber es hatte mit ganz kleinen Dingen begonnen, und mit einer solchen Heimlichkeit, daß sich Freddie jetzt gar nicht mehr so sicher war.

Schritt für Schritt, einen Zentimeter nach dem anderen, jedesmal, wenn sie sich trafen: Manchmal hatte Freddie das Gefühl, daß Constance ihn mürbe machen wollte.

»*Hast du das Geschenk gefunden, das ich dir hingelegt habe, Freddie? Den kleinen Marzipanapfel? Ich habe ihn auf dein Hemd gelegt. In deinem Schlafzimmer. Das war mein Geschenk für dich, Freddie...*«

»*Hast du das Buch in deinem Zimmer gefunden, Freddie? Das ich dir hingelegt habe? Hast du gesehen, was ich hineingeschrieben habe? Aber du darfst es niemandem zeigen...*«

»*Ach, Freddie, weißt du, was ich beim Abendessen gedacht habe? Hast du es gemerkt, als du mich angesehen hast? Ich habe gesehen, wie du rot geworden bist...*«

»*Schau mal, Freddie. Ich habe dir wieder ein Geschenk mitgebracht. Es riecht nach mir. Erkennst du den Geruch, Freddie? Hast du ihn gern?*«

Verruchte Zauberei. In seinem Kopf ging alles durcheinander, all die kleinen Einzelheiten, die sich vermischten, die unschuldigen mit den weniger unschuldigen, und Freddie war sich jetzt gar nicht mehr so sicher, wie alles gekommen war, und wann. Hatte Constance diese Dinge gesagt – oder getan –, als sie elf war, oder zwölf? Aber das war doch gar nicht möglich! Oder war es später gewesen? Oder hatte es viel langsamer begonnen, nach und nach, daß er es gar nicht mehr richtig wußte?

Freddie konnte sich nie ganz sicher sein. Ihm war nur klar, daß ihn Constance in ihrer Gewalt hatte, wenn sie es wollte. Sie konnte ihn mit einem Fingerschnippen, einem Blick, einem Kopfnicken zu sich rufen. Und Freddie würde zu ihr gehen, wo immer sie wollte – manchmal in den Wald, manchmal in den Keller, einmal in die Hütte des Wildhüters, wo es nach Fasanen roch und wo es dunkel war... wohin noch? O ja, es gab unzählige Orte. Einmal, in London, in das Schlafzimmer seiner Mutter, bei halb geöffneter Tür, damit es noch gefährlicher war, sie beide, vor dem Spiegel seiner Mutter. Einmal, hier in Winterscombe, im Schlafzimmer des Königs. Einmal auf dem Speicher – nein, zweimal auf dem Speicher. Einmal in der Bibliothek, unter Dentons Tisch.

Und was taten sie an diesen Orten – in der dunklen Hütte, vor dem Spiegel, auf Teppichen, auf dem Speicher? Niemals genug, wenn es nach Freddie ginge, aber gerade so viel, daß er immer noch mehr wollte.

Aufgeilen. Natürlich kannte Freddie diesen Begriff, und ein- oder zweimal, wenn er wütend war, hätte er ihn schon fast gesagt. Aber dann tat er es doch nicht, denn er wußte ja, daß er nicht zutraf. Er war viel zu ordinär, zu kalt, zu direkt, zu allgemein. Constance trietzte ihn, ja, das stimmte, aber nicht nur seinen Körper oder Teile seines Körpers. Constance trietzte seine Gedanken und seine Phantasie, deshalb besaß sie auch soviel Macht über ihn.

Constance trietzte ihn, und wenn sie es tat, dann war es wie Zauberei.

»Aclands Zimmer«, sagte Constance, als sie in ihrem grünen Kleid auf den Flur kam, ihre Haare fielen ihr in schwarzen schlangenartigen Locken über die halbnackten Schultern. »Aclands Zimmer. Schnell.«

Aclands Zimmer? Einen Augenblick lang zögerte Freddie und sah auf die Uhr. Er hatte Angst vor Acland – vor seinem Sarkasmus, seinem Zorn, seiner spitzen Zunge. Es war jetzt fast Mitternacht. Wenn Acland nun hinaufkam? Wenn er sie nun fand?

»Er ist unten. Spielt Billard. Redet vom Krieg. Wen interessiert das? Beeil dich, Freddie. Du willst doch dein Geschenk, oder?«

Inzwischen war Freddie schon sehr gespannt auf dieses Geschenk, er wollte es unbedingt haben; sein Kopf drohte zu zerspringen, wenn er nur daran dachte, und an die Möglichkeiten dieses Geschenks. Wen kümmerte schon Acland? Er beschleunigte seine Schritte, lief eilig durch die Gänge. Vom Ostflügel zum Westflügel; als sie über der Halle waren, hörte Freddie Musik und Stimmen, zögerte noch einmal ganz kurz und ging dann wieder schneller. Hinauf in den zweiten Stock; Constance huschte vor ihm durch die Schatten. Sie waren über dem Schlafzimmer des Königs angekommen, in dem Gang, von dem aus Freddie vor so vielen Jahren die beiden mysteriösen Schreie gehört hatte – er hatte sie schon längst vergessen. Sein Zimmer, Boys Zimmer, Aclands Zimmer: Vor den drei Türen blieb Constance stehen.

»Vielleicht sollte ich dir zuerst etwas zeigen«, sagte sie. »Vielleicht sollte ich das wirklich. Nur ganz kurz.«

Sie machte – zu Freddies Überraschung – die Tür zu Boys Zimmer auf. Sie schaltete das Licht an, lächelte Freddie, der an der Tür stehenblieb, über die Schulter an. Constance ging quer durch das Zimmer. Am anderen Ende, neben einem großen Sekretär, unter dem Rgal, in dem Boy noch immer seine Kindheitstrophäen aufbewahrte – die Vogeleier, die angemalten Zinnsoldaten, die Bücher, die Schulfotos –, stand in der einen Ecke ein großer Holzschrank mit flachen Schubladen. Freddie wußte, daß Boy in diesem Schrank seine Fotos aufbewahrte.

»Du dachtest doch vorhin, ich wäre unfreundlich zu Boy, nicht wahr?« Constance sah ihn an.

»Nein. Also, nicht direkt. Du hast ihn sehr gut nachgemacht; aber, na gut, ich finde, du bist ein bißchen weit gegangen. Boy ist vielleicht unbeholfen und langsam, aber er ist nett, er ist freundlich, er tut niemandem weh. Er hat dir nie irgend etwas getan.«

»Ach, nein? Heute hat er fast meinen Hund umgebracht – oder sollte dir das entgangen sein? Du bist wirklich zu dumm, Freddie. Du bewertest die Leute nach ihrem Äußeren. Nur weil Boy dein Bruder ist, siehst du zu ihm auf, dichtest ihm alle möglichen Eigenschaften an, die er gar nicht besitzt.«

»Hör zu, lassen wir das, ja? Na schön, Boy ist mein Bruder. Und offenbar liegt mir an ihm – ich achte ihn. Na und? Was wollen wir hier eigentlich? Warum verschwenden wir unsere Zeit?«

»Wir verschwenden keine Zeit, Freddie. Und ich will nicht, daß du denkst, ich wäre ungerecht. Nicht Boy gegenüber, niemandem gegenüber. Boy ist gar nicht so langsam. Er ist ein Künstler. Paß auf. Warte...«

Während Freddie sie erstaunt ansah, zog Constance einen kleinen Schlüssel aus ihrer Tasche und hielt ihn hoch.

»Wo hast du den her?«

»Frag nicht. Ich habe ihn. Vielleicht hat Boy ihn mir gegeben. Und jetzt. Schau her...«

Constance beugte sich nach vorn, schloß die unterste Schublade auf und zog sie heraus. Es war eine tiefe Schublade; vorne war ein Stapel mit Umschlägen und ledergebundenen Alben. Constance schob sie verächtlich auf die Seite. Sie griff nach ganz hinten in die Schublade, wühlte ein wenig herum und holte schließlich ein dickes Bündel hervor, das, wie es aussah, mit weißem Baumwollstoff umwickelt war.

»Was ist das?«

»Das? Ein alter Unterrock von mir. Und innen sind ein paar Abzüge von seinen Fotos. Nicht die Negative – die versteckt er woanders.«

»Ein Unterrock von dir?«

»Ja, ein Unterrock von mir. Und auch Fotos von mir. Jedenfalls hat Boy sie gemacht, aber sie sind alle von mir. Nicht die Art Bilder, die Boy in ein Album kleben würde, das im Wohnzimmer liegt. Schau her.«

Constance packte die Fotos aus dem Unterrock. Sie legte ein ganzes Bündel davon aufs Bett, und Freddie ging zögernd nach vorn. Während er den Kopf vorschob, um sich die Bilder anzusehen, hielt ihm Constance eins nach dem anderen hin.

Wie sie gesagt hatte, waren alle von ihr, jedes einzelne Foto, und alle waren ganz eindeutig schon etwas älter. Auf ihnen war Constance zu sehen – sie stand, saß, lag in den verschiedensten seltsamen Kostümen. Manchmal hatte sie ein dünnes schmutziges Kleid an; aber die meiste Zeit schien sie kaum mehr als Lumpen zu tragen. Ihre Haare waren zerzaust und ihre Füße immer nackt. Sie hatte ein merkwürdiges Makeup: Auf manchen Bildern sah ihr Gesicht ganz schmutzig aus; auf manchen waren ihre Lippen grotesk mit Lippenstift verschmiert, so daß sie das eine Mal wie eine kleine Göre und das andere Mal wie eine kleine Nutte aussah.

Dieser Eindruck wurde noch durch Constances Stellungen verstärkt. Irgendwie brachte sie es immer fertig, verdorben und ausgeraubt auszusehen. Manchmal klebten die Lumpen an ihrem dünnen Körper, als sei der Stoff völlig durchgeweicht; manchmal lenkte ihre geschickt plazierte Hand die Aufmerksamkeit auf eine ihrer verbotenen Körperstellen. Da eine vorstehende Brustwarze, die kleine Knospe ihrer sich erst entwickelnden Brust. Dort – Freddie hielt den Atem an, denn so viel hatte er noch nie gesehen – hatte Constance die Beine gespreizt; und dazwischen lag ein Spalt, in weiches Fleisch gebettet, mit Schamhaaren, nur wenig war davon zu sehen. Aber immerhin.

Freddie starrte auf die Fotos und ihm wurde übel. Sie stießen ihn ab und zogen ihn gleichzeitig an; und – zu seiner großen Scham – erregten sie ihn auch.

»Es fing an, als ich zehn war, und es hörte auf, als ich fast dreizehn war.« Constances Stimme war ungerührt. »Da kriegte ich nämlich Brüste. Und ich sah wie eine Frau aus, und das mag Boy nicht. Er mag kleine Mädchen. Arme kleine Mädchen. Ich schätze, am liebsten würde er in die Slums gehen, in London, und dort die kleinen Mädchen fotografieren. Vielleicht tut er das ja auch – aber das weiß ich nicht. Jedenfalls mußte ich damals immer so tun, als wäre ich arm und schmutzig. Boy hat mir geholfen. Er hat mich zurechtgemacht, mir das Gesicht mit Schmutz beschmiert und so. Es fing an, bevor mein Vater starb. Auf dem Kometenfest hat er ein Bild von mir gemacht, im Schlafzimmer des Königs. Und dann, ein paar Monate später, hat er mich gefragt, ob ich ihm wieder für ein Foto Modell stehen würde. Und da hat es dann richtig angefangen. Komisch, nicht? Ich glaube, er hatte ein schlechtes Gewissen. Ich mußte ihm versprechen, niemals auch nur ein Wort zu verraten. Und das habe ich auch nicht getan – bis jetzt. Aber ich dachte mir, daß du es wissen solltest, Freddie. Damit du weißt, daß er gar nicht so ist, wie es den Anschein hat, dein Bruder.«

»O mein Gott«, Freddie wandte sich ab. Es bestand gar kein Zweifel daran, daß dies pornografische Bilder waren, aber sie hatten so etwas merkwürdig Weiches und Zurückhaltendes, und das verwirrte ihn. Er drehte sich wieder zu Constance um. »Aber *warum*, Connie? Warum hast du das getan? Warum hast du zugestimmt?«

»Warum nicht?« Constance sah ihn ruhig an. »Ich war noch ziemlich klein, und es schien nichts Schlimmes zu sein. Zuerst. Ich mochte Boy. Ich wollte ihm einen Gefallen tun. Und als ich dann alt genug war, um es zu verstehen, um zu wissen – daß es nicht normal war, daß es nicht richtig war – nun, da haben wir ja sowieso aufgehört. Da war ich schon zu alt.«

Sie sah Freddie fest an und legte ihre Hand ganz zart auf seine Hand. »Es ist schon gut, Freddie, wirklich. Es hat mir nicht weh getan. Boy hat mich nie angefaßt, niemals ... irgend etwas getan. Ich hätte es auch gar nicht zugelassen, daß er mich anfaßt; ich hätte gewußt, daß es nicht richtig ist. Ich lasse mich von überhaupt niemandem anfassen – außer von dir, manchmal.«

Freddie zögerte. Constance sah ihn mit einem durch und durch ehrlichen Gesichtsausdruck an. Was sie sagte, schmeichelte ihm, erregte ihn, berührte ihn – trotzdem war er sich nicht ganz sicher, ob er ihr glauben konnte. Er wußte aus Erfahrung, daß Constance gern log.

»Freddie, ich habe dich verwirrt. Das tut mir leid.« Constance stand auf. Sie wickelte die Fotos wieder in den Unterrock und verschloß sie in der Schublade, dann nahm sie Freddies Hand und knipste das Licht aus, zog ihn nach draußen auf den Flur und machte die Tür zu.

Auf dem Flur war es dunkel, und Freddies Augen gewöhnten sich nur langsam daran. Constance war nur ein Schatten neben ihm, als sie seine Hand drückte und sie dann losließ und ein Stück von ihm abrückte.

»Vielleicht hätte ich es nicht tun sollen. Aber ich glaube, ich wollte, daß du es weißt.« Constances Stimme klang bedrückt. »Ich schätze, jetzt hast du überhaupt keine Lust mehr auf dein Geschenk. Na, macht nichts. Dann gebe ich es dir ein anderes Mal. Morgen. Oder übermorgen.«

Freddie schwindelte; sein Herz klopfte jetzt wieder ganz schnell; und er spürte, wie sich die vertraute atemlose Spannung in seiner Brust ausbreitete. Durch seinen Kopf schwirrten Bilder und Erinnerungen: Constances kindliche Brust, die unter einem feuchten Unterhemd hervorsah; der Schatten zwischen den Schenkeln; die Berührung einer Hand, eine feuchte Hand auf Haut, der Geruch von Constances Haut und ihren Haaren. Er bemühte sich, diese Erinnerungen und Bilder aus seinem Kopf zu verbannen, aber es gelang ihm nicht.

»Nein. Nein. Ich möchte mein Geschenk jetzt«, hörte er sich leise sagen; und irgendwo, ganz in der Nähe, hörte er Constance in der Dunkelheit seufzen.

»Na schön, Freddie«, sagte sie und öffnete die Tür zu Aclands Zimmer.

»Schau her«, hatte Constance gesagt, und: »*Warte...*«

Und Freddie hatte gehorcht. Sie hatte nur eine Kerze angesteckt, die Kerze, die neben Aclands Bett stand – Constance liebte das verschwommene Kerzenlicht. Aclands Zimmer war kahl wie die Zelle eines Mönchs; Constance lag auf seinem spartanischen Bett; die Kerze flackerte; Freddie stand am Fußende. Auf dem Boden neben dem Bett ein ganzer Haufen Unterröcke, das Rascheln von Seide, das grüne Kleid fiel hinunter, abgestreift wie eine Haut.

Im Schein der Kerze schimmerte Constances Gesicht, und ihr schmächtiger Körper wirkte entspannt. Ganz langsam streckte sich Constance. In der Hand hielt sie ihre Lieblingsschlange, die zusammengerollt in ihrer Rocktasche gesteckt hatte; Freddie war zuerst erschrocken gewesen. Jetzt hielt Constance ihren Liebling hoch; der Kopf des Tieres schlängelte von einer Seite zur anderen, und ihre Zunge schoß vor und zurück. Behutsam legte Constance die Schlange zwischen ihre kleinen prallen Brüste; sie streichelte ihren Rücken, die Schlange lag ganz still, wie eine Kette lag sie auf der blassen Haut und formte ein S.

Wo sollte Freddie zuerst hinsehen? Auf Constances schwarzes Haar, das über ihre Schultern fiel? Auf ihre roten Lippen, die ein wenig geöffnet waren, so daß Freddie ihre kleinen weißen Zähne und die rosafarbene Zungenspitze sehen konnte? Auf ihre Brüste, die er noch nie gesehen hatte, obwohl er sie schon ein- oder zweimal hatte berühren dürfen? Auf ihre zarte Taille, auf ihren flachen knabenhaften Bauch, auf dieses geheimnisvolle, verführerische, schreckliche Dreieck aus Haaren, die so weich aussahen, die aber, als er sie einmal kurz berührt hatte – nur berührt, unter Röcken und Unterröcken –, so fest wie Draht gewesen waren?

Freddie sah hinunter auf all diese Dinge, all diese Teile von Constances bösem Zauberspiel, und vor seinen Augen begann alles zu verschwimmen. Hinsehen war nicht genug. Sollte das sein Geschenk sein: hinzusehen? Das Hinsehen vergrößerte nur seine Qualen. Freddie streckte die Hand aus.

»Warte«, sagte Constance jetzt in befehlendem Ton. »Warte. Paß auf.«

Dann spreizte sie die Beine, und ihre Schlange begann sich zu bewegen. Gewöhnlich war diese Schlange faul; aber nicht jetzt. Jetzt kringelte sie sich zwischen den Brüsten zusammen und rollte sich wieder auf, schlängelte sich nach oben, bis zu Constances Kehle, legte sich in die Mulde unter ihrem Schlüsselbein, ihre Zunge schoß unaufhörlich blitzartig nach vorn, und dann begann sie mit dem Abstieg: über Constances Rippen, an den Schenkeln entlang, mitten durch die Schamhaare, bis hinunter zu ihrem Knöchel, um den sie sich wie eine Sklavenkette ringelte.

Constances Gesicht wirkte konzentriert. Sie runzelte die Stirn, fuhr sich mit der Zunge über die Lippen, biß sich mit ihren scharfen weißen Zähnen auf die Zungenspitze. Und als sich die Schlange etwas später für einen endgültigen Ruheplatz entschieden zu haben schien – sie rollte sich zu einem Muster aus schwarzem Marmor und Diamanten auf dem hellen Bauch zusammen –, begann Constance sich selbst zu berühren.

Zuerst ihre Brüste, die sie mit ihren Händen umfaßte und streichelte, dann zwickte. Ihre Brustwarzen wurden steif; und Freddie, der schon davon gehört hatte, es aber noch nie selbst gesehen hatte, spürte, wie sein Körper von einem fordernden rebellischen Verlangen erfaßt wurde.

Danach wurden Constances Bewegungen eifriger. Constance hatte kleine kräftige Hände – sie waren nicht gerade das Schönste an ihr; ihre Fingernägel waren abgebissen. Eine dieser Hände fuhr jetzt zwischen ihre Schenkel; die andere blieb auf ihrer Brust liegen und spielte lässig, fast gelangweilt, mit ihrer Brustwarze. Die rechte Hand, die Hand zwischen ihren Schenkeln, bewegte sich flink hin und her, und weil sie so klein waren, und mit billigen Ringen geschmückt, und mit den abgeknabberten Fingernägeln, übten sie auf Freddie eine noch erotischere Wirkung aus.

Freddie konnte nicht genau erkennen, was die Hand tat; und so beugte er sich nach vorn, zum Fußende des Bettes, das leise knarrte. Freddie erschrak: Eine Verletzung der Spielregeln könnte Constance veranlassen, ihre Vorführung abzubrechen, das wußte er.

Aber jetzt war sie gnädig; ihre Augenlider flackerten, und ihre dunklen leeren Augen waren auf Freddie gerichtet, als würde sie ihn gar nicht sehen. Vielleicht gefiel es Constance aber auch, wie gebannt er ihr zusah; vielleicht – denn sie lächelte.

»Mach die Tür auf, Freddie«, sagte sie mit verträumter Stimme.

»Was?«

»Mach die Tür auf...«

Freddie öffnete die Tür. Von unten drangen Stimmen zu ihnen herauf, sie waren jetzt weiter entfernt, aber einzelne Wörter waren zu verstehen. *Krieg*, hörte Freddie; dann Gemurmel, dann wieder *Krieg*; wie eine Sturmglocke, und Freddie zögerte. Angenommen, Acland kam herauf? Angenommen, sein Kammerdiener Tubbs tauchte plötzlich auf? Angenommen, Constances Erzieherin, das kratzbürstige Fräulein Ehrlichman, erschien auf dem Plan?

Aber das alles war – außer Acland – eher unwahrscheinlich: Tubbs, der faul und unverschämt wurde, würde nur kommen, wenn er nach ihm klingelte; Fräulein Ehrlichman zog sich immer früh zurück. Außerdem hatte Freddie gelernt, daß die Angst vor einer Entdeckung auch ihr Gutes hatte – sie steigerte das Verlangen. Freddie zögerte nur eine Sekunde, mehr, mehr; dann war er wieder zurück am Bett. Constances Augen waren noch geöffnet, sie sahen ihn an, während sie, mit großer Behutsamkeit und Präzision, die Lippen ihres Geschlechtsteils auseinanderzog.

Keine Einzelheiten: Freddie konnte sich jetzt nicht mit Einzelheiten aufhalten. Er sah alles wie durch einen Nebel; und wenn er sich später bemühte, sich jede Einzelheit ins Gedächtnis zu rufen, schienen sie ihm entfallen zu sein. Etwas in Falten gebettetes Weiches, bläulich-lilafarbenes Fleisch, Feuchtigkeit: Freddie stöhnte.

»Laß es mich fühlen. Ach, Connie, bitte. Laß es mich fühlen. Schnell, schnell – bevor jemand kommt...«

Constance stieß seine Hand zurück.

»Schau her. Warte«, sagte sie, wie sie es immer tat; Freddie, der schreckliche Angst hatte, ihr nicht zu gehorchen, zog seine Hand zurück. Er ballte sie zur Faust, steckte sie tief in seine Tasche, berührte sich selbst. Unter ihm, auf Aclands Bett, lag Constance mit völlig leerem, konzentrierten Gesicht. Ihre kleine Hand bewegte sich immer schneller;

der Finger rieb und rieb und glitzerte. Freddie, der gar nicht begriff, was sie da tat, der gar nicht mehr imstande war, sich darüber Gedanken zu machen, rieb sich an der Wärme seines Handballens. Aber dann passierte etwas mit Constance; selbst die Schlange schien Gefahr zu wittern. Constances Körper stemmte sich vom Bett in die Höhe; die Schlange glitt nach oben bis zu ihrem Kopf und blieb dort, zusammengerollt, neben ihren Haaren auf dem Kissen liegen.

Constance bog ihre Knie durch; sie hob ihre Hüften vom Bett; ihr Kopf streckte sich nach hinten gegen das Bett, ihre Kehle zuckte, sie schloß die Augen. Sie zitterte am ganzen Körper, dann lag sie still. Es war wie ein Krampf, es war wie ein Tod. Im ersten Augenblick war Freddie erschrocken; trotz des dringenden Verlangens, sich zu berühren, hielt seine Hand einen Moment ganz still.

Eine kurze Pause, dann schlug Constance die Augen auf.

Sie wischte ihre Hand, die feucht war, an Aclands Bettdecke ab. Sie schnurrte vor Wohlbehagen; sie zog mit dem Finger das dunkle Rautenmuster auf dem Rücken ihrer Schlange nach. Dann verschränkte sie die Arme hinter dem Kopf und sah Freddie an.

»Jetzt kannst du es tun, Freddie«, sagte sie mit einer Stimme, die so süß war, wie Freddie sie noch nie von ihr gehört hatte. »Ich weiß, daß du es tust, in deinem Zimmer, hinter verschlossenen Türen. Vorhin hast du es auch getan. Mach weiter, tu's richtig. Ich will es sehen. Ich will zuschauen. Ich will dich sehen. Du kannst es ruhig auf mir machen, wenn du willst, dann schmierst du wenigstens nicht Aclands Schlafzimmer voll. Bitte, Freddie, lieber Freddie. Laß mich zusehen. Tu's, tu's jetzt...«

War das ihr Geburtstagsgeschenk? War das Constances Geschenk – zuerst ihn bei ihr zusehen zu lassen, und dann ihm zuzusehen? Um etwas Unerlaubtes zu tun und zugleich frei zu sein, um sich wunderbar erleichtert zu fühlen, auf eine Weise, wie er es bei einer Frau nie für möglich gehalten hätte, auf eine Weise, die er später als schmutzig empfinden würde, als verdorben, und die wahrscheinlich tabu war – und deshalb um so wunderbarer. Ja, das war tatsächlich sein Geburtstagsgeschenk, dachte Freddie.

Am nächsten Tag war er sich nicht mehr so sicher. Da sah er die Ereignisse der letzten Nacht, vor dem Hintergrund des bevorstehenden Krieges, sehr viel sachlicher. Er beobachtete seine Mutter, die weinte, als Boy und Dunbar abfuhren, um zu ihrem Regiment zurückzukehren. Er beobachtete die anderen Gäste, die ebenfalls abfuhren. Er beobachtete all diese Dinge genau, und am Ende dieses langen, heißen, bedrückenden Tages, nachdem Sir Montague abgereist und sogar Acland wieder nach London gefahren war, blieb er als einziger Mann in Winterscombe. Als es Abend wurde, bemächtigte sich eine häßliche und üble Gewißheit seiner Gedanken: Constance hatte ihm ihr Geschenk längst überreicht, noch bevor sie in Aclands Schlafzimmer gegangen waren; Constances Geschenk waren Boys Fotos gewesen; Constances Geschenk hatte darin bestanden, das Bild, das er sich von seinem Bruder gemacht hatte, zu zerstören.

An jenem Tag war es Freddie schwer gefallen, seinem Bruder in die Augen zu sehen. Er war nicht dabeigewesen, als Boy abgefahren war, obwohl er wußte, daß vielleicht etwas Schreckliches geschehen könnte und er Boy vielleicht niemals wiedersehen würde. Freddie hatte ein schlechtes Gewissen, nachdem sein Bruder abgereist war; er verspürte Schuldgefühle und Traurigkeit und verabscheute sich selbst wegen seines Benehmens. An diesem Tag war er Constance gegenüber sehr kühl und zurückhaltend; ja, er ging ihr sogar aus dem Weg. Und am Tag darauf war er ebenfalls sehr kühl zu ihr, und am darauffolgenden Tag ebenfalls. Dann bemerkte er, daß Constance, falls sie seine Zurückhaltung bemerkte, wenig beeindruckt schien. Sie benahm sich, als wäre nichts geschehen.

Das machte Freddie wütend. Eine seltsame unerklärliche Eifersucht ergriff ihn. Die Sorge um seinen Bruder und sein eigenes Benehmen schlug um in Sorge um Constance. Haßte sie ihn? War sie von ihm enttäuscht? Würde sie je wieder mit ihm zusammensein, ihn ansehen, ihn berühren?

Eine Woche. Constance wartete eine Woche, und dann – vielleicht, weil sie zu dem Schluß gekommen war, daß Freddie wieder da war, wo sie ihn haben wollte – traf sie wieder eine Verabredung mit ihm. Danach – wieder Warten und neue Qualen und Unentschlossenheit und Sehnsucht seitens Freddies, nur um irgendwann einen weiteren kleinen Krümel zugeschoben zu bekommen, eine weitere Verabredung.

Ein Treffen nach dem anderen, ein Versteck nach dem anderen, der Sommer ging in den Herbst über, der Herbst in den Winter. Es war eine seltsame Zeit. Wenn Freddie später daran zurückdachte, wußte er, daß es keine glückliche Zeit gewesen war: Die Monate vergingen, aber er fand nie Befriedigung. Um ihn herum veränderte sich sein Leben, und die Pfeiler, die bis dahin seine Welt so sicher gestützt hatten, fielen in sich zusammen. Boy hatte seinen Diener nachkommen lassen; er war hocherfreut, weil er nach Nordfrankreich abkommandiert wurde. Acland war in London, im Auswärtigen Amt, und verrichtete dort Arbeiten, die, wie Gwen hervorhob, von wichtigem nationalem Interesse waren. Je mehr Zeit verstrich, desto heftiger wurde auch die Dienerschaft vom Kriegsfieber erfaßt: Denton redete ihnen zu, sich als Freiwillige zu melden – er drohte sogar, jeden zu entlassen, der es nicht tat: Arthur meldete sich, was Freddie überraschte; Jack Hennessy meldete sich, und bald darauf folgten ihm seine drei Brüder; alle jüngeren Hausdiener gingen, und die Fahrer, und die Gärtner, und die Waldhüter und die Landarbeiter. Freddie half mit, die letzte Ernte des Jahres einzubringen: Nur von alten Männern umgeben, arbeitete er verbittert auf den Feldern.

Krieg, Krieg, Krieg: Niemand redete noch von etwas anderem; die Zeitungen waren voll davon, und man erwartete den baldigen Sieg. Am Frühstückstisch wurden die Briefe von der Front vorgelesen. Boy schien gehobener Stimmung. Er wartete auf seinen Einsatz an der vordersten Kampflinie, hatte einen Nachmittag in der Nähe von Chartres verbracht und Vögel beobachtet.

Von diesem Krieg hatte man wenig zu befürchten: Freddie verband ihn vor allem mit dem Packen von Lebensmittelpaketen, den Klängen der Kapellen, die die Rekrutierungsoffiziere durch die Dörfer begleiteten. Er verband ihn mit einem erregenden Gefühl, mit einem neuen nationalen Selbstwertgefühl, und – was ihn selbst betraf – mit Frustration und Schamgefühl.

Denn was war in den Wochen seit der Kriegserklärung geschehen? Nun, Gwen hatte ihn zu einem berühmten Spezialisten in der Harley Street gebracht, den ihr Montague Stern empfohlen hatte. Dieser Arzt untersuchte Freddie eingehend. Sein Blutdruck wurde, vor und nach der Körperübung, gemessen: Freddie, der sich ziemlich albern vorkam, mußte, nur in Weste und Unterhose, auf einer kleinen beweglichen Plattform hin- und herlaufen. Sein Pulsschlag wurde gemessen. Eine Blutprobe wurde entnommen. Eine Röntgenaufnahme gemacht. Am Ende wurde Gwen wieder hereingeführt: Der Arzt machte ein ernstes Gesicht.

Es sei völlig ausgeschlossen, sagte er, daß sich Frederic für den Dienst in der Armee melde, und – falls er je einberufen würde – müsse er zurückgestellt werden. Bei Frederic sei, wie er sagte, eine leichte Unregelmäßigkeit der Herzklappen zu verzeichnen. Hatte er vielleicht schon starkes Herzklopfen, Anfälle von Schwindelgefühlen verspürt? Natürlich hatte Freddie das, und sogar erst recht in letzter Zeit – aber das konnte er schlecht sagen. Er fühle sich nicht krank, sagte er. Der Doktor blieb unerbittlich. Frederic habe ein schwaches Herz; er müsse abnehmen, leichte Körperübungen machen, Aufregungen vermeiden und die Armee vergessen. Freddie war schockiert; seine Mutter schien ebenfalls schockiert. Sie verließ die Praxisräume mit völlig weißem Gesicht und kehrte weinend mit ihm nach Hause zurück.

An diesem Abend schwenkte Freddie in seinem Schlafzimmer Arme und Beine, lief endlos auf der Stelle und wartete darauf, jeden Augenblick tot umzufallen. Nichts geschah. Der Mann hatte sehr überzeugend geklungen, aber Freddie war nicht überzeugt. Wie berühmt der Arzt auch sein mochte, er konnte sich irren.

Er bat seine Mutter, noch eine zweite Meinung einzuholen. Er versuchte ihr beizubringen, was für ein schreckliches Gefühl es war, als einziger von all seinen gleichaltrigen Freunden in Eton noch immer zu Hause zu sitzen. Gwen bekam entsetzliche Weinkrämpfe und klammerte sich so fest an ihn, daß Freddie schließlich nachgab. Er blieb in Winterscombe. Er zog es vor, innerhalb der Grenzen von Winterscombe zu bleiben. Besuche in London machten ihn nervös.

Freddie geriet immer stärker in Constances Bann. Constance war seine Vertraute und seine Trösterin. Wenn sich Freddie nicht als Mann fühlte, konnte ihm Constance, auf die einzige Art und Weise, die wirklich zählte – wie sie sagte –, beweisen, wie männlich er war. Constance küßte den Krieg einfach weg. In ihren Armen, von den Gerüchen ihres Körpers betäubt, vergaß Freddie Patriotismus und Feigheit.

Die Wochen vergingen in einem Taumel ständiger Erregtheit: Freddie erfuhr die Genüsse der Versklavung, einer Versklavung, bei der nichts dringender war als das nächste Treffen mit ihr, nichts berauschender als ihr letztes. Constances Haar, ihre Haut, ihre Augen, das Flüstern ihrer Stimme, die Andeutungen und Zweideutigkeiten ihrer Berührung; heiße Tage, heiße Gedanken – süße Verzögerungen und schockierende Versprechen – ein solcher Sommer war das!

Constance, die Techniken ausprobierte, die sie später mit noch größerer Effizienz anwenden sollte, war in sexuellen Dingen eine Künstlerin. Sie begriff, daß Andeutungen, Versprechungen und Launenhaftigkeit, Verzögerungen und Abweichungen eine viel wirksamere Droge waren als die Erfüllung. Schritt für Schritt, Kuß für Kuß, zog der Sog Freddie immer weiter an. Sein Körper sehnte sich nach ihr, seine Gedanken dürsteten nach ihr; in der Nacht stellte er sie sich vor, dann träumte er von ihr. Manchmal gab sie ihm mehr, und dann wieder – wochenlang – weniger. Freddies Tage vergingen wie im Traum; im selben Augenblick, in dem er sie verließ, dachte er schon wieder an neue Ausschweifungen.

Allerdings: Sie wollte nicht, daß er sie fickte. Dieses Wort, das Constance immer ganz beiläufig, dafür aber recht häufig verwendete, ein Zeitplan, den sie, außerordentlich wirksam, mitten in einer Umarmung vorbrachte, hallte dumpf wie Gewehrschüsse durch Freddies Kopf. Er verstand nicht, warum Constance, die keine Scham zu kennen schien, die alle sexuellen Tabus verletzte, die Freddie in Praktiken einführte, von denen er noch nie gehört hatte, die er sich nicht einmal hätte vorstellen können, diese willkürliche, diese geradezu unverständliche Einschränkung machte. Aber in diesem Punkt war sie nicht umzustimmen: Alles andere ja – aber ficken: nein. Und dabei lächelte sie: *noch nicht*.

Wie Freddie feststellte, liebte es Constance, Gefahren geradezu herauszufordern, wenn irgendein Mitglied der Familie in der Nähe war. Die drohende Gefahr, von einem Diener, einem Gärtner, einem Landarbeiter entdeckt zu werden, funktionierte auch schon, wenn auch in begrenzterem Maß. Allmählich wurde Freddie klar, wann Constance am meisten erregt war: Das geschah, wenn seine Mutter, sein Vater oder einer seiner Brüder in der Nähe waren.

Der frevelhafteste Vorfall dieser Art spielte sich in London ab, in Mayfair, im Januar 1915. Er und Constance hatten mit seinen Eltern und Steenie Freunde auf ihrem Besitz an der Südküste besucht: Hier hörte Freddie zum ersten Mal das berüchtigte und schreckliche Geräusch von Kanonen über dem Kanal. Gwen hörte sie auch, und es stürzte sie sofort in Angst und Schrecken: Sie mußten in London haltmachen, forderte sie. Sie konnte nicht nach Winterscombe zurückkehren, ohne Acland gesehen zu haben. Also wurde Acland im Auswärtigen Amt angerufen, und er willigte ein, seine Mutter um fünf Uhr zu besuchen.

Das Haus der Cavendishs in der Park Street hatte eine breite gewundene Treppe, die von der Halle aus um einen Pfeiler im Erdgeschoß über vier Stockwerke bis hinauf in den Speicher führte. Von dort aus konnte man sich über das Geländer beugen und in einen schwindelerregenden Lichtschacht bis hinunter auf die Marmorfliesen der Halle sehen. Freddie – der als Kind vor den Gefahren dieser Treppe gewarnt worden war – hatte noch immer eine seltsame, fast atavistisch anmutende Angst davor.

Kurz vor fünf traf sich Freddie auf ihr Drängen auf dem schlecht beleuchteten dritten Treppenabsatz mit Constance. Um fünf beugte sich Constance nach vorn über das Geländer, Freddie stand hinter ihr und preßte sich gegen ihr kleines agiles Gesäß. Er war aufs äußerste erregt; in diesen Tagen genügte schon ein Gedanke an Constance, um eine Erektion hervorzurufen. Er hatte die eine Hand in ihr Kleid gesteckt – ein hellrotes Kleid, das er hinten aufknöpfte. Die andere Hand – das erste Mal seit Wochen, daß er das durfte –, die andere Hand steckte er unter Constances Rock. Constance hatte keinen Schlüpfer an.

Mit der linken Hand drückte er Constances Brüste, streichelte sie; mit der rechten tastete und erforschte er die weiche feuchte Stelle. Freddie war so erregt, daß er kaum hörte, als die Haustür zuschlug und Schritte durch die Halle kamen. Er bemerkte Acland erst, als Constance ihn rief.

Acland blieb unten an der Treppe stehen. Er sah nach oben und begrüßte Constance; Freddie begrüßte er nicht, denn Freddie, der erstarrt war – war von unten nicht zu sehen. Constance unterhielt sich mit Acland; ja, sie zog die Unterhaltung sogar höchst amüsant in die Länge. Gleichzeitig aber gab sie Freddie, der seine Hände zurückziehen wollte, zu verstehen, daß er weitermachen solle.

Sie rieb sich an ihm, wand sich unter seinem Griff; sie drückte sich fest gegen seine rechte Hand, so fest, daß Freddie endlich – zum ersten Mal – die geheimnisvolle Öffnung, die er schon so lange gesucht hatte, fand. Zwei seiner Finger glitten in sie hinein; Constance zitterte. Während sie sich über die Treppe weiter mit Acland unterhielt, bewegten sich ihre Hüften im Kreis, als würden sie sich auf Freddies Fingerspitzen schrauben.

Inzwischen war Freddie viel zu erregt, um aufhören zu können. Die Tatsache, daß er nicht gesehen werden konnte, die Tatsache, daß er weiter Constances Körper erforschen durfte, während sie sich mit Acland unterhielt, mit völlig normaler Stimme – all das bewirkte, daß Freddie wütend, erregt und ängstlich war, alles zugleich. Angst, Zorn und Verlangen – o ja, Constance verstand es, den Cocktail zu mixen. Freddie zwickte und streichelte ihre Brustwarzen; unter Constances Röcken waren leise schmatzende Töne zu hören – sie war sehr feucht.

»Wir haben die Geschütze gehört, Acland; der Wind kam aus der richtigen Richtung, weißt du, wir konnten sie ganz deutlich hören...«

Constances Stimme stockte nur einen winzigen Augenblick, als sie ihren Orgasmus hatte. Freddie spürte, wie sich ihr Körper versteifte; dann fühlten seine tief eintauchenden Finger von innen heraus das Pulsieren ihres Bluts. Constance kam; er hatte sie zum Höhepunkt gebracht, das hatte er noch nie zuvor geschafft, denn Constance hatte immer darauf bestanden, es selbst zu tun – es mache ihr Spaß, sagte sie, es sei lustig –, und Freddie durfte nur die Zeit messen. Ihr Rekord lag bei dreißig Sekunden.

Freddie wußte, daß sie ihn belohnen würde, und als Acland, der nichts ahnte, schließlich die Halle verließ, tat Constance es auch; in solchen Dingen war sie gewissenhaft. Sie kniete sich auf den Boden, knöpfte seine Hose auf. Sie nahm sein Glied in die Hand. Mit konzentriertem Gesicht sagte sie: »Ich möchte, daß du etwas sagst, Freddie. Nur ein paar Wörter.«

»Alles, was du willst«, murmelte Freddie, der jetzt völlig außer sich war und die Arme nach ihr ausstreckte.

»Sag › in den Mund damit ‹. Nur das. Sonst nichts. Also, los, Freddie!«

In den Mund damit: Freddies Gedanken überschlugen sich. Das hatte Constance noch nie getan, und die brutale sinnliche Direktheit dieser Wörter brachte ihn fast um den Verstand.

Er stürzte sich kopfüber hinein in diese Wörter, als würde er aus großer Höhe in schwarzes Wasser springen: Freddie sagte die Worte, und Constance befriedigte ihn.

Acland blieb an diesem Abend zum Essen. Am Tisch war Constance ungewöhnlich still; so still, daß Gwen sie fragte, ob sie krank sei, und Constance sagte, sie sei müde, und zog sich schon früh zurück.

Freddie blieb noch eine Stunde bei den anderen sitzen; sein Vater döste vor dem Kamin; Freddie versuchte eine Detektivgeschichte zu lesen, aber er konnte sich nicht konzentrieren. Immer wieder drangen Teile des Gesprächs zwischen seiner Mutter und Acland an sein Ohr.

»Ego ist eingerückt – Ego Farrell«, sagte Acland in beiläufigem Ton. »Bei den Gloucestershire Rifels. Ich hab ihn heute noch einmal gesehen, bevor er abfuhr.«

»Das war nicht klug von ihm«, sagte Gwen mit angespannter Stimme. »Ich kann mir Ego überhaupt nicht im Krieg vorstellen, und ich kann mir auch nicht denken, daß es nötig gewesen wäre. Er ist ein so *stiller* Mensch. Es muß doch da draußen genügend andere Leute geben, oder nicht?«

Acland wechselte das Thema. Etwas später holte Gwen Boys letzten Brief und las Acland daraus vor. Freddie, der diesen Brief schon mindestens viermal gehört hatte, benutzte die Gelegenheit, um gute Nacht zu sagen. Er schlich die Treppe hinauf bis zu Constances Zimmer. Das Londoner Haus war kleiner als Winterscombe; sie mußten sehr vorsichtig sein. Constance wartete schon auf ihn.

Sie saß am Tisch, vor ihr lag ein Stoß schwarzer Notizbücher. Als Freddie ins Zimmer kam und die Tür zumachte, bemerkte er, daß Constance sehr steif dasaß; ihr Gesicht zeigte den gleichen dunklen, verschlossenen Ausdruck, wie sie ihn immer als Kind gehabt hatte. Ohne auf ihn zu achten, öffnete sie eins der schwarzen Notizbücher, blätterte darin.

»Die Tagebücher meines Vaters.« Sie reichte ihm das Heft.

Freddie betrachtete es; er las ein Datum, Zeilen in sauberer gestochener Handschrift. Diese Tagebücher, die Freddie noch nie gesehen hatte, von denen er nicht einmal wußte, daß es sie gab, interessierten ihn nicht im geringsten: In seinem Kopf gingen jetzt ganz andere Dinge vor.

Aber Constance sprach nur selten von ihrem Vater; wenn sie beschlossen hatte, es jetzt zu tun, konnte er es nicht einfach ignorieren – vielleicht trauerte Constance auf ihre eigene verstohlene Art am Ende doch noch um ihn.

»Ich finde, du solltest sie nicht lesen, Constance«, begann Freddie. »Dadurch bringst du doch alles nur wieder zurück. Es wäre besser, wenn du zu vergessen versuchst. Hier.« Er legte seinen Arm um sie. Constance schob ihn weg.

»Sie sind über seine Frauen«, erklärte sie mit leerer Stimme. »Zum größten Teil. Manchmal auch über andere Dinge, aber gewöhnlich über Frauen.«

Das weckte Freddies Neugier: Sofort verspürte er den Wunsch, sich die Tagebücher anzusehen. Er warf einen Blick auf die aufgeschlagene Seite und las ein Wort – mehrere Wörter – und war verblüfft. Großer Gott! Und dabei hatte er Shawcross immer für einen kalten Fisch gehalten!

»Hast du sie gelesen, Connie?«

»Natürlich. Ich lese andauernd darin. Ich lese und lese sie immer wieder. Es ist, als würde ich Buße tun. Ich weiß eigentlich nicht, warum ich es tu. Vielleicht möchte ich gern... verstehen.«

Bei diesen Worten schien Constance lebendig zu werden, denn ihre Stimme veränderte sich.

»Wir können sie uns ja ansehen, Connie.«

Freddie hatte gerade die Hand unter Constances Rock geschoben. Er fühlte das Ende eines Strumpfes, ein seidenes Strumpfband, einen festen Schenkel. Und augenblicklich hatte wieder etwas anderes Vorrang: Keine Worte, wie schockiernd auch immer, konnten sich mit Constances Haut messen, ihrer Weichheit und Elastizität, mit der Beweglichkeit und Angriffslust ihres Körpers, mit der Art und Weise, wie sie manchmal – im Scherz – ihre Beine spreizte und dann wieder schloß, fast wie eine Schere.

»Später, Connie, bitte.«

»Nicht später. *Jetzt*.«

Freddie zog sofort seine Hand zurück.

»Ich möchte, daß du das liest, Freddie. Es betrifft auch dich. Sieh her, auf dieser Seite. Da hat alles angefangen.«

»Was hat angefangen?« Freddie zog sich ein paar Schritte zurück. Obwohl er nicht verstand, erschreckte ihn Constances Gesichtsausdruck. Er erinnerte sich, daß sie damals, in Boys Zimmer, in der Nacht, als sie ihm die Fotos gezeigt hatte, genauso ausgesehen hatte. Er fühlte, wie Zweifel in ihm aufstiegen; er fühlte, wie sich Unbehagen in ihm breitmachte.

Constance seufzte. »Lies es einfach nur, Freddie«, sagte sie erschöpft.

Noch einmal zögerte Freddie, dann siegte die Neugier. Er beugte den Kopf und begann zu lesen:

– hatte es nicht mehr getan, seit ihr Mann gestorben war – jedenfalls sagte sie das –, und so fuhr ich mit meinen Berechnungen fort. Zwanzig Minuten höchstens, lieber fünfzehn: Ihr Mund gefiel mir – leberfarben, mit schlaffen Lippen – aber ich mußte den Zug erreichen.

Ich hatte sie gegen die Schlafzimmerwand gelegt, noch bevor sich die Tür geschlossen hatte, aber ihre Fotze war nicht nach meinem Geschmack: zu groß, zu schlaff, und ich habe es lieber, wenn sie klein sind. Deshalb drückte ich sie auf die Knie und zu Boden und machte mich schließlich doch über den Mund her. Und was entdeckte ich da? Nun, dieser Mann von ihr mußte ziemlich liberal gewesen sein, denn es war ihr absolut nichts Neues. Sie machte sich über mich her wie eine Sau über die reifen Kartoffeln, schnupperte und schnaubte und grunzte: Hat mir noch zwei bis drei Zentimeter mehr eingebracht. Sie spielte mit meinen Eiern, grunzte, stöhnte, und dann war ich auch schon drin, der vollen Länge nach, und ihre Gummilippen schlossen sich um meinen Schwanz, und ihre Zunge leckte und schleckte.

Beste Schwanzlutscherin seit Jahren. Diese alte Nutte schluckte die volle Ladung runter, die ich ihr reinspritzte, und leckte sich noch die Lippen und knöpfte ihre Bluse auf und schmiß mir ihre fetten Hängebrüste ran. Jetzt war sie an der Reihe, meinte sie wohl, sollte sie also ein Weilchen betteln, bis ich sie dazu brachte, es zu sagen – alle Worte. So hätten sie ihre Freunde sehen sollen, all die Freunde, die ihr keine Sekunde geschenkt hätten, wäre es nicht für Geld gewesen!

Dann verließ ich sie, unbefriedigt, in ziemlicher Eile, nahm mir nicht einmal Zeit zum Waschen und bekam gerade noch meinen Zug, eine Minute vor Abfahrt. Ich hatte ein schmutziges Gefühl, das Gefühl, überall an mir ihren Mund und ihre Fotze zu riechen, aber im Zug wurde ich ruhiger. Abwechslung! Schon allein die Tatsache, daß ich ungewaschen war –

Freddie war unten auf der Seite angekommen; er sah Constance an. Mit tonloser Stimme sagte Constance: »Blättere um.«

– fing an, interessante Möglichkeiten zu erwägen. Die Zeichen standen günstig; kam ohne Verspätung an und mein anderer Albatros wartete schon, allein, in ihrem Boudoir.

Ich wartete, bis das Mädchen aus dem Zimmer war, dann machte ich mich über sie her. Ich brachte sie auf alle viere auf den Boden, daß ihr breiter Arsch in die Luft ragte – sie war ganz scharf darauf, wie immer, und kam fast sofort, auf ihre übliche Art, mit viel Lärm und dem ganzen Drum und Dran. Gut fünf Minuten rammte ich sie wie ein Wahnsinniger und hatte die ganze Zeit noch das Bild von der anderen Hexe vor Augen. Mein Schwanz war heiß wie ein Feuerhaken, der in Kohlen stochert, aber ich fürchtete, die Sache nicht bis zu ihrem natürlichen Ende bringen zu können. Aber dann gelang es mir doch, und ich kam. Nur ein paar Spritzer, dann ließ ich sie riechen.

Sie versuchte angemessene Verzückung zu zeigen – obwohl ich wußte, daß sie in Wahrheit peinlich berührt war –, und diese Peinlichkeit vermittelte mir ein letztes köstliches Gefühl. Ich wusch mich wie üblich mit meiner exzellenten Nelkenseife, aber ich ließ nicht zu, daß sie sich wusch. Ich wollte sie dort unten haben, in ihrem blauen Sessel, mit diesem Tölpel von einem Ehemann, der, wie immer, auf dem roten Sofa herumlümmelte. Dort, bei den anderen Gästen, neben ihrem Teetisch mit ihren feinen Porzellantassen und ihrem silbernen Teekessel, während mein Sperma und ihre Säfte noch aus ihrer Fotze tropften.

Und so war es dann auch: Ich glaube, ich habe sie mir gut gezogen. Ob ihr Mann es roch, fragte ich mich – und hoffte fast, er würde es tun, ziemlich schamlos von mir, schätze ich. Ich war charmant, geradezu geschwätzig – was ihm stets garantiert die Laune verdirbt. Gegen sechs zog ich mich zurück, um mich zu baden und für das Abendessen umzuziehen.

Zweimal innerhalb weniger Stunden war ganz ordentlich, dachte ich, auch wenn ich in früheren Jahren noch weit mehr gebracht habe. Ein gemütliches Feuer in meinem Zimmer; ein Whisky in der Hand; ein paar Fahnen zur Korrektur vor dem Abendessen; eine gute Zigarre zum Genießen. Ah, Shawcross, sage ich mir, während ich schreibe – die Wonnen des Ehebruchs sind süß – so süß wie Rache.

Freddie war am Ende der Eintragung angekommen. Er starrte auf das Geschriebene, die Worte verschwammen vor seinen Augen: Ein blauer Sessel, ein rotes Sofa. Nie wieder würde er dieses üble Tagebuch auch nur in die Hand nehmen, dachte er – aber, wie es sich ergab, würde er dieses Notizbuch und mehrere davon in den folgenden Wochen immer wieder und wieder von neuem lesen.

»Ein blauer Sessel?«

»Ein blauer Sessel.«

»Mein anderer Albatros? Was soll das heißen?«

»Du weißt, was es heißt. So gut wie ich.«

»Weiß ich nicht. Weiß ich nicht.«

Freddie packte Constances Handgelenk und schüttelte sie. »Sag es mir. Er ist *dein* Vater.«

Constance riß sich mit einer schnellen Bewegung los. Sie sagte nichts, ihr Gesicht war angespannt und blaß, sie hob das Notizbuch auf, blätterte eine oder zwei Seiten zurück, deutete auf die Überschrift.

Winterscombe, las Freddie. *3. Oktober 1906.*

»In dem Jahr hat es begonnen. Im Sommer. Und hat lange angehalten. Vier Jahre. Das steht alles da drin. So hat er deine Mutter öfters genannt – ›der andere Albatros‹. Du kannst ja nachsehen, wenn du willst.«

»Vier Jahre?«

»O ja. Vier Jahre. Bis zu dem Tag, an dem er starb.«

Ganz plötzlich veränderte sich Constances Gesicht: Es schien in sich zusammenzufallen. Sie schloß die Augen; sie zitterte; sie verschränkte die Arme vor der Brust; sie begann ihren Körper zu wiegen, vor und zurück, wie in einem Anfall schrecklicher Traurigkeit.

Freddie, der Shawcross gerade hatte aufs übelste beschimpfen wollen, bekam es mit der Angst. Fassungslos starrte er Constance an, deren Mund sich in lautlosen Schreien bewegte; dann ging er, noch zögernd, ob er sie anfassen sollte, etwas näher zu ihr.

»Connie, nicht ... Nicht. Bitte, nicht. Du machst mir angst. Warte. Denk doch mal nach, vielleicht ist das alles eine Lüge. Könnte doch sein.

Vielleicht hat er sich alles nur ausgedacht wie in einem Roman. Es kann nicht wahr sein. Meine Mutter – das kann nicht sein. Connie, bitte, sei still. Sieh mich an...«

»Nein«, schrie Constance. Sie wich vor ihm zurück. »Es ist wahr«, schleuderte sie ihm dann entgegen. »Alles. Ich weiß es. Ich habe es nachgeprüft; ich habe alle Daten verglichen. Und außerdem weiß ich es – ich habe sie zusammen gesehen...«

»Du hast sie gesehen? Das kann nicht sein.«

»Doch, hab ich. Zufällig. Ein- oder zweimal. Im Wald – sie haben sich immer im Wald getroffen. Ich habe sie dort gesehen und bin weggelaufen. Und einmal auf der Treppe – sie kamen die Treppe runter. Ja, so war's. Ich erinnere mich daran...«

Freddie fing an zu weinen. Ganz plötzlich strömten die Tränen, obwohl er schon seit Jahren nicht mehr geweint hatte. Er sah seine Mutter im Garten, wie sie nach ihm rief; sah sie in sein Schlafzimmer kommen und ihm einen Gutenachtkuß geben; sah seine Mutter in tausend Verkleidungen, aber immer als dieselbe, sanfte, freundliche, ergebene, jetzt schon ein wenig kurzsichtige (weshalb er sie manchmal neckte), seine Mutter; und dann – aus dem Gefühl der Berührung mit ihr, der Ruhe ausstrahlenden Haut, der Sicherheit ihrer Besorgnis: ein völlig anderes Bild – grausam und grotesk.

»Bitte, Connie...« Er ergriff ihre Hand. »Schau mich an, ich muß auch weinen. Es ist –«

»Faß mich nicht an, Freddie.« Constance wich vor ihm zurück. Sie wich bis an die Wand zurück, und dann noch ein Stückchen weiter bis in die Ecke des Zimmers. Dort preßte sie sich dicht an die Wand und sank, als Freddie ein paar Schritte nach vorn ging, um ihr zu folgen, auf die Knie.

»Ich möchte sterben«, sagte sie mit kleiner leerer Stimme. »Ja. Das wünsche ich mir. Das ist es, was ich mir wünsche. Ich möchte sterben.«

2

Liebeserklärung

Aus den Tagebüchern

Park Street, 10. Januar 1915

Eine Erinnerung an meinen Vater: Wenn er schrieb, dann auf Lagen weißen Papiers, das er mit einem Silbermesser zerschnitt. Er schrieb mit Tinte: Sein Tintenfaß war aus Glas und hatte einen Messingdeckel. Die Federn, die er verwendete, kratzten. Seine Schrift war wie gestochen, alle Bogen und Schleifen perfekt, die Zeilen verliefen in einer geraden Linie quer über die Seite, wie Soldaten, die in die Schlacht ziehen.

Seine Schrift ließ sich leicht lesen, aber nicht mein Vater, er war nicht leicht zu lesen.

Die Pomade, die er sich in den Bart strich, roch nach Zitronen.

Die Seife, die er am liebsten hatte, roch nach Nelken.

Manchmal kaute er Katschu, so daß sein Atem nach Gewürznelken roch.

Seine Zigarrenstumpen kamen aus Kuba.

Er wechselte zweimal täglich sein Hemd wie ein Gentleman.

Er polierte seine Schuhe. Dazu spuckte er auf die Spitzen, damit sie glänzten.

Seinen blauen Anzug hatte ich am liebsten – er ließ seine Augen blau scheinen.

Einmal durfte ich ihm helfen, seine Jacke zu dämpfen, damit der Stoff glatt wurde. Es gab einen Unfall. Der Dampf verbrannte meine Hand.

Seine Stimme war melodiös. In Winterscombe achtete er auf seinen Akzent, zu Hause weniger. In Winterscombe hörte er sich geziert an. Acland hielt ihn für affektiert. Und für gewöhnlich. Einmal hörte ich, wie er ihn nachahmte.

Er war klein. Seine Bücher waren kurz.
Wenn er nicht gestorben wäre, hätte er mich lieb gehabt.
Constance kann hören, wie seine Feder kratzt. Sie kann hören, wie er und ihre Kinderfrau rascheln.
Sie kann die Nelken und die Zitronen und die Gewürznelken riechen. Sie kann den blauen Anzug und die goldene Nadel in seiner Krawatte und die braunen Schuhe sehen, sie kann seine Hände sehen, die so weiß wie Lilien sind. Ein lilienweißer Mann.
Constance kann ihren Vater sehen. Sie sieht ihn. Sie sieht ihn. Er ist ganz in der Nähe. Er sitzt auf seinem schwarzen Stuhl an seinem schwarzen Schreibtisch mit seinem weißen Papier.
Nein, da sitzt er nicht. Er ist viel näher bei ihr. Er ist so nah, so nah es geht. Er hat sie lieb. Er sagt, er habe sie lieb. Aber er sagt es nur, wenn sie allein sind.
Nur dann.
Wie mir der Kopf zerspringt. Ich verstehe es nicht. Ich frage und frage. Ich sage – wer hat die Falle dort aufgestellt. Ich sage – wer hat dich hineingestoßen, Papa. Aber er antwortet nie. Ich verstehe nicht, warum er mir nie eine Antwort gibt.
Wo ist er?

Als ich zu dieser Eintragung in Constances Tagebuch kam – ungefähr eine Woche, nachdem ich mit Wexton in London zu Abend gegessen hatte –, sah ich, daß sie krank war.

Es war nicht nur, *was* sie schrieb; es war ihre Handschrift. Sie wurde immer kleiner und kleiner und war immer schwieriger zu entziffern. Die Buchstaben, die davor immer gleichmäßig gewesen waren, waren jetzt völlig uneben, waren zuerst nach rechts geneigt, dann nach links. Ich blätterte die Seite um, dann noch eine. Es folgte eine ganze Reihe von Listen.

Jetzt schien sie geradezu besessen von den Listen. Es wurden immer mehr und mehr, die sie auf eine Seite gequetscht hatte: Listen von zufälligen Dingen – Farben, Formen, Wörter, Namen, Vögel, Länder, Flüsse, Berge, Städte, Schlachten. Es war, als habe Constance gespürt, daß sie vor einem Nervenzusammenbruch stand und habe sich wie wahnsinnig bemüht, alles in eine Ordnung zu bringen.

Ich hatte großes Mitleid mit ihr: Es war unmöglich, kein Mitleid mit ihr zu haben, egal, was sie Freddie vielleicht angetan hatte. Sie hatte die schrecklichen Verletzungen ihres Vaters gesehen; sie hatte den furchtbaren Fehler begangen, seine Tagebücher zu lesen: Ihr dabei zuzusehen – fünf Jahre nach seinem Tod –, wie sie die verschleppten Auswirkungen des Traumas mit einer Reihe penibler Listen abzuwehren versuchte, mit diesen traurigen kleinen Details über ihren Vater, war, als würde man einem kleinen Kind zusehen, das sich mit einem einfachen Stock gegen einen Flammenwerfer zur Wehr zu setzen versucht.

Aber ich war erstaunt, daß der Zusammenbruch so lange auf sich warten ließ; und ich war auch erstaunt, weil Constance – in all den Jahren, die ich mit ihr verbrachte – niemals etwas von dieser Krankheit erwähnt hatte. Hatte sie sich geschämt? Das war gut möglich, denn Constance haßte es, Schwächen zuzugeben. Zum Beispiel hatte sie mir gegenüber nie irgendeine Andeutung gemacht, daß sie in ihrer Kindheit auch nur im geringsten unglücklich gewesen wäre. Sie hatte ihren Vater geliebt; sie hatte meine Familie geliebt – von dem Vorfall, der diese beiden Seiten ihres Lebens trennte, hatte sie so gut wie nie gesprochen. Ich fragte mich: Hatte sie mich vielleicht vor irgend etwas beschützen wollen?

Dieser Gedanke bereitete mir Unbehagen. Wenn mich Constance vor etwas hatte beschützen wollen, nun aber beschlossen hatte, irgendwelche verborgenen Wahrheiten zu enthüllen, dann hatte es bestimmt mit Mord zu tun. Denn immer wieder kam Constance auf diese Möglichkeit zu sprechen. Sie brachte die Namen möglicher Täter ins Spiel; sie stellte, immer wieder, alle möglichen Theorien auf – über die Methode und das Motiv; immer wieder ging sie die Ereignisse jenes Tages durch, an dem Shawcross verunglückt war: Wer war wann und wo gewesen. Die letzte kurze Liste ihrer Verdächtigungen war knapp und homogen: Alle darin aufgeführten Personen waren Mitglieder meiner Familie.

Am nächsten Morgen hatte ich keine Gelegenheit, in die Vergangenheit zurückzukehren; die Gegenwart nahm mich wieder voll in Anspruch. Sie kam in Gestalt eines karierten Prince-of-Wales-Anzugs, eines Turnbull & Asser-Hemds und quastengeschmückter Gucci-Mokassins zu mir, in einem niedrigen atemberaubenden Sportwagen aus London: Mr. Garstang-Nott, der Immobilienmakler.

Es war sein vierter Besuch innerhalb einer Woche. Garstang-Nott, ungefähr vierzig, war außerordentlich gutaussehend, wahrte aber seine alarmierende Kaltblütigkeit, wenngleich ich ein gelegentliches Aufflackern von Interesse wahrzunehmen vermochte: Ich hoffte, daß es dem Haus galt, obwohl sich das nur sehr schwer sagen ließ.

Die schmeichelhaften Fotos von Winterscombe waren inzwischen fertig; die Maße und Details der Räume vollständig; jedes Gebäude war einzeln aufgeführt; Pläne des Gartens, des Anwesens und des bebauten Ackerlands, das jetzt verpachtet war – waren bis ins letzte aufgenommen. Alles, was bei seinem vierten Besuch zu tun blieb – war der detaillierte Entwurf des Verkaufsvertrags. Ich nahm an, daß es höchstens eine Stunde in Anspruch nehmen würde. Zwei Stunden später, nach einem Glas Sherry, war Garstang-Nott noch immer da.

Er erzählte mir, daß er möglicherweise – er betonte das *möglicherweise* – einen potentiellen Käufer aufgetan habe.

Einen Millionär, wie es schien – aber in diesem Fall kein exzentrischer. Der betreffende Mann – er war noch nicht befugt, seinen Namen zu enthüllen – suchte Grund speziell in Wiltshire. Einen *großen* Besitz, mit gewissem Komfort, denn es handelte sich um einen sogenannten Neureichen, wie es sie aus den sechziger Jahren, in denen mit Entwicklung und Nachlaßgeschäften viel Geld gemacht worden war, gab. Es mußte Platz vorhanden sein, um die Klienten zu unterhalten; es mußten Ställe und Ländereien vorhanden sein; ein geeigneter Platz für einen Helikopterlandeplatz würde von Vorteil sein. Es schien zu schön, um wahr zu sein.

»Soll das heißen, daß er es nicht abreißen würde, um etwas Neues zu bauen?«

»*Keinesfalls*. Er hat einen Besitz in Spanien und einen anderen in der Schweiz. Aber dies wäre sein erstes englisches Landhaus. Er will *gravitas*.«

»Aber nicht Queen Anne?«

»Ehrlich gesagt, ich glaube nicht, daß er den Unterschied kennt.«

Zu diesem Zeitpunkt hatten wir das Haus verlassen und näherten uns Garstang-Notts aufregendem Aston-Martin. Er klopfte auf den Höcker der Kühlerhaube.

»Habe auf dem Herweg hundertundzehn gemacht – Meilen. Außerhalb von Reading. Schätze, Sie haben wohl heute abend keine Zeit für ein Dinner? Dann könnten wir reden.«

»Über den Aston?«

Er lächelte. »Nein. Über das Haus natürlich.«

»Tut mir leid, aber heute abend geht es nicht.«

»Na, schön. Dann vielleicht ein anderes Mal.« Er machte eine Pause. »Wir bleiben in Verbindung.«

»Dieser potentielle Käufer – werden Sie ihm die Einzelheiten schicken?«

»Großer Gott, natürlich schicken wir sie ihm. Wir werden sehen, ob er anbeißt. Leider muß ich gestehen, daß ich keine großen Hoffnungen habe.«

Ich hatte das Gefühl, daß er vielleicht größere Hoffnungen haben würde, wenn ich eingewilligt hätte, mit ihm zu Abend zu essen. Er stieg in sein Auto und schoß bei aufspritzendem Kies die Einfahrt hinunter. Und ich ging in mein Haus zurück, für das sich außer mir niemand zu interessieren schien, und zurück zu Constances Tagebüchern.

Traurige Seiten mit Aufstellungen und Listen, gefolgt von mehreren leeren Seiten, gefolgt von einer Seite, auf der nur ein Wort stand: *Floss*.

Dann fiel mir wieder ein: Wo es gewesen war und wann und mit wem, das erste und letzte Mal, an dem von dieser Krankheit, die Constance hatte, gesprochen wurde.

Vor dreißig Jahren. Meine Eltern waren gerade gestorben. Es war kurz vor meiner Reise nach Amerika. Eines Tages – ungefähr eine Woche vor meiner Abfahrt – saß ich mit meinem Onkel Freddie in London beim Tee. Er muß seine ganze Kraft aufgeboten haben, glaube ich, denn er kam plötzlich auf das verbotene Thema, auf meine Patentante, zu sprechen. Damals hatten mich seine Enthüllungen enttäuscht: Aber jetzt, mit dreißig Jahren Abstand, sah ich, daß ich mich geirrt hatte. Was mir Freddie an jenem Tag erzählt hatte – und was er mir *nicht* erzählt hatte –, war außerordentlich interessant.

»Ich nehme an«, so begann er, »Ich nehme an, daß du etwas über Constance wissen möchtest.«

Wir tranken in Onkel Freddies Londoner Haus, das er gemietet hatte, Tee; es war ein großes Haus, von dem der weiße Stuck abbröckelte und von dem aus man das Kanalbecken in diesem Teil der Stadt überblicken konnte, der wegen der vielen Wasserstraßen Little Venice genannt wurde. Heute ist es ein eleganter Stadtteil, aber damals war es das nicht. Ich war vorher noch nie dort gewesen: Als ich ankam, entschuldigte sich Onkel Freddie als erstes für die Unordnung in seinem Wohnzimmer. Ich verstand nicht warum. Mir gefiel das Zimmer. Es war mit den Schätzen aus Onkel Freddies Vergangenheit vollgestopft. Onkel Freddie bezeichnete sich selbst oft als einen rollenden Stein – der Begriff paßte zu ihm, denn er war inzwischen sehr rundlich; dieser rollende Stein hatte, wie es schien, jede Menge Moos angesetzt. Da war ein Messingtisch, den er aus Indien mitgebracht hatte und der auf einer aufgerichteten Kobra aus Messing stand. Da waren mehrere wacklige Tischchen und Schirme, die er in Japan erworben hatte; eine ausgestopfte Otter in einem Behälter – die aus Winterscombe stammte; da waren Masken aus Peru, Puppen aus Bali, eine Tiffany-Lampe und viele bunte Poster aus deutschen Kabaretts, in denen eckige Frauen Zylinderhüte trugen und mit langen Zigarettenspitzen Zigaretten rauchten.

Bevor er auf Constance zu sprechen kam, plauderte Freddie – zu meiner großen Erleichterung – ohne Unterbrechung. Heute weiß ich, daß er damals nervös war. Er schob das Thema Constance vor sich her und schwelgte – mit Hilfe der Gegenstände im Zimmer – in langatmigen Erinnerungen. Er erzählte mir alles von den Postflugzeugen in Südamerika. Er erzählte mir von seiner Arbeit in Chicago, wo er Enzyklopädien verkauft hatte. Er kam auch auf die Geschichte vom Berliner Zoo zu sprechen, wo Onkel Freddie als Bärenwärter gearbeitet hatte, und auf die Zeit – das war noch gar nicht solange her –, als ihm die Hälfte eines Nachtclubs mit dem Namen Pink Flamingo gehört hatte, den es jetzt aber nicht mehr gab.

En passant kamen wir auch auf Onkel Freddies zahlreiche frühere Liebhabereien zu sprechen: Wir sprachen von der Zeit, als er Briefmarken gesammelt hatte, von der Zeit mit den Kreuzworträtseln, von der Zeit mit den irischen Greyhounds. Diese, wie auch ihre Vorläufer, waren jetzt alle *verpufft* – das konnte ich sehen. Die Greyhounds waren nach Irland zurückgekehrt: Onkel Freddie hatte jetzt etwas Neues, für das er sich begeisterte. Das hatte ihn auch den ganzen Sommer über in der Bibliothek in Winterscombe festgehalten, während Franz-Jakob und ich mit den Hunden spazierengegangen waren.

Es handelte sich, wie Onkel Freddie errötend gestand, um Detektivromane. Freddie war schon immer ein Liebhaber dieses Genres gewesen, und nun hatte er beschlossen: Wenn er sie so gern las, warum schrieb er dann eigentlich nicht selbst welche? Mit dieser Liebhaberei sollte Onkel Freddie sein wahres *métier* finden: Später, lange nach dem Krieg, sollte er mit seinen Detektivgeschichten beträchtliche Erfolge erringen. Aber jetzt war er, wie er mir ausführlich erklärte, immer noch dabei, seine Methoden zu verfeinern.

»Drei Morde, Victoria«, sagte er mir vertraulich. »Es müssen mindestens drei sein – das ist meine Überzeugung. Ich habe es mit einem probiert, ich habe es mit zweien probiert – aber ich werde mich jetzt auf drei einstellen. Ja, drei – das ist genau das Richtige!«

Er stand an seinem Schreibtisch und schob seine Manuskripte hin und her, als er es sagte. Dann kam er, ohne eine Pause, als würde das eine Thema wie selbstverständlich zum nächsten führen, auf Constance zu sprechen.

Ich weiß heute, daß es für Onkel Freddie schwierig gewesen sein muß, dieses Thema anzuschneiden, voller Tücken und Fallen. Rückblickend glaube ich, daß er Steenies Plan sehr viel stärker angezweifelt hat, als er je gezeigt hat. Man hatte ihn überfahren. Ich glaube, daß er ein schlechtes Gewissen hatte, sich Sorgen machte, möglicherweise sogar Angst hatte. Aber er hatte sich seine Erinnerungen so zurechtgebogen, daß sie ihn selbst dann nicht stören konnten: Das Bild, das er mir von Constance zeichnete, war wehmütig.

»Ich denke mir oft, daß deine Patentante einsam sein muß«, sagte er. »*Das* ist es.«

»Einsam, Onkel Freddie?«

»Ja... also, weißt du, in gewisser Hinsicht hatte sie ein recht trauriges Leben. Ihre Ehe, du weißt ja. Ich kann mir nicht denken, daß die besonders gut funktioniert hat...«

Ich saß ganz still. Ihre Ehe?

Onkel Freddie schien in Gedanken versunken. Nach einer Weile wagte ich, die wichtige Frage zu stellen. War meine Patentante denn geschieden?

»O nein, nein. Großer Gott, nein.« Freddie, der die Meinung meiner Mutter zu diesem Thema kannte, schüttelte heftig den Kopf. »Aber es gab Probleme. Das kann vorkommen, Vicky. Deine Patentante lebt jetzt allein –«

»Ist ihr Mann tot?«

»Nun, das weiß ich nicht genau. Könnte sein. Er war sehr reich – und die Sache ist die... die Sache ist die, daß deine Patentante nie eigene Kinder hatte. Das heißt – einmal hatte sie, glaube ich, ein Baby. Aber sie hat es verloren. Das hat sie natürlich sehr traurig gemacht –«

»Und hat sie dann gebetet, damit sie noch eins kriegt, Onkel Freddie? Das hat meine Mummy getan.«

»Also, das weiß ich nicht... Constance ist nicht sehr religiös, weißt du. Trotzdem.« Sein Gesicht hellte sich auf. »Vielleicht hat sie es getan. Das kann man nie wissen. Und jetzt wird sie ja dich haben, um die sie sich kümmern kann, also –«

Er schwieg. Ich überlegte, daß Constance, während ich betete, vielleicht auch gebetet hatte. Dann würden unser beider Gebete erfüllt werden. Dieser Gedanke erschreckte mich, und vielleicht hatte es Onkel Freddie bemerkt, denn er sprach schnell von etwas anderem.

»Sie liebt Tiere!« sagte er, wie jemand, der einen Preis aus dem Hut zieht. »Du lieber Himmel, wenn ich daran denke: Sie und Steenie hatten einen ganzen Zoo. Es gab einen Kakadu und Goldfische, eine Schildkröte. Einmal sogar eine Grasschlange...«

Er schwieg. Er rückte in seinem Sessel hin und her. Er schaltete die Tiffany-Lampe an. Der Schirm aus Milchglas warf ein hübsches Muster auf die Wände.

»Mag sie Katzen, Onkel Freddie?« fragte ich schließlich, nachdem Freddie eine ganze Weile geschwiegen hatte.

»Katzen?« Er dachte nach. »Nein, keine Katzen, soviel ich mich erinnere, Katzen nicht. Aber sie liebt Hunde. Sie hatte eine ganze Reihe Hunde. Der erste war ein King-Charles-Spaniel – sie hat ihn vergöttert. Sein Name war Floss –«

Wieder schwieg er. Ich wartete. Als er nicht weitersprach, drängte ich ihn. Ich fragte, was mit Floss geschehen sei.

»Nun, Floss nahm ein ziemlich trauriges Ende. Und deine Patentante war sehr erregt darüber, sehr verletzt. Sie hat ihn geliebt, weißt du – und danach, nun... sie war so traurig deswegen, daß sie krank wurde. Sehr, sehr krank –«

»Wie die Masern? Wie Scharlach? Das hatte Onkel Steenie mal, hat er gesagt.«

»Nicht ganz genauso, nein. Manche Leute sagten, es wäre nicht nur wegen Floss. Die Ärzte, weißt du. Und deine Tante Maud. Aber wenn ich mich heute daran erinnere, kann ich sehen... ja, Floss; er war ihr bester Freund, weißt du. Es hatte alles eines Tages im Park begonnen...«

Dann erzählte mir Onkel Freddie die Geschichte von Floss, was ihm zugestoßen war. Es war wirklich eine sehr traurige Geschichte. Sie zeigte meine Patentante in einem sehr sympathischen Licht.

»Und wie ist sie dann am Ende wieder gesund geworden?« fragte ich. »Hat ihr jemand einen neuen Hund gekauft?«

»Nein, nein. Das war Acland. Er... hatte ein langes Gespräch mit ihr. Hat die Dinge klargestellt. Danach war sie wieder völlig in Ordnung. Und eigentlich hat es da begonnen, daß sie –«

Er brach ab. Es sah aus, als würde er bedauern, was er gerade gesagt hatte. In diesem Augenblick erschien seine »Hilfe«, eine Mrs. O'Brien, die uns schon den Tee serviert hatte, in der Tür. Mrs. O'Brien war völlig anders als die Dienstmädchen in Winterscombe, sie trug Pantoffeln und eine geblümte Schürze, als sie jetzt hereingeschlurft kam. Onkel Freddie stand auf. Er schien froh über die Unterbrechung.

»Jesus, Maria und Joseph – was sagt man denn dazu? Sitzen hier im Dunkeln«; rief Mrs. O'Brien.

Anscheinend zählte die Tiffany-Lampe nicht, denn sie schaltete die Deckenbeleuchtung ein.

In ihrem hellen Licht verschwanden die magischen Farben – und mit ihnen verschwand auch meine Patentante Constance. Onkel Freddie hat sie nicht noch einmal erwähnt.

»Der Vorfall im Park«, rief Maud der versammelten Gesellschaft in Gwens Wohnzimmer in der Park Street zu. »Verzeih mir, Jane. Ich beuge mich natürlich deinem medizinischen Wissen; aber ich finde, daß du die Sache nur unnötig verkomplizierst. Laß uns doch einmal vernünftig darüber reden. Das ist doch eine völlig logische Folge –«

»Ist es nicht. Jane hat recht.« Steenie, der auf der Fensterbank gesessen hatte, sprang auf. »Das ist nicht nur wegen Floss. Es ist mehr. Auf jeden Fall ist es auch völlig egal, woher es kommt. Wichtig ist doch nur, daß es immer schlimmer wird. Jetzt spricht sie nicht einmal mehr mit mir. Sie dreht den Kopf zur Wand. Und sie sieht so schrecklich aus. Ich kann es bald nicht mehr ertragen. Sie ist ja nur noch Haut und Knochen. Und ihre Haut ist schrecklich wundgerieben –«

»Das genügt, Steenie. Siehst du nicht, daß du deiner Mutter weh tust? Das wissen wir ja alles. Von dem bißchen, was sie ißt, könnte nicht einmal ein Spatz leben. Ein bißchen Brühe, ein bißchen trockenes Toastbrot – Gwen, wir müssen uns etwas ausdenken, wir müssen ihren Appetit anregen.«

»Das haben wir doch schon *versucht*, Maud. Steenie hat sich wirklich Mühe gegeben. Er war gestern drei Stunden bei ihr. Sie hat kein einziges Wort gesagt. Einen Schluck Gerstensaft. Ich bin am Ende meiner Weisheit –«

»Ich gebe den Ärzten die Schuld. Der letzte war ein absoluter Idiot – spricht von einem Niedergang! Diesen Begriff habe ich das letzte Mal von meiner Großmutter gehört. Meiner Meinung nach ist dieser Krieg dafür verantwortlich! Und auch der Vorfall im Park – aber vor allem der Krieg. Wir machen uns Sorgen, wir alle machen uns Sorgen – wegen unserer Freunde, vor allem wegen Boy. Und Constance macht sich auch Sorgen – sie hatte immer eine sehr enge Beziehung zu Boy, das wissen wir alle. Sie hat ihm lange Briefe geschrieben. Ich habe selbst einen für sie auf die Post gebracht – vor ihrer Krankheit natürlich. Jetzt –«

»Constance schreibt an Boy?« Acland, der jetzt zum ersten Mal das Wort ergriff, sah die anderen an.

»Natürlich. Warum denn nicht?«

»Ich habe noch nie gesehen, daß sie mehr als eine Postkarte geschrieben hat.«

»Siehst du, das ist der Beweis! Sie hat Boy geschrieben, *weil* sie sich Sorgen um ihn macht. Ich glaube fast, ich habe den Nagel auf den Kopf getroffen. Sie hat Angst wegen Boy – also, das würde doch alles erklären. Habe ich recht? Acland? Freddie?«

Acland machte eine ärgerliche Bewegung mit der Hand, sagte aber nichts. Freddie starrte an die Wand. Er mußte wieder an die Fotos denken, die Boy gemacht hatte. Ihm wurde schlecht. Maud, deren Fragen oft rein rhetorischer Art waren, sprach schnell weiter.

»Was wir brauchen, ist ein Homöopath. Maud Cunard hat mir einen ganz *ausgezeichneten* Mann empfohlen – einen Polen, glaube ich, oder ein Ungar? Auf jeden Fall hat er mir nichts, dir nichts ihren Ischias geheilt, einfach so. Ich glaube, ich sollte ihn einmal zu Rate ziehen. Jane, Montague, findet ihr nicht auch?«

Montague Stern saß auf der anderen Seite des Zimmers und las Zeitung. Jetzt sah er geduldig auf.

»Schon möglich, meine Liebe. Ein Versuch kann nicht schaden, schätze ich.« Er faltete seine Zeitung zusammen. »Aber kann man einer Geisteskranken überhaupt helfen?« murmelte er.

»Einer Geisteskranken?« Maud stieß einen entsetzten Schrei aus.

»Nur ein Zitat«, sagte Stern und widmete sich wieder seiner Zeitung.

»Also, weißt du, das ist hier wohl kaum angebracht«, erwiderte Maud schnell. »Constance ist völlig richtig im Kopf. Und ich darf vielleicht sagen...« Sie richtete sich auf, warf einen Blick in die Runde. »Ich darf vielleicht sagen, daß ich von diesen neumodischen Ideen überhaupt nichts halte. Wiener Ärzte? Ich glaube, die verlangen von einem sogar, daß man seine Träume aufschreibt. Was für ein Unsinn! Meiner Meinung nach sind das Quacksalber, jeder einzelne von ihnen.«

Acland stand auf. »Sollten wir nicht versuchen, bei der Sache zu bleiben?«

»Ich *bin* bei der Sache, Acland. Ich schweife nie ab...«

»Ich wüßte gern, was der neue Doktor gesagt hat.« Acland sah Gwen an. »Mama?«

»Der neue Doktor?« Gwen starrte auf ihre Hände. »Es war ziemlich schrecklich. Er war so streng. Er sagte... nun, er sagte, wenn nicht bis Ende der Woche eine deutliche Besserung eingetreten ist, müßte man darüber nachdenken, strengere Maßnahmen zu ergreifen. Er sagte, wenn man sie nicht dazu bringen könnte, etwas zu essen – richtig zu essen, Gerstensaft und Brühe reichen nicht aus –, würde man sie *zwingen* müssen, es zu tun.«

Zuerst herrschte Stille. Dann stampfte Steenie mit dem Fuß auf den Boden.

»Zwingen? Das ist ja abscheulich. Das können sie doch nicht tun.«

»Natürlich werden sie es nicht tun.« Maud stand auf. »Das würde Gwen nie zulassen. Was denkt sich dieser Mann eigentlich? Glaubt er etwa, dieses Haus wäre ein Gefängnis, glaubt er vielleicht, Constance sei eine Art Suffragette?«

»Maud, er sagte nur, daß wir es *vielleicht* tun müßten. Er sagte, wenn sie sich weigert, Nahrung zu sich zu nehmen, dann sei das die einzige Möglichkeit. Weil sie sonst stirbt – sagte er –«

»Das kannst du nicht machen. Das kannst du doch nicht zulassen. Mama – bitte.«

Steenie hatte die Stimme erhoben. Man sah, daß er gleich in Tränen ausbrechen würde. »Du kannst nicht zulassen, daß sie das tun – daß sie Constance so etwas antun. Das ist ja schrecklich. Ich weiß, was sie dann tun. Ich habe davon gelesen. Sie binden sie fest. Sie stecken ihr einen Schlauch in den Hals. Und dann nehmen sie einen Trichter und –«

»Bitte, Steenie! Das genügt.« Maud funkelte ihn zornig an. »Keiner von uns möchte die Einzelheiten hören. Gwen, laß uns in Ruhe darüber reden. Du bist verzweifelt. Du kannst nicht mehr klar denken. Monty, würdest du mir bitte mein Riechsalz geben? Danke. Und jetzt wollen wir die Sache vernünftig angehen. Ich werde diesen Homöopathen anrufen. Ja, das werde ich als erstes tun. Und dann, heute abend – werden wir ein besonderes Essen zubereiten, ihre Lieblingsspeise, die ihr Steenie dann hinaufbringt. Danach könnte Freddie vielleicht zu ihr gehen, und Acland – Acland, das könntest du wirklich einmal tun, du gehst so selten zu ihr. Ihr könntet euch über irgend etwas Angenehmes unterhalten, über ganz gewöhnliche Dinge. Ich bin sicher – Freddie, wo gehst du denn hin?«

Freddie, der es nicht länger ertragen konnte, war aufgestanden. »Ich denke, ich geh mal ein bißchen raus«, sagte er. »Auf einen kleinen

Spaziergang. Dann kann ich besser denken. Ich brauche ein bißchen frische Luft –«

Acland stand ebenfalls auf.

»Ich komme mit«, sagte er.

»Gehen wir oder fahren wir?« fragte Acland, als sie auf der Treppe waren.
»Fahren.«
»Mit deinem oder mit meinem Auto?«
»Mit deinem.« Freddie zuckte mit den Schultern. »Es ist schneller.«
»Sollen wir in der Stadt herumfahren oder weiter raus?«
»O Gott. Raus aus London.«
»Finde ich auch«, sagte Acland. »Raus aus diesem Haus und raus aus dieser Stadt. Komm, Freddie. Beeil dich.«
In den Stallungen hinter der Park Street, wo Denton früher sein Wagenpferd untergestellt hatte, waren jetzt Garagen: In der ersten war Dentons Rolls; in der zweiten war Freddies Geschenk zum achtzehnten Geburtstag; in der dritten, riesig, prächtig, wie ein wildes Tier, Aclands neue Errungenschaft: ein roter Hispano-Suiza Alfonso. Freddie strich liebevoll und respektvoll über seine lange Kühlerhaube.

»Wieviel macht er denn?«
»Im Schnitt? Auf geraden Strecken sechzig – vielleicht auch siebzig. Wollen wir es ausprobieren?«
»Ja.«

Acland warf den Motor an: ein sattes Aufheulen. Sie kletterten hinein; Freddie warf seinem Bruder, dessen Gesicht verschlossen und abwesend war, einen Blick von der Seite zu, Acland sah elend aus. Er steuerte den Wagen aus den Stallungen, blieb an der Kreuzung zur Park Lane stehen.

»Wohin fahren wir, Acland?«
»Raus aus London, auf dem schnellsten Weg«, Acland zog das Drosselventil weiter heraus. »Irgendwohin. Egal. Nur weg von hier.«

Auf der Park Lane beschleunigte er den Wagen und fuhr in Richtung Süden. Irgendwann, auf der anderen Seite des Flusses – Freddie hatte keine Ahnung, wo sie waren, denn seine Kenntnis von London beschränkte sich auf Mayfair und die Straßen rund um den Hydepark – verlangsamte Acland das Tempo.

»Ego ist tot«, sagte er. »Seine Mutter erhielt das Telegramm letzte Woche.«

»Ach. Verstehe.« Freddie zögerte. »Tut mir leid, Acland.«
»So was kann vorkommen.«

»War es das, was los war mit dir, Acland? Ich wußte, daß du irgendwas hast. Das hab ich dir angesehen –«

»Ja. Da war's.« Acland fuhr wieder schneller: Sie hatten jetzt die Außenbezirke erreicht; vor ihnen konnte Freddie das offene Land erkennen.

»Das und noch einiges andere. Constance – schätze ich. Der Krieg. Alles. Ich halte es in diesem Haus einfach nicht aus, das ist der Grund. Als läge ein Fluch darauf.« Er schaltete in einen anderen Gang, der Motor brüllte, und der Wind pfiff in Freddies Ohren.

»Aber lassen wir das. Reden wir nicht davon. Laß uns einfach fahren – schnell.«

Sie fuhren schnell – bis nach Kent hinein, dachte Freddie, die Häuser machten Feldern Platz und die Felder Obstgärten. Sie fuhren, und jeder war in seine Gedanken versunken.

Eine Weile dachte Freddie an Ego Farrell, den er gern gehabt hatte, den er aber nur selten gesehen hatte – Farrell, der so still gewesen war und so anders als sein Freund Acland. Er überlegte, wie Farrell wohl gestorben war, ob er erschossen oder mit dem Bajonett erstochen worden war oder ob ihn eine Mine oder eine Granate zerfetzt hatte.

Er versuchte sich den Krieg vorzustellen, und wie es sein würde, wenn der Arzt nicht gelogen hätte – Freddie war sich fast sicher, daß der Arzt gelogen hatte – und man an die vorderste Front mußte, und in die Schützengräben und den Schmutz. Freddie hatte ein paar Geschichten über die Zustände in Frankreich gehört, obwohl Boy, als er auf Urlaub zu Hause war, sehr wenig gesagt hatte, und die meisten anderen Offiziere, die Freddie in London getroffen hatte, ähnlich zurückhaltend gewesen waren. Er las die Zeitungen, er las die Statistiken; aber die Zeitungen schienen sich mehr auf die Siege zu konzentrieren: Selbst ein Rückzug klang wie anberaumt und taktisch klug.

Sie verwendeten jetzt Giftgas – die Deutschen verwendeten Gas, und Freddie hatte Berichte über die schrecklichen Verwundungen gehört, die das Senfgas verursachte – trotzdem, er fand, daß seine Vorstellung vom Krieg ungenau und unpräzise war, verschwommen und schwankend, im wahrsten Sinne des Wortes gasig. Freddie sagte sich, daß es dafür einen guten Grund gab: Er war ein Feigling.

Ein zweifacher Feigling: Er war ein Feigling, weil er sich nicht seiner Mutter widersetzte und kämpfte; er war ein Feigling wegen Constance. Schließlich war er der einzige Mensch, der wußte, was mit ihr los war; er wußte, daß es nicht nur der Vorfall im Park war, wie alle anderen in der Familie behaupteten. Constances Krankheit, ihr sichtbares Dahinschwinden – daran war nur ihr Vater schuld. Ihr Vater, und im besonderen die Tagebücher ihres Vaters. Freddie glaubte, daß Constance an der Vergangenheit starb, aber er war zu feige, es auszusprechen.

Solche und ähnliche Gedanken hatte Freddie jetzt häufig: Sie gingen ihm Tag für Tag durch den Kopf, häßliche, verworrene Gedanken, die ihm Kopfschmerzen und Übelkeit bereiteten.

Die Tagebücher und Constance und all die Dinge, die sie getan hatte und die nicht viel anders waren als das, was Shawcross geschrieben hatte – das konnte Freddie jetzt sehen. Und seine Mutter. Das auch: Freddie stellte fest, daß er seine Mutter nicht mehr anfassen konnte, es sogar vermied, mit ihr zu sprechen, und vor der kleinsten Umarmung zurückschreckte.

Das alles waren Dinge, die ihn krank machten; dieselben Dinge, die auch Constance krank machten. Es lag nicht nur am Krieg, nicht an dem Vorfall im Park, auch wenn das vielleicht dazu beigetragen hatte. Nein, die Vergangenheit, sagte er sich immer wieder, während das Auto über die Kuppe fuhr und wieder den Hügel hinunterjagte. Die Vergangenheit hatte sie vergiftet, und Constance war – das glaubte er fest – zu einem Entschluß gekommen: Da sie die Vergangenheit nicht vernichten konnte, da es für ein Gift dieser Art keine Brechmittel gab, wollte Constance lieber sterben.

Sie würde so weitermachen, und in wenigen Wochen würde sie Erfolg haben: Sie hatte einen starken Willen, daran bestand kein Zweifel.

»War es Floss? War es der Vorfall im Park?«

Acland hatte angehalten, irgendwo, am Straßenrand. Sie gingen jetzt zu Fuß weiter. Auf einem Feldweg durch ein flaches Tal. Freddie sah über die Felder, in den schönen englischen Frühling; grüne Wiesen; Schafe mit ihren neugeborenen Lämmern; ein Bauernhof, der sich zwischen die Hügel duckte und aus dem Rauch aufstieg; das blasse Band des Flusses. Er zögerte.

»Damals schien es anzufangen«, erwiderte Freddie vorsichtig.

»Möglich, aber ich würde sagen, daß es schon früher anfing. Ein paar Monate vorher. Dann wurde es immer schlimmer.«

»Sie hat geweint, Acland. Es stimmt, was Maud gesagt hat. Ich habe sie vorher noch nie weinen sehen.«

»Ja. Sie hat geweint«, sagte Acland und blieb stehen. Er lehnte sich gegen einen Zaun, seine Augen waren auf den Fluß und die Felder gerichtet. Freddie trat mit dem Fuß gegen ein paar Brennesseln, dann lehnte er sich ebenfalls gegen den Zaun, sah aber nicht die Felder vor sich, sondern die weiten Flächen des Hydepark, vor zwei Monaten.

Sie waren bei Maud zum Tee gewesen, in dem hübschen Haus, das Stern für sie gekauft hatte und von dem aus man einen Blick über den Hydepark und die Serpentine hatte. Seine Mutter war dort gewesen, und Jane Conyngham, Steenie, Acland und Constance.

Constance hatte Floss bei sich; es war ein schöner Tag, einer der ersten schönen Tage des Jahres, und alle schienen guter Dinge. Gwen las Boys letzten Brief vor; Maud ergötzte sie mit den neuesten Klatschgeschichten. Floss bettelte auf eine so hübsche und lustige Art um Leckerbissen, daß sie ihm niemand verweigern konnte.

Freddie, der den kleinen Hund mit Kuchenstücken fütterte, fühlte sich zum ersten Mal seit Wochen richtig wohl und verspürte einen neuen überschwenglichen Optimismus: Als Maud den Vorschlag machte, ein bißchen durch den Park zu laufen, hakte Freddie seine Mutter unter.

Es war das erste Mal seit Wochen, daß er es tat: Seine Mutter blickte zu ihm auf, sagte nichts, sondern lächelte nur; und Freddie, der wußte, daß er sie glücklich machte, daß es einfach war, sie glücklich zu machen, fühlte sich auch glücklich. Er liebte seine Mutter: Ganz gleich, was in der Vergangenheit geschehen war, er liebte sie. Er hatte aus dem Labyrinth herausgefunden.

Sie machten einen Rundgang durch den Park; sie blieben stehen, um einige Reiter zu bewundern, die im leichten Galopp auf dem Sandweg neben der Serpentine entlangritten; sie beobachteten die Ruderboote und die spielenden Kinder.

»Wie weit weg dieser Krieg an einem solchen Tag zu sein scheint!« sagte Maud; und Constance, die irgendein albernes Spiel mit Steenie spielte, ließ Floss von der Leine.

Dann machten sie dicht am Wasser halt, um Floss zuzusehen, der hin und her jagte; er grub ein Loch im Boden; er kugelte sich im Gras. Steenie kletterte auf einen Baum und zerriß sich seine Jacke. Als sie schon fast wieder am Tor waren, passierte es.

Die Pferde, denen sie vorher zugesehen hatten, machten eine zweite Runde durch den Park, immer noch im Galopp. Floss war hinterhergebummelt, hatte an den Bäumen geschnüffelt. Als die Pferde auf gleicher

Höhe waren, sah er auf, sah Constance auf der anderen Seite des Sandwegs und – laut bellend und mit wedelndem Schwanz – rannte er los.

Freddie bezweifelte, daß die Reiter ihn überhaupt sahen. Eben lief er noch auf Constance zu, und eine Sekunde später war er unter den Hufen der Pferde. Sie wirbelten ihn in die Luft, ein kleines Fellbündel. Schwarz, weiß, hellbraun – es sah aus, als würde er übermütig einen Purzelbaum schlagen. Sein neuester Trick – einer von den vielen Tricks, die Floss gekannt hatte. Er war schon tot – sein Genick war gebrochen, sagte Acland später –, bevor er wieder zu Boden fiel.

»Sie hat ihn den ganzen Weg bis nach Hause getragen«, sagte Freddie jetzt und lehnte sich gegen das Zaungitter. »Sie wollte ihn nicht hergeben. Erinnerst du dich noch? Und sie weinte. Sie gab diese schrecklichen Laute von sich, als bekäme sie keine Luft mehr. Sie saß da, und er lag auf ihren Knien, und sie streichelte ihn.«

Er sah auf die Seite. Er hatte dieses Bild noch ganz deutlich vor Augen: Constance in einem roten Rock, wie sie Floss fest umklammerte, und das Entsetzen, als sie niemand dazu bringen konnte, ihn loszulassen.

»Constance, komm mit«, hatte Acland schließlich gesagt, als es schon Abend wurde und die Dämmerung hereinbrach. »Wir gehen nach draußen, in den Garten, dort werden wir ihn begraben.«

Das schien Constance zu akzeptieren. Freddie und Steenie begleiteten sie, und dann gruben Acland und Freddie am Ende des Gartens unter einem Fliederbusch, der gerade Knospen angesetzt hatte, ein Grab.

»Ich will nicht, daß er auf der nackten Erde liegt«, sagte Constance, als sie fertig waren. »Ich will nicht, daß er Erde in die Augen kriegt.«

Sie sah aus wie eine Schlafwandlerin und klang auch so. Sie legte Floss ganz behutsam auf den Boden; sie streichelte ihn. Sie begann Grasbüschel auszurupfen. Freddie, der das Ganze unerträglich fand, wollte sie daran hindern, aber Acland hielt seinen Arm fest.

»Laß sie«, sagte er.

Constance verteilte das Gras in dem Grab. Sie hob Floss auf und legte ihn auf das Gras. Dann warf sie sich zu Freddies Entsetzen der Länge nach auf den Boden. Sie hob den Kopf von Floss hoch; sie streichelte seine Schnauze; sie stieß schreckliche Klagelaute aus.

»Bitte, Floss. Stirb nicht. Stirb nicht. Bitte, atme. Ich weiß, daß du atmen kannst. Leck mir die Hand. Ich hab dich so lieb. *Bitte*, Floss –«

»Constance. Komm. Wir gehen jetzt ins Haus.« Acland kniete sich zu ihr auf den Boden. Er legte den Arm um Constances Taille. Er versuchte sie hochzuheben, aber Constance stieß ihn zurück.

»Nein. Nein. Laß mich. Ich will nicht. Ich muß ihn halten –«

Acland hob sie hoch und hielt sie in den Armen. Einen Augenblick lang sträubte sich Constance. Sie schlug mit Händen und Füßen um sich. Sie wollte ihn an den Haaren ziehen. Sie zappelte wie ein Aal, ihr Gesicht war verschmiert. Acland hielt sie noch fester. Seine Behutsamkeit erstaunte Freddie. Dann wurde Constance ganz plötzlich still. Sie hing völlig willenlos in Aclands Armen; und er trug sie ins Haus.

Dort brachte Gwen sie ins Bett. Sie blieb den ganzen nächsten Tag im Bett; und den Tag danach auch. Seither war sie nicht mehr aufgestanden; sie nahm etwas Wasser zu sich, aß aber so gut wie nichts. Zuerst begann sie zu hungern; und dann – als wäre das noch nicht genug Strafe – hörte sie auf zu sprechen.

Das letzte Mal hatte Freddie ihre Stimme vor einer Woche gehört; da hatte er ihr dünnes Handgelenk umklammert und war sehr erregt gewesen. Da war ihm zum ersten Mal klar geworden, daß Constance vielleicht nicht wieder gesund würde.

»Constance, ich werde diese Tagebücher verbrennen«, hatte er gesagt. »Ich werde sie verbrennen. Sie sind schuld an allem. Es war nicht nur Floss, nicht wahr? Sie sind schuld. Ich hasse sie. Ach, bitte, Connie, hör doch auf damit. War es meine Schuld? War es, was er getan hat? Bitte, Connie, ich will, daß du wieder gesund wirst.«

»Das würde ich auch gern«, hatte Constance gesagt. Sie hatte fast ein bißchen gelächelt – ein geisterhaftes Lächeln, ein geisterhafter Scherz. Dann hatte sie das Gesicht weggedreht, und als Freddie das nächste Mal zu ihr kam, blieb sie stumm.

Dann hatte er entdeckt, daß Constances Schreibtisch verschlossen war, aber er hatte nicht den Mut oder die Entschlossenheit, das Schloß aufzubrechen und die Notizbücher anzufassen.

»Spricht sie denn mit dir?« fragte er jetzt und drehte sich zu Acland um. »Tut sie das? Zu mir sagt sie kein einziges Wort. Ich glaube fast, sie kann vielleicht gar nicht mehr reden. Ich könnte nicht einmal sagen, ob sie noch etwas sieht. Sie wird sterben, Acland.«

»Ich weiß.«

Acland drehte sich ebenfalls um, um Freddie anzusehen. Freddie betrachtete die Haare seines Bruders, diesen Helm aus glänzendem Gold; er sah seinem Bruder in die Augen, von denen das rechte grüner war als das linke. Es war nicht leicht, Acland anzulügen.

Er verspürte den starken Wunsch zu sprechen, aber selbst da zögerte er noch. Acland streckte den Arm aus und berührte seine Hand.

»Erzähl es mir«, sagte er.

»Ich weiß nicht, wo ich anfangen soll.«

»Fang ganz von vorn an«, sagte Acland und drehte ihm wieder den Rücken zu. Er war der perfekte Beichtvater und sah über die Felder in die Ferne.

»Also«, sagte Freddie, »es begann – es begann – wirklich schon – vor langer Zeit: Ich ging nach oben in mein Zimmer –«

»In Winterscombe?«

»Ja. In Winterscombe. Und Arthur hatte mein Abendhemd auf dem Bett ausgelegt. Und oben drauf lag ein Stückchen Konfekt. Nein, kein Konfekt, eines von diesen Petits fours, die Mama immer bestellt. Es war ein kleiner Apfel aus Marzipan, und – «

»Wann war das?«

»Es war in der Nacht mit dem Kometen. Es war in der Nacht, in der Shawcross verunglückte.«

»Ah, ja. Die Nacht mit dem Unfall.«

Die Art und Weise, wie Acland es sagte, ließ Freddie stutzig werden.

»Warum sagst du das so? Glaubst du, daß es kein Unfall war?«

»Lassen wir das. Es spielt keine Rolle. Hier, eine Zigarette?«

Er zündete für sie beide eine an, hielt seine Hand schützend vor die Flamme. Dann sah er, daß Freddie, nachdem er einmal begonnen hatte, weitersprechen wollte, und wandte sich wieder ab.

»Ein Marzipanapfel«, sagte er. »Und weiter?«

»Immer weiter und weiter und weiter.«

»Bis sie krank wurde?«

»Nein, es hat schon vorher aufgehört. Nachdem sie mir die Tagebücher gezeigt hatte. Da hat es aufgehört. Die Tagebücher waren es. Da bin ich ganz sicher. Sie sind in ihren Körper gedrungen. Und dann sind sie in meinen geraten. Verstehst du?«

»Ja. Das verstehe ich.«

Freddie hatte sehr lange gesprochen. Der Himmel färbte sich zuerst malvenfarben, dann rötlichgrau; die Felder unten im Tal waren jetzt nur noch undeutlich zu sehen, die Schafe kaum zu erkennen. Das dämmrige Licht verbarg Aclands Gesichtsausdruck. Er stand still da, ruhig, obwohl Freddie spürte, wie sich sein Körper immer mehr anspannte. Freddie sah, wie Aclands Zigarette aufglühte; dann warf sie Acland mit einer ungeduldigen Bewegung zu Boden. Ein rotes Glühen im feuchten Gras. Acland trat sie mit dem Fuß aus.

»Gehen wir zurück.« Er nahm Freddies Arm.

»Jetzt? Ich will nicht zurück. Ich halte es dort nicht aus. Könnten wir nicht hier unten bleiben, Acland – bis später? Wir könnten etwas suchen, wo es was zu trinken gibt. Irgend etwas.«

»Nein. Wir fahren zurück. Komm, beeil dich.«

Acland ging voran. Freddie stolperte auf dem schmalen Weg hinter ihm her. Mit seinen Ledersohlen rutschte er auf dem feuchten Gras, schlitterte in dem Schlamm.

»Laß die Finger von ihr.«

Sie waren am Auto angekommen. Acland blieb stehen, er stützte sich mit der Hand an der Tür. Er drehte sich zu Freddie um.

»Laß die Finger von ihr, Freddie. Ich sage dir nicht, daß du alles vergessen sollst – denn das wirst du nicht können. Aber du mußt versuchen, dich davon zu lösen. Du darfst es nicht an dich heranlassen.«

»Es ist nicht nur wegen Constance. Es ist nicht nur wegen ihres schrecklichen Vaters – wegen der schmutzigen Dinge, die er geschrieben hat. Es ist wegen . . .« Freddie lehnte sich gegen den Wagen. »Der Krieg. Mama. Dieser Arzt, den ich ihretwegen aufsuchen mußte. Ich glaube, er hat gelogen, Acland –«

»Warum sollte er das tun?«

»Ich glaube, Mama hat ihn überredet. Sie hat schreckliche Angst, daß ich an die Front gehen könnte.«

»Da irrst du dich bestimmt.«

»Vielleicht. Vielleicht. Aber ich komme mir so nutzlos vor. So absolut nutzlos. Boy kämpft. Du hast eine wichtige Arbeit –«

»Wichtige Arbeit? Da täuschst du dich aber gewaltig.«

»Das ist sie. Doch, das ist sie. Warum sagst du es nicht? Warum bist du so verbittert? Sogar Stern sagte, daß sie lebenswichtig sei, das habe ich ihn sagen hören. Und was tu ich? Nichts. Ich sitze zu Hause herum. Ich gehe mit Steenies Freunden aus – aber die sind alle viel jünger als ich. Sogar die tun irgend etwas. Sie malen. Sie schreiben. Sie machen Fotos. Das ist noch besser als nichts. Das ist besser, als so zu sein, wie ich bin. Ohne jeden Nutzen – für nichts und niemanden.«

Freddies Stimme versagte. Er putzte sich laut die Nase und faltete umständlich sein Taschentuch wieder zusammen. Acland legte den Arm um seine Schultern. Er beugte sein Gesicht näher an Freddies. Freddie sah die blasse Haut seines Bruders, die grünen Augen: Sie sahen nicht streng aus – auch wenn er das Gefühl hatte, daß Acland böse war.

»Du mußt dir etwas suchen. Es gibt doch bestimmt irgend etwas, was du tun kannst – irgend etwas, bei dem du dich nützlich fühlst. Freddie, du mußt nicht in den Krieg. Es ist nicht nötig, daß alle kämpfen.« Er machte eine Pause, dann öffnete er die Tür. »Ich werde mit Jane Conyngham reden. Geh zu ihr, ins Krankenhaus. Sie kann dir bestimmt helfen. Im Krankenhaus werden Leute gebraucht: Träger, Pfleger, Fahrer –«

»Fahrer?«

»Ambulanzfahrer. Und jetzt steig ein.«

Acland ließ den Motor an. Der Wagen zitterte, dann brüllte er auf. Acland wendete ihn in einem engen Kreis. Als sie wieder in Richtung London fuhren, beschleunigte er. Der Wagen erbebte, er gewann an Geschwindigkeit und fuhr immer schneller.

Freddie hatte geglaubt, daß sie auf der Fahrt aus der Stadt schnell gefahren waren; aber auf dem Weg zurück fuhren sie noch viel schneller. Sie schlingerten gefährlich durch Kurven. Die Kühlerhaube lag schief; der Wagen kippte nach rechts und nach links. Freddie spähte durch die zunehmende Dunkelheit nach vorn und sah Hecken und Zäune auf sich zuschießen. Er mahnte Acland, langsamer zu fahren, aber der Fahrtwind trug seine Worte mit sich fort.

Er klammerte sich mit beiden Händen am Sitz fest und stemmte die Füße gegen den Boden. Die Reifen quietschten. Vor ihnen tauchte eine Kurve aus dem Dunkel auf und blockierte die Straße, Freddie kniff die Augen zusammen. Er spürte es: Er würde sterben. Wenn nicht in dieser Kurve, dann in der nächsten oder in der danach. Ein plötzlicher Aufprall. Ein Krachen.

Er machte die Augen erst wieder auf, als sie die Außenbezirke von London erreicht hatten und Acland langsamer fuhr. Die Park Lane hinauf: Die Reifen quietschten, als sie zu den Garagen einbogen. Acland war bereits aus dem Wagen gesprungen und lief zum Haus, bevor sich Freddie entschließen konnte, den Sitz, den er noch immer umklammerte, loszulassen.

»Du bist wütend«, sagte er, während er hinter Acland herlief und ihn am Ärmel festhielt.

»Ja. Ich bin wütend.« Acland blieb stehen. Er sah hinauf in den Himmel. Er atmete tief.

»Meinetwegen?«

»Nein. Nicht deinetwegen. Ihretwegen. Was sie mit dir gemacht hat – und was sie sich selbst anzutun versucht. Ich werde jetzt zu ihr hinaufgehen. Damit sie sieht... wie wütend ich bin.«

»Jetzt? Das kannst du nicht tun, Acland. Tu's nicht.«
»Doch. Das werde ich tun. Es ist keiner da. Die andern sind alle mit Stern in der Oper. Niemand ist da – nur Curtis und die Krankenschwester.«
»Bitte, tu's nicht, Acland; sie ist krank.«
»Glaubst du, das wüßte ich nicht?« Acland stieß Freddie auf die Seite. »Du hast mir gerade selbst erzählt... wie krank sie ist.«

Vielleicht hatte Constance geschlafen, oder sie döste, wie sie es in dieser Zeit so oft tat, wenn die Stunden vergingen, ohne daß sie sich dessen bewußt wurde: Auf jeden Fall hörte sie nicht, daß Acland ins Zimmer kam und sich auf den Stuhl neben dem Bett setzte. Als sie die Augen aufmachte, dauerte es eine Weile, bevor sie ihn wahrnahm.

Sie sah zum Fenster. Sie sah gern in den Himmel, das wechselnde Licht, die Wolken, die vorbeizogen; sie lauschte gern den Geräuschen von der Straße, aber – in den vergangenen Tagen – hatte sie nicht mehr viel wahrgenommen. Die Geräusche kamen aus immer größerer Entfernung und waren gedämpfter, und das Licht – es hatte sich auch verändert. Es wurde nicht mehr hell, auch nicht am Mittag; das Fenster schien viel weiter entfernt als früher, sogar die Vorhänge waren nicht mehr so deutlich zu erkennen. Tatsächlich mußte sie sich schon sehr konzentrieren, um die Umrisse des Fensters überhaupt wahrzunehmen, und die Möbel im Zimmer. Es war ihr vorgekommen – war es gestern gewesen? oder vorgestern? –, als würde sie blind werden, und sie hatte sich bemüht, sich auch darauf zu konzentrieren, weil es bestimmt eine außerordentlich wichtige Entwicklung war, blind zu werden, nicht wahr?

Aber der Gedanke blieb nicht lange, nicht lange genug, um verarbeitet zu werden. Er zog weiter, blähte sich gewaltig auf und trieb dann davon wie ein Luftballon. *Vielleicht sterbe ich*, dachte sie eine Stunde später, oder einen Tag später, und für einen Moment breitete sich dieser Gedanke in ihrem Kopf aus und wurde groß und hell, als würde sie mitten in die Sonne starren; dann entglitt auch er ihr wieder, und die Dunkelheit kehrte zurück. Ihr war die Dunkelheit lieber: Sie war friedlich.

An jenem Abend, jenem bedeutsamen Abend, als sie die Augen aufmachte, in die Richtung sah, wo das Fenster sein mußte, und sie nur... Veilchen sah. Nicht die Blumen, nicht ihre Form, sondern ihre Farbe und ihren Geruch. Sie sah, wie die Farbe dahinflog – alle nur denkbaren Töne, vom blassesten durchsichtigsten Grau über Lavendel bis hin zu Traubenrot. Der Anblick und der Geruch – von Feuchtigkeit und Erde – waren so schön, daß Constance einen leisen Schrei ausstieß, dessen Ton langsam aufstieg und davonschwebte, Kanonenmetall und Rauch.

»Faß sie an.«

Als Acland es sagte – und sie wußte sofort, daß es Acland war –, kam ihr seine Stimme sehr laut vor, so laut, daß sie zu träumen glaubte. Aber dann sagte er es noch einmal, und es war vielleicht doch kein Traum. Dann – wie lange es dauerte, als würde man zusehen, wie sich die Welt dreht – drehte sie ihren Kopf auf dem Kissen, und da sah sie ihn, er wich zurück, kam wieder näher mit seinem schmalen konzentrierten Gesicht. Er runzelte die Stirn. Er hielt etwas in den Händen; er hielt ihr etwas entgegen; er legte den Arm um ihre Schultern und hob sie hoch. Er hielt ihr etwas dicht ans Gesicht. Es waren Veilchen, ein kleiner Strauß Veilchen. Acland hatte sie eben aus einer Vase auf dem Frisiertisch genommen, aber das brauchte Constance nicht zu wissen. Sie war verwundert, daß sie die Veilchen sah, daß sie da waren, daß sie nicht blind war. Sie wollte sie anfassen, aber ihre Hand war zu schwer, sie konnte sie nicht hochheben.

»Riech daran. Hier.«

Acland hielt die Blumen dicht an ihr Gesicht, so daß die Blüten über ihre Haut strichen. Sie sah, daß jede Blume ein Auge hatte, und die Augen sahen sie an. Die Blätter hatten kleine Äderchen. Der Geruch von Erde war überwältigend. In Veilchen ertrinken: Acland packte ihr Handgelenk.

»Zeit für dein Veronal. Aber von mir kriegst du es nicht. Trink das. Es ist nur Wasser. Langsam.«

Er hielt das Glas an ihre Lippen, und weil sich ihr Mund steif machte, ihre Kehle hartnäckig blieb, verschüttete er einen Teil des Wassers. Acland wischte es nicht auf, wie es die Krankenschwester tat, oder wie Jenna es tat. Er stellte das Glas wieder hin und sah sie an.

Vielleicht war es die Wirkung des Wassers, vielleicht war es seine Kälte auf ihrer Haut: Constance merkte, daß sie ihn sehen konnte. Sie konnte sehen, wie sich seine Haare an der Schläfe ringelten, daß es wie gemeißelt aussah; sie konnte den schmalen hohen Rücken seiner Nase sehen, die Blässe und Konzentration seiner Gesichtszüge. Sie sah, daß seine Augen sie mit ernstem Ausdruck musterten.

»Kannst du mich sehen?«

Constance nickte.

»Welche Farbe hat meine Jacke?«

»Schwarz.«

Es dauerte lange, bis das Wort an die Oberfläche gelangte; als Constance glaubte, es gesagt zu haben, war sie sich nicht mehr sicher, ob es das richtige war. Aber anscheinend war es das richtige, denn Acland nickte. Er stand auf, ging hinüber in die verschwommenen Farben; dann kam er zurück. Er hielt einen Spiegel in der Hand.

»Setz dich hin.«

Er hob sie hoch, lehnte sie gegen die Kissen. Dann tat er etwas Erstaunliches. Er hielt ihr das Glas vor das Gesicht, obwohl Spiegel verboten waren, schon seit Wochen verboten gewesen waren. Jenna hatte den großen Spiegel auf der Frisierkommode mit einem Tuch zugehängt.

»Schau her. Kannst du sehen? Sieh dich an, Constance.«

Constance sah in den Spiegel. Zuerst war die Oberfläche des Spiegels verschwommen und grau und perlig wie das Innere einer Muschelschale, aber sie wollte tun, was Acland ihr sagte, deshalb sah sie hinein, sah noch einmal hinein. Sie kniff die Augen zusammen. Nach einer Weile stellte sie fest, daß sie ein Gesicht sehen konnte.

Das Gesicht jagte ihr einen Schrecken ein; sie kannte dieses Gesicht nicht. Es war aschgrau; spitze Knochen ragten hervor; die Haut um den Mund war aufgesprungen und wund; die Augen waren eingesunken, mit Schatten umrandet. Unsicher starrte sie in dieses Gesicht, und ihre Hände begannen sich von ganz allein zu bewegen, vor und zurück, kleine ruckartige Bewegungen auf dem kühlen Laken.

Acland legte den Spiegel auf die Seite; er nahm eine ihrer Hände. Er hielt sie hoch, vor ihr Gesicht, umfaßte das Handgelenk mit seinen Fingern.

»Siehst du, wie dünn du bist? Deine Arme sind wie Streichhölzer. Ich könnte sie abbrechen – einfach so.«

Es schien Acland wütend zu machen, so daß Constance ihre Handgelenke ansah. Wahrscheinlich waren sie schockierend, so häßlich und dürr. Bestimmt waren sie gestern noch nicht so gewesen. Sie runzelte die Stirn über ihre Handgelenke, und während sie es tat, sah sie nicht nur ihre Handgelenke, sondern auch ihre Hände, und Aclands Hände, und das steife weiße Leinenlaken und die Bettdecke, die rot war, und den Stuhl, auf dem Acland saß und der aus schwarzem Holz war, mit geschnitzten Verzierungen.

»Ich will, daß du aus diesem Bett aufstehst.«

Acland zog die Decke zurück.

»Ist ja schon gut. Ich weiß, daß du nicht gehen kannst. Du brauchst nicht zu gehen. Ich werde dich tragen.«

Er hob sie hoch. Von der plötzlichen Bewegung wurde ihr schwindlig. Das Zimmer drehte sich, und Constance fühlte, wie sich ihre Hände auf eine dumme sinnlose Art an den Aufschlägen seines Jacketts festklammerten.

Er trug sie zum Fenster. Als sie dort angekommen waren, stieß Constance einen leisen Schrei aus, denn es stand offen. Er trug sie nach draußen, auf den kleinen eisernen Balkon. Diese Luft! Constance spürte ihre Leichtigkeit, und wie sie ihre Lungen füllte und ihren Kopf klar machte. Sie sah sich um: Die Konturen des Hauses und der Wolken; das Geräusch des Verkehrs; der herabstürzende Himmel. Wieder schrie sie auf.

»Es regnet.«

»Ja. Es regnet. Es regnet ziemlich stark, und es wird ein Gewitter kommen. Man kann es spüren. Fühlst du den Regen? Fühlst du ihn auf deinem Gesicht?«

»Ja«, erwiderte Constance.

Sie ließ den Kopf nach hinten gegen Aclands Schulter sinken. Sie ließ den Regen ihre Haut waschen. Er flüsterte ihr etwas zu. Sie schloß die Augen und fühlte die spitzen Regentropfen auf ihren Augenlidern, ihren Wangen, ihrem Mund. Zuerst war es ein schönes Gefühl; sie genoß es. Dann drang der Regen durch ihr Nachthemd; es wurde feucht und fühlte sich klamm und kalt an auf ihrer Haut.

»Bring mich wieder hinein«, hörte sie sich sagen. Ihre Stimme überraschte sie, denn es war wieder ihre alte Stimme, nur ein bißchen rauher als vorher. Acland rührte sich nicht, und so sagte sie es noch einmal.

»Bring mich wieder hinein, Acland.«

»Nein«, sagte Acland. Da merkte Constance, daß er wütend war – wütender, als sie ihn je gesehen hatte.

»Kannst du hören, was ich sage, Constance? Kannst du mich verstehen?«

»Ja«, begann Constance, aber noch ehe sie etwas sagen konnte, schüttelte Acland sie so heftig, daß ihr ganzer Körper zu zittern begann.

»Dann hör mir zu und vergiß nicht, was ich sage. Du wirst dich umbringen. Du scheinst zu erwarten, daß alle dastehen und dir dabei zusehen, wie du es tust. Ich werde das nicht tun – hörst du mich? Deshalb mußt du dich entscheiden, und du mußt dich jetzt entscheiden. Entweder gehst du wieder hinein und fängst an zu leben, oder ich laß dich einfach los. Ich werde hier stehen, dicht am Rand, am Geländer, und ich werde dich fallenlassen. Das geht viel schneller und tut nicht so weh, als wenn du dich zu Tode hungerst. Auf diese Weise ist es in einem einzigen Augenblick vorbei. Vier Meter tief. Du wirst gar nichts spüren. Entscheide dich. Was willst du?«

Während er sprach, hatte sich Acland weiter nach vorn gebeugt. Constance fühlte das Eisengeländer an ihren Füßen. Sie sah hinunter; sie konnte unten die Straße sehen, die zuerst verschwommen schwankte, dann deutlicher wurde. Vier Meter mindestens.

»Das würdest du nicht tun.«

»Vielleicht nicht. Vielleicht bin ich noch nicht abgestumpft genug – auch wenn ich es gern wäre. Na schön. Ich werde dich einfach loslassen. Ich werde dich absetzen. Schau her, das Geländer ist ziemlich niedrig; du brauchst dich nur ein bißchen nach vorn zu beugen, und schon bist du drüber. Da.«

Acland stellte sie auf den Boden. Die Steine waren kalt an ihren Fußsohlen. Ihre Knie zitterten.

»Halt dich am Geländer fest. So. Du kannst es tun. Du wirst es tun müssen. Laß mich los.«

Acland nahm ihre Hände von seiner Jacke.

Constance fiel gegen das Balkongeländer, streckte die Hand danach aus, griff daneben, konnte sich dann aber doch daran festhalten. Acland stand hinter ihr. War er noch dicht bei ihr – oder war er schon ein Stück weggegangen? Sie hatte das Gefühl, als wäre er direkt hinter ihr, aber als er wieder etwas sagte, kam seine Stimme von immer weiter her. Constance sah über das Geländer, die Straße unten winkte ihr.

»Entscheide dich.«

Er war jetzt ganz eindeutig weiter zurückgetreten. Constance konnte seine Stimme kaum noch hören; sie wurde vom Regen und vom Wind verschluckt. Sie könnte springen, dachte sie, und vielleicht hatte Acland recht: Das war es, was sie wollte. Sie würde nicht einmal springen müssen, wie er gesagt hatte; sie brauchte sich nur ein ganz kleines bißchen dagegen zu lehnen. Dann würde alles vorbei sein: die schwarzen Notizbücher und die schwarzen Träume und die schwarzen Würmer, die in diesen Träumen an ihrem Herzen nagten. So leicht!

Constance streckte den Kopf vor. Mit großer Konzentration sah sie hinunter auf die Straße. Sie winkte ihr noch immer, aber nicht mehr so heftig wie vorher. Constance überlegte, wie es sich anfühlen würde und wie es aussehen würde, unten auf dem Pflaster aufzuschlagen, so leicht aufgeschlagen zu werden wie eine Eierschale. Alles aus und vorbei: Es war vielleicht leicht, sich in den Tod treiben zu lassen; aber hineinzuspringen war etwas anderes.

Sie hob das Gesicht und hielt es in den Regen und atmete die feuchte Stadtluft ein. Sie atmete Zukunft ein – denn dort war eine mögliche Zukunft, trotz allem. Wenn es ihr gelang, sich zum Sterben zu bringen, dann würde es ihr auch gelingen zu leben: Jahr für Jahr eine Zukunft. Loslassen oder weitermachen.

Riskier's und mach weiter: Sie hörte die Stimme ganz klar und deutlich, die diese Worte zu ihr sagte. Aber im selben Augenblick, in dem sie sich entschloß, diesem Rat zu folgen, weil es ein guter Rat war, rutschten ihre Hände vom Balkongeländer ab nach unten; und die Straße kam mit einer solchen Geschwindigkeit auf sie zugerast, daß ihr Kopf dröhnte. Sie dachte, sie habe geschrien: Aclands Arme hielten sie fest. Er war viel näher bei ihr, als sie geglaubt hatte.

Sie standen still; es regnete; in der Ferne zuckten Blitze, Donner grollte.

Ein Gewitter im Sommer. Acland, der sie umgedreht hatte, blickte in ihr Gesicht. Er sah verwundert aus, dachte Constance, als ginge etwas in ihm vor, das er weder wollte noch verstand. Er war wie betäubt, wie von einem unsichtbaren Schlag getroffen.

Dann breitete sich der Ausdruck von Widerwillen auf seinem Gesicht aus; ärgerlich verzog er die Lippen. Mit ruhiger, matter Stimme sagte er:

»Komm mit hinein, Constance.«

»Ich kann mich nicht ändern«, sagte Constance zu ihm; es war eine ganze Weile später an diesem Abend. Sie hatte etwas gegessen. Sie fühlte sich wie neugeboren. Sie fühlte sich stärker. »Ich kann mich nicht völlig ändern. Das weißt du doch, Acland?«

Acland hatte ihre Hand gehalten, und wenn er sie nicht hielt, hatte er eine Hand auf der Decke ganz dicht neben ihre gelegt, daß sich ihre Finger berührten.

»Ich habe dich nie gebeten, dich zu ändern. Du bist so, wie du bist.« Er machte eine Pause. »War es wegen Floss? War es wegen des Unfalls?«

»Nicht nur. Nein.«

»Dann wegen Freddie? Wegen der Tagebücher deines Vaters?«

»Du hast mit Freddie gesprochen?«

»Ja. Heute abend.«

»Hat er dir erzählt, was ich getan habe? Was wir getan haben?«

»Teilweise. Ich könnte mir denken, daß er einiges ausgelassen hat.«

»Ich werde mich nicht entschuldigen. Ich werde nicht um Verzeihung bitten.«

Constance sprach schnell, ihre Hände drehten sich hin und her. »Jetzt weißt du, wie ich bin. Du kennst mich von meiner schlimmsten Seite. Ich nehme an, es hat dich nicht überrascht. Ich nehme an, es hat dir nur bestätigt, was du schon immer gedacht hast. Du konntest mich nie leiden, Acland.«

»Früher habe ich dich überhaupt nicht leiden können.«

»Na also, dann – hast du also recht gehabt. Ich will mich deswegen nicht streiten. Ich kann mich oft selber nicht leiden. Manchmal hasse ich mich.«

»Wolltest du dich deshalb bestrafen?«

»Mich bestrafen?« Constance fühlte sich durch den Ton seiner Stimme gekränkt. Vielleicht hatte er das beabsichtigt. Sie wandte sich ab.

»Du wolltest sterben. Du warst darauf fixiert. Das ist doch so etwas wie Bestrafung.«

»Vielleicht ist es das. Vielleicht...« Constance begann noch einmal, langsamer. »Ich konnte mich nicht leiden. Ich dachte, ich würde den Menschen Schaden zufügen. Ich kann es nicht erklären, Acland, und ich bin auch nicht immer so. Manchmal habe ich fast das Gefühl, daß ich auch gut sein könnte – oder jedenfalls besser. Aber dann passiert irgend etwas. Dann werde ich wieder anders, dann muß ich weh tun. Mein Vater sagte immer –«

»Was hat dein Vater gesagt?«

»Nichts. Es hat nichts zu bedeuten.«

»Du solltest deinen Vater vergessen. Du solltest ihn... aus deinem Gedächtnis streichen.«

»Ich bin die Tochter meines Vaters«, erwiderte Constance, und ihre Hände begannen sich wieder auf der Bettdecke hin und her zu drehen.

Sie hat Fieber, dachte Acland; er legte seine Hand auf ihre Stirn, die sich tatsächlich heiß anfühlte. Bei der Berührung seiner Hand schloß Constance die Augen. Sie bewegte sich unruhig unter der Decke, dann lag sie still. Sie sollte ausruhen, dachte Acland; sie sollte schlafen. Er ging ein paar Schritte vom Bett weg, setzte sich hin, stand wieder auf und begann, im Zimmer auf und ab zu gehen. Nach einer Weile atmete Constance ruhiger; Acland ging zum Fenster – er wollte sie nicht allein lassen – und sah hinaus.

Freddies Geständnis hatte Acland schockiert, auch wenn er sich vor seinem Bruder nichts hatte anmerken lassen. Freddies Geschichte hatte Lücken, und Acland merkte, wie ihn diese Lücken beherrschten. Er versuchte sich auf die Tatsachen zu konzentrieren, die Freddie ihm erzählt hatte: die Tatsache, daß Shawcross ein Tagebuch geführt hatte, die Tatsache, daß sowohl Constance als auch Freddie es gelesen hatten; die Tatsache, daß Freddie jetzt von der Affäre ihrer Mutter wußte; die Tatsache, daß Constance seinen Bruder verführt hatte.

Acland stand am Fenster und beobachtete den nachlassenden Sturm. Dann drehte er sich wieder zum Bett um.

Constance schlief; ihre Wangen waren gerötet, ihre Haare lagen zerwühlt auf dem Kissen. Sie ist noch ein Kind, dachte Acland. Aber er wußte sofort, daß das nicht stimmte. Constance war nie wie ein Kind gewesen, auch nicht damals, als er sie zum ersten Mal gesehen hatte. Schon damals war ihr Blick – trotzig, wachsam, als erwartete sie, daß ihr jemand weh tat – wie der eines viel Älteren gewesen.

Jemand hatte ihr ihre Kindheit gestohlen. Acland ging einen Schritt auf das Bett zu. Constance stieß einen Schrei aus. Sie träumte; er sah, wie ihre Lider zuckten. Sie begann sich im Bett zu wälzen, zerrte an den Decken. Sie zog an den Schleifen, die ihr Nachthemd zusammenhielten. Wieder stieß sie einen Schrei aus. Dann lag sie still, ihre Augen waren fest geschlossen, ihr Atem ging schnell.

Acland ging zum Bett. Die Laken waren auf die Seite gerutscht. Ihr Nachthemd war verdreht. Constance lag da, als hätte sie gerade mit einem Mann geschlafen – ihre Arme waren weit ausgebreitet, ihre Haare über den Hals und das Gesicht verteilt. Ein Bein war bedeckt, das andere nackt. Er konnte ihre Schenkel sehen, das dunkle Schamhaar durch den dünnen Stoff des Nachthemds erahnen. Ihre rechte Brust war bedeckt, die linke bloß. Daß dieses Kind Brüste hatte, daß sie voll und rund geblieben waren, mit einem großen dunklen Hof, trotz ihrer mageren Figur – Acland streckte die Hand aus, um das Nachthemd über ihre Brust zu ziehen. Seine Finger berührten die Bänder. Constance bewegte sich. Ihre Hand umschloß seine Hand.

»Bitte, faß mich an«, sagte sie mit geschlossenen Augen. »Ja. Faß mich so an.« Er spürte die Wölbung ihrer Brust unter seiner Handfläche, die vorstehende Warze. Constance zitterte. Ihre Augenlider flackerten.

Acland zog seine Hand mit einem Ruck zurück. Constance machte die Augen auf. Sie strich sich das Haar aus dem Gesicht. Sie starrte ihn an, ihre Augen waren groß, dunkel und leer. Dann schien sie zu verstehen.

»Ach, du bist es, Acland. Ich hatte einen schlimmen Traum. Einen schrecklichen Traum. Halte meine Hand fest. Bitte, halte sie fest. So ist es gut. Jetzt fühle ich mich wieder besser. Nein, geh nicht weg, Acland. Bleib bei mir. Erzähl mir irgendwas.«

»Was soll ich dir denn erzählen?«

Acland war auf der Hut; er zögerte, dann setzte er sich neben das Bett auf den Stuhl.

»Egal, was. Irgendwas. Ich möchte nur deine Stimme hören. Sag mal, wo sind denn eigentlich die andern alle?«

»Mit Stern in der Oper. Sie werden bald zurück sein. Aber die Krankenschwester ist hier, und auch Jenna – falls du etwas brauchst.«

»Nein, ich will sie nicht. Die Krankenschwester ist so streng. Und Jenna macht immer soviel Aufhebens. Wie lange ich geschlafen habe. Hat sie Hennessy schon geheiratet?«

»Noch nicht. Ruh dich aus, Constance. Hennessy ist in Frankreich – er hat sich zur Armee gemeldet, weißt du nicht mehr? Wahrscheinlich werden sie nach dem Krieg heiraten.«

»Laß uns nicht von ihnen sprechen. Ich will nichts von ihnen hören.« Sie bewegte ihren Kopf auf dem Kissen. »Ich hasse Hennessy. Das habe ich immer getan. Er hat Käfer getötet. Er hat ihnen die Beine rausgezogen, er hat sie in einen Karton gesperrt; einmal, als ich noch klein war, hat er sie mir gezeigt –«

»Ruh dich aus, Constance. Denk nicht an Hennessy –«

»Er ist dumm – nur ein bißchen. Das hat Cattermole gesagt. Aber das glaube ich nicht. Das habe ich nie geglaubt. Ich glaube, daß er schlau ist. Schlau und böse. Und so groß. Glaubst du, daß Jenna ihn schön findet? Ich schätze, das ist er, wie eine große Eiche. Aber er hat Käfer getötet. Und Motten. Und Spinnen. Früher hab ich immer geglaubt, er hätte meinen Vater getötet –«

»Hör auf damit, Constance. Du solltest nicht soviel sprechen. Du hast Fieber. Lieg still.«

»Stimmt das? Habe ich Fieber? Habe ich eine heiße Stirn?«

Sie versuchte sich gegen die Kissen zu lehnen. Acland sah sie erschrocken an und überlegte, ob er nach der Krankenschwester klingeln sollte, dann legte er seine Hand auf ihre Stirn. Sie fühlte sich noch immer ganz trocken an, etwas heiß.

»Siehst du? Kein Fieber. Kein bißchen Fieber.«

Sie streckte sich wieder auf den Kissen aus. Sie richtete den Blick auf sein Gesicht.

»Aber das denke ich jetzt nicht mehr. Damals war ich noch klein. Heute frage ich mich: Wer diese Purdeys wohl weggenommen hat?«

»Was?«

»Francis' Gewehre. Jemand hat sie weggenommen. Sie waren nicht da, das weiß ich von Francis. Natürlich könnte er auch gelogen haben. Er könnte sie selbst weggenommen haben –«

»Ich rufe jetzt gleich die Schwester, Constance.«

»Weißt du denn nichts von den Gewehren, Acland? Ich dachte, das wüßtest du. Oder dein Vater wüßte es. Hol nicht die Schwester. Warte. Ich muß dir etwas Schreckliches sagen –«

»Constance –«

»Mein Vater und deine Mutter hatten ein Verhältnis. Ziemlich lange. Mehrere Jahre. Sogar Francis hat es am Ende gewußt. Er hat sie gesehen, an dem Tag. Deine Mutter, wie sie in das Zimmer von meinem Vater gegangen ist. Er hatte etwas verloren – Francis. Was war es eigentlich? Irgendwas, das er brauchte – für seine Kamera, das war's! Ja, er hatte es dort verloren, und da ist er zurückgegangen, und da hat er sie gesehen, wie sie gerade die Tür vom Schlafzimmer des Königs hinter sich zugemacht hat. Francis hat geweint.«

»Lieg still.«

»Und Freddie. Beide. Wie sie geweint haben. Hast du geweint, Acland? O nein – du hast es gewußt. Du hast es schon lange vorher gewußt. Natürlich. Das hatte ich ganz vergessen. Acland, mein Kopf tut so weh. Halte meine Hand fest. Nein, fester. So. Siehst du? Jetzt bin ich ruhiger –«

»Constance. Du mußt es vergessen. Das ist schon so lange her, fünf Jahre –«

»Acland, bitte, sag mir – das eine. In der Nacht – in der Nacht, in der er verunglückt ist –, wo warst du da, Acland?«

»Natürlich auf dem Fest –«

»Ja, aber später. Acland, Francis sagt, er hätte dich gesucht, als die Gesellschaft sich auflöste. Er konnte nicht schlafen, er wollte mit jemandem reden. Und er konnte dich nicht finden. Du warst nicht in deinem Zimmer. Du warst auch nicht unten –«

»Hat Boy das gesagt?«

»Ja, einmal hat er es gesagt.«

»Nun, er konnte mich nicht finden. Ich war nicht da. Ich war bei ... bei jemandem.«

»Bei Jenna?«

»Ja. Hör zu, können wir das jetzt beenden?«
»Die ganze Nacht?«
»Ja. Die ganze Nacht. Es wurde schon hell, als ich ging. Ich war die ganze Nacht nicht im Bett –«
»Die ganze Nacht. Mit Jenna.«
Constance stieß einen tiefen Seufzer aus. Die Anspannung und die Sorge verschwanden aus ihrem Gesicht. Sie lehnte sich wieder zurück gegen die Kissen.
»Siehst du? Jetzt bin ich ruhig. Ich wußte, daß du es schaffst. Siehst du, ich hatte solche Angst –«
»Constance –«
»Nein, wirklich. Ich hatte das Gefühl, als würde ich ein schweres Gewicht mit mir herumtragen, das mich zu Boden drückt. Aber jetzt ist es weg. Du hast mich geheilt, Acland. Du hast mich zweimal geheilt. Einmal auf dem Balkon, und einmal hier. Das werde ich nie vergessen – solange ich lebe.«
Sie schwieg. Sie nahm wieder seine Hand.
»Bleib noch ein bißchen. Sprich mit mir. Erzähl mir etwas, irgend etwas, das mich beruhigt. Ganz gewöhnliche Dinge. Dann werde ich einschlafen. Erzähl mir von deiner Arbeit. Wo du hingehst. Wer deine Freunde sind. Bitte, Acland, geh nicht weg.«
Acland zögerte. Einen Augenblick lang sagte ihm sein Instinkt, daß er die Krankenschwester rufen sollte, damit er das Zimmer verlassen konnte; aber Constance zog ihn näher zu sich. Er wollte gehen: Er zögerte zu gehen.
Er sah sich im Zimmer um und dachte, daß es ihn schläfrig machte. Die Stille eines Krankenzimmers, die Wärme des offenen Feuers im Kamin, die rote Überdecke. Constances Augen sahen ihn ruhig an. Ein merkwürdiger Abend, dachte er, ein Abend jenseits der Zeit, jenseits des restlichen Lebens.
»Also, gut«, begann er. »Meine Arbeit. Meine Arbeit ist sehr langweilig. Berge von Papier: Ich lese Berichte und ich schreibe Berichte. Ich entwerfe Memoranden. Ich nehme an Sitzungen teil. Ich bin dem Serbischen Tisch zugeordnet, und je mehr ich über die Ereignisse dort erfahre, desto weniger verstehe ich sie. Ich habe zwei Holztabletts, Constance, eins rechts von meinem Tisch, und eins links davon, und am Ende des Tages muß ich all die Papiere von der linken auf die rechte Seite gelegt haben, das ist alles, was ich tu. Tag für Tag.«
»Triffst du Entscheidungen?«

»Entscheidungen? Nein, jedenfalls nicht innerhalb der nächsten zehn Jahre. Nein, ich gebe Empfehlungen – und dann sehe ich zu, wie sie ignoriert werden.«

»Es gefällt dir also nicht?«

»Nein. Es gefällt mir nicht.«

»Was würdest du denn lieber tun?«

»Ich wünschte, ich wüßte es. Ich habe nicht gelernt, irgend etwas zu tun. Ich habe gelernt, griechische und lateinische und philosophische Werke zu lesen. Ich habe gelernt – jetzt gerade –, irgendeine Art Stellung in der Welt einzunehmen; eine mächtige Stellung, schätze ich. Das wird von mir erwartet. Aber es interessiert mich nicht besonders.«

»Und warum nicht?«

»Ich glaube, weil alles so voraussagbar ist. Sieh uns an. Boy wird aus dem Krieg zurückkommen. Eines Tages wird er Winterscombe erben. Sie werden irgendeinen geeigneten Beruf für Freddie finden, genauso wie sie für mich einen gefunden haben. Steenie kann ihnen vielleicht entkommen – aber wir anderen?« Acland schwieg.

Es erstaunte ihn, daß er diese Dinge sagte, denn er hatte sie noch nie jemand anderem gegenüber erwähnt, nicht einmal gegenüber seinem Freund Ego Farrell. Acland sah auf seine Hände: Sie waren schmal und blaß; die Haut war weich; die Hände eines Gentleman.

»Ich habe nicht genügend Willenskraft«, sagte er, und wieder war er überrascht, denn es war nicht seine Gewohnheit, Schwächen einzugestehen. »Wir haben alle zuviel bekommen, vielleicht ist es das. Zu viel, zu früh, zu leicht. Daher haben wir nie gelernt, zu kämpfen.«

»Du könntest kämpfen.« Constance versuchte sich wieder aufzurichten. Sie ergriff seine Hand und hielt sich an ihr fest. »Du könntest es. Du könntest es, Acland. Du könntest überall hingehen, alles sein, wenn du nur wolltest. Sieh mich an. Da! Ich kann es in deinen Augen lesen. Ich erkenne es. Das habe ich immer... Es steckt in dir, genauso wie es in mir steckt. Wir sind uns ähnlich. Du bist nicht demütig und schwach, noch weniger als ich. Du bist kein Christ von Geburt an, Acland.« Sie lächelte. »Du bist wie ich. Ein Heide.«

»Unsinn.« Acland erwiderte ihr Lächeln. Er hob die Hand und begann, an seinen Fingern zu zählen. »Getauft, Church of England. Konfirmiert, Church of England. Eton and Balliol. Sohn eines ultrakonservativen Landedelmanns. Enkel eines ultrakonservativen Landedelmanns. Die Phantasie meiner Familie ist schon vor vielen Jahren erloschen. Sie starb aus, sobald sie Geld in die Hände bekamen. In wenigen

Jahren, Constance – vielleicht noch nicht ganz, aber das wird noch kommen –, wenn du in meine Augen siehst, weißt du, was du dann sehen wirst? Zufriedenheit. Die Kaltblütigkeit des englischen Gentleman. Bis dahin werde ich vollkommen sein, denn es braucht mindestens drei Generationen, um da hinzukommen – zehn wahrscheinlich, um ein vollendetes Resultat zu erzielen –«

»Du lügst.« Constances Augen waren auf sein Gesicht gerichtet. »Du lügst, Acland – und du vergißt etwas. Da gibt es noch etwas anderes, nicht wahr – etwas, das du mir noch nicht erzählt hast?«

»Ich habe mich freiwillig gemeldet.« Er löste seine Hände aus Constances Griff. Es herrschte Schweigen.

»Verstehe«, sagte Constance schließlich. »Wann?«

»Vor drei Tagen.«

»Welches Regiment?«

»Gloucestershire Rifels.«

»Ego Farrells Regiment?«

»Ja. Ego ist tot.«

»Aha.« Constance hielt die Luft an. »Du willst ihn also ersetzen?«

»In gewisser Weise. Ich hatte das Gefühl, daß ich ihm etwas schulde, daß ich ihm das schulde. Bis jetzt weiß es noch niemand. Ich werde es ihnen heute abend sagen. Oder morgen vielleicht. Ich muß erst lernen, wie man tötet. Man wird mich in ein Trainingslager für Offiziere schicken.«

»Zieh die Vorhänge zurück, Acland.«

»Du mußt dich jetzt ausruhen –«

»Gleich werde ich mich ausruhen. Aber jetzt noch nicht. Bleib noch fünf Minuten. Ich glaube, es regnet schon wieder. Ich kann den Regen hören. Zieh die Vorhänge zurück. Nur einen Augenblick. Ich möchte hinaussehen.«

Acland zögerte; aber um sie zu beschwichtigen, tat er, worum sie ihn bat. Dann kehrte er wieder ans Bett zurück.

»Mach die Lampe einen Augenblick aus. Schau«, Constances schmales Gesicht drehte sich zum Fenster. »Schau, der Mond.«

Acland drehte sich um. Durch die Schatten des Zimmers sah er einen fast vollen Mond und tiefe Wolken. Einen Augenblick lang verdunkelten sie das Licht. Acland starrte hinaus und stellte fest, daß er nicht nur den Mond und die Wolken sehen konnte, sondern auch Gedanken, Möglichkeiten und bildhafte Vorstellungen. Sie rasten durch seinen Kopf, öffneten einen hellen Raum und hüllten ihn dann wieder in

Wolken: Ein Mond blitzte auf; ein krankes Mädchen, das hatte sterben wollen.

Er blieb ganz still stehen, das Gesicht zum Fenster gewandt, aber die Nähe von Constance überwältigte ihn fast. Er konnte ihre Hand fühlen, nur ein paar Zentimeter von seiner entfernt, so sicher, als würde er sie berühren; ihre Hand, ihre Haut, ihr Haar, ihre Augen. Sie drehten sich beide im selben Augenblick um und sahen sich an.

»Bitte, halt mich fest, Acland, ja? Nur für einen Augenblick. Tust du das?«

Constance hob die Arme; Acland beugte sich nach vorn.

Es war eine seltsame Umarmung, obwohl er sich gar nicht bewußt war, daß er sich bewegte oder daß er beschlossen hatte, sich zu bewegen. Eben stand er noch neben dem Bett, und jetzt fühlte er Constance, die sich an ihn drückte.

Er konnte jede einzelne ihrer Rippen spüren; er hätte jeden einzelnen Wirbel zählen können. Er spürte die Wärme ihres Gesichts, das sich gegen seinen Hals preßte. Ihr Haar, das durch ihre Krankheit lang und dünn geworden war, fühlte sich feucht an, ein wenig schmutzig. Er ergriff eine Locke mit den Fingern, so wie er es schon einmal getan hatte; diesmal drückte er sie gegen seine Lippen. Constance rückte ein wenig von ihm ab. Ihre Hände klammerten sich an ihn und zwangen ihn, in ihr Gesicht zu sehen. Dann begann sie mit großer Eindringlichkeit zu sprechen.

»Keine Erklärungen«, sagte sie. »Keine Reaktionen oder Versprechungen. Nur das. Nur das eine Mal. Ich habe immer gewußt, daß es vorhanden war. Du wußtest auch, daß es vorhanden war – an dem Tag am See, damals hast du es gewußt – hast du es damals gewußt? Sag nichts.« Sie preßte ihre schmale heiße Hand an seine Lippen. »Antworte mir nicht. Ich will keine Antworten, und ich will keine Fragen. Nur dies. Ich brauche es – es gibt mir Kraft.«

Sie brach ab. Sie hob die Hand und berührte seine Haare, dann sein Gesicht, seine Augen. Sie bedeckte seine Augen mit ihrer Hand. Als sie sie zurückzog, sah Acland, daß sie lächelte.

»Später wirst du dir vielleicht sagen, daß es meine Krankheit war, die zu dir gesprochen hat. Das kannst du ruhig – später. Aber jetzt darfst du es nicht glauben. Das lasse ich nicht zu. Ich habe kein Fieber. Ich bin ganz ruhig. In einer Minute kannst du gehen – aber jetzt noch nicht. Bevor du gehst, mußt du mir etwas versprechen.«

»Versprechen?«

»Du mußt mir versprechen, nicht zu sterben.«
»Das ist ein bißchen schwierig... So etwas zu versprechen.«
»Lach nicht. Ich meine es ernst. Ich will, daß du es schwörst. Heb deine Hand und leg sie an meine. So. Versprich es mir.«
»Warum?«
»Weil ich wissen will, daß du lebst. Daß du da bist. Auch wenn wir uns niemals wiedersehen. Wieviel Zeit auch immer vergeht und wie wir uns auch verändern, ich möchte wissen, daß du da bist, irgendwo. Es ist wichtig. Versprich es.«
»Also gut. Ich verspreche es.«

Er ging zur Tür. Ein merkwürdiges Versprechen; ein merkwürdiges Band. Wie schon früher hatte Acland auch jetzt wieder das Gefühl, eine unsichtbare Grenze zu überschreiten: eine Zeit jenseits der Zeit; ein Schritt durch den Spiegel.

Constance hatte jetzt die Augen geschlossen, sie atmete regelmäßig. Er wünschte ihr gute Nacht, aber sie antwortete ihm nicht. Unsicher blieb er noch einen Moment an der Tür stehen. Eine Uhr tickte.

Draußen im Flur kam er an einer geöffneten Tür vorbei, dem Zimmer der Krankenschwester, die in einem Sessel saß und schlief. Er ging weiter, kam zur Treppe und sah hinunter. Unten, am Fuß dieser Treppe, wartete die normale Welt, eine Familie, die aus der Oper kam, das Geständnis, daß er in den Krieg ziehen würde. Eigentlich sollte er jetzt hinuntergehen und auf sie warten, aber er zögerte noch, die Schatten des Korridors zu verlassen. Er war noch nicht bereit. Er hatte den... Druck noch nicht abgeschüttelt; ja, das war es – er kam sich vor wie ein Taucher, der aus den Tiefen des Meeres auftaucht und ein wenig warten muß, bis er sich wieder an die normale Luft gewöhnt hat. Er legte die Hand auf das Geländer und blieb eine Weile dort stehen; sein Geist und sein Körper waren von einem unwirklichen, losgelösten Gefühl erfaßt, einem elementaren Verlangen. Es war das Verlangen nach einer Frau.

Er drehte sich um. Langsam ging er durch den Gang. Auch Jennas Tür stand einen Spalt offen; er sah ins Zimmer. Sie saß mit dem Rücken zu ihm an einem Tisch und schrieb. Acland lehnte sich gegen die Wand. Er schloß die Augen. Der Gang war von flüsternden Stimmen erfüllt.

Hast du mit ihr geschlafen, Freddie?
Nein, das wollte sie nicht. Alles andere, aber das nicht.
Alles andere?

Sie wollte berühren. Und zusehen. Manchmal —
Manchmal was?
Sie liebt die Dunkelheit. Sie liebt Spiegel. Sie sagt Wörter —
Was für Wörter?
Solche Wörter. Wörter, die Frauen sonst nicht aussprechen. Sie hat sie aus den Tagebüchern.
Das verstehe ich nicht. Hast du dir das alles nur ausgedacht?
Nein. Sie tut alles. Aber sie macht mir angst.

Acland öffnete die Augen. Er sah durch das erhellte Zimmer. Eine Feder kratzte übers Papier. Die Luft war von Constance erfüllt. Sie war ihm vom Schlafzimmer in den Gang gefolgt; sie leitete ihn an, bettelte. Ein Stuhl, ein Tisch, ein Bett, eine Frau: Dort drinnen war Constance, sie wartete; er spürte ihre Explosionen. Er roch ihr Haar und ihre Haut. Er legte seine Hand zwischen ihre Schenkel. Er streichelte ihre Brüste. Ihre Haare fielen über seine Augen. Sie streckte ihre kleine, mit billigen Ringen geschmückte Hand aus, die Hand eines Kindes, und sie berührte ihn, wie eine Frau ihn berühren würde. Ihre Hand glitt an seinem Schenkel hinauf; sie machte sein Glied steif. Das war es, was Constance tat — bei jemand anderem.

Er stieß die Tür auf, ging ins Zimmer. Jenna war erschrocken. Sie drehte sich um, schrie auf, schob ihren Stuhl zurück.

»Was ist? Hat sie wieder Fieber? Ich werde —«

Acland machte die Tür zu.

»Constance schläft. Ich bin gekommen, weil ich dich sehen will.«

Jenna zuckte erschrocken zurück. Ihr Gesicht wurde starr.

»Ich schreibe gerade — an Jack. Ich habe gerade angefangen. Ich schulde ihm einen Brief. Was ist los, Acland?«

»Was los ist? Nichts ist los.«

»Dein Gesicht — es ist ganz weiß.«

»Ich war bei Constance. Und ich habe mich freiwillig gemeldet. Das wollte ich dir sagen. Ich glaube, ich wollte dir sagen —«

»Pst.« Jenna ging einen Schritt auf ihn zu. »Sei leise. Sonst hört uns die Krankenschwester.«

Sie kam näher. Ihre Lippen bewegten sich. Sie sprach jetzt wieder, aber Acland konnte nur ein paar ihrer Worte verstehen, und je näher sie kam, desto weiter schien sie sich zu entfernen. Sie war so klein, so weit weg von ihm, eine Gestalt, die auf dem Bahnsteig stand und ihm etwas nachrief, während er mit dem Zug davonfuhr. Einem Truppenzug. In den Krieg. Das Zimmer war klein: Das sah er erst jetzt; er sah alle

Einzelheiten ganz genau, sie waren bedeutungsvoll und bedeutungslos zugleich; als sähe er sie durch das falsche Ende eines Teleskops. Ein Stuhl, ein Tisch, ein Bett und eine Frau. Die Frau hatte begonnen, ihn zu berühren. Die Berührung tat gut, er wollte Sex: Sex war das Richtige, um diesen Druck endlich loszuwerden. Constance, Sex, Krieg: Das war die Reihenfolge.

»Sieh mich an. Sieh mich an, Acland.« Sie hatte seine Hand ergriffen. »Ich weiß, warum du gekommen bist. Wir können es tun. Wenn du willst, können wir es tun.«

Sie flüsterte jetzt, zog ihn zum Bett. Aber irgend etwas stimmte nicht, etwas fehlte. *Sie machte es gern an Plätzen, an denen wir entdeckt werden konnten,* hatte Freddie ihm gestanden.

Acland drehte sich um. Er machte die Tür auf. Er ließ sie einen Spalt offen. Jenna sah ihm mit großen Augen zu. Dann protestierte sie flüsternd. Acland legte den Finger auf ihren Mund. Das Zimmer willigte seufzend ein; dann wurde es still.

Als er zum Bett ging, und zu einer Frau – die vielleicht weinte –, dachte Acland: *Schau her, Constance. Sieh es dir an. Ich werde dir zeigen – was Ficken ist.*

Am nächsten Tag, oder vielleicht die Woche darauf – die Eintragung war ohne Datum –, schrieb Constance in ihr Tagebuch:

Drei Tatsachen:

1) An dem Abend, an dem Acland in mein Zimmer kam, hat er nur eine Lüge erzählt. Eine sehr ernste Lüge. Interessant.

2) Von mir ging er direkt zu Jenna. Macht nichts. Ich mag Jenna gern. Sie darf für mich einspringen.

3) Er zieht in den Krieg. Als er es Gwen gesagt hat, ist sie in Ohnmacht gefallen.

Gwen vergoß auch Tränen, sie schmeichelte, bettelte, versuchte es ihm beharrlich auszureden. Als Acland störrisch blieb, sich nicht umstimmen ließ, gab Gwen schließlich nach: Sie hatte nie die Ausdauer besessen, sich für länger zu widersetzen.

Nachdem Acland ins Trainingslager gefahren war, konzentrierte sich Gwen darauf, dafür zu sorgen, daß ihm nichts passierte. Es gab Techniken, die sie bereits bei Boy angewandt hatte, seit er im Krieg war, jetzt mußte sie sie verdoppeln. Gwen glaubte, daß das Schicksal ihrer Söhne von ihr selbst abhinge: Sie konnte sie jetzt genauso vor Verwundungen schützen, wie sie sie als Kinder vor Krankheiten geschützt hatte. Das erforderte große Konzentration: Wenn sie sich nur genügend anstrengte, mutig war, wenn sie unaufhörlich an ihre Söhne dachte und stündlich um ihre Sicherheit bangte und betete, dann würde ihre Liebe so mächtig sein wie ein Amulett. Keine Kugel, keine Mine, keine Granate würde diesen unsichtbaren Schutzschild überwinden.

Ständig in Angst zu leben, ohne diese Angst zum Ausdruck bringen zu können – Denton hatte einen Wutanfall bekommen –, macht alles nur noch schlimmer. Das wußte Gwen, aber – es gab niemanden, zu dem sie hätte gehen können. Maud, deren Interesse am Krieg nur zeitweilig vorhanden war, war damit beschäftigt, Gesellschaften zu organisieren. Denton saß den ganzen Tag vor dem Kamin und döste vor sich hin. Sowohl Freddie – dem Jane Conyngham einen Posten als Ambulanzfahrer in Hampstead besorgt hatte – als auch Steenie hatten mit ihrem eigenen Leben zu tun. Steenie brachte seine Freunde mit nach Hause: Conrad Vickers; Basil Hallam, der enge Beziehungen zu einem Schauspieler unterhielt; einen seltsamen bärtigen Mann, einen Amerikaner, der Wexton hieß. Gwen wußte nicht, was sie von diesen Freunden halten sollte. Sie schienen auf besorgniserregende Weise ungezwungen; vielleicht mit Ausnahme von Wexton schien ihnen gar nicht bewußt, daß Krieg war. Und so fühlte sich Gwen einsam, aber diese Einsamkeit war nicht von Dauer; sie sollte schon bald eine neue Gefährtin, eine neue Vertraute finden – und das war Constance.

Diese Annäherung entwickelte sich ganz allmählich. Constance erholte sich von ihrer geheimnisvollen Krankheit, die so abrupt zu Ende gegangen war, wie sie begonnen hatte. Gwen freute sich über ihre Genesung. Die öden Wochen waren von kleinen Siegen unterbrochen: Constance kam zum ersten Mal die Treppe hinunter; sie machte ihren ersten Spaziergang im Park; sie aß mit der Familie zu Abend.

Diese Fortschritte bildeten das Fundament einer neuen Freundschaft. Und im Verlauf der Wochen machte Gwen noch eine andere Entdeckung: Constance war eine ausgezeichnete Gesellschafterin.

Alle Wunden schienen verheilt; nirgends ein Anzeichen dafür, daß die Krankheit irgendwelche Spuren hinterließ, Müdigkeit oder Depressionen. Ganz im Gegenteil, Constance entwickelte eine neue und vitale Lust auf Leben. Sie redete – und wie sie redete! Gwen entdeckte, daß Constance heilende Kräfte besaß: Wann immer sie traurig war oder Angst hatte, konnte Constance sie trösten.

Natürlich war sie amüsant – das war der eine Teil. Sie besaß Schwung und Elan. Sie liebte den Klatsch; sie hörte sich gespannt die Geschichten der Londoner Gesellschaft an, die Gwen aus zweiter Hand von Maud erfuhr. Sie liebte es, von femininen Dingen zu reden: Hüte, Handschuhe, Kleider, die zahllosen feinen Details der Mode. Sie liebte es, mit Gwen einen Einkaufsbummel zu machen. Wenn sie von ihren Expeditionen zurückkehrten, mit kleinen Päckchen, die an ihren Handgelenken baumelten, in eleganten Teestuben einkehrten, dann genossen sie es immer sehr, über diese Errungenschaften ausführlich zu plaudern.

Gwen hatte keine eigene Tochter: Diese harmlosen Vergnügungen waren neu für sie, sie erlebte sie zum ersten Mal in ihrem Leben, sie akzeptierte Constance. Ein Rest von Vorsicht, der früher immer vorhanden gewesen war, verschwand. »Constance«, sagte Gwen oft zu ihr, »was würde ich nur ohne dich tun?«

Und außerdem – war Constance anpassungsfähig. Sie war nicht immer fröhlich. Sie war sehr einfühlsam: Sie wußte, wann Gwen unterhalten sein wollte; und sie wußte auch, wann Gwen Ruhe brauchte. Constance spürte es und redete mit ihr. Sie begleitete Gwen auf ihren nostalgischen Streifzügen. Wenn sie an diesen stillen Nachmittagen vor dem Kamin saßen, während es draußen Winter wurde, öffnete Gwen Constance ihr Herz. Sie erzählte ihr von ihrer eigenen Kindheit in Washington; sie erzählte ihr von ihren Eltern und ihren Geschwistern. Alle möglichen Einzelheiten fielen ihr beim Erzählen ein: Einzelheiten, die ihr schon seit langem entfallen waren. Der Brougham ihres Vaters; die Fahrten über den Fluß, um die Verwandten in Maryland zu besuchen; die Kleider, die ihre Mutter getragen hatte; die Bibellesungen, die ihr Vater jeden Sonntagmorgen hielt.

Es folgte eine ziemlich bewegte und vergnügliche Zeit, die neun Monate dauerte. Es begann im Herbst 1915, als Acland noch in seinem Trainingscamp für Offiziere war. Und es ging auch noch weiter, als Acland schon nach Frankreich geschickt worden war.

Gwen hatte bis dahin immer nur kurze Ausflüge in die schillernde Welt gemacht, in der Maud hofhielt, aber sie hatte sich immer sehr zurückgehalten, weil sie Angst hatte, zu unscheinbar zu sein, um in der strahlenden Welt der feinen Gesellschaft Anklang zu finden. Aber jetzt, von Constance ermutigt, wagte es Gwen: Sie entdeckte, daß es viel leichter war, akzeptiert zu werden, als sie sich vorgestellt hatte.

Viele Frauen an der Spitze dieser Gesellschaft waren ebenfalls Amerikanerinnen so wie sie, dazu gehörte auch Mauds intime Freundin, und manchmal Rivalin, Lady Cunard. All diese Frauen waren sehr nett zu Gwen, und auch zu Constance, die von Gwen oder Maud beschützt wurde. Sie waren voller Energie; Gwen und Constance wurden schnell von nie endenden Aktivitäten mitgerissen. Luncheinladungen, Teegesellschaften, Soireen, Bälle, Dinners, die »wilden Feste«; zahllose Komitees – die Geld für die Frauen von Soldaten sammelten, die Geld für ausgewählte private Pflegeeinrichtungen sammelten, die Frauen mit Namen, Frauen aus guten Familien zur Krankenpflege nach Frankreich schickten. Gwens Anwesenheit bei diesen Komitees war gefragt, fand sie, und genauso die Schecks, die Denton zögernd für Wohltätigkeitszwecke ausfüllte.

Früher war ihr Kalender relativ leer gewesen, jetzt aber drängten sich die Termine: Keine einzige freie Stunde – falls aber doch einmal eine dazwischen war, dann wurde sie aufs angenehmste ausgefüllt, denn für all diese Funktionen war eine radikale Erneuerung ihrer Garderobe unumgänglich.

»Nein, Gwen, du kannst dieses Kleid nicht *schon wieder* anziehen«, würde Maud sagen, die entzückt war, eine neue Verbündete gefunden zu haben. »Aber was noch schlimmer ist: Constance hat *überhaupt nichts* Passendes. Wir müssen unbedingt einen Einkaufsbummel machen. Augenblicklich.«

Und so wurden es, mit den Monaten, auch immer mehr Einkaufsbummel. Unter Mauds fachmännischer Anleitung entdeckte Gwen die Verlockungen von Luxus.

»Seide, Gwen, direkt auf der Haut! Das ist das Höchste!« rief Maud, und Gwen, die erst vor ein paar Jahren Baumwolle für sich entdeckt hatte, machte, als Reaktion auf Dentons Forderung nach Sparsamkeit, eine schnelle Wandlung durch.

Es war berauschend – und es war kostspielig. Gelegentlich bekam Gwen, wenn sie in einem nach Parfüm duftenden *Salon* darauf warteten, bis ein Modell in einem unwiderstehlichen Kleid hereinstolziert kam, Angst. Maud verscheuchte solche Skrupel.

»Unsinn, Gwen«, rief sie. »Denton ist ein alter Miesepeter. Er versteht nichts von Geld; nur vom Sparen. Im übrigen brauchst du dir keine Sorgen zu machen – man ist hier schrecklich großzügig: Die Rechnung kommt erst nach Monaten...«

Kredit! Es war nicht schwer, einen Kredit zu bekommen; diese Orte, an denen Gwen vom Geld ihres Mannes getrennt wurde, waren sehr diskret. Die tatsächlichen Preise für ein Kleid, oder einen Hut, oder ein

Paar französische Schuhe – oder für einen handbestickten Unterrock aus Shantungseide – wurden nie erwähnt, das wäre viel zu gewöhnlich gewesen: Es wäre Gwen unhöflich vorgekommen, danach zu fragen. Und schließlich – hatte sie nicht, auf ihre vage Art, immer angenommen, daß das Vermögen der Cavendishs unerschöpflich sei? Wegen der paar Kleider würde es bestimmt nicht zu Schaden kommen, nur wegen ein paar hübscher Kleider... Oder einem oder zwei Schmuckstücken. Wirklich, wie Maud sagte, das war doch so gut wie nichts!

Diese Aktivitäten, diese Folge von Gesellschaften und von Einkäufen, hatten noch einen anderen Effekt: Sie veränderten Constance.

Constance besaß, wie Maud auf ihre beißende, aber wohlwollende Art bemerkte, einen natürlichen Instinkt für Luxus. Sie schwelgte in den Feinheiten des Außergewöhnlichen, sie war eine kluge Schülerin mit einem schnellen Auffassungsvermögen.

»Nein, Constance, meine Liebe. Ich weiß, daß du farbenfreudige Sachen magst, und sie stehen dir auch, aber dieses Grün ist einfach *zu* kräftig. Hier, *dieses*...«

Und bei diesen Worten hielt Maud ein Stück Seide in die Höhe, das gleich doppelt so teuer war. »Das hier ist das Richtige. Fühl einmal, Constance. Verstehst du es jetzt?«

Und Constance verstand es. Sie erkannte die Feinheiten, auch wenn ihr eigener Geschmack weiterhin geradezu dramatisch war; sie begriff, was Linie ist; sie sah, daß sich Mode nicht verbergen ließ.

Ja, Constance lernte schnell. Auch Maud entdeckte – genauso wie Gwen –, daß es Spaß machte, ihr etwas beizubringen; es war eine Freude zu sehen, wie schnell ihre Schülerin Fortschritte machte. Eines Tages, Anfang Januar 1916, zog Maud Gwen auf die Seite. Es war auf einer ihrer Teegesellschaften, und Constance – die sich am anderen Ende von Mauds Salon befand – war sehr gefragt. Die beiden Frauen sahen zu ihr hinüber; sie betrachteten sie voller Stolz.

»Weißt du was, Gwen«, begann Maud nachdenklich. »Constance hat große Chancen. Ich weiß, daß es Probleme gibt – keine Familie, kein Geld –, aber diese Dinge zählen heute nicht mehr so viel wie früher. Auf keinen Fall sind sie unüberwindbar! Siehst du, wie unterhaltsam sie ist? Immer so flink und so lebhaft. Sie hat *Charme,* Gwen. Vielleicht würde man sie nicht direkt hübsch nennen, aber sie ist beeindruckend, findest du nicht?« Maud sah Gwen von der Seite an. »Die Leute mögen sie, Gwen. Selbst schwierige Menschen. Maud Cunard war zuerst ein bißchen zurückhaltend – du weißt ja, wie sie ist –, aber jetzt ist sie *voll und ganz* von ihr eingenommen. Sie findet, daß Constance ein Gewinn ist – und das ist sie wirklich, ein Gewinn, Gwen. Diese Energie, die sie hat! Sie kann eine ganze Gesellschaft in Schwung bringen! Die Frauen mögen sie. Wichtiger noch, die *Männer* mögen sie. Sie sind hingerissen von ihr. Gwen, sollten wir uns nicht bemühen, für Constance eine wirklich gute Heirat zu arrangieren?«

»Heirat?« begann Gwen. Maud sah sie kühl an.

»Liebling, Gwen, manchmal bist du wirklich etwas schwer von Begriff. Constance wird im Mai siebzehn. Du warst achtzehn, als du geheiratet hast, und ich auch. Wir sollten nach vorn schauen, Gwen, und anfangen, Pläne zu machen. Erst neulich abend habe ich mit Monty darüber gesprochen. Es gibt eine ganze Reihe Kandidaten, die in Frage kämen; ich halte nicht einmal einen Titel für ausgeschlossen, nicht, wenn wir unsere Karten richtig spielen. Schließlich ist sie ja praktisch unsere Adoptivtochter; hinter ihr steht *euer* Name. Und wenn schon kein Titel, dann auf jeden Fall *Geld*.«

»Geld?«

»Ach, Gwen, *denk* doch einmal nach. Warum soll sie denn kein Geld heiraten? Schließlich gibt es genug davon. Monty hat sehr viele Freunde in der Stadt, Männer, die sich hochgearbeitet haben, die sich jetzt nach einer passenden Frau umsehen. Natürlich sind die ein ganzes Stück älter als Constance, aber wann hätte der Altersunterschied in der Liebe je eine Rolle gespielt? Sieh dir Denton und dich an. London bietet bestimmt verschiedenste Kandidaten. Oder wie wär's mit einem Amerikaner? Monty hat zahllose amerikanische Geschäftsverbindungen; da wäre zum Beispiel dieser Gus Alexander – du weißt schon, Gwen, der Baulöwe! Er ist vielleicht, rein äußerlich, ein bißchen ungehobelt, aber gerade deshalb wäre Constance genau das richtige für ihn. Oder wie wär's mit einem Russen? Ich *liebe* Russen – die sind so romantisch. So leidenschaftlich. Das würde Constance gefallen. Maud Cunard hat gerade einen *sehr* amüsanten in ihrem Troß – sie führt ihn bei jeder Gelegenheit vor. Prinz Soundso, irgendwas völlig Unaussprechliches. Dunkel, mit blitzenden Augen und ziemlich schlechtem Atem – aber das läßt sich ja ändern. Also, wie wär's mit dem, oder –«

»Hör auf, Maud. Ich kann gar nicht mehr mithalten mit dir.« Gwen lachte schallend.

»Du wirst mit mir mithalten müssen«, sagte Maud plötzlich sehr bestimmt. »Es ist wichtig, rechtzeitig Pläne zu machen. Ich kann nicht zulassen, daß du die Sache hinauszögerst, Gwen, ich warne dich. Man muß das Eisen schmieden, solange es heiß ist! Frauen bleiben nicht ewig jung, und gerade jetzt ist Constance noch eine Neuheit. Daraus mußt du Kapital schlagen, Gwen! Weißt du, was du tun solltest? Du solltest für Constance einen Ball geben. Sprich mit Denton darüber. Ein Ball, das wäre genau das richtige. Diesen Sommer – in Winterscombe...«

»Ich weiß nicht. Denton könnte was dagegen haben. Ein Ball wäre ziemlich teuer...«

»Unsinn. Mein Bruder ist doch kein völliger Narr. Schließlich will er Constance bestimmt nicht bis an ihr Lebensende versorgen. Du mußt es ihm schmackhaft machen, Gwen, als eine *Investition* – ein Geschäft, das vielleicht später einmal sehr hohe Dividenden abwirft! Und wenn *du* ihn nicht überreden willst, dann tu ich es eben. Oder ich bitte Monty, mit ihm zu reden. Monty schafft es immer, Denton zur Vernunft zu bringen...«

Und so war es eine beschlossene Sache: Constances Einführung in die Gesellschaft – ein Sommerball.

Montague Stern aß mit Denton in seinem Club zu Mittag, es war der Corinthian, ein Club, in dem Stern kurze Zeit später als Mitglied aufgenommen wurde. Nicht lange nach diesem Mittagessen rückte Denton selbst mit dem Vorschlag heraus: Und bevor Gwen wußte, wie ihr geschah, waren die Vorbereitungen in vollem Gange.

Sie würden den Ballsaal aufschließen. Wie viele Jahre war es her, seit sie ihn das letzte Mal benutzt hatten? Auf dem Rasen würde ein großes Zelt aufgestellt werden. Tausend Entscheidungen waren zu treffen, und es waren keine leichten Entscheidungen, wie Gwen anfangs naiverweise geglaubt hatte.

Maud, die sah, wie Gwen ins Schwanken geriet, nahm jetzt die Sache selbst in die Hand; und von da an wurde alles viel unkomplizierter. Das Orchester, das Gwen ins Auge gefaßt hatte – das würde nicht genügen! Es war das Orchester des vergangenen Jahres, diese Saison hatte man ein anderes. Das gleiche traf auch, wie Gwen feststellte, auf die Lebensmittellieferanten, den Weinhändler, die Floristen zu. Die Zusammenstellung der Gästeliste war das Schwierigste. Wer sollte darauf kommen? Und wer nicht? Gwen wurde von allen Seiten belagert. Steenie konnte es nicht ertragen, daß auch nur ein einziger von seinen Freunden ausgelassen wurde; Freddie machte immer neue Vorschläge; Maud änderte ihre Meinung von einem Tag zum andern, je nachdem, wen sie am vergangenen Abend getroffen hatte.

Nur Constance war still und bescheiden und hatte kaum irgendwelche besonderen Wünsche, war offenbar damit zufrieden, daß Gwen und Maud alle Entscheidungen allein trafen. Sie scheint alles zufrieden abzuwarten, dachte Gwen, in all den Monaten, die diesem Ball vorausgingen. Es war, als würde Constance auf etwas warten, etwas planen, völlig überzeugt davon, daß es ihr von ganz allein in den Schoß fallen würde.

Das ist doch ganz natürlich, sagte sich Gwen, obwohl ihr diese neue Konzentration Constances irgendwie merkwürdig vorkam. Constance freut sich auf den Ball, sagte sich Gwen. Sie war nervös, weil alles so groß wurde: Ja, das mußte es sein! Gwen war von diesem Beweis für Constances Unsicherheit sehr gerührt und stellte fest, daß sie Constance immer lieber mochte.

Der Ball sollte im Juni stattfinden; die Einladungen wurden im März verschickt. Gwen ging völlig in ihrer neuen Aufgabe auf und fühlte sich glücklich dabei, und sie geriet nur einmal ins Stocken – und zwar, als Acland, im April 1916, zu einem viertägigen Heimaturlaub aus Frankreich zurückkam.

Gwens Freude war groß, ihn vier Tage lang in ihrem Haus in London zu haben, und sie erwartete keine Schwierigkeiten. Schließlich war Boy in den vergangenen achtzehn Monaten zweimal zu Hause gewesen, und obwohl er sich strikt weigerte, über den Krieg zu reden, hatte er Gwen durch sein Benehmen Mut gemacht. Er hatte einen so fröhlichen Eindruck gemacht – viel fröhlicher als sonst, sie konnte sich gar nicht erinnern, ihn je so fröhlich gesehen zu haben. Ohne seine mürrischen Launen; ohne ein Anzeichen von Erregung; er hatte nicht ein einziges Mal gestottert. Und er war zum Umfallen anstrengend gewesen, denn Boy hatte darauf bestanden, an jeder Gesellschaft teilzunehmen, während es Gwen – wenigtens einmal – vorgezogen hätte, still mit ihm zu Hause zusammenzusitzen und sich zu unterhalten.

Aber Boy wollte nicht reden. Er wollte ausgehen. Er sprach in ganz neuen, klingenden, zuversichtlichen Tönen und auf eine so herzliche, witzige Art. Ein- oder zweimal hatte Gwen den Verdacht, daß seine Herzlichkeit angestrengt wirkte; und dann hatte Boy jetzt auch die Angewohnheit, andauernd den Kopf zu schütteln, als hätte er Wasser in die Ohren bekommen; das machte ihr Sorgen. Aber Boy beruhigte sie, das kam, weil es in London so still sei, sagte er, im Vergleich zur Front und dem ständigen Brüllen der Geschütze.

Es war das einzige Mal, daß er den Krieg erwähnte; danach wechselte er sofort das Thema. Als er wieder nach Frankreich zurückfuhr, war Gwen zuversichtlich: Boy ging es gut, er war kräftig und guter Dinge. Ihre Gebete waren erhört worden.

Als dann Acland zum ersten Mal aus Frankreich zurückkam, glaubte sie daher, daß es bei seinem Besuch ähnlich sein würde. Acland würde ausgehen wollen – »um die verlorene Zeit aufzuholen«, wie Boy gesagt hatte.

Aber das erwies sich als falsch. Acland war ein völlig anderer Mensch, als er aus Frankreich zurückkam. Er war schmaler, als Gwen ihn in Erinnerung hatte, und dabei war er schon immer sehr dünn gewesen. Er war auch stiller, und so geistesabwesend. Wie er Gwen, in ziemlich scharfem Ton, mitteilte, hatte er nicht die Absicht, irgendwohin auszugehen oder sich mit irgend jemandem zu treffen. Er habe nur vier Tage Zeit. Er ziehe es vor, zu Hause zu bleiben.

Und das tat er dann auch. Er blieb zu Hause, und Gwen blieb bei ihm. Aber sie fand es jetzt sehr schwierig, mit Acland zu reden. Vielleicht tat es ihm leid, so kurz angebunden gewesen zu sein, als er zu Hause ankam, denn er schien sich jetzt besondere Mühe zu geben. Er stellte alle richtigen Fragen; eine nach der anderen, die ganze Litanei der Familie: Wie ging es seinem Vater, wie ging es Steenie, Freddie... Dann machte er eine Pause, und dann: »Wie geht es Constance?«

Das Schlimme war, daß es sich *tatsächlich* wie eine Litanei anhörte. Von seiner sonst so lebhaften Art – nichts zu spüren. Acland hörte sich höflich ihre Antworten an und stellte dann die nächste Frage, als würde er in seinem Kopf eine Liste abhaken. Gwen kam es so vor, als wären ihm ihre Antworten völlig egal.

Diese Veränderung, die sie an ihrem Sohn feststellte, machte Gwen sehr nervös. Sie hatte das Gefühl, daß sie ihn nicht nur langweilte, sondern daß sie erst gar nicht bis zu ihm vordrang. Der Krieg – sie sollte ihn nach dem Krieg fragen; aber sie wußte nicht, wie sie die Frage formulieren sollte, und Aclands abweisende Antworten auf die Fragen seines Vaters waren nicht gerade ermutigend.

Statt dessen – und dessen war sie sich bewußt –, begann sie immer, wenn sie zusammen waren, höchst stupide und banale Dinge zu plappern, insbesondere von den Vorbereitungen für Constances Ball. Und wenn sie erst einmal begonnen hatte, so zu reden, konnte sie einfach nicht mehr aufhören, und es wurde immer schlimmer und schlimmer.

»Ich dachte mir – ich habe mich fast schon entschlossen, Acland –, daß dieser Brokatstoff – findest du nicht auch?«

Es war der letzte Abend von Aclands Urlaub. Denton döste vor dem Kamin; Steenie, Freddie und Constance waren mit Maud und Montague Stern in der Oper. Den Brokatstoff, den sie hochhielt, hatte sie für ihr Ballkleid ausgesucht. Jetzt betrachtete sie ihn noch einmal und fand, daß er langweilig aussah.

»Und der Stil, Acland«, fuhr sie fort. »Es ist wirklich sehr schwierig. Ich möchte nicht altmodisch wirken, weißt du. Maud hat diese Zeichnung für mich ausgeschnitten, Acland, aus einem ihrer Magazine. Dieser neue schmalere Schnitt, ich war mir nicht ganz sicher...«

Gwen verstummte. Acland hatte sich umgedreht, zuerst zu dem Stück Stoff, dann – auf seine höfliche Art – zu der Skizze, die sie ihm hinhielt. Gwen hatte das Gefühl, als würde er beides gar nicht wahrnehmen; sie sah in sein Gesicht, und da sah sie – bevor er Zeit hatte, sich zusammenzunehmen – einen Ausdruck, der ihr das Herz brach.

Sie hätte es nicht beschreiben können: Verwüstung vielleicht, gemischt mit Zorn; Acland sah auf diese Modezeichnung wie in eine Grube, in der sich unvorstellbare Schrecken auftaten.

»Acland. Es tut mir leid. Verzeih mir.« Gwen ließ den Brokatstoff fallen.

»Du brauchst dich nicht zu entschuldigen. Bitte, nicht. Ich verstehe dich.« Zum ersten Mal seit seiner Rückkehr sah Acland seine Mutter an, als würde er sie wahrnehmen. Er nahm ihre Hand und hielt sie eine Weile, während Gwen den Kopf beugte und die Tränen zurückhielt, die ihr plötzlich in die Augen schossen.

»Erzähl mir von deinem Kleid«, sagte er. Er stand auf und ging zum Fenster und stand mit dem Rücken zu ihr.

»Ich meine es ehrlich«, sagte er nach einer Weile. »Es ist mir lieber. Bitte, erzähl mir von deinem Kleid und von Mauds Kleid und von Constances Kleid. Und wie der Ballsaal geschmückt wird. Wer kommt, und wer nicht kommt... All diese Dinge.«

»Aber sie sind so banal, Acland. Das weiß ich.«

»Tatsächlich? Nun vielleicht sind sie es, und vielleicht mag ich sie deshalb. Erzähl mir davon.«

Und so begann Gwen zu sprechen, zuerst langsam, dann schneller, denn sie sah, daß Acland ihr zuhörte und daß ihn ihre Worte zu beruhigen schienen.

Nach einer Weile kam er wieder zu ihr und setzte sich neben sie. Er lehnte sich gegen die weichen Kissen und schloß die Augen.

Gwen sah in sein blasses Gesicht. Sie streckte die Hand aus und strich ihm über die Haare. Acland schob ihre Hand nicht weg. Gwen hatte das Gefühl, daß es ihn beruhigte, und redete weiter: Zuerst von den bevorstehenden Gesellschaften, dann von den vergangenen Einladungen, dann – so leicht! – von anderen Erinnerungen aus der Vergangenheit, von den langen Tagen in Winterscombe, den Sommern, als Acland noch ein Kind war.

All die Jahre schrumpften: Sie war jetzt wieder in dem Kinderzimmer, mit diesem Jungen, ihrem Ariel, ihrem Jüngsten, denn Steenie und Freddie waren noch nicht geboren, und sie wußte noch nichts von einem Mann namens Edward Shawcross.

»So habe ich dich immer genannt, Acland«, sagte sie leise und warf einen vorsichtigen Blick zu Denton, der vor dem Kamin schlief.

»Wegen deiner Augen. Und dann warst du auch so völlig anders als Boy und Freddie. Erinnerst du dich noch daran, Acland? Du warst so jung.«

»Woran soll ich mich erinnern?«

»An die Namen, die ich dir damals gegeben habe. Es waren alberne Namen. Dein Vater wurde fuchsteufelswild deswegen. Aber das war mir egal. Dir haben sie gefallen. Wir waren uns so nahe.«

»Ich glaube, ich erinnere mich daran. Ja, ich glaube, ich erinnere mich.«

»Du warst immer so rastlos, Acland! Es war, als müßtest du immer irgendwo hingelangen, an irgendeinen anderen Ort, und dann hast du es nicht geschafft – und wenn du es nicht geschafft hast, dann bist du immer ganz böse geworden, weißt du! Böse mit dir selbst. Wenn das passierte, habe ich dich auf meinen Schoß gesetzt. Ich habe mit dir geredet, so wie jetzt. Es war so ruhig und friedlich, dort beim Feuer. Ich erinnere mich, einmal, da...«

Gwen sprach mit leiser Stimme. Acland hatte die Augen geschlossen; er lauschte ihren Worten und versuchte sich auf dieses Kinderzimmer zu konzentrieren, die vergangenen Sommer.

Wenn er sich nur richtig darauf konzentrierte, dann würde das Bild bestimmt verschwinden. Er gab sich Mühe, aber vielleicht konzentrierte er sich nicht genug, denn das Bild ging nicht weg, es blieb dort, in seinem Kopf, als wäre es schon seit Wochen dort.

Eigentlich gar kein so übles Bild – es gab andere, die viel schlimmer waren –, obwohl sie nicht so sehr auf ihn einstürmten wie dieses. Da war es wieder: ein Teil von einem Mann. Diesmal kein Fuß, und auch keine Hand; nicht einmal die Hände, die von der Leichenstarre steif waren, die sich nach oben streckten, durch die Wellen von Schmutz, und die er, als er sie zum ersten Mal gesehen hatte, aus der Ferne, für Zweige von Bäumen gehalten hatte.

Nein, keine Hand: ein Kieferknochen – von Ratten säuberlich abgenagt. Die Zähne waren noch intakt; man konnte die schwarzen Füllungen zählen.

»*Give us a kiss, love*.« Einer der Männer, die bei ihm waren, hatte ihn aufgehoben; er artikulierte die Worte, daß es aussah, als würde der Kieferknochen sie sprechen. »*Just one kiss, love*...« Der Mann lachte, dann warf er ihn weg; weil er stank, sagte er.

Acland öffnete die Augen und richtete sich auf.

»Wo ist Constance?«

»Constance?« Gwen, die aus ihren Erinnerungen gerissen wurde, sah ihn verwundert an. »Ich habe es dir doch schon gesagt, Acland. Sie ist mit Steenie und Freddie in die Oper gegangen. In Montys Loge –«

»In welche Oper?«

»Verdi, glaube ich. War es *Rigoletto*?«

»Würde es dir etwas ausmachen, wenn ich noch weggehe?« Acland beugte sich vor und gab seiner Mutter einen Kuß. »Ich würde gern ein bißchen spazierengehen...«

»Spazierengehen, Acland?«

»Nur ein bißchen. Vielleicht gehe ich in den Club.« Acland war schon an der Tür.

Als er seinen Club erwähnte, hellte sich Gwens Gesicht auf. »Ah, du willst also doch andere Menschen sehen! Ich bin so froh, mein Lieber.« Sie stand auf und ging zu ihm und nahm seine Hand. »Hat es dir gut getan, mein Lieber – nur still dazusitzen und zu reden? Ich glaube, das muß es wohl. Ja – du siehst schon viel besser aus.«

Sie streckte sich, um ihm einen Kuß zu geben, dann hielt sie sein Gesicht in den Händen und sah ihm in die Augen.

»Acland, du weißt doch, daß ich dich liebhabe, nicht wahr? Du weißt doch, wieviel du mir bedeutest?«

»Ich hab dich auch lieb. Sehr sogar«, erwiderte Acland steif. Es war schon viele Jahre her, seit er das zu ihr gesagt hatte, und als Gwen es hörte, waren ihre Sorgen wie weggewischt.

Als er das Zimmer verließ, hatte Acland ein klares Bild vor Augen. Es war das Bild eines anonymen Hotels, gleich neben Charing Cross Station, das ihm seine Kameraden schon mehrmals genannt hatten.

Er war noch nie dort gewesen, aber er sah es ganz deutlich vor sich, bis ins letzte Detail, das Zimmer, das er dort mieten würde, stundenweise, wie seine Freunde ihm gesagt hatten; keine Fragen, wenn ein Mann in Uniform kam.

Acland war zwar nicht in Uniform, aber auch so wurden ihm keine Fragen gestellt. Er unterschrieb mit falschem Namen für Jenna und sich, sie bekamen einen Schlüssel, und dann gingen sie hinauf in das Zimmer. Es war genauso, wie er es erwartet hatte.

Es war alles so leicht gewesen, und es war so schnell gegangen: Ein Wort zu Jenna auf der Hintertreppe; eine kurze Berührung, ein Blick, eine Verabredung in den Ställen, ein paar Straßen weiter; ein Taxi; ein unterschriebenes Formular, ein Schlüssel. So schnell; so leicht.

Als er all diese Dinge getan hatte, die so wenig Zeit brauchten, war sich Acland einer Sache ganz sicher gewesen: Seine Mutter konnte das Bild des Mannes und des Kieferknochens nicht aus seinen Gedanken vertreiben, aber eine andere Frau konnte es. Constance hätte es sofort verbannt, das fühlte er, wenn er mit ihr hätte allein sein können, aber seit er wieder zu Hause war, war er nur ein einziges Mal mit Constance allein gewesen. Es war gut möglich, daß sie ihm aus dem Weg ging.

»Du hältst doch dein Versprechen?« hatte sie, fast wild, zu ihm gesagt und seine Hand ergriffen, während sie beide als letzte noch beim Frühstück saßen.

»So gut ich kann«, erwiderte er. »Ich dachte, du hättest es vielleicht vergessen.«

»Sei nicht albern.« Sie hatte ärgerlich geklungen; sie grub ihre Fingernägel in seinen Handballen. »Das werde ich nie vergessen. Ganz gleich, was ich tu oder was du tust. Niemals.«

Dann war sie gegangen; heute abend war sie in Sterns Loge, in der Oper, und Stern hatte Acland in den letzten vier Tagen diskret einen Dienst erwiesen. Auf Aclands Bitte hin hatte er ihn mit einem Anwalt bekannt gemacht, dessen Name Solomon war und der seine Kanzlei in einem schäbigen Anwesen am Rande der Stadt hatte, von wo aus er seine Geschäfte tätigte.

Der beste, den es gibt, trotz des äußeren Anscheins, hatte Stern gesagt, und Acland nahm an, daß Stern es beurteilen konnte. In dieser Angelegenheit hätte er schlecht die Anwälte seines Vaters konsultieren können.

Acland hatte ein Testament gemacht; es war unterzeichnet und von Zeugen belegt. Kein sehr eindrucksvolles Testament, dachte er, als er es noch einmal durchlas, aber das Bestmögliche, das er tun konnte, da sein

Geld von der Familie fest angelegt und unantastbar war, bis er fünfundzwanzig wurde – falls er dieses Alter je erreichen sollte. Sein Auto für Freddie; seine Sachen und andere persönliche Dinge für seine Brüder; seine Bücher für Constance, denn sie lieh sie sich manchmal aus, obwohl er bezweifelte, daß sie sie las. Und sein ganzes Geld, das nicht an den Trust gebunden war, an die zweitausend Pfund, für Jenna, die es vielleicht – eines Tages – einmal brauchen könnte.

Es würde, nach Solomons Berechnungen, ein jährliches Einkommen von etwa einhundertfünfzig Pfund bringen: Nicht gerade viel, aber immerhin. In seiner Jackentasche hatte Acland eine Karte mit Solomons Adresse; bevor sie das Zimmer verließen – und sie würden nicht lange bleiben –, mußte er sie Jenna geben und ihr alles erklären.

Die Notwendigkeit, es tun zu müssen, quälte ihn; das Zimmer quälte ihn. Jetzt wo er hier war, fragte sich Acland, wie er je hatte glauben können, daß es zu etwas gut sein könnte. Er benutzte Jenna, so wie er sie schon drei- oder viermal benutzt hatte, wenn er von seinem Trainingscamp nach London gekommen war. Er wußte, daß es ein Verrat war – an Jenna und an sich selbst. Die Tatsache, daß sie es akzeptierte, daß er nur aus dem einen Grund, und keinem anderen, zu ihr kam, spielte keine Rolle.

Ich sollte gehen, ich sollte jetzt gehen, dachte Acland erschöpft. Aber seine Fähigkeit, Abscheu zu empfinden – sogar vor sich selbst –, war erschöpft. Ohne ein Wort zu Jenna zu sagen, begann er sich auszuziehen.

Er legte sich auf das durchgelegene Bett, auf die billigen Laken, und schob die Arme unter den Kopf. Jenna zog sich langsamer aus, dachte vielleicht, daß er ihr zusah; aber obwohl ihr Aclands Gesicht zugewandt war, sah er sie kaum. Er war ein Gefangener des Krieges, dachte er. Wenn sich die Erfahrung des Krieges irgend jemandem mitteilen ließe, jetzt, wenn sie sich Jenna mitteilen ließe, dann könnte er vielleicht frei sein, dachte er. Aber sie ließ sich nicht mitteilen, niemandem; er weigerte sich, sie jemandem mitzuteilen; denn das käme ihm so vor, als würde er jemanden – wissentlich und absichtlich – mit einer Krankheit anstecken.

»Sie schicken mich in die Gegend von Amiens«, sagte er. »Jedenfalls habe ich das gerüchteweise gehört.«

»Amiens?« Jenna hob einen ihrer Unterröcke hoch. »Wo ist das?«

»Weiter nördlich von dort, wo ich bis jetzt war. Nur ein Ort. Er liegt dicht bei der Somme, das ist ein Fluß.«

Jenna antwortete nicht. Sie zog ihre Unterkleider aus. Dann, als sie nackt war, setzte sie sich neben ihn auf das Bett. Sie begann ihn zu berühren. Das tat sie jetzt immer: Sie liebte ihn auf eine neue verwegene Art, die Acland nicht besonders gefiel, obwohl sie sehr wirksam war.

Er wandte die Augen ab. Er dachte an die Bordelle in Frankreich, an die Männer, die dort Schlange standen, Offiziere, alle in einer Reihe, ein Mann nach dem anderen, drinnen dünne Trennwände. Meistens nur Vorhänge; das Ächzen und Stöhnen von Soldaten. Die Frauen mürrisch, aber gierig; sie verschwendeten keine Zeit auf Vorspiele. So verdienten sie mehr Geld.

»*No kissing*«, hatte eines der Mädchen zu ihm gesagt; sie hatte zerzauste schwarze Haare, die sie offen trug: In dem schummrigen Licht ähnelte sie Constance. »*No fucking*«, sagte sie. Das schienen die einzigen beiden Sätze zu sein, die sie auf englisch konnte.

Sie hatte sein Glied in ihre Faust genommen und es in der Dunkelheit hin und her bewegt; sie hatte Erfolg. Es war sehr schnell vorbei gewesen. Es hatte funktioniert – so wie es jetzt auch funktionierte.

Jenna legte sich über ihn; sie bewegte sich auf ihm, hob und senkte ihren Körper, ihre Augen waren geschlossen, ihr Gesichtsausdruck verzückt. Eine Art Wohlbehagen: Acland spürte, wie sich alles zu einem scharfen Lichtstrahl zusammenzog. Als es vorbei war, stieg Jenna von ihm herunter; ohne ein Wort. Im Zimmer war ein Waschtisch. Laufendes Wasser, Jenna seifte ihre Schenkel ein, dann trocknete sie sich mit dem Handtuch ab.

Von sehr weit entfernt, von dem Ort, von wo er ihr zusah, sagte Acland: »Alles in Ordnung?«

»Natürlich. Ich bin vorsichtig. Ich zähle die Tage.«

»Ich wünschte, es wäre nicht so.« Acland richtete sich auf. »Es tut mir leid, Jenna.«

»Es braucht dir nicht leid zu tun. Wir sind keine Kinder mehr. Wir nehmen, was wir bekommen können, und wir geben, was wir geben können.«

Dann zögerte sie, und Acland sah, wie sich ihr Gesicht veränderte. Einen Augenblick lang hatte er Angst, daß er sie in den Arm nehmen könnte – aber vielleicht hatte sie gesehen, wie er sich instinktiv zurückzog, denn auch sie zog sich zurück.

»Ich liebe dich immer noch, weißt du« sagte sie mit vorsichtiger Stimme. »Ich wünschte, es wäre anders, aber das ist es nicht. Ich weiß, daß du mich nicht liebst. Ich weiß, daß du nie zu mir zurückkommen wirst. Deshalb ist es mir recht so. So oder gar nicht.«

Sie nahm ihren Unterrock, dann wandte sie den Blick ab.

»Es wird sowieso nicht mehr lange so weitergehen, nicht wahr?«

»Vielleicht nicht. Vielleicht besser nicht.«

»Dann war es also das letzte Mal?«

Sie stellte die Frage wie ein Kind, das dort stand, noch nackt, und klammerte sich an ihren Unterrock, den sie vor ihren Körper hielt.

»Ich glaube, ja. Ja.«

»Ah, ja. Komm, ich helfe dir mit deinem Hemd.«

»Nein, bitte nicht, und keine gegenseitigen Beschuldigungen.« Acland fühlte sich kleiner, aber auch erleichtert.

Als sie beide fertig angezogen waren, drehte sich Jenna noch einmal um und sah durch das häßliche Zimmer; unter dem Fenster pfiff ein Zug. Acland griff in die Tasche und zog Solomons Karte heraus; er gab sie ihr. Er erklärte ihr: Wenn ihm etwas zustoßen sollte, dann müsse sie sofort zu Solomon gehen; der Anwalt würde sich um alles kümmern.

»Ich wollte nie Geld von dir.« Jenna starrte auf die Visitenkarte.

»Das weiß ich, Jenna. Trotzdem.« Er machte eine verlegene Handbewegung. »Ich habe sonst nichts, das ich dir geben könnte.«

»Das glaube ich nicht.« Zum ersten Mal war ihre Stimme leidenschaftlich. »Mir kannst du nicht mehr geben. Aber es gibt andere. Ich erinnere mich an dich, Acland. So, wie du früher warst. Als wir zusammen glücklich waren.«

»Damals war es einfacher. Ich scheine dazu nicht mehr fähig zu sein.«

Dann lächelte er. Jenna, die sich an seine Gleichgültigkeit gewöhnt hatte, konnte dieses Lächeln nicht ertragen.

»Gib auf dich acht«, sagte sie und machte die Tür auf. »Ich gehe jetzt. Es ist besser, wenn wir getrennt gehen.«

Wahrhaftig getrennt. Acland blieb noch eine Weile allein in dem schäbigen Zimmer, lauschte den Zügen, die draußen rangierten. Er war nicht geheilt, aber er hatte auch nicht wirklich erwartet, geheilt zu werden – die Erleichterung, die ihm der Sex verschaffte, war immer nur vorübergehend. Er rauchte eine Zigarette, dann ging auch er.

Er ging durch die stillen Straßen zurück, wich den großen Boulevards aus, erreichte kurz nach elf Uhr die Park Street – die Opernbesucher müßten gerade zurückgekommen sein.

Sie waren noch nicht zurück. Sie hatten angerufen, sagte seine Mutter, sie gingen noch zu Maud zum Abendessen.

Steenie, der in das erste der Taxis stieg, die Stern gerufen hatte – und der den *Rigoletto* vorher noch nie gesehen hatte, aber die berühmtesten Arien daraus kannte –, summte vor sich hin. *La donna è mobile* – dieses melodiöse Ruhmeslied der Untreue. Steenie gefiel der Refrain: Er saß auf dem Klappsitz und pfiff vor sich hin.

Auf dem Rücksitz saßen – etwas zusammengepfercht neben dem voluminösen Freddie – Jane und Constance. Neben Steenie saß, auf dem zweiten Klappsitz, sein neuer Freund Wexton. Wexton, ein großer, kräftiger Mann von großer Güte, hockte etwas zusammengesunken da: Seine Ellbogen standen vor; er entschuldigte sich wegen seiner Knie, die er vergeblich unter den Sitz zu quetschen versuchte.

Wexton trug einen geliehenen Opernumhang und einen geliehenen Klappzylinder. Sein Mechanismus schien ihn zu faszinieren. Er schob den Hut zusammen und wieder auseinander. Er drehte ihn zwischen den Händen. Steenie beobachtete ihn mit glücklichem Gesicht. Er liebte Wexton; und er machte sich Hoffnungen, daß ihn Wexton vielleicht auch liebte.

Ihm gegenüber redeten Freddie und Jane über die Oper. Jane riskierte eine Meinung über den Tenor, der die Partie des Grafen gesungen hatte, und über den Bariton, der die Partie des buckligen Vaters, des Hofnarren Rigoletto, gesungen hatte. Freddie, der sonst nicht in die Oper ging, sagte, sogar ihm habe es gefallen: Vor allem habe ihm der letzte Akt gefallen, in dem es so blutrünstig zugegangen war.

»Dieses Stück, als Rigolette glaubt, daß der Herzog tot im Sack liegt, und als er dann entdeckt, daß es seine Tochter ist, das war wirklich gut. Oh, und der Fluch –«

»*La maledizione?*«

»Genau. Auf italienisch hört sich das besser an. Das war großartig. Mir standen direkt die Haare zu Berge.«

»O ja – und gleich danach, als der Meuchelmörder zu Rigoletto kommt, um ihm seine Dienste anzubieten. Die Begleitung ist für gedämpftes Solocello gesetzt, und zwei Kontrabässe – glaube ich. Dieses Pizzicato, das ist –« Jane brach ab. Freddie sah sie abwesend an. Sie lächelte, dann überspielte sie ihr Lächeln mit einer verteidigenden Handbewegung.

»Was denn, was ist es?« Wexton beugte sich nach vorn.

»O... das ist... so eindrucksvoll, finde ich. Sehr eindrucksvoll.«

Wexton lehnte sich zurück. Er sagte nichts. Er klappte seinen Zylinder auseinander und wieder zusammen. Steenie pfiff weiter vor sich hin.

Constance, die die ganze Zeit aus dem Fenster gestarrt, aber kein Wort gesprochen hatte, seit sie die Loge verlassen hatten, richtete sich auf.

»Würdest du wohl, bitte, mit dem Pfeifen aufhören, Steenie. Es geht mir allmählich auf die Nerven. Aber wir sind ja sowieso gleich da. Mauds Taxi ist direkt hinter uns. Kommt.«

Mauds Essen nach der Oper waren immer ziemlich ungezwungen. Sie und Stern gingen den anderen voran in ihr Speisezimmer; die jüngeren Gäste folgten. Die Diener hatten frei. Maud machte eine vage Handbewegung in Richtung der Anrichte, auf der Wärmepfannen standen. Wexton, der ständig Hunger hatte, faßte sie sofort ins Auge. Zu Steenies Entzücken lehnte er den Kaviar ab und vertilgte dann drei Portionen Rühreier.

Maud, die wußte, daß Jane bei solchen Treffen immer etwas zu kurz kam, weil sich niemand um sie kümmerte, ging besonders auf sie ein. Sie fragte sie nach ihrer Arbeit in Guy's Hospital, nicht weil es sie besonders interessiert hätte – Maud fand Krankenhäuser deprimierend –, sondern weil sie wußte, daß es die beste Möglichkeit war, Janes Schüchternheit zu vertreiben. Sie war eine geschickte Gastgeberin, und so gelang es ihr, Jane aufmerksam und ermutigend zuzuhören, während sie gleichzeitig keine Sekunde ihre anderen Gäste aus den Augen verlor.

Daher bemerkte sie auch, wie Steenie diesen jungen Amerikaner, diesen Wexton, ansah, und kam zu dem Schluß, daß sie es Gwen gegenüber lieber nicht erwähnte. Sie beobachtete Freddie, der wichtigtuerisch von einer Gruppe zur andern eilte, aber irgendwie verloren wirkte. Sie beobachtete ihren Geliebten, Stern, der – auf seine kultivierte Art – den Versuch unternahm, mit Constance eine Unterhaltung in Gang zu bringen, die aber gar nicht darauf zu reagieren schien.

Stern stand vor dem Kamin, lehnte sich gegen den Sims. Er trug einen Abendanzug: Maud, die ihn wohlwollend betrachtete, dachte, wie gut er aussah. Seine Ruhe, seine Fähigkeit, sich zu konzentrieren – diese Dinge liebte sie an ihm. Jetzt hörte er, obwohl Maud wußte, daß Constance wahrscheinlich nichts sagte, was ihn interessieren konnte, mit dem Anschein großer Aufmerksamkeit zu. Sein gepflegter hellbrauner Kopf neigte sich zu der kleinen Gestalt an seiner Seite. Constance stocherte in ihren Rühreiern. Stern stellte ihr ein paar höfliche Fragen, auf die Constance ihm verdrossen, ohne besonderes Interesse, Antwort gab. Dann schien etwas, das Stern sagte, ihre Aufmerksamkeit zu erregen. Sie stellte ihren Teller ab und begann schneller zu sprechen.

Maud, die neugierig geworden war, übergab Jane an Freddie und näherte sich den beiden. Maud konnte den Anfang von Constances Worten nicht verstehen, nur das Ende.

».. . ich hatte Angst«, hörte sie. »Es war ein schrecklicher Sturm. Und dann, ganz am Schluß, als er seine Tochter in diesem schwarzen Sack findet, wollte ich wissen, was er tun würde. Als dann der Vorhang fiel, hätte ich schreien können. Er hat sie so geliebt! Ich glaube, er hat sich selbst umgebracht. Ich glaube, er hat sich mit seinem Sack in den Fluß gestürzt. Ja, ich glaube, das hat er getan, nachdem der Vorhang gefallen war.«

Sie schüttelte sich. Auf eine etwas kindliche Art sah sie zu Stern auf.

»Ich bin froh, daß ich mitgekommen bin. Würden Sie sagen, daß es Verdis beste Oper ist?« Diese Naivität schien Stern zu amüsieren. Er nickte Maud zu und zog sie in das Gespräch.

»Also, ob es seine beste Oper ist? Was würdest du sagen, Maud?«

»Ich mag sie sehr, aber *Der Troubadour* gefällt mir besser.« Maud lächelte. »Monty hat natürlich Wagner lieber als Verdi. Da müssen wir dich mal mitnehmen, Constance. Du hast Ausdauer. *Tannhäuser* vielleicht. Das würde dir gefallen. Oder *Der Ring*...«

Etwas später verabschiedeten sich die Gäste zu Mauds großer Erleichterung, denn sie war schon müde. Stern blieb bei ihr, er stand nachdenklich am Kamin, und Maud – die das Ende dieser Abende liebte, wenn sie mit Stern allein war – setzte sich hin und starrte eine Weile in die glühenden Kohlen. Es war eine Stille der Gemeinsamkeit, wohltuend. Maud goß für sie beide ein Glas Wein ein. Stern zündete sich eine Zigarre an.

»Ist Constance nicht komisch?« begann Maud, denn sie liebte es, nach einer Einladung über alles zu reden, und hatte vor, die Unterhaltung auf das interessante Thema Steenie zu bringen. »So kurios! Diese Frage nach Verdi. Manchmal ist sie noch wie ein Kind – und dann...« Sie seufzte.

»Nun, sie ist jetzt erwachsen. Ihr Ball wird ein Erfolg werden. Wir müssen einen Mann für sie finden, Monty.«

»Jetzt sofort? Auf der Stelle?« Stern lächelte.

»Nun, jedenfalls so bald wie möglich. Wie wäre es mit diesem russischen –«

»Der von Lady Cunard? Nein. Ich glaube nicht. Er hat Schulden – ein Schmarotzer, wie ich hörte.«

»Wirklich?« Maud sah ihn an. »Und dieser Amerikaner, wie wäre es mit dem – dieser Gus Alexander? Er gefällt dir; das hast du selbst gesagt.

Und er ist schrecklich reich. Er hat Constance zweihundert Rosen geschickt.«

»Tatsächlich?«

»Findest du nicht, daß er zu ihr passen würde?« Maud runzelte die Stirn. »Ich sehe keinen Grund, warum nicht. Ich finde ihn nett. Nicht im mindesten anmaßend. Wer sonst?«

»Meine Liebe...« Stern beugte sich nach vorn. Er küßte sie auf die Augenbraue. »Mir fällt kein einziger ein, der sich eignen würde. Die Zahl der Männer, die eine Kindfrau haben wollen, ist begrenzt. Die Verantwortung ist zu groß. Vor allem bei jemandem wie Constance. Constance wird reihenweise die Männerherzen brechen. Das möchte ich meinen Freunden nicht gerade wünschen – nein, auch nicht, wenn du mich darum bittest. Und jetzt – ich weiß schon, daß du gern die Leute verkuppelst –, aber das mußt du schon allein tun – ich fürchte, ich muß dich jetzt verlassen, meine Liebe. Es ist spät. Ich habe noch zu tun.«

»Ach, Monty, du willst nicht bleiben?«

»Meine Liebe, wie du ja weißt, würde ich nichts lieber tun. Aber ich muß morgen früh ins Kriegsministerium, und anschließend habe ich eine Sitzung. Morgen?«

»Gut, dann also morgen.« Maud war viel zu klug, um sich zu streiten; sie gab ihm einen Gutenachtkuß.

Als er das Haus verlassen hatte, konnte sie nicht widerstehen und lief zum Fenster, um ihm nachzusehen, wenn er die Straße entlangging. Er entfernte sich in Richtung seiner Wohnung im Albany, gleich bei Burlington Arcade.

Maud verfolgte ihn mit liebevollen Blicken. Er ging langsam, und ohne Hut, wie sie bemerkte, blieb ein- oder zweimal stehen, um in den Nachthimmel zu sehen. Das war ungewöhnlich. Sterns üblicher Gang war weder schnell noch langsam, sondern gemessen und zweckgebunden: Er ging, wie ein Mann, dessen Tag mit Terminen angefüllt ist, mit Terminen, vor denen er nicht zu erschrecken brauchte. Stern, der gewöhnlich pünktlich war, sah selten auf die Uhr und machte nie den Eindruck, es besonders eilig zu haben. Die Termine würden warten, schien sein Tempo ausdrücken zu wollen; sie würden warten, weil es auf ihn ankommen würde, wie sie ausgingen.

So war es sonst immer. Nicht aber an diesem Abend. An diesem Abend sah er wie ein Mann aus, den etwas beschäftigte, der sich noch nicht entschieden hatte, welche Richtung er einschlagen sollte. Maud war sehr erstaunt und beobachtete ihn aufmerksam. Sie verrenkte sich den Hals, um ihn nicht aus den Augen zu verlieren. Sie sah, wie er an die Ecke kam, an der er sonst immer ein Taxi rief. Er blieb eine Weile dort stehen, eine hochgewachsene einsame Gestalt im schwarzen Mantel, im Licht der Gaslaterne. Er starrte angestrengt über die Straße. Mehrere freie Taxis fuhren an ihm vorbei. Aber Stern winkte keinem. Einmal drehte er sich ärgerlich um, und Mauds Herz machte einen Sprung, weil sie glaubte, er habe seine Meinung geändert und würde zu ihr zurückkommen.

Aber nein. Stern ging ein paar Schritte weiter, blieb wieder unter einer Laterne stehen, sah wieder hinauf zum Himmel. Für einen kurzen Moment konnte sie das blasse Oval seines Gesichts sehen, dann senkte er den Kopf, drehte sich wieder um und ging, ohne zu zögern, als sei er zu einer Entscheidung gekommen, in Richtung Albany. Maud sah ihm nach, bis er verschwunden war.

Sie war verwundert: Als sie ihren Geliebten so sah, aus der Ferne, aus dem Fenster, wie einen Fremden, war sie erschrocken, wie verletzlich er wirkte. Ein Verliebter, hätte Maud vielleicht gesagt, wenn es ein Fremder gewesen wäre, ein Mann, den ein Wort oder eine Geste oder ein Blick der geliebten Frau irritiert hatte. Dieser Gedanke – meine Tante Maud war selbst da noch romantisch – gefiel ihr und, nachdem sie sich gesammelt hatte, drehte sie sich lächelnd um, mit einem Lächeln über soviel Dummheit.

Stern, der ein guter Geliebter war, würde sich seine Gefühle nie anmerken lassen: Er ließ sich seine Gefühle nicht im Schlafzimmer anmerken, und schon gar nicht auf offener Straße an Hydepark Corner. Maud hätte sich gern vorgestellt, daß Stern, wie er dort stand, an sie dachte; sie wußte aber auch, daß das höchst unwahrscheinlich war. Seine Gedanken beschäftigten sich nicht mit ihr – oder irgendeiner anderen Frau –, und wenn sie Stern diesen augenblicklichen Verdacht, der ihr gekommen war, eingestehen würde, hätte er ihn mit Sicherheit ungeduldig abgetan. Wenn er nicht bei ihr war – so sagte er immer –, dann waren seine Gedanken stets bei seinen Geschäften.

Maud, die sich in Erinnerung rief, daß sie kein verträumtes junges Mädchen war, war geneigt, ihm zu glauben. Aber welchen anderen Grund konnte dieses merkwürdige Benehmen von Stern haben? Gab es irgendwelche Probleme mit seinen Waffengeschäften? War mit den Bankgeschäften etwas schiefgegangen? Oder könnte es sein – und hierbei wurde es Maud angst und bange –, könnte es sein, daß Stern über seine Darlehen nachdachte – insbesondere über ein ganz bestimmtes

Darlehen. Dieses Darlehen für einen Familienangehörigen von Maud bereitete ihr wachsendes Unbehagen. Sie sah schon den Tag kommen, an dem diese Schuld fällig würde und zurückgezahlt werden müßte oder zurückgefordert werden würde – und wenn das passierte, wußte sie nicht, wie ihr Geliebter reagieren würde.

Stern pflegte immer zu betonen, daß das Verleihen von Geld eine rein geschäftliche Angelegenheit sei; die Person des Schuldners sei dabei unerheblich. Er sagte es sehr bestimmt und mit eisiger Miene, was Maud sowohl erschreckend als auch aufregend fand. Zu solchen Gelegenheiten spürte sie seine Macht, sogar so etwas wie Habgier. Gutheißen konnte sie es zwar nicht, aber eine gewisse erotische Ausstrahlung hatte es schon auf sie.

Das irritierte sie. Hier gerieten zwei Credos, an denen sie stets festgehalten hatte, miteinander in Konflikt. Sie war aufgewachsen in dem Glauben, daß alle Schulden am Ende abgetragen werden müssen, gleichzeitig glaubte sie aber auch, daß ein Geldverleiher Mitleid haben sollte. Schulden einzuklagen, obwohl sie jemanden in den Ruin stürzten, fand Maud unfein. Es roch nach Kommerz; so benahm sich vielleicht ein Geschäftsmann, aber niemals ein Gentleman.

Was diese ganz bestimmten Schulden anging, an die Maud dachte, so hatte sie, ganz vage, schon immer geglaubt, daß sie eines Tages zurückgezahlt werden müßten – nach einer angemessenen Zeit. Und falls sich beim Schuldner ernsthafte Schwierigkeiten ergeben sollten – was unwahrscheinlich schien –, würde sie persönlich eingreifen. Sie würde sich für den Schuldner stark machen, sich für ihn einsetzen, und dann würde Montague ihm die Schuld erlassen; natürlich würde er das tun – alles andere wäre unvorstellbar! Sicher, nachdem sie nun den Grund für Sterns seltsame Geistesabwesenheit erkannt hatte, würde sie gern mit ihm reden. Wenn Stern sich Sorgen machte, mußte es sich um etwas Wichtiges handeln, und dann sollte man besser darüber reden – und zwar sofort.

Maud rief sofort in Sterns Wohnung an. Aber es nahm niemand ab. Sie wartete fünfzehn Minuten, dann rief sie wieder an. Noch immer keine Antwort. Es war unvorstellbar!

Maud war leichtgläubig, ihre Phantasie lebhaft. Sie stellte sich einen Verkehrsunfall vor; sie stellte sich ihren Geliebten in den Händen eines Meuchelmörders vor. Sie rief immer wieder und wieder an. Um zwei Uhr morgens nahm Stern ab.

Er klang schroff. Er schien nicht gerade erfreut über den Anruf, und noch viel weniger erfreut, als Maud ihre Sorgen heraussprudelte. Das

Geld, das ihm ihr Bruder schuldete, sei jetzt nicht wichtig, sagte er. Er habe anderes im Kopf.

»Aber wo warst du nur die ganze Zeit, Monty?« fragte Maud.

»Ich bin spazierengegangen.«

»Mitten in der Nacht? Aber warum, Monty?«

»Ich mußte über etwas nachdenken. Über ein Problem, das ich lösen muß.«

»Aber *worüber* denn? Hast du etwa Angst, Monty?«

»Nicht im geringsten. Die Sache ist erledigt.«

»Dann bist du also zu einem Schluß gekommen?«

»Ja. Ich bin zu einem Schluß gekommen.«

»Monty –«

»Es ist spät, Maud. Gute Nacht.«

Am selben Morgen fuhr Acland wieder nach Frankreich. Er sah seine Familie nur noch kurz.

Sowohl Freddie wie auch Steenie hatten verschlafen. Seine Mutter war zeitig aufgestanden, um sich von ihm zu verabschieden; genauso sein Vater. Diese Verabschiedungen nahmen einige Zeit in Anspruch; die anderen gingen schneller vorbei.

Freddie tauchte auf, er sah schuldbewußt aus, rieb sich die Augen, hatte nur eine Stunde Zeit. Steenie traf fünf Minuten später ein, in einem eindeutig stutzerhaften Anzug. Er frühstückte im Stehen, summte *La donna è mobile*. Constance kam erst, als sie schon alle an der Haustür versammelt waren.

Sie kam die Treppe heruntergelaufen, mit ungekämmten Haaren, die ihr lose über die Schulter hingen, mit offenen Manschetten, sie beklagte sich darüber, daß Jenna nachlässig wurde. Sie hatte vergessen, den abgerissenen Knopf anzunähen. Für Acland wurde es jetzt Zeit zu gehen. Er stand unentschlossen neben der Tür, in seiner Uniform, neben ihm am Boden standen seine Taschen, seine Mütze hatte er unter den Arm geklemmt. Draußen wartete der Rolls seines Vaters. Ein kurzer kräftiger Händedruck von seinem Vater, ein nicht so kräftiger Händedruck von Freddie. Eine kurze Umarmung von Steenie, eine lange tränenreiche Umarmung von seiner Mutter. Constance hielt sich zurück. Erst im letzten Augenblick gab sie ihm einen Kuß: Zwei schnelle und flüchtige Küsse, einen auf jede Wange.

Sie erinnerte ihn nicht mehr an sein Versprechen. Zuerst schmerzte es Acland, dann machte es ihn zornig.

Constance folgte ihm nach draußen auf die Treppe.

»Es ist schade, daß du meinen Ball versäumst«, rief sie ihm nach, als er einstieg und sich auf den Rücksitz setzte.

Sie winkte ihm: eine flüchtige, sorglose Geste.

»Ach, ich hasse Verabschiedungen«, rief sie mit plötzlicher Heftigkeit und lief ins Haus.

Acland lehnte sich im Sitz zurück; er sah aus dem Fenster, sah Straßen vorbeigleiten.

In dieser Verfassung, mit seinem Zorn auf Constance – und dem Verdacht, daß sie ihn absichtlich zornig gemacht hatte –, fuhr Acland nach Frankreich zurück.

3

Versprechen

Aus den Tagebüchern

Winterscombe, 12. Juli 1916

Es war ein Krieg in mir – kein großer Krieg, nicht wie der Krieg auf dem Kontinent, nur ein kleiner –, aber jetzt ist er vorbei. Es geht mir besser. Das ist wegen: meinem Kaninchen
meinem Hund
meinem Acland
mir selbst.

Weil es mir besser geht, werde ich das Geheimnis niederschreiben. Ich werde es jetzt tun, bevor mein Ball beginnt. Ich will es dem Papier übergeben. Ich will es nicht mehr in meinem Kopf haben. Hör zu, Papier. Du kannst dich erinnern. Ich kann vergessen.

Es war einmal eine Zeit, als ich fünf Jahre alt war und mein Vater sehr böse auf mich war. Schlafenszeit, und er kam in mein Zimmer. Die Kinderfrau war weg. Keine Löhne mehr, sagte er – aber er hat sie, glaube ich, vermißt.

Er hatte Wein mitgebracht, und während er den Wein trank, erzählte er mir die Geschichte aus seinem neuen Buch. Das hatte er noch nie getan! Ich hörte genau zu. Ich war so stolz und fühlte mich erwachsen. Der Held war wunderbar – es war Papa, das konnte ich sehen! Ich dachte, es würde ihn freuen, daß ich es bemerkt hatte, aber als ich es ihm sagte, wurde er sehr böse. Er nahm sein Weinglas und warf es gegen die Wand. Überall war Wein, überall waren Glasscherben. Das ganze Zimmer war rot davon.

Er sagte, wie dumm ich sei, und er würde mich bestrafen. Er sagte, ich sei böse, und er würde das Böse aus mir herausprügeln.

Er legte mich über seinen Schoß. Er zog mein Nachthemd hoch. Er entblößte mich, und dann schlug er mich.

Ich weiß nicht mehr genau, wie oft. Vielleicht fünfmal. Vielleicht zwanzigmal. Und während er mich schlug, geschah etwas. Er hörte auf. Er streichelte mich.

Dann tat er etwas Schlimmes. Ich weiß, daß es schlimm war. Die Kinderfrau hatte es mir gesagt. Man soll sich dort nicht anfassen und auch nicht hinsehen – aber Papa hat es getan. Er sagte: Schau, ich kann dich aufmachen wie ein kleines Täschchen. Siehst du, wie klein du bist? Da ist ein kleiner Platz, so ein winziger Platz. Er hielt einen seiner weißen Finger hoch und sagte: Paß auf. Der paßt hinein.

Es tat weh. Ich weinte. Papa hielt mich ganz fest. Er sagte, wir wären uns ganz nahe, und er hätte mich so lieb, und weil er mich so lieb hätte, würde er mir ein Geheimnis zeigen.

Er knöpfte seine Hose auf. Er sagte: Schau her. Und da war, zusammengerollt zwischen seinen Schenkeln, dieses komische Ding, wie eine verschwitzte weiße Schlange. Ich hatte Angst, das Ding anzufassen, aber Papa lachte. Er sagte, er würde mir eine Zauberei zeigen. Er legte meine Hand darauf, und es schlug wie ein Puls. Es lebte. Streichle es, sagte Papa. Streichle es, und dann sieh zu, was passiert, Constance, du kannst es größer machen.

Stell dir vor, es wäre ein Kätzchen, sagte er. Streichle ihm ganz sanft das Fell. Und das tat ich dann – und es wurde größer, genauso wie er es gesagt hatte. Es streckte sich. Es sprang hoch und richtete sich gegen mich. Ich sagte, schau, Papa, du hast einen neuen Knochen. Und als ich das sagte, lachte er wieder, und dann gab er mir einen Kuß.

Gewöhnlich mochte Papa keine Küsse auf den Mund, wegen der Bakterien, aber in dieser Nacht war es anders. Er küßte mich, dann sagte er, daß er sich etwas ganz Besonderes wünsche. Ich könne es ihm geben. Er hielt seinen neuen Knochen in der Hand. Er tat Spucke drauf. Er sagte, ich könne ihn –

In mich hineinstecken. In mich hineinstoßen. Dieses große Ding. Ich wußte, daß es nicht passen würde – und das tat es auch nicht. Es machte, daß ich blutete – aber Papa war nicht böse. Er wusch mich. Er wusch mich sauber. Dann setzte er mich auf seinen Schoß. Er gab mir ein Glas mit Wein darin. Das Glas war wie ein Fingerhut. Der Wein war wie mein Blut.

Weine nicht, sagte Papa. Du brauchst keine Angst zu haben. Das ist unser Geheimnis. Wir können es wieder versuchen.

Als er es das erste Mal tat, war es Sonntag. Ich weiß, daß es Sonntag war, weil ich die Kirchenglocken läuten hörte. Am Ende unserer Straße war eine Kirche, St. Michael und alle Engel. Wenn man sich weit aus dem Fenster lehnte, konnte man sie fast sehen. Alle diese Engel.

Dieses Mal nahm er ein Öl. Ich mußte es draufreiben, bis er ganz glitschig war. Dann ging er ganz hinein, und Papa stieß einen lauten Schrei aus. Es tat mir weh, und ich dachte, es würde ihm auch weh tun, weil er so zuckte, und ich sah in seinen Augen, daß er mich haßte. Dann hat er die Augen zugemacht, und als es vorbei war, hat er mich nicht angesehen.

Danach war es immer am Sonntag. Manchmal sagte er: Faß meine Schlange an. Manchmal sagte er: Streichle das Kätzchen, Constance. Manchmal sagte er diese schlimmen Wörter, die kurzen. Einmal setzte er mich auf seinen Schoß und steckte es so in mich hinein. Einmal sagte er, ich wäre sein kleines Mädchen. Einmal hat er noch etwas anderes gemacht. Ich will es nicht aufschreiben, dieses andere; weil mir schlecht wurde; als mir schlecht wurde, haben mich seine Augen gehaßt. Er sagte immer, daß er mich liebt, aber seine Augen haben mich immer gehaßt. Als er Gwen traf, das war in dem Jahr danach, hörte es auf. Ich war froh, und ich war traurig. Nachdem es aufgehört hatte, hat er nie wieder gesagt, daß er mich liebt. Nachdem es aufgehört hatte, nannte er mich immer Albatros, das hatte er vorher nie getan, und dann lachte er mich aus. Ich sagte: Bitte, Papa, nenn mich nicht so, nicht, wenn andere Leute dabei sind und es hören. Und er versprach mir, es nicht mehr zu tun – aber das hat er nicht gehalten; am nächsten Tag hat er es gleich wieder gesagt.

Kleiner Albatros. Ich habe mich dann immer so einsam gefühlt.

Da ist es. So war das. Das ist das größte Geheimnis von allen. Ich habe es dem Papier übergeben, und das Papier kann entscheiden, ob er mich lieb hatte oder ob er gelogen hat.

Ich werde jetzt Schluß machen mit diesem Buch und ein neues anfangen.

Ich werde Schluß machen mit dieser Constance.

Ich werde Schluß machen mit diesem Leben.

Ich werde hinuntergehen und tanzen. Jetzt kann ich tanzen. Ich habe mein neues weißes Kleid an. Ich werde mir einen Mann aussuchen. Von jetzt an werde ich sehr, sehr vorsichtig sein. Ich will nie wieder ein Albatros sein – für niemanden.

Und so ging Constance die Treppe von Winterscombe hinunter, um zu tanzen. Da steht sie, oben auf der Treppe. Die Musik beginnt; sie wird von der Luft nach oben getragen. Constance hat ihr Ballkleid an; es ist weiß und mit Pailletten verziert.

An ihren kleinen Fingern stecken zahllose Ringe. Ihr Haar ist zum ersten Mal hochgesteckt. Ihre Augen sind etwas schräg geschnitten. An ihrem Hals sind Perlen, die ihr Maud gegeben hat. Fünf Faden tief dein Vater schläft, denkt Constance. Diese Perlen waren seine Augen.

Sie steht sehr still da. Die Worte betäuben ihre Gedanken. Die Musik dringt zu ihr herauf. Ihre Mundwinkel ziehen sich nach unten, ihr verlassenes Gesicht, ihr trauriges kleines Clowngesicht. Sie versucht sich zu konzentrieren. An einem ihrer Finger ist ein Tintenklecks. Constance wartet darauf, daß sie sich frei fühlt.

Constance dachte, sie könne ihren Vater in einem Buch aufbewahren. Sie glaubte, sie könne ihn mit Worten bannen, ihn in Absätzen ertränken, die Luken schließen, dieses Buch beenden und dieses Leben beenden. Natürlich konnte sie das nicht: So konnte es nicht klappen. Denn Erinnerungen lassen sich nicht vernichten. Kein Mensch beherrscht seine Erinnerungen – die Erinnerungen beherrschen uns.

Wir können nicht vergessen: Wir sind die Erinnerungen, all die Bilder, all die Einzelheiten, Folgen, Episoden, die wir in unseren Köpfen mit uns herumtragen und die wir Vergangenheit nennen – das sind wir. Wir könnten vielleicht versuchen sie unter Kontrolle zu bringen – so wie Constance es versucht hatte, und wie auch ich es versucht hatte –, hier ein Bild auswählen, dort ein Ereignis, um unsere Vergangenheit in geordnete, lineare, verständliche Geschichten umzuwandeln – ich glaube, wir sind alle Dichter, wenn es um unser eigenes Leben geht –, aber die Vergangenheit widersetzt sich dieser Art Verzerrung. Ich bin sicher, daß sie das tut. Sie hat ihr eigenes Leben, manchmal gütig, manchmal böse. Und wenn wir nicht darauf achtgeben, unsere Augen davor verschließen, dann schickt sie uns eine anscheinend unbedeutende, aber doch aufwühlende Botschaft: Und ein Bild steigt vor uns auf, ein Ereignis, das wir längst vergessen zu haben glaubten.

So war es mir ergangen. Ich hatte acht Jahre lang versucht das Glück zu vergessen. Das war schwer genug gewesen, aber eines von den vielen Dingen, die ich in Winterscombe herausfand, war die Erkenntnis, daß es mir nicht gelungen war. Wieviel schwerer mußte es dann für Constance gewesen sein.

Nachdem ich diese letzte Eintragung in ihrem Tagebuch gelesen hatte, wollte ich nicht weiterlesen. Wie sie, so klappte auch ich dieses Buch zu. Ich wanderte durch Winterscombe, von einem Zimmer zum andern. Ich ging in den Ballsaal, wo Constances nächstes Lebensstadium begann. Ich ging hinunter bis zum Fuß der Treppe und sah nach oben.

Es war nur ein Ballsaal. Es war nur eine Treppe. Da war kein Schwirren aus der Vergangenheit. Es kam mir so vor, als müßte die Gewalttätigkeit der Ereignisse von damals irgendeine Spur zurückgelassen haben: Die Luft an diesem Ort hätte anders sein müssen – so daß selbst jemand, der nichts von diesem Haus und seiner Geschichte wußte, wenn er hier gestanden hätte, etwas hätte spüren können – aber was? Nicht einmal ich, die so viele Dinge wußte, konnte etwas spüren. Der Ballsaal blieb ein Raum; die Treppe blieb eine Treppe. Und sie waren auf eine trotzige Weise ohne Leben.

Ich kehrte zu den Tagebüchern zurück, die es nicht waren. Ich kehrte zurück zu den Fotos von Constance, die an jenem Abend entstanden waren. Ich sah sie vor mir, wie sie dort oben auf der Treppe stand. Ich bedauerte sie, und ich hatte auch Angst um sie, denn bis zu einem gewissen Grad wußte ich, was als nächstes geschehen würde.

Ich wußte, daß sich Constance am Abend ihres ersten Balls einen Mann wählen würde; ich wußte, wer dieser Mann war; und ich wußte auch einiges über die darauf folgenden Ereignisse. Aber in Wirklichkeit war vieles von dem, was ich zu jenem Zeitpunkt zu wissen glaubte, falsch; Constances Heirat war, ebenso wie ihre Kindheit, von Geheimnissen umgeben. Dann sah ich hinauf zu Constance, oben auf der Treppe, und dachte: *Sie ist drauf und dran, ihren schlimmsten Fehler zu begehen.*

Ich glaubte, Constance hätte versucht, sich von ihrem Vater zu befreien, und ich war überzeugt, daß es ihr nicht gelungen war. Shawcross war nicht tot: Er lebte in Constances Erinnerung weiter. Er stand neben ihr dort oben, auf der Treppe, er ging mit ihr hinunter in den Ballsaal, und er begleitete sie in ihr künftiges Leben. Constance mag vielleicht geglaubt haben, daß sie sich ihren Ehemann selbst ausgesucht hatte, aus freien Stücken, aber ich glaubte das nicht, ich glaubte das ganz und gar nicht. Die Wahl des Ehemannes, die Constance traf, führte zu einer Selbstverstümmelung: Es war eine Wahl, die die Spuren ihres Vaters trug.

Ein Ehemann mußte sein. Denn was wäre schließlich sonst in Frage gekommen? Constance war – und das wußte sie – eine Gefangene ihrer Zeit und ihrer Gesellschaft. Frauen der Gesellschaft, von der sie adoptiert worden war, arbeiteten nicht; Frauen ihrer eigenen Herkunft taten es sehr wohl, und es war äußerst deprimierend. Constance hatte nicht die Absicht, ihre Tage als Gouvernante oder Gesellschafterin zu verbringen. Oder sollte sie Sekretärin werden, irgendeine austauschbare Bürokraft? Niemals. Krankenpflege? Das lehnte Constance sofort ab. Allein der Krieg trug dazu bei, die Krankenpflege zu einem gesellschaftlich anerkannten Beruf zu machen, aber dieser Krieg konnte nicht ewig dauern.

Nein, eine Heirat würde sie aus den Einengungen der Familie Cavendish mitsamt ihrer Wohltätigkeit entlassen. Eine Heirat, die Constance, die ja noch sehr jung war, mit Freiheit in Verbindung brachte. Eine Heirat. Aber mit wem?

Als sie die Treppe hinunterging, hatte Constance eine genaue, aber vom Leben losgelöste Vorstellung von dem Mann, den sie dazu benötigte. Wieder hatte sie eine Liste aufgestellt. Es war klar, daß er reich sein mußte; womöglich mit guten Beziehungen; eventuell einen Titel; und der Einfachheit halber – alleinstehend.

Der richtige Mann für sie war derjenige, welcher bereits etabliert war, das war für sie beschlossene Sache. Constance wartete so ungeduldig darauf, das Leben kennenzulernen, daß sie sich nicht mit einem Mann zufriedengeben wollte, der noch weit unten stand auf der Leiter des gesellschaftlichen Aufstiegs. Gut aussehen mußte er nicht – Constance hatte beobachtet, daß gutaussehende Männer oft eitel waren; das fand sie langweilig. Sie glaubte, daß es ihr wohl lieber wäre, wenn er klug wäre; ob er ein freundlicher Mensch war oder nicht, war unwesentlich. Natürlich, wenn es ihr gelang, sich einen Mann zu suchen, der gut aussah *und* klug war, Vermögen *und* eine gute Stellung besaß, wäre es nur um so besser. Langweilen wollte sie sich als verheiratete Frau nicht!

Als sie ihre Liste aufstellte, dachte Constance an Acland. Schließlich paßte er in jede Kategorie so glatt wie maßgefertigte Handschuhe. Aber sie verwarf diesen Gedanken sofort wieder. Constance hatte Acland in einen abgetrennten, abgeschlossenen Teil ihres Bewußtseins verbannt. Sie hatte viel zu große Achtung vor ihm, um ihn als Material für einen Ehemann einzustufen. Ein Ehemann war ein Mittel zum Zweck: Acland war ... er selbst. Sie zog es vor, Acland als eine Versuchung anzusehen, die immer ein wenig außer Reichweite sein mußte. Auf diese Weise blieb seine Einzigartigkeit erhalten.

Und so verwahrte Constance Acland mit seinem hellen Haar in einem kleinen lackierten Gedankenkästchen. Sie warf den Schlüssel fort – bis sie einige Jahre später beschloß, ihn zurückzugewinnen. In diesem Kästchen befand sich, zusammen mit ihm, etwas Unmögliches, Exzessives, Musik und Kanonenschüsse – das Chaos des Lebens. In dem Kästchen war Acland in Sicherheit. Er konnte nie etwas Gewöhnliches sein.

Und so wurde Acland ausgenommen. Und Constance mußte sich einen anderen Kandidaten suchen.

Als sie unten an der Treppe angekommen war, dachte sie, daß sie völlig offen sei, daß sie in gar keiner Weise zu einem Mann mehr tendierte als zu einem anderen.

Ich nehme an, in ihrem Herzen wußte sie, daß das nicht ganz richtig war. Sie hatte bereits eine Vorliebe für einen Mann, aber die wollte sie sich nicht eingestehen. Es könnte jeder sein, dachte sie, diese Möglichkeit machte sie schwindlig.

Natürlich war sie arrogant. Ich glaube, es wäre ihr keinen einzigen Augenblick in den Sinn gekommen, daß der Mann, den sie wählte, vielleicht gar nicht darauf reagieren könnte. Aber schließlich festigt Schönheit das Selbstvertrauen, und Constance war an diesem Abend eine wahre Schönheit.

Auf jeden Fall stand sie jetzt dort, am Fuß der Treppe, mit der schwebenden Musik um sie herum. Sie hob mit ihren weißbehandschuhten Händen den Saum ihres weißen Kleides, sie schritt in den Ballsaal, in dem ich, gut zwanzig Jahre später, mit Franz-Jakob in seinen braunen Stiefeln, tanzen werde und nicht verstehe, daß er, aus Angst um seine Schwester in Deutschland, zu tanzen aufhört, als in einem anderen Teil des Hauses das Telefon klingelt.

Sie näherte sich dem Ballsaal. Seine rosafarbenen Vorhänge waren jetzt glatt und nicht zerknittert, auf dem Podium spielte ein Orchester, die Kerzenleuchter waren angezündet, und die Luft erstrahlte in hellem Lichterglanz.

Sie hatte neue Ballschuhe an; die Absätze waren ein bißchen zu dünn, so daß sie aufpassen mußte, nicht umzuknicken. Sie sah aus wie eine Dame, aber sie bewegte sich wie ein Kind.

Sie wurde von Gwen begrüßt, die ihr einen Kuß gab. Von Sir Montague Stern, der sich auf seine komische fremdländische Art über ihre Hand beugte. Von Maud, die ihr sagte, wie hübsch sie aussah, und die sich voller Stolz als ihre Beschützerin aufspielte. Wie es der Brauch verlangte, tanzte sie den ersten Tanz mit dem langsamen und gichtgeplagten Denton. Den nächsten tanzte sie, ziemlich unkonzentriert, mit Freddie.

Am Ende dieses Tanzes ließ sie sich mitreißen. Als er sie vom Tanzboden führte, blieb sie stehen, drehte sich zu ihm um, umklammerte seine Arme.

»Ach, Freddie«, sagte sie. »Die Zukunft. Ich wünsche sie mir so sehr. Und ich kann sie jetzt hören. Das kann ich. Sie ist da. Hör nur...« Sie hob den Kopf, lauschte. Freddie war von ihrem lieblichen Gesicht geblendet. Er stotterte etwas, aber Constance unterbrach ihn.

»Ach, Freddie, vergibst du mir alles, was ich getan habe und wie ich war, alles? Ich weiß, daß ich dir weh getan habe, und ich schwöre dir, daß ich niemals wieder jemandem weh tun werde. Ich bin so glücklich heute abend. Ich kann es nicht ertragen, daß du so traurig aussiehst. Du und Francis, und Acland und Steenie – ihr seid die besten Brüder auf der ganzen Welt. Ich habe euch alle so lieb. Ich liebe euch bis in den Tod. Ich werde dich glücklich machen. Sieh nur, ich lege das Glück in deine Hand, hier, schnell, in deine Hände. Nimm es in die Hand und halte es ganz fest. Da! Die Vergangenheit ist vorbei, wir brauchen nie wieder an sie zu denken. Siehst du, was ich dir gegeben habe? Morgen. Einfach so, in die Hand. Und jetzt geh und tanze, Freddie.« Sie lächelte. »Mit einer *anderen.*«

Freddie tat, was sie ihm gesagt hatte. Er tanzte eine Polka, dann einen Foxtrott, dann einen Walzer. Bis zu einem gewissen Punkt genoß er das Tanzen. Er heilte sich von Constance. Redete er sich ein, auch wenn er wußte, daß er noch nicht völlig geheilt war von ihr.

In gewisser Hinsicht, dachte er – während er zu einem der kleinen vergoldeten Stühle neben der Tanzfläche zurückkehrte und sich neben Jane Conyngham setzte –, war er froh, Constance aufzugeben. Bei ihr ging ihm alles zu schnell. Bei ihr war alles so verworren, so verschwommen, und Freddie hatte es lieber, wenn alles – was es auch war, das Leben, nahm er an – etwas langsamer, vorsichtiger, vor allem aber *einfacher* war.

Schnaufend fiel Freddie auf den Stuhl, er war völlig außer Atem von den Walzerdrehungen. Er wischte sich die Stirn und begrüßte Jane. Erwartungsvoll sah er sich auf dem Tanzboden um, betrachtete die vorbeikommenden Tänzer, vor allem die Tänzerinnen. Freddie war nicht gerade wild darauf, sich zu verlieben – das würde ein viel zu großes Durcheinander geben, gerade jetzt –, aber er wäre ganz froh, wenn er irgendein ganz normales Mädchen fände, mit dem er sich ab und zu treffen könnte. Eine, mit der man ins Theater gehen könnte, um nicht die ganze Zeit allein hinter Steenie herlaufen zu müssen.

Keiner der vorbeitanzenden Frauen gelang es, ihn zu fesseln, und so mußte er feststellen, daß sein Blick auf eine geradezu irritierende Art immer wieder zu der kleinen und lebhaften Gestalt von Constance zurückkehrte. Sie hatte noch keinen einzigen Tanz ausgelassen. Freddie wußte, wie dumm das war, und ärgerte sich darüber. Er ärgerte sich auch über die Männer, die mit ihr tanzten. Mit einem Ruck wandte er sich ab und drehte sich mit einiger Erleichterung zu Jane um. Sie war freundlich. Sie war vernünftig. Man konnte sich gut mit ihr unterhalten; sie war beweglich, und sie war klug. Freddie, der durch seine Arbeit mit Dingen des Lebens in Berührung kam, vor denen man ihn bis dahin beschützt hatte, begann allmählich zu verstehen, wie hart ihre Arbeit war. Das flößte ihm Achtung ein. Und so gefiel es ihm gar nicht, als Jane seine Aufmerksamkeit wieder auf die Tanzfläche lenkte und – was noch schlimmer war – zurück zu Constance.

»Wer ist das, mit dem Constance gerade tanzt, Freddie?« fragte sie.

Freddie drehte den Kopf mit einem Ruck herum. »O Gott, frag mich nicht«, sagte er leicht gereizt. »Einer von ihren Verehrern.«

»Ist es dieser Amerikaner – den Maud erwähnte –, wie war doch sein Name? Gus Soundso. Gus Alexander, glaube ich.«

»Ich kann es nicht sehen«, erwiderte Freddie und weigerte sich strikt hinzusehen. »Wenn er Manschettenknöpfe aus Diamanten hat, so groß wie Schweinsaugen, dann ist er es.«

»Seine Manschettenknöpfe sind ziemlich groß. Und sie glitzern«, sagte Jane trocken.

»Dann ist er es. Kann er tanzen?«

»Nicht besonders. Sieht aus, als würde er Stiefel tragen.«

»Dann ist er es ganz bestimmt. Ich kann ihn nicht ausstehen. Redet die ganze Zeit nur vom Geld. Wieviel er verdient hat – auf den Pfennig genau. Außerdem bildet er sich ein, Constance zu lieben. Weißt du, wieviel Rosen er ihr neulich geschickt hat? Zweihundert Stück. Rote. In einem entsetzlichen, korbartigen goldenen Ding. Genauso einer, wie Stern ihn aussuchen würde.«

»Und hat sie sich gefreut?«

»Natürlich. Constance liebt alles Extravagante. Sie sagt, die Menschen müßten viel vulgärer sein.«

»Tatsächlich? Also, weißt du, Freddie, manchmal glaube ich fast, Constance könnte recht haben.«

»Recht? Wieso?«

»Ach, ich weiß nicht.« Jane runzelte die Stirn. »Diese ganzen Regeln und Vorschriften, die wir aufstellen, die sind doch meistens ganz willkürlich und dumm. Wir beschließen, daß man ein Messer auf eine ganz bestimmte Weise halten muß und nicht anders. Oder wir beschließen, daß über bestimmte Dinge nicht geredet werden darf – zum Beispiel über Geld. Warum denn nicht? Warum kann man nicht einfach so sein wie Mr. Alexander und sagen, was man denkt?«

»Und dabei die Erbsen mit dem Messer essen?«

»Es gibt Schlimmeres, Freddie.« Jane machte eine Pause. »Wenn ich im Krankenhaus bin...«

Jane sprach den Satz nie zu Ende. Sie beugte sich nach vorn, stützte ihr Kinn in die Hände. Auch Jane hatte sich geändert.

Sie war mager; sie saß nervös auf der Kante ihres vergoldeten Stuhls. Von der Arbeit im Krankenhaus, die – weil Jane nur Hilfsschwester war und daher auch niedrigere Arbeiten verrichten mußte – aus viel Putzen mit Karbol bestand, waren ihre Hände rauh und gerötet. Es war typisch für sie, daß sie mit den Händen ihr Gesicht bedeckte, als wollte sie es verbergen, vor allem beim Reden. Sie besaß noch immer kein Selbstvertrauen, und so waren ihre Äußerungen oft etwas verwirrt. Sie fing forsch an, aber mitten im Satz verließ sie dann der Mut, und die Wörter überstürzten sich. Dann flüchtete sie sich in Phrasen, in Klischees, in kleine, ernste eilige Sätze über langweilige und unbestrittene Selbstverständlichkeiten, und – weil sie intelligent war und ihr diese ausweichende Sprache verhaßt war, brach sie dann plötzlich ab. Janes Sätze waren verworren, oder sie mündeten in eine Sackgasse; Männer fanden das ermüdend.

Sie hatte ein schmales, zartes Gesicht, die hohe Stirn eines Kindes und, wenn alles gutging, Augen, die nicht nervös umherirrten. Für sie waren diese Augen – haselnußfarben mit braunen Flecken – nicht mehr das Schönste an ihr; sie sah sich ihr Gesicht überhaupt nicht mehr an.

Noch etwas: Sie hatte sich die Haare abgeschnitten. Damals, 1916, war das sehr mutig. Aber dadurch ließ sich Jane nicht beirren. Sie hatte sie sich selbst geschnitten, weil es für die Arbeit praktischer war, und ihr gefiel dieser Schnitt. Er stand ihr: Ihr Gesicht war oft ängstlich und angestrengt, aber ihr Haar hatte einen eigenen neuen Charakter. Es umrahmte ihr Gesicht und legte ihren schönen Nacken frei: Es gehorchte dem Kamm und lag glatt und sanft um ihren Kopf wie ein Helm aus poliertem Kupfer. Diese Frisur gab ihr Sicherheit; Jane fing gerade erst an, etwas sicherer zu werden, und manchmal hatte sie ein komisches Gefühl dabei: Ihr Haar wies ihr den Weg; dieser neue kurze Schnitt verlieh ihm mehr Gewicht.

Eines Tages würde sie selbst vielleicht auch mehr Gewicht, mehr Bedeutung haben, dachte Jane. Aber bis jetzt war sie noch zaghaft, sogar bei Freddie. Deshalb begann sie den Satz vom Krankenhaus, versteckte sich dann hinter ihren Händen und sprach ihn nicht zu Ende.

Statt dessen lenkte sie Freddies Aufmerksamkeit nach einer Pause wieder auf ein – wie sie glaubte – weniger schwieriges Thema, auf Constance und auf Constances schönes Kleid.

Freddie sah hinüber zu ihr: Constance war gerade dabei, sich aus einer Gruppe bereitwilliger junger Männer ihren nächsten Tanzpartner auszusuchen. Sie fuhr mit ihren kleinen Händen durch die Luft, gestikulierte; ihr Haar – das mit glitzernden Kämmen hochgesteckt war – sah hübsch aus, auch wenn zu befürchten war, daß es jeden Augenblick über ihre Schultern herunterfallen würde. Sie ging von einem zum andern, ein weißer Handschuh vor schwarzen Schultern – Constance mit der Welt kokettierend.

Freddie stand auf. Er hatte keine Lust, sich dieses Spiel länger mitanzusehen. Er überließ Jane dem hilfreichen Hector Arlington, der sich ihnen gerade – auf Fronturlaub, in Uniform – näherte, und begab sich auf die Suche nach Champagner.

Mit dem Krieg waren Diener knapp geworden. Schließlich brachte ihm Jenna den Champagner. Sie sah blaß aus, krank und erschöpft, so daß Freddie sie gar nicht gleich erkannte. Und danach deprimierte es ihn nur noch mehr. Sie war früher so hübsch gewesen, aber jetzt sah sie alt aus: Alter, Zeit, Veränderung. Freddie wurde immer trübsinniger. Alles für Constances Glück.

Er stand unterhalb des Musikpodiums und schüttete den Champagner in sich hinein.

»Wer ist *das* denn?« fragte Denton mit nörgeliger Stimme. Er verdrehte die Augen und starrte auf die Tanzfläche. »Die Frau da drüben – die mit der vielen Farbe im Gesicht. Sieht aus wie eine –«

»Denton!«

»Göre. Sieht wie eine Göre aus. Was dachtest du denn, was ich sagen wollte? Und dieser Bursche bei ihr. Sieht aus wie ein verdammter Welscher. Wer hat denn den eingeladen? Und der da, was ist mit dem?

Der da hinten in der Ecke rumspringt. Dem Aussehen nach eine echte Kakerlake. Die langen Haare. Und dies gräßliche rote Zeug im Gesicht. Der gehört an die Front. Damit sie ihm Vernunft beibringen...«

Gwen hob ihre neue Lorgnette hoch und sah zu dem jungen Mann, den ihr Denton gerade gezeigt hatte. Er stand mit dem Rücken zu ihr und redete lebhaft mit Freddie und einer Gruppe anderer junger Männer. Auch Conrad Vickers stand dabei; und dieser große bärenhafte Junge, den alle Wexton nannten; und – ganz am Rande der Gruppe – Basil Hallam, der Schauspieler.

Irgendwie mochte Gwen diesen Freundeskreis noch immer nicht: Vor allem Vickers kam ihr ziemlich überspannt vor. Der junge Mann, von dem Denton gesagt hatte, daß er herumspringe, drehte ihr immer noch den Rücken zu; Freddie unterhielt sich mit Wexton. Wexton würde demnächst zu einer Ambulanzeinheit in Frankreich gehen. Gerade als Gwen dachte, daß sie aufpassen mußte – das hätte ihr gerade noch gefehlt, daß Freddie es ihm nachmachen wollte, schließlich war es etwas anderes, ob man in Hampstead eine Ambulanz fuhr oder an der Front –, da drehte sich der junge Mann um. Gwen sah, daß es Steenie war.

»Siehst du jetzt, was ich meine?« Denton winkte mit seiner Hand, die über und über mit Leberflecken bedeckt war. »Farbe. Das ganze Gesicht voll. Ekelhaft.«

»Denton, bitte, Lieber. Sei nicht albern.« Gwen bedachte Denton mit einem strengen Blick. »Das ist doch Steenie. Wenn du deine Brille aufsetzen würdest, könntest du es sehen. Er ist nur ein bißchen rot, das ist alles. Es ist ziemlich heiß hier, und er hat getanzt...«

»Aber was noch besser ist...« Dentons Blick wanderte weiter und blieb auf seiner Schwester liegen. »Was noch besser ist – das mußt du gesehen haben –, Maud, wie die sich aufgetakelt hat. Die alte Ziege hat sich als Lämmchen verkleidet und hängt an dem Arm – von diesem Kerl –, wie hieß er doch gleich? Dieser Israelit.«

»*Bitte*, Denton. Maud wird dich noch hören...«

»Wäre verdammt gut, soll sie nur. Würde sie vielleicht zur Vernunft bringen. Was, zum Teufel, glaubt sie eigentlich, daß sie tut, hm? Sie ist Engländerin – verdammt noch mal, sie ist *meine* Schwester. Zuerst heiratet sie diesen Katzlmacher, und jetzt das hier. Ein... Geldverleiher. Ich frage dich, wie kommt so jemand zu einem Titel?«

»Ich nehme an, auf ziemlich genau dieselbe Art, wie dein Vater zu seinem gekommen ist«, sagte Gwen ziemlich schroff. »Er hat ihn sich gekauft, würde ich meinen.«

»Lächerlich! Wenn es nach mir ginge –«

»Sei jetzt still, Denton, mein Lieber. Du weißt doch, was der Doktor gesagt hat. Und eigentlich magst du Monty doch ganz gern; das weißt du doch auch.«

Gwen winkte einem der älteren Diener und sah zu, wie Dentons Cognacglas neu gefüllt wurde. Es war nur ein kleiner Schluck, denn die Diener hatten ihre Anweisungen, aber es genügte. Denton ließ sich in seinen Sessel zurücksinken.

»Blutsauger«, murmelte er. Aber sein Zorn war verflogen. Einen Augenblick später schien er Maud und Sir Montague vergessen zu haben. Gwen war erleichtert.

Diese Anfälle gegen Stern hatten sich in letzter Zeit gehäuft, und Gwen fühlte sich durch sie beunruhigt – um so mehr, weil sie bei Maud gewisse Andeutungen und Ausreden bemerkt hatte. Ein- oder zweimal war ihr schon durch den Kopf gegangen, ob sich Denton vielleicht auch, wie so viele seiner Freunde, von Stern Geld geliehen hatte. Stern war dafür bekannt, für Menschen mit teuren Gewohnheiten ein offenes Ohr zu haben, ob es sich nun um so etwas Dummes wie Wetten oder Glücksspiele handelte oder um etwas Solideres, wie etwa Auslagen für den Besitz.

War Stern auch Denton gefällig gewesen? In den letzten Wochen hatte Gwen diese Möglichkeit schon mehrmals in Erwägung gezogen; auch jetzt ging sie ihr wieder durch den Kopf, während sie über den Ballsaal blickte und Stern, mit Maud am Arm, zusammen sah, die ruhig miteinander redeten. Bis vor kurzem wäre es Gwen nie in den Sinn gekommen, daß Denton finanziellen Rat oder Unterstützung benötigen könnte. Schließlich lebten sie sehr einfach: mit nur drei Häusern – Winterscombe, London und die Jagdhütte in den schottischen Highlands, wo Denton im August und im September zur Jagd und zum Fischen hinfuhr. Sie führten kein großes Haus, die Zahl ihrer Diener war durch den Krieg stark reduziert. Nein, es war unvorstellbar, daß Denton sich Geld leihen mußte. Wenn er eine Verbindung zu Stern hatte, dann mußte es sich dabei um Beratungen für Investitionen handeln, um mehr nicht.

»Zeit fürs Bett«, erklärte Denton plötzlich und stand auf. »Ich glaube, ich gehe jetzt ins Bett. Ich bin zu alt für solche Sachen, Gwennie.«

»Unsinn, Denton, Lieber...« Maud, mit Montague Stern an ihrer Seite, war zu ihnen gekommen. Sie beugte sich über ihren Bruder, um ihm einen Kuß zu geben. »Du kannst dich noch nicht zurückziehen – du hast erst ein einziges Mal getanzt. Komm, wir drehen eine Runde, nur eine kleine...«

»Zu alt. Zu steif«, brummte Denton. Er griff nach seinem Stock, den er, wie Gwen glaubte, gar nicht benötigte, den er aber gern schwenkte: Denton spielte gern den Kränkelnden.

Er richtete sich auf. In diesem Augenblick tauchte Constance an seiner Seite auf, ihr paillettenbesetztes Kleid glitzerte.

»Unsinn, Papa«, sagte sie mit einem gewinnenden Lächeln und lehnte sich gegen Dentons Arm. »Bitte. Es ist so schön heute abend. Willst du mir nicht einen letzten Tanz schenken, bevor du schlafen gehst?«

Denton, dem es nie etwas auszumachen schien, wenn ihn Constance »Papa« nannte, erwiderte Constances Lächeln auf eine, wie Gwen fand, höchst alberne Art. Er brabbelte vor sich hin und hob seinen Stock und rollte mit den Augen – was Gwen ganz und gar nicht gefiel!

»Geht leider nicht«, sagte er. »Geht leider nicht, tut mir leid. Nicht mal für dich, meine Liebe. Tanze immer gern mit der Ballkönigin – früher jederzeit –, aber jetzt nicht mehr. Zu alt. Hinkebein. Hör zu, vielleicht springt Stern für mich ein.«

Bei diesen Worten nahm er Sir Montagues Arm, dicht über dem Ellbogen, und zog ihn mit überraschender Kraft nach vorn.

Constance schien amüsiert; Stern schien aus der Fassung gebracht. Möglicherweise schätzte er es nicht, so grob behandelt zu werden; möglicherweise hatte er keine Lust, mit Constance zu tanzen: Wie auch immer, er erholte sich schnell davon.

»Constance«, sagte er, jetzt wieder Mann von Welt, »ich bin ganz sicher nur ein schlechter Ersatz, aber es wäre mir ein Vergnügen, wenn du mit mir vorliebnehmen wolltest.«

»Na, schön, dann werde ich mit Ihnen vorliebnehmen«, erwiderte Constance. Sie ließ sich von Stern auf die Tanzfläche führen. In Sterns Armen sah Constance klein und zerbrechlich aus. Maud sah ihnen mit einem wohlwollenden Lächeln zu. Beide waren ausgezeichnete Tänzer.

Es war ein Wiener Walzer.

»Wie tanzt du am liebsten, Constance?« fragte Stern, als sie gerade einen Kreis gedreht hatten. Sie tanzten elegant, aber recht langsam. »Ich glaube, wir sind schicklich, aber ein bißchen aus dem Takt.«

»Oh, ich tanze gern *schnell*«, erwiderte Constance. »Ich lasse mich gern herumwirbeln.«

Stern lächelte. Seine linke Hand faßte jetzt kräftiger zu; seine rechte Hand drückte ihren Rücken ein wenig fester. Ihre Schritte wurden schneller: Dabei passierte etwas sehr Merkwürdiges. Bei ihren ersten schnelleren Kreisen begann sich Constance auf die Tanzschritte zu konzentrieren. Auf die Führung von Sterns Händen. Beim zweiten Kreis begann sie sich auf ihn selbst zu konzentrieren.

Sie hatte sich vorgenommen, einen Ehemann zu wählen, aber der Ball war fast vorüber, und sie hatte ihre Wahl noch immer nicht getroffen. Zu Beginn des dritten Kreises dachte sie, daß sie ihre Wahl vielleicht doch schon getroffen hatte – daß sie sie schon getroffen hatte, noch bevor dieser Abend überhaupt begann.

Constance liebte Spekulationen: Es traf zu, daß sie – nur ein- oder zweimal – Überlegungen angestellt hatte, die Stern betrafen. Daß es, schon vor langem, eine Zeit gegeben hatte, da hatte sie in Winterscombe am Eßtisch in die Runde geblickt und begriffen, daß Denton abgelöst worden war, daß Stern das inoffizielle Oberhaupt der Familie war; es war Stern, an den sich Gwen wandte, wenn sie einen Rat oder Hilfe benötigte; es war Stern, ein Außenseiter wie sie, der diese Familie beherrschte.

Damals wußte Constance noch nicht, daß sich auch Denton an Stern gewandt hatte, um seinen Rat einzuholen – das erfuhr sie erst später. Was sie allerdings nie erfuhr, war, daß ihn dann sowohl Acland als auch später Jane um Rat fragten. Solche Dinge waren unwesentlich: Constances Instinkte waren erwacht; sie erkannte den Geruch von Macht.

Sie kamen in eine Ecke des Ballsaals; sie drehten sich einmal, zweimal, dreimal. Constance sah Stern nachdenklich an.

Sie erinnerte sich an die Gespräche mit Gwen über diesen Mann. Sie erinnerte sich daran, wie sie vor ein paar Monaten, zum Abschluß eines Einkaufsbummels mit Maud, Stern getroffen hatten, der sie in einer Galerie im West End erwartet hatte.

Er wollte gerade ein Gemälde kaufen. Constance hatte kein Auge für Malerei, kein Ohr für Musik, eine Abneigung gegen Literatur. Trotzdem lernte sie schnell, wie Maud sagte. Sie betrachtete die Bilder an den Wänden der Galerie: Für sie sahen sie alle gleich aus – sie fand sie sogar ziemlich langweilig. Constance hatte es gern, wenn Bilder groß waren und wenn Leute darauf zu sehen waren.

Stern hatte einen völlig anderen Geschmack als sie. Diese Bilder hier waren nicht besonders groß, und auf allen waren Landschaften zu sehen. Aber sie konnte Verehrung und Ehrerbietung genauso spüren wie

Macht. Der Mann, der Stern von einem Bild zum andern führte, behandelte Stern voller Ehrerbietung – das konnte sie sofort erkennen. Aber er war nicht unterwürfig: Er hatte Respekt vor Sterns Urteil, nicht vor seinem Bankkonto.

Stern ging langsam an den Bildern entlang. Beige, braune, rötlichgelbe Erdfarben: Constance war noch nie in Frankreich gewesen, sie hatte noch nie etwas von Cézanne gehört; sie sah sich diese Bilder an, sie versuchte sie zu entschlüsseln. Ihr war zum Gähnen langweilig.

Schließlich blieb Stern bei einem der Bilder stehen.

»Ah«, sagte er. »Also, *das* – «

»O ja.« Der Galerist war ebenfalls stehengeblieben. Auch er seufzte. Ehrerbietung! Constance starrte auf das betreffende Gemälde. Sie sah es sich genau an. Vielleicht ein Berg, dachte sie, und manche dieser Figuren hätten Bäume sein können, aber im großen und ganzen war es eine eher abstrakte, wenig überzeugende Angelegenheit. Sie konnte sich nicht dazu bewegen, es schön zu finden. Und sie konnte sich auch nicht vorstellen, daß es Maud gefiel.

Stern kaufte das Gemälde. Der Verkäufer gratulierte ihm. Constance, die einen schnellen Blick auf die Preisliste geworfen hatte, die man ihr, als sie hereinkamen, gegeben hatte, sah, daß keines dieser Bilder sehr teuer war, daß Stern aber das mit dem höchsten Preis ausgesucht hatte. Gute Dinge waren immer teuer – das hatte ihr Maud beigebracht: Constance revidierte sofort ihre Meinung über das Bild. Sie revidierte auch ihre Meinung über Stern. Er hatte nicht nur eine Preisliste zu Rate gezogen: Er hatte instinktiv das Beste gewählt – es mußte das Beste sein. Er hatte irgend etwas darin gesehen, und sie, Constance, war blind.

Eine mysteriöse Angelegenheit – und von mysteriösen Dingen hatte sich Constance schon immer angezogen gefühlt. Zu anderen Gelegenheiten erlebte sie auch, ein- oder zweimal, wie Stern einen Wein aussuchte, wie er mit Acland oder Jane über Bücher sprach, wie er sie und die restliche Familie in die Oper mitnahm.

Manchmal hatte sie ihn, wenn sie in Sterns Loge saßen, verstohlen von der Seite angesehen, diesen beherrschten und einflußreichen Mann. Er konzentrierte sich völlig auf die Musik. Er beugte sich vor, stützte den Ellbogen auf den Rand der Loge, stützte sein Kinn in seine Hand. In diesen Notenfolgen hörte er etwas, das Constance nicht hörte. Constance fand das unerträglich. Sie wollte eingelassen werden in den Tempel mit seinen Geheimnissen, und zwar sofort. Und – einmal – hatte sie bis zur Pause gewartet und ihn dann am Ärmel gezupft und ihm ein paar

Fragen gestellt – die falschen Fragen, wie sie seinem Gesicht ansehen konnte.

Aber er hatte ihr sehr geduldig – sie waren in der *Zauberflöte* gewesen – die Handlung erklärt. Constance fand sie ziemlich albern. Aber das hatte sie für sich behalten, so klug war sie immerhin. Trotzdem spürte sie, daß Stern irritiert war.

Danach hatte sie sich noch mehr Mühe gegeben. Besondere Mühe hatte sie sich gegeben, als sie alle in den *Rigoletto* gegangen waren. Sie hatte Stern über Verdi ausgefragt: Sie wollte ihm zeigen, daß sie seine Schülerin sein wollte, daß es ihm vielleicht Spaß machen würde, ihr Lehrer zu sein.

Ihr Lehrer? Der Walzer ging zu Ende. Während die letzten Töne verklangen, faßte Constance einen Entschluß. Nicht nur ihr Lehrer. Stern könnte viel mehr sein als nur ihr Lehrer: Er könnte ihr Ehemann sein.

Die Augenfälligkeit dieser Wahl – erfüllte er nicht jeden einzelnen ihrer Ansprüche? – verwirrte sie ein wenig. Es fiel ihr schwer zu glauben, daß sie so lange gebraucht hatte, es zu merken. Er war alleinstehend – auf Maud vergeudete Constance keinen einzigen Gedanken. Er besaß Autorität, Geld, Stellung, sogar Intelligenz. Sein Äußeres war umwerfend, seine Diskretion – seine legendäre Diskretion – faszinierend. Natürlich war er so alt, daß er ihr Vater sein könnte, aber das Alter war nicht wichtig; doch – vor allem anderen, vor allem – kannte sie ihn nicht. Er gehörte seit sechs Jahren praktisch zur Familie, aber es war ihr noch immer nicht gelungen, unter die Oberfläche zu gelangen. Sie hatte keine Ahnung, wie er war, wer er war. Nach dieser langen Zeit war er noch immer der besonnene, weltmännische, höfliche und ausweichende Fremde.

Constance zögerte nun nicht länger; aber sie überstürzte ja immer alles.

»Nein. Noch einen Tanz. Sie tanzen so wunderbar«, sagte sie, als der Walzer zu Ende war und Stern sie von der Tanzfläche führen wollte.

Stern schien überrascht.

»Bitte. Sie können es mir nicht abschlagen.« Stern sah nicht sehr überzeugt aus. Er sah aus, als würde es ihm nicht schwerfallen, ihr etwas abzuschlagen, als dächte er sogar daran, es gleich zu tun, in diesem Augenblick. Dann nahm er wieder seine übliche höfliche Haltung an. Er nickte mit dem Kopf.

Er hakte sie unter und ging wieder mit ihr auf die Tanzfläche.

Als sie wieder in seinen Armen war, begann sich Constance zu konzentrieren. Sie glaubte an Gedankenübertragung. Sie würde ganz fest an etwas denken – und nach einer Weile würde Stern an genau dasselbe denken.

Sie wartete ein Weilchen, dann machte sie – sehr überzeugend – einen falschen Schritt. Sie stolperte, drückte sich ein bißchen fester an ihn, strich mit ihrer behandschuhten Hand über seinen Hals.

Sie verließ sich auf die Wirkung des Schweigens; und als sie dann den geeigneten Moment gekommen sah, machte sie irgendeine Bemerkung, drehte das Gesicht zu Stern und sah ihn mit völlig leerem Blick an. Eine kleine Drehung des Kopfs, die ihm Gelegenheit gab, ihre feinen Gesichtszüge zu betrachten, die provozierenden Lippen, bevor er den herausfordernden Ausdruck ihrer Augen registrierte. Das klingt nach Eitelkeit – und vielleicht war es das auch –, aber Constance hatte eine sehr praktische Einstellung zu ihrem Äußeren. Für sie war das Gesicht eine der Waffen aus ihrem Waffenarsenal. Ihre Haut war faltenlos, ihre Gesichtszüge so vollendet wie Porzellan. Ihr üppiges Haar vibrierte von Leben. Ihre Nase war von einer nützlichen Symmetrie. Ihre Lippen hatten eine natürliche rote Farbe. Gott – falls es einen Gott gab, was sie bezweifelte – hatte ihren ausdrucksvollen Augen etwas Rätselhaftes gegeben. Diese Gaben waren nicht ihr eigener Verdienst: Wären sie ihr nicht mitgegeben worden, dann würde sie eben ohne sie auskommen. Aber nun waren sie einmal vorhanden und übten eine deutliche Wirkung auf Männer aus: Und deshalb beabsichtigte sie auch, diese Wirkung zu nutzen.

Das eine hatte sie allerdings von sich aus perfektioniert: den sprechenden Blick. Constance glaubte an diesen Blick. Deshalb richtete sie die Augen auf Stern, konzentrierte sich und wartete darauf, daß die Gedanken aus ihrem Kopf in seinen übergingen.

Sie dachte an zärtliche Berührungen und geflüsterte Worte. Sie versuchte sich vorzustellen, wie sich Stern, dieser mächtige Mann, wohl benahm, wenn er Stern, der Geliebte, war. Sie nagelte Stern mit diesen Bildern fest; sie stellte sie sich als Pfeile vor, die seine Haut durchdrangen. So viele Pfeile wie der heilige Sebastian! Zu ihrer Freude begegnete Stern ihrem Blick. Aber zu ihrer Bestürzung sah er gleich wieder weg.

Constance war zutiefst erschüttert. Der Blick, den sie zu ihrer Überraschung in seinen Augen gesehen hatte, bevor er ihn auf seine übliche charmante Art verbergen konnte, trug den Ausdruck von Langeweile, den keine Frau mißverstehen konnte.

Er tat seine Pflicht, er tanzte mit einer Angehörigen der befreundeten Familie, tanzte mit einem Kind, aus Taktgefühl, aus Höflichkeit, mehr nicht. All ihre Gedanken und deren Übertragung hatten nichts zu bedeuten. Constance war niedergeschmettert. Aber sie sagte nichts. Sie beendete den Tanz mit geduldiger Konzentration und abwesendem Gesicht. Dieser Gesichtsausdruck verhieß nichts Gutes.

Der Tanz war zu Ende, Stern begleitete Constance zu ihrem nächsten Partner. Er kehrte an Mauds Seite zurück. Sie unterhielten sich mit augenscheinlicher Zuneigung; kurz danach verabschiedeten sie sich.

Constance beobachtete es still und geduldig wie eine Katze, die einer Maus oder einem Vogel auflauert. Natürlich war Stern keine leichte Beute, das wußte Constance: Und dieses Wissen spornte sie an.

Constance war das Kind ihres Vaters. Wie für Shawcross, so war auch für sie das leicht Erreichbare nur wenig anziehend. Aber natürlich hatte ihr Vater ihr auch noch ein weiteres Erbe vermacht, das sie für den Rest ihres Lebens beeinflussen würde. Eines nämlich konnte Constance bei einem Mann auf keinen Fall hinnehmen: Gleichgültigkeit – auch nicht verhüllte Gleichgültigkeit.

»Hast du schon mal über die Liebe nachgedacht?«

Diese Frage stellte Steenie, als er ein paar Tage nach Constances Ball mit Wexton zusammen war. Sie hatten eine kleine Galerie in Chelsea besucht, in der Steenie seine Bilder auszustellen hoffte. Jetzt saßen sie in einem Café und tranken eine Tasse Tee. Wexton liebte diese kleinen, dunstigen Teestuben, ihre Betriebsamkeit und Häßlichkeit, die flinken Kellnerinnen in ihren adretten schwarzweißen Kleidern. Steenie, der nervös war, wollte nichts essen. Wexton hatte nach langen Überlegungen eine Cremeschnitte bestellt.

Wexton antwortete nicht auf Steenies Frage. Er warf ihm einen vorsichtigen Blick zu, dann stocherte er mit der kleinen Gabel in der Cremeschnitte.

»Soll man damit etwa essen?« Er hielt die Gabel hoch.

»Muß man nicht unbedingt.« Steenies Stimme war heiser. Er räusperte sich. Dann stellte er mit etwas höherer Stimme dieselbe Frage noch einmal. »Hast du schon mal über die Liebe nachgedacht?«

Es hörte sich albern an. Steenie wurde rot. Wexton schien nachzudenken.

»Manchmal.« Wexton schien Zweifel zu haben. »Es gibt so viele verschiedene Arten.«

»Tatsächlich?«

»Na ja. Kinder lieben ihre Eltern. Eltern lieben ihre Kinder. Und dann kann man auch noch einen Freund lieben. Ein Mann kann eine Frau lieben, oder mehrere Frauen. Er könnte eine nach der anderen lieben, oder er könnte, sagen wir, zwei Frauen gleichzeitig lieben. Er könnte verliebt sein oder er könnte sie lieben. Es gibt viele Möglichkeiten.«

Aber an all diesen Möglichkeiten war Steenie nicht interessiert. Sollte er sich in Wexton getäuscht haben?

Er trank einen großen Schluck Tee und verbrannte sich dabei den Mund. Er richtete den Blick auf Wextons Gesicht, ein ungewöhnliches Gesicht, das meistens den Ausdruck süßer, leicht erschrockener Melancholie zeigte. Wexton war Anfang Zwanzig, aber er sah viel älter aus. Steenie fand, daß er der klügste und freundlichste Mann war, dem er je begegnet war.

Steenie hatte das Gefühl, daß er das, was er gleich sagen würde, nur sagen konnte, wenn er Wexton dabei nicht ansah. Dazu hatte er viel zu große Angst.

»Aber genauso«, begann er, und seine Stimme verstieg sich zum hohen C, er räusperte sich noch einmal. »Aber genauso glaube ich, daß ein Mann ... einen anderen Mann lieben könnte.«

»O ja.« Wexton aß ein Stück von der Cremeschnitte. Er kaute mit sichtlichem Wohlbehagen. »Sehr gut«, erklärte er.

Steenie hatte das Gefühl, als müßte er auf der Stelle tot umfallen. Ihn schwindelte, seine Ohren sausten, und die Bilder vor seinen Augen begannen zu flirren.

»Zum Beispiel«, fuhr Wexton ruhig fort, »wie ich dich liebe.«

»O mein Gott.«

»Eigentlich hatte ich gar nicht vor, es zu sagen. Aber ich hab es mir anders überlegt.«

Steenies Stimme klang wieder normal. Er riskierte einen Blick in Wextons Augen. »Ich bin so glücklich.« Er machte eine Pause. »Natürlich liebe ich dich auch. Ich liebe dich wahnsinnig, Wexton. Unwiderstehlich.«

Er beugte sich über den Tisch und ergriff Wextons Hände. Er sah Wexton tief in die Augen.

»Ich weiß, was du denken mußt«, sagte er hastig. »Du findest mich affektiert. Und frivol. Ein Schwachkopf. Ein Irrer. Oberflächlich. Ich schätze, das denkst du von mir, oder?«

»Nein.«

»Aber in Wirklichkeit bin ich gar nicht so. Ich weiß, manchmal höre ich mich so an, aber das meiste ist Tarnung, weißt du? Na ja, nicht völlig. Ich übertreibe – Was hast du gerade gesagt?«

»Ich sagte ›nein‹.«

Wexton hatte die Cremeschnitte aufgegessen. Er trank seinen Tee aus, dann füllte er die Tassen erneut, eine für Steenie, eine für sich selbst. Steenie sah ihm völlig hingerissen dabei zu.

»Ich werde dich immer lieben, weißt du.« Steenie drückte Wextons Hände noch fester – an den Nachbartischen wurde man schon aufmerksam.

»Ich werde dich lieben, Wexton, immer und ewig, bis in alle Ewigkeit. Etwas anderes ist unvorstellbar. Ach, du glaubst mir nicht. Das sehe ich.«

»Warten wir ab.«

»Nein. Absolut nein. Du mußt mir *jetzt* glauben.«

»Okay. Ich glaube dir jetzt.«

Als sie kurz darauf auf die Straße traten, machte Steenie einen Luftsprung. Die Sonne schien. Steenie freute sich über das schöne Wetter. Die Natur war auf seiner Seite. Sie wußte, daß er verliebt war.

Nachdem er aufgehört hatte herumzutanzen, hakte er Wexton unter, um mit ihm Schritt zu halten. Sie bogen in die King's Road ein.

»Hast du eigentlich noch Constances Vater kennengelernt? Der war wirklich ein mieser Typ, der mieseste, den ich kenne. Er war auch Schriftsteller.«

»Besten Dank.«

Wexton war an der Tür des Hauses stehengeblieben, in dem er wohnte. Er wühlte in seinen Taschen – auf der Suche nach seinen Schlüsseln. Steenie, der sich vergewissert hatte, daß die Straße leer war, legte die Arme um ihn.

»Du lieber Gott, so habe ich das nicht gemeint. Er war sowieso kein richtiger Schriftsteller. Und er hat auch keine Gedichte geschrieben. Nur schrecklich gezierte dünne Romane. Sie würden dir ganz bestimmt nicht gefallen. Sogar Constance haben sie nicht gefallen. Ich glaube, sie wußte, daß sie nicht gut waren, sie konnte sie nicht ertragen. Weißt du, wobei ich sie einmal erwischt habe?«

»Nein. Wobei denn?«

»Wie sie sie zerschnitten hat. Einen von den Romanen. Den letzten, glaube ich. Sie saß auf dem Fußboden in ihrem Zimmer und zerschnitt ihn. Eine Seite nach der anderen, mit einer Nagelschere. Sie hat das ganze

Buch zerschnitten, bis nur noch der Einband übrig war. Es hat ewig gedauert. Als sie fertig war, hat sie die Schnipsel in einen Beutel gelegt, und den Beutel hat sie in ihren Schreibtisch gelegt. Es war ziemlich unheimlich. Dann hat sie geweint. Das war, kurz nachdem er gestorben war. Und sie trauerte noch um ihn – sie war damals sehr komisch. Erst ein oder zwei Jahre danach ist sie darüber hinweggekommen.«

»Aha! Hier ist er.«

Wexton zog aus einer seiner Taschen einen Schlüssel. Er runzelte die Stirn, als hätte er sich vor ihm versteckt gehabt. Er steckte ihn ins Schlüsselloch.

Steenie war ziemlich aufgeregt, und ein bißchen besorgt – es war das erste Mal, daß er Wexton in seiner Wohnung besuchte. Er hoffte, er würde nichts verpatzen. Er stieg vorsichtig die Treppe hinauf. Er wurde durch einen kleinen Flur in ein freundliches Zimmer geschoben. Es war mit Büchern vollgestopft.

»Ein ziemliches Durcheinander, fürchte ich...« Überall waren Bücher, Bücher auf Regalen, Bücher auf Tischen, Bücher auf Stühlen, Bücher auf dem Fußboden.

Steenie ging weiter ins Zimmer hinein. Wexton ging zu einem Gasring, hob den Kessel hoch.

»Ich könnte uns etwas zu trinken machen.«

»Das wäre wunderbar.«

»Alles?«

»Alles.«

»Na schön.« Wexton schien noch immer zu zögern. Er drehte sich mit dem Kessel in der Hand zu Steenie um.

Steenie zögerte, machte dann einen Schritt nach vorn. Er errötete. Wexton stellte den Kessel aus der Hand.

»Wexton... glaubst du, du könntest mich mal in den Arm nehmen?«

Steenie wurde noch röter. Seine Stimme überschlug sich fast. Er machte noch einen weiteren Schritt nach vorn. Wexton blieb stehen, wo er war.

»Oder nur einen Arm, Wexton. Für den Anfang. Ein Arm wäre schon genug.«

»Du bist noch sehr jung, Steenie, ich –«

»Um Himmels willen, Wexton. Ich muß doch irgendwann einmal anfangen. Ich liebe dich, Wexton. Wenn du mich nicht sofort in den Arm nimmst, passiert irgend etwas ganz Schreckliches. Wahrscheinlich breche ich in Tränen aus oder so.«

Wexton trat von einem Fuß auf den anderen. Er lächelte Steenie auf seine gütige Art an. Er zupfte an seinen Haaren.

Dann streckte er beide Arme aus, wobei er so traurig aussah, wie er es immer tat, wenn er glücklich war.

Steenie warf sich in seine Arme.

»Und so werden sie wohl verkaufen müssen, Gwen. In Bausch und Bogen. Das Haus. Das Land. Alles. Ist das nicht traurig? Tragisch, wenn man bedenkt – daß es die Arlingtons dort seit dreihundert Jahren gibt.«

Ende Juni, zwei Wochen nach Constances Ball: Maud thronte hinter den Teetassen und dem Teekessel, es war in ihrem Londoner Salon. Eine ihrer gut organisierten Teegesellschaften: Es wurden noch andere Gäste erwartet, aber jetzt konnten sie und Gwen – wie üblich – noch ein paar Augenblicke angenehmer Intimität genießen. Mit ein bißchen Klatsch – von dem Maud immer genug auf Lager hatte.

Am anderen Ende des großen Raums war eine Gruppe junger Gäste: Constance, Steenie, Freddie und Conrad Vickers. Wexton machte gerade eine Ausbildung als Ambulanzfahrer und fehlte.

Neben der auffälligen Gestalt von Conrad Vickers, dessen Haare sogar noch ein paar Zentimeter länger waren als die von Steenie, saßen steif einige junge Offiziere auf Heimaturlaub. Mehrere von ihnen schienen an Vickers Anstoß zu nehmen – was vorauszusehen gewesen war. Einige andere starrten hingerissen Constance an. Die jungen Leute konnten, was Maud betraf, auf sich selbst aufpassen. Sie und Gwen hatten wichtigere Dinge zu bereden.

»Ich kann es nicht glauben«, sagte Gwen schockiert. »Die Arlingtons? Das kann nicht stimmen. Das ist einfach unvorstellbar. Woher weißt du es, Maud?«

»Himmel, ich habe keine Ahnung! Vielleicht von Jane? Wie du weißt, grenzt ihr Land direkt an das der Arlingtons, und so – aber nein, natürlich war es nicht Jane; sie hört ja immer als letzte von solchen Dingen. Also, wer könnte es dann gewesen sein? Jemand bei Maud Cunard gestern abend – aber, großer Gott, es war so voll dort, daß ich mich nicht erinnere, wer... Auf jeden Fall, das ist ja auch egal, Hauptsache ist, daß es stimmt. Monty hat es heute morgen auch gesagt. Weißt du, Gwennie, die Sache ist doch die...« Maud beugte sich vertraulich nach vorn. »Gertrude Arlington war gezwungen, sich etwas zu leihen – nur ganz bescheiden natürlich. Ich glaube, Monty hat ihr mit den Anleihen geholfen. Aber er hatte sie schon vor mehreren Jahren gewarnt, und nun sind die Grundstückspreise so erschreckend gesunken, daß sie sich nicht traut, noch mehr Geld aufzunehmen, im übrigen hat sie ja auch gar keine Sicherheiten mehr. Und dann...« Maud unterbrach sich plötzlich. Gwen starrte sie an: Es paßte gar nicht zu Maud, eine Geschichte mittendrin abzubrechen.

»Und dann was? Sprich weiter, Maud, was war dann...«

»Nun, also, die Sache ist die...« Maud zögerte, aber sie konnte sich nicht zurückhalten. »Die Sache ist die, falls du dich erinnerst, daß es erst zwei Jahre her ist, seit die arme Gertrude ihren Mann verloren hat. Die Erbschaftssteuern waren entsetzlich hoch, aber irgendwie haben Hector und sie es geschafft. Dann ging Hector an die Front – also, ich habe ja gleich gesagt, daß er sich nicht eignet, aber anscheinend war er durch nichts davon abzuhalten, er war unbeirrbar, genauso wie Acland, und jetzt...«

»Ist er tot? Hector Arlington ist tot?« unterbrach sie Gwen mit schriller Stimme. »Das ist doch nicht möglich. Er war doch gerade auf Urlaub. Er war auf dem Ball. Ich habe ihn doch erst neulich gesehen. Er hat mit Jane getanzt, das weiß ich noch, weil sich Denton über ihr Haar und ihr Kleid ausgelassen hat.«

»Zwei Tage danach ist er wieder an die Front, Gwennie. Ich dachte, du wüßtest es schon.« Maud zögerte. Sie beugte sich nach vorn und drückte Gwens Hand. Sie hätte den Mund halten sollen. Und sie mußte aufpassen, daß nicht auch noch die Einzelheiten zur Sprache kamen: Besser, sie erwähnte gar nicht erst, daß Hector im selben Regiment war wie Boy und daß er – wie Boy und Acland – an der Somme stationiert gewesen war, daß es dort gewesen war, wo ihn die Kugel des Heckenschützen getroffen hatte. »Sie sagen, daß es sehr schnell gegangen ist, Gwennie. Keine Schmerzen. Aber für Gertrude – nun, das muß ihr den Rest gegeben haben. Den einzigen Sohn zu verlieren. Sie hat Hector vergöttert, wie du weißt. Und dann wieder diese Steuer. Innerhalb von zwei Jahren. Ich gebe der Regierung die Schuld – und das habe ich auch zu Monty gesagt.«

»Hector.« Gwen stellte mit leerem Blick ihre Teetasse hin. »Ich kann es nicht glauben.«

»Gwen...«, sagte Maud warnend. »Gwen, du hast es mir versprochen. Ich hätte es dir nicht sagen sollen. Ich hätte auch ganz bestimmt nichts davon gesagt, wenn ich nicht geglaubt hätte, daß du es schon weißt.«

»Er hat gestottert.«

»Wer? Hector? Nein, das hat er nicht getan.«

»Doch, das hat er. Nur ein bißchen, als Kind. Wie Boy. Er war immer so ein ernstes Kind. Die andern haben sich immer über ihn lustig gemacht.«

»Gwen...«

»Es tut mir leid, Maud.« Gwens Augen waren feucht geworden. Sie beugte sich vor und wollte ihre Tasse hochheben, aber ihre Hand zitterte zu sehr, und so ließ sie sie stehen.

Maud beugte sich wieder nach vorn. Wieder nahm sie Gwens Hand und drückte sie. »Liebste Gwennie, ich weiß, daß es traurig ist, und ich bin auch traurig. Und jetzt hör zu, das war noch nicht alles, was ich dir erzählen wollte. Ich habe auch gute Nachrichten, und ich habe sie für zuletzt aufbewahrt, weil ich weiß, daß es dich aufheitern wird. Weine nicht. Und jetzt, hör zu, Monty sagt – und er hat es aus allererster Quelle, du verstehst schon –, daß alles bald ein Ende haben wird. Der Krieg! Diese ganze schreckliche Sache! Ehrlich, Gwennie – noch ein paar Monate höchstens, sagt Monty. Die Generäle sind überzeugt, sogar diese schrecklichen Pessimisten im Kriegsministerium. Um Weihnachten, Gwennie – stell dir vor! – könnte schon alles vorbei sein.«

Maud sprach schnell, war sich kaum der Tatsache bewußt, daß sie sich das alles nur ausgedacht hatte, denn Stern hatte ihr keineswegs so etwas gesagt, vielmehr waren seine Zukunftsaussichten beim letzten Mal, als sie darüber gesprochen hatten, sehr düster gewesen. Aber darum kümmerte sich Maud jetzt nicht: Die Sätze sprudelten einfach aus ihr heraus. Und sie wurde belohnt, als sie sah, daß in Gwens Augen Hoffnung aufflackerte.

»Ach, Maud, stimmt das auch wirklich? Ist sich Monty sicher?«

»Liebling, ich schwöre es. Er ist gerade im Kriegsministerium und sagte, er würde auf dem Heimweg hereinschauen. Dann kannst du ihn selbst fragen. Seit er im Waffengeschäft ist, weiß er über alles Bescheid – und im übrigen sind er und dieser schreckliche Lloyd George *so*...« Maud hielt zwei gekreuzte Finger in die Höhe. »Denk doch mal, Gwen! Schon zu Weihnachten könnten Boy und Acland wieder zu Hause sein. Wir könnten alle nach Winterscombe fahren. Wir könnten ein Familienfest feiern, so wie früher. Wir könnten gemeinsam ins neue Jahr gehen, wir wären wieder alle vereint, wir könnten auf 1917 trinken, und auf den Frieden...«

»Tod dem Kaiser?« warf Gwen ein, und es gelang ihr ein leichtes Lächeln, denn so lautete Mauds gegenwärtiger Lieblingstrinkspruch.

»Tod dem Kaiser. Absolut«, erwiderte Maud begeistert. »Für mich war er schon immer der vulgärste kleine Mann auf der ganzen Welt.«

Tod dem Kaiser, hörte Constance auf der anderen Seite von Mauds prächtigem Salon, während sie die langweiligen Monologe von Conrad Vickers über sich ergehen ließ, der sie umschwärmte und nicht von ihrer Seite wich.

Sie warf einen Blick durch den Raum und sah Maud, die gerade ihre Teetasse hochhob und dabei so wütend aussah, als würde sie sie gleich nach alter russischer Art auf den Boden werfen. Dummes Stück, dachte Constance, während sie zusah, wie Maud aufstand, um eine Gruppe neuer Gäste zu begrüßen; neidisch starrte sie Maud an. Maud war in Wirklichkeit ganz und gar nicht dumm, sondern schlau, und nur ihre Art zu reden war irreführend. Das wußte Constance, aber an diesem Nachmittag hegte sie keine guten Gefühle für Maud, für niemanden: Sie war nervös und gereizt. Heute war sie mit einem festen Vorhaben hierhergekommen: Sie würde Montague Stern wiedersehen und sie würde ihn dazu bringen, sie von nun an nicht mehr mit gleichgültigen Blicken anzusehen, für immer.

Das war ihr einziges Ziel gewesen, als sie diesen Salon betreten hatte; aber inzwischen war schon über eine halbe Stunde vergangen – in der sie gezwungen gewesen war, sich Conrad Vickers albernes Geschwätz anzuhören. Constance glaubte schon fast, daß man ihr wieder einen Strich durch die Rechnung machen könnte, daß Sir Montague am Ende überhaupt nicht kommen würde.

Daraufhin begannen ihre Gedanken, mit einer Leichtigkeit, die sie wütend machte, abzuschweifen und sich mit etwas völlig anderem zu beschäftigen, mit ihrem Mädchen Jenna nämlich.

Jenna ging es nicht gut: Constance hatte es schon seit einigen Wochen bemerkt, aber die ganze Aufregung wegen des Balls und allem anderen, was darauf folgte, ihre Pläne mit Montague Stern, hatten es sie vergessen lassen. Als Jenna heute zu ihr gekommen war, um ihr beim Ankleiden für die Tee-Einladung zu helfen, hatte sie so schlecht ausgesehen, daß Constance nicht länger darüber hinwegsehen konnte. Jenna, die sonst immer so zufrieden aussah, war wie verwandelt: Ihre Augen waren gerötet – von zuwenig Schlaf oder vom Weinen; sie war still und geistesabwesend.

Von dieser auffälligen Veränderung wurde Constance aufgerüttelt. Ihr war von Jennas Liebesaffären schon sehr viel mehr bekannt, als diese ahnen konnte; und es war für Constance ein schrecklicher Gedanke, daß es vielleicht noch weitere Geheimnisse geben könnte, von denen sie nichts wußte. Jenna schrieb zum Beispiel noch immer an Acland und bekam bestimmt Antwort von ihm: Das wußte Constance. Jedenfalls vermutete sie es, denn sie hatte Jenna beobachtet, und war, aus diskreter Entfernung, Jenna bei einer Art Pilgerfahrt gefolgt: durch die Park Street und dann hinüber zum Postamt an der Charing Cross Station. Dort gab sie einen Brief auf und holte einen anderen aus einem Postfach ab. Diese Briefe konnten nur von einem Menschen kommen, schloß Constance; jeder andere, der Jenna schrieb, hätte seine Briefe an sie nach Hause geschickt.

Nachdem Constance es erst einmal entdeckt hatte, war sie neugierig, noch mehr zu erfahren. War ihre Beziehung etwa nicht beendet, wie sie geglaubt und wie Acland ihr bestätigt hatte? Warum schickten sie sich noch immer Briefe? Constance konnte es sich nicht erklären, und je mehr sie darüber nachdachte, desto größer wurde ihre Neugier.

Ein- oder zweimal war die Versuchung so groß, daß sie ihr fast nachgegeben hätte: Jenna mußte diese Briefe ja irgendwo versteckt halten, und es bestand zumindest die Möglichkeit, daß Constance sie fand. Aber irgend etwas hielt sie davon zurück: Sie konnte sich Aclands Abscheu vorstellen, seine Verachtung – wenn sie sich in das Zimmer eines Dienstmädchens schlich. Nein, obwohl die Versuchung wirklich sehr groß war, konnte es Constance diesmal nicht tun. Wie moralisch ich geworden bin! dachte sie und warf einen Blick zur Tür, um festzustellen, ob Stern nicht doch noch kam.

Aber er kam nicht. Conrad Vickers hörte nicht auf, von seinen Fotos zu reden, und wie gewagt sie waren.

»Und so habe ich Constance auf eine Totenbahre gelegt«, rief er und warf ihr bewundernde Blicke zu, die aber, wie Constance wußte, überhaupt nichts zu bedeuten hatten: Vickers war für die Reize einer Frau absolut unempfänglich. »Dann – und sozusagen als eine *pièce de résistance* – legte ich ihr eine weiße Rose in die Hände. Also eigentlich hätte ich ja lieber eine Lilie genommen, aber Constance haßt Lilien. Auf jeden Fall sah die Rose sehr schön aus. Es sah aus wie Julia in ihrem Grab, nein, viel gefährlicher als Julia. Dieses göttliche, falkenartige Profil von dir, Connie, meine Liebe! Absolut *aufwühlend*. Ich mache keine Familienschnappschüsse für das Klavier. Der Sinn besteht doch darin, eine Aussage zu machen – Connie in ihrem Wesen wiederzugeben. Daran ist mir gelegen. Nicht an einer Ähnlichkeit; jeder Idiot könnte das.«

»Ja, aber warum soll sie denn tot aussehen?«

»Nicht tot – tödlich. Eine *femme fatale*«, erwiderte Vickers fast triumphierend, denn er liebte nichts mehr, als Spießbürger über das

Offensichtliche aufzuklären. »*La Belle Dame sans Merci* – so will ich Constance. Oder...«

Er legte eine dramatische Pause ein. »Oder sind Sie mit diesem Gedicht nicht vertraut?«

»Doch. Ich habe es gelesen. Jeder hat dieses Gedicht gelesen. Vielleicht sollten Sie es neben dem Bild abdrucken – nur um sicherzustellen, daß niemandem die Pointe entgeht.«

Constance kehrte der Szene den Rücken zu. Sie sah auf ihre kleine juwelenbesetzte Uhr, die an ihrem Jackenaufschlag befestigt war – fast vier Uhr, würde Montague Stern denn überhaupt nicht kommen? –, und blickte sich dann im Salon um.

Dieser Salon würde ihr, wie sie glaubte, helfen: Maud konnte ihn für sich beanspruchen, aber das bezweifelte Constance. Bestimmt hatte Stern all die Dinge hier für sie bezahlt, vielleicht sogar für sie ausgesucht. In diesem Zimmer und in diesen Gegenständen lag vielleicht der Schlüssel zu dem Mann, den sie suchte.

Der Salon hatte bereits Berühmtheit erlangt. Seine mit viel Geschmack zusammengestellte Einrichtung war schon in zahlreichen periodisch erscheinenden Magazinen, die Constance alle gelesen hatte, abgebildet und gelobt worden. Er war vielleicht nicht gerade nach Constances eigenem Geschmack, weil es ein äußerst zurückhaltender Raum war – der im ersten Augenblick nur wegen seiner klaren Formen und seiner Schlichtheit faszinierte.

Es war ein Raum, den manche von Gwens Freunden vielleicht als vulgär bezeichnet hätten, denn ihrer Meinung nach sollte ein Raum – welch sonderbarer englischer Snobismus – ein wenig schäbig aussehen, weil sich allzu Perfektes oder allzu offensichtlich Kostspieliges als neureich entlarvte.

Vielleicht war dieser Raum ein wenig zu sorgfältig eingerichtet, ein wenig zu teuer, aber das störte Constance nicht. Sie betrachtete ihn, sie lauschte auf die versteckten Botschaften und sie begriff: Wer diesen Raum gestaltet hatte, war ein Ästhet, der schönen Dingen nicht widerstehen konnte.

Denn schöne Dinge – seltene Dinge – gab es hier *en masse*, mit musealer Sorgfalt ausgestellt: Auf einer französischen Kommode rotes chinesisches Porzellan; unter ihren Füßen ein Teppich, so bunt und entzückend wie Gartenblumen. Und dann die Bilder. Diese Gemälde, die Constance nie gemocht hatte, sprachen jetzt zu ihr.

Während sie sich in ihre prächtigen Farben vertiefte, wußte sie ohne jeden Zweifel, daß es nicht Maud gewesen war, die sie ausgesucht hatte. Maud mochte diese Gemälde zwar lauthals rühmen – was sie auch tat –, aber sie würde sie niemals verstehen.

Nein, das war Sterns Raum: Er zahlte dafür, er hatte ihn ausgesucht, er hatte ihn eingerichtet. Stern, der Sammler seltener Dinge.

Und ich habe ihn mir ausgesucht, dachte Constance. Und im selben Augenblick, als sie fühlte, daß sie ihn vielleicht verstand, daß sie vielleicht seine Gedanken verstehen konnte, daß sie vielleicht auf ihn einwirken konnte – in diesem Augenblick betrat Stern den Salon.

Einer seiner flüchtigen Besuche – obwohl Stern es sich nicht anmerken ließ. Wie sonst auch immer, tat er, als habe er alle Zeit dieser Welt. Er begrüßte Maud. Er begrüßte die zwanzig oder mehr versammelten Gäste. Er schien entzückt, sie zu sehen. Sobald er merkte, daß sie sich wieder miteinander beschäftigten, zog er sich, wie so häufig, ans andere Ende des Zimmers zurück.

Constance nahm sich Zeit. Dieses Treffen, das sie in Gedanken bis in alle Einzelheiten sorgfältig geplant hatte, durfte nicht überstürzt werden.

Daher wartete sie, während Maud mit ihren Gästen beschäftigt war. Sie sah, wie Stern zusammenzuckte, als Maud ihnen erzählte, daß er am Nachmittag im Kriegsministerium gewesen sei und daß er leider nicht lange bleiben könne, weil er am Abend in die Downing Street müsse. Stern, der seine hohe Position und seine Macht gern herunterspielte und sich bescheiden gab, haßte derart angeberische Gesten, dachte Constance.

Sie beobachtete, wie er sich von den anderen Gästen freimachte. Sie registrierte den kleinen Seufzer der Erleichterung, den er ausstieß, als es ihm endlich gelang, sich zurückzuziehen. Sie beobachtete, wie er sich einen Sessel suchte und sich, mit dem Rücken zum Zimmer, hineinsetzte. Sie beobachtete, wie er eine Zeitung zur Hand nahm.

Keiner der anderen Gäste schien es merkwürdig zu finden, daß er sich zurückzog. Stern war ein bedeutender Mann; sie akzeptierten, daß er wichtigere Dinge im Kopf hatte. Außerdem konnten sie sich jetzt wieder ihren Klatschgeschichten widmen. Wenn es um Skandale und Andeutungen und Enthüllungen ging, bekamen Sterns sonst ausgezeichnete Manieren einen Knacks. Natürlich war er eine verläßliche Informationsquelle: Aber diese Informationen wurden von Maud gefiltert. Das untermauerte, nützlicherweise, Sterns Ruf, diskret zu sein. Über diesen Ruf wachte Maud aufs strengste. Sie war vielleicht eine ziemliche Klatschtante, aber sie gab ihre Klatschgeschichten mit Bedacht weiter. Keine Schnitzer; und da Maud ihnen soviel enthüllte, fühlten sich die andern genötigt, sich nun ihrerseits mit irgendwelchen Enthüllungen zu revanchieren. Und die wurden dann, daran bestand für Constance gar kein Zweifel, sofort an Stern weitergegeben, wenn Maud mit ihm allein war.

Sie musterte Stern abschätzend. Sie überlegte, ob er Maud tatsächlich liebte oder ob ihm Maud nur nützlich war. Sie war sich dessen nicht sicher, und weil sie sich nicht sicher war, war sie um so entschlossener, vorsichtig vorzugehen.

Constance konnte aus zwanzig Meter Entfernung jemandem vom Gesicht ablesen, ob er sich langweilte, und was fand Stern am langweiligsten? Nun, wenn ihm Frauen schmeichelten – das hatte sie genau beobachtet.

Sie war zu dem Schluß gelangt, daß Stern die meisten Frauen als lästig empfand: Er interessierte sich für Macht, und die meisten Frauen besaßen keine Macht. Daher entledigte er sich ihrer auf seine charmante, höfliche Art. Sie hatte ihre Lektion an jenem Ballabend gelernt: Bei Stern wäre es sinnlos, einen Flirt anzufangen, wie es junge Mädchen taten.

Bei ihm mußten andere Strategien zum Tragen kommen. Es war schon zu spät, um umzukehren – Constance spürte, wie sie ruhiger wurde. Zeit für den ersten Schlag. Sie wartete noch einige Sekunden; dann löste sie sich von der Gruppe junger Männer, bei der sie stand.

Ihr hübsches Kleid, das sie für diese Gelegenheit ausgesucht hatte: Seide in der Farbe von Parmaveilchen, ein einfaches schwarzes Band um den Hals geschlungen. An ihren Fingern nur ein einziger Ring: ein schwarzer Opal, den ihr Maud geschenkt hatte und von dem ihr die abergläubische Gwen abgeraten hatte.

Constance sah auf diesen Ring: Lichtblitze in schwarzem Gagat gefangen. Sie liebte die Rätselhaftigkeit von Opalen: Sie war nicht abergläubisch und würde es nie sein.

Ab und zu glaubte sie an das Glück: Aber noch mehr glaubte sie an die Willenskraft. Entschlossenheit, das war es: Wenn sie entschlossen genug war, würde sie zu allem fähig sein, das fühlte sie. Sie ging quer durch das Zimmer. Sie betrachtete Sterns Rücken. Plötzlich tauchte ein merkwürdiges Bild in ihren Gedanken auf. Der Tag, an dem sie ihren Vater auf der Bahre nach Winterscombe gebracht hatten. Ein schwarzer, schwarzer Tag: Alles daran war schwarz. Sie konnte sich nicht mehr an alle Einzelheiten erinnern. Dann faßte sie jemand am Arm, führte sie die Treppe zur Veranda hinauf – wo ihr dieser Mann in irgendeinem seltsamen Gewand den Weg versperrte. Sie konnte sich nicht mehr erinnern, was für ein Gewand es gewesen war, nur an seine Farbe. Es war rot gewesen. Das Blut ihres Vaters war auch rot gewesen. Ein roter und schwarzer Tag, der in ihrem Kopf dröhnte und schmerzte.

Mitten im Zimmer blieb sie stehen. Maud sah auf und sagte im Vorbeigehen etwas zu ihr. Constance antwortete mit abwesender Stimme. Dann nahm sie trotz ihres Zögerns ihre Position ein, ihre geplante Position – direkt hinter Stern.

»Wie alt sind Sie?« fragte Constance.

Sie sagte es völlig unvermittelt, genauso wie sie es sich vorgenommen hatte. Aber Stern hatte sich nur umgedreht, war aufgestanden, hatte sie begrüßt – »Ah, Constance, meine Liebe« – und hatte einen Stuhl für sie herangezogen; sonst war nichts geschehen. Dann hatte er sich wieder, mit dem Rücken zum Zimmer, hingesetzt, hatte, etwas zögernd, seine Zeitung hingelegt und gelächelt. Bis jetzt hatte er ihr noch nicht seine Aufmerksamkeit gewidmet. Jetzt widmete er sie ihr.

»Wie alt?« Er zögerte, als wäre er verwirrt, dann machte er eine Handbewegung. »Constance, ich bin so alt, daß man es gar nicht glauben kann. Ich bin neununddreißig Jahre alt.«

Constance, die sich bei Gwen erkundigt hatte und wußte, daß er dreiundvierzig war, fühlte sich ermutigt. Sie senkte den Blick, dann sah sie ihn an.

»Ach, Sie sind viel zu jung«, sagte sie mit einem charmanten Lächeln, »das hatte ich befürchtet.«

»Zu jung? Constance, du schmeichelst mir. Ich halte mich für einen Graubart, meine Liebe, vor allem, wenn ich mich in Gesellschaft einer so entzückenden jungen Dame befinde, wie du es bist. Zu jung wofür?«

»Sie sollen mich nicht ärgern«, sagte Constance. »Ich will keine Komplimente hören. Ich frage aus einem guten Grund. Ich überlege mir nämlich, ob Sie nicht vielleicht meine Mutter gekannt haben. Bevor sie geheiratet hat, hieß sie Jessica Mendl. Sie war Jüdin.«

Das war einer ihrer Trümpfe, und noch im selben Augenblick, als sie ihn ausspielte, wußte Constance, daß der Trick, seine Aufmerksamkeit zu erringen, Erfolg hatte. Denn erstens kam diese Information, wie sie es vorausgesehen hatte, unerwartet. Und zweitens schnitt sie ein Thema an, über das man gewöhnlich nicht sprach. Auch wenn Stern seine Religion vielleicht nicht ausübte, machte er doch kein Hehl daraus, jüdischer Abstammung zu sein. Allerdings wurde sie in seiner Anwesenheit auch nie erwähnt. Zu Constances Freude runzelte Stern die Stirn.

»Tut mir leid, Constance. Aber ich verstehe nicht warum.«

»Ganz einfach.« Constance beugte sich nach vorn. »Meine Mutter war Österreicherin. Ihre Familie lebte, glaube ich, in Wien. Sie kam nach London, um an der Slade-Akademie Kunst zu studieren, und während sie dort war, lernte sie meinen Vater kennen. Sie heirateten. Natürlich war ihre Familie entsetzt. Sie hatte in London bei Verwandten gewohnt. Sie wiesen ihr die Tür. Sie hat ihre Eltern nie wiedergesehen.« Constance machte eine Pause. »Ich wurde ein Jahr nach ihrer Heirat geboren. Nicht lange danach starb meine Mutter, wie Sie vielleicht wissen. Vielleicht ist es dumm von mir, aber manchmal möchte ich mehr über sie wissen.«

Eine Erinnerung, nur ein kleiner Hinweis auf ihr trauriges Waisendasein: Constance gab sich Mühe, es nicht zu übertreiben, denn Stern war nicht gerade sentimental.

»Wissen Sie das genau, Constance?« Er sah sie jetzt ungläubig an. »Ich habe immer angenommen... Ganz bestimmt habe ich niemals etwas davon gehört...«

»Oh, das weiß niemand«, erwiderte Constance schnell. »Nicht einmal Gwen. Meine Mutter starb, lange bevor mein Vater nach Winterscombe kam, und ich bezweifle sehr, daß er dort von ihr gesprochen hat. Vielleicht hat er sich geschämt – auf jeden Fall war er ein sehr zurückhaltender Mensch.« Constance durfte sich jetzt Sterns Aufmerksamkeit sicher sein; sie schlug die Augen zu Boden. »Ich weiß es von der Frau, die sich um mich gekümmert hat, als ich noch klein war. Sie hatte meine Mutter gepflegt, bevor sie ins Sanatorium kam. Sie hat mich gehaßt, und ich habe sie gehaßt. Das sagte sie, glaube ich, um mir weh zu tun. Wahrscheinlich glaubte sie, dann würde ich mich schämen. Aber das hab ich nicht getan. Ich war froh. Ich war stolz.«

»Stolz?« Stern warf ihr einen schnellen Blick zu, als glaubte er ihr nicht.

»Ja. Stolz.« Constance sah ihn an. »Ich fände es schrecklich, einfach nur Engländerin zu sein. Die Engländer sind so überheblich, so zufrieden, so beschränkt. Spießig zu sein ist, glaube ich, ihre höchste Religion. Ich habe mich immer wie ein Außenseiter gefühlt – und ich bin froh darüber. Haben Sie sich auch schon mal so gefühlt? Aber, nein – natürlich nicht. Entschuldigen Sie; das war nicht nur dumm, das war auch unhöflich.«

Es entstand eine kurze Pause. Stern starrte auf seine Hände. Als er

Constance wieder ansah, war sie von dem Ausdruck in seinen Augen beunruhigt. Einen Augenblick lang hatte sie das Gefühl, daß Stern wußte, was sie vorhatte, daß er wütend war über ihre kleinen Tricks. Er schien zu zögern: Constance erwartete eine scharfe Antwort. Aber sie kam nicht. Als er zu reden begann, war er völlig ruhig.

»Du bist intelligent, meine Liebe. Du brauchst also gar nicht so zu tun, als wärst du dumm, denn das bist du nicht. Sieh dir die Leute an.« Er deutete hinter sich. »Sieh mich an. Ich verkörpere alles, was diese Leute verachten und dem sie mißtrauen – oder willst du das bezweifeln? Ich werde nur gelegentlich toleriert oder aufgesucht, weil ich ihnen nützlich sein kann, und ich bin nicht arm. Meine Fähigkeiten stehen diesen Leuten zur Verfügung, weil ich es so will. Wenn sie unbedingt glauben wollen, daß ich das alles nur aus Profitgier mache, dann stört mich das nicht weiter. Es ist mir gleichgültig, was sie von mir denken. Nur deswegen werde ich *toleriert*, meine liebe Constance, und aus keinem anderen Grund – wie du sicher wissen wirst. Und, Constance, nein, ich kenne keine Mendls aus Wien. Vielleicht bin ich dazu zu jung, wie du gesagt hast. Aber viel wahrscheinlicher wäre es, daß sie und ihre Londoner Verwandten in besseren Kreisen verkehrt haben. Die Menschen, mit denen ich aufgewachsen bin, haben ihre Töchter nicht auf die Slade-Akademie geschickt, um dort Kunst zu studieren. Ich bin ein Jude aus Whitechapel, Constance. Mein Vater war Schneider. Ich kann dir nicht weiterhelfen.«

Constance schwieg. Sterns Worte ließen sie sich klein fühlen; und vielleicht war genau das seine Absicht gewesen. Sie zögerte; sie kam zu dem Schluß, daß es besser sein würde, ihre Mutter nicht noch einmal zur Sprache zu bringen. Ihre Mutter interessierte sie sowieso nicht besonders. Hatte sie sich nicht stets als das Kind ihres Vaters gefühlt? Rasch beschloß Constance, ihre Taktik zu ändern.

»Diese Leute?« Sie drehte sich um und sah durch den Salon. Ihre Frage klang scharf. »Diese Leute? Doch bestimmt nicht alle. Oder meinen Sie etwa auch Maud?«

Sie stand auf, während sie es sagte. Sie wußte sehr wohl, daß der Hinweis auf Maud aus dem Mund eines Mädchens ziemlich gewagt war. Er war unhöflich, denn er drückte auch Mißbilligung aus. Und – was am besten war – er brachte auch einen anderen Aspekt, der Sterns Leben betraf und über den in seiner Anwesenheit nie offen gesprochen wurde, ans Tageslicht: seine sexuelle Beziehung zu einer Frau, die Constance als ihre »Tante Maud« betitelte.

Constance hatte nicht vor, mit Stern nur wie mit einem Freund der Familie zu sprechen, oder wie mit einem Juden, sondern auch wie mit einem Mann. Und damit es in dieser Hinsicht auch ja keine Zweifel gab, sah sie ihn mit großen Augen an. Sie fuhr sich mit der Zunge über die Lippen und biß sich in die Lippen, damit sie rot wurden.

Ein alter Trick von ihr. Stern, der vielleicht schon drauf und dran gewesen war, sich beleidigt zu fühlen, verzog keine Miene. Dann veränderte sich langsam sein Gesichtsausdruck. Er sah Constance eindringlich an. Er schien amüsiert, aber auch nachdenklich.

Constance, die sich jetzt stärker fühlte, hielt seinem Blick stand. Sie sah ihn prüfend an: den schön geformten Schädel; die glattrasierte olivfarbene Haut; sein rotbraunes Haar; die eng zusammenliegenden wachsamen Augen; den Mund, den sie als sinnlich einstufte; und die kräftige Nase.

Ihr gefiel diese Nase, dachte sie, und auch das Gesicht gefiel ihr. Ihr gefiel die luxuriöse und grelle Kleidung, die Stern trug – jedenfalls war sie viel lustiger als die langweiligen konventionellen Anzüge der hier anwesenden Engländer. Ihr gefiel die Tatsache, daß er der Sohn eines Schneiders aus dem East End war und seinen eigenen Weg gegangen war und etwas aus sich gemacht hatte. War das nicht genau das, was auch sie zu tun beabsichtigte?

Eigentlich, dachte sie, gefiel ihr so gut wie alles an Sir Montague Stern: seine Intelligenz, seine Fremdartigkeit, seine exotische Ausstrahlung, der Zigarrenrauch, der ihn einhüllte, sein köstlichweißes Taschentuch, das aus seiner Brusttasche ragte, das Aufblitzen von Gold an seinen Manschetten.

Ihr gefiel seine volle Stimme und der Ärger, den sie kurz zuvor hatte in seinen Augen aufblitzen sehen; ihr gefiel die Tatsache, daß er genausowenig zu dieser engstirnigen, engherzigen Welt gehörte wie sie.

Vor allem aber – denn dieser Mann war nicht einfältig – gefiel ihr die Tatsache, daß er jetzt keinen Versuch mehr unternahm, sein Interesse an ihr zu verbergen. Er sah sie jetzt ganz unverhohlen voller sexueller Bewunderung an – was ihn zu amüsieren schien, denn er mußte selbst darüber lächeln.

Das war gut so: Die besten Flirts, die schönsten Affären waren sicherlich mit Humor gepaart. Constance erwiderte seinen Blick und merkte, wie ihr Herz einen Hüpfer machte: Der Kurs, den sie eingeschlagen hatte, war nicht mehr nur eine Herausforderung, ein Mittel zum Zweck – er war amüsant.

»Ich mag Sie«, verkündete sie plötzlich und meinte es ernst. »Ich mag Sie, und ich finde, daß Sie ... wunderbar sind. Dieser Raum ist ebenfalls wunderbar. Und die Gemälde – vor allem die Gemälde. Die haben Sie doch ausgesucht, nicht wahr? Ich habe solche Bilder noch nie gesehen.« Sie machte eine Pause. »Würden Sie sie mir zeigen? Würden Sie mit mir eine Besichtigung machen?«

»Die Postimpressionisten?« Ein träges Lächeln auf seinem Gesicht. »Die Bilder hier oder die anderen? Es gibt noch ein paar auf der Treppe und im Flur. Aber die besten sind oben in der Bibliothek.«

»Natürlich die besten zuerst«, erwiderte Constance.

»Du willst die besten sehen, ja? Ist es das, worum es dir geht?«

»Ich bemühe mich darum«, sagte Constance und hakte sich bei ihm ein.

»Meine Liebe«, sagte Stern, als sie an Maud vorbeigingen, »Constance bittet um Kunstunterricht. Darf ich ihr die Cézannes zeigen?«

»Aber natürlich, Monty«, erwiderte Maud und wandte sich wieder Gwen zu, mit der sie sich angeregt unterhielt. Alle anwesenden Damen waren inzwischen tief in die byzantinische Liebesaffäre von Lady Cunard vertieft.

In der Bibliothek sah Sir Montague, nachdem sich die Tür hinter ihnen geschlossen hatte, Constance prüfend an.

»Möchtest du die Cézannes sehen?«

»Nein.«

»Das dachte ich mir.« Er machte eine Pause. »Ich beginne zu ahnen, Constance, daß ich dich unterschätzt habe.«

»Nicht unterschätzt. Sie haben mich nur nicht richtig angesehen. Jetzt tun Sie es.«

»Hast du mir deshalb von deiner Mutter erzählt? Damit ich dich ansehen soll?«

»Ja.«

»Und warum möchtest du ... daß ich dich ansehe?«

»Weil ich die Absicht habe, Sie zu heiraten. Vor allem deshalb.«

Darüber mußte Stern lachen.

»Wirklich? Hast du denn noch nichts davon gehört, Constance, was für ein eingefleischter Junggeselle ich bin?«

»Doch, das habe ich schon gehört. Aber ich habe es nicht geglaubt. Das war, bevor Sie mich kannten.«

»Na, na, na.« Stern machte einen Schritt nach vorn. Er sah auf Constances Gesicht herab.

»Du bist sehr direkt. Das ist ziemlich ungewöhnlich für eine Frau. Und sehr präzise. Du sagtest ›vor allem deshalb‹. Gibt es denn noch einen anderen Grund, warum du mich dazu bringen willst, dich anzusehen?«

»Aber natürlich. Ich möchte, daß Sie mit mir schlafen.«

»Jetzt sofort?«

»Wir könnten gleich jetzt einen Anfang wagen.«

»Und meine Stellung in diesem Haus – deine Stellung – die Leute unten?«

»Die sind mir egal – genauso wie Sie Ihnen egal sind.«

»Und dein Ruf, Constance? Du solltest wirklich an deinen Ruf denken.«

»Bei Ihnen ist mein Ruf nicht gefährdet. Sie sind ein Gentleman.«

»Aber ein Gentleman würde dir ganz bestimmt widerstehen. Er würde dich mit einer taktvollen Rüge abweisen; oder dir, schlimmstenfalls, den Hosenboden versohlen.«

»Sie sind kein gewöhnlicher Gentleman. Wenn ich auch nur im geringsten geahnt hätte, daß Sie mich wie ein Kind behandeln, wäre ich nicht mit Ihnen hier hinaufgegangen.«

Es folgte Schweigen. Aus der Ferne hörten sie ein kurzes Klopfen, das Geräusch von Dienern und leise Stimmen. Weder Stern noch Constance achteten darauf: Sie starrten einander an, aber es lag eine merkwürdige Blindheit in diesem Starren.

Nach einer Weile ging Stern noch einen Schritt näher zu ihr. Er hob Constances Kinn mit der Hand hoch. Er drehte ihr Gesicht, zuerst auf die eine Seite, dann auf die andere, als wäre er ein Porträtist und sie sein Modell. Bei dieser Berührung verriet Constance zum ersten Mal Erregung. Sie ergriff seine Hand.

»Sagen Sie mir«, sagte sie mit plötzlicher Heftigkeit, »sagen Sie mir, was Sie sehen.«

»Ich sehe...«, erwiderte Stern langsam, »eine Frau. Keine schöne Frau im konventionellen Sinne. Du hast ein interessantes Gesicht, Constance, das Gesicht einer Frau, die die Regeln neu schreibt. Ich sehe... eine sehr junge Frau, die mich in gewisser Weise zurückschrecken läßt, denn ich mißtraue jungen Frauen, und ich bin kein Verführer von kleinen Mädchen. Aber eine kluge Frau, und vielleicht eine gefährliche Frau...«

»Bin ich häßlich?«

»Nein, Constance, du bist nicht häßlich.«

»Mein Vater hat immer gesagt, daß ich häßlich sei.«

»Dein Vater hat sich geirrt. Du bist... außergewöhnlich. Höchstwahrscheinlich gewissenlos, aber ganz bestimmt verführerisch. Und auch provozierend, was du natürlich weißt, und deshalb glaube ich – wenn ich es mir recht überlege –, ja.«

Nach diesen Worten beugte Stern den Kopf und gab ihr einen Kuß. Vielleicht hatte es nur ein kurzer Kuß sein sollen, ein schicklicher Kuß. Es wurde ein ziemlich langer Kuß. Es wurde eine Umarmung; es wurde eine intime Umarmung – und die Heftigkeit dieser Umarmung erschreckte sie beide.

Sie ließen einander los, sie sahen einander an, und – fielen sich noch einmal in die Arme. Constances Arme schlangen sich fest um Sterns Hals; seine Arme legten sich eng um ihre Taille. Constance, die sehr erregt schien, öffnete die Lippen; sie stöhnte leise, ob vor Wohlbehagen oder vor Verzweiflung war nicht klar. Sie ergriff seine Hand und drückte sie fest gegen ihre Brust. Dann, in einer Art wütender Verzückung, preßte sie sich dicht gegen ihn; als sie spürte, daß er sich verhärtete, stieß sie einen leisen triumphierenden Schrei aus.

Und als sie sich schließlich voneinander lösten, mußten sie beide erst um Fassung ringen. Sie musterten sich mit vorsichtigem Respekt wie zwei Kämpfer. Constances Augen glitzerten; ihre Wangen waren gerötet. Sie lächelte, dann brach sie in lautes Gelächter aus. Sie trat auf ihn zu und ergriff seine Hand.

»Gib zu – das hättest du nicht erwartet.«

»Das hätte ich nicht erwartet.« In seine Augen trat ein amüsiertes Lächeln. »Warum? Hattest du es denn erwartet, Constance?«

»Nein. Wie hätte ich das erwarten können? Ich habe es geahnt – aber ich hätte mich auch täuschen können. Es hätte... leicht zu vergessen sein können.«

»Und ist es das nicht?«

»Nein. Ganz und gar nicht. Es war... hinreißend. Berauschend.«

»Gefährlich berauschend, würde ich sagen. Ich muß den Verstand verloren haben. Allerdings...«

Er streckte wieder die Arme aus, aber bevor er sie wieder an sich drücken konnte, waren auf der Treppe Schritte zu hören; ein diskretes Husten, dann ging die Tür auf, und Mauds Butler, ein schon älterer Mann, kam ins Zimmer.

Eine Farce, dachte Constance. Sie wich schnell zurück und begann – mit bewundernswürdiger Geistesgegenwärtigkeit – zu reden. Sie ließ sich in lobenden Worten über die Cézannes aus und bat ihn, ihr jetzt die

Bilder in der Halle zu zeigen. Erst dann fiel ihr der Gesichtsausdruck des Dieners auf. Er sah überhaupt nicht mißtrauisch oder schockiert aus. Zuerst führte es Constance auf seine gute Schule zurück, aber dann fiel ihr noch etwas anderes auf: Sein Gesicht war fahl. Er hatte ein Silbertablett in der Hand, die wie Espenlaub zitterte; und auf dem Silbertablett lag ein Telegramm.

»Es ist an Lady Callendar, Sir.« Der Mann sah Stern an, wandte seinen Blick aber sofort wieder ab. »Der Junge hat es in die Park Street gebracht, aber sie haben ihn sofort hierhergeschickt. Sir, ich wußte nicht, ob ich es direkt hineinbringen sollte. Ich dachte, es wäre vielleicht besser, Sie vorher zu fragen. Unter diesen Umständen, Sir, dachte ich, würden Sie es vielleicht für angemessener halten, zuerst mit Lady Callendar zu reden.«

Die Stimme versagte ihm. Stern und Constance starrten auf das Tablett und auf den Umschlag. Sie kannten diese Umschläge, und auch ihre Bedeutung, so gut wie alle anderen auch. Einen Augenblick herrschte Schweigen, dann sagte Stern mit fester Stimme: »Sie haben völlig richtig gehandelt. Constance, wir müssen zu den anderen gehen. Ich werde mit Gwen sprechen. Jemand muß bei ihr sein. Maud. Und Freddie, ja, besser, wenn Freddie bei ihr ist...«

Constance tat, was er ihr gesagt hatte. Sie sah alles, was nun geschah, wie in einem Film vor ihr ablaufen. Sie sah, wie Stern den Salon betrat und zu Gwen ging. Sie sah, wie Gwen den Blick hob und wie ihr Lächeln in sich zusammenfiel. Sie hörte, wie die Gespräche ins Stocken gerieten und es still wurde. Und sie sah, wie Maud unvermittelt zu Stern sah und Sterns warnenden Blick auffing. Gwen stand auf. Die Spannung, die sich jetzt im Raum ausbreitete, erfaßte auch Freddie und Steenie; sie standen auf; sie gingen hinter ihrer Mutter und Maud und Stern aus dem Zimmer.

Hinter ihnen schloß sich die Tür. Die anderen Gäste unterhielten sich flüsternd, dann herrschte Schweigen. *Es kann nur einer von beiden sein,* sagte eine deutliche und klare Stimme in Constance. *Entweder ist es Boy. Oder es ist Acland.*

Sie drehte sich um und ging durch das Zimmer – weg von den anderen – zu den hohen Fenstern, von denen man in den Park sehen konnte. Es war ein schöner Tag; der Park war belebt. Constance sah eine Frau, die kleine Päckchen trug, und eine andere Frau, die einen Pelz trug, der nicht der Jahreszeit entsprach, mit einem hellen kleinen Hund an einer roten Leine; ein Kind mit einem Reifen; ein Lieferwagen, der von Pferden gezogen wurde und dicht beim Tor anhielt: Constance sah all diese Dinge, und diese Fremden, in einer Klarheit, die an Unwirklichkeit grenzte.

Sie legte die Hand an die kalte Fensterscheibe. Hinter ihr begannen die Gäste wieder zu sprechen: Sie hörte ihre geflüsterten Spekulationen, und weil sie wußte, daß auch die sympathischsten Menschen ein gewisses Vergnügen an Katastrophen hatten, hätte sie sich am liebsten auf sie gestürzt, um sie anzuschreien; so wie sie es schon einmal getan hatte, vor sechs Jahren, als man ihren Vater nach Winterscombe zurückgebracht hatte, als sie noch ein Kind gewesen war.

Statt dessen drehte sie sich, als es ihr unerträglich vorkam, noch eine Sekunde länger im Zimmer zu bleiben, zur Tür um. Sie lief nach draußen und starrte angsterfüllt auf die verschlossene Tür am Ende der Halle. Sie waren im Frühstückszimmer. Sie hörte das Gemurmel von Stimmen; und dann, durch diese Stimmen hindurch, einen immer durchdringenderen Schrei.

Constance wollte in das Zimmer stürmen und die andern auffordern, ihr – sofort – zu sagen, was geschehen war, aber als sie an die Tür kam und das Weinen hörte, zuckte sie zurück.

Sie war ausgeschlossen, sogar jetzt, sogar in diesem Augenblick: Sie war noch immer eine Außenseiterin. Dachte denn niemand daran herauszukommen? Dachte denn niemand daran, daß auch sie es wissen müßte? In einem plötzlichen Anfall von Kummer und Angst drehte sich Constance um. Sie warf sich gegen die Wand und hielt sich mit den Händen die Ohren zu, um Gwens wimmernde Laute nicht hören zu müssen.

Erst viel später ging die Tür des Frühstückszimmers auf, und Montague Stern kam heraus. Er blieb stehen, sah Constances erstarrten Körper und ihren gesenkten Kopf und zog still die Tür hinter sich zu. Dann ging er zu Constance, und als sie sich nicht umdrehte, legte er seine Hand auf ihren Arm. Constance warf sich sofort herum und klammerte sich an ihn.

»Wer? Wer?« rief sie. »Wer von ihnen ist es? Sag es mir. Ich muß es wissen.«

»Es ist Acland«, erwiderte Stern mit ruhiger Stimme, er ließ Constances Gesicht keine Sekunde aus den Augen. »Ich fürchte, es ist Acland. Er ist vermißt. Man glaubt, daß er tot ist.«

Stern hatte Tränen erwartet, aber auf die Heftigkeit, mit der Constance reagierte, war er nicht vorbereitet. Noch während er sprach, wurde ihr Gesicht rot und gleich wieder blaß, dann stieß sie einen gellenden Schrei aus und ließ Stern los.

»Oh, er soll verdammt sein, verdammt soll er sein. Er hat es mir versprochen. Und jetzt ist er tot...«

Stern sagte nichts, sondern stand still da und beobachtete sie. Er sah, wie sich ihre Augen mit Tränen füllten, die sie ärgerlich mit der Hand wegwischte. Er sah, wie sie ihre Hände zur Faust ballte und wie sich ihr Mund vor Schmerzen zu einer Grimasse verzog. Diese Dinge interessierten ihn, selbst in diesem Augenblick; er registrierte sie, wie er immer die Reaktionen anderer Menschen registrierte und in seinem Gedächtnis speicherte.

Und vielleicht sah Constance, trotz all ihres Zorns und Kummers, seine kalte Bewunderung, denn ihr Gesicht verzog sich vor Haß, und sie machte einen Satz nach vorn und holte zu einem Schlag aus.

»Sieh mich nicht so an! Laß mich! Ich hasse es, wenn man mich so ansieht...«

Stern rührte sich nicht von der Stelle; er blieb still stehen, während Constances kleine Fäuste auf ihn einschlugen: Die Schläge prasselten gegen seine Brust, seine Arme und seine Schultern. Als sie schwächer wurden, machte Stern eine schnelle Bewegung und packte Constance an den Handgelenken. Er hielt sie fest, während Constance am ganzen Körper zuckte und sich mit ohnmächtiger Wut zur Wehr setzte.

Das schien Constance nur noch wütender zu machen, denn sie kämpfte gegen seine Stärke an; dann, nach einer Weile, wurde sie, ohne ersichtlichen Grund, ruhiger und hörte auf, sich zu wehren. Sie hob den Kopf und sah in sein Gesicht, als habe sie beschlossen, sich zu ergeben, obwohl in ihren Augen nichts davon zu sehen war. Sie starrten sich einen Augenblick lang an, und dann lockerte Stern seinen Griff.

Er warf einen kurzen Blick nach hinten, über die Schulter, zu der verschlossenen Tür und Gwens lautem Weinen. Dann machte er einen Schritt nach vorn.

»Weine ruhig«, sagte er und nahm Constance in die Arme.

Es war eine traurige Prozession, die schließlich Mauds Haus verließ. Steenie und Freddie stützten Gwen, die sich kaum auf den Beinen halten konnte, Maud lief aufgeregt neben ihnen her, Constance bildete den Schluß. Als sie auf der Treppe an Stern vorbeikam und in das Sonnenlicht hinaustrat, das so hell war, daß sie einen Augenblick geblendet war, steckte er ihr ein kleines Stück Papier in die Hand.

Als sie es später auseinanderfaltete, fand sie darauf die Anschrift von Sterns Wohnung im Albany, der Adresse, die er, um Mauds Ruf nicht zu gefährden, beibehalten hatte und wo Constance noch nie gewesen war.

Unter die Anschrift hatte er folgende Nachricht geschrieben: *Jeden Nachmittag, drei Uhr.* Constance starrte diese Nachricht eine Weile an, dann knüllte sie den Zettel zusammen und warf ihn quer durchs Zimmer.

Ich werde nicht hingehen, dachte sie. Ich werde nicht dort hingehen. Aber noch am selben Abend holte sie das Stück Papier wieder hervor und dachte noch einmal darüber nach. Es trug – und das überraschte sie nicht – keine Anrede und keine Unterschrift.

4

Hochzeiten

Aus den Tagebüchern

Park Street, 3. Juli 1916

Gestern nacht habe ich von Acland geträumt. Er war von den Toten auferstanden. Er kam in mein Zimmer; er blieb bei mir, die ganze Nacht. Er war gekommen, um mir Lebewohl zu sagen – er würde nicht wiederkommen.

Ich hatte keine Angst. Ich sagte ihm die ganze Wahrheit. Ich gestand, daß ich in Jennas Zimmer gewesen war und die Briefe gelesen hatte. Acland verstand es: Er wußte, daß ich es niemals getan hätte, wenn er nicht gestorben wäre. Er sagte, daß jetzt alles vorbei sei. Er zeigte mir, warum und wie er sein Versprechen gebrochen hatte. Er starb durch den Stoß eines Bajonetts; er zeigte mir die Wunde unterhalb seines Herzens; ich durfte meine Hand auf die Wunde legen.

An dem Tag starben mehr als eintausend Mann, sagte er: Was bedeutete ein Tod mehr, unter so vielen? Schau her, sagte Acland – und zeigte mir die Stelle, an der er gestorben war. Es war gar kein richtiger Ort – kahl und leer, so weit das Auge reichte. Es gab kein Gras dort, keine Büsche, keine Bäume, es gab keine Hoffnung. Er machte mir angst, dieser Ort; ich erkannte ihn wieder; ich glaube, ich bin schon einmal dort gewesen.

Acland sagte, das könnte sein. Er sagte, es wäre ein Ort, den wir alle kennen; er wäre in jedem von uns und wartete.

Danach sprachen wir nicht mehr vom Tod. Er blieb bei mir und half mir, alle Knoten zu lösen, einen nach dem anderen.

Als es hell wurde, weinte ich. Ich wußte, daß er mich verlassen würde. Acland nahm eine Strähne aus seinem Haar, so fein und so rot wie

Waliser Gold. Er wickelte sie um meinen Ringfinger; er machte mich zu seiner Braut. Wir wußten, was wir schon immer gewußt hatten: Wir waren eins. Wir waren aus demselben Holz geschnitzt, aus demselben Stahl gehauen, aus demselben Eisen geschmiedet. Wir waren uns näher als Verschwörer, als Zwillinge, als Vater und Tochter. Das war eine Tatsache. Ohne Anfang und ohne Ende. Groß und erhaben!

Schau, sagte Acland wieder, und ich drehte den Kopf. Ich sah die Welt in ihrer ganzen Überzeugung und ihrer ganzen Klarheit. Es gab keine Zweifel, das schwöre ich. In meinem Traum hat es keine Zweifel gegeben. Die Welt, die Acland mir gab, war im Himmel gemacht; ich sah ihre Symmetrie, vom kleinsten Lebewesen bis zum hellsten Stern.

Aber als ich mich dann wieder umdrehte, war Acland verschwunden. Es war Sonntagmorgen, und die Glocken läuteten.

Morgen. Trauer. Erwachen. Wachsein.

Jeden Nachmittag, drei Uhr. Es gibt noch ein geringeres Leben zu leben, das weiß Acland. Das versteht er.

Schau, Tod, heute nacht war meine Hochzeit. Ich habe noch den Ring am Finger, da ist er, ein Ring aus hellen Haaren.

Soll ich oder soll ich nicht gehen, nachmittags um drei, jeden Nachmittag um drei?

Acland kann es verstehen, aber er schweigt sich aus. Er gibt mir keinen Rat.

Acland, bitte, hilf mir. Ich bin doch noch so jung, und manchmal kann ich nicht so klare Entschlüsse fassen, wie ich gern möchte. Ich weiß, daß Du gekommen bist, um Lebewohl zu sagen, aber trotzdem, wenn die Zeit kommt – falls sie kommt –, sagst Du es mir dann?

Jenna wußte, wo die Schmerzen saßen: Es war ein ganz bestimmter Schmerz, zwischen ihrem Bauch und ihrem Herzen, so deutlich zu erkennen wie eine Magenverstimmung; sie hätte ihre Hand drauflegen und sagen können: »Sieh her, da ist es. Das ist mein Leid.«

An dem Nachmittag, an dem das Telegramm kam, saß Jenna allein in ihrer Dachkammer und schrieb einen Brief. Sie schrieb einen Brief an Acland, und es war der schwierigste Brief, den sie je hatte schreiben müssen, denn sie mußte ihm mitteilen, daß sie ein Kind von ihm erwartete.

Es kam ihr vor, als müßte es – sollte es – einen sehr klaren und einfachen Weg geben, es ihm zu erklären; aber auch wenn es ihn gab – sie konnte ihn nicht finden. Sie hatte diesen Brief schon mehrere Male begonnen und dann die Seiten wieder zerrissen, weil sich die Worte falsch anhörten. Aber sie war jetzt schon im dritten Monat und konnte es nicht länger hinausschieben.

Die Sätze gerieten ihr alle durcheinander, verstrickten sich; ihr wurde heiß, und sie war verstört; die Federspitze strich Geschriebenes durch; die Worte zerflossen; überall waren Kleckse.

Sie wollte Acland erklären, warum sie mit ihm in das Hotel in Charing Cross gegangen war, obwohl sie gewußt hatte, daß das, was passiert war, wahrscheinlich passieren würde – denn sie zählte die Tage, wie sie ihm gesagt hatte; sie hatte es getan, weil sie wußte, daß sie ihn verloren hatte, und weil sie ein Stück von ihm, das man ihr nie wieder wegnehmen könnte, behalten wollte. Sie wollte auch nicht, daß ihm Schaden daraus entstand: Sie hatte nicht vor, ihn in eine Falle zu locken; sie erwartete nicht, daß er sie heiratete. Zwei Dinge, dachte sie, während sie umblätterte und eine neue Seite begann: Wenn es ihr nur gelang, ihm diese beiden Dinge zu schreiben, würde es vielleicht schon genügen.

Aber ihre Gedanken begannen sofort wieder abzuschweifen. Sie dachte an Zahlen; sie dachte an ihre Ersparnisse, die sie in den vergangenen zwölf Jahren auf die Seite gelegt hatte und die sich auf siebzig Pfund beliefen. Sie begann zu rechnen, wie lange eine Frau und ein Kind von dieser Summe würden leben können – eine Frau, die ohne ein Heim und ohne Arbeit sein würde, wenn ihre Schwangerschaft erst einmal sichtbar war.

Und dann die morgendliche Übelkeit – auch darüber hätte sie gern geschrieben –, wie sie sich in einem der Waschräume versteckte, die neben den Zimmern der Hausmädchen lagen, wie sie die Wasserhähne aufdrehte, damit es niemand hörte, wenn sie sich übergeben mußte. Sie wollte von ihren Röcken schreiben, und daß sie in dieser Woche zum ersten Mal den Bund weiter gemacht hatte. Sie wollte von dem Zimmer in jenem Hotel schreiben und von der traurigen braunen Farbe seiner Wände; von dem düsteren Ausdruck in Aclands Augen, als er sich auf das Bett stützte und sie beobachtete.

Aber all diese Dinge waren nicht so wichtig; sie mußte sie weglassen, obwohl sie immer wieder vor ihr auftauchten. Die Tinte in dem kleinen Faß wurde immer weniger. Sie war dick und klumpig. Das Papier war billig; die Spitze der Feder verhakte sich darin. In dem Zimmer, das direkt unter dem Dach lag, war es sehr heiß.

Schließlich beendete sie den Brief, klebte den Umschlag zu und schrieb mit großer Sorgfalt die geheimnisvollen Codezahlen von

Aclands Standort darauf. Die Zahlen ließen sich nicht entschlüsseln, und sie betrachtete sie voller Sorgen; sie hätte viel lieber den Namen irgendeines unbekannten Dorfes auf den Umschlag geschrieben. Die Zahlen machten ihr angst: Man schrieb so schnell eine falsche Zahl.

Sie befestigte den Umschlag mit einer Nadel in ihrer Schürzentasche. Das tat sie immer, weil sie Angst hatte, daß einer dieser Briefe herausfallen und sie ihn verlieren könnte. Dann ging sie leise über die Hintertreppe nach unten. Wenn die Haushälterin sie ertappte, würde sie sich auf der Stelle eine neue Arbeit für sie ausdenken; wenn nicht, konnte sie vielleicht heimlich aus dem Haus laufen und den Brief gleich jetzt in den Postkasten werfen.

Noch eine halbe Stunde, dann würde Constance zurückkommen, aber es war heute nicht so still im Haus wie sonst an einem solchen Nachmittag. Türen gingen auf und zu; Schritte waren zu hören; das Gemurmel von Stimmen. Jenna ging hinunter in die Küche, und dort erfuhr sie es, und sie wußte sofort: Dieser Brief würde nie abgeschickt werden, denn Acland war tot.

Es dauerte eine Weile, bevor sie es richtig begriff. Als sie in die Küche kam, herrschte dort großes Durcheinander. An der langen Anrichte saßen die Köchin – sie war neu, sie war noch nicht einmal einen Monat in der Park Street – und Stanley, einer der ältesten Diener, den Jenna schon seit ihrer Kindheit kannte. Neben dem Tisch stand eine Gruppe Mädchen mit starrem Blick; und in ihrer Mitte stand – auf einem Stuhl, weil er so klein war – ein Junge, den Maud als Laufbursche eingestellt hatte. Er war dreizehn und mitten im Stimmbruch. Als Jenna durch die Tür kam, schien er gerade mit einer wichtigen Rede zu Ende zu sein. Die neue Köchin hatte sich die Schürze über das Gesicht und ihre grauen Locken gezogen. Als der Junge mit seinem Bericht fertig war, zog sie die Schürze wieder herunter. Sie richtete sich groß auf. Sie übernahm die Führung. Auch sie hielt eine Rede.

»Setzt ihn hin«, sagte sie. »Der Junge soll sich hinsetzen. Bringt einen Schemel für ihn, hier, zwischen mich und Stanley. Recht so. Und jetzt hol dem Jungen ein Glas Milch, Polly. Er hat einen schönen Schrecken gekriegt, wie wir alle. Vielleicht ein Glas von dem billigen Cognac, Lizzie. Willst du auch einen, Stanley, als Medizin? Ich muß noch das Abendessen kochen, und ich weiß gar nicht, wie ich, nach alledem, dazu fähig sein soll. Mein Sohn Albert ist auch dort, deshalb hat es mich besonders schwer getroffen. Nur ein kleines Glas, Lizzie. Ich bin ganz zittrig, ja – seht her, meine Hände zittern. Wie soll ich denn mit diesen

Händen eine Pastete machen? Für Pasteten braucht man eine sichere Hand, das hab ich schon immer gesagt. Eine ruhige Hand. Hier, Kind, du kannst das jetzt austrinken, danach wirst du dich besser fühlen. Und jetzt fang noch mal von vorne an, alles der Reihe nach und schön deutlich – Lizzie war vorhin noch nicht hier, und Jenna auch nicht. Ein Telegramm, so plötzlich aus heiterem Himmel, kaum zu glauben. Ob er in der Luft zerfetzt wurde, was glaubt ihr? ›So geht das meistens‹, sagt mein Albert. Natürlich drücken sie es immer hübsch vorsichtig aus, aber mein Albert sagt, daß sie buchstäblich in der Luft zerfetzt werden, in lauter kleine Stücke, daß man oft gar nicht weiß, wo der eine aufhört und der andere anfängt. Manchmal paßt der Kopf eines Mannes hinterher in eine Streichholzschachtel, sagt mein Junge. Das ist die reine Wahrheit. Sie lesen sie auf, wenn es geht, aber meist sind es nur noch ein paar Fleischstücke. Ein Stück Knochen mit Fleisch, aber ob es von deinem eingeschworenen Feind ist oder von deinem besten Freund, das weiß man nie. ›Aber das ist doch unchristlich‹, habe ich zu ihm gesagt, und er hat mir geantwortet: ›Glaube mir, Mutter, genauso ist es.‹«

Jenna hörte die Worte, aber sie konnte sie nicht erfassen. Aus der Ecke, in der die Mädchen standen, kam noch dazu ein anderes Geräusch, das sich anhörte wie das Rauschen des Meeres, obwohl sie noch nie am Meer gewesen war. Aus dem allgemeinen Gemurmel heraus formte sich ein Name, aber sie hörte nicht darauf.

Dann meldete sich der Junge noch einmal zu Wort. Seine Stimme war durchdringend, hoch und heiser, wenn sie sich nicht gerade überschlug. Er hatte damit begonnen, die ganze Geschichte ein bißchen auszuschmücken, während ihm die Mädchen hingerissen zuhörten, und setzte jetzt zu einer Szene an, der er selbst gar nicht beigewohnt hatte.

»Und da stößt Lady Callendar einen schrecklichen Schrei aus«, hörte Jenna, »und kippt um, als wäre sie k.o. geschlagen. Und schreit immer: ›Nein, nicht Acland, nicht mein lieber Acland‹, und der jüdische Gentleman nimmt ihre Hand und sagt ihr, daß sie stark sein muß. Er sagt, er wäre für sein Vaterland gestorben, und wie er das sagt, richtet sie sich auf und wischt sich die Augen und ...«

Jenna wollte nicht noch mehr hören. Sie lief aus der Küche und in ihr Zimmer. Sie öffnete die Fenster. Sie überlegte, ob sie ihren Brief verbrennen sollte, beschloß dann aber, ihn aufzubewahren. Sie legte ihn in das Kästchen, in dem sie Aclands Briefe aufhob. Sie zählte die Briefe. Acland schrieb jetzt nicht mehr so oft. Es waren zwölf.

Sie wartete drei Wochen. In diesen drei Wochen ging sie sehr überlegt vor und verhielt sich sehr still, genauso still, wie sie sich viele Jahre später verhielt, als ich sie kannte. Wenn sie für Constance eine Bluse bügelte, drückte sie das Eisen genau fünfundzwanzigmal auf den Stoff, nicht mehr und nicht weniger. Constances Haar wurde mit genau fünfzig Strichen gebürstet. Die Kleider wurden stets auf eine ganz bestimmte Weise zusammengelegt und im Schrank nach ihrer Funktion und Farbe angeordnet.

Ich glaube, Jenna war wie ein Kind, das die Pflastersteine zählt und nie auf Ritzen tritt. Ich glaube, sie war überzeugt, daß auch die großen Dinge in Ordnung kommen würden, wenn sie zuerst all die kleinen Dinge des Lebens in Ordnung brachte. Ich glaube, sie dachte, daß alles, was mit Aclands Tod in Unordnung geraten war, genauso wieder in Ordnung kommen konnte, wie auch die kleinen Dinge des Lebens in Ordnung gebracht werden konnten. Sie dachte, daß Acland zurückkommen würde, wenn sie nur ihre Arbeit ordentlich verrichtete und die Abendkleider im Schrank immer rechts von den Tageskleidern aufhängte. In gewisser Hinsicht hat Jenna ihr ganzes Leben lang auf diese Rückkehr Aclands gewartet.

Genauso methodisch machte sie ihre Röcke jede Woche ein paar Zentimeter weiter. Jeden Morgen wurde ihr um die gleiche Zeit schlecht. Dann, nach drei Wochen, als ihr nicht mehr schlecht wurde und sie wußte, daß die Veränderungen ihres Körpers nun bald zu sehen sein würden, schrieb sie an Mr. Solomon und traf mit ihm – wie sie es Acland versprochen hatte – eine Verabredung für die folgende Woche.

Jenna hatte Angst vor Rechtsanwälten. Für sie gab es keinen Unterschied zwischen einem Rechtsanwalt und einem Richter. Sie stellte sich Mr. Solomon in Perücke und schwarzem Umhang vor. Sie steckte ihn zusammen mit allen Autoritäten in eine Schublade – Lehrer und Polizisten und Beamte. Als sie zu ihm ging, zog sie ihr bestes Kleid an und stopfte vorher ihre Handschuhe; sie erwartete eine Bestrafung oder – vager – einen Verweis. Sie wußte, was Mr. Solomon denken würde: Er würde denken, daß sie habgierig sei.

In Wirklichkeit war Mr. Solomon dann gar nicht so beängstigend, wie sie erwartet hatte. Sie verbrachte eine Stunde bei ihm. Mr. Solomon trug keine Perücke; seine Augenbrauen waren buschig. Sein Blick war ausweichend. Seine Worte hochtrabend. Es gäbe da ein Problem, erklärte er, einen Haken. Ja, ein Testament sei vorhanden, ein sehr gutes Testament, er habe es selbst angefertigt und könne – ohne Eitelkeit – von sich behaupten, ein Meister zu sein, was Testamente betraf, selbst in den schwierigsten Fällen.

Allerdings mußte der Erbfall erst nachgewiesen werden, und damit das geschehen konnte, mußte es einen Totenschein geben. Ein Telegramm, wie es von der Front eingetroffen war, reichte leider nicht aus. Dies – so erklärte er mit einem weiteren durchtriebenen Blick – sei ein sich ständig wiederholendes Problem dieser Tage und eine tragische Sache, aber so war es nun mal. Zuerst mußte man mit den militärischen Stellen Kontakt aufnehmen, und obwohl er keinen triftigen Grund sah, warum die Angelegenheit nicht zur Zufriedenheit aller Parteien gelöst werden könnte, würde es einige Zeit dauern.

»Wie lange?« fragte Jenna, nachdem er ihr all diese Dinge vorgetragen hatte. Sie fragte nur ungern danach – es hörte sich wieder so habgierig an –, aber sie mußte fragen. Ihre Gedanken waren wieder mit Zahlen und Summen beschäftigt. Wie lange konnte man von siebzig Pfund leben? Und wo? Sie konnte Mr. Solomon nichts von dem Baby erzählen, denn auch wenn er keine Perücke aufhatte, war er ein Rechtsanwalt und ein Mann. Sie war völlig durcheinander. Bis Weihnachten vielleicht. Weihnachten. Das war mehr oder weniger der Zeitpunkt, an dem ihr Kind zur Welt kommen würde.

»Weihnachten?« entfuhr es ihr, bevor sie sich zurückhalten konnte.

»Großer Gott, nein.« Mr. Solomon sah sie verwundert an. »Das Gesetz ist ein höchst mißtrauisches Tier – ein sehr träges Tier, wenn Sie verstehen, was ich meine. Nehmen Sie zum Beispiel die normale Zeit, die man benötigt, bis ein Testament anerkannt ist: Nun, selbst dann müßten wir an eine Zeit von zwölf Monaten denken. Aber in einem Fall wie diesem noch länger. Anderthalb Jahre. Möglicherweise zwei Jahre. Und wenn ich Druck ausübe, geht es vielleicht ein bißchen schneller. Aber auf jeden Fall länger als ein Jahr, würde ich sagen. Das ist das längste, aber auch das schnellste.«

Jenna ging nach Hause. Sie sparte sich das Geld für den Bus und ging drei Meilen zu Fuß und sah dabei immer geradeaus.

Die Sonne schien. Acland war tot. Siebzig Pfund waren für ein arbeitsloses Dienstmädchen mit einem unehelichen Kind nicht von großem Nutzen.

Als sie wieder in ihrer Dachkammer war, zog sie ihr bestes Kleid und ihren besten Hut und ihre gestopften Handschuhe wieder aus und schrieb einen Brief an Jack Hennessy. Eine Seite; ohne Tintenkleckse. Er war leicht, viel leichter als der Brief an Acland. Als sie ihn noch einmal durchlas, erkannte sie, warum das so war: weil er nichts weiter als Lügen enthielt.

Jack Hennessys Regiment wurde umstrukturiert – eine übliche Maßnahme damals, nachdem schon allein die Verluste an der Somme so groß waren. Er wurde in Yorkshire geschult, und von dort schickte er postwendend eine Antwort. Es war ein Brief mit vielen durchgestrichenen Stellen und Schreibfehlern, aber seine Antwort fiel so aus, wie Jenna es gehofft hatte. Er würde zu ihr halten. Sie würden heiraten.

Der Brief war auch voller Pläne, was Jenna, die Verwirrung und Vorwürfe erwartet hatte, ein wenig überraschte. Keine Vorwürfe – nicht ein einziges Wort. Hennessy schrieb ihr, daß er einen Platz für sie gefunden hatte: bei Arthur Tubbs Mutter. Erinnerte sie sich noch an Arthur Tubbs, seinen guten Freund, der jetzt Korporal war, im Nachschub diente und früher Freddies Diener gewesen war? Mrs. Tubbs würde über die zusätzliche Miete froh sein. Als Frau eines Soldaten würde Jenna siebzehn Schilling die Woche bekommen: Davon erhielt Mrs. Tubbs sechs; Jenna würde sich mit Florrie, der ältesten Tochter der Tubbs, das Zimmer teilen.

Er hatte schon einen Ehering. Für die Hochzeit würde er Urlaub bekommen, aber es müsse alles sehr schnell arrangiert werden, bevor er wieder nach Frankreich versetzt würde. Tubbs sagte, daß man eine besondere Erlaubnis brauche, da für das übliche Aufgebot keine Zeit war, deshalb hatte er eine Fünfpfundnote in den Brief gelegt. Eine Sondergenehmigung kostete drei Guineas.

Diese tintenbekleckste Epistel endete, wie Hennessys Briefe immer endeten: *Du bist meine liebe Jen, und ich sende Dir meine Liebe.*

Jenna faltete die große schöne Fünfpfundnote auseinander. Sie sah sie lange an. Sie las den Brief einmal, zweimal und auch ein drittes Mal.

Sie wunderte sich über die Hinweise auf Tubbs: Er und Hennessy mochten im selben Regiment dienen, aber es wäre ihr nie in den Sinn gekommen, daß er und Tubbs Freunde sein könnten. Ja, es waren diese Hinweise auf Tubbs, dachte sie, die den Brief so merkwürdig klingen ließen.

Sie las ihn ein viertes Mal: Unterkunft und Aufgebote und Sondergenehmigungen. In ihrem Kopf drehte sich alles. Sie hatte keine Ahnung, wo man Sondergenehmigungen herbekam.

Schließlich, als ihr klar war, daß sie Hilfe benötigte, ging sie wieder einmal ganz systematisch vor. Sie zog Lady Callendar in Betracht, die bei heruntergelassenen Jalousien in ihrem Schlafzimmer lag. Sie zog die Wirtschafterin in Betracht. Sie dachte an Constance. Sie dachte an Jane Conyngham, die Krankenschwester war und die seit jenem ersten Abend, an dem sie ihr das Haar für die Nacht des Kometen hochgesteckt hatte, immer so nett zu ihr gewesen war.

Schließlich schrieb sie an Jane Conyngham. Sie traf mit ihr eine Verabredung im Guy's Hospital.

Auf ihrem Weg dorthin – diesmal nahm sie einen Bus und setzte sich nach oben in die Sonne – holte sie noch einmal Jacks Brief hervor. Plötzlich ging ihr auf, warum ihr der Brief so komisch vorkam. Es war gar nicht die Erwähnung von Tubbs, es war etwas anderes.

Keine Vorwürfe, keine Fragen – und kein Wort über das Baby.

Eine Woche später stellte Jane Conyngham Constance vor vollendete Tatsachen. Jenna hatte die Park Street verlassen: Jane hatte sie selbst in einer zweispännigen Droschke weggebracht. Sie wurde auf der anderen Seite der Themse, bei Mrs. Tubbs, untergebracht, die in einem kleinen Flachbau hinter Waterloo Station wohnte. Die Heirat mit Hennessy wurde vorbereitet und würde am darauffolgenden Tag in einer Kirche, zu der Jane wohltätige Beziehungen besaß, stattfinden. Jenna erwartete ein Kind von Hennessy, und dieses Kind würde um Weihnachten herum geboren werden.

Wenn Jenna erst einmal verheiratet war, würde Constance sie besuchen dürfen, und Gwen hatte zugestimmt, weil Jenna immer eine so untadelige Hausangestellte gewesen war. Jane hoffte, daß Constance sich auch wirklich um sie kümmern würde, sie glaubte, daß Constance sich Sorgen um sie machte. Denn Jane würde vielleicht nicht da sein, da sie beschlossen hatte – so gut wie beschlossen hatte –, Guy's Hospital zu verlassen und als Krankenschwester nach Frankreich zu gehen.

Constance hörte sich diese lange Erklärung schweigend an. Sie beobachtete Jane, die – diesmal – klar und deutlich sprach und kein einziges Mal stockte. Selbst als sie von dem Baby sprach, wurde Jane weder rot noch verlegen. Sie sprach – obwohl Constance es nicht merkte – auf die Art, die sie im Krankenhaus gelernt hatte: mit fester Stimme, knapp und sachlich. Sie verurteilte Jenna nicht; sie hob ihre langjährige Beziehung hervor, daß sich Jenna und Hennessy liebten, und machte nicht einmal den Versuch, ihr Verhalten zu verurteilen – was Constance sehr überraschte –, sie schien sogar anzudeuten, daß Jennas Verhalten in Kriegszeiten verständlich sei.

Tatsächlich hatte Janes erstaunliches Auftreten einen sehr einfachen Grund. Sie verstand Jenna, weil Jenna – und da war sie sich ganz sicher – genauso war wie sie selbst. Als Jane von Aclands Tod erfahren hatte, waren ihr zwei Dinge durch den Kopf gegangen. Während Freddie damit begann, daß er schlimme Nachrichten habe, hatte sie klar und deutlich eine innere Stimme gehört: »Bitte. Mach, daß es Boy ist. Nicht Acland.«

Als sie dann an jenem Abend ins Bett ging, in ihrem aufgeräumten Zimmer im Schwesternheim, blieb ihr Blick an dem schmalen, bescheidenen Bett hängen. Und in diesem Augenblick wußte sie, daß sie, falls das Unmögliche je eingetreten wäre und Acland zu ihr gekommen wäre, sie, ohne auch nur zu zögern, sich ihm hingegeben hätte. Aber er war nie zu ihr gekommen; dieses Versäumnis erfüllte sie jetzt mit großer Traurigkeit.

Da lag sie nun, die sorgfältig konstruierte Moral ihres Lebens; in tausend Scherben, zu ihren Füßen.

Vorbei; sie war Krankenschwester; sie hatte Acland geliebt; sie hatte sich die Haare geschnitten; sie hatte jetzt andere moralische Maßstäbe, und die besaßen auch Gültigkeit. Nein, sie konnte Jenna nicht verurteilen – sie bewunderte sie sogar: Man sollte lieben, solange es noch möglich war, denn die Zeit verging so schrecklich schnell.

Und folglich argumentierte Jane vor Constance völlig ruhig.

Constance hörte ihr unverwandt zu. Sie merkte, daß sie Jane immer unterschätzt hatte, und hatte nun Respekt vor ihr. Aber sie war auch zornig. Sie ärgerte sich, weil Jane hintergangen werden sollte – Constance, diese kleine Spionin, wußte, daß das Kind nicht von Hennessy war. Sie war zornig, daß Jenna, die Acland besessen hatte, jetzt einen Mann wie Hennessy heiraten sollte. Sie haßte Hennessy, weil er ihren Vater auf der Bahre nach Winterscombe gebracht hatte; Hennessy, der so groß war, so kräftig und bedrohlich – sie hatte ihn immer gehaßt! Und sie war wütend, weil Jane, die Acland geliebt hatte und ihn vielleicht noch immer liebte, so gefaßt und kühl war. Sie war wütend auf die Sonne, die einfach weiterschien, und auf den Verkehr in der Stadt, der einfach weiterfloß.

Constance hörte Jane zu, und sie wurde immer wütender; sie fand, daß sie Acland nicht verdienten, keine von ihnen, daß nur sie ehrlich um ihn trauerte.

Constance hatte vor ihren eigenen Wutausbrüchen Angst. Sie hatte sie jetzt besser unter Kontrolle als früher, als sie noch klein war, aber nicht immer. Sie kamen wie epileptische Anfälle: Dann begann sie am ganzen Körper zu zucken. Sie konnte dann ihre Hände nicht still halten; ihre Füße bewegten sich hin und her – sie hörte ihre Absätze klappern; sie roch Verbranntes; sie schmeckte Galle.

Nur ich kann ihn verstehen, nur ich war seiner würdig, schrie Constance in ihrem Zorn; und, weil es ihr nicht gelang, ihren Aufruhr zu bezwingen, verhielt sie sich völlig falsch. Jane würde es niemals vergessen.

Die Erklärungen, die sich auf Jenna bezogen, waren abgeschlossen. Jane und Constance saßen allein im Salon in der Park Street; das ganze Haus war still.

Plötzlich kam Boy herein. Boy hatte wegen des Todesfalls eine Woche Urlaub bekommen; am nächsten Tag mußte er wieder nach Frankreich zurück. Er war in Uniform. Er hielt ein großes schwarzes ledergebundenes Album in den Händen. Auf dem Album stand in Goldbuchstaben Aclands Name, das Datum seiner Geburt und seines Todes. Die Kondolenzbriefe, die Gwen und Denton zum Verlust ihres Sohnes erhalten hatten, sollten darin aufbewahrt werden. Seine Eltern errichteten ein Monument für Acland – so war es damals üblich. Boy, der gerade von Gwen kam, hatte ihr versprochen, die letzten Briefe einzukleben.

Als Boy ins Zimmer trat, stand Constance auf. Boy grüßte sie nicht, er beobachtete sie, dachte Jane, irgendwie hündisch, mit leicht gesenktem Kopf und abgewandtem Blick.

Ohne eine Warnung ging Constance auf ihn los. Zu Janes großer Verblüffung riß sie ihm das Album aus der Hand. Sie warf es auf den Boden; der Rücken brach; die Kondolenzbriefe fielen heraus. Constances Gesicht war bleich wie Wachs; auf ihren Wangen waren zwei hellrote runde Flecken.

»Warum mußt du das lesen? Ich hasse es. Das ist grauenhaft. Das ganze Haus ist grauenhaft. Man bekommt keine Luft in diesem Haus – und Acland würde es genauso hassen wie ich. Laß sie doch, Francis.«

Boy hatte sich gebückt, um die verstreuten Briefe aufzuheben. Als Constance seinen Namen aussprach, zuckte er zusammen und verharrte mit ausgestreckten Händen in gebückter Haltung.

»Um Himmels willen – glaubst du etwa, ein Stapel frommer Briefe wird dir deinen Bruder zurückbringen? Ich habe sie gelesen. Keiner schreibt von Acland, wie er war. Wenn es nach ihnen geht, war er langweilig und vernünftig und gewissenhaft und ehrenwert – all die Dinge, die er nie gewesen ist! Diese Briefe sind nichts als lauter Lügen, aber dein Bruder ist tot. Es ist vorbei. Es ist aus. Ich bekomme hier keine Luft. Ich gehe.«

Sie warf die Tür mit einem lauten Knall hinter sich zu. Boy bedeckte sein Gesicht mit der Hand, als hätte ihn Constance geschlagen. Dann begann er ganz ruhig, die Briefe aufzuheben.

»Der Rücken des Albums ist gebrochen«, sagte er.

»Sie hat es nicht so gemeint, Boy.« Jane bückte sich, um ihm zu helfen. »Sie ist ganz durcheinander. Sie trauert auch um ihn, weißt du, auf ihre Art.«

»Ich glaube, ich kann ihn kleben. Aber ich weiß nicht, ob es halten wird.« Boy richtete sich auf. »Das wird Mama weh tun. Sie hat es extra für ihn besorgt.«

»Laß das jetzt sein, Boy. Schau – was für ein schöner Tag es ist. Sollen wir nicht ein bißchen spazierengehen? Wir könnten in den Park gehen. Das würde uns beiden bestimmt guttun. Ich muß nicht sofort ins Krankenhaus zurück...«

»Also, gut.« Boy hatte noch immer das Album in der Hand. Er fuhr mit dem Daumen über den Einband; er bog das zerrissene Leder nach vorn, dann zurück; er fuhr mit dem Finger über die Goldbuchstaben.

»Das wird sich nicht reparieren lassen.« Er schüttelte nervös den Kopf – eine neue Angewohnheit, die Jane etwas irritierend fand. Er legte das Album auf ein kleines Tischchen.

»Das hätte sie nicht tun dürfen. Das war gemein. Ich hasse sie, wenn sie so ist –«

»Boy –«

»Schon gut. Wie du gesagt hast. Es ist so ein schöner Tag. Vielleicht ein kleiner Spaziergang im Park.«

Constance ging zum Albany. Zuerst redete sie sich noch ein, sie ginge zu Smythson's, um für Gwen wie versprochen Briefpapier zu kaufen. Dann tat sie so, als würde sie sich die Schaufenster in der Burlington Arcade ansehen. Dann schlenderte sie ganz beiläufig mit ihrem kleinen Handtäschchen und ihrem kleinen Päckchen am Handgelenk weiter; ging das kurze Stück von den Arkaden bis zum Albany. Sah an diesem diskreten Gebäude hinauf – eine gefragte Adresse. Sie überlegte, auf welcher Etage Montague Stern wohl wohnen mochte, und ob er auch noch um halb vier da wäre; ob er von seinem Fenster aus die Stelle sehen konnte, an der sie wartete.

Sie könnte jederzeit hineingehen. Sie könnte nach ihm fragen. Sie könnte eine Nachricht hinterlassen. Wahrscheinlich würde man von einer Dame kein derartiges Verhalten erwarten. Vorsicht? Der gute Ruf? Darauf legte sie keinen Wert. Sie konnte hineingehen und bleiben.

Constance schwenkte ihre kleine Handtasche hin und her; sie ließ die Minuten verstreichen.

Sie hatte Montague Stern seit jenem Nachmittag bei Maud schon mehrmals wiedergesehen, denn er kam nicht weniger als dreimal die Woche zu Besuch in die Park Street. Bei diesen Begegnungen hatte nichts darauf hingedeutet, daß Stern sich daran erinnerte, was zwischen ihnen vorgefallen war. Die Umarmung, seine Nachricht – als wäre es nie geschehen.

Constance überlegte, ob er die ganze Sache vielleicht aus seinem Gedächtnis gestrichen hatte; vielleicht war er jedoch einfach nur diskret. Oder aber er beabsichtigte nur, ihre Neugier und Eitelkeit anzustacheln?

Hingehen oder nicht hingehen? Anscheinend lag die Entscheidung bei ihr. Constance warf einen prüfenden Blick auf die Fassade. Sie würde nicht hinübergehen; sie würde auch keine Nachricht hinterlassen. Mit einem trotzigen Gesichtsausdruck drehte sich Constance um.

Die Luft fühlte sich jetzt frischer an; sie ging jetzt mit ausholenden Schritten. Zurück zur Park Street, und zu Gwen, und zu dem Haus, in dem sie keine Luft bekam. Zu ihrem Haus. Als sie näher kam, erblickte sie Boy und Jane. Arm in Arm gingen sie Richtung Park; Jane trug einen Sonnenschirm.

Im Haus überkam Constance Reue. Sie holte Klebstoff, einen Karton, eine Tube von Steenies Farben. Sie reparierte Aclands Album. Sie verstärkte den Rücken mit dem Pappkarton. Sie klebte ihn wieder an. Sie strich Farbe auf die Ränder, so daß die Risse im Leder nicht zu sehen waren.

Sie begutachtete ihr Werk. Das Album war schwer, und der Buchrücken mußte einiges aushalten. Aber vielleicht hielt es ja, dachte sie. Sie hatte sich jedenfalls Mühe gegeben.

Im Park wehte eine leichte Brise; das Licht war weich; auf dem Wasser schwammen mehrere Ruderboote. Boy führte Jane zu einer Bank im Schatten eines Baums. Boy starrte auf die Ruderboote; er schien verdrossen und geistesabwesend und nicht gerade darauf erpicht, sich zu unterhalten. Jane gab sein Verhalten Zeit, selbst nachzudenken.

Vieles hätte sie Boy gern erklärt; manches davon waren Kleinigkeiten, vielleicht dumme Dinge. Sie hätte ihm gern gesagt, warum sie sich die Haare abgeschnitten hatte und wie ihr Haar jetzt dazu beitrug, daß sie sich mutig fühlte. Sie hätte ihm vor allem gern verständlich gemacht, was es für sie bedeutet hatte, Krankenschwester zu werden, und wie sie – deswegen, und weil Acland tot war – beschlossen hatte, ihr Leben zu ändern.

Sie wollte sich nicht länger von anderen formen lassen. Als sie dies dachte, warf sie Boy einen Blick zu und sah, daß er die Stirn runzelte und mit seinen Gedanken offensichtlich weit weg war. Sie hatte höchstens eine halbe Stunde Zeit. Sie mußte direkt zur Sache kommen.

»Boy.« Sie räusperte sich. Ihre Hände zuckten in ihrem Schoß, und sie faltete sie fest.

»Boy. Ich bin mit dir hierhergekommen, weil ich dich gern um etwas bitten möchte. Ich möchte dich bitten, mich aus unserer Verlobung zu entlassen.«

Es war gesagt! Boy sah sie mit leerem Blick an.

»Dich entlassen?«

»Ich finde, wir sollten die ganze Sache beenden, Boy. Weißt du, auf gewisse Weise hätten wir uns nie darauf einlassen sollen. Nein, bitte hör mir zu, Boy, und laß mich zu Ende reden. Es ist besser, wenn wir miteinander ehrlich sind. Wir mögen uns. Wir respektieren einander. Aber wir lieben uns nicht, das haben wir nie getan. Es war eine arrangierte Sache.« Jane holte tief Luft. »Du hast es deinem Vater zuliebe getan. Ich habe es getan... weil ich Angst hatte, eine alte Jungfer zu werden. Das ist die ganze Wahrheit, Boy – und sieh es dir an, sieh dir an, wie dumm wir gewesen sind. Es ist immer so weitergegangen, verschoben, verschoben und noch einmal verschoben: Es macht uns doch beide nur unglücklich. Also, bitte, Boy, könnten wir es nicht beenden und Freunde bleiben? Weißt du – wenn der Krieg vorbei ist –, wirst du eine andere Frau finden, da bin ich ganz sicher, eine, die du liebst und wirklich heiraten möchtest. Ist es nicht besser, wenn wir unseren Fehler zugeben?«

»Du willst mich nicht heiraten?« Boy sah sie auf eine sehr merkwürdige Weise an, wie Jane fand.

»Nein, Boy, das will ich nicht«, erwiderte sie, so bestimmt sie konnte. »Und du willst mich auch nicht heiraten.«

»Bist du dir auch ganz sicher?«

»Absolut sicher.«

»Na gut.« Boy seufzte. Er schüttelte den Kopf. »Wenn du es so darlegst, habe ich keine Einwände.«

Die Bereitwilligkeit, mit der er es sagte, erstaunte Jane, die – wohlwissend, daß Boy eigensinnig war – mehr Widerstand erwartet hatte. Die Art und Weise, wie er es sagte, entbehrte auch jedes Anstands; und das erstaunte sie ebenfalls, denn Boy hatte ein ausgezeichnetes Benehmen. Er blickte sie gespannt an. Jane hatte den Eindruck, daß er sie überhaupt nicht sah, sondern daß er durch sie hindurch etwas anderes ins Auge faßte. Was immer er dort sah, es schien in ihm gemischte Gefühle zu wecken: Boy sah ängstlich aus, dankbar und doch furchtsam, und ein bißchen selbstgefällig. Nach einem kurzen Schweigen drehte er sich wieder um und sah zum See. Jane wartete darauf, daß er irgendwelche gewöhnlichen Bemerkungen machen würde, daß sie Freunde bleiben würden. Sie hatte das Gefühl, daß sie ihren Teil getan hatte. Aber Boy blieb stumm. Er schien nachzudenken, oder aber er zählte die Ruderboote. Er sagte dann nur, daß es schwierig sein würde, es seinem Vater klarzumachen.

»Glaubst du denn, daß die andern es unbedingt erfahren müssen? Müssen sie es sofort erfahren? Ich fahre doch morgen nach Frankreich zurück.«

Das hatte Jane schon geahnt; aber sie blieb hart. Sie würde es Gwen sagen, aber Boy mußte es seinem Vater sagen; er mußte es ihm sofort sagen, noch am selben Abend. Nur dann konnte Jane auch weiterhin zu ihnen kommen, ohne Heuchelei und ohne Mißverständnisse.

»Papa wird wütend sein.« Boy schüttelte den Kopf. Er griff sich ans Ohr, zog daran.

»Anfangs vielleicht. Aber das wird sich geben. Mit der Zeit wird er es schon akzeptieren. Boy, du kannst nicht zulassen, daß er dein Leben bestimmt.«

»Es ist nur, weil er sich so darauf versteift hat. Das hat er schon immer getan.«

»Ich weiß. Wegen der Ländereien, glaube ich. Er hätte es gern gesehen, wenn sie zusammengekommen wären.« Jane zögerte. Sie streckte die Hand aus und legte sie auf seinen Arm.

»Boy – wenn es hilft –, kannst du ihm sagen, daß es sowieso nicht dazu gekommen wäre. Ich habe mich entschlossen – fast entschlossen –, das Land zu verkaufen.«

»*Verkaufen?*« Boy drehte sich erstaunt zu ihr um.

»Verstehst du das denn nicht, Boy, warum *nicht*?« Jane umklammerte seinen Arm fester. Ihre Wangen waren gerötet. »Ich habe schon so lange darüber nachgedacht. Warum soll ich mich an dieses riesige Haus, an all das Land binden? – Ich verstehe nichts von Landwirtschaft. – Weißt du, was dieses Land wert ist? Selbst jetzt, wo der Preis für Grund und Boden so niedrig ist, ist es sehr viel wert. Denk doch mal nach, Boy, was ich mit dem Geld alles tun könnte! Es gibt so viele Organisationen, die um Unterstützung bitten. Ich könnte soviel Gutes tun! Eine Klinik bauen, zum Beispiel. Schon der Preis für nur zwei Felder wäre genug, um eine Klinik zu errichten. Drei Felder, und die medizinische Versorgung wäre garantiert. Boy, manche von den Menschen, die ich pflege – leiden an Krankheiten, die seit Jahren geheilt werden könnten. Sie sind rachitisch, weil sie sich nicht die richtige Nahrung leisten können. Sie bekommen Tuberkulose, weil ihre Häuser feucht und kalt sind. Ich weiß, daß man ihre Lungen nicht heilen kann, aber die Kälte und die Feuchtigkeit läßt sich beseitigen, Boy...«

Das war Janes Vision: Die Worte sprudelten nur so aus ihr heraus, und ihre Augen glänzten. Sie konnte ihre Erregung beim Sprechen nicht verbergen. Sie redete noch eine Weile so weiter, bis sie merkte, daß Boy sie mit leichtem Widerwillen ansah. Jane brach ab. Blitzartig hielt sie sich den Mund zu. Boy klopfte ihr beruhigend auf den Arm.

»Ich glaube, du bist ein bißchen überarbeitet. Beruhige dich, bitte.«
»Mich beruhigen? Warum soll ich mich beruhigen?«
»Nun, das ist ein ziemlicher Schritt. Ein ziemlich großer Schritt. Schließlich hat dein Vater an diesem Land gehangen...«
»Aber, Boy, mein Vater ist tot.«
»Und außerdem mußt du ein bißchen praktisch denken. Kliniken, Medikamente – das ist alles gut und schön; ich habe nichts dagegen. Aber was ist mit dir selbst? Wie wäre es damit, einen Teil anzulegen? Du solltest dafür sorgen, daß du später genug zum Leben hast...«
»Du meinst, wenn ich eine alte Jungfer bin?«
»Nein, nein, natürlich nicht. Das habe ich nicht gemeint. Ich meinte nur ... nun ja, daß du praktisch denken mußt. Du solltest dir Rat holen – praktischen Rat, finanzielle Beratung...«

Männlichen Rat, dachte Jane.

»Das habe ich bereits getan. Ich habe die Angelegenheit mit Montague Stern besprochen. Nur ganz allgemein. Er hat mir geraten, noch abzuwarten. Er sagte, er sei sicher, daß ich einen Käufer finden würde, und auch zu einem vernünftigeren Preis als jetzt...«
»Na schön, wenn du mit Stern darüber gesprochen hast.« Boy klang verärgert. »Wenn du den Rat dieses Mannes befolgen willst...« Er stand auf.

»Warum, stimmt etwas nicht mit ihm?«

Boy zuckte die Achseln. »Es gibt... Gerüchte. Die hat es immer gegeben. Man kann seine Herkunft nicht ignorieren.«

Er bot ihr seinen Arm. Jane stand auf. Sie hakte sich bei ihm unter und ärgerte sich gleichzeitig über sich. Sie gingen denselben Weg zurück.

Einhundert Meter, ohne ein Wort zu wechseln. Boy hatte sich wieder in sich selbst zurückgezogen, von seiner Uniform geschützt: männlich, geheimnisvoll, möglicherweise ängstlich, möglicherweise verdrossen.

»War es hier?«

Die plötzliche Frage erstaunte Jane.

»Was soll hier gewesen sein?«

»Der Unfall mit Constances Hund, mit Floss. Du erinnerst dich doch noch. War es hier?«

Jane sah sich um. Sie deutete auf eine Stelle hinter ihnen.

»Ja. Dort drüben. Es ging alles sehr schnell.«

»Das geht es immer.«

Boy wandte sich ab. Er ging weiter. Seine Mütze warf einen Schatten auf sein Gesicht und seine Augen.

»Warum fragst du das, Boy?«

»Ach, ich weiß nicht.« Boy zupfte an seinem Ohr. »Ich hatte ihr den Hund geschenkt. Sie hat mir von ihm geschrieben, weißt du. Und dann war sie krank. Ohne jeden Grund. Ich will es mir nur vorstellen, mehr nicht.«

Boy war im Krieg mutig, aber vor seinem Vater hatte er Angst: Er verschob das Gespräch bis zum nächsten Morgen, und er legte es so, daß er unmittelbar danach zum Bahnhof mußte. Keine Zeit für Wutanfälle. Er stand seinem Vater in dessen Arbeitszimmer gegenüber. Denton saß vor dem Kamin, mit einer Decke über den Knien. Er schien nicht gerade erfreut über die Störung: Er war damit beschäftigt, an irgendwelche Generäle und Stabsoffiziere zu schreiben.

Diese Männer – an die Denton nun täglich schrieb – waren alle betagt. Sie waren Geschichte! Sie hatten in Schlachten gedient, die jetzt so weit in die Ferne gerückt waren, daß sie in den Schulbüchern standen: Doch für Denton war die Zeit stehengeblieben. Er schrieb an sie, weil er glaubte, daß sie noch immer Macht und Einfluß besäßen. Er schrieb an sie, weil er sicher war, daß einer von ihnen Nachforschungen anstellen würde – auf höchster Ebene – und ihn beruhigen würde:

Man hätte das falsche Telegramm über den falschen Mann an die falsche Familie losgeschickt. Es wäre alles nur ein Irrtum, und sein Sohn lebe noch.

Boy blickte voller Verzweiflung auf diese Briefe. Er hatte den Krieg gesehen. Er hatte gesehen, wie Männer zerfetzt wurden. Er wußte nur zu gut, was mit Acland wahrscheinlich geschehen war. Es kam ihm entsetzlich vor, daß sich sein Vater auf diese Weise selbst täuschte; er verspürte Zorn auf Jane, die ihn gezwungen hatte, seinem Vater einen zweiten Schlag zu versetzen – jetzt, zu einem solchen Zeitpunkt. Trotzdem, er hatte es versprochen: Die Nachricht wurde pflichtgemäß ausgesprochen.

Boy merkte, daß Denton die Verlobungsauflösung nicht realisieren würde: Sie war genausowenig Tatsache wie Aclands Tod.

»Die Laune einer Liebenden«, verkündete er und zog an seiner Decke. Boy fand, daß es unerträglich heiß war im Zimmer. »Die Laune einer Liebenden. Nichts, um darum einen Tanz zu machen. Das wirst du schon in Ordnung bringen.«

Es klang wie eine Prophezeiung oder möglicherweise wie ein Befehl. Boy begann zu schwitzen.

»Nein, Papa«, erwiderte er mit fester Stimme. »Wir haben uns nicht gestritten. Wir bleiben Freunde. Aber es ist beschlossene Sache. Es gibt kein Zurück.«

»Zeit für dich zu gehen.« Sein Vater hob seinen Federhalter auf. »Reich mir das Löschpapier.«

Boy wußte, daß er entlassen war. Er verließ das Zimmer. Erregt ging er auf den schwarzweißen Fliesen in der Eingangshalle auf und ab. Er sah die gewundene Treppe über die vier Stockwerke hinweg hinauf bis zu der gelben Glaskuppel. Boy schwindelte.

Seine Taschen standen gepackt in der Halle; der Rolls seines Vaters wartete draußen vor der Tür, um ihn zum Bahnhof zu bringen; von seiner Mutter und Freddie hatte er sich bereits verabschiedet. Freddie war schon unterwegs zu seiner Ambulanz. In Boys Tasche steckte die kleine Lederschatulle mit Janes Verlobungsring, den sie ihm zurückgegeben hatte.

Boy schob das Schächtelchen in seiner Tasche hin und her; er schüttelte den Kopf. Er wußte nicht, was er damit tun sollte. Sollte er sie mitnehmen oder hierlassen? Das war eine Entscheidung, die zu treffen er nicht in der Lage war. Er ging noch zweimal auf und ab. Dann tat er etwas, was er seit seiner Kindheit nicht mehr getan hatte: Er ging in die eine Richtung der Halle auf den weißen Steinen und auf den schwarzen zurück. Steenie kam die Treppe heruntergestürmt.

»Wo ist Constance?« fragte Boy. Kaum hatte er die Worte ausgesprochen, da wußte er, daß dies der Grund für sein Auf- und Abgehen war.

Steenie wirbelte durch die Halle, hob Briefe auf, einen langen Schal, einen Spazierstock mit einem Silberknauf, ein paar Handschuhe, deren Farbe Boy einen Schauder über den Rücken jagten. Er sah Boy mit einem seltsamen Blick an und schenkte ihm ein verdächtig rosafarbenes Lächeln.

»Connie? Die ist ausgegangen.«

»Ausgegangen?« Boy war gekränkt.

»Ehrlich, Boy! Du hast ein Gedächtnis wie ein Sieb! Connie hat sich schon beim Frühstück verabschiedet.« Steenie spielte mit seinen Handschuhen. Er zog sie an. Er strich das gelbe Schweinsleder über seinen Fingern glatt.

»Ich muß mit ihr reden. Wo ist sie hingegangen?«

»Sind die nicht himmlisch?« Steenie bewunderte noch immer seine Handschuhe. »Ich hab sie erst gestern gekauft. Und jetzt, Boy, ich bin in Eile. Keine langen Abschiedsreden – das hasse ich.«

Steenie zögerte. Boy fiel ein, daß Steenie vielleicht verlegen war und deshalb soviel Aufhebens um seine Handschuhe machte. Sie sahen sich an. Steenie warf das Schalende über seine Schulter. Er bewegte sich auf die Tür zu: Steenie hatte jetzt eine Art zu gehen, die Boy mißfiel. Steenie griff nach der Türklinke; drehte sich um. Er legte seine gelb behandschuhte Hand auf Boys uniformierten Arm.

»Boy, ich werde an dich denken. Und ich werde dir schreiben. Du weißt, daß ich immer schreibe. Du wirst doch auf dich aufpassen?«

Boy war gerührt; denn es stimmte, daß Steenie ihm oft schrieb: Seine Briefe waren lang, amüsant, aufmunternd, mit Zeichnungen geschmückt. Boy, der sie in den Schützengräben immer wieder und wieder gelesen hatte, hatte – zu seiner eigenen Überraschung – festgestellt, daß sie beruhigend wirkten. Vielleicht sollte er seinen Bruder einfach umarmen, aber am Ende schüttelte er ihm nur die Hand. Ein militärischer Händedruck; seine Augen waren feucht.

Steenie, der Gefühlen immer auswich, schreckte sofort zurück. Ein kurzes Aufblitzen zeigte, daß er auf der Hut war. Er machte ein, zwei, drei nebensächliche Bemerkungen: über das Wetter, das wartende Auto, seinen Besuch in einer neuen Galerie.

Für diese Bemerkungen schämte sich Steenie ein bißchen. Boy stand auf einer der weißen Bodenfliesen; Steenie auf einer schwarzen: Er sah sich und seinen Bruder aus der Entfernung: zwei Figuren auf einem Schachbrett.

»Wie lächerlich wir sind«, sagte Steenie mit einem verräterischen Glitzern in den Augen. Dann bereute er es sofort und stürzte sich mit einer schnellen Bewegung auf Boy und nahm ihn in den Arm.

Steenie roch nach Parfüm; Boy wich zurück.

»Ich kann Connie etwas von dir ausrichten, wenn du willst...« Steenie hatte noch immer ein schlechtes Gewissen.

Boy hob eine seiner Reisetaschen hoch.

»Nein. Es ist nicht wichtig.« Er betrachtete den Aufkleber, als würde er eine geheime Botschaft beinhalten: Rang und Titel, gefolgt von Zahlen. »Wo ist sie eigentlich?« Er richtete sich auf.

»Jennas Hochzeit, Boy – das weißt du doch.«

Steenie wußte, daß er gleich in Tränen ausbrechen würde. Wenn er weinte, war es immer eine Katastrophe. Die Tränen schossen ihm nur so in die Augen; sie rannen ihm übers Gesicht; sie verschmierten sein Make-up; sie hinterließen Rinnsale auf dem Reispuder. Er wußte, daß er zu schnell weinte.

Allerdings war es ja – immerhin – möglich, daß er seinen Bruder nie wiedersehen würde.

Steenie stürzte zur Haustür. Sein letztes Lebewohl rief er über die Schulter.

Die Hochzeit fand in der Kirche statt. Es war eine klägliche Gesellschaft. Auf der Seite der Braut saßen Jane und Constance nebeneinander in einer der vordersten Reihen. Constances kleine Füße ruhten auf einem Gobelinkissen; sie zupfte an dem Gebetbuch. Jane kniete und schien zu beten. Auf der Seite des Bräutigams saßen etwas mehr Gäste. Hennessys Familie war nicht gekommen. Jack wurde von den Tubbs begleitet, die alle da waren: eine große Frau, mit einem ausgezehrten, aber freundlichen Gesicht, und mehrere Mädchen verschiedenen Alters. Es mußten Arthur Tubbs' fünf jüngere Schwestern sein. Die jüngste war ungefähr vier Jahre alt, die älteste ungefähr fünfzehn. Mit Florrie, der ältesten, würde Jenna ein Zimmer teilen. Florrie arbeitete ganz in der Nähe, in der Verpackung einer Munitionsfabrik, die Sir Montague Stern gehörte.

Florrie sah dünn und abgemagert aus; ihre Haut schimmerte gelblich. Wie alle anderen Familienmitglieder trug sie Kleider aus grober Baumwolle. Ihre Knöpfstiefel schienen mehrere Nummern zu groß zu sein.

Das jüngste Kind hatte wollene Handschuhe, die die Fingerspitzen freiließen. Alle wirkten aufgeregt.

Constance rümpfte die Nase: Es roch nach Armut.

Aber dieser Eindruck ging nicht nur von den Tubbs aus, sondern auch von der Kirche selbst.

Draußen, auf der Straße, herrschte ein übler Gestank. Die Häuser waren schief und krumm und eng aneinandergebaut. Kinder liefen barfuß durch die stinkenden Straßen, sie bastelten sich Spielzeug aus Abfällen. Diese Straßen erschreckten Constance, die selten in den südlichen Teil der Stadt kam. Sie hatte das Gefühl, als würde selbst die Kirche vor dieser Armut erschrecken: Sie schützte sich mit hohen schwarzen Eisengittern gegen die verwahrloste Umgebung. Die großen Eichentüren wirkten fest verriegelt. Der Kirchenraum versuchte die Armut auszusperren. Es roch nach Weihrauch, aber auch nach billigen Putzmitteln. Jane hatte zwei Blumensträuße mitgebracht. Sie standen zu beiden Seiten des Altars. Dahlien, mit großen ausgezackten Köpfen und steifen Stengeln: orange, scharlachrot und zitronengelb, kein schönes Arrangement. Constance betrachtete sie voller Haß.

Hennessy und Tubbs: Sie hatten sich beide Mühe gegeben, das war klar. Sie waren am Morgen mit dem Nachtzug von Yorkshire gekommen; sie würden noch am selben Nachmittag wieder zurückfahren. Hennessy trug eine einfache Soldatenuniform, Tubbs die eines Corporals. Die Uniform kleidete Hennessy. Die Kappen seiner Stiefel waren blitzblank. Sein Nacken wirkte merkwürdig nackt – ein militärischer Haarschnitt; auf der Wange war ein Schnitt vom Rasieren. Sie gaben ein ungleiches Paar ab – Hennessy so massig, Tubbs so geduckt. Tubbs war flink wie ein Wiesel: Seine Haare, die in der Mitte gescheitelt waren, hatte er mit Pomade eingeschmiert. Er hatte einen neuen Schnurrbart; die letzten Spuren seiner Akne waren noch zu erkennen.

Tubbs schien von den beiden der nervösere zu sein. Er spielte mit seinen Bartspitzen; er wandte den Kopf nach allen Richtungen; er blinzelte seiner Mutter und seinen Schwestern zu; er trat von einem Fuß auf den anderen. Tubbs würde seinen Weg machen, aber das konnte Constance damals natürlich nicht wissen.

Hennessy dagegen war ein eindrucksvoller Bräutigam. Kein Zeichen von Nervosität. Ein Baum von einem Mann: Constance blickte auf seinen steifen Rücken. Hennessy, der früher Schmetterlinge fing und sie in Streichholzschachteln steckte. Einmal hatte er ihr einen Hirschkäfer gezeigt und ihm eines seiner Beine ausgerissen, so daß das Tier immer im

Kreis ging. Mit solchen Ablenkungen hatte Hennessy Constance Cross, den Albatros, unterhalten.

Die asthmatische Orgel wechselte die Tonart; sie nahm einen neuen Anlauf, um den Einzug der Braut zu würdigen; auch jetzt drehte sich Hennessy nicht um.

Jenna trug Grau, nicht Weiß – Jane hatte das Kleid bezahlt. Es war aus einem weichen Stoff, vorn gerafft, um ihre Figur zu verbergen. Sie kam am Arm eines kleinen alten Mannes durch das Kirchenschiff; wahrscheinlich ein weiteres Mitglied der Familie Tubbs. Gemessenen Schritts; Jenna hatte das Kinn erhoben; sie sah weder nach rechts noch nach links. In den Händen trug sie einen Veilchenstrauß.

Veilchen waren billig, an jeder Straßenecke erhältlich. Ihr Anblick machte Constance wütend. Die Geister in der Kirche scharrten und huschten durch den Raum; sie flüsterten wegen der Veilchen miteinander; sie sogen den Geruch feuchter Erde ein. Jenna hatte die Altarschranke erreicht: Die Meßgewänder des Priesters waren viel zu groß; Jenna zögerte, als sich Hennessy – zum ersten Mal – umdrehte.

Wie der Zorn tobte! Constance wußte, daß sie jetzt dagegen angehen müßte, aber sie wollte nicht dagegen angehen – sie wollte, daß er sich austobte. Ihre Fingerspitzen zuckten; ihre Haare brannten, sie merkte Rauch; ihre Fersen trommelten. Aclands Baby wurde weggegeben.

Eine Person fehlte bei dieser Hochzeitsgesellschaft: Acland selbst. Constance wartete, daß er sich zu den anderen Geistern gesellte. Sie wartete darauf, daß er dieser schrecklichen Zeremonie Einhalt gebieten würde. Als er nicht kam – natürlich kam er nicht –, er war nur einmal zu ihr gekommen, um Lebewohl zu sagen –, übermannte sie ihre Wut: Sie verwandelte die Kirche in ein Chaos, sie riß die Fliesen aus dem Boden, sie schrie ihre Auflehnung heraus; das Kirchengestühl verwandelte sie in Barrikaden, und die Altarschranke brannte sie nieder.

Constance sah nach oben: hinauf und immer höher. Hinauf in das Gewölbe des Kirchenschiffs; hinauf zum Fenstergeschoß des Mittelschiffs; hinauf in die Bögen des Dachs. Ein dunkler Ort: Unheimliches Geflüster ließ den Raum erdröhnen.

Die Geister strichen über ihre Haut. Constance stieß einen leisen Schrei aus: Sie würde nicht bleiben. Es war zu unheimlich, zu schrecklich. Dem Betschemel einen Stoß geben. Sich einfach davonmachen. Durch das Nebenschiff, vorbei an den Heiligenfiguren, vorbei am Opferstock, vorbei am Taufbecken. Das Portal war schwer. Es quietschte in den Angeln. Constance war schon draußen auf der Treppe. Es regnete noch immer. Der Wind fegte Papier durch die Straße. London weinte.

Constance hob ihr Gesicht in die Tränen. Sie atmete tief durch. Sie schmeckte Salz und Ruß. Sie stand wie erstarrt, bis der Zorn von ihr wich.

Er wollte nicht vergehen. Es war wie ein Alpdrücken. Er klammerte sich an ihr fest. Er drang in ihre Adern ein. Er schüttelte seine Fäuste in ihrem Kopf, daß es schmerzte. Er trommelte mit den Fersen in ihrem Inneren. Dann gab er nach und verflog.

Sie konnte ihn mit ihrem Willen verjagen; sie hatte ihn auf diese Weise auch früher schon bezwungen. Constance schloß die Augen und konzentrierte sich. Sie versuchte das häßliche Wesen in den Griff zu bekommen; ein schlaues, verschlagenes Ding, zwergenhaft und gerissen, es weigerte sich, sich packen zu lassen.

»Weg mit dir, weg, weg mit dir.« Constance sprach die Worte laut aus. Das Ding gab widerstrebend nach.

Dann war es fort. Sie konnte wieder atmen. Constance schlang die Arme um sich. Ihr Blick wurde wieder klar. Der Himmel hörte auf zu weinen. Sie fühlte sich sehr rein. Sie war wie eine leere Schale, leicht wie eine Feder, fähig zu fliegen.

Sie stand ganz still auf der Treppe. Durch die schwere Tür der Kirche drang kein Laut. Sie ging auf der Treppe hin und her, so daß man den Eindruck gewinnen mußte, sie versuche eine Entscheidung zu treffen.

Dann blieb sie stehen. Anscheinend war die Entscheidung getroffen.

Sie lief die Treppe hinunter. Acland sagte ihr, daß sie weiterlaufen solle. Er trieb sie an. Die Steine glänzten.

Durch die Straße, um die Ecke und auf eine Brücke. Sie sah hinunter auf die Themse. Ein grauer Fluß an diesem Tag; tief und mit den Gezeiten steigend und fallend. Weiter oben war eine Anlegestelle. Auf dem Wasser drängten sich die Schiffe: ein Kohlenkahn, zwei Schlepper, eine Fähre, Barkassen. Constance sah eine ganz genau bemessene Zeit hinunter in den Fluß. Siebzehn Minuten, eine Minute für jedes Jahr ihres Lebens. Anhalten oder weitergehen.

Ein Taxi fuhr vorbei. Constance, die es nicht gewohnt war, Taxis anzuhalten, winkte es heran. Das Innere des Wagens roch nach Pomade und Tabak. Auf dem Sitz lag eine Zeitung, angefüllt mit Kriegsnachrichten.

Constance kletterte auf den Rücksitz, ohne dem Fahrer Anweisungen zu geben. Der Motor tuckerte; er ließ das Fahrzeug erzittern. Sie beugte sich nach vorn und klopfte gegen die gläserne Trennwand. Als der Fahrer sie zurückschob, wies sie ihn an, zum Albany zu fahren, obwohl ihr klar war, daß es erst elf Uhr vormittags war.

Als sie in das Schlafzimmer kamen, das Jenna mit Florrie teilte – waren sie und Jack Hennessy zum ersten und letzten Mal an diesem Tag allein – Hennessy sagte drei Dinge. Sie machten ihr angst:

»War es nur das eine Mal?« Als er es sagte, griff er ganz plötzlich nach ihr und schüttelte sie so heftig, daß ihre Zähne aufeinanderschlugen. Jenna antwortete ihm nicht. Hennessy schien ihr Schweigen nicht zu bemerken.

»Du hast es schon vorher getan. Es war nicht das erste Mal. Du bist schmutzig, eine schmutzige kleine Hexe.«

Er holte tief Luft, ehe er fortfuhr. »Ich weiß es. Ich habe jene Falle für ihn aufgestellt. Als ich hörte, daß er tot war, habe ich Gott dafür gedankt. Ich hoffe, daß er verrottet. Ich hoffe, die Ratten kriegen ihn.«

Er sagte dies alles sehr schnell. Die Worte waren feucht und heiß wie seine Augen; es schien ihn große körperliche Anstrengung zu kosten, sie zwischen seinen Zähnen herauszukriegen. Er zitterte vor Anstrengung; seine Haut glänzte von Schweiß. Es schien ihm Schmerzen und Vergnügen zu bereiten: Er war völlig außer sich. Er stöhnte und wandte sich ab; seine Schultern sackten nach vorn. Jenna verspürte Übelkeit.

Sie wußte, daß sie vorsichtig sein mußte – das hatte sie schon gewußt, noch bevor sie das Zimmer betreten hatten. Sie mußte sich jetzt sehr vorsehen, was sie sagte. Sie entfernte sich ein wenig von ihm und – da es im Zimmer keinen Stuhl gab – setzte sie sich auf das Bett. Ihr Kind bewegte sich. Sie bedachte die Worte genau; sie nahm sie auseinander; sie setzte sie wieder zusammen. Sie konnten nicht das bedeuten, was sie glaubte. Eine Falle?

Jack Hennessy hatte begonnen, in dem kleinen Zimmer auf und ab zu gehen. Die Zimmerdecke hing durch, und er mußte seinen Kopf beugen, um nicht anzustoßen, aber das schien er kaum zu bemerken. Hin und her, auf und ab. Der Fußboden des Zimmers bestand aus gescheuerten Holzdielen. Eine schmale Kokosmatte lag darauf. Hennessy ging auf diesem Streifen auf und ab wie ein Tier in einem Käfig. Er sah Jenna nicht an. Seine Hände hatte er tief in den Taschen vergraben.

Jenna hatte eine Orange in der Hand. Sie konzentrierte ihren Blick und ihre Gedanken auf die Frucht, hoffte, daß die Orange seine Worte vielleicht vertreiben würde. Die Orange hatte sie von Mrs. Tubbs. Es war etwas ganz Besonderes, aber Mrs. Tubbs sagte, daß Kinder sie gern aßen: Zu Weihnachten, zu Geburtstagen und Hochzeiten gab es immer Orangen.

Es hatte zum Hochzeitsessen auch eine Hochzeitstorte gegeben, runde Pasteten, die mit Steak und Nieren gefüllt waren, eingelegten Aal, Ragout aus Muscheln und Hühnerfleisch, in Essig eingelegt, kleine Leckerbissen, mit Zuckerveilchen geschmückt, Bier für die Männer und einen Schluck Gin für die Frauen.

Jenna hatte eine Pastete gegessen, einige Süßigkeiten. Sie hatte ein Stück Hühnchen vom Spieß heruntergewürgt. Es war wie Gummi und schmeckte säuerlich. Die Torte war schwer und süß, der Zuckerguß klebte zwischen den Zähnen. Mrs. Tubbs war sehr freundlich. Sie wußte, daß mit dieser Hochzeit irgend etwas nicht stimmte, und deshalb war sie noch freundlicher. »Und jetzt, Arthur«, sagte sie, »wollen wir die beiden Liebesvögel allein lassen. Sie haben genug von deinen Geschichten gehört. Hör auf damit. Sie möchten allein sein.«

Es war ihr fast gelungen, überzeugend zu klingen. Jenna war gerührt. Sie wußte, daß sie nicht wie ein Liebesvogel aussah; und der wuchtige Hennessy sah auch nicht gerade wie ein Vogel aus. Sie waren gehorsam nach oben gegangen, und Jenna hatte die kostbare Orange mitgenommen. Sie war in Silberpapier gewickelt; als sie das Papier entfernte und ihren Fingernagel gegen die Schale drückte, schoß der Saft heraus. Er fühlte sich klebrig an und hatte einen scharfen Geruch.

Eigentlich kannte sie Hennessy überhaupt nicht. Das war Jenna in dem Augenblick klar geworden, als sie in die Kirche gegangen war. Da war er nun, in jeder Hinsicht vertraut: Sie kannte jedes Haar auf seinem Kopf und jede Pore in seiner Haut. Sie kannte seine Stimme, sie erkannte seine Hände, wußte, was sie taten. Seine Augen bargen keine Überraschungen, und doch war er ein Fremder für sie. Sie heiratete einen Mann, den sie seit Kindertagen kannte, dem sie aber in ihrem ganzen Leben noch nie wirklich begegnet war.

In diesem Augenblick hätte sie fast geschwankt und es sich anders überlegt. Aber das Kind strampelte in ihrem Bauch. Und so war sie weitergegangen.

Jenna war acht gewesen, als ihre Mutter starb, und Mrs. Hennessy, die vier Söhne hatte und sich eine Tochter wünschte, hatte sie aufgenommen. Die anderen drei Söhne, alle so groß wie Jack, waren laut und wild. Er war nicht so. Er blieb gern am Rande. Am Rand eines Zimmers oder am Rand einer Gruppe. Er setzte sich immer in die Nähe einer Tür, wenn er im Haus war, und wenn er draußen war, zögerte er, ging langsam, um sich dann – ohne Erklärung – absondern zu können. Er war gern allein. Er zog es vor, allein zu essen. Er trank auch gern allein, obwohl darüber nie gesprochen wurde. Er machte Sauftouren, die manchmal zwei Tage dauerten, und kehrte verdrossen zurück.

Er war langsam. Manche Leute im Dorf sagten, er sei einfältig. Sie tippten sich mit dem Finger an die Stirn. Einfältig, aber harmlos und ein guter Arbeiter.

Er konnte sogar ziemlich große Bäume mit nur einer Hand fällen; er hatte acht Stunden täglich im Sägewerk gearbeitet. Er schmirgelte Holz ab, und er tat es auf eine so geduldige Art, schmirgelte und schmirgelte und schmirgelte, bis die Oberfläche ganz seidig war. Er roch. Er roch auch jetzt – nach getragenen Kleidern, nach feuchter Uniform, nach Schweiß. Jenna glaubte, daß er sich vielleicht deshalb ständig wusch – jeden Morgen und jeden Abend, wenn er von der Arbeit kam. Seine Brüder waren vielleicht faul; Hennessy war es nicht.

Ein riesiger Koloß von einem Mann. Ein Mann ohne große Worte, pflegte seine Mutter immer zu sagen. Als Jenna noch klein war, war sie von ihm fasziniert: Sie konnte nicht verstehen, wie ein Mann, der so groß und so stark war, gleichzeitig auch so sanft sein konnte. Und er konnte sanft sein: Mit ihr war er immer sanft. Er nahm sie auf seine Spaziergänge mit. Er hielt ihre Hand, ohne ihr weh zu tun. Er pflückte Blumen für sie. Er kannte ihre Namen: Wiesenschaumkraut, Aronstab, rote Miere, wilde Möhre. Sie mochte ihn gern.

Spazierengehen und Ausgehen. Das war ein wesentlicher Unterschied. Sie und Jack Hennessy waren von dem einen zum andern übergegangen, ohne darüber zu reden. Sie bewunderte diese Schweigsamkeit an ihm; seine Brüder neckten ihn, sie sagten, er wäre in sie verknallt. Hennessy ignorierte es; und auch das bewunderte sie. Hennessy hatte Würde. Er erklärte ihr seine Zuneigung nur einmal, nur ein einziges Mal, als sie vierzehn Jahre alt war. Er unterbrach seine gewohnte und nachdenkliche Schweigsamkeit, und die Worte sprudelten aus ihm heraus.

Er sagte, sie habe ihn in der Hand, das wäre schon immer so gewesen und würde auch immer so sein. Er sagte, er würde den Boden küssen, über den sie gegangen sei; er lege ihr sein Herz zu Füßen; er würde für sie sterben: »Du gehörst mir, Jen. Das habe ich immer gewußt.«

Seine Augen verschlangen sie. Sie sahen hungrig und ängstlich aus.

Sie flehten sie an, und sie befahlen ihr. Sie wußte, daß die Leute über ihn lachten. Er tat ihr leid. Er legte seinen Arm um ihre Taille. Es war das einzige Mal, daß er sie je berührt hatte: Er sagte, sie sei nicht wie andere Mädchen, sie sei anständig, deshalb – aber trotzdem fand Jenna es komisch. Sie hatte erwartet, daß er sie küssen würde.

Vielleicht hätte sie ihn auch so geheiratet – ein Teil von Jenna wollte nicht kämpfen, ein Teil von ihr ließ sich treiben und klammerte sich an das Vertraute, an Mrs. Hennessy und an das Haus der Hennessys und an die Gesellschaft von Hennessys Brüdern. Vielleicht hätte sie sich damit zufriedengegeben. Und dann war das mit Acland passiert.

Danach war Hennessy ein Alibi. Sie wußte, daß sie ihn benutzte, aber sie redete sich ein, daß sie gewissenhaft sei. Sie war freundlich zu ihm. Sie sprach mit ihm. Sie lachte nie über ihn. Sie brauchte nicht zu lügen, oder vielmehr log sie nur durch Weglassen. Hennessy fragte sie nie, ob sie ihn liebe, denn das hatte er stets angenommen; es stand in seinen Augen geschrieben: Schicksal, Bestimmung. Manchmal verspürte Jenna Auflehnung. Innerlich widersetzte sie sich dieser Selbstverständlichkeit und hatte das Gefühl, daß sie sie abwehren müsse, sich davon befreien müsse. Aber sie tat es nicht. Sie ließ Hennessy in seinem Glauben – so war es sicherer. So hatte sie ein besseres Alibi.

Und jetzt war sie mit ihm verheiratet. Sie trug ein Kind, an ihrem Finger steckte ein Ring, und in der Hand hielt sie eine Orange.

Hennessy ging noch immer auf dem Kokosläufer auf und ab.

Jenna betrachtete die Orange. Sie strich das Silberpapier glatt. Hennessys Erklärungen machten ihr große Angst. Dieser Fremde, den sie geheiratet hatte, war gewalttätig. Er war nicht so einfältig und langsam. Er wußte Bescheid.

»War es nur ein einziges Mal?«

Hennessy wiederholte diese Worte. Sie ließen Jenna in der Stille zusammenzucken.

Sie paßten nicht zu seinen anderen Worten, aber sie gaben Jenna Hoffnung. Sie sah, wie sich vor ihr die Möglichkeit einer Lüge auftat.

Nun, sie hatte eine Lüge vorbereitet. Sie hatte sie eingeübt. Sie hatte sie auswendig gelernt.

Hennessy setzte sich neben ihr aufs Bett. Die Federn bogen sich unter seinem Gewicht durch. Er saß aufrecht, starrte vor sich hin. Er wartete auf die Lüge, und so servierte Jenna sie ihm. Die Unwahrheit lag so dicht bei der Wahrheit, wie es nur ging – wieder völlig gewissenhaft. Da war ein Soldat gewesen; es war ihr freier Abend; sie hatte ein Glas zuviel getrunken; es war... nur das eine Mal gewesen.

Ein Soldat – das war jedenfalls wahr. Jenna fiel es nicht leicht zu lügen. Sie wußte, daß ihre Geschichte fadenscheinig war, und so wiederholte sie die Lüge, einmal, zweimal, ein drittes Mal, um sie zu festigen: nur ein Soldat, nur ein Fehler, nur das eine Mal. Es dauerte eine Zeit, bis sie – in diesem Durcheinander aus Sätzen – merkte, daß Hennessy zu weinen begonnen hatte.

Er bemühte sich, Haltung zu bewahren. Als dies nicht ging, holte er mehrmals tief Luft. Er begann zu zittern. Er rieb sich wie ein Kind mit den Knöcheln seiner Hand die Augen. Jenna war erschrocken und entsetzt.

»Jack. Jack. Nimm es nicht so schwer. Ich schäme mich ja so«, sagte sie. Sie rückte näher zu ihm und legte verlegen die Arme um seinen Hals.

Das schien Hennessy zu beruhigen. Er wurde still. Er nahm ihre Hand in seine und sah darauf hinunter.

»Ich habe diese Falle dort hingestellt. Hast du das geahnt? Ich habe sie für ihn dort hingestellt.« Die Worte sprudelten aus ihm heraus: Er starrte weiter auf ihre Hand hinunter.

»Was für eine Falle, Jack?« fragte Jenna; sie hatte große Angst.

»Du weißt, welche Falle. Du weißt es ganz genau. Sie war nicht in Gebrauch. Sie lag verrostet in einer der Hütten – aber sie hat noch funktioniert. Ich habe es ausprobiert. Ich dachte... ich weiß nicht, was ich gedacht habe. Ich konnte ihn sehen, wie er drin war in der Falle. Das konnte ich ganz deutlich sehen: er, in seinen feinen Kleidern, die alle zerrissen waren. Ich wollte es. Oder vielleicht wollte ich es doch nicht, weil ich sie falsch aufgestellt habe, weil ich sie am falschen Ort aufgestellt habe und den falschen Mann gefangen habe. Ich habe sie neben der Lichtung aufgestellt. Wenn ich ihn gewollt hätte, wirklich gewollt hätte, hätte ich sie doch aufgestellt, wo ihr euch immer getroffen habt.«

»Wo wir uns getroffen haben?«

»Wo du ihn getroffen hast. Im Birkenwäldchen. Dann hätte ich sie dort aufgestellt. Ich glaube, das wollte ich auch. Nur hab ich es nicht getan. Ich hätte ihn hineinstoßen können – das wäre ganz leicht gewesen. Das hätte ich tun können. Nicht schwieriger, als eine Fliege zu erschlagen. Ein Kaninchen töten – so leicht wäre es gewesen. Er war groß, aber er war dünn. Ein Gentleman. Nicht viel Kraft. Ich hätte es tun können. Ich wollte es tun. Ich habe ihn gehaßt, Jen.«

Er hatte sie an den Handgelenken gepackt. Die Orange fiel ihr aus der

Hand. Jenna sah, wie sie über den Boden rollte. Als sie sprach, war sie stolz auf ihre Stimme: Sie war ganz ruhig.

»Wer weiß noch davon, Jack?«

»Niemand. Nur du. Mr. Cattermole – ich glaube, er hat es geahnt. Es gibt nicht viele, die dieses Ding aufstellen können, nicht ganz allein. Vielleicht hat er zwei und zwei zusammengezählt. Vielleicht. Aber gesagt hat er nie etwas. Er hätte sowieso nicht gewußt, warum. Nur du weißt es. Ich wollte niemandem weh tun – nicht am nächsten Tag, nein, das wollte ich nicht. Ich habe den Kometen gesehen. Ich habe gesehen, wie du dich weggeschlichen hast. Ich hatte zuviel getrunken. Ich erinnere mich nicht mehr an diese Nacht. Aber am nächsten Morgen bin ich gleich wieder hingegangen. Ich hätte sie wieder weggenommen. Aber da war es schon zu spät. Da war schon dieser Mann drin. Mr. Cattermole war da. Die Hunde haben gebellt. Er hat mich zum Haus raufgeschickt.«

Er beugte den Kopf, als er es sagte. Er nahm Jennas Hand und betrachtete die Linien in ihrer Handfläche. Er berührte mit seinem Finger den schwieligen Handballen.

»Ich habe es gesehen.« Er zog ihre Hand über seine. »Ich habe es gesehen. Dich und ihn. Das hättest du nicht tun sollen, Jen. Nicht du. Nicht, wo ich dich doch geliebt habe. So... Sag es mir jetzt.« Er hob jetzt zum ersten Mal den Kopf und sah ihr in die Augen. »Und lüge nicht. Schwöre es. Leg deine Hand auf deinen Bauch. Auf den Kopf des Kindes. Schwöre bei ihm. Ist es sein Kind? Sag?«

Jenna legte die Hand auf ihren Bauch. Ihr Baby zuckte. Jack Hennessy hatte die Hand zur Faust geballt. Sein Gesicht war angespannt. Seine Augen waren heiß und feucht. Sie schienen sie zu schlagen. Sie konnte sehen, wie er sie schlug. Seine Faust gegen ihren Bauch. Ein einziger Schlag würde genügen.

»Nein, Jack. Es ist nicht sein Kind.« Wieder war sie stolz auf ihre Stimme. Ohne zu zittern. »Das war vorbei. Schon vor Jahren. Ich sage die Wahrheit. Es war ein Soldat. Ich habe ihn im Park getroffen. Er hat mich zu einem Hotel am Charing Cross gebracht. Ich weiß nicht, warum ich mitgegangen bin. Ich habe es einfach getan. Wir haben uns für eine Stunde ein Zimmer genommen. Das kann man jetzt. Wenn der Mann in Uniform ist, dann geben sie es dir.«

»Hast du was getrunken?«

»Ja. Ich hatte etwas getrunken. Er hat es mir gekauft. Ein Glas... Gin. Und Wasser. Es ist mir in den Kopf gestiegen.«

»Sonst hättest du es nicht getan – nicht ohne den Gin?«

»Nein, Jack.«
»Ging es schnell?«
»Sehr schnell.«
»Ich rühre keine Frau an.« Er öffnete die Faust. »Die andern tun es. Tubbs tut es. Sie stehen an dafür. Sie stehen Schlange. Ich tu das nicht. Ich rühre sie nicht an. Sie sind krank. Ich habe es Tubbs gesagt, aber er will nicht hören.« Er unterbrach sich, räusperte sich. »Ich habe mich für dich aufbewahrt, Jen.«
»Jack –«
»Es wird alles gut werden mit uns. Ich hatte Zeit, über alles nachzudenken, weißt du, nachdem du mir geschrieben hattest. Zuerst konnte ich es nicht in meinen Kopf kriegen, nicht sofort. Aber jetzt – schließlich ist er tot. Wenn der Krieg vorbei ist – wird alles gut sein. Dann werden wir zurückgehen ins Dorf, nur wir beide, so wie ich es immer wollte, und –«
»Wir *drei*, Jack.«
»Du kennst doch die Hütte? Die, auf die ich immer ein Auge hatte, unten am Fluß? Ich schätze, die werden sie uns geben. Nach dem Krieg. Mein Vater kommt gut voran. In ein paar Jahren könnte ich der Meister sein. Wir könnten die Hütte schön herrichten. Sie hat auch einen schönen großen Garten – Platz für Kartoffeln, Bohnen, Zwiebeln. Schon seit Jahren wohnt keiner mehr dort. Mir hat es dort immer gefallen. Du könntest dort Ruhe finden. Ich bin früher auch immer dort hingegangen und habe nachgedacht. Meistens über dich. Das hast du doch gewußt, nicht wahr? Du hast doch immer gewußt, daß du mich in der Hand hast.«
Während er es sagte, nahm Hennessy ihre linke Hand in seine. Auf dem vierten Finger dieser Hand steckte jetzt ein Ehering. Er zwickte. Jenna sah den Ring an. Sie wußte sofort, welche Hütte er meinte: am Fluß, völlig einsam, halb verfallen, seit Jahren nicht mehr bewohnt. Im Sommer war es dort kalt und feucht; im Winter war die Straße überschwemmt. Sie haßte diese Hütte. Es war kein Ort für ein Baby.
»Der Ring von meiner Großmutter.« Hennessy nahm ihre Hand. Seine Stimme klang heiser. »Von meiner Großmutter. Den habe ich für dich aufbewahrt. Ich habe ihn ihr an dem Tag, als sie starb, vom Finger genommen, und ich habe ihn behalten. Das ist jetzt acht Jahre her.«
Sie hatte auch seine Großmutter gehaßt. Eine gebeugte Frau mit Zahnlücken. Wenn Jenna an ihr vorbeiging, kniff sie sie immer in die Wangen.

»Also abgemacht, ja?« Hennessy stieß eine Art Seufzer aus. »Ich will die Dinge in Ordnung bringen, bevor ich zurückgehe. Dann kann ich Pläne machen. Man braucht Pläne, wenn man da draußen ist und wartet. In den Schützengräben. Hält einen am Leben. Deshalb würde ich gern sicher sein – «

»Sicher sein?«

»Meine Pläne. Die Hütte. Der Garten.«

Jenna rückte unter dem Gewicht seines starrenden Blicks hin und her. Sie hatte nicht in die Zukunft geblickt, kam es ihr. Sie war so pedantisch gewesen und so vorsichtig, daß sie nie darüber nachgedacht hatte, wo sie leben würden.

»Dann gefällt sie dir also? Die Hütte?«

»O ja. Ja, Jack. Außer ... ich erinnere mich nicht mehr so gut daran, aber ... sie ist direkt am Fluß, und wenn der Winter kommt –«

Sie verstummte. Hennessys Augen hatten sich verändert. Da war etwas gewesen, dann verschwunden, hart und triumphierend, etwas wie Freude. Er wußte, daß sie diesen Ort haßte. Im nächsten Augenblick schlug er die Augen zu Boden. Er würde sie diese Freude nicht noch einmal sehen lassen. Jenna glaubte, er würde gleich lachen oder wieder weinen.

Sie hatte Angst vor dieser versteckten Freude in seinen Augen. Es machte ihr mehr angst als alles, was er gesagt hatte. Ihre Gedanken rasten; sie wollte weglaufen. Oh, was habe ich getan, was habe ich getan? dachte sie. Sie war entsetzt bei der Vorstellung, daß er sie anfassen könnte. Er war ein gutaussehender Mann, und er verursachte ihr Übelkeit. Seine Haut verursachte ihr Übelkeit, seine Haare, seine Augen.

»Bevor ich gehe. Bevor ich weggehe...« Jenna glaubte, daß er sie dann anfassen würde. Daß er eine Hand auf sie legen würde. Daß er sie streicheln würde. Sie fuhr zurück.

Hennessy faßte sie nicht an. Er sah sie nicht einmal an. Statt dessen sah er auf seine eigenen Hände, breit und knochig, geschickte Hände. Nicht unschön.

»Bevor ich gehe. Sag mir, Jen, war es in London?«

»Ja, Jack.«

»Kennst du seinen Namen?«

»Nur seinen Vornamen. Er hieß ... Henry, glaube ich.«

»Er hat dir ein Glas Gin gekauft?«

»Ja. Ja. Mit Wasser.«

»Ein Hotel am Charing Cross?«

»Ja. Nur ... ein kleines. Es war ein braunes Zimmer. Man konnte die Züge pfeifen hören.«
»Ging es schnell?«
»Sehr schnell.«

Immer weiter und weiter. Er stellte Fragen, er hörte sich die Antworten an, und dann stellte er die Fragen noch einmal. Immer wieder.

Um vier Uhr klopfte Mrs. Tubbs an die Tür. Sie machte viel Aufhebens davon. Als sie herauskamen, gab sie sich schüchtern. Sie und Jenna standen in der Haustür; sie winkten; Hennessy und Tubbs gingen mit entschlossenen Schritten davon. Sie schwenkten die Arme.

Als sie nicht mehr zu sehen waren, schloß Mrs. Tubbs die Tür. Sie gingen zurück in das hintere Wohnzimmer, einen dunklen Raum. Mrs. Tubbs zündete das Gaslicht an. Das Licht warf bläuliche Schatten auf Jennas Gesicht: Sie sah spitz und blaß aus. Ihr Mund war schlaff vor Müdigkeit. Mrs. Tubbs sah sie lange an. Sie nahm ihren Arm. Das Spiel war vorbei.

»Was immer es ist, meine Liebe«, sagte sie, »ich hoffe, du bist klug genug, es für dich zu behalten. Sag *ihm* nichts.« Sie deutete mit einer scharfen Drehung des Kopfs in Richtung der Haustür. Mrs. Tubbs liebte ihren Sohn, aber ganz allgemein hatte sie keine große Meinung von Männern.

Sie kümmerte sich umsichtig um Jenna. Florrie mußte ihr eine Tasse Tee kochen. Sie versuchte sie mit Kuchen und Süßigkeiten zu verführen – sie müßte für zwei essen, sagte sie zu ihr. Sie nahm die letzte Orange, teilte sie in zwei Hälften, bot Jenna die eine Hälfte an und Florrie die andere.

Jenna schüttelte den Kopf. Ihr Baby bewegte sich, lag dann wieder still.

»Na, schön. Vergeude nicht, was du nicht willst«, erklärte Mrs. Tubbs und breitete ihr Taschentuch auf ihrem Schoß aus und aß dann die eine Orangenhälfte selbst.

»Du lieber Himmel!« rief sie, als sie sich das letzte Stück in den Mund gestopft hatte.

Während Mrs. Tubbs ihre Orange aß, hatte Jenna ihren Hochzeitsring abgezogen.

Vorsichtig legte sie ihn auf die Herdplatte. Sie nahm einen Feuerhaken. Sie schlug damit auf den Ring. Sie traf ihn mit voller Kraft, sicherlich würde er zerbrechen, aber das tat der Ring nicht. Der Schlag ließ den

Ring in die Höhe springen, als wäre er zu eigenem Leben erwacht. Er drehte sich in der Luft und blieb auf der Matte vor dem Herd liegen. Florrie und Mrs. Tubbs starrten darauf.

»Ich hasse diesen Ring. Er hat seiner Großmutter gehört. Ich habe auch sie gehaßt.« Jenna sprach mit völlig ruhiger Stimme.

Mrs. Tubbs stand auf, hob den Ring auf und steckte ihn in ihre Schürzentasche. Sie sah Jenna an. Sie zwinkerte ihr zu.

»Achtzehn Karat. Das sehe ich an der Farbe, weißt du? Eine Guinea ist er wert, vielleicht sogar noch mehr. Eine Guinea – das sind zwei Säcke Kohlen. Zwei Säcke Kohlen geben Feuer für eine Woche. Verhökere ihn.«

»Verhökern?«

»Bring ihn ins Pfandhaus, meine Liebe. Von dort kannst du ihn jederzeit zurückholen – und wenn nicht... nun, dann sagst du ihm einfach, du hättest ihn verloren. *Er* wird dir höchstwahrscheinlich glauben.«

Mrs. Tubbs schniefte. Sie war eine direkte Frau, und so zeigte sie mit dem Finger an die Stirn – trotz der Tatsache, daß Jenna eben erst geheiratet hatte.

»Etwas langsam«, sagte sie. »Ganz hübsch, würde ich sagen. Aber nicht besonders schnell von Begriff.«

»Da irren Sie sich«, erwiderte Jenna. Sie stand auf, griff in Mrs. Tubbs' Tasche und zog den Ring heraus.

Sie steckte ihn sich wieder an den Finger. Beobachtete, wie er blitzte.

»Also, Constance. Das ist ja wirklich interessant. Damit wäre ein Geheimnis gelüftet.«

Stern machte eine Pause. Er ging zum Fenster. »Und wann bist du dahintergekommen?«

»Heute morgen. Ich gehe sie einmal die Woche besuchen – jede Woche seit ihrer Hochzeit. Aus christlicher Nächstenliebe. Arme Jenna! Sie sieht schlecht aus. Ich habe ihr ein paar wunderschöne Babysachen mitgebracht. Sie ist völlig zusammengebrochen.«

Constance, die vor einer Viertelstunde in Sterns Wohnung im Albany eingetroffen war, zog eine große glitzernde Nadel aus ihrem schwarzen Hut. Sie warf den Hut auf einen Stuhl. Sie schüttelte den Kopf, und ihr Haar – das nur lose festgesteckt war – fiel über ihre Schultern: Stern gefiel es besser, wenn sie es offen trug.

Sie musterte Stern, der sich ihre Enthüllungen über Hennessy auf seine übliche nüchterne Art angehört hatte. Er sah aus dem Fenster: Constance konnte förmlich hören, wie es in seinem Kopf arbeitete. Stern erfuhr gern solche Informationen – das wußte Constance, aber sie achtete immer streng darauf, die Informationen, die sie ihm gab, einzuteilen und zu sortieren: diese ja, aber jene nicht!

»Weißt du, Jenna hatte früher einen Geliebten – das ist schon einige Jahre her –«

»Einen Geliebten?« Stern sah sie fragend an. »Und wer war das?«

»Ach, irgendeiner der Männer aus dem Dorf. Ist, glaube ich, im Krieg gefallen wie so viele. Aber Hennessy war anscheinend eifersüchtig. Sehr sogar. Er wußte, wo sie sich immer trafen. Und deshalb hat er die Falle für ihn aufgestellt –«

»Und den Falschen erwischt?« Stern runzelte die Stirn. »Das muß ja schrecklich gewesen sein, Constance, als du es erfahren hast.«

»In gewisser Hinsicht ja.« Constance ging ein Stück durchs Zimmer. Wie so häufig, wenn sie Stern in seiner Wohnung im Albany besuchte, begann sie rastlos auf und ab zu gehen. Sie kam nun schon seit drei Monaten hierher.

Sie blieb hinter einem zierlichen Tischchen stehen.

»Aber das ist alles schon so lange her. Wie es passierte, ist nicht mehr so wichtig, die Folgen sind dieselben. Es ist jetzt zu spät, um noch etwas zu tun – das habe ich Jenna gesagt. Auf jeden Fall hatte ich schon immer diesen Verdacht. Schon vor Jahren – bestimmte Dinge, die Cattermole gesagt hat. Auf jeden Fall sollten wir die Sache auf sich beruhen lassen. Ich habe keine Rachegefühle gegenüber Hennessy. Ich habe auch gar keine Zeit, an mich zu denken. Ich mache mir Sorgen um Jenna – und um ihr Kind. Sie hat bald niemanden mehr, zu dem sie gehen kann, wenn Jane nach Frankreich fährt und dort als Krankenschwester arbeitet – und sie sah so abgemagert und dünn aus. Ich mache mir Sorgen wegen des Babys –«

»Ich bin überrascht, Constance. Ich hätte nicht gedacht, daß du wohltätige Züge besitzt.«

»Vielen Dank, Sir, ich fühle mich geschmeichelt.« Constance warf Stern einen kessen Blick zu. »Ich habe auch ein Herz, weißt du – vielleicht ist es ein bißchen hart, aber immerhin schlägt es. Im übrigen – erwarte ich von einem Mann schon, daß er versteht, wie nah sich eine Dame und ihre Zofe stehen. Aber natürlich hast du, in deiner unsentimentalen Art, kein Interesse an Babys...«

Stern sah sie kühl an. Constance entfernte sich noch ein paar Schritte von ihm. Sie stellte sich hinter einem Stuhl auf. Sie nahm eine kleine Jadefigur vom Tisch.

»Außerdem«, fuhr sie nachdenklich fort, »habe ich heute etwas sehr Interessantes über mich selbst in Erfahrung gebracht; deshalb erzähle ich dir diese Geschichte auch. Weißt du, warum ich Hennessy so großzügig verzeihen kann, Montague? Weil ich weiß, was es bedeutet, eifersüchtig zu sein. O ja. Ich glaube, sie ist auch in mir erwacht – ja, in mir. Das hätte ich nie erwartet.«

Sie hielt innne. Stern antwortete nicht gleich. Constance runzelte irritiert die Stirn. Als sie ins Zimmer gekommen war, hatte er ihr die Hand geküßt; abgesehen von dieser förmlichen Begrüßung hatte er sie bis jetzt noch nicht berührt. Er ließ sie warten. So beherrscht! Constance drehte die Jadefigur zwischen den Fingern.

»Sag mal, Montague«, begann sie ruhig. »Eine eifersüchtige Frage: Bin ich die erste junge Frau, die dich hier besucht, oder kommt das hier öfter vor?«

»Du meinst, ob ich Maud untreu bin? Ist es das, was du wissen willst?« Stern verschränkte die Arme.

»Ich weiß, daß du Maud nicht so ganz treu bist«, erwiderte Constance mit düsterem Blick. »Schließlich weiß ich das aus eigener Erfahrung. Ich frage mich nur, ob es vor mir schon eine andere gegeben hat. Ich glaube, es würde mich stören, wenn es so wäre.«

Stern seufzte. Es klang ungeduldig.

»Constance, ich bin Maud seit fünf oder sechs Jahren treu gewesen, wie du es ausdrückst – mit ein paar wenigen Seitensprüngen. Ich bin kein Schürzenjäger. Ich verachte Schürzenjäger. Ich habe es mir nicht zur Gewohnheit gemacht, Maud zu betrügen, und ich möchte sie auch jetzt nicht betrügen –«

»Aber du tust es doch?«

»Ja, das tue ich.«

»Dann bin ich auch nur – ein kleiner Seitensprung?« Constance sah Stern an wie ein verlorenes Kind.

»Du, meine Liebe, du bist eine große Reise, und ich bin sicher, daß du das weißt –«

»Du spielst also nicht nur mit mir?« Constance stieß einen Seufzer aus. »Das könnte gut sein. Manchmal habe ich das Gefühl, daß du nur mit mir spielst. Ich komme hierher – und ich bin immer peinlich darauf bedacht, ein Alibi zu haben, damit niemand etwas ahnt. Mein Herz schlägt schneller, wenn ich die Straße herauflaufe, um bei dir zu sein.

Und doch bin ich vielleicht nicht mehr als ein Spiel für dich. Manchmal denke ich das. Du bist wie eine Katze, Montague, eine Katze mit sehr scharfen Krallen – und ich bin wie eine kleine Maus. Dein Spielzeug. Dein Zeitvertreib. Du spielst mit mir, aber du wartest nur darauf, dich auf mich zu stürzen.«

»Keine sehr überzeugende Beschreibung.« Stern lächelte, aber es war ein flüchtiges Lächeln. »So sehe ich dich ganz und gar nicht, das mußt du doch wissen...«

»Ach, das sagst du doch nur, aber ob es stimmt? Woher soll ich das wissen? Ich sehe dich an, und ich sehe gar nichts, nicht die geringste Spur von Zuneigung in deinen Augen. Du stehst da, mit untergeschlagenen Armen; du beobachtest mich, und du wartest. Ich weiß nie, was du denkst.«

»Bin ich wirklich so gefühllos?« fragte Stern. »Du überraschst mich, Constance. Ich dachte, ich hätte dir schon genug Beweise gegeben –«

»Verlangen ist etwas, das kein Mann verbergen kann, Montague – nicht einmal du. Bei einer Umarmung läßt es sich nicht verheimlichen. Das ist also alles, was ich bei dir bewirkt habe. Nicht gerade viel.«

»Ganz im Gegenteil. Das ist schon sehr viel. Ich kenne viele Frauen, die großen Charme besitzen, die mich aber völlig kalt gelassen haben.«

»Aha, ich verstehe.« Constance warf den Kopf zurück. »In diesem Fall –«

»Während du – nein, dreh dich nicht um, Constance. Während du mein Verlangen weckst, wie du sagst. In vielerlei Hinsicht. Und nicht nur körperlich.«

»Ist das wirklich wahr?« Constance, die sich mit einer hübschen kleinen Bewegung zur Tür umgedreht hatte, blieb stehen. Sie sah zu Stern.

»Aber natürlich. Meine liebe Constance, ich habe den größten Respekt vor deiner Intelligenz und vor deiner Willenskraft. Ich bewundere es, wie gerissen deine Annäherungsversuche sind. Und vor allem bewundere ich deine Begabung zu flirten. Ich finde dich charmant und sehr klug.«

»Ich hasse dich, Montague.«

»Ich finde auch, daß du es, gelegentlich, ein bißchen zu lange hinauszögerst – das könnte Langeweile aufkommen lassen. Und jetzt – hör auf damit und komm zu mir.«

Constance zögerte. Im Zimmer knisterte es vor Spannung, wie immer, wenn sie sich trafen: sexuelle und zugleich kämpferische Spannung.

Sie fühlte sich mit einer solchen Macht zu Stern hingezogen, so stark, daß sie sich manchmal davor fürchtete. Sie wollte nicht, daß Stern sah, wie stark seine Anziehung auf sie war – und daher flirtete sie mit ihm und wich ihm aus, wie er sagte. Constance liebte diese Augenblicke des Hinhaltens. Dann zitterte sie vor sexueller Erwartung und konnte die Berührung von Sterns kühlen und geübten Händen auf ihrer Haut spüren.

Aber Erwartung mußte mit Vorsicht behandelt werden. Constance wäre vielleicht glücklicher gewesen, wenn sie sich sicherer gefühlt hätte, wenn sie Sterns Gedanken hätte lesen können. Aber hierbei konnte sie sich leider ganz und gar nicht sicher sein. In Sterns Augen lag jetzt, wie so oft, ein Ausdruck, der sie zur Vorsicht gemahnte. Es war, als wüßte er etwas, das er ihr verheimlichte – und dieses Wissen verschaffte ihm einen Vorteil in ihrem Machtkampf.

Wenn Constance bei diesen Zusammenkünften begann im Zimmer auf und ab zu gehen, hatte sie manchmal das Gefühl, an einem seidenen Faden zu hängen. Und diesen Faden hielt Stern in den Händen. Constance haßte es. Manchmal hatte sie Angst. Aber jetzt folgte sie ihm nicht, sie ignorierte den Ton seiner Stimme, der ihren Körper in Alarmbereitschaft versetzte, der wie ein störender Laut durch ihren Kopf hallte, klar und hell wie Glas, das gegen ein Messer stößt, und sie zögerte es noch ein bißchen hinaus. Sie sah auf die kleine Uhr, die sie vor der Brust auf ihrem schwarzen Trauerkleid trug. Sie stellte fest, daß es schon spät war und daß es vielleicht besser war, wieder nach Hause zu gehen.

»Constance«, sagte Stern und unterbrach ihr Schauspiel. Er streckte die Hand nach ihr aus. »Constance. Komm zu mir.«

Stern legte die Hand an ihren Hals. Er hob ihr Haar von den Schultern und strich es aus dem Gesicht. Bei der Berührung seiner Hand stieß Constance einen unterdrückten Schrei aus, als habe er sie geschlagen.

Sie wand sich in seinen Armen und preßte sich fest an ihn. Er war bereits hart. Als sie ihn anfaßte, um es sich zu bestätigen, zog Stern sie – besonnen, selbst wenn er erregt war, umsichtig, selbst in seinem Verlangen – vom Fenster weg.

Er legte die Hand auf ihre Brust. Langsam begann er, seine Finger über der Warze vor und zurück zu bewegen. Er sah in ihr Gesicht; als Constance ihre Erregung nicht länger zurückhalten konnte, küßte er sie.

Ihre Zungen berührten sich. Constance zitterte. Ihre Unterlippe war geschwollen; sie hatte einen kleinen Riß – und als sich Stern aus der Umarmung löste, schmeckte er das Blut. Er zog sein Taschentuch aus der Tasche: sauberes, frisches weißes Leinen. Er wickelte es um seinen Finger und drückte es gegen ihre aufgesprungene Lippe.

Als er es wieder herunternahm, sahen sie beide schweigend auf den kleinen hellen Blutfleck.

»Du hast mich zum Bluten gebracht«, sagte Constance.

Sie hob den Blick und betrachtete Sterns Gesicht. Sie sahen einander an. Für einen Augenblick war Stern nicht so beherrscht wie sonst.

»Du könntest mich bestimmt auch zum Bluten bringen.« Er wandte sich ab.

»Montague –«

»Schau, ich habe dir etwas gekauft.«

Stern ignorierte den Ausdruck auf Constances Gesicht, und auch den Ton ihrer Stimme, als sie seinen Namen sagte – ein Ton, den sie schon eine Sekunde später bedauerte, weil er zuviel verriet. Stern legte die Hand auf seine Tasche. Er zog etwas heraus – Constance konnte nicht genau sehen, was es war, aber es glitzerte –, und dann befestigte er es mit geübtem Griff an ihrem Handgelenk.

Es war ein Armband: ein Armband, das Constance vierzehn Jahre später als Taufgeschenk weitergeben würde; ein sehr schönes, fein gearbeitetes Stück, dieses Armband – eine geringelte Schlange aus Gold und Rubin. Es wand sich um ihren Arm und den schwarzen Stoff ihres Ärmels: Einmal, zweimal, dreimal wand es sich. Der stumpfe Kopf der Schlange mit seiner juwelenbesetzten Zunge lag neben ihrem Knöchel, ein wenig oberhalb davon, direkt an ihrem Puls. Stern hob ihre Hand und betrachtete das Geschenk.

»Auf nackter Haut«, sagte er schließlich, »sähe es besser aus.«

»Ich kann es nicht tragen. Du weißt, daß ich es nicht tragen kann. Es ist viel zu schön. Zu kostbar. Die Leute würden es merken. Sogar Gwen würde es merken. Sie würde fragen, woher ich es habe.«

»Macht nichts.« Stern zuckte die Achseln. »Dann hebst du es eben hier auf. Du kannst es ja tragen, wenn du zu mir kommst. Fürs erste. Und später –«

»Bedeute ich dir etwas?« Constance machte sich von ihm los. Sie hatte mit heller Stimme gesprochen. »Sag es mir. Ich glaube, du bedeutest mir mehr, als ich erwartet hätte – mehr, als ich wollte. Ich hatte mir vorgenommen, frei zu bleiben – und jetzt – bin ich nicht mehr so frei. Ich sage nicht, daß du mir das Herz brechen könntest; ich glaube nicht, daß es irgendeinen Mann gibt, der das könnte. Aber...«

Sie verstummte, ihr Gesicht war angespannt, ihre Augen schwarz und zornig. Stern, der diese seltsamen plötzlichen Ausbrüche von Constance gewohnt war, schwieg. Er wartete, beobachtete sie; aber das schien Constance noch mehr aufzubringen, wütend zerrte sie an dem Verschluß des Armbands, als wollte sie es aufreißen, als wollte sie es quer durchs Zimmer schleudern. Der Verschluß war winzig, und er widersetzte sich ihr. In einem Schrei machte sie ihrem Zorn und Widerwillen Luft. Stern nahm ganz ruhig ihre Hand; er öffnete den Verschluß.

»Siehst du? Du kannst es tragen oder auch nicht, wie es dir gerade gefällt. Es ist doch nur ein *Geschenk*, Constance, mehr nicht.«

»Es ist nicht einfach nur ein Geschenk. Nichts, was du mir gibst, ist einfach...«

»Tut mir leid, daß es dir so wenig gefällt. Ich dachte, es würde dir Spaß machen.«

Stern drehte sich um. Er legte das Armband auf den Tisch. Er ging durch das Zimmer, ging von einem Möbelstück zum anderen. Constance beobachtete ihn, ihr Herz pochte schnell. Sie hatte zuviel gesagt: dumm, dumm, dumm! Sie mußte lernen, sich besser zu beherrschen. Sie beobachtete Stern. Stern, der ein Sammler war und es liebte, schöne Dinge zu erwerben. Er liebte es, sie zu *besitzen*. Sie dachte: *Mich wird er nie besitzen!* Aber der Gedanke, der Besitz dieses Mannes zu sein – dieser Gedanke fesselte sie, obwohl sie sich dagegen auflehnte. Besitz. Ein Zittern erfaßte ihren Körper. Sterns Gesicht drückte unmißverständliches Mißvergnügen aus.

Constance fand dieses Mißvergnügen aufregend. Sie verstand nicht den Grund; sie wußte nur, daß es so war. Die Bedrohung durch seinen Zorn war wie ein elektrischer Schlag; er erfüllte sie mit heftiger Erregung. Sie begegnete seinem Blick mit der Miene eines Kindes, eingeschüchtert, aber auch ein wenig unverschämt.

»Oh, was für ein Gesicht du machst!« sagte sie, verzog schmollend den Mund und ließ den Kopf hängen. »Jetzt habe ich dich beleidigt. Ich war grob und unfreundlich und habe deine Gefühle verletzt. Außer, du hast gar keine Gefühle, die man verletzen könnte. Hör zu, Montague, das wollte ich nicht. Ich bin zerknirscht. Du kannst mich bestrafen, wenn du willst.«

»Ich will dich nicht bestrafen.« Seine Stimme klang kühl.

»Bist du sicher, Montague? Du siehst aus, als würdest du mich am liebsten... schlagen. Vielleicht sogar ziemlich fest schlagen.«

»Wirklich? Es gehört nicht zu meinen Gewohnheiten, Frauen zu schlagen.« Verstimmt wandte er sich ab.

»Was dann? Ich weiß, daß ich dich wütend gemacht habe.«

»Nicht im geringsten. Ich hatte mir vorgenommen, vernünftig zu sein. Ich dachte, wir könnten Pläne machen –«

»Pläne?«

»Pläne. Ich bin ein methodisch vorgehender Mensch, Constance, und deshalb brauche ich Pläne. Es kann nicht ewig so weitergehen mit uns. Die Versteckspiele. Alibis. Täuschungen. Das geht schon viel zu lange so.«

»Ich verstehe nicht, warum.« Constance, die sich wieder erholt hatte, warf den Kopf zurück. »Außerdem hasse ich Pläne. Man fühlt sich so eingeengt...«

»Du hast einmal gesagt, daß du mich heiraten willst. Eine Heirat könnte man einen Plan nennen.«

Sterns Stimme war jetzt ausgesprochen höflich. Constance, die sehr darauf bedacht war, gleichgültig zu erscheinen, obwohl sie äußerst wachsam war, rückte ein Stückchen von ihm ab.

»Heirat? Vielleicht habe ich das mal erwähnt«, sagte sie wegwerfend. »Aber das ist schon ein paar Monate her. Seither ist soviel geschehen. Acland ist tot. Ich bin in Trauer. Ich bin immer zu dir gekommen, das stimmt, aber –«

»Es war also nur eine von deinen Lügen, dein Vorschlag, mich zu heiraten?«

Constance blieb stehen. »Eine meiner Lügen?«

»Ja. Du hast mich schon mit deiner Mutter angelogen, Constance«, sagte Stern, noch immer höflich. »Und ich frage mich, was sonst noch alles Lüge war.« Er ging zu ihr. »Constance, meine Liebe, wenn du unbedingt lügen mußt – und vor allem, wenn du mich anlügen mußt –, dann lüge bitte so, daß ich es nicht nachprüfen kann. Laß dich nicht unnötig auf Einzelheiten ein – das ist immer ein Fehler, wenn man lügt.« Er machte eine Pause. »An der Slade-Akademie hat es nie eine Jessica Mendl gegeben. Überhaupt bezweifle ich sehr, daß es je eine Jessica Mendl gegeben hat. Hast du dir den Nachnamen selbst ausgedacht? Oder hast du ihn aus einem Buch?«

Es herrschte Schweigen. Stern stand jetzt dicht vor ihr. Ihre Augen begegneten sich und hielten einander fest. Nach einer Weile lächelte Constance.

»Aus einem Buch«, erwiderte sie. »Um genau zu sein, aus einem, das Acland gehörte.«

»Und die wirkliche Jessica – war sie Jüdin?«

»Vielleicht war sie es. Sie war die Sekretärin meines Vaters – als er sich noch Sekretärinnen leisten konnte. Er hat sie geheiratet, als sie schwanger wurde. Natürlich lag ihm nicht viel an ihr. Er haßte sie – das hat er mir oft genug gesagt. Wenn sie tatsächlich Jüdin war, dann hat sie ihre Religion nicht ausgeübt – aber das tust du ja schließlich auch nicht.«

Sie hatte in ziemlich scharfem Ton gesprochen; und Stern, der Constance vielleicht am liebsten mochte, wenn sie auf seine Angriffe zurückschlug, senkte den Kopf, als wollte er damit andeuten, daß sie einen Pluspunkt gemacht hatte.

»Warum hast du mich also angelogen?«

»Warum? Damit du auf mich aufmerksam wurdest. Das weißt du doch bereits.«

»Ist dir nie der Gedanke gekommen, daß ich es nachprüfen könnte? War es dir gleichgültig, ob ich es herausfinden könnte?«

»Daran habe ich damals gar nicht gedacht. Ich habe dich unterschätzt, Montague.«

Constance sah ihn prüfend an. Die Verstimmung schien aus seinem Gesicht verschwunden zu sein.

»Nein, der Gedanke ist mir nicht gekommen«, fuhr sie, jetzt langsamer, fort. »Ich nehme an, ich hätte daran denken müssen. Und daß du es herausfinden würdest – übrigens bin ich ganz froh darüber. Ich habe nie behauptet, eine unbescholtene Frau zu sein. Es ist mir lieber, wenn du mich so kennst, wie ich bin.«

»Das ist mir auch lieber.« Stern schwieg, dann nahm er ihre Hand. Diesmal entzog Constance sie ihm nicht. »Das ist mir lieber, vorausgesetzt, Constance, daß eins klar ist und daß du es verstehst: Es wäre für uns beide besser, wenn du mich nicht noch einmal anlügen würdest. Du kannst von mir aus deine Spielchen spielen, aber nicht mit mir. Und wenn wir erst verheiratet sind –«

»Verheiratet? Werden wir denn heiraten?«

»Gewiß. Und nach unserer Hochzeit sollten wir dieses Versprechen einhalten. Bist du einverstanden? Keine Lügen. Ich werde dir keine Fragen stellen. Ich werde dich nicht bitten, mir Liebeserklärungen zu machen –«

Stern schwieg. Als Constance nichts sagte, runzelte er die Stirn, dann sprach er, steif und – wie Constance fand – wie auswendig gelernt, weiter. »Ich werde nicht einmal von dir verlangen, mir treu zu sein. Ich bin älter als du, und ich betrachte sexuelle Loyalität als zweitrangig.

Andere Formen der Treue interessieren mich mehr. Also keine Lügen zwischen uns. Bist du einverstanden?«

Sein Gesicht war ernst; er sprach sehr bestimmt, als wollte er, daß sie sich daran erinnerte. Constance spürte, wie sie von Erregung erfaßt wurde – aber auch von einer gewissen Vorsicht. Sie wußte nicht, warum ihr Stern auf diese Weise einen Antrag machte, und entschied sich dafür, ihm leicht und neckend zu antworten.

»Das sagst du so kühl, Montague. Aber ich bin einverstanden. Also! Ich gebe dir meine Hand und mein Wort darauf.« Sie seufzte. Sie legte ihre kleine Hand auf ihr Herz. »Allerdings finde ich, daß du, wenn du mir schon einen Antrag machst, ein bißchen leidenschaftlicher sein könntest. Verträge, in der Tat! Aber wir sind hier doch nicht in der City. Du könntest schon ein bißchen Gefühl zeigen. Komm schon, Montague – warum machst du mir keinen richtigen Antrag?«

»Na schön.« Stern schien amüsiert. »Ein Antrag soll es sein. Ein ehrlicher, gemäß unseres Vertrages.« Er dachte einen Moment nach.

»Ich liebe dich nicht, Constance, aber ich bin bei dir näher an der Liebe, als ich es je bei einer Frau gewesen bin. Ich mag dich, Constance, trotz deiner Lügen – oder, wahrscheinlich, wegen deiner Lügen. Ich glaube, wir sind uns ähnlich. Ich glaube, wir können uns ... *messen*.« Er lächelte, er wurde etwas entspannter. »Also, meine Liebe, ich glaube, du würdest für mich ein Gewinn sein, genauso wie ich für dich ein Gewinn sein würde. Ich glaube, unser ... *Zusammenschluß* könnte stürmisch sein, aber auch lohnenswert. Und die Dividende – die Dividende müßte großzügig sein. Da, genügt dir das? Genügt dir dieser Antrag, von einem Mann der City? Ich stelle fest, daß ich ein wenig von Sinnen bin ...«

Während er sprach, hatte Stern sie angefaßt. Als er von Gewinnen sprach, begann er, ihre Jacke aufzuknöpfen. Als er stürmisch sagte, war Constances Bluse aufgeknöpft. Als er zu den Dividenden kam, legte sich seine kühle Hand auf ihre Brust.

Er hatte sich jetzt nicht mehr so gut unter Kontrolle, und Constance – die es liebte, wenn er gegen seine Schwäche anzukämpfen versuchte, die ihn gern herausforderte, zusah, wie er sich wehrte, um dann nachzugeben – ergriff seine Hand und drückte sie fest an ihr Herz. Sie hob das Gesicht und sah ihn an. Sie küßte ihn auf den Mund. Sie zog sich nur ein wenig zurück, ihre Augen glänzten vor Erregung.

»Und weißt du, was ich denke?« Wieder sah sie zu ihm auf. »Montague, ich glaube, daß wir Eroberungen machen könnten, du und ich. Ich glaube, wir könnten so mächtig sein, und so reich, und so frei, daß uns die Welt zu Füßen läge. Wir könnten darauf herumtrampeln und sie verachten oder uns hinunterbeugen und sie aufheben – wozu wir gerade Lust hätten. Oh, wir könnten unbesiegbar sein –«

An dieser Stelle verstummte sie und ging zu praktischen Dingen über. Sie zog ihre Jacke aus, ihre Bluse. Und als diese gewohnten Vorbereitungen getroffen waren, drehte sie sich wieder zu ihm um. Sie sah ihn mit boshaften Augen an.

»Aber ich glaube auch, daß es schwierig sein wird. Ich hoffe, du hast alles gut geplant. Wenn es jemand herausfindet. Wenn Maud es herausfindet. Denton. Gwen. Ich bin noch nicht alt genug. Es wird schreckliche Szenen geben. Oh, Montague, es wird einen *Aufruhr* geben.«

»Ich bin sicher, daß dir das gefallen würde, Constance.« Stern ergriff ihren Arm. »Es könnte sogar *mich* amüsieren. Aber du irrst dich, ich glaube nicht, daß es passiert. Und jetzt, wo? Da drüben vielleicht...«

Stern hatte sich schon wieder in der Gewalt. Er führte sie zu einem kleinen französischen Sessel in einer Ecke des Zimmers. Der Sessel hatte einen scharlachroten Bezug. Er stand genau gegenüber einem Spiegel. Constance ließ sich von Stern hinführen und niedersetzen. Sie stellte fest, daß sie sich nicht daran erinnern konnte, ob der Sessel schon immer an diesem Platz gestanden hatte oder ob er extra für ihren Besuch dort hingestellt worden war. Extra dort hingestellt, dachte sie. Auch das erregte sie.

Sie sah Stern erwartungsvoll an, und Stern traf – wie er es gern tat – seine Vorbereitungen.

Er zog ihr die Bluse aus; ordnete ihr Haar so an, wie er es am liebsten hatte, die Strähnen quer über die nackten Schultern. Er ordnete ihren schwarzen Rock so an, daß der rote Bezug des Sessels noch zu sehen war und ihre nackten Schenkel entblößt waren. Als er mit der Stellung zufrieden war, hob er das Schlangenarmband auf und befestigte es an ihrem Handgelenk. Diesmal sträubte sich Constance nicht. Wie er vorausgesagt hatte, kam das Armband auf der nackten Haut viel besser zur Geltung.

»Sag mir, wie du mich findest«, sagte Constance und starrte auf ihr Spiegelbild. Das hatte sie schon oft zu ihm gesagt.

Stern blickte ernst in den Spiegel.

»Du siehst verwegen aus«, sagte er nach einer Pause. Als er es sagte, verzog Constance – die immer behauptete, daß sie gern noch verwegener wäre und daß nur Stern sie davon abhielte – das Gesicht.

»Wann?« fragte sie.

»Oh, wenn wir verheiratet sind.« Stern wandte sich ab. »Du kannst deine Jungfräulichkeit nur einmal verlieren – und dann sollte es wenigstens ein besonderer Anlaß sein. Außerdem, wie ich dir schon sagte – obwohl ich überzeugt bin, daß du es bereits weißt –, ist das sexuelle Repertoire begrenzt. Es wäre ein großer Fehler, es schon allzubald zu erschöpfen. Deshalb dachte ich mir, daß wir heute, nachdem wir so wenig Zeit haben –«

»Faß mich an.« Constance ergriff seine Hand und zog sie zu sich. »Küß mich. Sprich mit mir. Sprich mit mir, wenn du mich anfaßt. Das mag ich. Sag mir – sag mir, was passiert. Sag mir, warum es leicht sein wird. Ein Mann in deinem Alter, der Geliebte meiner Tante, und ein Mädchen, das jung genug ist, um deine Tochter zu sein. Warum wird es keine Szenen geben, keinen Aufruhr?«

Stern trat hinter den Sessel. Er beugte sich nach vorn. Ihre Blicke begegneten sich im Spiegel. Seine Hand lag an ihrem Hals.

»Es könnte Streit geben«, erwiderte er, »und ich bin sicher, daß es Aufruhr geben wird. Das ist unvermeidlich. Aber ich glaube, daß du bald feststellen wirst, daß uns niemand Hindernisse in den Weg legt, Constance.«

»Und Maud?«

»Um Maud werde ich mich kümmern.«

»Denton? Denton wird es niemals zulassen.«

»Denton ist nicht dein Vater. Denton wird auf jeden Fall einwilligen.«

»Faß mich an. O Gott, ja, so. Denton? Das ist unmöglich. Warum?«

»Warum?« Stern beugte sich nach vorn. »Warum? Erstens einmal, weil Boy nun keine reiche Erbin mehr heiraten wird. Und zweitens, weil mir Denton sehr viel Geld schuldet.«

Das Wort *Geld*, so wie er es aussprach, schien voller Erotik. Einen Augenblick lang schwiegen beide. Ihre Blicke begegneten sich.

»Sehr viel?« Constance lehnte sich zurück. Sie legte ihren Kopf gegen Sterns Schenkel. Sie rieb den Kopf leicht hin und her.

Vielleicht war es diese Bewegung, vielleicht die Habgier in ihrer Stimme, egal, aus welchem Grund, Stern verzichtete jetzt darauf, so zu tun, als hätte er sich unter Kontrolle.

»O ja, sehr viel«, erwiderte er betont; und während er es sagte, wurden beide von einem Schauer erfaßt.

»Beeil dich«, sagte Constance.

Stern rückte den Stuhl einen Zentimeter weiter nach hinten. Über ihren schwarzen Seidenstrümpfen waren Constances Schenkel sehr weiß. Constance richtete den Blick auf den Spiegel. Sie sah, wie er sie berührte, fühlte ihn. Als sich Stern zwischen ihre Schenkel beugte, nahm sie seinen Kopf in die Hände; sie begann zu sprechen. Salzige und abgehackte Wortfetzen. Constance liebte diese Art Worte; sie liebte ihre süße schockierende Wirkung.

Worte und Beobachtungen, zuverlässiger als alles andere: Sie hatten sie noch nie enttäuscht.

Ein paar Wochen später bestellte Maud, wie Constance es vorausgesehen hatte, sie zu sich.

Auf Mauds Bitte kam sie allein. Sie wartete in Mauds Salon. Sie berührte die Möbel. Ich fürchte, daß sie sich zuerst die Bilder ansah und sie dann zählte.

Es war das erste Mal, daß sie Maud sah, seit Stern Denton einen Besuch abgestattet und von ihm die Einwilligung zu ihrer Verlobung erhalten hatte.

Stern hatte sich zu Constances Verwunderung geweigert, ihr etwas über sein Gespräch mit Maud zu erzählen. In dieser Beziehung war er absolut diskret.

Auch von Gwen hatte sie nur wenig über Mauds Reaktion erfahren können, obwohl sie ihre Tante eingehend befragt hatte. Gwen war noch immer in tiefer Trauer wegen Acland. Sie raffte sich gerade soweit auf, daß sie versuchte Constance umzustimmen. Sie war der Meinung, daß diese Verlobung undenkbar sei. Dann, angesichts der unerklärlichen Unnachgiebigkeit ihres Mannes und Constances beharrlicher Versicherung, daß sie ihrem Herzen folgen müsse, hatte Gwen nachgegeben. Da sie Constance nicht davon abbringen konnte, ging sie ihr aus dem Weg, so daß Constance jetzt, als sie auf Maud wartete – und meine Großtante ließ sie eine ganze Weile warten –, erhebliche Neugier verspürte. Sie überlegte, wie Maud vor ihr erscheinen würde. Würde sie Tränen vergießen? Würde sie Haß zum Ausdruck bringen? Könnte sie, selbst jetzt noch, versuchen wollen, Constance zu überreden, von dieser Heirat abzusehen?

Constance bereitete sich auf die Schlüsselszenen ihres Lebens immer wie eine Schauspielerin vor, die eine neue Rolle für die Bühne einstudiert. Heute hatte sie sich eine sehr hübsche kleine Rede ausgedacht. Als meine Großtante schließlich erschien, war Constance verwirrt. Maud betrat den Salon wie immer, sehr gewandt und in offenbar bester Laune. Sie ließ sich gar nicht erst auf Argumente oder Vorwürfe ein. Sie brachte keine Bitten vor.

Constance wartete einen Augenblick, dann begann sie mit ihrer Rede. Sie erinnerte Maud daran, wieviel sie ihr schuldete; sie erinnerte daran, wieviel Freundlichkeit ihr Maud in der Vergangenheit hatte zuteil werden lassen. Sie machte klar, daß sie diese Schuld lange Zeit dazu veranlaßt habe, ihre Gefühle für Sir Montague zu unterdrücken. Sie hatte sich bemüht, sie zu ignorieren, sie hatte versucht sich dagegen zu wehren; aber als sie merkte, daß er sich für sie interessierte, hatte sie sich schließlich hinreißen lassen.

Sie redete eine ganze Weile so weiter. Maud hörte ihr bis zum Ende zu. Falls Constance, ein- oder zweimal, das Gefühl hatte, daß Maud zornig aussah, so ignorierte sie es. Als sie fertig war, schwieg Maud eine ganze Weile. Die beiden Frauen standen sich noch immer gegenüber.

»Du hast gar nicht von *Liebe* gesprochen«, sagte Maud schließlich nachdenklich. Sie sah aus dem Fenster. »Wie seltsam. Das hat Montague auch nicht getan.«

Darüber ärgerte sich Constance. Sie fand, Stern hätte ruhig von *Liebe* sprechen können, weil es seine Argumente gestärkt hätte, auch wenn er ihr gegenüber niemals von Liebe sprach. Sie runzelte die Stirn.

»Ich möchte dir nicht noch mehr weh tun«, begann sie.

Maud unterbrach sie mit einer Handbewegung.

»Constance, bitte, halte mich nicht für so dumm. Es ist dir völlig egal, wem du weh tust, das ist mir sehr wohl bewußt. Tatsächlich glaube ich manchmal fast, daß es sogar noch weitergeht. Ich glaube, daß es dir geradezu Vergnügen bereitet, Unglück heraufzubeschwören. Auf jeden Fall...« Sie drehte sich wieder um und sah Constance nachdenklich an.

»Ich habe dich nicht hierher gebeten, um dich auszufragen oder um mit dir zu streiten, Constance. Ich habe keine Lust, mir fromme Reden anzuhören. Du kannst sie dir sparen.« Sie machte eine kurze Pause. »Ich habe dich hierher gebeten, weil ich dir etwas sagen möchte.«

»Und was wolltest du mir sagen?«

»Du kennst Montague nicht.«

Maud drehte sich um. Constance starrte auf ihren Rücken. Sie schnitt eine Grimasse.

»Sicherlich werde ich noch Gelegenheit haben, ihn besser kennenzulernen –«

»Möglicherweise. Aber jetzt kennst du ihn nicht.«

»Kennst du ihn denn?«

Bei diesen Worten drehte sich Maud wieder um. Constances Ton war anmaßend gewesen; vielleicht hoffte sie, Maud, deren Beherrschung sie zu ärgern begann, zu provozieren. Aber sie hatte keinen Erfolg. Maud sah sie eine Weile schweigend an. Ihr Ausdruck konnte Verachtung ausdrücken, oder auch Mitleid. Das ließ sich schwer sagen.

»Ja, ich kenne ihn«, erwiderte sie schließlich. »Ich kenne ihn vielleicht so gut, wie man ihn überhaupt kennen kann. Ich habe nicht die Absicht, dich noch einmal zu sehen, Constance, daher dachte ich mir, daß ich dich – bevor du gehst – vielleicht warnen sollte. Auch wenn du dem natürlich keine Beachtung schenken wirst.«

»Eine Warnung? Himmel – wie dramatisch!« Constance lächelte.

Maud ging zur Tür. Constance wurde klar, daß das Gespräch zu Ende war.

»Nur noch eine Kleinigkeit. Ich glaube, ein vulgärer Satz drückt es knapp und bündig aus. Als du dir Montague ausgesucht hast – und ich bin sicher, Constance, daß du es warst, die diese Wahl getroffen hat, und nicht anders herum –, als du dir Montague ausgesucht hast, da hast du dir ein größeres Stück abgebissen, als du kauen kannst.«

»Wirklich?« Constance warf den Kopf zurück. »Ich habe sehr scharfe kleine Zähne, weißt du...«

»Du wirst sie nötig haben«, erwiderte Maud, ging hinaus und machte die Tür hinter sich zu.

5

Unterwegs

Wexton rief mich an: Er war auf der Flucht. Diesmal vor einem Biografen, einem jungen amerikanischen Akademiker, dessen Hartnäckigkeit Wexton zuwider war.

»Er ist hinter mir her«, sagte er in klagendem Ton. »Er *fragt* Leute *aus*. Er ist in Virginia gewesen. Er ist in Yale gewesen. Er ist sogar in Frankreich gewesen, und jetzt ist er in Hampstead. Schmiert mir um den Bart. Wenn das nicht wirkt, versucht er es mit Drohungen... Daß er seine Erkenntnisse auf jeden Fall veröffentlichen wird. Daß ich bestimmt die Gelegenheit begrüßen würde, die Dinge richtigzustellen. Ich kenne solche Typen. Ich möchte nach Winterscombe kommen. Ich muß weg von hier.«

Wexton traf am nächsten Tag ein. Er hatte zwei riesige, schwere Koffer dabei; über ihren Inhalt wollte er nichts sagen. »Warte ab, bis du es siehst«, sagte er. »Mein Problem. Keine Pyjamas und keine Zahnbürste, soviel kann ich dir verraten.«

Ich war sehr froh, ihn hier zu haben. Mir war inzwischen klargeworden, daß es ein Fehler gewesen war, sich allein in einem großen Haus auf die Vergangenheit einzulassen. Mein nächster Auftrag – das war der in Frankreich – hatte sich durch eine Krankheit des Auftraggebers verschoben; zehn Tage Arbeit in meinem Londoner Büro hatten mir nicht, wie ich gehofft hatte, geholfen, mich von der Vergangenheit zu lösen. Winterscombe und Constances Tagebuch zogen mich immer wieder in die Vergangenheit.

Als Wexton eintraf – seine Gegenwart war raumfüllend, einfühlsam, bestärkend –, sah ich diese Aufzeichnungen und diese vergangenen Episoden bereits als eine Falle. Ich war mir gar nicht mehr so sicher, ob mein Urteil noch objektiv war. Auf meine Fragen – und inzwischen drängten sich in meinem Kopf die Fragen – erhielt ich nur verstaubte

Antworten von Toten, Anworten, von denen ich wußte, daß sie unvollständig waren. Ich hatte das Gefühl, in Constances Spiegelkabinett eingesperrt zu sein, ihren irreführenden Reflexionen ausgesetzt. Ich sah und sah doch nur die Hälfte; ich fürchtete bereits, nie wieder herauszufinden. Ja, ich war sehr froh, daß Wexton kam.

Noch am selben Tag erzählte ich ihm von Constances Tagebüchern, und wie sie sie mir zugespielt hatte. Ich führte ihn in den Salon und erwartete Trübsal. *Mich* machte das Zimmer trübsinnig: dieses Durcheinander, dieses Chaos, dieser Berg von Papieren. Die Vergangenheit schien eine magische Anziehungskraft zu besitzen; sie ließ mich nicht mehr los. Ich hoffte, Wexton würde mich davon heilen können.

Zu meinem Erstaunen tat er es nicht. Er ging auf und ab, hob hier einen Brief auf und dort ein Foto. Er entdeckte eine alte Schachtel mit Steenies russischen Zigaretten, zündete sich eine an, paffte still vor sich hin und betrachtete sie amüsiert.

»Ich schätze, die Menschen können einfach nicht widerstehen, all das Zeug aufzuheben«, sagte er schließlich.

»Dieses Haus ist besonders schlimm. Nichts wurde je weggeworfen. Alles wurde aufgehoben. In Kisten und Kartons. Niemand hat den Versuch unternommen, die Dinge zu ordnen. Es gibt so viele *Beweise*. Heute schreibt kaum noch jemand Briefe, aber meine Familie hat nie aufgehört damit. Und Tagebücher, Niederschriften... Wer schreibt denn heute noch ein Tagebuch?«

»Staatsmänner. Politiker«, erwiderte Wexton düster. »Aber das sind ihre Rechtfertigungen. Schreiben für die Nachwelt. Mit den Tatsachen der Geschichte jonglieren. Außer – nein, vielleicht tun das alle Tagebücher.«

»Sieh dir bloß all diese Briefe an. Ich kann mich überhaupt nicht daran erinnern, wann ich das letzte Mal einen Brief geschrieben habe –«

Ich unterbrach mich; doch, ich *konnte* mich erinnern. Jetzt erinnerte ich mich: ein Brief, schwach und vorsichtig formuliert, um die Tatsache zu verbergen, daß ich noch immer liebte und noch immer hoffte; ich konnte mich an den Brief genauso lebhaft erinnern wie an den Mann, an den ich ihn geschrieben hatte.

»Das wird sich nicht ändern«, fuhr Wexton fort. »Die Menschen lieben es, sich selbst zu Papier zu bringen. Eitelkeit. Abschiedsbilder.« Er machte eine Pause. »Es würde sich lohnen, wenn du dir diesen Gesichtspunkt vor Augen hältst, während du all dies hier durchsiehst. In dieser Situation sagen nicht sehr viele Menschen die Wahrheit.«

»Glaubst du nicht?«

Wexton zuckte mit den Schultern. Er nahm eins der schwarzen Notizbücher in die Hand, legte es dann wieder hin.

»Es ist meine Familie, Wexton. Es sind meine Eltern. Es ist auch meine Vergangenheit. Und ich verstehe sie nicht. Ich kann die Lügen nicht von der Wahrheit unterscheiden.« Ich brachte Wexton auf den neuesten Stand. Ich erklärte ihm, daß Constance überzeugt schien, daß ihr Vater ermordet worden war und daß sich ihr Verdacht immer auf Mitglieder meiner Familie konzentrierte. Ich erzählte ihm kurz, wie sie die Wahrheit über ihre Kindheit beschrieb. Ich erzählte ihm, wie sie sich auf einem Ball ihren Ehemann ausgesucht hatte.

»Constance, Constance, Constance«, rief er, als ich fertig war. »Das ist schrecklich viel über Constance. Und was ist mit all den anderen? Was sind sie? Zuschauer?«

»Nein, Wexton, offensichtlich nicht. Ich weiß, daß sie es nicht sind. Aber auch wenn ich nach ihnen suche, kann ich sie nicht finden. Ich kann sie nicht hören. Constance verdrängt sie alle. Schau her...«

Ich hielt ihm eins der schwarzen Hefte hin, in dem ich gerade zu lesen begonnen hatte. Wexton schüttelte den Kopf.

»Na schön. Dann hör zu. Es ist von 1916. Oktober 1916. Ich werde dir nur ein kleines Stück vorlesen. Vielleicht verstehst du dann, was ich meine.«

»1916? Sie war also noch nicht verheiratet?«

»Nein, sie ist noch nicht verheiratet.«

»Okay. Fang an.«

Ich las Wexton den folgenden Auszug vor. Wie viele Eintragungen in dem Tagebuch war auch diese in Form eines Briefes: Dieses Tagebuch war eher ein einseitiger Dialog – zwischen Constance und einem Mann, von dem sie wußte, daß er tot war.

Arme Jenna. Heute war ich bei ihr, um sie zu besuchen, Acland, um Deines Kindes willen. Wünschst Du Dir nicht auch, daß Hennessy bald umkommt? Ich tu's. Ich hoffe, irgendein Deutscher macht ihn fertig. Um Jennas willen und um meinetwillen. Falls Du das kannst, Acland, dann lenke bitte die Kugel, ja? Schön genau. Zwischen die Augen.

Was noch? Montague ist der reinste Teufel – aber das weißt Du ja. Heute habe ich ihm meinen letzten Brief von Jane vorgelesen, mit meiner Jane-Stimme. Das war vielleicht nicht sehr nett, aber komisch war es schon. Arme Jane. Weißt Du, warum sie nach Frankreich gegangen ist? Sie will an den Ort, an dem Du gestorben bist. Was für eine Zeitverschwendung! Sie wird Dich dort nicht finden, denn Du bist ganz woanders – und nur ich weiß, wo. Du gehörst mir, nicht ihr – wir haben einen Pakt geschlossen, weißt Du noch?

Ach, Acland, ich wünschte, Du würdest wieder einmal nachts zu mir kommen. Wirst Du das tun? Nur noch ein einziges Mal?

»Siehst du?« Ich klappte das Tagebuch zu; Wexton gab keinen Kommentar ab. »Das ist alles so pervers. An einen Toten zu schreiben. *Montague ist der reinste Teufel* – was hat das zu bedeuten? Ich habe Stern *kennengelernt*. Constance behauptet, daß er sie nie geliebt habe. Er hat sie sehr geliebt.«

»Hat er das gesagt?«

»Komischerweise ja, das hat er gesagt. Es war kurz vor seinem Tod. Vielleicht wußte er, daß er sterben würde, und das war der Grund. Ich kann es nicht mit Sicherheit sagen. Er hat mir eine Geschichte erzählt...«

Ich sah auf das Tagebuch. Ich konnte Stern vor mir sehen, wie er mit mir gesprochen hatte, in dem stillen Zimmer in New York, wie er mir davon erzählt hatte, wie seine Ehe mit Constance zu Ende gegangen war, und mir einen Rat gegeben hatte – einen Rat, den ich nicht befolgt hatte.

»Eine Geschichte?«

»Eine Episode. Ich fand sie traurig – bitter vielleicht. Er war aber nicht verbittert, als er sie erzählte. Für ihn schien es eine Liebesgeschichte zu sein. Aber er hat dieses Wort vermieden; als er fertig war, hat er auf seine Hände gesehen. Er hatte sehr schöne Hände. Er sagte: ›Sehen Sie, ich habe meine Frau geliebt.‹«

Danach herrschte Schweigen. Wexton wandte sich ab. »Nun ja«, sagte er. »Das habe ich auch immer angenommen. Steenie sagte immer, er sei kalt. Genau das Gegenteil stimmte. Wann immer ich ihnen begegnet bin, hier in Winterscombe... er hat Constance die ganze Zeit beobachtet, weißt du. Und wenn er sie mit seinen Blicken verfolgte, hat sich sein Gesicht verändert.« Er schwieg eine Weile. »Ein Blick in die Hölle war diese Ehe. Die Menschen schmieden sich ihre eigene Hölle. Was glaubst du, ob Constance ihn geliebt hat?«

»Sie behauptet nein. Und er läßt sich ebenfalls ausgiebig darüber aus, um zu leugnen, daß er sie liebt – jedenfalls sagt er das. Begreifst du das?«

»Was genau?«

»Liebe. Diese Briefe, diese Tagebücher, all diese Seiten – überall ist von Liebe die Rede. Je öfter ich dieses Wort sehe, desto weniger traue ich ihm. Jeder benutzt es. Alle stürzen sich darauf. Und alle meinen sie etwas anderes damit. Wer von ihnen hat recht? Steenie? Gwen? Constance? Jane? Oder du, Wexton? Du gehörst auch dazu.«

»Ja, ich weiß.« Wexton sah verwirrt aus. Er klopfte abwesend gegen seine Taschen, runzelte die Stirn und starrte ins Feuer.

»*Jane*? Warum nennst du sie so?«

Ich wandte mich ab. »Das meine ich ja. Ich denke so von ihr, weil ich zu viel von Constance gelesen habe. Das ist mir klar.«

»Deine eigene Mutter?«

»Ja.« Ich drehte mich wütend herum. »Ich war erst acht, als sie starb, Wexton.«

»Trotzdem. Du erinnerst dich doch sicherlich daran, wie sie war?«

»Ich *weiß* es nicht mehr, Wexton. Manchmal, wenn ich in ihren Tagebüchern lese, glaube ich es zu wissen. Dann komme ich wieder zu Constances Aufzeichnungen, und meine Mutter entgleitet mir. Sie wird wieder Jane. Die Erbin. Die Krankenschwester. Ein freundliches Herz. Ohne Phantasie. Ein Leben voller guter Werke.«

»Das werde ich nicht zulassen.«

Ich sah, daß Wexton sehr bekümmert war. Er begann wütend im Zimmer auf und ab zu gehen. Er blieb stehen und schlug mit der Hand auf den Schreibtisch.

»Das ist nicht in Ordnung. Das Gute wird ausgelöscht. Das Schlechte bekommt die meiste Aufmerksamkeit. Während deine Patentante in den Londoner Salons tanzte, war *Krieg*. Das habe ich dir doch gesagt. Ich habe dir gesagt, daß du auf den Krieg achten mußt. Deine Mutter war dort. Sie war mittendrin. Sie war Krankenschwester. Sie war aktiv. Was hat denn Constance je getan? Mit Männern herumgemacht. Hat sich einen reichen Mann geangelt –«

»Wexton –«

»Okay, okay. Aber das ist falsch. Du solltest Constance nicht so davonkommen lassen. Sie zieht die Scheinwerfer auf sich; aber das ist ja nicht weiter erstaunlich. Das hat sie immer getan.«

Ich war eingeschüchtert, weil ich wußte, daß Wexton recht hatte. Der Ausbruch war heftig gewesen und kam von einem Mann, der nur selten in Extreme verfiel. Ich hörte zu, und ich hoffe, daß ich etwas von ihm gelernt habe.

Später machte ich mich wieder an die Tagebücher meiner Mutter; ich folgte ihr in den Krieg. Ich folgte ihr nach Frankreich. Die nächsten zwei

Tage las ich ausschließlich die Geschichte meiner Mutter. Ich lauschte dieser ruhigeren, sehr anderen Stimme. In diesen Tagen, glaube ich, kam sie zum ersten Mal zu mir zurück. Ich sah sie wieder als die Frau, an die ich mich erinnerte.

Wexton wußte wohl, daß sich in mir ein Wandel vollzogen hatte und daß ein unfaires Vorurteil wieder zurechtgerückt wurde. Er entschuldigte sich für seinen Ausbruch, behauptete sogar, selbst voreingenommen gewesen zu sein. Constance war nicht gewöhnlich, und ganz gewiß war sie nicht oberflächlich, wie er behauptet hatte. »Ich habe übertrieben«, räumte er ein.

Eines Nachmittags, nachdem Wexton von einem Spaziergang am See zurückgekehrt war, machte er es sich vor dem Kamin bequem. Wir tranken Tee. Die Dämmerung fiel ein. Wexton rauchte von Steenies russischen Zigaretten. Wir saßen dort eine Weile in vereintem Schweigen, die Luft war von einem starken Aroma erfüllt, das Zimmer behaglich, das Haus war still. An diesem Nachmittag erzählte mir Wexton vom Krieg und von meiner Mutter, so wie er sich an beide erinnerte.

»Weißt du«, sagte er und lehnte sich in seinem Sessel zurück, faltete die Hände, streckte seine langen Beine aus, »deine Mutter fuhr etwa einen Monat nach mir nach Frankreich. Sie war borstig, defensiv, zuerst fiel es schwer, sie kennenzulernen. Wir trafen uns in einer Stadt namens Saint-Hilaire wieder. Es gibt sie noch heute. Ich war später noch einmal dort, um sie zu besuchen, nach dem Krieg. Hat sie davon geschrieben?«

»Über euer Treffen? Ja, das hat sie.«

»Ich erinnere mich noch sehr gut daran. Es war der schlimmste Winter in jenem Krieg. Wahrscheinlich ist es ansteckend – denn plötzlich habe ich auch das Bedürfnis, von der Vergangenheit zu reden. Hör zu.«

Direkt außerhalb von Saint-Hilaire war eine schmale Landzunge, die in den Kanal ragte. Sie wurde Pointe Sublime genannt. Im Winter ragte sie nicht heraus. Es war kalt. Ein schneidender Wind. Der Kanal war in Wolken gehüllt. Jane achtete nicht darauf. Sie klappte den Mantelkragen hoch und senkte den Kopf weit nach vorne. Sie stapfte den schmalen Pfad entlang durch die Dünen. Sie wollte bis ans Ende der Landzunge gehen und dann wieder umkehren.

Es war später Nachmittag. Es begann zu nieseln; die Luft war salzig. Sie konnte das Salz auf ihren Lippen schmecken. Als sie am Ende der Landzunge angekommen war, sah sie sich um. Sie konnte die Cafés von

Saint-Hilaire sehen – die Lichter brannten. In einem der Cafés spielte jemand Akkordeon.

Gleich neben den Cafés lag der große Gebäudekomplex der Krankenhäuser. Es gab fünf davon, früher waren es Hotels gewesen. In dem einen – dem dritten von links – arbeitete Jane jetzt. Sie hatte die ganze Nacht und den darauffolgenden Vormittag Dienst gehabt. Dort, im ersten Stock; sie sah hinüber zu den Fensterreihen. Ein Fenster nach dem anderen wurde jetzt hell. Ihre Station. Früher war dort der Ballsaal des Hotels gewesen.

Das Wasser des Kanals war ölig. Sie sah zu, wie es sich hob und senkte. Rechts und links in den Dünen waren Drahtzäune gezogen. Sie folgte den Linien: ein Zickzack aus Stacheldraht. Unten am Ufer waren noch stärkere Befestigungen.

Unpassierbar. Sie ging im Windschatten der Dünen. Sie hätte gern einen Hut aufgehabt. Der Wind ergriff ihr weiches kupferfarbenes Haar und zerrte daran. Er peitschte in ihr Gesicht. Vielleicht hatte sich der Wind gedreht, denn das Akkordeon war jetzt nicht mehr zu hören. Aber sie konnte die Geschütze hören.

Schwere Artillerie, mehr als dreißig Kilometer entfernt, ein schwacher Widerhall.

Wo war der Krieg? Da drüben, immer da drüben, wo die Geschütze donnerten. Und wo war Jane? Immer am Rand, dachte sie; sie war ganz in der Nähe, aber nicht nahe genug.

Theoretisch wußte sie, wo der Krieg war. Wenn sie eine Karte gehabt hätte, hätte sie ihn aufspüren können. Der Krieg war eine Schlange, die tausend Kilometer lang war. Ihr Kopf war in Belgien, und ihre Schwanzspitze berührte die Grenze zur Schweiz. Das Rückgrat der Schlange war geschlängelt, gewunden. Es war mit Schützengräben gemustert. Es war eine schläfrige Schlange, und manchmal veränderte sie ihre Lage, vollzog hier eine neue Windung, dort eine neue Schleife. Sie paßte sich an die Vormärsche und Rückzüge an; ihre Stellung veränderte sie nie sehr viel. Sie war gut genährt, diese Schlange; schließlich verzehrte sie täglich viele Männer.

Das war der Krieg in der Theorie. Jane konnte ihn auf einer Karte verfolgen. Sie glaubte aber etwas viel Schrecklicheres. Sie glaubte, daß der Krieg überall und nirgends war. Sie glaubte, daß sie diesen Krieg schon lange, bevor er erklärt worden war, gesehen hatte und daß sie ihn noch lange nach seinem Ende sehen würde. Sie glaubte, daß der Krieg eine äußere und eine innere Angelegenheit war. Das machte ihr angst, das Gefühl, der Krieg finde in ihr selbst statt. Er war in sie eingedrungen. Er war in ihr, und sie würde ihn vielleicht nie wieder loswerden.

Die Vorstellung kam Jane unvernünftig, ja sogar verrückt vor: Jane sagte sich, daß sie es nur dachte, weil sie müde war. Weil sie wenig aß. Weil ihre Patienten starben und ihre Wunden schrecklich waren. So etwas geschah. Es war etwas, gegen das sich alle Krankenschwestern wehren mußten. Sie mußte sich auch dagegen wehren, denn sie mußte gesund bleiben, um weiter als Krankenschwester arbeiten zu können. Das war es: sich auf etwas Einfaches konzentrieren. Um weitermachen zu können.

An diesem Abend würde Boy, auf seiner Rückfahrt nach England, durch Saint-Hilaire kommen. Der Brief von Boy, der um ein Treffen bat – ihr erstes, seit sie ihre Verlobung gelöst hatten –, steckte in ihrer Tasche. Jane nahm ihn heraus und las ihn noch einmal. Der Regen tropfte auf die Seiten und verwischte die Tinte. Der Wind zerrte an den Seiten und versuchte sie ihr aus der Hand zu reißen. Es war auf jeden Fall kein mitteilsamer Brief. Er war so, wie sie jetzt von Boy dachte, er war undurchsichtig. Er verweigerte sich dem Verständnis. Er begann, wie Boys Briefe immer begonnen hatten, mit »Meine liebste Jane«. Er endete, gleichermaßen gewohnt, mit »Dein Dir treu ergebener Boy«.

Jane würde die Verabredung einhalten, obwohl sie es nicht wollte. Sie drehte sich um, um zurückzugehen, als sie entdeckte, daß sie nicht allein war, wie sie geglaubt hatte. Keine zehn Meter von ihr entfernt war ein junger Mann.

Er saß in einer flachen Mulde, auf einer mit Schilf bewachsenen Sandbank. Er wurde vom Wind durchgerüttelt. Seine Haare standen in merkwürdigen Büscheln von seinem Kopf weg. Um die Schultern hatte er mehrere Schals, Pullover und ausgebeulte Jacken. Darüber trug er ein Cape. Es sah aus, als wäre er bucklig. Er hatte die Stirn gerunzelt. Auf seinen Knien lag ein großes Notizbuch.

Was immer er schrieb, es schien ihm nicht zu gefallen. Er schrieb, und gleich danach strich er es wieder durch. Er runzelte die Stirn und blickte auf das Notizbuch, dann aufs Meer, als würde er sie beide irgendwie zur Verantwortung heranziehen. Wexton. Der amerikanische Dichter. Steenies Freund aus London. Jane hatte ihn vor ein paar Tagen draußen vor dem Krankenhaus in der Ambulanz getroffen. Sie hatte keine Lust, ihm heute schon wieder zu begegnen.

Jane entfernte sich schnell. Er schien sie nicht gesehen zu haben. Sie hatte nichts gegen Wexton, der – wann immer sie ihm begegnet war –

einen angenehmen Eindruck auf sie gemacht hatte, aber heute zog sie es vor, allein zu sein.

»Hallo!« rief Wexton. Er rief so laut, so daß sie unmöglich so tun konnte, als habe sie ihn nicht gehört.

Jane blieb stehen.

»Hallo.« Er winkte ihr lebhaft zu. »Kommen Sie doch her zu mir. Haben Sie Hunger? Möchten Sie gern ein Sandwich?«

»Ich wollte gerade zurückgehen. Ich sollte zurückgehen.«

»Ich auch«, rief Wexton fröhlich. Er klopfte den Sand von dem Regencape. »Setzen Sie sich einen Augenblick. Ich gehe gleich mit Ihnen, wenn Sie nichts dagegen haben. Essen Sie zuerst ein Sandwich. Die Seeluft macht mich immer hungrig. Gedichte auch. Hier – mit Käse. Französischer Käse, gar nicht mal so schlecht, wenn man sich daran gewöhnt hat.«

Er bot ihr ein zerdrücktes Stück Brot an, nachdem er den Sand, der daran klebte, entfernt hatte. Jane nahm das Sandwich und biß hinein. Käse und Senf und etwas, das wie Essiggurken schmeckte. Normalerweise mochte Jane keine Essiggurken, aber das Sandwich schmeckte ausgezeichnet.

»Trinken Sie auch ein bißchen Kaffee.« Wexton schraubte eine Flasche auf. »Ich hab etwas Cognac dazugegeben. Nur einen Tropfen. Es ist billiger Cognac, aber er macht einen wieder fit.«

Er reichte ihr einen Becher. Jane trank einen kleinen Schluck.

»Gut?« Wexton sah sie ängstlich an.

»Sehr gut.«

»Koffein und Cognac. Das ist unschlagbar. Whisky ist auch nicht schlecht, aber ich konnte keinen kriegen.«

Jane warf einen verstohlenen Blick auf den Notizblock. Sie sah eine Reihe von Worten, von denen die meisten unleserlich waren. Sie war entspannt – fast träge. Das Sandwich gut. Der Kaffee ebenso. Wexton schrieb ein Gedicht. Er stellte keine Forderungen an sie.

Nachdem sie vielleicht zehn Minuten lang schweigend dagesessen hatten, faltete sie die Hände im Schoß. Sie räusperte sich.

»Wovon handelt das Gedicht?«

Zu ihrer Erleichterung schien Wexton gar nicht beleidigt. Er kaute an seinem Bleistift. Er bohrte ihn mit der Spitze in seine runden Wangen. Wexton, der damals fünfundzwanzig war, kam Jane viel älter vor. Er sei mit dem Aussehen eines Fünfundvierzigjährigen auf die Welt gekommen, sagte er immer zu mir, und dann so geblieben. Jane betrachtete seine runden Wangen, seine buschigen Augenbrauen; sie fand, daß er groß und ungestüm aussah wie ein Bär, aber gleichzeitig sah er auch wie ein Hamster aus.

»Es handelt von Steenie und mir.« Er schien sich nicht ganz sicher zu sein. »Glaube ich. Und auch vom Krieg.«

Er spuckte einen Holzsplitter aus und drehte sich um, um Jane anzusehen.

»Ich bin nach Frankreich gekommen, um den Krieg zu suchen, wissen Sie. Und jetzt bin ich hier und stelle fest, daß er irgendwo anders ist. Es ist, als versuchte man auf einem Regenbogen zu stehen. Ich nehme an, Ihnen geht es genauso. Stimmt's?«

Er machte diese Bemerkung auf eine einfache, direkte, fast entschuldigende Art. Die Frage klang, vorsichtig optimistisch. Er klang wie ein Mann, der sich bemühte, einen verlorengegangenen Koffer aus einem Gepäckhaufen zu fischen.

»Da drüben«, fuhr er fort, bevor Jane etwas erwidern konnte, und deutete in Richtung der Kanonenschüsse. »Ich schätze, der Krieg ist da drüben. Aber, wissen Sie, letzte Woche haben sie mich an die vorderste Linie geschickt, und selbst da...« Er zuckte die Achseln. »Wissen Sie, was ich glaube? Ich glaube, er wartet. Er wartet schön lange, Jahre vielleicht, bis wir alle wieder zu Hause sind, aber auf jeden Fall irgendwo anders. Und dann wird er wieder losgehen. Teufel aus der Kiste. Hier bin ich. Dies ist der Krieg. Wißt ihr noch?« Er sah wieder zu Jane. »Darauf freue ich mich schon. Sie auch?«

»Nein. Ich freue mich nicht darauf.«

Jane malte mit dem Finger im Sand. Sie sah nach unten. Sie sah, daß sie die Anfangsbuchstaben von Aclands Namen geschrieben hatte. Schnell wischte sie sie weg.

»Aber Sie wissen, was ich meine? Ich hoffe, Sie wissen es. Ich hoffe, daß es irgend jemand weiß. Schließlich könnte gerade ich es sein. Das überlege ich mir.«

Er warf ihr einen beschwörenden Blick zu. Jane trank den Kaffee aus. Der Wind blies ihr die Haare in die Augen.

»Nein, es sind nicht nur Sie.« Sie achtete darauf, daß ihre Stimme ganz fest klang. »Und ich weiß ganz genau, was Sie meinen.«

Für Jane begann hier eine Freundschaft, die den Rest ihres Lebens halten würde. Als sie mit Wexton in dieser Düne saß, war sie schon zwei Monate in Frankreich.

Die Zeit ließ sich messen. Tag für Tag. Woche für Woche. Sie maß sie und berichtete darüber in ihrem Tagebuch, für jeden Tag eine Seite. Manchmal schrieb sie mehr als die zugewiesene Seite. Manchmal machte sie überhaupt keine Eintragung. Als sie es durchblätterte und wieder las, zerbröckelte die Zeit. Mehrere Wochen später stellte sie fest, daß sie auf einer der Seiten nur ein einziges Wort geschrieben hatte, das sie dreimal wiederholt hatte. Sie konnte sich nicht daran erinnern, es geschrieben zu haben, aber da stand es: *Unterwegs.*

Sie würde unterwegs sein, egal, wo man sie postierte, bis sie einen ganz bestimmten Ort erreicht hatte. Dieser Ort – es war ein großes Alliiertenlager, an die dreißig Kilometer von Saint-Hilaire entfernt – hieß Etaples. Etaples war der letzte Ort, in dem Acland gewesen war. Dort hatte er die letzten achtundvierzig Stunden seines Urlaubs verbracht, dann war er an der vordersten Front eingesetzt worden – ein Stück weiter oben oder ein Stück weiter unten, das wußte sie nicht. Dann war er gestorben.

Noch bevor sie London verlassen hatte, hatte sie vorgehabt, bis nach Etaples zu gelangen. Sie hatte sich um einen Einsatz dort bemüht und einen Brief nach dem anderen geschrieben. Acland hatte kein Grab. Also gut, sie würde nach Etaples gehen. Jane wußte, daß sie von ihrer Idee besessen war, beinahe krankhaft. Trotzdem gab sie nicht auf. Sie redete sich ein, daß sie Acland vielleicht würde vergessen können, wenn sie erst einmal in Etaples war, wenn sie ihm Lebewohl gesagt haben würde. Aber sie wußte auch, daß das nicht die ganze Wahrheit war. Tief im Herzen glaubte sie, daß sie, wenn sie nach Etaples ging, seinen Tod verstehen könnte. Sie würde ihn finden.

»Etaples?«

Die überdeutliche Aussprache der englischen Oberschicht, die sie selbst auch hatte, war Jane vertraut. Genau wie sie trug auch diese junge Frau die Uniform der Freiwilligen-Hilfstruppe. Sie stand neben Jane in einer Küche im Souterrain eines Militärhospitals in Boulogne. Jane war am Vorabend hier eingetroffen. Auf dem Weg hierher war sie sehr langsam vorangekommen; der Kanal war vermint gewesen. Es war ihr erster Tag in Frankreich.

»Warum ausgerechnet dorthin? Es ist ein Ort wie der andere, wissen Sie. Wo man auch hinkommt, herrscht Verwirrung. Ach – und überall sterben Menschen. Das auch.« Sie reichte Jane ein Messer. »Sie sollten es zuerst schleifen. Hier ist das Stahlstück. Dann geht es leichter.«

Sie standen nebeneinander an einem langen Arbeitstisch. Es war fünf

Uhr früh, und draußen war es noch dunkel. In der Küche war es kalt. Der Atem der jungen Frau zeichnete sich in der Luft ab. Vor ihnen lagen Fleischstücke. Man hatte Jane gesagt, daß es Rindfleisch sei, aber sie hatte den starken Verdacht, daß es sich um Pferdefleisch handelte. Jane hatte die Aufgabe, das Fett vom Fleisch zu lösen: Mit dem Fleisch würden die Patienten und das Krankenpersonal verpflegt werden; das Fett würde an Munitionsfabriken geschickt werden. Man verwendete es dort zum Einfetten von Patronen.

Jane sah auf das Fleisch. Es befand sich schon im Zustand der Verwesung. Das Fett war grün; das magerere Fleisch war schon entschäumt. Der Geruch von Fäulnis war unerträglich. Sie glaubte, sich übergeben zu müssen.

»Sie lassen einen nicht als Krankenschwester arbeiten, wissen Sie«, fuhr die junge Frau fort. Sie schabte mit der Spitze ihres Messers eine Made heraus und spießte sie auf. »Diese Rotkreuzschwestern sind vielleicht zu den Männern wie die Engel, aber uns gegenüber benehmen sie sich wie die schlimmsten Hexen. Sie haben überhaupt keine Zeit für uns. Es ist schon ein Glück, wenn man eine Bettpfanne ausleeren darf. In gewisser Weise kann ich es ihnen nicht verübeln. Niemand von uns hat eine Ausbildung.« Sie deutete auf die anderen Frauen am Tisch. »Ich bin mit dem ersten Schiff herübergekommen. Und ich weiß nicht mal, wie man einen Verband wechselt.«

»Aber ich habe *Erfahrung* in der Krankenpflege. Ich war zwei Jahre im Guy's – in der Chirurgie.«

»Versuchen Sie doch mal, es ihnen zu erzählen. Die hören gar nicht erst hin. Sehen Sie – am besten machen Sie's so.«

Die Frau strich sich mit ihrer fetttriefenden Hand eine Haarsträhne aus dem Gesicht. Sie spießte das Fleisch auf ihr Messer und drehte es um. Es gab ein schmatzendes Geräusch von sich. Ein Fettstrang war jetzt freigelegt.

»Ich sollte nicht hier sein.« Jane stocherte in dem Fleisch. »Eigentlich sollte ich in Etaples sein. Das habe ich der Oberschwester gesagt...«

»Und? Hat sie Ihnen zugehört? Gut so.«

»Vielleicht nicht. Aber ich habe Empfehlungsschreiben aus London. Da steht es ganz deutlich drin. Ich soll nach Etaples. Es war alles arrangiert.«

»Empfehlungen aus London!« Die Frau klang ungeduldig. »Die sind doch nicht einmal das Papier wert, auf dem sie geschrieben sind. Man kommt hin, wohin sie gerade beschließen. Und wenn man ankommt, wird man von niemandem erwartet. Niemand weiß, warum man dort ist.« Sie drehte ihr Fleischstück mit einem geübten Schwung herum.

»Wissen Sie, was mir im vergangenen Monat passiert ist? Sie haben mich mit einer Ladung Medikamente an die Front geschickt. Wie sich herausstellte, waren es die falschen Medikamente. Chinin. Es hätte nach Scutari gehen sollen, aber die Aufkleber wurden verwechselt. Ich blieb eine Nacht dort und fuhr dann mit dem nächsten Zug wieder zurück.« Sie sah Jane von der Seite an. »Und ich war froh. Vielleicht bin ich ein Feigling, aber ich hätte nicht dortbleiben können. Das sollten Sie bedenken, bevor Sie darauf bestehen, woanders eingesetzt zu werden.«

»Warum hätten Sie denn nicht bleiben wollen?«

Jane sah die andere von der Seite an. Das Gesicht der Frau hatte einen Ausdruck angenommen, der Jane vertraut war. Jane hatte denselben Ausdruck schon früher gesehen – auf Boys Gesicht, auf Aclands Gesicht, auf den Gesichtern zahlloser Männer. Absolut verschlossen, und vielleicht voller Verachtung. Die junge Frau zuckte die Achseln. Jane merkte, daß sie verwirrt war.

»Der Geruch. Wenigstens sind die Kadaver hier nicht von Menschen.« Die Frau legte ihr Messer aus der Hand. »Wissen Sie, wie jemand aussieht, der in einen Gasangriff geraten ist?«

»Nein, aber –«

»Das Gas brennt die Augen heraus. Sie schmelzen. Wissen Sie, wie jemand aussieht, der Granatsplitter im Bauch hat, weil der Mann neben ihm auf eine Mine getreten ist? Hat es das in der Chirurgie im Guy's Hospital gegeben?«

»Nein. Das hat es dort nicht gegeben.« Janes Hände zitterten. Sie wollte sie vor ihr Gesicht legen, um es zu verbergen. Sie zwang sich, die Hände unten zu behalten. »Nein. Aber die Leute dort sind auch gestorben. Ich habe ... schreckliche Dinge gesehen.«

»Schreckliche Dinge?« Die Augen der Frau waren anklagend.

»Es war eine Krebsstation.«

»Krebs ist gottgegeben.« Die Frau wandte sich ab. »Er hat keine Bomben und kein Gas, keine Kanonen oder Bajonette erfunden. Das waren die Menschen. Ich glaube, das ist der Unterschied. Vielleicht, ich weiß es nicht mehr. Auf jeden Fall ist es besser, nicht davon zu reden.« Sie unterbrach sich abrupt.

»Wir sind uns schon mal begegnet, wissen Sie. Offenbar erinnern Sie sich nicht daran. Aber wir kennen uns. Sie sind Jane Conyngham – Boy Cavendishs Verlobte, nicht wahr? Wir haben uns vor Jahren einmal getroffen. In Oxford – auf einer Einladung von Acland. Ein Picknick. Wir sind Stocherkahn auf dem Fluß gefahren. Ich habe Sie sofort wiedererkannt.«

Der Fluß. Einer der Kanäle hinter Balliol. Jane konnte hören, wie das Wasser gegen die Ruderstange schlug. Die Zweige einer Weide strichen über ihr Gesicht. Acland hatte sich ihr gegenüber nach hinten gegen die Kissen gelehnt. Seine Hand hing ins Wasser. Das Gesicht hatte er zum Himmel erhoben: Licht und Schatten auf seinem Gesicht. Es war eine der seltenen Gelegenheiten, bei denen sie Acland friedlich gesehen hatte.

»Acland ist tot«, sagte sie in die Stille der Küche hinein. Das Klappern der Messer begann wieder. Messer schabte gegen Stahl. An ihren Händen war Blut. Die junge Frau seufzte.

»Das habe ich nicht gewußt. Mein Bruder ist schon in den ersten sechs Monaten gefallen, und danach... Es tut mir leid, daß ich so hart war. Es war nur – die Art und Weise, wie Sie gesprochen haben, von Etaples, und die Art und Weise, wie ich Sie in Erinnerung habe. Anscheinend haben Sie sich verändert. Wir verändern uns alle – manchmal wird man arrogant.«

Sie schwieg. Dann sagte sie: »Hören Sie, Jane – darf ich Sie Jane nennen? Darf ich Ihnen einen Rat geben? Vergessen Sie Etaples für den Augenblick. Reden Sie noch einmal mit der Oberschwester. Erklären Sie ihr das mit Guy's Hospital. Bestehen Sie darauf, daß Sie als Krankenschwester eingesetzt werden. Es gibt einen Ort, der heißt Le Tréport – den sollten Sie erwähnen. Ich war dort eine Woche lang. Dort haben sie drei Krankenhäuser. Sie haben zu wenig Pflegepersonal. Die Oberschwester dort ist viel jünger – keine von der alten Garde. Wenn Sie dann noch immer nach Etaples wollen, könnte sie es vielleicht für Sie arrangieren. Aber es wäre gut, wenn Sie sich an eins erinnern...«

»An was erinnern?« Der Name der jungen Frau war ihr wieder eingefallen. Venetia. Ja, Venetia. Sie hatte irgendwie – eine Nichte vielleicht – mit Mauds alter Freundin Lady Cunard zu tun.

»Sie sind unterwegs. Das sind wir alle. Weder hier noch dort – irgendwo dazwischen.«

»Unterwegs?«

»Bis der Krieg vorbei ist.« Sie drehte sich wieder zum Tisch um. Sie nahm ihr Messer. »Dann wird es anders werden, nehme ich an.«

»Und so kam ich nach Le Tréport.«

Jane hob ihr Gesicht in den Wind. Wexton, der neben ihr saß, kritzelte ein Wort aufs Papier, strich es dann wieder durch.

»Und danach?« Er sah nicht auf.

»Immer wieder woanders. Schließlich kam ich zurück, nach Saint-Hilaire. Sie ließen mich sogar als Krankenschwester arbeiten. Aber ich fühle mich noch immer wie ein Päckchen, ewig weiterverfrachtet. Unterwegs. Wie sie gesagt hatte.«

»Sie hatten nie das Gefühl, angekommen zu sein?«

»Nein. Immer nur, als wäre ich auf der Durchreise. Ich glaube, wenn ich, wie ich vorhatte, bis nach Etaples käme – würde ich vielleicht das Gefühl haben, angekommen zu sein. Vielleicht. Ich nehme an, daß auch das eine Täuschung ist.«

»Warum Etaples?« Wexton sah sie an. »Das haben Sie mir nicht gesagt. Warum ausgerechnet dieser Ort?«

Jane zögerte. Darüber hatte sie – noch mit niemandem gesprochen.

»Wegen Acland«, hörte sie sich sagen. »Er war dort, bevor er starb.«

Sofort tat es ihr leid, und sie hätte die Worte am liebsten schnell wieder eingefangen. Es kam ihr vor, als würden sie wie ein Echo widerhallen. Sie schämte sich.

»Acland?« sagte Wexton.

»Ja, Acland.« Jane stand auf. Schnell, schnell, schnell. Umständlich band sie ihren Gürtel zu, stellte den Kragen hoch. »Ich hatte ihn sehr gern. Sehen Sie, es wird schon dunkel. Ich muß zurück –«

Wexton sagte nichts. Er stand auf. Er suchte seine Sachen zusammen, wickelte sich seine zahlreichen Schals um den Hals. Der Himmel wurde jetzt schnell dunkler, und Wexton schaltete eine kleine Taschenlampe an, die er aus der Tasche gezogen hatte. Sie gingen nebeneinander, etwas unbeholfen, denn der Weg war sehr schmal, und ihre Schultern berührten sich immer wieder. Die Lampe flackerte. »Warum schämen Sie sich?« fragte Wexton, nachdem sie eine Weile gegangen waren. »Gibt es einen Grund, daß Sie sich schämen müssen? Ich meine, warum sollten Sie ihn denn nicht gern haben?«

»Zum einen, weil ich mit seinem Bruder verlobt war.«

»Verlobt *waren*?« Wexton klang interessiert.

»Ja, ich habe die Verlobung gelöst. Hat Steenie es Ihnen nicht erzählt? Nach Aclands Tod. Es schien mir richtig.«

Jane hob ihr Gesicht in den Wind. Er stach ihr in die Augen. Sie begannen zu tränen. Sie weinte nicht – obwohl sie jetzt manchmal feststellen mußte, daß sie, ganz plötzlich und ohne sichtlichen Grund, zu weinen begann. Jetzt weinte sie nicht. Es war nur der Wind. Sie hatten die Treppe zur Promenade fast erreicht. Die Lichter aus den Cafés waren jetzt ganz nah. Sie konnte wieder das Akkordeon hören.

»Warum?« Wexton blieb stehen. Er schüttelte die Taschenlampe. Ihre Batterie war fast leer. Das Licht ging aus, flackerte erneut auf. »Warum schien es Ihnen richtig?«

»Weil ich Boy nicht geliebt habe.« Jane beschleunigte ihre Schritte. Sie hätte ihn am liebsten geschlagen, weil er so beharrlich war.

»Und Acland haben Sie geliebt?«

Jane blieb stehen. Sie drehte sich um.

»Das habe ich nicht gesagt –«

»Nein.« Wexton war ebenfalls stehengeblieben. »Sie sagten *gern gehabt*. Gern haben ist kein besonders ausdrucksstarkes Wort. *Liebe* ist viel besser. Jedenfalls könnte es das sein. Sollte es sein. Wenn man es nicht immer falsch anwenden würde.« Er sah Jane an, und vielleicht verstand er ihren Gesichtsausdruck, denn er schien zerknirscht. »Es tut mir leid. Ich habe die englische Grenze der Diskretion übertreten. Das tu ich manchmal – sagt Steenie. Er sagt, ich sei ein vulgärer Amerikaner. Ich nehme an, ich werde es noch lernen. Keine Fragen zu stellen. Englisch zu sein. Aber vielleicht lerne ich es auch nicht. Hören Sie das Akkordeon? Ich liebe Akkordeonmusik. Manchmal gehe ich in das Café, wenn ich frei habe. Es gibt dort ein Omelett mit Kartoffeln, das sehr gut ist. Ich dachte mir, ich müßte mal versuchen, es selbst zu bereiten. Ich koche gern – hat Steenie Ihnen das erzählt? Ich bringe es mir bei.«

Er hatte ihren Arm genommen. Jane blieb steif. Sie kamen zu den Treppenstufen, und Jane ging hinauf. Eins, zwei, drei: Sie zog ihre Beine nach wie eine Marionette. Sie sah Wexton nicht an. Sie würde Wexton nicht ansehen. Sie ärgerte sich – über seine amerikanische Art, über seine Fragen. Steenie hatte recht. Er hatte tatsächlich die Grenze übertreten.

Gerade als sie das dachte, erreichten sie die Promenade. Gaslaternen verbreiteten ein bläuliches Licht. Jane sah auf ihre Füße, die in ihren festen Krankenhausschuhen steckten. Sie sah hinunter auf den Kreis um sich herum, auf das Licht und auf die Schatten dahinter. Sie sah sich auf einer kleinen Insel, verlassen und hilflos durch ihr Englischsein, verlassen und hilflos durch ihre Erziehung. Ihr Kreis; ihre Grenze: Wexton hatte sie tatsächlich überschritten. Er stand jetzt in demselben Lichtkreis wie sie. Sie starrte auf seine Füße. Sie waren sehr groß. Er trug schwere

Schuhe, an denen feuchter Sand klebte. Die Schuhbänder waren gerissen und zusammengeknotet.

»Sie brauchen sich nicht zu entschuldigen.« Sie sah zu ihm auf. »Ich müßte mich entschuldigen. Warum will ich Ihnen etwas vormachen? Das hat man mir als Kind beigebracht, schätze ich. Das tu ich immer wieder. Ich sage nie, was ich wirklich denke. Ich versuche es, aber ich kann es nicht. Dabei ist es eine solche Zeitverschwendung – das jedenfalls habe ich hier gelernt, wenn auch sonst nichts. Wir haben so wenig Zeit, deshalb sollten wir sie nicht mit Ausflüchten vergeuden. Ich weiß, daß Sie recht haben. *Gern haben* ist ein schwaches Wort. Ich habe Acland nie nur gern gehabt. Ich habe ihn geliebt. Ich habe ihn Jahre und Jahre geliebt. Ich habe es ihm nie gesagt, und jetzt ist er tot. Das ist alles. Ich weiß, daß Sie weggehen und über mich lachen werden –«

»Warum sollte ich das tun?«

»Sehen Sie mich an! Sehen Sie mich nur an!« Janes Stimmes war lauter geworden. Mit einer ärgerlichen Bewegung packte sie Wextons Mantel. Sie zwang ihn, sich umzudrehen, damit er sie ansah. Das Licht von der Straßenlaterne fiel auf ihr Gesicht. Sie zitterte. Ihr Gesicht war tränenüberströmt. »Ich bin unscheinbar. Nicht einmal stark und bestimmt, nicht häßlich. Nur unscheinbar. Langweilig. Unsichtbar. Ich war für Acland unsichtbar. Das habe ich immer gewußt, aber trotzdem habe ich ihn geliebt. Jahre um Jahre – ihn auf diese dumme, schüchterne, geheime Art geliebt. Ich hasse mich deswegen. Ich wünschte, er hätte es gewußt. Wahrscheinlich hätte es ihm nichts bedeutet. Wahrscheinlich wäre er nur peinlich berührt gewesen. Sie sind auch peinlich berührt. Ich bin selbst peinlich berührt. Aber trotzdem wünschte ich, daß er es gewußt hätte. Ich wünschte, ich hätte den Mut gehabt, es ihm zu sagen.«

Sie gab einen erstickten Laut von sich. Ihr Gesicht, das eben noch lebhaft gewesen war, schien zu verfallen. Sie wischte sich mit dem Handrücken über Wangen und Nase. Sie bemerkte Wextons Blick. Sie lachte kurz auf, ein halbes Weinen. Wexton reichte ihr ein Taschentuch. Jane putzte sich die Nase.

»Es tut mir leid.« Sie holte tief und geräuschvoll Luft. »Ich muß zurück. Ich weiß nicht, warum ich davon angefangen habe. Ich habe es auch zu niemandem gesagt, wissen Sie. Ich bin müde. Ich hatte die ganze Nacht Dienst. Wahrscheinlich ist es das.«

»Das macht nichts. Nein – behalten Sie das Taschentuch.« Wexton sah aus, als versuchte er einen Entschluß zu fassen. Er spielte mit der Taschenlampe. Er trat von einem Fuß auf den anderen. »Möchten Sie gern eine Tasse heiße Schokolade?« Er winkte mit der Hand in Richtung des Cafés, in dem das Akkordeon spielte. Er lächelte. »Sie müssen noch nicht zurück. Kommen Sie.«

Sie gingen in das Café. Sie setzten sich an einen kleinen runden Tisch an einem beschlagenen Fenster. Es war sehr heiß. Wexton sah zu dem dicken Kohleofen in der Ecke. Vorsichtig zog er seinen Mantel aus und nahm einen der vielen Schals ab.

Wexton bestellte zwei große Tassen mit heißer Schokolade. Jane rührte in ihrer Tasse. Sie starrte auf die Tischplatte. Sie wußte, daß ihr Gesicht fleckig und rot war. Sie konnte es noch immer nicht ganz glauben, daß sie all diese Dinge gesagt hatte. Die Wärme, Wextons Schweigen, der Dampf an den Fenstern: Sie stellte fest, daß sie froh war, es gesagt zu haben.

»Heute abend treffe ich mich mit Boy«, sagte sie schließlich.

»Ach, tatsächlich? Sie müssen ihn hierher bringen.« Wexton schien geistesabwesend. Er malte auf dem beschlagenen Fensterglas. Er malte zuerst einen Vogel, dann einen Mann, dann ein Boot.

»Ich habe über die Liebe geschrieben«, erklärte er plötzlich hastig. »Als ich Sie sah. Es war nicht gut. Das ist es niemals. Ich versuche es. Die Worte stimmen nicht.«

Er zog den Notizblock aus der Tasche. Er schlug ihn auf, so daß eine völlig wirre Seite zum Vorschein kam. Er riß die Seite heraus, zerknüllte sie in der Hand, stand auf, ging zu dem dicken Kohleofen, hob seinen Deckel und stopfte die Seite hinein. Er kehrte an seinen Platz zurück. Jane legte ihren Löffel hin. Sie wurde getestet, dachte sie.

»Über Liebe?« fragte sie mit hoher, vorsichtiger Stimme. »Sie sagten doch, das Gedicht sei über Steenie.«

»Das ist richtig. Ich liebe Steenie.«

Wexton stützte die Ellbogen auf den Tisch und sein melancholisches Kinn in die Hände. Er sah sie an.

»Wußten Sie das?«

»Nein. Bis jetzt nicht.«

»Ich dachte, daß Sie es vielleicht gemerkt haben.« Das war ganz offensichtlich eine Lüge, wie Jane sofort wußte.

»Mir kam es immer so auffällig vor. Ich dachte, alle wüßten es. Dann bin ich hierhergekommen. Ich dachte, ich könnte es verstehen, wenn ich wegginge. Ich war früher auch schon mal verliebt, aber noch nie so stark. Es tut weh. Ich dachte mir, wenn ich hierherkäme, würde es aufhören. Natürlich hat es das nicht. Es ist höchstens schlimmer geworden. Ich versuche darüber zu schreiben, aber es gelingt mir nicht. Ich versuche über den Krieg zu schreiben, aber ich kann nicht. Je mehr ich hinsehe, desto weniger verstehe ich.« Er unterbrach sich abrupt und blinzelte mit den Augen. »Oh«, sagte er, als würde er es erst jetzt bemerken. »Ich habe Sie schockiert.«

Jane sah auf ihre Hände. Ihr Gesicht war rot wie Feuer. Die Röte lief ihr über den Rücken. Ja, Wexton hatte recht; sie war schockiert. Aber es war 1916: Und Jane war damals achtundzwanzig Jahre alt. Sie hatte von der Möglichkeit homosexueller Liebe erst gehört, als sie weit über zwanzig war, und da hatte man von unnatürlichen Wünschen gesprochen, und von noch unnatürlicheren Handlungen. Jane kannte Sex nur aus einem Buch, das sie, stehend, in einer Krankenhausbibliothek überflogen hatte. Kurzum, sie war beides; unschuldig und voreingenommen. Deshalb wurde sie rot. Ihre Hände umklammerten krampfhaft ihre Tasse.

Aber sie wußte auch, daß er sie herausgefordert hatte. Wextons Eröffnung war Absicht gewesen. Vielleicht gab er das Kompliment zurück, das sie ihm gemacht hatte, und schüttete ihr sein Herz aus.

Sie runzelte die Stirn. Sie versuchte sich einen Mann vorzustellen, der einen anderen Mann umarmte. Sie riskierte es, Wexton in die Augen zu sehen. Er wartete.

»Und liebt Steenie Sie auch?« Die Frage war ihr herausgerutscht, bevor sie denken konnte. Wexton überlegte.

»Er sagt, daß er es tut. Ich glaube, es ist wahr – auf seine Art. Für eine Weile.«

»Sie meinen, es wird nicht von Dauer sein?«

»Nein, ich erwarte nicht, daß es von Dauer ist.«

»Schreibt er?«

»Früher hat er jeden Tag geschrieben. Jetzt schreibt er ... weniger.«

»Lieben Sie ihn noch immer – genauso wie vorher?«

»Ich glaube noch mehr. Es ist nichts Rationales. Ich weiß, wie Steenie ist, aber trotzdem – es wächst. Man kann es nicht aufhalten. Es ist die Trennung, schätze ich.«

»Und Sie – verlieben Sie sich nie in eine Frau?«

»Nein.« Er legte eine höfliche Pause ein. »Und Sie?«

Eine Weile herrschte Schweigen. Jane fühlte, daß sie gleich wieder rot werden würde. Sie wandte ihren Blick von Wextons Gesicht ab, um sich im Café umzusehen. Sie sah alles statisch vor sich, unbeweglich wie ein Foto. Kleine runde Tische; zwei ältere Franzosen in blauen

Arbeitsanzügen und mit Mützen auf dem Kopf, die Domino spielten. Der Pfarrer, der manchmal ins Krankenhaus kam, um die letzte Ölung zu geben: Er erkannte sie. Er hob sein Glas und trank ihr zu. Jane spürte plötzlich freudige Erregung. Wexton hatte sie aufgewühlt. Sie kämpfte mit den Resten ihrer alten Moral... Sie beugte sich über den Tisch.

»Wexton...«

»Ja?«

»Ich bin nicht schockiert. Ich war es. Aber... es hat aufgehört.«

Wexton malte wieder mit dem Finger auf den beschlagenen Fenstern. Er zeichnete noch eine menschliche Figur und noch ein Boot. Er setzte die Figur in das Boot und malte darunter ein Stück Meer: drei Wellenlinien. Er schien nicht erstaunt über das, was sie gesagt hatte. Er zog seine Schals zurecht; er winkte nach seinem Mantel; er zog Janes Stuhl zurück. Sie verließen das Café und gingen zurück zum Krankenhaus, Arm in Arm, mit festen Schritten.

»Sie haben um Mitternacht wieder Dienst.«

Sie waren vor dem Krankenhaus stehengeblieben. Wextons Bemerkung war keine Frage, sondern eine Erklärung.

»Sie sind für die Ambulanz auf dem Bahnhof eingeteilt«, sagte Wexton.

»Ach, ja? Ich dachte –«

»Sie sind meiner Ambulanz zugeteilt.«

»Ihrer?«

»Das habe ich so arrangiert.«

»Das haben Sie arrangiert?« Jane starrte ihn an. »Wann haben Sie das getan?«

»Heute morgen.«

»Und wie?«

»Ich habe eine Krankenschwester bestochen. Sie hat getauscht.«

»Sie haben sie *bestochen*?«

»Ja. Mit einer Tafel Schokolade. Ich habe gestern ein Eßpaket von zu Hause bekommen.« Er lächelte. »Bis dorthin sind es dreißig Kilometer und dreißig zurück. Ich dachte, wir könnten reden. Außerdem hatte ich einen Verdacht.«

»Einen Verdacht?«

»Ich hoffte, daß wir vielleicht Freunde werden könnten.«

Wexton schlang sich seine Schals fester um die Ohren. Er zog eine Wollmütze aus seiner Tasche, die er sich über den Kopf zog. Es war eine der absonderlichsten Mützen, die Jane je gesehen hatte: eine Pudelmütze mit einer Troddel, die auf- und abhüpfte.

Er hob die Hand zum Abschied. Er drehte sich um und schlenderte davon. Er pfiff ein völlig falsches, aber fröhliches Lied. Jane sah ihm nach: Als er schon ein Stück die Straße hinuntergegangen war, beschloß die Batterie der Taschenlampe, zu neuem Leben zu erwachen. Wexton stieß einen leisen Freudenschrei aus.

»Wie war Boy? Hat ihr das Omelett probiert? Verdammt!«

Wexton wich plötzlich auf die Seite aus. Es war keine leichte Reise. Der Ambulanzwagen, den Wexton fuhr, hatte Vollgummireifen ohne Profil; die Straße zwischen Saint-Hilaire und dem Bahnhof im Landesinneren war für Bauernpferde und Karren gemacht, nicht aber für schwere Fahrzeuge. Es war Dezember, und es hatte seit zwei Wochen ununterbrochen geregnet: Die Straße war naß und matschig. Es war fast unmöglich, den tiefen Schlaglöchern auszuweichen: Wexton fuhr an der Spitze eines unbeleuchteten Konvois.

Um deutsche Luftangriffe zu vermeiden, hatte das Befehlskommando verfügt, daß die Karbidlampen nur auf einer kurzen Teilstrecke erst zehn Kilometer außerhalb von Saint-Hilaire angezündet werden durften. Zehn Kilometer vor dem Bahnhof mußten sie wieder gelöscht werden. Wexton hatte keinen großen Respekt vor Luftangriffen und den Kommandozentralen: Er hielt den Wagen an, stieg aus und zündete die Karbidlampen schon nach fünf Kilometern an. Jane stieg ebenfalls aus, um ihm zu helfen, und versank bis in die Waden im Schlamm. Es regnete wieder; der Wind war stärker geworden. Die Karbidlampen hatten nur eine Reichweite von etwa zwei Metern und ließen die Dunkelheit ringsherum nur noch schwärzer erscheinen.

Hinten auf dem Ambulanzwagen saß eine Gruppe Rotkreuzschwestern aus Lancashire, die Lieder sangen. Sie waren mittels einer Plane vor dem Regen geschützt; Jane und Wexton dagegen nicht. Der vordere Teil des Ambulanzwagens hatte kein Dach; die Windschutzscheibe war niedrig; die Scheibenwischer klemmten; der Schlamm spritzte bis zu ihnen herauf. Jane hatte zwei Garnituren wollene Unterwäsche angezogen, drei Wolljacken über dem Kleid, eine Jacke, einen Mantel, zwei Schals, zwei Paar Fausthandschuhe. Trotzdem war sie steif vor Kälte.

Wextons Fahrstil war abenteuerlich; er fluchte ununterbrochen, über den Schlamm, die klemmenden Scheibenwischer, die Karbidlampen, die Schlaglöcher, die Schleuderspuren.

Als die Krankenschwestern aus Lancashire *Tipperary* anstimmten, fiel Wexton mit volltönendem Bariton ein. Der Wagen rutschte in eine Furche. Mit einem geschickten Manöver holte er ihn wieder heraus. Ungefähr auf der Hälfte der Strecke bot er Jane ihre erste Zigarette an, von der sie husten mußte. Dann erzählte er ihr von Virginia, später von einem Buch mit dem Titel *Die Buddenbrooks*. Nach einem weiteren Kilometer gestand er ihr, daß er stricken lernte. Und noch einen Kilometer später sprachen sie von Zügen, die Wexton leidenschaftlich liebte. Von Büchern kamen sie auf Rezepte zu sprechen, von seiner Familie – Wexton war eines von acht Kindern – zu ihrer Familie.

Jane genoß die Fahrt. Ja, sie war steif vor Kälte; die Erschütterung spürte sie in allen Knochen. Ihre nassen Haare schlugen ihr ins Gesicht, als wären sie gefroren. Ihre Kehle war vom Zigarettenrauch ganz rauh; trotzdem genoß sie die Fahrt. Sie hatte das Gefühl, von Wexton in einem Ballon hoch in die Lüfte getragen zu werden, einem Ballon, der mit unerschöpflicher Nächstenliebe gefüllt war und der ihr eine ereignisreiche Welt zeigte. Alles war möglich!

Noch einen Kilometer später – der Bahnhof rückte schon näher –, und Wexton sang ein amerikanisches Lied. Einen Kilometer später, und er kam – ohne Vorwarnung – auf ihre Begegnung mit Boy zu sprechen.

»Ja. Wir haben das Omelett gegessen«, erwiderte sie schließlich.

Und dann, weil Wexton sie nicht drängte, was ihr an ihm so gefiel, erzählte sie ihm, was geschehen war.

Seit ihrem letzten Treffen war Boy befördert worden. Er war als Leutnant in den Krieg gezogen; als sie ihre Verlobung gelöst hatte, war er Hauptmann gewesen. Jetzt war er Major, eine derart schnelle Beförderung war ungewöhnlich. Die Lebenserwartung der Gardeoffiziere belief sich zu diesem Zeitpunkt des Krieges auf sechs Monate. Wenn der Krieg so weiterging, sagte Boy mit einem schiefen Lächeln, als sie ihm zu seiner Beförderung gratulierte, würde er es am Ende noch zum Stabsoffizier bringen.

»Wer weiß?« Er lächelte mit leerem Blick. »Vielleicht sogar bis zum General.«

Jane glaubte ihm nicht; sie wußte, daß Boy es auch nicht glaubt. Er machte sie nur noch trauriger, wenn er sich bemühte, witzig zu sein. Sie saßen an demselben Tisch, an dem sie vorher mit Wexton gesessen hatte. Wie Wexton ihr empfohlen hatte, aßen sie Kartoffelomelett.

Boy aß seins nur zur Hälfte. Dann bestellte er sich ein gebratenes

Hühnchen, aß einen Bissen und legte die Gabel wieder hin. Er trank – wie Jane beobachtete – anderthalb Flaschen Wein.

Jane gab sich Mühe. Sie wußte, daß Boy in den vorangegangenen zwei Wochen in einem Schützengraben gelegen hatte, der noch vor der offiziellen Schlachtlinie lag, unter ständigem Beschuß von deutscher Infanterie. Schließlich wurde die feindliche Stellung erobert. Die Einzelheiten kannte Jane nicht: Zum Beispiel wußte sie nicht, daß Boy für seinen Einsatz bei diesem Schlag später das Militärverdienstkreuz erhalten würde; sie wußte nicht, daß von den zwanzig Männern seines Zugs nur drei zurückgekehrt waren; sie wußte nicht, daß Boy in diesem Schützengraben über einen Meter tief in Wasser gestanden hatte, sechsundfünfzig Stunden unter ständigem Beschuß. Sie fragte nicht nach Einzelheiten.

Sie hatte nicht erwartet, ein Gespräch in Gang zu bringen. Immer wieder machte sich bedrückendes Schweigen breit, bis sie beide, im selben Augenblick, wieder zu sprechen begannen.

Sie redeten von der Gesundheit seines Vaters und seiner Mutter, von Freddies Arbeit bei der Ambulanz, von Steenies bevorstehender Ausstellung und von der erstaunlichen Nachricht von Constances Verlobung mit Sir Montague Stern. Jane kamen diese Ereignisse jetzt eher unbedeutend vor.

Vielleicht erging es Boy ähnlich. Er blinzelte mit den Augen. Seine Hände fuhren in kleinen ruckartigen Bewegungen durch die Luft. Er sah stumpf und unglücklich aus.

Als Jane schließlich in ihrer Verzweiflung auf die Fotografie zu sprechen kam, machte sich auf Boys Gesicht ein störrischer Ausdruck breit.

»Ich bin die Videx los.«

»Du bist sie los, Boy? Du meinst, du hast sie verkauft?«

»Ich habe sie zerstört. Ich werde nicht mehr fotografieren. Ich habe sämtliche Fotos, die ich in Frankreich gemacht habe, verbrannt. Ich habe die Platten zerbrochen. Wenn ich nach Hause fahre« – er trank einen großen Schluck Wein – »werde ich auch dort sämtliche Fotos vernichten, die ich je gemacht habe. Ich hasse Fotos. Sie erzählen nichts als Lügen. Weißt du, was das einzige ist, das sich zu fotografieren lohnt? Ein Stock in der Sonne. Ein Stock und sein Schatten. Ja. Ich schätze, das würde ich auch heute noch fotografieren.«

Jane war sehr erschrocken, als sie hörte, wie abfällig Boy von der Fotografie sprach, es war Blasphemie. Sie betrachtete ihn aus der Nähe.

Der Krieg hatte sein Gesicht verändert: keine Spur von Blässe. Wenn man von dem Ausdruck in seinen Augen absah, machte Boy den Eindruck, als käme er gerade aus dem Urlaub – einem Aufenthalt am Meer vielleicht. Seine Haut war von der Luft gebräunt; die rundlichen kindlichen Konturen seines Gesichts, die ihn immer jünger gemacht hatten, als er war, waren verschwunden. Er wirkte älter und strenger.

Der Krieg hatte Boy zu einem gutaussehenden Mann gemacht – welche Ironie. Nur die Angst in seinen Augen paßte nicht zu seiner veränderten Erscheinung. Irgend etwas schien ihn zu bedrücken.

Als er den Wein ausgetrunken hatte, räusperte er sich. Er schüttelte nervös den Kopf. Er starrte auf die beschlagenen Fenster, auf denen Wextons Bilder noch zu sehen waren. Er wandte den Kopf von Jane ab: Er sei gekommen, um von Constance zu reden, sagte er.

Er begann mit ganz allgemeinen Dingen. Nach und nach sprach er immer flüssiger, als hätte er diesen Teil seiner Rede vorher eingeübt. Er erklärte ziemlich ausführlich, daß die meisten Menschen – zu denen er auch Jane zählte – Constance nicht verstünden, während er sie verstand. Er sagte, man dürfe nicht vergessen, daß Constance noch ein Kind sei: Sie sei verletzlich.

Jane war nicht seiner Meinung. Sie betrachtete Constances Verlobung mit Stern als einen groben Verrat an Maud. Aber das sagte sie nicht: Boy gab ihr gar keine Gelegenheit dazu. Ihn interessierte nicht, was Jane dachte. Sein innerer Antrieb war in Bewegung gekommen: Nun schien er nicht mehr aufhören zu können.

»Diese Heirat«, sagte er mit Nachdruck »diese Heirat muß verhindert werden.«

Boy fand, daß das Verhalten seines Vaters absolut unverständlich sei – er hätte dieser Heirat nicht zustimmen dürfen. Auch Mauds Verhalten sei unverständlich, und ebenso das von Stern, von Freddie, Steenie – selbst das seiner Mutter. Constances Verhalten hingegen konnte sich Boy erklären: Es sei ein Hilfeschrei.

An diesem Punkt seiner Rede schien Boy an ein Hindernis zu stoßen. Er begann zu stammeln und zu stottern, viel schlimmer, als er es je getan hatte. Boys Zunge blieb an dem Buchstaben »c« kleben. Das machte es ihm sehr schwer, Constances Namen auszusprechen.

Constance benötige Hilfe, stellte er fest und richtete jetzt erstmals seinen ängstlichen Blick auf Jane.

Damit kam er zum letzten Punkt, der ihn an diesem Abend, auf dem Weg zurück nach England, hierhergeführt hatte. Obwohl er und Jane nicht mehr verlobt waren, hatte er es für richtig gehalten, ihr als erste seine Absicht mitzuteilen. Er wollte nach England zurückkehren. Dort würde er diese Heirat verhindern. Das war der erste Punkt. Und danach würde er selbst Constance einen Heiratsantrag machen.

»Sie muß es erwartet haben, weißt du.« Boy beugte sich über den Tisch. »Sie muß es erwartet haben, gleich nachdem ich die Verlobung mit dir gelöst hatte. Und als ich sie nicht gefragt habe, mußte sie so reagieren. Verstehst du?« Langsam fiel die Anspannung von ihm ab, und er lächelte Jane versöhnt an. »Ein Hilfeschrei. Denn sie weiß natürlich, daß ich sie liebe.«

Jane erzählte Wexton diese Geschichte, als sie sich schon dem Bahnhof näherten, in dem ein Zug mit Verwundeten aus den Feldlazaretten eintreffen sollte. Der Zug hatte Verspätung, und sie standen zitternd auf dem kalten dunklen Bahnsteig.

Die Geschichte verwirrte sie. In der Erzählung, die Jane für lückenlos gehalten hatte, hatten sich Ungereimtheiten ergeben, die ihr Sorgen bereiteten. Sie erkannte, daß sie Boy, den sie immer für so einfach und offen gehalten hatte, eigentlich nie verstanden hatte. In dieser Geschichte zeigte sich Boy, wie sie ihn nicht kannte. Plötzlich schien die Vergangenheit aus lauter Fragen zu bestehen. Sie war blind gewesen. Besessen von ihren Gefühlen für Acland, war es ihr nie in den Sinn gekommen, daß vielleicht auch Boy ein geheimes Leben hatte.

Jane ging auf dem eisigen Bahnsteig auf und ab. Sie bewegte ihre Hände mit den Fausthandschuhen in der Luft.

»Blind, blind, *blind*«, rief sie – daß ihr die Krankenschwestern aus Lancashire schon merkwürdige Blicke zuwarfen. »Ich hätte es sehen müssen. Oh, wie ich mich hasse.«

Wexton hörte ihr zu. Er sagte nichts. In seinem Kopf formte sich die Strophe eines Gedichts: Während Jane sprach, begann es Gestalt anzunehmen. Er stand ganz still da, eingehüllt in seine Schals und Jacken und Mäntel. Den Wind im Rücken, starrte er zu den Gleisen und hielt nach dem Zug Ausschau. Er lauschte Janes Stimme; er lauschte dem Gedicht; er lauschte auch auf etwas anderes. Weit entfernt, aber immer deutlicher, konnte er das Stampfen einer Maschine hören. Der Wind verzerrte das Geräusch.

Jane war von der Vergangenheit in die Zukunft gesprungen. Sie versuchte den Ausdruck auf Boys Gesicht zu deuten: seine leichte Verwunderung, seine wenig überzeugende Hoffnung. Jane war sehr erregt. Sie drehte sich wieder zu Wexton um: Als sie sich von Boy verabschiedet hätte, habe sie eine schlimme Vorahnung gehabt.

Aber im selben Augenblick schlug ihr Wexton mit seiner großen Hand auf den Rücken und rief: »Komm runter.«

Der Schlag war so hart, daß sie fast keine Luft mehr bekam. Sie fiel der Länge nach auf das nasse Pflaster, flach, schmerzhaft, ihr Gesicht auf den Steinen. Wexton warf sich mit seinem ganzen Gewicht über sie. Die Halter der Tragbahre schlugen gegen ihren Kopf. Ihre Körper waren unter einem Durcheinander aus nasser Wolle, Leinen, Tüchern begraben. Die Luft war von einem Donnern erfüllt und ging in Flammen auf. Wextons Ellenbogen stieß gegen ihre Wirbelsäule. Er stieß ihr Gesicht auf die nassen Pflastersteine. Jane riß sich los. Sie drehte sich um und hob den Kopf.

Wexton war wahnsinnig. Der Bahnsteig war wahnsinnig. Was schwarz gewesen war, lag jetzt in grellem Licht. Der Rand des Bahnsteigs war weggerissen und rauchte. An den Pfeilern des Bahnhofsdachs züngelten Flammen empor. Sie flackerten wie wehende Fahnen. Sie breiteten sich über das Dach aus. Schwärze der Ekstase.

Jemand schrie. Eine Rotkreuzschwester lief an ihnen vorbei, ihr Umhang stand in Flammen. Ihre Haare brannten. Ihr Mund war verzerrt. Jane wußte, daß sie aufstehen und etwas tun müßte, aber Wexton ließ es nicht zu. Sie hob den Kopf, und er stieß ihn wieder nach unten. Sie fühlte seine Faust in ihrem Nacken. Das machte sie unheimlich wütend. Sie wehrte sich gegen Wexton; sie kämpfte, sie schlug auf seine Hände; sie versuchte ihm ins Gesicht zu schlagen.

Wexton war zu schwer für sie, und zu stark: zum Glück. Denn in diesem Augenblick fiel eine zweite Bombe. Mit einer seltenen Präzision traf sie nicht nur den Bahnhof, sondern auch die Lokomotive des einfahrenden Zugs.

Glühende Kohlen und Granatsplitter flogen durch die Luft. Die Wagen hinter der Lokomotive rollten noch ein Stück weiter, ohne Antrieb, krachten aufeinander und kippten um. Eine Eisenschlange, in Einzelteile zerhackt. Dann war es still.

Wexton hatte sie gerettet. Das wußte Jane, als sie schließlich den Kopf hob und Wexton ihr zitternd auf die Füße half. Nur einen Meter neben ihr, genau dort, wo sie noch vor wenigen Augenblicken gestanden hatten, herrschte völlige Verwüstung. Die Waggons des Zugs brannten. Die verwundeten Männer darin brannten. Den Anblick und den Geruch haben Jane und Wexton allerdings nie beschrieben, – als ich noch klein war, erzählte mir Jane immer nur einen Teil der Geschichte, nämlich wie Wexton ihr das Leben gerettet hatte.

Es gab noch andere Ereignisse, die Jane immer unerwähnt ließ und die mir nun Wexton, so viele Jahre später, als wir in Winterscombe zusammensaßen, erzählte.

Gegen Ende der Nacht, als der Himmel heller wurde, kehrte Jane zu dem Zug zurück. Sie lief zum letzten Waggon; er war nicht so schwer beschädigt wie die vorderen.

Nur ein Mann war noch nicht aus den Trümmern befreit. Ein Mann, dessen Bein vor einigen Tagen vom Rad eines Geschützwagens zerschmettert worden war. Man hatte ihn für tot gehalten. Der Wagen hatte gerade erst Feuer gefangen.

Eine Flamme schoß in die Höhe, ein Funkenregen fiel herab. Jane zog den Kopf ein. Sie kletterte über die Gleise. Sie ergriff das Wagenrad und zog sich daran hinauf. Wexton versuchte sie zurückzuhalten. Jane klammerte sich an die glühenden Metallteile der Tür: Ihre Handflächen zischten. Trotzdem schaffte sie es, den Mann herauszuholen. Der Mann wurde zu Wextons Ambulanz getragen. Dort verband ihm meine Mutter Jane mit rauchgeschwärztem Gesicht und hastig bandagierten verbrannten Händen seine Wunden. Der Mann kam wieder zu Bewußtsein, aber nur ganz kurz: Drei Kilometer vor Saint-Hilaire fiel sein Kopf zur Seite, und er war gestorben.

Der Tote war, wie sich herausstellte, einer der Hennessy-Brüder. Ihm folgten noch zwei weitere Brüder, einer in der Schlacht von Arras, einer auf der Höhe von Messines: Jack Hennessy war der einzige Überlebende der vier Hennessy-Söhne, und Jack Hennessy – jedenfalls sagte er mir das, als ich noch klein war – hat es meiner Mutter nie vergessen, daß sie versucht hat seinen Bruder zu retten.

Während er im Keller Kohlen schippte, erzählte Jack Hennessy mir immer Geschichten aus dem Krieg. Er erzählte mir, wie und wo er seinen linken Arm verloren hatte – ein Schicksalsschlag, der seinen Ambitionen, Zimmermann zu werden, ein Ende bereitete; er erzählte mir, wie und wo seine Brüder gestorben waren; und gab mir – ungeachtet der Tatsache, daß er selbst gar nicht dabeigewesen war – diese Erzählung vom Heldentum meiner Mutter.

Entsprach sie der Wahrheit? Wexton sagte, es sei wahr; meine Mutter behauptete immer, Hennessy hätte übertrieben. In ihrem Tagebuch erwähnte sie den Vorfall überhaupt nicht; aber Constance tut es in ihren Aufzeichnungen. Die Ironie, die dabei im Spiel war, amüsierte sie.

Constance schrieb ein paar Wochen später, als sie die Nachricht erreichte: *Ein Hennessy ist schon gestorben – mit Janes Hilfe. Aber leider*

der falsche Hennessy, Acland. Trotzdem habe ich das Gefühl, daß wir uns beide Mühe gegeben haben.

Boy stand im Regen am Fuß der Treppe, die in den Corinthian Club in Pall Mall führte. Er sah hinauf zu der grauen majestätischen Fassade des Clubs. Er war mit Sir Montague Stern verabredet. Es war Abend. Zwei Tage vor Constances Hochzeit.

Aus dem Gefühl heraus, sich auf dieses Treffen – ein wichtiges Treffen – richtig vorbereiten zu müssen, hatte er den ganzen Tag nichts gegessen. Er mußte hellwach sein. Er durfte nicht auf das Donnern der Kanonen hören, die, wie er wußte, auf der anderen Seite des Kanals waren. Er mußte die Rolle seines Vaters übernehmen, da sein Vater versagt hatte. Er mußte sich wie ein Offizier und wie ein Gentleman benehmen.

Er war zuversichtlich. Er trug Uniform. Absichtlich. Er hatte einen Sam-Browne-Gürtel um die Hüfte und, daran befestigt, eine Waffentasche. Seine Kappe fühlte sich wie ein Helm an. Boy sah die Treppe hinauf. Dann ging er mit festem Schritt nach oben.

Es war klar, warum Boy den Corinthian Club gewählt hatte. Schon sein Großvater war hier Mitglied gewesen, später dann sein Vater; Boy war mit einundzwanzig zum lebenslänglichen Mitglied ernannt worden. Er hatte das Gefühl, daß er ein Recht darauf besaß, hier zu sein, ganz im Unterschied zu Stern. Es war für Boy ein Rätsel, wie es einem Mann wie Stern gelingen konnte, überhaupt hier Mitglied zu werden. Bestimmt würde sich Stern hier gar nicht wohl fühlen.

Zuerst lief alles gut. Der Clubportier begrüßte ihn sofort mit Namen und korrektem Rang – trotz der Tatsache, daß es Jahre her war, seit Boy zuletzt im Club gewesen war. Man nahm ihm seinen Mantel ab, seine Mütze, seinen Offiziersstock. Mehrere betagte Herren, die in tiefen Ledersesseln saßen, sahen zu ihm hoch, als er vorbeiging und sie mit einem Kopfnicken begrüßte. Der Sohn seines Vaters.

Boy fühlte sich in seiner Rolle sicher. Sein Vertrauen wuchs. Seine Zuversicht war groß, als er das Rauchzimmer betrat. Dann entdeckte er Stern: Stern stand am anderen Ende des Zimmers mit dem Rücken zum Feuer; ein Clubdiener verharrte abwartend in der Tür. Stern unterhielt sich mit einem älteren Grafen und dem Außenminister. Sie schienen an seinen Lippen zu hängen. Boy war außer sich vor Wut.

Von da ging alles schief. Stern begrüßte ihn freundlich; er streckte ihm seine Hand entgegen, die Boy – der ihm am liebsten einen Schlag versetzt hätte – ergreifen mußte. Die anderen Herren entfernten sich diskret. Bevor Boy überhaupt wußte, was geschah, saßen sie beide in Ledersesseln vor dem Kamin, und es war Stern, nicht er, der den Whisky bestellte. Der Diener kam eilig damit zurück. Stern griff nach einer Zigarrenkiste.

Boy konzentrierte sich zuerst auf Sterns Weste, die er geschmacklos und viel zu bunt fand. Sterns Jackett war offensichtlich neu und zu sehr auf Taille gearbeitet; seine Schuhe, zwar handgemacht, aber ebenfalls viel zu neu. Vor Haß erstarrt, sah Boy darauf hinunter.

Boy verabscheute neue Schuhe genauso wie sein Vater und schon sein Großvater. Das Wichtige an Schuhen war, daß sie ein Leben lang hielten. Wenn sich neue Schuhe nicht vermeiden ließen, mußten sie zuerst eingelaufen werden, täglich von einem geübten Diener eingefettet und poliert werden, mindestens ein Jahr lang, bevor man sich damit sehen lassen konnte. Sterns Schuhe sahen aus, als hätte er sie erst heute morgen das erste Mal angezogen. Sein Anzug roch förmlich nach Geld, was unverzeihlich war. Sein glattes Haar, rotbraun wie von einem Fuchs, war korrekt geschnitten, aber ein wenig zu lang. Seine Manschetten waren zu weiß, die Knöpfe daran zu groß. Stern bot Boy eine Zigarre an, eine Havanna.

Im nächsten Augenblick war Boy froh um die Zigarre. Er mußte das Band entfernen, warten, bis das Ende gekappt war, sie anzünden, daran ziehen – all diese Notwendigkeiten gaben ihm Zeit, sich zu besinnen. Er hatte sich bereits überlegt, was er sagen würde; es kam nur noch auf die richtige Art an. Boy, der bisher ganz vorn auf der Sesselkante saß, rückte weiter nach hinten. Er schlug die Beine übereinander, dann stellte er sie wieder auseinander. Er straffte die Schultern. Er ignorierte den Rücken des Außenministers. Er versuchte Stern mit dem starren Blick zu fixieren, den er sich im Feld angewöhnt hatte: direkte Annäherung, von Mann zu Mann, ohne ein Zeichen von Furcht, und ohne auf seinen höheren Dienstrang hinweisen zu müssen, denn diese Überlegenheit war vorgegeben, sie war das Wesen eines Befehls.

Boy hatte seine Schultern gestrafft, aber er fand keinen Anfang. Seine Gedanken wirbelten durcheinander. Er trank einen Schluck von dem Whisky. Stern wippte mit seinem wohlbeschuhten Fuß. Im Unterbewußtsein hörte Boy das Donnern und den Widerhall von Kanonen.

Vorsichtig stellte er sein Whiskyglas auf den Tisch. Seine Hand zitterte ein wenig, und er hoffte, daß Stern es nicht bemerkte. Das geschah ihm jetzt häufiger, dieses Zittern, und wenn es begonnen hatte, war es nicht mehr abzuwenden.

Er zog seinen Kragen ein wenig vom Hals zurück. Es war zu heiß im

Zimmer. Es war zu still. Plötzlich hatte er Angst, daß er, wenn er zu sprechen begann, plötzlich stottern würde. Boy fächelte mit der Hand vor seinem Gesicht, als wollte er den Zigarrenrauch vertreiben. Unterdrückte Unterhaltung, donnernde Geschütze. Boy legte seine Zigarre aus der Hand und wartete, daß er in die Gegenwart zurückfinden würde. Stern blickte auf seine Uhr. Boy beugte sich nach vorn. Klar und präzise: ein Offizier und ein Gentleman.

»Diese Hochzeit«, sagte er. Seine Stimme war zu laut. Aber es kümmerte ihn nicht. »Diese Hochzeit«, wiederholte er. »Ich bin gekommen, um es Ihnen zu sagen: Sie wird nicht stattfinden.«

Boy war schon seit zwei Tagen in England. Er war zwischen London – wo er Maud sah – und Winterscombe – wo die Hochzeit stattfinden sollte – hin- und hergefahren. Diesen Satz, den er jetzt zu Stern sagte – »Diese Hochzeit – sie wird nicht sattfinden« –, hatte er schon viele Male geübt.

Er hatte ihn zu seinem Vater gesagt, zu seiner Mutter, zu Maud, zu Freddie und Steenie. Gwen weinte. Sein Vater erklärte ihm brüsk, daß er sich um seine eigenen Angelegenheiten kümmern solle. Freddie meinte, daß er nichts tun könne. Maud vermutete, daß sich Stern nicht davon abbringen lassen würde, wenn er sich dafür entschieden hatte. Steenie hatte ihm geraten, sich damit abzufinden. »Die Hochzeit verhindern?« Er hatte die Augen verdreht und den Blick gegen die Decke gerichtet. »Boy, ebensogut könntest du versuchen eine Lawine mit einem Federmop zu stoppen. Vergiß das Ganze, vergiß es am besten gleich.«

Boy hatte alle Ratschläge ignoriert. Er würde Constance überzeugen. Aber Contance ging ihm, wie es schien, aus dem Weg, und erst an diesem Nachmittag hatte er ihrer habhaft werden können. Sie ging am See spazieren. Ein grauer Wintertag: Aus dem feinen Dunst zeichneten sich die Konturen Constances ab.

Sie trug einen neuen Mantel, hell und unvorstellbar teuer – sogar Boy konnte das sehen. Die Kapuze war mit weißem Fuchspelz besetzt. Der Pelz war in der Kälte steif geworden, und als sich Constance umdrehte, um ihn mit einem Lachen und einem Schrei der Freude zu begrüßen, war ihr Gesicht von einer Krone aus winzigen Eisnadeln umrahmt.

Schwarzes Haar; die Augen noch schwärzer, als er sie in Erinnerung hatte; ein schimmernder Mund; ihr Atem war zu sehen, als sie seinen Namen rief. Sie nahm seine Hand. Sie drückte sie zwischen weichen Glacéhandschuhen.

Sie stellte sich auf die Zehenspitzen. »Francis! Du bist hier!«

Sie küßte ihn auf die Wange. Sie tänzelte auf ihn zu und tänzelte von ihm weg, stellte sich zur Schau, stellte den kleinen Hund zur Schau, den sie bei sich hatte. Ein Spitz, schneeweiß, winzig, absurd. Boy hätte ihn mit einem Fußtritt erledigen können: Der Spitz fletschte seine Zähne, als er ihn sah. Constance rief ihn zur Ordnung. Sie machte ihn an seiner roten Leine fest; sein Halsband war aus Rheinkiesel.

»Montagues Verlobungsgeschenk!« Constance kraulte das Fell des kleinen Hundes. »Hast du je ein so lächerliches Tier gesehen – oder ein so vulgäres Halsband? Ich liebe sie beide.«

Sie tänzelte auf ihn zu; sie tänzelte um ihn herum. Boy hatte sich nie größer gefühlt, und nie langsamer. Er folgte Constance und dem Hund über den Rasen. Seine Füße stampften durch das Gras. Sie hinterließen große Abdrücke in dem gefrorenen Boden. Er erklärte es ihr – er war sicher, daß er es ihr erklärt hatte; er war sich sogar ganz sicher, daß er ihr, wie geplant, einen Antrag gemacht hatte. Constance glitt ihm durch die Finger: Es war, als würde man versuchen Wasser festzuhalten.

Als er ihr bis zur Terrasse gefolgt war, drehte sie sich zu ihm um. Wieder stellte sie sich auf die Zehenspitzen. Noch einmal gab sie ihm einen Kuß auf die Wange.

»*Weißt* du noch? Francis, mein Liebling, natürlich erinnere ich mich noch daran. Ich liebe dich auch. Das habe ich immer getan. Das werde ich immer tun. Du bist mein besonderer Beschützer und mein Bruder. Ach, Francis, ich bin so froh, daß du Urlaub bekommen hast; es wäre schrecklich gewesen, ohne dich zu heiraten. Ich werde dich in der Kirche suchen, wenn ich durch das Kirchenschiff gehe. Erinnerst du dich noch an den kleinen Ring, den du mir mal gegeben hast – der mit dem blauen Stein? Ich werde ihn tragen – etwas Blaues, weißt du, das bringt Glück. Ich will glücklich sein. Ich werde ihn an einer Halskette tragen, damit Montague nicht eifersüchtig wird – manchmal kann er schrecklich eifersüchtig sein.« Sie zitterte. »Schnell – es ist kalt, findest du nicht? Komm mit, Francis. Nimm meinen Arm. Nein, laß uns laufen, ja? Ich habe Lust zu laufen und zu schreien, und zu tanzen. Wie gut die Luft tut! Ich bin so glücklich heute...«

Sie lief mit ihm, sie lief von ihm fort. Eine kleine flinke Gestalt, der lächerliche Hund auf ihren Fersen. Danach hatte sie immer darauf geachtet – Boy war sich dessen ganz sicher –, nicht mehr mit ihm allein zu sein.

Und so mußte er, wie er von Anfang an befürchtet hatte, sich mit Stern auseinandersetzen. Constance, die eine Frau war und ein Kind, konnte mit Stern nicht fertig werden – das hätte er von Anfang an wissen müssen.

»Sie wird nicht stattfinden?« Boy konnte jetzt Sterns Gesicht wieder klar erkennen. Stern musterte ihn mit weltmännischer Belustigung. »Mein lieber Junge, die Hochzeit findet übermorgen statt. Ich fahre heute abend nach Winterscombe. Ich dachte, wir könnten zusammen fahren. Gibt es irgendwelche Probleme, Boy?«

»Sie sind nicht der richtige Mann für Constance.«

Boy war völlig überrascht von dem, was nun folgte. Die Sätze sprudelten aus ihm heraus. Ein Offizier und ein Gentleman. Er stotterte kein einziges Mal.

»Lassen wir die Frage Ihres Alters und Ihrer... *Freundschaft* mit meiner Tante einmal völlig außer acht...«

»Außer acht lassen?« Ein leichtes Lächeln. »Boy, Sie überraschen mich.«

»Lassen wir einmal die Frage nach Ihrer Herkunft, nach Ihrem Umfeld außer acht...«

Immer weiter und weiter: Die Worte waren wie diese neuen Panzer. Er konnte sehen, wie sie sich durch den Schlamm wühlten, sich drehten, alles niedermachten. Boy näherte sich dem Ende. Er schlug vor, Stern solle das einzig Ehrenwerte tun und die Hochzeit absagen. Er appellierte an ihn als Gentleman, während er gleichzeitig klarstellte, daß er Stern nicht als Gentleman betrachtete und es auch nie tun würde. Stern trank seinen Whisky. Er zog an seiner Zigarre.

»Tut mir leid, aber das ist unmöglich.«

Das war alles. Kein einziges Wort von Liebe, kein Versuch der Rechtfertigung. Diese Arroganz bohrte sich durch Boy hindurch. Ihm wurde heiß. Ein Maschinengewehr ratterte; dann noch eins. Zum ersten Mal bekam es Boy mit der Angst zu tun. Er hatte das Gefühl zu versagen, und deshalb stürzte er sich in einen letzten Angriff, den er sich eigentlich hatte aufheben wollen.

Er kam auf Hector Arlington zu sprechen. Boy verstand von Geldgeschäften nicht so viel, wie er sich gewünscht hätte, aber diese Geschichte glaubte er gut genug zu verstehen. Er sprach mit erhobener Stimme. Er war erregt.

»Hector und ich waren im selben Regiment. Wir waren sehr alte Freunde. Er hat mir erzählt, wie Sie seine Mutter beraten haben. Bevor er starb –«

»Ach, ja. Eine tragische Geschichte. Es hat mir sehr leid getan, als ich es hörte.«

»Sie haben sie ausbluten lassen.« Boy stellte sein Whiskyglas mit einem Knall auf den Tisch. »Sie Heuchler. Sie haben aus diesem Krieg ein Vermögen herausgeschlagen. Sie sitzen da und wollen mir erzählen, daß es Ihnen leid tut – wo es doch Ihre Schuld ist, daß die Arlingtons untergegangen sind. Vielfältige Interessen – Sie haben meinen Vater benutzt – sein Haus und seine Empfehlungen. Wenn Hector leben würde –«

»Wenn Hector Arlington leben würde, wäre nur einmal Erbschaftssteuer fällig geworden. Dann wäre die Situation eine völlig andere. Boy –«

»Lügen Sie mich nicht an.« Boy war rot angelaufen. Seine Hände waren unruhig. Sie fuhren durch die Luft. Die Geschütze hatten wieder zu schießen begonnen, lauter als vorher, so laut, daß der Außenminister aufblickte.

»Auf jeden Fall sind es nicht nur die Arlingtons. Es gibt noch andere. Ich habe davon gehört. Ihre ersten Partner – die Sie in Ihre Bank aufgenommen haben. Was ist mit denen geschehen? Einer von ihnen hat sich die Kehle durchgeschnitten – und warum hat er das getan? Weil Sie ihn vorsätzlich in den Ruin getrieben haben. Oh, ich weiß, Sie werden sagen, daß das alles nur Gerüchte sind – aber einige davon sind zufällig wahr. Ich habe mich erkundigt. Ich habe mit Maud gesprochen. Ich habe zwei und zwei zusammengezählt und –« Boy unterbrach sich. Seine Augen waren groß und rund. »Das ist es doch, nicht wahr? Das ist mir gerade klar geworden. Das ist der Grund, warum mein Vater es überhaupt zuläßt. Natürlich. Jeder schuldet Ihnen Geld. Er schuldet Ihnen Geld, und diese Heirat gibt ihm die Möglichkeit, es Ihnen zurückzuzahlen.« Boy trank einen Schluck Whisky, um sich zu beruhigen.

»Nun«, fuhr er fort und begann geradezu stolz auf sich zu sein – so hätte auch sein Vater gesprochen. »Ich schätze, das macht die Sache ganz einfach. Wir können es als das behandeln, was es ist: eine finanzielle Transaktion. Wieviel, um Sie auszuzahlen, Stern? Offenbar gibt es doch einen Preis. Nennen Sie ihn.«

Stern nahm sich Zeit mit seiner Antwort. Er schien nicht beleidigt, was Boy ein bißchen enttäuschte. Er nippte an seinem Whisky, bevor er zu sprechen begann.

»Komischerweise...« Sterns Blick wanderte in die Ferne. Seine Stimme klang ironisch, noch immer amüsiert. »Komischerweise gibt es trotz der Tatsache, daß ich Jude bin, keinen Preis dafür. Ich fühle mich... nicht geneigt, mich auszahlen zu lassen, wie Sie es ausdrücken.«

Während er dies sagte, sah er auf seine Armbanduhr, als würde ihn Boy nun nicht mehr besonders interessieren. Dann griff er mit einer seiner schmalen eleganten Hände in die Brusttasche seines Jacketts. Er zog einen Umschlag heraus. Ohne etwas zu sagen, legte er diesen Umschlag auf seine Knie. Dann sah er wieder Boy an. Er wartete.

»Ich werde es Constance sagen«, brach es aus Boy heraus, der sich bemühte, diesen Umschlag zu ignorieren. »Und nicht nur Constance. Ich werde... es offen hinausposaunen. Ich werde... die Wahrheit sagen. Ich werde, ich werde...«

Er suchte krampfhaft nach etwas, das diesen Mann als das hinstellen würde, was er war, ein Geldverleiher und ein Profitmacher. Geld und Munition. Wieviel Gewinn pro Kugel, pro Granate, wo es so viele Kugeln gab und so viele Granaten?

»Boy.« Stern beugte sich nach vorn. Er sah Boy ruhig an. »Boy, ich glaube, Sie sind übermüdet. Zweifellos gibt es dafür Gründe. Sie sehen nicht gut aus. Wäre es nicht besser, wenn wir diese ganze Unterhaltung vergessen und Sie jetzt gehen?«

»Das werde ich nicht tun.« Boys Gesicht wurde kämpferisch und trotzig. Er sah, wie Constance über den gefrorenen Rasen tänzelte, fort von ihm, mit diesem schrecklichen kleinen Hund. »Das werde ich nicht. Sie werden Constances Leben nicht ruinieren. Wenn es sein muß... werde ich in der Kirche aufstehen und sagen, was zu sagen ist. Ich werde es tun. Nur Ursache und Hinderungsgrund. Sie waren jahrelang der Geliebte meiner Tante. Sie sind alt genug, um Constances Vater zu sein. Constance macht sich nichts aus Ihnen. Sie kann nicht –«

Er verstummte. Ohne ein Wort hatte sich Stern nach vorn gebeugt und den Umschlag auf seinen Schoß gelegt.

Boy starrte darauf hinunter. Ein kleiner Umschlag, rechteckig, ohne Anschrift und unversiegelt; in diesem Umschlag steckte etwas, das fester war als ein Blatt Papier. Boy stieg das Blut in den Kopf. Langsam – seine Hände hatten wieder zu zittern begonnen – öffnete er den Umschlag.

Ein Foto. Er brauchte es nicht völlig aus dem Umschlag zu ziehen; schon ein kurzer Blick darauf genügte, denn es war ihm wohlvertraut. Eines seiner eigenen Fotos, eines der Geheimnisse seines Lebens: ein kleines Mädchen, Constance als kleines Mädchen. Unschuld und Wissen. Ihr Kleid war naß.

»Woher haben Sie das?«

Boy verhedderte sich: Er blieb mitten im Satz stecken, und dann purzelten die Buchstaben ungeordnet durcheinander. Stern beantwortete die Frage nicht, er machte nur eine kleine und vielleicht verächtliche Geste. Eine Antwort war sowieso nicht nötig: von Constance persönlich, das wußte Boy. Von Constance, der er so viele kleine Geschenke gemacht hatte: den Ring mit dem blauen Stein, einen Spitzenkragen, einen Schal aus bunter Seide, eine Bernsteinkette; glitzernde Gegenstände, für eine Elster wie geschaffen, die hoffnungslosen Zeichen seiner Verehrung. Und – wenn sie ihn darum bat, und sie bat nicht oft um etwas – der kleine silberne Schlüssel, der die Truhe in seinem Zimmer schloß, der die Schublade schloß, in der er diese Fotos aufbewahrte.

»Ich habe ihr nie weh getan. Ich habe sie nie angefaßt. Darauf gebe ich Ihnen mein Wort.«

Der Schmerz war groß, aber er mußte sich rechtfertigen, fand er, selbst jetzt, und selbst Stern gegenüber.

»Ich habe sie gesucht. In meinen Fotos – ich wollte sie festhalten.«

Das sagte er, seine Erklärung für etwas, das er immer als eine Suche empfunden hatte, niemals als eine Perversion. Eine unmögliche Suche, das sah er jetzt: Constance war kein Schmetterling, den man auf einer Nadel aufspießte, identifizierte, mit einem Etikett versah. Sie ließ sich nicht einordnen, genausowenig, wie sie sich geweigert hatte, für seine Fotos Modell zu stehen. Diese Bemerkung, die Boy sofort bedauerte, schien Stern dazu zu veranlassen innezuhalten.

»Ich verstehe. Ich glaube Ihnen, trotzdem...«

In Sterns Augen flackerte kurz etwas auf – Verstehen, möglicherweise sogar Mitleid. Dann wurde sein Gesicht wieder verschlossen. Er streckte die Hand aus, nahm den Umschlag wieder an sich, steckte ihn in seine Tasche.

Boy taumelte, als er aufstand. Er hatte das Gefühl, als würde der Boden unter seinen Füßen schwanken. Der Tisch, auf dem das Whiskyglas stand, neigte sich auf die Seite. Niemand beachtete ihn. Die Unterhaltungen gingen weiter. Niemand schien zu merken, daß Boy blutete.

Es irritierte ihn. Er machte eine kleine unentschlossene Handbewegung. Er drehte sich um und hielt, ohne noch etwas zu Stern zu sagen, auf die Tür zu. Er taumelte an Tischen und Stühlen vorbei, er wirkte wie betrunken, seine Füße schienen unter ihm wegzuknicken.

Als Boy durch die Tür verschwunden war, ging Stern zum Clubtelefon. Von dort aus, in einer gepolsterten Kabine, bei geschlossener Tür, rief er Constance in Winterscombe an. Er wußte, daß sie auf seinen Anruf wartete.

»Hast du es getan?«

Ihre Stimme kam und ging; sie klang ein wenig merkwürdig, da war etwas, was Stern nicht genau deuten konnte, vielleicht Erregung, oder Angst, oder Verzweiflung.

»Ja. Es tut mir leid, aber es ließ sich nicht vermeiden.«

Er gab ihr einen kurzen Bericht, aber damit wollte sich Constance nicht zufriedengeben: Sie mußte alle Einzelheiten erfahren. Wie hatte Boy ausgesehen? Was hatte er gesagt? Hatte er verletzt gewirkt?

Stern schnitt ihre Fragen ab.

»Man durfte wohl kaum erwarten, daß er glücklich aussieht.«

»Hat er geweint? Manchmal weint er nämlich. Ich habe ihn schon zum Weinen gebracht – früher. Ach, Montague –«

»Wir reden morgen darüber.«

Stern legte auf. Er ging in das Rauchzimmer zurück. Er drehte seinen Sessel so, daß er mit dem Rücken zum Zimmer saß und ungestört blieb. Boy tat ihm leid, er hatte ihn immer gern gemocht; Stern starrte lange auf dieses Foto von Constance.

Constance wollte, daß die Hochzeit schnell stattfand. Es sollte ein einziger Rausch sein. Alles in Bewegung, alles strahlend, alles sehr schnell. Keine Zeit zum Denken: ein Tag voller Höhepunkte.

Am liebsten wäre sie durch das Kirchenschiff in Winterscombe gerannt – wenn Denton an ihrer Seite nicht so kurzatmig gekrochen wäre. Sie fühlte sich schwerelos: Die kalte Luft hob sie aus dem großen, weiß geschmückten Wagen, blies sie über den Friedhof, an Grabsteinen vorbei, auf denen eine dünne festgefrorene Schneeschicht glitzerte. Durch das Portal, in das Hauptschiff: Sie war froh, daß der Boden so kalt war, sie tänzelte in ihren dünnen Satinsandalen darüber hinweg.

Winzige Schuhe, mit weißen Bändern verziert, die aus Paris kamen. Der Krieg setzte Montague Stern keine Grenzen. Gwen hatte bestellt. Stern hatte bezahlt. Sandalen aus Paris, weiße Strümpfe aus feinster Seide mit blauen Strumpfbändern, die ein wenig einschnitten.

Das Kleid – was für ein Kleid! Fünfzehn Anproben bei Worth, Seidenmusselin, Brüsseler Spitze. Ein unendlich langer Schleier, der sich hinter ihr ausbreitete, wunderbar angeordnet, mit Draht versteift und mit Kristallblumen und Sternen bestickt – ein Triumph der Technik!

Die schmalste Taille, die es je gab, eingeschnürt, und noch fester eingeschnürt, ihre neue Zofe hatte an den Bändern ihres weißen Korsetts gezogen – *zieh fester*, hatte Constance gerufen –, vierundvierzig Zentimeter, dreiundvierzigeinhalb, dreiundvierzig. Damit Montagues schöne Hände sie umspannen konnten, das hatte Constance gewollt, und das hatte sie auch erreicht. Fast unmöglich, darin zu atmen, aber heute, fand sie, brauchte sie nicht so gewöhnliche Dinge wie Sauerstoff: Sie selbst war Luft; hell und unbesiegbar wie Luft, wie ein Diamant.

An ihren Handgelenken waren Diamanten, und Diamanten auch in ihren Ohren; und Diamanten steckten wie Tränen in ihrem Schleier. Sie waren ein Geschenk von Montague: Sie schmiegten sich um ihre Handgelenke und ihren Hals wie kühler Regen. Sie waren ihr Kennzeichen, der Talisman ihrer Kühnheit.

Constance warf einen Blick nach rechts und links, schritt durch das Mittelschiff, und es war ein ungeheurer Triumph für sie. Was machte es schon, daß die Hochzeitsgesellschaft kleiner und nicht so auserlesen war, wie sie es sich gewünscht hätte? Die Leute fürchteten den Skandal, das war alles; manche der geladenen Gäste waren Maud zuliebe nicht gekommen. Sollten sie doch, Constance kümmerte es nicht: Sie würden schon noch um sie buhlen, alle, die sich jetzt zurückhielten. Sie würde sie für sich gewinnen. Sie und Montague würden sie erobern.

Lady Cunard war da – trotz Maud. Eine Frau, die den Aufstieg eines neuen Sterns am Himmel ahnte: Constance nickte ihr zu. Wer noch? Gus Alexander, der Baulöwe, der ihr einmal einen Korb mit zweihundert karmesinroten Rosen geschickt hatte. Conrad Vickers, der – weil Boy sich weigerte – die Hochzeitsfotos machen sollte. Er flirtete mit Steenie. Drei Kabinettsmitglieder – sie waren ohne ihre Frauen gekommen. Mehrere prominente Finanzleute. Nachbarn. Oh, es waren immer noch genug – diese Hochzeit war nur der Anfang.

Constance war an den Plätzen der Familie angekommen: Gwen, mit gesenktem Kopf; Freddie; Boy – in Uniform; Steenie, der ihren neuen kleinen Hund auf dem Schoß hatte – der Hund mußte auch dabeisein, darauf hatte Constance, zur Bestürzung des Pfarrers, bestanden.

Armer kleiner Hund: Sie mußte ihn zurücklassen, wenn sie in die Flitterwochen fuhr. Constance warf dem Tier einen Kuß zu. Sie lächelte Steenie an, Freddie, Boy – der sich abwandte.

Noch zwanzig Schritte; zehn. Sie war am Altar angekommen, der mit Blumen überhäuft war, weißen Blumen, wie Constance verlangt hatte: »Weiß müssen sie sein«, hatte sie gesagt. »Aber keine Lilien.«

Trauzeuge war einer von Montagues Freunden – Constance würdigte ihn keines Blickes. Als sie näher kam, drehte sich Stern endlich um. Mit ruhigem abwägendem Blick faßte er sie ins Auge; er trug einen ungewöhnlich zurückhaltenden Rock.

Wie langsam Montague Stern das Treuegelöbnis sprach! Constance warf ihm einen ungeduldigen Blick zu. Warum so langsam und warum so betont? Wenn es je einen Mann gegeben hatte, der Atheist war, dann Montague. Constance gefielen die Worte nicht; sie weigerte sich, sie anzuhören. Sie ließ sie an sich vorbeiziehen, sie waren voller Tücke, diese Worte: Constance haßte Versprechungen. Acland hatte ihr versprochen, nicht zu sterben. Versprechungen waren nichts, es hielt sich ja doch niemand daran.

Als der Ring endlich an ihrem Finger steckte, fühlte sie große Erregung; und dann, gleich danach, große Sicherheit. Es war fast geschafft! Nur noch wenige Worte, und die Sache war erledigt.

Schnell, schnell. Stern berührte ihre Hand. Sie war eine verheiratete Frau. Lady Stern. Constance starrte auf den Altar. Ein Tuch aus Weiß und Gold. Sie kostete diesen neuen Titel auf der Zunge. Hart und hell und sicher.

Jetzt war der Moment gekommen, die Braut zu küssen. Mit eisigem Anstand nahm Stern sie in die Arme, wie sie es vorausgesehen hatte. Constance drehte den Kopf, der Schleier blähte sich auf. Der Schleier versperrte der Hochzeitsgemeinde die Sicht. Sie legte ihre schmalen Arme fest um seinen Nacken.

Sterns Augen begegneten ihr im Schutz des Schleiers. Sein Blick war, wie sie es erwartet hatte: kühl, unbewegt, wach und aufmerksam. Als sich seine Lippen auf ihre legten, schoß Constances Zunge nach vorn. Sie würde seine Fassung noch erheblich stören.

»Widersacher«, murmelte sie in sein Ohr. Sie legte ihre Wange gegen seine. Das war ein neues Wort, das sie sich zugelegt hatten. Sterns Hand schloß sich fester um ihre.

»Weib«, erwiderte er mit seltsamer Betonung.

Sie drehten sich um. Constance zitterte. Dröhnende Orgelmusik füllte den Raum.

Die Hochzeitsfotos; das Hochzeitsessen. Die Fotos, die Vickers' Karriere begründen würden, in Silberdruck, exquisit: Constance hatte sie noch immer.

Das Menü hatte Constance ausgesucht – zum ersten Mal konnte sie ihrer Vorliebe huldigen: klein, aber fein. Fingerhutgroße Portionen Kaviar; Wachteleier in Silberkörbchen; Trüffel in Rindermarksauce; Rebhuhnbrust auf Toast.

Constance aß kaum etwas. Sie war voller Ungeduld. Ein Glas von Dentons Champagner Rosé; eine Scheibe *foie gras*. Der einzige am Tisch, der noch weniger aß als die Braut, war Boy.

Nach dem Hochzeitsmahl gab es keinen Tanz. Auch das hatte Constance bestimmt. Die Flitterwochen wollten sie auf Dentons schottischem Besitz verbringen; die Reise, die dem Brautpaar bevorstand, war lang; nach dem Essen stand Constance sofort vom Tisch auf; um halb zwei war sie zur Abfahrt bereit. Sie schickte ihre neue Zofe, die im Vergleich zu Jenna langsam war, aus dem Zimmer. Sie betrachtete sich im Spiegel. Sie drehte sich hin und her.

Am Ende hatte es doch keinen Hermelinmantel gegeben. Constance hatte zuerst an Hermelin gedacht, es sich dann aber anders überlegt, nachdem sie entdeckt hatte, daß es sich bei Hermelinen um eine Wieselart handelte. Stern hatte mit einem Zobel aufgewartet. Ein cremefarbenes Reisekostüm aus Seide und Kaschmir. In Schottland würde es kalt sein. Constance kümmerte es nicht. Sie hätte sogar Norwegen akzeptiert, Schweden, Finnland – je kälter, je weiter nach Norden, desto besser. Selbst wenn es keinen Krieg gegeben hätte, selbst wenn es keine Hochzeit im Winter gewesen wäre, hätte Constance den Gedanken an Italien oder Frankreich gehaßt. Sie liebte die Extreme.

Ein cremefarbenes Reisekostüm. Weiche cremefarbene Kinderstiefel, die bis zu den Knien geschnürt waren. Ein Kragen aus Perlen, zehn Zentimeter breit, den sie genauso trug, wie es Queen Mary eingeführt hatte. Ein Hut mit Schleier – Constance hatte auf einem Schleier bestanden. Sie betrachtete sich im Spiegel, zufrieden darüber, wie der Schleier ihr Gesicht verdunkelte.

So viele Verabschiedungen. Die Gäste. Die Familie. Gus Alexander, der seine Eifersucht unterdrückte und das Paar herzlich einlud, ihn in New York zu besuchen. Ein kleiner unscheinbarer Anwalt namens Solomon, Lady Cunard, Conrad Vickers, Denton, Gwen, Freddie, Boy, Steenie. Boy wirkte betrunken. Tatsächlich war er es nicht. Er war nüchtern, aber er war wie benommen. Als Constance ihm einen Kuß auf die Wange gab und ihn bat, ihr von Frankreich aus zu schreiben, drückte ihr Boy einen kleinen Zettel in die Hand. Constance war irritiert. Sie steckte ihn ungelesen in ihre Handtasche.

Sie eilte zu Steenie, den sie umarmte. Sie drückte ihren kleinen Hund, küßte seine Nase und ließ zu, daß er ihr das Gesicht ableckte. Sie gab Steenie eilig letzte Anweisungen. Sie küßte den Hund noch einmal; sie klammerte sich an ihn; man mußte sie wegziehen von ihm.

In einem großen stattlichen Wagen nach London. Dann der Nachtzug nach Norden.

Die Hochzeitsnacht würden sie im Zug verbringen. Bei dem Gedanken daran lachte Constance entzückt. Sie drehte sich zu ihrem Mann um, sie küßte ihn, zuerst schüchtern, dann – als der Wagen schneller fuhr – schamloser. Stern erwiderte ihre Küsse, aber er schien mit seinen Gedanken weit weg zu sein. Es ärgerte Constance. Mit einer ungeduldigen Handbewegung zog sie sich zurück. Stern schwieg. Constance wandte sich zum Fenster: Sie legte ihr Gesicht an das kalte Glas.

In ihrem Abteil des Nachtzugs tranken sie Champagner. Der Kellner – das war offensichtlich arrangiert – brachte ihnen Austern.

»Die riechen nach Sex«, sagte Constance und brach die Schalen auf.

Als der Zug sich langsam in Bewegung setzte und sich die Räder im gleichmäßigen Rhythmus drehten, begann sich Constance umzusehen.

Wie faszinierend diese Abteile waren, wie durchdacht und luxuriös! Sie sah sich mit kindlichem Entzücken um. All die Verkleidungen und Polsterungen, alles maßstabsgerecht verkleinert. Ein kleiner Tisch, unter dem ein Waschbecken aus Porzellan zum Vorschein kam. Kleine Schränke mit Handtüchern, frischen Seifenstücken und Gläsern. Zahlreiche Kleiderhaken und Borde. So viele hübsche Lampen mit rosaroten Seidenschirmen, die das Licht weich und einschmeichelnd färbten: ein Puppenhaus!

Constance nahm ihr Bett in Augenschein: gestärkte weiße Kissenbezüge und karierte Laken. Sie zögerte, denn alles Karierte erinnerte sie an den Unfall ihres Vaters. Für einen Augenblick verwandelte sich die Bettkoje zu einer Tragbahre. Sie wandte den Blick ab. Sie ging auf die Verbindungstüren zu, die sich zurückfalten ließen, und stellte fest, daß das zweite Abteil ebenfalls mit einem Bett und einer ähnlichen Einrichtung ausgestattet war.

»Zwei Betten.« Sie drehte sich um und lächelte Stern an. »Ich sollte sie nicht als Kojen bezeichnen; dafür sind sie viel zu prächtig!« Sie machte eine Pause. »Sollen wir uns abwechseln, was meinst du? Es ist eine so lange Reise...«

»Das könnten wir tun.« Stern stand neben der Tür. Er beobachtete sie mit untergeschlagenen Armen.

»Was mir gefallen würde...« Constance sah ihn an. Sie öffnete ihre Perlenkette und schwang sie mit den Fingern wie ein Pendel. »Was mir gefallen würde...«

»Sag mir, was dir gefallen würde.«

»Ich glaube, ich würde gern auf meinem Pelz liegen.«

»Und?«

»Vielleicht meine Strümpfe anlassen. Und meine hübschen Strumpfbänder. Und meine verflixten französischen Stiefel. Ja, das würde mir Spaß machen. Du könntest mir gefällig sein, während ich meine Stiefel anhabe, Montague. Das ist irgendein Zitat, obwohl ich finde, daß es andersherum sein müßte.«

»Findest du?« Stern zog seine Jacke aus. »Zeig mir, wie du aussiehst auf deinem Zobel, Constance.«

Constance warf ihren Pelz über die karierte Decke. Nachdem die Karos verschwunden waren, versuchte sie ihr Kleid zu öffnen.

»Ohne meine Zofe bin ich verloren. Würdest du mir bitte helfen.«

Sie drehte sich um und wandte Stern ihren schmalen Rücken zu. Seine kühlen Hände fuhren über ihren Hals und fingen an, die Haken und Ösen zu öffnen. So viele! Constance blieb absolut ruhig stehen. Sie schloß die Augen und schlug sie wieder auf. Sie lauschte auf Sterns gleichmäßigen Atem.

Als das Kleid geöffnet war, streifte Stern es so von ihren Schultern, daß es auf ihre Füße fiel. Constance schob es zur Seite. Sie drehte sich nicht um, sondern lehnte sich zurück in seine Arme.

Sie ergriff seine Hände und zog sie nach unten, um zu beweisen, daß er ihre Taille umfassen konnte. Sie führte seine Hände wieder nach oben, damit sie ihre Brüste bedeckten.

»Streichle mich«, sagte Constance. Sie senkte ihren Blick, um Sterns wohlmanikürte Finger zu betrachten, die sich über ihre Haut bewegten. Sie biß sich auf die Lippen. Sie hielt seine Hand fest und drückte sie fest gegen ihre Lippen. Der Zug fuhr jetzt schneller. Sterns Hand war trocken und roch ein wenig nach Seife, aber nicht nach Nelkenseife. Einen Augenblick lang war sie verwirrt.

Constance legte seine Hand wieder auf ihre Brüste. Sie schloß die Augen. Der Zug ratterte. Constance ließ ein leises Stöhnen vernehmen. Sie hatte gewußt, daß sie das tun würde, nach so vielen erfinderischen Verzögerungen; sie glaubte den Moment jetzt für gekommen. Sie lehnte sich noch fester in seine Arme. Sie fühlte sein Glied wie eine Rute an ihrem Gesäß.

Beobachtete er sie? Constance glaubte, daß Stern sie immer beobachtete. Sie senkte den Kopf. Stern küßte sie in die Mulde ihres Nackens. Sie fühlte seine Lippen an ihrer Wirbelsäule. Geübt löste Stern ihr Haar, dann schnürte er das Korsett auf. Das Fischbein hatte auf ihren Rippen kleine rote Druckstellen hinterlassen. Constance öffnete die Augen und sah an sich herab. Sie rieb die Druckstellen, als würden sie dann verschwinden. Ein plötzlicher Ruck nach vorn, dann wieder gleichmäßige Beschleunigung. Constance nahm sich zusammen.

Mit einer schnellen Drehung wand sie sich aus Sterns Armen, so schlüpfrig, so silbrig, so behende wie ein Fisch. Sie warf sich nach hinten, auf ihren Pelz, sah zu Stern auf, der gerade die Nadel aus seiner Krawatte zog. Constance fixierte die Nadel, dann die Krawatte, dann das Jackett und schließlich die Weste. Sie beobachtete, wie Stern seine Kleider faltete und über einen Stuhl legte. Als er sich zu ihr umdrehte, streckte Constance die Hand aus und drehte die rosa Lampe aus.

»Laß sie an«, sagte Stern. »Ich möchte dich sehen.«

Constance schaltete das Licht wieder an. Stern stand eine Weile da und sah auf sie hinunter. Er ging ein Stück auf die Seite, dann setzte er sich auf den Rand des schmalen Betts.

Es war das erste Mal, daß Stern sie völlig nackt sah. Constance hatte eine schnellere, unmittelbare Reaktion erwartet. Sie lag unbeweglich da und zählte die Sekunden. Stern betrachtete sie noch immer. Er hob die Hand und strich mit dem Finger sanft über die ganze Länge ihres Körpers. Von der Mulde ihrer Kehle bis zu dem schwarzen Haarfleck zwischen ihren Schenkeln.

»Du hast eine wunderbare Haut.«

Er nahm seine Hand wieder weg. Constance stellte fest, daß sie nicht sagen konnte, ob ihm ihre Nacktheit gefiel oder ob er sie enttäuschend fand. Irgend etwas schien ihn in Erstaunen zu versetzen. Sie hatte sein Gesicht nie verschlossener erlebt als jetzt.

»Sollen wir etwas miteinander plaudern?«

Dieser Vorschlag, merkwürdig zögernd vorgebracht, verblüffte Constance. Sie überlegte, ob Stern vielleicht ein schüchterner Bräutigam war, verwarf diesen Gedanken aber sofort wieder. Sie richtete sich auf. Sie legte ihre schmalen Arme um seinen Hals.

»Jetzt plaudern? Montague – wir sind Mann und Frau.«

»Aber Ehemänner und Ehefrauen können doch gelegentlich auch miteinander sprechen, oder nicht?«

Er schien amüsiert, aber er löste die Arme von seinem Hals.

»Gelegentlich vielleicht. Aber in der Hochzeitsnacht? Haben sie da nichts Dringenderes zu tun –?«

»Nichts ist jetzt dringend. Wir haben schließlich den Rest unseres Lebens vor uns.« Er machte eine Pause. »Verstehst du jetzt die Bedeutung der Worte – so wie sie in der Bibel gemeint sind?«

»Aber natürlich.« Constance lächelte. »Adam erkannte Eva. Das bedeutet – ficken. Ich bin doch kein Kind mehr, Montague.«

Daß sie *ficken* sagte, schien ihn zu ärgern. Er runzelte die Stirn. Constance, die gerade ihre kleine juwelengeschmückte Hand auf seinen Schenkel legen wollte, zog die Hand zurück.

»Na, und? *Erkennen*. Na schön, ich weiß, was das bedeutet – was macht das für einen Unterschied?«

»Ich dachte mir nur – bevor wir uns auf diese Weise kennenlernen –, sollten wir uns erst auf andere Weise noch besser kennen. Du kennst mich ein wenig, Constance, und in gewisser Hinsicht kenne ich dich auch schon –«

»Montague, wie kannst du das sagen?« Constance setzte sich auf. »Du kennst mich durch und durch: Alles, was wichtig ist an mir, habe ich dir erzählt, oder du hast es selbst gesehen. Schau her: Hier bin ich, völlig nackt – vor meinem Mann.«

Während sie es sagte, lehnte sich Constance noch einmal zurück, so daß sich ihre schwarzen Haare auf dem weißen Kissen ausbreiteten. Sie verschränkte die Arme hinter dem Kopf, eine Stellung, durch die ihre Brüste vorteilhaft gespannt und zur Schau gestellt wurden. Sie wartete, daß diese Pose die richtige Wirkung erzielte, daß Stern seinen absonderlichen Wunsch nach einem Gespräch vergaß.

Aber die Wirkung blieb aus. Sterns Gesicht wurde glatt.

»Na schön. Wenn du unbedingt glauben willst, daß dein Wesen für mich durchsichtig ist, dann glaube daran. Aber das ist nicht der Fall. Und ich dachte mir, daß du vielleicht gern – es gibt einige Dinge, die ich dir sagen wollte – etwas über mich erfahren möchtest.«

Constance schwieg. Ihr Herz machte einen Sprung. Sie betrachtete das Gesicht ihres Mannes aus der Nähe. Zwischen diesem Schweigen und dem, was er gesagt hatte, zwischen Enthüllung und Verschwiegenheit schien sich ein Kampf abzuspielen. Ein Geheimnis also! Sie würde gleich ein Geheimnis erfahren – etwas, das Stern, dessen war sie sich sicher, bestimmt noch niemand anderem erzählt hatte. Was konnte es sein? Ob es mit Geld zu tun hatte, irgendein dunkles Ereignis aus seinem früheren Leben, ein Ereignis, das die Geschwindigkeit seines Aufstiegs erklärte – oder könnte es sich um eine Frau handeln? Constance war jetzt völlig konzentriert.

»Ich habe es noch niemandem erzählt«, begann Stern langsam. »Und ich werde es nie wieder jemandem erzählen. Aber du bist jetzt meine Frau – und ich möchte gern, daß du es weißt. Es betrifft meine Kindheit.«

Darauf erzählte Stern Constance eine Geschichte aus seiner Kindheit, einer Kindheit, die, wie er sagte, von Liebe gekennzeichnet war, aber auch von Armut.

Als kleiner Junge, sagte er, hatte Stern die *yamulka* getragen. Solange er damit im jüdischen Viertel um Whitechapel blieb, war es sicher: Nicht mehr so sicher war es aber, wenn er sich weiter weg bewegte. Denn dort warfen nichtjüdische Kinder mit Steinen auf die Juden: Bestimmte Straßen waren sicher – andere nicht.

Einmal, als er von einem Botengang für seinen Vater zurückkehrte, einem Botengang, der ihn bis aus dem jüdischen Viertel hinausgeführt hatte, kreiste ihn eine Gruppe Jungen ein und fiel über ihn her. Er war allein, neun Jahre alt. Die Jungen waren älter, größer, stärker, und es waren acht an der Zahl. Er hatte ein Stück Stoff aus Kammgarnwolle bei sich, ein teurer Stoff, der für einen besonderen Auftrag benötigt wurde. Stoff, dessen Wert sein Vater nicht erstatten konnte, weil er viel zu teuer war. Diesen Stoff nahmen sie ihm weg, sie zerfetzten ihn mit Messern, warfen ihn in den Gulli. Ohne sich wehren zu können, mußte er ihnen dabei zusehen.

Als der Stoff ruiniert war, hatte einer der Jungen noch eine weitere Idee. Sie rissen ihm die *yamulka* vom Kopf. Einer der Jungen spuckte darauf, ein anderer urinierte darauf, ein dritter kam auf die Idee, sie Stern hinterher in den Mund zu stopfen. Sie forderten ihn auf, sie hinunterzuschlucken. Als Stern sich weigerte, schlugen sie ihn. Dann traten sie ihn mit Füßen. Dabei brachen sie ihm das Nasenbein. Sie schrien Obszönitäten über seine Mutter und seine Schwestern, traten ihn immer wieder, dann wurde es ihnen langweilig, und sie ließen von ihm ab.

Als er nach Hause kam, weinte seine Mutter. Sein Vater, der ein schmächtiger, zarter Mann war, nahm einen Stock und ging hinaus auf die Straße, um die Jungen zu suchen, aber er fand sie nicht. Der Vorfall ging ihm offensichtlich unter die Haut. Nicht lange danach bekam er eine Lungenentzündung und starb. Sterns Mutter blieb mit sechs Kindern zurück, Stern war der älteste, und ohne Mittel, die Familie zu ernähren. Stern verließ die Schule, und auf Vermittlung des Bruders seines Vaters, der auch Schneider war, bekam er die Stelle seines Vaters. Später, mit dreizehn, konnte er als Botenjunge in einer Handelsbank in der City arbeiten, wo er fünf Shilling die Woche verdiente.

»Und so habe ich begonnen, Geschäfte zu machen«, sagte er.

Als er mit seiner Erzählung fertig war, herrschte Schweigen. Constance wartete, daß ihr Mann weitersprach, denn sicherlich war das nicht die ganze Geschichte, ganz bestimmt nicht, dachte sie. Denn was hatte er ihr damit enthüllen wollen? Sie hätte es sich denken können. Nach einer Weile, als Stern immer noch schwieg, richtete sie sich auf, ließ die Decke von ihrer Brust fallen. Sie legte ihre Hand in seine Hand.

»Erzähl weiter«, sagte sie.

»Was weiter?« Stern drehte sich um und sah sie an. Seine Augen waren leer. »Die Geschichte ist zu Ende. Das war alles, was ich dir erzählen wollte.«

»Das war alles? Aber, Montague, das verstehe ich nicht. Ich ahnte, daß etwas Ähnliches passiert sein mußte. Die Menschen haben Vorurteile, böse Vorurteile, und –«

»Etwas Ähnliches?« Stern erhob sich. Er sah auf sie hinunter. Constance stieß einen leisen Schrei aus; sie versuchte die Arme um seine Hüften zu legen.

»Montague, sieh mich nicht so an! Du mißverstehst mich. Es war eine schreckliche Geschichte – natürlich. Aber trotzdem, ich habe das Gefühl, daß da noch *mehr* ist. Du läßt immer noch etwas aus. Sag es mir – bitte, sag es mir. Ich werde es verstehen, was immer es ist –«

»Da ist nichts mehr.«

»Liebster Montague, du kannst mir alles sagen. Warte, laß mich raten. Du warst hinter diesen Jungen her – du wußtest, wer sie waren. Du hast dir Zeit gelassen, und dann, vielleicht Jahre später, hast du Rache genommen.« Sie zitterte am ganzen Körper; ihre Augen leuchteten. »Ich kann es von deinen Augen ablesen. Hast du einen von ihnen getötet, Montague? Wenn ich dich so ansehe, glaube ich, daß du töten könntest.«

Stern ließ ihre Hände los. Er trat einen Schritt zurück. Sein Blick war so kalt, daß Constance sofort verstummte.

»Du hast eine äußerst lebhafte Phantasie. Aber du hast überhaupt nicht verstanden, was ich damit sagen wollte, meine Liebe.«

»Nicht verstanden?« Constance zuckte zusammen. »Nun, zweifellos bin ich ziemlich dumm und langsam. Heute ist mein Hochzeitstag. Ich hatte nicht damit gerechnet, nach Whitechapel gebracht zu werden, in meiner Hochzeitsnacht. Trotzdem, wenn es schon sein muß, dann erklär es mir doch. Was wolltest du mir sagen, Montague?«

Es herrschte Stille. Stern schien mit sich zu kämpfen. »Du siehst so wunderschön aus. Deine Haut. Dein Haar. Deine Augen –« Stern verstummte. Er sah Constance an, die ihren Sieg zu spüren begann. Sie senkte den Blick.

»Ich dachte, daß du mich vielleicht häßlich findest, Montague; deshalb war ich so dumm und so langsam. Ich –«

»Du bist nicht häßlich. Ich habe dich noch nie schöner gesehen.«

Er legte seine Hand vorsichtig an ihren Hals. Er schob die Haare aus ihrem Gesicht. Constance glaubte, er würde zögern – Stern, der niemals zögerte –, aber dann trat er zurück.

»Ich wurde geschlagen – das ist der Punkt. Damals wurde etwas in meinem Kopf zerstört – manche Leute würden sagen – in meinem Herzen. Ich wollte, daß du das weißt. Wenn du mich verstehen willst, dann solltest du dich darum bemühen – es könnte dir helfen. Aber der Schaden war von großem Nutzen für mich, weißt du. Ich habe ihn schon seit langem zu meinem Vorteil umgewandelt.«

Er schwieg. Constance begann zu erkennen, daß sie einen schweren Fehler begangen hatte. Die Stimme, mit der er jetzt sprach, war so höflich, daß ihr eine Gänsehaut über den Rücken lief.

»Wann immer ich mich dabei ertappe, überstürzt zu handeln oder etwas zu sagen, was ich später bereuen könnte –«, er unterbrach sich und sah ihr in die Augen, »und das passiert gelegentlich sogar mir – dann erinnere ich mich an diesen Vorfall. Dann denke ich daran – und stelle fest, daß es mir hilft, mich zu beherrschen. Die Erinnerung daran bewahrt mich davor, überstürzt zu handeln. Sie hindert mich daran, anderen zu trauen – und das ist ein großer Vorteil, sowohl in geschäftlichen Belangen, als auch, wie ich sehe, bei meiner Frau. Gute Nacht, Constance.«

Er stand in der Tür zu dem angrenzenden Abteil. Constance sprang auf. Sie klammerte sich an seinen Arm.

»Montague, was tust du, wo gehst du hin? Ich verstehe dich nicht. Woran wirst du gehindert – was hast du nicht gesagt?«

»Nichts, meine Liebe. Geh wieder ins Bett.«

»Ich *werde* es erfahren. Du *wirst* es mir sagen! Was hättest du denn sagen können?«

»Nichts von Bedeutung. Vergiß, was ich gesagt habe. Ich bin sicher, daß du es bald vergessen wirst.«

»Montague –«

»Meine Liebe. Ich habe keine Lust, in einem Zug mit dir zu schlafen – ich glaube, das ist es. Wir haben schon eine lange Reise hinter uns, und wir haben noch eine lange Reise vor uns. Ich glaube, wir sollten beide etwas schlafen.«

Er schloß die Tür. Constance hörte, wie er den Riegel vorschob. Ihr wurde kalt; sie begann zu zittern. Ihre Blöße schien albern. Sie stieß einen wütenden Schrei aus, dann wickelte sie sich von oben bis unten in ihren Pelzmantel. Sie stand ganz still da und lauschte.

Es war schwer, durch das Gepolter der Räder andere Geräusche zu hören, aber sie bildete sich ein, rinnendes Wasser zu hören, das Rascheln von Kleidern und vielleicht sogar von Laken. Gebannt starrte sie auf den Lichtstreifen unter Sterns Tür. Nach einer Weile ging das Licht aus.

Constance überlegte. Sie war sicher, daß ihr Mann zu ihr hinüberkommen würde, wenn sie an die Tür klopfte oder seinen Namen rief – fast sicher. Sie hob die Hand, dann überlegte sie es sich anders.

Flehen, in ihrer Hochzeitsnacht? Niemals!

Für eine Weile überließ sie sich dieser trotzigen Stimmung. Sie ging in ihrem kleinen Abteil auf und ab. Sie dachte darüber nach, was Montague ihr gesagt hatte. Sie nahm seine Worte auseinander, wie ein Kind ein neues Spielzeug auseinandernimmt. Sie setzte die Stücke wieder zusammen. Manches paßte nicht zueinander; der offensichtliche Zorn ihres Mannes blieb ein Geheimnis – was hatte sie denn gesagt, worüber er so wütend sein konnte?

Nach einer halben Stunde war sie überzeugt: Sie hatte ihren Finger auf die offene Wunde gelegt. Er hatte ihr nur die halbe Geschichte erzählt, und die zweite Hälfte, die verschwiegene Hälfte, handelte von Gewalt – genau, wie sie gesagt hatte! –, von irgendeinem Racheakt. Sie würde ihm dieses Geheimnis entlocken. Sie wollte es wissen, ganz genau!

Darin lag, wie sie glaubte, das Geheimnis für seine Macht: Sie lag in dieser Fähigkeit zur Gewalt, die er vor den Augen der Welt verbarg. Oh, es war gefährlich, diesen Mann zu erzürnen: Er besaß den Instinkt, anderen die Kehle abzuschnüren, vielleicht sogar – ja – die instinktive Fähigkeit zu töten.

Dieser Gedanke versetzte Constance in Erregung. In physische Erregung. Ihre Haut begann zu prickeln und sehnte sich danach, berührt zu werden. Ihre Brustwarzen stießen hart gegen das silbrige Futter ihres Pelzes. Sie legte die Hand zwischen die Beine. Sie schloß die Augen. Sie lehnte sich gegen die Tür, die sie von ihrem Ehemann trennte. Sie rieb mit ihren Fingern vor und zurück. Ein kleines Vergnügen, da, direkt an ihren Fingerspitzen. Es machte sie heiß, aber auch zittrig; sie fühlte, wie ihr das Blut in den Kopf schoß. Mit einem Mörder schlafen. Ihn dazu zu bringen, sich und seine Geheimnisse in ihr zu verschütten. Diese harte männliche Macht herunterschlucken, oh, welch ein Blutbad – Vergewaltigung und Plünderung durch abgrundbösen Sex. Wer wollte Zärtlichkeit, wenn er dies haben konnte – eine Reise durch einen heißen dunklen Gang zum dunkelsten aller Orte? Constance stöhnte. Sie biß sich auf die Lippen. Sie rieb erregt, bis ihre kleine Hand sie hinunterführte zu jenem Ort, den sie so brennend gern erreichen wollte. Ein süßer heiterer Augenblick des Erlöschens; *der kleine Tod,* wie die Dichter es nannten – das hatte ihr Acland einmal gesagt.

Sofort wurde Constance ruhiger. Ihr Zorn und ihr Trotz waren verflogen. Sie verspürte nicht mehr das Verlangen, an die Tür ihres Mannes zu klopfen. Sollte er schlafen – sie konnte warten! Doch sie verspürte auch nicht den Wunsch nach Schlaf, das wußte sie. Constance war es gewöhnt, wach zu liegen – das war besser als die bösen Träume, die sie oft hatte. Sie vertrieb sich die Zeit damit, ihr Handgepäck auszupacken. Sie nahm ihre neuen Haarbürsten heraus, mit ihren Initialien – CS –, den Initialen des jungen Mädchens wie der verheirateten Frau. Sie bürstete ihr Haar. Sie bewunderte ihr Hochzeitsnachthemd. Sie betrachtete die karierten Dekken auf ihrem Bett; sie zog sie herunter und verstaute sie so, daß sie sie nicht sehen mußte. Als dies geschehen war, fiel ihr Blick auf ihre kleine Kinderhandtasche, die sie an die Abteiltür gehängt hatte. Sie schlenkerte im Rhythmus des Zugs. Constance betrachtete die hin- und herpendelnde Tasche; da fiel ihr Boys Brief ein, der darin aufbewahrt war.

Nach einer Weile, als alle anderen Ablenkungen sie zu langweilen begannen, holte sie den Brief hervor. Sie gähnte. Sie riß den Umschlag mit ihren Fingernägeln auf – die nun nicht mehr abgekaut waren; das hatte sie sich abgewöhnt. Vorwürfe, dachte sie, *wie langweilig,* und faltete den Brief auseinander.

Er war nicht sehr lang; nur eine Seite. Constance las ihn einmal, ein zweites Mal; sie las ihn ein drittes Mal. Und dann schob sie ihn, weil sie dieser Brief frösteln ließ, ihre Hände erstarren ließ, ihren Körper zum Zittern brachte, in die Tasche zurück.

Sie zog sich ihr Nachthemd über den Kopf und kroch zwischen die

Laken. Sie knipste das Licht aus. Der Brief verfolgte sie auch ins Bett. Er würde sie nicht schlafen lassen.

Wieviel Uhr war es? Nach Mitternacht. Es gab nichts, was sie hätte tun können, und niemanden, mit dem sie hätte sprechen können.

Wo waren sie? Zwischendurch hielt der Zug an. Und jedesmal, wenn sie anhielten, mitten in der Nacht, kroch Constance aus dem Bett. Sie schob die Fensterverkleidung beiseite und sah hinaus. Aber die Bahnhöfe waren zu dunkel, oder ihre Schilder flogen zu schnell vorbei. Birmingham? Manchester? New Castle? York?

Sie hatte keine Ahnung, welche Strecke sie fuhren, und das machte ihr angst. Sie verschränkte die Arme vor der Brust. Sie fuhren nach Norden. Sie fuhren durch die Dunkelheit. Sie fuhren immer schneller und schneller, während sie sich jetzt wünschte, daß sie anhalten würden, nur ein einziges Mal.

Es dauerte nicht lange, bis sich alle Hochzeitsgäste verabschiedet hatten. Gegen drei Uhr ging der letzte. Nur Conrad Vickers war noch da, aber auch er würde nicht lange bleiben. Steenie empfand die plötzliche Leere als störend. Auch die anderen Familienmitglieder schienen die Veränderung zu spüren; als wäre das Haus plötzlich zu groß. Eine Weile drängten sie sich um das Feuer im Salon, bemühten sich, eine Unterhaltung in Gang zu bringen. Steenie hatte das Gefühl, als wäre das Haus seit Constances Abreise seines Lebens beraubt.

Das Gespräch verlief stockend, dann versiegte es völlig. Sein Vater schlief ein. Freddie blätterte in einer Jagdzeitschrift und stierte auf die Reklame für Jagdkleidung. Gwen saß allein beim Fenster und starrte auf den See. Ihr Haar war grau, bemerkte Steenie – grauer, als es ihm bis dahin aufgefallen war. Er wußte, daß sie nicht auf den See starrte; sie starrte auf ihren toten Sohn Acland.

Auf der anderen Seite des Zimmers, auf der Chaiselongue, die Maud sonst bevorzugte, saß Boy. Er saß kerzengerade, seine Hände lagen auf seinen Knien; er zog an den Fingern, daß sie laut knackten. Er sah aus, als warte er auf den Befehl, zum Sturm anzusetzen. Wo immer Boy war, dachte Steenie, es war nicht Winterscombe.

Wenn Wexton dagewesen wäre, hätte es Steenie nichts ausgemacht, daß seine Familie in dumpfes Schweigen verfiel, aber Wexton war nicht da, sondern nur Vickers – der smarte weltmännische Vickers, der so raffinierte Fotos machte, der es wagte, sein Haar sogar noch länger zu tragen als Steenie. Steenie war sich nicht sicher, ob er Vickers wirklich mochte, auch wenn er ihn in manchem gern imitiert hätte – seine Kleidung zum Beispiel. Außerdem flirtete Vickers mit ihm – daran bestand gar kein Zweifel –, wodurch sich Steenie geschmeichelt fühlte. Wexton war schon so lange fort.

Vickers schien entschlossen, das Schweigen, das über dem Zimmer lastete, zu ignorieren. Er plauderte ununterbrochen einfach so weiter: ein Nachruf auf die Hochzeit – Vickers war darauf aus, die anderen Gäste auseinanderzunehmen.

Während Steenie seine Kleider bewunderte, ging Vickers die Gästeliste durch. Er kam zu Constance, erwähnte ihr Kleid, ihren Schleier, ihre auffallenden Diamanten. Er kam auf Stern zu sprechen: Wie erstaunlich es sei – dieser Mann schien sich bemüht zu haben, Geschmack zu zeigen. Keine grelle Weste – und sicherlich wäre Stern dazu auch fähig, selbst in einem Vormittagsanzug.

»Was für Mühe er sich gegeben hat!« Wieder lachte Vickers. Er streckte den Arm über das Sofa und legte die Hand auf Steenies Knie. »Sag mal, glaubst du, daß das Constances Einfluß ist?«

»Das würde ich nicht gerade sagen.« Steenie betrachtete Vickers' Hand. Der Druck seiner Finger fühlte sich nicht unangenehm an. »Connie bewundert ihn so, wie er ist. Sie sagt, sie fände es mutig von ihm, so vulgär zu sein. Sie sagt, das tue er absichtlich.«

»Nein!« Vickers war entzückt. »*Großer* Gott, das mußt du mir genauer erklären. Ich bin ganz *versessen* darauf, diese Hochzeit zu verstehen. Ehrlich, ich muß schon sagen«, er senkte die Stimme, »ich finde ihn nur ein ganz klein bißchen *unheimlich*. Ich kann dir die Gerüchte, die mir zu Ohren gekommen sind, gar nicht erzählen. Meine Schwester sagte...«

Und dann erzählte er von diesen Gerüchten. Zuerst hörte Steenie ihm zu, dann schweifte er mit seinen Gedanken ab. Er bemühte sich, an Wexton zu denken. Er versuchte sich Wextons Gesicht vorzustellen. Als es nicht funktionieren wollte, sah Steenie Boy an – und was er sah, erschreckte ihn.

Boy saß noch immer kerzengerade auf der Chaiselongue, seine Hände noch immer auf seinen Knien. Seine Augen waren in die Ferne gerichtet, sein Gesicht leer. Gelegentlich schüttelte er den Kopf. Ein- oder zweimal sah Steenie, wie er seine Lippen bewegte: Worte, stumme Sätze; anscheinend redete Boy mit sich selbst.

Später würde sich Steenie nie ganz sicher sein, ob es Sorge um Boy war oder der Wunsch, Conrad Vickers zu entrinnen; jedenfalls schlug er vor spazierenzugehen. Vielleicht war es beides: Er hatte das Gefühl, daß er sich, wenn er noch länger mit Vickers zusammen war, seinem Einfluß nicht würde entziehen können, was einem Verrat an Wexton gleichkam; außerdem konnte er nicht gut dasitzen und zusehen, wie sein Bruder mit sich selbst redete. Gleich würde es Vickers auch bemerken. Schließlich erhob sich Steenie. Er sah hinunter auf Constances Spitz, der sich auf dem Sofa neben Vickers zu einem beleidigten Knäuel zusammengerollt hatte, und ihm kam eine Idee.

»Ein Spaziergang«, sagte er wild entschlossen. »Ich sollte mit Connies Hund spazierengehen. Boy – Vickers – wollt ihr nicht mitkommen?«

Vickers streckte entsetzt die Hände aus.

»Ein Spaziergang! Mein lieber Steenie. In diesem schrecklichen Matsch. An dieser schrecklichen frischen Luft? Mein Lieber, nein. Und es ist ja auch schon spät – vielleicht sollte ich...« Boy hatte auf Steenies Vorschlag gar nicht reagiert. Er starrte weiter ins Leere. Steenie vermutete, daß er ihn nicht gehört hatte.

Ziemlich hastig manövrierte er Vickers nach draußen auf die Veranda. Vickers wohnte bei Freunden ganz in der Nähe. Er sagte, Steenie müsse unbedingt bald einmal vorbeikommen und sie kennenlernen.

Dann blieb er neben seinem Auto stehen und blickte noch einmal zum Haus.

»Ich muß schon sagen, Boy benimmt sich wirklich schrecklich *komisch*, findest du nicht? Was ist los mit ihm?«

Steenie wurde knallrot.

»Das ist... der Krieg«, begann er hastig. »Frankreich. Weißt du? Acland war ganz genauso. In ein oder zwei Tagen ist er wieder ganz der alte; er braucht nur etwas Zeit, um sich umzustellen.«

Vickers schien nicht gerade überzeugt. Er drückte Steenies Hand. Er küßte ihn auf seine rosig weiße Wange.

»Zu traurig. Vergiß nicht, mein Lieber – wenn es dir hier zu trübsinnig wird, wenn du jemanden zum Reden brauchst, schau einfach bei mir vorbei. Ich bin ganz bestimmt da.«

Steenie sah dem Wagen nach, der die Auffahrt hinunterfuhr. Zögernd drehte er sich wieder zum Haus um. Als er die Treppe halb hinaufgegangen war, wünschte er, er wäre mit Vickers mitgefahren. Oben stieß er auf Boy, der sich wieder erholt zu haben schien. Boy schlenkerte mit den Armen. Er holte tief Luft. Er sprach mit lauter, scherzender Stimme.

»Ein Spaziergang«, sagte er. »Eine wunderbare Idee. Genau das Richtige für uns. Lassen wir den Hund ein bißchen laufen, ja?«

Gleichzeitig warf er auf Constances Spitz, der gerade an den Verandapfeiler pinkelte, einen Blick reinsten Widerwillens.

»Ich lauf nur schnell nach oben und zieh mir andere Klamotten an«, sagte er. »Bis gleich, wir treffen uns in einer Minute unten.«

Eine Viertelstunde später tauchte er wieder auf. Steenie hatte seinen Stadtmantel angezogen, seinen feinen Schal und dünne Handschuhe sowie edle Straßenschuhe. Er mochte keine praktischen Sachen. Boy hatte seinen ältesten Tweedanzug, dicke Strümpfe und feste Schuhe angezogen. Er hatte eine flache Mütze aufgesetzt, unter seinem Arm klemmte eine der Purdeys, und der Spitz folgte ihm auf den Fersen. Er sah lächerlich aus, fand Steenie.

»Boy, was soll denn das? Wir wollen doch nicht zum Moor raufgehen. Wir machen mit einem sehr kleinen Hund einen sehr kleinen Spaziergang unten am See –«

»Am See? Ich dachte, wir könnten vielleicht in den Wald gehen – ein paar Kaninchen fangen. Es ist doch ein herrlicher Tag heute. Warum nicht?«

»Ehrlich, Boy. Und wahrscheinlich glaubst du auch noch, daß dieses Ding da –«, Steenie deutete auf den Spitz, »apportiert. Das möchte ich sehen.«

Sie machten sich auf den Weg zum See. Sie gingen auf dem Weg, der sich am Ufer entlangschlängelte und zum Wald führte. Boy pfiff vor sich hin. Die Luft war kalt und klar. Der Spitz sprang hinter ihnen her. Zu seiner Überraschung merkte Steenie, daß sich seine Laune besserte. Vielleicht würde er morgen bei Vickers *vorbeischauen*, dachte er – dagegen konnte Wexton kaum etwas einzuwenden haben.

Er ging im gleichen Schritt neben seinem Bruder her. Auch Boy schien bester Stimmung. Dort war der Baum, auf den sie immer geklettert waren: Er deutete mit der Hand darauf. Acland hatte behauptet, daß man von seiner Spitze die Ewigkeit sehen könne – das war typisch Acland. Da drüben war das alte Badehaus. Erinnerte sich Steenie an den Stocherkahn, den sie dort gehabt hatten, der jetzt verrottet war? Ach, und da, gleich flußaufwärts, war der beste Platz zum Angeln.

Überall stieß er auf Erinnerungen. Steenie ließ sich davon einfangen. Am Waldrand war der Platz, an dem die vier Brüder einmal ein Lager aufgeschlagen hatten. Dort war der Baum, in den sie alle ihre Initialen mit einem Datum eingeschnitzt hatten. Die Initialen waren noch zu erkennen, tief in das wachsende Holz eingekerbt. Steenie sah auf das

Datum. 1905. Der letzte Sommer, den sie ohne Edward Shawcross in Winterscombe verbracht hatten.

Boy war ein Stück weitergegangen. Steenie blieb stehen, dann lief er hinter ihm her.

»Nicht diesen Weg, Boy. Den Weg gehe ich nicht.«

»Was?« Boy drehte sich um. Wieder sah sein Gesicht leer aus, als hätte er Schwierigkeiten zu hören.

»Nicht diesen Weg.« Steenie zog seinen Bruder am Arm. »Er führt zu der Lichtung. Du weißt doch. Wo... der Unfall war. Da gehe ich nicht hin. Das tu ich nie – um nichts in der Welt.«

»Na gut.« Boy schien es nichts auszumachen, seinen Plan zu ändern. Er sah sich ein wenig verwirrt um, dann setzte er sich auf einen umgestürzten Baumstamm. Er klopfte an seine Taschen und zog seine Pfeife heraus, eine Schachtel Streichhölzer und seinen Tabakbeutel. Daß Boy seit neuestem Pfeife rauchte, irritierte Steenie. Diese langwierigen Rituale!

Aber Boy ließ sich mit seiner Pfeife nicht gerne drängen. Daher setzte sich Steenie neben ihn und zündete sich eine Zigarette an; er beobachtete Constances Hund, der zwischen den am Boden liegenden Blättern hin und her sprang. Er sah auf seine Uhr.

»Boy«, sagte er. »Es wird bald dunkel. Wir machen uns besser auf den Rückweg.«

Boy zog an der Pfeife. Der Tabak glühte.

»Ich habe ihn getötet, weißt du«, sagte er ganz ruhig. »Ich habe Shawcross getötet. Ich habe es Constance gesagt. Ich habe ihr einen Brief geschrieben. Ich wollte, daß sie es weiß, jetzt, wo sie verheiratet ist. Glaubst du, daß sie ihn schon gelesen hat? Ob sie schon im Zug sind? Vielleicht hebt sie ihn auf und liest ihn morgen.«

Steenie wurde sehr still. Er beobachtete den Hund. Er überlegte, was er tun sollte.

»Boy.« Er legte die Hand auf den Arm seines Bruders. Seine Stimme überschlug sich. »Boy, laß uns jetzt zurückgehen. Du siehst schrecklich müde aus. Ich vermute... daß dir nicht gut ist. Hast du Kopfschmerzen? Wenn wir jetzt zurückgingen, könntest du dich etwas hinlegen, und dann –«

»Kopfschmerzen? Ich habe keine Kopfschmerzen. Mir geht es gut. Warum sollte es mir nicht gut gehen? Heute ist ein Hochzeitstag. Natürlich geht es mir gut.«

Steenie schluckte nervös. Er versuchte ruhig und klar zu denken. Boy war wahnsinnig. Er saß mit seinem Bruder hier am Waldrand, und sein Bruder war wahnsinnig. Das tat der Krieg den Menschen an. Er hatte schon davon gehört, hatte einmal mit Wexton darüber gesprochen. Es gab einen Namen für diesen Zustand, in dem sich Boy befand: Er hieß *Schützengrabentrauma*. Steenie versuchte sich daran zu erinnern, was Wexton unter solchen Umständen unternähme. Wexton würde... irgend etwas Vernünftiges tun. Er würde... mit Boy scherzen; ja, das war es; er mußte ihn aufheitern.

Steenie sprang auf die Füße.

»Großer Gott, ist das kalt. Ich friere. Komm, Boy, ich kann hier nicht länger sitzen bleiben. Laß uns zurückgehen.«

Aber Boy rührte sich nicht vom Fleck. Er schmauchte seine Pfeife. Er starrte auf Constances Hund, der sich, nachdem er sich gekratzt hatte, jetzt leckte. Dann rollte er sich auf einem Haufen Blätter in Schlafstellung zusammen.

»Ich habe ihn nicht in die Falle gestoßen«, fuhr Boy fort. Er sprach, als hätte es keine Unterbrechung oder Pause gegeben. »Constance darf nicht glauben, daß ich das getan habe. Ich wußte nicht, daß sie da war. Weißt du. Aber Mama war in sein Zimmer gegangen, und das hätte sie nicht tun sollen. Er hätte es nicht tun sollen. Das war falsch von ihm. Es hat Papa weh getan. Es hat mir weh getan. Papa hätte ihn umbringen sollen. Aber ich wußte, daß er das nie tun würde. Und ich war der Älteste – es war meine Aufgabe. Ich war kein Junge mehr, weißt du. Ich war ein Mann. Ich habe mich damals, in jener Nacht, verlobt. Es war genau der richtige Zeitpunkt...«

Boy beobachtete Steenie, als er dies sagte. Er hatte einen ängstlichen Gesichtsausdruck, als wartete er darauf, daß Steenie ihm bestätigte, daß das, was er gesagt hatte, richtig war. Steenie kniete sich auf den Boden. Er ergriff Boys Hände.

»*Natürlich* war es das, Boy. Ich verstehe es. Aber du willst doch nicht ausgerechnet jetzt damit anfangen, über all das nachzudenken. Komm, nimm meinen Arm. Wir gehen jetzt nach Hause –«

»Ich habe mit Acland darüber gesprochen, weißt du. Das habe ich zuerst getan. Ich dachte mir, daß ich mir besser *Rat* hole. Er – ich kann mich nicht mehr daran erinnern, was er gesagt hat. Er fand, daß es eine gute Idee sei – ja, ich bin sicher, daß er das gesagt hat. Ich glaube, es war Acland, der auf die Idee mit den Purdeys kam – oder war ich es selbst? Merkwürdig. Ich kann mich nicht erinnern. Es sind die Gewehre, weißt du. Die vielen Gewehre. Dieses Geräusch hört nicht mehr auf.«

Er schüttelte den Kopf. Er zupfte an seinem Ohr. Steenie hatte angefangen zu weinen.

»Paß auf, Boy, bitte, komm mit zurück. Bitte, sprich nicht mehr davon. Boy, nichts davon ist wahr. Das ist der Krieg; der Krieg bringt dich auf solche Gedanken –«

»Der Krieg? Welcher Krieg?«

»Boy, du weißt genau, welcher Krieg. Frankreich, Belgien... die Schützengräben. Bitte, komm mit nach Hause –«

»Ach, *der* Krieg. Ich verstehe, was du meinst. Ich dachte, du meinst den anderen.« Boy stand auf. Er klopfte seine Pfeife am Baumstamm aus und steckte sie wieder in die Tasche. Sein Gesicht hellte sich auf. »Auf jeden Fall habe ich es Constance jetzt erklärt. Mir ist wohler, nachdem ich es getan habe. Ich habe ihr gesagt, daß alles schiefgelaufen war. Weißt du, ich hätte ihn erschossen. Das wäre ganz schnell gegangen und wäre ganz sauber gewesen, ein gnädiger Tod. Aber leider...«

Er senkte die Stimme. Er wandte sich mit vertraulicher Miene an Steenie. »Ihr Vater war ein Feigling. Das habe ich Constance nicht gesagt. Ich dachte, es wäre besser, wenn sie es nicht wüßte. Er... er ist zusammengebrochen. Er fing an zu weinen, zu bitten, er verlor die Beherrschung. Er... na ja, ich kann es dir ja sagen: Er hat sich naß gemacht. Manchen Männern passiert das. Ich habe das schon gesehen. Sie haben Angst vorm Sterben. Und sie schreien auch. Shawcross hat geschrien. Ich glaube, er hat geschrien. Er versuchte wegzulaufen – und dabei ist es passiert. Das war genau das Falsche, weißt du. Man sollte ganz still bleiben. Tief atmen, dann zittern einem nicht die Hände. Man stottert nicht. Nichts. Man sieht dem Tod direkt ins Auge – wegen deiner Männer, weißt du. Oh, und man kann schreien. Mackay – Sergeant Mackay aus meinem Zug –, er sagt, schreien wäre das Beste: *Schreien Sie, Sir.* Das hat er zu mir gesagt. *Schreien Sie, damit sie vor Schreck erstarren. Lauter, Sir, so ist es recht. Geben Sie's ihnen! Damit sie sich in die Hose scheißen. Diese verdammten Memmen.*«

Boy richtete sich auf. Er lächelte. »Natürlich kann ich es nicht gutheißen, wenn jemand so redet. Aber so war er eben. Und er hat recht. Es funktioniert. Schreien funktioniert, ist gut gegen das Zittern. Aber Shawcross wußte das nicht. Deshalb ist er gelaufen – wie ein Kaninchen. Mitten rein ins Minenfeld.«

Boy schwieg. Er hob seine Purdey auf, öffnete sie und hängte sie über die Schulter. Er pfiff den Spitz zu sich. Dann nahm er Steenie am Arm und ging mit ihm zum Weg.

»Ich habe meine Fotos vernichtet, weißt du«, bemerkte er leicht obenhin, als sie den See erreichten. »Schien mir besser. Nur die aus der untersten Schublade. Das habe ich Constance auch gesagt. Ich wollte, daß sie es weiß. Warum, glaubst du, heiratet sie wohl diesen Mann?«

Sie kamen zum Birkenwäldchen. Steenies Gesicht war feucht. Er mußte sich die Nase putzen, aber er traute sich nicht. Immer nur weitergehen, dachte er. Sie konnten schon die Lichter vom Haus sehen. Boy schien auf eine Antwort zu warten.

»Nun ja, Boy«, sagte Steenie mit heller und ruhiger Stimme, »ich nehme an, weil sie ihn mag, glaubst du nicht? Vielleicht liebt sie ihn sogar; das kann man nie wissen –«

»O nein. Das glaube ich nicht.« Boy blieb stehen. Er schüttelte den Kopf. »Ich glaube, da irrst du dich. Nein, nein. Sie liebt mich. Das hat sie immer getan. Ich bin ihr ganz besonderer Bruder. Ihr Beschützer. Das hat sie mir selbst gesagt.«

»Natürlich. Das hatte ich vergessen.« Steenie zögerte. Auf der Terrasse über ihnen konnte er Freddie sehen, der ziellos auf und ab ging. Steenie winkte ihm verzweifelt. Doch Freddie, der in die andere Richtung sah, bemerkte es nicht. Steenie überlegte, ob er rufen sollte. Nein, vielleicht war es besser, nicht zu rufen. Es könnte Boy erschrecken.

Boy starrte jetzt auf die Bäume des Birkenwäldchens.

»Freddies Geburtstag«, sagte er. »Das Picknick – weißt du noch? Es war hier, nicht wahr? Ja, es war hier. Ich erinnere mich noch daran – ich saß dort drüben und Constance hinter mir, unter diesen Bäumen da –«

»Ja. Das stimmt. Wir haben Champagner getrunken – Champagner Rosé.« Steenie drückte Boys Arm. Er ging ein paar Schritte zur Seite. Wieder winkte er; aber Freddie bemerkte ihn noch immer nicht. »Ich weiß – schau, Boy, da ist Freddie. Soll ich zu ihm gehen und ihn holen? Dann könnten wir alle zusammen eine Weile hier sitzen – und ... und uns an das Picknick erinnern, an die vielen Geschenke, die Freddie bekommen hat und was wir gegessen haben.«

»Gute Idee. Hol ihn. Ich setze mich solange hier hin und warte. Rauche vielleicht noch eine Pfeife. Ich habe mir gerade in London sehr guten Tabak gekauft. Das ist etwas anderes als dieses schreckliche Zeug beim Militär.«

Boy setzte sich unter einen Baum. Der Spitz, der sich jetzt langweilte, machte es sich auch bequem. Ein kleines weißes Knäuel; er saß dort, die Zunge hing ihm aus dem Maul, und sah hinüber zum See.

Steenie ging ein paar Schritte, sah sich dann um. Boy hatte seinen Tabakbeutel herausgezogen.

Steenie begann zu laufen. Er lief zehn Meter. Er war halb blind vor Tränen. Was war los mit Freddie – warum sah er ihn nicht? Wieder winkte er; er riskierte einen halblauten Ruf. Freddie blickte zu ihm herüber; Steenie lief schneller, sein Mantel flatterte, seine Schuhe rutschten im feuchten Gras.

»Freddie«, rief er. »Freddie – um Himmels willen.«

Freddie kam ihm entgegen. Steenie stolperte, richtete sich auf, lief noch schneller. Sein Schal glitt hinunter; er ließ seine Handschuhe fallen. Verzweifelt winkte er noch einmal, und schließlich – wie lange es dauerte! – begann auch Freddie zu laufen. Ein paar Meter unterhalb der Terrasse stieß Steenie mit ihm zusammen. Er umklammerte Freddies Mantel. Er war bergauf gelaufen und völlig außer Atem, so daß er kaum sprechen konnte.

»Freddie – o Freddie, komm – schnell –«

»Was zum Teufel ist denn los? Beruhige dich, Steenie –«

»Es ist wegen Boy. Freddie, bitte. Komm doch. Es ist schrecklich – er sitzt da unten. Wahrscheinlich führt er wieder Selbstgespräche. Er ist verrückt! Komm – ich erkläre es dir später. Ach, Freddie – es war schrecklich. Er redet ohne Pause, völlig verrückte Dinge. Ich mußte ihm zuhören – das geht schon Stunden so. Bitte, Freddie –«

»Wo ist er?«

»Da unten – beim Birkenwäldchen. Er raucht eine Pfeife. Ich dachte, ich könnte ihn nie mehr dazu bewegen, zum Haus zurückzukommen. Er redet immer weiter und weiter – Freddie, völlig verrückte Dinge. Er glaubt, daß er Shawcross getötet hat –«

»Was?« Freddie, der neben ihm gelaufen war, blieb stehen.

»Ja, Freddie, das glaubt er. Er weiß nicht, was er redet –« Steenie, der sich beeilte, um Freddie einzuholen, hatte das Gesicht seines Bruders gesehen.

»O mein Gott«, stöhnte Freddie.

Steenie drehte sich um und sah, was Freddie gesehen hatte: Boy, das Gewehr und Constances Hund. Der Hund, aus der Entfernung ein winziger weißer Fleck, saß noch immer am selben Platz; Boy nicht. Boy stand vielleicht vier Meter von dem Tier entfernt, mit erhobenem Gewehr; es war offensichtlich, daß er den Hund im Visier hatte.

»Er wird ihn erschießen. Freddie, er wird ihn erschießen. Unternimm was – schnell – ruf ihn, Freddie, lenke ihn ab, winke –«

Freddie öffnete den Mund. Aber er brachte keinen Ton heraus. Er winkte mit den Armen. Steenie winkte ebenfalls. Dann gelang es ihnen, zusammen, einen schwachen Ruf auszustoßen.

Es war ein gewaltiger Ruf, ein durchdringender Ruf; er zerriß die Luft, knickte die Bäume, zerbrach die dünne Eisschicht auf dem See. Die Krähen stoben aus den Bäumen auf und kreisten in Panik über dem Wald. Boy hob den Kopf; er beobachtete, wie sie ihre Runden drehten, zurückflogen, sich niederließen. Er hatte Constance gesagt, daß er nach ihr rufen würde, und jetzt war es geschehen: der Ruf, das Bajonett zu zücken. Er hatte es ihr versprochen. Der Ruf, der das Blut des Feindes zum Gefrieren bringen würde, der Ruf, so laut, daß man ihn in London hören konnte, in einem Zug, der nach Norden fuhr; dieser Ruf.

Er beugte wieder den Kopf, richtete das Gewehr wieder auf den Hund. Über ihm standen Steenie und Freddie und verfolgten jede seiner Bewegungen. Der Hund, ein dummer Hund, nahm keine Notiz von dem Gewehr. Boy hatte zu zittern begonnen. Das passierte ihm jetzt immer. Das Zittern ließ sich nicht unter Kontrolle bringen, auch nicht mit einem Ruf. Boy runzelte die Stirn; er warf einen Blick auf seine sich nähernden Brüder.

»Haut ab«, rief Boy, damit er sich darauf konzentrieren konnte, den Hund zu töten. Wieder hob er das Gewehr. Aber seine Brüder gingen nicht weg. Sie kamen näher, winkten und schrien. Boy drehte ihnen den Rücken zu. Er ging ein paar Schritte zurück, so daß er nicht zu sehen war, zu dem Platz, an dem Constance gesessen hatte, an jenem Tag mit dem Picknick. Er ignorierte jetzt den Hund und betrachtete den Platz, an dem die Wurzeln der Birken Furchen im Boden bildeten. Er tastete in seiner Jackentasche nach dem Brief an seine Mutter: ein Brief an Constance, ein Brief an Gwen, das war ihm richtig erschienen.

Er hoffte, alles deutlich erklärt zu haben. Er wußte, daß es wichtig war, diese Sache nicht zu vermasseln – das passierte manchen Leuten, mit den schrecklichsten Folgen. Er wollte sich nicht das Kinn wegblasen oder das Gewehr abrutschen lassen, daß es nur eine Bauchwunde war: Das würde seine Mutter in Verzweiflung stürzen. Was er tun wollte – und er war sicher, daß er es ihr sehr deutlich erklärt hatte –, war, sich mit einem sauberen Schuß das Gehirn aus dem Schädel zu schießen, so daß nichts übrig blieb. Natürlich war es gut möglich, daß es die Deutschen für ihn erledigen würden, wenn er in die Schützengräben zurückkehrte. Aber darauf konnte man sich nicht verlassen.

Seine Mutter würde es verstehen. Boy beugte sich nach vorn. Er nahm die Purdey, so daß sie fest und ruhig in der Mulde seiner Schulter lag. Er zog sie dichter zu sich heran und sah hinunter in die Läufe. Er strich über die Silberbeschläge mit dem Muster, das sein Vater vor Jahren ausgesucht hatte. Er machte den Mund auf und bewegte sich vorsichtig hin und her, so daß das Ende der Läufe in seinem Mund zwischen den Zähnen und dem oberen Gaumen zu liegen kam.

Constances Hund stieß ein leises Jaulen aus. Seine Brüder mußten jetzt ziemlich nah sein, weil sie gar nicht mehr riefen. Anständig war es gerade nicht von ihm, sie zuschauen zu lassen. Aber Hund oder nicht – er beeilte sich jetzt lieber.

Das Gewehr schmeckte nach Öl und Eisen. Es drückte seine Zunge nach unten, so daß er würgen mußte. Steenie und Freddie, die, ungefähr zwanzig Meter von ihm entfernt, stehengeblieben waren, bemerkten, wie Boy würgte. Er richtete das Gewehr neu aus. Freddie machte einen Schritt nach vorn. Er hob die Hand. Steenie stellte fest, daß er sich nicht bewegen konnte. Er war sicher, daß, selbst jetzt noch, alles gut werden würde. Boy stand so unbeholfen da; das Gewehr konnte jeden Augenblick wegkippen; es würde schwierig sein, den Abzug nach unten zu ziehen, und nicht nach hinten, wie sonst; Boys Hand zitterte; Boy war – das war schon immer so gewesen – ein lausiger Schütze.

Es wird nicht geschehen, sagte eine klare Stimme in Steenies Kopf. Er wartete darauf, daß Boy das Gewehr fallen ließe, sich aufrichtete. Er wird am Abzug reißen, nicht ziehen, dachte Steenie, das tut er immer.

Steenie versuchte Boys Namen zu rufen. Aber er wollte ihm nicht über die Lippen kommen. Er starrte Freddie an. Er sah, wie sich die Muskeln im Gesicht seines Bruders bewegten. Freddie brachte den Namen ebenfalls nicht über die Lippen. Er formte ein lautloses O. Dann hatten sie beide im selben Augenblick dieselbe Idee.

Der Name, der ihn immer wachgerüttelt hatte, der ihn immer, ohne Ausnahme, zur Ordnung gerufen hatte:

»Francis –«

Sie riefen ihn gemeinsam. Im richtigen Ton. Ruhig, vernünftig und fest.

Boy schien zu lauschen. Die beiden Silben hingen in der Luft. Steenie konnte sie noch hören, sie geradezu sehen, als Boy – wohltrainiert, wenn auch kein guter Schütze – den Abzug durchdrückte und sein Geburtstagsgewehr abfeuerte.

6

Der unbekannte Soldat

Aus dem Tagebuch meiner Mutter

General Hospital 1, Saint-Hilaire, 21. März 1917

Schon seit sechs Tagen hatte ich keinen Patienten mehr verloren, aber heute abend ist der Kanadier gestorben. Ich möchte sogar seinen Namen niederschreiben. Er hieß William Barkham. Seine Familie stammte aus Devonshire, verkaufte aber und ging nach Saskatchewan, in einen Ort namens Fort Qu'Appelle, um dort Landwirtschaft zu betreiben. Es ist ein sehr kleiner Ort, und die Adresse ihrer Farm ist eine Postkastennummer. Ich habe seiner Mutter dorthin geschrieben.

Ich wußte, daß er sterben würde: Er hatte Wundbrand, und die Ärzte haben ihn schlecht amputiert. Der Brand war schon sehr weit fortgeschritten, als er hier ankam. Ich wußte, daß es keine Hoffnung gab.

Er redete eine Stunde lang mit mir, bevor er starb. Er erzählte mir von dieser Farm in Fort Qu'Appelle. Sie pflanzten Weizen an. Sie hatten zwei Kühe, ein paar Zwerghühner und ein paar Hühner. Die Farm lag dicht bei einem See; im Winter, wenn sie zum Melken früh aufstanden, ging er manchmal hinunter zum See und beobachtete den Sonnenaufgang. Das Eis war bis zu einem Meter dick; es hielt den ganzen Winter, von November bis März. Als er noch ein Kind war, brachte ihm sein Vater bei, Schlittschuh zu laufen, und als er erwachsen war, lief er dort mit seiner Freundin Schlittschuh. Aber ich nehme an, daß er da noch kein wirklicher Mann war. Als er achtzehn war, ging er zur Armee. Gestern ist er neunzehn geworden.

Jeden Morgen, wenn er mit dem Melken fertig war, ging er zurück zur Farm; seine Mutter backte ihm Pfannkuchen und Speck. Er sah sie, als es mit ihm zu Ende ging; er sprach ihren Namen aus, als er starb. Er wollte ihr irgend etwas sagen; er umklammerte meine Hand; ich konnte die Worte in seinen Augen lesen, aber er konnte sie nicht aussprechen. Er hatte starke Schmerzen, und dann wurde er zum Schweigen gebracht. Das machte mich sehr wütend.

Ich wünschte mir ein Wunder. Ich wollte meine Hand auf ihn legen und fühlen, wie das Leben zurückkam. Ich betete – aber nichts passierte. Nie passiert etwas. Es gibt keine Wunder mehr – und Gott hört nicht auf meine Gebete. Vielleicht gibt es gar keinen Gott, und ich mußte hierher kommen, um es zu erfahren. Ich denke, es ist mir lieber, wenn ich das glauben kann, als an den Gott zu glauben, den ich jeden Tag hier sehe, auf den Krankenstationen, einen Gott, der dem einzigen Sohn seiner Eltern den Rücken kehrt, einem Jungen von neunzehn Jahren, ein Gott, der niemanden schont und der niemals eingreift. Er könnte doch irgendein Zeichen setzen – wäre das zuviel verlangt? Nur eine Auferstehung.

Ich dachte, ich könnte nicht mehr weinen – ich konnte nicht einmal weinen, als sie mir von Boy erzählten. Aber an diesem Abend habe ich um William Barkham geweint; und das machte mich auch wütend. Tränen sind sinnlos. Sie geben dem Sterbenden keinen Trost. Tränen sind Befriedigung.

Manche der Schwestern nehmen Laudanum gegen die Tränen – ich werde das nicht tun. Wexton sagt, daß man am Ende einen Ort erreicht, der nicht jenseits der Tränen liegt, sondern in ihnen. Vielleicht hat er recht. Ich warte noch immer darauf.

Gestern brachte mir Wexton ein Geschenk ins Krankenhaus. Es war ein gefüllter Magen. Er hatte ihn von einem Schotten bekommen. Wir kochten ihn in einem Kessel auf einem Gasofen und teilten ihn uns mit den Krankenschwestern auf der Station. Jeder bekam eine Scheibe. Ich verdanke Wexton mein Leben. Ich verdanke Wexton auch noch etwas anderes. Er hat dafür gesorgt, daß ich nun doch noch an mein Ziel komme: Nächste Woche werden wir verlegt. Am Montag fahren wir nach Etaples.

»Habe ich dir nicht gesagt, daß ich es schaffe, daß ich es arrangieren kann?«

Sie standen vor dem Bahnhof; der Zug, mit dem sie gekommen waren, dampfte bereits in der Ferne davon. Eine große Menschenmenge, die noch immer durch die Absperrungen drängte: mehrere andere Krankenschwestern, einige französische und belgische Soldaten, eine alte Frau, die in Schwarz gekleidet war und einen Käfig mit Hühnern trug. Jane drehte sich um, und dort, in der Ferne, wie Wexton es ihr versprochen hatte, lag Etaples, ihr Ziel.

Ein großes Lager, wie eine kleine Stadt: eine Reihe Nissenhütten nach der anderen, ganze Felder mit Armeezelten, ein Exerzierplatz. Jane zog die Augen zusammen: Sie konnte die Gestalten der Männer auf dem Übungsplatz gerade noch erkennen, klein wie Ameisen.

Ein Teil der Sicht wurde ihr von einer großen Frau versperrt, die einige Meter von ihr entfernt stand. Sie war mindestens einen Meter achtzig groß, hatte breite Schultern wie ein Mann und einen Busen, so gewaltig wie der Bug eines Schlachtschiffs. Die Frau trug eine ungewöhnliche Uniform: einen Herrenmantel mit Gürtel, eine Jacke und eine Krawatte. Auf ihrem Kopf war ein Hut, den sie über ihr kurz geschnittenes Haar tief ins Gesicht gezogen hatte. Offenbar erkannte die Frau sie wieder, denn als Wexton etwas sagte, kam sie ein paar Schritte näher.

»Wexton«, bellte sie.

Wexton ließ beide Koffer fallen und drehte sich mit dem Ausdruck höchster Freude um.

»Winnie!« Er ignorierte ihre ausgestreckte Hand und gab ihr einen Kuß. Die Riesin wurde rot. »Winnie, du bist gekommen, um uns abzuholen! Wie nett von dir. Ich muß dir Jane Conyngham vorstellen. Jane, das ist Winnie – du erinnerst dich, ich habe dir von ihr erzählt. Winnie ist Armeehelferin.«

»Wie geht es Ihnen?« Winnie drückte Janes Hand so kräftig, daß es schmerzte. »Armeehelferin, kirchliche Abteilung. Und im übrigen habe ich das hier arrangiert. Willkommen in Etaples. Gib mir ihre Tasche, Wexton. Großer Gott, mehr haben Sie nicht? Das ist ja leicht wie eine Feder.«

»Winnie hat Einfluß.« Wexton betrachtete sie voller Stolz. »Du nimmst dich besser vor ihr in acht. Wie geht es dir, Winnie?«

»Rosig. Rosig. Schön, dich wiederzusehen, Wexton. Nett, Sie kennenzulernen, Jane. Möchten Sie gern Jane genannt werden, oder ziehen Sie den Nachnamen vor? Ich selbst ziehe Nachnamen vor; ich schätze, ich werde Sie Conyngham nennen. Mal sehen, wie die Dinge laufen. Mal sehen, ob Sie den Kursus durchstehen, ob ich Sie nehme. Sie können mich aber ruhig Winnie nennen. Das tun alle. Ich bin die Aufseherin, Regimental Base Depot Two, das entspricht dem Rang eines Offiziers, falls Sie es nicht wissen; allerdings geben sie uns keine richtigen Titel, das würde den Männern nicht gefallen. Wenn Sie etwas brauchen, fragen Sie einfach nach Winnie; dann finden Sie mich. Ich arbeite für Colonel

Hunter-Coote. Einer der alten Brigade. Ein absoluter Schatz. Hab ihn mir gezogen. Frißt mir aus der Hand. Wenn Sie also irgendwelche Probleme haben sollten mit der Oberschwester, dann kommen Sie einfach zu mir. Ich habe mit ihr schon die Klingen gekreuzt. Bei den verschiedensten Gelegenheiten. Gut – fertig? Dann können wir ja gehen. Es ist nur ein bißchen mehr als eine Meile. In zehn Minuten sind wir dort.«

Mit flottem Schritt marschierte sie los. Wexton und Jane tauschten einen Blick.

»Ist sie nicht wundervoll?« Wexton lächelte sie von der Seite an. »Ich bin ganz verrückt nach ihr. Etaples war mein erster Einsatzort. Winnie hat mich unter ihre Fittiche genommen, unter ziemlich große Fittiche, wie du ja sehen kannst. Ich wußte, daß sie es arrangieren würde, wenn ich sie darum bäte. Winnie kann alles arrangieren ...«

»Sie ist die erste Armeehelferin, der ich begegne«, sagte Jane mit schwacher Stimme und bemühte sich, Schritt zu halten.

»Nun, sie sind natürlich eine ziemlich neue Erfindung. Aber Winnie ist nicht einfach eine Armeehelferin. Im Augenblick ist es Winnie, die den Krieg führt. Meiner Meinung nach. Ihrer Meinung nach auch.«

»Sie ist sehr ...« Jane unterbrach sich. Es war schwierig, ein passendes Wort zu finden.

»Britisch? Nicht wahr? Und wie findest du ihre Stimme?«

Jane zögerte: Die Stimme war wirklich grauenhaft. Sie klang nach englischen Grafschaften, nach Jagd, nach Exerzierplatz.

»Sie ist laut. Ich nehme an, man könnte sagen: *befehlerisch*.«

»Sie ist zum Totlachen.« Wexton warf ihr einen entzückten Blick zu. »Sie ist lächerlich. Und wunderbar. Ich liebe auch ihren Schnurrbart. Eigentlich liebe ich alles an ihr. Oh, warte ...«

Winnie hatte plötzlich auf einer kleinen Anhöhe vor ihnen haltgemacht.

»Ihr seht munter aus, ihr beiden.« Sie drehte sich um. »Und jetzt eine kleine Führung. Passen Sie auf, Conyngham, wenn Sie sich nicht verlaufen wollen. Direkt hinter uns auf dem Bahnhof ...«

»Das ist uns schon aufgefallen, Winnie. Wir sind dort ja aus dem Zug gestiegen.«

»Kein Wort von dir, Wexton.« Winnie warf ihm einen liebevollen Blick zu. Sie zeigte mit der Hand hügelabwärts. »Also, dort ist das Dorf, es ist voller Franzosen. Nehmen Sie sich vor ihnen in acht, Conyngham. Ein Haufen alter Wüstlinge, und alle kauen sie Knoblauch. Da drüben ist das Lager – die meisten Tommys, ein paar Australier, im Augenblick auch Kiwi-Infanteristen. Gerüchten zufolge werden wir vielleicht sogar die Amerikaner zu sehen bekommen. Colonel Hunter-Coote sagt, daß sie kommen werden. Aber wir warten noch immer, und meine Mädchen sind schon sehr ungeduldig. Das da drüben ist das Krankenhaus, Conyngham; sehen Sie dieses große graue Gebäude ganz am Rand? Die Ambulanzquartiere sind direkt dahinter, Wexton wird also ganz in der Nähe sein.« Sie sah von Wexton zu Jane, als sie es sagte, und lächelte bedeutungsvoll. »Und jetzt schauen Sie, da drüben – sehen Sie das Gebäude dort, direkt neben dem Exerzierplatz? Das ist mein Depot, dort können Sie mich finden. Sie werden für das Lager einen Paß benötigen, aber ich habe mich schon darum gekümmert. Inzwischen ist *das*...« Sie fuhr mit ihrem großen Finger durch die Luft, und ihre Stimme füllte sich mit Stolz. »Diese kleine Hütte da ist unser Clubhaus. Wir sind gerade dabei, uns unseren eigenen kleinen Club einzurichten. Das habe ich mit Hunter-Coote arrangiert. Ich habe ihm ins Gesicht gesagt, daß meine Mädchen doch irgendwas brauchen, wo sie abends hingehen können. ›Cootie‹, habe ich gesagt – ich nenne ihn nämlich Cootie –, ›Cootie, meine Mädchen brauchen doch ein Zuhause – so weit weg von zu Hause. Ihr habt die Offiziersmesse. Und was haben wir?‹ Und da hat er eine kurze Notiz weitergegeben. Tischdecken und Porzellan, keine Blechteller und all dieser Unsinn, nicht für meine Mädchen; das ist nichts für sie. Alles tipptopp und nur vom Feinsten. Armee- und Marinebestände. Wißt ihr. Ich habe darauf bestanden. Die Verbrüderung mit den Männern ist erlaubt.« Sie fixierte Jane mit festem Blick. »Meine Mädchen wollten das so, ich hoffe, Sie haben nichts dagegen, Conyngham. Das geht doch in Ordnung mit Ihnen, oder? Übrigens, es gibt dort ein Klavier.«

»Oh, wie schön...«

»Wir singen ein bißchen. Am Abend. Dann gibt es Cola. Gut. Gehen wir weiter. Beweg dich, Wexton – was gibt es denn da zu sehen?«

»Das da.«

Wexton hatte seine Tasche hingestellt und starrte Richtung Fluß. Das Dorf Etaples lag zwischen einem Fluß und Hügeln, die so steil waren, daß sie fast wie Klippen aussahen.

»Das?« Winnie schien zu zögern, bevor sie Wextons Blick folgte. »Das ist der Canche, ein Fluß. Da drüben, Conyngham, wo die Dächer auftauchen, liegt Le Touquet. Hübscher Strand. Nur eine Station mit dem Zug. Manchmal fahren wir sonntags hinunter, um ein bißchen zu schwimmen. Ich hoffe, Sie haben einen Badeanzug dabei, Conyngham. Wenn nicht, machen Sie sich keine Sorgen. Ich werde einen aus den Beständen anfordern...«

»Ich meinte nicht den Fluß, Winnie.« Wexton hatte sich nicht vom Fleck gerührt. »Was ist das da?«

»Wo die Männer graben?« Wexton deutete jetzt mit der Hand, aber Winnie schien noch immer zu zögern, in die richtige Richtung zu sehen. »Das ist die Erweiterung der Gräben. Im Falle eines Luftangriffs. Das ist schon ein- oder zweimal passiert.« Winnie schien der Sache keine Bedeutung beizumessen. »Hat nicht viel Schaden angerichtet. Aber man muß Vorkehrungen treffen. Noch eine Woche, und die Gräben werden vom Lager bis zu den Höhlen führen.«

»Höhlen?« Jane drehte sich um.

»Da drüben. In den Klippen hinter dem Dorf. Sie sind riesig. Der bestmögliche Schutz. Ursprünglich war es Cooties Idee. Durch die Gräben und dann in die Höhlen. Evakuieren. Hat diesen Vorschlag schon vor Wochen gemacht, aber natürlich hat niemand auch nur den Finger gerührt. Paragraphenreiterei, wie üblich. Und jetzt –«

»Ich meinte nicht die Gräben, Winnie. Und auch nicht die Höhlen. Davon weiß ich.« Wexton drehte das Gesicht und sah sie an. »Ich meinte das da. Dieses Schiff.«

»Welches Schiff?« Winnie klang irritiert.

»Es ist nur eine Yacht da, Winnie. Die große, die flußabwärts ankert. Was ist das? Sie war vorher nicht da.«

»Das Evakuierungsschiff.« Winnie schnaubte mit der Nase. »Wenn du es unbedingt wissen willst. Für die hohen Tiere. Wenn die Alliierten Nordfrankreich evakuieren müssen.«

Es herrschte Schweigen.

»Evakuieren? Das kann doch nicht sein?« fragte Jane mißtrauisch.

»Alles Unsinn.« Winnie hob Janes Koffer wieder auf. »Blinder Alarm in Whitehall. Sollen wir jetzt weitergehen?«

Sie wollte ihren Rundgang fortsetzen. Jane und Wexton sahen sich an.

»Großartig.« Er bückte sich und hob seinen Koffer auf. »Dann ist für die hohen Tiere also gesorgt.«

»Das ist nur eine Vorsichtsmaßnahme, Wexton.« Zum ersten Mal kam Jane der Gedanke, daß die Alliierten diesen Krieg vielleicht verlieren könnten. Nach einigen Minuten holte Wexton sie ein. Winnie, die voranmarschierte, sah sich gelegentlich um. Sie schien wieder besserer Laune, denn sie nickte ihnen ein paarmal anerkennend zu.

»Warum sieht sie uns so an, Wexton?« fragte Jane, als Winnie sich schon zum dritten Mal umgesehen hatte.

»Sie hält dich für meine Freundin.« Wexton klang unbekümmert.

»Sie glaubt was?«

»Nun, ich habe es eigentlich nicht gesagt. Nicht mit so vielen Worten. Sie hat einfach nur ihre Schlüsse gezogen. Als ich ihr schrieb. Ich wollte sie nicht enttäuschen. Schließlich wolltest du ja unbedingt hierher. So gut kennt Winnie mich nicht. Und ich glaube auch nicht, daß sie es verstehen würde, wenn ich es ihr erklärte. Winnie hat ein sehr behütetes Leben geführt – und außerdem ist sie romantisch. Sie ist selbst wahnsinnig verliebt...«

»Winnie?«

»In Cootie. Hast du das nicht bemerkt? Und er in sie. Deshalb wollte sie nicht über das Schiff reden...«

»Warum denn nicht?«

»Weil Cootie auf das Schiff kommen wird, wenn hier alles zusammenbricht, Winnie aber nicht. Hunter-Coote ist ein VIP. Dabei ist es Winnie, die hier alles schmeißt.«

»Verstehe.«

Jane blieb noch einmal stehen. Sie waren jetzt fast beim Lager angelangt. Eine Gruppe Männer in australischer Uniform legte Wellblechplatten über die neu angelegten Teile der Gräben.

Etaples. Acland war hier gewesen. Vielleicht hatte er genau dort gestanden, wo sie jetzt stand.

»Aha. Also, wenn alles zusammenbricht...« Sie ging wieder weiter. »Und wenn es so kommt – wo wird dann Winnie sein?«

Wexton lächelte sie sanft und ironisch an.

»Winnie? In den Höhlen, schätze ich. Zusammen mit dir und mir und tausend anderen.«

Wexton und meine Mutter kamen Ende März 1917 nach Etaples. Es war Frühlingsanfang, der Frühling nach dem schwierigsten Winter des Ersten Weltkriegs.

Kurz nachdem sie in Etaples eingetroffen waren, erklärte Amerika Deutschland den Krieg. Schon bald darauf nahmen die kanadischen Truppen, einschließlich der Überlebenden von William Barkhams Regiment, die Höhe von Vimy ein. Die dritte Schlacht von Ypres und Passchendaele würden vier Monate später stattfinden.

Es waren fürchterliche Schlachten, es war das Jahr, das die Wende des

Krieges markierte: Ich bin mit diesen Namen aufgewachsen. Ich hörte sie in den nur flüsternd geführten Gesprächen der Erwachsenen, wenn Wexton zu Besuch nach Winterscombe kam, oder von Winnie – die inzwischen mit Colonel Hunter-Coote verheiratet war. Es dauerte Jahre, bis ich verstand, daß sich diese eleganten, geheimnisvollen und fremden Worte auf kriegerische Schlachten bezogen. Passchendaele hielt ich für *Passion Dale*; und ich stellte mir ein Tal vor wie Winterscombe, durch das der Passion-Fluß floß.

Wexton und meine Mutter blieben nur einen Monat in Etaples. Dort vollendete Wexton seinen Gedichteband mit dem Titel *Granaten*, den er später Steenie widmete. Von Etaples aus schrieb er auch an Steenie, einen geduldigen Brief nach dem anderen, an jemanden, den er noch immer liebte, den er aber bereits verloren hatte.

Diese Briefe verfolgten Steenie. Ein halbes Jahrhundert später, als er in Winterscombe starb, paßte er einen Tag ab, an dem Wexton einmal nicht da war, um sie mir laut vorzulesen.

»Sieh nur«, sagte er am Ende jedes Briefes. »Sieh, was ich verloren habe; was ich weggeworfen habe. Hüte dich davor, Victoria.«

Insbesondere auf zwei Briefe kam Steenie immer wieder zurück. Der eine schilderte die Höhlen von Etaples und das merkwürdige Ereignis, das sich dort zutragen würde. Der andere – mit einem noch weiter zurückliegenden Datum – beschrieb den Tag im April, an dem Wexton und meine Mutter schließlich Winnies Einladungen annahmen. Sie begleiteten sie und Colonel Hunter-Coote auf einer Fahrt zum Strand von Le Touquet – oder, wie sie es damals nannten, *Paris-Plage*.

Es war ein Sonntag. Mit dem Zug fuhren sie nach Paris-Plage. Sie aßen im Freien zu Mittag auf der Gartenterrasse des Café Belvedère. Wexton saß unter einer gestreiften Markise an einem runden Tisch, von dem aus man aufs Meer sah; es war der erste warme Frühlingstag; das Meer glitzerte.

Neben ihm saß Colonel Hunter-Coote. Auf der anderen Seite des Tisches saß Jane, in Straßenkleidern an diesem Tag, und mit einem Strohhut, der ihre Augen beschattete. Die Luft war wie staubiges Gold. Wexton fühlte sich wohlig satt und warm: Der Krieg war in weite Ferne gerückt.

Unter ihnen, am Strand, Winnie mit einer Gruppe ihrer »Mädchen«, die die notwendigen Vorbereitungen trafen, um ins Wasser zu gehen und zu schwimmen. Sie wärmten sich auf, wie Winnie es nannte. Zu dieser Prozedur, die auch Wexton für unbedingt notwendig hielt – die Luft war vielleicht schon warm, aber das Wasser würde eiskalt sein –, gehörte es, mit einem großen gestreiften Wasserball zu spielen. Winnie, die in einem schwarzen Badeanzug aus Wolle, der ihr vom Hals bis zu den Knien reichte, riesig aussah und dazu eine gekräuselte Badekappe trug, leitete diese Aufwärmung.

»*Springen*, Clissold«, hörte er sie in befehlerischem Ton rufen. »Ach, du dumme Gans. Doch nicht so. *Höher*.«

Colonel Hunter-Coote, ein sehr kleiner, adretter Mann mit vogelartigen Knochen, der, wenn er neben Winnie stand, wie ein ängstlicher Spatz aussah, beobachtete diese Vorführung voller Stolz. Nur als sich der Kellner näherte, ließ er sie kurze Zeit aus den Augen. Dann bemühte er sich, Janes Interesse für etwas, das er »Pudding« nannte, zu wecken.

»Oh, das müssen Sie probieren«, sagte er. »Das sind diese kuchenartigen Dinger, die es hier gibt. Winnie mag sie sehr gern.« Er betrachtete den sich nähernden Servierwagen. »Soll ich Ihnen eins aussuchen? Also, das da, zum Beispiel. Die kann ich sehr empfehlen. *Oui, garçon*. Sind Sie sicher, daß Sie keins wollen, Wexton? *Deux* – äh – *pâtisseries, s'il-vous-plaît, Monsieur*. Nein, nein, nicht diese Törtchen. Die da. Genau. Oh, wunderbar. *Merci beaucoup*.«

Jane warf Wexton einen amüsierten Blick zu. Sie selbst sprach fließend französisch, wie Wexton wußte; Hunter-Cootes Französisch war abscheulich. Doch offenbar kam er gar nicht auf den Gedanken, daß Jane vielleicht französisch sprach: Sie und Wexton waren stillschweigend übereingekommen, es ihm auch nicht zu verraten.

Als der Kaffee gebracht wurde, nahm Jane von Wexton eine Zigarette. Sie rauchte jetzt manchmal – worüber sie noch vor einem Jahr entsetzt gewesen wäre –, aber sie rauchte wie eine Novizin, paffte nur ein bißchen und hielt dann den Glimmstengel zwischen den Fingern. Sie starrte hinaus aufs Meer. Wexton glaubte, daß sie sich Tagträumen hingäbe.

Sie sah friedlich aus, zufrieden; sie hat sich sehr verändert, dachte Wexton. Anfangs hatte er sie für angespannter gehalten, für verbitterter, für verschlossener als jeden anderen Menschen, dem er je begegnet war – und das hatte ihn interessiert. Ihr nervöses Verhalten war jedoch fast völlig verschwunden. Er mochte Jane, hatte sie sogar gemocht, als er sie in London getroffen hatte. Er hielt sie für … gut.

Jane hatte ihren Strohhut abgenommen und fächelte sich frische Luft damit zu; sie blickte auf die Promenade. Unter der Markise fiel ein Streifen Sonnenlicht auf ihr Haar und ließ es wie verfärbtes Laub leuchten. Neben diesem flammenden Haar kam die Blässe ihrer Haut besonders zur Geltung. Sie war bemerkenswert. Doch Wexton liebte besonders ihre wohlverteilten Sommersprossen: Sie lenkten den Blick auf ihre Augen, deren Schönheit weniger in ihrer Form als in ihrem ruhigen Ausdruck lag.

Jane hatte etwas an sich, das sich nur schwer definieren ließ, das aber am deutlichsten sichtbar wurde, wenn sie sich den Kranken widmete. Wenn sie die Hand auf den Arm eines Mannes legte, konnte Wexton sehen, wie von Jane eine geheimnisvolle Kraft ausging und sich auf den Kranken übertrug. Ihre Energie wirkte beruhigend; und doch schien Energie das falsche Wort zu sein. Aus dem Wunsch heraus, ein treffenderes Wort dafür zu finden, hätte Wexton vielleicht gesagt, daß Jane – *Herzensgüte* besaß.

Dieser Begriff, ein Überbleibsel seiner Klostererziehung, ärgerte ihn ein wenig.

Er beugte sich auf seinem Stuhl nach vorn, um zu sehen, was ihren Blick auf der Promenade eingefangen hatte. Nicht Winnie mit ihren Mädchen, die sich der ungeteilten Aufmerksamkeit Colonel Hunter-Cootes sicher sein durften; Jane sah nicht zum Ufer.

Unten auf der Promenade war eine Gruppe Rotkreuzschwestern, die Rollstühle vor sich her schoben; sie hatten die Stühle so in einer Reihe aufgestellt, daß die Patienten zum Meer sahen und die warme Sonne auf ihrem Gesicht fühlen konnten. Nachdem sie ihnen rote Decken über ihre Knie gelegt hatten, zogen sie sich zurück.

Solche Ausflüge wurden für diese Patienten, die keine sichtbaren Wunden hatten, als heilsam angesehen. Diese Männer litten an Neurasthenie; sie hatten ein Schützengrabentrauma. Im Lazarett waren sie in einem eigenen Flügel untergebracht und wurden nur von den erfahrensten Rotkreuzschwestern gepflegt. Auch dort brachte man sie hinaus an die Sonne; man war der Meinung, daß frische Luft und Sonnenschein ihnen helfen würde, gesund zu werden.

Wexton, der einige dieser Patienten in seinem Ambulanzwagen transportiert hatte, bezweifelte das. Wenn sie körperliche Verletzungen hätten – und das hatten manche –, hätte man sie vielleicht heilen können: Aber er bezweifelte selbst, daß die Zeit fähig sein würde, sie wieder zu heilen.

Männer, deren Seele gebrochen war: Sie waren für andere Menschen ein peinlicher Anblick. Sie wurden zuerst hierher gebracht; und dann, wenn die Ärzte überzeugt waren, daß sie nicht simulierten, wurden sie nach England verschifft. Sie wurden in spezialisierte Krankenhäuser in abgelegene Teile des Landes gebracht, damit sie dort Ruhe und Frieden fänden. Das war die offizielle Verlautbarung. Wexton glaubte aber vielmehr, daß die entsprechenden Behörden es vorzogen, diese Menschen zu verstecken.

Männer mit gebrochener Seele: Männer, die das Unaussprechliche gesehen hatten; Männer, die in aller Stille – und es ging gewöhnlich in aller Stille vor sich – verrückt geworden waren. Wexton glaubte schon seit einiger Zeit, daß diese Männer die einzigen waren, die nicht verrückt waren.

Jane beobachtete sie, wie er bemerkte, mit einem angestrengten Ausdruck, und als sie sich schließlich wieder zu Wexton umdrehte, sah er, daß in ihren Augen – Tränen glitzerten, jedenfalls glaubte er es zu sehen. Doch dann merkte er, daß es gar keine Tränen waren. Jane war zornig.

»Oh, bravo!« Colonel Hunter-Coote stand auf. Jane und Wexton erhoben sich ebenfalls. Sie traten an den Rand der Terrasse und blickten hinunter zum Strand.

Hunter-Coote klatschte in die Hände.

»Weiter so, Winnie. Sehr gut.« Er drehte sich zu Wexton und Jane um, seine kleinen braunen Augen glänzten. »Ist sie nicht wunderbar? Sie ist die bemerkenswerteste Frau auf der ganzen Welt, finden Sie nicht? Nichts kann sie einschüchtern, wissen Sie. Absolut gar nichts.«

Draußen im Meer konnte man Winnie erkennen. Sie schlug mit den Armen um sich. Eine große Welle ergoß sich über ihr Gesicht; Winnie wartete, bis sie in sich zusammengefallen war, dann warf sie sich auf den Kamm der nächsten und schwamm unbeirrt weiter. Ihre gekräuselte Badekappe hüpfte auf und nieder. Es dauerte eine Weile, bis Wexton klar wurde, warum dieser beherzte Vorgang so merkwürdig anmutete: Winnie paddelte wie ein Hund.

Anscheinend bemerkte es Jane im selben Augenblick, denn sie lächelte plötzlich. Sie warf Wexton einen Blick zu, und ein Lächeln überzog ihr Gesicht. Sie sah jetzt nicht mehr zurück zur Promenade und zu den Rollstühlen.

Gegen Abend gingen sie zum Bahnhof zurück. Hunter-Coote und Winnie gingen vorweg, Jane und Wexton hinterher. Die Sonne war warm, die Straße staubig. Wexton pfiff vor sich hin. Jane blieb stehen, nahm ihren Hut ab und hob ihr Gesicht zur Sonne.

»Vielleicht ist es gemein. Vielleicht sollte ich nicht...« Sie nahm Wextons Arm. »Aber ich bin so glücklich. Ich fühle Frieden in mir.«

»Acland?«

»Ja. Ich kann ihn fühlen. Wie ich es gehofft hatte. Er ist ganz in der Nähe.« Ängstlich sah sie Wexton an. »Ich weiß, daß er tot ist. Aber ich kann es trotzdem fühlen. Glaubst du, daß ich mir das nur einbilde, Wexton?«

»Nein, das glaube ich nicht.« Wextons zerknittertes Gesicht war traurig. »Steenie war so nahe bei mir – und ich habe es gespürt. Jetzt ist er es nicht mehr – und auch das weiß ich. Man kann es nicht erklären. Vielleicht ist es ein sechster Sinn.«

»Es tut mir leid, Wexton.« Jane nahm seinen Arm. »War es Conrad Vickers?«

»Nun, Vickers war verfügbar, als Boy starb, und ich war es nicht. Steenie hatte etwas wirklich Schreckliches erlebt. Er brauchte jemanden, mit dem er reden konnte –«

»Aber das war nicht der einzige Grund?«

»Nein. Das glaube ich nicht. Es hätte genausogut woanders passieren können, irgendwo, früher oder später. Steenie ist noch sehr jung. Er läßt sich leicht beeindrucken. Er liebt –«

»Modische Dinge?«

»Ja, wahrscheinlich. Und ich lese und schreibe nur die ganze Zeit. Ich kann verstehen, daß das ziemlich langweilig ist.«

Jane sagte nichts. Wexton sah auf die weiße Straße, auf Winnie und Colonel Hunter-Coote. Er sah auf die Blumen neben der Straße, auf den kleinen Zug, der direkt vor ihnen dampfend in den Bahnhof einfuhr. Janes Hand lag auf seinem Arm.

Er spürte die Energie, die von ihrer Hand ausging; die Schönheit des Tages und die feierliche Stimmung dieses Tals ergriffen Besitz von ihm. Der Himmel war leuchtend blau; kleine weiße Wölkchen waren darüber verteilt. Er spürte die erstaunliche Vollkommenheit des Augenblicks. Er würde nichts ändern daran – nicht die Wolken, keinen Grashalm, nicht einmal die Untreue Steenies. Es schmerzte ihn, aber der Schmerz verlieh der Schönheit um ihn herum Schärfe. Ein Gedicht.

»Mir geht es gut«, sagte er schließlich. »Steenie auch. Er hat ein eigenes Studio bezogen. Bald wird er mit seinen Bildern eine Ausstellung machen. Das alles wird helfen.«

»Sind sie gut – die Bilder von Steenie?« Jane drehte sich um und sah ihn an.

»Manche von ihnen sind gut.«

Jane blieb noch einmal stehen. Sie atmete tief ein.

»Heute – glaube ich an Gott. Gestern habe ich das nicht getan. Ich hatte es nicht erwartet. Vielleicht ist es die Sonne – und die Luft. Heute fühle ich nichts von dem Krieg; vielleicht ist es das. Egal, was es ist.« Sie lächelte ihn kläglich an; wieder nahm sie seinen Arm. »Vergiß meine Religion. Erzähl mir von deiner. Sag mir ein Gedicht auf.«
»Na schön«, sagte Wexton.

Er begann mit einem Sonett, eins, das er auswendig kannte, eins, das zu diesem Tag paßte, zu diesem Spaziergang und zu dieser hellen Straße, zu dem Bahnhof vor ihnen und zu dem Rauch, der von dem Zug aufstieg.

Vierzehn Zeilen. Mit dem letzten Vers hatten sie den Bahnhof erreicht. Winnie lief aufgeregt herum: Der Zug hatte zwei Wagen zu wenig. »Sagen Sie«, sagte sie zu einem älteren französischen Gepäckträger, »sollen wir vielleicht in den Gepäcknetzen sitzen? Das ist eine Schande. Es ist kein Platz da für meine Mädchen...«

Später, im April, hatte mein Onkel Steenie zum ersten Mal eine Ausstellung mit seinen Bildern. Es würde gleichzeitig seine letzte Ausstellung sein, was Steenie damals natürlich nicht wußte. Sie war ein gesellschaftliches Ereignis, und Steenie bekam auch zahlreiche, wohlwollende Kritiken; später liebte es Steenie, sich an diesen Augenblick des Triumphs zurückzuerinnern. Aber er war kein Dummkopf: Sein Triumph öffnete ihm die Augen. »Ich stellte fest, daß ich ein *Dilettant* war«, sagte er.

Die Umstände, von denen diese Ausstellung begleitet war, erwiesen sich als denkwürdig: Sie fand gegen Ende des Krieges statt, drei Monate nachdem Steenie und Freddie Zeugen von Boys Tod geworden waren; und auf genau denselben Tag, an dem Steenie anläßlich der Ausstellungseröffnung eine größere Einladung gab, fiel das merkwürdigste Ereignis meiner Familiengeschichte.

Die Nachricht davon erreichte Steenie und die anderen am späten Abend, aber auch bevor diese Nachricht eintraf, war es, nach Aussagen von Steenie und Constance, ein bedeutender Tag. »Ein erinnerungswürdiger Tag!« sagte Constance.

Constance und Steenie verbrachten den Tag zusammen – sie hatten in den sechs Wochen, seit Constance von ihrer Hochzeitsreise zurückgekehrt war, viel Zeit zusammen verbracht. An jenem Morgen hatte Constance Jenna und ihr Baby besucht, einen Sohn, der um Weihnachten geboren worden war und Edgar hieß. Constance schien merkwürdig besessen von diesem Kind, das er nie gesehen hatte, fand Steenie. Sie ließ sich in allen Einzelheiten über die Reize des Kindes aus, seine Ruhe, seine grünen Augen, über alle Einzelheiten seiner Entwicklung. Steenie fand das Ganze ziemlich ermüdend und verdächtigte sie der Heuchelei. Constance machte Pläne, um sowohl Jenna als auch das Kind von der Familie Cavendish zu trennen. Wie sie sagte, hatte Jenna nicht den Wunsch, mit Hennessy nach dem Krieg eine normale Ehe zu führen; es bestand für Jenna kein Grund, nach Winterscombe zurückzukehren, um dort als Frau eines Zimmermanns zu leben; dagegen gab es aber viele Gründe, warum Jenna – die beste Zofe, die sie je gehabt hatte – und ihr Kind bei Lady Stern und ihrem Mann wohnen sollten.

Constance räumte ein, daß sich ein oder zwei kleine Probleme stellten. Erstens einmal hatten sie und Stern noch immer keinen festen Wohnsitz. Seit sie aus ihren Flitterwochen zurückgekehrt waren, hatten sie viel Zeit damit verbracht, sowohl in London als auch auf dem Land Häuser zu besichtigen; aber trotz der Tatsache, daß Geld keine Rolle spielte, schien es ihnen unmöglich, sich auf irgendein Objekt einigen zu können. In diesem Punkt machte Constance, wie Steenie fand, den Eindruck, daß sie irgend etwas verheimlichte; was immer es war, er bekam es nicht aus ihr heraus. In der Zwischenzeit mieteten sie verschiedene Häuser in London, eines prächtiger als das andere.

Aber das war nicht die einzige Schwierigkeit, die vor der Einstellung von Jenna gelöst werden mußte. Constance neigte dazu, alles leichthin abzutun, aber Steenie sah dies ernster. Vor allem aber hatte Jenna selbst etwas gegen die Idee. »Sie hat Angst vor Hennessy, das ist alles«, rief Constance. »Sie braucht sich aber keine Sorgen zu machen, um *den* kümmere ich mich schon.« Außerdem widersetzte sich Montague Stern diesen Plänen, und zwar aufs heftigste.

Speziell Montagues Verhalten fand Steenie ziemlich merkwürdig. Warum kümmerte sich Stern darum, wen seine Frau als ihre Zofe engagierte? Welche Rolle spielte in einem so großen Haushalt schon die Anwesenheit eines Babys? Constance erklärte nicht, warum ihr Ehemann gegen ihre Pläne war. Wegwerfend meinte sie nur, daß Stern fände, sie mache zuviel Aufhebens um das Baby; aber sie würde ihn schon noch umstimmen. Steenie, der insgeheim Sterns Meinung war, bezweifelte, daß sich Constances Mann würde »umstimmen« lassen.

Constances häufige Besuche bei Jenna und ihrem Kind schienen sie nachdenklich und schweigsam zu machen. Der Tag, an dem Steenies Einladung stattfand, war keine Ausnahme. Steenie hatte aber festgestellt, daß Constance diese Stimmungen jetzt häufiger hatte – und sie schienen nicht immer nur mit ihren Besuchen bei Jenna zusammenzuhängen. Er ertappte sie dabei, daß sie mit leerem Blick in die Ferne starrte, wenn er ihr gerade etwas erzählte, und ganz eindeutig kein einziges Wort von dem aufnahm, was er sagte. Seit sie von ihren Flitterwochen zurück war, hatte sie sich verändert; sie war stiller, gedämpft, nachdenklich. Selbst ihre Bewegungen, die immer nervös gewesen waren, waren langsamer geworden. Ihrer Schönheit haftete jetzt eine neue Note an, die Steenie früher nie an ihr bemerkt hatte: Ihr schroffer Trotz war völlig verschwunden; sie war jetzt stiller und ruhiger als früher. Ein- oder zweimal hatte sich Steenie schon gefragt, ob sie vielleicht ein Kind erwartete; aber als sich das als nicht richtig erwies, nahm er an, daß ihr Mann diese Veränderung bei ihr hervorgerufen hätte – und das machte Steenie neugierig. Er hätte gern etwas mehr über Constances Eheleben gewußt, über ihre Einstellung zu ihrem Mann – ja, über die Umstände ihrer Flitterwochen in Schottland. Aber als Steenie sie fragte, wie es denn in Schottland gewesen sei, gab sie ihm eine sehr merkwürdige Antwort. Das Telegramm, in dem die Nachricht von Boys Tod stand – bei einem Jagdunfall, das war die offizielle Version –, war schon angekommen und wartete auf Constance und ihren Mann, als sie in Dentons Jagdhütte eintrafen.

»Meine Flitterwochen begannen mit einem Tod«, sagte Constance. Und dann wechselte sie das Thema.

Damals war Steenie froh gewesen. Er wollte nicht gern an Boys Tod erinnert werden. Er hatte in jenen vergangenen drei Monaten erfahren, wie unbarmherzig die Erinnerung sein konnte. Egal, wie sehr sich Steenie auch bemühte, sie zu unterdrücken, die Erinnerung verfolgte ihn, durchbohrte ihn. Sie schlich sich in seine Träume und in sein tägliches Leben ein: *Ich verstehe jetzt, was die Griechen mit den Furien meinten*, schrieb er in einem Brief an Wexton, den er nie abschickte, um vor ihm noch einen letzten Rest an Selbstachtung zu wahren: Er wußte, daß er jetzt kein Recht mehr hatte, sich an Wexton um Hilfe zu wenden – er war zu tief in seine Liebesaffäre mit Conrad Vickers verstrickt. *Ich habe dich betrogen, Wexton*, schrieb er in einem anderen Brief, den er ebenfalls nicht abschickte, aber er wußte, daß das nicht die ganze Wahrheit war, denn er fügte noch ein Postskriptum hinzu: *Schlimmer. Ich habe mich selbst betrogen.*

Am Abend vor seiner Ausstellungseröffnung waren also sowohl Constance als auch Steenie in einer angespannten Stimmung. Sie hatten den Nachmittag in der Galerie verbracht: Constance am Telefon, um sicherzugehen, daß auch alle, die an diesem Abend auf Steenies ehrgeiziger Gästeliste standen, kommen würden; Steenie, der überprüfte, ob seine Bilder auch wirklich richtig hingen. Die Beleuchtung hätte nicht schmeichelhafter sein können. Die Bilderrahmen waren nicht zu übertreffen. Die oberflächliche Schönheit der Gemälde, ihre wohltuende Farbgebung, die vollendete Linienführung – all dies sah Steenie jetzt ganz deutlich. Aber – unglücklicherweise – allerdings auch die Bedeutungslosigkeit der Bilder. Sie waren dekorativ, reizend, übermäßig süß; was er Rex Whistler, einem anderen ehemaligen Freund von Vickers –, verdankte, war nur allzu deutlich zu erkennen. Sie waren die visuelle Entsprechung türkischen Konfekts. Steenie mußte an Boy denken. Er mußte daran denken, was mit Boys Kopf geschehen war. Er sah wieder zu dem Bild.

Traubenzucker und Rosenwasser, dachte Steenie, und dann flüchtete er.

Er ging mit Constance wieder in sein neues Atelier zurück. Sein prächtiges neues Atelier. Steenie, der sich wie immer vor Emotionen schützte, der sich weigerte, von Boy zu sprechen, redete sich selbst und Constance ein, daß seine schlechte Gesichtsfarbe und die Tatsache, daß seine Hände zitterten, einzig und allein eine Folge seiner Nervosität waren. Die Ausstellungseröffnung. Die Gästeliste.

»Es wird gräßlich werden«, sagte Steenie. »Niemand wird kommen. Niemand wird etwas kaufen. Sie werden sich mit höflichem Gemurmel wegschleichen. Ich glaube, mir wird gleich schlecht.«

»Nimm dich zusammen, Steenie«, erwiderte Constance und starrte wieder einmal in die Ferne. Dann, als würde sie ihre geistige Abwesenheit bedauern, wurde sie freundlich. »Warum trinkst du nicht irgendwas? Nur ein bißchen. Das wird helfen. Wo ist der Champagner von mir?«

»In der Badewanne. Damit er kühl bleibt.«

»Dann mach eine Flasche auf.«

Während sich Steenie dem Champagner widmete, ging Constance im Zimmer hin und her; sie rückte einen Stuhl zurecht; sie ordnete ein paar Kissen, die aussahen, als stammten sie aus einem Harem; sie spielte mit dem Licht einer Lampe, die sie mitgebracht hatte. Sie schien völlig in Gedanken versunken.

Später behauptete Steenie, daß er bei dieser Gelegenheit zum ersten Mal bemerkt hätte, wie gern Constance Möbel hin und her rückte, wie sie von dem Wunsch besessen war, leblose Dinge zu beherrschen. Er wäre gar nicht auf die Idee gekommen, daß Constance vielleicht den Wunsch verspürte, in Räumen Ordnung zu schaffen, weil soviel andere Dinge ihres Lebens in Unordnung waren: Steenie sah nur, daß Constance, die seit drei Monaten verheiratet war, sich bei allem – so völlig sicher war. Steenie war das nicht. Er hatte das Gefühl, sein Leben nicht unter Kontrolle zu haben, und schon gar nicht die Einzelheiten seiner Umgebung. In dem einen Augenblick weilten seine Gedanken bei Boy, im nächsten bei Wexton: Er schwor, Conrad Vickers niemals wiederzusehen, und rannte dann eine halbe Stunde später los, um ihn zu treffen. Alles war im Fluß – während Constance von einer unbeirrbaren Zielstrebigkeit war. Für die Vorhänge kam nur dieser eine Stoff in Frage, und kein anderer; dieses Sofa war indiskutabel, jenes perfekt. Das Ergebnis war ein Atelier, das bunt zusammengewürfelt war, dramatisch überladen und unkonventionell: Steenie fühlte sich höchst unbehaglich darin. Es war Constances Wohnung und nicht seine, dachte er, als er den Champagner eingoß.

Aber das konnte er nicht sagen. Constance wäre beleidigt; außerdem war es ziemlich albern von ihm. Schließlich hatte sein Atelier schon viele Bewunderer gefunden. Conrad Vickers hatte lauthals verkündet, daß er einfach nicht *anfangen* könne, seine neue Wohnung einzurichten, bevor Constance ihn nicht beraten hätte. Lady Cunard, deren Geschmack eher konventionell war, die aber ein gutes Gespür für Neuerungen besaß, behauptete jetzt auch, daß ihr Constance unbedingt bei der Einrichtung ihres neuen Landhauses helfen mußte.

Dies war der Beginn von Constances beruflicher Karriere.

Steenie reichte Constance den Champagner. Aber sie trank nicht. Steenie schüttete sein Glas hinunter und schenkte sich gleich noch einmal ein. Constance war jetzt dabei, eine Gruppe von hübschen Gegenständen auf dem Seitentisch neu anzuordnen. Sie rückte eine Porphyrsäule ein Stückchen weiter auf die Seite. Sie runzelte die Stirn wegen der Blumen – Steenies einziger Beitrag zu dem Raum. Es waren lange, stark riechende weiße Lilien – teure Lilien; sie hatten Steenie eine ganze Woche seines mageren Taschengelds gekostet.

Steenie wurde es immer übler. Es gab noch einen Grund, warum er sich in diesem Raum so unbehaglich fühlte: Das meiste von dem, was darin stand, war von Constance bezahlt worden – und da Constance kein eigenes Geld besaß, bedeutete es, daß es von ihrem Mann bezahlt worden war. Constance ging mit Sterns Geld großzügig um. Sie kaufte Dinge, die sich Steenie nie hätte leisten können. Brummig und zögernd hatte Denton das Geld für die Miete freigegeben, hatte sich aber – auf eine geradezu außerordentlich taktlose Weise – geweigert, noch etwas draufzulegen. Steenie hatte einen Vorschuß auf sein fest angelegtes Vermögen erwartet; aber der war ihm verweigert worden. Constance hatte ein Scheckheft geschwenkt und war in die Bresche gesprungen. Wenn man in Betracht zog, daß sie erst so kurze Zeit verheiratet war, hatte sie, wie Steenie fand, ziemlich schnell gelernt, das Geld ihres Mannes auszugeben. Einmal hatte er es gewagt, darüber eine Bemerkung zu machen, doch Constance hatte ihm nur einen mürrischen Blick zugeworfen.

»Mann und Frau sind aus ein und demselben Fleisch und Blut«, hatte sie gesagt. »Auch aus ein und demselben Bankkonto – vergiß das nicht, Steenie.«

Wenn Constance nicht gewesen wäre, hätte er sein Atelier mit ausrangierten Möbeln aus dem Haus seiner Eltern möblieren müssen. Er wäre von Erinnerungen umgeben gewesen. Davor hatte ihn Constance bewahrt. Trotzdem hatte Steenie das Gefühl, als hätte man ihn bevormundet; und er hatte auch das Gefühl, als hätte man ihn kompromittiert. Genauso war es mit seiner Einladung gewesen: Constance und ihr neuer Mann standen natürlich auf der Gästeliste, nicht aber seine Tante Maud. Maud hatte die Tatsache, die ihr von einem verlegenen, nervös zuckenden Steenie überbracht worden war, mit Würde, Anstand und – wie Steenie fand – vorbildlicher Gleichgültigkeit aufgenommen. Sie sagte, daß sie das *völlig* verstünde; sie würde der Galerie zu einem späteren Zeitpunkt einen Besuch abstatten. Ob ihr Steenie vielleicht eines der kleinen Bilder aufheben könne, die sie immer so gern gemocht hatte? Steenie hatte zugestimmt: Das betreffende Bild war jetzt das einzige in der Galerie, das einen kleinen roten Aufkleber trug, der darauf hinwies, daß es schon verkauft war. Als er diesen Aufkleber betrachtete, verfluchte Steenie sich selbst.

Steenie schüttete ein zweites Glas Champagner herunter. Er zögerte, dann beschloß er, ein drittes zu riskieren.

»Kommt Lady Cunard?« Seine Stimme quietschte.

»Natürlich kommt sie, Steenie. Das habe ich dir doch gesagt. Sie hat es mir versprochen.«

»Und Stern – glaubst du, daß er sich freimachen kann?«

»Montague? O ja, er wird kommen. Wir treffen uns in der Galerie. Ich glaube, er hat vorher eine Sitzung.«

Ihre Stimme war unbekümmert, wie so oft, wenn sie von ihrem Mann sprach. Steenie, der diesen Ton von ihr kannte und der auch wußte, daß Constance ihn nur verwendete, wenn sie ihre Gefühle verbergen wollte, sah sie genauer an. Wie üblich, verriet ihr Gesicht nichts.

»Gut, denn ich würde gern wissen, was er davon hält. Falls er es aber nicht schafft zu kommen, habe ich Verständnis dafür. Ich weiß, wie beschäftigt er immer ist –«

»Beschäftigt?« Das schien Constance zu amüsieren. »Oh, er ist immer beschäftigt. Aber er ist auch sehr gut organisiert. Eine Sitzung nach der anderen, den ganzen Tag lang, trotzdem gelingt es ihm aber, eine Hochzeit in seine Termine einzubauen, Steenie. Darin ist er wirklich unvergleichlich.«

»Eine Hochzeit einzubauen?«

»Natürlich.« Constance schenkte ihm ein seltsames Lächeln. »Weißt du, daß er jeden Abend um genau dieselbe Zeit nach Hause kommt? Um sechs. Halb sieben spätestens. Ich könnte die Uhr danach stellen, wenn sich sein Schlüssel im Schloß dreht. Ich warte oben auf ihn – na ja, manchmal auch unten. Weißt du, was wir dann tun, Steenie? Wir gehen ins Bett.«

Steenie war verblüfft. Es war ungewöhnlich, daß Constance so offen sprach. Nervös suchte er – wie er es jetzt immer tat – Zuflucht in einer ganz passablen Imitation von Conrad Vickers.

»*Nein!* Constance, Darling – *jeden* Abend – immer um dieselbe Zeit? Das ist ja wirklich unglaublich. Diese Leidenschaft –«

»Jeden Abend. Immer um dieselbe Zeit. Natürlich auch zu anderen Zeiten – aber dann immer. Geradewegs von der Downing Street ins Bett. Vom Krieg zu seiner Frau. Das ist komisch, findest du nicht? Sag mal ehrlich, hättest du das für möglich gehalten?«

»Von Stern? Nein. Ich glaube nicht. Er kam mir immer so ungeheuer beherrscht vor.«

»Ich weiß.« Constance zitterte. Sie schien zu zögern. Steenie warf sich aufs Sofa. Er nahm eine künstlerische Pose ein.

»Darling!« sagte er und warf die Hände in die Höhe. »Das ist absolut faszinierend. Ich muß zugeben, daß ich mir schon Gedanken gemacht habe. Ist er – ich meine – wenn du –?«

»Glaub ja nicht, daß ich indiskret werde.« Constances Gesicht wurde verschlossen. »Ich habe nicht die Absicht, dir meine ehelichen Geheimnisse anzuvertrauen, Steenie.«

»Also gibt es Geheimnisse?«

»Vielleicht. Das eine oder andere. Montague ist –«

»Ein unglaublicher Liebhaber.« Steenie kicherte. »Genau das, was sich jede Frau erträumt: beherrschend, dominierend – das kann ich mir gut vorstellen. Connie, mein Liebling, ich bin richtiggehend eifersüchtig.«

»Ich könnte ihn lieben, Steenie.«

Constance stellte ihr Glas auf den Tisch. Sie wandte sich ab. Erstaunt sah Steenie sie an.

»*Was* hast du gesagt?«

»Ich sagte, ich könnte ihn lieben. Ich bin schon... sehr nahe dran, ihn zu lieben. Das war etwas, was ich nie erwartet hätte. Ihn *mögen*, ja. Ihn sogar bewundern, oder ihn respektieren – das hatte ich erwartet. Aber nicht Liebe. Mit Liebe hatte ich nicht gerechnet. Ich dachte immer... nun, egal, was ich dachte. Wahrscheinlich täusche ich mich ja. Das ist nur vorübergehend, weißt du – so jung verheiratet...«

Steenie begann zu bedauern, daß er so viel Champagner getrunken hatte. Jetzt hätte er sich konzentrieren müssen.

»Connie, ich verstehe dich nicht. Schließlich ist er dein Mann. Warum solltest du ihn nicht lieben?«

»Weil ich *niemanden* lieben will.« Ärgerlich drehte sie sich ihm wieder zu. »Ist das so schwer zu verstehen? Ich habe kein Vertrauen in die Liebe. Ich glaube nicht daran. Liebe macht die Menschen schwach. Sie macht sie abhängig – zu dummen kleinen Marionetten. Ich will nicht so sein; das wollte ich nie. Liebe – das ist eine Krankheit. Ich habe keine Lust, mir diese Krankheit zu holen. Lieber habe ich Malaria, Typhus, Tuberkulose – alles andere...«

»Connie –«

»Es ist wahr! Mir ist es lieber, meine Lungen verrotten als mein Verstand – und genau das passiert, wenn jemand liebt. Sie verlieren den Verstand. Sie können nicht mehr denken. Sie verlieren ihr Selbst. Das habe ich schon so oft miterlebt –«

»Hör auf, Connie.« Steenie glaubte, daß er sie nur allzu gut verstand. Er fühlte sich unbehaglich. Er stand auf. »Du regst dich völlig umsonst auf. Du meinst nicht die Hälfte von dem, was du sagst –«

»O doch, das tu ich«, erwiderte Constance nun ruhiger. »Ich habe sehr lange darüber nachgedacht. Mein Mann liebt mich nicht, weißt du. Er war nicht mal in mich verliebt. Das hat er ganz deutlich gemacht. Er hat es mir sogar mehrere Male ins Gesicht gesagt.«

»Sei nicht albern, Connie.« Steenie starrte sie bestürzt an. »Hör zu. Wenn Stern das wirklich gesagt hat, kann er es nicht so gemeint haben.

Er ... er spielt damit, das ist alles. Conrad macht das auch. Stern will nur nicht, daß du dir zu sicher bist, einen Sieg errungen zu haben – du bist eine Frau. Frauen langweilen sich, wenn Männer zu leicht zu haben sind – vor allem du. Wenn dir Stern ergeben zu Füßen läge, würdest du ihn hassen – das weißt du.«

»Vielleicht.« Constance wandte sich ab. »Könnte sein, daß ich ihn weniger achten würde. Trotzdem, ich hätte es gern gehabt, geliebt zu werden, nur einmal.«

»Das ist doch lächerlich.« Steenie starrte sie erstaunt an. »Du weißt, daß das nicht stimmt. Viele Menschen lieben dich. Ich liebe dich. Sieh dir doch all die Männer an, die hinter dir her waren, bevor du geheiratet hast; sie waren in dich verknallt –«

»Ah, aber sie haben mich nicht geliebt.«

»Nun, Stern müßte dich kennen.«

»Nein. Er kennt mich nicht.« Constance schüttelte den Kopf. »Manchmal glaube ich, er würde es gern. Ich verwirre ihn, weißt du – wie eins von diesen raffinierten chinesischen Rätseln. Er würde mich gerne auseinandernehmen und mich wieder zusammensetzen – und hinterher würde er sofort das Interesse verlieren. Deshalb bin ich sehr vorsichtig. Ich werde ihn nie sicher sein lassen, wer ich bin, ob ich ihn liebe oder nicht. Ich habe vor, ein Gleichgewicht der Mächte herzustellen.«

»Aber das ist doch absurd. Niemand kann so leben. Außerdem, wozu das Ganze? Wenn du jemanden liebst, warum vertraust du ihm dann nicht und sagst es ihm? Warum machst du einen Krieg daraus? Wexton sagte immer –«

Steenie unterbrach sich und wurde rot. »Also, auf jeden Fall ist es nur falscher Stolz, der dich dazu bringt, so etwas zu sagen –«

»Nein, das ist es nicht. Es ist Erfahrung.«

»Wieso Erfahrung?«

»Weil ich meinen Vater geliebt habe. Ich habe ihn sehr geliebt, Steenie. Ich glaube, du weißt noch, was die Folge davon war.« Über die Schulter sah sie Steenie an, dann zuckte sie resigniert die Achseln. »Er hat mich gehaßt. Er hat mich verabscheut. Je mehr er sah, daß ich ihn liebte, desto schlimmer war es. Einen solchen Fehler werde ich nie wieder begehen. Einmal genügt.«

Nachdem sie das gesagt hatte – und sie hatte es mit tonloser Stimme gesagt, ohne ein Anzeichen von Bitterkeit –, schwieg Constance. Das Gespräch schien beendet zu sein. Steenie zögerte. Er wollte keinesfalls über Edward Shawcross sprechen.

»Connie«, begann er unbeholfen nach mehreren Minuten des Schweigens. »Bist du unglücklich? Macht dich deine Ehe unglücklich – willst du mir das sagen?«

Constance schien diese Frage komisch zu finden.

»Unglücklich? Nein. Wie kommst du darauf? Du irrst dich. Ich bin gern mit Montague verheiratet. Er verändert mich – jetzt beginnt ein neues Leben für mich – ich glaube, ich wollte dir nur sagen –« Sie unterbrach sich. »Du bist mein einziger Freund, Steenie.«

So deutlich hatte Steenie Constance noch nie Weichheit zugeben sehen. Er war gerührt. Er wurde rot, zögerte wieder, ging schnell auf sie zu und nahm sie in den Arm.

»Ja, das bin ich. Und du bist meine beste Freundin. Ach, Connie...« Er ließ sie los. »Ich bin ganz durcheinander. Meine Nerven – das kommt nicht nur von der Einladung...«

»Ich weiß.«

»Es ist wegen Wexton, weißt du. Ich vermisse ihn schrecklich. Und außerdem macht es Conrad Spaß, mich eifersüchtig zu machen. Mit Freddie kann ich nicht mehr reden. Mama geht niemals aus – sie kommt nicht einmal hierher, weißt du. Vater ist so alt und verschroben. Er redet immer nur von Geld. Boys Tod hat sie zerbrochen. Wenn wir reden, ist es, als würden wir auf Zehenspitzen über ein Minenfeld gehen. Wir dürfen Acland nicht erwähnen. Wir dürfen Boy nicht erwähnen. Alle tun so, als würden sie diesen dummen Quatsch von einem Jagdunfall glauben, doch niemand glaubt es wirklich. Sogar Freddie tut so. Ich habe ihm all diese schrecklichen Dinge *erzählt*, die Boy gesagt hat, aber er hat gar nicht hingehört. Er meinte nur, es sei ein Schock, dieses ganze Gerede vom Krieg; und ich *weiß*, daß er recht hat – ein Teil von mir weiß, daß er recht hat. Aber da ist noch ein anderer Teil, der einfach keine Ruhe geben will. Ich stelle mir immer mehr Fragen: Was wäre, wenn...?«

Er sah, daß Constance ihn beobachtete; ihr Blick bewies volle Konzentration. Als sich Steenie umdrehte und sich hinsetzte, folgte ihm Constance und nahm neben ihm Platz. Sie griff nach seiner Hand.

»Steenie«, begann sie zögernd. »Steenie – sag mir. Dieses ganze Was-wäre-wenn von dir – meinst du damit, was dir Boy über den Tod meines Vaters gesagt hat?«

»Ich schätze, ja.« Steenie konzentrierte sich auf seine Hände. »Siehst du, ich weiß, daß er das nicht getan hätte – all die Dinge, die er erzählt hat. Ich weiß, daß er krank war, als er es sagte. Aber er war so ungeheuer *bestimmt*. Er redete weiter und weiter – in völlig überlegtem Ton. Wie er die Gewehre genommen hat. Wie er die Sache mit Acland besprochen hat... nun, *irgend etwas* muß ja wohl geschehen sein. Warum sollte er sich das alles ausdenken?«

»Du hast recht. In seinem Brief an mich war er auch sehr eindeutig.« Sie schwiegen. Constance wollte Steenie etwas sehr Wichtiges sagen. Später würde Steenie Wexton erklären, daß das, was sie ihm erzählte, ihn nicht nur erleichterte, sondern in gewisser Weise auch befreite – obwohl Steenies Erzählung in mir, als ich es las, nicht dieselbe Wirkung erzielte.

»Steenie«, begann sie mit müder Stimme. »Eigentlich will ich gar nicht mehr über diese Nacht reden; aber wenn es etwas gäbe, was ich dir sagen könnte – über jene Nacht, und über Boy –, das deinen Zweifeln ein Ende machen würde... Wenn du sicher sein könntest, daß ihr nur über den Krieg gesprochen habt, als du mit Boy dort gesessen hast – würde dir das helfen?«

»Ja. Das würde es. Siehst du...« Steenie machte eine Pause. »Ich habe Boy geliebt. Ich kann nachvollziehen, was es bedeutet, im Granatenfeuer gesessen zu sein. Aber ich ertrage es einfach nicht, von Boy als einem Mörder zu denken.«

»Er war kein Mörder, Steenie. Wenn du dich daran erinnern kannst, wie Boy war, dann weißt du das ganz sicher. Das Entscheidende ist, daß er mit dem Tod meines Vaters gar nichts zu tun gehabt haben kann. Auf gar keinen Fall. Das war völlig unmöglich, und er muß gewußt haben, daß ich es auch wußte.«

»Aber wieso denn? Das verstehe ich nicht –«

»Ach, Steenie.« Constance drückte seine Hand. »Weil ich in der Nacht des Kometen mit Boy zusammen war. Ich war die ganze Nacht mit ihm zusammen.«

Steenies Eltern kamen nicht zu der Ausstellungseröffnung: Ihre Abwesenheit wurde nicht weiter bemerkt. Der Empfang begann um sieben; gegen halb acht war die Galerie so voll, daß sich die Gäste bis auf den Bürgersteig drängten. Der verschwenderisch ausgeschenkte Alkohol trug nicht unwesentlich zu der entspannten Stimmung bei. Während Steenie potentiellen Gönnern mehr Aufmerksamkeit zollte als armen Dichtern, versprühte sein Freund Vickers seinen unwiderstehlichen Charme gleichmäßig in alle Richtungen. Immer mehr rote Punkte waren auf den Bildern zu entdecken. Traubenzucker und Rosenwasser waren anscheinend vergessen.

Montague Stern, der einzige bei diesem Treffen, der sich vorsichtig zurückhielt, war es, wie Steenie später erklärte, der die Dinge ins Rollen brachte. Er traf pünktlich ein und ließ sich sofort drei Bilder reservieren; und wo Stern anführte, da folgten andere.

Constance, die ihren Mann eine halbe Stunde später suchte und auch fand, gab ihm einen Kuß.

»Das war wirklich nett von dir, Montague. Ich weiß, daß sie nicht nach deinem Geschmack sind.«

»Ich mag Steenie. Vielleicht werden mir seine Bilder auch noch mal gefallen.«

»Das bezweifle ich sehr.«

»Es scheint ihm auf jeden Fall große Freude zu machen.« Stern sah zu Steenie, der sich gerade auf einen neuen Gast stürzte. »Er sieht glücklicher aus, als ich ihn sein Wochen gesehen habe.«

»Ah«, Constance sah ihren Mann von der Seite an. »Das ist zum Teil meine Arbeit. Er hat sich wegen Boy große Sorgen gemacht. Wir haben heute darüber gesprochen, und ich konnte ihm etwas anvertrauen, das ihn beruhigt hat.« Sie machte eine Pause. »Übrigens müßte ich auch mit dir darüber noch sprechen – aber vielleicht später, wenn wir hier entkommen können. Ich hätte es dir schon früher sagen sollen, das ist mir jetzt klar. Wenn das hier vorbei ist, können wir dann nach Hause gehen und ruhig zusammensitzen – wie ein altes Ehepaar, und reden?«

»Nichts ,was mir lieber wäre, meine Liebe. Aber im Augenblick solltest du ein bißchen herumgehen. Vielleicht wäre es keine so schlechte Idee, Lady Cunard vor diesem Salonlöwen dort zu retten.«

Constance war nicht besonders versessen darauf, zu dem erwähnten Mann, einem berühmten Bildhauer, zu gehen. Aber er wurde immer lauter und möglicherweise betrunkener; und Lady Cunard fühlte sich von seinen Argumentenun seinem massigen Körper schon in die Enge getrieben. Und so folgte Constance ihrer Pflicht. Lady Cunard entfernte sich eilig.

»Constance!« Er gab ihr einen stachligen Kuß. »Meine Muse. Wo haben Sie sich denn die ganze Zeit versteckt? Wie waren die Flitterwochen?«

Constance fuhr erschrocken zurück. Aber bevor sie an sich halten konnte, rutschte ihr der gleiche Satz heraus, den sie schon zu Steenie gesagt hatte.

»Oh!«, sagte sie, »meine Flitterwochen. Nun, sie begannen mit einem Tod.«

Die Flitterwochen. Schließlich waren Stern und Constance am späten Nachmittag, nach einer langen und anstrengenden Fahrt – die nächste Bahnstation lag einhundertzwanzig Kilometer entfernt – in Dentons Jagdhütte eingetroffen.

Hütte war eigentlich ein irreführender Begriff: Das Haus, in dem sie und Stern ihre Ehe beginnen sollten – ein Haus, das Stern später einmal verkaufen würde –, war ein riesiges Phantasiegebilde, ein extravagantes, künstliches Stück Architektur, das Dentons Vater hatte errichten lassen. Die schmale und holprige Straße, die dorthin führte, wand sich über einen Paß durch die umliegenden Berge, führte dann durch Ausläufer von Felsen und Heide hinunter zur Küste, hin zum von hier oben unsichtbaren Meer. Das Haus selbst, das am Eingang zu einer einsamen Schlucht lag, war aus blutrotem Sandstein gebaut.

Sie sahen es zum ersten Mal, als sie über den Paß kamen und das Tal sich vor ihnen öffnete. Stern bat den Fahrer anzuhalten; er stieg aus und stand ein paar Augenblicke, mit dem Gesicht im Wind, unbeweglich da. Constance weigerte sich, das Auto zu verlassen; sie fröstelte und zog die Reisedecke enger um sich. Im Westen ging die Sonne gerade unter, hinter dem roten Haus war der Himmel eine einzige Feuersbrunst; die Wolken bluteten. Constance wandte den Blick ab. Sie war schon mehrmals in diesem Haus gewesen, aber immer nur während der Sommermonate. Seine kahle Winterpracht flößte ihr Angst ein. War dies eines der Extreme, die sie gesucht hatte? In dieser Landschaft konnte man die Hand Gottes sehen. Selbst die Bäume waren arme, verkrüppelte Wesen, die vor den gewaltigen Naturelementen schrumpften. Die Berge zeichneten sich scharf gegen den Himmel ab; überall um sie herum ragten schroffe Felsen aus dem Boden. Oh, warum habe ich nur eingewilligt, hierher zu kommen? dachte Constance, während sie ein Schauer überlief.

Als sie das Haus betraten, wurden sie von einem Diener mit einem Telegramm empfangen. Constance hatte Stern nichts von dem Brief erzählt, den Boy ihr zugesteckt hatte. Sie ließ sich in der großen, gewölbeartigen Halle in einen riesigen Sessel fallen. Ihre Augen sahen in die Ferne, auf Fenster, die bis zu sechs Meter hoch waren, auf einen großen Kamin, in dem fast drei Meter lange Baumstrunke brannten. Ihre kleinen Füße ruhten auf einem Tigerfell; von den Wänden sahen die Glasaugen toter Hirsche auf sie herab. Sie umklammerte ihre kleine Handtasche. Sie spürte die Gegenwart ihres Mannes, der alles sah, der durch die Ledertasche sah, der durch den Pergamentumschlag sah und den Inhalt von Boys letztem Brief darin las. Stern schien kein bißchen beunruhigt zu sein, als er das Telegramm öffnete; und auch während er es las, verzog er keine Miene. Dann blickte er auf und sagte, völlig ruhig: »Boy ist tot. Ein Jagdunfall. Ich werde mit Winterscombe telefonieren.«

Es dauerte eine Weile, bis die Verbindung hergestellt war; und dann ging Stern mit der gewohnten Gelassenheit an die Situation. Er verlieh seinem Schock, seinem Bedauern und seiner Trauer Ausdruck; zeigte sich bereit – wenn es helfen würde –, seine Flitterwochen abzubrechen und nach Wiltshire zurückzukehren. Angesichts der vorgerückten Stunde schlug er vor, die Entscheidung darüber auf den nächsten Morgen zu verschieben.

»Ich glaube nicht, daß es ... ein Unfall war«, sagte Constance zaghaft, als sie allein waren.

»Ich kann es mir auch nicht vorstellen. Unter diesen Umständen«, erwiderte Stern.

Mehr sagte er nicht darüber. Die Frage des Selbstmords wurde nicht weiter thematisiert; weder seine eigene Schuld noch die seiner Frau wurde untersucht; keine Erwähnung des Fotos, das er Boy im Corinthian Club gezeigt hatte. Constance fand seine Beherrschtheit alarmierend; auf eine merkwürdige und verstohlene Art fand sie sie auch aufregend. *Schadenfreude*: Genauso wie schon im Zug, fand sie jeden Hinweis auf die Unverfrorenheit ihres Mannes aufregend. Ein verschwiegener Mann, dem der Tod vertraut ist, dachte sie. Sie verspürte einen Anflug nervöser Erregung: Was würde dieser Mann als nächstes tun, was würde er tun, wenn sie oben im Schlafzimmer waren?

Was er tat, war enttäuschend. Mit kalter Höflichkeit begleitete Stern sie bis zu ihrem Zimmer, ließ das Mädchen kommen, teilte ihr mit, daß er verstünde, wie erschöpft und schockiert sie sein müsse, und ließ sie dann allein, damit sie sich ausruhen und erholen konnte.

Constance wollte sich nicht ausruhen. Sie verbrachte eine schlaflose Nacht. Draußen heulte der Wind. Er zerrte an den großen Türen und Fenstern. Am nächsten Morgen kam Stern in ihr Zimmer und zog die Vorhänge zurück. Das Licht war unnatürlich hell.

»Es hat in der Nacht geschneit«, sagte er. »Sehr viel. Ich fürchte, wir können nicht nach Winterscombe fahren, Constance.« Er drehte sich mit ausdruckslosem Gesicht um. »Wir sind ... von der Außenwelt abgeschnitten«, fügte er hinzu und ließ sie dann wieder allein. Sie waren tatsächlich abgeschnitten, ausgesetzt, wie Constance entdeckte. Der Schnee hatte die Straße zum Haus unpassierbar gemacht. Selbst die

Telefonleitung war unterbrochen. Constance kam es vor, als würde sich ihr Mann darüber freuen; er triumphierte in dieser auferlegten Isolation. Ganz im Gegensatz zu Constance. Trotz der großen Feuer im Kamin, die Tag und Nacht brannten, fror sie ständig. Die Räume und Gänge hallten im Echo ihrer Schritte wider. Die Aussicht aus den Fenstern offenbarte die Einsamkeit.

»Was siehst du, Constance?« fragte Stern fünf Tage später, als der Schnee noch immer nicht weniger geworden war, aber der Sturm etwas nachgelassen hatte. Sie saßen in der großen Halle, Stern am Kamin, Constance kauerte in einer Fensterbank.

Sie drückte ihr Gesicht an die Scheibe. Sie grub ihre Nägel in die Handballen. Fünf Nächte lang hatte sie allein geschlafen; die ersten fünf Nächte ihrer Ehe. Ohne jede Erklärung.

»Was ich sehe, Montague?« erwiderte sie. »Ich sehe zwölftausend Morgen weißes Land. Von jedem Fenster dieselbe Aussicht.«

Am nächsten Tag gab Stern dem Diener Anweisungen. Seine Frau fühle sich im Haus eingeengt, sagte er. Arbeiter wurden losgeschickt, um einen Weg durch den Schnee zu graben. Als solches geschehen war, zog Stern Constance zur Tür. Lächelnd zeigte er ihr den Weg, der für sie gegraben worden war. Ein weißglitzernder Weg, gerade breit genug, daß zwei Menschen nebeneinander gehen konnten; er führte direkt von der Tür zu einer Balustrade. Diese Balustrade markierte die Grenze zu Gwens erfolglosem Versuch, hier einen Garten anzulegen. Jenseits davon fiel das Gelände ab bis zu einem Aussichtspunkt, von dem aus man das unberührte Hochland überblicken konnte. Constance starrte auf diesen Weg, auf den strahlenden wolkenlosen Himmel und die Sonne. Die Luft war beißend kalt. Stern lächelte.

»Siehst du?« sagte er. »Die Freiheit.«

Die nächsten drei Tage gingen Constance und Stern morgens und nachmittags an die frische Luft. Arm in Arm und Seite an Seite schlenderten sie den Weg entlang: ein gemächlicher Spaziergang vom Haus in die Wildnis, von der Wildnis zurück zum Haus.

»Ein bißchen wie der Ausgang in einem Gefängnishof, findest du nicht?« fragte Stern einmal, als sie wieder auf und ab gingen. Er warf Constance einen Blick zu, als würde ihn seine Bemerkung amüsieren, als hätte sie irgendeine Bedeutung, die sie verstehen müßte.

»Ein bißchen schon«, erwiderte Constance und klammerte sich an seine Hand. Behandschuhte Finger; ein leichter und beruhigender

Druck; sie entschied, daß die Bemerkung ohne jede Schärfe gemeint war.

»Sollen wir in die Wildnis gehen?« fragte Stern in dem gleichen Ton, amüsiert ironisch, und dann drangen sie in die Wildnis ein. Einhundert Schritte in jede Richtung. Manchmal nahm sich Constance vor, daß sie nach fünfzig Schritten, oder nach hundert, oder wenn sie die Balustrade erreicht hatten, das Wort ergreifen würde. Schließlich konnte es doch nicht allzu schwer sein, sich ihm zuzuwenden und ihren Ehemann zu fragen, warum er sie noch immer allein schlafen ließ.

Ein Tag, zwei Tage, drei Tage vergingen: Aber die Worte blieben ihr genauso im Hals stecken wie Worte des Danks, die sie als Kind niemals über die Lippen gebracht hatte.

Am Nachmittag des dritten Tags nahm sie sich fest vor: Egal, was passierte, sie würde ihn fragen. Schluß mit dem Zögern. Sie würde es in dem Augenblick aussprechen, an dem sie die Balustrade erreicht hatten. Einhundert Schritte, Stern paßte sich mit seinen längeren Schritten ihren kürzeren an. Sie faltete ihre behandschuhten Hände und legte sie auf die Steine der Balustrade, setzte an zu sprechen, blickte hinaus in die Landschaft und – schwieg.

Welch ein majestätischer Anblick, und wie klein man sich als Mensch darin vorkam! Fahle Farben: die Torfmoore, die Heide, das Felsgestein, alles war unter dem Schnee begraben. Am Horizont, gut fünf Kilometer entfernt, aber in der kristallklaren Luft deutlich zu erkennen, konnte sie die Stelle ausmachen, an der das Wasser eines Sees ins offene Meer floß. Zwei schwarze, steil aufragende Felsen bildeten eine Schlucht, durch die, bei Ebbe und Flut, gurgelnd und schäumend das Wasser sich seinen Weg bahnte; ein gefährlicher Lauf wegen seiner hinterhältigen Strömungen. Constance, die nicht schwimmen konnte und sich vor dem Wasser fürchtete, hatte ihn schon immer gehaßt.

»Wie tief ist es dort?« hatte sie als Kind Acland einmal gefragt. Acland hatte gleichgültig mit den Schultern gezuckt.

»Wer weiß. Sehr tief. Dreihundert... vierhundert Meter.«

Nein, sie konnte nicht sprechen. Das bedrohliche Wasser ließ es nicht zu. Die Worte blieben an ihrer Zunge kleben. Voller Angst und Verzweiflung sah Constance ihren Mann an.

Er hatte schon eine ganze Weile nichts gesagt. Und während er jetzt in die Landschaft starrte, bemerkte sie auf dem Gesicht ihres Mannes wieder einen Ausdruck des Triumphs. Stern wurde an diesem Ort nicht kleiner, wie sie es wurde – sondern er frohlockte. Als sie ihn so sah, dachte sie einen Augenblick lang, daß er mit der Wildheit und der Abgeschiedenheit dieser Landschaft einen stummen Kampf ausfocht; es war, als würde er sich damit messen, als würde er die gefährliche Schönheit herausfordern. Er schien Constances Gegenwart völlig vergessen zu haben, so tief war er in diesen Kampf verstrickt. Constance fühlte sich gedemütigt. In diesem Augenblick, als sie ihn von der Seite ansah, sein Gesicht, das sich starr und blaß vor dem Himmel abhob, wurde ihr zum ersten Mal bewußt, wie wenig sie ihren Mann verstand. Stern, der Machiavelli, Stern, der die Macht brach, der seinen Einfluß in Clubräumen, Korridoren, Salons geltend machte – so jedenfalls hatte sie ihn bis jetzt immer gesehen, aber sie hatte sich geirrt. *Heute habe ich in Montagues Seele geblickt*, schrieb sie später in ihr Tagebuch. *Es war an diesem schrecklich schönen Ort, dem tiefen See in den Bergen.*

Nach einer Weile, als Stern noch immer nicht sprach und sie völlig vergessen zu haben schien, zog sie vorsichtig ihre Hand aus seiner und legte sie auf seinen Arm. Sie hätte ihm gerne erzählt, was sie in seinem Gesicht gelesen hatte, aber ihr würden die richtigen Worte fehlen. Und so sagte sie ihm nur, wie überrascht sie war, daß ihm dieser Ort gefiel; daß sie es nicht erwartet hätte. Wenn man sie aufgefordert hätte, einen Ort zu beschreiben, der zu seinem Charakter paßte, hätte sie das genaue Gegenteil gewählt.

»Ein würdiges Haus und ein schlichter Park – darauf hätte ich getippt«, sagte sie. »Ein strenger Ort, dem sich Menschen seit Generationen unterworfen haben.«

»So etwas könnte mir gefallen«, erwiderte Stern mit abwesendem Blick. »Aber das hier ist mir lieber. Ich war noch nie in Schottland.«

Dann herrschte Schweigen. Stern starrte weiter über die Schneelandschaft. Seine Augen versuchten die Konturen der Klippen vom Himmel abzugrenzen. In der Ferne kreiste ein Vogel – ein Adler oder ein Bussard mit weit ausgebreiteten großen Flügeln – und schwang sich hoch hinauf in die Lüfte.

»Sollen wir es kaufen?«

Stern drehte sich plötzlich mit einem Ruck zu Constance um, so daß sie erschrak. Er ergriff ihre Hand. Sie sah sein Gesicht ohne Maske, frei von der üblichen angespannten Konzentration, zum ersten Mal völlig unverstellt, die Augen hell vor Erregung.

»Sollen wir?« Sein Griff wurde fester. Er deutete im weiten Bogen über die Landschaft, die vor ihnen lag: Felsen, Berge, Wasser, Meer.

»Wir könnten, Constance, wenn du es willst. All dies ... könnte uns gehören. Wir könnten es haben. Wir könnten... Anspruch darauf erheben.«

»Auf diesen Ort?«

Constance fühlte sich zu ihm hingezogen. Stern bot ihr all dies hier an, und noch viel mehr. Wie verwegen das war. Für einen Augenblick erfüllte sie ein erhebendes Gefühl – als würde auch sie von unsichtbaren warmen Winden erfaßt und hoch hinauf in die Lüfte getragen. Dort lag die Welt zu ihren Füßen; ein Wort, und sie gehörte ihr – nein, nicht einmal ein Wort, denn ihr Mann beugte sich jetzt zu ihr: Sie brauchte nur seinen Mund zu küssen, und sie würde befreit sein. Ein Stück Himmel und dann die Ewigkeit.

Sie sah seine Augen; sie streckte sich, um seinen Kuß entgegenzunehmen; sein Arm um ihre Taille umfing sie fester. Im allerletzten Augenblick, innerhalb des Bruchteils einer Sekunde, begann sie zu zittern. Sie hatte Angst und wich zurück.

Sie machte eine kleine verzweifelte Handbewegung; winzige Glacéhandschuhe gegen die Elemente. Sie blickte zu dem Bergkessel, zu dem tiefen Wasser. Dachte sie an ihren Vater? Vielleicht, vielleicht.

Es ist viel zu weit im Norden, dachte sie. Zu kalt, zu ausgesetzt. Mit einem haßerfüllten Schulterzucken wandte sie sich ab.

»Diesen Ort? Im August mag es hier angenehm sein – wenn man gern Tiere tötet. Aber im Winter?«

Sie blieb stehen, erchrocken über das, was sie gerade gesagt hatte. Als sie sich umdrehte, war das Leuchten aus Sterns Gesicht verschwunden. *Noch eine Chance*, hätte sie am liebsten geschrien. *Nur noch eine einzige Chance.* Statt dessen sagte sie: »Warum fragst du?«

»Nur so«, erwiderte Stern und wandte sich ab. Er nahm ihren Arm. »Sollen wir zum Haus zurückgehen?«

»Montague –«

»Dir ist kalt. Wir werden ein anderes Mal darüber reden«, sagte er schroff.

Constance sank in sich zusammen. Einhundert Schritte. An der Tür zögerte sie. Es kam ihr unverträglich vor hineinzugehen. Wenn sie jetzt hineinging, wenn sie jetzt nicht redete, dann würde es das Ende sein. Aber wie reden? Sie bückte sich und hob eine Handvoll Schnee auf. Sie drückte ihn zwischen den Fingern zusammen.

»Beim Essen heute abend«, sagte Stern mit gleichgültiger Stimme, »könnten wir darüber reden.«

Er machte die Tür auf. Constance rührte sich nicht. Sie glaubte ihm nicht. Sie würden beim Essen nicht darüber reden. Das war nichts, über das... man redete. Sie drückte den Schnee in ihrer Hand noch fester.

»Montague –«

»Ja, meine Liebe?«

»Fühlst du dich manchmal beengt? Eingeschlossen, eingesperrt, daß... daß du nicht atmen kannst, daß die Luft wie ein Gefängnis ist, daß du die Hand ausstreckst und immer nur an Grenzen stößt...?« Sie verstummte. Stern beobachtete sie jetzt aufmerksam.

»Ja«, begann er vorsichtig. »So habe ich mich schon manchmal gefühlt. Ich denke, das haben die meisten Menschen –«

»Du könntest mich befreien«, rief Constance und umklammerte seine Hand, während der Schnee zu Boden fiel. »Du könntest es. Manchmal habe ich das Gefühl, daß du es könntest. Wenn ich nur ein bißchen mehr Mut hätte. Ich glaube, dann... könnte ich frei sein. So wunderbar frei. Und du könntest es auch sein. Wir könnten... einander befreien. Ach, Montague...« Sie hob ihr Gesicht und sah ihn an. »Verstehst du, was ich meine? Glaubst du, daß ich recht habe?«

Stern sah ihn ihr beschwörendes Gesicht. Über seine Züge breitete sich Zärtlichkeit aus. Er zog Constance an sich und küßte ihre Augenbrauen, dann fuhr er mit dem Finger sanft an den ebenmäßigen Linien ihres hübschen Gesichts entlang.

»Das ist der Grund, warum ich dich geheiratet habe«, erwiderte er ruhig. »Hast du das nicht gewußt?«

»Wenn wir wieder in London sind, Constance«, begann er und beobachtete sie über die Länge des Tischs hinweg, »werden wir uns entscheiden müssen, wo wir leben wollen. Hast du irgendeinen besonderen Wunsch?«

»Irgendwo in London. Und auch irgendwo auf dem Land, schätze ich.« Constance sprach vorsichtig; sie wußte, daß Stern etwas im Sinn hatte. »Und dann, nach dem Krieg, würde ich gern reisen. Ich lege keinen Wert darauf, allzu seßhaft zu werden.«

»Ich weiß.«

Stern senkte den Blick. Er widmete sich seinem Weinglas. Er schob das Glas in einem Kreis über den dunklen polierten Tisch. Die Diener hatten sich zurückgezogen: Zwischen Constance und Stern stand ein riesiger Tafelaufsatz mit Obst, eingerahmt von Silberkandelabern, über einen halben Meter hoch. Constances Blick streifte verzweifelt durch den Raum. Schwere Stühle, große Fahnen mit Wappen, große bläulichviolette Gemälde schottischer Bergschluchten. Alles in diesem Haus ist zu groß, dachte Constance. Selbst die Stühle machen mich kleiner.

»Ich könnte Winterscombe innerhalb eines Jahres bekommen – wenn wir es haben wollen«, sagte Stern unvermittelt, ohne aufzublicken. »Das Haus ist die Sicherheit für meine Darlehen. Ich könnte diese Darlehen jederzeit zurückrufen. Ich sehe keine Möglichkeit, wie Denton sie zurückzahlen könnte.« Er blickte auf. Constance starrte ihn an.

»Ich könnte Winterscombe haben«, fuhr er ruhig fort, »aber nicht nur Winterscombe. Wußtest du, daß mir der Arlington-Besitz gehört?«

»Nein, Montague.«

»Ich habe ihn nach Hector Arlingtons Tod gekauft. Auch das Anwesen von Richard Peel ist mein Eigentum – du erinnerst dich doch an Peel, Dentons alter Kumpel, der sich von einem Juden immer so gern einen Rat für Investitionen geholt hat, ihn aber nie zu sich nach Hause zum Essen eingeladen hätte? Er starb vergangenen Herbst. Ich habe den Besitz von seinen Nachlaßverwaltern gekauft. Er hatte keine Kinder.«

»Arlingtons und Peels *und* Winterscombe? Diese Güter grenzen alle aneinander.«

»Ja, in der Tat. Und dann wäre nur noch die Frage, was mit Jane Conynghams Land geschieht, der größte Besitz von allen. Sie erzählte mir, daß sie verkaufen will.«

»Und ihr Land grenzt an das der Arlingtons.« Constance betrachtete Stern genauer. »Du könntest vier Güter zu einem machen?«

»Ganz richtig.« Er schien fast gelangweilt. »Und dieses hier vielleicht auch. Mir gefällt es hier.«

»Wenn du es machen würdest, wieviel Grundbesitz besäßest du dann?«

»Fünfzehntausend Morgen – abzüglich der zwölf hier. Dazu vier Häuser – so daß wir uns von den vieren eins aussuchen könnten. Winterscombe entspricht nicht gerade meinem Geschmack, aber vielleicht deinem. Jane Conynghams Haus ist schön. Das von Peel ist sogar noch schöner. Wir könnten sie uns ansehen. Wenn sie dir nicht gefallen, könnten wir bauen.« Er machte eine wegwerfende Handbewegung. »Häuser interessieren mich nicht besonders. Ich habe schon mehrere besessen. Ich fühle mich dann nur gezwungen, sie mit Gegenständen zu füllen; und wenn sie dann voll sind, langweilen sie mich.«

»Du meinst, du bist mehr an dem Land interessiert?«

»Ja. Ich glaube, ja.«

»Warum, Montague?«

»Ich liebe große Räume.« Stern stand auf. Er sah sie über den Tisch hinweg an. »Als ich noch ein Junge war, hab ich davon geträumt. Das Haus, in dem ich aufgewachsen bin, hatte nur drei Zimmer. Man konnte nie allein sein. Aber, wenn ich mich recht erinnere, hörst du nicht gern von Whitechapel.«

Stern wandte sich ab. Er ging zu den Fenstern und zog die schweren Vorhänge zurück. Es war Vollmond. Über die Schulter ihres Mannes konnte auch Constance einen Blick erhaschen. Die Sterne waren in der Dunkelheit wie Eis. Sie sah hinunter auf ihren Teller.

»Ist das der einzige Grund, Montague – deine Liebe zu Land?«

»Nicht der einzige Grund. Nein. Ich wollte schon immer – das mag dich vielleicht erstaunen –, ich wollte schon immer etwas besitzen, das ich vererben kann. Du hast einmal gemeint, daß mich Kinder nicht interessierten. Du hast dich geirrt. Ich hätte gern... einen Sohn. Ich würde mein Land gern an meinen Sohn weitergeben. Vielleicht habe ich dynastische Gelüste.« Er machte eine Pause. »Ich habe einen Traum, einen häufig wiederkehrenden Traum, schon seit vielen Jahren. In diesem Traum sehe ich meinen Sohn ganz deutlich vor mir. Sein Gesicht, sein Haar – jeden seiner Charakterzüge. Wir schreiten zusammen über unseren Besitz. Wir – sehen ihn uns genau an. Und während wir gehen, wissen wir, daß er praktisch grenzenlos ist. Wir könnten einen ganzen Tag lang gehen und doch nicht an seine Grenzen gelangen. Manchmal stehen wir mitten auf diesem Land. Wir betrachten es. Und ich sage zu ihm: ›Das alles gehört dir. Nimm es.‹« Er unterbrach sich. »Natürlich ist mein Sohn anders als ich. Er ist freier, als ich je gewesen bin. Aber das braucht dich nicht zu interessieren. Es ist ja nur ein Traum.«

»Ich hätte gedacht, daß es mich interessieren würde«, sagte Constance leise.

»Aber natürlich. Tut mir leid. Ich hatte nicht die Absicht, dich zu kränken.«

»Bist du in diesem Traum immer allein mit deinem Sohn, Montague?«

»Ja.«

»Und ich bin nie dabei – auch jetzt nicht?«

»Bis jetzt nicht, meine Liebe. Ich bin sicher, daß sich das ändern wird und daß du später auch dabeisein wirst. Vielleicht brauchen meine Gedanken etwas Zeit, um sich anzupassen – an unsere Ehe, meine ich.«

»Ich würde gern dabeisein.« Constance starrte weiter auf ihren Teller.

»Du erscheinst auch in meinen Träumen, Constance, schon seit einiger Zeit.«

»Wirklich?« Sie drehte sich ängstlich zu ihm um und streckte ihre Hand aus.

»Aber natürlich.« Seine Stimme klang jetzt zärtlich. Er ergriff Constances Hand, dann beugte er sich darüber, um sie zu küssen.

»Was für ein trauriges Gesicht.« Er hob ihr Gesicht, so daß sie ihm in die Augen blickte. »Was für ein trauriges Gesicht. Warum? Habe ich dich unglücklich gemacht?«

»Ein bißchen.«

»Sag mir, warum. Das war nicht meine Absicht.«

»Ich weiß nicht genau. Vielleicht, weil ich nicht auf Winterscombe leben möchte. Und auch nicht irgendwo in der Nähe von Winterscombe. Es erinnert mich zu sehr an die Vergangenheit. An meinen Vater...«

»Dann wollen wir diese Idee vergessen und unser Imperium irgendwo anders errichten. Denk ein bißchen darüber nach; und dann, wenn du weißt, was du möchtest, werden wir unsere Pläne danach ausrichten.« Er machte eine Pause. »Ich glaube, es ist nicht nur wegen Winterscombe, nicht wahr? Es gibt noch einen Grund?«

»Ich glaube, ja. Ich... magst du mich, Montague?«

»Was für eine Frage von einer Frau an ihren Mann! Natürlich mag ich dich, Constance. Ich mag dich sogar sehr.« Er runzelte die Stirn. »Vielleicht drücke ich mich nicht besonders gut aus. Ich habe mich bemüht, dich wissen zu lassen...« Er verstummte.

»Könntest du mich... beinahe lieben, Montague?« Constance streckte mit einer schnellen Bewegung die Hände aus und ergriff impulsiv und flehend seine Hände. »Ich glaube, es würde schon genügen, wenn du mich beinahe lieben könntest.«

»Soll ich dir etwas sagen?« Stern wich ein wenig zurück. »Vielleicht beantwortet es dir deine Frage. Ich habe mich seit langem für dich interessiert. Möchtest du wissen, wann du mir zum ersten Mal aufgefallen bist?«

»Ja.«

»Als wir in die Oper gegangen sind, um uns *Rigoletto* anzusehen. Als wir hinterher in Mauds Salon standen, hast du mir erzählt, was du glaubtest, daß in der Oper passiert sei – nachdem der Vorhang gefallen war.«

»Damals?«

»Ja, ich glaube damals. Die Sache mit deiner Mutter und ihrer Abstammung hättest du dir gar nicht auszudenken brauchen – das wäre gar nicht nötig gewesen, weißt du. Ich wußte schon lange, daß ich dich heiraten würde, viele Monate bevor ich dich gefragt habe.«

»Das glaube ich nicht! Du machst dich über mich lustig.« Constance sprang auf.

»Wie du meinst.« Stern zuckte die Achseln. »Aber du irrst dich. Ich wage doch nicht, mich über dich lustig zu machen, das würde ich auch gar nicht wollen. Ich erzähle dir nur, was ich gedacht habe. Daß wir heiraten würden, daß wir vielleicht Kinder haben würden – im Laufe der Zeit.«

»Aber damals warst du doch noch mit Maud zusammen –«

»Trotzdem.«

»Du hast eine Entscheidung getroffen – einfach so – so kalt?«

»Ich war zu diesem Zeitpunkt absolut nicht kalt, auch wenn ich natürlich glaube, daß Entscheidungen am besten mit einem kühlen Kopf getroffen werden. Dagegen kann ich mir gut vorstellen, daß du deinen Angriff auf mich völlig kühl berechnet hattest. Siehst du? Wir sind uns ähnlich. Wenn du lernen könntest, mir ein bißchen zu vertrauen –«

»Vertraust du mir denn?«

»Ich versuche es.«

»Du zwingst mich nicht, in Winterscombe zu leben?«

»Nein. Ich werde mich bemühen, niemals etwas gegen deinen Willen zu tun.« Er machte eine Pause. »Ich hatte geglaubt – aber offenbar habe ich mich geirrt –, daß du dich an diesen Ort gebunden fühlst.«

»An das Haus? Nein.«

»An jemanden, der dort hingehört, vielleicht?«

»Nein. Jetzt nicht mehr.«

»Zum Beispiel an Acland?«

»Warum Acland? Warum sagst du das?«

»Ohne besonderen Grund. Es war nur ... ein Eindruck, den ich hatte.«

»Ach, Acland und ich waren seit eh und je verfeindet. Er war mein Sparringspartner, mehr nicht. Ich denke jetzt nicht mehr an ihn. Acland ist tot. Ich habe einen neuen Gegner, Montague. Sieh her – ich trage seinen Ring an meinem Finger.«

»Du trägst eine Menge Ringe an deinen Fingern«, erwiderte Stern und betrachtete prüfend die kleine Hand, die ihm Constance hinhielt.

»Nur einer davon hat Bedeutung.«

»Ist das wahr?«

»Natürlich. Ich bin jetzt eine verheiratete Frau. Ich bin ... beinahe eine verheiratete Frau.«

»Wollen wir dich zu einer vollkommenen Frau machen?«

Das war Sterns Antwort, und an dieser Stelle bricht Constances Bericht über jene Nacht und über ihre Flitterwochen ab. Dann folgt eine Lücke – buchstäblich eine Lücke, eine halbe leere Seite. Dann die folgenden Sätze, in fast unleserlicher Handschrift:

Montague war so gut, so freundlich, so geduldig und so sanft. Keine Spiele jetzt, und keine Worte. Ich war nicht besonders gut. Ich habe geblutet. Ich wartete. Ich dachte, er würde sagen, ich sei dürr und unbeholfen, aber das hat er nicht getan. Ich dachte, seine Augen würden mich hassen, aber das taten sie nicht. Ich glaube, das hat mich völlig verwirrt. Ich habe etwas Schreckliches getan. Ich habe Deinen Namen gerufen, Papa – dreimal.

Danach war ich besser. Montague hat mich nie in Frage gestellt. Er ist immer aufmerksam und rücksichtsvoll. Wenn er mich anfaßt, fühle ich mich wie tot. Er kann mich nicht erwecken. Ich möchte aufwachen. Wir müssen es weiter versuchen, wir beide: Wir können nicht aufhören. Wenn ich bei ihm bin, muß ich ihn anfassen.

Ich werde es ihm sagen müssen. Ich habe Angst davor, es ihm zu sagen. All die geheimen Geschichten. All die kleinen Fächer. Soll ich sie alle öffnen – oder nur ein paar von ihnen?

»Dann sag es mir, Constance«, sagte Stern zu ihr.

Es war noch immer der Abend von Steenies Ausstellungseröffnung; Constance und ihr Mann waren zu ihrer prächtigen Mietwohnung zurückgekehrt. Es war zehn Uhr abends, und der Telefonanruf, der ihr Leben so sehr verändern sollte, würde erst in einer Stunde kommen. Stern saß vor dem Kamin; und Constance ging nervös im Zimmer umher. Sie trug ein modisch geschnittenes Kleid in einem diskreten Lavendelton. Ein Kompromiß zwischen modischem Schick und Trauer um Boy. Aber auch hier gab es Anzeichen dafür, daß sich Constance gegen die Konventionen auflehnte, denn sie hielt einen wunderschönen bunten Schal in den Händen: indigo, zinnoberrot, violett. Während sie auf und ab ging, ließ sie diesen Schal durch die Hände gleiten.

Sie begann ihre Erklärung mit dem Teil, den sie an diesem Abend schon Steenie erzählt hatte, aber da sie ihn nicht verletzen wollte, hatte sie ihm nur eine geschönte Version gegeben.

»Und bekomme ich jetzt einen unzensierten Bericht?« fragte Stern trocken.

»Ja«, erwiderte Constance und schlang den Schal um ihre Hand.

»Aber auch wenn du böse bist, darfst du mich nicht unterbrechen. Ich sehe jetzt ein, daß du alles wissen mußt. Ich hätte es dir schon längst erzählen sollen. Weißt du, Boy hat mich gern fotografiert – das weißt du. Was du nicht weißt – niemand weiß es –, ist, daß Boy mich auch gern berührt hat.«

Dann erzählte Constance ihrem Mann folgende Geschichte. Da der einzige Zeuge dieser Geschichte tot ist, kann ich nicht beurteilen, ob die Geschichte stimmte oder ob Constance – die ihrem Mann selbst jetzt nicht die ganze Wahrheit sagen konnte – sie nur erfunden hat. Vielleicht sind Teile davon wahr; vielleicht ist alles wahr; vielleicht war alles von Anfang bis zum Ende erfunden. Constance war keine gewöhnliche Lügnerin, und sie verwendete, wie alle Geschichtenerzähler es tun, oft Erfindungen, um eine tiefere Wahrheit zu übermitteln.

Eines ist sicher: Constances eigene Rolle bei dem Ganzen ist wahrscheinlich nicht so unschuldig, wie sie es darzustellen versuchte. Wenn es in diesem Bericht einen heimlichen Verführer gab, eine Schlange, die sich im hohen Gras verbarg, dann bezweifle ich sehr, daß es Boy war. Um sich als Opfer darzustellen, hätte es besser gepaßt, wenn Constance Stern die Geschichte mit ihrem Vater erzählt hätte – aber ein Opfer von Boy? Das kann ich nicht glauben. Aber was ich denke, ist nicht so wichtig. Wichtig ist, was Stern dachte. Die Frage ist: Hat Stern ihr geglaubt?

Es begann mit Gesprächen, erzählte ihm Constance. Die Gespräche entwickelten sich zu einer Reihe von Spielen. Das erste Spiel hatte klare Regeln: Boy war der Vater und Constance die Tochter. Sie mußte Boy mit »Papa« anreden, und wenn sie ihn in seinem Zimmer besuchte, mußte sie diesem »Papa« all ihre kindlichen Vergehen beichten. Manchmal war dieser neue Vater gütig: Dann sagte er, daß ihre kleinen Vergehen – Grobheit gegenüber ihrer Erzieherin, ein zerrissener Rock, ein Streit mit Steenie – ihr vergeben wurden, und dann gab er ihr einen Kuß. Ein anderes Mal entschied dieser neue Vater, aus keinem ersichtlichen Grund, daß es sich um ein ernsteres Verbrechen handelte. »Unaufmerksamkeit in der Kirche«, sagte er dann. »Also, das ist eine sehr ernste Sache.« Oder »Constance, du liest dieses Buch sehr flüchtig; du mußt besser achtgeben.« Dann machte er eine Pause, runzelte die Stirn. »Constance«, sagte er, »ich muß dich bestrafen.«

Die Bestrafung erfolgte immer nach der gleichen Methode. Boy legte sie über seinen Schoß und führte mehrere schmerzhafte Schläge aus.

Wenn das geschah, fand bei Boy eine Veränderung statt, die Constance – anfangs – nicht verstand. Seine Augen wurden starr und glasig; er begann zu stottern; der Ton seiner Stimme veränderte sich; und er bekam eine Erektion.

Damals wußte Constance noch nicht, was eine Erektion war: Sie wußte nur, daß sie, wenn Boy dieses Spiel spielte, wenn er sie über seinen Schoß legte, etwas spürte, das sich bewegte und gegen ihre Rippen stieß. Boy schien sich deswegen zu schämen: Wenn er sie geschlagen hatte, sah er sie hinterher nie an.

Etwas später erfand Boy ein merkwürdiges Spiel – eine Art Versteckspiel. In seinem Schlafzimmer in Winterscombe hatte Boy einen sehr großen Schrank, einen riesigen Mahagonikasten. Er war innen mit wohlriechendem Zedernholz ausgekleidet; er war wie ein kleines Zimmer – sogar Boy konnte aufrecht darin stehen. Bei dem Spiel kletterten sie beide in diesen Schrank, dann zog Boy die Tür zu; eine der Regeln war, daß sie beide absolut still sein mußten.

Constance war immer so still wie eine Maus. Sie wurde gegen Abendmäntel, Tweedjacken und die schöne Offiziersuniform von Boy gedrückt. Boy, der bei diesem Spiel ein schlechter Schauspieler war, keuchte immer sehr laut. In dem Schrank war es stockdunkel. Constance begann dann immer zu zählen und hoffte, daß Boy das Spiel beenden würde, wenn sie bis fünfzig gezählt hätte. Sie betete, wieder hinausgelassen zu werden; sie bekam keine Luft dort drinnen.

Eines Tages oder eines Nachts, es war vielleicht das dritte oder vierte Mal, daß sie dieses Spiel spielten, flüsterte Boy etwas: Er schlug vor, daß sie sich in der Dunkelheit bei den Händen halten sollten, weil er wußte, daß sie sich fürchtete. Er hielt ihre Hand; nach einer Weile stieß er einen merkwürdigen Laut aus, der sich fast wie ein Seufzer anhörte oder wie ein Stöhnen. Er nahm ihre Hand, damit sie ihn berührte.

Und da war wieder dieses merkwürdige Ding, so steif und so hart: Es beulte seine Hose aus, und Boy formte ihre Hand so, daß sie wie eine Schale war, in die das Ding genau hineinpaßte. Er bewegte sie hin und her, so daß es sich an ihrer Hand rieb. Diese Bewegungen wurden immer schneller; er rieb immer schneller daran, heimlich und wild, ohne ein Wort zu sagen – bis er plötzlich wieder zu stöhnen begann und am ganzen Körper zitterte. Dann ließ er sofort ihre Hand los. Wenn er sie wieder aus dem Schrank hob, gab er ihr einen Kuß auf den Mundwinkel. Er sagte, das sei ihr Geheimnis; sie könnten dieses Spiel spielen, weil Boy ihr Papa und ihr Bruder sei und weil er sie liebhabe.

Sie spielten dieses Spiel, immer genau dasselbe, mehrere Wochen lang; sie redeten nie, wenn sie im Schrank waren. Dann begann Boy damit, das Spiel abzuändern. Eines Tages knöpfte er ihr Kleid auf; an einem anderen Tag kniete er sich hin und streichelte ihre Beine. Dann hörte sie im Dunkeln das Rascheln von Stoff; er nahm wieder Constances Hand, und sie stellte fest, daß das aufgeblähte Ding nackt aus der Hose stand. Sie konnte es fühlen, es ragte wie ein dicker Stock in die Dunkelheit. Es fühlte sich warm und feucht an, und Boy sagte ihr, daß sie es streicheln sollte; aber in dem Augenblick, als sich ihre Hand darum schloß, begann Boy am ganzen Körper zu zittern wie in einem Krampf. Constance hatte Angst vor diesem Ding, aber es faszinierte sie auch. Sie war sich nicht sicher, ob Boy es aus Liebe produzierte, wie er sagte, oder ob es eine Strafe war.

Die Wochen vergingen, und Boy wurde immer kühner. Jetzt gingen sie nicht immer in den dunklen Schrank: Manchmal holte Boy das Ding heraus, wenn er sie fotografierte. Er setzte sie hin, legte den Film ein, stellte die Kamera auf, und dann – bevor er das Foto machte – setzte er sich ihr gegenüber und hielt das Ding mit den Händen fest.

Dabei sah er ihr nie ins Gesicht. Er starrte immer auf den kleinen Schlitz zwischen ihren Schenkeln. Constance haßte diesen Teil ihres Körpers, diesen geheimen Ort, aber Boy starrte unentwegt darauf, während er mit seinem Ding spielte; dann machte er die Augen zu. Manchmal stöhnte er auf eine Weise, die Constance haßte. Danach wusch er sich. Er wusch sich immer gleich danach. Die Seife, die er verwendete, roch nach Nelken.

Schließlich, lange nachdem das alles begonnen hatte, führte Boy die letzte Variante ein. Sie hieß *Höhlenforschen*. Dieses Spiel wurde immer auf dieselbe Art und Weise gespielt, und in derselben Haltung. Boy setzte sich hin; Constance saß auf seinem Schoß. Einmal küßte Boy sie auf den Mund, aber das hat er danach nie wieder getan. Er mochte keine Küsse auf die Lippen. Boy legte seine Hände um ihre Taille, und dann hob er sie hoch und ließ sie wieder herunter. Als er die Höhle erreichte – er nannte es immer *die Höhle erreichen* –, verzog sich Boys Gesicht. Dieses Spiel tat Constance weh, und sie glaubte, daß es auch Boy weh tat, weil er, immer wenn er die Höhle erreichte, wie ein Verwundeter aussah. Sie konnte nicht verstehen, warum er dieses Spiel so gern hatte, wenn es ihnen doch beiden weh tat, aber das hat ihr Boy nie erklärt.

Wenn es vorbei war, half er ihr beim Anziehen. Er war immer sehr freundlich und zärtlich. Er gab ihr einen Kuß oder ein kleines Geschenk.

Einmal gab er ihr einen Ring mit einem blauen Stein; ein anderes Mal zeigte er ihr eine Kiste in der Ecke des Zimmers, und dort lag, in tiefem Schlaf, unter einer Decke, ein winziger gefleckter Spaniel. Nachdem er ihr das Geschenk gegeben hatte, verließ sie sein Zimmer. Sie mußte sehr vorsichtig sein, damit sie niemand sah – und eine ganze Weile ging auch alles gut. Dann, eines Tages in jenem langen heißen Sommer, in dem der Krieg erklärt worden war und Boy auf Urlaub gekommen war, wurde sie ertappt.

Es war an einem Sonntagmorgen, und gerade als sie sich über den Flur schlich, stand Acland oben auf der Treppe.

Er sah sie an. Constance wußte, daß er in sie hineinsehen konnte. Er sagte kein einziges Wort zu ihr, aber er ging in Boys Zimmer und – vom anderen Ende des Korridors aus – hörte sie zornige Stimmen. Es gab keine Erklärungen, aber damit hatten die Besuche ein Ende. Keine Fotos mehr; kein Versteckspiel mehr; kein Höhlenforschen mehr.

Acland hatte sie gerettet, und Constance war ihm dankbar dafür: Denn sie war jetzt kein Kind mehr; sie wußte, daß diese Spiele verboten waren. Sie gab Boy nicht direkt die Schuld dafür – sie glaubte, daß er sie wirklich geliebt hatte –, trotzdem war es eine Sünde, und manchmal hoffte sie, daß Acland ihn bestraft hatte.

Das sei ihr Geheimnis, sagte Constance und drehte sich wieder zu ihrem Mann um und wickelte den hellen Schal um ihre Hand. Sie schäme sich deswegen. Sie fühle sich beschmutzt.

»Verstehst du es jetzt?« sagte sie. Sie zitterte. »Das ist es, was mir angetan wurde. Ich werde es nie vergessen können. Es hat mich zu einem Loch in der Luft gemacht, zu einem Nichts. Ich kann nicht sein wie andere Frauen. Boy hat mich in seinem Schrank eingeschlossen, und ich war dort gefangen, ohne atmen zu können. Es hat Boy getötet, und jetzt tötet es auch mich. Du bist der einzige, der mich davon erlösen kann.«

Constance begann zu weinen, als sie es sagte: einer ihrer plötzlichen und heftigen Gefühlsausbrüche. Sie bedeckte ihr Gesicht mit den Händen.

Stern, der die ganze Zeit stillgesessen hatte, stand auf. Er ging im Zimmer auf und ab. Als Constance ihn ansah, war sein Gesicht weiß vor Zorn.

»Er kann froh sein, daß er sich selbst umgebracht hat«, sagte Stern. »Hätte er es nicht getan, dann hätte ich es für ihn erledigt.« Constance sah ihren Mann an und zweifelte keine Sekunde daran. Er hatte nicht geprahlt, seine Stimme war eiskalt und entschlossen. Wie schon früher, ein- oder zweimal in Schottland, erkannte sie in ihrem Mann etwas Fanatisches: die Fähigkeit und der Wille, eine Grenze zu überschreiten. Und wie schon früher, so erregte es sie auch jetzt: Constance fühlte sich zu Menschen hingezogen, die sich von ihren Gefühlen über die Grenzen des zivilisierten Benehmens hinausreißen ließen. Sie liebte dieses gesetzlose räuberische Terrain – aber noch mehr liebte sie es wahrscheinlich, wenn diese Grenze ihretwegen überschritten wurde. Stern, ihr Rächer: tödlicher als jede Geschichte eines Romans oder eines Schauspiels, und auch viel befriedigender, denn dieses Drama spielte in der Realität, und die Handlung war ihr Leben. Ihre Tränen versiegten. Sie zitterte. Stern, der ihr den Rücken zugewandt hatte, drehte sich wieder zu ihr um.

»Boy hat mir sein Wort gegeben. An dem Tag im Club. Er sagte, er habe dich nicht ein einziges Mal angefaßt.«

»Was hast du anderes erwartet? Was hätte er denn sonst sagen sollen?« rief Constance. »Er hätte es wohl kaum zugegeben – und schon gar nicht dir gegenüber.«

»Aber die Art und Weise, wie er es sagte. Ich glaubte, ihn zu verstehen –«

»Dann glaub doch ihm!« Constance brach wieder in Tränen aus. »So sind die Männer! Sie glauben immer einem anderen Mann, aber nie einer Frau.«

»Nein. Nein. Das ist nicht wahr. Hör auf zu weinen, Constance. Natürlich glaube ich dir. Niemand würde so etwas sagen, außer... Komm her.« Stern legte die Arme um sie. Er zog sie näher zu sich, drückte sie fest an sein Herz. Er streichelte ihr Haar. Er küßte ihre Augenbrauen. »Constance«, fuhr er jetzt mit zärtlicher Stimme fort. »Ich wünschte, du hättest es mir schon früher erzählt. Dann hätte ich mich ihm gegenüber ganz anders benommen. Es ist meine Schuld. Wenn ich es gewußt hätte, dann hätte ich... Wann hat das angefangen, Constance?«

»In der Nacht, in der mein Vater starb.« Constance klammerte sich an ihren Mann. Er hörte auf, über ihren Kopf zu streichen. Constance schlang ihre Arme fest um ihn. »Das macht alles nur noch schlimmer – verstehst du das? Mein Vater war draußen, er lag im Sterben, und ich habe es nicht einmal gewußt. Ich war im Haus. Ich war bei Boy. Ich war die ganze Nacht bei Boy, fast bis um fünf Uhr morgens. Ich war bei ihm, in seinem Zimmer, und wir haben uns unterhalten. Mehr war es damals nicht, wir haben nur geredet. Aber in jener Nacht hat es begonnen. Das habe ich heute abend auch Steenie erzählt. Nichts von den anderen

Dingen, die später kamen. Nur, daß wir geredet haben. Ich wollte, daß Steenie weiß, daß alles, was ihm Boy gesagt hat, Lüge war. Boy hat meinen Vater nicht getötet.«

Constance schwieg. Sterns Hand lag auf ihrer Schulter. Sie fühlte, wie sich sein Körper erneut anspannte, und als sie zu ihm aufsah – merkte sie, daß er jetzt wieder wachsam war.

Er rückte etwas von ihr ab. Alle Anzeichen des Zorns waren aus seinem Gesicht verschwunden. Er hielt ihre Hände. Er sah in ihr Gesicht. Eine Uhr tickte. Mehrere Minuten lang herrschte Schweigen.

»Es war nicht Boy?« Er runzelte die Stirn.

Er zog sie zum Sofa, und sie setzten sich. Dann sagte Stern zu ihr: »Das mußt du mir erklären, Constance.«

Ihrem Mann etwas zu erklären, war manchmal schwierig, wie Constance später schrieb. Es war, als würde man einem Strafanwalt im Kreuzverhör eine Folge von Ereignissen erklären. Während sie sprach, warf Stern von Zeit zu Zeit Fragen ein. Constance begann zu ahnen, daß alle Einzelheiten, nach denen er sich erkundigte – Zeit, Ort, äußere Umstände –, von ihm überprüft wurden.

»Weißt du, Boy hatte an dem Tag schon ein Foto von mir gemacht«, sagte Constance, »es war das erste Mal, daß er mich allein fotografiert hat. Es war im Schlafzimmer des Königs. Ich hatte mir nie viel aus Boy gemacht, aber an dem Tag merkte ich, daß er sich Mühe gab, nett zu mir zu sein. Am Abend durften Steenie und ich aufbleiben. Wir durften auf den Kometen warten. Nanny brachte mich ins Bett, aber ich wußte, daß ich nicht schlafen würde. Ich war viel zu aufgeregt. Ich war damals sehr neugierig – das habe ich dir schon erzählt –, in dieser Nacht wollte ich nur bei der Gesellschaft dabeisein. Ich wollte die wunderschönen Kleider sehen, die alle anhatten. Ich schlich mich im Nachthemd die Treppe hinunter und versteckte mich an der Stelle, an der ich mich sonst immer mit Steenie vor Nanny Temple versteckte: im Wintergarten, hinter mehreren großen Kübeln mit Kamelien; von dort aus konnte man in den Salon sehen.«

»Und von dort aus hast du den berühmten Antrag miterlebt?«

»Ja. Jane spielte auf dem Klavier. Die Musik machte mich ganz schläfrig. Und als ich mich gerade wieder in die Halle schleichen und ins Bett gehen wollte, hörte die Musik auf, und Jane und Boy kamen herein. Er machte ihr einen Antrag – na ja, also diesen Teil der Geschichte kennst du ja schon. Er stellte sich ziemlich linkisch an – und ich habe mich deswegen über ihn lustig gemacht. Steenie und ich haben daraus einen Sketch gemacht, den wir Freddie vorgespielt haben. Ich wünschte, wir hätten es nicht getan. Es war gemein von uns. Weißt du...« Sie drehte sich um und sah ihren Mann an. »Ich bin Boy nicht böse, Montague – egal, was er getan hat. Er... tut mir leid. Er war das Opfer seines Vaters. Er wußte genau, daß er nie der Mann werden würde, den sein Vater aus ihm machen wollte. Darüber war er sehr unglücklich.«

»Und deshalb hat er ein Kind mißbraucht – willst du das etwa sagen?«

»Sei nicht so streng.« Constance wich seinem Blick aus. »Boy hatte Angst, erwachsen zu werden. Er hatte Angst vor erwachsenen Frauen. Als er noch klein war, durfte er sich der Liebe seines Vaters sicher sein; aber je älter er wurde, desto genauer merkte er, daß er seinen Ansprüchen nicht gerecht werden konnte. Ich konnte verstehen, warum er ein Kind bleiben wollte.«

»Hast du das wirklich verstanden?«

»O ja. Und Boy wußte es. Deshalb fühlte er sich bei mir sicher. Ich *war* ein Kind, das war das eine; ich war ein schreckliches, häßliches, mürrisches Kind. Neben mir mußte sich niemand als Versager fühlen, nicht einmal Boy. Alle haben ihn bemitleidet – das hat er gehaßt. Und das konnte ich verstehen. Wir hatten also etwas, das uns verband. Wir waren Freunde.«

»Na schön. Das verstehe ich.«

»Wirklich?« Constance sah ihn traurig an. »Das wäre schön, aber es dürfte schwierig sein. Du weißt nicht, wie schrecklich es ist, immer bemitleidet zu werden. Niemand würde es wagen, dich zu bemitleiden.«

»Ich bin verwundbarer, als du vielleicht glaubst.« Stern nahm ihre Hand. »Aber lassen wir das. Erzähl weiter.«

»Also gut. Nachdem Boy und Jane verschwunden waren, war ich noch aufgeregter als vorher. Ein Antrag! Ich wollte sofort Steenie aufwecken, um ihm die Neuigkeit zu erzählen, aber als ich ins Kinderzimmer kam, schlief Steenie schon fest. So weckte ich ihn lieber nicht auf. Es muß schon ungefähr Mitternacht gewesen sein, vielleicht ein bißchen später. Auf jeden Fall konnte ich hören, wie sich die Gäste allmählich verabschiedeten. Weißt du, wo in Winterscombe die Kinderzimmer sind? Im zweiten Stock. Direkt vor dem Tageskinderzimmer ist ein Treppenabsatz, und dann kommt ein Korridor, in dem Boy, Acland und Freddie ihre Zimmer hatten. Von dem Treppenabsatz aus kann man in die Halle hinunterschauen, also setzte ich mich dort hin. Ich beobachtete alles aus der Vogelperspektive. Die Halle, die Haupttreppe, alles. Ich sah durch das Geländer nach unten. Ich sah, wie sich die Gäste verabschiedeten. Dann sah ich, wie die Hausgäste in ihre Zimmer gingen. Ich sah, wie Maud hinaufging.« Sie lächelte. »Ich sah sogar dich hinaufgehen, Montague. Ich sah, wie Boy Jane bis zu ihrer Tür begleitete. Jenna ging zu ihr hinein, und dann ging Boy in sein Zimmer hinauf. Er sah so schrecklich unglücklich aus! Danach wurde es sehr still im Haus. Ich wollte gerade wieder ins Kinderzimmer zurückgehen, als Boys Tür aufging und er herauskam.« Constance machte eine Pause. »Offenbar suchte er Acland, denn er rief leise seinen Namen. Aber anscheinend war Acland nicht da.«

»Er hat Acland gesucht?« fragte Stern in scharfem Ton. »Um wieviel Uhr war das?«

»Ich weiß nicht genau. Spät. Ich hatte keine Uhr. Alle anderen waren schon im Bett, sogar das Personal. Es muß so um eins gewesen sein, vielleicht ein bißchen später.«

»Ein Uhr? Und Acland war nicht da?«

»Nein.«

»Weißt du, wo Acland war?«

»Ich habe ihn mal gefragt.« Constance wandte sich ab. »Er sagte... er wäre mit einer Frau zusammengewesen. Die ganze Nacht.«

»Mit einer Frau?«

»Ja. Die ganze Nacht.«

»Und hast du ihm geglaubt?«

»Ja. Ich glaube schon. Auf jeden Fall tut Acland nichts zur Sache. Boy kam auf den Treppenabsatz und sah mich. Er fragte mich, was ich hier zu suchen hätte und warum ich noch so spät wach sei – und ich sagte ihm, wegen des Kometen. Er lächelte. Er sagte, daß er auch immer bei den Gesellschaften zugesehen hätte, als er so alt war wie ich, von demselben Platz aus. Er fragte mich, ob ich noch nicht müde sei, und als ich verneinte, schlug er vor, mit in sein Zimmer zu kommen. Wir könnten uns unterhalten.«

»Unterhalten?«

»Das hat er gesagt. Boy setzte mich vors Feuer. Ich hatte nur mein Nachthemd an, deshalb holte Boy eine Decke, um mich einzuwickeln. Er gab mir ein Glas Limonade und Plätzchen. Er zeigte mir seine Sammlungen – die Vogeleier, die Zinnsoldaten. Es hat Spaß gemacht! Dann redeten wir. Ich glaube, Boy war sehr unglücklich; er brauchte jemanden zum Reden, und jetzt war ich bei ihm.«

»Ihr habt miteinander geredet. Und wie lange?«

»Sehr lange. Es kam mir erst gar nicht so lange vor. Doch schließlich brachte Boy mich zurück ins Kinderzimmer. Da habe ich auf die Uhr gesehen. Es war eine oder zwei Minuten vor fünf – ich erinnere mich daran, weil ich mich gewundert habe, daß es schon so spät war. Ich kroch in mein Bett, und als ich mich hingelegt hatte, hörte ich die Kirchturmuhr schlagen.«

»Bist du ganz sicher?«

»Absolut sicher.«

»Und um wieviel Uhr wurde der Unfall entdeckt?«

»Um sechs. Cattermole sagte immer, gegen sechs Uhr dreißig.«

»Das ist komisch.«

»Warum?«

»Weil Boy, nach dem, was du sagst, nichts damit zu tun gehabt haben kann. Warum hat er also Steenie gegenüber behauptet, daß er etwas damit zu tun gehabt hätte? Ob er jemand anderen schützen wollte, was meinst du?«

»Jemanden schützen? Du meinst, seinen Vater?«

»Das wäre möglich. Aber es kommt noch jemand anderer in Frage.«

Constance stand auf. Sie schüttelte den Kopf.

»Ich glaube nicht, daß das der Grund war. Ich glaube, er war einfach... verwirrt. Er war unglücklich wegen unserer Hochzeit. Er hatte ein Schützengrabentrauma. Der Krieg hat ihn dazu gebracht, so zu reden – das habe ich Steenie klarzumachen versucht –«

»Du scheinst es selbst glauben zu wollen.«

»Ich möchte das alles vergessen – vielleicht ist das der Grund. Ach, Montague, verstehst du das denn nicht? Ich war wie besessen davon. Ich habe mir immer wieder gesagt, daß es kein Unfall war – daß ich eines Tages die Wahrheit erfahren würde. Ich habe versucht, mir ein Bild zu machen. Stück für Stück. Aber das will ich jetzt nicht mehr –«

»Warum nicht?«

»Weil es ein Unfall *war*. Niemand hatte Schuld daran – außer Hennessy. Er hat die Falle dort aufgestellt, aber es ist der Falsche hineingeraten. Das ist jetzt alles schon sieben Jahre her. Ich will es vergessen, ich will es hinter mir zurücklassen.« Sie drehte sich zu ihm um und ergriff seine Hand. »Ich möchte ein neues Leben beginnen – mit dir. Das soll das letzte Mal sein, daß wir über die Vergangenheit reden. Ich sehne mich nach einem schönen Platz, an dem wir leben können –«

»Nicht Winterscombe?«

»Nicht Winterscombe – und nicht in der Nähe von Winterscombe –, verstehst du das denn nicht?«

»Doch.«

»Und dann – oh, ich möchte, daß wir glücklich werden. Ich möchte dir einen Sohn schenken. Ich möchte, daß wir die Welt gemeinsam erobern. Ich möchte –«

»Möchtest du Jenna noch immer als Zofe haben?«

»Ja, ja, ich würde sie und ihr Baby gern vor diesem schrecklichen Hennessy bewahren. Ich möchte für sie sorgen. Aber das ist nur ein kleiner Teil meiner Pläne, nicht weiter wichtig. Das Wichtigste sind wir. Ach, Montague, ich möchte, daß wir uns ganz nah sind –«

»Ist Hennessy der Vater des Kindes?«

»Woher soll ich das wissen? Und es würde auch keinen Unterschied machen, wenn er's nicht wäre. Jenna sagt, er sei es. Sie wird es schon wissen! Hör mir zu, Montague, Liebling, ich habe Steenie heute auch noch etwas anderes gesagt, etwas, das dich betrifft, und jetzt –«

»Nein. Hör *du* mir jetzt zu, Constance.« Zu ihrem Erstaunen unterbrach Stern ihren Redefluß. Er legte seine Hand auf ihre Lippen, um sie zum Schweigen zu bringen. Constance hätte die Hand weggezogen und weitergesprochen, aber der Ausdruck in seinem Gesicht brachte sie zum Schweigen. Sie stieß einen erschrockenen Schrei aus.

»Warum siehst du mich so böse an? So grimmig!«

»Weil es etwas gibt, was ich *dir* sagen möchte. Etwas, das ich gerade begriffen habe. Die Antwort auf ein altes Rätsel. Es haben immer ein paar Stücke gefehlt, aber heute abend hast du das letzte Stück des Puzzles eingefügt. Jetzt sehe ich es vor mir, das Bild – und ich glaube, daß du es auch sehen könntest, wenn du nur genau hinschaust. Es ist wirklich ganz einfach; so offensichtlich, daß ich es schon längst hätte sehen müssen.«

»Was meinst du damit?«

Stern seufzte. Es schien ihm schwerzufallen, die richtigen Worte zu finden. Er nahm ihre beiden Hände.

»Constance«, begann er sanft, »du solltest es dir, nur noch ein einziges Mal, ganz genau ansehen. Denn wenn du das nicht tust, wirst du es nie hinter dir zurücklassen können – und ich vielleicht auch nicht. Hör zu. Frag dich doch einmal: Was ist eigentlich ein Unfall? War in jener Nacht nicht irgend jemand im Haus, der einen guten Grund hatte, deinem Vater etwas anzutun? Jemand, der sich von ihm betrogen fühlte, jemand, der ihn als Eindringling hätte ansehen könnten – jemand, der von seinem Verhältnis mit Gwen gewußt hat?«

»Denton? Meinst du Denton?«

»Na ja, Denton hatte natürlich einen Grund. Aber nein. Ich meine nicht Denton.« Stern machte eine Pause. Wieder schien er zu zögern, weiterzusprechen. »Vergiß nicht, Constance: Ich war in jener Nacht auch dort. Ich habe mir das alles auch schon oft überlegt. Und ich habe Denton schon vor langem ausgeschlossen. Er war nach dem Essen schon so betrunken, daß er kaum noch stehen konnte, und schon gar nicht gehen. Peel und Heyward-West und ich halfen ihm bis in die Bibliothek. Er war fast sofort hinüber. Wir ließen ihn dort, damit er sich ausschlafen konnte.«

»Also dort ist er gewesen.« Constance runzelte die Stirn.

»Ja, dort war er. Er war völlig hinüber. Ich glaube aber, daß es doch jemanden gibt, der in Frage kommt.« Stern ließ ihre Hände los. »Du scheinst dich dagegen zu sträuben, du willst es nicht wahrhaben. Wessen Alibi ist das schwächste?«

Constance machte eine ärgerliche Handbewegung. »Jetzt weiß ich, worauf du hinaus willst.«

»Tatsächlich?«

»Ja. Du verdächtigst Acland. Das kann ich nicht glauben. Acland hat mir gesagt, wo er in jener Nacht war –«

»Constance –«

»Davon will ich nichts hören! Acland ist tot. Er kann sich nicht verteidigen. Es ist nicht korrekt zu spekulieren – dazu hast du kein Recht. Du hast Acland nicht gekannt, aber ich. Ich kenne ihn durch und durch. Du bist eifersüchtig auf Acland – das weiß ich jetzt. Du redest andauernd von ihm, fragst mich immer über ihn aus. Nein, ich werde nicht zulassen, daß du so von ihm redest. Acland konnte mich nicht anlügen –«

»Ah, aber du könntest dich selbst belügen, Constance. Denk darüber nach.« Stern stand auf. Er sah auf sie hinunter. »Du kannst glauben, was du glauben willst. Dazu sind wir alle fähig, vor allem, wenn es uns dadurch gelingt, einer häßlichen Wahrheit aus dem Weg zu gehen.« Er sah sie traurig an. »Wenn die Wahrheit über einen Menschen, den wir lieben, schmerzhaft ist, dann wollen wir ihr nicht ins Gesicht sehen. Wir schützen uns vor diesem Wissen. Wir schützen auch den Menschen, den wir lieben.«

»Glaubst du denn, daß ich Acland liebe?« Constance wurde rot. Sie stand auf. »Ist es das, was du damit sagen willst?«

»Diese Möglichkeit ist mir schon durch den Kopf gegangen. Unter anderem. Du warst sehr unglücklich, als er starb. Daran erinnere ich mich noch.«

»Und du glaubst, daß ich ihn schützen will?«

»Ich glaube, du weigerst dich, der Wahrheit ins Gesicht zu sehen.«

»Na schön, also gut, dann werde ich es dir erzählen.« Constance sprach mit erhobener Stimme. Sie ging auf ihren Mann zu. »Ich glaube Acland, wenn er sagte, daß er mit einer Frau zusammen war, denn ich weiß, wer es war. Er war damals sehr verliebt in sie – er hat jede freie Minute mit ihr verbracht. Sie haben sich in jener Nacht auf dem Stallboden getroffen. Es gibt keinen Zweifel daran. Ich werde dir nicht ihren Namen verraten, aber –«

»Du brauchst mir ihren Namen gar nicht zu sagen. Ich weiß, wer es ist.«

»Das kannst du unmöglich wissen.«

»O doch.« Stern ergriff mit einem Ausdruck des Bedauerns ihren Arm. »Ich habe dir schon einmal gesagt, Constance, daß es nicht leicht ist, mich zu hintergehen, und ich mag es auch nicht. Die Frau war Jenna. Ihr Geliebter war nicht irgendein Mann aus dem Dorf, wie du mir gesagt hast, sondern Acland. Für Acland war diese Falle aufgestellt worden, von dem eifersüchtigen Hennessy. Ich könnte mir vorstellen, daß Hennessy auch weiterhin mißtrauisch sein wird, da Jennas Kind schließlich mit fast absoluter Sicherheit nicht von ihm ist. Deshalb hast du ein fast besitzergreifendes Interesse an diesem Kind, schätze ich. Es ist von Acland, nicht wahr? Das hättest du mir ruhig sagen können. Aber es gibt ja auch noch eine ganze Menge anderer Dinge, die du mir nicht gesagt hast. Du willst noch immer die Wahrheit zurechtrücken, weißt du, Constance – für mich genauso wie für Steenie. Manchmal glaube ich fast, daß du auch vor dir selbst die Wahrheit zurechtrücken willst.«

»Woher willst du das wissen?«

»Zum einen, weil ich es beobachtet habe. Zum anderen durch Informationen, die ich erhalten habe. Als Acland in den Krieg ging, hat er ein Testament gemacht. Es wurde von einem Rechtsanwalt aufgesetzt, den ich ihm empfohlen hatte. Er hat Jenna sein ganzes Geld vermacht. Ach, und vielleicht interessiert dich auch, daß er auch an dich gedacht hat. Er hat dir seine Bücher hinterlassen.«

»Du kennst den Inhalt von Testamenten?«

»Von einigen Testamenten. Dieses habe ich zufällig gelesen.«

»Ihm auf diese Weise nachzuspionieren! Das ist das Verabscheuungswürdigste, was ich je gehört habe –«

»Du hättest an meiner Stelle genauso gehandelt. Keiner von uns hat auch nur das geringste Interesse an gesellschaftlichen Nettigkeiten –«

»Das brauche ich mir nicht länger anzuhören.« Ärgerlich wandte sich Constance ab. »Auf jeden Fall beweist das nur meinen Standpunkt. Wenn du über Jenna Bescheid weißt, dann weißt du auch, warum ich Acland geglaubt habe. Sein Alibi ist absolut zuverlässig –«

»Für die ganze Nacht?«

»Er war verliebt.«

»Ich bin sicher, daß er sich mit ihr auf dem Stallboden getroffen hat, genauso wie du sagst. Vielleicht ist er auch dort geblieben, wer will das wissen? Aber eines wissen wir mit Sicherheit. Jenna war nicht dort. Du hast sie selbst gesehen, kurz nach Mitternacht, wie sie in Jane Conynghams Zimmer gegangen ist.«

»Oh.« Constance stieß einen erschrockenen Schrei aus. »Ja, das habe ich. Daran hatte ich nicht gedacht. O mein Gott.«

Sie beugte den Kopf. Stern ging zu ihr. Er legte seinen Arm um sie.

»Constance«, sagte er. »Auch das beweist noch gar nichts. Wenn Aclands Alibi fadenscheinig ist, dann sind es die der anderen auch. Ja, Denton war betrunken und hinüber – aber vielleicht hat er sich erholt. Vielleicht hast du dich in der Zeit geirrt und warst gar nicht so lange bei Boy, wie du glaubst. Darüber könnten wir lange streiten.« Er seufzte. »Vielleicht hast du recht, die ganze Geschichte war nur ein Unfall.«

»Ah, aber du glaubst es nicht? Das sehe ich dir an.«

»Nein, ich glaube es nicht.« Er drehte Constance um, so daß sie ihn ansah. »Ich weiß ganz genau, was in jener Nacht geschehen ist – und du weißt es auch. Aber es tut weh, und du willst es gar nicht wissen.«

»Acland würde mich nicht anlügen!« Constances Augen füllten sich mit Tränen. »Und außerdem ist er jetzt tot. Siehst du denn nicht ein, Montague, daß es nicht gut ist, alles noch einmal aufzuwärmen. Wir sollten einen Schlußstrich ziehen, du und ich, und neu beginnen.«

»Also gut. Wir werden nie wieder davon sprechen.«

Stern beugte sich nach vorn, wie um ihr einen Kuß zu geben. In diesem Augenblick klingelte das Telefon.

Ärgerlich richtete er sich auf und nahm den Hörer ab.

Zunächst achtete Constance nicht weiter auf diesen Anruf, doch dann weckte Sterns Benehmen – die Veränderung in seinem Gesicht, die merkwürdigen Fragen, die er stellte – ihre Aufmerksamkeit. Sie versuchte ihren Mann genauer zu beobachten. Sie trat näher, um die Stimme am Telefon erkennen zu können – eine Frauenstimme. Als Stern den Hörer auflegte, schoß sie auf ihn los.

»Das war Maud!«

»Ja.«
»Hast du ihr die Nummer gegeben?«
»Nein. Sie muß sie von Gwen haben.«
»Wie kann sie es wagen, hier anzurufen!« Constance stampfte mit dem Fuß auf. »Was ist los? Es muß etwas passiert sein. Sonst würde sie wohl kaum hier anrufen.«
»Es ist etwas geschehen –«
»Nun, es scheint dir jedenfalls nicht angenehm zu sein! Geht es um Geld? Ist sie krank?«
»Nein.« Stern wandte sich ab und setzte sich hin. Er schwieg.

Constance starrte ihn mit wachsender Verwirrung an. Sie lief zu ihm, kniete sich neben ihn und ergriff seine Hände.

»Montague, es tut mir leid. Ich bin so dumm und eifersüchtig. Was ist? Ist irgend etwas Schreckliches passiert? Sag es mir doch. Du machst mir angst.«
»Etwas... Seltsames... ist geschehen.«
»Etwas Schlimmes?«
»Ich bin mir nicht sicher.«
»Hat es mit mir zu tun?«
»Ich fürchte, ja.«
»Sag es mir.«
»Seltsamerweise«, sagte er, »hat es etwas mit Höhlen zu tun.«

Jane liebte die Höhlen von Etaples. Wenn die Luftangriffe begannen, war es immer Nacht; dann suchten sie Zuflucht in den Höhlen. Die Höhlen, ein Labyrinth aus Hallen und Gängen im Kalkgestein, faszinierten sie. In die tieferen Regionen drang kein Licht und kein Geräusch ein. Hier verlor man jedes Gefühl für Zeit und Raum. Es konnte Mitternacht sein oder Mittag. Die Luft war kühl; die Temperatur Winter wie Sommer konstant. Ohne eine Taschenlampe wäre sie innerhalb weniger Minuten verloren gewesen. Aber Jane liebte diese Gefahr auch. Manchmal, wenn sie eine größere Höhle erreicht hatte, schaltete sie ihre Taschenlampe aus. Sie hob die Hand und hielt sie vor ihr Gesicht. Sie war unsichtbar. Sie lauschte. Außer ihrem eigenen Atem und dem Tropfen von Wasser war kein Laut zu vernehmen. Manchmal zählte sie bis zwanzig, dann bis fünfzig, dann bis hundert, bevor sie ihre Taschenlampe wieder einschaltete. Ihre Haut prickelte vor Angst: die stumme Macht der Höhlen; ob gut oder böse, sie besaßen Macht, dessen war sie sich ganz sicher.

Winnie spürte nichts dergleichen, und als Jane es ihr einmal zu erklären versuchte, reagierte sie äußerst gereizt. Winnie mochte die Höhlen nicht. Sie sagte, sie wären beengend, trotz ihrer Größe. Sie beklagte sich über die Kälte. Tatsächlich aber ärgerte sie sich über die Unterscheidung zwischen Militärangehörigen und Armeehelferinnen. Colonel Hunter-Coote blieb mit seinen Männern im Lager. »Unser Platz ist dort unten, Mädchen!« rief Winnie, wenn sie am Eingang zu den Höhlen stand. Sie deutete durch die Dunkelheit hinunter zum Lager, wo die Geschütze die Dunkelheit erhellten.

Als aber der Exodus zu den Höhlen zur Routine geworden war, fing Winnie an, sie zu genießen. Jetzt kam ihr Organisationstalent zum Tragen. Für Winnie war eine Nacht in den Höhlen ohne jeden Komfort undenkbar: Sie mußte eine Decke haben, ein kleines aufblasbares Gummikissen, eine Pumpe, um das Kissen aufzublasen. Sie verließ das Lager nicht ohne ein Seil, eine Taschenlampe, eine Streichholzschachtel, ein Taschenmesser, ein Buch, Schreibpapier und Stifte, Ersatzbatterien und Kerzen. »Wenn wir nicht schlafen können, sollten wir lieber essen«, erklärte sie; Weder sie noch ihre Mädchen setzten je ohne Kakao, Dosenfrüchte und dicke Sandwichpakete einen Fuß in die Höhlen.

Nach drei oder vier Nächten hatte Winnie die Gewohnheiten der französischen Dorfbewohner, die innerhalb weniger Tage damit begannen, die Höhlen in Wohnungen umzufunktionieren, genau beobachtet. Nun machte sie sich daran, das Höhlenleben für sich und ihre Mädchen angenehmer zu gestalten.

Sehr weit sollte sie damit allerdings nicht kommen, denn in der folgenden Nacht gelang der deutschen Luftwaffe ein direkter Treffer. Sie verfehlte die Munitionslager, sie verfehlte den Truppenübungsplatz und die Nissenhütten; aber sie warf eine Bombe auf Winnies Frauenclub. Niemand wurde verletzt, aber Winnie versetzte es einen tiefen Schock.

»Weg, es ist alles weg!« verkündete sie verzweifelt. »Meine schöne Kondensmilch – und ich hatte *Wochen* darauf gewartet! Das Geschirr, die Tische und Stühle – Streichhölzer! Sogar das Klavier – völlig zertrümmert. Sie haben es gewußt – ich bin sicher, daß diese Hunnen es gewußt haben. Munition? Sie haben nicht die Munitionslager angegriffen, sie hatten es auf unsere Moral abgesehen.«

Winnie war untröstlich. Sie weigerte sich sogar, Kakao zu trinken. Stumm hockte sie in ihren Decken. Erst als sie sicher waren, daß Winnie eingeschlafen war, ließen Jane und Wexton sie allein.

Jane ging in die Höhle, in der ihre Patienten lagen, und kam dann wieder zu Wexton, der sich am Höhleneingang aufhielt, von wo aus man das Lager überblickte. Sie blieben eine Weile dort stehen, unterhielten sich mit den Wachen, spähten hinaus in die Dunkelheit und lauschten auf das Dröhnen der näher kommenden Flugzeuge. Wexton setzte sich auf den Boden. Er steckte sich eine Zigarette an und zog sein Notizbuch heraus. Jane ließ ihn allein.

Sie ging in eine der tiefergelegenen, größeren Höhlen, in der die Verwundeten auf Feldbetten lagen und schliefen. Sie drang immer tiefer in den Hügel vor und sah sich in der Höhle um, in der die Männer lagen, die ein Schützengrabentrauma hatten. Das Donnern der Geschütze war hier nur noch schwach zu hören. Die Männer schienen friedlich zu schlafen. Eine der Rotkreuzschwestern, die Jane schon von Winnies Club her kannte, hielt Wache. Auf ihren Knien lag ein Buch, und neben ihr standen zwei Kerzen. Das Licht flackerte an den Wänden. Als die Schwester Jane erkannte, lächelte sie sie an. Jane ging weiter.

Immer tiefer drang sie vor. Es herrschte Totenstille. Einige Höhlen waren klein, nicht mehr als Löcher in den Felsen; andere glichen Hallen, so hoch, daß der Strahl der Taschenlampe nicht bis an die Decke reichte. In dem Licht begann die Feuchtigkeit zu glitzern.

Sie wollte zu einer ganz bestimmten Höhle, die sie schon einmal erforscht hatte; diese Höhle war riesig wie eine Kathedrale. Am Eingang zu dieser Höhle war ein Loch im Felsen, glatt wie ein Becken. Es enthielt Wasser. Als sie die Höhle erreicht hatte, tastete sie sich an den Felsen entlang. Sie tauchte ihre Hand in das eiskalte Wasser und benetzte ihr Gesicht. Zögernd ging sie weiter, dann kniete sie sich nieder.

Jane war in diese völlige Abgeschiedenheit gekommen, um zu beten. Aber manchmal hatte Jane selbst hier das Gefühl, daß ihre Gebete klein und wirkungslos waren.

Der kalte Fels schnitt in ihre Knie und lenkte sie ab. Sie versuchte für Boy zu beten, der sich – wie sie glaubte – umgebracht hatte, auch wenn seine Eltern behaupteten, es sei ein Jagdunfall gewesen. Wasser tropfte. Sie versuchte für ihre verstorbene Familie zu beten. Die Dunkelheit dämpfte ihre Gebete. Sie setzte sich zurück auf die Fersen. Sie spürte, wie ihre Strümpfe an den Knien zerrissen. Vielleicht war es falsch, immer nur für die Toten zu beten. Sie sollte für die Lebenden beten.

Dann tat sie etwas sehr Merkwürdiges. Später, als sie es in ihrem Tagebuch zu beschreiben versuchte, konnte sie sich überhaupt keinen Reim darauf machen. Es ließ sich nicht in Worte fassen: Es war keine bewußte Entscheidung. Sie kniete sich hin, und dann warf sie sich der

Länge nach auf den Stein, flach gegen den Boden gedrückt, mit ausgestreckten Armen.

Sie fand keine Worte mehr; der Felsen zog alles aus ihr heraus; Angst und Schmerzen, den Krieg und den Jammer des Krieges, Vertrauen und seine Hemmnisse. Welche Leichtigkeit; losgelöst von Worten; all ihre Schmerzen hinter sich lassend; sich über alles erhebend. Gut und Böse, Hoffnung und Verzweiflung, alle Gegensätze, im sicheren Gleichgewicht: Sie bewegten sich, schneller als Licht. Sie beobachtete den Rhythmus von Tod und Geburt, von Auslöschung und Wiedergeburt. Sie war von der Schönheit geblendet; welch himmlische Schönheit – und dann schrie die Frau in der Höhle auf.

Nur ein Augenblick, der länger währte als ein Leben: Die strahlende Leuchtkraft ihrer Vision war vergangen, die Dunkelheit der Höhle unerbittlich. Jane lag da und ruhte sich in der Dunkelheit aus, dann kroch Angst in ihr hoch. Unbeholfen stand sie auf; die Taschenlampe fiel ihr aus der Hand. Für einen Augenblick die nackte Angst, dann die Vision, eingesperrt zu sein in diesem Labyrinth. Sie bückte sich und fand die Taschenlampe sofort wieder; ihre Hand umschloß das Metallgehäuse, die Batterie klapperte.

Jane richtete das Licht auf die Felsen. War sie durch jenen Spalt dort in die Höhle gekommen oder durch jenen schmalen weiter rechts?

Sie drehte sich in die eine Richtung, drehte sich wieder um. Sie starrte ängstlich auf den Boden, auf dem sie noch eben gelegen hatte. Sie war sich jetzt nicht mehr sicher, ob sie überhaupt dort gelegen hatte. Vielleicht hatte sie es sich nur eingebildet. Das machte ihr noch mehr angst. Diese Höhlen waren von einer Macht erfüllt, eine Macht, die sie von Anfang an gespürt hatte; jetzt kam es ihr so vor, als wäre es eine böse Macht.

Der Strahl der Taschenlampe schwankte hin und her. Dann wurde er wieder ruhig; sofort fühlte auch sie selbst sich wieder ruhiger. Sie sah erst nach links, dann nach rechts. Sie war sicher – fast sicher –, daß sie diese Höhle durch eine kleine Öffnung, links von ihr, betreten hatte; sie sah sich diesen Spalt genauer an, wandte sich dann von ihm ab. Ein paar Schritte; eine schmale Öffnung, ein überhängender Gesteinsblock, dann ein Gang, der aufwärts führte.

Sie war schon fast angekommen. An einer Stelle, an der sich der Gang verbreiterte und drei Wege zusammenliefen, blieb sie stehen. Der Kanonendonner hatte wieder begonnen; in der Ferne konnte sie den Widerhall der Geschütze hören. Die Höhle, in der Winnie schlief, lag links von ihr, die Höhle, in der Wexton mit den Wachen saß, direkt vor ihr.

Jane lief ein paar Schritte weiter. Als sie die gewünschte Höhle erreicht hatte, ging stotternd ein Geschütz los. Bei ihrem Auftauchen legte die Rotkreuzschwester ihr Buch aus der Hand. Ihre beiden Kerzen waren fast heruntergebrannt. Sie nahm zwei neue, zündete sie an, befestigte sie in einem Teich aus weichem Wachs. Ihre Flammen zuckten, wurden dann ruhig. »Wie lang die Nacht ist«, sagte sie.

Jane sah von der Krankenschwester zu den Feldbetten. Es waren fünfundzwanzig. Sie ließ den Strahl ihrer Taschenlampe an den Reihen entlanggleiten. Die meisten Männer, zusammengekrümmte Gestalten, schliefen. Ein Mann, den der Lichtstrahl streifte, richtete sich in seinem Bett auf. Er zählte die Finger seiner Hand, einmal und dann noch einmal. Neben ihm hatte ein Mann seine Decke hochgehoben und betastete seinen Körper, dann ließ er die Decke wieder fallen, hob sie wieder hoch und ließ sie wieder herunter, immer auf und ab. Seine Augen waren ununterbrochen in Bewegung. Nervös öffnete er immer wieder den Mund. Er seufzte. Dann begann sein Körper wieder unruhig zu zucken.

»Besser, man läßt sie in Ruhe.« Die Rotkreuzschwester sah zu dem Mann. »Sie tun niemandem etwas. Sind wie Kinder, die meisten von ihnen – und außerdem, wenn es hilft, daß sie ruhiger werden, warum nicht?«

Jane sah wieder zu den Betten. Ein Mann, der vorher gestöhnt hatte, wurde jetzt unruhig. Er warf sich in seinem Bett hin und her. Er lehnte sich zurück und schlug mit dem Kopf gegen die Felswand.

»Das ist einer von den schwierigen Fällen.« Die Schwester stand auf. Sie musterte Jane von oben bis unten. »Manche von ihnen sind still wie die Mäuse. Sagen kein einziges Wort. Aber der da...« Sie schnalzte mit der Zunge. »Wenn der mal anfängt, ist er nicht mehr zu halten. Willst du es sehen? Aber du darfst mich nicht verraten, nein? Wir machen es alle, damit sie endlich Ruhe geben; aber die Schwester würde es nicht wollen, nicht, wenn sie wüßte...«

»Bitte. Es sind ja Ihre Patienten.«

Jane wandte sich ab. Sie starrte auf die Kerzen. Sie beobachtete die Schatten, die über die Felsen krochen. Als sie sich wieder umdrehte, hatte sich die Krankenschwester auf den Rand des Betts gesetzt, in dem der stöhnende Mann lag. Sie beugte sich über ihn. Sie streichelte seine Stirn. Sie warf einen kurzen prüfenden Blick zum Eingang der Höhle. Sie knöpfte ihre Uniform auf und zog eine unförmige Brust heraus.

»Hier, mein Lieber. Hier hast du. So ist es gut. Ja.«

Die Augen des Mannes waren noch immer fest geschlossen; beim Ton ihrer Stimme wurde sein Stöhnen leiser. Die Krankenschwester nahm seine Hand und führte sie. Sie schloß sich um ihre blasse runde Brust und umklammerte sie. Er schmatzte mit den Lippen. Die Schwester beugte sich nach vorn, schaukelte ihn hin und her. Sie steckte ihre Warze zwischen seine Lippen. Der Mann begann zu saugen.

So saß sie zwei, drei Minuten vielleicht. Dann legte sie ihn zurück auf das Kissen, strich über seine Augenbrauen und knöpfte ihr Kleid wieder zu.

»Still wie ein Lamm, der Arme. Jetzt wird er schlafen, du wirst sehen. Das beruhigt ihn, und was ist denn schon dabei? Dasselbe, was man auch für ein Baby tun würde, wenn es schreit. Besser als Morphium, macht nicht so süchtig, und außerdem wirkt es schneller.«

»Reden manche von ihnen?« Jane drehte sich wieder um. »Ich meine, reden sie darüber – was sie gesehen haben?«

»Manche.« Die Schwester seufzte. »Meist sind es nur Kleinigkeiten, auf die sie fixiert sind; immer wieder fangen sie damit an. Andere – wie er – sagen überhaupt nichts. Sie sehen durch einen hindurch. Von manchen wissen wir nicht einmal den Namen. Sie bekommen hier nur eine Nummer. Ich finde das nicht gut, deshalb gebe ich ihnen einen Namen. Ich sage zu ihnen: ›Also, du bist Bill oder Johnny.‹ Es scheint ihnen zu gefallen. Natürlich können sie sich an nichts erinnern. Es ist alles wie weggewischt.«

Jane sah wieder zu den Betten.

»Die Bösen finden keinen Frieden.« Die Schwester schaltete ihre Taschenlampe ein und leuchtete damit an den Bettreihen entlang, zuerst an der rechten und dann an der linken Seite. Die Patienten waren ruhig. Sie blickte auf.

»Hättest du gern was Warmes zu trinken? Ich habe eine Flasche mit warmer Milch und einem starken Schuß drin. Möchtest du was davon, meine Liebe? Ich bin froh, ein bißchen Gesellschaft zu haben. Es wird noch Stunden dauern.«

»Gleich. Ich möchte nur erst...« Jane ging ein paar Schritte nach vorn. Sie zwängte sich zwischen den Betten hindurch. »Einer der Männer – als Sie ihn mit Ihrer Lampe angeleuchtet haben. Da ist mir irgend etwas aufgefallen...«

»Welcher?« Die Schwester schaltete die Taschenlampe wieder ein. »Der da? Er ist ganz ruhig heute. Das ist auch einer von denen, die nicht zurückkommen werden, glaube ich.«

»Nein, nicht der. Da drüben...«

Die Schwester richtete den Strahl ihrer Taschenlampe in die andere Richtung. Sie leuchtete auf graue Decken und abgewandte Gesichter, geschlossene Augen, erwachsene Männer, die zusammengekauert dalagen.

»Was, der?« Der Strahl fuhr herum, blieb dann auf eine Stelle gerichtet. »Ach, der, der hat nur eine Nummer. Ich weiß nicht viel über ihn. Sie haben ihn erst – wann war das? – vor zwei Tagen gebracht. Vor drei Tagen. Da wurden Gefangene ausgetauscht – in Arras, glaube ich –, da haben sie ihn hierhergebracht. Halb verhungert. Hat eine grausame Wunde; die ist zwar schon verheilt, aber trotzdem grausam. Schau her.«

Sie beugte sich über das Bett und zog die Decke zurück.

»Oh, wecken Sie ihn nicht auf. Er schläft.«

»Er wird nicht aufwachen.« Die Schwester sah sie von der Seite an. »Und wenn er aufwacht, wird er nichts sagen. Er hat eine Katatonie. Ich gebe ihm höchstens eine Woche. Schau her – wie findest du das? Wie kann ein Mann mit einer solchen Wunde noch immer leben?«

Die Jacke des Mannes stand offen; sein Hemd ebenfalls. Die Schwester schob sie auseinander. Sie leuchtete mit der Taschenlampe darauf. Das Bajonett mußte quer über seine Brust gefahren sein, bevor es, knapp unter dem Herzen, eingedrungen war. Die Wunde war schlecht genäht: Eine wulstige rote Narbe blieb zurück. Der Einstich war deutlich zu sehen. Um den Hals trug der Mann einen Riemen mit einem kleinen Ledermedaillon.

»Eins-neun-drei?«

»Seine Nummer. Seine Lazarettnummer.« Die Schwester klang jetzt ungeduldig. Sie zog die Decke wieder über den Oberkörper.

»Haben Sie ihm einen Namen gegeben?«

»Dem? Nein, hab ich nicht. Ich weiß nicht, warum. Er ist noch nicht lange hier, und ich hatte noch nicht viel mit ihm zu tun. Außerdem macht er mir angst. Der Blick seiner Augen. Als wollten sie einen umbringen. Kalte Augen. Sie sehen durch dich hindurch, und seine haben eine merkwürdige Farbe.«

Es war, als habe der Mann sie gehört. Er bewegte sich, drehte sich um, schlug die Augen auf. Er lag auf dem Rücken und starrte sie unbewegt an. Er mußte sie sehen, aber er zeigte keine Reaktion. Genausogut hätte er gegen eine Wand starren können.

»Komm jetzt, wir trinken ein bißchen von der Milch.«

Die Schwester drehte sich um. Jane bewegte sich nicht.

»Komm schon. Ich hab auch Zigaretten, wenn du eine willst. Eigentlich sollte ich ja nicht, nicht, wenn ich Dienst habe; aber die Nacht ist so lang, findest du nicht?« Sie zitterte. »Ich hasse diese verdammten Höhlen.«

»Ja. Sehr lang.«

Jane kniete neben dem Bett nieder. Sie zog ihre eigene Taschenlampe aus der Tasche und schaltete sie ein. Sie richtete sie vorsichtig auf die Seite des Gesichts, so daß der Mann nicht geblendet war. Ein schmales Gesicht. Die rötlichen Bartstoppeln, vielleicht vier oder fünf Tage alt.

Warum hatte ihn niemand rasiert? dachte sie. Plötzlich verspürte sie Zorn. Warum hatte das niemand für ihn getan? Und seine Haare, sie waren ungewaschen und ungekämmt. Sie hob die Hand, um darüber zu streichen. Seine Kopfhaut pulsierte.

Jane zog ihre Hand zurück. Fast wäre ihr die Taschenlampe aus der Hand gefallen.

»Dieser Mann hat Läuse.« Anklagend drehte sie sich um.

Die Schwester zuckte die Achseln.

»Ich werde es melden. Man wird sich gleich morgen darum kümmern.«

»Man hätte sich sofort darum kümmern sollen. *Sofort*.«

Jane blieb stehen. Der Mann hatte den Kopf zu ihr gedreht. Mit stummer Kälte starrte er ihr Gesicht an. Sein Blick glitt über ihr Haar, ihre Mütze. Glitt hinunter zu ihrem Mund und zu ihrem Kinn, dann zurück zu ihren Augen. Seine Augen waren leer wie die eines Blinden.

»Hör zu – willst du nun etwas von der Milch oder nicht?« Die Schwester klang ungeduldig. »Laß ihn. Laß ihn schlafen. Ich will keinen Ärger.«

»Ich kenne ihn«, sagte Jane. »Ich kenne ihn.«

Sie beugte sich nach vorn, so daß ihre Augen in seine sahen. Der Mann starrte weiter vor sich hin, als würde er, durch sie hindurch, in die Dunkelheit sehen. Seine Augen waren grün, das linke hatte eindeutig eine andere Farbe als das rechte. Jane griff nach seiner linken Hand und hielt sie fest. Früher hatte er einen Siegelring auf dem kleinen Finger dieser Hand getragen.

»Acland.«

Sie sprach seinen Namen ganz ruhig aus, so daß nur sie und er ihn hören konnten. Aber er reagierte nicht einmal andeutungsweise.

»Acland. Kannst du mich hören? Ich bin's, Jane. Schau her – faß mich an. Ich arbeite hier als Krankenschwester. Ich habe mir die Haare abgeschnitten, seit wir uns das letzte Mal gesehen haben, aber du erkennst mich bestimmt, wenn du mich ansiehst –«

Jane versagte die Stimme. Sie war verwirrt. Vor ihren Augen verschwamm alles. Haare? Warum redete sie von Haaren? Wie konnte sie nur so dumm sein?

»Schau her.« Sie hob seine Hand und legte seine Finger an ihr Gesicht. Seine Hand blieb gefühllos und schlaff. »Schau her, ich weine, Acland. Tränen – kannst du sie fühlen? Ich weine, weil ich so glücklich bin, Acland. Ich dachte, ich hätte dich verloren, weißt du. Aber ich habe dich gefunden. Acland, kannst du mich hören? O bitte, kannst du mich denn nicht sehen?«

Seine Hand blieb leblos, keine Spur einer Reaktion in seinen Augen. Ich war schon immer unsichtbar für ihn; ich bin es noch immer, dachte Jane.

»Bitte, Acland, ich will dir helfen. Du bist jetzt in Sicherheit. Ich werde mich um dich kümmern. Ich werde nicht zulassen, daß dir jemand weh tut. Ich werde dich nach Hause bringen. Nach Winterscombe, Acland. Du wirst nach Winterscombe kommen. Dort ist jetzt Frühling –«

Jane verstummte. Sie ließ ihre Hände sinken und zog sich ein wenig zurück. Aclands Hand blieb, wo sie war. Jane hatte zu zittern begonnen. In der Ferne detonierte eine Bombe. Sie versuchte seinen erhobenen Arm wieder auf die Decke zu legen, aber er ließ sich nicht zwingen. Er war so steif, als wäre er schon einen Tag tot. Mit einem Ruck drehte sie sich um.

»Was ist los mit diesem Mann?« fragte sie zornig. Die Krankenschwester fühlte sich angegriffen.

»Was mit ihm los ist? Was glaubst du wohl, was mit ihm los ist? Dasselbe, wie mit den anderen. Du verschwendest deine Zeit, wenn du mit ihm redest. Er wird dich nicht hören. Er macht nie den Mund auf. Na, los – komm schon und trink etwas. Rauch eine Zigarette.« Ihre Stimme klang versöhnlich. »Laß ihn doch in Ruhe. Er ist verrückt.«

7

Lazarus

»Wexton«, sagte ich, »würdest du das, bitte, lesen?«

Ich hielt ihm eins von Constances schwarzen Tagebüchern hin. Wexton, der sich bis jetzt geweigert hatte, auch nur einen Blick hineinzuwerfen, nahm es mir mit deutlichem Zögern aus der Hand.

»Bitte, Wexton. Ich möchte, daß du begreifst, warum sie mich so beunruhigen.«

»Nach den Höhlen?« Er setzte seine Lesebrille auf.

»Fünf Monate später.«

Er ging zum Fenster, wo er mehr Licht hatte. Ein klarer kalter Herbsttag in Winterscombe: Draußen schien die Sonne. Er beugte den Kopf über die Seite und las – schweigend – die folgende Eintragung. Constance hatte sie im Oktober 1917 in diesem Haus geschrieben.

Der Kreis hat sich geschlossen. Wir sind alle wieder hier versammelt. Das war Gwens Idee. Das traute Heim, der Familienkreis. Gwen glaubt, daß es Acland wieder gesund machen wird – fünf Monate in London und sechs ausgezeichnete Ärzte hatten keinen Erfolg.

Das Wetter ist schön. In der Kirche ist ein helles neues Fenster installiert worden. Von Denton, zum Gedenken an Boy. Gwen nahm Acland gestern, gegen Janes Rat, mit, damit er das Fenster anschauen könnte. Er saß in seinem Rollstuhl und betrachtete das Fenster. Vielleicht sah er es, vielleicht sah er es nicht. Überflüssig zu bemerken, daß er kein Wort sagte. Dann, gestern nacht, hatte er wieder Alpträume; seine Schreie waren so laut, daß ich davon aufwachte. Ich lief auf den Flur. Ich dachte, mein Vater sei zurückgekommen.

Ich stand da und lauschte. Die Leute rannten hin und her. Selbst Montague kam aus seinem Zimmer. Er sah mich dort stehen; er legte den Arm um mich. Er bot sich an, bei mir zu bleiben, aber ich schickte ihn weg. Ich brauche ihn jetzt nicht, nicht für den Augenblick. Ich brauche Dich, Acland. Ich werde Dich wieder von den Toten zurückholen.

Und jetzt hör mir zu, Acland, mein lieber Lazarus: Bis jetzt hatte ich Geduld, aber von nun an werde ich keine Geduld mehr haben. Du wirst von mir keine Güte mehr erwarten können – soll Jane die Beschwichtigungen und Gebete besorgen. Güte wird Dich nicht zurückbringen; auf Güte wurden schon Monate verschwendet. Du benötigst eine härtere Medizin: die Wahrheit, zum Beispiel, nicht den Trost von Lügen.

Du glaubst, Du seist verwundet, Acland? Warte nur – ich werde Dich auf eine Weise verwunden, daß Du es nicht glauben wirst. Zustoßen, zustoßen, zustoßen. Was immer die Deutschen Dir angetan haben, ich bin schlimmer.

Soll ich Dir von Jenna erzählen? Möchtest Du von Deinem kleinen Sohn Edgar hören, der genau dieselben Augen hat wie Du – und der vor drei Wochen an einer Rippenfellentzündung gestorben ist? Und noch eine Menge anderer Dinge.

Merkst Du es? Die Wahrheit verletzt. Worte sind wie Schläge.

Die Zeit bleibt nicht stehen, Acland, und Du kannst dich genausowenig darüber hinwegsetzen wie ich früher. Denk daran, wenn Du das nächste Mal durch mich hindurch siehst.

Ich muß mit Dir allein sein. Nicht lange – eine Stunde würde schon genügen –, aber selbst eine Stunde ist schwierig, denn Jane behütet Dich eifersüchtig. Aber Jane wird müde: Du reibst sogar ihr den Optimismus auf. Deshalb wird meine Stunde bald kommen. Morgen oder übermorgen.

Und dann, wenn Du weißt, wie es sich wirklich anfühlt, den Kopf voller Felsgestein zu haben, und wie diese Steine mahlen und mahlen, dann kannst Du Dich entscheiden. Stirb, wenn Du willst: Schließlich wissen wir beide, daß der Tod das letzte Geheimnis ist.

Aber wenn Du stirbst, dann sorge dafür, daß es wenigstens ein schöner Tod wird, ohne dieses trübsinnige Dahindämmern. Spucke auf diese laut tönende Welt: Fahre auf einer Woge triumphierenden Bluts dahin. Ich helfe Dir. Was möchtest Du haben? Ein Gewehr? Ein Rasiermesser? Oder bleib am Leben – wenn Du genügend Wut im Bauch hast. Stelle Dich der Welt zum Kampf: Das geht. Ich tu's auch. Nur darfst Du keinen Fehler machen – zuerst mußt Du Zorn verspüren, und diesen Zorn mußt Du nähren bis in alle Ewigkeit.

Jane wird Dir nur den üblichen Trost schenken: Glauben, Hoffnung, Barmherzigkeit. Man kann sie direkt hören. Sie wird Dir erzählen, daß es ein Tal gibt, einen ruhigen Ort, einen Ort des Friedens: Er liegt direkt vor Dir; Du kannst ihn erreichen. Du darfst ihr nicht glauben. Vielleicht gibt es ein solches Tal, ja, aber dahinter liegt immer wieder ein neues Gebirge, und noch eins, und – ganz am Ende, wenn Du sie alle überwunden hast – bleibt noch eine letzte Anhöhe, ein letztes tiefschwarzes Wasser.

Mein Mann ist an der Tür. Acland, ich höre jetzt auf zu schreiben und schließe das Heft weg. Mach Dir keine Sorgen, ich werde Dein Geheimnis wahren; ich beschütze Dich noch immer. Er ist klug, deshalb muß ich vorsichtig sein. Ach, Acland, erinnerst Du Dich noch an den Abend, an dem Du zu mir gekommen bist und mir Deine Wunde gezeigt hast? Du hast einen Ring aus hellem Haar gemacht und ihn um meinen Finger gebunden – lieber toter Acland, wie lebendig wir damals waren!

Warte jetzt auf mich. Ich werde bald kommen, das verspreche ich. Ich werde Dir zwei Geschenke mitbringen: den Tod in meiner rechten Hand und das Leben in meiner linken. Die rechte oder die linke Seite: Denk darüber nach, Acland. Ich gebe Dir einen Kuß, und dann kannst Du Dich entscheiden.

Wexton klappte das Notizbuch zu. Es herrschte Schweigen.

»Siehst du nun, Wexton?« fragte ich schließlich. »Sie hat meinen Vater geliebt. Ich vermute, er hat sie auch geliebt. Immer. Alles, was sie in diesem Buch sagt, hat sie auch getan. Begreifst du, Wexton? Es war nicht meine Mutter, die Acland ins Leben zurückgebracht hat. Es war Constance.«

»Merkwürdig.« Wexton schien nicht zuzuhören. Er zog zuerst an seinen Ohrläppchen, dann an seinen Haaren. Er runzelte die Stirn. »Merkwürdig.« Er drehte sich um. »Ich kann mich nicht daran erinnern. Aber ist Constance Rechtshänderin?«

»Was? Ja. Ja, das ist sie, aber –«

»*Rechts oder links*. Das gefällt mir irgendwie. Außer…« Er unterbrach sich. »Die meisten Menschen, außer wenn sie Linkshänder sind, würden den Tod in der linken Hand halten und das Leben in der rechten – glaubst du nicht? Aber sie macht es genau andersherum.«

»Was willst du damit sagen? – Das kommt mir nicht wichtig vor –«

»O doch, ich glaube, das ist es. Ein Spiegelbild. Es ist wohl ziemlich klar, welches er wählen sollte. Die Hand mit dem Rasiermesser. War es ein Rasiermesser?«

»Ja.«

»Eine durchschnittene Kehle, oder?« Wexton lächelte. »Aber dann auch noch eins mit Klinge – abgesehen davon daß es nicht so gut funktionieren würde, ist es nicht sehr überzeugend.«

»Wexton, bitte, hör auf, dich auch noch lustig zu machen. Ich kann es mir vorstellen – die Art und Weise, wie sie schreibt, aber sie schreibt immer so. Sie meint, was sie sagt.«

»O ja, sicher, das ist mir klar. Und ich mache mich gar nicht lustig. Es ist sehr farbig ausgemalt, besser, als ich erwartet hatte. Ich würde gern noch ein bißchen weiterlesen.«

»Wexton, es geht hier nicht um Literatur. Es geht um meinen *Vater* –«

»Hat sie den Tod schon immer geliebt?« Wexton stand auf.

»Wie bitte? Ich verstehe dich nicht.«

»Du verstehst mich sehr gut. Denk doch mal nach. Das ist doch wie ein Liebesbrief, richtig?«

»Ich denke schon. In gewisser Weise. Einer von vielen. Diese Tagebücher sind voll davon.« Ich wandte mich verbittert ab. »Und alle sind sie an meinen Vater gerichtet.«

»O nein, das glaube ich nicht. Sie schreibt an den Tod. Sie nennt ihn nur zufällig Acland.«

»Ein Liebesbrief ... an den Tod?«

»Jedenfalls kommt es mir so vor. Natürlich kann ich mich irren.« Er runzelte die Stirn. »Du kennst doch die Zeile von Keats? *... und so viele Male halb in den wohligen Tod verliebt?* Nur ist sie nicht nur halb verliebt; bei ihr ist es Vollblutliebe. Und der Tod ist auch nicht gerade wohlig zu nennen. Im Gegenteil – für Liebende ist er doch recht wuchtig, findest du nicht auch? *Zustoßen, zustoßen, zustoßen ... Dahinfahren auf einer Woge triumphierenden Blutes?* Das ist reiner Sex. Der Tod ist der letzte Liebespartner.«

Er schwieg, als wäre ihm gerade eine Idee gekommen. Sein Gesicht, das eben noch wach und aufmerksam gewesen war, verdüsterte sich. Er schüttelte den Kopf.

»Ich frage mich ...«

Er schien noch etwas sagen zu wollen, dann überlegte er es sich anders. Er blickte in die Zukunft, heute weiß ich das; aber damals habe ich seine Reaktion falsch gedeutet. Ich dachte, daß es einen sehr guten Grund gab, warum Constance Acland mit dem Tod in Verbindung bringen wollte, und daß es etwas mit dem Unfall ihres Vaters zu tun hatte. Wenn Wexton diese Verbindung ebenfalls gezogen hätte – »Mach dir keine Sorgen. Ich bewahre dein Geheimnis; ich beschütze dich noch immer –« Darüber wollte ich zu diesem Zeitpunkt nicht reden. Ich wollte nicht, daß dieser Verdacht bestehen blieb: Ich war noch nicht bereit, mich ihm zu stellen.

»Wexton«, sagte ich, »du erinnerst dich doch an den Tag, an dem ich bei Mr. Chatterjee war?«

»Ja.«

»Du erinnerst dich doch noch daran, was er sagte? – Ich müßte mich zwischen zwei Frauen entscheiden.«

»Hm. Ja.« Wexton sah mich fragend an.

»Normalerweise glaube ich ja nicht an Hellseherei – ganz bestimmt nicht.«

»Offensichtlich nicht.« Wexton lächelte.

»Aber zwei Frauen – hier sind sie doch, siehst du das auch? Constance und Jane. Constance und ... meine Mutter. Ich habe das Gefühl, als wäre dies der rechte Ort für eine Entscheidung.«

»Eine von ihnen hat Acland geheilt. Meinst du jene Geschichte?«

»Ja. Ich bin mit dieser Geschichte aufgewachsen, Wexton. Ich glaube sie noch immer.«

»Ich auch.«

»Siehst du, wenn ich nur wüßte, welche von beiden es war. Constance hat immer behauptet, daß sie es war.«

»Ziemlich typisch für sie. Und was hat deine Mutter gesagt?«

»Sie sagte, es sei Gott gewesen.«

»Das kann ich mir gut vorstellen. Ich meine, Jane ... nun, das paßte zu ihr.«

»Es war alles so *seltsam*, Wexton. Wenn ich doch nur sicher sein könnte –«

»Das kannst du nicht. Und genau das ist der springende Punkt, würde ich sagen.«

Er zögerte. Er ging durch das Zimmer; er klopfte auf merkwürdig mitfühlende Art auf meine Hand.

»Kannst du jetzt die Stimme deiner Mutter hören? Wird sie nicht mehr von Constance übertönt?«

»Nein. Kaum mehr. Ich höre sie. Ich glaube, ich kann sie hören.«

»Dann denk darüber nach. Vertraue deinem Instinkt. Wäge das eine gegen das andere ab, und entscheide dich dann.« Er machte eine Pause. »Aber frag nicht mich, nein. Du weißt sowieso, was ich denke. Aber schließlich bin ich hoffnungslos voreingenommen.«

»Du meinst, es sei offensichtlich?«

Zu meiner Überraschung schüttelte Wexton den Kopf.

»O nein. Das glaube ich ganz und gar nicht. Ich habe Constances Kräfte nie unterschätzt.« Er deutete auf die Tagebücher. »Als Frauen waren sie und deine Mutter völlig entgegengesetzte Pole. Ein Zweikampf von Engeln.«

Dieser Satz überraschte mich noch mehr – gewöhnlich neigte Wexton nicht zu Übertreibungen. Er sah meine Verwunderung, und es schien ihn zu amüsieren. Sein Gesicht verzog sich zu einem gütigen Lächeln.

»Warum nicht? Das Leben ist nicht gewöhnlich. Es ist außergewöhnlich. Das habe ich immer geglaubt.«

»Ehrlich, Wexton?«

»Ehrlich. Aber schließlich mag ich nichts Prosaisches. Ich habe es nie leiden können. Deshalb schreibe ich Gedichte, und keine Prosa.«

Nach dieser Erklärung machte er es sich in einem Sessel vor dem Kaminfeuer bequem. Er zündete sich eine von Steenies aromatischen Zigaretten an. Er erweckt den Eindruck eines älteren Mannes, der sich auf ein angenehmes Schläfchen am Vormittag vorbereitete.

Ich kehrte zu Constance, meiner Mutter und meinem Vater zurück: eine Dreiecksbeziehung in Winterscombe.

Als ich noch klein war, war die Genesung meines Vaters meine liebste Gutenachtgeschichte. »Bitte«, sagte ich immer zu meiner Mutter, »erzähl sie mir noch einmal.« Und das tat sie dann: Sie erzählte mir von den Höhlen und ihrer Überzeugung, daß sie, wenn sie nur den rechten Weg fände, auch Acland finden würde. Sie erzählte mir von der Reise zurück nach England, von den langen Monaten, in denen Aclands Krankheit unheilbar zu sein schien, und von der Nacht, als er schließlich zu sprechen begann. Ich wußte natürlich, was als nächstes kam – sie heirateten –, und ich wußte, was darauf folgte: Von da an lebten sie glücklich zusammen, wie es die Menschen in den schönsten Geschichten tun.

Ich weiß nicht mehr, wie alt ich war, als mir zum ersten Mal klar wurde, daß diese Geschichte noch einen Teil hatte, den meine Mutter ausließ. Als ich zwölf oder dreizehn war, wurde mir jedenfalls klar, daß das, was die anderen für die Genesung meines Vaters getan hatten, nicht von allen gleich bewertet wurde.

Meine Großtante Maud zum Beispiel, die immer alles mit größter Bestimmtheit wußte, war in dieser Sache noch bestimmter als sonst. Keine Halbheiten: Meine Mutter habe meinen Vater wieder gesundgepflegt. Sie war Aclands guter Engel, erklärte Maud, sie holte ihn mit ihren unauffälligen Gaben des gesunden Menschenverstands, mit Rühreiern, frischer Luft und ihrer heiteren Ruhe wieder aus der Unterwelt zurück.

Auch Wexton, ein zuverlässigerer Zeuge als Maud, unterstützte Jane: Er brachte das episkopale Wort *Herzensgüte* ein, um seine Meinung zu begründen. Steenie dagegen war voll und ganz für Constance. Constance hatte, wie ich erfuhr, Acland ebenfalls an dem Tag besucht, an dem er wieder gesund wurde. Nach Steenies Meinung war Constance der dunkle Engel, der sich zwischen meinen Vater und den Tod gestellt hatte. Mein Onkel Steenie hatte eine klassische Bildung: In einer eher gespenstischen Version der Ereignisse war Acland bereits über den Styx gerudert und hatte bereits den Hades erreicht. Um jemanden von diesem Ort zurückzuholen, behauptete Steenie, waren schon drastischere Mittel nötig als ein gesunder Menschenverstand oder gar Liebe: Dazu waren Mut, List, Kühnheit und Überschwang nötig. Alles, wie Steenie argumentierte, Eigenschaften, die Constance besaß – ihre Trümpfe.

»Du solltest dich nicht täuschen lassen«, rief er bei der zweiten Flasche Bollinger. »Constance hat ihn mit einem Schock ins Leben zurückgeholt. Ich weiß nicht, wie sie es angestellt hat, aber das hat sie getan!«

Steenie zwinkerte mit den Augen, als er es sagte. Mir gefiel dieses Zwinkern nicht; es machte mich nervös. Deshalb bat ich Constance, es mir zu erklären; aber das hat sie nie getan. »Ich – und ein bißchen Schwarze Magie«, sagte sie dann immer und wechselte das Thema.

Ihre Tagebücher waren nicht so verschwiegen. Da, direkt vor mir – Schlag auf Schlag –, standen alle Einzelheiten über den Auferstehungsprozeß. Wie das meiste, was sie schrieb, waren sie von einer traumähnlichen Klarheit: Damals glaube ich es zumindest. Ich glaube es noch immer. Eins scheint wichtig: Constance und meine Mutter haben Acland an ein und demselben Tag aufgesucht, innerhalb weniger Stunden. Dunkler Engel oder nicht, Constance handelte schnell. Zwei Tage, nachdem sie die Eintragung in ihr Tagebuch gemacht hatte, die Wexton gerade gelesen hatte, nahm sie ihre Chance wahr: Jane verließ Winterscombe und fuhr für einen Tag nach London.

Zwei Frauen: zwei Berichte. Zwei Tagebücher vor mir auf dem Tisch. Meine Mutter war gut, auch unschuldig – und eine der Strafen für Unschuld kann Blindheit sein. Bevor sie nach London fuhr, bat Jane Constance, im Verlauf des Tages sich ein bißchen Zeit für Acland zu nehmen. Sie wollte nicht, daß er zu lange allein war: Sie bat Constance ihm etwas vorzulesen. Sie hatte angenommen, daß Constance Krankenzimmer nicht mochte, und hatte Zurückhaltung erwartet: *Ich habe sie falsch beurteilt*, schrieb sie. *Constance kann sehr nett sein. Sie hat ohne zu zögern eingewilligt.*

Jane hatte zwei Motive, nach London zu fahren: Sie wollte Jenna besuchen und danach auch noch Maud. Der erste Besuch war dringend: Jane machte sich Sorgen um Jennas Gesundheit, die ihr Baby verloren hatte.

Aber es gab auch noch einen anderen Grund für diese Reise, obwohl Jane diesen Grund nur zögernd zugab. Es würde das erste Mal sein, daß sie, seit sie Acland von Etaples heimgebracht hatte, von seiner Seite wich, und sie benötigte diesen Tag Entspannung; sie dürstete danach.

Aclands Zustand war fast unverändert. Seine physische Gesundheit hatte sich vielleicht gebessert: Er aß, vorausgesetzt, man ließ ihn dabei allein; er schlief auf gewohnte Weise; er ließ zu, daß man ihn aus dem Bett in den Rollstuhl setzte. Aber das war auch schon alles, mehr Zugeständnisse machte er nicht. Er sah noch immer durch alles und jeden hindurch wie durch Glas, anstatt etwas zu fixieren. Noch immer war auch mit List kein einziges Wort aus ihm herauszubekommen, obwohl er, wenn er seine Alpträume hatte, verstehbare Worte herausschrie.

Mit diesem Halbleben wollte sich Jane nicht abfinden. Aber sie spürte, wie sich ihre innere Auflehnung jetzt, als sie in den Zug nach London stieg, verflüchtigte. Sie rief sich all die angemessenen medizinischen und ethischen Gesichtspunkte ins Gedächtnis: Es brauchte Zeit, bis die Seele eines Menschen geheilt war; Geduld, Beharrlichkeit, Ausdauer und Glauben waren vonnöten. Es war ihr Wunsch und ihre Pflicht, sie zu geben. Sie sah durch das Fenster nach draußen. Felder glitten vorbei; Hecken. Sie lehnte sich gegen ihre Mitleidshaltung auf. In ihrem hintersten Bewußtsein wußte sie: Was Acland tat, war *falsch*.

Dem wollte sie noch nicht klar ins Auge sehen – noch nicht. Aber leugnen würde sie es auch nicht. Am Ende dieses Tages würde sie vielleicht bereit sein, sich ihrem Bewußtsein zu stellen. Ihre Gewißheit verlieh ihr ein merkwürdiges Gefühl von Freiheit. Sie stieg in Paddington aus; sie nahm sich ein Taxi nach Waterloo; sie spazierte durch die Hauptstraßen, an der Kirche vorbei, in der Jenna geheiratet hatte, an dem Friedhof vorbei, auf dem ihr Sohn begraben war. Sie spürte eine wachsende Auflehnung.

Sechs Wochen nach der Geburt ihres Babys, als Jane noch in Frankreich war, hatte Jenna, weil sie Geld brauchte, eine Arbeit angenommen. Die Beschäftigung war ihr, was Jenna aber nicht wußte, durch den Rechtsanwalt Solomon vermittelt worden, der mit Montague Stern gesprochen hatte. Mrs. Tubbs sollte auf das Kind aufpassen: Zögernd hatte sich Jenna Florence Tubbs angeschlossen, um in Sterns Munitionsfabrik zu arbeiten; eine gutbezahlte Stellung, die sehr gefragt war. Jenna erhielt vierundzwanzig Shilling die Woche. Sie verpackte Granaten.

Diese Arbeit hatte Zeichen an ihr hinterlassen. Bei der Herstellung von Granaten wurde unter anderem Tetrachlorid verwendet. Bei Frauen verursachte dieses Gift Schwindelgefühle und akute Übelkeit. Ihre Haut wurde krankhaft gelb: Deshalb wurden die Granatenpackerinnen »Kanarienvögel« genannt.

Die Jenna, die Jane Conyngham an jenem Oktobermorgen die Tür öffnete, hatte sich stark verändert: Armut und Kummer hatten sie altern lassen.

»Bitte.« Sie ergriff Janes Hand, dann legte sie sich einen Schal um die Schultern. »Ich möchte gleich dorthin gehen. Ich möchte, daß Sie es sehen. Es ist so schön. Ich hätte es nie ... ich bin so dankbar.«

Sie fing fast an zu laufen; sie ergriff Janes Arm und zog sie mit. Als sie an der Kirche vorbeikamen, in der sie geheiratet hatte, wandte sie das Gesicht ab; sie bog in eine Nebenstraße ein, und dann in eine andere. Sie kamen zu einem kleinen Haus mit einem großen Eisentor. Jenna lehnte sich dagegen, bevor sie weiterging, nun noch schneller, so daß Jane kaum mehr Schritt halten konnte.

Es war ein großer Friedhof, einer der größten im südlichen Teil von London. In einer Ecke, im Schatten einer Eibe, blieb Jenna stehen. Vor der Friedhofsmauer, von Brombeeren und Schlinggras überwachsen, waren kleine Holzkreuze, nicht höher als zwanzig Zentimeter, manche lehnten an einem Engel, manche ganz ohne Aufschrift, manche trugen nur mit Farbe geschriebene Initialen und Daten, die bereits von der Sonne und vom Regen ausgebleicht waren: die Gräber der Ärmsten. Jenna sah sie voller Entrüstung an.

»Er war ein so lieber Junge. Ich war stolz auf ihn. Ich wollte nicht, daß er dort liegt. Ich hasse diese Gräber. Ich würde keine Ruhe finden, wenn er dort liegen müßte. Das Geld, das Sie mir gegeben haben – sehen Sie, kommen Sie. Es ist Waliser Schiefer. Er läßt sich gut bearbeiten, hat der Steinmetz gesagt.«

Sie drehte sich um und zog Jane wieder zu der Eibe. Dort war ein kleiner Hügel mit einer frischen Grasnarbe, in einer Steinvase standen

Veilchen, und der Grabstein war aus bläulichem Schiefer. Darauf stand: Edgar – kein Nachname – und das Datum der Geburt und des Todes. Und darunter die Inschrift: *Unser vielgeliebter Sohn, den sein Vater und seine Mutter sehr vermissen. Ruhe in Frieden.*

Jane wurde von wildem Zorn und Mitleid erfaßt. Geld konnte in Wahrheit so wenig ausrichten.

»Ich wünschte, Sie hätten ihn gesehen«, fuhr Jenna jetzt fort. »Ich verstehe es. Ich weiß, daß es für Sie nicht leicht war zu kommen, und dann – als er krank war –, ging alles so schnell. Er war ein hübsches Baby – das haben alle gesagt. Er hat nie geschrien. Er hat meine Finger gepackt; er konnte sie so fest halten! Und er hat gelächelt. Er erkannte mich, wenn ich von der Arbeit zurückkam. Dann hab ich ihn in die Arme genommen und... Vielleicht war er nicht kräftig genug, von Anfang an. Er hat immer seine Milch getrunken – er hat sie immer getrunken –, bis einen Tag davor. Und dann, wir dachten, es wäre nur eine Erkältung. Das Haus ist so feucht, wissen Sie, und wir hatten nicht immer genug Kohlen. Florie ist zum Doktor gelaufen, aber er hatte keine Zeit, und da habe ich Edgar in diesen Schal gewickelt und bin mit ihm hinuntergelaufen, zum Krankenhaus. Es ist nur fünf Straßen entfernt; ich bin so schnell gelaufen, wie ich nur konnte, aber es hat geregnet, und es wurde schon dunkel. Vielleicht hätte ich das nicht tun sollen. Vielleicht hätte ich lieber im Haus bleiben und warten sollen; aber sein Mund war so blau – er kriegte keine Luft – ich glaube, er hat keine Luft gekriegt –, und da habe ich gedacht, ich müßte es tun. Er hat sich noch immer warm angefühlt – als ich zu der Klinik kam, da hat er sich noch warm angefühlt. Aber da war er schon tot. Es muß unterwegs passiert sein. Und ich habe es nicht einmal gemerkt. Ich habe nicht einmal mehr mit ihm gesprochen – das hätte ich gern getan. Ihm vielleicht einen letzten Kuß gegeben. Es tut mir so leid. Das hier, das hilft – es hilft. Zu wissen, daß er hier ist, mit einem richtigen Stein, daß alles richtig ist. Dafür danke ich Ihnen. Es ist nur... Es wird gleich vorbei sein. Nur einen Augenblick. Ja. Ja. Sie sind so gut zu mir.«

Jenna kniete sich auf den Boden. Sie beugte den Kopf. Ihr ganzer Körper zitterte, während sie weinte. Jane blieb stehen. Es hatte zu nieseln begonnen. Der feine Regen hinterließ Flecken auf ihren Lederhandschuhen, einfache, glatte Glacéhandschuhe. Und trotzdem kostete ein Paar von diesen Handschuhen soviel, wie Jenna in zwei Wochen verdiente. Jane sah auf ihre Hände. Sie wirkten unpassend.

Nach einer Weile zog sie sich mit einer heftigen ungeduldigen Bewegung die Handschuhe aus und drückte sie zu einem Knäuel zusammen. Sie warf sie in das hohe Gras. Sie nahm auch ihren Hut ab und warf ihn auf den Boden. Sie hob ihr Gesicht und ihr Haar, streckte es in den Regen; sie atmete tief die feuchte, rußige Luft ein. Sie dachte an ihren großen Besitz, ihre Häuser, ihr Vermögen auf einer Bank. Bedeutungslose dumme Dinge, so unnötig wie diese Handschuhe.

Wieder spürte sie Auflehnung. Sie strich ihr nasses kurzes Haar nach hinten. Ihre Hände zitterten, und sie preßte sie so fest zusammen, daß die Knöchel weiß wurden. Sie bückte sich und half Jenna auf die Füße. Sie legte ihren Arm um ihre Schultern und ging langsam mit ihr nach Hause zurück.

Jane blieb zwei Stunden bei Jenna; dann überquerte sie, wie versprochen, den Fluß, um Maud zu besuchen.

Meine Großtante Maud war gereizt; nachdem sie von verschiedenen Freunden, einschließlich Lady Cunard, im Stich gelassen worden war, fühlte sie sich einsam.

»Weißt du schon das Neueste?« fragte sie beim Tee mit einer Stimme, die sowohl Verachtung als auch Zorn verriet. »Diese Bilder...« Sie deutete mit der Hand auf die Wände. »Sie waren ein Geschenk; und jetzt will *sie* sie, wie es scheint, zurückhaben. Ganz schön gerissen. Man hat mir mit der höflichen Bitte um Rückgabe eine Liste geschickt.«

Für Maud, die sonst immer sehr darauf bedacht war, ihre Würde zu wahren, die es für schlechtes Benehmen hielt, Schmerzen oder Eifersucht zu zeigen, bedeutete diese Enthüllung eine enorme Indiskretion. Wahrscheinlich bedauerte sie es bereits, davon gesprochen zu haben, denn kaum hatte sie den beleidigenden Brief durch die Luft geschwenkt, da legte sie ihn auch schon wieder auf die Seite. Zu ihrer großen Überraschung wechselte Jane das Thema jedoch nicht und zeigte auch sonst keinerlei Taktgefühl.

»Aber verstehst du das denn nicht?« rief sie übertrieben laut, wie Maud fand. »Genau das solltest du tun. Schick sie zurück. Schick alles zurück. Du würdest dich viel freier fühlen, viel besser.«

»Meine Liebe. Was für ein wunderbarer Gedanke. Ich könnte wie eine Zigeunerin leben. Natürlich.«

Maud, die sich darüber im klaren war, daß sie, wenn sie, wie von Jane empfohlen, Stern alle Geschenke zurückgab, kein Dach über dem Kopf haben würde, schenkte Tee ein und wechselte das Thema. Sie stellte fest, daß Jane sie ein bißchen irritierte, denn sie legte eine Romantik und Emotionalität an den Tag, wie man sie ihr gar nicht zugetraut hätte.

»Du bist überarbeitet, meine Liebe«, sagte Maud tadelnd, als Jane sich verabschiedete. »Deine Augen sind sehr hell, und du bist noch immer ganz rot im Gesicht. Könnte es sein, daß du Fieber hast?«

»Nein«, erwiderte Jane. Sie ergriff Mauds Hand und drückte sie lächelnd gegen ihre Stirn, die sich tatsächlich kühl anfühlte. Maud fand dies übertrieben.

»Es war nett von dir, daß du gekommen bist, Jane. Ich werde nicht vergessen, was du gesagt hast.«

Maud war ziemlich verwirrt. Ihr Blick glitt über die klaren braunen Linien einer Cézanne-Landschaft, die neben der Tür hing. Aus einem ganz bestimmten Blickwinkel erkannte man einen Ort; aus einem anderen wirkte sie abstrakt – das hatte Maud nie an ihr gemocht. Sie dachte über diese Bilder nach. Sie dachte über Montague Stern nach, den sie sehr vermißte.

»Vielleicht hast du recht«, sagte sie nachdenklich. Und dann, weil sie sich die Frage nicht verkneifen konnte: »Wie geht es Monti? Ich hoffe, gut?«

Jane überlegte. Sie runzelte die Stirn.

»Ich glaube, er ist unglücklich«, sagte sie schließlich, als wäre ihr dieser Gedanke gerade erst gekommen. »Ja. Gut, aber unglücklich.«

Soviel Offenheit, zu diesem Zeitpunkt, war zuviel für Maud. Sie rettete sich in lebhafte Verabschiedungen. Jane, die schon wieder abwesend wirkte, hörte ihr kaum zu.

Als sich die Haustür schloß, sah sie auf ihre Uhr. Es war halb vier Uhr nachmittags. Wenn sie den Zug noch erreichte, würde sie kurz nach sechs zu Hause sein. Acland wartete auf sie. Es machte keinen Unterschied, ob er ihr antwortete oder nicht. Plötzlich wußte Jane, was sie zu ihm sagen würde.

Constance war zuerst bei Acland. Aber sie wurde hingehalten, worüber sie sich ärgerte.

Gwen bestand darauf, daß sie selbst fast den ganzen Vormittag mit Acland verbrachte, ihn draußen auf der Terrasse auf und ab fuhr, ihn dann wieder in sein Zimmer brachte, wo sie ihm etwas vorlas. Als Gwen endlich gegangen war, kam Denton die Treppe hinaufgeschnauft, um eine Stunde bei seinem Sohn zu verbringen. Dann sahen Freddie und Steenie bei ihm herein. Als sie wieder gingen, bestand die Pflegerin darauf, daß sich ihr Patient ausruhe. Miss Conyngham hatte genaue Anweisungen gegeben.

Als die Ruhepause endlich vorbei war, wurde der Lunch serviert. Danach wollte Montague Stern – zu Constances Ärger –, daß sie ihn auf seinem Spaziergang begleitete. Er schlug den Weg ein, den sie am meisten haßte, am See entlang, durch den Wald und hinunter zum Fluß.

Constance hatte Angst, daß ihr Mann, der alles beobachtete und sah, vielleicht wußte, was sie vorhatte. Es kostete sie große Anstrengung, seinen Vorschlag anzunehmen und sich keine Eile anmerken zu lassen.

Als sie losgingen, begann sie sofort draufloszuplappern. Sie hängte sich am Arm ihres Mannes ein, sie starrte ihn an, sie neckte und provozierte ihn. Vielleicht genoß Stern dieses Spiel; er zeigte kein Anzeichen von Mißtrauen oder Mißfallen. Er ging mit gleichmäßigen Schritten weiter, den Blick auf die Landschaft vor ihnen gerichtet; von Zeit zu Zeit, wenn Constance etwas Lustiges sagte, lächelte er.

Constance fühlte sich ermutigt. Früher hatte sie seine Schweigsamkeit immer beunruhigt, aber – je mehr sie sich daran gewöhnte, desto sorgloser wurde sie.

Nach fast einem Kilometer überquerten sie auf einer kleinen Brücke den Fluß und stiegen auf eine Anhöhe, die an der Grenze der Gründe von Winterscombe lag. Von dort aus konnte man, wenn man nach Westen zum Haus und nach Osten über die Felder sah, den Besitz der Cavendishs überblicken und erkennen, wo er in das weniger kultivierte Land überging, das früher einmal Sir Richard Peel gehört hatte. Stern liebte diesen Ausblick. Er ließ Constances Arm los, ging ein paar Schritte weiter und lehnte sich gegen ein Gatter. Er blickte über die Felder und Hecken; dann drehte er sich um und sah in die andere Richtung, zum Besitz der Arlingtons, der weiter nördlich lag, und dann zu den Hügeln, wo das Land der Conynghams begann. Da er ihr den Rücken zudrehte, konnte Constance einen Blick auf ihre Armbanduhr wagen: schon fast drei Uhr.

»Montague...«

»Ja?«

Stern drehte sich nicht um. Sein Blick weilte auf dem grauen Haus mit Schieferdach, das früher einmal den Peels gehört hatte.

Constance zögerte, dann erkannte sie, daß sich dieser zeitlich so ungünstige Spaziergang vielleicht doch noch als positiv herausstellen würde; sie ging einen Schritt auf Stern zu.

»Ein schönes Haus.« Sie sah zu Stern auf. »Das von Jane ist vielleicht eindrucksvoller, aber Peels Haus ist vollkommener; das kann sogar ich sehen. Ein Haus aus dem achtzehnten Jahrhundert –«

»In einem Park aus dem achtzehnten Jahrhundert –« Stern lächelte. »Schlicht. Klassisch. Eine Adam-Fassade. Gainsborough hat sie gemalt.«

»Peel hat von nichts anderem geredet.«

»Die Urahnin war zwar ziemlich unscheinbar. Aber sie hatte einen entzückenden Hund. Ein Spaniel wie mein Floss.«

»Aber«, Stern machte eine wegwerfende Handbewegung, »es ist ja nur ein Haus.«

»Das dir gehört. Und das du, glaube ich, magst. Ein nüchternes Haus. Es paßt zu dir, Montague. Weißt du noch, was ich in Schottland zu dir gesagt habe –«

»Ich erinnere mich.« Stern sah in die andere Richtung. »Ich hielt es für eine Schmeichelei. Ein nüchternes Haus? Warum sollte das zu mir passen, schließlich bin ich doch als vulgär verschrien?«

»Aber du bist überhaupt nicht vulgär.« Constance drückte sich ein wenig an ihn. »Du tust nur so. Es macht dir Spaß, so zu tun. Aber mich kannst du nicht hinters Licht führen mit deinen Westen und deinen weißen Manschetten und deinen neuen Schuhen. Ich kenne deinen Kopf, und auch ein wenig dein Herz. Du bist nicht vulgär. Willst du mir nicht einen Kuß geben, Montague? Es ist schon Tage her, seit du mir einen gegeben hast.«

»Das könnte ich wirklich – wenn du mich schon bittest«, erwiderte Stern. Er nahm sie in die Arme. Und seine Umarmung raubte Constance die Fassung.

Sie trat einen Schritt zurück.

»Welch leidenschaftlicher Kuß.«

»Enthaltsamkeit hat auch ihre Vorteile.«

»Warum bist du so verbittert?«

»Ich bin nicht verbittert. Ich habe nur eine offensichtliche Tatsache in Worte gefaßt.«

»Montague...«

»Ja?«

»Vielleicht habe ich meine Meinung geändert, weißt du.«

»Du änderst deine Meinung andauernd. Das gehört zu deinen reizendsten Eigenschaften. Worum geht es denn?«

»Um die Besitzungen. Worüber wir in Schottland gesprochen haben.« Constance legte ihre behandschuhten Hände auf Sterns Brust, sie schob eine Hand unter seinen Mantel und seine Jacke. Sie biß sich auf die Lippen, daß sie rot wurden. Sie sah Stern in die Augen.

»Vielleicht könnte ich doch in der Nähe von Winterscombe leben. Meine Gefühle haben sich beruhigt. Ich merke, wie ich mich von der Vergangenheit zu lösen beginne. Irgendwo müssen wir ja wohnen; wir können doch nicht immer und ewig nur Häuser mieten. Ich glaube, ich könnte in Peels Haus wohnen – mit dir zusammen.«

»Du schmeichelst mir.«

»Unsinn, Montague. Das würde ich nie wagen. Ich versuche nur praktisch zu denken, das ist alles. Wir müssen die Angelegenheit regeln. Jetzt, wo wir – zusammen – in Winterscombe sind, scheint mir alles viel einfacher. Es gibt hier genausoviel angenehme wie unangenehme Erinnerungen für mich. Außerdem sollten wir in der Nähe sein. Deshalb ist es wirklich einen Versuch wert. Und wenn wir feststellen, daß uns Peels Haus nicht gefällt, können wir ja umziehen. Nichts wäre einfacher als das, findest du nicht? Es ist ja nichts, was sich nicht ändern ließe; es ist ja nur ein Haus, wie du gesagt hast.«

Constance fühlte sich ermutigt, weil er keine Einwände zu haben schien. Sie sah in das Gesicht ihres Mannes, seine schweren Augenlider, die nichts verrieten, seine hellen Haare, die bis über den weißen Kragen seines Leinenhemds reichten. Sie streckte ihre kleine Hand aus und strich ihm liebevoll über den Kopf. Sie schob ihren Arm wieder unter seinen Arm.

»Sag ja, Montague. Bitte. Ich habe es satt, immer von einem Ort zum andern zu ziehen. Es langweilt mich, andauernd Häuser zu besichtigen. Stell dir vor, wieviel Spaß es machen würde, vom Keller bis zum Dach alles neu einzurichten. Deine Bilder – sie würden gut in die Bibliothek passen, glaubst du nicht? Wir –«

»Wieso hast du deine Meinung geändert?« Stern drehte sich um. Er fixierte Constance mit ruhigem Blick. Constance machte eine vage Handbewegung.

»Aus keinem besonderen Grund. Das sagte ich ja schon. Wir sind jetzt fast ein Jahr verheiratet. Die Dinge ändern sich. Ich –«

»Ist es wegen Acland?«

»Acland? Natürlich nicht. Warum fragst du?«

»Als du Acland für tot gehalten hast, hattest du nicht das Verlangen, hier zu leben. Aber jetzt, wo Acland lebt, änderst du deine Meinung. Vielleicht gefällt dir der Gedanke, ihn als Nachbarn zu haben.«

»Das ist einfach lächerlich!« Constance wich zurück. »Wie du andauernd auf Acland herumreitest. Außerdem würde er ja gar nicht unser Nachbar sein, oder? Du kannst doch Winterscombe jederzeit übernehmen, wenn du willst. Warum treibst du nicht deine Schulden ein, Montague?«

»Jetzt?«

»Na ja, vielleicht nicht sofort. Nicht, solange er noch so krank ist. Das würde ein bißchen –«

»Vulgär aussehen?«

»Habgierig.« Constance lächelte. Sie stellte sich auf die Zehenspitzen und gab ihrem Mann einen Kuß auf die Wange. »Also, von mir aus kannst du ruhig habgierig sein – und ich auch. Wir beide wissen das. Aber vielleicht wäre es klüger, nur um die Form zu wahren, es nicht gleich zu zeigen. Ein bißchen Geduld – verstehst du, Montague? Du selbst hast mir beigebracht, Geduld zu haben. Vielleicht Ende des Jahres – daß du dann deine Schulden eintreibst. Aber wie die Dinge stehen, in seinem gegenwärtigen Zustand – und daran wird sich wohl kaum etwas ändern – würde Acland nicht einmal wissen, was passiert. Winterscombe oder irgendein Pflegeheim – das macht für ihn keinen Unterschied. Aber dabei fällt mir ein«, sie warf einen Blick auf ihre Armbanduhr, »ich habe ja Jane fest versprochen, mich heute nachmittag ein bißchen um Acland zu kümmern. Du weißt ja, wie sie sich immer anstellt! Ich soll ihm etwas vorlesen – aus einem seiner langweiligen Bücher. Wir gehen jetzt besser zurück.«

»Natürlich. Du solltest dich bei mir unterhaken. Es ist sehr rutschig.«

»Danke, Montague.«

Constance, die gut zu Fuß war, klammerte sich trotzdem am Arm ihres Mannes fest. Mit einem erhebenden Gefühl, wie sie es verspürte, wenn es ihr gelungen war, ihren Kopf durchzusetzen, machte sie sich gutgelaunt auf den Rückweg.

»Weißt du noch, Montague?« begann sie, stürzte sich dann in eine Flut von Erinnerungen und zählte ein Ereignis nach dem anderen aus ihrem kurzen Eheleben auf. Alle Gelegenheiten, bei denen es Probleme gegeben hatte oder die weh getan hatten, ließ sie aus und konzentrierte sich auf die fröhlichen Ereignisse. Der Kuß am Altar, ihre Spaziergänge durch den tiefen Schnee in Schottland.

»Erinnerst du dich noch daran, Montague?«

»Wie könnte ich es je vergessen.«

»Es war so kalt – und dann so warm, wenn wir wieder ins Haus kamen. Es hat dir dort gefallen. Du solltest dieses Haus auch nehmen, weißt du – schließlich haben wir besondere Erinnerungen daran. Wir könnten jedes Jahr unsere Flitterwochen erneuern.«

»Ja, da hast du recht.«

»Und dann, jener Tag in London. Ach, Montague, ich muß so oft daran denken. Weißt du noch? Ich kam aus dem Park, und du hast dir gerade deinen wunderbaren Verdi angehört und hast nicht mal gemerkt, daß ich da war –«

»Wagner.«

»Dann eben Wagner. Egal. An dem Tag hast du mich wirklich überrascht. Du hast... ganz unerwartet mit mir geschlafen. Ich glaube, das ist es, was mir so gut gefällt an dir. Du kannst mich immer überraschen. Eben noch so kühl und beherrscht, und im nächsten Augenblick so... *ungestüm*.« Sie umklammerte seinen Arm noch fester. Sie kamen aus dem Wald und näherten sich dem Haus.

»Weißt du noch, an dem Abend in Schottland, Montague, als du mir von deinen Besitzungen erzählt hast? Als du mir von deinem Traum erzählt hast? Hast du geglaubt, das hätte ich vergessen? Das habe ich nicht. Was du mir da gesagt hast, war sehr wichtig für mich. Deine heiligen Worte – so nenne ich sie immer. Damals wurden wir, glaube ich, erst richtig Mann und Frau. Und weißt du was? – ich bin ganz sicher – wenn wir uns erst einmal irgendwo richtig niedergelassen haben – wenn wir in Peels Haus gezogen sind –, dann wird es bestimmt dazu kommen. Zu unserem Kind.« Sie legte ihre kleine Hand auf ihr Herz. Sterns Schritte wurden langsamer.

»Ein Kind? Was sage ich da?« Constance blieb stehen. »Warum sollten wir uns mit einem Kind begnügen? Ich würde gern eine ganze Horde haben. Vier Jungen und vier Mädchen. Was hältst du davon? Würde dir das gefallen, Montague? Peels Haus ist wie gemacht für Kinder. Der große Speicher und die vielen Gänge, die erforscht werden können. Der riesige Garten. Wir könnten – was ist los, Montague? Du tust mir weh.«

Stern war ebenfalls stehengeblieben. Während Constance weiterplapperte, ergriff er ihr Handgelenk. Und während sie immer weitersprach, wurde sein Griff immer fester. Er bog ihre Hand zurück, so daß Constance einen Augenblick lang das Gefühl hatte, er würde es brechen.

Sie stieß einen erschrockenen Schrei aus. Stern ließ ihre Hand los. Er sah ihr ins Gesicht.

»*Hör auf damit*«, sagte er in befehlendem Ton. Dann steckte er die Hände in die Taschen und ließ Constance auf dem Weg stehen, während er allein zum Haus ging.

Die unerwartete Heftigkeit, mit der Stern reagiert hatte, erschreckte Constance. Als sie ins Haus lief und die Treppe zu Aclands Zimmer erreichte, dachte sie darüber nach. War ihr Mann eifersüchtig? Er klang immer eifersüchtig, wenn sie Acland erwähnte. Dieser Gedanke – daß Montague eifersüchtig sein könnte – gefiel Constance. Es gab ihr Macht. Oben an der Treppe angekommen, blieb sie stehen. Natürlich war sie nicht aufrichtig gewesen, aber woher hätte Stern das wissen sollen? Nein, eifersüchtig, entschied sie, und seine Bemerkung über Enthaltsamkeit hatte sich wirklich bitter angehört. Wie lange war es her, daß sie mit ihrem Mann geschlafen hatte? Mehrere Wochen. Seit der Nachricht, daß Acland lebte, war ihr Verlangen nicht mehr so groß.

Aber vielleicht war es unvorsichtig, es ihren Mann allzu deutlich spüren zu lassen. Sollte sie ihn bitten, heute nacht bei ihr zu bleiben? Constance zögerte. Was sie gerade vorhatte, war ein Betrug an ihrem Mann. Es wäre sicherlich fatal, wenn Stern das Ausmaß ihrer geplanten Untreue entdeckte. Andererseits erregte es sie, ihren Mann zu provozieren, bis er seine gewohnte Beherrschung verlor, ganz egal, ob aus Zorn oder aus Eifersucht. Ihn ein bißchen aufzustacheln und Acland als Rivalen hinzustellen, nur mit ganz kleinen Andeutungen – konnte vielleicht nicht schaden.

Und so näherte sich Constance, während sie an ihren Mann dachte, Aclands Zimmer. Seine Krankenpflegerin saß in einem kleinen Nebenzimmer. Constance entließ die Frau, schickte sie nach unten, um mit Box, ihrem Hund, mindestens eine Stunde lang spazierenzugehen.

Eigentlich hätte sie sich gewünscht, daß ihr Mann dabei wäre, um ihre Untreue mitzuerleben – dann sollte er doch einmal versuchen, beherrscht zu sein! Constance öffnete die Tür zu Aclands Zimmer. Sie ging hinein, blieb stehen, und dann – nachdem sie kurz nachgedacht hatte – drehte sie sich um und schloß sie zu.

Bei seiner Rückkehr nach Winterscombe hatte Acland ein großes Gästezimmer bekommen, sein altes Schlafzimmer im zweiten Stock wurde als zu klein und zu abgelegen befunden. Dieses Zimmer ging nach Süden und hatte ein Erkerfenster, von dem aus man den Garten, den See und den Park überblicken konnte.

Als Constance eintrat, saß Acland in seinem Rollstuhl im Erker. Er war gewaschen, rasiert, angezogen – auf diese Äußerlichkeiten legte Jane großen Wert. Seine schmalen Hände ruhten auf den Armlehnen seines Stuhls. Sein hageres Gesicht war zum Fenster gewandt. Das Licht der untergehenden Sonne ließ sein Haar leuchten.

Constance begrüßte ihn nicht. Sie nahm sich einen Stuhl und stellte ihn, mit der Rückenlehne zum Fenster, direkt in sein Blickfeld. Seine Augen waren geöffnet, blickten aber ins Leere. Constance schob den Vorhang zur Seite und sah hinaus.

»Welches Panorama«, begann sie. »Man kann die Wälder und den See sehen. Man kann das Birkenwäldchen sehen. Da hat sich Boy umgebracht, weißt du. Wie es heißt, soll es ein Unfall gewesen sein. Er hat sich mit seiner Purdey das Gehirn aus dem Kopf geblasen. Freddie und Steenie waren dabei. Und bevor er es getan hat, hat er sich Steenie anvertraut. Er hat ihm gesagt, daß er meinen Vater getötet hat. Ich weiß, daß es nicht wahr ist. Und ich glaube – vielleicht täusche ich mich auch –, aber ich glaube, du weißt es auch, nicht wahr, Acland.«

Constance setzte sich auf den Stuhl. Sie betrachtete Acland aus der Nähe. Weder sein Gesicht noch seine Hände hatten sich bewegt. Sein Blick war auf das Fenster gerichtet. Constance machte eine zaghafte, verzweifelte Bewegung.

»Hörst du mich, Acland? Ich glaube, du hörst mich. Warum versuchst du dich vor mir zu verstecken? Warum verschließt du dich? Das hat doch keinen Sinn. Dafür sind wir uns viel zu nah. Ich kenne dich, Acland. Alles, was du je getan hast, alles, was du je gewesen bist – ich kann es sehen. Ich blicke bis auf den Grund deiner Seele. Ich höre deine Gedanken. Ich beobachte deine Träume. Vor mir kannst du dich nicht verstecken, und ich kann mich nicht vor dir verstecken. Bitte, Acland, verstehst du das denn nicht? Ich verurteile dich nicht. Ich könnte dich nicht verurteilen. Das wäre, als würde ich mich selbst verurteilen. Wenn du schlimme Dinge getan hast, schlimme Dinge gesehen hast, dann habe ich es auch! Ich weiß, was es für ein Gefühl ist, wenn man den Wunsch hat zu sterben. Bitte, sag mir: War es der Krieg, Acland, der dich so verwandelt hat? Oder war es etwas anderes, etwas, das lange zurückliegt, das du aber nicht vergessen kannst? Quälen dich irgendwelche Schuldgefühle? Acland, bitte, sag es mir. Es fällt mir so schrecklich schwer...«

Constance verstummte. Sie wartete, ihre Hände zitterten. Die Stille des Zimmers lastete schwer auf ihr. Acland saß unbeweglich in seinem Stuhl.

»Willst du mich nicht ein einziges Mal ansehen? Ich weiß, daß du mich ansehen willst«, sagte Constance; und dann, als sich Acland noch immer nicht umdrehte, stieß sie einen leisen Seufzer aus. Sie griff an ihren Kopf und begann ihr Haar zu lösen, das hochgesteckt war.

»Na schön«, fuhr sie mit leiser Stimme fort. »Macht nichts. Ich gebe nicht auf. Sieh her, Acland, und hör mir zu. Ich werde mich vor dir zeigen. Ich will wissen, wie tot du wirklich bist.«

Sie schüttelte den Kopf, daß ihr Haar über ihre Schultern fiel. Dann begann sie, langsam und behutsam, als wäre sie allein im Zimmer, ihr Kleid aufzuknöpfen. Ein Kreuz, ein Geschenk von Stern, das ein unreligiöser Mann einer unreligiösen Frau aus einer Laune heraus geschenkt hatte, pendelte zwischen ihren Brüsten hin und her. Constance preßte ihre Hände darauf, dann legte sie sie auf ihre nackte Haut. Sie zitterte, stieß leise Seufzer aus.

»Ich bin jetzt ganz allein. Niemand sieht mich. Niemand beobachtet mich. Ich hasse es, beobachtet zu werden. Es ist gut, still und heimlich mit sich zu sein. Weißt du, manchmal macht es mich traurig, vor der Welt zu lügen. Und wenn ich traurig bin, dann tu ich das, was ich jetzt tue. Ich komme hierher. Ich trete in diesen kleinen Kreis. Ah, jetzt sehe ich ihn! Da ist er.«

Sie streckte den Fuß aus und zog einen kleinen Kreis auf dem Boden.

»Siehst du, Acland? Ein unsichtbarer Kreis. Du kannst ihn sehen. Ich kann ihn sehen. Niemand sonst. Ein Rund mit Glaswänden. Sie sind sehr dick. Hier kann uns niemand berühren, und wenn wir drinnen sind, können wir tun, was wir wollen, alles, was wir wollen. Soll ich dir zeigen, was wir tun werden? Wir schicken die Dunkelheit fort.

Hör zu«, sagte Constance, und sie schloß die Augen, weil sie jetzt sicher war, daß Acland sie sah; sie spürte, wie sein Blick über ihre Haut glitt. »Hör zu«, sagte sie, »ich werde dir die Geschichte von Constance und ihrem Liebhaber erzählen. Sein Name ist Acland. Er ist der einzige Mann, den sie je geliebt hat oder je gewollt hat. Es ist folgendermaßen: Er ist ihr Feind und Freund, ihr Bruder und ihr Erlöser. Welche seiner Geschichten möchtest du hören? Es gibt so viele. Er kommt in vielen Verkleidungen zu ihr. Als sie noch klein war, kam er in Gestalt eines Vogels zu ihr, eines großen weißen Vogels – ein freies Wesen! Dann hat er sie auf seinen Flügeln hochgehoben, und sie haben sich zusammen die Welt angesehen. Das ist eine Geschichte – die ich dir erzählen könnte. Oder ich könnte dir erzählen, wie er als Mann zu ihr kam – und das hat er sehr oft getan. Oh, Nacht für Nacht. Zuerst hat er sie berührt: ihre Haare – er liebte ihre Haare; dann ihren Hals; dann ihre Brüste; dann ihre Schenkel. Einmal lagen sie zusammen im Schnee, und er hat ihren Körper zum Weinen gebracht. Einmal gingen sie zusammen in den Wald, einmal legten sie sich auf die Treppe, und einmal versteckten sie sich – ja, sie versteckten sich zusammen in einem Schrank, zwischen Mänteln in der Dunkelheit eingeengt, und seine Hände waren sehr wild. Als sie ihn da angefaßt hat, war er so hart wie ein Stock, und als sie ihn probiert hat, schmeckte er wie ein Gott.

So war das. So *ist* das gewesen.« Constance wartete. Sie stieß ein leises Stöhnen aus. Sie schlang die Arme um ihren Körper. »Es ging immer weiter und weiter – eine lange Zeit, Jahr für Jahr, Jahrhunderte. Es war unerträglich, getrennt zu sein. Es war wie Sterben, getrennt zu sein. Aber dann, vor gar nicht langer Zeit, passierte etwas Schreckliches. Eines Nachts kam er in ihr Zimmer. Er hielt sie in den Armen, und er sagte, er wäre von den Toten zurückgekehrt. Er erzählte ihr, was für ein Gefühl es war, diese Grenze zu überschreiten. Welch ein Geheimnis! Er knöpfte sein Hemd auf und zeigte ihr seine Wunde, direkt unter dem Herzen. Dann machte er einen Ring aus seinen Haaren, seinen hellen Haaren, und wickelte ihn um ihren Ringfinger. Sie war seine Braut und auch seine Witwe. Sie wußte, daß er sie verlassen würde. Und er verließ sie. Er blieb die ganze Nacht bei ihr, und dann... als es Morgen wurde... ging er fort.

Du bist fortgegangen.« Constance hob den Kopf. Sie machte die Augen auf und sah Acland an.

»Du bist gegangen. Du hast mich verlassen. Ich dachte, du würdest nie zurückkommen. Ich dachte, das wäre das Ende, meine ewige Strafe: immer allein zu sein.« Sie machte eine Pause. »Wenn es so ist, kann ich auf meine Art überleben. Ich werde nicht sterben – nicht direkt. Aber ich wüßte es gern genau – ob du fortgegangen bist oder ob du zurückkommen kannst. Wirst du stillhalten? Ich muß dich jetzt anfassen.«

Als sie ihre Geschichte beendet hatte, stand Constance auf. Ihre Beine waren zittrig; das Zimmer machte sie schwindlig. Sie ging einen Schritt nach vorn, dann noch einen. Sie beugte sich über Acland und sah ihm in die Augen. Sie knöpfte sein Hemd auf und schob ihre kleine Hand hinein. Die Narbe war ihr vertraut; sie legte ihre Hand darauf.

Ich wollte eine Zauberin sein. Ich wollte Aclands Circe sein. Und so habe ich ihm unsere Liebesgeschichte erzählt und mich ihm gezeigt. Wenn er nicht auf meine Worte reagierte, dann würde er vielleicht auf meinen Körper reagieren. Männer sind so. Ich glaube, sie mögen meine Haut, und auch meine Geschichten.

Meine Lippen waren so dicht an seinen, daß sie sich fast berührten.

Acland war nicht tot – das konnte ich sehen. Ich hätte ihn anfassen können, um es mir zu beweisen – und ich hätte ihn auch wirklich gern angefaßt. Aber ich habe es nicht getan. Ich war entschlossen, ihn dazu zu bringen, mir ein Zeichen zu geben, und am Ende tat er es.

Er hob die Hand. Ich dachte, er würde meine Brust anfassen – ich glaube, er wollte meine Brust anfassen. Aber er tat es nicht. Statt dessen berührte er das Kreuz, das mir Montague geschenkt hatte. Seine Hand strich über meine Haut. Er hielt das Kreuz ganz fest in seiner Hand. Ich glaube, er konnte meinen Herzschlag spüren.

Ich wartete. Die Zimmerecken flüsterten uns zu, und die Luft streichelte uns, und dann – faßte ich meinen Entschluß. Es war genug. Ich war beinahe froh, daß er mich nicht anfaßte! Ich will nicht – niemals –, daß wir gewöhnlich sind. Ich ging zur nächsten Szene über. Die vielen Dinge, die er erfahren mußte. Es blieb nur noch wenig Zeit, und ich mußte mich beeilen. Ich mußte überlegt vorgehen.

Ich knöpfte mein Kleid zu. Ich setzte mich auf den Stuhl. Dann, als ich ganz sicher war, daß er mich ansah, und nicht durch mich hindurch, gab ich ihm alle Tatsachen, Schlag auf Schlag wie ein Kartenspiel. Boy; Jenna; Jenna und das Baby. (Ich sagte ihm, daß ich mich um sein Kind gekümmert hätte.) Ich erklärte ihm die Sache mit dem Geld, das sein Vater Montague schuldete. Ich erklärte ihm, daß Montague Winterscombe haben wolle. Dann wartete ich – nur für einen kurzen Augenblick. Ich mußte es tun. Aclands Gesicht war weiß.

Ich dachte: Vielleicht ist er schuldig. Vielleicht fühlt er sich wegen Jenna und dem Baby schuldig – es könnte sein. Ich war mir nicht sicher, was ich sagen sollte. Ich glaube, ich verstehe das Funktionieren von Schuld, aber ich bin mir nicht sicher, ob ich sie je selbst gefühlt habe. Ich kann damit nicht umgehen. Ich konnte es nicht einmal, als Boy starb. Dieser Teil von mir wurde ausgelassen, als ich gemacht wurde. Aber Acland ist anders – das weiß ich. Deshalb versuchte ich nicht, es ihm zu erklären: Schuld ist ein sinnloses Gefühl. Er würde die Vergangenheit nicht ungeschehen machen, sagte ich; aber es lag in seiner Macht – wenn er nur wollte –, die Zukunft zu beeinflussen.

Ich stand auf und ging zum Fenster. Ich deutete hinunter. Ich sagte, daß ich mir nicht sicher sei, ob ihm dies alles etwas bedeute; aber wenn es so wäre, wenn er es für sich erhalten wolle oder für seine Brüder und Kinder, dann könne es ihm gehören. Selbst jetzt. Auch wenn Montague an diesem Ort hänge, sagte ich. Denn selbst Montague könnte ausgeschaltet werden, wenn Acland nur auf mich hörte. Acland würde nur eine reiche Frau brauchen, um sein Haus zu retten – und wer, fügte ich hinzu, wäre reicher und leichter zu haben als Jane Conyngham?

Ich setzte mich wieder hin. Ich zählte Janes Vorteile auf. Jane, sagte ich, ist außerordentlich reich. Sie könnte die Schulden deines Vaters abbezahlen, Winterscombe retten, ohne es auch nur zu merken! Ich erinnerte ihn daran, daß er Jane etwas schuldete. Schließlich hatte sie ihm das Leben gerettet, und sie hatte ihn mit unvorstellbarer Geduld gepflegt.

Ich machte ihn darauf aufmerksam, daß Jane ihn liebte, seit Jahren. Ich glaube, das überraschte ihn – Acland kann merkwürdig beschränkt sein. Und da sie ihn so sehr liebte, sagte ich, gäbe ihm die Heirat mit ihr die Möglichkeit, seine Schuld abzutragen. Und dann, falls er meinen Plan zu kaufmännisch fand, würde er bestimmt eine Möglichkeit finden, das Geld zurückzuzahlen – er war nicht ohne Begabung!

Ich glaube, Acland sah wenig überzeugt aus. Sein Gesicht war so starr und seine Augen so kalt. Deshalb holte ich noch einmal aus. Ich sagte, ich könne verstehen, daß er diesen Gedanken nicht besonders attraktiv fände; aber schließlich würde Jane eine ausgezeichnete Frau abgeben, und zu gegebener Zeit eine beispielhafte Mutter.

Denk doch mal nach, Acland, sagte ich. Sie ist klug. Sie ist mutig. Ihr habt viel gemeinsam. Sie hat den Krieg unmittelbar miterlebt. Ihr liebt dieselbe Musik. Ihr mögt dieselben Bücher.

Natürlich, fuhr ich fort – und an dieser Stelle war ich ein bißchen hinterhältig –, gibt es gewisse Ungleichgewichte. Ich kann mir nicht vorstellen, daß du Jane besonders aufregend findest. Aber falls du, nach einigen Ehejahren, das Bedürfnis nach etwas Abwechslung verspüren solltest... nun, vielleicht würdest du nicht enthaltsam sein, aber du würdest diskret sein, da bin ich mir ganz sicher. Du würdest Jane niemals weh tun, wie es ein anderer Mann, der weniger Skrupel hat, vielleicht tun würde. Du siehst also, du wärest der ideale Ehemann für sie!

Ich hatte das Gefühl, daß Acland inzwischen schon müde wurde – ich konnte die Anspannung in seinem Gesicht sehen –, und ich dachte mir: Er wird es nicht tun; er wird die Rasierklinge wählen. Ich beeilte mich, zum Ende zu kommen.

Und schließlich, sagte ich, habe ich noch etwas ausgelassen. Nur eine Kleinigkeit. Wenn du heiraten würdest, und ich würde hier in der Nähe wohnen, dann könnten wir uns vielleicht von Zeit zu Zeit sehen. Schließlich, wenn ich in Peels Haus wohne – und das werde ich –, werden wir beide Nachbarn sein. Wir könnten –

An dieser Stelle unterbrach ich mich. Ich wollte nicht all die Dinge aufzählen, die wir tun könnten. Acland kennt sie. Ich weiß, daß er von ihnen träumt. Ich erwartete, daß er nun etwas sagte. Als er es nicht tat, bekam ich Angst. Meine Hände zuckten, und ich hatte meine Bewegungen nicht mehr unter Kontrolle. Ich versuchte es ihm zu erklären: daß es das war, wie ich es mir vorstellte zwischen uns, nah und fern, entfernt und eng beisammen, beides zugleich. Wir dürften uns nie berühren, sagte ich, aber wir könnten es uns vorstellen: Das ist die schönste Art Liebe; sie ist immer vollkommen.

Es machte mich wütend, alles so geistlos erklären und aussprechen zu müssen. Ich weiß, daß er es versteht, daß er es immer verstanden hat. Ich weiß, daß er dieselben Dinge sieht wie ich.

Unsere heimliche Liebe. Weil ich wütend war, zitterte ich ein bißchen. Ich konnte fühlen, wie sich mein Zorn verflüchtigte. Ich wußte, daß ich schnell handeln mußte. Es wurde Zeit, ihm seine beiden Geschenke zu geben. Ich kniete mich neben ihn nieder. Ich hatte das Rasiermesser in meiner Tasche. Ich nahm es heraus. Ich hielt es fest in meiner rechten Hand.

Ich beugte mich vor. Ich sah ihm in die Augen. Ich hatte das Gefühl zu funkeln! Ich legte meine Lippen auf seine. Ich schmeckte ihn. Ich ließ ihn mich küssen.

Schau, sagte ich, hier sind zwei Geschenke. Der Tod in meiner rechten Hand und das Leben in meiner linken. Du kannst wählen, Acland.

Acland sah das Rasiermesser lange an. Es schien ihn zu überraschen, obwohl er gewußt haben mußte, daß ich es ihm bringe. Um ihm seine Entscheidung zu erleichtern, klappte ich es auseinander. Es war sehr scharf. Ich fuhr mit der Klinge über meine Handfläche. Sie zerschnitt die Haut. Blut schoß heraus. Ich streckte ihm meine Hand hin und sagte:

Probier es, Acland. Ich weiß, daß dir der Geschmack und der Geruch vertraut sind. Da. Das ist der Geschmack des Auswegs. Ist es das, was du dir wünschst? Denn wenn es das ist, dann nimm es. Ich werde dir helfen, das verspreche ich dir. Deine Handgelenke oder deine Kehle. Ich werde dir dabei helfen, es zu führen, und ich werde hierbleiben, bis es vorbei ist. Die Tür ist abgeschlossen. Ich verspreche dir, daß ich nicht schreien werde – ich bin nicht wie andere Frauen. Ich weiß, daß ich es tun kann, und wenn du es willst, werde ich es tun. Entscheide dich, Acland.

Seine Finger schlossen sich um mein Handgelenk. Ich glaube, er hat meiner Hand einen Stoß gegeben. Das Rasiermesser flog durch die Luft. Es flog quer durch den Raum. Es blieb vor einem Schrank liegen.

Du bist eine außergewöhnliche Frau. Du bist die außergewöhnlichste Frau, der ich je begegnet bin, sagte Acland.

Ich glaube, daß er das gesagt hat. Nachdem er seinen Entschluß gefaßt hatte.

Ich hob das Rasiermesser auf. Ich steckte es wieder in meine Tasche. Das war es also. Ich wollte Acland sagen, daß die Frau, die er liebte, nicht so außergewöhnlich war: Sie war ... ein Zufall. Eine kleine Mißgeburt. Jemand, bei der zuviel Stücke auf die falsche Weise zusammengesetzt waren. Sie war so geboren – oder vielleicht hatte man sie erst so gemacht. Aber Acland liebt mich wegen meiner Widersprüche und meiner Andersartigkeit. Er weiß, daß ich jede beliebige Frau sein kann – nur für ihn. Ich kann seine kleine Jungfrau oder seine kleine Hure sein, seine kleine Heilige, seine kleine Sünderin. Und er ist mein unglaublicher Mann, der den Tod gesehen hat und zurückgekehrt ist und der für mich töten würde. Acland, mein Erlöser, seine Kühnheit kennt keine Grenzen!

Ich ging zur Tür und legte meine Hand auf den Lichtschalter. Draußen wurde es dunkel, und das Zimmer war dämmrig. Ich schaltete das Licht an und gleich wieder aus. Sieh her, Acland, sagte ich. Hier bin ich. Und hier bin ich nicht. Dann verließ ich ihn.

Ich ging zurück zu Montague. Wir schliefen miteinander, ziemlich heftig. Es gefiel mir. Gelegentlich gefällt es mir – mißhandelt zu werden. Ich komme noch immer nicht, während er in mir ist. Ich fragte ihn, ob er schon mit anderen Frauen so zusammengewesen sei – und er sagte, ja, ein- oder zweimal; es könne dauern; ich dürfe mir deswegen keine Sorgen machen.

Ich glaube, er war kurz davor, Mitleid zu haben, aber das wollte ich nicht. Das nächste Mal werde ich ihm, glaube ich, etwas vorspielen. Ich werde ihm eine Ekstase vorführen.

Hast du Acland etwas vorgelesen? fragte er, als er sich für das Abendessen umzog.

Ich sagte, ja, das habe ich getan.

Es war fünf Uhr, als Constance Aclands Zimmer verließ. Es war eine Stunde vergangen, als Jane zu ihm hineinging. Die Krankenpflegerin, die glaubte, daß er schlief, hatte ihn in seinem Rollstuhl am Erkerfenster gelassen. Jane, die sah, daß seine Augen geöffnet waren, blieb in der Tür stehen. *Er sieht den Krieg.*

Sie war, so schnell es ging, von London zurückgekommen. Als sie unten in die Eingangshalle gelaufen war, hatte sie Gwen im Salon sitzen sehen. Sie saß im dunklen Zimmer, mit gebeugtem Kopf, sie verbreitete Kummer und Trübsal.

Dieser Anblick trieb Jane noch mehr voran. Sie wußte, wie sehr sich Gwen grämte; sie wußte, welche Anstrengung es sie kostete, in Aclands Zimmer zu gehen, mit ihm zu sprechen, ihm vorzulesen und dabei heiter und fröhlich zu bleiben. Jane lief die Treppe hinauf; sie spürte Zorn und Empörung. Ihr Herz schlug schnell. Vielleicht verstieß es gegen alles, was sie als Krankenschwester gelernt hatte, aber sie mußte mit Acland reden. *Ich werde nicht zulassen, daß er das seiner Familie antut. Das werde ich nicht zulassen. Es ist egoistisch.*

Sie lief zu ihm und kniete sich neben seinem Stuhl auf den Boden und ergriff seine Hand. Die Dämmerung war schon hereingebrochen. Die Schatten färbten Aclands Gesicht grau. Trotzdem sah sie, daß er geweint hatte.

Ich bin noch immer erschrocken, und mein Herz flog ihm entgegen. Ich liebe ihn so sehr. Mein ganzer Körper schmerzte. Ich hatte mir schon zurechtgelegt, was ich sagen würde, und auch alle Argumente, die ich aufzählen würde; aber als es soweit war, vermischten sich Liebe und Empörung. Ich glaube, ich habe mich nicht sehr deutlich ausgedrückt.

Ich wollte, daß er sah: Egal, was in Frankreich geschehen war, egal, was er dort getan hatte oder was er dort mitangesehen hatte, er hatte überlebt. Er hatte das wertvollste Geschenk von allen erhalten: das Leben. Wie vielen tausend Männern – wie vielen Millionen Männern – war dieses Geschenk versagt geblieben? Sie würden nie zurückkommen.

Wenn dieser Krieg endlich vorüber ist, wird man wohl Gefallenenfriedhöfe errichten, und die Menschen werden sie besuchen. Gedenktage werden eingerichtet werden. Aber werden wir uns an die Gefallenen erinnern? Jedes einzelne dieser Gräber ein Mann, jedes Kreuz eine Lebensgeschichte. Jene, die sie geliebt haben, werden sie in Erinnerung behalten. Aber wenn auch sie nicht mehr sind, was wird dann bleiben? Anonymität. Die Menschen vergessen den Krieg sehr schnell.

Ich glaube, da habe ich geweint. Meine Stimme zitterte. Ich konnte mich nicht beruhigen. Er mußte einsehen, daß das, was er tat, falsch war. Es war mehr als eine Verschwendung; es war eine Sünde. Gott hat ihm das Leben geschenkt – und er warf Ihm dieses Geschenk ins Gesicht.

Es war dumm, so etwas zu sagen, das wußte ich sofort. Acland glaubt nicht einmal an Gott – es sei denn, der Krieg hat ihm Glauben gegeben, was höchst unwahrscheinlich ist. Ich versuchte noch einmal von vorn zu beginnen. Ich versuchte mich verständlich auszudrücken. So viele Vorteile im Leben gehabt zu haben, vom Krieg zurückzukehren und nicht verstümmelt zu sein, jede Fürsorge zu haben... Ich konnte nicht weitersprechen. Ich wußte, daß sich das, was ich sagte, banal anhörte, abgedroschen, dumm.

Es machte mich wütend auf mich selbst – und da sagte ich es ihm. Ich sagte, ich liebe dich, Acland. Ich habe dich schon so viele Jahre geliebt, solange ich denken kann.

Er bewegte sich nicht. Nichts. Ich war sicher, daß er mich hören konnte. Ich war sicher, daß er verstand, was ich gesagt hatte. Aber ihm lag nicht einmal soviel daran, daß er mir auch nur das kleinste Zeichen gab. Oh, ich verspürte bitteren Zorn und Bedauern.

Ich ließ seine Hand los. Ich stand auf und sagte ihm, was ich beschlossen hatte; daß es, wenn ich ihm nicht helfen konnte, andere Menschen gab, denen ich nützlich sein könnte. Ich mußte mein Leben leben. Ich kann mich genau erinnern, was ich dann sagte, weil das, was dann passierte, erstaunlich war.

Ich ging an ihm vorbei zum Fenster. Es war dunkel draußen. Im Wald schrie das Käuzchen. Mein Brustkorb hatte sich zusammengezogen, und meine Kehle schmerzte beim Sprechen, aber ich fühlte mich stark. Ich wußte, daß ich recht hatte – und das kommt nicht sehr häufig vor. Ich sagte: Mein Leben, Acland. Ich habe ein Leben. Ich werde aufhören, dich zu pflegen. Ich liebe dich, aber ich werde aufhören, dich zu lieben. Ich würde dir helfen zu leben, wenn ich wüßte, wie. Aber ich werde dir nicht helfen zu sterben – nicht, wenn dazu gar keine Notwendigkeit besteht. Ich verabscheue dich dafür. Es ist grausam, was du deiner Mutter antust, und der ganzen Familie. Es gibt dort draußen Menschen, denen es viel schlechter geht als dir. Weißt du, was dieser Rollstuhl bedeutet, und dieses Schweigen? Feigheit!

Ich sah mich nicht um. Ich starrte hinaus in die Dunkelheit. Ich dachte: Ich bin neunundzwanzig Jahre alt. Ich dachte an Häuser und Geld und an den Versuch, Gutes zu tun. Ich hörte ein leises Geräusch. Ich war mir zuerst nicht sicher, was es war. Dann wurde es mir klar. Es war Aclands Stimme. Er sagte meinen Namen.

Er sagte ihren Namen dreimal. Jane drehte sich um, und Acland streckte ihr die Hand entgegen. Er sagte:

»Ich kann sprechen. Und gehen. Und denken. Und fühlen. Und ich ... schäme mich.«

Jane stieß einen leisen Schrei aus. Es war jetzt schon sehr dunkel im Zimmer. Sie konnte gerade noch die Umrisse des Rollstuhls erkennen, und Aclands Gestalt. Sein blasses Gesicht war nur undeutlich zu erkennen. Einen Augenblick lang war sie fast sicher, daß sie es sich nur eingebildet hatte, er saß ganz still da; dann wußte sie, daß es nicht stimmte. Tränen schossen ihr in die Augen. Sie machte einen Schritt nach vorn, dann noch einen. Sie sah die ausgestreckte Hand; sie ergriff sie und kniete nieder.

»Du hast deine Haare abgeschnitten.«

Aclands Finger strichen über ihren Nacken. Er nahm eine Strähne zwischen Finger und Daumen. Jane blickte auf.

»Ich habe dich erkannt. In der Höhle ... bei Etaples ...«

Er sprach langsam. Er stockte vor Konsonanten, als mißtraute er ihnen. In seinen Augen flackerte etwas auf, dann wurde sein Gesicht wieder ruhig und konzentriert.

»Ich habe deine Stimme erkannt. Lange bevor du zu meinem Bett gekommen bist. Ich konnte deine Stimme hören. Ich konnte all die Dinge wahrnehmen, von denen ich geglaubt hatte, daß ich sie verloren hätte. England. Dieses Haus. Mehr als das – etwas viel Wichtigeres als das. Ich wollte rufen, aber ich konnte nicht.«

Er beugte den Kopf. In dem Zwielicht war alle Farbe aus seinem Haar gewichen. Er seufzte. Langsam hob Jane die Hand, um sein Gesicht zu berühren.

»Ich habe immer an dich gedacht ...« Er verstummte, dann sprach er weiter. »Ich habe an dich als die zukünftige Frau meines Bruders gedacht. Ich ... konnte dich nicht sehen ...«

Jane zog ihre Hand zurück.

»Ist schon gut, Acland«, begann sie. »Das weiß ich. Ich verstehe es. Aber wir waren immer Freunde.«

»Nein. Du verstehst nichts, du verstehst überhaupt nicht, was ich meine. Ich fühle mich so schrecklich müde. Ich glaube nicht, daß ich es erklären kann. Wenn du mich einfach nur ansiehst ...«

In diesem Augenblick faßte Jane Hoffnung. Sie bemühte sich, nichts zu hoffen, sie befahl sich, nichts zu hoffen, aber es war unmöglich, die Hoffnung war da; sie ließ sich nicht leugnen. Sie sah in Aclands blasses Gesicht. Sie sah in seine unterschiedlichen Augen, die sie immer beunruhigt hatten, deren Schimmer sie immer geliebt hatte. Aber wie sie diese

Augen jetzt ansahen, das hätte sie nie geglaubt, das hätte sie nie zu hoffen gewagt.

»Acland...«, begann sie.

»Ich weiß. Ist es nicht komisch?« Seine Hand schloß sich fester um ihre. »Ich wäre nie drauf gekommen. Und doch ist es so stark. Als du eben gesprochen hast. Als ich dich angesehen habe. Ich glaube, es war vielleicht schon immer da. Nur unsichtbar. Ich glaube, ich habe es schon gesehen, ganz kurz nur. Ein- oder zweimal.«

Er hob die Hand. Er legte sie an ihre Wange. Er fuhr mit dem Finger an ihren Augenbrauen entlang.

»Deine Augen sind voller Licht.« Er ließ den Arm sinken. »Und dein Haar – dein Haar ist wie ein Helm. Du hast so wild geklungen eben.« Er zögerte. »Warst du schon immer so mutig? Warum habe ich das nie bemerkt?«

»Nein. Nein. Nicht mutig«, sagte Jane schnell. »Überhaupt nicht mutig. Wenn ich mich verändert habe –«

»Komm hierher.«

Acland stand auf. Er zog sie mit sich zum Fenster, und sie standen dort und sahen hinaus. Vor ihnen lag Winterscombe. Jane beobachtete eine Wolke, die sich vor den Mond schob. Dann sah Acland sie an.

»Du hast dich verändert. Wann hast du dich verändert? Warum hast du dich verändert?«

Jane dachte: Ich bin nicht unsichtbar für ihn, nicht jetzt. Vielleicht werde ich für ihn nie wieder unsichtbar sein.

»Vielleicht durch meine Arbeit«, sagte sie. »Und weil ich älter geworden bin. Und der Krieg...«

»Ah, der Krieg«, erwiderte Acland und nahm sie in seine Arme.

Als ich diesen Bericht meiner Mutter gelesen hatte, ließ ich Wexton in seinem Stuhl schlafen und ging hinaus in den Garten. Ich ging zum See hinunter und zu dem Birkenwäldchen; ich ging genau im Blickfeld jenes Erkerfensters, an dem meine Mutter und mein Vater gestanden waren, an dem Abend, an dem mein Vater wieder gesund geworden war.

An diesem Tag hörte ich die Stimme meiner Mutter klarer, als ich sie die vergangenen dreißig Jahre gehört hatte: Ich war wieder ein Kind. Ich konnte sie so sehen, wie sie immer gewesen war: ruhig und sicher. In den ersten acht Jahren meines Lebens hatte sie mir nie einen Grund gegeben, an ihrer Liebe und Fürsorge zu zweifeln. Sie wurde nie wütend, wenn es um irgendwelche banalen Dinge ging, ganz in Unterschied zu Constance: ein Kleid in der falschen Farbe, ein Haarschnitt, der ihr mißfiel. Sie kannte keine Eitelkeit. Lügen machten sie wütend; Ungerechtigkeit noch mehr. Das war meine Mutter: Ich konnte ihre Kraft fühlen, und ihre Stärke. Eine gute Frau. Und wie hatte ich es ihr zurückgezahlt? Indem ich sie verraten hatte.

Ich hatte zugelassen, daß Constance ihren Platz einnahm. Ich wußte, daß es dafür Entschuldigungen gab. Meine Mutter war sehr jung gestorben: Und fast immer nehmen die Lebenden den Platz der Toten ein. Oh, es gab viele Entschuldigungen. Ich fand mich trotzdem verabscheuungswürdig.

Ich setzte mich an den See. Ich dachte über die Liebe in der Ehe nach, die vielleicht auch langweilig erscheint, glaube ich – obwohl ich glaube, daß sie große Erfüllung bringen kann. Ich wollte dem Bericht meiner Mutter glauben. Ich wollte an ihre Liebe zu meinem Vater glauben, und an seine Liebe zu ihr. Ich wollte glauben, daß es ihre Liebe gewesen war, die meinen Vater dazu gebracht hatte, wieder zu sprechen, und die ihn dann gesund gemacht hatte. Ich glaube, in dieser Hinsicht sind wir alle Kinder: Wir haben ständig das Bedürfnis, an die Liebe zu glauben, die uns auf die Welt gebracht hat, lange nachdem wir ein Alter erreicht haben, in dem wir wissen, daß Bedürfnisse oft irrational sein können. Aber natürlich machten sich Zweifel breit: Dafür hatte Constance gesorgt.

In diesem Augenblick habe ich sie beinahe gehaßt. Ich haßte sie wegen ihres raffinierten Selbstvertrauens, in das, was sie schrieb, wegen der Behauptung, daß zwischen ihr und meinem Vater feste Bande bestanden, wegen ihrer unerschütterlichen Überzeugung, daß sie es gewesen sei, die die Ehe meiner Eltern angestiftet hatte, daß es eine rein kommerzielle Angelegenheit gewesen sei, eine Vernunftehe.

Ich konnte mich an nichts erinnern, was bei meinen Eltern darauf hingewiesen hätte: Eine solche Idee wäre meinem Vater nie in den Sinn gekommen, das wußte ich. Trotzdem gab es Zweifel, und sie ließen sich nicht vertreiben. Der Vater, von dem in diesen Tagebüchern die Rede war, hatte sich bereits Jenna gegenüber schäbig benommen. Der leichtfertige Draufgänger aus den Vorkriegsjahren war nicht der Vater, an den ich mich erinnerte; die bärtige Gestalt in den Höhlen von Etaples, die schweigsame Gestalt im Rollstuhl – sie waren mir fremd.

Als ich später wieder ins Haus ging, war ich überzeugt, daß mir Constance mit ihrem Geschenk Böses hatte antun wollen: Voller Mißtrauen und Unbehagen sah ich ihre Tagebücher an.

Wexton, der aufgewacht war, gähnte und streckte sich.

»Also«, sagte er. »Was passiert als nächstes?«

Ein wenig davon wußte ich schon, denn ich hatte schon ein kleines Stückchen weitergelesen. Ich hatte – wie ich gestehen muß – mit einem gewissen boshaften Vergnügen weitergelesen.

»Constance bekam ihre wohlverdiente Strafe«, erwiderte ich.

»Oh, *gut*«, sagte Wexton.

Als die Nachricht von Aclands und Janes Verlobung Constance erreichte – es dauerte mehrere Wochen, bis selbst Aclands engste Familienangehörigen davon erfuhren –, führte sie in ihrem Londoner Salon einen Freudentanz auf. Gwen hatte ihr die Neuigkeit mitgeteilt; Constance warf den Brief in die Luft. Sie ließ die Blätter über den Teppich flattern. Sie hob sie auf. Das war der Beweis für die Macht ihres Willens, dem sich nichts widersetzen konnte: Sie küßte jede Seite des Briefs.

Sie behielt ihr Wissen den ganzen Tag für sich. Sie bewahrte es sich auf, bis ihr Mann nach Hause kam. Selbst dann behielt sie es noch eine Weile für sich. Wann sollte sie mit dieser Neuigkeit herausrücken? Wie sollte sie diese Neuigkeit überbringen? Constance liebte Geheimnisse, und sie genoß es, ihre Enthüllung hinauszuzögern.

Während des gesamten Abendessens verriet sie nichts. Sie spielte sich vor ihrem Mann auf wie eine Schauspielerin auf der Bühne. Ihre Augen glänzten; ihre Wangen waren gerötet; ihre winzigen Hände zogen Kreise in der Luft, während sie sprach. Ihr Haar fiel offen über ihre Schultern, wie er es am liebsten hatte. Sie hatte ein neues, auffälliges und sehr schönes Kleid angezogen. Am Arm trug sie ihr Schlangenarmband: Einmal, zweimal, dreimal ringelte es sich um ihr Handgelenk. Diesmal habe ich ihn überlistet, dachte Constance.

Nach dem Essen hängte sie sich an den Arm ihres Mannes. Sie küßte zuerst ihren kleinen Hund, dann ihn. Sie spielte eine ihrer Lieblingsrollen: kindlich kokett. Sie erinnerte ihn mit einem kurzen Seitenblick daran, daß sie versprochen hatten, an einer Abendgesellschaft teilzunehmen; mit einer kleinen neckischen Liebkosung schlug sie vor, vielleicht lieber zu Hause zu bleiben, weil es sicher amüsanter sein würde.

Gegen zehn zog sie ihn, mit Küssen und Geflüster, zur Treppe. Um zehn Uhr fünfzehn zog sie sich, zuerst schüchtern, dann immer kühner, aus. Um halb elf zog sie Stern zu sich ins Bett. Sie lag über ihm und schlang ihre schmalen Arme um seinen Nacken. Sie schlang ihre Beine um seine Hüften. Ich werde ihn in Ekstase versetzen, dachte sie, und dann werde ich es ihm erzählen.

Hinter ihrem Ehebett war ein Spiegel. Constance beobachtete ihre eigene Vorstellung. Ihr rosiger Körper bewegte sich auf und ab. Ihr Haar war lang und sehr schwarz. Ihre Lippen waren so rot wie Blut. »Sprich mit mir, schockiere mich«, flüsterte sie. »Das mag ich.«

Als es vorbei war, lag sie eine Weile in den Armen ihres Mannes. Sie spielte die Ermattete. Ganz kurz nur gab sie vor zu schlafen. Mit geschlossenen Augen lag sie da und wartete, daß ihre Zeit kam. Wie lange sollte sie noch warten? Sie konnte es nicht ertragen, noch länger zu warten. Sie würde ihm von der Verlobung erzählen und gleich danach – indem sie Aclands neues Interesse an Jane hervorhob – auf das Haus zu sprechen kommen.

Constance richtete sich auf. Sie stellte ein hübsches kleines Gähnen zur Schau, sie räkelte sich.

»Montague«, begann sie, »ich muß dir etwas erzählen.«

»Einen Augenblick, meine Liebe.« Stern stand auf. Er ging zu seinem Schreibtisch, schloß ihn auf, drehte sich dann um. »Ein Geschenk für dich, Constance«, sagte er.

Constance war sofort abgelenkt. Sie freute sich über alle Geschenke wie ein Kind – und Stern Geschenke waren immer besonders großzügig. Allerdings war dies ein etwas merkwürdiges Geschenk: zwei Briefumschläge, die Stern mit einer solchen Höflichkeit in ihren Schoß legte, daß sie sofort hellwach wurde.

Constance öffnete die Umschläge. Sie dachte über ihren Inhalt nach. Ihre Haut prickelte. Sie enthielten zwei Schiffskarten für eine Überfahrt! für eine Fahrt von Southampton nach New York, aber nicht zurück.

»Was soll das?« fragte sie schließlich.

»Zwei Reservierungen, Constance. Eine für dich und eine für mich.«

»Das sehe ich.« Constance hatte den Kopf gebeugt, um ihr Gesicht zu verbergen. »Ich kann auch das Datum lesen. Es ist nächsten Monat.«

»Dezember. Ja. Zu Weihnachten, meine Liebe, werden wir in New York sein.«

»New York? Wie können wir in New York sein? Es ist doch Krieg.«

»Trotzdem. Die Schiffe fahren noch. Die Reise ist keineswegs unmöglich.«

Constance kannte diesen gelassenen und unerschütterlichen Ton seiner Stimme. Sie warf ihm einen schnellen Blick zu. Ihr Man saß neben ihr und betrachtete sie mit einem leisen Lächeln auf den Lippen.

»Und wie lange werden wir bleiben, Montague? Einen Monat? Zwei Monate?«

»O nein, viel länger. Ich dachte mir, wir könnten... für immer dort bleiben.«

Der Ton, in dem er es sagte, gefiel Constance ganz und gar nicht. Unter dieser zur Schau getragenen Höflichkeit konnte sie eisigen Triumph spüren.

»Für immer?« Sie zog ihren Mann näher zu sich. Sie schlang ihre Arme um seinen Hals. »Liebster Montague, bitte, halte mich nicht zum Narren. Wie können wir in New York leben? Du hast doch hier unzählige Verpflichtungen. Die Bank. Die Munitionsfabriken –«

»Die habe ich abgestoßen«, sagte Stern mit einer wegwerfenden Handbewegung. »Habe ich das nicht erwähnt? Die Intervention der Amerikaner war, glaube ich, ausschlaggebend für diesen Krieg. Er wird nicht mehr lange dauern. Ich habe verkauft – für einen besseren Preis, als ich in einem Jahr bekommen würde.«

»Aber, Montague, die Bank –«

»Meine Partner werden die Bank leiten. Und außerdem hat sie enge Verbindungen zur Wall Street. Bestimmt erinnerst du dich. Das habe ich doch schon öfters erzählt.«

»Ich erinnere mich überhaupt nicht.« Constance zog sich mit betrübter Miene zurück. »Du hast nie von New York gesprochen. Oder von Amerika.«

»Vielleicht hast du nur nicht zugehört. Gefällt dir meine Idee nicht? Ich dachte, du wärst entzückt. Du wolltest doch immer reisen, meine Liebe. Du liebst Veränderungen. New York ist eine Stadt der Veränderungen. Wenn wir erst einmal dort sind, wird dir London ziemlich langweilig vorkommen –«

»Aber ich will gar nicht in London leben«, brach es aus Constance heraus. »Das habe ich dir doch gesagt. Wir haben darüber geredet. Ich möchte in Peels Haus wohnen –«

»In Peels Haus?« Stern schien überrascht. »Aber, Constance, das geht jetzt gar nicht mehr. Ich habe es verkauft.«

Constance war wie versteinert. Ihr Gesicht verfärbte sich.

»Verkauft?« begann sie langsam. »Wann?«

Stern zuckte die Achseln. »Diese Woche, meine Liebe, vergangene Woche – Constance, du änderst deine Meinung sehr oft. Ich dachte, es wäre nur eine vorübergehende Laune von dir, daß du in Peels Haus wohnen willst. Mir ist nie der Gedanke gekommen –«

Er verstummte. Constance war klar, daß ihr Mann log. Sie war sich absolut sicher, daß er wußte, daß sie Peels Haus wollte – und, was noch schlimmer war, wahrscheinlich sogar wußte, warum.

Constance biß sich mit ihren kleinen weißen Zähnen auf die Lippe. Tränen quollen unter ihren Lidern hervor. So nah am Ziel gewesen zu sein, alle Pläne absolut richtig, und dann von diesem Mann überlistet zu werden! *Teufel, Teufel, Teufel*, dachte sie und ballte ihre kleinen Hände zu Fäusten.

»Liebling«, sagte Stern – Stern, der sonst so gut wie nie zärtliche Kosenamen verwendete. Er beugte sich nach vorn, um sie zu umarmen. Seine Stimme – wie sie diese Schauspielerei haßte! – klang zerknirscht.

»Meine liebe Constance, du scheinst verzweifelt. Wenn ich auch nur geahnt hätte... Jemand hat mir ein Angebot gemacht, jemand wollte Peels Haus und den Arlington-Besitz kaufen. Er hat mir einen guten Preis geboten –«

Zu Constances Wut rollte ihr jetzt eine kleine wütende Träne über die Wange. Zu ihrer noch größeren Wut küßte ihr Mann zuerst die Träne weg und dann ihre Lippen.

»Constance«, sagte er und legte seinen Arm um sie. »Denk doch mal ein bißchen nach. In Schottland warst du fest entschlossen. Nicht Winterscombe – und nicht in der Nähe von Winterscombe: Das hast du gesagt. Und außerdem ist unser kleines Imperium – du weißt doch noch, wie wir darüber gesprochen haben? Dieses Imperium ist in den vergangenen Wochen sehr zusammengeschrumpft. Peels Haus ist ohne das Land von Winterscombe und den Conyngham-Besitz nicht besonders attraktiv, findest du nicht auch? Und die werde ich, fürchte ich, nie erwerben – nicht, wenn die Gerüchte, von denen ich gehört habe, stimmen –«

»Gerüchte? Was für Gerüchte?«

»Daß Dentons Schulden wunderbarerweise zurückgezahlt werden. Daß Acland und eine gewisse Erbin sich lieben. Solche Gerüchte, meine Liebe.«

»Acland und Jane, meinst du? Verliebt?« Constance machte sich aus seinen Armen los. Sie warf den Kopf zurück. »In meinem ganzen Leben habe ich noch nie etwas so Albernes gehört.«

»Es soll sogar noch mehr sein als Liebe. Wie ich hörte, soll es geradezu Hingebung sein.« Stern stand auf. »Hingebung – sie haben sich verlobt und wollen heiraten«, fügte er mit Betonung hinzu.

Constance legte sich in die Kissen zurück. Da sie unheimlich wütend war, war es klüger, nichts zu sagen. Diese letzte Bemerkung von Stern hatte boshaft geklungen. Aber da ihr Acland ja angeblich völlig gleichgültig war, durfte sie auf keinen Fall darauf reagieren. Natürlich hätte sie vorsichtiger sein müssen, klüger – das sah sie jetzt ein. Maud hatte sie gewarnt; sie selbst war sich zu Beginn ihrer Beziehung ziemlich klar darüber gewesen, was für ein gefährlicher Gegner Stern sein konnte – aber was hatte sie dagegen getan? Sie hatte Pläne geschmiedet, und während sie es tat, die Möglichkeit außer acht gelassen, daß ihr Mann ebenfalls Pläne verfolgte.

Ein dummer Fehler. Constance betrachtete ihren Mann. Wenn er triumphierte, weil er sie überlistet hatte, dann wußte er das gut zu verbergen. Sie sah zu, wie er mit seiner üblichen Beherrschtheit die Schiffskarten wieder in ihre Umschläge steckte. Constance spürte, wie ihr Zorn nachließ und sich in Bewunderung verkehrte. Er ist mir überlegen, dachte Constance, und – da sie nicht gerne verlor – begann sie bereits einen neuen Plan zu schmieden. Diese Schlacht hatte Stern gewonnen, ja – aber eine Schlacht gewinnen, hieß nicht, den Krieg gewinnen. In seiner Verteidigung gab es eine kleine, aber gut wahrnehmbare Lücke.

»Montague...«, begann sie mit nachdenklicher Stimme.

»Ja, meine Liebe?« erwiderte Stern und war sofort hellwach.

Constance streckte ihre Hand aus und zog ihn neben sich aufs Bett. Sie schenkte ihm ihr unschuldigstes Lächeln.

»Montague«, begann sie. »Sag mir jetzt die Wahrheit. Habe ich dich geärgert?«

»Geärgert?« erwiderte Stern etwas steif. »Natürlich nicht. Warum fragst du? Außerdem ärgere ich mich selten. Zum Glück – oder zu meinem Pech – habe ich ein ziemlich kühles Temperament. Sich zu ärgern ist Zeitverschwendung.«

»Tatsächlich?« sagte Constance und sah ihn von der Seite an. »Dann ärgerst du dich also nie?«

»Gelegentlich.« Stern begegnete ihrem Blick. »Ich mag es nur nicht, wenn man meine Pläne durchkreuzt, Constance.«

»Pläne durchkreuzen!« Constance verzog das Gesicht. »Himmel! Ich bin sicher, daß niemand wagen würde, deine Pläne zu durchkreuzen. Ganz bestimmt würde ich es nicht wagen. Komisch. Und doch hatte ich das Gefühl, als ich dich ansah, als du mir diese Karten gegeben hast –«

»Ein Geschenk, Constance. Eine Überraschung.«

»Ach, und was für eine wunderbare Überraschung. Trotzdem wundere ich mich. Wenn du dich nicht geärgert hast, warst du dann eifersüchtig? Weißt du, Montague, ich habe den Verdacht, daß du das wirklich warst? Ah, da!« Sie zog die Augenbrauen hoch. »Ich kann es in deinem Gesicht ablesen. Ich habe genau ins Schwarze getroffen. Du *bist* eifersüchtig – auf Acland. Deshalb hast du, praktischerweise, Peels Haus weggegeben, deshalb willst du mich auf die andere Seite der Erdkugel bringen. Ich nehme an, Montague, du willst mich möglichst weit von den... *Versuchungen* von Winterscombe wegbringen!«

Irritiert stellte Constance fest, daß Stern von diesem Gedanken belustigt schien.

»Meine liebe Constance, ich hasse es, dich enttäuschen zu müssen. Ich weiß, daß Frauen Männern gern derartige Motive unterstellen. Aber in meinem Fall irrst du dich. Ich habe viele Fehler. Aber Eifersucht gehört nicht dazu.«

»Ehrlich, Montague?«

»Bedauerlicherweise stimmt es. Acland bedeutet dir nichts, meine Liebe. Das weiß ich, weil du es mir oft genug gesagt hast. Deshalb ist die traurige Wahrheit, daß meine Motive rein finanzieller Art waren.«

»Bist du denn noch nie eifersüchtig gewesen, Montague?« fragte Constance, die nicht die Absicht hatte aufzugeben.

»Bis jetzt nicht, wenn ich mich recht erinnere«, erwiderte er kurz angebunden. »Ich habe mich immer bemüht, keine Besitzansprüche zu stellen.«

Constance, die endlich glaubte, eine verletzliche Stelle an ihm entdeckt zu haben, runzelte die Stirn. Sie lehnte sich in die Kissen zurück.

»Natürlich, ich erinnere mich jetzt«, sagte sie mit nachdenklicher Stimme. »Wie sagtest du doch? Daß du keinen besonderen Wert auf körperliche Treue legst – ja, das war's. Du liebe Güte, wie schrecklich großzügig du doch bist, Montague. Das kann ich von mir nicht behaupten.«

»Nein, wirklich nicht, Constance?«

»Niemals!« rief Constance und richtete sich wieder auf und umklammerte seine Hand. »Ich bin so eifersüchtig und besitzergreifend, wie man nur sein kann. Wenn du eine andere Frau auch nur ansehen würdest, würde ich vergehen. Wenn du mit ihr ins Bett gehen würdest – oh, Montague, das wäre entsetzlich! Das käme mir vor, als würde man mich mit kleinen scharfen Messern in Stücke schneiden –«

»Aber, Constance. Sag so etwas nicht.« Stern drückte ihre Hand. »Du mußt wissen... daß diese Gefahr... daß dazu keine unmittelbare Gefahr besteht. Ich bin... mit dir sehr zufrieden. Ich habe kein Verlangen nach anderen Frauen.«

Constance stieß einen leisen Schrei aus. Sie umarmte ihn. Ein Bekenntnis, dachte sie, während sie sich an ihm festklammerte: Endlich ein Liebesbekenntnis. Sie spürte ein Gefühl von Triumph, das aber – fast sofort – in widersprüchliche Gefühle überging. Von Stern umarmt zu werden, zu fühlen, wie seine Hände ihr Haar streichelten, seine Lippen ihre Augenbrauen ertasteten: Es weckte in ihr den rebellischen Wunsch nach absoluter Ehrlichkeit. Aber Ehrlichkeit bedeutete, daß man sich exponierte, und das durfte sie nicht riskieren – am wenigsten bei Stern. Sie ließ ihn los und rückte ein wenig von ihm ab.

»So ist das eben«, sagte sie mit ruhiger Stimme. »Ich bin eifersüchtig veranlagt, und du bist es nicht. Obwohl ich nicht recht glauben kann, daß du so kühl und beherrscht bist, wie du behauptest. Angenommen, ich würde mich für einen anderen Mann interessieren... Angenommen, ich hätte einen Geliebten... Natürlich wird das nie passieren – aber wenn es so wäre, würde es dir gar nichts ausmachen? Nicht ein kleines bißchen? Das wäre doch nur menschlich, Montague.«

»Na schön. Wenn du darauf bestehst.« Stern machte eine ärgerliche Bewegung mit der Hand. »Völlig kalt ließe es mich sicherlich nicht. Aber ich würde mich bemühen, diese Gefühle zu unterdrücken. Wie ich schon sagte: Zwischen einem Mann und einer Frau gibt es andere Formen der Treue, die mir wichtiger erscheinen. Als ich das gesagt habe –«

»Ja, Montague?«

»...da habe ich... Jahre vorausgeblickt. Ich habe an unseren Altersunterschied gedacht. Ich habe versucht... realistisch zu sein. Schließlich bist du noch sehr jung.« Er zögerte. »Wenn du dreißig bist, Constance, werde ich fast sechzig sein.« Er schwieg. Constance beobachtete ihn genau.

»Ach so«, sagte sie schließlich mit verzagter Stimme. »Du hast von der Zukunft gesprochen, nicht von jetzt?«

»Natürlich. Constance, wir sind doch erst seit einem Jahr verheiratet, noch nicht einmal ein Jahr –«

»Ein Jahr?« Constance stieß einen überraschten Schrei aus. »Tatsächlich erst ein Jahr? Ich habe das Gefühl, als wäre es schon viel länger. Du machst mich glücklich, Montague. Wenn ich mit dir zusammen bin, verliere ich jedes Zeitgefühl. Ich glaube... du veränderst mich...« Sie beugte sich nach vorn und bedeckte sein Gesicht mit schnellen kleinen

Küssen. »Ja, das stimmt! Es ist wahr! Wenn ich immer nur mit dir zusammen wäre – wenn ich nie allein wäre –, dann würde ich mich vielleicht noch mehr verändern, glaube ich. Ich würde vielleicht –« Sie unterbrach sich. »Macht nichts. Ist nicht so wichtig. Ich wollte nur sagen, daß ich froh bin, daß du diese Überfahrt gekauft hast, Montague.«

»Ist das wahr?« Stern hob ihr Kinn und drehte ihren Kopf so, daß er ihr in die Augen sehen konnte. Er sah sie traurig an. »Ist das wirklich wahr? Bei dir weiß ich nie, woran ich bin, Constance. Vielleicht meinst du wirklich, was du sagst. Vielleicht möchtest du nur gern, daß das, was du sagst, auch stimmt. Vielleicht tust du nur so –«

»Es ist wahr. Ich meine es so. Natürlich...« Constance senkte den Blick. Sie begann zu lächeln. »Natürlich kann ich nicht für die Zukunft sprechen. Was ich jetzt meine, kann sich vielleicht schon in fünf Minuten wieder ändern, oder in fünf Jahren... Verstehst du? Ich bin ehrlich, Montague. Ich kenne mich selbst recht gut. Ich bin – immer in kleinen Häppchen – offen zu dir – und das ist sehr viel mehr, als sonst jemand von sich behaupten kann. Also! Die Wahrheit. Als du mir diese Tickets gegeben hast, war ich zunächst nicht gerade entzückt. Aber jetzt glaube ich, daß wir in Amerika sehr glücklich sein werden. Stell dir nur mal vor...« Sie kniete sich aufs Bett, sie legte die Arme um seinen Hals. »Eine neue Welt, die wir erobern können, wie wir es immer geplant haben. Wen interessiert schon London, oder Winterscombe, und all die Leute dort? Wir können sie hinter uns zurücklassen. Oh, ich wünschte, wir würden schon morgen fahren! Du wirst schon sehen, ich werde dir eine Hilfe sein. Wir werden die besten Gesellschaften geben, die ganze Stadt wird uns zu Füßen liegen! Ich werde dir eine... wunderbare Frau sein! Du wirst mich ansehen und du wirst denken: Constance ist unersetzlich...«

»Aber das denke ich schon jetzt, meine Liebe«, bemerkte Stern trokken.

»Du wirst es noch viel *mehr* denken«, rief Constance und eilte in Gedanken schon weiter, ohne zu verstehen, was dieses Kompliment zu bedeuten hatte; und sie fing sofort wieder an, neue Pläne zu entwerfen.

Stern hörte ihr amüsiert zu; er war gerührt. Manchmal konnte Constance so unverstellt optimistisch sein wie ein Kind – und genauso quälend. Stern erwartete nicht, daß diese Aufregung und diese Vorfreude anhalten würden, aber wie er dann feststellte, hatte er sich in dieser Hinsicht getäuscht. Die gute Laune seiner Frau blieb bestehen, ihre Zuneigung zu ihm hielt unvermindert an – während der ganzen darauffolgenden Wochen.

Ihre Energie und Erregung geriet nur einmal ins Schwanken – als sie schon an Bord des Schiffes waren. Die Überfahrt war unruhig, und Stern genoß sie sehr. Constance neckte ihn, weil er immer auf den Decks herumspazierte, an der Reling lehnte und aufs Meer blickte. Das Wasser war bleiern, der Himmel verwaschen grau; Tag und Nacht lag ein schmaler Lichtstreifen über dem Horizont.

Stern versuchte seine Frau zu überreden, mit ihm an Deck zu kommen, und einmal, am ersten Abend, tat sie es auch. Er zeigte ihr den Lichtstreifen, den der Mond auf die Wellen warf. Er führte sie zum Heck des Schiffs, damit sie das aufschäumende Kielwasser sehen konnte. Er erzählte ihr von der Kraft der Turbinen.

Constance sah sich alles an und zitterte. Sie haßte das Meer. Es machte ihr angst. Sie ging wieder unter Deck und blieb dort für den Rest der Reise. Sie spielte jeden Abend Bridge, mit hohen Einsätzen, gewöhnlich gewann sie. Sie lernte viele Leute kennen, die ihr später bei ihrem Eintritt in die New Yorker Gesellschaft nützlich sein würden. Vor allem mit einem der Männer flirtete sie sehr heftig, einem jungen Mann aus einer der ältesten New Yorker Familien, der, nach seiner ehrenvollen Entlassung, nach Hause zurückkehrte.

An dem Tag, an dem sie in New York anlegten, war Constance bei bester Laune. Liebevoll sah sie hinüber auf Manhattan, voller Erwartungen. Sie stand oben auf Deck und gab ihrem Mann einen leidenschaftlichen Kuß. Das Gesicht, das sie ihm bot, war betörend.

»Liebling«, sagte sie – sie hatte bereits während der Reise damit begonnen, ihn so zu nennen –, »Liebling, Montague. Du machst mich sehr glücklich. Ich kann es gar nicht erwarten, an Land zu gehen. Ich bin ein Landmensch, weißt du.« Sie warf ihm einen neckischen Blick zu. »Ich habe gern Pflaster unter den Füßen. Dann kann ich schneller laufen.«

Hier brach ich die Lektüre der Tagebücher ab – jedenfalls für eine Weile. Es war ein merkwürdiges Gefühl, eine Geschichte zu lesen, die eine Kombination aus später Einsicht und Vorauswissen ist, und als ich bei dieser Reise über den Atlantik angekommen war, wurde es mir unbehaglich. Ich wußte, was als nächstes geschehen war: Ich wußte es *beinahe*.

Ein Lebensplan wurde entworfen. Und dieser Entwurf würde über die nächsten zwölf Jahre Bestand haben, von 1918, als der Krieg zu Ende war und meine Eltern heirateten, bis 1930, meinem Geburtsjahr.

Während dieser Zeit lebten meine Eltern auf Winterscombe. Mein Vater war einige Jahre als Teilhaber einer Handelsbank in London beschäftigt – um, wie ich mir vorstellen kann, einen Teil der Geldschulden, die er bei Jane hatte, zurückzuzahlen. Diese Arbeit lag ihm nicht – sein scharfer Verstand, seine schnelle Auffassungsgabe, seine Fähigkeit, abstrakt zu denken, sein Interesse an Literatur, Geschichte und Philosophie paßten nicht in die harte Welt der Finanzen. In dieser Hinsicht war er ein Opfer seiner Herkunft: Für die Jagd nach Profit hatte er nur ein verächtliches Lächeln übrig.

Nachdem sein Vater gestorben war – an einer Apoplexie oder einem Herzinfarkt, wie wir es nennen; es war im Jahr 1923 –, gab mein Vater seinen Posten in der Handelsbank auf und widmete sich nur noch Winterscombe. Mehr und mehr wurde er in die Wohltätigkeitsprojekte meiner Mutter verwickelt, vor allem, als es um den Neubau eines Waisenhauses ging. Er schrieb mehrere Artikel über dieses Thema und startete sogar einmal eine große Kampagne, um eine Gesetzesnovelle zur Verminderung des sozialen Elends zu erwirken. Er war überzeugt, daß die Struktur all dieser Einrichtungen – nicht nur der Waisenhäuser, sondern auch der Gefängnisse – einen tiefgreifenden Einfluß auf die Psyche ausübte.

Mit seinen Zielsetzungen war mein Vater seiner Zeit weit voraus. Ich glaube, er wußte, daß er mit seinen Plänen auf verlorenem Posten stand, aber das konnte ihn nicht davon abhalten, sich auch weiterhin dafür einzusetzen: Er liebte verlorene Posten.

Verlorene Posten kosteten Geld; Winterscombe kostete Geld: In den folgenden zwölf Jahren trug eine ganze Reihe der Wohltätigkeitsunternehmungen meiner Mutter gute Früchte – aber, ob erfolgreich oder nicht, sie zehrten an ihrem Kapital. Ich glaube, meine Mutter war eine ziemlich leichte Beute für Betrüger und Scharlatane, zumindest in den ersten Jahren. Jedenfalls waren ihre Investitionen – und all diese Projekte wurden durch Investitionen gefördert – nicht gerade besonders klug. Jahr für Jahr führte uns der Idealismus meiner Eltern ein Stückchen weiter in jene vornehme Armut, von der meine Kindheit gezeichnet war. Ich war stolz darauf, und das bin ich noch immer, aber ich hatte unser Leben deutlich vor Augen, während ich weiterlas. Auf der anderen Seite des Atlantiks: Pragmatismus und der unerbittliche Aufstieg zu Welterfolg.

Constance und Stern hatten in New York Erfolg. Stern war an der Wall Street bald genauso gefürchtet, wie er es in der Londoner City gewesen war, Constance war auf dem besten Weg, in den New Yorker Salons die Vorherrschaft zu erringen. »Die Sanftmütigen werden das Erbe tragen?« pflegte sie zu rufen: Constance hatte etwas übrig für milde Blasphemie. »Was für ein Unsinn! Die Sanftmütigen werden *untergehen*.«

Einmal jedes Jahr trafen die beiden Parteien aufeinander, wenn Stern und Constance nach Europa reisten. Der letzte dieser Besuche fand 1929 statt, in dem Jahr des großen Börsenkrachs an der Wall Street; im darauffolgenden Jahr wurde ich geboren, und Constance kam ohne ihren Mann zu meiner Taufe. Es war ihr letzter Besuch – danach wurde sie von Winterscombe verbannt.

Irgend etwas war damals geschehen: Irgend etwas war geschehen, das dieses zwölf Jahre bewährte System durchbrach. Ich wußte immer noch nicht, was geschehen war, aber ich wußte etwas anderes: 1930 war auch das Jahr, in dem Constances Ehe mit Stern zerbrach.

Ich wußte einiges über die Vergangenheit und einiges über die Zukunft – und es kam mir so vor, als wäre die Verbindung zwischen beidem nun deutlich erkennbar. Constances Obsession in bezug auf meinen Vater war eine kleine Zeitbombe, die zwölf Jahre lang getickt hatte. Und bei meiner Geburt war sie offenbar hochgegangen.

Und so faßte ich eines Abends, etwa eine Woche nachdem Wexton in Winterscombe eingetroffen war, einen Entschluß. Ich würde nicht weiterlesen. Ich hatte Angst weiterzulesen. Ich packte einfach alle Briefe und Tagebücher zusammen und legte sie weg. Ich packte die Vergangenheit zusammen und verbannte sie in Schreibtischschubladen und Kartons.

Wexton sagte nichts. Ich glaube fast, Wexton wußte schon damals, wohin ich als nächstes mußte, und wartete nur darauf, daß ich auch darauf kam. Er nahm das Verschwinden all dieser Papierstöße gelassen in Kauf.

»Ich habe uns Tickets für Stratford besorgt«, verkündete er eines Morgens beim Frühstück.

Wir fuhren schon am nächsten Tag. An diesem Tag, und an den darauffolgenden Tagen, entfernten wir uns von der Vergangenheit.

Wir sahen uns *Troilus und Cressida* an, ein Lieblingsstück von Wexton, das seine augenblickliche Obsession zum Thema Krieg widerspiegelte.

Wir fuhren morgens nach Stratford-upon-Avon; wir aßen zu Mittag; wir spazierten in der Stadt umher; wir sahen uns am Abend das Stück an und fuhren dann auf dunklen und friedlichen Landstraßen wieder nach Hause, nach Winterscombe.

Ich glaube, dieser Besuch war für Wexton eine Art Pilgerfahrt, Teil des Prozesses, meinem Onkel Steenie Lebewohl zu sagen. Wir hatten früher öfter Ausflüge nach Stratford unternommen, und Steenie war immer mit von der Partie gewesen. Es war das erste Mal, daß Wexton und ich allein dort waren. Er zeigte keinerlei Anzeichen von Melancholie. Mittags aßen wir in Steenies Lieblingskneipe am Fluß. Nach dem Essen spazierten wir durch die Stadt, und später entschied Wexton, daß eine der zahlreichen englischen Teestuben genau das richtige für uns wäre. Nachdem er den übelsten dieser holzgetäfelten Orte ausgesucht hatte, in dem es Anne-Hathaway-Sahnetee gab – Wexton war entzückt –, schlugen wir den Weg ein, von dem ich gewußt hatte, daß wir ihn einschlagen würden, weil wir ihn auch immer mit Steenie gegangen waren: am Fluß entlang bis zu Holy Trinity Church, wo Shakespeare begraben ist.

Wexton besuchte Stratford nie, ohne Shakespeares Grab seine Aufwartung zu machen. Wir mußten schon an die zwanzig Mal dort gewesen sein.

Wir betraten die Kirche. Wir näherten uns dem Grabmal. Wexton schien die (gelangweilte) Schulklasse neben uns gar nicht zu bemerken und auch nicht die japanischen Geschäftsleute auf der anderen Seite (die enttäuscht waren, denn in der Kirche war das Fotografieren verboten).

Er starrte eine Zeitlang auf die Grabinschrift. Später schloß er plötzlich Freundschaft mit einem japanischen Geschäftsmann, mit dem er auf dem Rückweg von der Kirche über Busausflüge, die Bedeutung von *Hamlet* und die Wahrscheinlichkeit, daß Anne Hathaway ihrem Mann immer Sahnetee gekocht hatte, redete.

Als wir unseren Tee getrunken hatten, ohne das Geflüster und die auffälligen Blicke von gegenüber zu bemerken – Studenten, die Wexton erkannt hatten –, zündete sich Wexton eine Zigarette an. Er lächelte mich liebenswürdig an. In Gedanken war er offenbar noch immer in Holy Trinity Church und bei der Grabinschrift.

Good friend, for Jesus' sake forebare / to dig the dust enclosed here.

»Ausgezeichneter Ratschlag«, sagte Wexton. »Trifft ins Schwarze, wie immer. Wenn wir wieder in Winterscombe sind, sollten wir ein Freudenfeuer anzünden.«

Gleich am nächsten Tag gingen wir ans Werk. Ich bekam jetzt den Inhalt der beiden geheimnisvollen Koffer, mit denen Wexton in Winterscombe angetreten war, zu Gesicht. Es waren Stöße Papier; Wexton warf sie alle auf einen großen Haufen, und weder er noch ich durften sie genauer ansehen.

Wir hatten uns einen Platz nahe am See ausgesucht. Wextons Vorbereitungen waren pedantisch. »Ein Scheiterhaufen«, sagte er fröhlich. »Es muß ein richtiger Scheiterhaufen sein.«

Wir sammelten Zweige und trockenes Kleinholz. Wir schichteten die Holzscheite übereinander. Wir machten ein wahres Freudenfeuer. Wexton kippte den Inhalt der Koffer darüber – es waren ganz bestimmt Briefe darunter, und ich glaube, es waren auch Gedichte darunter –, und als alles vorbereitet war, zündete Wexton das erste Streichholz an. Der Scheiterhaufen brannte wunderbar. Das Papier fing sofort Feuer; das trockene Holz knisterte; der Wind fachte die Flammen an.

Es wurde sehr heiß. Wir mußten ein Stückchen weiter zurückgehen. Ab und zu wirbelte ein Papierfetzen aus dem Feuerstoß auf, dann nahm Wexton einen langen Stock und schob ihn wieder hinein. Er genoß das Ganze ungeheuer – daran bestand überhaupt kein Zweifel.

Ich war – anfangs – etwas zurückhaltend. Ich hatte das Gefühl, daß ich ihm hätte abraten müssen, daß ich ihn von der Unternehmung hätte abhalten müssen. Wenn Wexton seine Briefe, sein Leben, den Flammen übergeben wollte, dann war das seine Entscheidung, der Gedanke jedoch, daß er auch seine Gedichte vernichtete, war mir zuwider. Aber Wexton hatte soviel Spaß daran, daß er mich schließlich ansteckte. Große Feuer haben etwas Aufregendes: In jedem von uns steckt ein Pyromane. Innerhalb kürzester Zeit waren wir beide eifrig damit beschäftigt, dem Feuer Nahrung zu geben: Als die Flammen einmal besonders hoch aufschossen, vollführte Wexton – der sich sonst immer langsam und bedächtig bewegte – fast einen Freudensprung.

»Das wär's«, sagte er schließlich. »Alles in Rauch und Asche. Jetzt fühle ich mich *sehr viel* besser. Jetzt habe ich es diesem Aasgeier in Yale gezeigt, was ich von ihm halte.«

Ich zögerte. »Das war noch nicht alles, Wexton«, sagte ich schließlich. »Da sind noch deine Briefe an Steenie. Sie sind hier, im Haus. Soll ich sie dir holen?«

»Nein«, sagte Wexton mit fester Stimme. »Die gehörten Steenie, nicht mir. Jetzt gehören sie dir. Du kannst selbst entscheiden, was du mit ihnen machst.«

»Bist du dir auch ganz sicher?«

»O ja.« Er warf mir einen Blick von der Seite zu. »Natürlich wäre es mir lieber, wenn sie *nicht* in Yale landeten – oder in Austin. Austin ist wirklich schrecklich, weißt du. Der Friedhof eines jeden Schriftstellers. Aber das mußt du selbst entscheiden. Du kannst ja später noch ein Feuer machen – oder auch nicht. Das liegt ganz bei dir. Ich vertraue dir...« Er machte eine Pause und fuhr dann fort. »Und es soll auch kein Wink für dich sein, falls du das glaubst. Ich will damit nicht sagen, daß du nun auch ein Feuer machen sollst – jedenfalls jetzt noch nicht.«

Wir blieben noch eine Weile stehen und sahen zu, wie das Feuer niederbrannte. Und als die Dämmerung hereinbrach, kehrten wir ins Haus zurück, mein Patenonkel und ich. Beim Tee war Wexton schweigsam und nachdenklich. Wir wurden nur kurz herausgerissen, als der ziemlich aufgeregte Garstang-Nott anrief, um mir mitzuteilen, daß er endlich seinen Interessenten ausfindig gemacht hätte, der nun anscheinend nicht mehr zwischen den Cayman Islands und der Schweiz hin- und herjettete. Er sei jetzt in London. Er habe sich bereit erklärt, Winterscombe zu besichtigen.

»Greifen Sie zu, solange das Eisen heiß ist!« sagte Garstang-Nott, was gar nicht zu ihm paßte. »Er will übermorgen kommen.«

Ich war optimistisch und bemühte mich auch, es zu bleiben. Ich wußte, daß das Interesse dieses Industriehais wahrscheinlich genauso lahm sein würde wie das der bisherigen potentiellen Käufer; trotzdem, ich hatte Hoffnung. Und wie sich herausstellte, behielt ich recht. Der Industriehai kaufte Winterscombe zwar nicht, aber sein Besuch sollte sich als wichtig erweisen.

Wexton, der seit seinem Feuer still und nachdenklich gewesen war, zeigte kein großes Interesse an dem bevorstehenden Besuch. Ich war voller Pläne, wie ich Winterscombe attraktiv herrichten sollte: Wexton hörte mir gar nicht zu. Er half mir, das Abendessen vorzubereiten, aber er war nicht richtig bei der Sache.

»Was diese Tagebücher betrifft«, sagte er schließlich, als wir mit dem Essen fertig waren. »Die Sache mit Constance und deinem Vater...«

»Ja, Wexton?« erwiderte ich gespannt.

»Da ist etwas, das dich beunruhigt. Etwas, das du mir noch nicht gesagt hast.«

»Ja, das stimmt, Wexton. Aber ich möchte nicht daran denken –«

»Nun, früher oder später wirst du daran denken müssen. Von allein wird es sich nicht auflösen. Wenn es dir hilft, kann ich ja raten, worum es sich handelt. Es hat auch mich beschäftigt – und auch Steenie.« Er machte eine Pause. »Der Unfall von Shawcross – darum geht es, habe ich recht?«

»Ja«, sagte ich vorsichtig. Ich zögerte. »Du hattest eine Theorie, Wexton. Das weiß ich, weil Steenie in einem seiner Briefe, die er nie abgeschickt hat, davon geschrieben hat. Er schrieb, ihr hättet darüber gesprochen, und er wäre zu dem Schluß gekommen, daß ihr euch beide geirrt habt.« Ich machte eine kurze Pause. »Ich... habe mich gefragt, wie sie war, Wexton. Es kam mir so komisch vor, daß du es mir gegenüber nie erwähnt hast.«

Wexton zuckte die Achseln. »Es war nur eine Theorie. Wahrscheinlich falsch. Ich möchte jetzt nicht darüber reden. Es wäre nicht richtig –«

»Es könnte mir weh tun?«

»Ja. Das könnte es.« Soweit es überhaupt möglich war, versuchte Wexton mir auszuweichen.

Das erschreckte mich. Mir wurde schlecht. Ich schob meinen Teller, ohne fertig gegessen zu haben, auf die Seite.

Als Wexton schließlich sein Besteck aus der Hand legte, lächelte er mich freundlich an und beugte sich nach vorn. Er sprach von Tibet. Er hatte offensichtlich noch eine andere Idee – ganz bestimmt eine, die ich hätte in Betracht ziehen sollen.

Am nächsten Morgen reagierte ich darauf. Schließlich gab es in meiner Familie einen professionellen Rätsellöser. Und zufällig hatte ich ihn auch noch sehr gern. Und obwohl ich ihn eigentlich nicht beunruhigen wollte mit meiner Fragerei, war er doch, neben Constance, der einzige noch lebende Mensch, der dabeigewesen war, der in der Nacht des Kometen auch in Winterscombe gewesen war.

VIER

I

Cui bono?

Mein Onkel Freddie war damals über siebzig. Er lebte noch immer in dem Haus in Little Venice, wo ich ihn als Kind immer zum Tee besucht hatte. Aber das Haus war jetzt hübscher hergerichtet: Gleich wenn man hineinkam, sah man, daß jetzt ein neuer Besen durch Freddies Leben fegte. Diese neue Kraft war für den glänzenden Messingbriefkasten und den Türklopfer verantwortlich; für die Hecke, die mit militärischer Präzision geschnitten war; und für einen Gartenteich, der seit meinem letzten Besuch angelegt worden war.

»Wassermolche!« sagte Winnie, als sie die Tür aufmachte und mich an ihren Schlachtschiffbusen drückte. Sie deutete stolz auf den Teich. »Die sind neu. Absolut faszinierend.«

Winifried Hunter-Coote hatte Mitte der fünfziger Jahre in New York ihren Mann verloren. Winnie trauerte unendlich um Cootie, aber sie war eine vernünftige Frau mit einem starken Lebenswillen, und das Witwendasein paßte einfach nicht zu ihr. Sie brauchte zwei Jahre, um zu dieser Erkenntnis zu gelangen. Darauf beschloß sie, sich einen neuen Mann zu suchen. Sie stieß auf meinen Onkel Freddie und eroberte ihn sich innerhalb von drei Monaten.

Ausschlaggebend waren Onkel Freddies Detektivromane gewesen. Mit diesen Büchern – er war dabei geblieben; im Unterschied zu seinen anderen kleinen Vorlieben waren sie nie »verpufft« – hatte Freddie anhaltenden und ständig wachsenden Erfolg gehabt. Zu seiner großen Überraschung, denn Freddie war bescheiden, hatte ein Verleger seinen siebenten Versuch in diesem Genre angenommen. Und zu seinem noch größeren Erstaunen wurden seine Bücher tatsächlich ein Publikumserfolg. Onkel Freddie bekam manchmal Leserpost und zweimal pro Jahr eine stolze Abrechnung von seinem Verleger.

Winnie erfaßte mit einem Blick das heillose Durcheinander, das bei

Onkel Freddie herrschte. Sie sah auf den flauschigen, mit Krümeln übersäten Teppich, auf den Messingtisch mit dem Kobraständer, der seit Jahren nicht mehr abgewischt worden war. Sie sah den Tisch am Fenster, an dem Freddie arbeitete: Papierstöße, Bücher, Fahrpläne, Handbücher, Bibliothekskarten, Akten – und sie faßte ihren Entschluß. Onkel Freddie hatte Organisation nötig. Er brauchte nicht nur eine Sekretärin, sondern auch eine Frau.

Innerhalb einer Woche war Winnie seine Sekretärin; danach war es unvermeidlich, daß sie heirateten. Freddie, der dafür bekannt war, nie schnell zu handeln, pflegte sich damit zu brüsten.

»Winnie ist eine sehr entschlossene Frau«, sagte er immer mit offensichtlicher Bewunderung. »Sie hat nur einen Blick auf mich geworfen, und schon war ich hin.«

Sie gaben ein prächtiges, wenn auch unkonventionelles Paar ab. Mein Onkel Freddie, der als Kind so überschwenglich gewesen war, hatte an irgendeinem Punkt seinen geradlinigen Lebensweg aufgegeben, vielleicht wegen Constance, vielleicht wegen Boys Tod, vielleicht aus Veranlagung. Jahrelang hatte er sich gehenlassen; mit dem Auftreten von Winnie bekam sein Leben einen neuen Sinn und Zweck.

Mit Winnie steigerte er seine literarische Produktion. Er erfand einen neuen Detektiv, den er, zu Ehren von Winnies verstorbenem Mann, Inspektor Coote nannte. Inspektor Coote, dessen Charakter, glaube ich, durch lange Gespräche mit Winnie beeinflußt war, erfreute sich bei Onkel Freddies Lesern großer Beliebtheit. Er wurde in Amerika veröffentlicht, wo Country-House-Krimis sehr beliebt sind. Frankreich folgte. Freddies große Stärke bestand darin, daß sich die Welt, über die er schrieb, nie veränderte. Es war im wesentlichen die Welt seiner Kindheit.

Als ich an jenem Morgen zu Besuch kam, waren Winnie und mein Onkel Freddie schon seit zehn Jahren verheiratet. Sie waren unzertrennlich. Sie waren einander zugetan. Sie waren ganz offenkundig glücklich. Sie lebten ein Leben von strikter Regelmäßigkeit. Winnie organisierte, und Freddie folgte ihren Anweisungen. Das gefiel ihnen beiden. Sie hatten den Reiz der Routine entdeckt.

Um Punkt neun Uhr fünfundvierzig saß Onkel Freddie mit dem Stift in der Hand an seinem aufgeräumten Schreibtisch am Fenster des Wohnzimmers; Winnie saß an einem sehr ordentlichen Tisch in einem etwas moderneren Design am anderen Ende des Zimmers.

Um elf machten sie eine Pause, um eine Kleinigkeit zu sich zu nehmen

– Kaffee, heiße Schokolade und trockene Kekse –, dann eine weitere kurze Pause für den Lunch, der von Mrs. O'Brian, die – genauso wie das Haus – verschönert worden war, serviert wurde. Um drei machten sie einen halbstündigen gemeinsamen Spaziergang am Kanal, immer genau dieselbe Route. Am Abend, nach getaner Arbeit, gab es ein leichtes Abendessen, bevor sie sich ziemlich wahllos dem Fernsehprogramm hingaben.

Winnie und mein Onkel weigerten sich, von dieser Routine abzugehen. Nur einmal im Jahr – in einem plötzlichen Anfall unerschrockener Energie – machten sie zwei Wochen lang abenteuerliche Ferien. Jedes Jahr wurden sie ehrgeiziger. Sie waren bereits in einer Feluke den Nil hinaufgefahren. Sie hatten Angkor Wat besucht. Sie waren auf Kamelen durch die Sahara geritten. Vor noch gar nicht langer Zeit waren sie durch die Höhen am Fuße des Himalayas spaziert und hatten mit dem Flugzeug einen Abstecher nach Tibet unternommen.

Als ich sie besuchte, lagen die Kataloge für eine Reise im kommenden Jahr bereits auf dem Tisch. Winnie und Freddie haten sich noch nicht entschieden, aber sie überlegten, im nächsten Jahr nach Australien zu fliegen und im Busch ihr Zelt aufzuschlagen. Sie erzählten mir vom Himalaya. Dann entstand eine Pause. Ich bekam ein schlechtes Gewissen. Ich störte ihre Routine.

»Unsinn«, trompetete Winnie. »Du siehst ein bißchen mager aus. Hast du Probleme? Dann red sie dir lieber von der Seele, egal, was es ist. Ist es wegen eines Mannes? Du kannst ganz offen mit uns reden. Freddie und mich kannst du nicht schockieren. Also, was ist los?«

Wieder zögerte ich. Sie warteten. Am Ende kam mir mein betretenes Schweigen albern vor. »Also, es ist wegen Constance.«

Beide reagierten prompt. Winnie schnaubte. Onkel Freddie, der sich schließlich von Constance befreit hatte, schlug die Augen zur Decke.

»Erzähl mir bloß nicht, daß du sie wiedergesehen hat, Vicky. Du weißt doch, daß sie immer nur Ärger macht.«

Winnie schnaubte noch einmal durch die Nase. »Ich bin ihr schon begegnet, bevor deine Mutter starb. In Winterscombe. Sie trug immer ziemlich gewagte Hüte. Sehr gewagte sogar. Ich traue dieser Frau nicht über den Weg. Das habe ich damals nicht getan, und das tu ich auch heute nicht.« Sie sah mich streng an. »Freddie weiß, was ich von ihr halte«, fügte sie noch mit großer Würde hinzu.

Winnie und mein Onkel wechselten einen Blick – einen vielsagenden Blick. Ich fragte mich, wieviel Freddie ihr von seiner Beziehung zu

Constance erzählt hatte. Wenn man Winnies entschlossenes Wesen in Betracht zog, dachte ich, wahrscheinlich eine ganze Menge. Ich konnte mir nicht vorstellen, daß es zwischen ihnen Geheimnisse gab. Trotzdem war ich vorsichtig. Ich erzählte ihnen von meinem Besuch in New York.

Dann entstand eine Pause. Ich merkte, daß Winnie und Freddie stumme Botschaften austauschten, und Winnie rollte ihre Augen auf höchst merkwürdige Art in seine Richtung. Sie deutete mit dem Kopf zum Kaminsims – warum zum Kaminsims? Freddie räusperte sich.

»Du hast *ihn* nicht zufällig getroffen, als du in New York warst?« Er wurde rot. »Ich dachte nur, nach all der Zeit, ob du vielleicht –«

»Nein. Ich habe ihn nicht getroffen.«

»Hin und wieder muß ich an ihn denken.« Freddie sah verlegen aus. »Winnie und ich – wir würden dich gern verheiratet sehen, weißt du. Wir fanden beide, daß ihr gut zueinander paßt. Ich mag ihn sehr gern. Er war –«

»*Ist*, Freddie, *ist*. Er ist... ein besonderer Mensch.«

»Winnie –«, begann ich.

»Und außerdem ist er noch unverheiratet«, fuhr Winnie fort. »Wir verfolgen seine Karriere. Natürlich wußte ich schon immer, daß er Erfolg haben würde. Das sah man an – dem Schwung, dem Einsatz. Weißt du, daß erst kürzlich in der *Times* ein Artikel über ihn stand? Wo hast du ihn denn hingelegt, Freddie? Ich habe ihn extra –«

»Bitte, Winnie, ich möchte ihn lieber nicht lesen«, begann ich, aber mein Protest war sinnlos. Ich hatte gerade noch Zeit, dankbar zu sein, daß weder Winnie noch mein Onkel seinen Namen erwähnt hatte – es brachte mich noch immer aus der Fassung, tat noch immer weh –, bis mir der Zeitungsausschnitt präsentiert wurde. Er hatte, unter den Reisebroschüren, unmittelbar bereitgelegen. Der Nachdruck eines Porträts aus der *New York Times*: Der Titel lautete »*Ein Eroberer des Mikrokosmos*«.

Das abgedruckte Porträt war im Scripp Foster Institute aufgenommen. Es stammte von Conrad Vickers; und Vickers – der Chronist unserer Zeit, der Beschwörer des Schönen, des Modischen, des Talentierten und des Verdammten – machte nur von wenigen Wissenschaftlern Fotos. Dr. Frank Gerhard war inzwischen ein prominenter Wissenschaftler, ein herausragender Mann auf seinem Gebiet, aber das war nicht der Grund, warum Vickers den Auftrag angenommen hatte. Das wußte ich sofort. Nein, Vickers wollte diesen Mann wegen seiner Gesichtszüge fotografieren. Ein faszinierendes Gesicht, das ich noch immer nicht unbeteiligt betrachten konnte.

Vickers hatte ihn in seinem berühmten Labor fotografiert, umgeben von seinen Instrumenten. Seine rechte Hand lag auf einem Mikroskop. Er stand leicht nach vorn gebeugt da. Vickers mußte ihn während einer Rede aufgenommen haben.

Eine leidenschaftliche Rede – das konnte ich sehen. Er hatte sicher von seiner Arbeit gesprochen. Vickers hatte seine Gesichtszüge und sein Äußeres, an das ich mich so gut erinnerte, genau eingefangen, seine Intensität und Zurückhaltung, seine Überzeugtheit und Melancholie. Frank hatte ein *ausgeprägtes* Gesicht.

Ich las den Artikel nicht dort; ich glaube, ich hätte ihn dort gar nicht lesen können, denn die Worte wären mir vor den Augen verschwommen. Einzelne Sätze sprangen mir entgegen. Ich sah, daß seine Arbeit in der Krebsforschung weiterging. Ich sah, daß der Journalist seine Forschung als eine »Suche« beschrieb, eine Suche nach neuen Heilmethoden.

Ein Wissenschaftler mit den Augen eines Priesters, hatte Wexton einmal von ihm gesagt. Ich sah auf diese Augen, sein Haar, seine Hände. Seine Gesichtszüge waren mir noch immer lieb; ich konnte sie nicht gleichgültig betrachten. Meine Hände zitterten. Ich faltete den Zeitungsausschnitt zusammen. Ich dachte: Meine Zukunft hat keine Bedeutung für mich. Ich gab ihnen den Zeitungsausschnitt zurück.

»Nicht verheiratet«, sagte Freddie – Winnie machte ihm wieder Zeichen.

Ich sah weg. »Das macht keinen Unterschied. Es ist vorbei. Das weißt du doch.«

»Ich verstehe nicht, wieso.« Freddie blieb hartnäckig. »Du bist nur dickköpfig, das ist es.«

»Und er auch, Freddie.«

»Ja, ich weiß. Ich weiß. Aber dafür gibt es Gründe. Winnie und ich dachten uns, wenn du einfach nur –«

»Bitte, Freddie. Ich möchte nicht darüber reden –« Zu meinem Erstaunen und zu meiner Erleichterung mischte sich Winnie ein.

»Laß gut sein, Freddie«, sagte sie. »Victoria hat recht. Es ist nicht der richtige Augenblick –«

»Aber, Winnie, du hast doch selbst gesagt –«

»Freddie!«

Winnie hatte sich offenbar für einen taktischen Rückzug entschieden. Vielleicht hatte sie meinen Kummer bemerkt. Was auch immer der Grund war, sie beugte sich nach vorn und sprach mit munterer Stimme weiter.

»Und jetzt, meine Liebe«, sagte sie, »wollen wir beim Thema bleiben. Ich glaube, du wolltest uns etwas sagen.«

»Also, wie ich schon sagte, habe ich nach Constance gesucht«, begann ich. »Aber ich habe sie nicht gefunden. Statt dessen hat sie mir ein Geschenk gemacht.«

»Ein Geschenk?« Onkel Freddie rückte unbehaglich hin und her.

»Ihre Tagebücher.«

»Tagebücher? Ich wußte gar nicht, daß Constance Tagebuch geführt hat.« Freddie war ganz rot geworden.

»Na ja, es sind Aufzeichnungen. Sie hat nicht jeden Tag etwas hineingeschrieben. Ich habe sie durchgesehen – und ich habe auch einige der anderen Papiere in Winterscombe durchgesehen. Sie haben Fragen aufgeworfen. Fragen, von denen ich dachte, daß du sie mir vielleicht beantworten kannst.«

Freddies Gesicht hatte einen nervösen Ausdruck angenommen. Winnie starrte auf das Tablett vor sich.

»Was für Fragen?« fragte Onkel Freddie nach einer langen Pause.

»Nun, vor allem über den Tod ihres Vaters«, begann ich mit fester Stimme. Onkel Freddie sah sofort ungeheuer erleichtert aus.

»Was – darüber? Das ist ja schon Ewigkeiten her. Lange, bevor du geboren wurdest. Ich verstehe nicht, was das heute noch für eine Bedeutung haben soll, Vicky.«

Es war Winnie, die mich bat, es zu erklären; und so tat ich es, vorsichtig und mit Auslassungen. Freddie und Winnie hörten aufmerksam zu. Als ich fertig war, stieß Winnie wieder ihr gewohntes Schnauben aus.

»Typisch!« sagte sie. »Absolut typisch. Diese Frau macht aus allem ein Drama. Wenn sie nur ein Hemd bügelte, würde sie daraus gleich eine Tragödie in drei Akten machen. Mord? In meinem ganzen Leben habe ich keinen solchen Unsinn gehört. Ich habe diese Geschichte schon viele hundert Male gehört. Sie ist ganz einfach. Ihr Vater war ein faules Ei. Ein windiger Typ, und er hatte einen tragischen Unfall. Mehr gibt es dazu nicht zu sagen. Ich an deiner Stelle würde es sofort vergessen, Victoria. Es hat absolut *nichts* mit dir zu tun.«

Onkel Freddie schien nachdenklicher zu sein. Er kritzelte auf seinem Löschpapier.

»Wenn sie glaubt, daß es Mord war«, sagte er schließlich leise, »dann hat es ja wohl auch einen Mörder gegeben. Ist das dein Problem, Vicky?«

»Ja, das ist das Problem«, sagte ich und sah auf meine Hände. Sollte ich es riskieren oder nicht? Ich beschloß, es zu riskieren. Ich sah Onkel Freddie an. »Constance scheint nämlich zu glauben, daß es mein Vater war.«

Mein Vater war seit dreißig Jahren tot. Freddie erhitzte sich förmlich bei seiner Verteidigung. Winnie – und ich konnte nicht umhin, es zu bemerken, weil es so ungewöhnlich war – verhielt sich stiller als sonst. Ich hatte laute Zurückweisung erwartet, Trompetenstöße über Constances Unzuverlässigkeit. Aber nichts davon. Erst da, glaube ich, begann ich mich zum ersten Mal zu fragen, ob Winnie – eine so leidenschaftliche Fürsprecherin meiner Mutter Jane – meinen Vater vielleicht weniger liebenswert fand.

Als Onkel Freddie am Ende seiner zuversichtlichen, polternden, aber geübten Rede zur Verteidigung seines Bruders Acland angelangt war, stand Winnie auf.

»Ich werde uns etwas zu essen kochen«, sagte sie rasch. »Mrs. O'Brian hat heute ihren freien Tag. Ich werde etwas mit Fisch machen.«

Ich stand ebenfalls auf. »Es tut mir leid, Winnie. Ich halte euch beide von eurer Arbeit ab. Ich werde jetzt gehen.«

»Nein, das wirst du nicht«, sagte Winnie und legte ihre große Hand auf meine Schulter und drückte mich wieder in den Sessel. »Du wirst diese Sache mit Freddie besprechen. Die Arbeit kann warten. Diese Sache hat dich offenbar mitgenommen. Du hörst jetzt zu, was Freddie zu sagen hat, und er wird es dir schon erklären. Dein Onkel ist ein *sehr* kluger Mann, Victoria.«

Er sah sehr traurig aus. Fast niedergeschlagen. Weil er mir leid tat, schlug ich einen Weg ein, der uns vielleicht helfen würde.

»Siehst du, Freddie«, sagte ich, »Constance spricht es nie direkt aus. Einmal, als ihr Mann sie darauf hinwies, daß mein Vater vielleicht in die Geschichte verwickelt sein könnte, wies sie es heftig zurück. Aber je mehr sie es leugnet, desto größere Angst bekomme ich. Ich sage mir, daß es ein Unfall gewesen sein muß; und dann kommen mir wieder Zweifel. Es ist wie in einem deiner Bücher. Ich habe das Gefühl, daß ich die Lösung finden muß. Und da dachte ich mir: Was würde wohl Inspektor Coote in einem solchen Fall tun?«

Onkel Freddies Miene hellte sich sofort auf.

»Falls es *tatsächlich* Mord war, meinst du?«

»Ja.«

»Ah, also« – er rieb sich die Hände – »nun, das ist interessant. Was würde er tun? Nun, er würde natürlich mit allen reden, die dabeiwaren bei dieser Gesellschaft. Mit allen Gästen. Mit der ganzen Familie. Mit allen Bediensteten.«

»Und dann?«

»Er würde die Frage des Timings sehr sorgfältig untersuchen. Er hat ein Faible für das Timing.«

»Und danach?«

»Du kennst seine Losungsworte, Vicky. MOC. Motiv. Opportunität. Charakter. Das sind die Schlüsselwörter. *Cui bono*, Vicky, das ist etwas, was du nie vergessen darfst.«

»*Cui bono?*«

»Wörtlich ›für wen ist es gut‹? In diesem Zusammenhang ›wer hat etwas davon‹?« Onkel Freddie, der jetzt in Fahrt gekommen war, strahlte über das ganze Gesicht.

»In deinen Büchern haben alle Verdächtigen etwas davon, Onkel Freddie. Das macht es ja so schwer.«

»Ah, natürlich, falsche Fährten!« Onkel Freddie frohlockte. Dann runzelte er die Stirn. »Aber in diesem Fall, wenn man es rein spekulativ betrachtet – hatte niemand etwas davon, soviel ich sehen kann. Absolut niemand.«

»Das stimmt nicht, Freddie«, sagte ich ruhig. »Es gab einige, die gewünscht hätten, daß Shawcross verschwände. Mein Großvater zum Beispiel. War er nicht eifersüchtig?«

»Auf Shawcross?« sagte Freddie ausweichend. »Vielleicht.«

»Und mein Vater. Anscheinend konnte er Shawcross nicht leiden. Ich glaube, er haßte ihn –«

»Das ist möglich.« Freddie schien nervös zu sein. »Aber wir wollen doch nicht übertreiben. *Haß* ist ein starkes Wort. Meine Mutter – viele verheirateten Frauen hatten damals solche Freunde. Niemand hat sich viel dabei gedacht. Acland hat Shawcross nie leiden können, das ist wahr; aber schließlich konnte ihn keiner von uns leiden. Ich konnte ihn nicht ausstehen. Aber ich habe ihn nicht ermordet, falls du das denkst!«

»Natürlich nicht. Aber, Freddie –«

»Wenn du dir die Sache einmal als Kriminalroman betrachtest...« Freddie wurde wieder gelassener. »Und, wenn ich jetzt darüber nachdenke, könnte sie sogar eine ganz gute Handlung abgeben. Der motivlose Mord! Ja, das gefällt mir! Dann müßte man fragen: Wer hat ihn gehaßt, aber diesen Haß verborgen? War in jener Nacht jemand im Haus, der eine geheime Verbindung zu ihm hatte – vielleicht finanzieller

Art? Vielleicht *kannte* jemand der Gäste Shawcross bereits. Und dann – das ist wichtig – müßte man auch überlegen, wer stark genug war. Shawcross war relativ kräftig. Man konnte ihm nicht einfach in den Wald folgen und sagen: ›Hier ist eine Falle. Würden Sie, bitte, mal reintreten?‹ Man hätte ihm schon einen Stoß versetzen müssen. Oder ihm drohen müssen. Hm. Das ist interessant.«

Das schien uns wieder zu meinem Vater zu bringen, was ich nicht vorgehabt hatte. Ich beugte mich nach vorn.

»Onkel Freddie. Wenn dich die Sache aufregt, sag es mir. Dann höre ich auf. Aber, siehst du, ich weiß über Boy Bescheid. Ich weiß, was Boy an dem Tag, an dem er sich umgebracht hat, Steenie erzählt hat. Und ich weiß, daß es nicht wahr gewesen sein kann, weil Boy mit Constance zusammen war. Aber wer hat, in diesem Fall, die Purdeys weggenommen? Irgend jemand hat es getan. Sie waren nicht da – und das muß stimmen. Es steht in dem Tagebuch meiner Mutter.«

Freddie stieß einen Seufzer aus.

»Armer Boy.« Er schüttelte den Kopf. »Ich muß noch immer an ihn denken, weißt du. Er war einer von der guten Sorte. Hätte keiner Fliege was zuleide getan.« Er zögerte. »Wenn das hilft: Ich weiß nicht, wer die Gewehre genommen hat. Aber ich weiß, wer sie wieder hingestellt hat. Das war mein Vater.«

»Denton? Bist du sicher? Freddie –«

»Ich erinnere mich noch ganz genau daran. Ich kam am Waffenzimmer vorbei, und ich sah, wie er sie wieder in ihrem Schrank eingeschlossen hat. Shawcross war noch nicht einmal tot. Er war oben – und lag im Sterben. Ich fand es ziemlich merkwürdig. Was wollte mein Vater mit Boys Gewehren? Natürlich –« Wieder hellte sich sein Gesicht auf. »Das macht meinen Vater zum Hauptverdächtigen. Ist es das, was du denkst? Nun, ich fürchte, da irrst du dich. Er hätte es nicht tun können. Zumindest *glaube* ich, daß er es nicht hätte tun können.«

»Warum nicht, Onkel Freddie?«

»Weil ich ihn gesehen habe – in der Nacht des Kometen. Er schlich nicht hinter Shawcross her in den Wald. Er war im Haus.«

»Im Haus? Woher weißt du das, Freddie?«

Freddie wurde rot. »Nun, die Sache ist die: In jener Nacht... hatte ich ziemlich viel getrunken. Ich durfte aufbleiben; es war das erste Mal. Ich trank drei Gläser Port. Dann trank ich noch etwas Champagner. Und als ich später ins Bett ging, fühlte ich mich miserabel. Ich hatte diesen Diener – hab seinen Namen vergessen –«

»Tubbs. Arthur Tubbs.«

»Genau!« Freddie strahlte. »Nun, ich schickte Arthur fort. Dann war mir viel zu schlecht, um mich ausziehen zu können. Das Zimmer schwankte gewaltig – du weißt ja, wie das ist. Deshalb ließ ich mich einfach aufs Bett fallen. Für eine Weile schlief ich ein – aber nicht für sehr lange. Als ich aufwachte, hatte ich rasenden Durst. Mein Kopf fühlte sich an, als hätte mich ein Pferd getreten. Portwein hat eine entsetzliche Wirkung, weißt du. Viel zuviel Säure. Heute rühre ich ihn nicht mehr an. – Auf jeden Fall, ich stand auf, um etwas Wasser zu trinken. Ging ein bißchen herum. Dann dachte ich mir, daß mir vielleicht an der frischen Luft besser würde. Deshalb ging ich nach unten. Ich ging auf die Terrasse, holte tief Luft. Das schien zu helfen. Die meisten Leute waren inzwischen schon im Bett, aber im Billardzimmer brannte noch Licht. Ich konnte Stimmen hören. Deshalb ging ich dort hinein. Wollte zu den Männern gehören, schätze ich – ich war gerade erst fünfzehn. Auf jeden Fall ging ich hinein –«

»Und dein Vater war dort?«

»Ja, da bin ich mir ziemlich sicher.« Freddie runzelte die Stirn. »Weißt du, das ist schon so lange her, und damals schien es mir nicht wichtig, wer dort war und wer nicht dort war. Außerdem war mir noch immer ein bißchen schwindlig. In dem Zimmer stand der Zigarrenrauch. Es waren eine ganze Menge Leute dort – die Freunde meines Vaters blieben immer gern lange auf. Laß mal sehen... Da war ein Mann namens Peel, Richard Peel – der war dort, daran erinnere ich mich. Und dann war noch ein anderer Bursche da, hatte etwas mit der City zu tun –«

»George Heyward-West?«

»Richtig. Ich muß schon sagen, du kennst dich wirklich gut aus. George Heyward-West; ich erinnere mich an ihn, weil er und Montague Stern eine Art Wettkampf austrugen: Sie waren beide gut im Billard, und ich habe ihnen eine Weile zugesehen –«

»Montague Stern? Er war dort? Freddie, er kann nicht dort gewesen sein –«

»Warum nicht?« Freddie sah verwirrt aus. »Er war ganz bestimmt dort. Es war das erste Mal, daß ich ihm begegnete. Ich erinnere mich genau daran. Er und Heyward-West spielten weiter, als stünde das Haus in Flammen. Stern trug immer schreckliche Westen, auch in der Nacht: rot mit Goldstickerei. Sie hatten beide ihre Jacken ausgezogen und die Ärmel hochgekrempelt, und –«

»Wieviel Uhr war es da, Freddie?«

»Himmel, das weiß ich nicht mehr. Ich hab keine Ahnung. Zwei? Drei? Ziemlich spät. Auf jeden Fall, das Wichtige ist, daß mein Vater auch dort war. Er saß in der Ecke, in einem Schaukelstuhl. Ab und zu wachte er auf, und dann schlief er wieder ein.« Freddie unterbrach sich. »Die Sache ist, daß ich mich nicht besonders deutlich an alles erinnere. Es waren eine ganze Menge Leute dort. Irgendwann gab mir dann noch jemand was zu trinken, und ich sah, was sie alle dachten, und da wollte ich es ihnen zeigen – und hab das ganze Glas hinuntergekippt. Es war Whisky. Ich hatte vorher noch nie Whisky getrunken. Das war eindeutig ein Fehler. Acland brachte mich zurück in mein Zimmer. Irgendwie. Und das Komische ist, daß ich immer geglaubt habe, daß Boy ihm dabei geholfen hat. Aber Boy war natürlich gar nicht da, deshalb muß es irgend jemand anderer gewesen sein. Wahrscheinlich George Heyward-West. Er war ein netter Bursche. Gab mir immer Trinkgelder, wenn er über Nacht blieb – niemals weniger als einen Sovereign.« Freddies Blick schweifte in die Ferne. Er seufzte. Dann herrschte Schweigen.

Ich dachte über alles nach, was er gesagt hatte. Ich dachte über die Tatsache nach, daß, falls das alles stimmte – und nicht nur eine Erfindung der wohltrainierten Phantasie meines Onkels Freddie war –, Montague Stern nicht bei Maud geblieben war; er war unten gewesen, Denton war unten gewesen, und was noch wichtiger war als alles andere, *mein Vater* war unten gewesen.

Ich verspürte große Erleichterung. Natürlich war der Tod von Shawcross ein Unfall gewesen – und ich hätte nie daran zweifeln sollen. Constance hatte mich völlig aus dem Gleichgewicht gebracht, dachte ich, mit ihren Erfindungen.

Ich glaube, Onkel Freddie muß geahnt haben, was ich dachte, denn er lächelte. Auch er lebte wieder auf.

»Auf jeden Fall«, sagte er, »wenn du dahin zurückgehst, wo du vorhin warst – wenn du die Sache mit den Augen von Inspektor Coote betrachtest –, dann wird dir klar, daß es eigentlich gar kein Mord gewesen sein kann. Das ist offensichtlich. Das ist unmöglich.«

»Und warum, Onkel Freddie?«

»Denk doch mal nach. Shawcross ist *nicht gestorben* – nicht sofort. Es hat drei Tage gedauert. Während dieser Zeit konnte er allerdings nicht sprechen, dazu ging es ihm zu schlecht. Aber damit hätte ein eventueller Mörder nicht rechnen können. Schließlich hätte Shawcross schon früher gefunden werden können, es hätte sein können, daß er nicht so schlimm verletzt war. Er hätte vielleicht fähig sein können zu sprechen – und dann hätte er seinen Mörder identifiziert! Es wäre sehr leichtsinnig, jemanden auf diese Weise aus dem Weg zu räumen. Der Mörder hätte sicher sein müssen, daß er nicht erkannt wurde – und das ist unmöglich. In der Nacht war es sehr hell. Es war Mondschein. Es wäre zu Handgreiflichkeiten gekommen.« Er machte eine Pause. Er klopfte auf meine Hand. »Siehst du, du machst dich ganz umsonst verrückt. Ich hatte achtundfünfzig Jahre Zeit, über diese Sache nachzudenken, und ich weiß, daß ich recht habe. Ein Unfall – und wenn Constance es anders sieht, dann würde ich nicht darauf hören.« Er zögerte. »Sie ist nicht gerade jemand, dem man besonders trauen kann, weißt du. Sie... stiftet gern Unruhe. Das weißt du doch.«

Bei diesen letzten Worten war Winnie wieder ins Zimmer gekommen. Während des Mittagessens redeten wir über Rezepte und Kochen. Ein- oder zweimal versuchte ich, das Gespräch wieder auf 1930 zu bringen, meine Taufe und den geheimnisvollen Streit zwischen Constance und meinen Eltern, aber Freddie und Winnie schienen nicht bereit, darauf einzugehen, und da ich es schon riskiert hatte, nach Shawcross zu fragen, wollte ich sie nicht noch mehr beunruhigen.

Einige Wochen nach diesem Mittagessen begann mein Onkel Freddie mit einer Detektivgeschichte, die auf den Unfall im Jahr 1910 zurückging. Er nannte sie *Faible für Mord*. Sie sollte zu einem seiner größten Erfolge werden. Die Umgebung und viele der Charaktere sind klar wiederzuerkennen. Die Lösung, zu der Onkel Freddie gelangte, war nicht meine Lösung – aber schließlich war seine Version eine Fiktion, während meine, jedenfalls zu der Zeit, auf Tatsachen beruhte.

Obwohl sich Onkel Freddies Bericht über die Geschehnisse von dem unterschied, was ich erfahren hatte, gab es doch einige Überschneidungen. Was er, als wir uns an jenem Tag über einen Mord unterhielten, sagte, kam der Wahrheit ziemlich nahe: Nur sahen wir es beide nicht.

Dafür gab es Gründe. Onkel Freddie hatte, genau wie ich, ein Vorurteil. Und es gab bestimmte Dinge, die wir beide, aus Liebe und Loyalität, nicht sehen wollten.

Bis ich mich verabschiedete, gab es nichts, was von Bedeutung gewesen wäre. Wir waren mit dem Essen fertig. Winnie sah liebevoll zu ihrer Schreibmaschine. Ich sagte, daß ich gehen müsse.

Onkel Freddie, der schon darauf wartete, endlich mit der Arbeit zu beginnen, blieb an seinem Schreibtisch sitzen. Ich bemerkte wieder, wie sein Blick zum Kaminsims wanderte; Winnie nickte ihm heimlich zu.

Winnie begleitete mich hinaus. Sie machte die Wohnzimmertür fest hinter sich zu. Als sie sicher war, daß uns Freddie nicht hörte, hielt sie meinen Arm fest.

»Victoria. Du hast uns, glaube ich, noch nicht alles erzählt, nicht wahr, meine Liebe?«

»Nein, Winnie. Nicht direkt. Aber das macht nichts. Ich fühle mich jetzt schon viel besser. Ihr habt mir beide sehr geholfen.«

»Hör mir zu. Was Freddie gerade gesagt hat – als ich mit dem Lunch hereinkam. Er hatte absolut recht! Diese Frau stiftet nichts als Unruhe. Das tut sie noch immer, und das hat sie schon immer getan.« Sie machte eine Pause. »Meiner Meinung nach hat sie Freddie großen Schaden zugefügt. Dabei brauchen wir gar nicht in die Einzelheiten zu gehen – die Einzelheiten sind unwichtig. Aber was zählt, ist, was sie Freddie angetan hat. Er hatte jedes Selbstvertrauen verloren. Es hat Jahre gebraucht, bis er sich davon erholt hat, was sie ihm angetan hat. Sie hat seine Gedanken vergiftet – sie hat ihn gegen manche Mitglieder der Familie eingenommen –, und es hat sehr lange gedauert, bis er darüber hinweggekommen ist. Ich möchte nicht, daß dir das auch passiert.«

»Ich passe schon auf, Winnie.«

»Das ist leichter gesagt als getan. Beim Essen – als du nach deiner Taufe gefragt hast, dem Bruch – war das ein Zufall?«

»Nein, Winnie. Nicht ganz.«

»Ich *wußte* es!« Winnie wurde ganz aufgeregt. »Nun, dann will ich dir etwas erzählen.« Winnie drehte mich so, daß ich ihr genau in die Augen schauen konnte. »Ich war damals in Winterscombe, auf deiner Taufe. Leider denke ich nicht gerade gern daran zurück. Aber –«, sie rümpfte die Nase, » – ich war dort. Ich weiß *genau*, was passiert ist –«

»Sie hatte eine Affäre. Mit meinem Vater«, sagte ich tonlos. »Ist schon gut, Winnie. Das weiß ich schon. Es muß um meine Geburt herum gewesen sein. Die Einzelheiten spielen keine Rolle. Ich bin sicher, daß er meine Mutter geliebt hat – aber er hat auch Constance geliebt. Und sie hat ihn ganz bestimmt geliebt. Solche Dinge passieren, das weiß ich. Ich werde mich daran gewöhnen –«

»Was für ein Unsinn«, fuhr mich Winnie an. »So war es nicht – und wenn sie so tut, als wäre es so gewesen, dann lügt sie. Was damals passierte, ist ganz einfach. Sie kreuzte auf – auf deiner Taufe, Entschuldigung! –, und sie hat sich an deinen Vater rangemacht, aber er hat sie zurückgewiesen. Sie war ganz schön wütend, als sie nach New York zurückfuhr. Ich sagte dir doch schon – sie hat immer geglaubt, daß ihr kein Mann widerstehen könne – selbst nicht ein Man wie dein Vater, mit einem glücklichen Zuhause und einer Frau, die er liebte, und einem neugeborenen Baby. Natürlich hat ihr das nicht gepaßt. Am liebsten hätte sie alles zerschlagen. Du kennst sie doch. Mit dir hat sie doch ganz genau dasselbe getan.«

Die Art und Weise, wie sie diese letzte Bemerkung machte, klang herausfordernd. Ich antwortete nicht.

»Es gibt nichts Schlimmeres als die Wut einer Frau!« trompetete Winnie. »Verstehst du? Das habe ich auch immer geglaubt. Als Constance Winterscombe verließ, war sie außer sich vor *Wut*. Meiner Meinung nach wollte sie ihre Krallen schon immer nach deinem Vater ausstrecken, und nachdem es ihr bei ihm nicht gelungen war, hat sie sich über dich hergemacht. ›Diese Frau hat einen schlechten Einfluß‹, habe ich immer zu Freddie gesagt. Er hätte sich stark machen sollen. Die hätte *niemals* das Erziehungsrecht über dich bekommen dürfen. Du hättest *niemals* nach New York fahren dürfen, um bei ihr zu leben. Wenn ich damals schon mit Freddie verheiratet gewesen wäre, dann wäre es ganz bestimmt nicht dazu gekommen –«

»Winnie. Sie war sehr gut zu mir. Viele Jahre. Bis wir uns gestritten haben –«

»Ah, aber *warum* hab ihr euch gestritten?« fragte Winnie, und in ihrer Stimme schwang Triumph mit. »Als sie glaubte, daß sie dich verlieren würde. Als sie glaubte, daß du dein Glück gefunden hättest. Genauso wie sie es mit deinem Vater getan hat. Verstehst du das nicht? Wenn ich an diese Szene *denke,* die sie uns an jenem letzten Abend in Winterscombe gemacht hat – die Lügen, die sie erzählt hat. Vor allen Anwesenden. Wexton war da. Du kannst ja Wexton fragen, wenn du möchtest. Er wird es dir bestätigen. Damals habe ich zu deiner Mutter gesagt: Rauswerfen! Aber Rauswurf war nicht genug. In Constances Fall wäre *Exorzismus* angebrachter gewesen.«

An dieser Stelle verstummte Winnie plötzlich. Ihre Wangen waren knallrot vor Aufregung, aber ihr Gesichtsausdruck änderte sich: Sie sah mich freundlich, aber auch hinterlistig an. Sie kramte in ihrer Tasche, schob mir eine Karte in die Hand und steuerte mich zur Tür.

»Freddie und ich wollten gern, daß du das bekommst. Sieh es dir nicht jetzt an – du kannst es dir später ansehen. Wir können nicht gehen, weißt du, und da dachten wir, daß vielleicht du ...«

Sie machte die Tür auf. Sie schien es plötzlich sehr eilig zu haben.

»Sieh dir noch die Wassermolche an, bevor du gehst«, rief sie mir nach. »Dieses große Untier, das wir so gern mögen. Meistens hockt er neben dem Lilienkissen links. Das ist seine Höhle.«

Hastig schlug sie die Tür hinter mir zu. Verwirrt besichtigte ich den Molch. Er war genau dort, wo Winnie gesagt hatte: ein schönes, dickes, mit Warzen bedecktes Exemplar. Ich streckte die Hand aus, um ihn anzufassen, aber er war schlau. Als meine Hand nur noch wenige Zentimeter von ihm entfernt war, ließ er sich nach hinten plumpsen und verschwand unter den Lilien.

Als ich schon ein Stück die Straße hinuntergegangen war, faltete ich die Karte auseinander, die mir Winnie in die Hand gedrückt hatte. Da wußte ich, warum sie andauernd Blicke zum Kaminsims geworfen hatten – wo Winnie ihre Einladungen aufbewahrte. Und ich verstand auch, warum sie sie mir so verlegen in die Hand gedrückt hatte. Eine wohlgemeinte Verschwörung. Die Karte war eine Einladung zu einem Vortrag. Er würde zwei Tage später in London stattfinden. Redner war Dr. Frank Gerhard.

Hinter seinem Namen standen eine Menge Buchstaben. Ich blieb an einer Straßenecke stehen, um sie zu zählen.

Links oben standen Freddies und Winnies Namen. In Franks Handschrift. Da ich ihn noch immer liebte – ich hatte nie aufgehört, ihn zu lieben –, war die Versuchung groß. Ich dachte: Ich könnte ja hingehen.

Aber ich hatte mich acht Jahre lang darin geübt, vernünftig zu sein, und diese acht Jahre schlugen mir jetzt ins Gesicht. Eine Versöhnung nach acht Jahren gibt es vielleicht in einem Roman: Aber im wirklichen Leben kommt so etwas selten vor.

Ich ging zu Paddington Station. Ich kaufte vier Zeitungen, weil ich lesen wollte, um nicht denken zu müssen. Es war inzwischen Ende Oktober: Der Vietnamkrieg füllte alle Blätter. Ich las ein und dieselbe Geschichte in vier verschiedenen Versionen, immer wieder von vorn. Ich verstand die Worte und Sätze nicht, aber auf meinem ganzen Weg zurück nach Winterscombe starrte ich mit blinder Konzentration darauf.

Am nächsten Tag wurde ich von dem potentiellen Käufer abgelenkt – wofür ich dankbar war.

Es gab nicht viel, was man zu diesem Zeitpunkt hätte tun können, um den Zustand von Winterscombe zu verbessern, aber das bißchen, das getan werden konnte, tat ich. Ich verbrachte den Morgen damit, Blumen zu arrangieren: Der Industriehai, sein Name war Cunningham, sollte um elf Uhr kommen.

Zum Glück regnete es nicht: Bei Regen sah Winterscombe nicht gerade attraktiv aus. Es war ein klarer, kalter, heller Tag. Um neun, als ich mit einem Arm voller Rosen aus dem Gewächshaus kam, blieb ich vor der Fassade stehen.

Hier, an der Ostseite des Gebäudes, schien die Sonne: Sie verhüllte die architektonischen Eigenheiten und die Farbe der Ziegelsteine. Ein wunderschönes Gewirr von Schlingpflanzen schob sich über die Fenster. Ich drehte mich um und sah über den See, zu den Herbstwäldern. Über dem Wasser lag ein leichter bläulich-violetter Dunst, außer dem Gesang der Vögel war es still. Ich erinnerte mich an den Satz, den Franz-Jakob vor dreißig Jahren gesagt hatte: *Ein Zauberort.*

Ich fühlte mich von einer Woge der Zuneigung ergriffen – für das Haus, seine früheren Bewohner, ihr Leben und ihre Geheimnisse. An diesem Morgen konnte ich seine Geister fühlen. Ein Zauberort. Ich überlegte. Würde ein Industriemanager es auch spüren?

Als er, pünktlich, in einem Corniche mit Fahrer eintraf – Garstang-Nott und ich warteten schon auf ihn –, sah er mir nicht nach einem Mann aus, der das Wort *Zauber* auf der Habenseite verbuchen würde, wenn er das Für und Wider eines Hauses gegeneinander aufrechnete. Er stand da und runzelte die Stirn. Ich war sicher, daß sein Blick in den Rissen und Rillen im Gemäuer hängenblieb. Er sah aus wie ein Mann, der den unsichtbaren Pilz unter den Bodendielen wahrnimmt. Ich schätzte ihn auf Mitte Sechzig. Tatsächlich war er, wie ich später erfuhr, ein ganzes Stück älter. Er war schlank und gepflegt. Seine Kleider waren teuer und ein ganz klein bißchen zu betont konservativ. Er strahlte Ungeduld, aber auch Willenskraft aus. Er sprach mit einem mittelatlantischen Akzent. Seine erste Frage, nachdem er das Haus betreten hatte, war, ob er das Telefon benutzen könne.

Ich war mit Geschäftsleuten, die an Entzugserscheinungen litten, wenn sie länger als eine Stunde ohne Telefon waren, vertraut. Er tätigte den Anruf im Nebenzimmer, bei offener Tür, mit lauter Stimme: Es war, in allen Einzelheiten, von großen Summen die Rede. Garstang-Nott verzog schmerzhaft das Gesicht. Als Cunningham endlich zurückkam, knisternd vor neuem Selbstvertrauen, wechselten er und Garstang-Nott vorwurfsvolle Blicke. Es war klar, daß sie einander nicht leiden konnten, und keiner von beiden machte sich die Mühe, es zu verbergen. Garstang-Nott sprach wohlwollend, wie er es in seiner Privatschule gelernt hatte und es im Laufe der Jahre perfektioniert hatte; Cunningham reagierte mit neureichen Aggressionen. Garstang-Nott brachte zum Ausdruck, daß sich die Zeiten eben geändert hätten. Klassenhaß flackerte auf; die Luft war von Rauch geschwängert.

Wir begannen mit der Besichtigung des Hauses. Garstang-Notts Theorie – das hört sich vielleicht pervers an, aber auch ich hatte dieses Phänomen schon kennengelernt und wußte, daß er recht hatte – war, daß die sehr Reichen nicht daran interessiert waren, Vollkommenes zu erwerben. Sie *glaubten* nicht an Perfektion. Selbst wenn man ihnen ein Haus präsentierte, das in jeder Hinsicht fehlerlos war, würden sie daran herumnörgeln. Sie *liebten* es, zu nörgeln. Sie brannten darauf, etwas ausfindig zu machen, das sie verändern konnten, etwas, das sie korrigieren konnten.

Natürlich war Winterscombe alles andere als fehlerlos; und während wir von einem Raum zum andern wanderten, zählte Garstang-Nott, der dieser Theorie folgte, eifrig alle Mängel auf. Verrottung durch Trockenheit oder Nässe; defekte Rohre; Risse in den Wänden; das Dach; die elektrischen Leitungen; die Heizung: Er strafte den jetzt schweigsamen Cunningham mit kühlen Blicken. Understatement-Verkauf: Garstang-Nott erwies sich als Meister. Ich hatte feste Vorstellungen davon, wieviel Geld nötig war, um Winterscombe vernünftig zu renovieren; ohne mit der Wimper zu zucken, verdoppelte Garstang-Nott diese Summe.

»Das ist das *Minimum*«, sagte er schleppend. »Dabei ist der Umbau natürlich noch nicht mit berücksichtigt.«

Sein überhebliches Benehmen deutete an, daß Winterscombe weit über Cunninghams Verhältnisse ginge. Der Industrieboß biß an.

»So, meinen Sie?« sagte er aggressiv. Er drehte dem Makler den Rücken zu. Er ging zum Kamin, neben dem sich die Glocke befand, mit der früher das Personal herbeigerufen worden war. Er zog daran. »Die funktioniert doch noch, oder?«

Ich bejahte. Er lächelte – ein seltsames Lächeln, ein kleines bißchen bösartig. Als wir dann weitergingen und in das nächste Schlafzimmer kamen, wurde mir plötzlich klar, daß er sich im Haus auszukennen schien – obwohl Winterscombe so groß und seine Aufteilung so verwirrend war. Er schien zu wissen, wann eine Treppe zu erwarten war, schien um Ecken sehen zu können – so daß mir der Verdacht kam, er könne schon einmal hier gewesen sein. Ich überlegte, ob er vielleicht während der Kriegsjahre hier gewesen sein konnte. Ob er vielleicht in der Zeit, als die Armee das Haus beschlagnahmt hatte, hier stationiert gewesen war.

Cunningham ging von einem Zimmer zum nächsten. Er sagte kaum etwas, aber schon nach einer Stunde konnte ich sehen, daß der Kauf nicht zustande kommen würde. Er hatte das Interesse verloren. Er sah zornig und irgendwie irritiert aus, als wäre er mit allzu großen Erwartungen hierhergekommen und wäre nun enttäuscht.

Ich fühlte mich verletzt und war zornig. Ich war noch immer altmodisch genug, um zu glauben, daß er sich wenigstens die Mühe machen könnte, höflich zu sein. Ich dachte mir, daß Winterscombe mit all den absurden Eigenheiten aus seiner Zeit auch deren Vorzüge besitzen mußte. Ich war parteiisch. Ich hob die schöne Aussicht hervor: den See, die Bäume, den Wald. Er warf einen kurzen Blick darauf und sah dann wieder weg. Er trat mit dem Fuß gegen eine Holzverkleidung. Er musterte das Parkett. Garstang-Nott schnitt hinter seinem Rücken eine Grimasse.

Wir stapften durch die Ställe, den Wagenschuppen, die alten Waschhäuser, die Milchküche. Zum ersten Mal seit vielen Jahren stand ich in dem Schlafsaal, in dem im Sommer immer die Waisenkinder untergebracht gewesen waren. Das war der Raum, in dem das Bett meines Freundes Franz-Jakob gestanden hatte; das war das Fenster, von dem aus er mir vor dreißig Jahren mit der Taschenlampe Nachrichten gemorst hatte. Ich machte die Augen zu. Ich sah das Aufblitzen der Buchstaben. Ich machte die Augen wieder zu und sah mich verzweifelt um. Wurde in diesem Haus nie etwas weggeworfen? In dem Saal standen noch immer die alten Eisenbetten.

Ich wußte, daß ich nur meine Zeit vergeudete – wir wußten es alle drei. Als wir wieder zum Haus gingen, wollte ich es gerade aussprechen und sagen, daß wir uns dieser Tatsache bewußt sein sollten und die Besichtigung lieber abbrechen sollten, als Cunningham stehenblieb. Ohne sich um den Makler zu kümmern, drehte er sich zu mir um.

»Ich kenne diesen Ort«, sagte er.

Ich zögerte. Dieses Eingeständnis schien ihm schwerzufallen. Sein gockelhaftes Benehmen war verschwunden.

»Das habe ich mir schon gedacht. Waren Sie im Krieg hier?«

»Was?«

»Waren Sie im Krieg hier stationiert? Ich dachte –«

»Hier stationiert?« Ein seltsames Lächeln ging über sein Gesicht. »O nein. Ich habe mal hier *gearbeitet*. Man hat mich, als ich fünfzehn war, von dem Londoner Haus hierhergeschickt. Ihre Familie hat mich angelernt.« Das Lächeln verwandelte sich in ein boshaftes Grinsen. »Ich war der Diener Ihres... Onkels, könnte das sein? Ihr Onkel Freddie? Schreibt jetzt, glaube ich. Kriminalromane oder so?«

Ich sah ihn erstaunt an. »Dann sind Sie Arthur – Arthur Tubbs?«

Mein Kopf war noch immer ganz vollgestopft mit der Vergangenheit, und ich sah ihn als jungen Mann vor mir, als einen schmächtigen Jungen mit Akne, der an dem Morgen, an dem der Unfall stattfand, ganz benommen von der Katastrophe, in Freddies Zimmer gestürmt kam. Ich sah ihn genauso vor mir, wie Constance ihn beschrieben hatte: nervös, quirlig, als Brautführer auf Jennas Hochzeit. In einer Nebenrolle, jetzt in einer Hauptrolle, mitten auf der Bühne.

»Ja... also. Ich verwende diesen Namen nicht mehr. Ich habe ihn geändert. Aus geschäftlichen Gründen, wissen Sie? Ich bin jetzt Cunningham. Ich bin seit vierzig Jahren Cunningham.«

Conyngham – Cunningham? Ich dachte: Es gibt noch eine andere Geschichte. Eine, die ich nie erfahren werde. Inzwischen hatte er sich wieder dem Haus zugewandt.

»Das ist komisch...« Sein Akzent, der vorher so unsicher geklungen hatte, klang jetzt ganz natürlich. »Ich wollte diesen Besitz haben. Ich warte seit Jahren darauf, daß er auf den Markt kommt. Irgendwann mußte es soweit sein. Nur –«

»Nur, daß Sie ihn jetzt nicht haben wollen?«

»Nein. Das ist es nicht.« Er drehte sich wieder zu mir um. Er zuckte die Achseln. »Weiß nicht genau, warum. Er... entspricht nicht meinen Erwartungen.«

»Nun, das Haus ist vernachlässigt«, begann ich. »Das weiß ich. Es muß renoviert werden. Aber –«

»Oh, *das* ist nicht der Grund.« Er sah mich zornig an. »Ich würde es auf jeden Fall renovieren lassen. Ich habe mir gedacht, ob vielleicht Sie... Ich habe Ihre Arbeiten gesehen. Auf jeden Fall, sinnlos, jetzt noch darüber zu reden. Es ist nicht geeignet. Zeit ist Geld. Es hat keinen Sinn, noch mehr davon zu verschwenden. Ich muß wieder zurück.«

Er ging mit schnellen Schritten ums Haus zu seinem wartenden Wagen. Der Fahrer stieg aus. Er legte den Finger an die Kappe. Er hielt die hintere Wagentür auf.

»Gute Schule.« Tubbs/Cunningham lächelte verkrampft. »Aber die hatte ich schließlich auch. Ich weiß, wie man diese Dinge macht.«

Er warf noch einen Blick zum Haus. Ich begann zu ahnen, warum er vielleicht daran gedacht haben mochte, mich zu engagieren, um dieses Haus zu renovieren – eine Entscheidung, die nichts mit meinen Fähigkeiten zu tun gehabt hätte, die ich als Innenarchitektin besaß. Die

Dienerin diente. Zum ersten Mal wurde mir klar, daß Garstang-Nott gar keine Rolle spielte: Ich war es, die Cunningham nicht leiden konnte.

»Wissen Sie, wie groß die Dienerschaft damals war?« Er musterte mich mit einem kühlen Blick. »Es waren fünfzig. Wer weiß? Vielleicht ist es das, was mir fehlt. Immer diese Verbeugungen und Kratzfüße. ›Ja, mein Herr. Nein, meine Dame. Drei Sack voll, meine Dame.‹ Wissen Sie, was man mir dafür bezahlt hat, daß ich ihnen die Kleider vom Boden aufgehoben habe? Ein Pfund die Woche.«

»Plus Unterkunft und Verpflegung, schätze ich«, warf Garstang-Nott, nicht gerade höflich, ein. »Und das muß auch schon eine ganze Weile her sein.«

Sie tauschten herzlich feindselige Blicke. Cunningham stieg in sein Auto. Er machte – mir gegenüber – noch eine letzte Bemerkung, bevor es abfuhr.

»Kleiner Kriecher. Emporkömmling«, sagte Garstang-Nott. »Hat seine ersten paar Pfund auf dem Schwarzmarkt gemacht, schätze ich. Ein übler Typ, finden Sie nicht?«

Ich antwortete ihm nicht. Ich teilte Garstang-Notts politische und soziale Überzeugungen nicht, und ich stimmte ihnen auch nicht zu. Arthur Tubbs war für mich viel interessanter und viel komplexer. Erst wird er ausgebeutet, und dann beutet er selbst aus; und seine geschäftliche Karriere mit dem Kauf des Hauses zu besiegeln, in dem man einmal als Diener gearbeitet hatte – diese traurige Logik leuchtete mir durchaus ein.

Ich sah Winterscombe mit neuen Augen an. Ich sah seine Fähigkeit, sich zu verwandeln, geschätzt zu werden, auf viele verschiedene Arten und von vielen verschiedenen Menschen. Für Tubbs stellte das Haus die Rache für jahrelange Dienste dar; für meinen Großvater eine Flucht vor den leidigen Geschäften, die Möglichkeit, jede Erinnerung an Fabriken, die Bleichmittel produzierten, auszulöschen. Für Montague Stern war es die Verkörperung von Freiheit und Macht gewesen, ein Besitz, auf dem er, der Außenseiter, herrschen konnte, das Legat für den erträumten Sohn. Für Constance war es ein Haus der Geheimnisse gewesen; für meinen Vater eine Elegie; für mich der Schrein einer verlorenen Kindheit. Wir alle hatten, jeder auf seine Art, auf Ziegelsteine und Mörtel gestarrt und ein Hirngespinst geschaffen.

Ich erkannte die Gefahr. Ich glaube, daß ich mich in diesem Augenblick, als ich Winterscombe vor Augen hatte, dazu entschloß, wirklich dazu entschloß, es loszulassen.

»Es ist nicht ... *wie ich es in Erinnerung hatte*«, hatte Cunningham zu mir gesagt, bevor er sein Autofenster hochdrehte. Darüber war ich erstaunt. Solche zufälligen Bemerkungen zeigen einem manchmal den richtigen Weg.

»Wexton«, sagte ich, als Garstang-Nott weggefahren war und ich wieder ins Haus gegangen war, »würde es dir etwas ausmachen, wenn ich morgen nach London fahre? Ich möchte mir einen Vortrag anhören.«

»Aber nein«, erwiderte Wexton, und mir war sofort klar, daß er wußte, in welchen Vortrag ich gehen würde, wer ihn hielt, und daß er in die Verschwörung von Freddie und Winnie mit einbezogen war.

Als ich an diesem Abend in mein Zimmer ging und wußte, daß ich nicht schlafen würde, dachte ich an all die verschiedenen Versionen der Vergangenheit, die ich in Erfahrung gebracht hatte: Es gab genauso viele Versionen, wie es Menschen gab, die daran beteiligt gewesen waren. Aber es gab eine Version, die bis jetzt noch nicht erforscht worden war, eine Geschichte, die ausgeschlossen gewesen war. Meine eigene: die Vergangenheit, wie *ich* sie erinnerte.

Das war ein Terrain, um das ich seit langem einen Bogen gemacht hatte. Ich glaube, es gab nur einen Menschen, der mich hätte dazu bringen können, dorthin zurückzugehen, und er war es auch, der mich dort erwartete und der, weil ich ihm in den vergangenen acht Jahren aus dem Weg gegangen war, verblaßt und undeutlich geworden war.

O ja, ich wußte, wohin dieser Weg führte. Er führte zurück, aber auch nach vorn: zu meinem Amerikaner Dr. Frank Gerhard.

Er *heilte* Menschen. Das war sein Beruf. Nachdem er an der Columbia University sein Medizinstudium abgeschlossen hatte, ging er nach Yale und danach ans Scripp Foster Institute. Er war Biochemiker; ich war Innenarchitektin. Ich nehme an, Sie verstehen jetzt, wieso eine Trennung, die vor acht Jahren vollzogen wurde, endgültig geblieben war. Um ein Wiedersehen zu arrangieren, wäre es nötig gewesen, daß die eine oder die andere Seite irgend etwas unternahm. Zufällige Begegnungen waren so gut wie ausgeschlossen. Die Wege von Biochemikern und Innenarchitektinnen kreuzen sich nur selten. Er arbeitete in Amerika; ich mied dieses Land. Vielleicht waren wir beide übertrieben vorsichtig: Selbst in ein und derselben Stadt wäre es höchstwahrscheinlich zu keinen zufälligen Begegnungen gekommen. Das bedauerte ich. Ich hatte mir in diesen vergangenen acht Jahren – ohne an irgendwelche schicksalhaften Fügungen zu glauben – schon viele Male gewünscht, daß sich irgendeine höhere Macht einmischen und uns ... dazu verhelfen würde.

Andererseits wäre ich vielleicht, wenn es dazu gekommen wäre, von eigensinniger Blindheit geschlagen gewesen. Ich konnte blind sein; ich war auch blind gewesen, als wir uns zum ersten Mal begegnet waren. Ich habe Frank Gerhard durch meine Arbeit kennengelernt und durch meine Freundschaft mit seiner Mutter, der unmöglichen Rosa. Im Verlauf von mehreren Jahren begegnete ich ihm, bei verschiedenen Gelegenheiten, ein paarmal. Das erste Mal, als ich ihn in Rosas Haus kennenlernte, sagte er zwei Worte zu mir: »Hallo« und »Auf Wiedersehen«. Ich glaubte, hinter der Begrüßung und dem Abschied Gleichgültigkeit, ja, sogar Ablehnung zu spüren, wofür es allerdings keinen triftigen Grund zu geben schien. Fünf gemeinsame Minuten – und länger war diese Begegnung nicht – schienen zu genügen, um mich abzutun. Das nagte an mir. Ich beschloß, ihn und sein Verhalten mir gegenüber zu ignorieren. Da er aber auch weiterhin, wann immer wir uns begegneten, seine Abneigung deutlich zum Ausdruck brachte, war das nicht immer ganz leicht.

Das erste Mal, als ich ihn nicht einfach ignorieren konnte, war 1956. Es war im Frühjahr. Constance und ich waren in Venedig. Ja, damals machte Conrad Vickers – der zu Constances Troß gehörte – jenes Foto vor Santa Maria della Salute.

Frank Gerhards Reise nach Venedig war ein Akt der Nächstenliebe. Sein Vater, Max Gerhard, Professor für Linguistik an der Columbia University, war vor einigen Monaten gestorben. Der Besuch in Venedig war von Frank und einem seiner Brüder geplant gewesen – die Gerhards waren eine sehr große Familie –, um Rosa, ihrer Mutter, über diesen schmerzlichen Verlust hinwegzuhelfen. Rosa, die dankbar und mutig war, aber keine gute Schauspielerin, bemühte sich, glaube ich, so zu tun, als habe dieser Plan Erfolg.

Rosa, die ihren Kummer mit der für sie gewohnten Energie anging und mit einer Art bestürztem Trotz, trug Rot. Mit dem Stadtführer in der Hand, war sie gerade dabei, mit ihrer Familie eine sehr anstrengende, für sie bezeichnende Besichtigung der Kirche vorzunehmen.

Constance, Conrad Vickers und ich sowie mehrere andere Anhängsel von Constance waren – wie vorauszusehen gewesen war – mit etwas frivoleren Dingen beschäftigt. Zu ihren Begleitern gehörten auch Bobsy und Bick Van Dynem, die damals Anfang Dreißig waren und aufgrund ihres Vermögens und ihres umwerfend guten Aussehens die Himmlischen Zwillinge verkörperten; wir hatten gerade irgendeine entfernte Verwandte der Van-Dynem-Familie besucht und befanden uns von dem Haus der *principessa* auf dem Weg zur Harry's Bar.

Die beiden Gruppen, die eine fröhlich und frivol, die andere traurig und erschöpft, trafen sich zufällig im Sonnenschein eines vollkommenen venezianischen Nachmittags. Constance, die Rosa schon von weitem erspähte, sagte: »O nein. Zu spät, um Reißaus zu nehmen.« Rosa, die nicht gewußt hatte, daß wir in Venedig waren, stieß einen Freudenschrei aus. Sie umarmte mich. Sie begrüßte Constance aufs herzlichste. Ich ging auf die Seite und sah über das Wasser. Auf seiner Oberfläche spiegelte sich diese wunderschöne Stadt wider: Das Licht hatte dieselbe goldene Farbe wie ein Veronese.

»Hallo«, sagte Frank Gerhard ungefähr fünf Minuten später zu mir, als wir uns für eins von Conrad Vickers improvisierten Fotos aufstellten. Meine Freundin Rosa – die froh war, sich von den kulturellen Genüssen erholen zu können – redete mit Constance, die sie schon viele Jahre kannte, denn Constances Atelier hatte Rosas unzählige Häuser ausgestattet. Vickers lief geschäftig herum; die Van-Dynem-Zwillinge machten irgendwelche Späße mit einem Panamahut. Ich erinnere mich noch, daß Bobsy mir den Hut auf den Kopf setzte und meine Haare durcheinanderbrachte. Ich nahm ihn ab und sagte in etwas scharfem Ton: »Laß das.«

Constance, die gern so tat, als sei Bobsy Van Dynem ein Verehrer von mir, warf einen wissenden Blick in die Runde. Bick Van Dynem beklagte sich; er sagte, er brauche unbedingt etwas zu trinken. Conrad, der noch immer mit seinen Arrangements beschäftigt war, ordnete die Gruppe neu an. Zuerst stellte er mich an den Rand, in den Schatten der Kirche, dann zog er mich wieder nach vorn ins Sonnenlicht. Ich fand den schweigsamen Frank Gerhard plötzlich an meiner Seite. Ich sah hinüber zur Kirche. Der Auslöser klickte.

Ich erwartete, daß sich Frank Gerhard sofort verabschieden würde; zu meiner Überraschung tat er es nicht. Er nickte den Van-Dynem-Zwillingen zwar wie zum Abschied zu, schien aber nicht geneigt zu gehen. Er schob mich ein Stückchen von der restlichen Gruppe weg.

Wir sprachen kurz über unsere Eindrücke von Venedig. Ich war am vergangenen Tag Constances endlosen Cocktail- und Partyrunden entronnen und hatte die Accademia besucht. Frank Gerhard war auch dort gewesen. Wir mußten uns um nur wenige Minuten verpaßt haben.

Dieser Zufall – der an und für sich gar nicht so bemerkenswert war –

schien ihn nachdenklich zu stimmen. Er starrte in das Wasser des Canal Grande. Licht, dann Schatten, die vom Wasser widergespiegelt wurden, bewegten sich über sein Gesicht. Er schien besorgt. Ich machte einige zögerliche und angemessene Bemerkungen über seinen Vater. Er nahm sie auf seine brüske Art entgegen. Ich riskierte noch ein paar weitere gestelzte Worte; ich war damals geradezu schmerzhaft schüchtern. Sie riefen hohe Reaktion hervor. Ich betrachtete Frank Gerhard in seinem schwarzen Anzug; ich dachte mir, daß er, auch ohne die traurigen Umstände, schwierig, brütend, ja unhöflich war, und – diese Eigenschaft war mir schon früher an ihm aufgefallen – geistesabwesend.

Inzwischen redeten Rosa und Constance von Häusern. Hatte Constance vergessen, daß Rosa frisch verwitwet war? Möglich wäre es: Constance ging mit den Details im Leben anderer Menschen oft sehr sorglos um.

»Nun, Rosa«, sagte sie, »wann wird der nächste Umzug stattfinden? Wissen Sie, manchmal denke ich, daß Sie in neue Häuser ziehen, wie andere Leute ihre Koffer packen.«

»O nein«, sagte Rosa mit ruhiger Stimme, »ich ziehe nicht mehr um. Nicht jetzt. Sie wissen ja – wegen Max.«

Sie machte, während sie es sagte, eine bekümmerte Handbewegung. Dann wandte sie sich ab. Hinter ihrem Rücken wechselten Constance und Conrad Vickers einen schnellen Blick; Constance sah ungeduldig aus. Als sich Rosa gefaßt hatte und wieder zu sprechen begann, unterbrach Constance sie hastig.

»Ja, ja«, sagte sie. »Aber wir wollen nicht länger hier herumstehen. Bick stirbt, wenn er nicht gleich einen Drink bekommt. Wir gehen in die Harry's Bar. Kommen Sie doch mit, Rosa. Es gibt dort Bellinis...«

Rosas freundliches Gesicht hellte sich sofort auf. Sie hatte Constance immer gern gehabt, und wahrscheinlich faßte sie die Einladung als großzügig auf. Sie nahm sie bereitwillig an. Sie tat mir leid, und ich war wütend auf Constance. Meine Patentante war in gesellschaftlicher Hinsicht rücksichtslos: Ich wußte, daß Constance, wenn wir erst in der Harry's Bar waren, irgendwelche Ausflüchte finden würde, um Rosa und ihre Familie ohne großes Drum und Dran abzuservieren.

Auch Frank Gerhard hatte die Blicke zwischen Constance und Vickers bemerkt. Er ging zu seiner Mutter und redete leise auf sie ein.

»Nein, nein«, erwiderte Rosa. »Mir geht es gut, ich bin überhaupt nicht müde. Die Harry's Bar! Dort war ich noch nie. Vielen Dank, Constance.« Frank Gerhard nahm seinen Bruder auf die Seite und sprach kurz mit ihm. Sein Bruder nahm Rosas Arm. Die ganze Gruppe begann sich zu entfernen. Nur Frank Gerhard und ich blieben bei der Kirche stehen: Der Abstand zwischen uns und dem Bellinikontingent wurde größer.

Frank Gerhard, der ihnen stirnrunzelnd nachsah, schien zu einer plötzlichen Entscheidung zu gelangen. Zu meinem großen Erstaunen nahm er, als ich den anderen folgen wollte, meinen Arm. Er sagte: »Wir müssen ja nicht mitgehen.«

»Ich dachte nur –«

»Ich weiß, was Sie dachten. Mit Rosa ist schon alles in Ordnung. Daniel wird sich um sie kümmern. Möchten Sie etwas trinken? Es gibt hier in der Nähe einen Platz – ein stilles Plätzchen.«

Er wartete meine Antwort gar nicht erst ab. Er hielt meinen Arm fest und führte mich durch eine schmale Straße. Wir kamen an einem Gewirr aus Pfaden vorbei; wir gingen durch ein Bogentor, überquerten eine Brücke.

Keiner von uns sagte etwas. Schließlich erreichten wir ein kleines Café, das in einem Hof lag, im Schatten eines Magnolienbaums; aus dem Maul eines Steinlöwen lief Wasser in das flache Becken eines Brunnens. Wir waren die einzigen Gäste.

»Ich habe diesen Platz gleich am Tag meiner Ankunft entdeckt. Gefällt es Ihnen hier?«

Er schien ihm merkwürdigerweise wichtig zu sein. »Es ist wunderschön hier.«

Er lächelte, als ich es sagte, und sein Gesicht veränderte sich: Es hellte sich auf und strahlte vor ansteckender Freude.

»Ihnen gefällt die Harry's Bar wohl nicht?« sagte ich, als er für mich einen Stuhl zurückschob.

»Nein. Mir gefällt die Harry's Bar nicht«, erwiderte er. »Mir gefällt die Harry's Bar überhaupt nicht. Es ist der einzige Ort in Venedig, den ich tunlichst meide.«

»Und Sie mögen auch keine Bellinis?«

Seine Augen blitzten belustigt auf: Ich wußte, daß es die Gesellschaft war, die er mied, nicht die Bar oder die Bellinis, und ich glaube, Frank Gerhard durchschaute mich. Aber er sagte nichts, sondern zuckte nur mit den Schultern.

»Den Maler, ja. Den Drink, nein. Aber ich glaube, ich habe mir einen Drink verdient. Ich glaube, daß ich heute nachmittag – in der Salute – jedes Fenster angesehen habe, jede Figur, jeden Pflasterstein, jedes Al-

tardetail. Ich könnte den *Guide Bleu* auswendig aufsagen. Es ist eine ziemlich große Kirche – eine sehr große Kirche sogar. Aber natürlich auch sehr schön, nur – nach dem sechsundfünfzigsten Stützpfeiler –«
»Rosa ist unermüdlich.«
»Das kann man wohl sagen.« Er sah mich ernst an, aber in seinen Augen war noch immer dieses belustigte Glitzern. Dann wurde sein Gesicht ernst. »Aber...«
»Es hilft ihr?«
»Ich glaube, ja. Ich hoffe es«, erwiderte er kurz. »Was möchten Sie gern? Trinken Sie gern Campari?«
Als die Camparis kamen, war an den Rändern der großen Gläser geeister Zucker: Daran erinnere ich mich noch gut. Die Drinks hatten eine Farbe wie flüssige Rubine. An den Außenseiten der Gläser waren kleine Rinnsale von kondensiertem Wasser, auf die ich meinen Blick heftete, während wir uns unterhielten. Wie ich schon sagte, ich war sehr schüchtern – ich war daran gewöhnt, daß Constance immer im Mittelpunkt stand, während ich selbst bei Unterhaltungen sehr unbeholfen war. Ich war noch nie mit Frank Gerhard allein gewesen und fand ihn einschüchternd. Er hatte gerade in Yale seinen Doktor gemacht – das wußte ich von Rosa, die unheimlich stolz auf ihn war –, ich bemühte mich, für seine Arbeit Interesse zu zeigen.

Wahrscheinlich waren meine Versuche, Konversation zu machen, ziemlich steif; Frank Gerhards Antworten waren eher mechanisch, und ich hatte den Eindruck, daß er mit seinen Gedanken weder bei meinen Fragen noch bei seinen eigenen Antworten war. Er schien mich zu beobachten; ich konnte seine Augen auf meinem Gesicht fühlen. Er schien auch merkwürdig angespannt zu sein. Von Zeit zu Zeit, wenn er wegsah, warf ich ihm einen verstohlenen Blick zu.

Ich war damals fünfundzwanzig. Frank Gerhard war siebenundzwanzig oder achtundzwanzig. Er war sehr groß und für seine Größe dünn. Er hatte ein schmales und ausdrucksvolles Gesicht, sehr schwarzes Haar, das ihm in die Stirn fiel, und Augen, die so dunkelbraun waren, daß auch sie fast schwarz wirkten. Wie alle Wissenschaftler war er ein genauer Beobachter. Seinen aufmerksamen Blicken, zuerst intensiv, dann ungeduldig, entging nichts. Er hatte eine starke Ausstrahlung; früher hatte ich ihn immer als arrogant empfunden.

Aber an diesem Tag war ich mir gar nicht mehr so sicher, ob mein Urteil richtig gewesen war. Nachdem er uns so entschieden hierhergeführt hatte, schien er genauso unsicher zu sein wie ich selbst, wußte nicht, wie es weitergehen sollte. Unsere Unterhaltung plätscherte wie ein schlechtes Tennismatch zwischen zwei zögerlichen Spielern dahin. Ich haßte mich und wünschte, ich hätte Constances spritzigen Geist und verfügte über die gleiche verbale Pyrotechnik wie sie; ich spürte, wie ich immer einsilbiger wurde. In diesem Augenblick sah er mich wieder an. Es kam so unvermutet, daß ich keine Zeit hatte wegzusehen. Unsere Blicke begegneten sich.

Ich glaube, da habe ich ihn zum ersten Mal richtig angesehen. Und von da an konnte ich meinen Blick nicht mehr von ihm losreißen – und wie es schien, ging es ihm ganz genauso. Ich glaube, er sagte meinen Namen und unterbrach sich dann. In seinem Gesicht war jetzt kein Anzeichen von Langeweile zu erkennen, als wäre er mit anderen Dingen beschäftigt, und auch keine Gleichgültigkeit oder Feindseligkeit: Das verwirrte mich. Sein Gesichtsausdruck schien zuerst angespannt, dann unerklärlich freudig und schließlich ernst. Er schien darauf zu warten, daß ich etwas sagte. Als ich aber stumm blieb, veränderte sich sein Gesicht.

Er sagte nichts; aber ich konnte eine Verwandlung in seinem Gesicht verfolgen. Sein Blick wurde trüber; der Wechsel von Konzentration zu Traurigkeit, und dann der Versuch, diese Traurigkeit zu verbergen. Das alles war in nur einer oder zwei Sekunden vor sich gegangen; dann begann er zu sprechen.

Er hatte etwas anderes sagen wollen, das konnte ich fühlen. Ich kann mich nicht mehr daran erinnern, was er erzählte. Es ist nicht wichtig. Er redete nur um des Sprechens willen, seine Worte bildeten eine Schranke zwischen mir und seinen Gedanken. Während er sprach, hörte ich ihm zu – nicht auf das, was er sagte, sondern auf seine Stimme. Zuerst sprach er steif, dann schneller und mit der Spur eines Akzents, der dem seiner Mutter sehr ähnlich war.

Rosa Gerhard war Katholikin, sie stammte aus einer süddeutschen Aristokratenfamilie. Ihr Vater, der am Ende des Ersten Weltkriegs sowohl seine Ländereien als auch sein Geld verloren hatte, war mit seiner Familie nach Amerika ausgewandert. Dort häufte er ein beträchtliches Vermögen an. Rosa, die einzige und verwöhnte Tochter, die in einem erlesenen und exklusiven katholischen Mädchenpensionat erzogen worden war, lernte Max Gerhard, auch deutscher Abstammung, in Leipzig geboren und – zum Entsetzen ihrer Eltern – Jude, mit achtzehn kennen und heiratete ihn kurz darauf.

Rosa konvertierte mit großer Entschlossenheit zur Religion ihres

Ehemanns, übernahm seine radikalen politischen Ansichten und machte sich, nachdem sie sehr viel Geld geerbt hatte, daran, die Bourgeoisie mit dem akademischen Leben zu vereinen. Ihre Kindheit hatte sie an der Upper East Side verbracht, wo man zu Hause deutsch sprach; später sprach sie auch als Ehefrau zu Hause deutsch. Rosa war, wie sie selbst fröhlich erklärte, ein Hybrid – und diese Mischung verschiedener Einflüsse war noch immer ihrer Stimme zu entnehmen.

Sie war auch bei ihrem Sohn zu erkennen. Als ich an jenem Tag in Venedig seinen Worten lauschte, hörte ich darin sowohl Europa als auch Amerika: eine Vorkriegsstimme und eine moderne – zwei Kulturen und zwei Epochen, in einer Stimme vereint.

Das gefiel mir. Ich sollte es noch lieben lernen.

Ich glaubte, daß mich Frank Gerhard an jemanden erinnerte, aber ich kam einfach nicht darauf, an wen. Dann merkte ich, daß er mir eine Frage gestellt hatte – eine Frage, die ich nicht gehört hatte. Er hatte die Ellbogen auf den Tisch gestützt, seine Augen auf mein Gesicht gerichtet.

»Entschuldigung, wie bitte?«

»Der Krieg. Ich habe Sie nach dem Krieg gefragt. Waren Sie damals in England?«

»Nein. Ich habe England schon 1938 verlassen. Nachdem meine Eltern gestorben waren. Ich bin dann zu Constance gezogen.«

»Werden Sie zurückgehen? Waren Sie schon wieder einmal dort?«

»Nicht in meiner Heimat. Manchmal fahren wir nach London. Nicht sehr oft. Constance mag Italien lieber. Und Frankreich.«

»Und Sie? Was haben Sie lieber?«

»Ich weiß es nicht genau. Ich liebe Venedig. Ich liebe Frankreich. Gewöhnlich fahren wir nach Nizza oder Monte Carlo. Aber einmal sind wir auch an einem anderen Ort gewesen, einem sehr kleinen Ort, einem Fischerdorf in der Nähe von Toulon. Constance hatte dort ein Haus gemietet. Das hat mir am besten gefallen. Ich war täglich auf den Markt, ging am Strand spazieren, habe den Fischern zugesehen. Dort konnte man allein sein. Ich –«

»Ja?«

»Ach, nichts, es ist nicht besonders interessant. Es war nur ein Ort. Wir waren nicht lange dort. Constance fand es langweilig, und so –«

»Fanden Sie es auch langweilig?«

»Nein. Ich nicht.« Ich wandte den Blick ab. »Auf jeden Fall sind wir wieder weggefahren. Wir ... fuhren dann nach Deutschland. Ich wollte dorthin, und Constance wußte das, und so –«

»Deutschland?« Das schien ihn zu interessieren. »Warum wollten Sie nach Deutschland?«

»Ach, wegen dem Tod meiner Eltern. Dem Unfall. Ich bin sicher, Rosa hat Ihnen davon erzählt.«

»Ja.« Er zögerte. »Ich erinnere mich vage.«

»Man hat mir nie erklärt, was geschehen ist. Ich dachte mir immer, in Berlin – irgendwo – müßte es doch Unterlagen geben. Daß ich vielleicht herausfinden könnte ... *warum* es geschehen ist ...«

»Und haben Sie es herausgefunden?«

Ich war überrascht, wie sanft seine Stimme klang. Ich hatte noch nie jemandem von dieser schlimmen Reise erzählt – und ich bedauerte jetzt, davon angefangen zu haben. Ich vertrug kein Mitleid, es brachte mich schneller zum Weinen als Gleichgültigkeit. Hastig wandte ich den Blick ab.

»Nein«, fuhr ich mit festerer Stimme fort. »Die Akten waren verschwunden – falls es je welche gegeben hat. Das war also erledigt. Es war dumm, überhaupt dort hinzufahren. Constance hatte mich gewarnt, und ich hätte auf sie hören sollen. Die Aufzeichnungen waren unbedeutend. Es war nur, daß ich das Gefühl hatte –« Ich unterbrach mich. Ich sagte mit heller, höflicher Stimme: »Waren Sie schon mal dort? Waren Sie schon mal in Deutschland?«

Er schwieg. Sein Gesicht verhärtete sich. »Ob ich in Deutschland war? Nein.«

Während er es sagte, zog er sich zurück. Seine Stimme war abweisend. Eben hatte noch seine Hand auf dem Tisch gelegen, ganz dicht neben meiner. Nur ein paar Zentimeter entfernt. Aber jetzt zog er die Hand abrupt zurück. Er begann sich nach dem Kellner umzusehen. Anscheinend hatte ich ihn beleidigt. Dummerweise versuchte ich es wiedergutzumachen.

»Ich dachte nur ... vielleicht, es könnte doch sein, daß Sie schon mal dort waren. Nach dem Krieg. Mit Rosa oder mit Ihrem Vater. Ich erinnere mich, daß Rosa einmal sagte –«

»Kaum. Sie wissen, daß mein Vater Jude war. Wenn Sie nachdenken, werden Sie es bestimmt einsehen: daß Reisen in das Nachkriegsdeutschland auf seiner Wunschliste nicht allzuweit oben gestanden haben können.«

Ich fühlte, wie ich rot wurde. Frank Gerhard stand auf und bezahlte die Rechnung. Er zeigte keinerlei Reue über seine Rüge oder über seine schroffe Reaktion. Statt dessen schien er ängstlich bemüht, sich meiner

Gesellschaft so schnell wie möglich zu entledigen. Wir verließen das Restaurant und entfernten uns mit raschen Schritten. Ich sagte, daß ich mich Constance anschließen würde; er wollte in sein Hotel zurück. In der Nähe der Harry's Bar war eine Vaporetto-Anlegestelle; bis dorthin würde er mich bringen. Darauf bestand er; trübsinnig und verwirrt, wie ich war, hatte ich nicht den Mut, mich mit ihm zu streiten. Schweigend gingen wir nebeneinander her. Am Ende der Straße, die zur Bar führte, blieb er stehen.

In der Ferne konnte ich die anderen sehen; sie standen mit dem Rücken zu uns und gestikulierten; die Van-Dynem-Zwillinge, dekorativ und lässig, lehnten an der Wand. Rosa war nicht bei ihnen. Während wir dort standen und darauf warteten, daß der Vaporetto kam, fingen wir Gesprächsfetzen auf. Conrad Vickers führte das große Wort.

Es war sofort klar, daß er über Rosa sprach.

»Dreizehn Häuser«, hörten wir. »Sag mir, Schatz, wie kannst du das nur *ertragen*? Dieses Kleid! Wie ein großer roter Briefkasten. Ein mobiler Briefkasten. Schrecklich! Ich dachte, sie wäre Witwe? Sie *kann* keine Witwe sein. Oder ist sie eine *fröhliche* Witwe – ist sie das?«

Ich bemühte mich, uns beide außer Hörweite zu bringen, aber es war klar, daß Frank Gerhard die Bemerkungen über seine Mutter gehört hatte. Er wandte sich ab, ging ein paar Schritte weiter, dann drehte er sich um, sein Gesicht war starr.

»Soll ich Ihnen sagen, warum sie dieses Kleid anhatte? Dieses rote Kleid?« Seine Stimme war heiser vor Wut. »Heute ist nämlich zufällig ihr Hochzeitstag. Rot war die Lieblingsfarbe von Max. Deshalb hat sie heute ein rotes Kleid angezogen –«

»Ach so. Bitte –«

»Verstehen Sie das?«

»Natürlich.«

»Sind Sie sicher?« Sein Sarkasmus war jetzt unverblümt. »Schließlich ist dieser Mann Ihr *Freund,* nicht wahr? Conrad Vickers. Die Van-Dynem-Zwillinge. Ihre ständigen Reisegefährten. Enge Freunde –«

»Manchmal reise ich mit ihnen. Ja. Aber eigentlich sind es Constances Freunde. Das heißt –«

»Bobsy Van Dynem – ist er der Freund Ihrer Patentante?« Das Wort *Freund* klang herabsetzend; ich war nicht sicher, ob die Beziehung meiner Patentante zu Bobsy gefragt war oder meine.

»Nun, nicht direkt. Er ist auch *mein* Freund. Ich kenne Conrad seit meiner Kindheit. Ich weiß, es hört sich affektiert an, aber –«

»Affektiert. O ja. Aber auch böse.«
»Er ist ein guter Fotograf. Frank...«
Ich schwieg. Ich gestand mir selbst ein – und zwar zum ersten Mal –, daß ich Vickers, den Constance immer in den Himmel hob, nicht mochte. Ich hätte es sagen können, aber ich tat es nicht. Mich von Vickers zu distanzieren, war vielleicht verlockend, aber auch billig. Außerdem sah ich, daß es sinnlos war. An ihren Freunden sollst du sie erkennen: Frank Gerhards Gesichtsausdruck zeigte deutlich, daß ich vor seinen Augen mit Conrad Vickers über einen Kamm geschoren gehörte.

Er starrte die Straße hinunter, seine Hand war zur Faust geballt, seine Wangen waren rot vor Zorn. Einen Augenblick lang fürchtete ich, daß er zurückgehen würde, Vickers stellen würde, ihn möglicherweise schlagen würde. Dann drehte er sich mit dem Ausdruck der Verachtung und einem ärgerlichen Achselzucken wieder um. Der Vaporetto näherte sich.

Ich weiß, daß seine Reaktion viel komplizierter war, als ich begreifen konnte, daß Eifersucht mit im Spiel war und daß sein Zorn gar nicht gegen Vickers gerichtet war. Damals wußte ich es nicht. Ich war verwirrt und verzweifelt und hatte das Gefühl, daß ich gerade etwas verlor, was mir viel bedeutete, das ich aber nicht erklären konnte, und so ging ich auf ihn zu. Ich sagte seinen Namen. Ich glaube, ich streckte meine Hand aus. Der Vaporetto legte an, Frank Gerhard drehte sich zu mir um.

»Wie alt sind Sie eigentlich?« fragte er.

Als ich ihm sagte, daß ich fünfundzwanzig sei, erwiderte er nicchts. Das brauchte er auch nicht: Ich wußte, was er dachte. Mit fünfundzwanzig war ich alt genug, um mir mein eigenes Urteil zu bilden.

Werde endlich erwachsen: Als hätte er es ausgesprochen. Statt dessen sagte er mir nur ein kühles, aber höfliches »Leben Sie wohl«. Schon damals hätte ich ihm sagen können – und ich habe es ein paar Jahre später getan: Ich gebe mir Mühe. Aber es war schwierig, erwachsen zu werden, schwierig, sich freizumachen: Constance hatte mich als Kind geliebt, Constance wollte, daß ich ein Kind blieb. Sogar physisch – und das war über eine lange Zeit ziemlich absurd gewesen.

»Hör auf zu *wachsen*«, sagte sie immer zu mir, als ich – als Teenager – fast einsachtundsiebzig erreichte, wobei es dann, Gott sei Dank, geblieben ist.

»Wachse nicht so *schnell*«, rief sie immer, halb im Scherz, halb im Ernst; und wenn ich es gekonnt hätte, hätte ich – weil ich verzweifelt darum bemüht war, mir ihre Zuneigung zu bewahren – aufgehört.

»Oh, neben dir komme ich mir vor wie ein *Zwerg*«, beklagte sie sich. »Es ist schrecklich. Ich hasse es. Ich hole dich nie ein.«

»Wie groß du bist für dein Alter.«

Das war eines der ersten Dinge, die sie zu mir sagte, als ich in New York ankam. Der erste Tag mit meiner Patentante. Mein erster Tag in einer neuen Welt. Ich war leicht zu erfreuen.

Wir standen im Flur, sahen unsere Spiegelbilder, während Jenna schweigend etwas abseits wartete. Ich war mehrere Tage lang auf See gewesen. Ich war gerade zum ersten Mal mit einem Fahrstuhl gefahren. Es kam mir immer noch so vor, als sei ich in Bewegung; unter meinen Füßen fühlte sich der Teppich wie Wellen an.

»Wie viele Victorias siehst du?« fragte meine Patentante. Sie lächelte. »Wie viele Constances?«

Ich zählte sechs. Ich zählte noch einmal und fand acht. Constance schüttelte den Kopf. Sie sagte, wir seien unendlich. »Wie groß du bist für dein Alter«, sagte sie. Ich sah auf unsere Spiegelbilder. Mit acht Jahren reichte ich meiner Patentante fast bis an die Schultern. Sie war absolut vollkommen und sehr klein. Ich überlegte, warum meine Größe für sie ein Grund des Bedauerns war.

Sie hatte sich angehört, als würde sie es bedauern. Sie nahm mich an der Hand; sie führte mich durch den Flur in einen sehr großen Salon. Von seinen Fenstern aus sah ich in Baumwipfel. Ich dachte: Wir sind in einem Vogelhorst. Der Boden des Vogelhorsts kräuselte sich.

»Du mußt Mattie kennenlernen«, sagte Constance – und Mattie, die ein weißes Kleid und weiße Schuhe trug, trat vor. Sie war die erste schwarze Frau, der ich je begegnet bin. In Wiltshire gab es 1938 keine Farbigen. Und an Bord des Schiffs hatte es in der ersten Klasse auch keine gegeben. Ich starrte Matties Haut an. Ihre Wangen waren rund und fest; sie sah poliert aus; sie war ungeheuer dick. Als sie lächelte, waren ihre Zähne weißer als weiß. Das Zimmer schwankte und hob mich in die Luft.

»Wie zwei Erbsen in einem Topf«, sagte Mattie geheimnisvoll. »Genau wie Sie gesagt haben.«

Sie fuhr mit den Händen durch die Luft, während sie sprach. Dort, auf dem Tisch neben ihr, stand ein Foto meines Vaters. Ich kannte dieses Foto: Es war das gleiche, das immer auf dem Schreibtisch meiner Mutter gestanden hatte. Er sah sorglos aus; in der Hand schwang er einen Crocketschläger. Ich starrte auf das Foto. Ich dachte an meinen Vater und an meine Mutter, die ich in Winterscombe zurückgelassen hatte; die tot waren.

Ein großer schwarzer Bär kam ins Zimmer: Er leckte meine Hand. Das war Constances neuester Hund, ein Neufundländer, der ungeheuer sanft war: Das war Bertie.

Dreitausend Meilen. Ich reiste immer weiter. Ich fühlte, wie mich die Luft emporhob und auf etwas zutrug, das ganz deutlich zu erkennen war, das ich aber erst entdecken konnte, nachdem ich den Ozean überquert hatte. Da war ich nun, acht Jahre alt, groß und dürr, mit vorstehenden Knochen. Ich hatte einen hohen Nasenrücken auf einer schmalen Nase. Meine verschwommenen grünen Augen waren nicht ganz gleich, eins war dunkler als das andere. Dreitausend Meilen, und ich sah eine neue Victoria vor mir: ein Mädchen, das sich in eine vertrackte Unendlichkeit zurückzog, ein Mädchen, das genauso aussah wie ihr Vater.

Ich begann zu weinen. Ich hatte mir das Versprechen gegeben, es nicht zu tun, aber nachdem ich begonnen hatte, konnte ich nicht mehr aufhören. Ich wollte meinen Vater zurückhaben; ich wollte meine Mutter zurückhaben; ich wollte den Sommer und Winterscombe und meinen Freund Franz-Jakob zurückhaben. Das sagte ich. Nachdem ich aber einmal angefangen hatte zu sprechen, konnte ich nicht mehr aufhören. Es sprudelte alles aus mir heraus, auf einer Woge des Kummers, der zu lange unterdrückt worden war: der Tod meiner Eltern, meine eigene schreckliche Schuld, meine Prahlereien gegenüber Charlotte, die Gebete am Morgen und am Abend, die Ungeheuerlichkeit der Pfennigkerzen, die jeden Sonntag angezündet worden waren, um ein böses Gebet zum Himmel zu schicken.

Alle waren sehr freundlich, aber meine Patentante war die freundlichste von allen. Sie brachte mich ins Bett, in ein Zimmer, das so luxuriös war, daß ich wieder weinen mußte und mich nach der Einfachheit von Winterscombe sehnte. Meine Patentante setzte sich zu mir. Sie nahm meine Hand. Sie machte keinen Versuch, mich zu besänftigen, und dann hörten die Tränen schließlich von alleine auf.

»Ich bin auch eine Waise«, sagte sie. »Wie du, Victoria. Ich war zehn, als mein Vater starb. Es war ein Unfall, es geschah ganz plötzlich – und ich habe mir die Schuld dafür gegeben, genau wie du es jetzt tust. Das tun die Menschen, wenn jemand stirbt – das wirst du noch verstehen, wenn du einmal älter bist. Wir denken dann immer: Wenn ich doch nur dieses oder jenes getan hätte, wenn ich doch nur dieses oder jenes gesagt hätte.

Du würdest genauso empfinden, wenn du dir diese Geschichten nicht ausgedacht hättest, wenn du diese Gebete nicht gesprochen hättest.« Sie machte eine Pause. »Glaubst du an Gott, Victoria? Ich glaube nicht an ihn, aber glaubst du an ihn?«

Ich zögerte. Noch nie hatte mir jemand eine solche Frage gestellt. An Gott zu glauben war in Winterscombe eine Selbstverständlichkeit gewesen.

»Ich glaube, ja«, sagte ich schließlich vorsichtig.

»Nun, dann also.« Constances Gesicht wurde traurig, so daß ich annahm, es mache sie unglücklich, eine Atheistin zu sein. »Wenn du an Gott glaubst und Er ein guter Gott ist, dann kannst du doch nicht glauben, daß er dir einen so üblen Trick spielen würde, nicht wahr?«

»Aber wenn er mich nun bestrafen wollte – weil ich Charlotte angelogen habe?«

»Ganz bestimmt nicht. Er würde die Strafe dem Vergehen anpassen, glaubst du nicht?«

»Ja, ich schätze, ja.«

»Ich weiß, daß er das tun würde.« Sie sah nach unten. Sie faltete das Laken zwischen ihren Fingern. Sie blickte auf. »Das war ein sehr kleines Vergehen, Victoria, wenn überhaupt! Gott kennt viel größere, um die er sich kümmern muß. Stell dir vor: Er muß über Töten und Diebstahl und den Krieg nachdenken und richten. Wirklich große Dinge. Ungeheuerlich groß! Du hast nur eine kleine Lüge ausgesprochen, aus großer Liebe. Dafür würde er dich nicht bestrafen.«

»Glaubst du wirklich?«

»Ganz bestimmt. Ich gebe dir mein Wort darauf.« Sie lächelte. Sie beugte sich über mich und gab mir einen Kuß. Sie strich mit ihrer kleinen Hand, die mit hübschen kleinen Ringen vollgesteckt war, über meine Stirn.

Ich glaubte ihr. Ich wußte plötzlich mit absoluter Sicherheit, daß sie Gottes Gedanken lesen konnte, diese seltsame Patentante. Wenn sie es wagte, wenn sie mir ihr Wort gab, dann stimmte es auch. Ich war ungeheuer erleichtert: Natürlich spürte ich noch immer den Verlust, aber das schlechte Gewissen war nicht mehr so schwer zu ertragen.

Constance schien es zu verstehen – vielleicht konnte sie auch meine Gedanken lesen –, denn sie lächelte mich wieder an und streckte ihre offene Hand aus.

»Siehst du. Jetzt sind sie fast weg, deine Schuldgefühle, nicht wahr? Oder sind noch welche übrig? Nur ein ganz kleines bißchen? Gut, dann gib sie mir. So ist es gut, leg sie in meine Hand – alle, jetzt! Gut. Oh, hier gefällt es ihnen – das kann ich fühlen. Sie kitzeln meine Hand. Sie krabbeln an meinen Armen hinauf. Sie tun sich mit all den anderen Schuldgefühlen zusammen – sie haben viele Freunde, siehst du? Da!« Sie schaukelte mich hin und her. »Jetzt sind sie in meinem Herzen angekommen. Dort wohnt die Schuld, weißt du. Dort macht sie es sich bequem. Du brauchst dir keine Sorgen mehr zu machen. Sie werden nie wieder zurückkommen.«

»Stimmt das, daß die Schuld – im Herzen lebt?«

»Absolut. Manchmal springt sie herum, und dann denken die Leute: Oh, ich habe Herzklopfen! Natürlich stimmt das nicht. Das ist nur das schlechte Gewissen, das sich bemerkbar macht.«

»Und hast du schon viel davon?«

»Jede Menge. Ich bin erwachsen.«

»Wird sie zu mir zurückkommen – wenn ich erwachsen bin?«

»Vielleicht. Manchmal. Und auch Bedauern – das kann häßlich sein. Wir schließen einen Pakt, sollen wir? Wenn du merkst, daß sie sich wieder bei dir einschleichen wollen, dann schickst du sie zu mir zurück. Mir macht das nichts. Ich bin daran gewöhnt.«

»Soll ich *Tante* zu dir sagen?«

»*Tante*?« Constance verzog das Gesicht. Sie rümpfte die Nase. »Nein, ich glaube nicht, daß es mir gefallen würde. *Tante* klingt so alt. Es riecht nach Mottenkugeln. Außerdem bin ich nicht deine Tante, und *Patentante* hört sich schrecklich an. Glaubst du, daß du mich Constance nennen könntest?«

»Einfach so?«

»Einfach so. Versuch's doch mal. Sag: Gute Nacht, Constance, und paß auf, wie es sich anfühlt. Übrigens ist jetzt heller Vormittag, aber das kann uns egal sein.«

»Gute Nacht... Constance«, sagte ich.

Constance gab mir noch einen Kuß. Ich machte die Augen zu und fühlte ihre Lippen auf meiner Stirn. Sie stand auf. Sie schien zu zögern, mich allein zu lassen. Ich machte die Augen wieder auf. Sie sah traurig und glücklich zugleich aus.

»Ich bin so froh, daß du hier bist.« Sie zögerte. »Es tut mir leid, daß wir dir weh getan haben. Dieses Foto – das war dumm. Ist dir noch nie aufgefallen, wie sehr du deinem Vater ähnelst?«

»Nein. Noch nie.«

»Weißt du, als ich ihn zum ersten Mal gesehen habe, war er zwölf

Jahre alt, fast dreizehn. Er sah ganz genauso aus wie du jetzt. Ganz genauso.«

»Wirklich?«

»Nun, natürlich hatte er keine Zöpfe...« Sie lächelte.

»Ich hasse die Zöpfe. Ich habe sie schon immer gehaßt.«

»Dann müssen sie eben weg«, sagte sie zu meiner großen Überraschung.

»Wir machen sie auf. Oder wir schneiden sie ab. Was dir lieber ist.«

»Ginge das?«

»Natürlich. Gleich morgen, wenn du willst. Das liegt ganz bei dir. Schließlich sind es deine Zöpfe! Und jetzt mußt du schlafen. Wenn du aufwachst, wird dir Mattie Pfannkuchen machen. Magst du Pfannkuchen?«

»Sehr gern.«

»Gut. Ich werde ihr sagen, daß sie einen ganzen Haufen backen soll. Und, hör zu – während du schläfst, wird dich Bertie bewachen. Siehst du, hier ist er. Er wird sich auf einen großen Läufer vor dein Bett legen, und er wird schnarchen. Stört dich das?«

»Nein. Ich glaube, es würde mir gefallen.«

»Er träumt, weißt du. Wenn er schnarcht und mit seinen Pfoten kratzt, dann heißt das, daß er gerade seinen Lieblingstraum träumt. Er träumt von Neufundland, weißt du, und wie er dort im Meer schwimmt. Er liebt es, im Meer zu schwimmen. Er hat Schwimmhäute an den Füßen. In seinen Träumen schwimmt er, und dann sieht er... oh, er sieht wunderbare Dinge. Große Höhlen aus Eis und Polarbären und Seehunde und Walrosse. Grüne Eisberge, so hoch wie der Everest. Und Seevögel – die sieht er auch, wenn er träumt...«

Ich schlief sehr lange: viele Stunden am Morgen und dann wieder am Nachmittag. Als ich aufwachte, aß ich fünf Pfannkuchen; Mattie ließ mich Ahornsirup probieren. Ich saß am Küchentisch, und Mattie erzählte mir ihre Lebensgeschichte. Sie war von zu Hause weggelaufen, als sie zwölf war, und hatte viele Abenteuer erlebt. Mattie hatte schon in einer Tanzband gesungen, in einer chinesischen Wäscherei Laken gewaschen, gelernt, wie man Taschen ausleert, und sie hatte in Chicago Fußböden geschrubbt.

»Kannst du das noch immer – Taschen ausleeren?«

»Sicher kann ich das. Das ist gar nicht schwer«, sagte Mattie und zeigte es mir.

Am nächsten Tag löste meine Patentante ihr Versprechen ein. Die

Zöpfe wurden aufgemacht. Es war eine wichtige Zeremonie. Ich stand mitten im Salon auf einem Laken. Mattie machte uns Mut. Jenna sah zu.

Schnippschnapp, schnippschnapp: Constance schnitt das Haar selbst ab, mit einer silbernen Schere. Sie schnitt es auf eine Länge zurück, mit der man leicht umgehen konnte, daß es mir gerade bis auf die Schultern reichte.

»Sieh nur, wie hübsch du aussiehst«, rief Constance, als es vorbei war. Ich starrte in den Spiegel. Nicht hübsch – das würde ich nie sein –, aber jedenfalls viel besser als vorher, sogar Jenna sagte es. Dann runzelte Jenna die Stirn, und ich dachte, daß sie vielleicht böse sei, daß sie fand, es sei noch zu früh, um Veränderungen vorzunehmen. Unsicher sah ich Constance an. Sie war eine Waise wie ich. Wenn das schlechte Gewissen in ihre Hand kroch, kitzelte es sie. Sie besaß einen Hund mit Schwimmflossen an den Füßen, der von Eisbergen träumte. Sie war sehr klein und sehr hübsch.

Ich brauchte jemanden, den ich liebhaben konnte, und von diesem Augenblick an hatte ich Constance lieb. Ich hatte sie so lieb, wie nur eine Waise liebhaben kann, das würde sie verstehen: unmittelbar und ohne Vorbehalte. Ich stürzte mich in ihre Arme, und sie hielt mich ganz fest. Als ich in ihr Gesicht sah, strahlte es mich an.

Damals glaubte ich, sie sähe so glücklich aus, weil sie mich auch lieb hatte. Und ich glaube selbst heute noch, daß es so gewesen sein könnte. Andererseits – zögernd, mit der Einsicht einer Erwachsenen – kann ich jetzt auch noch etwas anderes sehen. Constance liebte es, sich im Wettkampf zu messen. Vielleicht wurde ich geliebt; vielleicht war ich für sie nur ein Kinderspiel. Ich weiß es noch immer nicht.

Ich erinnere mich noch daran, daß wir jeden Nachmittag das gleiche taten: Um drei Uhr kam Constance nach Hause, egal, wie beschäftigt sie war. Dann ging sie mit mir und Bertie spazieren. Wir fuhren mit dem Fahrstuhl hinunter, überquerten die Straße, gingen ein Stück die Fifth Avenue hinauf und ließen Bertie die Gerüche des Central Park erforschen. Wir gingen durch den Eingang in der Nähe des Zoos, den wir manchmal besuchten, weil Constance die Tiere so gern hatte, obwohl sie es haßte, daß sie eingesperrt waren.

Bertie liebte den Schnee, und er liebte die New Yorker Winter. Denn er hatte ein dickes Fell – ein wasserdichtes Fell, mit einem dicken öligen Unterpelz –, und er haßte die Hitze in jenen Kriegssommern. Sie machten ihn rastlos und verdrossen. Anfangs überredeten Constance und ich ihn, in die Küche zu kommen und sich vor den Kühlschrank zu setzen, dessen Tür wir weit aufmachten. Das war schön für Bertie, aber nicht so vorteilhaft für den Inhalt der Kühlbox. Die Dienerschaft beklagte sich: Constance kaufte für Bertie eine Klimaanlage, die er heiß und innig liebte: Wir drehten sie voll auf, und Bertie setze sich davor, hielt den Kopf in den Wind, und seine Ohren flatterten.

Die einzigen Haustiere, die Constance nicht mochte, waren Katzen. Wenn wir in ein Tiergeschäft gingen, machte sie immer einen großen Bogen um ihre Käfige; nichts hätte sie dazu bringen können, eine zu streicheln. »Katzen sind nichts für uns«, sagte sie immer, »und außerdem haben wir Bertie.«

Als wir eines Tages von unserem Besuch im Tierladen zurückkamen, fragte ich Constance nach ihren anderen Hunden, Berties Vorgänger. Wir gingen Richtung Fifth Avenue. Constance lächelte. Wir gingen ziemlich schnell.

»Himmel! Nun, der erste hieß Floss. Dein Onkel Francis hat ihn mir geschenkt. Er war der hübscheste Hund, den es je gegeben hat, braun und schwarz und weiß, mit einem Schwanz wie eine Feder. Dann kam Box; den hat mir jemand anders geschenkt – er war weiß, flauschig, sehr gehorsam. Er ist mit mir nach New York gekommen und wurde fünfzehn Jahre alt, und ziemlich fett. Dann – laß mal sehen – hatte ich eine Weile einen Pekinesen und dann einen Mops. Ich habe ihn geliebt, meinen Mops! Als er starb, entschloß ich mich, einmal zu wechseln. Bis dahin hatte ich immer nur kleine Hunde gehabt, weißt du. Ich dachte mir, daß ich jetzt einmal das Gegenteil versuche. Ich fand Bertie.«

»Warum wolltest du denn wechseln – von so kleinen Hunden zu einem so großen?«

»Ich wollte es eben. Warte mal... Bertie ist jetzt sechs. Ich wollte wechseln. Das tu ich ziemlich oft. Ziemlich radikal. Ich werfe meine alte Haut ab – wie die Schlangen dort im Laden. Ja, so war es. Ich habe meine alte abgelegt und Bertie gekauft, um es zu feiern. Es war die richtige Entscheidung. Bertie ist edel. Und klug. Aber das weißt du ja.«

»Hast du ihn sehr lieb, Constance?«

»Ja. Das habe ich. Ich glaube, er ist mir von allen meinen Hunden der liebste. Wenn er sterben würde – und große Hunde leben nicht so lange wie kleine, weißt du –, also, ich darf gar nicht daran denken, das wäre schrecklich. Bertie wird mein letzter Hund sein, das bin ich ihm schuldig. Das habe ich fest beschlossen.«

»Wirklich, Constance?« Ich war sehr beeindruckt. »Dein letzter Hund? Du willst nie wieder einen anderen haben?«

»Treu bis in den Tod.« Constance verlangsamte ihre Schritte. »Ja. Bertie ist mein besseres Ich. Ich schwöre einen heiligen Eid, an dieser Stelle, auf der 62. Straße. Ich schwöre es.«

»Natürlich hast du die andern auch gern gehabt«, sagte ich, als wir in die Fifth Avenue einbogen. »Vor allem Floss. Er war der erste und –« Ich wollte gerade hinzufügen, daß mir Onkel Freddie die traurige Geschichte von Floss' Tod erzählt hatte, und wie Constance hinterher vor Kummer ganz krank gewesen war.

»Ach, Floss, ja«, unterbrach mich Constance. »Er bekam Tetanus, weißt du. Es war schrecklich. Er starb in Winterscombe.«

Ich wußte, was Tetanus war – ein Pferd meines Vaters war daran gestorben. Tetanus war nicht dasselbe wie im Hyde Park von einem Pferd zu Tode getrampelt zu werden, aber das wollte ich ihr nicht sagen. Ich hatte gelernt, verschwiegen zu sein. So war ich erzogen: Das verlangte die Höflichkeit.

Constance hatte mir gerade ihre erste Lüge aufgetischt, aber das wußte ich da noch nicht. Ich dachte, mein Onkel Freddie, der es mit der Wahrheit manchmal nicht so genau nahm, hätte sich geirrt.

Das war 1939, kurz nach Kriegsausbruch. Jetzt begann das zweite Stadium meiner Kindheit, das, wie Sie noch sehen werden, 1945 mit dem Waffenstillstand beendet war. *Tetanus,* dachte ich – und gab Bertie, der an mir hochsprang, einen Kuß.

In jenen Kriegsjahren schrieb ich täglich Briefe, Briefe hielten die Verbindungen aufrecht.

Ich war oft allein, mit Mattie oder einer der anderen Hausangestellten, oder mit einer ganzen Reihe von Erzieherinnen. Constance ging zur Arbeit oder stattete Freunden außerhalb von New York einen Besuch ab; und ich blieb dann allein in dieser luftigen Wohnung hoch oben über den Bäumen, manchmal hatte ich Unterricht, häufiger las ich oder schrieb Briefe, während Bertie zu meinen Füßen lag.

Ich schrieb lange klecksige Episteln: Ich schrieb an Großtante Maud, an meine Onkel, an meinen Patenonkel Wexton, an Jenna; und ich schrieb regelmäßig zweimal die Woche an meinen Freund Franz-Jakob.

Meine Familie war großzügig: Ich erhielt regelmäßig dicke Antwortbriefe. Jeden Morgen brachte mir Constance die Briefe ins Zimmer und legte sie wie ein Geschenk neben meinen Frühstücksteller. Jeden Nachmittag, wenn wir unseren Spaziergang mit Bertie machten, warfen wir meine Briefe unten im Hausflur in den eleganten Messingkasten. Aus diesen Briefen erfuhr ich das meiste über den Krieg.

Tante Maud, die noch zu krank war, um selbst schreiben zu können, diktierte ihre Briefe ihrer neuen Sekretärin und erzählte mir darin von den Luftkämpfen über London, von den Fesselballons im Hyde Park und von den abfälligen Dingen, die sie zu Ribbentrop gesagt hätte, wenn sie Gelegenheit dazu gehabt hätte. Steenie schrieb aus Conrad Vickers' neuer Villa auf Capri, dann aus der Schweiz, wo er – ein fröhlicher Feigling, wie er sagte – für den Rest des Krieges blieb. Onkel Freddie schrieb mir, daß er bei der Feuerwehr sei und seine Kriminalromane während des Blitzkriegs schrieb. Wexton, dessen Arbeit geheimer war – sie hatte, glaube ich, mit Verschlüsseln und Entschlüsseln zu tun –, hielt sich an weniger kontroverse Themen: Er schrieb sehr viel von der Rationierung. »Er ist ein Spion«, sagte Constance, die einen seiner Briefe gelesen hatte: Schon damals war klar, daß sie Wexton nicht leiden konnte.

Jenna, der meine Eltern etwas Geld hinterlassen hatten, arbeitete jetzt als Haushälterin bei einem pensionierten Geistlichen in Nordengland. Jack Hennessy war nicht mitgegangen, aber das überraschte mich nicht. Schon in Winterscombe hatten sie nie miteinander gesprochen; so daß ich immer ganz vergaß, daß sie verheiratet waren.

Als ich es einmal zu Constance sagte, reagierte sie ziemlich schroff.

»Hennessy?« sagte sie. »Dieser schreckliche Mann? Sie kann froh sein, daß sie ihn los ist. Er war ein Tyrann, und er trank. Er hat sie geschlagen. Einmal hatte sie sogar ein blaues Auge. Das war, als du gerade geboren warst – das war, als Jenna wieder nach Winterscombe kam.« Sie runzelte die Stirn. »Deine Mutter hat Hennessy behalten. Ich weiß nicht, warum. Wahrscheinlich hat er ihr leid getan.«

Ich schrieb gerade einen Brief an Jenna, als Constance dies erzählte. Vor Erstaunen ließ ich den Federhalter fallen. Es dauerte gut zehn Minuten, bis ich mich wieder beruhigt hatte und weiterschreiben konnte. Hennessy, der Kesselheizer, war ein Tyrann. Er trank. Er hatte meiner Jenna einmal ein blaues Auge geschlagen. Männer konnten Frauen schlagen. Eine ganze Welt geriet aus den Angeln. Diese aufregende Entdeckung über Jenna und ihren Mann gab ich in meinem nächsten Brief an meine Tante Maud weiter. Ihre Antwort kam postwendend.

»Nein, das über Jenna wußte ich *nicht*«, schrieb Maud. »Und wenn ich es gewußt hätte, wäre nicht darüber gesprochen worden. Ich *verabscheue* Klatsch! Solche Dinge, Victoria, sind *geschmacklos*. Über so etwas spricht man nicht. Das ist *unhöflich*. Und da sie noch dazu von Deiner Patentante stammen, sind sie mit *größter Vorsicht* zu behandeln! Deine Patentante hatte immer sehr viel Phantasie bei ihren Geschichten...«

So gern ich Tante Maud auch mochte, glaubte ich ihr nicht. Sie war eine ziemliche Klatschtante, das war das eine, so daß ein Teil ihres Briefes bestimmt nicht der Wahrheit entsprach. Mir gefielen Constances Geschichten, und ich glaubte sie.

Inzwischen war Constance zu meiner Verbündeten geworden. In mancher Hinsicht benahm sie sich, als wären sie und ich im selben Alter, zwei Kinder, die sich gegen diese verdorbenen Erwachsenen verbündeten. »Und jetzt«, sagte sie immer, »werde ich dich im Büro bei Prudie abgeben. Sie bellt viel, aber sie beißt nicht – laß dich nicht von ihr herumkommandieren.« Oder sie kam in die Wohnung, wenn eine dieser üblen kurzfristigen Erzieherinnen mir gerade etwas beibringen wollte.

»Für heute ist Schluß mit dem Unterricht«, rief Constance dann und nahm mich einfach mit zum Lunch in ein tolles Restaurant oder zu einer Fahrt aufs Land, zu einem Haus, das sie gerade einrichtete. Sie war ganz entschieden gegen Schulen, gegen Lernen, und sie pfiff auf jede Disziplin. Eine der besseren Erzieherinnen, eine strenge Frau aus Boston, vor der ich vor Angst zitterte, wurde wegen der großen Warze an ihrem Kinn entlassen. Einen anderen, ein Lehrer, jung und gutaussehend, schien sie sehr zu begünstigen, und es sah fast so aus, als würde er länger bleiben – aber auch ihm wurde irgendwann gekündigt, obwohl ich ihn recht gern hatte.

Seine Entlassung führte zu einer heftigen Szene. Ich hörte laute Stimmen in der Wohnung, dann Türenschlagen. Constance tat seine Entlassung mit einem Schulterzucken ab: Sie sagte, ihr gefielen seine Krawatten nicht; er habe keine Phantasie; er sei ein Langweiler.

Constance und ich gegen den Rest der Welt, die erwachsene, verantwortungsbewußte, trübsinnige Welt: Das war das Szenario. Welches Kind würde sich dafür entscheiden, Latein zu büffeln, wenn die Alternative Blinis und Kaviar in einem russischen Tea-Room waren? Warum sollte ich mich mit dieser abscheulichen Algebra herumplagen, wenn ich mit Constance in Aladins Höhle in der 57. Straße, wo ihre Ausstellungsräume waren, gehen konnte. Constance steckte mich mit ihren anarchischen Gelüsten an, daß mir schwindlig wurde.

Aber sie war auch noch auf eine andere Art meine Verbündete – eine Möglichkeit, mich noch mehr zu entzücken. Obwohl sich Constance manchmal benahm, als wäre sie nicht älter als ich, als wären wir beide Kinder, benahm sie sich manchmal auch, als wäre ich genauso alt wie sie, als wären wir beide Erwachsene. Gleich von Anfang an durfte ich sie begleiten, wenn sie mit ihrer Arbeit unterwegs war, sie fragte mich um Rat – und sie schien auf meine Meinung zu hören. »Welches Gelb soll ich nehmen?« fragte sie mich und hielt zwei Stoffstücke in die Höhe. Ich wählte eins aus, nach bloßem Instinkt, und Constance nickte zustimmend.

»Gut«, sagte sie, »du hast ein gutes Auge. Gut.«

Ich war bis dahin noch nie wegen irgendwelcher Talente gelobt worden und fühlte mich sehr geschmeichelt. Ich fühlte mich auch geschmeichelt, daß mir Constance, wenn ich mich ihr anvertraute, immer zuhörte. Wenn ich eine Frage stellte, gab sie mir eine offene Antwort, als wäre ich kein Kind, sondern eine Frau.

Meine Tante Maud schien Constance nicht zu mögen, das war verständlich: Meine Tante Maud hatte früher den Mann geliebt, den Constance später geheiratet hatte. Sie trafen sich nie. Er lebte allein, irgendwo in Connecticut. Warum hatten sie sich getrennt? Weil er sich Kinder gewünscht hatte und Constance keine kriegen konnte. Hatte sie gebetet, welche zu kriegen? Ja, das hatte sie, auf ihre Weise: Sie hatte sich immer eins gewünscht – und nun war dieses Kind hier, mit seiner Patentante.

Damals verstand ich diese Erklärungen nur halb. Trotzdem akzeptierte ich sie. Sie gaben mir Sicherheit. Sie zeigten mir, daß ich erwünscht war.

Da Constance mir soviel erzählte, schüttete auch ich ihr mein Herz aus. Innerhalb kürzester Zeit hatte ich ihr meine wichtigsten Geschichten erzählt. Ich erzählte ihr von meinem großen Freund Franz-Jakob – und auch in dieser Hinsicht, bei meiner Suche nach Franz, wurde Constance meine Verbündete.

Franz-Jakob hat mir nie geschrieben. In den ersten Wochen, die vergingen, ohne daß ein Brief von ihm kam, gab ich der Post die Schuld. Dann begann ich zu glauben, daß es vielleicht doch nicht die Schuld der Post sei, sondern daß ich eine falsche Adresse hatte. Aber auch wenn ihn meine Briefe nicht erreichten, erklärte das noch lange nicht, warum Franz-Jakob nichts von sich hören ließ. Wie konnte er es erst versprechen und dann nicht schreiben?

In den Herzen von Freunden spielt Entfernung keine Rolle: Ich dachte an das Schiff und an die Landungsbrücke, an Franz-Jakobs goldene Schachtel mit der Wiener Schokolade. Ich bewahrte diese Schachtel noch immer auf! Ich bekam allmählich Angst.

Ich hatte Constance die Geschichte von Franz-Jakob schon viele Male erzählt. Sie wurde nie ungeduldig, wenn ich sie immer wieder und wieder erzählte. Ich erzählte ihr von seiner Begabung in Mathematik, von seinen traurigen Augen, von seiner Familie. Ich erzählte ihr von diesem merkwürdigen und schrecklichen Tag, an dem Franz-Jakob mit seinen magischen Kräften im Wald das Blut gerochen hatte, und den Krieg.

Ich beschrieb ihr, wie wir, blaß und zitternd, auf der Lichtung gestanden waren, gelauscht hatten, als die Greyhounds durch das Unterholz gestürmt kamen. Und als Constance dieser Geschichte lauschte, wurde sie ebenfalls ganz blaß.

»Oh, dieser Ort«, sagte sie, als ich ihr das erste Mal davon erzählte. Sie legte ihre Arme um mich. »Ach, Victoria, wir müssen ihn finden.«

Wir machten es zu unserem gemeinsamen Anliegen. Ich bedrängte Freddie und Tante Maud, etwas zu unternehmen, das Waisenhaus zu fragen, und als alle Bemühungen ohne Erfolg blieben, telefonierte Constance selbst mit der Waisenhausverwaltung.

Wochenlang ließ man uns in dem Glauben, daß Franz-Jakob weitergeschickt worden war, wie so viele Kinder, irgendwohin aufs Land, weg von den Bombenangriffen. Dann kam die Nachricht: Franz-Jakob war nicht evakuiert worden. Er war, zwei Monate bevor der Krieg ausbrach, auf Bitten seiner Eltern nach Deutschland zurückgefahren.

Ich erinnere mich an Constances Blick, als sie mir den Brief zeigte, an die ruhige und sanfte Art, mit der sie sprach. Ich war inzwischen neun: Und ich wußte nur, daß es für Franz-Jakob sehr gefährlich war, wenn er wieder nach Hause gefahren war. Sehr gefährlich: Das konnte ich an dem traurigen Ausdruck in Constances Augen erkennen, an ihrer Weigerung, mit mir darüber zu sprechen. Ich wußte, was dieser Ausdruck bedeutete: Ich hatte ihn schon früher gesehen. Er bedeutete, daß es sich um etwas Schlimmes handelte, vor dem ich beschützt werden mußte. Zum ersten Mal bekam ich wirklich Angst.

Constance beschützte mich, aber sie konnte mich nicht für immer beschützen. Bestimmte Tatsachen ließen sich nicht leugnen. Neun, als der Krieg begann, und fünfzehn, als der Krieg schließlich zu Ende war. Franz-Jakob war Jude. Inzwischen wußte ich, warum er niemals geschrieben hatte. Ich wußte, was mit den Juden in ihrer Heimat passiert war.

Meinen letzten Brief an ihn schickte ich am Tag des Waffenstillstands ab. Ich hatte ihm während der Kriegsjahre immer weiter geschrieben, ins Leere hinein; und Constance, die gewußt haben muß, daß diese Briefe nie gelesen werden würden, hatte Verständnis und respektierte mein Bedürfnis zu schreiben. Als ich diesen letzten Brief in den Briefkasten geworfen hatte, hatte sie Tränen in den Augen.

Und ich tröstete sie. Ich sagte: »Ist schon gut, Constance. Das ist der letzte Brief. Ich weiß, daß er tot ist.«

Ein dummes englisches Mädchen. Ich hatte sechs Jahre gebraucht. Sechs Jahre, um zu begreifen, daß Franz-Jakob an jenem heißen Nachmittag vor dem Krieg in den Wäldern von Winterscombe seinen eigenen Tod geahnt hatte.

Eine verschlüsselte Botschaft, die ich erst sechs Jahre später verstand: das Aufblitzen eines Morsezeichens. Ich wünschte, ich hätte nicht so lange gebraucht. Ich wünschte, ich hätte es schon damals verstanden, aber wenigstens verstand ich es jetzt.

Diese Erkenntnis war unser letzter Pakt, das konnte ich fühlen. Über den Tod hinweg ergriff ich Franz-Jakobs Hände und hielt sie ganz fest. Entfernung – selbst diese letzte Entfernung – spielte in den Herzen von Freunden keine Rolle. *Lieber Franz,* schrieb ich feierlich in diesem letzten Brief, *ich werde immer an Dich denken. Ich werde jeden Tag meines Lebens an Dich denken.*

Seltsamerweise – fünfzehnjährige Mädchen mögen solche Versprechen vielleicht ernst meinen, aber auch wenn sie aus dem Herzen kommen, gehen sie im Wirrwarr des Lebens meist verloren – habe ich das Versprechen, das ich Franz-Jakob gegeben habe, gehalten. Ich habe ihn nie vergessen und auch nicht mein heimliches Versprechen an einen verlorenen Jungen.

Aber es war ein *heimliches* Versprechen. Ich habe Constance nie davon erzählt, weder damals noch später. Ich habe es für mich behalten.

Ich glaube, daß ich mich zuallererst wegen Franz für Rosa Gerhard interessierte, die auch deutsche Eltern hatte, die auch – durch Konvertierung – Jüdin war.

Ich hörte Rosas Namen zum ersten Mal, als ich zwölf oder dreizehn Jahre alt war und der Krieg noch nicht zu Ende war. An jenem Tag hatte mich Constance abrupt von dem Mann getrennt, der, wie sich herausstellte, mein letzter Lehrer gewesen sein würde. Dieser Mann, ein bekümmerter Emigrant aus Weißrußland, der in New York kein Glück gehabt hatte, war einer von Constances zahllosen *Sozialfällen*. Constance hatte eine besondere Vorliebe für gestrandete Existenzen, und ihre wöchentlichen Partys waren stets von anmaßenden, aber mittellosen Aristokraten durchsetzt, deren Macht schon längst verblichen war. Serbische Großherzöge, die völlig abgebrannt waren; verarmte Markgrafen; die Gräfin Soundso, die Herzogin von diesem oder jenem: Constances Partys waren von Geschichte verbrämt – in den Garderoben waren ihre Klagelieder zu hören.

Der Russe, der mich unterrichtet hatte, hieß Igor; er war von Haus aus ohne Ehrgeiz, sein Unterricht gehorchte keiner Systematik. In seinem Enthusiasmus brachte er mir – in der ersten Woche – viele lebenswichtige Dinge bei: Wie sich *sevruga* von *beluga* unterscheidet, wie man sich einer russischen Großherzogin nähert. Ich erfuhr den Namen des Oberkellners im besten vorrevolutionären Restaurant Moskaus – einem Restaurant, das fünfzehn Jahre später in die Luft gejagt wurde. Ich erfuhr, daß Igor die Bolschewiken haßte.

Aber schon in der zweiten Woche merkte ich, daß Igor das Interesse verlor. Gelegentlich, wenn sich Igor von seiner grüblerischen Melancholie loszureißen vermochte, las er mir etwas auf russisch vor. Aber wenn er dann merkte, daß ich kein einziges Wort verstand, fühlte er sich tödlich beleidigt; ich glaube, er hielt es für schlechtes Benehmen. Er wechselte zu Französisch, zuckte bei meinen schleppenden Antworten jedesmal zusammen und gab sich schließlich geschlagen. Matt und erschöpft schlug er dann vor, daß ich selbst lesen sollte.

Und dann las ich selbst, so vergingen unsere Unterrichtsstunden. Ich, eine Leseratte, saß mit Bertie und einem Buch in der Ecke; Igor, der sich gern Träumen hingab, saß in einer anderen Ecke und nippte an seinem Wodka. Diese Aufteilung gefiel uns beiden. Es gab nur ein Problem: Constances Wohnung, die in jeder Hinsicht aufwendig eingerichtet war, war nicht gerade mit Büchern gesegnet.

»Du bist wie dein Vater, weißt du«, sagte Constance eines Tages. »Acland hat immer nur gelesen. Victoria, was ist mit all seinen Büchern geschehen? Sie gehören jetzt dir. Denk doch mal an die Bibliothek in Winterscombe.«

»Ich glaube, sie wurden in Kisten gepackt, Constance«, sagte ich. »Als das Militär einzog. Daddys Bücher und auch die von Mummy. Auch die

Bücher meiner Großeltern. Ich nehme an, sie liegen jetzt auf dem Speicher.«

»Ich werde sie kommen lassen!« Constance war aufgeregt. »Prudie wird an diese blöden Vermögensverwalter schreiben. Ich werde darauf bestehen, daß sie sie schicken!«

Die Bücher brauchten Monate, bis sie mit dem Schiff eintrafen, und in diesen Monaten baute Constance ihnen einen Schrein. Ihre Wohnung war groß: Ein Zimmer wurde in eine Bibliothek umgewandelt. Constance entwarf diesen Raum, bis ins kleinste Detail, selbst. Ich durfte ihn nicht sehen.

Dann kam der Tag, an dem er enthüllt wurde. Igor und Bertie und ich wurden voller Stolz in ein prächtiges Zimmer geführt. An allen vier Wänden waren vom Boden bis zur Decke nichts als Bücher.

Ich war gerührt, daß Constance sich solche Mühe gemacht hatte, sie hatte keine Ausgaben gescheut. Sogar Igor zeigte sich beeindruckt. Wir gingen von einem Regal zum andern. Erst nach und nach fiel mir etwas Merkwürdiges auf. Die Titel waren sorgfältig geordnet, aber wie sie geordnet waren! Die Bücher, die meiner Mutter gehört hatten, waren auf der rechten Seite des Zimmers untergebracht, und alle Bücher, die meinem Vater gehört hatten, auf der linken Seite. Ein und dieselben Autoren standen an zwei verschiedenen Stellen: Es hatte eine literarische Apartheid stattgefunden.

Ich sagte nichts. Ich wollte Constance nicht beleidigen. Igor, der einen ausgeprägten Selbsterhaltungstrieb besaß, sagte auch nichts. Constance verließ uns. Rechts von mir Bücher, links von mir Bücher: Das war meine erste Lektion.

In diesem merkwürdigen Raum arbeitete ich jetzt Tag für Tag – falls man das Lesen von Romanen als Arbeit bezeichnen kann –, und aus diesem merkwürdigen Raum holte mich Constance an dem Tag, an dem ich zum ersten Mal von Rosa Gerhard erfuhr.

Ich las gerade *Anne Elliot* von Jane Austen und hätte es gern weitergelesen, aber Constances Anordnungen, wie kapriziös sie auch waren, mußten stets befolgt werden. Ich wurde in Constances Ausstellungsräume in der 57. Straße verfrachtet. Ich wurde wegen der Farbe eines Seidenstoffs um Rat gefragt und dann vergessen. Das passierte manchmal. Jedesmal, wenn Miss Marpruder aufblickte, klimperte sie mit ihrer Glasperlenkette, winkte mir zu, ein ruckartiges Winken. Die Telefone schrillten, Constance schwebte durch die Räume: Ich war gern dort, um zuzusehen, um zu lernen, um zu lauschen.

Die Assistentin, die gleich neben mir saß, eine elegante, eindrucksvolle Frau, nahm Rosa Gerhards Anruf entgegen.

»Hallo«, sagte sie. »Mrs. Gerhard.« Und dann Schweigen.

Es wurde still, alle lauschten. Sie warfen sich Blicke zu. Ich merkte, daß die Assistentin den Hörer ein Stück von ihrem Ohr entfernt hielt. Ihr Anteil an diesem Gespräch war minimal. Aus dem Hörer dröhnten schrille, krächzende Töne. Dann landete der Hörer schließlich wieder auf der Gabel, und Constance zählte laut – bis zehn.

»Sagen Sie nichts«, sagte sie. »Das gelbe Schlafzimmer?«

»Nein, Miss Shawcross. Schlimmer. Sie *zieht um*. Sie hat wieder ein Haus gekauft.«

»Ist es das siebente?«

»Nein, Miss Shawcross. Das achte.« Sie zitterte. »Ich könnte versuchen, sie abzuwimmeln.«

»Sie abwimmeln? Man kann sie nicht abwimmeln. An Rosa Gerhard führt kein Weg vorbei. Das wäre, als wollte man einen Wirbelsturm mit einem Hoover aufsaugen. Ich werde mich um sie kümmern.«

»Soll ich sie anrufen, Miss Shawcross? Sie sagte –«

»Ich glaube nicht, daß das nötig sein wird.« Constance lächelte angestrengt. »Wir brauchen nur zu warten. Noch zwanzig Sekunden, würde ich sagen.«

Wir warteten. Dreißig Sekunden vergingen; ein Telefon klingelte. Constance nahm den Hörer ab. Sie hielt ihn auf Armeslänge von ihrem Ohr entfernt. Man hörte einen schrillen Aufschrei.

»Ah, *Rosa*...«, sagte Constance, nachdem eine Minute vergangen war. »Sind Sie das? Wie *schön*, endlich von Ihnen zu hören...«

Rosa Gerhard kam pünktlich wie das Erntedankfest: einmal im Jahr. Sie machte Jagd auf das vollkommene Haus: Und sie fand es jedes Jahr von neuem. Ich konnte die Jahre meiner Kindheit danach zählen, ein Haus nach dem anderen: 1942, 1943, 1944. Ich weiß noch, daß wir eine Kiste Champagner aufmachten, als sie beim zehnten Haus angekommen war.

Für mich war Mrs. Gerhard ein Geheimnis, ich fand, daß es in Constances Leben eine Reihe von Geheimnissen gab, und – anders als bei Mrs. Gerhard – betrafen nicht alle ihr berufliches Leben. Wenn Rosa Gerhard so unmöglich war, warum weigerte sich Constance dann nicht einfach, für sie zu arbeiten?

Ich hegte die Hoffnung, daß Prudie es mir eines Tages erklären würde. Ich freute mich immer auf die Besuche in Prudies Wohnung, genauso wie ich mich – vor Jahren – immer darauf gefreut hatte, nach Winterscombe zu kommen, um meinen Onkel Steenie zu besuchen.

Prudie seufzte.

»Ich glaube, sie amüsiert deine Patentante, Herzchen. Ich glaube, das ist der Grund.«

»Aber Mrs. Gerhard macht sie noch wahnsinnig, Prudie. Und jedesmal, wenn sie sie wahnsinnig gemacht hat, schwört sie, nie wieder ein Wort mit ihr zu sprechen. Und dann tut sie es doch.«

»Das ist eben ihre Art, Herzchen.«

Das sagte Prudie immer. Constances *Art* erklärte alles. Sie erklärte ihre Launen, die sich nicht voraussehen ließen. Sie erklärte ihre – oft überstürzte – Abwesenheit. Ich fand das nicht so gut. Wenn Constance wegfuhr – sie hatte es gerade wieder getan und war seit zwei Tagen nicht mehr nach Hause gekommen –, fragte ich mich: *Warum?*

»Prudie«, sagte ich vorsichtig, »hast du schon mal was von den Himmlischen Zwillingen gehört?«

Ich wußte, daß sie schon von ihnen gehört hatte: Jeder hatte schon von den Himmlischen Zwillingen gehört, jeden Tag konnte man über sie in den Klatschspalten lesen. Ihre richtigen Namen waren Robert und Richard Van Dynem, aber wie man wußte, sprachen alle nur von Bobsy und Bick. Bobsy und Bick waren, wie wir heute sagen würden, wirklich reich. Sie waren die Erben eines unerschöpflichen Vermögens an der Ostküste, aber sie waren wegen ihrer Schönheit sogar noch berühmter als wegen ihres Reichtums. 1944 waren Bobsy und Bick zwanzig und zwei junge Götter mit blondem Haar und in der vollen Blüte ihrer goldenen Jugend. Sie waren vielleicht nicht besonders intelligent, aber sie waren ungeheuer gutmütig. Sie waren beide immer sehr freundlich zu mir gewesen, genauso wie ihr Vater und ihr Onkel, die ebenfalls Zwillinge und Stammgäste auf Constances zahllosen Partys waren.

»Sicher. Ich habe schon von ihnen gehört«, erwiderte Prudie, während sie sich noch immer an der Spitzendecke zu schaffen machte.

»Fährt Constance manchmal zu Bobsy und Bick auf Besuch?« fragte ich. »Ist sie *jetzt* bei ihnen, Prudie?«

Damit hatte ich Prudie festgenagelt. Sie wußte immer, wo Constance zu erreichen war, und sie wußte auch, daß mir das bekannt war.

»Was meinst du – in ihrem Haus draußen auf Long Island?« Prudie zuckte die Achseln. »Warum sollte sie dort sein? Sie hat doch ihre eigene Wohnung.«

»Ja, aber *da* ist Constance nicht, Prudie. Ich habe gestern abend versucht, sie anzurufen, Prudie.«

»Das solltest du nicht tun.« Prudie wurde rot. »Das mag sie nicht. Das weißt du doch.«

Sie schwieg.

»Wahrscheinlich ist sie ausgegangen«, fuhr sie fort. »Auf irgendeine Party. Irgendwohin zum Essen.«

Das war möglich. Ich überlegte, ob ich Prudie erzählen sollte, daß diese Party, falls sie stattgefunden hatte, sehr lange gedauert hatte. Ich hatte um drei Uhr nachts in Constances Haus in East Hampton angerufen, und dann noch einmal um vier. Da war sie noch nicht zurück gewesen. Ich beschloß, es lieber nicht zu sagen.

»Warum Bobsy und Bick?« fragte Prudie plötzlich. »Warum ausgerechnet sie? Es gibt hundert andere Orte, an denen sie sein könnte – warum ausgerechnet sie?«

Prudies Gesichtszüge wurden weich.

»Hör zu«, sagte sie, »deine Patentante ist ziemlich unternehmungslustig. Das weißt du doch. Und *ich* weiß es auch. Sie kann jetzt nicht soviel verreisen – weil Krieg ist. Aber sie trifft sich gern ... mit andern Leuten. Um eine lustige Zeit zu verbringen.«

»Prudie«, sagte ich hastig. »Prudie, hast du schon mal ihren Mann gesehen? Kennst du Montague Stern?«

»Nein«, sagte Prudie mit schroffer Stimme. »Den kenne ich nicht.«

»Glaubst du, daß sie ihn geliebt hat, Prudie? Glaubst du, daß er sie geliebt hat?«

»Wer weiß?« Prudie wandte sich ab. »Aber eines weiß ich genau: daß dich das überhaupt nichts angeht. Überhaupt nichts.«

Das war's, wie eine Steinmauer. Wir rannten immer wieder dagegen. Ich glaubte, daß Prudie viel mehr wußte, als sie sagte, daß sie über Montague Stern *und* Bobsy und Bick Bescheid wußte. Ich dachte, sie wüßte, warum Constance weg war. Ich dachte, sie würde mir auch die anderen Dinge erklären können: die Blumen, die in Constances Wohnung gebracht wurden und deren Karten immer gleich zerrissen wurden; die Telefonanrufe, die beendet wurden, wenn ich ins Zimmer kam; die Art und Weise – was ich auf den Partys beobachtet hatte –, wie Constance ganz schnell mit bestimmten Männern Freundschaft schloß; warum sich Constances Gesicht veränderte, wenn sie von ihrem getrennt lebenden Ehemann sprach; warum die Bücher meines Vaters auf der einen Seite des Zimmers waren und die von meiner Mutter auf der anderen. Prudie konnte, glaubte ich, die *Liebe* erklären. Ich wußte, daß all dies etwas mit Liebe zu tun hatte, die überall am Rande lauerte. Ich kannte die Anzeichen und Hinweise: Ich hatte sie – in den Romanen kennengelernt.

Aber Prudie erklärte mir nichts – und Constance würde es, wie mir allmählich klar wurde, auch nicht tun.

»Liebe?« Constance warf den Kopf nach hinten. »Ich glaube nicht an die Liebe, nicht zwischen Mann und Frau. Höchstens Anziehung und sehr viel Eigennutz.« Und dann gab sie mir einen Kuß oder schlang die Arme um mich. »Natürlich liebe ich *dich*«, sagte sie. »Ich liebe dich sehr. Aber das ist etwas völlig anderes.«

Wie es schien, war ich mit vierzehn noch nicht alt genug, um etwas über die Liebe zu erfahren. Ich durfte lesen und mir etwas vorstellen und träumen – was ich ja auch tat –, aber ich durfte keine Fragen stellen. Fragen über ihre Ehe, über ihre gelegentliche Abwesenheit – Constance wurde gereizt, wenn ich nur davon anfing. Deshalb – und weil ich gehorsam war – hörte ich damit auf. Aber ich stellte auch weiterhin Fragen nach einigen von Constances faszinierenden Kunden, einschließlich Rosa Gerhard.

»Wie ist sie eigentlich *wirklich*?« fragte ich Constance eines Tages. (Es war im Frühjahr 1945. Ich war fast fünfzehn. Mein letzter Brief an Franz-Jakob würde in wenigen Monaten geschrieben werden. Wir gingen mit Bertie im Central Park spazieren. Bertie, der allen Voraussagen in bezug auf seine Kurzlebigkeit trotzte, war elf.)

»Also, laß mal sehen. Sie stammt aus sehr gutem Hause und ist sehr exzentrisch. Sie ist als Katholikin aufgewachsen, später aber, als sie Max heiratete, konvertiert. Sie geht jede Woche in die Synagoge; sie geht auch zur Messe. Darin sieht sie keinen Widerspruch. Eine solche Frau ist sie.«

»Ist sie noch immer mit Max verheiratet?«

Constance lächelte. »Himmel, das hatte ich ganz vergessen. Du weißt doch, daß sie Häuser sammelt, nicht wahr? Nun, sie sammelt auch Ehemänner. Und Kinder.«

»Ehemänner?« Ich schwieg. Ich hatte keine Ahnung, daß sie mich hinters Licht führte. »Du meinst, sie läßt sich scheiden?«

»Großer Gott, nein. Ich glaube viel eher, daß sie sterben. Das ist es – bei ihr sterben sie immer. Ich bin überzeugt, daß Rosa sie alle sehr liebt, aber sie nutzt sie ab. Weißt du, wie sich ein Auto anhört, wenn über hunderttausend Kilometer gefahren sind? Genauso hören sich Rosas Ehemänner an. Der Rekordhalter war, glaube ich, Mr. Gerhard. Ich glaube, er hat ganze zehn Jahre durchgehalten. Er muß ein *bemerkenswerter* Mann gewesen sein.«

»Und die Kinder?«

»Ah, die Kinder. Also, weißt du was, ich glaube nicht, daß ich je eines von ihnen gesehen habe. Sie scheinen zu flüchten. Aber es sind eine ganze Menge. Neun, zehn – vielleicht ein Dutzend? Aber ich weiß alles über sie. Rosa erzählt es mir immer. Laß mal sehen, da ist zum einen der Filmregisseur, dann der Senator, der Bürgermeister von New York, der Anwalt – der so schnell vorankommt. Dann die Tochter, die gerade den Pulitzerpreis gewonnen hat. Ach, und fast hätte ich noch den Sohn mit dem Nobelpreis vergessen.«

Ich blieb stehen.

»Bürgermeister? Nobelpreis?«

»Ja.« Constance lächelte. »Für Physik oder für Medizin, das habe ich vergessen. Das ist schon ein paar Jahre her, weißt du. Damals war er ungefähr dreizehn.«

»Du meinst, sie sind nicht... all diese Dinge?«

»Ich meine, Rosa ist Mutter. Das ist ihr Beruf. Sie ist auch eine Optimistin. Die größte Optimistin, der ich in meinem ganzen Leben begegnet bin.«

»Magst du sie, Constance?« fragte ich, während wir hinter Bertie die Treppe hinuntergingen. Constance blieb stehen.

»Komischerweise, ja, aber ich weiß nicht, warum. Rosa ist die einzige Frau, die ich kenne, die, wenn es um ein Stück Stoff geht, innerhalb von dreißig Sekunden dreißigmal ihre Meinung ändern kann. Nicht einmal ich bringe das fertig. Aber ich mag sie. Sie ist ein Phänomen der Natur. Und außerdem ist sie ohne jede Arglist – und das gibt es nur *sehr selten,* Victoria.«

Wir gingen weiter. Ich vergaß Rosa Gerhard – ich sollte sie, außer ganz kurz auf Partys, erst fünf Jahre später näher kennenlernen. An jenem Nachmittag hatte ich anderes im Kopf, etwas, das wichtiger war als Mrs. Gerhard.

Ich beobachtete Bertie genau. Er bewegte sich jetzt sehr langsam. Manchmal hustete er. Ich überlegte, ob es Constance auch schon aufgefallen war. Ich glaubte, daß sie es bemerkt hatte, denn als wir wieder in die Wohnung kamen, war sie ungewöhnlich still.

Sie setzte sich mit Bertie auf den Teppich. Sie sah ängstlich aus. Sie sagte ihm, wie sehr sie ihn liebte. Dann streichelte sie ihn und begann ihm die Geschichten zu erzählen, von denen sie glaubte, daß sie ihm gefielen. Sie flüsterte sie ihm ins Ohr, von Eisbergen, Robben, weißen Möwen und den kalten Meeren Neufundlands.

Der darauffolgende Sommer, es war mein fünfzehntes Lebensjahr, war traurig und sehr hektisch. Ich war traurig, weil ich die Wahrheit über Franz-Jakob zu erkennen begann, weil es in meinem Kopf und meinem Herzen nur so wimmelte von all den Fragen nach dem Leben und der Liebe, die niemand beantworten wollte. Und dann wurden Constance und ich immer trauriger wegen Bertie: Wir sahen, auch wenn wir es uns gegenseitig nicht eingestehen wollten, daß er immer schwächer wurde.

»*Arbeit!*« sagte Constance. »Wir müssen doppelt soviel arbeiten, Victoria.«

Das war Constances Lösung, so reagierte sie immer, auf jedes Unglück. Arbeit war eine Therapie, wie sie sagte.

Und so bekam der empfindsame, wodkatrinkende Igor in jenem Sommer seine Kündigung. Das war damit auch das Ende meiner offiziellen Erziehung. Europa kam noch immer nicht in Frage. »Warte nur«, sagte Constance. »Wenn erst einmal der Krieg vorbei ist, gehen wir auf Reisen.«

Wir gewöhnten uns daran, zu Constances Haus in East Hampton zu fahren; aber wenn wir dann dort waren, kam Constance nie richtig zur Ruhe. Sie wurde rastlos und unruhig: Nicht einmal die Nachbarschaft von Bobsy und Bick, die hier wohnten, konnte sie trösten. *Arbeit,* rief sie und sah Bertie an, der im Schatten lag und keuchte – und so arbeiteten wir. In dem Sommer führte mich Constance in die Geheimnisse ihrer Künste ein.

Ich hatte Constance zugehört, wenn sie darüber redete. Ich hatte in ihrem Atelier in der Ecke gesessen und zugesehen. Ich hatte kleine Aufgaben erledigen und Nachrichten überbringen dürfen. Bei der Auswahl von Farben für Seidenstoffe hatte man mich nach meiner Meinung gefragt. Ich konnte auch schon – Constance sagte, ich sei wirklich schnell – ein Zimmer mit dem Auge abmessen, und ich lernte ein bißchen über Proportionen, aber ich war immer nur eine Gehilfin: Erst in jenem Sommer, dem letzten Kriegssommer, führte mich Constance in die heiligen Riten des Tempels ein.

In dem Jahr hatte sie den Auftrag erhalten, ein großes und sehr schönes Haus mit einem Privatstrand, ungefähr fünfzehn Kilometer von ihrem eigenen Haus in East Hampton entfernt, neu zu gestalten. Der Eigentümer lebte in Kalifornien. Constance hatte diesen Auftrag in einem harten Konkurrenzkampf gewonnen. Aber nachdem sie ihn gewonnen hatte, verlor sie – wie so oft – das Interesse daran. Jetzt lebte es wieder auf. »Das Haus der Hoffnung«, hatte es Constance genannt: Sie sagte, wenn wir dort nur hart genug arbeiteten, würde für Traurigkeit kein Platz mehr sein.

Wir gingen jeden Tag dorthin, nur wir zwei. Constance hatte einen Mercedes, ein Cabriolet, mit dem sie schnell und waghalsig fuhr. Jeden Tag wurde Bertie auf seinen Platz auf dem Rücksitz verfrachtet, und schon ging's los. Constance trug eine dunkle Brille. Ihr kurzgeschnittenes Haar, das ich immer als ägyptisch angesehen hatte, wehte im Wind; Berties Ohren flatterten. Wenn wir angekommen waren, blieb Bertie in der hohen, kühlen Halle mit Steinboden, und Constance und ich begannen mit der Arbeit. Form, Licht, Farbe, Proportionen, Gestalt: Constance gab mir einen Schnellkurs. Ich fand den Salon wunderschön: Sieh ihn dir noch einmal an, sagte Constance; und dann merkte ich, daß seine Proportionen nicht stimmten.

»Die Türen – sie sind zu hoch, und sie sind nicht in einer Linie«, sagte Constance. »Und die Fenster sind nicht im Stil der Periode. Siehst du das?«

Ja, ich begann es zu sehen. Und ein paar Wochen später, als die Handwerker kamen, sah ich noch mehr. Ich wußte schon seit langem, daß ich Innenarchitektin werden wollte. Im Haus der Hoffnung begann ich meine Karriere.

Ich lernte über den Flor von Samt, die Geschmeidigkeit von Seide. Constance zeigte mir, daß Farbe, wie die Wahrheit auch, Schwankungen unterworfen ist. Farben verändern sich, je nach Licht, Textur oder Position. In jenem Sommer habe ich gelernt, wie man mit Farben und Kontrasten spielen kann.

Constance hat mir auch etwas über die Form beigebracht, und über Proportionen: Sie gab den festen Einbauten ein neues Gesicht. Alles war möglich: Architekten beugen den Raum. Constance schulte meinen Blick für die klassische Raumordnung Palladios.

Ein Sommer, in dem ich zaubern lernte; Constance, diese phantasiebegabte Geschichtenerzählerin, war eine geborene Innenarchitektin – sie hat mir alles geduldig und von Grund auf beigebracht.

Den ganzen Sommer über waren wir im Haus der Hoffnung. Und dort, auf der langen Veranda, von der aus man das Meer überblickte, in einem Haus, in dem ich seither nie wieder gewesen bin, erzählte mir Constance schließlich ihre Version meiner Taufe.

»Ah, Winterscombe«, sagte sie. Ich trug an diesem Tag mein Schlangenarmband; mein Taufgeschenk. Es war zusammen mit den Büchern meiner Eltern in New York eingetroffen. Constance hatte es gern, wenn ich es auch tagsüber trug. Sie beugte sich über mein Handgelenk und berührte es. Sie sah mich traurig an. »Wie hübsch du heute aussiehst. Du wirst erwachsen. Bald wirst du eine Frau sein. Du wirst mich verlassen. Dann brauchst du sie nicht mehr, deine kleine Patentante.«

Und dann, während ihre kleine Hand noch immer auf meinem Arm lag und ihre Augen hinaus aufs Meer blickten, erklärte sie mir, warum sie von Winterscombe verbannt worden war.

Ich glaube, ich war enttäuscht. Zweifellos erwartete ich jetzt etwas höchst Dramatisches: eine alte Fehde, eine falsche Identität, eine illegitime Geburt, eine heimliche Liebesaffäre. Aber wie es schien – nichts dergleichen. Sondern Geld.

»Geld.« Constance stieß einen kleinen Seufzer aus. »Das ist es nur zu oft. Du bist jetzt alt genug, um es zu erfahren. Ich habe die Einzelheiten schon vergessen, aber deine Eltern haben sich Geld geliehen; ich fürchte, mein Mann hat es ihnen geliehen. Er war ein feiner Mann, Victoria, in vielerlei Hinsicht; aber es war nicht gut, bei ihm Schulden zu haben. Es gab Streit. Auf beiden Seiten wurden unverzeihliche Dinge gesagt. Ich stand mit je einem Fuß in einem der beiden Lager. Es war traurig. Dein Vater war wie ein Bruder für mich. Ich habe ihn sehr geliebt. Ich habe auch Montague geliebt, auf meine Weise. Ah, aber das ist alles schon so lange her. Manchmal vermisse ich Winterscombe, selbst jetzt noch. Selbst hier.«

Ein paar Tage danach fuhren Constance und ich nach New York zurück. Ende September war der Krieg vorbei. Ich schrieb meinen letzten Brief an Franz-Jakob. Ich dachte über die Liebe nach, und wie man sie wohl erkannte, wenn sie kam. Ich dachte über verschiedene Arten von Liebe nach und wie man – auf verschiedene Art – einen Freund oder einen Bruder oder einen Ehemann liebte.

Ich dachte auch über den Tod nach. Das mußte ich. Ich hatte Franz-Jakob verloren; einen Monat nach Kriegsende verlor ich auch meine Tante Maud. Sie erlitt ihren letzten Schlaganfall, während sie aufrecht in ihrem einst so berühmten Salon in einem Sessel saß. Ich würde sie niemals wiedersehen.

Ein Unglück kommt selten allein – war eins von Constances Lieblingszitaten, die meistens falsch waren –, aber diesmal stimmte es. Auch

Bertie starb. Man konnte es sehen. Zuerst begann er immer langsamer zu gehen, lief wie eine alte Uhr, die bald abgelaufen ist. Von Tag zu Tag lief er langsamer und immer kürzere Strecken. Er hustete beim Laufen. Er wurde schrullig, dann gab er auf, wurde traurig. Er begann schlecht zu riechen: Ich glaube, er wußte es.

Wir brachten ihn nicht wieder auf die Beine. Constance kochte Hühnchen für ihn, kleine Stückchen von seinem Lieblingsfisch. Sie versuchte ihn mit der Hand zu füttern, aber Bertie sah sie nur mit schwerem Blick an, abweisend, dann wandte er seinen großen Kopf ab. Ich glaube, er wußte, daß er sterben würde – Tiere wissen das –, und er wünschte sich, es im stillen zu tun, mit Würde. Ein wildes Tier, das weiß, daß es sterben wird, sucht sich einen Platz im Verborgenen, ein Loch, eine Mulde unter einer Hecke. Bertie lebte in einer New Yorker Wohnung. Er legte sich nur noch in Ecken hin; er keuchte; wir konnten seinen Herzschlag sehen.

Constance geriet in Panik. Sie rief einen Tierarzt nach dem anderen herbei. Sie sagte alle Termine ab. Sie gab keine Partys mehr. Nachdem klargeworden war, daß Bertie allmählich verendete, wich sie nicht mehr von seiner Seite.

Eines Tages – es war ein Dienstag und schon ziemlich spät – erhob sich Bertie von seinem Platz in der Ecke. Er streckte sich. Er hob den Kopf und schnüffelte. Constance sprang mit einem Freudenschrei auf. Bertie hatte sich zu seinem Ventilator umgedreht. Er sah ihn an. Er wedelte mit dem Schwanz.

Constance drehte den Ventilator auf: auf niedrige Stufe. Bertie stand da und hielt die Nase in einen elektrisch erzeugten Wind. Seine Ohren wehten im Wind. Dann ließ er den Ventilator stehen und tapste ungelenkig zur Tür.

»Er möchte raus! Victoria – sieh nur! Er möchte ausgehen. Oh, es geht ihm bestimmt wieder besser, glaubst du nicht?«

Wir gingen mit ihm nach draußen. Es war ein warmer Herbstabend, spät im Jahr, so daß die Luft frisch war, nicht stickig. Wir gingen durch die Fifth Avenue bis in den Park, am Zoo vorbei, Bertie führte uns. Er pinkelte an seine sämtlichen Lieblingsplätze. Berties Abschied von den Gerüchen des Central Park.

Als er wieder in der Wohnung war, suchte er sich einen neuen Platz, hinter dem Sofa, von einem Sessel abgeschirmt. Ein schönes privates Plätzchen: Bertie legte sich hin. Er schlief ein. Er begann zu schnarchen. Seine Vorderpfoten kratzten über den Boden. Constance streichelte seine mit Schwimmhäuten versehenen Pfoten.

Als ich am nächsten Morgen aufwachte, wußte ich sofort, daß er tot war. Es war noch sehr früh; ich hörte Constance schrille Laute ausstoßen.

Als ich ins Zimmer kam, hatte Bertie seinen Kopf auf den Pfoten ausgestreckt. Seine Flanken lagen ganz still, sie hoben und senkten sich nicht. Sein großer Schwanz, der mit einer einzigen Bewegung einen ganzen Tisch mit Geschirr zu Boden reißen konnte, war unter ihm zusammengerollt. Constance lag neben ihm auf dem Fußboden. Sie war nicht im Bett gewesen. Sie hatte die Arme um Berties Hals geschlungen. Ihre kleinen beringten Hände lagen auf seinem Fell. Sie konnte nicht weinen, und sie ließ sich nicht von dort wegbewegen. Sie lag noch zwei Stunden so da, und wenn ich nur eine einzige Erinnerung an Constance hätte, dann wäre es diese: Wie meine Patentante dem letzten und besten ihrer Hunde Lebewohl sagte.

Wer Constance verleumdete, hatte unrecht. Winnie hatte unrecht; Maud hatte unrecht; und ich hatte auch nicht immer recht gehabt. Sie waren vielleicht nicht loyal, bestimmt ungerecht. Die Leute, die Constance nicht mochten, kannten nur einen Teil von ihr – einen Teil, der zwar vorhanden war, ja, aber sie kannten nicht alles. Sie verstanden nicht... sagen wir einfach, sie verstanden das mit den Hunden nicht.

Bertie bekam ein schönes Begräbnis. Den Grabstein entwarf ein großspuriger junger Mann, der sich mit seinen Bühnenbildern für Ballettaufführungen einen Namen gemacht hatte. Der Stein sollte einen Eisberg darstellen, und – wenn man ihn aus dem richtigen Winkel betrachtet – tut er das auch. Aber natürlich ist es schwierig, das gleichzeitig durchsichtig und verschwommen wirkende Eis auf Stein zu übertragen: Der Grabstein war, wie selbst Constance zugab, ergreifend, aber nicht wirklich gelungen. Ja, Berties Beerdigung war schön, aber nicht seine Totenwache.

Constance hielt ihr Versprechen. Sie hatte nie wieder einen anderen Hund. Aber Berties Tod bewirkte eine einschneidende Veränderung. Mehrere Wochen nach Berties Tod versank sie in tiefe Depressionen. Sie wollte nicht mehr aus der Wohnung gehen. Sie wollte nicht mehr arbeiten. Sie nahm kaum Nahrung zu sich. Eines Tages, als ich aus dem Atelier zurückkam, saß sie da und hatte den Kopf in die Hände gestützt, ihr Gesicht war ungeschminkt, ihre Haare ungekämmt.

Sie sagte, es sei ein Vogel im Zimmer. Sie habe das Fenster geöffnet, und der Vogel sei hereingeflogen. Sie könne seine Flügel schlagen hören. Er sei gefangen. Er bereite ihr Kopfschmerzen.

Ich konnte nichts hören. Um sie zu beruhigen, durchsuchte ich das

Zimmer. Wie alle Zimmer von Constance war es überladen. Ich mußte hinter Raumteiler sehen, unter Tische kriechen, hinter Stühle, Blumen auf die Seite schieben, jeden einzelnen der hundert Gegenstände hochheben. Natürlich war kein Vogel zu finden; aber am Ende tat ich so, als hätte ich ihn entdeckt, nur um sie zufriedenzustellen und zu beruhigen. Ich spannte meine Hände um Luft. Ich machte das Fenster auf. Ich sagte Constance, nun sei der Vogel wieder draußen, und sie erwachte zu neuem Leben.

Kurz darauf – ungefähr drei Tage später – ereignete sich etwas Ungewöhnliches.

Ich war in Constances Atelier gewesen, noch immer bemüht, ihre Abwesenheit dort auszugleichen. Tausend Dinge warteten auf Erledigung. Es mußten Entscheidungen getroffen werden – die nur Constance treffen konnte. Eine dieser Entscheidungen hatte mit Rosa Gerhard zu tun, die, nach einer vorübergehenden Ruhepause, gerade wieder im Umzug begriffen war. Sie hatte sich ein blaues Schlafzimmer gewünscht, geradezu darauf bestanden. Dann hatte sie nachgedacht: Nein, rosa oder lavendelfarben waren vielleicht doch besser. Ähnliche Veränderungen hatte sie auch für alle anderen Zimmer in dem großen Haus vorgeschlagen, nachdem schon sämtliche Farben festgelegt waren.

An diesem Tag hatte sich Rosa Gerhard nun wieder anders entschieden, sie wollte nun doch ein blaues Schlafzimmer, konnte sich aber nicht entscheiden, welcher von zwei Stoffen die schöneren Vorhänge abgab. Ich versprach, Constance sofort nach ihrer Meinung zu fragen. Mit zwei Stoffrollen unter dem Arm kehrte ich nach Hause zurück. Ich lief in die Vorhalle. Ich fuhr mit dem Fahrstuhl hinauf, ich rannte in den Spiegelflur und blieb stehen.

Vor mir stand ein großer älterer Herr, der offenbar gerade dabei war, sich von der strahlenden Constance zu verabschieden. Ich glaubte, einen von Constances früheren Aristokraten vor mir zu haben. Einen Rumänen oder Russen. Er war eindeutig ein Ausländer; der Schnitt seines Anzugs war vielleicht vor dreißig Jahren in Mode gewesen.

Ein großer Mann, hochaufgerichtet, mit prägnanten Gesichtszügen und schon etwas schütterem Haar. Er trug einen schwarzen Mantel mit einem Astrachankragen. In der einen Hand hielt er einen Homburg, in der anderen einen Spazierstock mit Silberknauf.

Ich blieb stehen. Er blieb stehen. Wir musterten uns gegenseitig. Ich sah, wie sich Constance zwischen unseren vielen Spiegelungen bewegte. Sie sagte nichts. Machte nur eine kleine Handbewegung.

»Das muß Victoria sein?«

Der Mann hatte eine tiefe Stimme, einen Akzent, den ich nicht einordnen konnte. Mitteleuropa, dachte ich. Er machte eine kleine förmliche Verbeugung, eine leichte Neigung des Kopfes.

»Angenehm«, sagte er und war schon verschwunden.

»Das war mein Mann«, sagte Constance.

Stern war, wie sie mir sagte, gekommen, um ihr sein Beileid wegen Berties Tod auszudrücken. Constance schien es überhaupt nicht sonderbar zu finden, daß ihr Ehemann, den sie seit fünfzehn Jahren nicht mehr gesehen hatte, kam, um ihr sein Mitgefühl wegen des Verlusts eines Hundes auszudrücken.

»So ist er nun mal«, sagte sie. »Solche Dinge tut er eben. Du kennst ihn nicht. Er war immer peinlich genau.«

Das konnte ich – gerade noch – verstehen. Aber ich verstand nicht, *woher* Stern von Berties Tod wußte. Constance wäre durchaus fähig gewesen, zu Berties Tod eine Anzeige in die *New York Times* zu setzen, aber das hatte sie nicht getan. Constance suchte nicht weiter nach einer Erklärung.

»Ach, er weiß es eben«, sagte sie unbesorgt. »Montague erfährt immer alles.«

Von da an begann Constance sich wieder zu erholen. Eine gewisse Traurigkeit blieb zwar zurück, aber ihre schlimmen Depressionen verschwanden. Sie arbeitete wieder.

Insgeheim hoffte ich, daß diese Begegnung zu einer Wiederannäherung zwischen Constance und ihrem Mann führen würde. Aber Stern kam nie wieder zu Besuch. Constance schien ihn vergessen zu haben. Ihr Leben wurde immer hektischer.

Das Kriegsende bedeutete, daß sie wieder auf Reisen gehen konnte. Es folgten Jahre in Flugzeugen, auf Schiffen und in Eisenbahnzügen, hektische Besuche im Nachkriegseuropa, von Venedig nach Paris, von Paris nach Aix, von Aix nach Monte Carlo, von dort nach London.

Mit der Zeit wurden diese Besuche immer planloser. Es kam vor, daß sich Constance um Mitternacht entschloß, Europa bereits am nächsten Morgen wieder zu verlassen. Sie legte einfach ihre Arbeit nieder – ließ ihre Kunden warten! Anfangs begleitete ich sie noch auf ihren Reisen, aber später schien es Constance vorzuziehen, allein zu sein. Ich wurde, wie sie sich ausdrückte, dagelassen, um den Laden zu hüten. »Bitte, Victoria«, sagte sie. »Das kannst du so gut.«

Es dauerte lange, bis ich merkte, daß es einen anderen Grund gab, warum es Constance vorzog, mich zu Hause zu lassen. Ich war schon sechzehn, als ich endlich begriff, daß sie gar nicht allein reiste; sie reiste mit irgendwelchen Liebhabern, oder sie fuhr zu ihnen. Aber selbst dann übte ich noch meine eigene Form der Zensur aus. Ich nannte sie nicht Liebhaber, diese Männer, die mit Lichtgeschwindigkeit durch Constances Leben rasten, eben aufgegriffen und keine acht Tage später schon wieder fallengelassen. Ich nannte sie ihre *Bewunderer* – mit sechzehn. Und ich war achtzehn, als ich mir endlich selbst eingestand, daß all diese Bewunderer nur vorübergehenden Charakter besaßen und daß, als immer wiederkehrende Begleiter, Zwillinge dazugehörten, Bobsy und Bick, die über zwanzig Jahre jünger waren als Constance.

Ich hütete mich, etwas zu sagen. Constance konnte anmaßend und jähzornig sein; sie fuhr aus der Haut, wenn sie sich ausgefragt und beobachtet fühlte.

Manchmal hatte ich das Gefühl, daß sie mich immer weniger mochte, je älter ich wurde. Sie kehrte mit spöttischem Stirnrunzeln von ihren Reisen zurück und sagte mit anklagender Stimme: »Du bist schon wieder ein Stück gewachsen.« Ein anderes Mal überschüttete sie mich wieder mit Zuneigung oder deckte mich mit Geschenken ein. Mit einundzwanzig, sagte sie, würde sie mich zu ihrer Teilhaberin machen. Inzwischen aber wäre hier dieser Auftrag – ein schönes Haus –, und ob ich nicht Lust hätte, ihn auszuführen? Ich könne sofort anfangen: Sie würde mich von ihrem Versteck in Venedig, Paris oder Aix aus anrufen, um mit mir die Einzelheiten zu besprechen.

Und so kam es, daß ich mich Ende 1950, kurz vor meinem zwanzigsten Geburtstag, auf den Weg nach Westchester County machte. Rosa Gerhard erwartete mich in ihrem zwölften Haus. Constance sagte, sie habe beschlossen, mich endlich den Löwen zum Fraß vorzuwerfen; sie würde am nächsten Tag nach Europa fahren. Sie fand die ganze Sache lustig.

»Bitte, Constance«, sagte ich. »Bitte, tu mir das nicht an. Ich mag sie, aber ich kann nicht mit ihr arbeiten. Fahr nicht nach Europa. Bleib hier. Oder aber, was das beste wäre, schick sie zu jemand anderem.«

»Oh, sie liebt dich auch über alles«, erwiderte Constance. »Sie hat schon dreimal hier angerufen, seit du weg bist aus Westchester. Sie findet dich wunderbar. Sympathisch. Intelligent. Schön. Originell. Sie ist absolut verrückt nach dir.« Constance lächelte. Sie genoß das Ganze sehr.

»Ich bin tot«, sagte ich. »Was Rosa Gerhard betrifft, bin ich tot. Ich habe hunderttausend Kilometer zurückgelegt. Wie die Ehemänner. Ich bin fertig. Ich bin völlig erschöpft.« Ich unterbrach mich. »Ach, und übrigens, in einem hast du dich geirrt. Die Ehemänner, meine ich. Es hat nur einen gegeben. Es *ist* nur einer. Der Überlebende. Max.«

»Ich habe mich geirrt?« Constance sah mich mit unschuldigen Augen an. »Ach, und dabei war es eine so hübsche Geschichte. Tatsache bleibt: Wenn du mit ihr fertig wirst, wirst du mit jedem fertig. Mrs. Gerhard gehört uns. Genauso wie die Ehemänner – entschuldige, *der Ehemann*. Genauso die Kinder. Sag mir – hast du eins von ihnen kennengelernt?«

»Ja, hab ich. Einen.« Ich zögerte. »Nur kurz.«

»Was ich dir gesagt habe. Sie fliehen. Sie sind wie seltene Vögel. Aber du hast einen gesehen. Wie aufregend! Welchen?«

»Einen von den Söhnen.«

»Und? Und?« Constance beugte sich nach vorn. »Wie war er? Ich möchte *alle* Einzelheiten hören. Du bist nicht gerade sehr gesprächig...«

»*Er* war nicht gesprächig. Es gibt keine Einzelheiten. Er sagte ›Hallo‹ und ›Auf Wiedersehen‹. Das war alles.«

»Das glaube ich keine Sekunde. Du verbirgst etwas vor mir, das sehe ich doch.«

»Nein. Es ist, wie ich dir gesagt habe: Wir wurden einander vorgestellt, wir schüttelten uns die Hände –«

»Und? Hat er dir gefallen?«

»Ich hatte keine Zeit, darüber nachzudenken, ob er mir gefällt oder nicht. Obwohl er von mir nicht gerade angetan zu sein schien –«

»Unmöglich!«

»Sehr wohl möglich. Vielleicht ist er allergisch gegen Innenarchitektinnen. Was ich unter den gegebenen Umständen sogar gut verstehen könnte.«

»Na ja, tatsächlich. Ich schätze, du hast recht.« Constance runzelte die Stirn. »Und welches von den Kindern war es?«

»Der zweite Sohn, glaube ich. Frank Gerhard.«

»Hübsch?«

»Bemerkenswert. Anscheinend sehr intelligent, nach dem, was Rosa sagte.« Ich wandte mich ab. »Nicht, daß es wichtig wäre, aber ich glaube, es war der mit dem Nobelpreis.«

2

Frank

Der mit dem Nobelpreis: Frank Gerhard. An dem Tag, an dem ich ihm zum ersten Mal begegnet war, Jahre vor unserem Treffen in Venedig, war Frank vielleicht nicht gerade gesprächig gewesen, Rosa Gerhard dafür um so mehr.

In den zehn Stunden, die ich bei ihr verbrachte, machten wir mit den neuen Plänen für ihr Haus keine großen Fortschritte, aber in anderer Hinsicht schon, sehr große sogar. Als ich sie verließ, kannte ich Rosas gesamte Familiengeschichte, angefangen bei ihren Großeltern. Sie hatte ein rundes Dutzend Kinder. Neun waren Rosas eigene und drei die Kinder des Bruders ihres Mannes, die Rosa zu sich genommen hatte, nachdem dieser Bruder gestorben war. Max, der einzige und dauerhafte Ehemann, war nicht da, Rosa deutete – mit einem Lächeln – an, daß er sich das zur Gewohnheit gemacht habe. Selbst wenn er keine Vorlesungen hielt oder unterrichtete, fiel es dem Professor anscheinend schwer, zu Hause zu arbeiten. Er könne sich dort nicht gut konzentrieren, bemerkte Rosa stolz. Das war verständlich: Die Kinder turnten im ganzen Haus herum.

Rosa nahm es gelassen hin. Rosa machte mit mir einen Rundgang durch das Haus, dieses chaotische Haus, und blieb immer wieder mitten in einer Geschichte stehen: Sie kümmerte sich um ein aufgeschlagenes Knie, griff vermittelnd in einen Streit ein, half einem Zehnjährigen, der einen Fußball durchbohrt hatte, oder einem gepeinigten Teenager, der kein sauberes Hemd finden konnte. Sie tat es voller Vehemenz, half ihnen energisch aus ihrer mißlichen Lage und kehrte dann, nahtlos, genau an den Punkt zurück, an dem wir vorher stehengeblieben waren.

»Was halten Sie von diesem Teppich? Gefällt Ihnen dieser Teppich? Ich hasse diesen Teppich, aber Max gefällt er – deshalb bleibt er. Glauben Sie, daß Blau dazu paßt? Oder nein, vielleicht Gelb? Oder Grün? Das ist Daniel. Daniel ist fünfzehn. Er schreibt. Gedichte. Ununterbrochen. Außerdem verliert er seine Hemden. Möchtest du das blaue Hemd, Daniel? Wie wär's mit dem weißen? Okay, okay, das blaue. Es liegt in der Kommode in deinem Zimmer. Lieber Gott, wie es in der Truhe in deinem Zimmer aussieht. Die zweite Schublade links. Ob ich diesen Knopf angenäht habe? Ja, ich habe den Knopf angenäht. Vielleicht, wenn wir den Teppich woanders hinlegen würden – unten? Glauben Sie, daß es Max stören würde? Manchmal habe ich das Gefühl, daß er außer seinen Büchern sowieso nichts sieht. Trotzdem. Männer können so sein. Ah, hier entlang, Victoria. Haben Sie mitgezählt? Das ist Frank.«

Frank, ein gutaussehender Mann, stand auf, als wir ins Zimmer kamen; es schien sein Arbeitszimmer zu sein. Er hatte in einem Buch gelesen, das er höflich aus der Hand legte. Wir gaben uns die Hände. Rosa begann mit einer längeren Rede, zuerst über Franks Errungenschaften und dann über meine. Dann folgte eine höchst peinliche Aufzählung meiner Fähigkeiten als Innenarchitektin und die warmherzige, aber genauso peinliche Erklärung, daß mich Rosa vom ersten Augenblick an so sympathisch gefunden hatte.

Frank hörte sich alles ruhig an. Ich sah, daß er ihre Lobeshymnen für übertrieben und die Sympathiebekundungen für reichlich voreilig hielt. Er sagte nichts, sondern stand einfach nur mit verschränkten Armen da, bis Rosa mit ihrer Rede fertig war. Am Ende schien sogar Rosa zu spüren, daß irgendwas nicht stimmt, daß sich unterschwellig Unbehagen ausbreitete, denn sie verfiel – ganz im Gegensatz zu ihrer sonstigen Art – in Schweigen und schob mich – hastig – aus dem Zimmer.

Frank war nicht der einzige von Rosas Söhnen, den ich kennenlernte; es war kein flüchtiger Austausch von Begrüßungs- und Abschiedsworten, wie ich Constance erzählt hatte. Vielleicht war etwas an dieser Begegnung, das ich gern für mich behalten wollte. Sicher ist aber, daß ich verwirrt war, und ich glaube, Rosa genauso, denn beim Tee kam sie wieder auf ihren Sohn zu sprechen.

»Er arbeitet so viel«, sagte sie, »und wir haben ihn gestört. Er macht bald seinen Abschluß an der Columbia – ich glaube, das war es. Er ist ein Perfektionist.« Sie verstummte, schüttelte den Kopf. Gestern zum Beispiel ist er die ganze Nacht aufgeblieben, ohne zu schlafen. Er kam zum Frühstück nach unten – aber er wollte nichts essen, gar nichts. Sein Gesicht war ganz weiß. Ich habe ihm gesagt, Frank, du wirst dich noch ganz krank machen. Es gibt auch noch andere Dinge im Leben. Ich wollte ihm von dem Haus erzählen, und von Ihnen, daß Sie heute kommen würden – nun, das wußte er, aber er hat mir überhaupt nicht zugehört. Verschwand gleich wieder zu seinen Büchern. Ich fand, daß er blaß aussah – als wir ins Zimmer kamen – Sie nicht?«

Ich stimmte ihr zu, er hatte blaß ausgesehen; allerdings war diese Blässe nicht das Wichtigste, was ich von dieser Begegnung in Erinnerung behielt. Nachdem wir noch eine Weile ausführlich über ihren Sohn gesprochen hatten, sein gutes Aussehen, seine Begeisterung für die Medizin, die Ehren, die ihn erwarteten, gelang es mir schließlich, Rosa wieder auf das Haus zurückzubringen.

Eine Zeitlang legte sie mir lebhaft ihre Pläne dar, aber lange blieben wir nicht bei diesem Thema. Eigentlich glaube ich, daß sich Rosa in Wirklichkeit niemals ernsthaft für Häuser interessiert hat. Sie träumte von einer vollkommenen, einer geordneten Umgebung für ihr Familienleben: ein Zimmer für jedes Kind, Platz für jeden, um sowohl die Gemeinschaft als auch die Zurückgezogenheit zu genießen. Sie träumte von all diesen Dingen, aber sie hat sie nie erreicht; und wenn sie sie erreicht hätte, wäre es ihr von Herzen verhaßt gewesen. Ich glaube, daß diese ständigen Umzüge ihr nur dazu gedient haben, einen Teil ihrer ungeheuren Energie zu verbrauchen. Die Häuser selbst waren ihr nie wichtig. Wichtig waren ihr in all den Jahren, in denen ich sie kannte, ihr Mann und ihre Familie.

Zu meiner großen Erleichterung kehrten wir dann sehr schnell zu diesem Thema zurück. Rosa und Farbabstimmungen, das war außerordentlich anstrengend. Rosa und ihre Familie mit ihren Dramen und Charakteren, das war wirklich interessant.

Ich war Einzelkind. Ich hatte nie eine Schule besucht. Ich hatte sehr wenig Freunde in meinem Alter; seit meiner Kindheit in England und während meiner Jahre in New York hatte ich die meiste Zeit fast ausschließlich mit viel älteren Menschen verbracht. Ich lebte bei Constance, in einer Wohnung, die das genaue Gegenteil von diesem Haus war, in dem jeder Gegenstand, jedes Möbelstück, jedes Gemälde einen vollkommenen, unverrückbaren Platz hatte. Zu den Gerhards zu kommen, bedeutete eine Reise in ein fremdes Land. Als ich dort saß und Rosa zuhörte, verspürte ich eine unbeschreibliche Einsamkeit, den heftigen Wunsch, selbst mit Brüdern, Schwestern, Freunden im Chaos aufgewachsen zu sein.

Vielleicht spürte Rosa es. Sie gehörte zu den Frauen, die durch ihre Wärme und Persönlichkeit bei anderen Vertrauen wecken. Sie besaß auch etwas Direktes, Bestimmendes, das ihr half, meine Zurückhaltung abzubauen. Ich sehnte mich danach, anders zu sein. Ich sehnte mich danach, so furchtlos wie Constance zu sein, so offen und impulsiv wie Rosa. Manchmal dachte ich: Ich bewege mich nicht von der Stelle. Wann beginnt es, mein Leben?

Aus diesem Grund bemühte ich mich, Rosa gegenüber offen zu sein, sowohl an jenem ersten Tag als auch bei unseren nächsten Treffen in den darauffolgenden Monaten. Und so kam es, daß Rosa sehr viel mehr über mich wußte, als, abgesehen von Constance, sonst jemand, und ich konnte auch nichts dagegen tun, daß mich Rosas Fragen immer näher an das Thema heranbrachten, das ihr am meisten am Herzen lag: die Liebe.

Rosa hatte mir schon viele Male erzählt, wie sie Max kennengelernt hatte, wie sie sich nähergekommen waren und dann geheiratet hatten. Sie hatte mir auch die Liebesgeschichten ihrer Eltern erzählt, und die ihrer Großeltern, ihres Onkels mütterlicherseits, mehrerer Cousins sowie die von einer Frau, die sie einmal in einem stadteinwärtsfahrenden Bus kennengelernt hatte.

Rosa konnte gut Geschichten erzählen. Sie erzählte von ersten Begegnungen. Sie erzählte von Liebe auf den ersten Blick. Sie erzählte von elterlichen Auseinandersetzungen, Mißverständnissen, Hoffnungen, Versuchungen. All diese Geschichten hatten, soweit ich mich erinnere, eines gemeinsam: Sie hatten alle ein Happy-End. Keine Scheidung, kein Tod, keine Streitereien, kein Ehebruch: Wie die Romane, die meine Großtante Maud so gern gelesen hatte, als ich noch ein Kind war, endeten auch Rosas Geschichten alle mit einem Ring und einer Umarmung.

Es dauerte eine Weile, bis ich es begriff: Rosa wartete auf *meine* Geschichte, auf meine romantische Liebe. Aber es gab keine – eine Tatsache, die ich zutiefst bedauerte. Als ich es ihr auf ihr Drängen eingestand, zeigte sich Rosa sehr verständnisvoll. Das ist die englische Zurückhaltung, sagte sie. Aber mit der Zeit würde ich mich ihr vielleicht doch anvertrauen. Nein, nein, sie würde mich nicht drängen; kein Wort mehr davon, sie würde mir keine Fragen mehr stellen.

Aber schon mit dem nächsten Atemzug stellte sie mir eine weitere Frage.

»Oder vielleicht ein besonderer Freund?« Wir saßen in ihrem Salon. Ich hatte Seidenstoffmuster zu meinen Füßen ausgebreitet und auf dem Schoß einen Teller mit einem köstlichen Stück Sachertorte. Süßer Tee, süßer Kuchen, süßes Vertrauen. »Ich bin sicher...« Sie sah mich hinterlistig an. »Ein so hübsches Mädchen wie Sie, so jung, und das ganze

Leben vor sich, da muß es doch irgend jemanden geben. Sie warten auf seinen Anruf, ja? Ihr Herz schlägt schneller, wenn Sie seine Stimme hören? Vielleicht schreibt er – so wie Max mir immer geschrieben hat –, und wenn Sie seine Briefe bekommen –«

»Nein, Rosa«, sagte ich mit fester Stimme. »Keine Anrufe. Keine Briefe.«

Ich verstummte. Denn in diesem Augenblick war Frank ins Zimmer gekommen. Er stellte seiner Mutter ein paar Fragen, und dann ging er wieder – ohne mich zur Kenntnis genommen zu haben.

»Eine Schande ist das!« sagte Rosa, als sich die Tür hinter ihm geschlossen hatte. Sie lächelte zufrieden. »Sie verbergen etwas. Na ja, Sie werden es mir schon noch erzählen.« Rosa hatte recht: Als ich ihr, Monate später, mein Geständnis machte, war die Arbeit an Rosas Haus in Westchester längst abgeschlossen. Diese Arbeit, die sich über acht Monate hingezogen hatte, begründete unsere Freundschaft, obwohl wir uns häufig stritten.

Ich sollte vielleicht erwähnen, daß Rosa tatsächlich einen sehr merkwürdigen Geschmack hatte: Rosas Zimmer sprengten, wie Rosa selbst, jeden Rahmen. Die Ordnung kämpfte in ihrem Haus eine verlorene Schlacht gegen das schreckliche Durcheinander. Mir hätte es gefallen, dort zu leben, aber dort zu arbeiten, hieß, alle Prinzipien, die ich mir erworben hatte, über Bord zu werfen.

Schritt für Schritt wurde ich in den Familienkreis hineingezogen, und ich stellte fest, daß die Arbeit, die ich verrichtet hatte, schon wieder zerstört war. Rosa ruinierte jedes Zimmer innerhalb einer Woche nach seiner Fertigstellung.

»Rosa«, sagte ich einmal zu ihr, »was in aller Welt habe ich eigentlich hier zu suchen?«

Ich bekam Wutausbrüche; Rosa auch: Unsere Diskussionen verstiegen sich zu lauten, langen, heftigen Kämpfen. Mindestens zweimal lief ich einfach auf und davon, schrie, daß ich nicht noch einmal für sie arbeiten würde. Mindestens zweimal warf mich Rosa, vor Empörung zitternd, hinaus. Es änderte nichts. Schon am nächsten Tag holte sie mich wieder zurück; und ich folgte stets ihren Anrufen.

Als das Haus fast fertiggestellt war, begann uns beiden klarzuwerden, daß wir diese Kämpfe genossen: Was uns nicht daran hinderte, gleich wieder einen neuen anzufangen, diesmal einen wirklich wichtigen, der uns beide außer Atem brachte und uns die Zornesröte ins Gesicht trieb.

Dieser Kampf war so gewaltig, daß er Zeugen auf den Plan rief, obwohl weder Rosa noch ich sie zu diesem Zeitpunkt bemerkten. Später entdeckte ich, daß mehrere von Rosas kleineren Kindern durch den Lärm herbeigelockt waren und uns, aus sicherer Entfernung, von der Tür aus beobachteten und sich fast totlachten. Ich erfuhr auch erst später, daß ihr älterer Bruder Frank sie dabei erwischte und verjagte – wodurch er das Ende unseres Streits, den Teil, in dem ich nichts und Rosa sehr viel sagte, den Teil, in dem ich gedemütigt wurde, mitanhörte.

»Ich weiß, was Sie denken!« sagte Rosa – oder vielmehr schrie sie es –, »Sie glauben, daß ich keinen Geschmack habe. Nein, noch viel schlimmer! Sie glauben, daß ich einen schrecklichen Geschmack habe! Nun, lassen Sie mich Ihnen eins sagen: Nicht jeder möchte in einem Museum leben. Wissen Sie, was mit Ihnen nicht stimmt? Sie haben *zuviel* Geschmack. Lieber Gott – ein vollkommenes Auge, ja – Sie haben ein gutes Auge, das gebe ich zu – aber kein *Herz*. Ich muß in diesen Räumen *leben*. Meine Kinder, Max – sie leben auch hier, wissen Sie. Das hier ist keine Schaufensterauslage. Es ist mein *Zuhause*.«

Rosa beendete ihre Schimpftirade mit entrüsteter Stimme. Dann brach sie ganz plötzlich in Lachen aus.

»Jetzt sehen Sie uns beide an, ja – uns beide! Acht Monate und immer noch ein solches Geschrei. Hören Sie zu, dann werde ich es Ihnen erklären. Als Sie mit diesem Zimmer fertig waren, habe ich es mir angesehen – es war so einfach, so schön –, und ich dachte mir: Rosa, du wirst umdenken müssen. Du kannst von Victoria lernen. Versuch es. Aber als ich dann hier saß, wissen Sie, da kam mir alles so schrecklich leer vor! Und ich habe all die kleinen Dinge vermißt, die ich so gern mag. Ich *mag* meinen Pelikan, den Sie so hassen, ich habe ihn von Max! Ich habe gern Franks Bücher um mich, Max' Pfeifen, die Fotos von den Kindern. Und die vielen dicken Kissen – die meine Mutter bestickt hat. Wenn ich sie ansehe, dann sehe ich auch sie wieder. Und so –«, sie kam quer durchs Zimmer und nahm meine Hände in ihre, »– werden wir uns nie einigen – sehen Sie das jetzt ein? Wir sehen die Welt auf verschiedene Weise. Und wenn wir so weitermachen, werden wir noch beide etwas sagen, das wir hinterher bedauern – und dann wird es aus sein, *aus*! Dann werde ich eine gute Freundin verlieren. Das will ich nicht. Hören Sie mir also zu, ja? Ich will Ihnen einen Vorschlag machen...«

Ihr Vorschlag – unsere berufliche Verbindung von der privaten zu trennen, um sie uns zu erhalten – war gut, und wir richteten uns danach. Ich stattete für Rosa keine Räume mehr aus: Wir wurden gute Freundinnen. Wenn ich heute – als Innenarchitektin – nicht mehr so selbstherrlich bin – und ich hoffe, daß ich das nicht bin –, dann habe ich es Rosa zu verdanken. Sie hat mir etwas sehr Einfaches und Selbstverständliches gezeigt, etwas, das ich von Constance nicht gelernt habe: Ein Haus ist ein Zuhause.

Ein Zuhause. Kurz nach diesem Vorfall begann ich zu verstehen: Vollkommene Räume in einer vollkommenen Wohnung in der Fifth Avenue waren noch lange kein Zuhause. So sehr ich Constance auch liebte, ich hatte, seit ich Winterscombe verlassen hatte, kein richtiges Zuhause mehr gehabt – und ich wünschte mir eins. Das spürte Constance, und es machte sie wütend.

»Schon *wieder*?« sagte sie, wenn ich Rosa besuchen ging. »Gibt es in Westchester vielleicht irgendwelche besonderen Attraktionen, von denen ich nichts weiß? Das ist nun schon das zweite Mal in dieser Woche. Man könnte glauben, Rosa hätte dich adoptiert.«

Ich glaube, in gewisser Hinsicht hatte Rosa das wirklich getan. Constance war oft verreist; bei allem, was sie für mich getan hatte, war sie nie mütterlich gewesen. Rosa war es. Vielleicht ging ich so oft zu ihr, weil ich hoffte, sie könne mir etwas ersetzen, das ich erst jetzt zu vermissen begann. Oder vielleicht ging ich einfach nur zu ihr, weil die Abende, die ich in ihrem Haus verbrachte, die lauten Essen mit der ganzen Familie, die Spiele, die Streitereien, so viel Spaß machten – und so völlig anders waren als der glatte, abweisende Schick, den Constances Freunde an sich hatten. Vielleicht ging ich hin, um Frank zu sehen. Das könnte durchaus der Fall gewesen sein; wenn ja, dann habe ich es mir damals aber nicht eingestanden. Außerdem war Frank inzwischen mit seinem Medizinstudium fertig und nach Yale gegangen, wo er seinen Doktor machte. Er war nur selten in Westchester; und, wie ich merkte, niemals, wenn er wußte, daß ich auch eingeladen war. Bei den seltenen Gelegenheiten, bei denen ich ihn dort traf, beobachtete er mich zwar, sprach aber nur selten mit mir. Einmal waren wir – auf Rosas Drängen – Partner beim Bridge und spielten ziemlich schlecht. Ein anderes Mal, als für eine seiner Schwestern eine Party gegeben wurde, brachten ihn die andern mit witzigen Bemerkungen dazu, mit mir zu tanzen; ein verräucherter Raum, rauchige Musik, alles improvisiert und das Zimmer so voll, daß man sich höchstens ein bißchen herumschieben lassen konnte: ein Tanz, den er ganz eindeutig nur aus Pflichtbewußtsein heraus absolvierte, mit förmlichem Griff und abgewandtem Kopf. Und wieder ein anderes Mal sollte er mich, diesmal auf Anregung seines Vaters, in die Stadt zurückfahren; und zu meiner Erleichterung war er während dieser Fahrt ein bißchen entspannter als sonst. Es war Frühling, ein schöner Abend; ich erinnere mich, plötzlich ein so erhebendes Gefühl gehabt zu haben und den Wunsch, noch etwas länger mit ihm zusammenzusein. Als wir uns Manhattan näherten, war es, als würden wir uns der Zukunft nähern; ich sah die Türme und die Straßen. Sie schienen mir durch einen Nebel unerklärlicher Glückseligkeit zuzuwinken: mir, aber nicht Frank, wie bald klar wurde.

Ich hatte – auf seine Bitte – von England und Winterscombe gesprochen. Als wir in der Fifth Avenue am Eingang zum Park vorbeikamen, wo ich immer mit Bertie spazierengegangen war, änderte sich Franks Benehmen mit einem Schlag. Sein Gesicht wurde wieder verschlossen, sein Benehmen formell und distanziert. Wieder hatte ich offenbar etwas getan oder gesagt, das seine Feindseligkeit herausgefordert hatte. Vor Constances Wohnung ließ er mich mit kühler Höflichkeit aussteigen; und ehe ich noch das Gebäude betrat, war er schon einen halben Block weitergefahren.

Ich konnte es mir nicht erklären, und deshalb erkundigte ich mich kurz darauf bei Rosa: Ich wollte wissen, womit ich sein Mißfallen erregt hatte. Rosa antwortete ausweichend. Das hätte, sagte sie, nichts mit mir zu tun. Frank sei schwierig, sagte sie; und gerade jetzt sei er unmöglich. Er sei launisch, mit seinen Gedanken immer ganz woanders, ungeduldig – alle in der Familie hätten darunter zu leiden. Allerdings gäbe es dafür einen Grund; einen offensichtlichen Grund. Frank war verliebt.

In eine seiner Kolleginnen in Yale, wie es schien: eine Wissenschaftlerin. Rosa war ihr schon begegnet – sie war sehr schön.

Ich erinnere mich noch gut an diese Unterhaltung in jenem Juni, wir tranken Tee; und ich erinnere mich nur allzugut an die Folgen. Rosa beschrieb diese Frau in aller Ausführlichkeit. Je mehr gute Eigenschaften Rosa aufzählte, desto verhaßter wurde sie mir. Dunkle Haare, sagte Rosa; dunkle Augen; brillante Zukunftsaussichten. Ich verspürte eine unerklärliche Abneigung gegen sie.

Ja, verliebt, fuhr Rosa nachdenklich fort – sie war sich fast sicher. Das ging schon eine ganze Weile so. Das konnte man Frank ganz deutlich ansehen. Er wies alle Symptome auf. Natürlich war sie froh; aber sie hatte auch ein bißchen Angst. Frank sei ein Mann, sagte sie, der nicht leichtfertig liebe.

»Ein Idealist«, fuhr sie ein bißchen traurig fort. »Er hat nie gelernt, Kompromisse zu schließen. So dickköpfig! Immer alles oder nichts.«
Ich hielt das für eine gute Eigenschaft. Rosa hatte ihre Zweifel. So was kann gefährlich sein, sagte sie. Angenommen, Frank schenkte der falschen Frau sein Vertrauen?
Danach herrschte Schweigen. Ich beugte mich nach vorn.
»Rosa – die Symptome. Wie sehen die aus?«
Rosa zählte sie der Reihe nach auf. Demnach war Verliebtheit eine Art Grippe. »Du wirst es schon merken, wenn du sie kriegst«, sagte sie.
»Glaubst du wirklich, Rosa?«
»Schließlich bin ich eine Frau!« sagte sie wie im Triumph. »Natürlich merkt man so was!«
Da beschloß ich, in einem plötzlichen Anfall von Tollkühnheit, Rosa von Bobsy Van Dynem zu erzählen.
Eigentlich gab es da nur sehr wenig zu erzählen. Was mich aber, wie ich gestehen muß, nicht davon abhielt, es trotzdem zu tun.
In dem Sommer, in dem ich Rosa dieses Geständnis machte, war Constance in Italien. Wenn ich heute zurückblicke, muß ich annehmen, daß Bick Van Dynem, der ständig mehr trank, sie begleitete. Auf jeden Fall war er nicht auf Long Island, und seine Eltern äußerten sich über den Grund seiner Abwesenheit nur sehr vage.
An einem Wochenende wurde ich zu ihnen eingeladen; ich ging noch ein zweites Mal hin. Bobsy ging gern mit mir hinunter zum Strand, wo er sich hinsetzte und schweigend aufs Meer blickte. Er liebte es, nachts mit hoher Geschwindigkeit mit seinem neuen Auto herumzurasen. Manchmal hielt er, nicht weit von ihrem Haus entfernt, neben einer Mole an und saß dort mit mir und lauschte der Tanzmusik, die der Wind hereinwehte; dann redete er mit mir über Bick; und manchmal auch über seine Freundschaft mit Constance, auf eine umschriebene Art, als gäbe es hier ein Geheimnis, das für ihn ein Rätsel war.
Eines Abends hatte er mich dort, bei der Mole – nach längerem Schweigen – geküßt. Es war ein trauriger, zarter und reuevoller Kuß, aber das wußte ich damals noch nicht: Ich hatte sehr wenig Erfahrung.
Bestimmt hätte ich diesen Vorfall vergessen, wenn nicht die Gespräche mit Rosa in mir den Wunsch geweckt hätten, mich zu verlieben: Und von dem Wunsch, all die erhabenen und schrecklichen Gefühle, von denen ich in Romanen gelesen hatte, einmal selbst zu erleben, war es nur ein kleiner Schritt, mir einzubilden, daß ich verliebt war – vor allem mit Rosa an meiner Seite, die mir Ratschläge erteilte und mich anfeuerte.

Als ich dann erneut zu den Van Dynems eingeladen wurde, warf ich mich auf eine Art und Weise auf Bobsy Van Dynem, daß ich mich noch heute dafür schäme. Meine Anstrengungen waren wahrscheinlich ziemlich unbeholfen, aber sie hatten Erfolg.

Bobsy, oberflächlich und ohne allzu hohe Prinzipien, und – wie ich heute weiß – zutiefst unglücklich, war ein dankbares Opfer. Ich flirtete mit ihm: Und er flirtete mit mir. Wir fuhren öfters an den Strand; wir saßen öfters bei der Mole. Dort, am Meer, küßte mich Bobsy einige Wochen später noch einmal. Bekümmert sagte er: »Ach, warum nicht?«

Dort begann und dort endete meine erste Liebesaffäre: am Meer.

Sie war nur kurz. Wenn ich darauf versessen war, mir einzureden, daß ich verliebt war, dann war Bobsy verzweifelt bemüht, sich ablenken zu lassen. Ich war unbeholfen; Bobsy war unreif: Wir verstanden zu diesem Zeitpunkt beide nicht viel vom Prozeß der Selbstzerstörung.

Ein paar Wochen lang spielten wir unsere Rolle. Wir tanzten Wange an Wange zu Schallplatten von Frank Sinatra. Wir machten mit dem Auto lange nächtliche Ausflüge. Wir gingen im Mondschein über den Strand. Wir waren bemüht, den Konventionen zu folgen, aber gegen Ende des Sommers, als wir beide wußten, daß es zu nichts führen würde, war diese Affäre zu Ende.

Ich hatte Glück, denn ich wurde nicht so schlimm verletzt, wie es hätte der Fall sein können, wenn ich an einen Mann geraten wäre, der nicht so rücksichtsvoll gewesen wäre. Wir blieben bis zu seinem Tod, ein paar Jahre später, Freunde – und während dieser Jahre, nicht während der wenigen Sommerwochen auf Long Island, begann ich schließlich zu verstehen, was die ganze Zeit offensichtlich gewesen war. Diese Affäre war kein Zufall gewesen: Ich war nur Ersatz, das Nächstliegende, womit sich Bobsy – nach Constance – in jenem Sommer ablenken konnte.

Ich glaube, Rosa hat nie genau begriffen, was geschah. Ich wußte, daß sie mein Verhalten nicht gebilligt haben würde – die Ereignisse liefen nicht ganz genauso, wie sie sie gern gesehen hätte –, und deshalb war ich auch zu feige, sie ihr zu erklären. Rosa, die gütig und in mancher Hinsicht unschuldig war, glaubte, daß eine Liebesbeziehung – nicht nur eine Affäre – begonnen hatte. Ich erzählte es ihr nicht, als sie zu Ende war. Für sie wurde es zu einer ziemlich langen Liebesbeziehung – wie sie manchmal erklärte, zweifellos gab es dafür Gründe. Ein- oder zweimal, nachdem unsere Affäre längst abgeschlossen war und ich Bobsy nur noch als Freund betrachtete, deutete Rosa mir gegenüber an, daß ich die Dinge zu sehr schleifen ließe und daß es angebracht sei, wenn sich der Van-Dynem-Erbe nun bald entscheiden würde. Sie sprach von Hochzeiten. Inzwischen war es sinnlos, dagegen zu protestieren und ihr zu sagen, daß ich ihn nicht liebte. Daß wir nur gute Freunde waren. Rosa hörte sich meine Erklärungen an und lächelte; sie glaubte mir nicht.

Ich war für sie auch zu einer Geschichte geworden. Später habe ich von Frank erfahren, daß Rosa die Hoffnungen, die sie mit mir verband, ihrer Familie anvertraute. Ein brillantes Paar! Sie ließ sich lang und breit darüber aus, holte sich bei ihrem Mann und ihren Kindern Rat, wie sie die Sache am besten vorantreiben könne.

Als Folge davon waren unsere Besuche – wenn Bobsy Van Dynem mich in Rosas Haus begleitete, wie er es in jenem ersten Sommer und auch zu späteren Gelegenheiten manchmal tat – stets von einer ganzen Schar lächelnder Menschen begleitet, die wissende Blicke austauschten und sich in bedeutungsvolles Schweigen hüllten. Bobsy fand es amüsant; ich nicht. Und zweimal machte Frank, der auch anwesend war, uns gegenüber gar keinen Hehl daraus, daß er Bobsy Van Dynem nicht nur nicht leiden konnte, sondern daß er ihn sogar verachtete.

Armer Himmlischer Zwilling! Umringt von Rosas klugen und streitsüchtigen Zöglingen, saßen wir an ihrem lauten Eßtisch. Andauernd verlor Bobsy mitten im Satz den Faden. Er besaß Charme, ja, aber intelligent war er nicht gerade, und analytischen Verstand besaß er schon gar nicht. Ich wußte, daß manche von Rosas Kindern – die inzwischen schon keine Kinder mehr waren – Bobsy albern fanden. Aber immerhin hatten sie soviel gutes Benehmen, daß sie es nicht zeigten. Bei Frank war das allerdings anders.

Er saß Bobsy gegenüber, runzelte die Stirn, betrachtete ihn eingehend. Ein- oder zweimal, als Bobsy gerade etwas besonders Dummes von sich gegeben hatte, brachte er eine kurze witzige Bemerkung an, irgend etwas Anmaßendes, was Bobsy noch schlechter aussehen ließ.

Bobsys Herkunft hatte ihn mit einer dicken Haut versorgt, so daß er diese Episoden, glaube ich, gar nicht richtig mitbekam. Aber auch wenn es nicht so gewesen wäre, hätte es ihm vielleicht nichts ausgemacht, denn Bobsy besaß eine gehörige Portion Selbstzufriedenheit. Vielleicht war er wirklich dumm und oberflächlich, aber trotzdem war er freundlich und fürsorglich. Und allmählich begriff ich auch, wie zutiefst unglücklich er war. Ich haßte Frank wegen seiner ironischen Bemerkungen; ich fand ihn unerbittlich und arrogant.

Bobsy dagegen hatte es gern, mit den Leuten *auszukommen,* wie er es nannte. Ein- oder zweimal unternahm er den Versuch, Franks Reserviertheit zu durchbrechen und ihn in ein Gespräch zu verwickeln. Ich erinnere mich noch an das letzte Mal, als Bobsy, eines späten Abends, diesen Versuch unternommen hatte, als er mich gerade untergehakt hatte, um mit mir zusammen wegzugehen. An der Tür erkundigte er sich bei Frank nach Yale – Bobsys Vater hatte in Yale studiert. Ich stand neben ihm und sah diese beiden Männer an, beide sehr groß, der eine blond, der andere dunkel. Bobsys freundliche Frage wurde nicht besonders gut aufgenommen. Frank sah aus, als würde er ihm gleich einen kräftigen Schlag versetzen.

Sehr seltsam, war Bobsys Urteil; aber Bobsy fand Leute, die immer Bücher lasen, sowieso seltsam – für ihn war mangelndes Interesse an Tennis ein ausgesprochen exzentrisches Benehmen.

»Sehr seltsam. Was hast du gesagt? Was habe ich denn getan? Ich habe ihn doch nur nach Yale gefragt, und – hast du es bemerkt? – der hat mich angesehen, als wollte er mich glatt umbringen.«

Nicht lange nach diesem Abendessen wurde Max Gerhard krank. Die Krankheit kam plötzlich und war sehr kurz: Er starb noch im selben Winter. Ich sah Frank auf der Beerdigung, und ich sah ihn – wie Sie wissen – im darauffolgenden Frühjahr wieder, bei diesem zufälligen Treffen in Venedig.

Nach diesem Reinfall durfte ich kaum erwarten, daß er Lust hatte, mich wiederzusehen: Und so überraschte es mich auch nicht, daß ich ihn erst sehr viel später wiedertraf. Ich hörte immer nur aus zweiter Hand etwas über ihn, von seinen Brüdern und Schwestern oder von Rosa. Wie ich erfuhr, hatte er kurz nach unserem Treffen in Venedig von einem College in Oxford das Angebot erhalten, dort als Gastdozent zu lehren. Seine Entscheidung, nach England zu gehen, hatte er ganz plötzlich getroffen, sagte Rosa, und es war noch völlig offen, wie lange er dort bleiben würde. Seine Motive, dieses Stipendium anzunehmen, waren, wie Rosa andeutete, nicht nur beruflicher Art. Natürlich war es eine ziemliche Ehre, die er aber ursprünglich hatte ablehnen wollen. Und wie sie andeutete, hatte er sie nur angenommen, um zu vergessen: Jene schöne Wissenschaftlerin war, wie es schien, von der Bildfläche verschwunden; Rosa hat nie wieder von ihr gesprochen.

Damals glaubte ich, daß ich Frank niemals wiedersehen würde. Ich glaubte, daß ich ihn mit der Zeit durch die Veränderungen immer mehr aus den Augen verlieren würde und höchstens noch über andere von ihm hören würde wie damals: kleine Berichte über die Lebensstationen eines Fremden. Er war in diesem Land; er war in jenem Land; er machte in seinem Beruf diese oder jene Fortschritte; er hatte geheiratet. Aus meiner Sicht: ein merkwürdiges nagendes Gefühl des Bedauerns, ein Gefühl von Vergeblichkeit. Ich schob es beiseite.

Ich war inzwischen fast siebenundzwanzig: Ich sah mein Leben an mir vorbeiziehen, ich hatte das Gefühl, daß irgend etwas in meinem Leben verkehrt war. Ich arbeitete und hatte Erfolg, aber die Arbeit füllte mich nicht jede verfügbare Minute jedes verfügbaren Tages aus, wie sehr ich mich auch darum bemühte. Manchmal spürte ich eine starke, aber unbestimmte Ungeduld, das Streben nach etwas, von dem ich nur eine vage Vorstellung hatte. 1957 traf ich Frank Gerhard in New Haven wieder. Wodurch war dieses Treffen zustande gekommen? Durch unzählige Dinge, aber auch durch einen Skandal. Er sollte die entscheidende Wende in meinem Leben mit sich bringen.

Der Skandal hatte mit meinem Onkel Steenie zu tun. Steenie, der damals siebenundfünfzig war, lebte auf Winterscombe. Seine finanzielle Lage war angespannt, aber seine Lebensart großzügig.

Steenie war im Laufe der Zeit unbeständiger geworden. Er hatte eine Vorliebe für kurze, weniger heftige, oberflächliche Affären entwickelt. Genauer gesagt, er hatte Geschmack für Soldaten entwickelt.

Insbesondere für Gardisten. Steenie hatte es sich zur Gewohnheit gemacht, diesen Männern mit kräftigem Wuchs im Hyde Park Anträge zu machen und sie in seine Londoner Wohnung einzuladen. Anfang des Jahres hatte er bei dieser Gelegenheit einen Soldaten kennengelernt, der ihm, mit derartigen Annäherungen älterer Wüstlinge vertraut, weil es schneller ginge und praktischer sei, alles in allem viel einfacher, vorgeschlagen hatte, die Sache doch gleich hinter einem Busch zu erledigen.

Das hatte Steenie noch nie getan. Wenn er es zu erklären versuchte – und er hatte ständig das Bedürfnis, es zu erklären –, sagte er immer, daß es köstlich gewesen sei, so verstohlen. Er kroch mit dem Soldaten zwischen die Büsche. Als sie gerade ein eindeutig kompromittierendes Stadium erreicht hatten, tauchten hinter einem dieser Büsche zwei Polizisten in Zivil auf.

»Ich habe mit ihnen geredet!« rief Steenie. »Sehr überzeugend!«

Allerdings wohl nicht überzeugend genug, um die bestehenden britischen Gesetze außer Kraft zu setzen. Der Soldat wurde freigelassen, mein Onkel Steenie wanderte für sechs Monate ins Gefängnis. Als er wieder rauskam, wollten ihn seine Freunde nicht mehr kennen. Conrad Vickers' Haus auf Capri war den ganzen Sommer über ausgebucht. Steenie hatte aus seiner Homosexualität zwar nie ein Hehl gemacht, aber nun hatte er eine unverzeihliche Sünde begangen. Er hatte sich erwischen lassen: in aller Öffentlichkeit.

Constance lud ihn sofort nach New York ein. Sie nahm Steenie nicht nur bei sich auf; sie nahm ihn auch mit, wenn sie ausging, zu Konzerten, in Kunstgalerien, Restaurants, auf Partys. Und all diejenigen unter ihren Freunden, die Bedenken hatten, sich mit einem Schwulen zu treffen, der gerade aus dem Knast kam, hatten es sich mit ihr verdorben.

Steenie, der es sich in Constances luxuriöser Wohnung bequem gemacht hatte, setzte eine trotzige Miene auf; aber er litt. Seine Launen schwankten zwischen provozierender Fröhlichkeit und akuter Verdrossenheit. Er neigte dazu, in Tränen auszubrechen und sich ganz plötzlich und unerwartet lauthals über das Leben auszulassen. Seine Neigung, in winzigen Schlückchen riesige Mengen Alkohol zu konsumieren, nahm ständig zu. Sein Verhalten war, wie selbst Constance zugeben mußte, alarmierend.

Ende Dezember, als die Nachricht eintraf, daß Wexton in Yale einen Vortrag halten würde und sowohl Steenie als auch mich dazu einlud, war Steenie überglücklich vor Freude. Er sagte, es sei schon Jahre her, seit er Wexton zum letzten Mal gesehen habe; daß ein langes Gespräch mit Wexton genau das war, was er brauchte; daß Wexton schon dafür sorgen würde, daß alles wieder in Ordnung käme.

Ich bezweifelte es. Constance, die nicht eingeladen war, war wütend. Steenie bettelte, und schließlich einigte man sich: Wir würden fahren. Ich beschloß, noch vor der Reise alle Silberfläschchen zu verbannen.

Zwei Tage vor unserer Abfahrt verstärkten sich meine Vorahnungen. Ich stattete Rosa meinen wöchentlichen Besuch in Westchester ab. Rosa hatte sich seit dem Tod ihres Mannes sehr verändert. Ich war daran gewöhnt, sie traurig und nachdenklich vorzufinden: Aber an dem Tag begrüßte sie mich mit strahlender Miene.

»Wunderbare Neuigkeiten«, sagte sie und ergriff meine Hand. »Frank ist wieder da.«

»Wieder da? Du meinst, er ist hier?«

»Er ist gestern mit dem Flugzeug gekommen. Er ist gerade nicht zu

Haus. Aber du wirst ihn bestimmt noch sehen, bevor er nach New Haven fährt. Er hat nach dir gefragt. Nun, das tut er natürlich immer. Wenn er schreibt, in seinen Briefen aus England, da vergißt er es nie. Er schreibt immer: Wie geht es Victoria? Ich habe ihm von dem Vortrag erzählt, und von deinem Patenonkel. Was für ein großer Mann! Frank will hinfahren und –«

»Frank wird dort sein?«

»Natürlich. Er liebt die Arbeiten deines Patenonkels. Ich glaube, er hofft, daß du nach dem Vortrag zu ihm kommen kannst. Nach dem Essen? Ein Drink in seiner Wohnung? Fährst du zum ersten Mal nach Yale – ich weiß, daß er dich gern dort sehen würde.«

»Rosa, ich bin mir nicht sicher, ob das gehen wird. Weißt du, mein Onkel begleitet mich, und –«

»Auch dein Onkel – ihr müßt alle kommen. Frank hat darauf bestanden.«

Rosa redete weiter. Ich saß schweigend da und hörte nur mit halbem Ohr zu. Das Wiederauftauchen von Frank versetzte mich in ziemliche Erregung; die unerwartete Einladung machte mich außerordentlich nervös. Ich versuchte mir eine Begegnung zwischen dem schwierigen wortkargen Dr. Gerhard und meinem Onkel Steenie mit blondiertem Haar, Make-up und lila Krawatte vorzustellen. Aber das hätte Rosa verletzt; sie durfte es nicht erfahren. Sie hatte Steenie nie kennengelernt: Es wäre für sie unvorstellbar gewesen, daß ich mit diesem großen Mann, meinem Patenonkel, nach New Haven fuhr und ihn nicht dem anderen großen Mann, ihrem Doktorsohn, vorstellte.

Nach ihrer anfänglichen Erregung, all den Neuigkeiten, wurde sie wieder etwas ruhiger, und ihre Sätze wurden langsamer. Nach und nach wurde sie wieder nachdenklicher und so traurig, wie sie es seit Beginn ihres Witwendaseins immer gewesen war.

»Meine Kinder«, sagte sie dann halb zu sich selbst. »Max hat immer gesagt, daß ich mir zuviel Sorgen mache. Mütter tun das. Das habe ich ihm gesagt. Ich kann nichts dafür. Ich möchte, daß sie glücklich sind. Ich sähe es gern ... wenn sie ein Zuhause hätten.«

»Rosa –«

»Du auch, Victoria.« Sie stand auf und ergriff meine Hände, dann gab sie mir einen Kuß. Sie sah mich mit nachdenklicher Miene an. »Du hast dich verändert, weißt du das?«

»Ich bin älter geworden, Rosa.«

»Ich weiß. Ich weiß.« Sie zögerte. »Weißt du noch, wie wir früher immer zusammen geredet haben? Bobsy Van Dynem – das ist doch vorbei, nicht wahr?«

»Das ist vorbei, Rosa. Das ist schon seit Ewigkeiten vorbei. Bobsy und ich sind Freunde, mehr nicht.«

»Und sonst gibt es niemanden? Ein- oder zweimal dachte ich schon –«

»Das dachte ich auch. Ein- oder zweimal.« Wir lächelten. »Es ist nie etwas daraus geworden, Rosa.«

Rosa erholte sich wieder. Als ich mich von ihr verabschiedete, hielt sie mir einen Vortrag. Sie sagte, ich dürfe nicht reden wie eine alte Frau und ich dürfe auch nicht so denken: Das sei vergeudete Zeit.

Ich war gerührt. Ich ließ sie allein zurück, in ihrem vollgestopften gemütlichen Wohnzimmer, und ging durch den Hausflur nach draußen. Ich zog meinen Mantel an; ich hüllte mich in Melancholie ein.

Draußen regnete es. Ich stand auf den Stufen zur Haustür und sah in den Regen und den dunkler werdenden Himmel. Es war schon fast dunkel; es würde eine lange, langsame Fahrt zurück nach Manhattan sein.

Ich hatte mir Constances Cabriolet ausgeliehen. Ich kramte in meinen Taschen nach den Schlüsseln, und sie fielen mir aus der Hand. Erst als ich mich bückte, merkte ich, daß ich nicht allein war. Zuerst hörte ich Schritte, dann bückte sich jemand nach den Schlüsseln; die Hand eines Mannes schloß sich darüber.

Ich erschrak und fuhr zurück, denn als Frank sie mir zurückgab, hielt er meine Hand fest. Er sagte: »Gehen Sie nicht. Warten Sie. Ich möchte Ihnen etwas sagen...«

Ich drehte mich um und sah ihn an, der Ton seiner Stimme hatte sich verändert. Es war das erste Mal, daß ich ihn sah, seit wir uns vor so langer Zeit in Venedig getrennt hatten, aber er sprach, als wäre es erst gestern gewesen.

Sein Gesicht war blaß, sein Mantel und sein Haar naß vom Regen. Er sah müde und abgespannt aus, viel älter, als ich ihn in Erinnerung hatte. Ich merkte, daß es ihm sein Stolz schwer machte zu sprechen.

»Ich möchte Ihnen danken«, fuhr er fort. »Dafür, daß Sie immer hierhergekommen sind. Um Rosa zu besuchen. Es war schwierig für sie...«

»Rosa ist meine Freundin. Das ist doch selbstverständlich. Sie brauchen mir deswegen nicht zu danken, Frank.«

»Ich... habe Sie falsch eingeschätzt.« Er machte eine ärgerliche Handbewegung. »Als ich Sie – in Venedig getroffen habe. Und auch sonst. Das passiert mir manchmal, daß ich jemanden falsch beurteile. Überstürzt. Arrogant. Das ist ein Fehler von mir.«

Diese Schwäche zuzugeben schien ihm schwerzufallen. Dann verstummte er. Er verzog das Gesicht.

»Trotzdem. Ich kann mir vorstellen, daß Sie es schon bemerkt haben, noch bevor ich es selbst gemerkt habe.«

»Ja.« Ich lächelte. »Das habe ich. Ein- oder zweimal.«

»Sehen Sie, ich wollte, daß Sie es verstehen; ich wollte es erklären.«

»Sie brauchen mir nichts zu erklären. Es ist nicht wichtig. Es ist schon so lange her.«

»Das weiß ich. Glauben Sie etwa, das wüßte ich nicht? Ich könnte Ihnen ganz genau sagen, wie lange es her ist. Wie viele Monate, Tage, Stunden –«

»Frank.« Er war immer drängender und erregter geworden. »In Venedig... Sie brauchen sich deswegen nicht zu entschuldigen. Wenn ich an Ihrer Stelle gewesen wäre, hätte ich mich wahrscheinlich ganz genauso verhalten. Dafür gab es Gründe. Conrad Vickers. Constance. Die Art und Weise, wie sie sich Rosa gegenüber benommen haben.«

»Das war nicht der einzige Grund.«

Verwirrt sah ich ihn an. Er hatte plötzlich mit großer Bestimmtheit gesprochen. Sein Gesicht war ganz ruhig. Er sah mir direkt in die Augen.

»Nicht?«

»Nein. Das war es nicht.«

Wir schwiegen. Wir sahen einander an. Er hob die Hand und legte sie ganz kurz an mein Gesicht. Ich fühlte die Wärme seiner Haut, die Feuchtigkeit des Regens an seiner Handfläche. In diesem Augenblick wußte ich es. Auch wenn wir uns sehr wenig sagten, bevor ich ging; wir verabredeten uns nur noch für New Haven.

Wextons Vortrag lief gut. Er stand wie ein großer Adler über das Mikrofon gebeugt am Lesepult. Er spähte in das Licht, sah gleichzeitig blind und weitsichtig aus. Er sprach von der Zeit und von der Unbeständigkeit. Am Schluß las er Auszüge aus Gedichten vor, auch einige seiner eigenen. Er endete mit einem Sonett aus *Granaten,* jener Gedichtsammlung, die er während des Ersten Weltkriegs geschrieben hatte und die dem jungen Mann gewidmet waren, der einmal Steenie gewesen war.

Frank saß ein paar Reihen vor uns. Steenie saß neben mir. Er weinte lautlos und ausgiebig. Als der Vortrag zu Ende war und die Zuhörer applaudierten, ergriff er meine Hand.

»Früher war ich anders, weißt du«, flüsterte er. »Das war ich wirklich.«

»Ich weiß, Steenie.«

»Ich war nicht immer so ein alter Taugenichts. Ich hätte vielleicht etwas werden können. Ich hatte soviel Energie. Jede Menge. Dann habe ich sie verloren. Ich habe mich verzettelt. Wexton hätte mich vielleicht halten können, wenn ich ihn gelassen hätte. Aber das habe ich nicht. Jetzt ist es zu spät.«

»Das ist es nicht, Steenie. Du hast dich schon einmal geändert, du kannst dich wieder ändern.«

»Nein, das kann ich nicht. Ich stecke fest. Paß auf, daß dir so etwas nie passiert, Vicky. Es ist schrecklich.« Steenie putzte sich mit einem Seidentaschentuch geräuschvoll die Nase. Er wischte sich die Augen.

»Es war Vickers' Schuld.« Steenie schien sich wieder erholt zu haben. Er stand auf, klatschte sehr laut in die Hände, schmetterte ein peinlich lautes »Hurra« in den Saal.

Danach gingen wir zu dem offiziellen Empfang und dem anschließenden Essen, bei dem sich Steenie in aller Stille betrank.

»Voll wie eine Haubitze«, verkündete er, als wir endlich dort wegkamen. »Voll wie eine Haubitze.«

Er schwankte. Wexton schlenderte vorneweg, ihm folgte Frank, unser Gastgeber für den Rest des Abends, mit schnellem entschlossenem Schritt. Wir kamen an grauen Collegehäusern aus Stein vorbei, an mit Efeu überzogenen Mauern: Steenie, der sich von der großen Ähnlichkeit mit Oxford und Cambridge nicht beeindrucken ließ, sagte, alles sei so unnatürlich. »Wie eine Theaterkulisse. Nein, ich werde nicht den Mund halten, Victoria.«

In Frank Gerhards Zimmern, von denen man auf einen Collegehof blickte, herrschte Unordnung. Sie waren mit Büchern vollgestopft. Auf einem Stuhl stand ein Mikroskop. Wexton – dessen Zimmer ganz genauso aussahen – blickte sich voller Wohlgefallen um. Ich starrte ängstlich auf Steenie: Sein Gesicht war grünlich; ich hatte schreckliche Angst, daß ihm schlecht werden könnte.

Ich wagte es nicht, Frank anzusehen, der es vielleicht noch bedauern würde, uns hierher gebeten zu haben. Nachdem ich Steenie, fast gewaltsam und höchst unzeremoniell, in einen Sessel geschubst hatte, riskierte ich einen Blick durch die Zimmer. Frank sah uns nacheinander an: ein berühmter Dichter, ein ältlicher Lebemann, vom Trinken stark gezeichnet, und ich. Obwohl sein Gesicht nicht verriet, was er dachte, glaubte ich, in seinen Augen ein belustigtes Aufblitzen gesehen zu haben, als Steenie den Versuch unternahm, uns allen ein kurzes Lied vorzusingen, bis ich ihn wieder gestoppt hatte.

Wir bemühten uns, ein Gespräch in Gang zu bringen, aber inzwischen war Steenie schon eingeschlafen und hatte laut zu schnarchen begonnen. Vielleicht, weil er die unterschwellige Spannung im Zimmer spürte, vielleicht, weil ihm Frank, dem es schwerzufallen schien, einen zusammenhängenden Satz zu formulieren, leid tat, schlug Wexton – der ein Schachbrett mit aufgestellten Figuren entdeckt hatte – vor, mit Frank eine Partie zu spielen.

Frank schien seinen Vorschlag beim ersten Mal gar nicht zu hören. Erst beim zweiten Mal reagierte er. Er fragte, ob es mir etwas ausmachen würde. Als ich ihm versicherte, daß dies nicht der Fall wäre, ging er im Zimmer auf und ab, stellte fest, daß keiner von uns etwas zu trinken hatte, und schenkte die Gläser voll. Das alles tat er völlig geistesabwesend. Später sagte Wexton, er habe uns puren Gin eingeschenkt. Mein Getränk schmeckte wie Whisky und Tonic.

Das Spiel begann. Ich saß in der anderen Ecke des Zimmers und sah ihnen zu. Stille; darüber war ich froh. Ich wartete, bis ich etwas ruhiger geworden war: Ich glaube, ich wartete auch darauf, daß Wexton gewann.

Wexton war ein außerordentlich guter Schachspieler. Ich erinnerte mich noch genau daran, mit welcher Leichtigkeit er immer meinen Vater geschlagen hatte – und mein Vater war ein sehr guter Schachspieler gewesen. Eine halbe Stunde verging; eine Stunde; falls Wexton wirklich gewann, brauchte er jetzt ungewöhnlich lange dazu. Ich beugte mich nach vorn, um auf das Schachbrett sehen zu können. Wexton spielte sein übliches defensives Spiel; seine Bauern waren gut plaziert, aber seine Dame schien in Gefahr zu sein.

Aber ich war keine gute Schachspielerin, und so konnte ich auch nicht wirklich beurteilen, wie das Spiel stand. Zu diesem Zeitpunkt, als ich sicher war, daß mich keiner im Zimmer sehen konnte, begann ich – wie ich es von Anfang an gewollt hatte –, Frank zu betrachten.

Mein Blick lag auf seinem Gesicht. Ich mußte blind gewesen sein, oder dieses Gesicht hatte sich verwandelt. Ich hatte ihn für nachdenklich, geistesabwesend und streng gehalten, aber jetzt sah ich einen Mann, dessen Gesicht große Weichheit und gleichzeitig Stärke ausdrückte. Was mir zunächst negativ erschienen war, sah ich nun in positivem Licht: Intelligenz, Loyalität, Humor, Entschlossenheit. War er stolz? Ja, aber ich war froh, daß er stolz war. War er arrogant? Möglicherweise, aber ich konnte ihm diese Arroganz verzeihen, nachdem ich erkannt hatte, daß es Selbstschutz war. War er eigensinnig? Ja, ein- oder zweimal, als er mich anschaute, fand ich, daß er dabei ziemlich eigensinnig aussah, als wäre er geradezu von wildem Eigensinn besessen – und auch darüber freute ich mich.

Ich hörte ein Ticken, über dem Kamin hing eine Uhr; sie ging eine halbe Stunde nach; das gefiel mir. Während ich so dasaß, wurde ich von einem merkwürdigen jähen Gefühl der Erregung ergriffen – die Zeit ging weiter, aber gleichzeitig blieb sie stehen, wir waren in diesem Zimmer, alle vier, aber – gleichzeitig – waren wir irgendwo anders. An diesem Ort, wo auch immer, war die Luft belebt, geladen. Mir war schwindelig.

Vielleicht spürte Frank es auch. Wenn ja, so schien es ihn nicht daran zu hindern, weiter Schach zu spielen; er schob die Steine schnell und entschlossen. Trotzdem, er wurde genauso davon beeinflußt wie ich. Das wußte ich, das spürte ich, nahm es auf, zuerst über meine Sinne, dann über eine Handlung, eine merkwürdige Handlung.

Er wandte den Blick nicht vom Schachbrett ab; er war gerade am Zug. Er spielte mit Weiß. Ich nahm an, er würde vielleicht seinen Springer ziehen, oder seinen König. Egal welchen – Wextons Lage sah gefährlich aus. Ohne den Kopf zu wenden und ohne sich ablenken zu lassen, streckte Frank seine Hand nach mir aus. Ich stand auf und nahm sie. Er hielt sie fest. Immer fester. Ich sah auf seine Hand. Ich dachte an vergangene Jahre, vergangene Begegnungen. Die Worte waren nebensächlich.

Frank bewegte seinen Läufer in der Diagonale quer über das Brett. Wexton parierte, war aber eingekreist. Frank hielt meine Hand fest. Ich hielt seine Hand fest. Fünf Minuten später mußte sich Wexton geschlagen geben: schachmatt.

Ich glaube, daß Wexton dann vom Tisch aufstand und zu Steenie ging, um ihn aufzuwecken. Ich weiß noch, daß er verschwand. Ich weiß noch, daß Steenie protestierte, daß es noch zu früh sei, um ins Hotel zu gehen, und ich nehme an, daß Wexton darauf bestanden haben muß, weil beide gingen und Onkel Steenie noch auf dem Weg zur Tür das Mikroskop umwarf.

Ich nehme an, daß irgend etwas gesprochen wurde. Daß, zum Beispiel, gesagt wurde, daß ich später nachkommen würde: Ich erinnere mich noch dunkel daran, daß Frank sagte, er würde mich begleiten. Aber das ging alles ganz schnell. Mein Onkel Steenie war viel zu betrunken, um zu sehen, was vor sich ging; wenn Wexton es sah – und ich bin sicher, daß er es sah –, dann war er klug genug, sich nicht einzumischen und auch nichts zu sagen.

Ich erinnere mich noch, daß die Tür zuging. Ich erinnere mich, daß Steenie draußen im Hof laut zu johlen begann. Aber an all diese Dinge erinnere ich mich nur ganz am Rande. Ich hatte Franks Hand die ganze Zeit nicht losgelassen; und ich blickte ihn unvermindert an.

Ich glaube, er stand auf – als die anderen gingen. Er war ein ganzes Stück größer als ich. Ich blickte zu ihm auf; er sah auf mich herunter. Er sah auf eine merkwürdige Weise in mein Gesicht, als würde er meine Gesichtszüge abmessen, vielleicht die Länge meiner Nase oder den Abstand meiner Augen. Ich meinte, blind zu sein. Ein ungeheures Glücksgefühl breitete sich in mir aus: Vor meinen Augen begann alles zu verschwimmen. Ich weiß noch, daß ich mir überlegte, woher dieses Glücksgefühl kam, und kam zu dem Schluß, daß es seine Hand war, die meine festhielt.

Ich starrte ihn immer weiter an. Die Uhr tickte. Sein Gesicht erfüllte mich mit Freude. Er runzelte die Stirn. Ich fand dieses Stirnrunzeln wunderbar. Ich würde diese gerunzelte Stirn nie wieder aus den Augen lassen.

»Zweiundsiebzig«, sagte Frank.

Ich hatte mich so auf das Stirnrunzeln konzentriert, daß mich seine Worte ganz unerwartet erreichten. Ich zuckte zusammen.

»Zweiundsiebzig«, sagte er wieder mit fester Stimme. Das Stirnrunzeln vertiefte sich. »Du hattest immer zweiundsiebzig. Jetzt hast du fünfundsiebzig. Das sind drei mehr, alle auf einer Seite, unter dem linken Auge. Die Sommersprossen, meine ich.«

Vermutlich sagte ich darauf nichts; vielleicht gab ich nur einen erstaunten und unzusammenhängenden Laut von mir. Was immer ich tat, es schien ihn sowohl ungeduldig zu machen als auch zu erfreuen. Ein Ausdruck, der mir vertraut vorkam, breitete sich auf seinem Gesicht aus.

»Das ist ganz einfach«, fuhr er fort, und ich konnte sehen, wieviel Mühe es ihm machte, so vernünftig zu sprechen.

»Du hattest zweiundsiebzig Sommersprossen. Jetzt hast du fünfundsiebzig. Sie haben mich damals nicht gestört, und sie stören mich jetzt auch nicht.« Er machte eine Pause, das Stirnrunzeln vertiefte sich. »Nein, das ist nicht richtig. Die Wahrheit ist, daß ich sie liebe. Deine

Sommersprossen und dein Haar und deine Haut und deine Augen. Besonders deine Augen.«

Er schwieg. »Franz-Jakob«, sagte ich.

»Weißt du, wenn ich in deine Augen sehe...« Er zögerte; er kämpfte mit sich. »Wenn ich in deine Augen sah – dann war es so schwer, so furchtbar schwer, es dir nicht zu sagen. So viele Dinge nicht zu sagen und zu tun. Ich – was hatte ich gesagt?«

»Du sagtest: Für die Herzen von Freunden spielt Entfernung keine Rolle.«

Wir schwiegen. Röte überzog sein Gesicht und verschwand wieder. Seine Hand fuhr hoch, fiel dann wieder herunter. »Hat es dir etwas bedeutet? Erinnerst du dich daran?« fragte er.

Ich erzählte ihm, wieviel es mir bedeutet hatte und an wie viele Dinge ich mich erinnerte. Eine merkwürdige Liste: Greyhounds und Algebra, Morsezeichen und Walzer, Winterscombe und Westchester, die Kinder, die wir gewesen waren, und die Erwachsenen, die wir jetzt waren.

Ich kam nicht sehr weit mit dieser Liste. Als ich zu den Greyhounds kam, oder vielleicht auch zur Algebra, sagte Frank: »Ich glaube, ich muß dir einen Kuß geben. Ja, ich muß es jetzt tun, sofort.«

»Keine Algebra?«

»Keine Algebra, keine Geometrie, keine Trigonometrie, kein Kalkül, vielleicht ein anderes Mal.«

»Ein anderes Mal?«

»Möglicherweise.« Seine Augen hatten einen ganz bestimmten Ausdruck bekommen, leicht amüsiert. Er legte seinen Arm um mich, ich wußte, daß ich diese Liste nicht zu Ende führen würde.

»Möglich. Andererseits, vielleicht liegt mir nicht allzu viel daran, ob deine Mathematik vor die Hunde geht. Vielleicht ist es mir egal, ob du in Mathematik Fortschritte machst oder nicht.«

»Glaubst du wirklich?«

»Nicht ganz. Allerdings glaube ich ganz sicher« – und er zog mich näher an sich, »das glaube sicher.« Und dann machte er noch eine ganz kurze Pause, bevor er mich küßte. Er sah mir in die Augen; er berührte mein Gesicht; als er dann sprach, war seine Stimme sehr sanft.

»Verstehst du, Victoria?«

»Ich verstehe, Franz.«

So war das. Ich hatte das Gefühl, als wären alle Gleichungen aufgegangen. Q.e.d. – in meinem Leben war das die Arithmetik.

Ich blieb die ganze Nacht bei ihm; wir redeten die ganze Nacht – oder jedenfalls die meiste Zeit. »Zwei von Rosas Kindern sind adoptiert«, sagte Frank.

»Daniel kam aus Polen raus. Ich kam aus Deutschland raus. Wir sprechen nie davon. Es würde Rosa verletzen. Rosa spricht nie mit jemandem darüber – na ja, das weißt du ja. Wir sind alle... ihre Kinder. Das war ihr Wunsch. Ich mußte mich entscheiden.« Sein Gesicht wurde verschlossen. »Ich konnte Franz-Jakob ohne eine Familie sein, oder ich konnte Frank Gerhard sein. Ich beschloß, Frank Gerhard zu sein. Ich habe Max, ihren Mann, sehr bewundert. Ich liebe sie beide. Es war eine Möglichkeit, ihnen dafür zu danken, was sie getan haben.«

»Und wer bist du jetzt? Frank Gerhard oder Franz-Jakob?«

»Natürlich beides. Aber das sage ich Rosa nicht.«

»Und wie soll ich dich nehmen?«

»Wie du willst. Weißt du, das spielt keine Rolle. Solange du da bist, spielt nichts eine Rolle. Namen am allerwenigsten.«

Er hatte sich von mir abgewandt, als er es sagte. Als er sich wieder umdrehte, ergriff er meine Hände und hielt sie fest.

»Weißt du, wie viele Briefe ich dir geschickt habe? Ich habe dir jede Woche einmal geschrieben, jede Woche, drei Jahre lang. Am Anfang waren es kurze Briefe, sehr trocken, voller Zahlen – von einem Jungen eben. Es fiel mir nicht leicht auszudrücken, was ich empfand. Selbst jetzt fällt es mir nicht leicht. Ich kann mir noch so sehr wünschen, aus dem Herzen zu sprechen – und dann tu ich es doch nicht. Ich kann es nicht. Ich bin ein Wissenschaftler, weißt du.« Er zuckte ärgerlich die Achseln. »Ich finde keine Worte. Jedenfalls nicht in Englisch.« Er unterbrach sich. »Gelegentlich bringe ich es in Deutsch ein bißchen besser zustande.«

»Ich finde, du machst es ganz gut. Du kannst es – für mich kannst du es. Worte zählen nicht, nicht, wenn ich dich ansehe.« Ich unterbrach mich. »Frank – erzähl mir von deinen Briefen.«

»Also gut. Es waren... Briefe von einem Jungen, am Anfang. Was dann passierte, als ich wieder in Deutschland war – das konnte ich nicht beschreiben. Deshalb schrieb ich von anderen Dingen. Ich war damals zwölf. Ich glaube, wenn du diese Briefe je erhalten hättest, wären sie dir ziemlich langweilig vorgekommen. Vielleicht hättest du gesagt: Dieser Freund Franz schreibt wie aus einem Fahrplan, wie aus einem Lehrbuch... Diese Briefe jedenfalls. Nicht die späteren.«

»Später waren sie anders?«

»Völlig anders... verzweifelt. Ich war damals vierzehn, fünfzehn. Ich habe dir mein Herz ausgeschüttet. Das hatte ich noch nie getan. Und ich habe es seither auch nie wieder getan. Ich sagte – ach, ist ja egal, was ich sagte.«

»Für mich ist es nicht egal. Für mich wird es immer wichtig sein.«

»Es ist schon so lange her. Ich war noch ein Junge –«

»Ich möchte es wissen, Frank.«

»Na, gut.« Er stand auf und wandte sich von mir ab. »Ich sagte, daß ich dich liebe. Als Freund – aber auch nicht richtig als Freund. Das habe ich gesagt.«

Sein Eingeständnis kam äußerst zögernd und vorsichtig.

»Du scheinst dich zu schämen. Ist es so furchtbar, das gesagt zu haben?«

»Ich schäme mich *nicht*«, erwiderte er heftig. »Ich will nicht, daß du das glaubst. Es ist nur –«

»Ich habe es auch gesagt, weißt du. Ich nehme an, daß ich das, was ich damals geschrieben habe, jetzt als peinlich empfinden würde, wenn ich es lesen würde. Aber ist das so wichtig? Ich habe gemeint, was ich gesagt habe.«

»Das hast du gesagt?« Er starrte mich an.

»Natürlich. In sehr ungeschickten Worten.«

Frank lächelte. Er drehte sich wieder zu mir um. Er sagte: »Erzähl mir davon...«

Ich begann meine Briefe nachzuerzählen. Nach einer Weile nahm Frank meine Hand. Ich war viel zu benommen vor Glück, um klar denken zu können, aber ich konnte sehen, daß er trotz allem noch immer besorgt war.

»Ich kann es immer noch nicht verstehen. All diese Briefe, deine Briefe, meine Briefe. Wo können sie geblieben sein?«

Vermutlich wollte ich diese Frage vermeiden. Ich meinte, daß die Briefe verlorengegangen seien und daß das jetzt keine Rolle mehr spiele.

»Doch, es ist wichtig. Die Logik ist wichtig – das mußt du doch einsehen. Du hast während des ganzen Krieges geschrieben. Wie viele Briefe waren das?«

»Ich weiß nicht.«

»Ich weiß es. Einmal die Woche, jede Woche, drei Jahre lang. Das kannst du dir ausrechnen! Das sind einhundertundsechsundfünfzig Briefe. An die richtige Adresse. Im Krieg kann vielleicht ein Brief verlorengehen, oder fünf, oder zehn – aber einhundertundsechsundfünfzig? Das ist gegen alle Gesetze der Wahrscheinlichkeit.«

»Wir wissen jetzt, was wir gesagt haben –«

»Darum geht es nicht! Siehst du nicht die Folgen? Vielleicht hast du glauben können, daß *deine* Briefe verlorengingen, aber was ist mit meinen? Was hast du dir gedacht, nachdem ich dir zu schreiben versprochen hatte und es dann nicht getan habe?«

»Ich dachte, du wärest tot.«

»Ach, mein Liebling, weine nicht. Bitte, hör zu. Sieh mich an. Versuch es dir vorzustellen. Du dachtest, ich wäre tot. Und was habe ich gedacht? Ich wußte, daß du nicht tot warst. Ich wußte, daß du lebst. Ich wußte, wo du lebst. Hör zu.« Seine Stimme wurde ganz sanft. »Du hast mir eine wichtige Frage noch nicht gestellt. Du hast mich noch nicht gefragt, warum ich aufgehört habe, dir Briefe zu schreiben.«

»Ich habe Angst davor.«

»Du brauchst keine Angst zu haben. Es gibt nichts, wovor du Angst haben müßtest.« Er machte eine Pause und sah durch das Zimmer. »Es war mitten im Krieg, Ende 1941. Ich war inzwischen in New York angekommen. Ich war seit ein paar Wochen bei Rosa und Max. Und eines Nachmittags fuhr ich durch die Stadt. Ich wußte, wo du wohnst – was für eine großartige Adresse! Ich stand draußen vor dem Wohnblock, versuchte Mut zu fassen und hineinzugehen. Und während ich dort stand, auf der anderen Straßenseite, bist du herausgekommen, mit deiner Patentante. Ihr hattet euch untergehakt. Du hattest deine schönen Haare abgeschnitten. Ihr hattet einen Hund bei euch – einen großen Hund, wie ein schwarzer Bär –«

»Bertie«, sagte ich. »Sein Name war Bertie. Er ist jetzt tot. Du warst dort? Du kannst nicht dort gewesen sein –«

»Ich habe euch gesehen, wie ihr die Fifth Avenue entlanggegangen seid, Arm in Arm. Ihr habt gelacht und euch unterhalten. Ihr seid sehr schnell gegangen. Ich habe gesehen, wie ihr in den Park gegangen seid. Ich bin euch bis zum Zoo gefolgt. Es war ein schöner Tag – es waren viele Leute dort. Ihr habt euch kein einziges Mal umgesehen. Es war ganz einfach.«

»Und dann?«

»Nichts. Das war das Ende. Ich stand dort im Park und habe es beschlossen. Ich würde dir nie wieder schreiben.«

»Das hast du beschlossen – einfach so? Das hätte ich nicht gekonnt. Ich wäre dir nachgelaufen und hätte dich am Arm gepackt und –«

»Wirklich? Hättest du das getan?« Frank drehte sich um, um mich anzusehen. »Bist du dir sicher? Ich dachte...«

»Sag es mir.«

»Ich dachte mir, daß du mich offenbar schon vergessen hattest.« Sein Gesicht wurde starr. »Ich dachte, daß dir nichts mehr an unserer Freundschaft lag, daß dir unser Versprechen nichts bedeutet hat. Ein kleiner Tod des Herzens.« Er zuckte die Achseln. »Ich habe damals nicht besonders gut von dir gedacht. Einhundertundsechsundfünfzig Briefe waren genug. Ich ging nach Hause. Ich schloß mich in meinem Zimmer ein. Und ich arbeitete. Das habe ich immer getan, wenn ich unglücklich war.«

Ich wandte den Blick ab. Ich dachte an einen Jungen, der in einem fremden Zimmer eingesperrt war, in einem fremden Haus, in einer fremden Stadt, ein Junge, der bereits eine Familie verloren hatte, und einen Freund. Ich verstand jetzt, wie dieser Junge zu dem Mann geworden war, der neben mir saß, ein Mann, dem es schwerfiel, jemandem zu vertrauen, und für den es schrecklich schwer war, seine Gefühle zu zeigen. All die kleinen Episoden aus unserer Vergangenheit fielen mir ein, ein trauriges Ereignis nach dem anderen. Ich ergriff seine Hand.

»Frank, wenn ich dich erkannt hätte, an jenem ersten Tag, als du zu unserem Haus gekommen bist, wäre dann alles anders gewesen?«

»Für mich wäre es anders gewesen. Ich denke, daß ich mich dann besser benommen hätte.«

»Und in Venedig – dort hättest du es mir fast gesagt? Du warst drauf und dran, es mir zu sagen – und dann hast du es doch nicht getan?«

»Es ist gar nicht so leicht, einer Frau gegenüberzusitzen, die man liebt; festzustellen, daß man nicht wiedererkannt wird; zu glauben, daß es nichts ändern würde – selbst wenn sie einen wiedererkennen würde. Vor allem ist es nicht leicht, wenn man noch dazu weiß, daß man empfindlich und arrogant und sehr, sehr eigensinnig ist –«

»Du hättest –«

»Ich weiß sehr gut, was ich hätte tun können. Ich habe die Möglichkeiten ganz deutlich vor mir gesehen, während ich genau das Gegenteil tat. Deshalb bin ich weggegangen. Ich bin nach Oxford gegangen. Ich dachte, dort könnte ich alles vergessen –«

»Aber du konntest es nicht vergessen?«

»Nein. Diese Lektion kann ich nicht lernen.« Wieder zuckte er mit den Achseln. »Auf Glück und Unglück – so bin ich nun mal.«

Ich zögerte. Ich sah zum Fenster und sah, daß es schon Morgen wurde. Ich sagte: »Aber dann hast du deine Meinung geändert. Warum? *Wann?*«

»Als ich weg war. Als ich dich gebeten habe hierherzukommen. Und heute abend, glaube ich. Ja, als ich mit deinem Patenonkel Schach gespielt habe –«

»*Da* hast du es gemerkt? Wieso gerade da?«

»Ich hatte genug von den Eröffnungszügen. Ich sah die nächste Bewegung vor mir. Sie war vielleicht riskant –«

»Du hast sie für riskant gehalten?«

»O ja. Sehr sogar. Bis ich deine Hand gehalten habe.«

»Und dann?«

»Da wußte ich es«, erwiderte er. »Es war nicht nur der richtige Zug – es war der *einzig mögliche* Zug. Das habe ich erkannt.«

Wexton, Steenie und ich fuhren mit der Bahn von New Haven zurück. Im Zug redete ich ununterbrochen. Ich redete mit Wexton, der zu lesen versuchte und gelegentlich lächelte. Ich redete mit den Zugfenstern, mit der Luft, mit den Pappbechern und dem wäßrigen Kaffee darin. Ich redete mit Steenie, der einen schlimmen Kater hatte. Er zuckte zusammen. Er stöhnte.

»Liebe? Vicky, Liebling, ich *bitte* dich. Ich habe Kopfschmerzen. Vor meinen Augen tanzen lauter kleine bunte Flecken. Mein linkes Bein könnte gelähmt sein. Ich glaube nicht, daß ich jetzt von Liebe hören möchte. Außerdem wiederholst du dich ständig. Menschen, die verliebt sind, sind nicht nur egoistisch; sie sind auch schreckliche Langweiler.«

»Das ist mir egal. Ich werde nicht aufhören. Du wirst mir zuhören. Ich liebe ihn. Ich bin ganz weg, ich habe ihn immer geliebt. Steenie, bitte, hör mir zu. Er ist nicht Frank Gerhard – oder, na ja, er ist es schon, aber er ist auch Franz-Jakob. Du mußt dich doch an Franz-Jakob erinnern.«

»Ich erinnere mich an gar nichts. Ich bin mir nicht einmal sicher, wie mein eigener Name ist. Was haben wir gestern abend eigentlich getrunken? War das Portwein? Oder war es Cognac?«

»Ist ja egal. Hat er dir gefallen?« Ich zog Steenie am Arm. »Steenie, hat er dir gefallen? Was hältst du von ihm?«

»Ich fand ihn höchst erschreckend.« Steenie stieß einen Seufzer aus. »Er hatte einen so wilden Blick in den Augen. Außerdem läuft er so schnell.«

»Aber du magst ihn doch – du hast ihn doch gemocht?«

»Ich weiß nicht mehr, ob ich ihn mag. Ich bin eingeschlafen. Bei ihm liegen Mikroskope auf den Stühlen, daran erinnere ich mich noch.«

»Du warst betrunken«, sagte ich. »Du warst voll wie eine Haubitze;

das hast du selbst gesagt. Wenn du nicht so betrunken gewesen wärst, hättest du bemerkt, was für ein wunderbarer Mann er ist. Wexton, hast *du* es bemerkt?«

Wexton überlegte.

»Er ist ein sehr guter Schachspieler.«

»Und? Und?«

»Er kann mit dir Händchen halten und mich in drei Zügen schachmatt setzen – ich schätze, das ist beeindruckend.«

»Wexton, du machst dich über mich lustig.«

»Aber ganz und gar nicht. Das würde mir nicht im Traum einfallen.«

»Aber das tust du. Ihr beide tut es. Du und Steenie. Ihr habt vergessen, was es für ein Gefühl ist –«

»Ich hasse es«, sagte Steenie mit Nachdruck. »Ich erinnere mich *genau* daran, was für ein Gefühl es ist. *Du* nicht, Wexton?«

Die beiden tauschten Blicke aus, herzlich, aber mit leicht verzogenem Gesicht.

»Sicher«, erwiderte Wexton. »Hin und wieder.«

»Obwohl, im großen und ganzen...« Steenie kramte in seinen Taschen. Er brachte eine Silberflasche zum Vorschein, die genauso aussah wie die, die ich am Tag zuvor konfisziert hatte. Er nahm einen kräftigen Schluck. »Im großen und ganzen ziehe ich es vor, mich *nicht* daran zu erinnern. Es ist zu anstrengend. Wenn man in deinem Alter ist, ist es okay, sich zu verlieben, Vicky, meine Kleine, aber es kostet soviel *Energie*. Sieh dich an, wie du sprühst. Das ist sehr reizend, meine Liebe; es steht dir gut. Aber ich komme mir völlig farblos vor. Ausgebleicht. Ausgewaschen. Außerdem...« Er seufzte. »Ich rate dir, nicht gar so zu sprühen, wenn du es Constance erzählst.«

»Constance wird sich freuen«, sagte ich in das Schweigen hinein, das jetzt herrschte. Ich beugte mich nach vorn. »Steenie... warum sollte Constance denn etwas dagegen haben?«

»Ich habe nicht gesagt, daß sie etwas *dagegen* haben könnte«, sagte Steenie. »Ich habe dir nur geraten, nicht zu sehr zu sprühen. Bemüh dich, nicht ganz so glücklich auszusehen. Manchmal findet Constance es irritierend, wenn andere Leute glücklich sind. Dagegen ist sie allergisch. Dann hat sie Lust zu kratzen.«

Das fand ich nicht fair: Wenn ich in Betracht zog, wie nett Constance zu Steenie gewesen war, gerade in letzter Zeit, dann fand ich es noch dazu nicht gerade loyal von ihm, und das sagte ich auch. Steenie stieß einen Seufzer aus.

»Vicky, Liebling, bitte, beruhige dich. Das habe ich ja nur so gesagt. Wahrscheinlich hast du recht; ich denke von Constance so, wie sie früher war, vor vielen Jahren. Als sie noch ein Kind war.«

»Steenie, auch das ist nicht fair. Constance ist genauso alt wie du. Gestern abend hast du gesagt, daß du dich verändert hast. Also, dann muß sich Constance doch auch verändert haben.«

»Ich bin sicher, daß sie das getan hat. Ich bin sicher, daß sie sich geändert hat.« Steenie stieß beschwichtigende Laute aus. Er zündete sich eine Zigarette an.

»Einhundertundsechsundfünfzig Briefe«, sagte er schließlich, als wir uns den heruntergekommenen Vororten von New York näherten. »Einhundertundsechsundfünfzig. Das ist eine ganze Menge. Um einfach so zu verschwinden. Das ist merkwürdig, findest du nicht, Wexton?« Wieder tauschten er und Wexton Blicke. Wexton sah mich besorgt an. »Ja, wirklich«, sagte er schließlich. »Das ist schon sehr ... merkwürdig, würde ich sagen.«

»Erzähl mir alles ganz genau!« sagte Constance. »Fang vorne an, und erzähl alles bis zum Ende. Ich will alles hören. Das Leben ist so seltsam! Ich liebe es, wenn es solche Spielchen treibt.«

Um sich meine Geschichte anzuhören, hatte mich Constance in die Bibliothek geführt. Ich bemühte mich, nicht allzusehr zu sprühen.

»Aber das verstehe ich nicht.« Constance schüttelte den Kopf. »Er hat – an die richtige Adresse geschrieben? Bist du sicher, daß er geschrieben hat?«

»Ja, Constance.«

»Jede Woche – genauso wie er es versprochen hatte?«

»Ja, Constance.«

Sie sah mich stirnrunzelnd an. »Aber wie konnte das passieren? Deine Briefe an ihn – ich kann verstehen, daß die vielleicht verlorengegangen sind. Aber seine an dich? Das ist unmöglich. Erzähl mir noch, wohin er damals ging.«

Und so erzählte ich ihr die Geschichte, die Frank mir erzählt hatte, noch einmal – zumindest Teile davon. Die Rückkehr nach Deutschland, wo seinem Vater ein hoher Beamter versichert hatte, daß es für einen Gelehrten seinen Ranges nur eine Frage der Zeit sei, bis die Ausreisevisa ausgestellt waren. Die Überzeugung seiner Mutter, daß die Familie zusammenbleiben müsse. Und dann das Unvermeidliche: Stiefel auf Pflastersteinen, die nächtliche Verhaftung.

»Sie haben seinen Vater mitgenommen. Nur zum Verhör, haben sie gesagt. Niemand durfte zu ihm. Franks Mutter geriet in Panik. Sie selbst weigerte sich wegzugehen, aber sie beschloß, die Kinder außer Landes zu bringen. Es waren fünf. Sie hatten noch immer keine Visa. Schließlich mußten sie doch getrennt werden. Seine Mutter bemühte sich, es wie ein Spiel hinzustellen, wegen der Kinder. Sie zogen Zettel, wer zu welchem Freund, zu welchem Onkel oder zu welcher Tante kommen sollte. Frank zog eine Cousine in Karlsruhe – nicht weit von der Grenze entfernt. Er blieb dort eine Woche. Dann hörten sie, daß auch seine Mutter verhaftet worden war. Man brachte seine Eltern nach Osten. Die Cousine hatte große Angst. Er wurde, nur mit einem kleinen Karton, in den Zug gesetzt. Als sie an die Grenze kamen, versteckte er sich. Sie brachten ihn raus, Constance, gerade noch rechtzeitig – nach Frankreich, und dann wieder zurück nach England. Er kam zu einer Flüchtlingsorganisation. Dort gab es Kinder, die nach Australien, Kanada und Amerika evakuiert wurden. Er kam in ein Lager im Staate New York. Dort fanden ihn Rosa und Max.«

»O mein Gott.« Constance stand auf und begann im Zimmer auf und ab zu gehen. »Und seine Familie? Was ist mit seiner Familie geschehen?«

»Das hat er erst nach Kriegsende erfahren. Sie waren alle tot.«

Ich schwieg. Constances Gesicht war weiß. Sie schien nervös. Ich sagte: »Constance. Das hat es gegeben. Es ist mit Hunderten Kindern geschehen. Frank gehörte zu denen, die Glück hatten – das weiß er.«

»Glück? Wie kannst du das sagen? Glück, auf diese gräßliche Art eine Waise geworden zu sein –«

»Constance – er hat überlebt.«

»Ach, wenn wir das gewußt hätten! Ich war so absolut sicher, daß er tot sein müsse! Es hat mir so weh getan zu sehen, wie du ihm immer weiter geschrieben hast, immer weiter gehofft hast –« Plötzlich unterbrach sie sich. »Außer, warte – da ist noch etwas, das ich nicht verstehe. Er wußte doch, wo du wohnst. Warum hat er sich in New York nicht bei dir gemeldet?«

Ich gab ihr eine ausweichende Antwort. Ich wollte Constance nicht die Geschichte von jenem Nachmittag erzählen, an dem Franz-Jakob uns in den Park gefolgt war: Das war etwas, das unter uns bleiben mußte. Ich glaube, Constance merkte, daß ich ihr auswich.

»Nun«, sagte sie, »das tut jetzt wohl nichts mehr zur Sache, schätze ich, da du ihn ja wiedergefunden hast.« Sie machte eine Pause. »Wie merkwürdig. Franz-Jakob war verlorengegangen, und jetzt ist er wieder gefunden worden. Genauso wie dein Vater.« Sie sah nachdenklich aus. »Also – du liebst ihn, ja?«

»Ja, Constance. Ich liebe ihn.«

»Ach, Liebling, ich freue mich so! Ich kann es gar nicht abwarten, ihn kennenzulernen. Ihn richtig kennenzulernen, meine ich. Wie merkwürdig – damals in Venedig, ich erinnere mich, daß er mir aufgefallen ist. Ein gutaussehender Mann! Aber ich hätte nie gedacht... na ja, dann ist es also doch noch passiert. Ich nehme an, ich werde dich verlieren – du wirst mich verlassen, dein Zuhause verlassen. Ach, das gefällt mir gar nicht. Aber es wird so kommen. Das weiß ich.« Sie zögerte. »Er hat nichts gesagt... ihr habt nicht über die Zukunft gesprochen?«

»Nein, Constance.«

»Ah, alles zu seiner Zeit. Ich bin überzeugt, das wird er noch tun.« Wieder machte sie eine Pause. »Ist er diese Art Mann?«

»Was für eine Art Mann?«

»Entschlossen, natürlich – du weißt schon, was ich meine. Manche Männer sind es nicht. Sie können sich nicht entscheiden, welchen Weg sie einschlagen sollen. Ich hasse Männer, die so sind.«

Sie runzelte die Stirn und betrachtete die Bücher auf der Seite meines Vaters im Zimmer, während sie es sagte. Als ich meinte, daß Frank wohl entschlossen sei, schien sie kaum zuzuhören. Sie begann wieder im Zimmer auf und ab zu gehen.

»Er muß sofort herkommen!« rief sie. »So schnell wie möglich. Er muß von Yale hierherkommen – dann gebe ich eine Party für ihn. Soll ich das tun?«

»Nein, Constance, das würde er nicht wollen, und ich will es auch nicht. Keine Party.«

»Also, dann ein kleiner Lunch, damit ich mit ihm reden kann. Ich möchte ihn gern kennenlernen. Ach, ich habe fast das Gefühl, daß ich ihn schon jetzt kenne, durch deine Erzählungen, und du liebst ihn –«

Sie verstummte und drehte sich um und sah mich an.

»Übrigens, hast du ihm das gesagt?«

»Das geht nur mich etwas an, Constance.«

»O ja, natürlich, schon gut, schon gut!« Sie lachte. »Kein Grund, so abweisend zu sein. Behalte deine Geheimnisse ruhig für dich. Es ist nur, weil –«

»Was, Constance?«

»Ach, nichts. Aber du kannst schon ziemlich direkt sein, weißt du –

für eine Frau. Du bist viel zu vertrauensselig; das bist du schon immer gewesen. Du schüttest den Leuten dein Herz aus...«

»Findest du? Das würde ich nicht sagen.«

»Wenn du jemanden magst, dann tust du's. Und wenn du jemanden liebst, dann tust du's bestimmt. Das ist auch sehr charmant, und ich bewundere es; aber du solltest nicht vergessen, daß es bei Männern manchmal keine gute Methode ist. Sie lieben die Jagd. Sie lieben es, eine Frau zu verfolgen. Paß bloß auf, daß sich dieser Mann nicht zu sicher fühlt, nicht zu schnell –«

»Aber ich möchte, daß er sich sicher fühlt.«

»Also dann, na schön. Aber da machst du einen Fehler – falls du ihn heiraten willst.«

Ich wurde rot. Constance war sofort zerknirscht. Sie gab mir einen Kuß und umarmte mich.

»Liebling, Vicky, es tut mir leid. Das hätte ich nicht sagen sollen. Ich bin immer so vorlaut. Kein Wort mehr davon! Ich werde einen Lunch arrangieren. Komm mit – wir wollen hören, was Steenie und Wexton dazu sagen.«

»Frank!« Eine winzige Gestalt, eilige Schritte quer durch diesen großen und kostbaren Salon. Blumen auf jedem Tisch; von Spiegeln zurückgeworfenes Licht; kleine hochhackige Schuhe, die über die Blumenmuster eines Aubussonteppichs klapperten. Der Geruch von Farn, mit einem verführerischen Unterton. Constance in einem Kleid aus einem tiefgrünen Stoff, mit funkelnden Augen, gestikulierenden Händen.

Die erste Begegnung. Sie ergriff seine Hände, lachte, während sie zu ihm aufblickte. Sie reichte ihm gerade bis ans Herz. Sie sah forschend in sein Gesicht, sie zog ihn zu sich herunter, um zuerst seine rechte, dann seine linke Wange zu küssen.

»Frank«, sagte sie noch einmal. »Oh, ich bin so froh, Sie endlich kennenzulernen. Fast habe ich schon geglaubt, daß es nie dazu kommen würde – und jetzt sind Sie hier. Lassen Sie sich anschauen. Wissen Sie, daß ich schon jetzt das Gefühl habe, daß wir Freunde sind? Victoria hat mir *alles* über sie erzählt. Ach, ich habe das Gefühl, als würden wir uns schon eine Ewigkeit kennen! Ich weiß gar nicht – wie ich Sie nennen soll, soll ich Sie Frank oder Franz-Jakob nennen?«

Frank ließ es mit einem Gleichmut über sich ergehen, der mich überraschte. Constance, die ihren Charme wie die Capa eines Stierkämpfers schwang, verwirrte die Männer oder sie zerstörte sie. Aber

Frank blieb völlig gelassen. Obwohl er sie, umgekehrt, nicht umarmte, zuckte er auch nicht unter ihrer Umarmung zusammen. Ihre Fragen beantwortete er gelassen.

»Die meisten Menschen nennen mich Frank«, sagte er höflich.

»Nicht Francis?« Constance hing noch immer an seinem Arm und blickte zu ihm auf.

»Nein, niemals Francis, soweit ich mich erinnere.«

»Ach, wie schade! Ich mag diesen Namen. Ein Onkel von Victoria hieß Francis, wissen Sie. Sein Spitzname war Boy, und er haßte ihn. Deshalb habe ich ihn immer mit seinem richtigen Namen gerufen. Wir waren so gute Freunde, dieser Francis und ich. Natürlich ist er jetzt schon tot.« Constance nahm sich kaum die Zeit, Luft zu holen. »Und jetzt«, fuhr sie fort und zog ihn hinter sich her, »wollen Sie alle kennenlernen, glaube ich. Nicht wahr? Nun, das ist Conrad Vickers –«

»Ach, ja. Wir haben uns kurz in Venedig kennengelernt.«

»Aber natürlich! Und das da drüben ist Steenie, der über der Brandyflasche schmollt. Bobsy Van Dynem kennen Sie ja, das weiß ich. Ich glaube, das ist Bobsy; aber natürlich könnte es auch Bick sein. Und nun, wer noch...«

Constance hatte noch einige andere Freunde und Bekannte ausgegraben, wie sie es nannte, die Frank vielleicht gern kennenlernen würde. Eine alte Gräfin von Soundso, eine von Constances ehemaligen Aristokraten, eine nette alte Dame, die aber ziemlich taub war und die beim Essen neben Frank saß. Dann noch ein oder zwei Leute aus der New Yorker Gesellschaft, die verwundert zu sein schienen, eingeladen worden zu sein, und die den jungen Wissenschaftler mit neugierigen Blicken musterten. Ja, es waren noch andere Gäste da, aber ihnen waren nur Statistenrollen zugedacht. Die Stars waren Vickers und die Van-Dynem-Zwillinge, die drei Männer aus Constances Bekanntenkreis, die Frank garantiert am unangenehmsten waren.

Noch zehn Minuten bevor Frank eintraf, hatte ich keine Ahnung, wer eingeladen war. Constance, die diesen Lunch, der schon mehrmals verschoben worden war – Frank schien nicht besonders begierig darauf, daran teilzunehmen –, organisiert hatte, benahm sich ganz genauso, wie sie es schon vor so vielen Jahren getan hatte, als sie die Bibliothek für die Bücher aus Winterscombe eingerichtet hatte: »Eine Überraschung!«

Als ich den Salon betrat und sah, wer gekommen war, war ich erschrocken, aber mehr nicht. Ich hatte Constance nicht gesagt, wen Frank mochte und wen nicht: Sie wußte nichts davon, wie er in Venedig auf

Vickers und die Van Dynems reagiert hatte – wenigstens glaubte ich das damals. Als also diese erste entsetzliche Begegnung stattfand und sich über ein ähnlich entsetzliches, peinliches, prahlerisches Essen hinzog, ein Essen, bei dem alles, angefangen von den Gedecken bis hin zum Essen selbst, von einer widerlichen luxuriösen Vulgarität war, glaubte ich, daß meine Patentante in ihrer Sorge, einen guten Eindruck zu machen, einen schmerzlichen, fast bemitleidenswerten Fehler begangen hatte.

Damals tat sie mir wirklich leid. Als der Champagner eingeschenkt wurde und Constance lauthals mit der erlesenen Marke prahlte; als der Kaviar serviert wurde, in einer Silberschüssel, so groß wie ein Eimer; als auf den Kaviar Gänseleber folgte, und Constance irgendeine schrecklich peinliche Bemerkung über Straßburg machte – »ach ja, natürlich, Sie waren ja dort, Frank, nicht wahr, während des Krieges? Haben Sie die berühmten Gänse gesehen? Arme kleine Gänse!« –, als sie all diese Dinge tat und ich vor Scham und Demütigung fast gestorben wäre, hat sie mir trotzdem leid getan.

Zum ersten Mal zeigte sie auch ihr wahres Alter. Sie hatte zuviel Make-up aufgelegt; der knallrote Lippenstift war zu grell. Ihr Kleid mochte zwar Haute Couture sein, aber für ein Mittagessen war es zu auffallend, obwohl sie sonst für ihr Understatement bekannt war – ja, sie tat mir leid. An diesem Tag war nichts zu spüren von der beißenden Schärfe und Intelligenz, die Constance sonst auszeichneten: Eine alternde Frau, die früher einmal eine Schönheit gewesen war und die nun am Kopf ihrer Tafel saß und ohne Takt oder Feingefühl das Gespräch beherrschte, andere unterbrach, gar nicht zuhörte – oh, ich schämte mich, aber sie tat mir trotzdem leid.

»O Gott, o Gott«, sagte Constance später an diesem Tag zu mir. »Was für eine Katastrophe! Ich war so nervös, weißt du? Ich wollte unbedingt, daß er mich mag. Und je mehr ich mich bemüht hab, desto schlimmer wurde es. Ach, Victoria, glaubst du, daß er mich deswegen haßt?«

»Natürlich nicht, Constance«, sagte ich tapfer. »Er hat es verstanden. Ich bin sicher, daß Frank auch nervös war –«

»Das war er nicht! Er war nicht nervös! Er hat es alles völlig ruhig über sich ergehen lassen. Er ist amüsant, Victoria – und er kann auch so charmant sein. Das hätte ich nie erwartet! Irgendwie hast du ihn immer so dargestellt, als wäre er... ich weiß nicht, reserviert, ein bißchen unnahbar – aber er war so nett zu der schrecklichen alten Gräfin.

Dein Frank hat die Sache glänzend gemeistert. Sie hat ihn bewundert!

Wie er all die unverständlichen und absolut langweiligen Geschichten von ihr angehört hat –«

»Laß nur, Constance. Frank hat sie gefallen. Er fand sie überhaupt nicht langweilig.«

»Aber die anderen!« Constance stieß einen klagenden Laut aus. »Ich bin sicher, daß er alle haßt.«

»Constance, du brauchst dir wirklich keine Sorgen zu machen.«

»Auf jeden Fall war es das letzte Mal. Du kannst Frank sagen, daß ich ihn bewundere und daß ich ihm nie wieder einen Lunch antun werde. Er wird zum Tee kommen – nur wir drei, Victoria –, und ich werde mir Mühe geben, mich zu bessern. Das verspreche ich.«

»Constance, du brauchst dir keine Sorgen zu machen. Er mag dich. Ich bin sicher, daß er dich mag –«

»Hat er das gesagt?« fragte Constance hastig.

Ich dachte daran, was geschehen war, nachdem wir gegangen waren. In der Halle hatte ich gesagt: »Frank, könntest du dieses Essen vergessen? Jede einzelne gräßliche Minute? Constance wollte dich unbedingt beeindrucken; deshalb ist alles schiefgegangen. Sie wünscht sich so, daß du sie magst, weißt du.«

»Wirklich? Ich dachte, es wäre genau umgekehrt. Ich dachte, sie wäre drauf ausgewesen, daß ich sie *nicht* mag.«

Er sagte es ganz trocken; und unter den gegebenen Umständen hielt ich es für einen Witz. Aber natürlich kein Witz, den man Constance erzählen konnte.

»Sag mir, Frank«, hatte ich ihn gefragt, nachdem wir von diesem Lunch geflohen waren. »Bitte, sag mir – was du von ihr denkst?«

»Sie wird ihrem Ruf durchaus gerecht«, hatte er geantwortet und war schnell weitergegangen, so daß ich fast laufen mußte, um mit ihm Schritt zu halten. Wir gingen quer durch die Stadt, zu einem geheimen Ort. »Ein geheimer Ausflug«, hatte Frank gesagt, als wir Constances Wohnung verließen.

Es war ein kalter klarer Frühlingstag, und es ging ein eisiger Wind. Frank hatte seinen Mantelkragen hochgeschlagen; er streckte das Gesicht in den Wind. Er hielt meinen Arm fest.

Nachdem wir aus der Wohnung geflohen waren, schienen die Einzelheiten dieses schrecklichen Essens nicht mehr so wichtig. Selbst am Tisch waren sie mit Frank erträglich gewesen, denn seine ruhige Art hatte mich erstaunt, und seine Augen hatten mich – in den schlimmsten

Augenblicken – ruhig und amüsiert und ermutigend angesehen. Gesellschaftliche Katastrophen dieser Art würden wir überleben, vorausgesetzt, wir konnten zusammen darüber lachen.

Wir waren am anderen Ende des Parks angekommen und gingen in nördlicher Richtung weiter. Als wir an dem Dakota-Gebäude vorbeikamen und ich die gotischen Türmchen bewunderte, die vor dem kalten blauen Himmel aufragten, sagte Frank plötzlich: »Ich kenne ihren Mann.«

Erstaunt blieb ich stehen. »Constances Mann? Du kennst Montague Stern?«

»Ja. Ich kenne ihn schon eine ganze Weile.«

»Aber warum hast du das denn nicht gesagt, Frank? Wie ist er?«

»Es schien nicht so wichtig; so gut kenne ich ihn auch nicht. Wie er ist? Da bin ich mir nicht so sicher. Er ist... ein außergewöhnlicher Mann.« Er überlegte. Dann sagte er: »Ich liebe es, wenn du drei Fragen auf einmal stellst, weißt du das? Alle auf einmal, ganz schnell hintereinander. Warum? Weil es überhaupt nicht logisch ist. Siehst du, was du angestellt hast? Du hast einen Mann der Vernunft besiegt.«

»Versuch bloß nicht, vom Thema abzulenken«, sagte ich, während wir weitergingen. »Woher kennst du ihn? Wann bist du ihm begegnet?«

»Ich habe ihn vor ungefähr vier Jahren kennengelernt. Durch die Scripp-Foster-Foundation. Ich habe an einem Projekt in Yale gearbeitet, das von ihr finanziert wird. Stern sitzt im Kuratorium und ist zugleich Geldgeber. Sie wollten mich haben. Damals hab ich ihn kennengelernt.«

»Und hast du ihn seither auch getroffen?«

»Ja, mehrere Male. Ich nehme an, er steckt auch hinter meiner Ernennung im Institut.«

»Du meinst das Labor, das du bekommst – daß er dahintersteckt?«

»Er gehörte dem Gremium an, das mit mir gesprochen hat. Ich hatte erwartet, daß sie einen Älteren benennen würden. Er interessiert sich für meine Arbeit.« Er zuckte mit den Schultern. »Vielleicht hatte er seine Hand im Spiel. Auf jeden Fall konnte nicht ein Mann allein die Entscheidung treffen –«

»Sie wollten dich *alle*. Natürlich wollten sie das. Eine einstimmige Entscheidung – sie hätten gar nichts anderes tun können.«

»Liebling, du bist sehr parteiisch, aber ganz so funktionieren diese Dinge doch nicht. Auf jeden Fall weiß ich es nicht genau, und Stern würde nie darüber reden. Er trifft seine Entscheidungen allein. Ich mag ihn... Ich mag ihn sogar sehr.«

»Und du triffst ihn auch manchmal – einfach so?«
»Ab und zu. Nicht sehr oft. Hin und wieder essen wir zusammen.«
»Wo wohnt er? Doch bestimmt nicht in New York.«
»Nein, nicht in der Stadt, irgendwo –«
»In Connecticut? Constance sagte, dort würde er leben.«
»Nein, nicht in Connecticut – wenigstens glaube ich das nicht. Dichter an der Stadt, glaube ich. Wenn er hier ist, wohnt er im Pierre. Er hat dort eine Suite. Wenn wir zusammen essen, dann immer dort, in seinen Räumen, von seinem eigenen Diener serviert. Es ist wirklich sehr seltsam, sehr langsam, sehr würdevoll. Wie in einem Club, in dem die Uhren 1930 stehengeblieben sind.«

»1930?« Ich blieb stehen. »Spricht er ... spricht er je von Constance?«
Der Wind war böig; Frank stemmte sich dagegen. Er zog mich dichter an sich und beschleunigte seinen Gang.
»Großer Gott, ist das kalt. Wir sollten uns beeilen. Jetzt ist es nicht mehr weit. Von Constance? Nein, nie – ich kann mich nicht daran erinnern.«

Ich hatte das Gefühl, als würde mir Frank etwas vorenthalten; aber in der nächsten Minute hatte ich es schon wieder vergessen. Frank war zwischen der Amsterdam und Columbus Street vor einem etwas schäbigen Wohngebäude stehengeblieben.

»Auf jeden Fall«, sagte er, »kannst du ihn ja irgendwann einmal kennenlernen, wenn du möchtest. Das läßt sich arrangieren. Aber jetzt komm endlich. Fühlst du dich der Treppe gewachsen? Es gibt zwar einen Fahrstuhl, aber der ist die meiste Zeit außer Betrieb.«

Ein Schlafzimmer, ein Wohnzimmer, ein winziges Badezimmer und eine Küche. Alles war sauber, leer und mit weißer Farbe frisch gestrichen. Vom Fenster aus sah man Tag und Nacht auf Manhattan.

Als wir hineingingen, sah ich, daß Frank, der es so eilig gehabt hatte hierherzukommen, jetzt angespannt schien. Auf seinem Gesicht lag ein Ausdruck, den ich inzwischen schon kannte: Verschlossenheit. Sein ganzes Benehmen, und auch seine Worte, waren sofort viel förmlicher.

»Gefällt sie dir?«
»Ja, Frank, sie gefällt mir.« Ich zögerte. »Die Aussicht ... gefällt mir. Die Aussicht ist wunderbar.«
»Sie ist ziemlich klein. Das weiß ich auch.«
»Dieses Zimmer hier ist gar nicht so klein. Und die Küche – die Küche ist einfach. Sie ist sehr hübsch.«

»Manchmal geht der Fahrstuhl auch. Letzte Woche ist er gegangen.«

Das sagte er ein bißchen traurig. In das darauf folgende Schweigen ertönte, laut und unerwartet, eine Trompete, silbern und rein. Ich zuckte zusammen.

»Das ist in der Wohnung darunter.« Frank war jetzt sehr vorsichtig. »Ein Mann namens Luigi wohnt dort. Er spielt Trompete. In einem Tanzorchester. Er hat fünf Kinder. Er ist... sehr nett.«

»Bestimmt, Frank.« Ich drehte mich wieder um und begann die Wahrheit zu ahnen. Ich legte meine Arme um seine Hüften. »Wem gehört diese Wohnung hier?«

»Mir. Ich habe sie vergangene Woche gemietet. Ich kann von hier aus zu Fuß ins Institut gehen. Es ist ein ziemlich langer Weg –«

»Frank! Es sind fast vierzig Blocks.«

»Ich dachte mir, daß mir das guttun wird.« Er machte ein trotziges Gesicht. »Zu Fuß zu gehen. Und dann hierherzukommen und –«

Er wußte nicht weiter, das sah ich. Plötzlich war ich traurig und enttäuscht, denn ich wußte jetzt, warum er mich hierhergebracht hatte. In den vergangenen Monaten, als er seine Arbeit in Yale abgeschlossen hatte und ich ihn dort besucht hatte, oder wenn er nach New York gekommen war, hatte er nie über die Zukunft gesprochen, wie Constance es ausgedrückt haben würde. Jetzt war die Zukunft also geklärt. Er würde hier wohnen. Allein. Ich bemühte mich, meine Stimme so hell und sorglos klingen zu lassen, wie ich nur konnte.

»Oh, es wird dir hier sehr gut gefallen, Frank. Da sind ja auch schon Regale für deine Bücher, und wenn du erst mal Möbel hast –«

»Möbel. An Möbel hatte ich noch gar nicht gedacht.«

»Na ja, ein paar wirst du schon brauchen, Frank. Sogar du. Schließlich willst du doch nicht auf dem Fußboden schlafen. Du brauchst einen Tisch, einen Stuhl und –«

Ich konnte nicht weitersprechen. Ich war wütend auf mich. Ich wußte, daß es falsch gewesen war, darauf zu hoffen, daß Frank, wenn er erst von Yale zurück war, mich fragen würde. Mich was fragen würde? Mich zu heiraten, wie Constance zu erwarten schien? Mit ihm zusammenzuleben? Einfach nur mit ihm zusammenzusein? Jedenfalls – irgend etwas.

»Ach, wie dumm von mir, ich habe wieder alles falsch gemacht. Das tu ich immer!« Frank drehte sich um und sah mich an. »Du weinst ja.«

»Tu ich nicht. Ich... hatte was im Auge. Ist schon in Ordnung.«

»Ich liebe dich. Wirst du mir zuhören?« Er machte eine Pause, und ich konnte wieder den Kampf in seinem Gesicht sehen. »Siehst du, ich hätte es dir erklären müssen. Wegen des Geldes. Ich... ich bin nicht reich, Victoria.«

»Das weiß ich. Glaubst du, das wäre mir wichtig?«

»Nein, das glaube ich nicht. Natürlich glaube ich das nicht. Ich weiß, daß du nicht so bist wie die anderen, aber Tatsache ist...« Sein Gesicht wurde hart. »Als ich in dieses Land kam, hatte ich nichts. Nur was ich am Leib hatte – so sagt man das doch? Max und Rosa haben mich aufgenommen. Sie haben alles für mich bezahlt, meine Schule – eine sehr lange und gründliche Ausbildung. Seit Max tot ist...« Er machte eine Pause. »Rosa steht nicht so gut da, wie sie glaubt, Victoria. Max hat ihr nicht sehr viel hinterlassen. Sie ist extravagant, jedenfalls war sie es früher. Sie hat noch die jüngeren Kinder, die sie versorgen muß, bis sie mit ihrer Schule fertig sind. Bevor ich also an mich selbst denken kann, muß ich Rosa zurückzahlen.«

»Zurückzahlen?«

»Liebling, Universitäten sind nicht gratis. Forschung wird nicht gerade gut bezahlt. Einen Teil von dem Geld habe ich bereits zurückgezahlt, aber es ist noch nicht alles. Wenn ich am Institut arbeite, wird es leichter sein, wenn ich mich einschränke, so wie hier – wie ein Mönch der Wissenschaft, nur für kurze Zeit...«

»Nicht allzusehr Mönch, hoffe ich.«

»Vielleicht nicht in jeder Hinsicht.« Er lächelte. »Und am Ende, wenn es geschafft ist, werde ich in der Lage sein, dann werde ich, dann können wir – ich hoffe es –, ich wünsche mir nichts mehr als –«

Er schwieg. Dann begann er deutsch zu sprechen, die Sprache, die er benutzte, um ausgiebig zu fluchen. Frank war kein Mann, der besonders gut fluchen konnte, in keiner Sprache. Ich mußte lächeln; mein Herz schwoll vor lauter Glück. Frank sah mich mißtrauisch an.

»Du findest das wohl komisch? Ich kann dir versichern, daß es mir gar nicht komisch vorkommt.«

»Ich finde *dich* komisch, Frank. Warum sagst du nicht, was du sagen wolltest?«

»Das kann ich nicht, dazu bin ich nicht in der Lage. Ich wollte es dir erklären, aber ich sehe ein – daß es dumm war, überhaupt davon anzufangen. Ich wollte, daß du weißt, daß ich dich eines Tages – schon sehr bald – fragen werde, was ich dich jetzt noch nicht fragen kann. Denn wenn ich es jetzt tun würde, wäre es –«

»Wäre es was, Frank?«

»Falsch.«
»Falsch?«
»Unehrenhaft.«
Wir schwiegen.
»Frank. In welchem Jahr leben wir?«
»Warum? 1958.«
»Und in welchem Land leben wir?«
»In Amerika. Offensichtlich.«
»Findest du dann vielleicht nicht auch – da wir ja nicht in England oder in Deutschland leben, und wir auch nicht, ich bin mir nicht ganz sicher, wann, aber möglicherweise 1930, möglicherweise auch 1830 haben –, daß du dir vielleicht unnötig Sorgen machst? Daß du vielleicht ein ganz klein bißchen hinter deiner Zeit zurück bist?«
»Ich weiß, daß ich hinter meiner Zeit zurück bin. Aber das möchte ich auch sein. Weil ich dich achte. Außerdem...« Er zögerte. »Ich habe heute gesehen, an was für einen Lebensstil du gewöhnt bist. Eine große Wohnung. Hausangestellte. Zum Lunch Kaviar –«
»Frank, könnte ich nicht hier bei dir wohnen, in dieser Wohnung? Das würde ich gern, weißt du. Das würde ich sehr gern.«
»Das würdest du wirklich?« Er schien verwundert. Einen Augenblick lang hellte sich sein Gesicht auf.
»Ja, wirklich. So überraschend es vielleicht klingen mag, ich glaube, ich könnte sehr glücklich sein ohne große Zimmer und Dienstmädchen. Ich könnte ganz bestimmt ohne Kaviar auskommen. Frank, überleg...« Ich ging zu ihm. »Du erinnerst dich doch an Winterscombe, wie schäbig es dort war. Kein Geld. Löcher in den Teppichen.«
»Aber es gab einen Butler.« Er sagte es in einem anschuldigenden Ton.
»Das war William, der schon sehr alt war. Eine Köchin, die einmal die Woche kündigte. Und Jenna. Das war nicht so ungewöhnlich.«
»Es war ein großes Haus.«
»Frank, würdest du, bitte, aufhören? Du bist der dickköpfigste, dümmste, unflexibelste Mann, dem ich je begegnet bin. Warum kann ich nicht hier sein, wenn ich dich liebe, wenn ich bei dir sein möchte? Oder möchtest du mich vielleicht gar nicht hier haben? Ist es das?«
»Du weißt, daß das nicht wahr ist«, fuhr er auf. »Ich möchte, daß du *immer* bei mir bist. Ich möchte mit dir zusammenleben, mit dir zusammen denken, mit dir reden, mit dir schlafen, mit dir zusammen aufwachen. Wenn du nicht da bist, dann ist es wie in dem Lied – dann sterbe ich immer ein bißchen mehr. Aber«, er machte eine kurze Pause. »Du

kannst nicht hier wohnen. Es wäre nicht richtig. Wenn ich dich ernähren könnte, wenn ich das Recht hätte, dann –«

»Frank. Ich arbeite. Ich kann mich selbst ernähren.«

»Aber auch dann«, erwiderte er steif. »Du mußt die Möglichkeit haben, deine Arbeit zu lassen. Ich bin nicht so altmodisch, wie du vielleicht denkst. Aber...« Er zögerte. »Manchmal kann eine Frau eben nicht arbeiten. Wenn sie ein Kind hat. Wenn sie Kinder hat. Ich –« Er unterbrach sich noch einmal und legte seine Arme um mich. »Ich bringe alles durcheinander«, sagte er. »Das habe ich schon befürchtet, daß ich das tun würde. Aber, weißt du, es ist ja nicht für sehr lange, und ich liebe dich so sehr. Wenn ich es sage, wenn ich es guten Herzens und mit klarem Verstand sagen kann – dann möchte ich, daß es das *erste* Mal ist. Ich möchte, daß es... vollkommen ist, damit wir uns immer daran erinnern, und...« Wieder machte er eine Pause. »Dann werde ich das Richtige sagen, wie es sich gehört. Auf englisch. Ich werde dir eine Rede halten, wie du sie verdienst. Ich habe nachts schon daran gearbeitet.«

»Du hast schon daran gearbeitet? Oh, Frank.«

»Ich bin gerade bei der dritten Fassung.« Seine Augen glitzerten mich vergnügt an.

»Bei der dritten?«

»*Natürlich*. Ich schätze, daß ich fünf oder sechs Fassungen brauche, bis ich es hinkriege.«

»Das hast du dir doch nur ausgedacht.«

»Ein bißchen davon. Nicht alles.«

»Du machst dich lustig über mich.«

»Warum nicht? Du machst dich auch lustig über mich.«

»Du bist wirklich komisch, weißt du, und ich liebe dich sehr. Aber eines –«

»Ja?«

»Werden es dir deine fremdartigen und strengen Bräuche erlauben, mich hier zu empfangen? Schadet es auch nicht meinem Ruf, wenn wir sehr diskret sind? Glaubst du, daß du mich, vielleicht nur gelegentlich, rein- und rausschmuggeln könntest?«

»Ich würde sterben, wenn ich es nicht könnte«, sagte Frank.

»Auf 1959! Ein ganz besonderes Jahr«, sagte Rosa – und weil sie Rosa war, wurde sie verlegen, küßte ihre ganze Familie, küßte Frank, küßte mich, redete sehr viel, hörte dann auf, weinte.

Sie hatte Frank und mich angesehen, als sie es zu einem besonderen

Jahr ernannte, und dann – da Rosa niemals Hinweise machte, die nicht gut und gewichtig gewesen wären, nahm sie mich auf die Seite und sagte: »Sieh dir Frank an.«

Zu diesem Zeitpunkt unterhielt Frank seine Neffen und Nichten, denn Rosa war inzwischen schon mehrmals Großmutter, und diese neue Generation durfte aufbleiben, bis das neue Jahr begann. Sie waren damit beschäftigt, mitten in Rosas überfülltem Zimmer aus Bausteinen einen Turm zu errichten, nein, nicht etwas so Einfaches wie einen Turm, sondern einen Taj Mahal aus Bauklötzen. Frank kniete am Boden und half bei dem Bau mit. Während er eine kleine Brücke baute, demonstrierte er daran ein physikalisches Gesetz. Er war sehr zurückhaltend, setzte die Steine nie selbst aufeinander, sondern ließ es immer die kleineren Hände tun. Hin und wieder gab er unauffällige, aber wichtige Ratschläge, wo man den Stein hinsetzen könnte, ohne das gesamte Bauwerk zu zerstören; hin und wieder machte er einen offensichtlich falschen Vorschlag und erntete Zorn. Vierjährige und Fünfjährige erklärten ihm geduldig, warum der Stein nicht dort hinkonnte, wo er es gesagt hatte: Frank nahm die Belehrungen demütig hin. Rosa sagte: »Sieh nur, wie gut er das kann!«

Natürlich ließ sie es nicht dabei bewenden, sondern legte mir, freudestrahlend, in allen Einzelheiten dar, was für ein guter Vater Frank sein würde.

Ich wußte, daß Rosa recht hatte, aber vermutete auch, daß sie diesen Adoptivsohn nicht völlig verstand. Rosa schreckte, auch nachdem sie verwitwet war, vor den dunkleren Seiten des Lebens zurück. Sie wollte keine Schatten sehen, und so war das Bild, das sie mir von Frank malte, zwar liebevoll, aber ungenau.

Vielleicht tat ich ihr unrecht, aber ich glaube, daß sie bei Frank eine dunkle Seite übersah, die zweifellos vorhanden war, tief in seinen Charakter eingegraben war. Er hatte als Kind viel Leid erfahren, und er hatte viel verloren. Diese Verluste und die Art und Weise, wie sie erfolgt waren, hatte er nie vergessen können. Sie waren immer da, in ihm, selbst wenn er sich so glücklich fühlte, wie es nur ging – *Gespenster,* seine persönlichen Geister. Sie beeinflußten seinen Moralkodex, der unbeweglich und starr war und keine Kompromisse duldete. Sie beeinflußten auch seine Willenskraft, die, wie ich noch erfahren würde, außerordentlich belastbar war. Wenn er an etwas glaubte, hielt er mit großer Zähigkeit daran fest. In gewisser Hinsicht paßte er nicht in die Zeit, in der er lebte und noch viel weniger in das Jahrzehnt, das vor uns lag, die sechziger Jahre. Für Frank hatten gesellschaftliche Veränderungen keine Bedeutung: Er war ein Einzelgänger und hatte seine eigene Moral, an der er rigoros festhielt. Das erzähle ich Ihnen, weil es Ihnen helfen soll, ein Element in unserer Beziehung besser zu verstehen, das von zentraler Bedeutung war – seine Haltung gegenüber Constance.

Frank hatte einen einfachen Glauben, an dem er leidenschaftlich festhielt. Er glaubte an Ehrlichkeit, harte Arbeit, die Ehe, Treue, Kinder und die Bedeutung des Familienlebens. Constance verkörperte für ihn in allem das Gegenteil: Aber er sprach es nie aus. Als wir auf Rosas Neujahrsparty waren, wohnte er schon seit dem Sommer in seiner kleinen kahlen New Yorker Wohnung. Und ich besuchte ihn dort – meine Besuche zogen sich manchmal, trotz seiner altmodischen Sorge um Schicklichkeit, reichlich in die Länge – seit sechs Monaten. Während dieser Zeit hatte er nie ein kritisches Wort über meine Patentante gesagt. Allerdings hat er sie auch nie gelobt; zu lügen fiel ihm schwer. Constance machte häufig Andeutungen, daß er das doch tun müsse. »Ach, er mag mich nicht«, rief sie, oder »er mißbilligt, wie ich bin, dieser Mann von dir. Ich weiß es! Das tut er!« Wann immer sie es sagte, konnte ich sie beruhigen – aber mit der Zeit wurde mein Unbehagen dabei immer stärker.

Frank mochte sie nicht – das spürte ich, obwohl er sich hartnäckig weigerte, es zuzugeben. Tatsächlich fürchtete ich, daß das, was er für sie empfand, viel schlimmer war. Manchmal, wenn wir mit Constance zusammen waren, entdeckte ich in seinem Gesicht einen Ausdruck unversöhnlicher Feindseligkeit. Ich hatte den Verdacht, daß er mehr über sie wußte, als er zugeben wollte. Ich hatte mich auch schon gefragt, ob Montague Stern ihm vielleicht irgendwelche Informationen gegeben hatte, aber nach allem, was Frank mir von ihm erzählte, schien das unwahrscheinlich. Mir fiel auf, daß ich Stern, dem es anscheinend nicht besonders gut ging, noch immer nicht kennengelernt hatte. Mehrere Treffen waren bereits verschoben worden.

An jenem Abend, als wir mit dem Auto von Rosa in die Stadt zurückfuhren, war Frank sehr schweigsam. Er schien in Gedanken versunken. Er hatte die Augen auf die Straße vor uns gerichtet: Er fuhr schnell, aber sehr sicher: Wir hatten – was ungewöhnlich war – die Geschwindigkeitsbegrenzung weit überschritten.

Wir wurden zu Constances Silvesterparty in der Fifth Avenue erwartet, die – wie sie fröhlich verkündet hatte – die ganze Nacht dauern würde. Es war schon fast zwei Uhr. Ich war müde. Ich beobachtete den Regen auf der Windschutzscheibe; die rhythmischen Geräusche des

Motors und des Scheibenwischers lullten mich ein. Ich verspürte nicht den Wunsch, auf die Party zu gehen, aber Constance würde vielleicht auf Rosa eifersüchtig sein: Es war wichtig, darauf zu achten, daß das Gleichgewicht erhalten blieb. In den vergangenen Monaten hatte sich Constance schon über meine häufige Abwesenheit beklagt.

Frank wollte Constance keinen Grund für Klagen geben. Wenn ich vorgeschlagen hätte, nicht auf die Party zu gehen, hätte er gesagt: »Nein, du hast es versprochen. Wir müssen hin.«

»Hat man dir je gesagt«, unterbrach er plötzlich unser Schweigen, »warum sich deine Eltern mit Constance zerstritten haben, warum sie nie wieder nach Winterscombe gekommen ist? Erinnerst du dich noch, als wir Kinder waren, hast du mal davon gesprochen?«

»O ja.« Ich gähnte und kuschelte mich tiefer in meinen Sitz. »Der älteste aller Gründe. Nichts Dramatisches. Geld. Meine Eltern hatten sich Geld von Montague Stern geliehen. Vielleicht haben sie es nicht schnell genug zurückgezahlt, oder der Zins war zu hoch – das weiß ich nicht genau. Aber es hat deswegen Streit gegeben. Constance sagt, es wäre keine besonders gute Idee gewesen, bei ihm Schulden zu machen.«

»Das kann ich mir gut vorstellen. Ja. Verdammt, dieser Regen.«

Frank fuhr langsamer, dann beschleunigte er wieder.

»Trotzdem kommt es einem etwas merkwürdig vor, findest du nicht, daß sie sich wegen einer solchen Sache völlig entzweit haben sollen. Schließlich kannte sie deinen Vater seit ihrer Kindheit. Sie ist dort aufgewachsen. Man möchte meinen –«

»Ach, ich weiß nicht. Manche Menschen streiten sich eben wegen Geld. Wegen Geld und wegen der Liebe – das sind die entscheidenden Kräfte. Jedenfalls hat das Constance gesagt.«

»Fällt dir eigentlich auf, wie oft du sie zitierst?« Er warf mir von der Seite einen Blick zu.

»Findest du? Nun, ich schätze, daß sie sich einfach gut zitieren läßt. Das weißt du doch selbst.«

»Ich meinte nicht so sehr ihre Worte. Ihre Gedanken. Du zitierst ihre Gedanken.«

»Nein, tu ich nicht.« Ich richtete mich entrüstet auf. »Constance ist völlig anders als ich.«

»Das weiß ich.«

»Manchmal tut sie Dinge, die ich niemals tun würde, die ich verabscheue –«

»Zum Beispiel?«

»Ach, Männer, schätze ich«, erwiderte ich zögernd. »Bobsy und Bick zum Beispiel: Ich mag sie, und ich wünschte, sie würde sie in Ruhe lassen. Und die beiden sind auch hoffnungslos. Sie streiten sich mit ihr, aber sie kommen immer zurück. Sie sind von ihr abhängig – das habe ich nie verstanden.«

Es herrschte Schweigen. Frank schien zu zögern.

»Sie sind über zwanzig Jahre jünger als sie«, sagte er schließlich. »Außerdem sind sie Zwillinge. Und außerdem sind sie beide ihre Liebhaber. Also –«

»Was hast du gesagt?«

»Ich glaube, du hast mich verstanden.«

»Das ist nicht wahr! Sie *lieben* sie – das habe ich auch bemerkt. Aber sie sind nicht ihre Liebhaber. Das ist ja albern, völlig absurd. Das sind Gerüchte – das weiß ich –, über Constance werden so viele Klatschgeschichten erzählt. Schon wenn sie mal mit einem Mann ins Theater geht, wird darüber geklatscht. Meistens sind es Lügen. Ich wohne bei ihr. Ich muß es wissen.«

»Sie sind also nicht ihre Liebhaber?« Frank runzelte die Stirn. »Was ist es... dann? Eine platonische Freundschaft?«

»Nein. Nicht direkt. Ein Flirt ist es. Ich weiß es, ich bin doch nicht blind. Aber da Constance mit allen Männern flirtet, hat es nichts zu bedeuten.«

»Dann hat sie also keine Liebhaber?« fragte er mit ruhiger Stimme.

Ich sah aus dem Fenster. »Doch. Ich weiß, daß sie welche hat. Von Zeit zu Zeit. Aber nicht annähernd so viele, wie die Leute sagen. Sie macht gern Eroberungen, glaube ich. Das ist Eitelkeit, mehr als alles andere – und manchmal auch Einsamkeit. Es tut niemandem weh –«

»Ach? Den Ehefrauen tut es nicht weh? Den Kindern? Oder beschränkt sie ihre Aufmerksamkeiten auf unverheiratete Männer?«

Ich war erstaunt, daß er so redete. Es verletzte mich, und – da ich wußte, daß es die Wahrheit war – machte es mich zornig.

»Warum sagst du so etwas? Sonst sprichst du nie über Constance, und dann sagst du plötzlich so etwas über sie. Du solltest sie nicht verurteilen; du hast nicht das Recht dazu. Ich verdanke ihr alles, und ich liebe sie –«

»Liebling, das weiß ich.«

»Als ich nach New York kam – du hättest sehen sollen, wie sie damals war. Wie freundlich sie zu mir war. Wie sie mich zum Lachen gebracht hat. Ach, tausend Dinge –«

»Erzähl mir ein bißchen von diesen Dingen.« Er sah mich an. »Ich möchte es verstehen. Erzähl mir davon.«

Und so erzählte ich ihm, während wir fuhren, Berties Geschichte und ein paar andere auch. Ich hatte noch nicht oft von meiner New Yorker Kindheit gesprochen, und nachdem ich einmal begonnen hatte, fiel mir eine Geschichte nach der anderen ein, und ich erzählte sie ihm alle, während er schweigend zuhörte, beim Quietschen der Bremsen, mit dem Gefühl von Geborgenheit in diesem Wagen, auf einer Reise durch die Zeit, nicht durch den Raum, all diese Dinge veranlaßten mich weiterzusprechen.

Und weil mir soviel daran gelegen war, ihn zu überzeugen, ihn für Constance einzunehmen, erzählte ich ihm zum ersten Mal, wie sie mir geholfen hatte, ihn zu suchen, wie sie herumtelefoniert und Briefe für mich geschrieben hatte.

»Sie wünschte sich genauso, daß deine Briefe ankommen, wie ich es mir gewünscht habe, Frank. Jeden Morgen, wenn die Post kam, brachte sie mir immer die Briefe an den Frühstückstisch. Alle waren so gut zu mir; es waren immer eine Menge Briefe: von Maud, Steenie, Wexton, Freddie – alle schrieben mir. Constance kannte natürlich ihre Handschrift. Daher wußte sie dann immer, daß kein Brief von dir dabei war. Sie war so sanft. Sie legte den Stoß neben meinen Teller. Manchmal gab sie mir einen Kuß oder schüttelte den Kopf – was tust du, Frank?«

»Nichts, tut mir leid. Die Scheinwerfer haben mich geblendet. Ich muß langsamer fahren. Erzähl weiter.«

»Mehr gibt es nicht zu erzählen. Es ist nur – ach, ich möchte, daß du sie so siehst, wie sie wirklich ist.«

»Ich sehe sie jetzt schon besser.«

»Wirklich? Ich möchte, daß du sie magst, Frank.«

»Erzähl weiter. Was habt ihr sonst noch getan?«

»Nun, wir sind mit Bertie spazierengegangen – jeden Tag, wie du weißt. Außer natürlich, wenn Constance verreist war. Sie kam immer von der Arbeit nach Hause und holte mich ab, und dann zogen wir los. Ach ja, und auf dem Weg machten wir halt, um meine Briefe in der Halle in den Briefkasten zu werfen. Dann gingen wir in den Park, und –«

»Richtige Routine!« Er lächelte. Und nach einer Weile fragte er: »Und war sie oft verreist? Wer brachte dir dann deine Briefe? Wer hat sie dann in den Briefkasten gesteckt? Was hast du getan – ohne all diese Rituale?«

»Ach, ich weiß nicht mehr.« Ich gähnte. »Gott, bin ich müde. Eins von den Dienstmädchen brachte sie auf die Post: Ich glaube, Mattie. Die habe ich gern gemocht. Als der Krieg vorbei war, ging sie weg. Und was Bertie angeht – allein durfte ich nicht mit ihm ausgehen. Nur, wenn eine der Erzieherinnen mitkam. Trotzdem: Dann haben wir die Briefe in der Halle eingesteckt, bevor wir in den Park gingen. Ohne Constance war es langweilig.«

»Du mußt dich ziemlich einsam gefühlt haben. Diese große Wohnung. Dienstmädchen, Erzieherinnen, die kamen und gingen –«

»Ich hab mich nicht einsam gefühlt. Ich habe viel gelesen. Frank, es wird schon schrecklich spät. Es ist schon nach drei. Wo sind wir?«

»Wir sind fast da.« Er fuhr langsamer. Er runzelte die Stirn.

»Wenn wir dort sind«, sagte er beiläufig, »dann zeig mir doch bitte mal den Briefkasten in der Halle, ja? Ich würde gern sehen... wo du die Briefe abgeschickt hast. Ich möchte mir vorstellen, wie du sie dort eingesteckt hast.« Und nach einer kurzen Pause: »Und zeigst du mir auch die Bibliothek, ja? Ich würde sie gern sehen.«

Ich zeigte ihm den Briefkasten in der Halle; aber ich zeigte ihm nicht die Bibliothek, nicht in dieser Nacht. Ich hatte, als wir mit dem Fahrstuhl hinauffuhren und uns der Wohnungstür näherten, gesagt: »Es ist sehr still für eine Party. Glaubst du, daß wir zu spät kommen?«

Es war so still, weil keine Party stattfand. Die Gäste waren bereits vor Stunden gegangen. Alle Gäste bis auf einen. Als wir in den Salon kamen, saß Constance dort allein mit Bick Van Dynem. Zum ersten Mal in seinem Leben war er stocknüchtern. Er war es, der es uns sagte: Bobsy war tot.

»Die Leute werden sagen, daß es Selbstmord war«, sagte Bick tonlos. »Aber das ist nicht wahr. Es war ein Unfall. Er war heute abend da. Ich habe mit ihm gesprochen. Er könnte sich nicht umbringen. Er ist mein Zwillingsbruder. Ich weiß es.«

Wenn es kein Selbstmord gewesen war, dann war es auf jeden Fall ein sehr merkwürdiger Unfall. Bobsy war auch auf Constances Party gewesen; er hatte sie gegen zehn Uhr verlassen und war mit hundertsechzig Sachen über den Long Island Expressway gerast. Er hatte drei Polizeiautos abgehängt und war Richtung Mole gefahren – er fuhr mit durchgetretenem Gaspedal direkt aufs Meer zu. Er war nicht angeschnallt. Die Autotüren waren verschlossen und die Fenster offen. Als man ihn herausholte, war in seinem Blut keine Spur von Alkohol festzustellen. Er war nicht ertrunken, sondern gestorben, als das Auto auf dem Wasser aufschlug, die Lenkradsäule hatte sein Brustbein durchbohrt.

Aber dieser Unfall war für die Van Dynems nur der Anfang; danach begann sich Bick buchstäblich zu Tode zu trinken und folgte seinem Zwillingsbruder zwei Jahre später. Ich habe ihn nie wiedergesehen. Meine letzte Erinnerung an ihn ist von jener Nacht, als er wie festgeklebt mitten in Constances Salon stand und mit leichenblassem Gesicht immer wieder und wieder sagte, daß es kein Selbstmord gewesen sein könne.

Frank beobachtete ihn mit versteinerter Miene; dann sah ich, wie sich sein Gesichtsausdruck in Mitleid verwandelte. Seine Stimme war sanft, als er Bick ansah und sagte:

»Sollten Sie nicht vielleicht besser bei Ihren Eltern sein? Sie werden Sie jetzt brauchen, Bick. Wollen Sie nicht bei ihnen sein?«

»Ich habe kein Auto.« Bick drehte sich mit dem Ausdruck eines verschreckten Kindes zu ihm um. Erschrocken stellte ich fest, daß Frank, der sehr viel älter wirkte als Bick, in Wirklichkeit ein paar Jahre jünger war. »Ich darf nicht fahren, wissen Sie«, fuhr Bick fort. »Sie sind schon draußen auf Long Island. Ich würde ja hinfahren, aber ich weiß nicht, ob ich ein Taxi bekomme. Schließlich ist heute Silvester. Da kriegt man nie ein Taxi...«

Ich sah auf den Fußboden, Constances Auto war, wie ich wußte, unten. Ich sagte:

»Wann ist das passiert, Bick?«

»Ich weiß nicht genau. Ich glaube, so um Mitternacht, oder war es ein Uhr?« Er räusperte sich. Sein schönes patrizierhaftes Gesicht starrte blind ins Leere. »Ich weiß gar nicht, was ich tun soll. Ich schätze, ich sollte irgend etwas tun. Ich möchte dort sein. Früher hatte ich ein Auto. Ich kann mich gar nicht mehr genau erinnern... wann sie es mir weggenommen haben.«

»Das ist schon in Ordnung«, sagte Frank. »Ich fahre Sie raus.«

»Den ganzen Weg – nach Long Island?« fragte Constance in scharfem Ton. Es war das erste Mal, daß sie etwas sagte. Sie stand auf. Auch ihr Gesicht war völlig weiß. Sie umklammerte ihre winzigen Hände. »Jetzt. Um diese Stunde? Bick hat einen Schock erlitten. Er sollte hierbleiben.«

»Ich glaube, seine Eltern brauchen ihn jetzt. Und ich glaube, er braucht sie auch«, erwiderte Frank. »Das ist schon in Ordnung, Constance. Ich bringe ihn hin.«

Ich spürte es: Es war ein kurzer, erbitterter Machtkampf. Ich dachte, Constance würde noch weiter protestieren, aber Franks Miene und der Ton seiner Stimme hielten sie davon zurück.

Für einen kurzen Augenblick stand nackte Angst in Constances Gesicht. Und mir wurde klar, daß sie verhindern wollte, daß Bick Van Dynem in dem Zustand, in dem er sich befand, mit Frank allein diese lange Fahrt unternahm.

»Victoria wird bei Ihnen bleiben«, sagte Frank, als er Bick zur Tür schob. »Victoria, vielleicht solltest du besser einen Arzt rufen.«

»Ich brauche keinen Arzt«, rief Constance mit schriller Stimme. »Ich bin nicht krank. Es ist alles in Ordnung. Bick –«

Bick hatte die Tür erreicht. Als Constance seinen Namen rief, zögerte er.

»Vielleicht sollte ich doch nicht gehen?« Er sah Frank mit flehenden Blicken an. »Meine Eltern – vielleicht wollen sie lieber allein sein. Ich kann Constance nicht allein lassen. Sie ist ganz durcheinander.«

Und dann geschah etwas sehr Schmerzliches: nur eine Kleinigkeit, fast nicht wahrnehmbar. Aber ich habe es nie vergessen können. Frank und Bick Van Dynem waren in der Tür, Constance stand am anderen Ende des Zimmers. Sie warf Frank einen unmißverständlichen haßerfüllten Blick zu. Während ich sie noch erschrocken beobachtete, sah sie Bick an. Sie neigte den Kopf: ein kleines zustimmendes Nicken. Sie erteilte ihm die Erlaubnis, sie entließ ihn. Bick ging sofort aus dem Zimmer.

Es wurde kein Wort gesprochen; aber in diesem fast unsichtbaren Kopfnicken hatte auch Verachtung gelegen.

Ich zitterte. Ich glaube, in diesem Augenblick, in diesem Bruchteil einer Sekunde, begriff ich endlich, wie Constance wirklich war.

Vielleicht hat es Constance gespürt – wir waren aufeinander eingestimmt. Vielleicht spürte sie auch, daß ich etwas vor ihr verbarg. Als ich Frank am nächsten Tag sah, erzählte er mir ein bißchen davon, was auf der Fahrt geschehen war, aber nicht, was Bick ihm erzählt hatte. Das kam später. Aber ich sah, daß er ängstlich und besorgt war. Er sagte nur: »Dir ist doch klar – daß wir über deine Patentante reden müssen? Richtig reden? Es ist höchste Zeit.«

Aber er tat es dann doch nicht gleich; er wußte, daß mir der Tod von Bobsy Van Dynem einen tiefen Schock versetzt hatte. Vielleicht war das der Grund. Statt dessen nahm er meine Hände in seine und sagte: »Du mußt unbedingt Montague Stern kennenlernen. Es geht ihm jetzt wieder besser. Ich werde ein Treffen ausmachen – diesmal richtig, nicht nur halb. Allerdings...« Er machte eine kurze Pause. »... glaube ich, daß es Stern lieber wäre, wenn du deiner Patentante nichts davon erzählen würdest.«

Und das tat ich dann auch nicht. Vielleicht spürte Constance, daß ich ihr auswich, genauso wie sie es gespürt hatte, als ich mich von ihr zurückzuziehen begann. Sie zeigte es mir ganz deutlich. Seit Bobsy Van Dynems Tod hatte sie eindeutig Front gegen Frank bezogen.

Was folgte, war, wie ich heute weiß, ein methodischer Plan, der sich über Monate erstreckte. Es begann mit kleinen Anspielungen und wurde allmählich immer offener. »Weißt du«, sagte sie, »ich bin mir heute gar nicht mehr so sicher wegen dieses Mannes, Victoria, nicht so wie früher. Hat er eigentlich die Absicht, sich endlich einmal zu entscheiden? Schließlich geht das nun schon ein Jahr so – und selbst ich weiß gar nicht mehr richtig, was eigentlich los ist. Lebst du mit ihm zusammen? Nein, nicht ganz, nicht richtig – und doch bist du manchmal tagelang verschwunden. Ich nehme an, er hat dir noch *keinen* Antrag gemacht. Liebling, du wirst doch vorsichtig sein, nicht wahr? Ich möchte nicht, daß er dir weh tut...«

Das war ein beliebter Schlag; aber es gab andere, subtilere. »Ich mache mir Sorgen«, sagte sie stirnrunzelnd. »Wenn ich es recht überlege, macht sie mir Sorgen, diese Verbindung aus deiner Kindheit. Bist du sicher, daß du Frank liebst – oder ist es nicht doch Franz-Jakob? Es könnte sein, daß du ihn liebst, weil du ihn mit Winterscombe in Verbindung bringst. Für dich war dieses Haus immer eine Art Schrein, Liebling – und das verstehe ich auch. Aber so was ist nicht gut. Das gleiche könnte man übrigens auch von ihm sagen. Ich glaube, ihr beide seid in die Vergangenheit verliebt – und nicht ineinander.«

Als das nichts bewirkte, versuchte sie es anders.

»Weißt du, Liebling, ihr seid so verschieden! Siehst du das denn nicht? Denk doch mal nach. Was verdient er eigentlich? Was verdienen kluge Wissenschaftler? Nicht annähernd soviel, wie angemessen wäre – das wissen wir beide. Während du und ich geradezu überbezahlt sind. Ich fürchte, das wird ihm nicht gefallen. Er ist so altmodisch in manchen Dingen – das sehe ich ihm an, wenn er seine Stirn runzelt! Und außerdem muß ich sagen, daß er unsere Arbeit überhaupt nicht zu verstehen scheint. Er hat keinen Blick für das Visuelle. Er ist weltfremd. Er könnte diesen Aubusson hier nicht von einem Buchara unterscheiden –«

»Constance, würdest du bitte aufhören? Ich verstehe seine Arbeit auch nicht. Wenn es um Wissenschaft geht, dann bin ich es, die blind ist. Ich könnte es versuchen, aber ich verstehe nichts vom Zellaufbau und –«

»Das ist etwas völlig anderes!« rief Constance. »Aber es ist sehr wichtig, daß Mann und Frau etwas gemeinsam haben. Vielleicht nicht so sehr bei einer Liebesaffäre – aber bei einer Ehe ist das lebenswichtig!

Deine Eltern zum Beispiel. Denk doch mal nach. Sie haben dieselbe Musik geliebt, dieselben Bücher. Montague und ich –«

»Ja? Sag mir, was du und Montague Stern gemeinsam hattet, Constance?«

»Unsere Art zu denken!«

»Vielleicht haben Frank und ich auch die gleiche Art zu denken. Hast du dir das nie überlegt?«

»Natürlich – und zuerst habe ich es auch geglaubt. Aber jetzt bin ich mir nicht mehr so sicher. Er geht völlig in seiner Arbeit auf, und er ist sehr klug. Natürlich bist du auch klug, auf deine Art – das sieht vielleicht nicht jeder, aber ich sehe es! Trotzdem, es ist etwas anderes. Er denkt analytisch, und du bist intuitiv. Vielleicht braucht er in Wirklichkeit jemanden, der seine Arbeit versteht, jemanden, der die gleiche Herkunft hat wie er, die gleiche Ausbildung. Siehst du? Ich wußte es! Dieser Gedanke ist dir schon selbst durch den Kopf gegangen, nicht wahr? Das sehe ich an deinem Gesicht. Ach, Liebling, sieh mich nicht so traurig an – es macht mich so zornig. Ich weiß, wie talentiert und begabt du bist – und wenn er es nicht sieht...«

Und so ging es immer weiter, Tag für Tag, Monat für Monat. Einmal, als ich diese Aussprachen nicht länger ertragen konnte, blieb ich fast eine Woche lang weg. Als ich zurückkam, weinte Constance. Sie sagte, sie habe gewußt, daß so etwas geschehen würde: Frank Gerhard hasse sie; er wolle, daß wir uns stritten.

»Das ist nicht wahr, Constance«, sagte ich. »Er sagt nie etwas gegen dich. Allmählich wirst du richtig dumm und paranoid. Ich bin nicht gekommen, weil ich es satt habe. Ich werde nicht mehr auf dich hören. Entweder du kümmerst dich um deine eigenen Angelegenheiten und hörst damit auf, über Frank schlecht zu reden, oder ich ziehe endgültig aus.«

»Na schön. Ich werde ihn eben nicht mehr erwähnen.« Constance holte tief Luft. »Aber das eine muß ich dir doch noch sagen. Ich liebe dich, und du bist für mich wie eine Tochter. Ich habe auch deinen Vater sehr geliebt; und ich habe mich bemüht – ja, bemüht –, seinen Platz einzunehmen. Und ich frage mich nun immer, was Acland jetzt tun würde? Was würde geschehen, wenn du einen Vater hättest, der dich beschützt? Ich habe mich bemüht, dieser Vater zu sein; und alles, was ich zu dir gesagt habe, habe ich mir vorher sehr gut überlegt. Ich bin keine Närrin. Ich weiß, daß es vielleicht nur dazu führt, daß du dich gegen mich stellst. Trotzdem sage ich, was ich denke, weil ich nur dein Bestes will. Und weil ich weiß, daß Acland, wenn er jetzt hier wäre, ganz genau das gleiche sagen würde. Ganz genau *das gleiche*. Ich möchte, daß du das nicht vergißt, Victoria.«

Das war Constances große Begabung – ihr Instinkt zu wissen, wo bei anderen die Achillesferse saß. Habe ich all diese Dinge einfach auf die Seite geschoben? Einige ja – aber andere nicht. Sie drangen in meine Gedanken ein; sie verdunkelten meine Gedanken; dafür haßte ich sie.

In diesem Frühjahr lernte ich schließlich doch noch Montague Stern kennen. Es war während der Zeit, in der wir, wie Constance sagte, »kalten Krieg« führten, während der jede Bemerkung über Frank verboten war und wir eine angespannte Waffenruhe einhielten. Es war der 15. Mai: Ich erinnere mich noch genau an dieses Datum, genauso, wie ich mich an jede Einzelheit dieses Abends erinnere.

Ich traf mich mit Frank in seiner Wohnung. Er kam zu spät, war im Institut aufgehalten worden.

»Es tut mir leid, Liebling«, sagte er. »Ich konnte nicht früher weg, und vielleicht muß ich später noch mal hin. Vielleicht muß ich dich mit Stern allein lassen –«

»Wäre es nicht besser, wenn wir es absagen?«

»Nein, nein.« Er schien mit seinen Gedanken weit weg zu sein. »Dazu ist es zu spät. Es wäre unhöflich. Außerdem haben wir es schon so oft verschoben, und seine Gesundheit ist auch nicht die beste. Wenn wir jetzt absagen ... Nein, wir müssen zu ihm. Ich will, daß du ihn kennenlernst.«

»Ist er sehr krank?«

»Liebling, er ist über achtzig. Und jetzt komm, wir müssen los.«

Wieder fiel mir, wie schon früher manchmal, auf, daß er mir auswich. Ich hätte mir vielleicht mehr Sorgen gemacht deswegen, wenn ich keine eigenen gehabt hätte. In den letzten Monaten hatte Constance kühl berechnend meinen Arbeitsanteil verdoppelt. An diesem Nachmittag hatte sie mir, ebenfalls völlig gelassen, erklärt, daß sie einen neuen Auftrag angenommen hätte, auf den sie schon seit Monaten gehofft hatte – die Renovierung eines großen Schlosses an der Loire, das einer Familie gehörte, die eine der schönsten Möbelsammlungen Europas besaß. »Liebling«, sagte sie und gab mir einen Kuß. »Wir haben ihn! Er gehört uns. Genauer gesagt, dir. Ich möchte, daß du das übernimmst, Victoria; das hast du dir verdient. Wenn du diese Sache durchziehst, hast du es geschafft. Ach, ich bin ja so froh, Liebling.«

Ich war gar nicht froh. Der Auftrag war wirklich verlockend; aber er war mit einem dreimonatigen Aufenthalt in Frankreich verbunden.

»Frank«, begann ich, als wir zu Stern gingen. »Frank, würde es dir etwas ausmachen, wenn ich dich um etwas bitte? Es hat etwas mit meiner Arbeit zu tun.«

»Frag mich doch, Liebling, aber schnell. Diese verdammten Taxis – wir werden zu spät kommen.«

»Kommt dir meine Arbeit sehr dumm vor? Ich glaube, manchmal tut sie das. Schließlich – du gehst in dein Institut, du beschäftigst dich mit der Erforschung von Krankheiten, du bemühst dich, ein Heilmittel für sie zu finden – und was tu ich? Ich vermesse Räume, suche Stoffe aus. Klecks mit Farben herum.«

»Herumklecksen?« Er runzelte die Stirn. »Du kleckst nicht herum. Was du tust, ist sehr interessant. Vielleicht verstehe ich nicht allzuviel davon, aber ich bemühe mich, es zu verstehen. Weißt du noch, damals, als du die Farben ausprobiert hast? Das war hochinteressant.«

Ich mußte daran denken: Ich hatte mich bemüht, für einen Kunden einen roten Raum zu entwerfen – nicht mit Constances »etruskischem« Rot, sondern mit einem anderen Ton. Es ließ sich nur mit einer Grundierung und mehreren Abdeckschichten erzielen. Durchsichtige schimmernde Farben veränderten die Wirkung: Zinnoberrot über Karminrot; Krapprosa über Magentarot; venezianisches Rot; dann eine letzte Schicht reines Umbra, um den Glanz wieder wegzukriegen und den Ton älter zu machen. Es dauerte lange, und es war faszinierend, mit den Farben herumzuexperimentieren; die Möglichkeiten der Farbabstufung waren für mich wie Zauberei.

»Wie die Wahrheit, weißt du?« hatte ich zu Frank gesagt, als ich die letzte Schicht aufgetragen hatte. »Das sagt Constance immer. Es gibt immer noch eine Schicht mehr. Man könnte immer neue hinzufügen, und jedesmal würde die Schicht darunter verändert.«

»Wie die Wahrheit?« Frank runzelte die Stirn. »Das finde ich nicht. Die Wahrheit ist nicht veränderbar. Die Wahrheit ist einzigartig und unteilbar, stimmt's? Ich habe immer geglaubt, die Wahrheit sei sehr einfach.«

Er hatte ungeduldig geklungen, und auf seinem Gesicht lag wieder diese gewohnte Verschlossenheit. Ich merkte, daß es ein Fehler gewesen war, schon wieder Constance zu zitieren, und so schwieg ich: Ich hätte es gern gehabt, wenn das, was er gesagt hatte, stimmen würde, aber es stimmte nicht. Jedenfalls war das meine Meinung.

Als wir jetzt in südlicher Richtung weitergingen – ein Taxi war noch immer nicht in Sicht –, hakte ich mich bei ihm unter. Ich dachte an diesen Auftrag in Frankreich; an seine Arbeit im Labor.

»Es ist nur, weil ich manchmal denke«, fuhr ich fort, »manchmal denke ich, daß es zwischen uns so viele Unterschiede gibt. Deine Arbeit ist lebenswichtig, und meine ist ein Luxus. Das weiß ich. Ich mache sie, weil sie mir gefällt und weil es das einzige ist, was ich wirklich gut kann. Aber dir muß sie doch ziemlich banal vorkommen. Und manchmal... und manchmal denke ich –«

Frank blieb stehen. Er drehte sich zu mir und nahm mein Gesicht in seine Hände. Er zwang mich, ihn anzusehen.

»Meinst du das im Ernst, Liebling? Bitte, sag mir, was du manchmal denkst.«

»Nun, ich denke mir, daß du dir vielleicht eine Frau wünschst, die deine Arbeit besser versteht als ich. Mit der du darüber reden kannst. Sieh mich an. Ich bin nie in eine Schule gegangen. Von Wissenschaft verstehe ich überhaupt nichts. Ich kann nicht Schachspielen. Nicht mal kochen kann ich – was kann ich denn? Ein Zimmer einrichten. Mehr nicht. Nicht gerade viel, nicht wahr?«

»Vielleicht noch irgendwas – das du nicht kannst?« Er sah mich amüsiert an.

»Warte einen Moment. Bestimmt fällt mir gleich noch was ein.«

»Nein, ich warte nicht. Statt dessen werde ich dir mal ein paar Dinge sagen, die du noch kannst. Du kannst freundlich sein. Du kannst verständnisvoll sein. Du kannst gut reden, und du kannst gut denken. Du kannst zärtlich sein, und du kannst lieben.« Er gab mir einen Kuß auf die Stirn. »Nicht sehr viele Menschen können das – vor allem das letzte nicht. Weißt du das denn nicht?«

»Meinst du das wirklich, Frank? Bist du ganz sicher?«

»Sicher womit?«

»Mit mir. Ich meine, ich würde es verstehen. Wenn du fändest, daß du eine... nun, eine andere Art Frau brauchst. Zum Beispiel eine Wissenschaftlerin oder so jemand –«

»Ach, das würdest du verstehen, ja?«

»Nein. Nun, vielleicht würde ich es verstehen. Es wäre schrecklich, aber –«

»Das hört sich schon besser an. Und jetzt halt dich an meinem Arm fest, und dann gehen wir weiter, und dann werde ich dir von meiner idealen Frau erzählen, ja? Also, laß mal sehen... Nun, sie ist Kernphysikerin, glaube ich. Sie erklärt mir, wieso sich Einstein geirrt hat, während sie meine Frühstückseier kocht. Vielleicht Eier im Glas – sie kann sie sehr gut; aber natürlich ist sie auch eine Cordon-bleu-Köchin – das hat sie in einer Schule gelernt, zusammen mit Russisch...«

»Russisch?«

»Ja, natürlich. Und auch Chinesisch, glaube ich. Was für eine Frau! Bobbie Fischer hat bei ihr das Schachspiel gelernt. Und hübsch ist sie auch noch, sehr hübsch...«

»Tatsächlich?«

»Sie sieht aus wie... Laß mal überlegen. Wie sieht sie eigentlich aus? Sie sieht aus wie diese merkwürdigen Frauen auf den Titelseiten der Illustrierten. Ihre Haut ist wie Porzellan, und ihr Gesicht drückt Erstaunen aus. Im Bett ist sie eine Tigerin und eine Verführerin...«

»Würdest du, bitte, aufhören?«

»Wegen ihres großen Charmes ist sie auf drei Kontinenten berühmt. Eigentlich hat diese Frau, diese lächerliche Frau, nur einen Fehler...« Er blieb stehen und drehte mich wieder zu sich, damit ich ihn ansah. Wir standen, wie ich sah, endlich vor dem Pierre; Frank war jetzt absolut ernst.

»Sie ist nicht du – begreifst du das? Denn du bist es, die ich liebe. Ich liebe dich. Sag das also nie wieder zu mir – nie wieder, hörst du? Ich weiß, wer dir gern einreden möchte, daß wir nicht zusammenpassen – aber das wird aufhören. Wir werden einen Schlußpunkt darunter setzen, hörst du, hier, vor diesem Hotel. Und jetzt komm mit. Es wird Zeit, daß du den Ehemann deiner Patentante kennenlernst.«

Sterns Zimmer waren genauso, wie Frank sie beschrieben hatte. Sie waren getäfelt, schwach beleuchtet, sie strahlten die ruhige Atmosphäre eines exklusiven Herrenclubs aus. Während ich die abgewetzten Ledersessel betrachtete, das glänzende Leder an den Nähten, die feinen Teppiche, den ältlichen Diener, der abwartend dastand, hatte ich das Gefühl, daß Frank nur in einem unrecht gehabt hatte. Ja, hier waren die Uhren stehengeblieben, aber lange vor 1930.

Heute weiß ich, daß das nicht stimmte. Frank hatte das richtige Datum genannt. Damals fühlte ich mich zurückversetzt in die Zeit meines Großvaters, und das Zimmer, das ich betrat, wie auch der Mann, der sich höflich erhob, um mich zu begrüßen, schien aus den Tagen Edwards VII. zu stammen.

Sterns Rücken war ein wenig gebeugt. Er bewegte sich langsam.

Constance hatte mir einmal von seiner Vorliebe für grelle Westen erzählt, aber jetzt trug er nichts dergleichen: Seine Kleidung war längst aus der Mode, aber nicht vulgär. Er kam auf mich zu und beugte sich über meine Hand. Als er sprach, konnte ich jenen Akzent hören, an den ich mich noch erinnerte: Englisch, mit einer Spur Mitteleuropa.

»Meine Liebe. Ich bin so froh, daß Sie kommen konnten. Ich habe mich darauf gefreut, Sie kennenzulernen. Ich muß mich entschuldigen – ich habe es sehr bedauert, daß wir das Treffen immer wieder verschieben mußten. In meinem Alter gehört das zum Leben, fürchte ich. Ich kann nicht mehr im voraus planen, wie ich es früher getan habe.« Das sagte er ganz trocken, fast so, als würde es ihn amüsieren.

Mit weltmännischer Routine übernahm er das Gespräch; er spielte die Rolle des geübten Gastgebers, führte zwei sehr viel jüngere Menschen zurück in die vergangene Zeit. Dort fand die Unterhaltung in einem gemäßigten Tempo statt, von Stern behutsam gelenkt, so daß jeder Gelegenheit hatte, zu sprechen und zuzuhören. Eigentlich war an dieser Unterhaltung nur das eine merkwürdig: Sie war völlig unpersönlich.

Weder vor dem Essen noch während des Essens wurde der Name meiner Patentante erwähnt. Wann immer das Gespräch in ihre Richtung lief – wenn es um gemeinsame Freunde oder meine Arbeit als Innenarchitektin ging –, gab ihm Stern, wie ich bemerkte, einen kleinen Schubs: Dann wurde das Thema gewechselt, und die Zügel blieben fest in seiner Hand.

Frank machte nicht den Versuch, diesen höflichen Ausweichmanövern zuvorzukommen, sondern unterstützte sie manchmal sogar. Das überraschte mich. Ich hatte erwartet, daß Stern von Constance sprechen würde, wenigstens nach ihr fragen würde. Ich hatte sogar angenommen, daß ich wegen meiner Beziehung zu ihr eingeladen worden war.

Gegen elf, als das Essen vorbei war, verabschiedete sich Frank. Über die Probleme im Institut war schon vorher gesprochen worden, und Stern zeigte sich nicht enttäuscht, daß das Essen auf diese Weise abgekürzt wurde. Da ich glaubte, daß er vielleicht schon müde war, wollte ich mich auch verabschieden, aber Stern bestand darauf, daß ich noch ein bißchen länger blieb.

»Bitte, meine Liebe. Ich hasse es, meinen Kaffee allein zu mir zu nehmen – und es ist ein ganz ausgezeichneter Kaffee. Wollen Sie nicht noch bleiben und mir ein wenig Gesellschaft leisten? Gewöhnlich gestatte ich mir nach dem Essen eine Zigarre. Das würde Sie doch nicht stören? Meine Ärzte schon, fürchte ich; aber schließlich ist das ja auch ihre Funktion, finden Sie nicht? Einwände zu machen, nachdem sie längst sinnlos geworden sind«

Mir war klar, daß ich diese Einladung, die äußerst charmant vorgetragen wurde, nicht ablehnen konnte. Wir blieben noch eine Weile dort, während uns der Diener den Kaffee brachte. Stern zündete sich eine Zigarre an und paffte mit offensichtlichem Vergnügen daran.

»Wirklich schade«, sagte er, »daß Frank schon gehen mußte. Ich bewundere ihn, und ich möchte, daß Sie das wissen. Früher hat es einmal eine Zeit gegeben...« Er machte eine kurze Pause. »Da hätte ich gern einen Sohn gehabt. Leider ist es nie dazu gekommen. Aber wenn ich einen Sohn gehabt hätte, dann hätte ich ihn mir so gewünscht wie Frank.«

Es entstand eine Pause. »Aber«, fuhr er mit weicher Stimme fort, »ich bin sicher, daß ich Ihnen nicht zu sagen brauche, was Sie an ihm haben. Das wissen Sie auch so. Ich bin froh, meine Liebe, sehr froh, daß er Sie gefunden hat. Es hat einmal eine Zeit gegeben, vor einigen Jahren, als ich ihn kennenlernte, da fürchtete ich fast, daß er nicht soviel Glück haben würde. Aber das ist nun vorbei. Sie müssen mir ein bißchen von sich erzählen. Was ist aus Winterscombe geworden? Ich habe sehr glückliche Erinnerungen an Winterscombe.«

Während ich sprach, schien Sterns anfängliche Reserviertheit zu schmelzen. Er entspannte sich sichtlich, und es schien ihm Spaß zu machen, über die ferne Vergangenheit zu reden. Er bat mich, von meiner Kindheit zu erzählen, und auch von meinen Eltern.

»Sie sehen also«, sagte ich, »daß ich in mancher Hinsicht das Gefühl habe, Sie beinahe zu kennen. Tante Maud hat oft von Ihnen gesprochen und natürlich –«

Ich unterbrach mich gerade noch rechtzeitig. Ich hatte gerade hinzufügen wollen, daß auch Constance oft von ihm gesprochen hatte. Aber dieses Eingeständnis, fühlte ich, würde den Abend zu einem schnellen Ende bringen.

»Ja?« fragte Stern. »Sprechen Sie doch weiter.«

»Ach... nichts. Ich wollte gerade nur sagen, wie komisch es ist, wenn man jemanden nur aus zweiter Hand kennt, über andere. Schließlich hätte alles ganz anders sein können. Wenn es nicht diesen Streit mit meinen Eltern gegeben hätte, dann hätte ich Sie schon vor langem kennengelernt, in Winterscombe, und –«

Wieder verstummte ich. Sterns Blick lag auf meinem Gesicht; er beobachtete mich jetzt mit größter Aufmerksamkeit.

»Streit? Was für ein Streit?«

Ich wurde rot. Nachdem ich nun einmal in die Falle getappt war, sah ich keine Möglichkeit, mich wieder aus ihr zu befreien. Ich sah auf meine Uhr.

»Es ist schon spät. Ich sollte jetzt vielleicht besser gehen.«

»Was für ein Streit?« Er hatte es höflich, aber bestimmt gefragt.

»Es tut mir leid. Es war nur, weil es nicht gerade taktvoll von mir war, so etwas zu sagen.«

»Es war nicht taktvoll? Und warum nicht?«

»Weil Sie nicht von Constance sprechen wollen«, erwiderte ich hastig. »Das merke ich doch, und ich respektiere es, und ich hatte auch nicht die Absicht, sie zu erwähnen –«

»Sie haben sie ja nicht erwähnt. Sie haben von einem Streit gesprochen.«

»Ja... Also ich habe davon gehört. Es hat zwischen Ihnen und meinen Eltern Unstimmigkeiten gegeben – wegen Geld. Deshalb sind Sie und Constance nie wieder nach Winterscombe gekommen. Constance hat es mir erklärt. Ich verstehe es. Es ist ungut, sich von Freunden Geld zu leihen – das führt am Ende immer zu Unstimmigkeiten.«

Ich verstummte zum dritten Mal. Jedes weitere Wort zu dieser peinlichen Erklärung machte alles immer nur noch schlimmer. Stern runzelte die Stirn, und er tat es voller Mißfallen.

»Aber Sie täuschen sich«, sagte er kühl. »Ich stimme völlig mit Ihnen überein, daß es unklug ist, sich von Freunden Geld zu leihen oder ihnen welches zu leihen. Aber ich habe Ihren Eltern niemals Geld geliehen. Und sie haben mich auch nie darum gebeten. Und eigentlich« – sein Stirnrunzeln vertiefte sich – »kann ich mich nicht daran erinnern, mich irgendwann mit ihnen gestritten zu haben. Ich habe nur aufgehört, sie zu besuchen, nachdem meine Ehe zu Ende ging.«

Ich war schon aufgestanden. Als er es sagte, setzte ich mich wieder hin. »Ach, dann muß ich das falsch verstanden haben. Es tut mir leid«, sagte ich betrübt.

Stern sah mich immer noch an, sein Gesicht sah nachdenklich aus. Er drückte die Zigarre aus. Schweigend saßen wir uns gegenüber, dann beugte er sich nach vorn, als habe er plötzlich einen Entschluß gefaßt.

»Was bedrückt Sie denn so, meine Liebe? Sie sehen so unglücklich aus. Was Sie gerade gesagt haben, rechtfertigt diesen Ausdruck wohl kaum. Was immer Sie bedrückt, ist viel ernster als ein Fehler während eines Gesprächs, glaube ich. Wollen Sie es mir nicht sagen? Warten Sie.« Er hob die Hand und lächelte. »Wenn ich als väterlicher Beichtvater dienen soll – und in meinem Alter bin ich schon daran gewöhnt –, dann muß ich zuerst einen Cognac haben. Sie auch, meine Liebe. Nein, streiten Sie nicht mit mir. Er wird Ihnen schmecken. Es ist ein sehr guter Cognac.«

Es war ein sehr guter Cognac. Er rann durch meine Kehle und wärmte mir den Magen. Ich starrte in das Glas und überlegte, ob ich sprechen sollte oder nicht.

»Wenn es Ihnen hilft«, begann Stern ruhig, »dann ziehen Sie mein Alter in Betracht. Ziehen Sie meine... Situation in Betracht. Ich glaube, daß es sehr wenig gibt, womit Sie mich überraschen können. Außerdem...« Er zögerte. »Frank spricht mit mir, wissen Sie. Seine Hoffnungen sind mir nicht unbekannt – und auch einige seiner Sorgen nicht.«

»Frank vertraut sich Ihnen an?«

»Es besteht kein Grund, mich gleich so böse anzusehen, meine Liebe. Frank ist – und das wissen Sie sicher – sowohl loyal als auch – für sein Alter – sehr diskret. Er hat zu mir nichts über Sie oder irgend jemanden in Ihrer Umgebung gesagt, was er Ihnen nicht selbst offen ins Gesicht sagen würde. Aber ich ziehe meine Schlüsse. Warum erzählen Sie mir also nicht, was Ihnen Sorgen macht? Sie brauchen keine Angst zu haben: Es wird mir nicht weh tun, und es wird mich auch nicht in Verlegenheit bringen, falls Sie von meiner Frau sprechen sollten.«

Diese letzte Erklärung entsprach, glaube ich, nicht der Wahrheit. Ich war sicher, daß es Stern weh tun würde, wenn ich von Constance sprach, das konnte ich in seinen Augen sehen. Trotzdem tat ich es. Ich wollte gegenüber Constance nicht illoyal sein, aber ich brauchte seinen Rat. In gewisser Hinsicht erkannte ich jetzt, daß die Frage, die ich ihm stellte, genau dieselbe Frage war, die ich mir mein ganzes Leben lang gestellt hatte: Wer ist Constance, und wie ist sie?

Was ich sagte, hatte mit Constances Vorliebe für erfundene Geschichten zu tun. Ich versuchte ihm zu erklären, wie sie sich in Franks und mein Leben einzumischen versuchte; ich versuchte ihre Begabung zu erklären, die Wahrheit immer umzukehren, das Innere nach außen zu stülpen: Ich versuchte die Frage zu erklären, warum ich mich, wenn ich bei Constance war, selbst nicht kannte.

Stern hörte mir zu, bis ich fertig war.

»Sehen Sie«, sagte ich am Schluß, »ich liebe Frank. Aber ich liebe auch Constance. Und ich merke, daß sie mich dazu bringen wird, mich zwischen ihm und ihr entscheiden zu müssen. Sie wird eine Konfrontation erzwingen. Und ich habe Angst – ich habe so schreckliche Angst – davor –«

»Das verstehe ich«, sagte Stern nach langem Schweigen. Er sah mit abwesendem Blick durch das Zimmer, als versuchte er zu einer Entscheidung zu gelangen. Das Schweigen dauerte so lange, daß es fast so aussah, als habe er ganz vergessen, daß ich bei ihm war. Und dann, gerade als ich vorschlagen wollte, jetzt lieber zu gehen, kam er wieder zu sich.

»Hören Sie mir zu, meine Liebe«, sagte er. »Ich werde Ihnen eine Geschichte erzählen.«

Es war die Geschichte einer New Yorker Wohnung. Es war dieselbe Wohnung, in der mir Constance, viele Jahre später, ihre Tagebücher übergeben würde. *Hier bin ich.*

Ich bin sicher, daß es eine Geschichte war, die Stern noch nie zuvor jemandem erzählt hatte und die er auch niemals wieder jemandem erzählen würde. Ich glaube, er hat sie mir um seiner selbst willen erzählt und auch um meinetwillen, als enthielte sie eine Wahrheit, die er ein letztes Mal untersuchen mußte. Aber das sagte er mir nicht: Als er sie zu Ende erzählt hatte, bemerkte er beiläufig, daß er froh wäre, wenn ich diese Geschichte nicht weitererzählen würde. Einen Augenblick lang hatte ich den Eindruck, daß es ihm leid tat, sie erzählt zu haben.

Dann lehnte er sich nach vorn über den Tisch und ergriff meine Hand. Er hatte seine Würde bewahrt, aber nicht seine Fassung; sein Gesicht war gezeichnet, fast entstellt, in Auflösung.

»Das war der Grund, wie und warum meine Ehe zu Ende ging«, sagte er. »Ich habe es Ihnen nur erzählt, weil ich Ihren Freund, der uns gerade verlassen hat, so bewundere und weil Sie, was ihn betrifft, nicht zögern sollten. Wenn Sie vor die Wahl gestellt werden, dann sollten Sie die richtige Entscheidung treffen.« Er machte eine Pause. »Und ich habe es Ihnen auch noch aus einem anderen Grund erzählt: Weil wir uns in einer ähnlichen Lage befinden. Was auch geschehen ist, trotz allem habe ich meine Frau immer geliebt.«

Später ging ich in Franks Wohnung zurück. Ich erzählte ihm die Geschichte, die Stern mir erzählt hatte. Er hörte schweigend zu, mit dem Rücken zu mir, während er durch das Fenster in den Nachthimmel sah.

»Ich wußte, daß er sie geliebt hat«, sagte er, als ich zu Ende erzählt hatte. »Er redet so gut wie nie von ihr. Trotzdem wußte ich es.«

»Sie hat mich angelogen, Frank. Das sehe ich jetzt. Es waren nicht nur kleine Lügen. Auch große. Lügen, die zählen. Lügen, die bis tief in den Kern aller Dinge gehen. Sie hat mich in allem angelogen – meine Eltern, Winterscombe, der Streit –«

»Hat Stern dir das erklärt?«

»Nein, das hat er nicht getan. Aber es war eine Lüge. Es hatte nichts mit Geld zu tun, das weiß ich jetzt. Was sie über ihre Ehe gesagt hat und über Stern, das war alles gelogen. Sie hat mich über sich selbst angelogen. Ich habe das Gefühl, als würde ich sie nicht mehr kennen. Ich weiß nicht, wie ich mit ihr reden soll, wie ich ihr noch vertrauen soll –«

»Ich glaube, du weißt es schon seit einiger Zeit.« Er kam wieder zu mir. »Stimmt das etwa nicht, Liebling?«

»Vielleicht. Vielleicht halb. Ich wollte es nicht wissen. Habe mich geweigert, es zuzugeben. All diese Dinge.«

»Ich muß dir etwas sagen – etwas Wichtiges. Über sie und diese Lügen.« Er setzte sich neben mich und legte seinen Arm um meine Schultern. »Es muß gesagt werden. Früher oder später. Ich hatte gehofft, es würde nicht nötig sein. Aber jetzt weiß ich, daß es sein muß.«

Wir schwiegen.

»Sie hat unsere Briefe verschwinden lassen«, sagte er schließlich zögernd. »Das mußt du wissen, Liebling. Das muß dir klargeworden sein. Wenn sie dich angelogen hat, dann war *das* die schlimmste Lüge von allen.«

Ich starrte auf den Boden. Wann war mir diese Möglichkeit zum ersten Mal durch den Kopf gegangen? Ich wußte die Antwort darauf. Es war in der Nacht gewesen, in der Bobsy Van Dynem gestorben war, als sie seinem Bruder zugenickt hatte, ihn hatte gehen lassen, und ich plötzlich begriffen hatte: Constance liebte es, Menschen zu zerstören.

»Ich habe schon daran gedacht«, sagte ich. »Ich habe sogar daran gedacht, sie zu fragen. Aber sie würde es ja doch nur leugnen. Und ich könnte es nie beweisen.«

»Ich weiß, daß sie sie weggenommen hat.« Er zögerte, runzelte die Stirn. »Irgendwie habe ich es, glaube ich, schon immer gewußt, vom ersten Augenblick an, als ich ihr begegnet bin. Als sie mich an jenem ersten Tag geküßt hat – erinnerst du dich daran? Damals habe ich mir gesagt, daß ich mich irre; es war unvorstellbar. Aber das ist es nicht. Es paßt genau zu ihrem Charakter.«

»Ich kann das alles nicht glauben. Ich kann es noch immer nicht glauben.« Beschwörend sah ich ihn an. »Sie liebt mich doch, Frank.«

»Das weiß ich. Das bezweifle ich keinen Augenblick. Aber was sie liebt, das zerstört sie.« Er unterbrach sich. »Das verstehst du doch? Sie wird dich zerstören, wenn du es zuläßt, Schritt für Schritt! Und sie wird es so geschickt tun, so süß, daß du gar nicht merkst, wie es geschieht, bevor es zu spät ist.«

»Das ist nicht wahr.« Ich stand auf. »So etwas solltest du nicht sagen. Es hört sich an, als wäre ich schwach.«

»Du bist nicht schwach.« Es klang resigniert. »Aber sie hat dir gegenüber einen großen Vorteil. Du bist als Kind zu ihr gekommen. Du weißt doch, was die Jesuiten sagen? ›Gib mir das Kind, und ich werde dir den Mann geben.‹«

»Das ist auch nicht wahr. Ich bin nicht ihre Frau.«

»Nein, das bist du nicht. Aber ein Teil von dir gehört ihr. Wenn du an uns zweifelst, wenn du an mir zweifelst – dann ist es auch Constance, die das will.«

Ich wußte, daß das, was er sagte, stimmte, und die Traurigkeit, mit der er es sagte, verletzte mich.

»Ist es denn so falsch, Zweifel zu haben?« fragte ich schließlich.

»Manchmal. Sehr falsch. Das glaube ich. Vielleicht irre ich mich –« Er unterbrach sich. »Aber ich glaube, nachdem uns allen so wenig Zeit bleibt, sollten wir vielleicht nicht allzuviel davon vergeuden. Mit Zweifeln. Oder mit Verzögerungen – aber hier habe ich unrecht, das weiß ich.«

Es entstand eine Pause. Er sah sich in der Wohnung um, dann drehte er sich wieder zu mir.

»Ich dachte, wir sollten lieber warten – bis die äußeren Umstände stimmen. Bis ich dir all die Dinge bieten könnte, die ich dir gern gäbe. Ich sehe jetzt ein, daß es falsch war, so zu denken. Ich habe dir versprochen, eine Rede zu halten, aber jetzt glaube ich, daß ich wohl lieber doch keine Rede halte. Ich liebe dich, und ich möchte dich heiraten, Victoria.«

Einen Monat später, wenige Wochen vor unserer Hochzeit, erlitt Montague Stern einen Schlaganfall; kurz darauf starb er. Ich erhielt die Nachricht durch einen langen, verworrenen und gefühlsgeladenen Telefonanruf von Constance. Ich war in Frankreich, und Frank war – zu Constances Ärger – bei mir, er hatte sich im Institut zwei Wochen freigenommen. Es war ein Freitagmorgen, als ich es ihm sagte; wir saßen auf einer Hotelterrasse beim Frühstück. Ein schöner Sommertag, wolkenloser Himmel: Das Haus, das ich einrichtete, lag auf der anderen

Seite des Tals; unter uns schlängelte sich die Loire. Als ich ihm die Nachricht überbrachte, stand Frank auf und drehte mir den Rücken zu. Lange Zeit herrschte Schweigen.

»Wann ist es passiert?« fragte er schließlich.

»In der Nacht.« Ich zögerte. »Frank, sie ist todunglücklich. Das hat sie mir nicht nur vorgespielt. Ich muß zu ihr fahren.«

Frank wandte das Gesicht ab und sah zum Fluß. Vorsichtig sagte er: »Sie hat mit Stern nicht zusammengelebt, sie hat seit fast dreißig Jahren praktisch nicht mehr mit ihm gesprochen. Aber sie ist so unglücklich, daß du zu ihr fahren mußt? Du willst nach allem, was geschehen ist, über den Atlantik fliegen und deine Arbeit unterbrechen?«

»Sie ist seine *Witwe*. Sie wurden nie geschieden. Damals, dieses eine Mal, als er nach Berties Tod in die Wohnung kam – Frank, wenn du ihr Gesicht gesehen hättest! Auf ihre Weise hat sie ihn geliebt.«

»Über die Folgen ihrer Liebe haben wir uns schon unterhalten.« Sein Gesicht wurde hart. »Stern verdient es, betrauert zu werden – aber nicht in ihrer Gesellschaft.«

»Ich habe ihr versprochen zu kommen. Die Beerdigung ist Sonntag. Sie wird jüdisch sein. Sie hat mich gebeten, bei ihr zu sein, und ich habe zugestimmt. Frank, was immer sie getan hat, ich kann sie nicht einfach im Stich lassen. Sie verliert alles. Sie hat Stern verloren, sie verliert mich –«

»Tut sie das?« fragte er scharf. »Du heiratest mich. Das bedeutet nicht, daß sie dich verliert.«

»Aber sie hat das Gefühl, daß sie mich verliert. Und in gewisser Hinsicht stimmt das auch. Wir sind uns jetzt nicht mehr so nah, wie das früher einmal der Fall war. Bitte, Frank – sie bittet mich um Hilfe. Sie möchte nur, daß ich eine Weile dort bin – eine Woche –«

»Sie bittet dich um Hilfe?« Sein Gesicht verdunkelte sich. »Na schön, das tu ich auch. Ich bitte dich hierzubleiben. Ich bitte dich, nicht zu ihr zu gehen.«

»*Warum*, Frank? Was kann es denn jetzt noch schaden?«

»Darüber will ich nicht mit dir streiten.«

Ich glaube, ich hatte ihn noch nie so wütend gesehen. Ich sah, wie er diesen Zorn zu bekämpfen versuchte, und sein Gesicht – das gerade noch so weich gewesen war – verschloß sich. Er stand da und sah auf mich herunter; dann sagte er mit eiskalter Stimme, einer Stimme, wie ich sie noch nie von ihm gehört hatte: »Na schön. Du wirst zurückfahren, und ich werde mitkommen. Ich sollte auf jeden Fall auf die Beerdigung gehen. Ich möchte gern dort sein. Hilf deiner Patentante, ihre Trauer zu bewältigen. Ich kann mir nicht vorstellen, daß es sehr lange dauern wird.«

Er sollte sich irren. Constances Trauer war tief. Und sie dauerte mehrere Monate.

Als ich ankam, bestand sie darauf, am nächsten Tag allein, ohne mich, zu Sterns Beerdigung zu gehen. »Ich gehe allein«, rief sie zornig, als ich sie umstimmen wollte. »Er war mein Mann. Was willst du denn dort? Du hast ihn doch gar nicht gekannt.«

Sie benahm sich anmaßend und gereizt. Ich wußte, daß es eine Szene geben würde, wenn ich ihr sagte, daß ich Stern getroffen hatte. Am nächsten Morgen versuchte ich ihr zu erklären, daß Frank Stern gekannt hatte und auf der Beerdigung sein würde. Ich bin mir nicht sicher, ob sie mir überhaupt zuhörte. Sie ging im Zimmer auf und ab, von Kopf bis Fuß in Schwarz gekleidet, und schwenkte einen Brief, den Sterns Anwälte geschickt hatten. Sie hatte mich schon dazu gebracht, diesen Brief, in dem die vorläufigen Einzelheiten aus Sterns Testament standen, zu lesen. Sein gesamtes Barvermögen ging an die Wohlfahrt; seine zahlreichen Immobilien erhielt Constance.

»Sieh dir diesen Brief an! Ich hasse diesen Brief! Ich hasse Rechtsanwälte! Ich hasse ihre Sprache! Häuser – wie kann er es wagen, mir Häuser zu hinterlassen! Noch dazu *diese* Häuser. Schottland – das Haus, in dem wir unsere Flitterwochen verbrachten –, das hat er mir hinterlassen. Wie konnte er nur so grausam sein? Ich weiß, was er damit erreichen will: Er will, daß ich nachdenke, er will, daß ich mich erinnere. Aber das wird er nicht erreichen. Ich werde es verkaufen. Ich werde sie alle verkaufen.«

Ich hatte ihr versprochen, in ihrer Wohnung auf sie zu warten. Ich wußte, daß die Beerdigung gegen Mittag vorbei sein würde. Aber es wurde Spätnachmittag, bis Constance endlich erschien.

Die schwarzen Kleider zogen alle Farbe aus ihrer Haut. Ihr Gesicht war aschfahl. Rastlos ging sie auf und ab, begann einen Satz, brach wieder ab.

»Ich hasse die Zeit!« rief sie schließlich wütend. Ihre Augen waren schwarz, wie immer, wenn sie wütend war. Ihre schwarzbehandschuhten Hände zitterten.

»Warum können wir die Zeit nicht anhalten? Warum können wir sie nicht zurückdrehen? Sie marschiert über uns hinweg. Hörst du das

Geräusch ihrer Stiefel? Ich höre es.« Sie bedeckte ihre Ohren mit den Händen. »Stapf, stapf, stapf. Es macht mich taub. Es tut mir im Herzen weh. Ich will, daß sie anhält. Ich will, daß sie zurückgeht. Oh, ich wünschte, ich wäre Gott!«

Sie ließ die Hände fallen und begann wieder auf und ab zu gehen.

»Weißt du, was ich tun würde, wenn ich Gott wäre? Ich würde alles ganz anders machen. Niemand würde alt werden. Niemand würde sterben. Es würde keine Krankheiten geben, keine Traurigkeit, keine Unfälle, keine häßlichen kleinen Tricks. Und keine *Erinnerungen.* Die am allerwenigsten. Wir wären alle kleine Kinder, für immer und ewig. Sehr kleine Kinder. Zu jung, um uns vor der Dunkelheit zu fürchten. Zu jung, um uns an gestern zu erinnern. So würde es sein – wenn ich Gott wäre.«

»Constance...«, begann ich, aber sie schien kaum zu merken, daß ich da war.

»Ach, es tut mir alles so leid. Es tut mir alles so weh. Ich möchte mein Leben zurückhaben. Wo ist mein Leben geblieben? Ich will es zurückhaben, und ich will es *anders* haben. Ich will nicht allein sein. Ich kann es nicht ertragen, allein zu sein. Ich will Montague. Ich will das Baby, das ich verloren habe. Ich habe ihn geliebt. Ich habe ihn *fast* geliebt. Und er war immer so kalt. Wenn ich an ihn denke, weißt du, wie ich ihn dann sehe? Wie er durch den Schnee in Schottland geht, auf unserer Hochzeitsreise. Vor und zurück. Vor und zurück. Er nahm mich immer am Arm – ›Bewegung im Gefängnishof‹, nannte er es. ›Sollen wir in die Wildnis gehen?‹ fragte er. Nun, jetzt bin ich *dort.* O Gott, es bringt mich um, wenn ich nur daran denke –«

»Bitte, Constance, nicht. Ich bin sicher, daß du dich irrst. Ich bin sicher, daß er nicht kalt war. Ich bin sicher, daß er dich geliebt hat –«

»Was weißt du denn schon?« fuhr Constance auf mich los. »Was weißt du denn schon von der Liebe? Nichts. Du mit deiner dummen kleinen kindlichen Liebe. Du hörst dich genauso an wie deine Mutter, weißt du das? Du glaubst, Liebe sei Glück. Liebe hat *nichts* mit Glück zu tun. Liebe ist wie eine Folter.«

»Bitte, setz dich hin, Constance. Versuch dich zu beruhigen –«

»Warum sollte ich? Ich bin niemals ruhig. Ich hasse es, ruhig zu sein. Weißt du, wer auf der Beerdigung war? Dieser Mann von dir. Schwarzer Anzug. Schwarze Krawatte. Warum war er dort? Warum ist er überall, wo ich mich hinwende, warum verfolgt er mich, spioniert mir nach?«

»Constance. Er *kannte* Stern – durch seine Arbeit. Ich habe dir gesagt, daß er dort sein würde.«

»Nein, hast du nicht. Du hast mir kein Wort davon gesagt. Ich weiß, was ihr gedacht habt, beide. Ihr dachtet, daß ich ihn vielleicht nicht bemerkte, es waren so viele Leute dort – Hunderte von Leuten. Nun, ich habe ihn bemerkt. Ich habe ihn gesehen, und ich dachte mir: Ich werde warten. Und wenn ich ein Jahr lang hier warten muß, ich werde warten, bis ich die einzige bin, die noch übrig ist. Ich bin Montagues Frau. Es ist mein gutes *Recht*. Und so habe ich auf dem Friedhof gewartet. Es hat ohne Unterlaß geregnet. Er kam zu mir, dieser Mann von dir. Er versuchte mich zu überreden wegzugehen. Aber ich habe es nicht getan. Ich glaube, ich habe ihn angeschrien. Vielleicht habe ich geschrien. Er ging dann weg – und es war schrecklich. All diese Gräber waren so weiß. Warum sind sie so, diese jüdischen Gräber?«

Sie bedeckte ihr Gesicht mit den Händen. Sie drehte sich zum Fenster, dann drehte sie sich wieder zu mir. Sie hörte damit auf, immer auf und ab zu gehen, und stand still und starrte wie blind in das Zimmer.

»Weißt du, ich habe Montague nie verstanden. Das habe ich heute gemerkt. Ich habe seine Gemälde nicht verstanden. Und seine Musik. Ich habe mich bemüht, aber ich habe sie nie verstanden. Wagner. *Tannhäuser* – das war die Oper, die er am meisten liebte. Ja. Warum ausgerechnet *Tannhäuser*?« Sie schüttelte den Kopf. »Die Totenrede war auf hebräisch. Am Grab haben sie hebräisch gesprochen. Ich stand dort. Und habe gelauscht und gelauscht. Ich habe mich so krank gefühlt. Ich war wie eine Fremde dort. Ich war für ihn eine Fremde. Es regnete in Strömen. Da waren wir zusammen, mein Mann und ich. Ich dachte, wenn ich ganz genau hinhöre, würde ich es vielleicht verstehen. Ein Wort, einen Satz – aber ich konnte es nicht, Victoria. Oh, es war schrecklich. Ich glaube, Montague hat es absichtlich getan. Er hat es meinetwegen getan – eine letzte kleine Harke, eine letzte kleine Erinnerung. Ich konnte seine Sprache nicht sprechen – weißt du?«

»Also das ist es. Nichts als Leere.«

Es war über eine Stunde später. Constance redete noch immer. Nichts, was ich tun konnte, würde sie aufhalten.

»Wir bringen nichts in diese Welt, und wir nehmen nichts aus ihr mit. Montague und ich, wir hatten Eroberungen geplant. Wo sind sie jetzt, all unsere Siege? Ich habe nichts und niemanden. Ich bin wieder ein Kind. Siehst du – mein schwarzes Kleid und meine schwarzen Schuhe und meine schwarzen Haare. Alles schwarz. Warum ist dieser Vogel im Zimmer?« Sie schrie auf. »Victoria, mach, daß er wegfliegt. Fang ihn. Ich weiß, du willst mich verlassen. Du willst hinter meinem Rücken über mich reden. Das darfst du nicht tun. Noch nicht. Zuerst mußt du den Vogel fangen. Schnell. Wirf ihn aus dem Fenster. Jetzt.«

Sie begann wieder zu weinen und bedeckte ihr Gesicht mit den Händen. Sie hatte noch immer die Handschuhe an. Sie wollte sich noch immer nicht hinsetzen – und sie weinte noch immer laut wegen des Vogels, als zehn Minuten später Frank eintraf.

Er sah sie von der Tür aus an und sagte brüsk: »Ruf ihren Arzt an. Sofort.«

Dann verschwand er wieder. Nachdem ich den Arzt erreicht hatte, fand ich Frank in der Küche. Das erschrockene Dienstmädchen war gerade dabei, alle Messer zusammenzusuchen und im Schrank zu verschließen.

»Frank, was tust du denn?«

»Der Arzt wird ihr ein Beruhigungsmittel geben. Beruhigungsmittel lassen nach. Du mußt die Wohnung leermachen: keine Messer, keine Schlafmittel, keine Küchengeräte, keine Rasierklingen.« Er machte eine Pause. »Nimmt sie Schlafmittel? Ich könnte es mir vorstellen.«

»Ja, manchmal. Valium. Frank –«

»Vergewissere dich, daß du alles wegräumst. Geh durch alle Schubladen, alle Schränke. Schau in die Taschen ihrer Kleider. Alles.«

»Ist das wirklich nötig?«

»O ja, ich versichere dir, daß es nötig ist. Du wirst schon sehen. Tu's jetzt, sofort, und während du es tust, bleibe ich bei ihr.«

Ich brauchte ziemlich lange, bis ich alle Zimmer durchsucht hatte, alle Schubladen, Schränke und heimlichen Verstecke. Constance hatte es nie gern gesehen, wenn jemand in ihr Zimmer kam, das sie als ihre Domäne betrachtete. Als ich jetzt in ihrem Ankleidezimmer stand, konnte ich sehen, in welchem Ausmaß Constance die Vergangenheit hortete. Kleider, die sie seit zwanzig Jahren nicht mehr getragen hatte, reihenweise Schuhe, Schachtel für Schachtel mit Handschuhen, sorgfältig nach Farben geordnet. Selbst ihr Hochzeitskleid war da, diese legendäre Kreation, mit Schleifen, Stickereien, mit Zuchtperlen übersät, der Stoff so knisternd wie Papier. Es war in einer Schachtel verpackt: Als ich sie öffnete, zitterten meine Hände. Ich kam mir vor wie ein Dieb.

Bis ich alles durchgesehen hatte, war der Arzt schon dagewesen; Constance war ins Bett gebracht worden. Ich stand allein in ihrem Zimmer und sah auf sie hinunter. Sie lag dort so still, als wäre sie tot, ihr

Gesicht war so weiß wie die Kopfkissenbezüge. Auf dem Frisiertisch hatte ich Constances geheimes Waffenlager ausgebreitet. Von überallher zusammengetragen – in Schuhe gestopft, zwischen Unterwäsche gesteckt, in Taschen verborgen, ganz hinten in Schubladen geschoben, eine kleine tödliche Dosis neben der anderen. Unterschiedliche Ärzte; Rezepte, unterschiedliche Dosierungen, unterschiedliche Daten: Manche dieser Tabletten waren in diesem Jahr verschrieben worden, andere waren älter – viel älter. Die ältesten dieser Tabletten stammten aus dem Jahr 1930.

Und dann war da auch noch etwas anderes – eine letzte Entdeckung, klein und tödlich. Ich fand sie in der Tasche eines Mantels, der vor langer Zeit abgelegt worden war. Der Umschlag war aufgerissen; amerikanische Briefmarke; der Brief darin war kurz.

Meine liebste Victoria. Mein Herz ist mir schwer, während ich schreibe. Ich muß immer denken, daß Du Deinen Freund vergessen hast. Weißt Du, wie weh es tut, wenn Du nicht schreibst? Ich denke mir, daß ich Dich vielleicht wütend gemacht habe, weil ich soviel über Liebe geschrieben habe, deshalb sage ich heute – ich bitte Dich nur, meine Freundin zu sein, so wie früher, damit wir spazierengehen und miteinander reden können, so wie wir es immer getan haben. Sieh her, ich habe Dir eine neue Rechenaufgabe geschickt, wie ich es versprochen habe. Nicht zu schwierig. Wenn Du sie nicht lösen kannst, werde ich Dir helfen – das verspreche ich Dir! Ich versuche Spaß zu machen, weißt Du, aber es ist sehr schwer, zu schreiben und nie eine Antwort zu bekommen. Ich glaube, wenn Du mir nicht vergibst, dann wird dies der letzte Brief und die letzte Aufgabe sein, die ich Dir geschickt habe, Victoria. Wenn Du mir diesmal nichts schreibst, dann weiß ich mit Sicherheit, daß Du mich vergessen hast –

Dein Freund Franz-Jakob.

Ich las diesen Brief noch einmal, während ich am Fußende von Constances Bett stand. Ich las ihn und las ihn immer wieder, bis ich vor lauter Tränen nicht mehr weiterlesen konnte. Als Frank in das Zimmer kam, stand ich noch immer so da.

Ich sah, wie seine Augen den Haufen mit den Tablettenschachteln erfaßten, dann die Tränen und schließlich das Stück Papier in meiner Hand. Ohne ein Wort zu sagen, nahm er mich in die Arme und hielt mich fest, während ich über diesen Beweis von Liebe – und Verrat – weinte.

Frank sagte, wir müßten vorsichtig sein. Er sagte, daß es nicht unbedingt ausreichend sei, vierundzwanzig Stunden am Tag eine Krankenschwester zu haben; er sagte, wir könnten vielleicht diesen Haufen Schlaftabletten entfernen, aber es gäbe noch immer andere Methoden, andere Waffen.

»Wenn sie sterben will«, sagte er, »wird sie einen Weg finden, es zu tun.«

Darin hatte er recht. Einen Tag vor unserer Hochzeit zerbrach Constance ein Glas und schnitt sich die Handgelenke auf.

Die Hochzeit wurde abgesagt. An dem Nachmittag, an dem sie hätte stattfinden sollen, saß ich mit ihm in seiner Wohnung. Er sagte: »Hör zu, Victoria. Wenn jemand mit dieser Methode Erfolg haben will, dann tut er es hinter verschlossenen Türen. Und er schneidet nicht quer, sondern längs – und er tut es nicht in seinem Schlafzimmer, in der sicheren Gewißheit, daß innerhalb von zehn Minuten eine ausgebildete Krankenschwester zur Stelle sein wird. Das war kein ehrlicher Versuch, Selbstmord zu begehen. Es war eine Warnung an dich.«

»Bist du dir dessen so sicher?«

»Nicht völlig. Ich bezweifle nicht, daß deine Patentante krank ist – vielleicht schon seit vielen Jahren krank ist. Aber ich glaube, daß sie Gründe hat, am Leben zu bleiben, wie sehr sie auch mit dem Tod flirtet. Sie liebt den Kampf. Sie verjüngt sich durch Schlachten. Solange sie glaubt, daß sie dich mir wegnehmen kann, wird sie sich nicht umbringen. Nicht Constance.«

»Aber, *warum*, Frank. Warum?«

»Ich habe keine Ahnung. So ist sie nun mal«, sagte er nur.

So war sie nun einmal, und so blieb sie auch weiterhin. Die Zeit verging, ein Monat nach dem anderen. Der Sommer ging in den Herbst über: Constances Zustand war wechselnd.

Unterstützt von Beruhigungsmitteln, Ruhe und guter Pflege, schien sie sich langsam zu erholen. Eines Tages verließ sie ihr Schlafzimmer; am nächsten erklärte sie, daß sie sich wieder stark fühle und ausgehen könne. Und noch einen Tag später war sie schon wieder fähig, sich mit Freunden zu treffen; am nächsten Tag bestand sie darauf, in ihr Atelier zu gehen. Während dieser Zeiten kehrte ihr Appetit zurück; sie schien geistig klar, ruhig – und zerknirscht. Sie entschuldigte sich demütig für all die Angst und Mühe, die sie mir bereitete; für ihre Unfähigkeit, ihren Teil unserer Arbeit zu übernehmen; für die verschobene Hochzeit.

»Ich sehe jetzt ein«, sagte sie eines Tages ganz ruhig zu mir, »daß ich recht hatte mit dem, was ich anfangs von Frank dachte. Ich weiß nicht, warum ich ihn später so abgelehnt habe. Er war sehr gut zu mir, Victoria.«

Als sie es sagte, traute ich ihr noch nicht, aber ich begann zu hoffen. Ich dachte: Noch ein paar Wochen, höchstens ein Monat... aber ich hatte mich geirrt. So plötzlich, wie sie sich zu erholen schien, hatte sie einen Rückfall. Manchmal trat ein solcher Rückfall ganz allmählich ein, entsetzlich langsames Dahinsiechen der wiedergewonnenen Energie – ein Prozeß, den ich voller Angst beobachtete; manchmal kam der Rückfall sehr plötzlich und ohne Vorwarnung.

Diese Wechselbäder erschöpften mich. Ich gab mir Mühe, mit einer steigenden Zahl von Aufträgen fertig zu werden: Manche wurden verschoben; manche wurden von den wütenden Kunden zurückgezogen; vieles entglitt meiner Kontrolle.

Ich hatte das Gefühl, nie mehr von ihr loszukommen: Wenn ich mit einem Kunden zusammen war, rief sie an; wenn ich mit Frank zusammen war, rief sie an. Manchmal rief sie dreimal an einem Vormittag an, dann wieder um vier, dann wieder um sechs. »Warum bist du dort?« rief sie dann ins Telefon. »Mußt du ausgerechnet jetzt bei ihm sein? Victoria, ich *brauche* dich.«

Anfangs half mir Frank, damit fertig zu werden: Er war immer da, um mich zu beruhigen und zu unterstützen. Aber dann, nach Monaten, merkte ich, daß auch er sich veränderte. Er ging nicht mehr in allen Einzelheiten auf die Zustände meiner Patentante ein. Sein Gesicht wurde verschlossen oder ungeduldig, wenn ich davon anfing. Wir sahen uns nicht mehr so oft, da ich immer mehr Zeit im Atelier verbrachte und mich bemühte, alles zusammenzuhalten, während sich Frank in sein Labor zurückzog. Und zu den wenigen Gelegenheiten, an denen die wachsenden Barrieren zwischen uns zu fallen schienen, mischte sich Constance ein. Sie schien einen Instinkt für den richtigen Augenblick zu besitzen. Einmal, als das Telefon schon zehnmal geklingelt hatte und ich schließlich resigniert den Arm ausstreckte, um den Hörer abzunehmen, warf ihn Frank auf die Gabel zurück.

»Laß es«, sagte er wütend. »Nur dieses eine Mal, um Himmels willen. Laß es sein.«

An diesem Abend hatten wir einen grausamen Streit – Anschuldigungen und Gegenanschuldigungen. Am nächsten Morgen saßen wir uns schweigend am Küchentisch gegenüber. Ich starrte in meine Kaffeetasse.

Ich war traurig und verzweifelt. Frank ebenfalls: Das wußte ich. Schließlich streckte er die Hand über den Tisch und ergriff meine Hand. Er sagte: »Siehst du nun, was mit uns geschieht – mit uns beiden? Wir sind nie allein. Wir können nie zusammensein. Das ist mit uns geschehen. Wir haben unsere Hochzeitspapiere. Alles ist vorbereitet. Nächste Woche heiraten wir. Ich möchte, daß du mir versprichst, daß wir es diesmal – egal, was passiert – nicht verschieben werden. Versprichst du mir das?«

Ich versprach es.

Am selben Tag kam Constance in die Ausstellungsräume in der 57. Straße. Sie sah wohlauf und zufrieden aus. Den ganzen Morgen arbeitete sie mit ihren Assistentinnen auf ihre alte gewohnte Art. Gegen zwölf sollten zwei potentielle Kunden kommen, und das machte sie nervös; aber als sie eingetroffen waren, benahm sie sich untadelig. Zimmer wurden diskutiert, Farbpläne, Vorlieben, Zeitpläne. Gegen halb eins führten Constance und ich diese Kunden, ein Ehepaar, beide sehr konservativ, durch die Ausstellungsräume. Da sei ein besonderer Tisch, sagte Constance, den sie ihnen gern zeigen würde, ein schönes Stück, irisch-georgianisch. Als wir uns dem Tisch näherten, blieb Constance stehen. Mit ruhiger Stimme sagte sie: »Victoria, wer hat diesen Spiegel dort aufgestellt? Ich dachte, meine Anweisung wäre eindeutig gewesen. Ich *sagte,* keine Spiegel.«

Der Spiegel, ein französisches Stück aus dem 18. Jahrhundert, war mit üppigen Schnitzereien und Vergoldungen versehen. Constance sah ihn eine Weile an. Neben ihr stand eine große und sehr wertvolle chinesische Vase. Ohne ein Wort zu sagen, packte sie diese Vase und warf sie mitten in den Spiegel. Beide zerbrachen. Glassplitter flogen durch die Luft. Jemand – der Kunde, nehme ich an – sagte: »Was zum Teufel geht hier vor?«

Constance hob die Bruchstücke auf. Sie warf sie quer durch den Raum, eine ganze Kaskade von Gegenständen: Sie wandte sich einem Stuhl zu, ergriff einen Glassplitter und zerfetzte seinen Seidenbezug. Dann das weiße Baumwollfutter und zuletzt die Roßhaarfüllung.

Sie riß den Stuhl auseinander; sie riß seine Polsterung heraus. Die Kunden waren natürlich längst gegangen. Ich wußte, daß sie niemals wiederkommen würden. Diese Geschichte würde sich bis zum Abend in ganz New York herumgesprochen haben.

Constance wurde in die Wohnung gebracht, zu den Krankenschwestern. Ein neuer Arzt wurde herbeigerufen. Zwei Tage vergingen, dann drei. Schließlich beichtete ich Frank ängstlich, was passiert war. Ich versuchte ihm den Wahnsinn dieser Szene klarzumachen. Er hörte mir mit grimmigem Gesicht zu, bis ich fertig war, dann ergriff er meinen Arm.

»Zieh deinen Mantel an«, sagte er. »Ich möchte dir etwas zeigen. Komm mit, ins Institut.«

»Ich möchte dir deine Patentante zeigen«, sagte er und führte mich in sein Labor. »Ein letztes Mal will ich versuchen, es dir verständlich zu machen. Sieh her.« Er drückte mich auf einen Stuhl. Vor mir standen zwei Mikroskope. »Sieh dir diese Plättchen an und sag mir, was du siehst.«

Ein letztes Mal; diese Worte machten mir angst. Ich konnte es von seinem Gesicht ablesen, wie aufgewühlt er war, ich konnte es fühlen, als er mich anfaßte. Das Labor mit dem Geruch von Medikamenten, machte mir auch angst. Die Bodenfliesen waren weiß, dreißig Zentimeter im Quadrat. Jeder Gegenstand hatte seine Funktion; jedes Plättchen, jedes Versuchsröhrchen eine Beschriftung. Präzisionsgeräte, überall um uns herum. Ich hatte Angst vor Laboren. Hier gab es keine feinen Schattierungen, und hier konnten Tatsachen nicht interpretiert werden: Entweder war etwas so oder so, oder es war es nicht. Ich konnte verstehen, warum Frank mir sagte, daß die Wahrheit einfach sei.

Zögernd sah ich abwechselnd auf die beiden Mikroskope. Frank stand hinter meinem Stuhl. Er sagte: »Das sind beides Blutproben, viele tausend Male vergrößert. Die Scheibe auf dem rechten enthält eine Probe, die einem gesunden Körper entnommen ist. Die runden Formen, die du siehst, sind weiße Zellen; die, die so aussehen wie kleine Stäbchen, sind ein Virus. Siehst du, wie sich die weißen Zellen bewegen? Sie verfolgen das Virus, greifen es an, entwaffnen es, wenn du so willst. In einem gesunden Körper findet eine Art Krieg statt. Er findet die ganze Zeit statt. Wann immer ein Virus, eine Mikrobe, irgendeine Infektionsquelle in den Körper eintritt, mobilisiert der Körper die weißen Zellen, um sich zu verteidigen. Und jetzt sieh in das linke Mikroskop. In diesem Fall stammt die Probe von einer Person, die an Leukämie stirbt. Der Krebs ist schon fortgeschritten. Hier ist, neben anderen Dingen, die Abwehr des Körpers, sein Immunsystem, zusammengebrochen. Die weißen Zellen, die den Körper verteidigen sollten, greifen ihn statt dessen an. Der Körper zerstört sich selbst.«

Er machte eine Pause. Ich richtete mich auf. Mit etwas sanfterer Stimme sagte er: »Verstehst du das? Ich zeige es dir, weil es die einzige Möglichkeit ist, auf die ich es dir erklären kann. Diese zweite Scheibe ist für mich Constance.«

»Das ist eine Ungeheuerlichkeit, was du da sagst.«

»Ich weiß. Aber es ist das, was ich glaube. Ich bin nicht so hartherzig, wie du vielleicht denkst. Ich bedaure sie auch, bis zu einem gewissen Punkt. Ich weiß, daß es Gründe dafür geben muß, warum sie so ist. Ich glaube nicht an das rein Böse. Trotzdem sehe ich sie als etwas Böses an, wenn vielleicht nicht in sich, dann zumindest in dem, wie sie auf andere Menschen wirkt. Ich habe es bei Montague Stern gesehen. Bei den Van-Dynem-Zwillingen. Und ich sehe es bei uns. Und hier ziehe ich einen Strich – und ich ziehe ihn jetzt, ich muß es tun.« Er zögerte, dann fuhr er fort: »Ich weiß, daß du mir nicht zustimmen wirst, aber ich glaube daran. Du kannst meine Vergangenheit dafür verantwortlich machen, wenn du willst, aber ich glaube, es ist ein Fehler, sich einzubilden, daß man mit dem Bösen Kompromisse schließen kann.«

Wieder herrschte Schweigen. Seine Stimme klang bittend, aber auch stolz, und es war die Unflexibilität eines Idealisten herauszuhören. Eine Unflexibilität, die tief in ihm verwurzelt war. Ich dachte: Wahrscheinlich mußte es so kommen; es war unvermeidlich.

»Ich muß noch etwas sagen.« Er beugte sich zu mir. »An der medizinischen Fakultät hatte ich mit Menschen zu tun, die im Sterben lagen; Menschen, die mit aller Macht wieder gesund werden und leben wollten. Kleine Kinder. Männer und Frauen, Menschen, die Familien ernähren und beschützen mußten. Väter, die für ihre Frau und für ihr Kind weiterleben wollten. Sie wollten mit einer solchen Verzweiflung leben; und ich mußte ihnen mit dem Wissen gegenübertreten, daß sie sterben würden. Du siehst also, ich reagiere nicht so wie du, wenn sich deine Patentante die Pulsadern aufschlitzt. Sie ist nicht physisch krank. Sie hat alle nur denkbaren Vorteile. Sie hat deine Liebe. Sie könnte alles haben, für das man leben kann. Wenn sie – nach einer gewissen Zeit – den Tod *wählt*, dann ist das ihre eigene Entscheidung. Und die wird nur durch die Bösartigkeit ihres Willens hervorgebracht.«

»Sie *ist* krank, Frank. Was du sagst, stimmt nicht ganz. Ihre *Seele* ist krank –«

»Möglicherweise«, sagte er kurz. »Manchmal glaube ich es. Manchmal bezweifle ich es sehr. Da ist eine wirkliche Schwäche, ja, und sehr viel Verstellung. Ich glaube, daß sie ihren Kummer zu einem einzigen großen Zusammenbruch inszeniert hat. Das wird immer so weitergehen, solange es wirkt. Wir haben einen Termin für unsere Hochzeit festgesetzt, sie schneidet sich die Pulsadern auf. Sie wirft Vasen und zerbricht Spiegel. Das ist sehr praktisch, findest du nicht? Ihre Anfälle sind deutlich vorauszusehen. Ich fand es sehr merkwürdig, heute abend, als du mir ihren dramatischen Zusammenbruch beschrieben hast. Das war vor zwei Tagen? Als ich heute mittag mit ihr essen war, schien sie bei ausgezeichneter Gesundheit und bester Laune.«

»Du hast mit Constance zu Mittag gegessen?«

»Ja. In ihrer Wohnung. Sie hat mich eingeladen, und ich bin hingegangen. Sie sagte, daß sie unbedingt mit mir reden müsse. Das war nicht der Fall. Sie wollte mir das hier geben.«

Er hielt mir ein Stück Papier hin. Ich sah, daß es ein Scheck war, ein Scheck über eine schwindelerregende Geldsumme. Er war auf die Scripp Foster Foundation ausgeschrieben. Ich zählte die Nullen.

»Natürlich ist das eine Bestechung.« Er zuckte die Achseln. »Sie meinte, daß es jetzt an der Zeit sei, dich freizugeben. Sie erklärte mir, daß wir nicht zueinander passen, daß ich dich unglücklich mache, daß ich deine Karriere störe und daß du keine geeignete Frau für einen Wissenschaftler seist. Sie meinte, daß du nicht so bescheiden wie ich leben könntest, daß du das auch noch nie nötig gehabt hättest. Sie sagte, sie wisse, daß meine Arbeit vor allem anderen Vorrang habe, und riet mir, zu meinem eigenen Besten, mich ganz darauf zu konzentrieren. Dieser Scheck soll mir dabei helfen. Er kann eingelöst werden, wenn sie Ergebnisse sieht: Schau, er ist auf heute in einem Monat datiert.«

»Das will sie alles spenden?«

»Sie war bei völlig klarem Verstand, als sie es sagte. Aber jetzt, nachdem du ihn gesehen hast, werde ich ihn zerreißen. Ich will ihn nicht mehr anfassen müssen, diesen Scheck; siehst du, wir werden ihn in lauter kleine Stücke zerreißen, in viele hundert kleine Stücke. Da.«

Er streute die Papierschnipsel auf den Tisch. Dann drehte er sich wieder zu mir um.

»Und dann möchte ich dich noch um etwas anderes bitten.« Er sah mich traurig an. »Wirst du mich diese Woche heiraten? Oder wirst du es wieder verschieben wollen? Ich glaube, das wolltest du vorhin vorschlagen. Ich habe es dir angesehen. Nein.« Er machte eine Handbewegung. »Antworte mir nicht, noch nicht. Bevor du mir eine Antwort gibst, solltest du wissen, daß ich dir eine Bedingung stelle.«

»Eine Bedingung?«

»Ich werde deine Patentante nie – unter gar keinen Umständen – wiedersehen. Sie hat unsere Briefe weggenommen. Sie hat diesen Scheck ausgestellt. Sie hat sich dir gegenüber auf eine Weise benommen, die ich ihr nie verzeihen kann. Niemals. Daher ziehe ich einen Schlußstrich. Das ist die Bedingung.«

»Du willst sie nie wiedersehen?« Ich starrte auf die Fliesen am Boden.

»Ich will sie nie wiedersehen. Ich will sie nicht in unserem Haus haben. Wenn wir Kinder haben – und das wünsche ich mir von ganzem Herzen –« Er unterbrach sich. »Ich möchte gern, daß wir Kinder haben, aber ich möchte nicht, daß sie ihr begegnen.«

»Du verbannst sie«, sagte ich langsam und starrte noch immer auf die weißen Fliesen. Ich blickte auf und sah ihn an. »Du verbannst sie, Frank – genauso wie meine Eltern es getan haben. Bist du dir darüber im klaren?«

»Natürlich. Als ich einen Entschluß zu fassen versuchte – was zu tun sei –, ist mir das auch durch den Kopf gegangen. Es hat mir das Gefühl gegeben, recht zu haben. Ich tue es für dich – so wie ich glaube, daß sie es für dich getan haben.«

»Und diese Bedingung...« Ich machte eine Pause. »Würde sie sich auch auf mich beziehen? Darf ich sie auch nicht mehr sehen?«

»Du meinst, daß ich Regeln aufstellen, Einschränkungen machen will?« Er wurde rot. »Du bist nicht fair. Du mußt selbst entscheiden, ob du sie sehen willst oder nicht. Ich würde dich bitten, es nicht zu tun.«

»Bitten? Ach, ich verstehe. Dann darf ich also doch noch selbst entscheiden?« Ich stand auf. »Das ist sehr nett von dir, Frank – daß du mir erlaubst, mich selbst zu entscheiden, wenn es darum geht, ob ich die Frau, die für mich wie eine Mutter ist, sehen möchte. Die Frau, die mich großgezogen hat –«

»Sie ist *nicht* deine Mutter. Die Tatsache, daß du sie dafür hältst, ist ein Teil des Problems.« Er drehte sich ärgerlich zu mir um und faßte mich am Handgelenk. »Was für eine Mutter ist das, die die Briefe an sich nimmt, die sich zwei Kinder schreiben? Was für eine Mutter ist das, die versucht einen Ehemann mit Geld abzufinden? Was soll sie denn sonst noch tun, bevor du den Mut findest, mit ihr Schluß zu machen? Wenn du sie ansiehst, dann bist du *blind*, weißt du das?«

»Das stimmt nicht. Ich bin nicht blind.« Ich riß mich los. »Und das hat auch nichts mit Mut zu tun. Ich lasse mich nicht so belehren –«

»Belehren?«

»Wie ein Kind hier hereingeführt zu werden, wie ein Kind aufgefordert zu werden, sich hinzusetzen, durch ein Mikroskop zu sehen. Erzählt zu bekommen, daß du mich heiraten wirst, aber nur, wenn *Bedingungen* erfüllt werden. Bedingungen – wenn es um eine Ehe geht? Das hasse ich.«

»Warte, Victoria. Du hast mich nicht verstanden. Hör zu –«

»Nein. Hör du mir zu. Constance hat in einer Hinsicht recht. Wir *sind* verschieden. Wir denken nicht auf die gleiche Art, und wir *fühlen* nicht auf die gleiche Art. Für dich ist alles klar, präzise, genau wie deine Arbeit. Schwarz und weiß. Richtig und falsch. Aber für mich ist es das nicht. Für mich macht es, letztlich, keinen Unterschied, ob Constance gut oder böse ist. Was immer sie ist – und sie ist *beides,* sie kann *beides* sein –, ich liebe sie. Ich kann nicht aufhören, sie zu lieben, nur weil ich mit dem, was sie tut, nicht einverstanden bin – so funktioniert das nicht. Moral hat damit nichts zu tun. Egal, was sie getan hat oder was sie gewesen ist, ich habe sie geliebt – bedingungslos, wie ein Kind seine Eltern liebt oder Eltern ihr Kind. Ich kann nicht beschließen, damit aufzuhören, nur weil du es von mir verlangst. Und ich werde auch nicht jemanden heiraten, der das von mir verlangt.«

Ich schwieg. Franks Gesicht war weiß und verschlossen.

»Ein dummes englisches Mädchen«, fuhr ich, jetzt ruhiger, fort. »Ach, Frank, siehst du es denn nicht? Das hast du einmal zu mir gesagt, und ein Teil von dir denkt noch immer so von mir. Es macht dich ungeduldig – das sehe ich in deinem Gesicht. Du glaubst, ich sei langsam, dumm, daß ich das Offensichtliche nicht sehen will, aber du irrst dich. Ich weiß, daß ich nicht so intelligent bin wie du, aber manchmal verstehe ich Dinge, die du nicht verstehst. Ich bin nicht immer blind. Manchmal sehe ich die Dinge, wie sie sind.«

»Und ich sehe sie nicht? Willst du das damit sagen?«

»Ich meine, daß du die Dinge vereinfachst. Du versuchst die Menschen mit dem in Einklang zu bringen, was du glaubst. Du biegst sie zurecht, du kategorisierst – dieser erfüllt deine Ideale oder deine Prinzipien und jener nicht.«

»Ich liebe dich«, sagte er, und ich sah, wie sich sein Gesicht verschloß. Ich wandte mich ab. »Ich liebe dich – auch ohne Bedingungen. Ich dachte, das würdest du verstehen.«

»Aber du willst deine Meinung nicht ändern? Über Constance.«

Er drehte mir den Rücken zu. Es herrschte kämpferisches Schweigen. Schließlich sagte er: »Nein. Ich möchte, daß unsere Ehe hält. Ich werde meine Meinung nicht ändern.«

»Du glaubst, Constance würde unsere Ehe gefährden?«

»Ich weiß es, ohne jeden Zweifel, daß sie das tun würde.«

Es trat eine letzte lange Pause ein. Wir wußten, glaube ich, beide, daß wir in eine Sackgasse geraten waren. Wenn Frank sich in diesem Augenblick umgedreht hätte oder etwas gesagt hätte oder mich angefaßt hätte, weiß ich, daß ich schwach geworden wäre und nachgegeben hätte. Ich hätte damals allem zugestimmt, nur um mit ihm zusammenbleiben zu können. Ich bin sicher, daß er das wußte. Aus diesem Grunde drehte er sich, mit einer Skrupellosigkeit, die auch ein Teil seines Charakters war, nicht um, er faßte mich nicht an, und er sagte auch nichts. Es war meine Entscheidung, und Frank, der auf Ethik setzte, erlaubte mir, sie zu treffen, wie ein Erwachsener sie treffen sollte – nach meinen eigenen Bedingungen, schweigend. Schließlich sagte ich: »Also gut. Das war's dann wohl. Ich werde gehen. Das wird das beste sein.«

»Gehen?« Er drehte sich um. Aber ich konnte ihm nicht ins Gesicht sehen.

»Nach Frankreich gehen. Den Auftrag ausführen. Mich für eine Weile auf die Arbeit in Europa konzentrieren.«

»Arbeit? Die gibt es immer.« Er hob eins der Mikroskope auf, dann stellte er es mit einer hoffnungslosen Geste wieder hin. »Das kann ich auch, arbeiten.« Er schwieg. »Ich würde fast alles dafür hergeben, wenn ich es verhindern könnte – das weißt du doch?«

»Fast alles? Nicht deine Prinzipien, Frank?«

Ich bedauerte es, noch bevor ich es ganz ausgesprochen hatte. Er wurde rot und wandte sich ab.

»Nun, meine Prinzipien sind starr und unflexibel – das hast du mir ja bereits gesagt. Ich will mich nicht streiten. Ich will mich nicht im Streit von dir trennen –«

»Dann gehe ich jetzt«, sagte ich.

Ich wünschte mir noch ein paar Sekunden. Ich hielt mich mit dummen, aber nützlichen weiblichen Accessoires auf: Handschuhe, ein Täschchen. Frank hatte sich zum Fenster umgedreht, er sah sich nicht um. Nach einer Weile, als das Schweigen Entfernung geworden war, und diese Entfernung nicht überbrückbar, ging ich zur Tür.

Das letzte, was er zu mir sagte, als ich auf den Gang trat, konnte ein Befehl oder eine Bitte sein. Er sagte: »Schreib mir nicht. Ich möchte mir lieber keine Hoffnung machen. Schreib nicht.«

Ich ging vom Labor direkt in Constances Wohnung. Sie erwartete mich, glaube ich. Ich spürte diese Erwartung, knisternd wie Elektrizität in der Luft. Sie hatte allein zu Abend gegessen; als ich kam, schickte sie das Mädchen weg. Sie war sehr schön und formell gekleidet und perfekt geschminkt. Von ihrer Krankheit war nichts zu erkennen; wie gewohnt, aß sie kleine Dinge – ein Stück Toast, ein Stück Käse, ein halbes Biskuit, ein paar rote Trauben. Es würde unsere letzte Begegnung sein – das hatte ich bereits beschlossen –, und sie war kurz. Ich saß dort, in diesem überfüllten, überladenen Zimmer, ein Zimmer wie eine chinesische Schachtel, während Constance unaufhörlich plapperte: Ungereimtes, dies und jenes. Ich hörte kaum ein Wort von dem, was sie sagte. Ich dachte über sie nach und über Frank, über die beiden Menschen, die ich am meisten liebte; die beide auf unterschiedliche Weise und aus ganz unterschiedlichen Motiven versuchten, mich dazu zu zwingen, eine Entscheidung zu treffen. Entweder-oder: Indem ich mich für keinen von beiden entschied, hatte ich nicht das Gefühl, etwas erreicht zu haben, keine Erneuerung des Vertrauens. Ich fühlte mich taub, und ich fühlte mich leer.

»Constance«, sagte ich, als ich ihr Geplapper nicht länger ertragen konnte. »Warum hast du unsere Briefe genommen?«

Sie wurde rot. Ich hatte Leugnen und Proteste erwartet, aber ich hätte wissen müssen, daß Constance Besseres zu bieten hatte.

»Du hast einen gefunden? Ich weiß, daß du an meinen Sachen warst.« Sie machte eine Pause. »Du mußt wissen – daß ich nur einen geöffnet habe. Den letzten. Die anderen habe ich ungelesen vernichtet.«

»Dadurch wird es auch nicht besser, Constance.«

»Ich weiß.«

»Warum hast du es dann getan?« Wieder machte ich eine Pause. »Ich gehe, Constance. Ich verlasse dich und auch Frank. Ich werde nie wieder hierher zurückkommen, und ich werde dich nie wiedersehen. Bevor ich also gehe, möchte ich wissen: Warum hast du so etwas getan?«

»Ich weiß es nicht.« Sie schien darüber nachzudenken. »Ich habe mir noch nie richtig erklären können, warum ich etwas getan habe. Die anderen Leute scheinen immer ganz genau zu wissen, was sie tun und warum sie es tun. Sie haben einen Grund, sie haben es aus diesem oder jenem Grund getan. Bei mir scheinen es immer mehrere Gründe zu sein – und sie wechseln auch von einem Tag zum anderen –«

»Constance, das habe ich alles schon mal gehört. Warum hast du es getan?«

»Nun, ich glaube, ich habe es für dich getan. Und auch für mich – das will ich gar nicht leugnen. Ich war vielleicht eifersüchtig. Aber vor allem hab ich es für dich getan. Ich war vorausschauend. Du hast dir von dieser Freundschaft soviel versprochen, und ich sagte mir: arme Victoria: Sie wird sich eines Tages verlassen fühlen vom diesem großen Freund. Irgendwann wird es ihm langweilig werden, immer diese Briefe zu schreiben, oder er wird sie vergessen, oder er wird sterben. Dann wird sie ihre Illusionen verlieren und enttäuscht sein – wie es den Frauen immer passiert, wenn sie von den Männern enttäuscht werden. Das wollte ich dir ersparen. Siehst du...«

Sie begann mit den Händen herumzufuchteln. Sie schien sich wieder zu erregen.

»Weißt du, du hattest volles Vertrauen zu ihm; das konnte ich sehen. Und das ist *immer* ein Fehler. Das darfst du niemals tun, Victoria. Das ist genau, als würdest du dich selbst in ein Gefängnis sperren und den Schlüssel wegwerfen. Je lieber du jemanden hast, desto mehr wirst du am Ende enttäuscht. Männer wissen das besser als Frauen. Sie teilen ihre Gefühle auf, während wir – alles für die Liebe tun; das ist unser größter Fehler.«

»Constance. Ich war ein Kind, das an einen Freund geschrieben hat, im Krieg –«

»Ja, aber an einen ungewöhnlichen Freund. An einen Freund mit ungewöhnlichen Kräfen. Ein Junge, der Blut und den Krieg riechen konnte... im Wald. Vielleicht war es das, was mich so gegen ihn eingenommen hat.«

»Aber warum denn? Dir hat diese Geschichte doch gefallen. Das hast du mir selbst gesagt.«

»Genau dort, an derselben Stelle, ist mein Vater verunglückt.« Sie wandte ihr Gesicht ab. »Mir hat diese Geschichte *niemals* gefallen.«

Ich wußte, daß es keinen Sinn hatte, das Gespräch weiterzuführen. Sie würde mir nur immer noch mehr erfundene Erklärungen auftischen, Erklärungen, die sie sich ganz zurechtbiegen würde, wie es ihr in den Kram paßte. Ich stand auf. Constance wurde sofort hellwach.

»Was tust du?«

»Das habe ich dir doch gesagt, Constance. Ich gehe.«

»Du kannst nicht gehen. Wir müssen miteinander reden.«

»Nein. Wir haben schon zuviel geredet. Du hast schon immer zuviel geredet. Ich werde dir nicht mehr zuhören.«

»Du kannst nicht gehen. Ich bin doch noch krank. Ich bin noch nicht wieder gesund.«

»Du wirst ohne meine Hilfe gesund werden müssen, Constance. Ich bin sicher, daß du es schaffst. Übrigens – das eine solltest du wissen: Frank hat den Scheck zerrissen.«

»Wie vornehm von ihm! Aber schließlich ist er das ja auch – vornehm, und das zeigt er auch ziemlich deutlich. Hast du deshalb beschlossen, ihn nicht zu heiraten?«

»Nein. Ich bewundere ihn, und ich liebe ihn, Constance. Er hat gar nichts damit zu tun. Ich gehe jetzt –«

Sie machte eine erschrockene Handbewegung; sie stand auf.

»Du gehst doch nicht wirklich? Du kommst doch zurück?«

»Nein. Ich werde nicht zurückkommen.«

Während ich zur Tür ging, kam sie auf mich zu. Ich sah sie jetzt mit Franks Augen: flink, hübsch, faszinierend, gefährlich, verderbt. Sie schien entsetzt. Ihre winzigen Hände fuhren durch die Luft. Ihre kleinen Ringe glitzerten. Sie kam auf mich zugelaufen wie ein Kind, das trotzig Bestätigung oder Zuneigung fordert. Meine Patentante, die nie erwachsen geworden war.

Sie legte ihre Hand auf meinen Arm. Ich glaube, sie versuchte mich auf die Wange zu küssen. Ihr Haar strich an meinem Gesicht entlang. Ich roch das Parfüm, das sie immer verwendete, Farn und Zibet. Der Kuß ging daneben. Ich machte die Tür auf. Constance hielt mich am Arm fest.

»Bleib – bitte, bleib. Du willst mich für immer verlassen – das begreife ich jetzt. Das ist es doch, nicht wahr? Ich sehe es an deinem Gesicht. Ach, bitte, geh nicht weg. Bleib noch etwas. Du kannst mich nicht allein lassen. Ich bin nicht stark genug. Komm mit. Schau, Victoria, schau dir diese Zimmer an, diese Erinnerungen. Hier an dieser Stelle bist du gestanden, direkt hier, mitten auf dem Teppich, als ich dir deine Haare geschnitten habe. Erinnerst du dich noch an die Zöpfe – wie du sie gehaßt hast? Und Bertie – denk an Bertie. Als er alt und krank war, da drüben ist er gelegen – dort in der Ecke. Damals hast du mich geliebt. Die Bücher, erinnerst du dich nicht mehr an die Bücher von deinem Vater? Bitte, bleib stehen. Genau dort. Sieh in den Gang. Weißt du nicht mehr – erinnerst du dich nicht mehr an den Tag, an dem du angekommen bist, und als du hier hereingekommen bist? Ein so ernstes kleines Ding! Du hast sechs Victorias gezählt, dann sieben, dann acht. Sieh noch einmal hin. Sieh jetzt hin. Zähl sie noch einmal. Siehst du, wie stark und groß und moralisch du aussiehst? Und ich sehe so traurig und so klein aus. Sieh her – kannst du die Tränen sehen? Ich bin so traurig. Mir tut das Herz weh. Constance und Victoria. Mutter und Kind. Wie viele von uns siehst du? Neun? Zehn? Es sind noch mehr. Bitte, Victoria, ich will nicht allein sein. Verlaß mich nicht. Geh nicht fort...«

Ich bin gegangen. Ich bin wirklich gegangen. Ich habe Constance in ihrem Flur stehenlassen, mit all ihren Spiegelbildern, die ihr nun Gesellschaft leisten konnten. Bis zu dem Augenblick, in dem sich die Tür hinter mir schloß, war ich sicher, daß sie mich dazu bewegen würde, zurückzukommen, denn darin war sie wirklich gut – andere zu etwas zu überreden.

Wochenlang verfolgte mich Constance mit ihren Telefonanrufen. Bevor ich wegen des Auftrags an der Loire nach Frankreich fuhr, sah ich Frank noch mehrere Male. Es gab Streitereien, Bitten, dann immer traurigeres Verstummen über gepackten Koffern; eilige Treffen, bei denen wir uns nicht in die Augen sehen konnten.

Er brachte mich zum Flughafen; er bestand darauf. Wir wußten beide nichts mehr zu sagen; ich glaube, wir bedauerten es beide, daß er gekommen war. Ich ging durch die Paßkontrolle; ich sah mich noch einmal um, sah ihn zum letzten Mal.

Es war kalt draußen. Er trug einen dunklen Mantel. Passagiere schoben sich an ihm vorbei und drängten ihn auf die Seite. Er sah verzweifelt aus. Er erinnerte mich an Flüchtlinge, an Fotos von Flüchtlingen, an der Grenze zum Nirgendwo.

Ich wollte umkehren, aber ich nahm meinen Koffer und ging weiter. Ich zog einen Schlußstrich, genauso wie er es getan hatte.

Einige Zeit später – ich glaube, etwa drei Jahre später – begegnete ich ihm wieder, aber nur indirekt.

Das *Time*-Magazin widmete seine Titelgeschichte der neuen Generation amerikanischer Wissenschaftler: Auf der Titelseite waren Fotos der zehn Personen, die auf ihrem Fachgebiet führend waren. Ein Astrophysiker; ein Kernphysiker; ein Biochemiker. Der Biochemiker war Dr. Gerhard; damals habe ich an ihn geschrieben, um ihm zu gratulieren. Er antwortete mit einem Brief, der meinem sehr ähnlich war: verhalten, höflich, neutral.

Zwei Jahre danach, als ich an einem Projekt in Kalifornien arbeitete, sah ich ihn wieder – wieder nur indirekt. Eines Abends, als ich allein im Hotelzimmer war, drehte ich das Fernsehen an, und da war er, in einer

Serie der NBC über medizinische Forschung. Frank moderierte. Er machte das sehr gut: Er ließ die Wissenschaft und die Jagd auf die Krankheit zu einer Suche werden, die spannend und verständlich war.

Er schien sich nicht geändert zu haben. Diese Fernsehserie und später eine weitere machten Frank Gerhard berühmt. Damals hätte ich ihm fast geschrieben, aber sein neuer Ruhm hielt mich davon ab. Ich habe ihm nicht geschrieben, obwohl ich einmal, als seine Sendung lief, schwach wurde: Ich ging zu dem Fernsehgerät und strich über den Schirm. Ich berührte sein Haar, sein Gesicht, seine Augen, seinen Mund. Ein elektronischer Impuls: Das Glas war warm; ich vermißte ihn so.

Er schrieb mir. Ungefähr sechs Monate bevor mein Onkel Steenie krank wurde, bevor ich nach Indien fuhr. Auch er hatte mich, wie es schien, nicht ganz aus den Augen verloren. Er hatte einen Artikel über meine Arbeit gelesen, der in einer amerikanischen Zeitschrift erschienen war: Es handelte sich um ein Haus im Norden Englands aus dem 16. Jahrhundert, das jetzt ein Museum war und bei dessen Restaurierung ich mitgewirkt hatte.

Er machte mir für diese Arbeit sehr förmlich und höflich Komplimente. Es war ein kurzer Brief, den ich schon unzählige Male gelesen hatte. Ich trug ihn immer mit mir herum, überall. Er hatte ihn genauso beendet, wie er all die Briefe aus der Kindheit beendet hatte: Ganz am Schluß stand *Dein Freund Frank*.

Wenn man jemanden liebt, hat man immer den Wunsch, eine geheime Botschaft zu entdecken: Man liest in Worte genau die Bedeutung hinein, die man gern finden möchte – das war mir klar.

Ich dachte über den Begriff *Freund* nach. Einerseits war es eine Verbindung zur Vergangenheit, ein Wort, das für mich – wie Frank gewußt haben muß – mit Emotionen beladen war. Auf der anderen Seite war *Freund* für einen Geliebten, für einen Mann, den ich einmal als meinen Mann betrachtet hatte, eine höfliche Herabsetzung.

Wenn Frank mir nur ein Zeichen gegeben hätte, einen kleinen verborgenen Hinweis, dann hätte ich ihm geantwortet. Aber so zögerte ich; ich zögerte es hinaus; ich verschob es immer wieder. Mein Onkel Steenie wurde krank. Ich schrieb nicht, ich beantwortete diesen Brief, von dem ich gehofft hatte, daß er zu einem Neubeginn führen könnte, nicht: Ich hatte viel zu große Angst, daß ich mich geirrt haben könnte.

Statt dessen ließ ich mich von der Zeit einholen und weitertreiben. Ich kehrte nach Winterscombe zurück, um Steenie dabei zu helfen, so zu sterben, wie er es gern wollte. Ich hörte zu, wenn er mir aus Wextons

Briefen vorlas; ich lauschte auf diese Stimme der Liebe und des gesunden Menschenverstands: Wenn ich ehrlich bin, glaube ich, daß die Veränderung vielleicht damals begann.

Ich arrangierte eine Beerdigung; ich fuhr nach Indien; ich fuhr nach Amerika; ich suchte meine Patentante; ich kehrte nach Winterscombe zurück; ich las. Ich suchte Constance – und dabei fand ich, immer wenn ich Frank Gerhard wiederfand, auch mich selbst.

Dann fuhr ich an jenem Oktoberabend von Winterscombe zu dem Vortrag nach London. Er fand in einem großen Saal statt, der voll besetzt war. Ich setzte mich in die letzte Reihe, neben einen Studenten, dessen Jacke mit Buttons gepflastert war. Diese Buttons verkündeten die trotzigen Parolen einer neuen Generation: *Make Love Not War.*

Ich erinnere mich noch an den Augenblick, als Dr. Gerhard vorgestellt wurde und auf das Podium kam. Ich erinnere mich, wie das Licht schwächer wurde. Ich erinnere mich, daß sein Vortrag sehr wissenschaftlich und von Dias begleitet war. Ich kann mich sogar noch an einige dieser Dias erinnern, an die Zellen, die sie zeigten, das Bild, das sie von unserem unsichtbaren, aktiven, inneren System gaben. Ich kann mich nicht mehr erinnern, was er sagte: Es war für mich eine Qual, seine Stimme zu hören.

Einmal bildete ich mir fest ein, daß er mich gesehen hatte. Sein Blick war auf den hinteren Teil des Saals gerichtet; mitten im Satz stockte er plötzlich, dann sprach er weiter. Er sprach völlig frei, ohne Notizen; es war das einzige Mal, daß er kurz gezögert hatte.

Als der Vortrag zu Ende war, verließ Dr. Gerhard den Saal. Ich wußte, daß ein Empfang stattfinden würde: Ich blieb und sah zu, wie die Studenten nacheinander hinausgingen. Ich beobachtete, wie die älteren, professoralen Gestalten im Publikum zusammenrückten.

Ich tat, was ich mir vorgenommen hatte. Es handelte sich um einen Hörsaal in der London University; ich hatte schon eine Nachricht an Dr. Gerhard verfaßt. Ich gab sie dem Portier.

Bis ich wieder in Winterscombe war, war es zehn. Wexton war schon ins Bett gegangen. Auf einem Zettel hatte er mir eine Nachricht aufgeschrieben, sie lautete: *Deine Patentante rief an. Sie wollte keine Telefonnummer hinterlassen. Und auch keine Nachricht. Sie sagte, sie würde vielleicht noch mal anrufen.*

Ich starrte lange auf diese Nachricht. Das Feuer war heruntergebrannt. Ich legte noch ein paar Holzscheite in die glühende Asche. Ich sah zu, wie sie Feuer fingen und wie die Flammen züngelten. Ich hatte gar nicht mehr an Constance gedacht; an diesem Abend interessierte mich etwas anderes viel mehr.

Ich setzte mich vor den Kamin und stellte das Telefon auf den Tisch neben mir. Ich vergaß Constance fast sofort wieder. Ich konzentrierte mich mit meiner ganzen Willenskraft darauf, daß das Telefon läuten sollte. Ich versuchte mir auszurechnen, wie lange dieser Empfang dauern würde und wann Frank meine Nachricht erhalten würde. Um zehn? Um elf? Und wenn er sie erhalten hatte, würde er mich dann sofort anrufen oder erst am nächsten Tag oder gar nicht? Eine Stunde verging. Ich erfand eine Entschuldigung, einen Grund für jede einzelne dieser endlosen Minuten, in denen das Telefon nicht zu läuten begann: Der Empfang dauerte länger; der Portier hatte den Brief vergessen; der Brief war abgegeben, aber nicht gelesen worden.

Um halb zwölf kamen mir andere Gründe für dieses Schweigen – nicht so harmlose. In solchen Augenblicken fallen einem die schlimmsten Dinge ein. Ich sah ein, wie dumm es gewesen war, nach so langer Zeit zu glauben, daß Frank noch genauso an mich dachte, wie ich an ihn dachte.

Dann, eine Minute nach Mitternacht, klingelte das Telefon. Mein Herz machte einen Sprung. Ich nahm den Hörer ab; ich lauschte – einige Sekunden verstrichen. Nicht völliges Schweigen: Die Verbindung war schlecht, und ich konnte in der Leitung knackende und flüsternde Geräusche hören, Meeresbrausen in einer Muschel. Schließlich hörte ich eine Stimme, die durch die Entfernung verzerrt war: Sie kam näher und wurde klarer und entfernte sich dann wieder.

»Victoria«, sagte Constance.

Die Enttäuschung war groß: Ich konnte nicht sprechen. Wieder entstand eine Pause, mit knisternden Geräuschen in der Leitung, dann sprach sie wieder.

»Hast du mein Geschenk gelesen?«

»Teilweise. Nicht alles. Wo bist du, Constance?«

»Auf einem Bahnhof. Ich rufe... von einem Bahnhof an.«

»Constance –«

»Und du hast nicht geschummelt? Du hast vorn angefangen? Du hast nicht gleich das Ende gelesen?«

»Nein –«

»Ich wußte, daß du es nicht tun würdest. Haben dir die Blumen gefallen, die ich zu Bertie gebracht habe?«

»Constance –«

»Es ist alles so traurig! Das Leben anderer Menschen. Es ist niemals wirklich echt, findest du nicht? Nur ein kleiner verschwommener Fleck am Rand des Bildes. Eine falsche Einstellung vielleicht, oder jemand hat sich im falschen Augenblick bewegt. Hast du den Mord gelöst? Hast du herausgefunden, wer getötet wurde. Ich muß jetzt gehen –«

»Warte...«

»Liebling, ich kann nicht warten. Ich bin nicht allein: Es ist jemand bei mir. Er ruft, er winkt mir. Tut mir leid, aber er ist schon ganz ungeduldig. Du weißt ja, wie Männer sind! Besser, ihn nicht warten zu lassen. Ich wollte nur wissen, ob du mein Geschenk erhalten hast. Leb wohl, Liebling.«

Sie hatte den Hörer aufgelegt. Die Leitung war tot. Ich lauschte dem Summen. Constances Stimme bohrte sich weiter in meine Gedanken: Noch nach acht Jahren besaß sie Macht über mich.

Ich bin mir auch heute noch nicht sicher, ob es Constance allein war, die mich wieder in die Vergangenheit zurückholte, ein letztes Mal. Ich glaube, zum Teil sie und zum Teil der Mann, den ich liebte, und die Tatsache, daß es fast unerträglich war, dazusitzen und zu warten.

Ich mußte etwas tun; und so begann ich wieder zu lesen. Ich zog die Kommode auf und holte wieder Constances Tagebücher heraus. Ich legte sie auf den Schreibtisch meiner Mutter. Ich starrte einige Zeit darauf. Ich fürchtete mich vor diesen glatten schwarzen Einbänden. Aber ganz am Ende mußten auch Frank und ich darin vorkommen.

Ich hatte sie in chronologischer Folge erhalten. Ich hatte sie so gelassen. Jetzt schummelte ich. Ich griff nach dem Heft, das ganz unten lag. Ich hatte keine Lust, von vermeintlichen Morden zu lesen, oder von den alten Familiengeschichten. Ich wollte weiterkommen. Ich wollte verstehen, warum Briefe verlorengegangen waren. Constances Ansicht über meine eigenen ungenutzten Möglichkeiten erfahren.

Ich schlug dieses letzte Tagebuch auf der ersten Seite auf. Ich las: *Ich habe beschlossen, daß diese Ehe ein Ende haben muß.*

Einen Augenblick lang glaubte ich schon, die richtige Stelle gefunden zu haben, gleich beim ersten Versuch. Dann sah ich auf das Datum der Eintragung: *Dezember 1930.* Die Schrift war verschwommen. Erschrocken blätterte ich die Seiten um. Ich kam zur letzten Eintragung: *Januar 1931.* Danach waren die Seiten leer.

Ich legte das Heft aus der Hand. Ich blätterte die anderen durch, eins nach dem andern. Ich fühlte mich ängstlich, verwirrt. Am Ende, als ich mir ganz sicher war, legte ich die Tagebücher wieder auf einem Stoß zusammen. Ich sah, was ich eigentlich hätte wissen müssen – daß es Constance war, die mich betrogen hatte.

Ihre Geschichte hörte viel zu früh auf. Sie war schon bald, nachdem ich in den Seiten aufgetaucht war, zu Ende.

Da wurde ich erst richtig wütend. Wenn ich schon Franks Stimme nicht hören konnte, wollte ich wenigstens seinen Namen lesen.

Constances letzte Eintragung in ihrem Tagebuch bezog sich auf meine Taufe.

Jetzt haßte ich diese Tagebücher. Ich wollte sie, jedes einzelne davon, in das Feuer werfen und zusehen, wie sie verbrannten. Fast hätte ich es getan, aber dann beherrschte ich mich. Ich hatte noch immer dieses letzte Tagebuch in den Händen. Ich hatte es bei der letzten Eintragung aufgeschlagen.

Und dort las ich etwas, das mich zutiefst erschreckte.

Ich starrte auf die Folge von Worten. Worte wurden zu Sätzen, Sätze zu Absätzen; die Absätze ergaben einen Sinn. Auf diesen Seiten stand die Lösung, die das Geheimnis lüftete und die Erklärung für meine Vergangenheit war.

Ich begann, das letzte kurze Tagebuch zu lesen. Es waren nur wenige Seiten. Als ich fertig war, verstand ich, warum Constance mir dieses Geschenk gemacht hatte. Ich verstand den Brief, den sie beigelegt hatte.

Am Ende waren alle Stücke des Puzzles an ihrem richtigen Platz. Ich wußte, was 1930 geschehen war, bei meiner Taufe; ich wußte, was zwanzig Jahre davor, was 1910 geschehen war. Ein Tod und eine Geburt: Es war alles entziffert. Ich konnte es nachlesen. Es stand alles dort: der Name des Opfers, die Person des Mörders, die Art des Verbrechens.

Bei meiner früheren Lektüre hatte ich einige Hinweise übersehen. Mir waren die Augen verbunden gewesen; oder ich hatte mich absichtlich blind gestellt. Haben Sie es schneller erkannt als ich? Das frage ich mich. Vielleicht. Aber ich kann Ihnen nichts anderes dazu sagen, als daß ich überrascht war, voller Reue und – schließlich – auch erleichtert.

Constance hatte mich gefesselt, ja – aber als ich alles zu Ende gelesen hatte, wußte ich: Es war das letzte Mal gewesen, daß es ihr gelungen war.

FÜNF

Aus den Tagebüchern

New York, 18. Dezember 1930

Ich habe beschlossen, daß diese Ehe ein Ende haben muß. Heute hat Acland ein Kind bekommen. Als das Telegramm kam, zuckte Constance zusammen. Ich will nicht mehr von Dir getrennt sein. Der Atlantik ist letztendlich doch zu breit. Ich will Dich in meiner Nähe haben, Acland. Ich habe beschlossen, nach Winterscombe zu kommen und meinen Anspruch auf Dich geltend zu machen.

Montague weiß es, glaube ich. Wie er die Stirn gerunzelt hat, als ich ihm sagte, daß ich nach England müsse! Er ließ sich durch die Taufe nicht zum Narren halten. Ich hatte gehofft, er würde mir verbieten zu fahren. Ich will ehrlich sein, Acland – das habe ich wirklich. Er ist immer so beherrscht! Sogar Geliebte verkraftet er mühelos – was mich ein bißchen enttäuscht. Er hält sich an unsere Abmachung, weißt Du. Und so frage ich mich – was er tun würde, mein Mann, wenn ich die Spielregeln brechen würde? Gewöhnliche Geliebte sind das eine, aber Du bist etwas völlig anderes. Das weiß Montague. Er glaubt, daß Du meinen Vater getötet hast.

Weißt Du, daß er mir nie gesagt hat, daß er mich liebt? Nicht ein einziges Mal. Nicht einmal – im Extremfall. Findest Du das nicht ungewöhnlich? Ich schon. Wir sind schon so viele Jahre verheiratet, und ich bin mir noch immer nicht sicher. Manchmal glaube ich, daß ich ihm etwas bedeute; manchmal glaube ich, daß ich ihm gleichgültig bin. Ein- oder zweimal kam es mir so vor, als sei er meiner überdrüssig, sogar einen gewissen Ekel meinte ich zu spüren. Ich will ehrlich sein. Das hat mich erschreckt.

Ich werde also nach England kommen, Acland – aber ich bin mir nicht sicher: wen ich holen komme? Ich glaube, Dich. Ich bin mir fast sicher, daß Du es bist. Aber es könnte auch mein Mann sein.

Das ist Deine Schuld, Acland. Ich bin mir nicht sicher, wie treu Du mir bist. Manchmal, wenn ich meinen kleinen Kreis aus Glas für uns ziehe, kommst Du nicht. Du läßt mich ganz allein da drin – daß ich vor Angst zu zittern beginne. Daß mir der Kopf weh tut. Daß der Verkehr schreckliche Dinge sagt. Daß die Muster am Himmel verzerrt sind. Das gefällt mir nicht.

Ich wünschte, ich hätte ein Kind. Es hat einmal eins gegeben – hab ich Dir das schon erzählt, Acland? Ich habe es herausschaben lassen. Ich sagte, das ist böse, aber Constance sagte, das sei es nicht. Sie sagte, dann wüßte ich mit Sicherheit, ob Montague mich mag. Wir haben ihm beide in die Augen gesehen. Sie sagte, es tue ihm weh. Ich sagte, das tue es nicht. Danach sagten die Ärzte, daß ich keine Kinder mehr haben kann. Das hat mir weh getan. Ja. Das hat mir eine Weile weh getan. Das kleine Baby hat mich heimgesucht. Ich weiß gar nicht, was sie mit ihnen tun, mit den toten Babys, aber es erschien mir in der Nacht in meinen Träumen. Es hatte die Augen zu. Es war schlimmer als mein Vater.

Es hat mir weh getan. Aber jetzt macht es mir nichts mehr aus. Jetzt hast Du ein Kind für mich. Ein Mädchen. Sieht sie dir ähnlich? Sieht sie mir ähnlich? Ich möchte gern ihre Patin sein – darauf bestehe ich. Patin ist besser als Mutter, findest Du nicht? Es hört sich mächtiger an.

Heute – weißt Du, was ich heute getan habe, während Dein Baby geboren wurde? Ich habe ein Zimmer eingerichtet. Ein Zimmer in Silber und Schwarz und Rot. Ein solches Zimmer habe ich mir schon immer gewünscht. Heute habe ich es fertiggestellt. Es ist vollkommen. Jeder einzelne Gegenstand darin steht an seinem richtigen Platz. Man brauchte nur irgendeinen von ihnen ein Stückchen, nur ein paar Zentimeter, nach rechts oder nach links zu rücken, und schon wäre alles verdorben. Das habe ich heute getan.

Acland, Du bist doch noch da? Du hörst mir doch zu? Sag etwas. Sag etwas. Deine Stimme ist manchmal so still. Es ist eine so gewöhnliche Stimme. Ich hasse es, wenn sie so ist. Sag etwas. Schrei. Schrei lauter. Bitte, Acland. Constance kann dich nicht hören.

An jenem Nachmittag, als Stern in das Wohnzimmer seiner Frau kam – das Zimmer, das sie gerade neu eingerichtet hatte, es war rot und silber und schwarz –, saß Constance an ihrem Schreibtisch, ihr Kopf war gebeugt; ihr Füllfederhalter kratzte. Sie gab kein Zeichen, daß sie Stern gehört hatte. Als er ihren Namen sagte, zuckte sie zusammen. Sie bedeckte die Seite, auf der sie geschrieben hatte, mit der Hand. Als Stern näher kam, klappte sie das Notizbuch hastig und verstohlen zu.

Stern war von der Szene irritiert. Es war nicht das erste Mal, er hatte es schon mehrmals erlebt. Er vermutete, daß auf diese Weise sein Interesse an den Notizbüchern geweckt werden sollte: In den ersten Tagen ihrer Ehe waren diese Bücher – Tagebücher, Aufzeichnungen, was immer es war – sorgfältiger gehütet worden. Aber mit der Zeit waren die Notizbücher zuerst, wie aus Versehen, ans Tageslicht gekommen und dann geradezu auffällig vorgezeigt worden. Früher wurden sie immer weggeschlossen; jetzt lagen sie gelegentlich offen herum, als hätte Constance sie vergessen. Stern verstand den Grund: Seine Frau wollte, daß er ihr nachspionierte, so wie sie ihm nachspionierte. Deshalb war er vorsichtig. Er hütete sich, die Notizbücher je anzufassen.

»Meine Liebe«, sagte er und beugte sich zu ihr hinunter. Er gab ihr einen leichten Kuß auf das Haar. »Sieh mich nicht so ängstlich an. Ich respektiere dein Privatleben.«

Darüber ärgerte sich Constance. Sie verzog das Gesicht und bemühte sich, ihr Mißfallen zu verbergen.

»Wie moralisch du bist. Ich kann den Geheimnissen anderer nie widerstehen. Ich habe früher immer mit Begeisterung die Briefe anderer Leute gelesen, weißt du.«

»Das kann ich mir gut vorstellen.«

Er sah sich in diesem neuen Zimmer seiner Frau um: Die Wände strahlten. Die Lampen waren angeschaltet, sie waren so hell, daß sie das Tageslicht schluckten. Ein – sehr schöner – chinesischer Wandschirm teilte eine Ecke ab. Die lackierten Wände glühten in einem düsteren Rot: Stern konnte es nicht erklären, aber obwohl er diese Farbe sehr subtil fand, wirkte sie einengend. Das Zimmer wirkte überladen, so viele Dinge, dachte er – wie die meisten Zimmer, die seine Frau einrichtete. Es vermittelte den Eindruck einer Festung.

»Das Zimmer ist gelungen? Gefällt es dir?«

Er hatte gar nicht vorgehabt, seine Bemerkung als Frage zu formulieren. Aber daß er es tat, irritierte Constance. Sie reagierte sehr empfindlich auf Kritik.

»Mir gefällt es. Es paßt... zu mir.«

Ihre Stimme klang trotzig. Stern sah aus dem Fenster: winterliche Dämmerung; es schneite. Er drehte sich wieder zu seiner Frau um, die jetzt mit Bleistiften, Papier und Umschlägen spielte, als würde sie ungeduldig darauf warten, daß er wieder ging.

Constance hatte den Kopf gesenkt. Die Lampe auf dem Tisch hüllte sie in einen Lichtkreis. Ihr schwarzes Haar schimmerte. Sie hatte einen kantigen Schnitt, quer über die Stirn und dann keilförmig entlang der köstlichen Backenknochen. Die Frisur verlieh Constance ein fast ägyptisches Aussehen, das viel bewundert wurde und schon oft kopiert worden war. Stern war sich der eindrucksvollen Wirkung dieser neuen Frisur bewußt, trauerte aber der alten nach. Er hatte die Andeutung langer und üppiger Haarlocken geliebt, die, wenn die Nadeln und Kämme herausgezogen wurden, über die nackten Schultern fielen. Er hatte einen altmodischen Geschmack.

Constance spielte mit ihren vielen Armbändern. Sie zog ihren Rock glatt. Sterns eindringlicher Blick schien ihr Unbehagen zu bereiten. Das Kleid, von einer französischen Modedesignerin für sie entworfen, war sehr vorteilhaft und von einem strahlenden Blau – wie es nur wenige Frauen tragen konnten. Der Rock war kurz, die breiten Schultern eher männlich. Stern sah zwar, daß dieses Kleid elegant wirkte, mochte es aber trotzdem nicht. Er konnte sich noch immer nicht an die hochhackigen Schuhe, die nackten Beine, die Nähte an Strümpfen, die stark geschminkten Gesichter gewöhnen. Voller Bedauern dachte er an die Moden vergangener Tage, an die Kleider, die weniger enthüllten und mehr versprachen. Ich werde alt, dachte er.

»Du gehst aus?« Constance legte ihr Notizbuch in eine Schublade.

»Ja, meine Liebe. Nicht lange. Nur eine Stunde etwa. Du erinnerst dich doch an den Südafrikaner, von dem ich dir erzählt habe – dieser De Beers? Er wohnt im Plaza. Nur auf der Durchreise. Ich treffe mich mit ihm.«

»Ach, immer mußt du jemanden treffen.« Wieder verzog sie das Gesicht. Sie stand auf. »Weißt du, was ich mir manchmal wünsche? Ich wünschte mir, du hättest letztes Jahr dein ganzes Geld verloren – wie alle anderen. Ich wünschte, du wärst auch pleite gegangen. Dann hätten wir von hier weggehen können, nur wir beide, und irgendwo anders ganz einfach leben können.«

»Aber meine Liebe. Ich glaube nicht, daß dir das gefallen würde. Ich entschuldige mich, daß ich nicht *pleite* gegangen bin, wie du es nennst. Ich war immer sehr besonnen, wie du weißt.«

»Ich hasse Besonnenheit.«

»Auf jeden Fall hatte ich auch ein paar Verluste. Jeder hatte das.«

»Tatsächlich, Montague?« Sie sah ihn mit merkwürdig starrem Blick an. »Das kann ich mir nicht vorstellen. Gewinne machen, ja. Verluste, nein.«

»Die hat gelegentlich jeder von uns, Constance.«

Die Art, wie er es sagte, schien sie zu beunruhigen. Sie warf den Kopf zurück.

»Vielleicht. Nun, wenn du gehen willst – ich will dich nicht aufhalten. Sonst kommst du noch zu spät.«

»Ich werde gegen sieben zurück sein, Constance.«

»Schön. Schön.« Sie setzte sich wieder an ihren Schreibtisch. »Wir müssen um acht losfahren, wenn wir zu der Einladung wollen. Das hast du doch nicht vergessen?«

»Nein. Ich werde rechtzeitig zurück sein.«

Sie sah auf ihre kleine Armbanduhr. »Zwei Stunden für deinen Südafrikaner? Er muß ja wirklich sehr wichtig sein. Noch dazu an einem Samstag.«

»Vielleicht dauert es ja nicht so lange. Ich komme so schnell wie möglich zurück.«

»Meinetwegen brauchst du dich nicht zu beeilen. Ich habe eine Menge zu tun.«

Stern ging aus dem Zimmer. Er ignorierte ihren beißenden Ton. Er zog die Tür hinter sich zu. Er blieb stehen. Wie erwartet, griff Constance sofort nach dem Telefon.

Ein leises Klicken, als sie den Hörer abhob. Sie sprach mit gedämpfter Stimme; Stern blieb nicht stehen, um zu lauschen. Er wußte, wen sie anrufen würde, seine Frau, diese selbsternannte Spionin im Haus der Liebe. Sie würde das Detektivbüro, das sie engagiert hatte, anrufen.

Vor dem Haus in der Fifth Avenue blieb Stern stehen. Um zum Plaza zu gelangen, zu einer nicht existierenden Verabredung mit einem Südafrikaner, der ihm im vergangenen Jahr nützlich gewesen war, aber jetzt in Johannesburg weilte, hätte Stern nach links gehen müssen. Statt dessen sah er links und rechts die Straße hinunter und setzte sich dann nach rechts in Bewegung.

Er ging gemessenen Schrittes. Es waren viele Fußgänger unterwegs. Die Menschen machten schon Weihnachtseinkäufe. Frauen mit Einkaufstüten und Kindern im Schlepptau kamen an ihm vorbei. Die Gehwege waren rutschig. In den Rinnsteinen lag schmutziger Schnee. Es erinnerte ihn an Schottland und an seine Hochzeitsreise vor dreizehn

Jahren. *Sollen wir in die Wildnis gehen?* Stern holte tief Luft und hielt sein Gesicht in den kalten Wind. Obwohl er allein war, hatte er das Gefühl, daß seine Frau neben ihm herging.

Die Wohnung, zu der er wollte, lag zehn Minuten entfernt. Sie lag in der Park Avenue, im fünften Stock eines neuen Gebäudes, und war die Wohnung, von der er mir kurz vor seinem Tod erzählt hatte, die selbe Wohnung, die ich, so viele Jahre später, auf der Suche nach Constance aufsuchen würde. Stern hatte sie, unter falschem Namen, über einen seiner Geschäftspartner gekauft. Dabei hatte Stern sorgfältig darauf geachtet, daß die Spuren nicht völlig verwischt wurden, daß es nicht allzu schwer war, sie bis zu ihm zurückzuverfolgen.

Die Detektive, die seine Frau engagiert hatte, würden inzwischen die Verbindung zu ihm herausgefunden haben, das wußte er: Sie hatten dazu über ein Jahr Zeit gehabt.

Sie waren ihm, gleich von Anfang an, bis zu der Wohnung gefolgt. Er hatte auf ihre Bedürfnisse Rücksicht genommen und sich für eine Wohnung entschieden, die zur Straße lag. Wenn das Licht eingeschaltet war, hatte der Mann, der ihm gefolgt war und der stets auf der gegenüberliegenden Straßenseite Position bezog, eine ausgezeichnete Sicht.

Mit der Zeit hatte Stern diese Detektive liebgewonnen. Sie waren die Garantie für Constances Eifersucht; ihre Anwesenheit beteuerte ihm erneut die Möglichkeit ihrer Liebe.

Stern nahm Rücksicht auf diese hart arbeitenden Männer und ließ sich Zeit. An der Kreuzung Park Avenue und 72. Straße hängte sich der Mann gewöhnlich hinter ihn. Erst wenn der diensthabende Mann in Stellung war, beschleunigte Stern seine Schritte.

Er hatte die Wohnung unter dem Namen Rothstein gekauft. Wie immer begrüßte ihn der Portier auch heute mit diesem Namen. Stern nahm den Fahrstuhl in den fünften Stock. Er schloß die Tür auf. Er knipste das Licht im Wohnzimmer an und ging ein paarmal vor dem Fenster auf und ab. Als er sicher war, daß der Beobachter ihn gesehen hatte, setzte er sich in einen Sessel, der von draußen nicht zu sehen war.

Die Frau, die er erwartete, würde pünktlich sein: Dafür wurde sie, unter anderem, bezahlt. Bevor sie kam, würde er, wie immer, fünfzehn Minuten lang das Alleinsein genießen. Darauf hatte Stern von Anfang an bestanden.

Nachdem Stern diese Wohnung gekauft hatte, hatte er sie mehrere Monate lang leerstehen lassen. Er genoß die Leere und die Anonymität.

Damals, als die Täuschungen begonnen hatten, hatte eine leere Wohnung genügt: Er hatte keine Möbel und auch keine Frau benötigt. Am Anfang waren seine Besuche dort immer nur kurz gewesen, mit Unterbrechungen; dann, im Verlauf der Wochen, waren sie immer häufiger geworden. In dieser Wohnung suchte Stern Befreiung, die er bei seiner Arbeit in seinem Büro in der Wall Street nicht immer fand. Ganz bestimmt aber fand er sie nicht zu Hause. Hier, in diesen leeren Räumen, fand er sie.

Nach ein paar Monaten fiel ihm ein, daß sich die Detektive, die sich ihr Honorar verdienen wollten, nicht damit zufriedengeben würden, ihn nur zu beobachten. Vielleicht verschafften sie sich eines Tages Zugang zu diesem Liebesnest: Das wäre nicht schwierig. Schließlich waren Portiers bestechlich.

Die Vorstellung, daß den Detektiven ein Liebesnest ohne Teppiche, Stühle oder gar ein Bett ziemlich merkwürdig vorkommen würde, hatten Stern veranlaßt, die Wohnung einzurichten. Er hatte es, zu seiner eigenen Überraschung, mit großer Sorgfalt getan. Er richtete diese Wohnung für sich ein, und sie war, als ich sie fast vierzig Jahre später kennenlernte, noch unverändert.

Wenn Stern sich in seiner Wohnung umsah, wußte er, daß er erreicht hatte, was er hatte erreichen wollen: ein Ort, an dem es keine Erinnerungen gab, nur leere Räume.

Mehrere Monate, nachdem er zum ersten Mal hierhergekommen war, merkte er, daß es – mit Rücksicht auf seine Spione – ein Element gab, das noch fehlte, und so engagierte er die Frau.

Die Frau paßte zu diesen Zimmern, wie er fand. Ihren richtigen Namen würde er an diesem Nachmittag erfahren: Ihr Künstlername, den sie immer benutzte, war Blanche Langrishe. Ein absurder und künstlicher Name, ein Name, den sich nur eine Unschuldige ausgedacht haben konnte: *Blanche* – ja, dieses Mädchen paßte in diese weiße Wohnung.

Sie war Sängerin. Als Stern sie das erste Mal gesehen hatte, stand sie in der vordersten Reihe des Chors der Metropolitan Opera. Das zweite Mal, im Haus eines Freundes, sang sie nach dem Abendessen Kunstlieder. Sie hatte einen hohen klaren Sopran, benötigte zwar noch eine weiterführende Ausbildung, verfügte aber über eine außerordentlich reine und weitreichende Stimme. Stern, der sich von ihrer Stimme angezogen fühlte, hatte sich mit ihr unterhalten: Und dabei machte er noch eine Entdeckung. Blanche besaß zwar eine Engelsstimme, aber die Instinkte eines Showgirls.

Sie kam aus Queens. Sie hatte es bis zur Metropolitan geschafft, die sie verabscheute, und bis nach Manhattan, das sie nicht verabscheute. Sie nahm Tanzstunden. Sie sah sich bereits von der Oper zum Broadway überwechseln. Eines Tages, sagte sie, würde ihr Name dort oben, auf dem Great White Way, im hellen Licht erscheinen.

Stern fand das gar nicht so abwegig. Das Mädchen hatte Schwung und einen erstaunlich gesunden Menschenverstand. Als er ihr ein paar Wochen nach ihrer ersten Begegnung seinen Vorschlag unterbreitete, hatte Blanche kurz nachgedacht und dann – ohne große Worte – eingewilligt. Sie hatte keine Fragen gestellt, aber sie redete gern. Sie hatte kurzes platinblondes Haar, ein hübsches keckes Gesicht. Genau das Gegenteil von seiner Frau. Sie paßte in diese Wohnung. Manchmal, wenn er ihr zusah, wie sie sich auf dem Sofa mit ihren langen Beinen zurücklehnte, hatte Stern das Gefühl, die Möbel für sie ausgesucht zu haben, noch bevor er sie überhaupt gekannt hatte.

Für zwei Besuche die Woche zahlte er ihr zweihundert Dollar.

Noch fünf Minuten. Stern brauchte nicht auf die Uhr zu sehen. Er konnte die Zeit schätzen, dazu brauchte er keine Instrumente.

Er stand auf und ging zum Fenster. Er zog das Rollo herunter; er machte seinem Beobachter Hoffnung. Er ging wieder zu dem weißen Ledersessel. Er setzte sich hin. Er dachte nach.

Über seine Ehe, wie er es gewöhnlich tat. Früher hatte er keine Schwierigkeiten gehabt, sich von diesem Thema frei zu machen: Seine weitverzweigten Geschäfte, die komplizierten Finanztransaktionen, der Genuß von Musik und Kunst – all das hatte ihm geholfen, die Gedanken an seine Frau zu verbannen. Jetzt war das anders. Constance füllte sein ganzes Denken aus. Dabei konnte er sich nicht erklären, warum er auch weiterhin eine Frau liebte, vor der er keine Achtung hatte.

Er dachte daran, wie falsch sie war: an die kleinen Betrügereien, dann die großen. Er dachte an die lange Liste ihrer Geliebten. Er dachte an das Baby – das Constance, wie sie behauptete, im vergangenen Jahr verloren hatte. Er glaubte nicht, daß all diese angeblichen Geliebten wirklich existierten. Er glaubte nicht einmal, daß Constance schwanger gewesen war und – falls doch – daß eine Abtreibung oder eine Fehlgeburt stattgefunden hatte.

»Halt mich fest, halt mich fest, halt mich fest«, hatte Constance gefleht, während sie mit bleichem und erschöpftem Gesicht im Bett gelegen war. »Ich habe versucht, mir einzureden, daß es das Beste war.

Ich war mir nicht sicher, ob es von dir war. Montague, sei nicht böse, ich weiß, ich bin unvorsichtig gewesen. Ich werde nie wieder unvorsichtig sein.«

Stern bedeckte sein Gesicht mit den Händen. Er sah, daß er vergessen hatte, seine weichen Lederhandschuhe auszuziehen, daß er noch immer seinen Mantel anhatte. Er zog beides aus. Er legte seinen Mantel zusammengefaltet über einen Stuhl. Er setzte sich wieder hin. Ich werde niemals einen Sohn haben. Wir werden niemals Kinder haben, dachte er; er wußte, daß es stimmte, und er überlegte – abwesend –, seit wann er diese Tatsache akzeptiert hatte.

Er sah sich in dem hellen und sauberen Zimmer um: Er sah ganze Scharen von Gestalten, alles Männer. Ihre Geliebten, fast alles Männer, die er kannte: Sie wollte, daß Stern sie *kannte*.

»Aber, Montague«, sagte sie oft, während sie sich an seinen Arm klammerte, »ich halte mich doch strikt an deine Regeln! Du sagtest, sexuelle Treue habe nichts zu bedeuten. Du sagtest, solange ich dir alles erzähle und es keine Geheimnisse gibt zwischen uns –«

»Meine liebe Constance, es wäre nett, wenn du mir die Einzelheiten ersparen würdest.«

»Wirklich?« Sie klammerte sich fester an seinen Arm. »Du scheinst so sicher zu sein, Montague – aber ich glaube dir kein Wort. Ich glaube, daß du es wissen willst.«

Sie blickte mit der vertrauensvollen Miene eines Kindes zu ihm auf, ihr schönes Gesicht war gerötet, ihre Augen funkelten. Stern bemühte sich dann, sie zum Schweigen zu bringen: Ein paarmal, als seine Wut und seine Schmerzen zu groß waren, hätte er fast Gewalt angewendet – was sie entzückt zur Kenntnis nahm. Manchmal ging er aus dem Zimmer und dachte, daß er seine Frau verlassen würde. Und manchmal hörte er sich an, was sie ihm erzählte, und verachtete sich selbst deswegen – denn natürlich hatte seine Frau recht. Er *wollte* es wissen: in allen schmerzhaften Einzelheiten.

Ein Teil seines Gehirns bestand darauf, es zu erfahren – jede Bewegung, das Kreisen der Hüften, das Stöhnen und die Schreie. War er ein Voyeur? Manchmal, wenn ihn ihre Berichte erregten – was vorkam –, fürchtete Stern, daß er das tatsächlich war. Und dann hatte er wieder das Gefühl, daß daran nichts Perverses sei: Er wollte nur verstehen, was es mit der Untreue auf sich hatte; wie das Terrain des Schlimmsten beschaffen war.

Fanden diese Ereignisse, die seine Frau beschrieb, tatsächlich statt?

Stern war sich niemals ganz sicher. Aber ob sie nun erfunden waren oder nicht, er hatte diese Männer immer vor Augen. Er sah ihren Schweiß. Er sah auch – sie bestand darauf, daß er es sah – die Reaktionen seiner Frau: größer, behauptete sie, wenn sie dann mit ihm zusammen war.

Sie hatte immer etwas Neues parat. Im letzten Jahr ein Kind. Und in diesem Jahr, dachte er, war es Acland: Acland, eine Waffe, die sie so lange zurückgehalten hatte, würde als nächstes dran sein.

Die wunderbare Vieldeutigkeit von Lügen; die unfehlbare Verlokkung der Halbwahrheit; der Köder eines Rätsels, das sich nicht lösen ließ – das waren die Dinge, die er liebte. Er vergalt es ihr mit einigen Hintergehungen, mit eigenen Rätseln, mit einer geheimen Wohnung und einer gemieteten Frau. Stern umklammerte die Lehnen seines Sessels. Seine Hände fühlten sich trocken und kühl an, und doch hinterließen seine Finger Abdrücke. Er betrachtete das Muster, diese einzigartigen gewundenen Linien seiner Identität. Die Spuren trockneten schnell an der Luft; noch während er hinsah, verdampften sie.

Zerstörung war ein verschwenderischer Energieverbraucher, dachte er müde. Soviel Zeit, so viele Qualen, aber er begann jetzt zu erkennen, daß sowohl er als auch Constance durch ihre Ehe Gefangene waren. Er dachte: Die einzige Möglichkeit, wie wir einander jetzt noch erreichen können, ist durch Schmerzen; wir sind Komplizen, Peiniger und Gepeinigte. Keine Nähe, dachte er, ist größer als diese Nähe.

Er nahm seinen Mantel, wollte schon gehen. Er hörte pünktlich den Schlüssel in der Tür. Ich habe zugelassen, daß es soweit kommt mit mir, dachte er. Ließ sich jetzt noch etwas daran ändern? Als die Sängerin ins Zimmer kam, legte er den Mantel wieder auf den Stuhl und stand auf.

Blanche Langrishe trug einen kessen Hut. Ein kleiner getupfter Schleier verhüllte die ernsten porzellanblauen Augen. Ihre hochhackigen Schuhe klapperten über den Parkettboden. Sie ging direkt zum Fenster.

»Armer Kerl. Er ist da. Direkt gegenüber, auf der anderen Straßenseite. Er sieht so traurig aus wie die Sünde. Es ist eiskalt draußen.«

Sie nahm geschäftig ihren Hut ab. Sie warf ihren Mantel über einen Stuhl, schüttelte ihre blonden Locken.

»Ich wette, er hat ein Notizbuch. Allerdings hab ich es noch nie gesehen, aber ich bin sicher, daß er eins hat. Wissen Sie, was? Ich finde, wir sollten ihm was zum Hinschreiben anbieten. Eine neue Entwicklung. Was meinen Sie?«

»Und was hatten Sie sich vorgestellt?«

»Oh, Sie können ja sogar lächeln.« Blanche sah ihn von der Seite an. »Wissen Sie, ich habe mich nämlich schon gefragt.« Sie seufzte. »Also, wie wär's denn mit einem Kuß? Einen Kuß – fürs erste.«

»Glauben Sie, daß ihn ein Kuß – aufmuntern würde?«

»Sicher. Ich könnte mir auch noch einige andere Dinge vorstellen, aber da Sie fragen, ein Kuß würde es – für den Anfang – schon tun.« Sie sah wieder zu Stern. Sie musterte ihn abschätzend. »Ich mag Sie, wissen Sie? Sie sehen gut aus. Es gefällt mir, wie Sie sich kleiden. Wie alt sind Sie überhaupt?«

»Meine Liebe.« Stern hörte ihr gar nicht zu. Er ging zum Fenster. Er zog die Sonnenblende zurück. »Meine Liebe, ich bin so alt, daß man es gar nicht glauben kann. Ich finde mich sehr alt, vor allem wenn ich in Gesellschaft einer so reizenden jungen Dame wie Sie bin –«

»Wie alt?«

»Ich bin... siebenundfünfzig«, erwiderte Stern.

Das war die Wahrheit, und sie überraschte ihn.

»So alt sehen Sie aber gar nicht aus.« Blanche nahm seinen Arm. »Sie könnten jederzeit für achtundvierzig gelten, jederzeit. Kommen Sie, sehen Sie mich nicht so traurig an. Warum sind Sie nicht ein bißchen fröhlicher.« Sie machte eine Pause. »Wollen Sie mir keinen Kuß geben – nach all den Wochen? Das haben Sie noch nie getan.«

»Das könnte ich.«

Stern bewegte sich zum Fenster. Er nahm Blanche Langrishe in die Arme. Ihre Größe überraschte ihn, im Vergleich zu seiner kleinen Frau. Ihre Haut roch milchig, pudrig, süß.

»Ich hoffe, der Lippenstift stört Sie nicht?«

»Nein. Der Lippenstift stört mich nicht.«

»Flamingorot. So heißt er. Ich frage mich immer – was sind das für Leute, die sich solche Namen ausdenken?« Sie trat einen Schritt auf die Seite. »Kommen Sie ein bißchen mehr hierher. Dort kann er uns nicht sehen. So ist es gut.«

Stern küßte sie. Es war vierzehn Jahre her, seit er eine andere Frau als seine Ehefrau geküßt hatte; der Kuß fühlte sich merkwürdig an, unorthodox, eher mechanisch. Er legte seine Arme hierhin, seine Lippen dorthin. Blanche Langrishe schmeckte nach Kosmetik, kein unangenehmer Geschmack.

»Also, ich weiß nicht, was mit ihm ist.« Blanche deutete zum Fenster und lächelte, »aber mir hat es gefallen. Ich wußte, daß es mir gefallen würde. Wollen Sie noch mal?«

»Vielleicht besser nicht. Wir wollen ihn nicht übermäßig strapazieren.«

»Und was ist mit mir?« Blanche verzog das Gesicht. Sie entfernte sich vom Fenster. Sie warf sich auf eine sehr dekorative Art auf die weiße Ledercouch. Sie streifte ihre hochhackigen Schuhe ab. Sie prüfte den symmetrischen Sitz ihrer Strumpfnähte. Sie bewegte ihre kleinen rosa Zehen hin und her. Sie sah ihn prüfend an.

»Wissen Sie, was ich heute gedacht habe? Ich dachte mir: Zweihundert Piepen pro Woche, nur dafür, daß ich faul auf dem Hintern sitze und rede. Bin ich mein Geld wert? Das habe ich mich gefragt. Ich könnte Ihnen eine ganze Menge mehr geben, wissen Sie.«

»Das ist sehr großzügig von Ihnen, aber –«

»Nicht, hm! Okay. Okay.« Sie seufzte. »Hätte ich mir denken können, daß Sie das sagen.« Sie richtete sich auf. »Hören Sie – warum erzählen Sie mir nicht, was das Ganze eigentlich soll? Ich erzähle es bestimmt nicht weiter. Aber allmählich werde ich neugierig. Ich meine, diese ganze Geschichte hier... Sie organisieren eine Scheidung, stimmt's?«

»Eine Scheidung?« Stern war überrascht. An diese Möglichkeit hatte er noch nie gedacht. »Nein.« Er wandte den Blick ab. »Nein. Ich strebe keine Scheidung an.«

»Aber Sie sind doch verheiratet, nicht?«

»Ja. Ich bin verheiratet.«

»Okay. Okay. Ende der Befragung. Außer...« Sie zögerte. Sie zog mit ihrer bestrumpften Zehe einen kleinen Kreis auf dem Parkett. »Außer, daß ich finde – wissen Sie, was ich finde? Daß Ihre Frau verrückt sein muß.«

»Aber ganz und gar nicht.«

»O ja? Sie bereitet Ihnen Kummer. Sie verliert Sie. Es gibt in dieser Stadt eine Menge Frauen, die –«

»Ich möchte nicht über meine Frau sprechen, Blanche.«

»Natürlich. Das ist verboten. Okay. Sie sind loyal. Das kann ich verstehen.« Sie zögerte. Zu Sterns Überraschung wurde sie rot. »Ich wünschte mir, Sie würden mich manchmal *ansehen*, das ist alles. Vielleicht ist es das.«

»Aber ich sehe Sie an. Wir... reden miteinander.«

»Ja, sicher. Wir reden. Sie sehen mich an – aber Sie sehen mich nicht. Ich könnte genausogut unsichtbar sein. Ich bin *hier*, wissen Sie. Ich bin wirklich. Blanche Langrishe.«

»Das ist aber nicht Ihr richtiger Name.«

»Nein. Aber schließlich ist Rothstein auch nicht Ihr richtiger Name. Zufällig weiß ich das.«

»Und kennen Sie meinen richtigen Namen?«

»Sicher.« Blanche sah ihn herausfordernd an. »Ich habe mich umgehört. Sie sind in Ordnung, ich werde nichts sagen.«

»Würden Sie mir Ihren Namen sagen – Ihren richtigen Namen?«

»Meinen Namen? Wollen Sie den wirklich wissen?«

»Ja. Komischerweise, ja. Vielleicht heute« – er wandte den Blick ab – »ich würde gern wissen, wer Sie sind. Wer ich bin.«

»Okay.« Sie hatte seine letzten Worte, die er ganz leise gesagt hatte, nicht gehört. Sie zögerte. Sie wurde rot. »Ich heiße Ursula. Wohl kaum zu übertreffen! Ursula. Ich hasse diesen Namen. Hört sich an wie eine Nonne oder so. Schwester Ursula. Igitt!«

Sie rümpfte verächtlich die Nase. Stern lächelte.

»Er paßt zu Ihnen«, sagte er leise. »Er paßt zu Ihrer Stimme – Ihrer singenden Stimme.«

»Finden Sie?« Sie war irritiert. »Nun, ich schätze, das spielt keine Rolle. Was ist schon ein Name, nicht? Früher war ich Ursula. Jetzt bin ich Blanche.«

»Oh, da bin ich aber anderer Meinung.« Stern war aufgestanden. Er ging zum Fenster. »Der Name, den man bei seiner Geburt bekommt – der ist wichtig, glaube ich. Teil der eigenen Identität. Waren Sie schon mal in Schottland?«

»Wie, bitte?« Blanche starrte ihn an. »*Schottland?* Sie machen wohl Witze. Ich war noch nicht mal in Europa.« Sie verstummte. »Warum fragen Sie? Warum gerade Schottland?«

»Ach, nichts. Aus keinem besonderen Grund.« Er stand noch immer mit dem Rücken zu ihr. »Ich war mal dort, das ist alles. Als ich geheiratet habe. Es war im Winter. Es lag Schnee – meine Frau und ich waren von der Außenwelt abgeschnitten. Als ich dort war –«

Es entstand eine kurze Pause. Blanche sah, wie angespannt er war; sie beugte sich nach vorn und sagte: »Erzählen Sie doch weiter.«

»Als ich dort war – ich glaube, es war ein einsamer Ort, obwohl ich es nicht so empfunden habe –, als ich dort war, hatte ich das Gefühl ... großer Freude. Die Welt schien voller Möglichkeiten. Meine Ehe schien voller Möglichkeiten. Ein verheißungsvolles Land.«

»Ein verheißungsvolles Land?« fragte Blanche mit weicher Stimme. »Der Ort – oder Ihre Ehe?«

»Ach, beides«, erwiderte er. »Da hatte ich noch einen Glauben. Ich hatte Hoffnung – ein verheißungsvolles Land. Meine Frau –«

Er konnte nicht weitersprechen.

Blanche sah, wie er den Kopf beugte, dann sein Gesicht mit den Händen bedeckte. Sie sah, wie er zusammenbrach, dieser Mann, dessen Haltung nie auch nur das geringste zu wünschen übriggelassen hatte. Danach sagte er nichts mehr. Sie sah, wie er sich bemühte, seinen Kummer zum Schweigen zu bringen. In seinen Augen waren Tränen; sie saß still da und ließ ihn weinen.

Etwas später, als er ruhiger geworden war, stand sie auf. Sie wußte, daß er ihr nicht würde ins Gesicht sehen wollen, daß er sich schämen würde, weil sie ihn so gesehen hatte, so verwundbar, all die sinnlos vergeudeten Jahre ins Gesicht geschrieben.

Sie berührte behutsam seinen Arm.

»Bleiben Sie hier«, sagte sie. »Bleiben Sie am Fenster. Ich werde Ihnen etwas vorsingen. Sie mögen es, wenn ich singe.« Sie zögerte. »Deshalb bin ich hier, glaube ich, das verstehe ich jetzt. Wegen meiner Stimme. Ich werde Ihnen Kunstlieder vorsingen – genauso wie an dem Abend, als wir uns zum ersten Mal gesehen haben.«

Sie stand in der Mitte des Zimmers und holte tief Luft. Ihre Stimme erhob sich, stieg hoch hinauf und dann eine Oktave nach der anderen hinunter. Sie warf den Kopf zurück, so daß ihre Locken aus dem Gesicht fielen, und begann mit ihrer Engelsstimme zu singen. Mit klarer reiner Stimme: Stern, der das Gesicht dem Fenster und der erleuchteten Stadt zugewandt hatte, ohne etwas davon zu sehen, lauschte den Tönen: hoch, klar, süß, rein, wahrhaftig. Er sah sich und seine Frau, wie sie über den schmalen Pfad durch den Schnee gingen. Sie kamen zu einem Geländer und sahen in eine wunderschöne Wildnis. *All dies könnte uns gehören...* Und so hätte es vielleicht wirklich sein können, das glaubte er noch immer. Aber jetzt waren schon zu viele Jahre vergangen und so viele Fehler gemacht worden. Er selbst hatte Fehler gemacht, das wußte er, genauso wie seine Frau. Wenn ihre Ehe zu einem Gefängnis geworden war, dann war es auch seine Schuld.

Sein Mangel an Vertrauen; sein Stolz; sein starker Willen, der nicht zuließ, daß er der Stimme seines Herzens folgte. Ob es anders gekommen wäre, wenn er keine Angst gehabt hätte, seine Liebe zu zeigen? Vielleicht, dachte er traurig – aber nur vielleicht.

Er konnte jetzt die Musik fühlen, die sich ihm öffnete, ihn tröstete, ihn aufnahm mit ihren reinen Tönen, ihm Einlaß gewährte zu einem schöneren Ort. Wenigstens das war ihm geblieben; wenigstens das war nicht zerstört worden. Erstaunen breitete sich in ihm aus, und er dachte: Es gibt noch eine andere Welt, ihre Versprechungen lagen hier, in dieser Musik und in dieser Stimme. Das wurde ihm in diesem Augenblick klar, und er spürte eine große Erleichterung, als würde sich die Tür zu seinem Gefängnis weit öffnen und ihm die Freiheit geben, die er immer gesucht hatte, und den Frieden und die Frische und Einsamkeit eines abgeschiedenen Orts in dieser Welt.

Als Blanche ihr Lied zu Ende gesungen hatte, nahm er sie in die Arme. Sie wußte, daß sie sich nie wiedersehen würden. Nicht hier. Sie akzeptierte es, wie er es von ihr nicht anders erwartet hatte. Er drückte ihre Hände, dankte ihr für das Geschenk ihrer Stimme. Dann ging er.

Er verließ das Haus und überquerte die Straße. Das hatte er nie getan, und dieses Abweichen von seiner strengen Routine kam für seinen Beobachter völlig unerwartet. Hastig drehte der Mann sich um und starrte in eine Schaufensterauslage; Stern verbeugte sich höflich vor ihm und lüftete den Hut, als er an ihm vorbeiging.

Am Abend nach der Dinnereinladung saßen Stern und seine Frau noch eine Weile zusammen. Stern hielt ein Glas Whisky in der Hand; Constance spielte mit ihren beiden kleinen Hunden. Der eine war Box, der jetzt schon alt war – und der, wie Constance gesagt hatte, tatsächlich ziemlich fett war; der andere war ein Mops, eine neuere Errungenschaft. Ihre Unterhaltung war sprunghaft, dann fiel Stern in Schweigen. Er nippte an seinem Glas. Constance, die auf dem Teppich kniete, spielte zuerst mit dem einen Hund, dann mit dem anderen. Stern hatte das Gefühl, daß sie gut gelaunt war – wie meistens, wenn sich eine neue Katastrophe anbahnte – und merkwürdig angespannt. Sie sprach von ihrem bevorstehenden Besuch in England; von einer Taufe; von Acland. Aclands Namen sprach sie mit besonderer Betonung aus. Stern sagte nichts. Er lauschte den Liedern, die er an diesem Nachmittag gehört hatte. Bei diesen Liedern fühlte er sich in Sicherheit.

»Was meinst du, Box?« sagte Constance und hob ihren Spitz hoch und gab ihm einen Kuß auf die Nase. »Soll ich nach England fahren? Soll ich Montague eifersüchtig machen? Er ist immer sehr eifersüchtig, wenn ich Acland erwähne – ist dir das auch schon aufgefallen? O ja, natürlich. Was für ein kluger kleiner Hund du bist. Aber du bist nicht eifersüchtig, nicht wahr? Dir ist es egal, wen ich liebe –«

»Sei nicht kindisch, Constance.« Stern stellte sein Whiskyglas aus der

Hand. »Du verziehst deine Hunde. Du machst sie zu richtigen Schoßhündchen.«

»Es gefällt ihnen«, sagte Constance und sah ihn mürrisch an. »Nicht wahr, ihr Lieblinge? Siehst du? Es gefällt ihnen. Box hat mir gerade einen Kuß gegeben.«

»Es ist schon spät, Constance. Ich gehe jetzt ins Bett.«

»Willst du nicht mit mir über England reden? Das willst du doch, oder? Das kann ich an deinem Gesicht sehen.«

»Da gibt es nichts zu bereden. Ich habe dich gebeten, nicht zu fahren –«

»Mich gebeten?« Constance stellte Box auf den Boden. »O ja, das tust du immer. Du bittest mich. Das ist doch langweilig. Warum verbietest du mir nicht zu fahren? Warum nicht? Das würdest du doch am liebsten tun. Du kannst es nicht ertragen, daß ich hinfahre. Jedesmal, wenn ich Aclands Namen erwähne – wie du mich dann ansiehst!«

»Du übertreibst. Ich habe nicht die Absicht, dir irgend etwas zu verbieten. Du mußt schon selbst wissen, was du tust.«

»Das weiß ich auch – das habe ich dir doch gesagt. Du kannst mich nicht davon abhalten. Ich fahre auf jeden Fall. Es wäre höchstens amüsant, wenn du es mir verbieten würdest. Dann könnten wir ja mal sehen, ob ich den Mut hätte, es trotzdem zu tun –«

»Hör auf mit diesen albernen Spielchen, Constance. Wenn du einen Mann willst, der sich wie ein tyrannischer Vater aufführt, hättest du dir einen anderen suchen müssen.«

»Tatsächlich?« Constance, die noch eben so munter gewesen war, wurde plötzlich sehr still. Sie warf Stern einen entschlossenen, kühl berechnenden Blick zu. Stern, der lange genug mit ihr verheiratet war, um zu wissen, daß auf diesen Gesichtsausdruck immer ein theatralischer Auftritt folgte, stand auf.

»Vielleicht hast du recht. Vielleicht hätte ich wirklich einen anderen Mann heiraten sollen«, fuhr sie mit nachdenklicher Stimme fort. »Vielleicht hätte ich Acland heiraten sollen. Ich hätte nur mit dem kleinen Finger zu winken brauchen! So leicht wäre es gewesen.«

»Glaubst du das wirklich? Entschuldige, aber das möchte ich doch sehr bezweifeln.«

Stern, der schon zur Tür ging, blieb stehen und drehte sich noch einmal zu ihr um. Constance hockte auf dem Fußboden. Ihre Augen glitzerten. Mit einem Gefühl der Erschöpfung beobachtete Stern, wie sich ihr Zorn zusammenballte.

»Was weißt du denn schon? Nichts weißt du.« Ihre kleinen Hände ballten sich zu Fäusten, öffneten sich wieder. »Du hast doch überhaupt keine Phantasie, Montague. Du könntest Acland und mich doch niemals verstehen. Du weißt nur, daß Acland eine Bedrohung ist.«

»Eine Bedrohung?« Stern runzelte die Stirn. »Für mich oder für dich?«

»Für dich natürlich.« Constance sprang auf. »Wieso soll Acland für mich eine Bedrohung sein?«

»Ach, weißt du, wenn wir Leute erfinden, sind sie immer eine Bedrohung. Das weiß ich. Diese Lektion habe ich aus erster Hand erfahren.«

»Erfinden? Du glaubst, daß ich Acland erfunden habe? Was für ein Dummkopf du bist.« Constance warf ihren Kopf zurück. »Wie kannst du es wagen, so etwas zu sagen. Du bist ein Langweiler. Du weißt doch nur, wie man Geld macht – und sonst nichts. Acland und ich stehen uns sehr nahe. Das war schon immer so. Wie Zwillinge – nein, wir waren uns viel näher als Zwillinge. Soll ich dir mal was sagen – etwas, das ich dir noch nie erzählt habe? Weißt du, warum er mir so nahesteht. Warum ich so an ihm hänge? Weil Acland der *Erste* war.«

Stern ließ sich diese Neuigkeit durch den Kopf gehen. Er hatte sie schon erwartet, oder etwas Ähnliches.

»Ja... also, Constance, ich finde, es ist schon ein bißchen spät für so dramatische Enthüllungen. Ich gehe jetzt ins Bett.«

»Du glaubst mir nicht?«

Stern sah seine Frau an. Der Zorn machte sie, wie immer, nur noch schöner. Ihre Augen glänzten, ihre Wangen waren gerötet, ihr ganzes Gesicht strahlte.

»Nein, meine Liebe. Das tu ich nicht.«

»Aber es ist die Wahrheit!«

»Du möchtest nur gern, daß es die Wahrheit ist. Aber Wünsche ändern nichts an den Tatsachen. Ich nehme an, daß du von Acland schon längst genug hättest, wenn eure Beziehung vollzogen worden wäre. Genauso wie du von allem und jedem bald genug hast, nachdem du es erreicht hast. Aber wie –«

»Sex? Du glaubst, es wäre nur Sex? Wie dumm du bist! Richtig vulgär bist du. Und was für eine schmutzige Phantasie du hast!«

»Möglich. Andererseits strengst du dich ganz schön an, um dir sexuelle Belohnung zu verschaffen, und wie ich annehme, hast du auch schon gemerkt, wie schwer sie zu halten ist. Trotz deiner Ansprüche. Davor habe ich dich schon einmal gewarnt.«

»Ich hole mir, was ich bei dir nicht kriegen kann – das ist doch nur natürlich.«

»Meine Liebe. Es besteht überhaupt kein Grund, uns gegenseitig zu beleidigen und uns Impotenz oder Frigidität vorzuwerfen. Sagen wir doch einfach, daß es mir leid tut, dich in dieser Hinsicht enttäuscht zu haben. Aber es ist schon spät, und wir haben dieses Gespräch schon früher, schon viele Male, geführt.«

»Und wenn ich Acland nun lieben würde – was dann?« Constance ging einen Schritt auf Stern zu. »Das würde dir dein schönes Konzept vermasseln, nicht wahr? Geliebte sind erlaubt – aber Liebe nicht! Nur du konntest dir in deinem Kopf einen solchen Vertrag aushecken und auch noch glauben, daß er funktionieren würde. Du wolltest mir immer schon Zügel anlegen. Du wolltest mich immer schon an die Leine nehmen –«

»Constance, du verwechselst die Metaphern.«

»Du hast immer Bedingungen gestellt und erwartet, daß ich mich daran halte. Warum sollte ich das tun, sie engen mich ein, so daß ich keine Luft bekomme, daß ich nicht ich selbst sein kann. Aber wenn ich jemanden richtig lieben würde – könnte ich mich von ihnen befreien. Da! Einfach so! Man kann vielleicht von einem Geliebten genug haben, aber nicht von einem Menschen, den man liebt.«

»Glaubst du?« fragte Stern mit Bedauern in der Stimme. »Da bin ich aber anderer Meinung. Ich glaube schon, daß es möglich ist... von einem Menschen genug zu haben, auch wenn man ihn liebt.«

Er hatte ganz ruhig gesprochen, was Constance zu irritieren schien. Sie ging wieder ein paar Schritte weg. Sie bückte sich, hob einen ihrer Hunde auf und streichelte ihn. Sie küßte ihn auf den Kopf. Sie blickte zu ihrem Ehemann auf. Sie lächelte, aber es wirkte verkrampft.

»Na, hast du Blanche Langrishe heute schon gevögelt, Montague? Du warst ganz schön lange mit ihr in der Wohnung, also wirst du es wohl getan haben. Mehr als einmal. Du glaubst doch nicht, daß ich dir diesen Südafrikaner abgekauft habe?«

»Es ist mir ziemlich egal, ob du es glaubst oder nicht.«

»Ach, und ich dachte, wir hätten eine Abmachung getroffen: keine Geheimnisse! Trotzdem siehst du diese Frau nun schon seit Monaten und hast sie kein einziges Mal erwähnt.«

»Meine Liebe, du kennst meine sämtlichen Geheimnisse. Ich wußte, daß es nur eine Frage der Zeit sein würde, bis du es herausfindest.«

»Ja, tatsächlich. Eine kleine Sängerin mit gefärbten Haaren, die aus

Queens kommt. Nicht gerade das, was ich von dir erwartet hätte, Montague – du, ein Mann mit so erlesenem Geschmack. Trotzdem, ich schätze, sie ist gut im Bett. Eine billige kleine Nutte, den Blick fest auf deine Brieftasche gerichtet. Was gefällt dir denn so an ihr, Montague? Das würde ich gern erfahren. Ihre Intelligenz kann es doch kaum sein, denke ich. Aber was dann? Ihre Chormädchenbeine? Ihre Titten? Ihr Arsch? Oder ist sie einfach nur gut im Bett?«

Stern stand noch immer an der Tür. Sein Gesicht drückte Widerwillen aus.

»So solltest du nicht reden«, sagte er mit der gleichen ruhigen Stimme wie vorher. »Diese Worte – immer gebrauchst du so häßliche Worte. Billige. Das habe ich noch nie leiden können, wenn du so gesprochen hast. Diese Worte ... passen nicht zu dir.«

»Oh, das tut mir aber leid. Richtig, du bist ja ein Gentleman. Eine Frau sollte solche Worte gar nicht kennen, und schon gar nicht in den Mund nehmen. Es gehört sich nicht, daß ich *vögeln* sage, nicht wahr, Montague? Oder doch, natürlich darf ich es sagen – aber nur zu dir, im Bett. Das ist aber schon ein bißchen scheinheilig, findest du nicht? Schließlich ist es doch ein ganz nettes Wort. Und außerdem ist es doch das, was du tust. Du gehst zweimal die Woche in deine Wohnung und vögelst diese kleine Nutte. Dann bezahlst du sie, schätze ich. Oder machst du ihr etwa nur Geschenke – vulgäre Geschenke? Itzig-Geschenke? Solche, wie du mir machst?«

Constance ging näher zu ihm, während sie sprach. Stern sah ihr entgegen. Je näher sie kam, desto kleiner erschien sie ihm. Seine winzige, wütende, verletzende, vulgäre Frau. Ihr Zorn pulsierte in der Luft; er zuckte in ihren Augen, flog elektrisierend aus ihrem Haar. Sie hatte die Stimme erhoben. Der Spitz, der vor solchen Szenen immer Angst hatte, floh und suchte nach einem Versteck.

»Du erschreckst die Hunde, Constance«, sagte Stern mit höflicher Stimme. »Schrei nicht so. Das mögen die Hunde nicht. Ich auch nicht. Und die Diener werden uns noch hören.«

»Das ist mir scheißegal. Die Dienerschaft ist mir scheißegal. Du bist mir scheißegal. Die verdammten Hunde sind mir scheißegal. Ich hasse sie beide. Du hast sie mir geschenkt, und ich hasse sie. Ein Halsband mit Rheinkiesel und eine rote Leine – das konnte nur dir einfallen. Einen Geschmack wie vom Eastend hast du, wußtest du das? Einen billigen Geschmack. Und du selbst bist auch billig – mit deinem schmierigen Benehmen und deinen albernen affektierten Verbeugungen. Glaubst du vielleicht, du würdest deshalb als Europäer durchgehen, als Gentleman? Die Leute lachen schon darüber. Weißt du, was ich ihnen sage? Ich sage ihnen: ›Ach, das müssen Sie ihm verzeihen. Er kann ja nichts dafür. Er hat es nicht besser gelernt. Er ist in den Slums aufgewachsen. Er ist ein ganz gewöhnlicher kleiner Jude.‹«

Einen derartigen Hohn hatte Constance bisher noch nie über ihn ausgeschüttet. Vielleicht wußte sie, daß sie zu weit gegangen war, vielleicht erschreckte sie etwas in Sterns Gesicht – seine erstarrten Gesichtszüge, die Verachtung in seinen Augen. Sie schrie auf. Sie bedeckte ihr Gesicht mit den Händen.

»O Gott, o Gott, ich bin so unglücklich. Ich bin so verletzend. Ich wünschte, du würdest mich schlagen – warum schlägst du mich nicht? Ich weiß, daß du es am liebsten tun würdest. Das sehe ich in deinen Augen.«

»Ich habe kein Verlangen danach, dich zu schlagen. Nicht das geringste.«

Stern drehte sich zur Tür um. Constance umklammerte seinen Arm. Sie versuchte ihn zurückzuziehen.

»Bitte, sieh mich an. Kannst du mich nicht verstehen? Ich habe es doch gar nicht so gemeint. Ich sage diese Dinge doch nur, um dir weh zu tun. Aus keinem andern Grund. Es ist die einzige Möglichkeit, an dich heranzukommen – dich zu verletzen. Du bist so kalt – und wenn du böse bist, dann ist das wenigstens überhaupt eine Reaktion. Besser als gar nichts. Ich bin eifersüchtig, das ist alles. Ich zeige wenigstens eine Unterscheidungsfähigkeit bei meinen Liebhabern – in gewisser Hinsicht sind sie ein Kompliment für dich. Aber du – du liest dir eine billige kleine Nutte von der Straße auf –«

»Sie ist keine Nutte. Und Blanche ist nur ihr Künstlername. Ihr richtiger Name ist Ursula.«

»Ursula?«

Aus irgendeinem Grund schien Constance darüber sehr bekümmert. Sie ließ ihren Mann los und sah ihn mit dem Ausdruck kindlicher Trauer an.

»Ursula. Ursula. Ursula was?«

»Das kann dir egal sein.«

»Es interessiert mich aber. Es ist ein guter Name – so gut wie Constance. Ich habe das Gefühl, als würde ... als würde er mich auslöschen.«

»Meine Liebe, ich würde es an deiner Stelle vergessen. Geh ins Bett und schlaf ein bißchen.«

»Nein, warte, sag mir nur noch das eine –«

»Constance. Ich hasse solche Szenen. Sie sind sinnlos. Das wissen wir beide. Das meiste wurde schon so oft gesagt. Viele Male.«

»Aha, du meinst, ich wiederhole mich.« Sie seufzte. »Langweilt es dich, Montague?«

»Es kann langweilig sein, ja.«

»Ach, du lieber Himmel. Ein Todesurteil.« Sie wandte sich mit einem kleinen traurigen Lächeln ab. »Ich hätte wissen müssen, daß du es so sagst. So kühl. So pedantisch. Na ja.«

Gegen seinen Willen blieb Montague stehen. Er beobachtete seine Frau, die sich vor seinen Augen verwandelte. Wie immer ging die Verwandlung schnell vor sich. Eben noch eine Furie; und jetzt völlig still. Sie sah so verlassen aus, und früher einmal hätte es Stern sofort wieder an ihre Seite gebracht. Als er nicht zu ihr kam, preßte sie ihre kleine juwelengeschmückte Hand auf ihr Herz.

»Aber bevor du gehst, Montague, sag mir bitte das eine. Deine Geliebte – siehst du, wie höflich ich bin? –, was findest du an ihr? Was hat sie, was ich dir nicht geben kann?«

Stern zögerte.

»Ich glaube, ihre Stimme. Ja, das ist es. Ich mag es, wenn sie singt. Sie hat eine sehr schöne Stimme.«

»Aha. Ich verstehe.« Constances Augen füllten sich mit Tränen. »Damit kann ich nicht konkurrieren.«

»Du bist immer noch meine Frau, Constance«, sagte Stern steif. Er sah die Falle für sein Mitleid. Es fiel ihm noch immer schwer, sich von ihren Tränen nicht rühren zu lassen.

»Noch? Noch deine Frau?« Constance verzog das Gesicht in Schmerzen. »Dieses *noch* gefällt mir nicht. Es macht mir angst.«

»Es ist schon spät, Constance.« Stern legte den Arm um sie. »Du bist müde. Geh jetzt ins Bett.«

»Wenn ich sagen würde…« Sie sah zu ihm auf. »Wenn ich sagen würde, daß ich dich liebe, Montague, daß ich dich sehr liebe, würde das etwas ändern? Was würdest du dann sagen?«

Stern überlegte. Er dachte darüber nach, wie seine Antwort früher einmal, vor einem Jahr, vor einer Stunde, ausgesehen haben würde. Sanft machte er sich von ihr los.

»Meine Liebe«, erwiderte er mit bedauernder und freundlicher Stimme, »ich glaube, ich würde sagen, daß du dieses Geständnis etwas zu spät abgelegt hast.«

»Bist du sicher?«

»Leider ja.«

»Dann werde ich nach Winterscombe fahren.« Sie umklammerte seinen Arm.

Stern löste vorsichtig den Griff ihrer Finger.

»Meine Liebe«, sagte er. »Das ist dein gutes Recht. Und deine eigene Entscheidung.«

Constance kam zu meiner Taufe. Die Hoffnung, daß ihre Entscheidung Stern provozieren könnte, spornte sie an: Ich bin mir noch immer nicht sicher, ob sie auch gefahren wäre, wenn Stern es ihr verboten hätte. Wahrscheinlich hätte es keinen Unterschied gemacht: Je verbotener etwas war, desto verlockender war es für Constance. Sie liebte es, am Rande des Abgrunds zu balancieren. Auf jeden Fall verließ sie New York gleich zu Neujahr 1939. Die Taufe fand Mitte Januar statt. Ihre Entscheidung, zu der Taufe zu kommen, und die Tatsache, daß Acland zugestimmt hatte, daß sie meine Patentante werden sollte, bedeutete Ärger. Constance wäre entzückt gewesen, wenn sie gewußt hätte, daß sich Acland und Jane, die sich selten stritten, deswegen fast in die Haare geraten wären.

Für meine Mutter war es eine schwere Entbindung gewesen. Und sie war noch sehr schwach. Unterschwellig war ihr Widerstand gegen Constances Wahl als Patentante wochenlang vorhanden: Sie zeigte ihn nicht offen – bis einen Tag vor meiner Taufe, einen Tag, bevor Constance eintreffen würde.

Den ganzen Morgen sagte sie nichts, obwohl sie große Angst hatte, daß es Schwierigkeiten geben würde. An diesem Nachmittag – die Ärzte bestanden darauf, daß sie sich jeden Nachmittag ausruhe – beschloß sie schließlich, dagegen zu protestieren. Es war ein ungünstiger Zeitpunkt: Acland wollte gerade mit Steenie und Freddie einen Spaziergang machen.

Es war still im Schlafzimmer. Im Kamin brannte ein Feuer. Die Wiege, in der ihr Baby schlief, stand am Fußende des Betts. Es war dasselbe Zimmer – mit dem Erkerfenster –, in dem Acland in den Monaten seiner Krankheit gelegen war. Jane hatte es selbst für diesen Zweck ausgesucht, als sie als Braut nach Winterscombe gekommen war.

Ihr Baby war in diesem Zimmer geboren worden. In diesem Zimmer – allen Konventionen ihrer Zeit und ihrer Klasse zum Trotz – schliefen auch sie und Acland. Dieses Zimmer war von ihrer Ehe erfüllt. Immer wenn er nicht bei ihr war, fiel es ihr schwer, ohne die Geborgenheit seines Körpers einzuschlafen.

Jane sah hinüber zu dem Erkerfenster; zu der Wiege; zu den roten Kohlestückchen im Feuer. Acland beugte sich zu ihr, um ihr einen Kuß zu geben. Jane, die ganz genau wußte, daß jetzt der falsche Augenblick war, und außerdem viel zu spät, begann mit rationalen Einwänden, obwohl ihr bewußt war, daß sie ein irrationales Unbehagen verspürte. Sie sagte, die Vorstellung von Constance als Patentante bereite ihr Kummer. Patentanten und Patenonkel sollten Christen sein: Wenn sie es nicht waren, war die ganze Zeremonie ohne jede Bedeutung. Constance, sagte sie, und ballte ein Stück Laken zwischen den Händen zusammen, sei eine selbsternannte Atheistin, die es – das letzte Mal, als sie in Winterscombe zu Besuch gewesen war – rundweg abgelehnt habe, in die Kirche zu gehen.

»Acland«, sagte sie müde, »ach, Acland, warum hast du eingewilligt? Das kann ich nicht verstehen.«

Acland, der selbst nicht genau wußte, warum er zugestimmt hatte – außer, daß Constance darauf bestanden hatte und es einfacher schien, sich nicht auf einen Streit einzulassen –, und der schon wünschte, es nicht getan zu haben, wurde gereizt. Das Baby würde zwei Patenonkel und zwei Patentanten haben, sagte er. Meine Patenonkel würden Wexton und Freddie sein, die beide nicht gerade eifrige Christen seien.

»Freddie geht immerhin in die Kirche«, sagte Jane. »Wenn er hier ist, geht er in die Kirche.«

»Um Himmels willen, Liebling! Das tut er aus Höflichkeit, weil *wir* gehen. Und Wexton geht nie mit – was soll also dein Argument?«

»Freddie ist ein guter Mensch. Und Wexton auch. Wexton ist der religiöseste Mensch, den ich kenne – auf seine Weise. Ach, Acland, ich kann es nicht erklären.«

»Ich weiß, daß du es nicht kannst, Liebling. Ich glaube, die Wahrheit ist, daß du Constance nicht magst. Warum nicht ehrlich sein und es zugeben?«

»Das stimmt nicht. Es ist nicht, weil ich sie vielleicht nicht leiden kann. Ich glaube nur, daß sie einfach nicht geeignet ist. Sie wird es nicht verstehen – das Ganze wird für sie ohne Bedeutung sein. Und außerdem, was sollen wir mit Maud machen?«

»Das habe ich dir doch *gesagt*. Maud hat eingewilligt. Sie kommt.«

»Das kann ich einfach nicht glauben, nicht, wenn Constance hier ist. Und wenn sie doch kommt, wird sie Constance ganz offen schneiden.«

Acland lächelte. »Nein, wird sie nicht. Das hat sie mir versprochen. Sie wird ihr bestes Benehmen an den Tag legen. Außerdem wird sie ja auch Patentante. Sie wird Constance ignorieren, wenn es das ist, was dir Sorgen macht.«

Jane richtete sich auf. Sie nahm Aclands Hand.

»Bitte, Acland, können wir es denn nicht mehr ändern?«

»Es ist alles schon fest abgemacht, Schatz. Ich kann es nicht mehr ändern. Constances Schiff hat gestern angelegt. Sie ist schon in London. Sie wird morgen hier sein. Was soll ich ihr denn sagen? ›Tut mir leid, du bist dreitausend Meilen umsonst gereist – wir haben es uns anders überlegt; du eignest dich nicht als Patentante?‹ Liebling, das kann ich nicht tun. Wenn du es richtig überlegt hättest, hättest du mich gar nicht erst darum gebeten. Ich kann es nicht tun.«

»Nicht einmal für mich?«

»Nein. Nicht einmal für dich.«

»Nicht einmal für Victoria?«

»Nicht einmal für Victoria.« Er beugte sich zu ihr und küßte sie auf die Augenbrauen. »Für Victoria wird es nichts ändern, Liebling – du machst dir zuviel Sorgen. Ich kann mich fast nicht mehr erinnern, wer meine Paten waren. Ich schätze, sie haben das übliche Taufgeschenk gemacht, und das war's dann auch. Ich bin mir völlig sicher, daß sie sich nie um mein seelisches Wohlergehen gekümmert haben.«

»Ich wünschte, du würdest dich darüber nicht lustig machen.« Jane ließ seine Hand los.

»Ich mache mich nicht lustig. Es ist nur, weil du die Dinge manchmal ein bißchen zu ernst nimmst.«

»Es ist wichtig für mich. Ist es falsch, etwas ernst zu nehmen, das einem so viel bedeutet?«

»Nein. Wahrscheinlich nicht. Aber es ist auch irgendwie nicht sehr gütig. Nur weil Constance nicht in die Kirche geht, ist das noch lange kein Grund, sie auszuschließen. Ich dachte, es wäre mehr Freude im Himmel, wenn ein Sünder bereut –«

»Du machst mir angst«, Jane drehte ihr Gesicht weg. »Manchmal machst du mir angst. Das hast du früher auch schon immer getan – vor vielen Jahren –«

»Was getan?«

»Ach, Witze gerissen. Witze, die fast blasphemisch sind.«

»Ich glaube nicht an Blasphemie; vielleicht ist das der Grund.« Acland stand auf. Er machte eine ungeduldige Handbewegung.

»Ich habe Blasphemie *gesehen*. Blasphemie ist, was die Menschen tun, nicht was sie sagen. Das weißt du. Du hast es auch gesehen.«

Dann herrschte Schweigen. Acland ging zum Fenster. Jane überlegte, ob er zum Wald und zum See sah, oder auf den Krieg. Sie wußte, daß er noch immer den Krieg vor sich sah, so wie sie.

»Liebling.« Acland hatte die Tränen gesehen. Er kam wieder zum Bett. Er nahm sie in die Arme. »Meine Liebste, weine doch nicht. Es tut mir leid, daß ich das gesagt habe. Hör zu – wenn es dir so viel bedeutet, werde ich tun, was du sagst. Lieber verletze ich Constances Gefühle als deine. Zur Hölle mit Constance! Paß auf, ich werde sie in London anrufen. Ich kann sie heute abend erreichen. Ich werde ihr absagen. Ich werde ihr sagen, daß sie nicht kommen soll. Winnie wird hier sein; dann soll Winnie eben an ihrer Stelle Patentante sein.«

»Nein, Acland. Laß es so, wie es ist.« Jane richtete sich wieder auf. Sie trocknete sich die Augen. »Vergiß, was ich gesagt habe. Du hast recht. Ich bin dumm und hartherzig. Ich fühle mich alt – ich glaube, das ist es. Alt und verschroben. Eine absolut widerliche Frau. Es tut mir leid. Geh schon – sonst kommst du noch zu deinem Spaziergang zu spät.«

»Alt? Du bist doch nicht alt.« Acland schüttelte sie behutsam an den Schultern.

»Ach, Acland, lüg nicht. Ich habe doch Augen im Kopf. Ich kann in den Spiegel sehen.«

»Du siehst wunderschön aus. Dein Haar glänzt. Deine Haut ist weich. Deine Augen sind voller Licht. Sieh her, ich werde deine Augen küssen, weil ich sie liebe, und ich hasse es, dich weinen zu sehen. Da, jetzt, siehst du? Du siehst fast so hübsch aus wie unsere Tochter.«

Jane lächelte. »Acland, unsere Tochter sieht überhaupt nicht hübsch aus. Das wissen wir beide. Ich liebe sie von ganzem Herzen, aber Tatsache ist –«

»Das hört sich schon besser an. Was ist Tatsache?«

»Tatsache ist, daß sie nur ganz wenig Haare hat. Eigentlich hat sie so gut wie gar keine Haare. Und sie ist ziemlich rot im Gesicht, vor allem, wenn sie schreit. Und dürr. Gib es zu, Acland. Wir haben eine dürre Tochter.«

»So etwas würde ich nie zugeben.« Acland stand auf. Er ging durch das Zimmer und beugte sich über die Wiege.

»Jetzt schreit sie gerade nicht. Sie ist nicht rot im Gesicht. Ihre Ohren sind feine Muschelschalen. Sie hat Nägel an ihren Fingerspitzen. Sie kann meine Finger packen – ich will sie nicht dazu ermutigen, sonst wacht sie noch auf und brüllt. Außerdem...« Er beugte sich noch tiefer hinunter.

»Was außerdem?«

»Ich glaube, sie kriegt Sommersprossen. Auf der Nase. So wie du. Und rote Haare.«

Er ging wieder zum Bett, er nahm Janes Hand.

»Versprich mir, daß du nicht wieder weinen wirst.«

»Das kann ich nicht. Ich bin sentimental. Bei der Taufe muß ich bestimmt weinen.«

»Na schön. Dann gestatte ich dir noch ein paar Tränen. Aber nur ein paar. Und dann nie wieder, bis –«

»Bis wann?«

»Ach, bis zu ihrer Hochzeit, schätze ich. Dann weinen Mütter doch auch immer, nicht wahr – bei der Hochzeit ihrer Tochter?«

»Bis dahin sind es noch zwanzig Jahre – oder mehr.«

»Das ist richtig.«

»Das ist eine ziemlich lange Zeit ohne Tränen –«

»Zwanzig Jahre? Zwanzig Jahre ist nichts. Stell dir doch vor, wieviel Zeit wir noch haben. Dreißig Jahre. Vierzig. Gib mir deine Hand.«

Acland küßte ihre Handfläche. Er schloß ihre Finger um den Kuß. Er blickte auf.

»Weißt du, was ich gedacht habe – als sie geboren wurde?«

»Nein, Acland.«

»Ich dachte...« Er zögerte. »Ich dachte an all die Dinge, die ich versäumt habe. All die Dinge, die meine Familie von mir erwartet hat. Ich dachte an meine Mutter, und wie ich sie enttäuscht habe –«

»Acland, du hast sie nicht enttäuscht –«

»O doch, das habe ich. Aber das macht nichts – verstehst du das? Es ist nicht wichtig. Was immer ich falsch gemacht habe, zwei Dinge habe ich richtig gemacht. Ich habe dich geheiratet, und wir haben Victoria.«

Jane ergriff seine Hände. Acland, der in ihrem Gesicht ihre alte wilde Entschlossenheit aufflackern sah, eine Stärke, die er, wie er wußte, nicht mehr besaß, beugte den Kopf. Er legte ihn an ihre Brust. Jane streichelte sein Haar. Ich habe Frieden gefunden, dachte Acland.

Nach einer Weile richtete er sich auf. Er gab seiner Frau einen Kuß.

»Ich glaube, ich sollte jetzt gehen. Freddie und Steenie werden schon warten. Wir machen einen langen Spaziergang – bis hinauf zu Galley's Field. Versprich mir, daß du zu schlafen versuchst. Soll ich Jenna bitten, zu kommen und sich ein bißchen zu dir zu setzen?«

»Ja. Ich mag es, wenn sie hier ist. Sie strickt. Dann kann ich die Nadeln klappern hören.«

»Du und sie – ihr steht euch sehr nahe.« Acland sah sie an, er sah verwirrt aus.

»Sie ist meine Freundin, Acland. Das fühle ich. Ich bin froh, daß sie jetzt hier ist. Ich fand es entsetzlich, daß sie in dieser Hütte wohnen mußte.«

»Ja. Na gut, vielleicht hast du recht.« Er zögerte. »Ich frage sie dann also, wenn ich nach draußen gehe.«

»Vielen Dank. Ach, ich fühle mich so müde. Schau – meine Augen fallen schon zu, während ich noch wach bin.«

»Ich liebe dich.« Acland küßte sie noch einmal. »Ich liebe dich«, sagte er, »und ich hasse es, wenn wir uns streiten.«

Acland war der schnellste von den drei Brüdern. Er ging vorn; der Abstand zwischen ihnen wurde immer größer. Steenie schlenderte gemächlich hinter Acland her. Freddie, der inzwischen ziemlich behäbig geworden war, bildete den Schluß. Er schnaufte bereits und rang nach Luft.

Steenie hatte einen lächerlichen Mantel an, zwei seidene Schals und Handschuhe aus Schweinsleder. Er kam gerade aus Paris, mit dem Flugzeug, wo er einen anhaltenden Streit mit Conrad Vickers gehabt hatte. Er beklagte sich ausführlich, zuerst über Vickers' schlechten Charakter, dann über den Flug.

Freddie sann darüber nach, ob er Steenies Gang als geziert oder als gleitend beschreiben sollte. Irgendwie schien er bestrebt, beides zu sein. Stirnrunzelnd sah Freddie auf die gelben Handschuhe. Aber die stumme Kritik an seinem Bruder hielt sich in Grenzen. Freddie liebte solche Familientreffen; er liebte es, nach Winterscombe zu kommen, wann immer es ging.

Kurz vor der Kuppe der Anhöhe blieb Acland stehen. Er wartete, bis seine beiden Brüder ihn eingeholt hatten. Er sah, wie Freddie fand, glücklich und zufrieden aus und war in einer besseren Verfassung, als Freddie ihn seit Jahren gesehen hatte. Sein Gesicht war von der Arbeit an der frischen Luft gebräunt; er ging mit weit ausholenden Schritten. Er redete gerade mit großem Eifer von Kühen.

Freddie war sich ziemlich sicher, daß es vor zwei Jahren noch Schafe gewesen waren. Und er war sich ziemlich sicher, daß die Schafe kein großer Erfolg gewesen waren. Freddie störte das nicht. Ausbrüche fehlgeleiteter und oft kurzlebiger Begeisterung waren etwas, für das er Verständnis hatte. Er fühlte sich mit seinem Bruder verbunden.

Steenie war da ganz anders. Steenie reichte es völlig aus, Unterstützung zu bekommen – sein eigenes Geld hatte er schon vor Jahren aufgebraucht; aber Steenies kostspieligen Geschmack zu finanzieren – und Acland unterstützte ihn, wie Freddie annahm, weil es sonst niemand tat –, bedeutete nicht, von Steenies spitzer Zunge geschont zu werden.

»Um Himmels willen, Acland«, sagte er, als sie kurz vor der Anhöhe stehenblieben. »Müssen wir uns das denn anhören? Du klingst wie ein Bauer.«

»Ich *bin* ein Bauer. Ich versuche ein Bauer zu sein. Irgend etwas muß doch getan werden mit diesem ganzen Land.« Acland schwang sich auf einen Zaun. Er zündete sich eine Zigarette an.

»Na ja, vielleicht schon, aber es paßt nicht zu dir. Du hast keine Ahnung, wovon du redest, da bin ich mir sicher. Und außerdem bist du viel zu optimistisch. Richtige Bauern sind niemals optimistisch. Sie laufen ständig mit düsterer Miene herum.«

»Ich kann auch düster sein. Aber nicht heute. Ich bin Vater geworden. Freddie versteht das – nicht wahr, Freddie?«

»Gib mir eine von deinen Zigaretten.« Steenie steckte die Zigarette in eine Spitze.

»Wann kommt Wexton? Es wird schön sein, Wexton wiederzusehen.«

»Morgen früh«, sagte Acland, ohne sich umzudrehen. »Constance kommt dann auch. Und Winnie. Maud kommt allein, mit dem Auto. Sie kommt nur zu der Zeremonie in der Kirche, dann fährt sie gleich wieder zurück. Vielleicht wäre es keine schlechte Idee, Steenie, wenn du dir deine Bemerkungen darüber verkneifen würdest.«

»Meinst du?« Steenie warf seinen beiden Brüdern einen Blick verletzter Unschuld zu. »Ich kann durchaus auch taktvoll sein, wißt ihr, wenn ich will. Sehr taktvoll sogar. Ich werde Montague mit keinem Wort erwähnen.«

»Ach was, das geht schon in Ordnung«, sagte Freddie auf seine wohltuende Art. »Das ist alles schon so lange her. Mit Maud gibt es keine Probleme. Die gibt es bei ihr nie.«

»Mein Lieber, ich bin überzeugt, daß Maud die personifizierte Würde sein wird. Constance hingegen *liebt* Szenen. Sie wird irgend etwas absolut Gräßliches tun. Das ist wahrscheinlich der einzige Grund, weswegen sie kommt –«

»Sie kommt, um Victorias Patentante zu werden. Sie hat darauf bestanden, und ich habe eingewilligt. Außerdem bleibt sie nicht lange. Zwei Tage – höchstens drei. Und du übertreibst mal wieder, Steenie. Constance war schon unzählige Male hier. Sie kommt jedes Jahr, und es hat noch nie eine Szene gegeben.«

»Ja, aber da war sie mit Stern hier. Der hält sie in Schach. Aber diesmal ist Stern nicht dabei.«

»Ihr Mann ist nicht der einzige, der Constance in Schach halten kann.« Acland klang gereizt. »Das kann ich auch, falls es sich als nötig erweist. Und Freddie wird mir dabei helfen, nicht wahr, Freddie?«

»Schätze, ja.« Freddie klang nicht gerade überzeugend. »Jedenfalls kann ich es versuchen. Aber ich habe sie schon seit Jahren nicht mehr gesehen. Ich weiß gar nicht mehr so richtig, wie sie eigentlich ist.«

Steenie lächelte nur geheimnisvoll, vielleicht, um die beiden zu irritieren.

Auf dem Rückweg kamen sie an Jack Hennessys Hütte vorbei. Der Garten von Hennessys Hütte war von Unkraut überwuchert: Das Dach hing durch. Die vorhanglosen Fenster waren dunkel.

»Was für eine gräßliche Bruchbude«, sagte Steenie, nachdem sie vorbei waren. »Wohnt Hennessy noch immer da drin?«

»Ja. Ihm gefällt es.« Acland warf über die Schulter einen Blick zurück. Er zuckte die Achseln. »Er wollte es haben, als er aus dem Krieg zurückkam. Es schien genau das Richtige für ihn. Du weißt doch, er ist nicht ganz richtig im Kopf. Er ist so verschlossen.«

»Du solltest was unternehmen mit diesem Haus, Acland«, sagte Steenie und ging schneller, um ihn einzuholen. »Sonst fällt es noch eines Tages über Hennessys Kopf zusammen. Und mit den anderen hier auch.« Sie blieben stehen. Sie waren am Dorf angekommen. Steenie sah sich um. Er stieß einen lauten Seufzer aus. »Sieht wirklich schlimm aus, Acland. Vielleicht kommt es, weil ich schon so lange nicht mehr hier war, aber es sieht schrecklich aus. Die Hälfte der Häuser steht ja leer.«

»Die Hälfte der Häuser steht leer.« Acland machte eine ärgerliche Handbewegung. »Möchtest du gern wissen, warum, Steenie? Sie stehen leer, weil die Hälfte der Arbeiter weggegangen ist. Weil ich es mir nicht mehr leisten kann, den Männern, die darin wohnen, ihre Löhne zu zahlen. Und niemand will sie kaufen, weißt du.«

»Nun, *irgend jemand* muß doch die Häuser haben wollen. Du könntest die Häuser wiederherrichten. Ich erinnere mich noch daran, wie es früher hier ausgesehen hat. Es war besonders reizend – auf eine feudale

Art. Es gab Gemüsegärten. Reihenweise Stangenbohnen und Stockrosen –«

»Du lieber Himmel, Steenie.«

»Die hat es wirklich gegeben, Acland. Ich sage ja nur. Es ist wahr. Du hast diesen Ort verkommen lassen.«

»Steenie. Es war Krieg.« Acland stieß ein erschöpftes Stöhnen aus. »Verstehst du das denn nicht? Manchmal frage ich mich wirklich, ob du's nicht verstehst. Versuch doch mal nachzudenken, ja? All diese Männer, die hier gewohnt haben, die die grünen Bohnen und die Stockrosen gepflanzt haben – weißt du, wie viele von denen zurückgekommen sind?«

»Ach, der Krieg, der *Krieg*!« sagte Steenie mit erhobener Stimme. »Ich habe diesen verdammten Krieg satt. Immer reitest du darauf herum. Jane reitet darauf herum. Selbst Wexton reitet darauf herum. Um Himmels willen. Der Krieg ist *vorbei*. Er ist seit über zwölf Jahren vorbei ...«

»Vorbei? Du glaubst, er wäre vorbei?« Acland drehte sich wieder zu ihm um. Er packte Steenies Arm. Er drehte seinen Bruder um, daß er zu den verlassenen Häusern sah. »Sieh es dir doch an, Steenie. Und überleg mal. Der Krieg war nicht 1918 zu Ende. Das war erst der Anfang. Sieh dir dein Dorf an, Steenie. Na, mach schon, sieh es dir richtig an. Weißt du, was das ist? Eine kleine Kriegszone, ganz für sich allein, mitten im Herzen von Winterscombe. Weißt du, was diesen Ort zusammengehalten hat? Investitionen, niedrige Steuern, billiges Dienstpersonal. Lächerliche, unangebrachte, feudale Treue. Aber das hat sich geändert. Ich bin sogar froh, daß es sich geändert hat. Und trotzdem kann ich es nicht einfach aufgeben. Ich versuche immer wieder zu helfen, versuche es wieder in Ordnung zu bringen. Meine Frau gibt mir das Geld, und ich gebe die Energie – jedenfalls versuche ich es. Es wird mit jedem Jahr schwerer und teurer. Und du wirst auch immer teurer. Vielleicht solltest du auch einmal darüber nachdenken, Steenie.«

»Das ist nicht fair!« Steenie stieß einen Klagelaut aus. »Ich hasse es, wenn du so redest. Du klingst so grimmig. Ich bemühe mich ja! Ich versuche, mich einzuschränken. Wenn Papa besser zurechtgekommen wäre, ginge es mir jetzt auch besser. Woher sollte ich wissen, daß die Hälfte des Geldes einfach so verschwinden würde? Mama hat immer gesagt –« Steenies Stimme klang schrill. Sie krächzte. Plötzlich traten ihm Tränen in die Augen. Sie rollten über seine Wangen. »Sieh nur, was du angerichtet hast! Du hast mich zum Weinen gebracht. Ach, zum Teufel ...«

»Dir kommen schnell die Tränen, Steenie. Das war schon immer so.«
»Ich weiß. Ich kann nichts dafür.« Steenie putzte sich die Nase. Er wischte sich die Tränen aus den Augen. »Es liegt in meiner Natur zu weinen. Wenn die Menschen böse zu mir sind, dann muß ich weinen. Es hat wohl keinen Sinn, wenn ich mich bemühe, männlich zu sein, oder? Und die Tränen sind ganz ernst. Wenn du es wissen willst: Ich weine um die Stockrosen und eine Idylle, die niemals –«

»Und um deiner selbst, Steenie – bitte, vergiß das nicht.«

»Na schön, von mir aus. Ich weiß, daß ich schwach bin. Aber es ist auch nicht gerade schön, von Geldern zu leben, die man überwiesen bekommt –«

»Steenie, du bist unmöglich.« Aclands Stimme war jetzt wieder ganz weich. Er zuckte mit den Achseln, als wollte er den letzten Rest seines Zorns abschütteln. Er drehte sich um. »Auf jeden Fall ist es besser, wenn wir jetzt zurückgehen. Es hat keinen Sinn, sich zu streiten. Kommt – es wird schon dunkel.«

»Sag mir, daß du mir nicht böse bist.« Steenie ging hastig hinter ihm her und hielt ihn am Arm fest. »Mach schon. Sag, daß ich ein Idiot bin und schrecklich oberflächlich, und egoistisch und unmöglich – und daß du mir vergibst.«

»Du gehst mir auf die Nerven.«

»Aber ich bin dein Bruder –«

»Also gut.« Acland stieß einen Seufzer aus. »Du bist die Pest, aber mein Bruder. Und ich vergebe dir. Warum nicht?«

»Sag noch was Nettes.« Steenie hakte sich bei Acland ein. »Sag – ach, ich weiß nicht. Sag, daß du meine gelben Handschuhe magst.«

»Steenie. Ich kann nicht lügen. Deine Handschuhe sind abscheulich.«

»Klingt schon besser.« Steenie schnalzte mit der Zunge. »Jetzt ist mir schon wieder viel wohler. Komm, Freddie. Und jetzt seht uns drei doch mal an, wie wir zusammen marschieren! Drei Brüder! Ist das nicht schön?« Er warf ihnen einen amüsierten Blick zu. »Und was sollen wir jetzt tun, was glaubt ihr? Zum Haus gehen und Tee trinken – oder über Moskau reden?«

Freddies Theaterliebe war nie bis zu Tschechow vorgedrungen. Er verstand den Hinweis nicht, aber er war froh, daß mal wieder ein Streit abgewendet und alles in Einklang gebracht war, und so breitete sich ein fröhliches Grinsen auf seinem Gesicht aus, und er begann vergnügt vor sich hin zu pfeifen. Er haßte Streitereien.

»Sollen wir durch den Wald gehen?« schlug er vor, als sich der Weg gabelte. »Den schnellen Weg – über die Lichtung? Los, kommt. Ich bin schon halb verhungert.«

Doch zu seiner Überraschung zögerten Acland und Steenie.

»So furchtbar viel schneller ist das auch nicht...«, sagte Acland.

»Ist es doch. Es ist zehn Minuten schneller. Was ist los?«

»Nichts.« Acland zögerte noch immer. »Eigentlich nichts. Ich geh da fast nie lang –«

»Wegen dem Rachegeist Shawcross!« Steenie stieß ein nervöses Kichern aus. »Ich *hasse* es, da langzugehen. Das muß ich zugeben. Ich bin ein schrecklicher Feigling – besonders im Dunkeln. Ich finde es dort ausgesprochen unheimlich.«

»Sei nicht albern.« Freddie bog in den Weg ein. Er dachte an Toast. Ein warmes Feuer. Tee. Vielleicht Kuchen. »Um Himmels willen, was ist denn los mit euch beiden? Ich glaube nicht an Geister, und ihr doch auch nicht. Kommt, beeilt euch.«

Er schlug den Weg zur Lichtung ein. Acland folgte ihm zögernd. Steenie stieß einen gezierten Klagelaut aus, der Freddie zusammenzucken ließ.

»Wartet auf mich«, rief er. »Wartet.«

Als sie die Lichtung erreicht hatten, auf der Shawcross in die Falle geraten war, gingen sie alle – wie in stillschweigender Übereinstimmung – etwas langsamer. Mitten auf der Lichtung blieben sie stehen.

»Seht ihr nun, was ich meine?« Steenie deutete auf das dichte Gebüsch am Rand.

»Es ist unheimlich. Es macht mir angst.«

Er zog seine silberne Hüftflasche aus der Tasche. Er trank einen großen Schluck daraus. Er bot sie Acland an, der den Kopf schüttelte, dann Freddie, der einen Schluck daraus nahm.

Zuerst brannte der Brandy im Magen, dann verbreitete er eine angenehme Wärme. Freddie gab die Flasche zurück. Er sah sich um.

So lächerlich es war: Freddie hatte das Gefühl, daß Steenie recht hatte. Im düstern Licht der Dämmerung schienen die Bäume und Büsche eng aneinanderzurücken. Vor dem grauen Himmel ragten die nackten Zweige der Bäume in die Höhe. Das Unterholz, die Brombeerbüsche mit ihren stachligen Blättern bildeten mit dem trocknen Laub undurchdringliche Haufen und sahen irgendwie bedrohlich aus. Freddie starrte angespannt nach allen Seiten. Er überlegte, wo genau die Falle gewesen war.

Da drüben, dachte er, irgendwo im Unterholz. Er begann am ganzen Körper zu zittern. Als ihm Steenie wieder die flache Flasche hinhielt, nahm er noch einen zweiten Schluck. Er sah seine Brüder an. Auch Acland starrte ins Unterholz. Sein Gesicht war blaß und völlig starr.

»Dort drüben war es.«

Acland hatte es so plötzlich gesagt, daß Freddie zusammenzuckte. Er deutete auf einen dichten Hügel aus Brombeerbüschen.

»Direkt dort.«

»Weißt du das genau?« Steenie starrte auf die Stelle. Er zitterte.

»Ja. Gleich rechts neben dem Weg.«

»Und woher willst du das so genau wissen?«

Freddies Stimme hatte scharf geklungen. Acland zuckte die Achseln und wandte sich ab.

»Das Ding mußte ja schließlich weggeschafft werden – hinterher.«

»Ich dachte, das hätte Cattermole getan.«

»Ich bin mitgegangen. Und noch ein paar andere Männer. Hab vergessen, wer. Die Hennessy-Brüder, glaube ich.«

»Iiih. Schrecklich.« Steenie schüttelte sich. Er starrte zu der Stelle, auf die Acland gedeutet hatte.

»Ja, das war es wirklich. Eine Menge Blut. Zerfetzte Kleider. Kein besonders angenehmer Job.«

Acland ging ein paar Schritte auf die Seite. Er hatte seinen Brüdern den Rücken zugedreht. Wieder herrschte Schweigen. Freddie hatte das Gefühl, als übte dieser Ort eine merkwürdige Macht auf sie aus. Zuerst hatte keiner von ihnen stehenbleiben wollen, und jetzt – nachdem sie stehengeblieben waren – schien keiner von ihnen weitergehen zu können. Freddie sagte sich, daß es hier bei hellem Sonnenschein wahrscheinlich überhaupt nicht unheimlich war. Das kam nur von der hereinbrechenden Dämmerung. Mit etwas zaghafter Stimme, die nicht ganz so fest klang, wie er es gern gewollt hätte, sagte er: »Gehen wir weiter.«

»Wißt ihr noch, was Mama gesagt hat – als sie starb?«

Es war Steenie, der die Frage gestellt hatte. Er schien Freddies Bemerkung nicht gehört zu haben. Er sah Acland an.

»Ja. Ich erinnere mich daran«, erwiderte Acland kurz angebunden.

»Woran erinnerst du dich?« fragte Freddie.

Damals, als Gwen gestorben war, war er in Südamerika gewesen, hatte dort Postflugzeuge geflogen. Ihre Lungenentzündung hatte nur ganz kurz gedauert. Freddie war zu spät benachrichtigt worden und erst einen Tag nach ihrem Tod in Winterscombe eingetroffen. Das hatte ihn damals geschmerzt, und es schmerzte ihn noch immer. Steenie und Acland waren bei ihr gewesen; Jane war bei ihr gewesen: Aber er hatte sie im Stich gelassen.

Freddie sah seine Brüder an; dann starrte er wieder trübsinnig ins Unterholz. Seine Beziehung zu seiner Mutter war schon lange, viele Jahre vor ihrem Tod, gestört gewesen. Er hätte seiner Mutter, bevor sie starb, gern gesagt, daß er sie liebte.

»Was hat Mama denn gesagt?« fragte er noch einmal.

Acland antwortete nicht. Steenie stieß einen Seufzer aus.

»Nun, am Ende...«, er zögerte, »hat sie viel von ihm geredet.«

»O Gott.« Freddie beugte den Kopf.

»Sie war nicht traurig, Freddie«, sagte Steenie und ergriff seinen Arm. »Ehrlich. Sie war ganz ruhig. Aber ich glaube – sie dachte, Shawcross wäre dort bei ihr, in ihrem Zimmer. Glaubst du nicht auch, Acland? Sie schien mit ihm zu reden.«

»Ihr habt gesagt, es sei leicht und schnell vorbei gewesen«, sagte Freddie anschuldigend. »Das habt ihr mir beide gesagt. Ihr habt gesagt, sie hätte einen schönen Tod gehabt; ihr habt gesagt, sie wäre einfach... eingeschlafen.«

»So war es auch. Fast.« Steenie zog die Stirn in Falten, als bemühte er sich, es sich ins Gedächtnis zu rufen. »Sie schien froh zu sein, daß es zu Ende war. Sie hat sich nicht dagegen gewehrt. Aber das hat sie schließlich nie getan – sich gewehrt. Sie brachte Einwände vor, aber dann gab sie nach. O Gott. Ich wünschte, wir wären nicht hierhergekommen.«

»Ich will es wissen. Acland –« Freddie hielt Acland am Arm fest. »Was hat sie gesagt?«

»Nichts.« Acland schüttelte seine Hand ab. »Sie hat von Shawcross geredet, das ist alles. Wie Steenie sagte. Die Tabletten, die sie ihr verschrieben haben, machten sie völlig benommen. Sie wußte gar nicht mehr, was sie sagte –«

»Ja, das war's...« Steenie drehte sich um. »Sie sagte, daß Shawcross sie, als er in der Nacht des Kometen hier war, rufen gehört hätte. Anscheinend war sie gar nicht da gewesen, aber er hat sie rufen gehört. Das hat er ihr gesagt, bevor er starb. Es war das letzte, was er zu ihr gesagt hat. Und als sie dann auch starb, hat sie sich daran erinnert. Es war merkwürdig –«

»Was war merkwürdig?«

»Sie hat sich schrecklich aufgeregt – nicht, Acland? Ich glaube, sie wußte, daß wir dort waren. Als wollte sie uns irgend etwas sagen, aber dazu kam es dann nicht mehr. Es war, als hätte sie Angst.«

»Sie war sehr krank«, sagte Acland schroff. »Es hat doch keinen Sinn, alles wieder aufzuwärmen, Steenie. Sie war ziemlich durcheinander...« Er zögerte. »Danach hat sie geschlafen. Und sie war ganz ruhig, Freddie, am Ende war alles ganz friedlich. Sie war... müde. Ich glaube, sie war froh, daß alles vorbei war.«

Steenie atmete zitternd die Luft ein.

»Das stimmt«, sagte er. »Wirklich, Freddie. Nachdem Papa gestorben war – hat sie ihn vermißt, glaube ich. Sie brauchte ihn, und als er gegangen war –«

»Hörte sie auf zu kämpfen«, sagte Acland mit flacher Stimme. »Nun, irgendwann gelangen wir alle an diesen Punkt.«

»O Gott. Mir ist ganz elend.« Steenie umklammerte Freddies Arm. »Ich hasse diesen Ort. Ich wünschte, wir wären nicht hierhergekommen. Er bringt alles wieder zurück. Seht uns doch an. Wir haben sie alle enttäuscht, jeder auf seine Weise. Sie hatte so viele Pläne – und nun seht euch doch selbst an, was daraus geworden ist. Acland, der so tut, als wäre er ein Bauer. Acland ist ein verhinderter Aristokrat. Ich bin ein verhinderter Maler. Und Freddie ist –«

»Oh, mit mir ist es am schlimmsten. Ich habe in jeder Beziehung versagt.« Zur Überraschung seiner Brüder kam diese Feststellung ganz sachlich, ohne jede Bitterkeit. »Im übrigen stimmt es doch gar nicht. Acland hält den Besitz in Schwung – trotz aller Schwierigkeiten. Dazu gehört ganz schön Mut. Und du, du malst vielleicht nicht mehr, aber du lebst. Du bist fröhlich, und du bringst die Leute zum Lachen. Du bist, was du bist. Und du entschuldigst dich nicht dafür, wie du bist – und dazu gehört ebenfalls Mut. Und ich... nun, ich mache immer so weiter, wie eh und je. Ich schade niemandem. Jedenfalls bemühe ich mich. Ich finde, es könnte schlimmer sein. Und wir sind noch immer hier. Wir halten zusammen.«

»Ach, Freddie.« Steenie lächelte. Er legte seinem Bruder den Arm um die Schultern. »Du bist verrückt, weißt du das? Nur du bringst es fertig, uns diese Predigt zu halten.«

»Ist mir egal«, erwiderte Freddie. »Ich weiß, ich bin nicht gerade eine Intelligenzbestie. Aber was ich gesagt habe, stimmt. Wir sind nicht besser und nicht schlechter als alle andern auch. Eine Mischung aus Gut und Böse. Ganz... normale Menschen.«

»Hungrige Menschen«, unterbrach ihn Acland und drehte sich um. Er lächelte. »Vergiß das nicht, Freddie. Kommt – sonst werden wir noch ganz rührselig, und Freddie hat recht. Es hat keinen Sinn. Denkt doch mal an all die Dinge, für die wir dankbar sein können.« Er drehte sich um. »Ich vermisse meine Frau. Ich vermisse mein Baby. Ich will meinen Tee. Kommt jetzt, gehen wir zum Haus zurück.«

Freddies Miene hellte sich sofort wieder auf. Sie machten sich auf den Weg, zuerst langsam, dann mit immer schnelleren Schritten. Sie verließen den Wald. Die Schatten waren nicht mehr so tief, das Unterholz lichtete sich. Freddie wurde plötzlich von einer großen Zuneigung für seine Brüder erfaßt. Nein, sie hatten ihre Mutter nicht enttäuscht, dachte er.

»Erhöre uns, o Herr...«, begann der Pfarrer.

Constances Hut war in sein Blickfeld gekommen – der Hut, den Winnie als gewagt bezeichnet hatte, ein Hut, der den Pfarrer betrübte, ein Hut in der Farbe von Parmaveilchen. Er wandte den Blick ab. Er räusperte sich.

»Wir beten zu Dir, auf daß Du dieses neugeborene Kind mit Deiner unendlichen Gnade und Barmherzigkeit...« Er machte eine Pause. »...und daß es festen Glaubens sei...« Wieder blieb sein Blick auf Constances extravaganter Kopfbedeckung hängen. Wieder räusperte er sich. »...durch Jesus Christus unseren Herrn. Amen.«

»Amen«, erwiderte Constance mit ruhiger Stimme.

»Amen«, erwiderte Wexton und sah Steenie an.

»Amen«, erwiderten Acland und Jane und tauschten erst einen Blick aus und dann ein Taschentuch.

»Amen«, erwiderte Freddie und sah hinüber zu Boys Gedenktafel.

»Amen«, erwiderte Steenie.

»Amen«, erwiderte Maud und sah auf das Baby.

»Amen«, erwiderte Winifred Hunter-Coote und warf Freddie einen Blick zu.

»Amen«, erwiderte Jenna aus der Reihe dahinter, wo sie mit dem Butler William saß.

»Amen«, erwiderte Jack Hennessy, der im hinteren Teil der Kirche saß und dessen leerer Jackenärmel mit einer Nadel an seiner besten Jacke vorn festgesteckt war.

Der Vikar fuhr mit seinen Gebeten fort. Es war derselbe Pfarrer, der Constance vor dreizehn Jahren in dieser Kirche getraut hatte; er hatte es nicht vergessen, und Constance auch nicht. Die Frau, die darauf bestanden hatte, daß ihr Schoßhund an ihrer Hochzeit teilnahm.

Es hatte ihm damals widerstrebt, und nun stellte er fest, daß es ihm noch immer widerstrebte. Constance sah ihn auf eine Weise an, die er unnachgiebig und unangemessen fand. Der Pfarrer wandte den Blick ab. Statt dessen richtete er ihn auf die große gutmütige, zerknautschte Gestalt von Wexton, dessen Dichtungen der Pfarrer sehr bewunderte. Ein kluger Patenonkel, dachte er.

Beim Taufgottesdienst der Church of England gibt es eine Stelle, an der – da das Baby nicht sprechen kann – die Paten für das Baby ein Treueversprechen ablegen. Es war vorher ausgemacht worden, daß Freddie und Maud zu diesem Zeitpunkt auf der einen Seite des Babys stehen sollten und Wexton und Constance auf der anderen. Acland hatte es während seiner taktvollen Vorbereitungen schon mit ihnen geübt.

Aber als der Augenblick dann gekommen war, schien irgend etwas schiefgelaufen zu sein. Wexton ging, geistesabwesend, wie er war, auf die falsche Seite. Er stellte sich neben Freddie, so daß Maud neben Constance zu stehen kam.

Maud, die nicht ganz so verläßlich war, wie Freddie behauptet hatte, bewahrte provokativen Anstand. Sie drückte ihr Gebetbuch an die Brust ihres herrlich geschnittenen Kleides, warf ihren Fuchsschwanz über ihre eine Schulter und brachte es – wie durch Zufall – auf diese Weise fertig, Constance mit dem Ellbogen in die Seite zu stoßen und ein Stück wegzuschieben.

Maud war groß. Constance war es nicht. Mauds Schulter und ihr Fuchspelz verdeckten Constance die Sicht auf das Baby. Direkt in Constances Augenhöhe befand sich der kleine, spitze, bösartig blickende, dreieckige tote Kopf eines Fuchses.

»Gott der Allmächtige Vater«, begann der Pfarrer und beeilte sich weiterzukommen.

»Es tut mir so leid«, sagte eine kleine klare Stimme. »Es tut mir so leid, aber ich kann nichts sehen.«

Der Pfarrer hustete. Maud rührte sich nicht vom Fleck.

»Ich sehe nicht viel mehr«, fuhr die Stimme geduldig fort, »als eine Schulter. Und einen toten Fuchs. Ich bin eine Patentante. Ich müßte doch das Baby sehen.«

»Ach, Constance, bist du das?« rief Maud. »Bist du da? Ich habe dich noch gar nicht gesehen. Ich hatte ganz vergessen – wie klein du bist. So – ist es so besser?«

Sie rückte zwanzig Zentimeter weiter nach rechts.

»Vielen Dank, Maud.«

»Vielleicht nimmt dir der Schleier die Sicht, Constance? Solltest du ihn nicht vielleicht lieber hochschlagen?«

»Seltsamerweise, Maud, kann ich durch den Schleier hindurchsehen. Dazu sind Schleier ja da.«

»Ja. Also, ich nehme an, daß dies wohl kaum der richtige Augenblick ist, um über Hüte zu reden.«

Maud drehte sich wieder dem Pfarrer zu. Sie hatte keinen Respekt vor Pfarrern. Ihr Bruder hatte diese Kirche ausgestattet, daß sie existierte, war nur ihm zu verdanken gewesen, so wie es jetzt Acland zu verdanken war. Für Maud war der Pfarrer eine Art Angestellter ihrer Familie. Sie sah ihn mit festem Blick an.

»Fahren Sie fort«, sagte sie.

Der Pfarrer seufzte. Er sprach das Gebet zu Ende; er kam zu den Treueschwüren der Paten. Er sah in ihre Gesichter.

»Werdet ihr«, fragte er, »im Namen dieses Kindes nun dem Teufel und all seinen Werken abschwören, eitlem Pomp und weltlichem Ruhm und den Gelüsten des Fleisches, so daß ihr ihnen nicht nachgeben noch euch von ihnen verführen lassen werdet?«

»Ich entsage ihnen«, erwiderten drei Stimmen. Freddie und Maud sprachen, gemeinsam, mit fester Stimme, Constance ein bißchen langsamer, hinter den anderen her. Wexton sagte überhaupt nichts. Er sah Constance mit abwesender Miene an. Der Pfarrer räusperte sich: Große Dichter durften vielleicht mit ihren Gedanken woanders sein. Wexton wurde wieder aufmerksam.

»Oh. Tut mir leid. Ja, natürlich, auch ich entsage ihnen, sicher.«

Wexton wurde rot. Der Pfarrer fuhr fort. Er fragte, ob die Paten für das Kind an Gott den Vater glaubten, an seinen einzigen Sohn, an die Kreuzigung und die Wiederauferstehung, an die christliche Kirche, die Gemeinschaft der Heiligen, die Vergebung der Sünden und das ewige Leben.

»Daran glaube ich«, erwiderten die Paten. An diesem Punkt des Gottesdienstes – jedenfalls sagte er es später – stellte Acland fest, daß Constance, trotz aller gegenteiligen Voraussagen, gerührt war. Während der Treueschwüre stand sie mit ineinander verschlungenen Händen still da. Ihre Augen ließen das Gesicht des Pfarrers keinen einzigen Augenblick los; sie schien an seinen Lippen zu hängen, ihr Blick war konzentriert.

Dann wurde das Baby getauft und das Zeichen des Kreuzes geschlagen. Acland, der aufblickte, sah, daß Constance weinte. Sie weinte lautlos; zwei Tränen, und dann noch einmal zwei, rannen unter dem Schleier über ihr Gesicht. Acland, selbst sehr bewegt, war gerührt. Er dachte: Constance ist mehr, als sie zu sein scheint.

»Victoria Gwendolen«, sagte Constance später zu ihm, als sie über den Kirchhof zu den wartenden Wagen gingen. Sie nahm seinen Arm, ließ ihn dann wieder los. »Victoria Gwendolen. Das sind sehr schöne Namen.«

»Die Namen ihrer beiden Großmütter –«

»Das gefällt mir. Es verbindet sie mit der Vergangenheit.« Sie blickte auf. Vor ihnen wartete Maud am Auto.

»Ich fahre mit Steenie.« Sie lächelte. »Ich weiß, daß ich im Weg bin. Ich wollte mich nur bei dir bedanken, Acland, daß ich ihre Patentante sein darf. Es bedeutet mir sehr viel. Ich bin so glücklich – für dich und für Jane.«

Mehr sagte sie nicht. Mit bewundernswerter Diskretion vermied sie es, Maud gegenüberzutreten, und kletterte mit Steenie in den ersten der wartenden Wagen. Der Wagen setzte sich in Richtung des Hauses in Bewegung. Maud sah ihm mit arrogantem Gesichtsausdruck nach. Sie drehte sich zu Jane um, dann zu Acland. Sie gab ihnen beiden einen Kuß.

»Ich werde wiederkommen, wenn diese Frau nicht mehr hier ist«, sagte sie. »Nein, Acland, einmal muß ich sagen, was ich denke. Ich muß dir sagen, daß es mir völlig unverständlich ist, wie du sie als Patentante nehmen konntest. Das war keine kluge Entscheidung. Und ich kann auch nicht verstehen, wie du, Jane, von allen –«

»Es war meine Entscheidung, Maud«, sagte Acland mit ruhiger Stimme.

»Deine? Dann kann ich nur sagen, daß es dumm von dir war.« Maud richtete sich auf. »Sie hat sich nicht geändert. Tatsächlich ist sie, falls das überhaupt noch möglich ist, nur noch schlimmer geworden. Dieser Hut! Dieser Hut war, meiner Meinung nach, eine absichtliche Beleidigung.«

Hinter Maud gab Winifred Hunter-Coote, die ebenfalls dieser Meinung war, ein lautes Schnauben von sich.

»Völlig ungeeignet für eine Taufe. Aber, na ja, sie hat es ja schon immer verstanden, die Aufmerksamkeit auf sich zu ziehen. Davon lebt sie. Aber ich bin froh, sagen zu können, daß ich diesen Hut höchst unvorteilhaft fand – für so was ist sie viel zu alt. Und dieser Hut macht sie nicht gerade jünger.«

»Maud. Könnten wir bitte damit aufhören?« unterbrach Acland sie. »Es ist unfreundlich und unnötig; es regt Jane nur auf.«

»Jane?« Maud bedachte ihn mit dem kältesten aller Blicke. »Es ist nicht Jane, die sich aufregt.«

»Maud. Ich glaube, das genügt.«

»Hast du gesehen, wie sie meinen armen Fuchs angestarrt hat? Geradezu bösartig.«

»Er war im Weg, Maud.«

»Er war *absichtlich* im Weg. Ich hielt es für besser, wenn sie meinen Fuchs so ansieht, und nicht euer Baby –«

»*Bitte*, Maud.«

»Na schön. Ich werde meinen Mund halten. Ich werde nach London zurückfahren.« Mit leicht gerötetem Gesicht rückte Maud den Fuchs zurecht. Sie warf einen stolzen Blick in die Runde. Und es entging ihr nicht, daß Freddie, der diesen Schlagabtausch mit angehört hatte, nur mit Mühe ein Lachen unterdrückte.

»Nur das eine noch – nein, Freddie, das ist nicht lustig...« Sie machte eine Pause. »Diese Frau ist von Übel. Und was noch schlimmer ist, man kann es *sehen*.«

»Ich bin in Ungnade gefallen«, sagte Constance an jenem Nachmittag nach dem Essen.

Wexton, Steenie, Acland und sie machten einen Spaziergang am See. Jane hatte sich hingelegt; Freddie war über einem neuen Roman von Dorothy L. Sayers eingeschlafen; Winnie hatte sich – mit einem vernichtenden Blick auf Constance – geweigert, sie zu begleiten. Sie würde sich, sagte sie bedeutungsvoll, in ihr Zimmer zurückziehen, um dort einen Brief an ihren Mann zu schreiben.

»Winnie findet, daß ich an Montague schreiben sollte.« Constance verzog säuerlich das Gesicht. »Ich habe den leisen Verdacht, daß sie mich für keine besonders pflichtbewußte Ehefrau hält.«

»Sie hält zu Maud«, sagte Steenie boshaft. »Sie mißbilligt dich zutiefst, Constance. Ich glaube, auch deinen Hut mißbilligt sie...«

»Wie unfreundlich! Ich habe Stunden gebraucht, bis ich diesen Hut ausgesucht hatte.«

»Maud sagte, er sei eine absichtliche Beleidigung«, fuhr Steenie fröhlich fort und ignorierte Aclands warnenden Blick. »Weißt du, wie Maud dich nennt? Sie nennt dich ›diese Frau‹. Sie sagte, du hättest ihrem armen Fuchspelz einen *bösen* Blick zugeworfen.«

»Habe ich auch«, erwiderte Constance fröhlich. Sie hakte sich bei Acland unter. »Ich muß schon sagen, Acland, es ist wirklich schön, über dreitausend Meilen weit in meine alte Heimat zurückzukehren und so herzlich willkommen zu sein.«

»Ach, Maud meint es nicht so; es ist halb so schlimm, wie es klingt«, erwiderte Acland wenig überzeugend.

Constance sah ihn von der Seite an. »O doch, das meint sie so. Ich weiß, daß sie es so meint. Ich höre sie schon sagen: ›Diese Frau hat einen schlechten Einfluß. Ich kann nicht *verstehen*, warum du sie zu Victorias Patentante gemacht hast. Hast du *gesehen*, wie sie meinen armen Fuchs gemustert hat?‹«

Constance lächelte. Sie hatte Mauds Stimme perfekt nachgemacht, die schleppende übertriebene Betonung. Acland lächelte; Steenie lachte; Wexton blieb ungerührt. Constance, die wieder zu sich selbst zurückkehrte, seufzte.

»Na ja, ich kann es ihr nicht verübeln. Sie hat Montague geliebt, und sie wird es mir nie verzeihen. Das tut mir leid. Ich habe Maud immer sehr gern gemocht.«

Sie schüttelte den Kopf; schweigend gingen sie ein Stück weiter. Acland überlegte, ob sich Constance vielleicht durch Mauds Bemerkungen mehr verletzt fühlte, als sie zugeben wollte, denn ihre Stimme hatte trotzig geklungen – und erinnerte ihn an früher, als Constance noch klein war; da hatte sie diesen trotzigen Ton immer benutzt, um von der Ablehnung, die sie von anderen stets zu erwarten schien, abzulenken.

Nach ungefähr zehn Minuten kamen sie zu einer Weggabelung. Dort blieb Constance stehen.

»Wißt ihr, wo ich gern hingehen würde? Zu dem alten Stone House. Steht es noch dort? Weißt du noch, Acland – es war der Lieblingsplatz deiner Mutter? Ich war schon seit Ewigkeiten nicht mehr dort.«

»O ja, es steht noch. Es ist nicht gerade in gutem Zustand – wie alles andere auch –, aber es steht noch.«

»Sollen wir hingehen und es ansehen? Dürfen wir? Steenie – Wexton – kommt ihr mit? Ich erinnere mich noch so gut daran. Gwen hatte ihre Wasserfarben dort aufbewahrt, und ihre Blumenpresse. Einmal hat euch Boy dort morgens fotografiert, daran erinnere ich mich noch. Warte mal... Gwen war da, und du, Steenie. Ach ja, und mein Vater.«

Sie schwieg. Sie machte eine vage Handbewegung. Sie drehte sich um und entfernte sich ein paar Schritte von den anderen.

Steenie, der sah, daß Acland nicht verstand, sagte leise: »Komet.«

»An dem Tag waren wir im Stone House«, sagte er leise. »Am Morgen vor dem Kometenfest. Ich glaube nicht, daß es eine besonders gute Idee wäre, jetzt dort hinzugehen. Du weißt doch, wie sie ist, wenn sie sich an alte Zeiten erinnert.«

»Ich gehe jedenfalls wieder zum Haus«, erklärte Wexton abrupt. »Es ist kalt. Kommst du mit, Steenie?«

Zu Steenies Überraschung legte Wexton, der sonst gemächlich schlenderte, ein schnelles Tempo vor, ohne sich noch ein einziges Mal umzusehen. Steenie, der Wexton unbedingt alles über seinen Streit mit Vickers erzählen wollte, plötzlich aber ein leichtes Unbehagen spürte, zögerte. Er sah auf Constances Rücken. Er sah zu Acland.

»Geh nur«, sagte Acland.

»Bestimmt?«

»Ja. Geh. Wir kommen gleich nach.«

Und leiser sagte er: »Ist schon in Ordnung, Steenie, wahrscheinlich hat sie sich aufgeregt. Laß ihr etwas Zeit.«

»Also, gut.«

Mit offensichtlichem Zögern drehte sich Steenie um. Er ging ein paar Schritte, zögerte noch einmal, warf einen Blick zurück, lief dann aber schnell weiter, um Wexton einzuholen. Als Steenie ihn eingeholt hatte, ging Wexton wieder langsamer. Beide Männer blieben stehen, um sich umzusehen; aber Constance und Acland waren schon nicht mehr zu sehen.

»Mein Lieber«, sagte Steenie und sah Wexton von der Seite an, »sollen wir wirklich weggehen? Ich bin mir nicht sicher, ob Acland nicht in Gefahr ist.«

»Ich auch nicht. Aber das ist sein Problem, findest du nicht?«

»Ich möchte nicht, daß er verletzt wird – und Jane übrigens auch nicht.« Steenie zögerte. »Wahrscheinlich ist alles in Ordnung – schließlich wäre es nicht gerade ein passender Augenblick, oder? Direkt nach der Taufe. Andererseits, bei Constance –«

»Hör auf, dich einzumischen, Steenie. Komm. Gehen wir zum Haus zurück.«

»Möchtest du zurückgehen?« fragte Acland, als sie beim Stone House angekommen waren.

»Nein. Nein. Ist schon in Ordnung. Ich bin froh, daß wir hergekommen sind. Nicht alle meine Erinnerungen tun weh, weißt du. Ich habe diesen Platz immer sehr gern gehabt. Man kann von hier aus den Wald beobachten, und den See. Weißt du noch, Acland – deine Mutter hatte immer einen Tisch hier stehen. Und ihre Wasserfarben und ihren Pinsel und ihre Staffelei – da drüben. Und dann ihre Bücher – auf den Regalen. Die Romane meines Vaters. Er hatte sie extra für sie in Pergamentpapier binden lassen.«

Constance ging in dem kleinen Zimmer umher, während sie sprach. Sie schien nicht zu bemerken, wie feucht das Gebäude war, wie kalt der Steinboden war. Sie berührte die Stützpfeiler der Veranda, die zum See führte, dann ging sie wieder in den einzigen Raum des Hauses zurück, gestikulierte, faßte alles an.

Acland beobachtete sie unsicher. Trotz allem, was sie gesagt hatte, hatte er das Gefühl, daß es nicht klug gewesen war, mit ihr hierherzukommen. Er zögerte, blieb in der Türöffnung stehen. Er zündete sich eine Zigarette an. Ein schwarzer Schwan bewegte sich quer über den See, verschwand dann hinten im Schilf.

Constance schien sich nicht entschließen zu können, die Besichtigung zu beenden. Er sah, wie sie hin und her ging, ihr Atem bildete kleine weiße Wolken in der kühlen Luft. Sie zog ihre Handschuhe aus und strich mit der Hand über die Bücherregale. Ihre Ringe glitzerten. Acland dachte, daß sie klein, zart, hübsch und ernst aussah: ein merkwürdiges exotisches Wesen für Winterscombe. Sie hatte keinen Hut auf. Ihr ägyptischer Haarschnitt rahmte ihr Gesicht ein. Sie sah verloren aus, fast verzweifelt, als könne sie erst jetzt, nachdem die anderen nicht mehr da waren, die Schutzmaske von Spott und Fröhlichkeit ablegen.

Sie trug einen weichen Mantel aus einem grauen Stoff. Während er sie ansah, öffnete Constance, die seinen Blick nicht bemerkte, ihren Mantel. Sie streckte die Arme nach oben, um eine Stelle zu berühren, an der einmal ein Bild gehangen hatte. Sie fuhr mit dem Finger über die Stelle in der Gipswand, wo es Spuren hinterlassen hatte. Unter der blassen Seidenbluse zeichnete sich deutlich ihre Brust ab. Erschrocken, ja schockiert, wegen der fehlenden Unterwäsche, sah Acland weg.

Als er wieder zu Constance sah, saß sie auf einer alten Holzbank; diese Bank hatte früher draußen auf der Veranda gestanden. Sie schien Acland völlig vergessen zu haben. Ihr Kopf war nach vorn gebeugt, ihre Hände verschränkt, ihren grauen Mantel hatte sie eng um sich geschlungen. Acland mußte an eine Nonne denken, eine Büßerin. Er lächelte – ein unwahrscheinliches Bild für Constance. Sie ist hübsch, dachte er. Und er mußte an die Zeit denken, als sie krank gewesen war, als er in London in ihr Zimmer gegangen war, und fühlte plötzlich Zuneigung in sich aufsteigen, entfernt, aber stark wie die Erinnerung an ein Parfüm. Sie sah sehr jung aus, dachte er: zerbrechlich, verletzlich, kostbar, vollendet – ein Objekt, das man vielleicht durch das Glasfenster irgendeines teuren Geschäfts betrachtete. Man würde stehenbleiben, es ansehen und denken: *Das ist hübsch, aber nichts für mich,* und dann weitergehen.

»Ich hätte nicht nach Winterscombe kommen sollen.« Constance sah zu ihm auf, ihr Gesicht war traurig und bedrückt. »Ich hätte nicht kommen sollen. Ich hätte dich nicht darum bitten sollen, Victorias Patentante zu werden. Ich habe dich in eine unmögliche Lage gebracht. Das weiß ich. Du warst sehr nett und galant, aber es war nicht fair von mir. Es tut mir leid, Acland. Ich habe damit nur alle irritiert. Sogar Jane. Warum mache ich das? Ich meine es gar nicht so, und doch sehe ich, daß es so ist. Ach, ich wünschte, ich hätte diesen dummen Hut nicht aufgesetzt...«

»Es war ein sehr hübscher Hut.« Acland lächelte. »Mir hat er gefallen.«

»Ach, Acland – du bist wirklich ein Gentleman! Auf jeden Fall ist das auch nicht das Entscheidende. Der Hut ist banal, das weiß ich. Ich bin es, nicht der Hut. Ich gehöre nicht hierher, habe noch nie hierhergehört. Es war falsch von mir, mich euch aufzudrängen. Und doch bin ich froh, daß ich hier bin. Ich war noch nie auf einer Taufe. Die Worte – die Worte sind außergewöhnlich, findest du nicht? Fest im Glauben, freudig in Hoffnung, die Wogen dieser trübseligen Welt. Siehst du?« Sie lächelte. »Ich kann sie auswendig. Wogen – das verstehe ich. Ich hasse das Meer. Und die Welt ist trübselig.«

»Diese Worte sind bewegend – auch wenn man keinen Glauben hat. Sie haben eine eigene Kraft.« Acland ging wieder in das Haus. Er betrachtete die Bücherregale seiner Mutter. Er setzte sich hin.

»Ich glaube, sie führen dich zum Glauben. Während du sie hörst.« Constance zitterte. »Sie bewirken, daß du unmögliche Dinge glaubst. Erfüllung, Veränderung – ich weiß nicht. Ich habe es wirklich *gemeint,* weißt du, als ich heute morgen all diese Versprechen abgab. So ernste Versprechen! Ich weiß, niemand würde glauben, daß ich das könnte, aber ich habe es gemeint. Ich möchte, daß du es weißt.«

»Sollen wir zurückgehen?«

»Nein. Noch nicht. Ich möchte noch bleiben – noch ein bißchen. Ich habe nur so kalte Hände. Würdest du sie bitte halten, Acland? Ja, so. Ein bißchen reiben. Die Fingerspitzen. Ja, so ist es besser. Sie waren fast erfroren. Ich glaube, das Blut war schon gefroren.«

Acland hielt ihre Hände. Er rieb sie aneinander und an seinen Händen, wie sie ihn gebeten hatte, bis sie sich warm anfühlten. Aber auch dann, als es keinen Grund mehr gab, sie festzuhalten, ließ er sie nicht los. Er sah auf sie hinunter, er legte erst ihre rechte, dann ihre linke Hand auf seine Handfläche.

»Du hast immer so viele Ringe.«

»Ich weiß. Sie gefallen mir. Ich bin ganz versessen auf Ringe. Sie erinnern mich an Menschen. Siehst du, der hier mit dem blauen Stein – den hat mir Boy geschenkt, als ich vierzehn war. Den hier hat Montague mir gekauft. Der Opal ist von Maud – bevor ich bei ihr in Ungnade fiel.«

»Du hast geweint in der Kirche.«

»Es tut mir leid. Ich dachte, es hätte niemand gesehen.«

»Du warst sehr diskret. Nur zwei Tränen, und dann noch zwei.«

»Krokodilstränen, würde Maud sagen.« Constance lächelte. »Aber das ist nicht wahr. Ich weine nicht sehr oft. Nicht wie Steenie. Vielleicht hebe ich mir die Tränen auf. Nein, das stimmt nicht. Sie haben einen eigenen Willen. Ich habe geweint, als mein Hund starb, Floss, aber als ich meinen Vater verloren habe, konnte ich nicht weinen. Ist das nicht seltsam?«

»Nein, nicht unbedingt.«

»Acland. Darf ich dich etwas fragen? Etwas, das ich dich schon immer fragen wollte?«

»Wenn du möchtest.«

Constance zögerte. »Aber du darfst nicht böse sein. Es hat mit meinem Vater zu tun.«

Acland ließ ihre Hand los. Er rückte ein wenig von ihr weg. Constance sah ihn ängstlich an. Auch er schien zu zögern. Dann zuckte er die Achseln.

»Frag nur. Ich habe erwartet, daß du mich danach fragen würdest – eines Tages.«

»Die Nacht mit dem Unfall...« Constance richtete den Blick auf ihn. »Hast du da geglaubt, daß es ein Unfall war – wie alle gesagt haben?«

»Das ist schon zwanzig Jahre her, Constance.«

»Nicht für mich. Für mich war es gestern. Bitte, Acland. Sag es mir.«

Acland seufzte. Er lehnte sich zurück. Er sah nach draußen über die Wiese, zum See und zum Wald. Er richtete seine Augen auf die Bäume und das dunkler werdende Grau des Himmels. Nach einer Weile sagte er: »Nein. Damals habe ich nicht geglaubt, daß es ein Unfall war.«

»Und jetzt?«

»Jetzt?« Er runzelte die Stirn. »Jetzt bin ich mir nicht mehr so sicher. Die Zeit verändert alles. Sie verändert die Erinnerung. Sie holt manche Dinge weiter nach vorn und drängt andere in den Hintergrund. Manchmal bemühe ich mich vielleicht, mich nicht zu erinnern. Auf jeden Fall kann ich mich nicht mehr so gut konzentrieren – auf nichts –, nicht so gut, wie ich es früher einmal konnte.«

»Liegt das am Krieg?«

»Vielleicht.«

»Glaubst du, daß du – wegen des Kriegs – manche Dinge auslöschst?«

»Das wäre möglich.«

»Acland.« Constance schob vorsichtig ihre kleine Hand weiter vor. Sie legte sie über seine, in seinem Schoß. Als sie es tat, ging ihr Mantel wieder auf. Wieder sah Acland die Linie ihrer Brust unter der Seidenbluse. Er wandte den Blick ab. Bald wird es dunkel, dachte er.

»Acland. Antworte mir jetzt ganz ehrlich. Ich glaube, ich kenne die Antwort schon, und ich verspreche dir, daß mir nichts von dem, was du sagst, weh tun wird. Aber ich möchte von dir die Wahrheit erfahren.« Sie machte eine Pause. »Hast du die Gewehre genommen, Acland?«

»Die Gewehre?«

»Ja. Boys Gewehre.«

»Die Purdeys.« Acland drehte sich wieder zu Constance um. Sein Blick lag auf ihrem Gesicht, entfernt, ruhig, beherrscht. Er zeigte kein Anzeichen von Gefühlen.

»Ja.« Er seufzte, als merke er plötzlich, daß er müde war. »Ja. Ich habe sie genommen. An dem Tag, an dem das Fest war, wir tranken Tee auf der Terrasse, erinnerst du dich? Dein Vater war sehr böse mit dir. Er schickte dich ins Haus, damit du dich wäschst und umziehst. Jane ist mit dir hineingegangen.«

»Ich erinnere mich daran.«

»Danach...« Acland zögerte. »Ich ging mit Boy zum See. Er war verzweifelt. Er hatte sie gerade gesehen, weißt du, deinen Vater und meine Mutter, zum ersten Mal. Er sah, wie sie in das Zimmer deines Vaters ging...« Er machte immer einen so ruhigen Eindruck, aber darunter... er hat sehr heftig reagiert. Er hatte eine sehr einfache Vorstellung von der Welt, und die war nun plötzlich auf den Kopf gestellt worden. Ich hörte ihm lange zu. Dann gingen wir wieder zum Haus. Ich bin dann in das Waffenzimmer gegangen. Ich habe Boy gesagt, was ich tun würde.«

»Du hast seine Gewehre genommen?«

»Ja. Ich weiß nicht, warum. Es waren die besten Gewehre im Haus – der Stolz und die Freude meines Vaters –, ich glaube, das war der Grund. Auf jeden Fall hab ich sie genommen. Ich habe sie in der Garderobe versteckt – beim Seiteneingang, erinnerst du dich? Die wir immer Höllenhöhle nannten? Ich war am Nachmittag dort gewesen, um für Jane Galoschen zu holen. Es war dort ein ziemliches Durcheinander. Es war ein gutes Versteck. Ich habe sie unter einen Haufen Mäntel geschoben. Ich dachte, daß ich sie später leicht wieder rausholen könnte.«

»Sag mir, was du damit vorhattest.«

»Offenbar irgend etwas Schlimmes. Das natürlich gegen deinen Vater gerichtet war.«

»Weil du ihn gehaßt hast?«

»Ja. Ich habe ihn gehaßt.« Acland machte eine Pause. »Ich war damals siebzehn. Ich glaube, ich habe in meinem ganzen Leben niemanden so gehaßt wie ihn, vorher nicht und hinterher auch nicht. Ich habe ihn für das, was er war, und für das, was er tat, verflucht. Was er meinem Vater angetan hat – und meiner Mutter. Was er Boy angetan hat. Ich dachte –«

»Sag es mir, Acland.«

»Ich dachte, die Welt wäre besser, wenn er tot wäre.«

Schweigen trat ein. Constance legte ihre Hände in ihren Schoß. Sie sah auf ihre Ringe. Sie zählte sie.

»Sag mir, was du getan hast, Acland«, sagte sie schließlich. »Ich muß es wissen.«

Sie beugte sich nach vorn, als sie es sagte. Acland hörte, wie ihr die Stimme versagte, er spürte ihren Atem an seiner Wange. Das Parfüm, das sie benutzte, roch nach Frühling und Erde. Ihre Nähe verwirrte ihn. Er sah ihre geschwungene Kehle, die Linie ihres Kinns. Ihre Lippen, scharlachrot wie immer, waren ein wenig geöffnet. Ihre Augen waren ängstlich auf sein Gesicht gerichtet.

»Constance, ich weiß nicht, ob ich weiterreden soll. Ich weiß nicht, ob es richtig ist weiterzureden. Das ist alles schon so lange her. Können wir es denn nicht vergessen?«

»Ich werde es nie vergessen. Und ich muß es wissen. Ich habe so lange gewartet, es zu erfahren.« Sie nahm seine Hand. »Bitte, Acland. Sag es mir. Einiges davon habe ich schon erraten. Wann hast du die Gewehre geholt? Du bist doch zurückgegangen, nicht wahr? War es, nachdem du in den Ställen warst, nachdem du von Jenna weggegangen warst?«

»Etwas später. Ja.«

»Erzähl es mir.«

»Also gut. Es war – so ungefähr – elf, als ich aus den Ställen kam. Ich wollte nicht zurück auf das Fest. Zu viele Menschen. Ich wollte draußen bleiben, im Garten, in der Dunkelheit. Ich wollte nachdenken. Wie konnte ich es tun? Wann konnte ich es tun? Dann, als ich dort stand, sah ich deinen Vater aus dem Haus kommen. Ich sah, wie er den Weg zum Wald einschlug. Ich wußte, er würde dort hingehen, um meine Mutter zu treffen. Zu einer Verabredung. Das wußte ich.«

»Bist du ihm gefolgt?«

»Nein. Nicht sofort. Ich wartete. Ich hörte, wie die Gäste gingen. Ich hätte selbst gehen können, ins Bett gehen, die ganze Idee aufgeben können – und fast hätte ich es auch getan. Jenna hatte mich ein bißchen beruhigt. Aber dann kam meine Mutter aus dem Haus. Sie sah mich auf der Terrasse. Sie rief nach mir. Sie faßte meinen Mantel an, daran kann ich mich noch erinnern, und sagte, daß er feucht sei. Sie sagte zu mir, ich solle ins Haus gehen. Sie klang so bestimmt. Ich wußte, warum. Sie hatte sich verspätet. Sie wollte gerade losgehen, um sich mit Shawcross zu treffen. Sie wollte nicht, daß ihr Sohn sah, wie sie wegging. Er hätte sie fragen können, warum sie um ein Uhr nachts im Wald spazierenging.«

»Ach, Acland.« Constance seufzte leise. »Es war genau so, wie ich es mir vorgestellt habe. Warst du sehr böse? Hast du ihn sehr gehaßt?«

»Das muß ich wohl.« Acland runzelte die Stirn. »Ich ging ins Haus, um die Gewehre zu holen. Ich nahm eins davon. Ich machte mich auf den Weg zum Wald. Auf halbem Weg lud ich das Gewehr. Beide Läufe.«

»Beide Läufe?« Constance zitterte.

»Ich wollte ganz sichergehen. Falls der Schuß danebenging. Mir war klar, was ich tun würde. Ich dachte: Ich werde diesen Weg entlanggehen, und wenn ich Shawcross finde, werde ich abdrücken. Ich werde ihm in den Kopf schießen. In das Herz. Von ganz nahe. Ich wollte, daß er tot war – sofort.«

»Dieses Gewehr würde ihn töten – von ganz nah?«

»O ja. Hast du noch nie einen Jagdunfall gesehen?«

»Nein. Hab ich nicht. Bitte halte meine Hand fest, Acland. Laß sie nicht los. Ich will es wissen. Ich möchte es verstehen. Aber ich habe Angst. Bitte. Leg deinen Arm um mich – ja, so. Jetzt kannst du es mir erzählen, ganz ruhig und ganz einfach. Siehst du, wie nah ich dir bin? Wir hatten doch nie Geheimnisse voreinander – außer diesem einen. Du bist mein Bruder – nein, du stehst mir näher als ein Bruder. Du hast mir das Leben gerettet. Bitte, Acland, erzähl es mir. Du hast das Gewehr geladen. Beide Läufe. Du bist den Weg entlanggegangen...«

Constance legte ihren Kopf gegen seine Schulter. Sie hatte Aclands Arm um sich gezogen. Er konnte fühlen, wie angespannt ihre Muskeln waren. Ihr weicher Mantel kam ihm sehr dünn vor. Genau dort, wo seine Hand auf ihrem Arm lag, fühlte er – ihre Brust, die gegen seine Finger strich, wenn sie sich bewegte. Eine Frauenbrust. Acland fand das seltsam, unerklärlich. Constance war wie ein Kind: so klein wie ein Kind, so atemlos und erregt wie ein Kind. Er dachte an sie noch immer als Kind, und doch besaß dieses Kind Brüste. Er schob seine Hand ein bißchen weiter nach oben, so daß sie auf ihrer Schulter lag. Er starrte nach draußen auf den See und in das schwächer werdende Licht. Zwei Abende hintereinander, dachte er, in denen die Dämmerung die Vergangenheit heraufbeschwor.

»Constance. Das läßt sich schwer sagen.«

»Sag es trotzdem.«

»Du willst es hören? Also gut. Ich habe das Gewehr geladen. Ich bin zum Wald gegangen.«

»Wußtest du von der Falle? O Gott, Acland, hast du es gewußt?« Sie drückte sich näher an ihn. Sie hatte zu zittern begonnen. Acland strich über ihren Arm. Er starrte weiter auf den See.

»Nein. Ich wußte nichts von der Falle. Menschenfallen waren verboten. Mein Vater tobte vielleicht herum, daß er sie benutzen würde, aber das habe ich nicht ernst genommen. Ich hatte keine Ahnung, daß sie dort aufgestellt war. Auf jeden Fall machte es sowieso keinen Unterschied, denn ich bin stehengeblieben.«

»Du bist stehengeblieben?«

»Ich blieb einfach stehen. Mitten auf dem Weg. Ich kam plötzlich wieder zu mir – so könnte man es nennen. Ich sah mich an, wie ich den Weg entlangging, mit einem Gewehr und der Absicht, jemanden zu töten. Ich sah, wie lächerlich das war, schätze ich. Nicht falsch – falsch schien es nicht zu sein. Nur lächerlich.«

»Jemanden zu töten, den du haßtest? Das erschien dir lächerlich?«

»Constance, ist das so schwer zu verstehen? Ich habe mich selbst betrachtet, wie von außen, und was ich vorhatte. Es kam mir absurd vor. Wie das Melodram eines Siebzehnjährigen. Nur um die verlorene Ehre seiner Mutter zu rächen. Ich hatte recht. Es war absurd. Und so ging ich zurück. Ich legte das Gewehr wieder unter die Mäntel. Ich ging ins Haus und spielte Billard.« Er schwieg.

»Aber am nächsten Tag – nach dem Unfall –, als sie deinen Vater zum Haus zurückgebracht hatten, da geschah etwas.«

Er drehte sich um, um sie anzusehen. »Ich glaube, das lag an dir, Constance. Die Art, wie du geschrien hast. Die Art, wie du mich angesehen hast. Ich hatte das Gefühl, als könntest du meine Gedanken lesen. Ich hatte das Gefühl, du wüßtest, was ich vorgehabt hatte. Damals kam ich mir vor wie ein Mörder. Es war genauso, als hätte ich ihn getötet. Du hast mich beschämt.«

Acland seufzte. »Eigentlich war das schon alles. Am nächsten Tag ging ich zu meinem Vater. Ich wollte es ihm beichten. Zu meinem Erstaunen war er sehr gut zu mir. Er zeigte Verständnis, er war sogar stark. Ich habe ihm nicht gesagt, warum ich Shawcross töten wollte – ich habe auch meine Mutter nicht erwähnt. Natürlich wußte er es, das konnte ich an seinem Gesicht ablesen. Auf seine Weise hatte er Würde. Er war nicht so dumm, wie es manchmal den Anschein hatte. Ich zeigte ihm, wo ich die Gewehre gelassen hatte. Er brachte sie, glaube ich, wieder an ihren Platz. Noch am selben Tag. Oder einen Tag danach.«

Dann schwiegen beide. Constance zitterte. Sie zog sich etwas zurück. Sie preßte die Hände gegen die Stirn und starrte hinaus in die Bäume, zum See, in die zunehmende Dämmerung.

»Ich dachte, du hättest ihn getötet.« Sie sagte es mit Bedauern. »Ich habe es an deinem Gesicht gesehen, als sie ihn gebracht haben. Ich habe meinen Vater angesehen, wie er dort auf dieser Bahre lag, mit diesen schrecklichen karierten Decken. Dann habe ich dich angesehen. Es war, als würde ich dich erkennen. Es war wie ein Pfeil in meinen Gedanken. Seitdem habe ich es immer geglaubt. Ich habe nie etwas zu jemandem gesagt. Zwanzig Jahre lang. Weißt du – wenn du es gewesen wärst –, dann hätte es einen Sinn ergeben.«

Sie ergriff seine Hände und hielt sie fest und drückte sie.

»Acland, du würdest mich doch nicht anlügen? Versprich mir, daß du mich nicht anlügen würdest? Sieh mir in die Augen und sag es – nur einmal. Sag: Ich habe ihn nicht getötet.«

»Ich habe ihn nicht getötet, Constance. Ich wollte ihn töten. Ich hatte sogar vor, ihn zu töten ... wie lange? Sechs Stunden? Acht Stunden? Aber ich habe es nicht getan. Um im Töten gut zu sein, muß man, glaube ich, Spaß daran haben, oder man muß sehr große Angst haben.«

Acland sprach mit ruhiger Stimme. Constance stieß einen Schrei aus. Sie drückte ihre Hände an sein Gesicht. Sie bedeckte seine Augen.

»Oh, Acland, sieh mich nicht so an – und sprich nicht so. Ich will nicht, daß du so aussiehst. Du siehst so müde aus – und so alt – verbittert. Du siehst so völlig anders aus.«

»Ich bin anders.«

»Das glaube ich dir.« Sie stand auf und begann wieder erregt auf und ab zu gehen. »Ich glaube dir. Du kannst mich nicht anlügen. Aber ich verstehe es nicht. Dann muß ihn jemand anders getötet haben – jemand muß es getan haben. Es war kein Unfall, Acland; ich weiß, daß es kein Unfall war. Spaß? Du sagst, die Menschen haben Spaß daran zu töten? Oder – was war das andere? Angst. Ja, das ist es. Angst. Aber wer hätte Angst haben sollen, Acland? Um so was Schreckliches zu tun. Dein Vater nicht, Boy nicht, du nicht. Es gibt niemanden. Ach, ich wünschte, ich hätte nie gefragt. Ich war mir so sicher, und jetzt kommen all diese Fragen wieder zurück! Sie jagen durch meinen Kopf – sie tun mir weh, all diese Fragen. Zwanzig Jahre lang, Acland, und sie wollen einfach nicht verschwinden. Sie rasen und sie... nagen. Es fühlt sich an, als würden sie nagen. Sie machen alles so schwarz. Dann muß es also doch ein Unfall gewesen sein – wie alle gesagt haben. Ich wünschte, ich könnte es glauben. Wenn ich es könnte, käme ich endlich zur Ruhe. Ganz bestimmt. Ich glaube, dann könnte ich –«

»Constance. Tu dir das nicht an. Wir hätten nicht hierherkommen sollen. Wir hätten nicht davon anfangen sollen. Warte – Constance...«

Acland war aufgestanden. Ihr Kummer, die gequälte Art, wie sie sprach, die Tatsache, daß sie noch immer am ganzen Körper zitterte – all das erschreckte ihn. Er nahm ihren Arm, und als Constance ihn wegzustoßen versuchte, zog er sie sanft an sich. Er konnte ihre Erregung spüren. Sie zitterte und zuckte vor Kummer.

»Constance. Es tut mir leid. Du mußt es vergessen – kannst du es nicht vergessen?« begann er. Sie tat ihm leid, und weil sie ihm leid tat, zog er sie noch näher an sich, dann strich er über ihr Haar. Ihr Haar schien sich gegen seine Berührung zu wehren. Er hatte vergessen, was für ein Gefühl es war, dieses Haar zu berühren, aber im selben Augenblick, als er es berührte, war es ihm wieder vertraut. Er legte seine Hand auf ihren Kopf. Er strich nach unten, sanft, fühlte die Wölbung ihres Kopfes unter den Haaren. Es schien Constance zu beruhigen. Sie gab einen leisen Laut, fast ein Stöhnen, fast ein Schluchzen von sich.

»Wie lieb du bist, Acland«, sagte sie leise. »So habe ich dich noch nie gesehen. Ich hab dich immer wütend gesehen, verletzend – hart vielleicht. Aber du kannst so freundlich sein. Du hast dich verändert. Ach, mir ist so kalt. Halt mich fest, ganz dicht – bitte, wärme mich. Gleich wird es mir wieder bessergehen, dann können wir zum Haus zurückgehen.«

Sie zitterte noch immer am ganzen Körper, als sie es sagte. Sie lehnte sich fest gegen ihn. Und während sie es tat, rutschte ihr Mantel noch weiter von ihren Schultern. Acland wußte nicht, wie es gekommen war, aber er merkte jetzt, daß sein Arm unter dem Mantel um ihre Taille lag. Ihre Taille war sehr schmal. Er hätte sie mit den Händen umspannen können.

Das kam ihm peinlich, fast kompromittierend vor. Er hörte auf, ihr über das Haar zu streichen. Als er sich von ihr losmachen wollte, klammerte sich Constance an ihn.

»Bitte, halt mich fest. Nur noch ein bißchen. Ich bin so unglücklich. Schau, ich weine. Ich mache deine Jacke ganz naß. Ich hasse diese Jacke. So dick und rauh – warum müssen die Engländer immer Tweedstoffe tragen? So, so ist es besser.«

Jetzt merkte Acland auch, daß seine Jacke aufgeknöpft war. Constance schmiegte sich fest an ihn. Sie stieß leise zufriedene Seufzer aus. Der Geruch von Farn und feuchter Erde stieg von ihrer Haut auf. Er fühlte die nassen Tränen an seinem Hemd. Der Duft ihrer Haare verlangsamte seine Gedanken: Er war herb und hypnotisch. Constance hatte eine ihrer kleinen juwelengeschmückten Hände auf sein Herz gelegt. Ihre Brüste preßten sich beharrlich gegen ihn. Er fühlte, wie sich ihre Brustwarzen verhärteten.

Die lange Ehe mit einer völlig andersgearteten Frau mußte seine Instinkte geschwächt haben: Ein Teil von ihm argumentierte noch immer, daß dieser beharrliche Druck rein zufällig eine erotisierende Wirkung ausübte, wenn sich Constance bewegte. Aber dann berührte sie ihn auf eine Weise, die unmißverständlich war.

Acland ließ sie sofort los und ging einen Schritt zurück.

Constance betrachtete ihn mit dem Ausdruck geduldiger, fast trauriger Toleranz. Sie schüttelte verächtlich den Kopf. Sie biß sich auf die Lippen, daß sie rot wurden.

»Was für ein schrecklich verheiratetes Gesicht.« Sie lächelte. »Wie albern. Ach, Acland.«

»Es hat keinen Sinn wegzulaufen«, sagte Constance, als Acland zur Tür ging. »Du kannst nicht vor mir davonlaufen. Ich lasse mich von Demonstrationen ehelicher Treue nicht beeindrucken.«

»Ich laufe nicht weg. Ich gehe zum Haus und zu meiner Frau. Ihre Gesellschaft ist mir lieber.«

»Ihre Gesellschaft?« Constance folgte ihm zur Tür. »Wie außerordentlich langweilig. Wenn ich wollte, könnte ich dich innerhalb von fünf Minuten ihre Gesellschaft vergessen lassen. In noch weniger. Küß mich, Acland – und dann sag mir, wieviel diese Gesellschaft wert ist. Ich schätze, dann würdest du anders darüber denken. Ich sage ja nicht, daß sie völlig überflüssig ist – Gesellschaft, Kameradschaft –, das würde ich nie behaupten –, aber auf gar keinen Fall etwas, das du dringend nötig hättest.«

»Constance, ich liebe meine Frau.«

»Aber natürlich liebst du sie. Daran habe ich keine Sekunde gezweifelt. Schließlich« – sie machte eine kleine ungeduldige Handbewegung – »habe ich eure Ehe in die Wege geleitet. Ich habe dir gesagt, daß sie zu dir paßt. Daß du sie brauchst, so wie ich Montague brauche – bis zu einem gewissen Punkt. Aber du brauchst auch *mich*. Du willst *mich* haben. Das wolltest du schon immer. Wenn du mich anfassen würdest, würdest du es wissen. Aber du wagst nicht, mich anzufassen – deshalb läufst du so schnell weg von mir.« Sie zuckte die Achseln. »Das ist völlig sinnlos. Du kannst mich nicht verlassen. Es wird immer in deinem Kopf bleiben. Du wirst nachdenken, überlegen, wünschen. So wie du es schon immer getan hast. So wie ich es schon immer getan habe.«

Sie war absolut überzeugt davon. Und diese Arroganz machte Acland wütend.

»Das glaubst du?« fragte er mit ruhiger Stimme.

»Natürlich. Das habe ich nie bezweifelt.«

»Du irrst dich. Ich könnte dich anfassen – und überhaupt nichts dabei fühlen. Allerdings habe ich kein Verlangen danach, dich anzufassen.«

Bei diesen Worten stieß Constance einen kleinen Schrei aus. Der Zeitpunkt kam Acland zu perfekt vor – dieser Aufschrei und ihr Schmerz waren gespielt. Die Arroganz und Selbstsicherheit von eben hatten sich in einem einzigen Augenblick in Verwundbarkeit und Hilflosigkeit verwandelt. Alles war so mechanisch, dachte Acland. Constance war eine begabte Schauspielerin. Die sich ihre Texte selbst schrieb. Für melodramatische Szenen.

»Sieh mal, Constance«, begann er ganz sachlich. »Denk doch mal nach. Ich bin verheiratet. Du bist verheiratet. Du bist zur Taufe meiner Tochter hierhergekommen. Gerade eben haben wir noch vom Tod deines Vaters gesprochen. Du warst verzweifelt, und ich habe versucht, dich zu trösten. Das ist alles. Mehr nicht. Wenn du mein Benehmen falsch gedeutet hast, dann tut es mir leid. Und jetzt wollen wir damit aufhören und das Ganze vergessen und wieder zurückgehen, ja?«

»Du hast mir das Leben gerettet.« Wieder stieß Constance einen kleinen Schrei aus.

»Das ist schon so lange her, Constance. Du warst krank, und vielleicht habe ich dir, gewissermaßen, geholfen, wieder gesund zu werden –«

»Du hast mir versprochen, nicht zu sterben.« Ihre Augen hatten sich wieder mit Tränen gefüllt. »Du hast es mir geschworen. Und du bist nicht gestorben – du bist zurückgekommen.«

»Constance, das weiß ich alles. Das leugne ich ja nicht. Aber das war vor meiner Ehe.«

»Ach, vor deiner Ehe! Du tust so, als wäre deine Ehe eine schreckliche Schranke. Eine große Mauer. Wie kannst du nur so reden – so abwertend? Über diese heiligen Dinge. Und du tust sie einfach ab. Ich habe an dich geglaubt. Ich habe an uns geglaubt. Es ist das einzige, woran ich in meinem ganzen Leben je geglaubt habe.«

»Ich will doch nichts abtun, Constance; ich sage nur, daß es vorbei ist, mehr nicht.«

»Aber du tust es doch! Du leugnest diese Dinge!« Wieder stieß sie einen spitzen Schrei aus. Sie hielt sich die Ohren zu.

»Hör auf damit, Constance. Hör mir zu –«

»Ich werde nicht zuhören.«

Sie nahm die Hände von den Ohren. Sie trat einen Schritt zurück. Acland wurde klar, daß er sich nicht mehr sicher sein konnte, ob sie ihm nur etwas vorspielte oder ob sie es ernst meinte. Sie war leichenblaß, alle Farbe war aus ihrem Gesicht gewichen. Die Kraft ihrer Gefühle ließ ihren Körper erzittern.

»Du hast mich geliebt. Ich weiß, daß du mich geliebt hast. Es hat etwas gegeben zwischen uns. Es hat gelebt, es war so lebendig. Und jetzt versuchst du, es zu töten. Du hast dich verändert. Das hättest du früher nicht getan. Du bist kleiner geworden, als du früher warst, Acland. Früher hast du Risiken auf dich genommen. Jetzt willst du nicht mal mehr die Risiken zugeben, die vorhanden sind. Du tust so, als gäbe es sie gar nicht – weil es sicherer ist! Ach, Acland, wann hast du beschlossen, ein gewöhnlicher Mann zu werden?«

Acland wandte sich ab. Er sah zum See, in den dunkler werdenden Himmel. Der Wald war jetzt nur ein Schatten hinter dem Wasser.

»Findest du es gewöhnlich, wenn jemand seine Frau liebt und sein Kind?« sagte er langsam. »Ist es gewöhnlich, seine Ehe über alles andere zu stellen? Vielleicht ist es das.« Er zuckte die Achseln. »Na schön, dann bin ich eben gewöhnlich. So bin ich geworden.«

Es herrschte Schweigen zwischen ihnen. Als Constance wieder zu sprechen begann, hatte sich ihre Stimme verändert. Sie sprach langsam, nachdenklich.

»Das frage ich mich«, sagte sie. »Wie merkwürdig. Vielleicht warst du schon immer so. Vielleicht hast du dich gar nicht verändert. Vielleicht habe ich dich nur erfunden. Das hat Montague behauptet. Ja, das sehe ich jetzt ein. So könnte es gewesen sein. Ich habe dich zu einem hohen Wesen erhoben, Acland. Zu einem Helden. Ich habe dich angesehen, und weißt du, was ich gesehen habe? Einen einzigartigen Mann – nein, nicht mal einen Mann. Dein Haar war wie Feuer. Deine Augen konnten mich mit einem einzigen Blick töten. Du warst unbesiegbar – ein Unsterblicher. All die Macht, die ich dir gegeben habe! Ich habe sie in Gedanken geformt. Ich habe sie dir mit meinem Atem eingegeben, Jahr für Jahr, ich habe dich stark gemacht. Ich habe deine beiden Hände angesehen, und weißt du, was ich gesehen habe? Ich habe den Tod in der einen Hand und das Leben in der anderen gesehen. Mein Erretter und Erlöser. Das Wesen, das mich retten konnte, das Wesen, das den Mut besaß, meinen Vater zu töten. Einst so viel und heute so wenig. Ah –«

»Constance –«

»Und ich bin am Ende doch nicht so klein. Das sehe ich jetzt. Manchmal komme ich mir selbst klein vor. Ich sehe mich an, und ich schrumpfe vor meinen eigenen Augen. Aber jetzt bin ich mir gar nicht mehr so sicher. Vielleicht bin ich ... *bedeutend*.« Sie seufzte. »Ist jemand bedeutend, wenn er viel Phantasie hat?«

»Wir hätten nicht hierherkommen sollen, Constance. Es geht dir nicht gut.«

Acland drehte sich wieder zu ihr um. Sie stand völlig steif da und hatte die Hände verschlungen, sie sah hinaus auf den See. Sie hatte wie zu sich selbst gesprochen, als würde sie Acland überhaupt nicht wahrnehmen.

»Komm zurück zum Haus.« Er nahm ihren Arm. »Constance, hörst du mich? Hör zu. Es ist spät. Es ist kalt. Komm zurück. Komm jetzt zurück.«

»Ich habe mehr Mut als du. Das ist mir jetzt klar. Ich fange an, es zu verstehen.« Sie sah ihn mit leerem Blick an. »Das werde ich dir nie verzeihen, Acland.«

»Sag jetzt nichts mehr. Sieh her – nimm meinen Arm, und dann gehen wir zum Haus zurück. Du mußt dich ausruhen –«

»Ich will deinen Arm nicht. Ich werde mich nie ausruhen. Wie dumm von dir! Laß mich in Ruhe.«

»Constance –«

»Weißt du, welcher Mut der einzige ist, den man haben sollte? Der Mut zu töten. Und ich dachte, du hättest ihn. Wie dumm ich war! Du hast dein Gewehr geladen. Dann bist du umgekehrt. Gott, wie ich dich verachte –«

»Hör auf damit, Constance. Du weißt nicht, was du sagst. Komm her – setz dich hin. Versuche dich zu beruhigen.« Hilflos sah sich Acland um. Constance rührte sich nicht von der Stelle. »Soll ich jemanden holen?« Er drehte sich wieder zu ihr um. »Steenie – wenn Steenie vielleicht käme? Und dann, wenn du wieder ruhiger bist –«

»Aber ich bin völlig ruhig. Sieh her.« Sie streckte ihre Hand aus, mit der Handfläche nach unten. »Siehst du? Völlig ruhig.«

»Du bist krank. Ich gehe jetzt jemanden holen.«

Acland ging zur Verandatreppe, dann blieb er stehen. Es war nicht klug, sie allein zu lassen, das wußte er. Noch immer zögernd, drehte er sich um. Constance stand da und starrte zum See, sie war kaum noch zu erkennen, so dunkel war es schon. Ihr Gesicht war kreidebleich, ihre Augen groß und starr. Die Nähe des Sees machte Acland angst. Nein, er konnte sie nicht allein hierlassen.

Als er auf das Wasser sah, hörte er plötzlich einen lauten Schrei, so schrecklich, daß er zusammenzuckte und – aus einem Reflex, der ihm all die Jahre seit dem Krieg erhalten geblieben war – den Arm hob, um sein Gesicht zu schützen. Er spürte den Luftzug, sah, ganz verschwommen, die Tür und dann eine schwarze Gestalt.

Dann sah er, daß es ein Schwan war, der vom Wasser zum Flug abhob, und dachte: Werde ich mich nie davon befreien können? Und noch während er es dachte, begann Constance zu schreien.

Der Schrei einer Möwe: ein klarer, hoher, durchdringender Ton. Acland drehte sich um. Angst und Verwirrung drehten die Zeit zurück. Für einen Augenblick, während er sich umdrehte, erwartete er, ein Kind zu sehen, mit weißem Gesicht, in schwarzen Kleidern, gebückt, sich aufrichtend, schreiend – und dann starr, mit anklagenden Augen, schwarz und unbeweglich in dem kleinen versteinerten Gesicht.

Natürlich war es kein Kind. Constance war in ihrem grauen Mantel ebenfalls zusammengezuckt. Auch sie hatte den Arm vor ihr Gesicht gelegt, wie um einen Schlag abzuwehren. Als er sie ansah, wich sie vor ihm zurück in die Dunkelheit.

Sie sagte – später würde er glauben, daß sie es sagte: »Nicht. Lieber Gott. Nicht.«

Sie gab einen leisen, wimmernden Laut von sich wie ein verletztes kleines Tier. Dann, als Acland sich wieder gefaßt hatte und mit einer besorgten Bewegung auf sie zugehen wollte, nahm sie die Arme vom Gesicht und richtete sich auf.

Acland blieb stehen. Constance stand still, schien zu überlegen, dann machte sie ein paar Schritte nach vorn. Sie hob den Kopf und sah ihn an, ihre Haut glänzte silbern, der Schatten löste sich auf, und ihre Gesichtszüge nahmen wieder Gestalt an.

Mit klarer, deutlicher Stimme sagte sie: »Weißt du, was mein Vater mal getan hat? Er hat mir mein eigenes Blut zu trinken gegeben. In einem kleinen Glas. Einem winzigen Glas. Nicht größer als ein Fingerhut. Oder war es Wein? Nein, ich glaube nicht, daß es Wein war. Ich kann mich doch nicht getäuscht haben, nicht wahr? Wein schmeckt anders als Blut.«

Bevor Acland etwas erwidern konnte, hob sie die Hand und befühlte sein Gesicht.

»Armer Acland.« Ihr Gesichtsausdruck veränderte sich, ihr Haar verschmolz mit der Dämmerung. »Armer Acland. Ich bin nicht krank. Mein Kopf war nie so klar.« Sie schien sich zu sammeln und ihre letzten Kräfte zusammenzunehmen. »Ich wußte, daß ich es – am Ende – verstehen würde. Den ganzen Tag heute habe ich gefühlt, wie es auf mich zugekommen ist, immer näher und näher. Du hast dabei geholfen – ich glaube, du hast mir dabei geholfen. Die Stimme war immer da, weißt du; ich brauchte nur auf sie zu hören. Hast du sie gerade eben gehört? Ich bin froh, daß ich auf sie gehört habe. Ich hätte schon früher auf sie hören sollen, aber ich hatte zu große Angst. Ich dachte, die Zeit würde sie ertränken, aber natürlich hat sie das nicht getan. Weil sie es nicht konnte. Nicht einmal zwanzig Jahre, nicht das tiefste Wasser könnte sie zum Schweigen bringen. Eine Stimme kann man nicht ertränken, nicht wahr? Einen Menschen, ja – aber nicht eine Stimme.«

Sie schüttelte den Kopf; Acland spürte ihre Finger auf seinem Gesicht; dann ließ sie die Hand fallen.

»Es wird schon dunkel. Ich kann dich gar nicht mehr richtig sehen. Ich möchte dich sehen. Ja, das dachte ich mir. So wenig Phantasie. So klein. So schnell, so klug – aber du verstehst noch immer nicht, nicht wahr? Soll ich es dir zeigen? Soll ich es dir jetzt zeigen? Ja, ich glaube, das sollte ich tun.«

Sie lief vor ihm die Stufen hinunter. Unten angekommen, blieb sie stehen, sah sich um. Sie zog ihren grauen Mantel eng um ihren Körper.

Einen Augenblick lang starrte sie zu ihm hinauf, dann drehte sie sich um und ging auf dem Weg, der zum Haus führte, davon.

Es war jetzt fast völlig dunkel. Acland lief hinter ihr her. Er hörte die Schritte ihrer kleinen Füße, das Knirschen von Kies unter ihren Sohlen, das Knacken eines Zweiges.

Er bemühte sich, etwas zu erkennen. Constance, die noch eben deutlich zu sehen gewesen war, war jetzt verschwunden.

Hier bin ich. Und hier bin ich nicht. Acland hatte Angst; er spürte sie in seiner Brust: eine Vorahnung. Er lief die Stufen hinunter. Er starrte durch die Dunkelheit auf den Weg. In der Ferne konnte er die Lichter vom Haus sehen, den blassen Kiesweg: überall wogende Schatten; tanzende Lichter, die aufblitzten und sofort verschwanden. Weiter vorn glaubte er eine Gestalt zu sehen, die sich bewegte. Constance oder eine Täuschung? Er zögerte, war sich nicht sicher, hatte Angst, sie könnte zum See gelaufen sein. Er ging weiter, immer schneller. Ein Zweig ragte in den Weg und verfing sich in seinem Haar. Ein dicker Ast bog sich ihm entgegen, weiß und gespenstisch. Er ging langsamer. Er blieb stehen.

Aus der Dunkelheit vor ihm hörte er eine Stimme. Er verspürte instinktive Angst, ein Frösteln auf dem Rücken. Die Stimme seiner Mutter.

In der folgenden Stille blieb er unschlüssig stehen, sagte sich, daß die Dunkelheit alles verzerrte, daß es nur Einbildung gewesen war. Dann hörte er diese Stimme noch einmal, ihr Akzent und ihr Ton waren unverwechselbar. Eine perfekte Nachahmung.

»Eddie«, rief die Stimme seiner Mutter. »Eddie. *Hier* entlang. *Hier* bin ich.«

Als Acland das Haus erreichte, blieb er in der Eingangshalle stehen. Aus dem Salon hörte er die gewohnten Geräusche: das Knacken von Holzscheiten im Feuer, das Klappern von Teetassen, gleichmäßiges Stimmengemurmel. Er lauschte: die Stimme seiner Frau, Wexton, dazwischen Steenie, ein Wortwechsel zwischen Freddie und Winnie; dann, unterbrochen von anderen Stimmen, Constance. Er fing nur Bruchstücke auf, denn Constances Stimme war leise wie immer, aber diese paar Sätze waren genug, um es ihm zu bestätigen: Constance war in den Familienkreis zurückgekehrt. Ihre Stimme und ihre Art zu sprechen waren in keiner Hinsicht auffällig. Es waren ihr keine Anstrengung und kein Gefühl anzumerken. Acland lehnte sich gegen die Wand. Er schloß für einen Augenblick die Augen. Er dachte: Ich habe es mir nur eingebildet.

Constance hatte es schon immer verstanden, ihn in den Spiegel blikken zu lassen, die Dinge umzukehren. Er starrte auf die Treppe; er zögerte, den Schutz der Halle zu verlassen: Er wollte Constance nicht ins Gesicht sehen.

Als Acland dort stand, war er sich ganz sicher, daß die Ereignisse des Nachmittags tatsächlich stattgefunden hatten; genauso sicher war er sich, daß sie nicht stattgefunden hatten. Er stellte fest, daß er sich nicht genau daran erinnern konnte, was Constance zu ihm gesagt hatte oder in welcher Reihenfolge sie es gesagt hatte. Bruchstücke gingen ihm durch den Kopf: Sie ließen sich zu Mustern zusammenfügen. Ihre angeborene Energie, ihre bösartige Fähigkeit, sich plötzlich zu verändern, störten und verwirrten ihn.

Er war sich ganz sicher, daß Constance auf dem Weg zum Haus mit der Stimme seiner Mutter gerufen hatte. Er glaubte, sich genau der Worte, die sie verwendet hatte, zu erinnern. Er wußte, daß die Stimme, die gerufen hatte, die er gehört hatte, die Stimme der Vatermörderin gewesen war.

Auch das war möglich und zugleich unmöglich. Er war nicht bereit, sich auf die Genauigkeit seines eigenen Gedächtnisses zu verlassen und auch nicht auf seine Andeutungen: Schließlich war Constance eine Lügnerin mit einer lebhaften Phantasie. Kreuzverhör. »Dekodieren.« Acland bemühte sich, seine Gedanken in Gang zu bringen – früher war er stolz gewesen auf seinen scharfen logischen Verstand.

Wenn er gehört hatte, was er gehört zu haben glaubte, dann war Constance fähig zu töten, oder sie war geisteskrank, und ihre Phantasie war vermutlich ernsthaft gestört. Schuld war, wie er wußte, eine schwer faßbare Angelegenheit: Es war möglich, für etwas Schuld zu empfinden, das man sich gewünscht, aber nicht begangen hatte. Hatte sie ein Verbrechen begangen, oder hatte sie sich einfach nur eingebildet, es begangen zu haben? Das war möglich: Er wußte, daß Constance fähig war, an ihre eigenen Erfindungen zu glauben. Es gab so unendlich viele Möglichkeiten der Interpretation: Nichts ließ sich festlegen. Dieses Verbrechen war – wenn es überhaupt eins war – schon viel zu lange her: über zwanzig Jahre. Und mit Vernunft und gültigen Beweisen nicht zu klären.

Ich werde es wissen, wenn ich sie ansehe, dachte Acland: Und so betrat er den Salon. Constances Gesicht und ihr Benehmen verrieten ihm nichts. Sie war weder ruhiger noch lebhafter als sonst. Sie trank Tee mit seiner Familie. Sie saß in einem Sessel neben dem Kaminfeuer und nippte an ihrer Teetasse, ihre kleinen Füße streckten sich den wärmenden Flammen entgegen.

Anscheinend hatte sie gerade ihr Taufgeschenk präsentiert; und Jane stand auf, um es Acland zu zeigen, ohne ihre Abneigung gegen derartige Gegenstände offenkundig werden zu lassen. Ein extravagantes, kostspieliges, heidnisch wirkendes Armband: eine Schlange mit einem juwelenbesetzten Kopf, die so konstruiert war, daß sie sich um den Arm schlängelte. Constance erklärte ganz beiläufig, daß sie nicht eins der üblichen Taufgeschenke habe machen wollen. Dieses Geschenk solle Victoria tragen, wenn sie schon älter sein würde; auf der nackten Haut sehe es am hübschesten aus. Constance lächelte. Hübsch, dachte sie: Sie hatte es am Tag davor in der Bond Street gekauft.

Nichts geschah. Acland fand es bedrückend. Er bekam Kopfschmerzen. Als er wegging, um sich für das Abendessen umzuziehen, wurden die Schmerzen schlimmer. Seit dem Krieg litt er an Migräneanfällen. Gewöhnlich halfen gegen diese Anfälle nur ein verdunkeltes Zimmer und Ruhe, aber an diesem Abend kam das nicht in Frage.

Es war ein festliches Abendessen geplant, um die Taufe zu feiern – nur ein Familienessen, aber für seine Frau war es sehr wichtig.

Um die Schmerzen zu lindern, nahm Acland Codein. Wenn er in Lichtquellen sah, stellte er fest, daß sie schwarze Ränder hatten, so schwarz, daß ihm schlecht wurde, und sie stachen in seine Augen, daß das ganze Gesichtsfeld verschwamm.

Um halb acht ging er nach unten. Alle waren schon versammelt, nur Constance fehlte.

Während die anderen unten Sherry tranken, ging Constance in ihrem Zimmer auf und ab. Sie drehte sich vor dem Spiegel hin und her; sie versicherte sich ihrer Schönheit. Glitzer: so vollkommen wie Eis; ihr Haar elektrisch geladen, ihre Finger wie Dolche.

Constance plante ihren Auftritt. Sollte sie Acland dafür bestrafen, daß er gewöhnlich war – oder sollte sie sie alle bestrafen, einen nach dem andern? Alle, entschied sie.

Sie schickte in Gedanken eine Botschaft an Montague, der – wie sie jetzt sah – *nicht* gewöhnlich war: Ihr Mann, der nicht billigte, was sie tat. Wir sind uns ähnlich, sagte sie zu ihm: Wir wissen, wie wir hassen müssen; wenn es dazu käme, würden wir beide den Mut aufbringen, in den Abgrund zu springen. Sieh mir zu, wie ich den Tempel einreiße, Montague, sagte sie. Sieh mir zu. Ich weiß, daß es dich amüsieren wird.

Ich werde deine Diamanten tragen, für dich, sagte Constance – und sie legte sie sich um den Hals. Sie drehte ihren Hals auf die eine Seite, dann auf die andere; sie sah zu, wie das Licht blitzte und funkelte.

Ihre Haut war weiß, ihr Kleid schwarz, ihre Lippen rot. Ich kann töten, sagte ihr Wille; und dann sagte er: Ich kann alles tun.

Sie schaltete die Lampen aus, eine nach der anderen. Selbst die Dunkelheit war nicht erschreckend. Dann ging sie langsam die Treppe hinunter, bewunderte ihre wohlgeformten winzigen Füße, den Sitz ihrer Satinschuhe, die Schnallen wie Prismen.

Verletze sie, dachte Constance. Sie betrat den Salon, selbstsicher, wie sie es immer tat, wenn sie einen festen Vorsatz gefaßt hatte. Sie sah von einem Gesicht zum anderen, und dann begann sie – genauso wie sie es geplant hatte – ihre Verbannung herbeizuführen. Acland war vielleicht das Instrument, aber ich bezweifle nicht, daß Constance Richter und Jury in einer Person war: Indem sie dafür sorgte, ausgestoßen zu werden, fällte sie das Urteil über sich selbst.

Winterscombe hatte ein altmodisches, sehr formelles Speisezimmer. Man mußte sich einschränken, aber die alten Regeln galten noch. Ein blankpolierter Tisch, viel zu groß für sieben Leute, und eine ungerade Zahl – eine Tatsache, die sich nicht verbergen ließ. William, dem ein älteres Hausmädchen zur Hand ging, servierte. Er hätte den roten Bordeaux eingeschenkt – und es wäre ein guter gewesen –, wie er es immer tat: mit Ehrerbietung. Die vier Männer im Dinnerjackett, die drei Frauen in Abendkleidern. Kerzenlicht; ein Feuer; schweres Silber, sorgfältig poliert; ein mit üppigen Ornamenten versehenes Eßgedeck, vierhundert Einzelteile, früher einmal die Freude meines Großvaters Denton. Ein gutes einfaches Essen – ein englisches Essen, die Köchin mißtraute allem, was sie als »modische Speisen« bezeichnete. Kaum Gewürze; auch nicht der Hauch von Knoblauch: die Zunge zusammengerollt wie kleine weiße Fäuste; ihre einzige Verzierung Zitronen. Das gebratene Fleisch – ein Hammelrücken. Er war vorzüglich, würde aber geschmacklos bleiben. Die Puddingsorten – ein kurzes Nicken in Richtung Freddie – genau so, wie sie Engländer angeblich bevorzugen: stärkehaltig und beruhigend. Aber auch er würde nicht angerührt werden, denn als der Hammelrücken hereingebracht wurde und Acland – wie üblich – zum Buffet ging, um ihn zu schneiden, setzte Constance ein. Es war Winnie, die arme Winnie, die ihr das Stichwort gab.

Winnie, loyal und Wexton ergeben, hatte seine letzte Gedichtesammlung gelesen. Sie erzählte, daß sie und Cootie – der wegen Regimentsangelegenheiten in London festgehalten war – sich diese Gedichte vor dem Schlafengehen gern gegenseitig vorlasen. Eines gefiel ihnen besonders gut: ein Liebessonett. Winnie begann, zu Wextons großer Verlegenheit, sogar einige Zeilen aus dem Gedächtnis aufzusagen.

Als sie geendet hatte, herrschte einen Augenblick Schweigen. Steenie, der noch nicht genügend Zeit gehabt hatte, um sich richtig zu betrinken, diesen Zustand aber mit ziemlicher Geschwindigkeit ansteuerte, zwinkerte Wexton verstohlen zu. Jane, die die Worte bewegend fand, sah Acland an. Constance beugte sich nach vorn. »Sicher«, sagte sie mit lauter Stimme. »Sicher weißt du wohl, Winnie, daß dieses Gedicht an einen Mann gerichtet war?«

Winnie, die gerade ihr Weinglas an die Lippen führte, hätte es beinahe fallen gelassen. Sie blinzelte mit den Augen. Sie starrte Wexton erstaunt an. Ihr Hals, dann ihre Wangen, wurden knallrot.

»Natürlich beschreibt er, wie zwei sich lieben«, fuhr Constance mit nachdenklicher Stimme in die absolute Stille hinein fort. »Die Liebe zwischen zwei Männern. Wie Wexton es bevorzugt und auch Steenie. Winnie, wußtest du eigentlich, daß Steenie und Wexton früher einmal ein Paar waren?« Sie runzelte die Stirn. »Ich kann es mir nie merken, Steenie. Warst du damals eigentlich sechzehn – oder siebzehn? Ganz bestimmt aber noch nicht volljährig.«

Ein lautes Krachen erschütterte den Raum. Dem älteren Hausmädchen, das noch nicht so unerschütterlich war wie William, war eine große Servierschüssel aus der Hand gefallen. Der Silberdeckel rollte scheppernd über den Boden. Röstkartoffeln fielen heraus und rutschten quer durchs Zimmer. Das Dienstmädchen kniete sich hin und wollte sie aufheben.

»Homosexuelle«, fuhr Constance verträumt fort. »Ich sage nie *Schwule*. Oder *Homos*. Das finde ich dumm und grob, du nicht auch, Winnie? Die Leute sagen es –«

Acland hatte aufgehört, das Fleisch zu schneiden. Er legte das Messer hin. Er machte William und dem Mädchen ein Zeichen – und die beiden verließen das Zimmer. Constance redete weiter.

»Die Leute verwenden solche Begriffe, weil sie sexuelle Abartigkeiten erschreckend finden. Mancher würde vielleicht *beschämend* sagen, aber das glaube ich nicht. Nein, es hat etwas mit Angst zu tun. Da bin ich sicher. Leute wie Steenie und Wexton erinnern uns daran, daß es keine festen Regeln gibt – für die Liebe und für den Sex. Die Menschen versuchen immer wieder, so zu tun, als gäbe es sie – aber das finde ich ziemlich langweilig! Winnie, wie würdest du, zum Beispiel, normale Liebe definieren? Als heterosexuell? Und wie steht es mit dem normalen Sex? Verheiratet? Einmal die Woche? Ausführung eines missionarischen Anliegens? Ich wünschte, dein Mann Cootie wäre hier! Dann könnte er uns sagen, was er darüber denkt. Ich meine: Wenn es zum Vögeln kommt, sind seine Ansichten dann konservativ oder liberal? Oder doch nicht etwa radikal? Also, darüber nachzudenken, lohnt sich doch wirklich. Ist der abwesende Oberst in bezug aufs Vögeln ein Radikaler? Und wenn ja –«

Winnies Stuhl schabte über den Boden. Sie zitterte am ganzen Körper. Ihr Mund öffnete sich, schloß sich dann wieder. Mit einiger Anstrengung sagte Acland: »Hör auf, Constance.«

Constance starrte ihn mit großen Augen an.

»Aber ich bitte dich, Acland, das ist doch hochinteressant. Ich spreche doch von nichts als der Aufhebung von Regeln in bezug auf den Sex. Und die Liebe, die übrigens auch. Aber beides ist so untrennbar miteinander verbunden, findest du nicht? Was nicht gerade hilft, der Sache Klarheit zu verschaffen. Die Leute regen sich so schrecklich auf deswegen! Weiß nicht, warum. *Sodomie* zum Beispiel – laßt uns doch mal über Sodomie reden, ja? Wir alle wissen, daß Sodomie etwas ist, das die Homosexuellen praktizieren –«

»*Biblisch!*« rief Steenie und sprang auf. »Werden wir jetzt biblisch, denn wenn das der Fall ist –«

»Aber schließlich ist Sodomie keine Technik, die sich auf Homosexuelle beschränkt«, fuhr Constance fort. »Heterosexuelle, muskulöse Christen, hatten, wie man weiß, auch schon damit zu tun. Ist es also pervers? Und wenn ja, warum? Winnie, was meinst du dazu? Würde Cootie es als pervers ansehen, was glaubst du? Was hält er eigentlich von – sagen wir – Masturbation? Von oralem Sex? Von Unzucht? Ich persönlich habe immer die Meinung vertreten, daß alles, was Spaß macht, auch erlaubt ist – und daß alles, was nicht erlaubt ist, mehr Spaß macht. Aber schließlich habe ich mich ja auch nie als Moralapostel aufgespielt. Ach, du liebe Zeit.« Constance stieß einen Seufzer aus. »Ich bin sicher, daß Cootie mich aufklären würde, wenn er hier wäre. Damit ich endlich verstehen könnte, warum die eine Technik mehr erlaubt ist als die andere. Wißt ihr, ich glaube, ich habe ein echtes *Sprach*problem? Geht dir das nicht genauso, Winnie? Ich kann nicht ganz verstehen, warum wir Lust zu einer Sünde machen und Liebe zu etwas Wertvollem, wo uns doch die Liebe soviel Ärger bereitet in dieser mühseligen

Welt. Aber schließlich habe ich auch *nie* verstanden, warum schwierige lateinische Begriffe unseren einfach verständlichen vorzuziehen sind. Wer wollte schon lieber *Penis* sagen, wenn es doch viel schöner und einfacher wäre –«

»Niemals!« sagte Winnie, die ihre Stimme wiedergefunden hatte.

»Und dann *vögeln*. Einmal abgesehen von der Tatsache, daß es kein angemessenes anderes Verb dafür gibt, finde ich *vögeln* wirklich reizend, du nicht, Wexton? So poetisch. Geradezu ein Schallwort. Lautmalerei im wahrsten Sinne des Wortes. Und dann –«

»Niemals!« rief Winnie noch einmal, lauter. »In meinem ganzen Leben – habe ich noch keine Frau so reden hören – habe ich noch *niemanden* so reden hören. Ist diese Frau verrückt? Ist sie betrunken?«

Während sie sprach, zog Winnie ihren Schal fester um die Schultern, straffte ihren Rücken und fixierte Constance mit durchbohrendem Blick. Constance betrachtete nachdenklich ihr Weinglas.

»Nein, Winnie. Ich bin nicht betrunken. Ich glaube nicht, daß ich betrunken bin. Tatsächlich war ich noch nie betrunken. Ich glaube, ich war in meinem ganzen Leben noch kein einziges Mal betrunken –«

»Dann ist diese Demonstration um so trauriger«, erwiderte Winnie boshaft. »Ich will nichts mehr davon hören –«

»Ich auch nicht«, mischte sich Freddie ein. Er stand auf. Er sah um den Tisch, sein Gesicht war vor Kummer verschwommen. »Acland, kannst du sie nicht zum Schweigen bringen? Du weißt doch, wie sie ist. Wenn sie erst mal angefangen hat –«

»Constance –«

»Acland, sei nicht albern. Wir reden über Sprache und über Moral. Ich bin eine Frau. Eine ziemlich kleine Frau. Was willst du denn tun – mich rauswerfen?«

»Ich für meinen Teil werde gehen«, warf Winnie ein. »Freddie – würdest du wohl so nett sein? Ich habe das Gefühl, daß mir ein bißchen frische Luft guttun wird.«

Winnie ging eilig zur Tür. Freddie zögerte; er sah Constance an, als wollte er ein letztes Mal eine Bitte wagen. Anscheinend warnte ihn aber Constances Blick, es lieber nicht zu tun. Deshalb ging er zur Tür und bot Winnie seinen Arm an. Winnies Abgang war königlich, Freddies weniger. Hinter ihnen fiel die Tür ins Schloß.

»Mir ist schlecht«, sagte Steenie. Er hockte schlaff auf seinem Stuhl. Er trank ein ganzes Glas Wein aus, goß sich ein neues ein. »Ehrlich, Connie, warum tust du das?«

»Was denn?« Mit unschuldiger Miene sah Constance von einem Gesicht zum andern. »Es war doch nur eine Diskussion.«

»Eine ganz schön einseitige Diskussion«, sagte Wexton und beugte sich nach vorn. »Außerdem würde ich es nicht als Diskussion bezeichnen. Du hattest die Absicht, Winnie zu verletzen.«

»Na ja, vielleicht.« Constance lächelte. »Nur ein bißchen. Sie ist ganz schön dumm, findest du nicht? Den ganzen Morgen hat sie sich über meinen Hut aufgeregt...«

»Du lieber Gott«, sagte Steenie.

»Außerdem irritieren mich Leute wie Winnie. Du auch Jane, wenn du gestattest. Ich hasse Leute, die sich mit ihrer Moral selbst einengen. Sich hinters Licht führen zu lassen ist nicht moralisch; es ist feige, und mehr als nur ein kleiner Selbstbetrug. Und was dein Gedicht betrifft, Wexton, hat sich Winnie wirklich schrecklich dumm angestellt. Gib zu – es hat dir die Schuhe ausgezogen, als sie es aufgesagt hat.«

»Es zieht mir ganz und gar nicht die Schuhe aus, wenn jemand meine Gedichte aufsagt.«

»Wirklich? Wie großmütig. Aber so bist du eben, Wexton. Großmütig. Ein olympischer Teddybär. Darf ich dich mal was fragen?«

»Sicher.«

»Ich bewundere deine Gedichte, weißt du. Sogar ich kann sehen, daß sie gut sind. Allerdings habe ich *nie* verstehen können, wie du derart gute Gedichte einem Mann wie Steenie widmen kannst. Und schon gar nicht, wie du dich in jemanden wie ihn verlieben kannst. Also, Steenie, du brauchst gar nicht deine Augen zu verdrehen und mit den Händen herumzufuchteln; du weißt, daß es wahr ist. Ich liebe dich sehr; und wenn du jünger wärst und nicht soviel trinken würdest, wärst du wirklich ein hübscher Kerl – aber daß Wexton nur auf ein hübsches Gesicht reinfällt, das hätte ich nicht geglaubt –«

»Fang bloß nicht an«, sagte Steenie und rollte die Augen und fuhr weiter mit den Händen durch die Luft, »jetzt auch noch auf mich loszugehen, Connie, denn wenn du das tust –«

»Also, seien wir doch ehrlich, Steenie. Du bist ein Dilettant. Eine einzige Ausstellung, und dann sieh dir an, was passiert ist. Keine fünf Sekunden warst du Wexton treu. Als Boy sich erschossen hat, was hast du da getan? Du bist zu Conrad Vickers gerannt und in sein Bett gesprungen. Und dann hast du auch noch Boy die Schuld für deine Untreue gegeben – das fand ich, ehrlich gesagt, schon immer ein bißchen billig. Aber schließlich hat dir auch niemand die Wahrheit über Boys

Tod gesagt. Nach all den Jahren tun alle noch immer so, als sei es der Krieg gewesen. Es hatte überhaupt nichts mit dem Krieg zu tun. Boy hat sich umgebracht, weil er kleine Mädchen mochte –«

»Was sagst du da?«

»Er mochte kleine Mädchen, Acland. Hast du das etwa nicht gewußt? Wenn du mir nicht glaubst, frag Freddie. Freddie hat die Fotos gesehen, die Boy von mir gemacht hat, als ich noch klein war. Leider muß ich sagen, daß sie ziemlich pornographisch waren. Was Freddie nicht weiß – was keiner von euch weiß –, ist, daß es nicht nur Fotos waren...« Constance legte eine kurze Pause ein. »Darf ich *vögeln* sagen, jetzt, wo Winnie weg ist? Boy hat sie gern gevögelt, die kleinen Mädchen. Zum Beispiel mich. Und es hat gar keinen Zweck, mich so anzusehen, Acland – oder du, Steenie. Tatsachen lassen sich nicht einfach aus der Welt schaffen. Wenn du darüber nachdenkst, Acland, wirst du wissen, daß ich recht habe. Weißt du nicht mehr, wie du mich dabei erwischt hast, wie ich aus Boys Zimmer gekommen bin?«

»Nein, das weiß ich nicht mehr. Ich glaube es nicht. Und ich weiß gar nicht, wovon du eigentlich redest.«

»Acland, ich kann verstehen, daß du es lieber vergessen würdest, aber ich erinnere mich ganz genau daran. Ich war damals zwölf, glaube ich.«

»Es ist, verdammt noch mal, nie geschehen.«

»Nichts von alledem ist geschehen«, mischte sich Steenie mit schriller Stimme ein. »Streite dich nicht mit ihr, Acland; das hat doch keinen Sinn. Constance lügt. Schon ihr Vater war ein gräßlicher billiger kleiner Lügner, und sie ist ganz genauso...«

»Halt den Mund, Steenie.« Constance warf ihm einen herablassenden Blick zu. »Heute beschimpfst du mich, und in drei Tagen kommst du wieder angekrochen, süß wie Honig. Außerdem siehst du abscheulich aus. Ehrlich, Steenie, noch ein paar Jährchen, und du siehst aus wie eine lächerliche alte Tunte...«

»Ach, wirklich? Findest du?« Steenie schniefte und richtete sich auf. »Also, dann will ich dir auch mal was sagen, Schätzchen, da bin ich nicht der einzige. Maud sagte immer, du hättest einen miesen Charakter. Sie sagte, das würde man mit der Zeit sehen können – und das stimmt. Diese häßlichen kleinen Linien und Falten um deinen Mund, Schätzchen. Bevor ich eine lächerliche alte Tunte werde, bist du längst eine alte Zicke. Vielleicht solltest du mal einen Schönheitschirurgen bemühen, meine Liebe – und zwar möglichst bald –«

»Bitte, geh jetzt, Steenie.«

»Ich gehe schon, meine Liebe.« Obwohl Steenie zitterte, gelang es ihm, eine gewisse Würde zu wahren. »Ich werde dir nicht applaudieren. Nicht für eine derartige Darbietung. Seit Jahren habe ich keine so miserable Vorstellung erlebt. Weit unter Niveau, meine Liebe, selbst für deine Verhältnisse. Kommst du mit, Wexton?«

»Nein. Geh nur. Ich bleibe noch.« Wexton blieb auf seinem Stuhl hocken und spielte mit Messer und Gabel. »Du hast recht. Unter jedem Niveau. Aber irgendwie interessant. Mal sehen, was sie sich als Schlußakt ausgedacht hat.«

»Wenn sie soweit ist«, sagte Steenie, während er erregt zur Tür ging, »dann frag sie doch mal nach dem Stevedore in New York. Ich schätze, das könnte sehr unterhaltsam sein.«

Steenie schlug die Tür mit einem Knall hinter sich zu. Wexton sah von Jane, die die ganze Zeit geschwiegen hatte, zu Acland, der ihnen den Rücken zukehrte. Er lächelte. Er machte es sich auf seinem Stuhl bequem. Er goß sich noch ein Glas Bordeaux ein.

»Weißt du«, begann er liebenswürdig, »Steenie irrt sich. Ich bin gar nicht daran interessiert, etwas über das Stevedore zu erfahren. Ich glaube nicht, daß es unterhaltsam wäre. Aber jetzt, nachdem du alle los bist, die du aus dem Weg haben wolltest – außer mir –«

»Wexton! Wie unfreundlich!«

»Warum kommst du jetzt nicht endlich zur Sache? Jane ist hier. Acland ist hier. Deine Versuchsballons hast du bereits alle hochgehen lassen. Ich schätze, jetzt wirst du dein Hauptziel ansteuern. Also dann.«

»Nein, Wexton«, unterbrach ihn Acland. »Ich habe genug davon. Das hier ist kein Spiel. Das ist meine Familie. Boy ist nicht hier, um sich wehren zu können. Aber ich werde es nicht zulassen, daß man so über ihn redet.«

»Himmel! Das hört sich ja zum Fürchten an! Was wirst du tun, Acland? Mich mit Gewalt aus dem Zimmer entfernen? Vielleicht würde mir das sogar gefallen.«

»Das wird nicht nötig sein. Mir scheint, das Ganze ist ein bißchen einseitig. Bevor du gehst, Constance, solltest du uns vielleicht noch ein bißchen von dir selbst erzählen? Warum erzählst du uns nicht von heute nachmittag? Schließlich war das doch der Auslöser für diese Szene, nicht wahr?«

Constance stieß einen leisen Seufzer aus. »Weißt du, was«, begann sie langsam, »ich glaube, das war es tatsächlich. Heute nachmittag ist mir nämlich etwas klargeworden, und ich hatte es gerade wieder in Lebensgröße vor Augen: eine englische Familie, die fest zusammenhält. Vielleicht tun das alle Familien. Ich schätze, das sollte mich nicht weiter verwundern. Schließlich bin ich hier nur eine Außenseiterin. Das war ich schon immer.«

»Das ist nicht wahr«, rief Jane entrüstet. »Aclands Familie hat dich aufgenommen. Sogar heute noch – du wolltest doch unbedingt Patentante sein. Acland hat eingewilligt. Und ich habe dich eingeladen.«

»Ah, aber nur widerwillig, schätze ich. Constance als Patentante. Das kannst du nicht gewollt haben, das weiß ich.«

»Das stimmt allerdings. Ich wollte es nicht.«

»Nun, ich will mich deswegen nicht streiten.« Constance lächelte. »Eine sehr vernünftige Einstellung. Ich habe schon immer dazu geneigt, die Hand, die mich gefüttert hat, zu beißen. Das ist ein Charakterfehler. Ist es die Wohltätigkeit, die ich verabscheue? Nein. Ich glaube, ich lasse mich nicht gern gönnerhaft behandeln.«

»Ist Freundlichkeit gönnerhaft?«

»Hör auf, dich mit ihr zu streiten, Jane; es ist sinnlos.«

»Ach, Acland, laß sie doch, deine Frau!« Constance lächelte strahlend. »Ich höre mir Janes Argumente gern an. Ich finde sie erbaulich. Manchmal glaube ich, daß ich mich, wenn ich Jane nur lange genug zuhöre, ändern könnte. Ich könnte genauso werden wie sie. Ruhig und gut, unfehlbar vernünftig und immer im Recht. Und dann denke ich mir wieder: Nein, dann wäre ich doch lieber tot. Mir gefällt es eben ... in der Wildnis zu leben, weißt du, das habe ich immer getan.«

»In der Wildnis. Großer Gott.« Acland wandte sich ab. »So nennst du das also? So einen Quatsch habe ich noch nie gehört.«

»Das ist eine Redewendung, ein Sprichwort. Mir fallen noch andere ein. Das ist merkwürdig –« Constance stand auf. Sie begann im Zimmer herumzugehen. »Immer wenn ich nach Winterscombe komme, fühle ich mich – wie eine Anarchistin. Ich sehe mich um, ich sehe dieses prächtige Haus an und diese prächtige Familie – und früher oder später verspüre ich den Wunsch, alles in die Luft zu jagen. Eine Bombe! Eine große Feuersbrunst? Das ganze Gebäude, wie es in die Luft geschleudert wird. Das ist wirklich sehr komisch. Ich brauche nur fünf Minuten in diesem Haus zu sein, und schon werde ich zu einer glühenden Revolutionärin.«

»Mit anderen Worten, du bist zerstörerisch«, erwiderte Acland knapp. »Ich nehme an, daß du das schon immer warst.«

»Ist das zerstörerisch?« Constance schien über diese Frage ernsthaft nachzudenken. »Vielleicht ist es das wirklich. Es fühlt sich aber nicht so an. Ich sehe es eher als eine Reinigung an, all die Flammen, die aus dem Dach schlagen. Keine guten Absichten mehr. Keine Vorgaben. Keine Geheimnisse mehr. Weißt du, mir kommt Winterscombe immer wie ein sehr instabiles Gebäude vor. Mit so vielen Rissen in den Wänden – und jeder ist nur damit beschäftigt, Tapeten drüberzukleben. Wenn ich jetzt einen Riß sehe, möchte ich ihn immer aufstemmen, immer weiter und weiter – und dann möchte ich hineingehen, in diesen Schutt und dieses Chaos. Dort, wo es gefährlich ist.«

»Warum?« Jane runzelte die Stirn. »Warum willst du das?«

Constance zuckte die Achseln. »Nur um zu sehen, was noch übrig ist, glaube ich. Um zu sehen, ob dort noch irgend etwas übriggeblieben ist. Schließlich, wer weiß denn, was ich dort finden würde?« Sie lächelte. »Vielleicht würde ich dort all die Dinge finden, die die Leute für gut halten. Vielleicht würde ich Liebe finden. Oder die Wahrheit. Andererseits natürlich könnte es auch sein, daß ich überhaupt nichts finde. Nicht ein einziges von all diesen Dingen. Findest du nicht, daß das mutig ist? Ich finde schon. Keiner von euch würde sich trauen, mir zu folgen. Na ja, Wexton vielleicht. Aber du nicht, Acland, und deine Frau auch nicht. Du würdest lieber hierbleiben, wo es sicher ist.«

»Sicher?« Dieses Wort schien Jane zu bekümmern. Ihre Wangen röteten sich. Sie stand auf. »Das ist nicht wahr, Constance. Wenn du den Krieg aus erster Hand miterlebt hättest, würdest du nicht so sprechen. Dieses Haus – diese Familie –, das ist nicht nur eine Zuflucht. Das ist etwas, an das ich glaube, und Acland glaubt auch daran. Es ist zerbrechlich und verwundbar – das wissen wir. Wir müssen Tag für Tag darum kämpfen, um es weiter aufrechtzuerhalten –«

»Und eure Ehe – müßt ihr an der auch arbeiten?«

»Jane, laß sie. Du siehst doch, worauf sie es abgesehen hat.«

»Nein, das lasse ich nicht zu.« Janes Gesicht sah entschlossen aus. »Ich werde nicht tatenlos zusehen, wie sie alles, was mir lieb und teuer ist, durch den Schmutz zieht. Bei ihr klingt es so einleuchtend – so plausibel –, aber sie hat unrecht. Du bist egoistisch, Constance. Du verbreitest Lügen, und es ist dir völlig egal, wem du damit weh tust –«

»Lügen? Habe ich heute abend Lügen erzählt? Über Steenie? Über Boy? Alles, was ich gesagt habe, ist wahr. Himmel!« Constance verzog das Gesicht in gespielter Irritation. »Mir kommt es doch eher so vor, als wäre ich sehr nachsichtig gewesen. Ich habe noch nicht mal Freddie erwähnt – und von ihm könnte ich euch ein paar wirklich amüsante Dinge berichten. Und was Acland betrifft –«

»Laß Acland aus dem Spiel –«

»Warum sollte ich? Acland gibt ein perfektes Beispiel dafür ab, was ich eigentlich meine. Ich habe ein sehr gutes Gedächtnis. Ich erinnere mich noch daran, wie Acland früher war – bevor du ihn dir gezähmt hast. Und sieh ihn dir jetzt an. Der vollkommene Ehemann. Der vollkommene Vater –«

»Ist das etwas, weswegen man sich schämen müßte?«

»Nicht direkt.« Constance machte eine Pause. Sie nahm das Messer, das neben ihrem Teller lag und dachte nach. »Er spielt seine Rolle wirklich ausgezeichnet. Fast überzeugend. Aber nicht ganz. Manches paßt nicht zueinander. Schließlich sind wir doch alle hier, um eine Taufe zu feiern. Dieses Treffen anläßlich der Geburt eines kleinen Mädchens. Des ersten Kindes immerhin. Außer natürlich, daß es gar nicht sein erstes Kind ist. Acland hatte schon mal einen Sohn. Von Jenna, die er früher geliebt hat. Einen kleinen Jungen namens Edgar, der genau dieselben Augen hatte wie sein Vater –«

»Hör auf«, fuhr Acland sie an. »Lieber Gott, willst du wohl endlich aufhören –?«

»Nein, Acland.« Jane stand auf. Sie legte ihre Hand auf seinen Arm. »Laß sie zu Ende sprechen.«

»Vielen Dank, Jane. Ich wollte gerade sagen, daß Edgar tot ist. Bequemerweise ist er schon seit längerer Zeit tot, und ich schätze, daß es daher leichter fällt, so zu tun, als hätte es ihn nie gegeben. Denn solange wir alle immer weiterlügen und uns einreden, daß es Hennessys Kind gewesen ist, können wir uns sicher fühlen – nicht wahr? Wir decken diesen Riß im Gemäuer einfach zu. Aber ist das richtig – diese Täuschung? Hier sitzen wir nun alle hier unten – und wer sitzt oben und paßt auf das neue Baby auf? Jenna. Und Jane ist Jenna anscheinend ergeben. Das finde ich erstaunlich. Ist das die Folge von Ignoranz? frage ich mich. Oder ist es wahrhaftige Großmut? Ist Jane dumm oder wunderbar? Hast du es gewußt, Jane? Und wenn du es gewußt hast, wie bist du damit zurechtgekommen? Bist du niemals eifersüchtig?«

Darauf folgte Schweigen. Acland drehte den andern den Rücken zu. Er legte die Hand über die Augen. Jane und Constance hatten sich weiter fest im Blick. Wexton – der Zuschauer, wie er später sagen würde – saß da und beobachtete alle drei.

Jane sagte eine ganze Weile nichts. Sie runzelte die Stirn, als wäre sie sich nicht ganz sicher, was sie sagen sollte. Sie verschränkte die Arme.

»Constance«, sagte sie schließlich. »Ich weiß das alles. Du bist nicht die einzige, die an Edgar denkt. Ich denke auch an ihn. Ich spreche von ihm – mit Acland und mit Jenna. Ich habe heute morgen in der Kirche an ihn gedacht – und ich bin überzeugt, daß sie es auch getan haben. Er ist nicht vergessen, Constance.« Sie zögerte, dann stand sie auf. Auf ihren Wangen breitete sich Röte aus.

»Acland und ich sind jetzt zwölf Jahre verheiratet, Constance. Das wäre viel zu lang, um Geheimnsse voreinander zu haben. Jenna hat ein Kind verloren. Ich habe zwei verloren. Wir verstehen uns. Was immer in der Vergangenheit geschehen ist – es kann uns nicht trennen, kannst du das verstehen? Es bringt uns einander näher. Acland und ich, und auch Jenna – wir werden auf unsere Weise damit fertig.«

Dann war es still. Constance machte eine flüchtige Handbewegung. »Zwölf Jahre?« Sie schien verwirrt. »Sind es schon zwölf Jahre?«

»Warum tust du das, Constance?« fragte Jane mit ruhiger Stimme. Sie ging ein paar Schritte nach vorn und legte die Hand auf Constances Arm. »So von einem Kind zu reden – ein totes Kind als Waffe zu verwenden –, warum tust du so etwas, und ausgerechnet heute? Warum bittest du uns, dich als Patentante zu nehmen, und dann so etwas? Das verstehe ich nicht. Warum gibst du dir solche Mühe, anderen weh zu tun?«

»Laß mich in Ruhe.«

»Steenie ist dein Freund – und was du gesagt hast, hat ihm weh getan.« Jane machte eine Pause. »Winnie hat vielleicht einige Aspekte von Wextons Gedicht nicht richtig verstanden, aber in seinem Kern hat sie es sehr wohl verstanden. Wäre es nicht freundlicher gewesen, ihr ihre Illusionen zu lassen? Boy, Freddie, Acland – ich weiß, daß du sie gern hast, Constance, warum benimmst du dich dann so, als würdest du sie hassen?«

»Ich liebe sie. Sie sind meine Brüder.«

»Warum tust du ihnen dann weh, Constance? Damit erreichst du doch nur, daß du dich selbst isolierst. Siehst du denn nicht, daß du dich nur selbst verletzt, viel schlimmer, als du uns je verletzen könntest?«

Das Wort *uns* traf Constance hart. Sie zuckte zusammen.

»Ich verzichte auf dein Mitleid – ich brauche dein Mitleid nicht.« Sie wich vor Jane zurück und lehnte sich an den Tisch. »Merkst du nicht, wie dumm du bist? Du Exkrankenschwester! Ich würde nicht einmal zu dir kommen, um mir von dir den Finger verbinden zu lassen. Weißt du eigentlich, warum Acland dich geheiratet hat? Wegen deines Geldes. Und weil ich es ihm geraten habe.«

Jane holte tief Luft, dann zuckte sie erschöpft mit den Schultern.

»Na gut. Und jetzt habe ich endlich Gelegenheit, dir dafür zu danken. Von dem Geld ist nicht mehr viel übrig – trotzdem, du hast meinem Mann einen wirklich guten Rat gegeben. Dafür sind wir dir beide dankbar.«

Während sie es sagte, warf Jane einen Blick zu ihrem Mann. Vielleicht war es dieser Blick – liebevoll und verzweifelt –, vielleicht war es auch die Tatsache, daß Acland dann zu seiner Frau ging; vielleicht lag es daran, daß Wexton, der Zuschauer, lächelte: Was auch immer der Grund war – Constance verlor die Beherrschung.

Ihre Hand schlug auf den Tisch. Sie holte aus und schwang sie in einem großen Bogen. Messer, Gabeln, Teller polterten auf den Boden. Wexton duckte sich, stand dann auf. Dann begann Constance, mit Gläsern um sich zu werfen. Glassplitter flogen durch die Luft; Wein tropfte auf den Boden. Überall Trümmer. Ein kleiner heftiger energiegeladener Wirbelsturm toste durch das Zimmer und riß alles mit sich fort. Danach unheimliche Stille.

»Soll ich, Acland?« fragte Constance.

Mit ausgestreckten Armen stand sie mitten in der Verwüstung. In der rechten Hand hielt sie den Stiel eines Weinglases, von dem eine scharfe Glasscherbe wegragte.

Alle erstarrten mitten in der Bewegung; das Bild löste sich auf. Wexton, ein paar Meter entfernt, an der einen Seite von ihr; Jane und Acland auf der anderen; dahinter der Tisch. Constance war bereit – ihr Gesicht war schneeweiß, ihre Augen glitzerten.

»Ihr glaubt wohl, ich würde es nicht tun? Kommt ja nicht näher. Ihr glaubt, daß man so was nicht tut – man schneidet sich nicht in anderer Leute Eßzimmer die Pulsadern auf? Ich werde es tun. Acland weiß, daß ich es tun werde. Ich breche alle Regeln –«

»Constance –«

»Zurück. Alle. Wenn jemand näher kommt, tu ich's.«

Jane machte eine erschrockene Bewegung. Acland ging einen Schritt nach vorn, blieb dann stehen. Constances Gesicht leuchtete triumphierend auf.

»Soll ich, Acland? Handgelenk oder Kehle? Das Glas ist sehr scharf. Wenn man die richtige Vene richtig durchschneidet, geht es ganz schnell. Eine große Blutfontäne. Ihr könnt alle zusehen.«

»Na schön.« Acland verschränkte die Arme. Seine Stimme war grimmig. »Wir werden zusehen. Du kannst anfangen. Paß aber auf, daß du eine Arterie erwischst, keine Vene, dann geht es schneller.«

»Nicht, Acland. Sie ist krank...« Jane ging einen Schritt auf Constance zu. »Leg das Glas hin, Constance.«

»Wenn du noch einen Schritt näher kommst, schlage ich dir das Glas in dein dummes frommes Gesicht –«

»Laß sie. Bleib, wo du bist.« Acland schob sich zwischen Constance und seine Frau. Constances Augen waren auf sein Gesicht gerichtet. Sie zitterte. Ihre schwarzen Augen waren wie tot.

»Soll ich, Acland? Soll ich springen? Ist es ein sehr weiter Weg bis nach unten?«

»Weit genug.« Er zögerte. »Das war es schon immer.«

»Du hast verstanden – heute nachmittag?«

»Ja. Ich habe es verstanden.«

»Wie sehr ich dieses Haus hasse! In allen Ecken sind Stimmen.«

»Gib mir das Glas, Constance.«

»In diesem Haus gehen die Toten um. Ich kann sie riechen.«

»Gib mir das Glas.«

»Wo ist mein Vater? Bist du mein Vater?«

»Nein, Constance.«

»Ist er nicht hier?« Ihr Gesicht war vor Kummer verzerrt. »Ich dachte, er wäre hier. Ich habe seine Stimme gehört.«

»Constance. Er ist nicht hier. Und jetzt leg das Glas in meine Hand, ganz ruhig.«

»Also gut, von mir aus.« Constance seufzte. Ihr Körper entspannte sich. Ihre Hand fiel schlaff nach unten. »Vielleicht hast du recht. Dann lebe ich eben noch ein bißchen länger, immer noch ein bißchen länger, einen Zentimeter nach dem anderen, einen Tag nach dem anderen, einen Schritt nach dem anderen, eine Nacht nach der anderen. Hier hast du's, Acland. Laßt ihr mich jetzt allein? Ich möchte allein sein. Ich werde jetzt ins Bett gehen. Es ist alles in Ordnung. Du brauchst dir keine Sorgen zu machen. Morgen früh fahre ich. Was für eine schreckliche Unordnung. Es tut mir leid.«

Als sie das Zimmer verlassen hatte, herrschte Schweigen. Jane bückte sich, um einen Teller aufzuheben, ließ ihn dann aber liegen. Wexton ging im Zimmer auf und ab, dann setzte er sich auf einen Stuhl. »Du lieber Gott«, sagte er.

»Ja, ich weiß.« Mit grimmiger Miene sah sich Acland um. Auf die zerbrochenen Gläser, das Essen, das Chaos auf dem Tisch.

»Ich brauche einen Whisky«, sagte Wexton.

»Gute Idee. Gib mir auch einen, ja?«

»Passiert so was öfters?«

»Szenen hat sie schon immer gern gemacht. Das hier war eine ihrer ganz großen. Bis zu einem bestimmten Punkt kann sie sich beherrschen. Aber dann – gerät sie völlig außer Kontrolle. Wie du ja selbst gesehen hast. Heute – hatte sie Gründe.«

»Das habe ich mir gedacht.«

»Acland.« Jane hatte ins Feuer gestarrt. Jetzt drehte sie sich um. »Acland, du kannst sie nicht fahren lassen. Sie wird bleiben müssen. Sie ist krank. Sie braucht Hilfe.«

»Nein. Sie wird abfahren. Und sie wird nie mehr zurückkommen.«

»Das kannst du nicht tun. Das können wir nicht tun. Sie ist sehr krank.«

»Das weiß ich. Aber dafür bin ich nicht verantwortlich. Ich will sie nicht in diesem Haus haben. Nicht noch einmal. Nicht nach heute abend. Du hast doch gesehen, was passiert ist, um Himmels willen –«

»Dafür kann sie doch nichts, Acland. Das begreife ich jetzt. Du kannst sie für das, was sie tat, nicht verantwortlich machen.«

»Dann wird es Zeit, daß es jemand tut. Ich will nichts mehr davon hören. Und ich will sie weder in deiner noch in Victorias Nähe haben.«

»Acland, sie ist krank.«

»Das kenne ich schon. Bequemerweise erholt sie sich immer wieder sehr schnell davon. Du wirst sehen – morgen früh wird sie so tun, als wäre nichts geschehen. Und von allen anderen genau das gleiche erwarten. Ich habe es dir schon mal gesagt. Sie fährt ab, und sie wird nicht zurückkommen. Damit ist die Angelegenheit für mich erledigt. Diese ganze verdammte Angelegenheit. Es ist vorbei.«

»Du willst sie doch nicht ganz allein nach New York fahren lassen? Eine so lange Reise? Acland, das kannst du nicht tun. Das ist zu gefährlich.«

»Das kann ich nicht tun? Das wirst du ja sehen.«

»Ihr Benehmen heute abend – all die schrecklichen Dinge, die sie gesagt hat. Und wie sie dastand, mit dem Glas in der Hand...« Jane zögerte. »Sie ist nicht normal, Acland.«

»Sie ist auch nicht verrückt, falls du das meinst. Sie möchte vielleicht, daß du glaubst, sie wäre es – aber sie ist es nicht. Habe ich nicht recht, Wexton?«

Wexton saß am Ende des Tischs und hatte das Kinn in die Hände gestützt; vor ihm stand ein Glas Whisky.

»Ob Constance verrückt ist? Ist das die Frage? Nun, ich würde sagen, vielleicht ein bißchen so wie in dem Spiel. Weißt du? Toll bei Nordnordwest; wenn der Wind südlich ist...«

Er sah Jane mit einem ängstlichen melancholischen Blick an, der für ihn typisch war.

»Acland hat recht, weißt du, Jane. Sie sollte abfahren. Sie will ja auch fahren. Nein: Sie will, daß man sie dazu bringt, abzufahren.«

»Warum sollte sie das wollen?«

»Zur Strafe, schätze ich.« Wexton zuckte die Achseln. »Und wenn die andern nicht spuren, bestraft sie sich selbst. Nein, Acland, sag nichts. Was immer sie dir erzählt hat – ich will es nicht wissen. Diesen ganzen Abend – da ist es doch um nichts anderes gegangen: Constance wollte sichergehen, daß man sie ins Exil schickt. Okay, und da hat sie ihre Show abgezogen. Laß sie fahren, Jane. Schließlich hat sie ja einen Mann.«

Am selben Abend, nachdem Acland ihr die Ereignisse vom Nachmittag erzählt hatte, schickte Jane ein Telegramm an Constances Mann. Und am nächsten Tag schickte sie noch einmal eins. Am nächsten Morgen fuhr Constance ab.

Jane konnte von ihrem Schlafzimmer aus die gedämpften Geräusche ihrer Abfahrt hören. Sie ging zum Erkerfenster.

Nur Steenie war unten, um Constance Lebewohl zu sagen: Er schien ihr verziehen zu haben, wie Constance es vorausgesagt hatte. Auf der Verandatreppe umarmte er sie fest. Er hatte keinen Mantel an, obwohl es ein kalter Morgen war. Sein Schal flatterte im Wind; Constances kleine weiße Hände verschränkten sich hinter seinem Hals. Sie küßte ihn einmal, zweimal, dreimal.

Als sie ihn losließ, drehte sie sich um und blickte noch einmal rundherum. Eine kleine hochaufgerichtete Gestalt im scharlachroten Mantel, der einzige Farbklecks in der bleichen einfarbigen Landschaft. Jane sah, wie sich ihr Gesicht noch einmal zum Haus umdrehte, dann, mit einem Ruck, zum See und zu den Wäldern. Sie hatte keinen Hut auf; der Wind griff in ihre schwarzen Haare. Langsam zog sie erst den einen, dann den anderen Handschuh an.

Constances letztes Lebewohl an Winterscombe. Wie es schien, hatte sie ausnahmsweise einmal nichts zu sagen. Nachdem sie sich noch einmal umgesehen hatte, nahm sie im Fond des wartenden Wagens Platz. Die Tür ging zu. Der Wagen fuhr davon. Jane sah ihm nach, ein großer, schwarzer Mercedes, fast wie ein Leichenwagen, der durch die Einfahrt fuhr und verschwand. Sie drehte sich zu ihrem Mann um, der diese Abfahrt nicht hatte sehen wollen. Acland saß vor dem Feuer und starrte in die glühenden Kohlen. Auf der anderen Seite des Zimmers schlief sein Kind.

»Sie ist weg, Acland«, sagte Jane.

»So? Ich hoffe es. Ich wünschte, ich könnte mir sicher sein.«

Jane kniete sich neben ihm auf den Boden und ergriff seine Hand.

»Sie hätte es nicht tun können, Acland«, sagte sie ruhig. »Das mußt du mir glauben. Vielleicht bildet sie sich ein, es getan zu haben – aber den eigenen Vater töten? Das ist nicht möglich. Es ist undenkbar. Sie war ein zehnjähriges Kind.«

»Ich weiß. Ich glaube es auch nicht. Aber sie glaubt es. Ich nehme an, das ist der Grund für alles andere.«

»Glaubst du, daß Stern es weiß?«

»Er weiß fast immer alles. Ich glaube nicht, daß man vor ihm so leicht ein Geheimnis haben kann. Aber in diesem Fall – nein, das glaube ich nicht. Wenn du sie im Stone House gesehen hättest, würdest du es verstehen. Zuerst schien sie überzeugt, daß ich es war. Dann redete sie immer weiter – du weißt ja, wie sie reden kann. Sie redete so, wie andere Menschen träumen. Sie sah aus – ich kann nicht beschreiben, wie sie aussah.«

»Sie macht mir angst, Acland.«

»Ich weiß. Sie macht auch mir angst. Verstehst du jetzt, warum ich sie nicht hierhaben möchte? Es war mein Fehler. Meine Schuld. Nichts und niemand ist sicher vor ihr. Und ich möchte nicht, daß sie dich verletzt. Oder Victoria.«

»Acland«, Jane setzte sich nach hinten auf die Fersen. Sie sah ihn an. »Wir müssen uns bemühen, es Stern zu erklären. Nicht alles vielleicht. Aber er sollte wissen, daß sie krank ist. Wenn er vielleicht auch sonst nichts versteht, das sollte er verstehen.«

»Weißt du, sie hätte anders werden können.« Mit einer plötzlichen rastlosen Geste stand Acland auf. Er begann im Zimmer herumzugehen. »Ganz bestimmt. Das glaube ich immer noch. Als sie noch jünger war. Selbst jetzt – manches von dem, was sie sagt. Manchmal kann sie schon... außergewöhnlich sein.«

Jane sah zu Boden. Sie sagte: »Sie ist sehr hübsch.«

»Ja. Aber das meine ich nicht. Sie ist nicht hübsch – nicht im klassischen Sinn, nicht wenn man sie erst mal angesehen hat. Sie ist so lebendig. Sie hat soviel Energie –«

»Liebst du sie, Acland?«

Acland blieb stehen und drehte sich um. Er starrte seine Frau an.

»Sie lieben? Nein. Das tu ich nicht.«

»Aber du hast sie geliebt... früher einmal?« Jane sah ihm ins Gesicht. »Ich würde es gern wissen, Acland.«

»Das kann ich nicht beantworten. Ich *weiß* die Antwort selbst nicht. Es hat einmal eine Zeit gegeben – vor dem Krieg, zu Beginn des Kriegs. Da hat sie mich... ein bißchen betört, glaube ich.«

»Dich betört?« Jane sah auf die Seite. »Ach, Acland, dieses Wort, würdest du doch gar nicht benutzen. Ist ja schon gut. Ich verstehe. Sie ist sehr hübsch und sehr seltsam. Jeder Mann könnte sich in sie verlieben.«

»Und ich schätze, daß es eine ganze Reihe tun«, erwiderte Acland trocken. Er ging zu seiner Frau und legte den Arm um sie. »Es war nicht von Dauer – das ist das Entscheidende. Ich habe dich gefunden.«

»Ah, die Ehefrau.«

»Sag das nicht so. Das lasse ich nicht zu.«

»Oh, aber das werde ich – alle Frauen würden das.« Jane lächelte. Sie stand auf. »Selbst die ehrenhaftesten Frauen, weißt du, sind ein bißchen neidisch auf die Mätressen – auf den Mätressentyp.«

Aclands Augen glitzerten belustigt. »Tatsächlich?« fragte er.

»Aber natürlich. Ich zum Beispiel gäbe eine sehr schlechte Mätresse ab. Das weiß ich. Ich kenne meine Grenzen. Aber ich bin auch nicht annähernd so sittsam, wie Constance zu glauben scheint. Ab und zu habe ich mir schon überlegt, wie es wohl sein würde – diese andere Art Frau zu sein. Ein Gegenstand des Verlangens zu sein. Schön. Sorglos. Kapriziös.«

»Zum Verbrauch bestimmt.«

»Vielleicht. Weiß ich nicht genau. Die perfekte Mätresse –«

»Gibt es so etwas denn?«

»Die vollkommene Mätresse ist... *unerreichbar.* Genauso wie die vollkommene Liebende. Du kannst sie... *erlangen,* aber niemals besitzen.«

»Und du glaubst, daß sich Männer eine solche Frau erträumen – daß sie eine solche Frau haben wollen? Glaubst du das auch von mir?«

Jane lächelte. »Ich bin eine Ehefrau. Das habe ich dir doch gesagt. Und vernünftige Ehefrauen sind diskret. Ich werde dich niemals fragen, Acland – und, bitte, erzähl du es mir auch niemals, weil ich nicht zuhören werde.«

»Alles, was ich dir sagen wollte« – er gab ihr einen Kuß – »ist, daß du eine ziemlich weibliche Vorstellung von der männlichen Phantasie hast. Die meisten Männer sind, glaube ich, eher fundamental. Entweder sind sie so wie ich – exemplarisch, hingebungsvoll –, oder sie suchen die Abwechslung. Und das Entscheidende an den Abwechslungen ist, daß sie leicht und immer verfügbar sind. Und daß man sich ihrer auch leicht wieder entledigen kann. Liebling –«

»Acland, ich meine es ernst.«

»Ich weiß. Es ist köstlich. Es ist sehr komisch.«

»Glaubst du, daß ich mich irre? Wie erklärst du dir dann Constances Erfolge?«

»Bei Männern?« Acland runzelte die Stirn. »Ah, ich sehe die Falle. Bestimmt hat sie eine ganze Menge Verehrer gehabt. Auch Opfer. Vielleicht hast du recht. Steenie nennt sie die *femme fatale* der Fifth Avenue. Das scheint ihr zu gefallen. Ich weiß nicht, ob ich an *femmes fatales* glaube, obwohl...«

»Ich tu's.« Jane wandte sich ab. »Besonders, wenn diese Frau noch dazu eine *femme enfant* ist.«

»Was hast du gesagt?«

»Sie hat keine Kinder.« Jane drückte ihr Gesicht an die Fensterscheibe. Sie sah sich nicht um. »Sie ist nie erwachsen geworden. Sie ist eine Frau *und* ein Kind. Ich glaube, daß es Männer gibt, die solche Frauen mögen...«

Sie machte eine Pause. »Manchmal glaube ich, daß *alle* Männer solche Frauen mögen.«

Ihre Stimme klang plötzlich müde. Acland zögerte, aber er antwortete nicht.

Er mußte an den Nachmittag im Stone House denken. Der scharfe Geruch von Constances Haaren fiel ihm wieder ein. Er sah die Wölbung ihres weißen Halses, ihre roten geöffneten Lippen, die flehende kindliche Angst in ihren Augen. Er legte die Arme um ein Kind: Seine Finger strichen über eine Frauenbrust. Er dachte: Ich hätte bleiben können, wenn sie mich darum gebeten hätte. Was wäre geschehen, wenn ich geblieben wäre?

Mit einem Ruck drehte er sich um und ging durch das Zimmer zur Tür.

»Ich werde an Stern schreiben«, sagte er. »Wenn er bis heute abend nicht geantwortet hat, werde ich ihm morgen ein Telegramm in sein Büro schicken.«

Acland schickte einen Brief ab, auf den er nie eine Antwort erhielt. Die beiden Telegramme, das eine an Sterns Privatadresse, das andere an sein Büro, blieben ebenfalls unbeantwortet. Weder Jane noch Acland haben je wieder etwas von ihm gesehen oder gehört.

»Das kannst du doch nicht tun«, sagte Constance. »Warum tust du das?«

»Wenn du, bitte, einfach hier unterzeichnen würdest, Constance, und auf die erste Seite deine Initialen setzen würdest. Meine Sekretärinnen können die Unterschrift dann später bezeugen.«

»Ich werde nicht unterschreiben. Du willst nicht, daß ich unterschreibe. Ich liebe dich. Ich bin zurückgekommen, um dir zu sagen, daß ich dich liebe. Ich habe das allererste Schiff genommen. Ich bin in die Wohnung gekommen. Es war grausam, deine ganzen Sachen auszuräumen. Ich habe deine Kleider gesucht. Die Bügel waren leer. Sie haben geklappert...«

»Auf der zweiten Seite unten, Constance. Ich habe die Einzelheiten kurz gefaßt.«

»Ich werde es *nicht* tun!« Constance preßte ihre kleinen Hände flach auf den Schreibtisch ihres Mannes. »Du verstehst das nicht. Du hörst nicht zu, wenn ich es dir erklären will. Acland bedeutet mir nichts! Weißt du, was ich entdeckt habe? Er ist ganz genauso, wie du gesagt hast. Ein langweiliger Engländer, mit Tweedanzügen und einer Frau und einer Wiege im Schlafzimmer. Es hat keinen anderen Acland gegeben, niemals, nur in meiner Phantasie. Ich habe ihn erfunden. Ich weiß, daß ich dumm war. Ach, ich bin so schnell wieder weggelaufen. Montague, warum ist dein Büro so groß? Ich hasse dieses Büro. Du bist so weit entfernt und so kalt, wie du dort auf der anderen Seite des Schreibtischs sitzt. Ich bin kein Kunde von dir; ich bin deine Frau. Du liebst mich – ich weiß, daß du mich noch liebst. Und du versuchst es zu verbergen, so wie ich es getan habe. All die dummen Spiele, Montague – siehst du das denn nicht ein? Sie sind jetzt vorbei. Oh, wie glücklich wir sein werden. Bitte – schau her –, wenn ich mich über den Tisch lehne, würdest du mich dann küssen?«

»Constance, nur unterschreiben, wenn du, bitte, so nett sein würdest. Ich habe noch einen anderen Termin.«

»Dann fahr doch zur Hölle – ich werde nicht unterschreiben. Diese albernen Papiere. In der Sprache von Rechtsanwälten. Ich hasse Rechtsanwälte.«

»Constance, wenn du die Trennungsvereinbarung nicht unterschreibst, werde ich mich von dir scheiden lassen. So einfach ist das.«

»Scheidung? Das würdest du nicht tun.«

»Doch, das würde ich. Und angesichts einer langen Reihe von Scheidungsgründen, die ich anführen könnte, würden die finanziellen Bedingungen weitaus ungünstiger aussehen als diese hier. Daher schlage ich vor, du unterschreibst.«

»Du bestrafst mich – das ist alles. Du bestrafst mich, weil ich nach England gefahren bin –«

»Sei nicht kindisch, Constance. Wir haben einmal eine Abmachung getroffen. Du hast dich nicht daran gehalten. Sie ist jetzt null und nichtig.«

»Acland hat meinen Vater nicht getötet, weißt du. Er wollte es tun, aber dann hat er es doch nicht getan. *Deshalb* bin ich nach England gefahren, um ihn zu fragen. Aus keinem anderen Grund. Siehst du, du hattest gar keinen Grund, eifersüchtig zu sein.«

»Das mag vielleicht einer der Gründe gewesen sein, warum du nach England gefahren bist. Aber ich bezweifle, daß es der einzige war. Und was du mir jetzt erzählst, weiß ich schon lange.«

Constances Kopf fuhr mit einem Ruck in die Höhe. Ihre Augen wurden groß.

»Was? Du hast gewußt, daß Acland nichts damit zu tun hatte? Aber du hast doch gesagt –«

»Du hast mich falsch verstanden. Würdest du jetzt, bitte, unterschreiben, Constance?«

»Du hast es gewußt? Woher hast du es gewußt?«

Constance stand auf. Sie starrte ihren Mann an. Stern, der sitzen geblieben war, begegnete ihrem Blick völlig ruhig.

»Das habe ich dir doch schon gesagt, Constance. Ich war selbst dort in jener Nacht. Ich war zu Besuch dort, falls du dich erinnerst.«

»Du hast es gewußt.« Constances Augen füllten sich mit Tränen. »All die Jahre hast du es gewußt.«

»Meine Liebe« – Sterns Stimme wurde etwas weicher – »ich habe versucht, es dir zu sagen. Am Ende hab ich mir vielleicht gedacht, daß es besser sei, die ganze Sache ruhen zu lassen. Ich kann dir nur sagen, daß es damals keinen Unterschied gemacht hat und daß es auch jetzt keinen macht.«

»Bitte, Montague.« Constance beugte sich nach vorn über den Tisch. »Das mußt du doch verstehen. Ich brauche dich. Wenn du nicht bei mir bist, werde ich sterben. Ich kann nicht allein leben. Nicht ganz allein. Ich habe solche Angst davor, allein zu sein. Bitte.«

»Du wirst schon nicht sterben, Constance. Du hast einen ausgeprägten Selbsterhaltungstrieb. Du bist außerordentlich elastisch. Und jetzt wisch dir, bitte, die Tränen ab. Wenn du einfach nur hier unterschreiben würdest, wäre die Angelegenheit erledigt. Dann braucht es keine schlimmen Szenen mehr zu geben. Wie du siehst – wenn du dir die erste Seite ansiehst –, wird das Haus verkauft werden, aber es wird gut für dich gesorgt sein. Ich habe eine weitere Klausel hinzugefügt. Mauds Bilder sollten an sie zurückgegeben werden, denke ich. Sie waren ein Geschenk – zweifellos eines meiner vulgären Geschenke, aber trotzdem –«

»Ich bitte dich, Montague. Tu es nicht. Auch du wirst leiden müssen – das weiß ich. Du bist nicht so hart, wie du immer tust –«

»Und – auf der zweiten Seite – wirst du sehen, daß die Kapitalsumme sehr hoch ist. Du wirst dir eine Wohnung kaufen können. Ich dachte mir, daß du dir vielleicht überlegst, ob du nicht ein eigenes Geschäft eröffnen solltest. Anstatt deine Freunde bei der Einrichtung ihrer Häuser umsonst zu beraten, könntest du es dir doch honorieren lassen. Du hast sehr viel Energie, Constance. Anstatt sie immer nur auf Liebesaffären zu verschwenden, solltest du sie vielleicht praktisch nutzen. Vielleicht stellst du später sogar fest, daß die Arbeit dir Spaß macht. Arbeit kann ein Trost sein.«

»Küß mich.« Constance ging um den Schreibtisch herum zu ihm. »Ich fordere dich heraus, mich zu küssen und mich dann dazu zu bringen, zu unterschreiben. Das kannst du nicht. Denn dann müßtest du zugeben, daß alles eine Lüge ist, das alles – das Papier, die Art, wie du sprichst, alles. Ich bin deine Frau. Du liebst mich – fast.«

Während Constance sprach, war Stern aufgestanden. Sie trat auf ihn zu und legte ihre Arme um ihn. Sie blickte zu ihm auf. Stern sah sie ernst an.

»Ach, Montague. Du verstehst mich. Das hast du immer getan. Bitte, sag mir, was du siehst.«

»Du siehst sehr schön aus, Constance«, sagte Stern. »Für mich warst du immer sehr schön. Ich habe einmal geglaubt... gewünscht...«

Er neigte den Kopf und küßte sie, zuerst auf die Lippen, dann auf ihre geschlossenen Augen. Er wischte ihr die Tränen von den Wangen, und dann küßte er sie noch einmal. Constance stieß einen leisen Schrei aus, lehnte ihren Kopf an seine Brust. Stern streichelte ihr Haar, dann ihren Nacken. Er legte seine Hand auf ihre zarte Kehle, bis er sich wieder völlig in der Gewalt hatte; dann, nach ein paar Minuten, machte er sich von ihr los.

Constance hob das Gesicht, um ihn anzusehen. Sie gab einen leisen Laut von sich, vielleicht vor Kummer. Impulsiv preßte sie ihre Hand gegen seine Wange und zog sie dann wieder zurück.

»Ah, ich verstehe. Ich verstehe, was ich getan habe. Ich kann es an deinem Gesicht sehen. Wie ich mich dafür hasse. Wie ich es bedauere.«

Sie streckte den Arm aus und hob die Trennungsvereinbarung auf.

»Selbstschutz, Montague?«

Stern wandte den Blick ab. »So was Ähnliches.«

»Ist schon gut. Ich verstehe. Dann werde ich eben unterschreiben. Ich unterschreibe, weil mir etwas an dir liegt. Es liegt mir sehr viel an dir! Da! Siehst du?« Sie hob den Federhalter und unterzeichnete mit ihrem Namen. Sie sah ihren Mann von der Seite an. »Wie edel ich bin! Was ich jetzt getan habe, ist um vieles besser als alles andere, was ich je getan habe.« Sie lächelte. »Initialen – hier? Da. Da hast du's.«

Sie schob das Papier von sich weg, schraubte den Federhalter zu.

»Wir sind uns ähnlich?« fragte sie, ohne den Kopf zu heben.

»O ja, sehr ähnlich.«

»Montague –«

»Ja, meine Liebe?«

»Falls wir uns nie wiedersehen werden, wie du gesagt hast – falls ich verspreche, dieses Zimmer im selben Augenblick zu verlassen, in dem du mir antwortest – dürfte ich dir dann eine Frage stellen?«

»Wirst du dein Versprechen halten?«

»Absolut. Das kann ich, weißt du.«

»Also gut. Dann frag mich.«

»Muß ich fragen? Du kennst die Frage.«

»Kenne ich sie?«

»Ja. Es hat immer nur die eine gegeben.«

»Ich nehme an, das stimmt.« Stern zögerte.

»Ist es so schwer? Ich habe es auch zu dir gesagt.«

»Die Gewohnheiten eines ganzen Lebens...« Er zuckte die Achseln.

»Ach, Montague, dann brich sie doch. Nur ein einziges Mal.«

»Also gut. Ich liebe dich, Constance. Ich habe dich immer geliebt, sehr geliebt.« Danach herrschte Schweigen. Constance sah zu Boden.

»Trotz allem – wie ich bin? Trotz allem – wie du mich kennst? Trotzdem?«

»Trotzdem.« Stern schwieg. »Ich bin sicher, du weißt, daß es nichts mit rationalen Überlegungen zu tun hat.«

»Oh, ich wünschte, ich wäre anders.« Constance machte eine kleine hilflose Bewegung mit der Hand. »Ich wünschte, ich könnte mich auflösen und noch einmal von vorn beginnen. Ich wünschte, ich könnte die Vergangenheit auslöschen. Nicht alles. Es hat auch Zeiten gegeben – ach, ich habe dir mein Versprechen gegeben. Es fällt mir schwer, es jetzt zu halten – aber ich werde es tun. Sieh in die andere Richtung, Montague. Sieh aus dem Fenster. Siehst du, was für ein grauer Tag heute ist.«

Stern sah zum Fenster. Er sah zu den Wolken, die sich über den Himmel bewegten. Er hörte keine Schritte, kein Geräusch an der Tür, aber als er sich wieder umdrehte, war Constance gegangen.

Ich glaube, sie ging in die Vergangenheit zurück, zu diesen schwarzen Tagebüchern und zu ihrer letzten Eintragung. Sie trägt kein Datum, ich glaube aber, daß sie noch am selben Tag geschrieben wurde, etwas später, kurz danach. Constances letzter Versuch, mit der Vergangenheit abzurechnen. Ich habe sie sehr spät in der Nacht gelesen, während ich allein neben einem noch immer stummen Telefon saß, beim Feuer, das schon heruntergebrannt war, so daß es im Zimmer kalt wurde.

Die Schrift war zittrig. Constance mußte ihre Beichte sehr schnell geschrieben haben: Sie tat mir leid, als ich sie las.

Schau, schau, schau, beginnt sie, die Worte mit so großer Kraft geschrieben, daß sie das Papier durchbohrt hatten. *Schau, schau, schau. Hör zu, Montague. Constance wird Dir erzählen, wie es geschah.*

Wie es geschah.
Es war das Kaninchen, das Constance in ihrem Entschluß bestärkt hatte. Wenn das Kaninchen nicht so gestorben wäre, auf diese Weise, dann hätte sie es nie getan. Aber die Schlinge war so fest zugezogen. Sie schnitt tief in das Fell und in das Fleisch, daß das Kaninchen blutete, während sie es erdrosselte. So etwas zu tun war böse. Böse, böse, böse.

Sie hatte nicht gesehen, wie ihre Mutter gestorben war, aber als das Kaninchen starb, hat es gezuckt, und seine Augen waren ganz trüb geworden. Es tut weh zu sterben, dachte Constance – ja, es tut weh, ich weiß, wie es sich anfühlt – und sie hob einen großen Stock auf und wirbelte ihn rund um die Lichtung.

Als sie die Falle sah, dachte sie: Da ist sie; sie wartet. Sie sah, daß sie hungrig war. Gib mir etwas zu essen, sagte die Falle, und sie hatte eine metallene Stimme wie Rost mit Sirup. Was für ein großes Maul. Es war weit aufgerissen; es wollte gestopft werden.

Dann tat Constance etwas Schlimmes. Zuerst begrub sie das Kaninchen, und sie hatte das Kaninchen lieb, aber während sie es begrub, war sie die ganze Zeit böse, weil sie wußte, daß sie sehen wollte und belauern wollte und spionieren wollte; und die Falle sagte: tu's.

Also, als das Kaninchen in Sicherheit war, lief sie schnell zurück zum Haus. Niemand sah sie. Sie keuchte von dem schnellen Laufen. Sie durfte nicht in diesen Teil des Hauses, aber sie ging trotzdem hin. Die Treppe hinauf, dann durch die Tür, in das Ankleidezimmer. Es war rot da drinnen, die Vorhänge waren rot, und die Vorhänge waren zugezogen. Sie konnte sie dort drinnen hören, hinter den roten Vorhängen. Sie konnte hören, was sie taten.

Es war nicht das erste Mal, daß sie es hörte. Sie hatte es in London gehört, mit der Kinderfrau, während sie nebenan in ihrem Bett lag. Stöhnen und Ächzen und Keuchen. Sie wußte, daß es ein Geheimnis war. Sie wußte, daß es schmutzig war. Sollte sie hinsehen? Sie hatte noch nie hingesehen. Küssen, ja; beim Küssen hatte sie spioniert, aber dann war sie weggelaufen. Diesmal, dachte sie, werde ich hinsehen, nur ein bißchen, hinter diesem dunkelroten Vorhang hervor.

Ihr Vater machte es mit Gwen. Gwen war verschnürt wie ein hübscher weißer Vogel. Und Papa machte es mit ihr, all diese besonderen Dinge, die er auch mit Constance gemacht hatte und die ihn dazu gebracht hatten, zu ihr zu sagen, daß er sie liebhatte.

Trotzdem. Da war sein Knochen in seiner Hand, und er berührte ihn. Er rieb seine Hände daran, daß er immer größer und größer wurde, daß er in die Höhe ragte, herausragte, Papas großer Stock, ihr Stock, der, mit dem er sie immer geliebt hatte und gezüchtigt hatte.

Constance dachte: Vielleicht steckt er ihn nicht hinein. Vielleicht hat er das nur bei mir getan, vielleicht bin ich etwas Besonderes. Aber er steckte ihn hinein. Erst drehte er ihr den Rücken zu, dann steckte er ihn hinein. Gwen schrie, aber das konnte ihn nicht abhalten, es zu tun. Rein und raus. Rein und raus. Stoßen, stoßen, stoßen. Trotzdem. Überhaupt kein Unterschied. Constances Gedanken kratzten, kratzten, kratzten. Die Vorhänge kreischten.

Wie gemein das war. Constance fühlte sich tot – toter als das Kaninchen. Sie konnte ihre Füße nicht bewegen, und auch nicht ihre Hände, und ihre Zunge nicht, ihre Augen nicht. Sie sah, wie Gwen weinte. Gwen tat ihr leid. Aber das konnte ihn auch nicht davon abhalten. Das Weinen.

Dann sagte Papa zu Gwen, daß er sie liebte. Er sagte es im gleichen Ton, wie er es auch immer zu Constance sagte, und mit den gleichen Worten. Er wollte es mit Gwen noch mal machen. In derselben Nacht. Im Wald. Nach dem Kometen.

Da lief Constance weg. Sie versteckte sich in einer Kammer. Es war dunkel dort, und niemand konnte sie finden, nicht mal Steenie. Dann ging sie nach unten zum Tee, und als er sie sah, sagte Papa dieses schreckliche Wort, dieses Wort, das er versprochen und versprochen hatte, nicht mehr zu sagen, niemals mehr, nicht vor anderen Leuten. Er sagte, sie sei ein Albatros, ein großer toter Klumpen an seinem Hals, der ihn nach unten zog, ihn erstickte, wie die Schlinge das Kaninchen erstickt hatte.

Als er es sagte, dachte Constance: Ich werde ihn töten. Viel Zeit, um einen Plan zu machen – ein ganzer Frühlingsabend. Alles seine Schuld, sagten der Schrank und das Bett. Und die Tür sagte: Er hat es verdient.

Wie Constance herumschlich. Auf und ab, rein und raus, all die vielen geheimen Orte in diesem geheimen Haus. Sie war schlau. Sie holte Gwen. Sie sagte Gwen, daß Steenie krank sei. Sie wußte, daß Gwen das Haus nicht verlassen würde, dann nicht. Sie würde bleiben, wie sie es schon früher getan hatte, wenn Steenie krank war, weil sie ihn liebte.

Es gibt dort einen Platz, direkt vor dem Wintergarten. Einen großen Busch mit einem Loch in der Mitte. Dort versteckte sich Constance. Sie wartete sehr, sehr geduldig. Ihr war nicht kalt: Sie hatte an alles gedacht. Sie hatte einen Mantel und einen Schal und ein Paar Stiefel. Sie hockte sich auf den Boden. Es war aufregend, so zu warten.

Er kam um zwölf. Er rauchte eine Zigarre. Sie konnte das glühende Ende sehen. Acland sah auch, wie er wegging. Sie konnte Acland sehen, aber er konnte sie nicht sehen. Da war er, auf der Terrasse, im Schatten. Acland wußte es. Sie wußte es. Niemand sonst wußte es.

Eine Weile beobachtete sie Acland. Sie zählte bis fünfzig. Dann folgte sie ihrem Vater. Durch die Büsche, hinunter zum Wald. Auf demselben Weg. Sie schlich sich zwischen den Bäumen hindurch. Die rote Zigarre glühte. Der Komet war verschwunden. Es war dunkel im Wald. Es war aufregend und beängstigend.

Auf der Lichtung setzte er sich hin. Er lehnte sich gegen einen Baum. Sein Fuß war dicht bei dem Kaninchengrab. Constance kroch näher. Er sah auf seine Uhr. Dann sah er zum Himmel. Dann machte er die Augen zu. Constance wartete. Dann begriff sie. Er schlief.

Dann kroch sie ganz dicht zu ihm, so dicht, daß sie ihn hätte anfassen können. Sie dachte, daß er vielleicht aufwachen würde, weil die Zweige knackten und die Falle redete, aber er schien sie nicht zu hören. Constance beobachtete, wie er atmete. Seine Brust hob sich und senkte sich. Sein Mund stand offen. Als sie sich über ihn beugte, blies sein Atem in ihr Gesicht, süß, mit dem Geruch von Portwein, wie Wein und Honig.

Constance dachte, ich muß es ja nicht tun. Ich muß nicht. Sie dachte: Ich könnte sagen, daß ich ihn liebe. Davor hatte sie Angst. Seine Augen könnten sie haßerfüllt ansehen. Er könnte sie schlagen. Er könnte seinen Knochen rausholen und sie zwingen, ihn zu streicheln. Sie haßte den Knochen, und sie liebte den Knochen. Ihr tat der Kopf weh, von all dieser Liebe und diesem Haß in einem.

So lange Zeit mußte sie warten. Sie kroch wieder ein Stückchen weiter weg. Sie versteckte sich zwischen den Büschen, direkt auf der anderen Seite der Falle. Die Büsche waren feucht. Die Blätter wuschen sie sauber, daß ihre Seele durch ihre Haut schien. Die Falle redete. Lauter und lauter, immer weiter und weiter, mit dieser metallenen stockenden Stimme: hungrig, hungrig, hungrig. Ein großer Mund, und ihr Vater liebte Münder. Schluck mich runter, hatte er mal zu Constance gesagt, schluck mich runter.

Schließlich wachte er auf. Er sah auf seine Uhr. Er murmelte etwas. Constance dachte: Papa ist betrunken. Sie konnte jetzt sehen, daß er nicht sehr standfest war, als er ging. Er schwankte hin und her. Schwankte hin und her. Er pinkelte an den Baum. Er pinkelte an den Baum und in das Gras und auf das Grab des Kaninchens. Das war ein Fehler. Das gefiel der Falle gar nicht.

Wenn sie es ihm nun erzählte – das von dem Kaninchen? Constance wußte, was er sagen würde. Flip, flip, flip – einer von seinen Witzen; seine Witze waren wie Rasierklingen. Dumme Constance, das würde er sagen. Du hättest es mit nach Hause nehmen sollen – ein Ragout daraus kochen sollen. Dumme Constance. Häßliche Constance. Papa sagte, sie würde schlecht riechen. Er sagte, sie würde sauer schmecken. Er sagte, sie sei klein, ihre Schuld, daß sie blutete. Dumme kleine Hexe, hatte er gesagt. Du hast ungeschickte Hände.

Ich werde ihm schon zeigen, wie dumm ich bin, dachte Constance, und sie rief ihn.

Eddie, rief sie. Eddie, ich bin hier drüben. Hier entlang. Die Stimme war so richtig, so richtig. Er liebte diese Stimme, viel mehr, als er je Constances Stimme geliebt hatte, und er folgte ihr. Er rutschte auf dem Adlerfarn aus. Er fluchte. Ja, er war ungeschickt. Sie rief noch einmal nach ihm. Nur noch einmal. Dann hatte ihn sich die Falle geschnappt.

Schluck, schluck, schluck, sagte Constance. Sie tanzte im Kreis, wie sie immer tanzte, wenn sie wütend war. Schluck, schluck, schluck, schwarz, schwarz, schwarz. Die Falle schnappte zu. Ihre Zähne mahlten. Die vielen Knochen und das viele Blut. Die Falle leckte sich die Lippen. Sie gurgelte. Sie sagte, er sei saftig.

Dann lief sie weg. Schnell, dann noch schneller. In ihren Ohren war nur der Wind zu hören. Nur der Wind. Keine Schreie.

Da waren noch keine Schreie. Die Schreie warteten noch. Sie kamen in der Nacht. Als sie die Augen zumachte, da kamen sie heraus. Wie diese Schreie Constance weh taten! Aber der Albatros sagte: Nein, es sind schöne Dinge. Sie heben mich hoch. Schau, Constance. Er hat all die Schmerzen mit seinen weichen weißen Federn gelindert, und dann ist er hoch über die Schmerzen hinausgeflogen, immer höher und höher, hinauf, weit hinauf, daß kein Mensch ihn erreichen konnte, was klug war, denn der Albatros hatte so viele Feinde. Immer weiter flog er, immer weiter, bis ans Ende der Welt und wieder zurück; dann, eines Nachts, als er zurückgekehrt war, hatte er zu Constance gesagt: Du kannst ganz ruhig sein. Du bist es nicht gewesen; es war Acland.

Sieh in seine Augen, sagte der Albatros. Er wußte, daß du es wolltest. Und Constance sah in seine Augen. Sie sah ihn sofort, diesen klaren schwarzen Haß, so tief wie das tiefste Wasser, der Spiegel ihres eigenen Hasses. Sie liebte ihn sofort; und Acland liebte sie auch sofort. Du bist mein Zwilling, sagte Constance immer zu ihm. Wenn du ganz tief in meine Augen siehst, Acland, kannst du darin ertrinken.

Dann gingen sie in den Spiegel, und in seinem Kreis waren sie sich sehr nahe. Eines Tages würden sie sich noch näher sein. Constance versuchte es ihm zu sagen. Sie sagte: Schau, wir werden uns am Ende der Welt hinlegen, Acland. Unsere Münder werden aufeinander passen. Alles wird passen. Eine solche Symmetrie. Siehst du denn nicht, daß wir beide zusammengehören, Acland und Constance, blutig vom Kopf bis zu den Füßen, die vollkommenste Vereinigung, die es gibt – ein Mann und eine Frau, du und ich, Liebende und Mörder.

Acland sagte nein. Er sagte, es sei ein dunkler Ort; er würde nicht dort hingehen. Und so ging Constance allein. Zuerst hatte sie Angst, hinunterzugehen zu diesem dunklen, dunklen Ort. Sie machte einen Schritt, dann noch einen Schritt, sie ging tiefer und tiefer hinein. Sie wurde ganz mutig. Sie grub mit ihren Händen, schneller und schneller, den ganzen Tag gestern, den ganzen Tag heute. Sie dachte – sie glaubte – Constance glaubte –, daß man, wenn man mitten in die Sünde hineinging, wenn man sich hineingrub, so tief man konnte, am anderen Ende wieder rauskam. Man erreichte den Ort auf der anderen Seite der Sünde, und wenn man ihn erreicht hatte, würde man vom Licht reingewaschen.

Es sagte: Du bist hier, Constance. Leg deinen Kummer ab. Schau, wie schön die Welt ist. Siehst du es? Die Blätter sprießen. Das Gras wächst. Auf die Nacht folgt der Tag. Die Planeten ziehen auf ihren festen Bahnen. Ein Mann stirbt, und ein Kind wird geboren. Das ist die Welt – ihre Muster sind vorbestimmt, siehst du sie? Das sagte das Licht, auf der anderen Seite der Dunkelheit.

Schreib nicht weiter, sagte es. Es salbte meinen Kopf. Es sagte: Du allein. Du kannst dich jetzt ausruhen, Constance.

Es war spät, als ich die letzten Seiten zu Ende gelesen hatte. Das Feuer war heruntergebrannt. Es war still im Zimmer. Ich schlug den schwarzen Einband zu und legte das letzte der Tagebücher weg.

Ich dachte, daß Constance es nicht geschrieben haben würde, wenn sie nicht wahnsinnig gewesen wäre. Ich dachte, daß Constance es nicht geschrieben haben könnte, wenn sie ihrer Sinne mächtig gewesen wäre. Ihre Gegensätze berührten mich: Liebe und Haß, geistige Gesundheit und Wahnsinn, Tod und Geburt – ich nehme an, sogar jene Begriffe aus der Kindheit, Worte, die ich schon seit vielen Jahren nicht mehr gehört hatte: Sünde und Erlösung. Es war, als würde Constance meine Hände nehmen, die rechte und die linke, und sie an zwei Pole legen: Ein Strom floß durch mich hindurch.

Ich glaube, es muß ungefähr drei oder sogar vier Uhr morgens gewesen sein; bis es hell wurde, blieben noch Stunden. Ich ging zum Fenster, zog die Vorhänge zurück und sah hinaus.

Es war Vollmond, und es herrschte strenger Frost. Vor mir lag Winterscombe in seiner Eintönigkeit. Ich sah den schiefergrauen See und den Kupferhahn auf dem Stalldach, ich sah das schwarze Band der Wälder, und dort oben, auf einer Anhöhe hinter dem Garten, den Gewächshäusern und den Obstgärten, den Turm der Kirche, in der ich getauft worden war – wo auch Constance getauft worden war, am selben Tag: Daran glaubte sie, genauso wie ich daran glaubte.

Ich wollte nicht schlafen, aber am Ende bin ich, glaube ich, doch eingeschlafen, nicht fest, sondern unruhig, halb wach, halb im Traum in einem Sessel kauernd.

Um sechs, als es draußen hell wurde, stand ich auf. Ich ging im Zimmer umher und dann – leise – durch das schlafende Haus. Ich glaube, ich sagte

Winterscombe zum letzten Mal Lebewohl, und allen Menschen, die ich jetzt dort sah. Ich spürte den nächsten Schritt, der getan werden mußte. Als ich von einem Zimmer zum anderen ging, glaubte ich zu wissen, warum mir Constance diese Tagebücher gegeben hatte. Ich glaube, daß sie nicht nur vom Tod erfüllt waren, sondern auch voller Leben und voller Liebe: Constance hatte sich bemüht, unparteiisch zu sein. Ich dachte: Wie seltsam; sie haben mich befreit.

Ich ging von einem Raum zum anderen; es war wie eine Pilgerreise. Ich stand im Wintergarten, wo Boy seinen Antrag gemacht hatte, wo die Fensterrahmen jetzt verrotteten und das Glas herausfiel. Ich ging zur Treppe, zu den Kinderzimmern, zum Schlafzimmer des Königs, zum Zimmer meiner Eltern mit dem Erkerfenster. Ich ging wieder nach unten in den Ballsaal, wo sich Constance ihren Ehemann ausgesucht hatte und wo ich mit Franz-Jakob einen Walzer getanzt hatte. Nur Räume, still und die meisten leer – und doch nicht nur Räume. Wenn ich wieder hinausging, machte ich die Tür hinter mir zu.

Als ich wieder im Salon war, blieb ich an dem einen Ende stehen, in dem Alkoven, in dem das Klavier meiner Mutter gestanden hatte. Dieses Klavier, auf dem sie in der Nacht des Kometen gespielt hatte, war schon längst nicht mehr da, aber ich erinnerte mich noch genau daran, wo es gestanden hatte.

Ich stand an derselben Stelle, an der meine Mutter damals gesessen haben mußte. Ich wartete. Ich sah zu, wie die Menschen aus einer Filmszene zusehen, wenn in die Kameras neue Filme eingelegt werden: Zeit für die Gegeneinstellung. Ich konnte diese Ereignisse aus der Vergangenheit nun mit Constances Augen sehen, aber ich konnte sie auch mit den Augen meiner Mutter sehen.

Ich war auch ihr Kind – das war mir klargeworden. Ihre Identität war auch in mir, und sie verschmolz mit der meines Vater. Ich war ihnen ähnlich – im Herzen und in den Gedanken. Ich stand ganz still da: Ich konnte die Musik dieses Klaviers ganz deutlich hören. Jede einzelne Note, die das ganze Haus erfüllte.

Ich wurde von einem übermächtigen Gefühl der Liebe ergriffen, vergangener Liebe und gegenwärtiger Liebe: Überall um mich herum spürte ich ihre Kraft. Die Liebe meiner Eltern zueinander; Constances Liebe zu Stern und seine Liebe zu ihr: dauerhafte Liebe und wechselhafte Liebe. Ich öffnete die Türen und ging hinaus in den Morgen.

So viele Plätze für einen letzten Besuch! Ich sah hinauf zu den Fenstern des Kinderzimmers, wo ein kleines Kind den Mord an seinem

Vater geplant hatte, während es ihm heimlich nachspionierte. Constance und Edward Shawcross, die sich bis aufs Messer bekämpften. Auch wenn Constance ihren Vater getötet hatte, dachte ich: Er hatte sie zuerst getötet. Vater und Kind, sie waren beide Opfer eines Mordes.

Ich wandte mich dem See zu. Ich ging neben dem Schilf am Ufer entlang. Ich ging auf demselben Weg, den Shawcross in jener Nacht eingeschlagen haben mußte, auf dem Weg, den Constance gegangen sein mußte, als sie ihm gefolgt war. Im Sommer hätte man hier nicht gehen können; selbst jetzt im Herbst war der Pfad kaum auszumachen. Ich ging weiter, in den frühen Morgen hinein. Der Wald war vom Treiben der Tiere erfüllt. Er war hell, die Sonne fiel durch das Gestrüpp der Zweige. Die Luft, die ich einatmete, war voller Hoffnung.

Am Ende fand ich sie, die Lichtung. Wenn hier jemals die Schatten früherer Ereignisse geherrscht hatten, dann waren sie längst im Wechsel der Jahreszeiten verschwunden. Die Luft roch nach morgendlichem Tau, nach feuchten Blättern, nach brennendem Holz. Unter der Eiche lag eine dicke Schicht abgefallener Blätter am Boden. Ich bückte mich, schob sie auf die Seite, legte hier ein Stückchen Erde frei, dort ein Stückchen, aber natürlich war schon viel zuviel Zeit vergangen: Das kleine Grab mit dem Hügel, das Constance einst dort gemacht hatte, war verschwunden.

Hier gab es jetzt keine Schlingen mehr, keine Waldhüter, kein Wild zu schützen: Vielleicht waren die Wälder früher einmal besiedelt, aber die Natur hatte sie sich schon längst wieder zurückgeholt. Ich richtete mich auf. Ich hörte – wie mein Name gerufen wurde, obwohl es völlig still war im Wald.

Dann ging ich wieder zurück. Ich ließ mir Zeit, ich hatte keinen Grund zur Eile. *Ein Zauberort.* Ich dachte: Ich werde hinunter zum See gehen, und dann am Ufer entlang, quer über die Rasenflächen, und wenn ich über das Gras gehe, werde ich das Telefon klingeln hören. Dann werde ich zu laufen anfangen, obwohl es gar nicht nötig sein wird – denn es wird weiterklingeln. Ich werde aber trotzdem laufen, den Hang hinauf bis zum Haus und über die Terrasse. Ich sah auf meine Uhr. Ich rechnete mir die Entfernung aus. Ich glaubte: In zwanzig Minuten werde ich seine Stimme hören.

Doch ich hatte mich geirrt. Als ich aus dem Wald kam und ins Freie trat, als ich über den See und die Gärten blickte, sah ich an der anderen Seite des Wassers Frank stehen. Er war zu weit entfernt, als daß ich seine Gesichtszüge hätte erkennen können, aber er sah in meine Richtung.

Seine Hände hatte er tief in den Taschen seines Mantels vergraben. Er wartete.

Wie groß da die Entfernung zwischen uns war! Wie lange wir brauchten, um sie zu überwinden! Als ich auf seiner Seite ankam, war es halb acht an einem Herbstmorgen.

Ich berührte seine Hand und dann sein Gesicht. Er war ruhiger – ein bißchen ruhiger –, als ich es war. Es war acht, ich glaube, es war acht, als wir zusammen zum Haus zurückgingen.

»Wie kommt es«, sagte Frank, »daß ich die Briefe, die du mir schreibst, nie bekomme? Was stand denn drin?«

»Wenn du den Empfang, der zu deinen Ehren gegeben wird, einfach verläßt und durch die Hintertür verschwindest und in dein Auto steigst und meilenweit durch die Dunkelheit fährst und dann die halbe Nacht hier durch die Landschaft spazierst – hast du das wirklich getan?«

»Ja. Ich habe nachgedacht.«

»Dann kannst du meine Nachrichten nicht erhalten.«

»Oder ich erhalte sie doch. Aber indirekt. Was stand denn drin?«

»Nichts Wichtiges. Nichts, was jetzt noch von Bedeutung wäre. Nichts, was je wieder von Bedeutung sein könnte.«

»Bist du sicher?«

»Ganz sicher. Sie war sehr kurz. Ein Schachproblem.«

Frank blieb stehen. »Ich liebe dein Gedächtnis«, sagte er.

»Hast du mich bei dem Vortrag gesehen, Frank?«

»Nein. Aber ich wußte, daß du dort warst. Ich glaubte es zu wissen. Mitten im Satz verlor ich den Faden. Wenn ich gewußt hätte, daß du tatsächlich dort bist, hätte ich meine Notizen in alle vier Winde verstreut –«

»Du hattest keine Notizen. Du hast frei gesprochen.«

»Ich wäre vom Podium gestürmt und –«

»Und?«

»Ich hätte dieser außerordentlich erlesenen Zuhörerschaft etwas viel Besseres gezeigt, als ein Vortrag es tun kann. Eine Demonstration. Von einigen elementareren Formen der Biochemie.«

»Frank...«, sagte ich nach einer Pause mit warnender Stimme. »Du weißt doch, daß Wexton im Haus ist?«

»Nein, aber das spielt keine Rolle. Wexton ist ein taktvoller Mensch. Er wird sich unsichtbar machen. Hier draußen an der frischen Luft finde ich es ein bißchen zu kalt zum Küssen. Wollen wir hineingehen, ja? Außerdem möchte ich dir etwas zeigen.«

»Mir etwas zeigen?«

»Ja. Ein Geschenk. Eins, das für uns beide bestimmt war. Ich habe es noch nicht geöffnet. Es wurde letzte Nacht in meinem Hotel abgegeben. Keine Nachricht. Nur ein Aufkleber mit meinem Namen. Ich habe die Schrift erkannt.«

Ich erkannte die Handschrift ebenfalls. Eine kleine lederne Reisetasche, ein altmodisches Gepäckschild: *Dr. Frank Gerhard*. Die Buchstaben waren in dicken kräftigen Strichen; mit schwarzer Tinte.

Ich hob den Koffer hoch. Er war schwer. Ich sah Frank an. »Weißt du, was das ist?«

»Ich glaube, ich weiß es. Ja.«

»Ich auch. Sollen wir ihn öffnen?«

»Lieber später. Es eilt ja nicht.«

Wir öffneten ihn am nächsten Morgen, als wir im Salon in Winterscombe saßen. Wir stellten den Koffer auf den Teppich; wir machten ihn auf – und da waren sie, all unsere Briefe. Als wir den Deckel hochschlugen, fielen sie heraus und auf den Boden, all die alten, vergilbten Umschläge, die noch zugeklebt waren. Meine Handschrift, rund und ungeschliffen: Franks Handschrift, die europäisch war und noch immer ist. Amerikanische Briefmarken, englische Briefmarken, französische Briefmarken, deutsche Briefmarken. Wir zählten sie; sie waren alle da; nicht ein einziger fehlte.

Es war eine Geste, wie Frank später sagte, die Constances Stempel trug: Überraschung; Meinungsumschwung, ein gewisser Trotz. Was ich ebenfalls hätte erkennen müssen, war, daß es ein Abschied war, Constances letzter Auftritt auf der Bühne und ihre Art, den Vorhang vor einem Leben fallen zu lassen, in dem sie immer nur Starrollen gegeben hatte.

Ich glaube, Frank hat diesen Aspekt des Geschenks gleich erkannt, obwohl er es damals nicht gesagt hat. Ich aber habe ihn nicht gesehen: Ich war viel zu glücklich – und außerdem wußte ich jetzt, daß ich von Constance nichts mehr zu befürchten hatte.

Frank und ich haben in London geheiratet, mit dem zerknitterten Wexton als Brautführer und dem strahlenden Freddie und der triumphierenden Winnie als Trauzeugen. Es war November – heute, während ich dies schreibe, vor fast zwanzig Jahren –, ich erinnere mich noch sehr deutlich daran; mir kommt es, wie Constance sagen würde, so vor, als wäre es gestern gewesen.

Constance wartete: Das glaube ich auch heute noch, obwohl Frank sich nicht so sicher ist. Sie wartete, bis die Hochzeit tatsächlich stattgefunden hatte, und dann – als sie vielleicht nicht länger warten konnte – handelte sie.

Die Nachricht von ihrem Tod erreichte uns drei Wochen später. Ich erfuhr es nicht von einem Freund, sondern von einem unbekannten Reporter, dem schottischen Korrespondenten einer Londoner Zeitung, der auf der Suche nach einer Bestätigung für seine Story war.

Das hätte Constance gefallen, die das Indirekte so geliebt hatte. Es hätte ihr auch gefallen, daß die genauen Umstände ihres Todes nie geklärt wurden und daß man ihn schließlich als Unfall gedeutet hat. Constance war gestorben, wie sie gelebt hatte: von Spekulationen und Rätseln umgeben.

Jedenfalls ist das die offizielle Version ihres Todes, wie sie die Zeitungen, ihre Kollegen, Freunde, Liebhaber und Rivalinnen akzeptiert haben. Für mich war immer völlig klar, was geschehen war – aber ich hatte ja auch ihre Tagebücher gelesen.

Constance wählte für ihren Tod – und ich bezweifle keine Sekunde, daß sie sich entschlossen hatte, ihr letztes Geheimnis zu ergründen – jenen Ort, an dem sie ihre Flitterwochen verbracht hatte. Ich glaube, sie war bis zu ihrem Tod nie wieder dort gewesen.

Sollen wir in die Wildnis gehen? Constance war schon eine ganze Weile in diese Richtung gegangen: Als mich die Nachricht erreichte, begann ich es zu verstehen. Der genaue Zeitpunkt bleibt ihr Geheimnis, wie sie es sich zweifellos gewünscht hat. Aber warum *dann*? habe ich mich immer wieder gefragt – doch auf diese Frage gab es keine klare Antwort.

Manchmal denke ich, daß sich Constance seit Steenies Tod auf diese letzte Reise begeben hat; doch dann glaube ich wieder, daß sie sich schon viel früher auf den Weg gemacht hat, vielleicht schon nach dem Tod ihres Mannes. Manchmal habe ich das Gefühl, daß alles nur ein zufälliges Zusammentreffen war, die Symmetrie von Zahlen: Sie war achtunddreißig, als sie in mein Leben trat; ich war achtunddreißig, als sie sich von ihrem Leben trennte. Aber im großen und ganzen glaube ich, daß die einfachste Erklärung die wahrscheinlichste war: Genauso wie Constance früher manchmal um Mitternacht verkündete, daß sie am nächsten Morgen nach Europa fahren würde, genauso war sie eines Tages vielleicht aufgewacht, hatte mit den Fingern geschnalzt und gesagt: *Genug jetzt. Mal sehen, wie das ist: tot.*

Aber auch wenn ich die Wahl des Zeitpunkts nicht erklären kann, so weiß ich doch die Stationen ihrer letzten Reise.

Erster Halt: die Wohnung aus der Cocktail-Phase in der Park Avenue, an der sich seit Sterns Zeiten nichts geändert hatte und wo sie ihre Tagebücher für mich hinterlassen hatte. Danach einige Besuche, über die erst Wochen nach ihrem Tod Einzelheiten bekannt wurden. Ich weiß, daß sie die beiden Häuser in London, die sie und Stern früher einmal gemietet hatten, besuchte. Ich weiß, daß sie, auf der Suche nach Sterns Kindheit, sein Elternhaus in Whitechapel suchte. Als ich später ihre Schritte zurückverfolgte, fand auch ich das Haus und die bengalische Familie: Sie erkannten sie auf dem Foto wieder.

Ob sie in den Monaten, bevor sie in den Zug nach Schottland stieg, auf der Suche nach Stern war, weiß ich nicht. Aber ich glaube, daß sie – so wie ich es getan hatte – einen Teil ihrer Vergangenheit einkreiste, bevor sie ihr Lebewohl sagte. Und sie tat es mit Sicherheit allein: Dafür, daß sie jemand begleitet hätte, wurden nie Beweise gefunden. Ich mußte an ihren letzten Telefonanruf – von einem Bahnhof – denken. Ich glaubte zu wissen, wer ungeduldig geworden war, wie sie gesagt hatte, während sie telefonierte.

Vielleicht ist das die Wahrheit: Vielleicht denke ich mir manche Dinge nur aus und deute zuviel hinein in eine ganze Reihe von zufälligen Begebenheiten und Zusammentreffen. Aber am Ende ist sie dann doch in Sterns Wildnis gegangen. In dem roten pseudo-hochherrschaftlichen Sandsteinhaus blieb sie eine Woche, allein, nur mit einer älteren Haushälterin.

Am Ende dieser Woche, an einem klaren schönen Tag, bei völliger Windstille und Sonnenschein und eisiger Kälte, ging sie von dem Haus über den Pfad hinunter, der zu jenem schwarzen See führte, den sie immer so gehaßt hatte.

Er war mit dem Meer verbunden, unterlag den Gezeiten. Wie es schien, hatte sie den Zeitpunkt genauestens errechnet. Sie nahm eines der Boote, die dort am Ufer lagen, bis über die Wassermarke aufs Land gezogen, und sie muß selbst gerudert haben, oder sie hatte sich einfach hinaustreiben lassen, denn am späten Vormittag hatte sie ein Fischer in der Ferne im Boot sitzen sehen.

Am selben Tag, nachmittags, ging er mit seinem Hund auf demselben Weg zurück: Wieder sah er das Boot auf dem Wasser treiben; diesmal war es leer. Irgendwann zwischen elf und drei: Es war die Zeit der zurückgehenden Flut.

Als wir die Nachricht erhielten, flogen Frank und ich sofort nach Schottland. Ich ging zu dem Haus, das ich nur aus Constances Tagebüchern kannte. Wir sprachen mit der Haushälterin, dem Fischer, der Polizei, den Männern von der Wasserwacht. Am Nachmittag, als wir endlich allein waren, ging ich mit Frank über den Pfad hinunter zum See.

Ich sah zu den Bergen auf der gegenüberliegenden Seite, deren Gipfel sich in dem schwarzen Wasser spiegelten. Alles war genauso, wie Constance es beschrieben hatte: ein einsamer und wunderschöner Ort, aber kein Ort, um allein zu sein.

Bravour *und* Unerschrockenheit, finden Sie nicht? Das habe ich damals geglaubt, und das glaube ich noch immer. Frank und ich standen lange Zeit schweigend dort und sahen auf das Wasser. Eine übernatürliche Stille lag über dem Wasser, manchmal bewegte es sich, es hob und senkte sich wie die Flanken eines großen Tieres. Und wenn das geschah, dann verzogen sich die Bilder von den Bergen; sie zerbrachen, um sich neu zu formen.

Fünf Faden tief dein Vater schläft. Aber natürlich war das Wasser hier viele Faden tiefer, und es ging zum Meer hinaus. Ihr Körper wurde nie gefunden.

Vor zwei Jahren fuhr ich zum ersten Mal nach fast zwanzig Jahren wieder nach Winterscombe. Es war im Januar 1986. Unsere beiden Kinder – sie sind jetzt fast erwachsen – blieben in Amerika. Frank und ich reisten nach England. Für unseren Besuch gab es zwei Gründe, die Frank unterschiedlich einstufte. Der weniger wichtige Grund war beruflicher Art: Frank hielt einen Vortrag in der Royal Society, die ihn gerade zu ihrem Mitglied gemacht hatte. Der Hauptgrund war, wie er betonte, mein Onkel Freddie. Freddie hatte im vergangenen Sommer sein neunzigstes Lebensjahr erreicht – worauf er außerordentlich stolz war. Und wir wollten nachträglich seinen Geburtstag feiern. Aber wie? Freddies und Winnies Lebensfreude hatte nicht im geringsten abgenommen; es war schwierig, einen Geburtstag zu planen, der diesem glorreichen Ereignis gerecht wurde.

Welch ein stolzes Alter! Ein Essen in einem Restaurant oder ein Theaterbesuch schien für ein Paar, das mit achtzig zum Amazonas gereist war, ein wenig phantasielos. Ein Fest? Freddie, der fast alle seine Altersgenossen überlebt hatte, hatte für Feste nicht mehr viel übrig.

Als wir in London ankamen, hatten wir noch immer keine Lösung gefunden. Einigermaßen verzweifelt blätterte ich in Londons Veranstaltungskalender, überlegte, welches Musical Freddie wohl am besten gefallen würde. Frank blätterte in den Hochglanzbroschüren prächtiger Hotels, die in unserem Zimmer lagen. Frank, der die Übernachtung in derartigen Palästen möglichst vermied, fand sie trotzdem faszinierend. An diesem Abend stieß er beim Durchblättern der Broschüren plötzlich einen überraschten Schrei aus. Er schwenkte das Heft vor meinem Gesicht hin und her. Ich sah hinein: Winterscombe.

Nicht lange nach unserer Hochzeit hatte ich Winterscombe schließlich an zwei pädagogische Reformer verkauft, einen Mann und eine

Frau, die überzeugt waren, daß Winterscombe eine perfekte Ausgangsbasis darstellte, um von hier aus das britische Schulsystem zu revolutionieren. Ihre Reformen hatten nicht eingeschlagen: Wie ich erfuhr, hatten sie später an einen Pensionsfond weiterverkauft; der Pensionsfond verkaufte es dann, glaube ich, an einen Computermillionär, der das Haus als Firmensitz verwendete. Anscheinend schien sich Winterscombe in ungeahnter Weise an die Zeit und ihre veränderten Umstände anzupassen. Inzwischen hatte man es, wie es schien, in ein modisches Country-House-Hotel umgewandelt.

Ungläubig starrte ich auf die Fotos. Dies hier war Winterscombe und doch nicht. Ein amerikanischer Innenarchitekt, den ich gut kannte, hatte es großzügig restauriert. Er hatte es wieder zu einem herrlichen edwardianischen Landhaus gemacht – oder vielmehr zu dem, was man sich unter einem solchen Haus vorstellte –, hatte aber gleichzeitig jeden nur denkbaren modernen Luxus und jede Bequemlichkeit eingebaut. Der Keller war zu einem Swimmingpool und einer Sporthalle umfunktioniert worden, die die Cäsaren zufriedengestellt hätten. Der frühere Ballsaal war jetzt ein Restaurant. Die Renovierung des Billardzimmers hätte meinem Großvater bestimmt gefallen: viel großartiger als selbst in seinen Tagen – an jeder Wand blutrünstige Jagdszenen. Es gab einen Landeplatz für Hubschrauber, für geplagte Führungskräfte einen Joggingpfad rund um den See, kein Schlafzimmer ohne Himmelbett. Es war klug und absurd. Nein, nein, nein, sagte ich, du brauchst es gar nicht erst vorzuschlagen. Wir können Freddie und Winnie nicht dort hinbringen – sie würden es abscheulich finden.

Ich sollte mich irren. Am nächsten Tag warfen Freddie und Winnie in Little Venice nur einen einzigen Blick auf den Prospekt, und ich wußte: Es gefiel ihnen. Schweigend ergab ich mich in mein Schicksal: Ich war mir keineswegs so sicher, ob ich noch einmal nach Winterscombe wollte.

»Eine großartige Idee«, sagte Freddie.

»Wir sind ganz verrückt vor Freude«, bestätigte Winnie.

Frank reservierte für das darauffolgende Wochenende. Winnie ging zu ihrem aufgeräumten Schreibtisch und trug auf ihre gewohnt pedantische Art das Ereignis in ihren Kalender ein. Sie strahlte vor Aufregung. Ihre Wangen waren rot vor Freude.

»Freddie!« sagte sie. (Eigentlich schrie sie, denn Onkel Freddie war inzwischen ziemlich taub.) Winnie schwenkte den Kalender; Freddie hantierte an seinem Hörgerät. »Freddie – stell dir vor! Wir werden ihn von Winterscombe aus sehen können. Das ist ja großartig! An diesem Wochenende. Da ist er zu sehen. Es stand in der *Times*. Ich habe es mir extra notiert.«

»Was denn?« fragte Freddie. Das Hörgerät gab einen durchdringenden Ton von sich.

»Den Kometen!« erwiderte Winnie mit triumphierender Stimme. »Den Halleyschen Kometen. An diesem Wochenende ist er wieder zu sehen. Wir werden ihn sehen können. Wie aufregend! Das letzte Mal habe ich ihn verpaßt. Ich war mit meinem Papa auf Reisen. In Peking, glaube ich.«

»Das ist ja phantastisch«, sagte Freddie, als er diese Neuigkeit verarbeitet hatte. Er strahlte über das ganze Gesicht. »Zweimal in einem Leben. Und noch dazu von der gleichen Stelle aus. Ich wette, daß es nicht allzu viele Menschen gibt, die *das* von sich sagen können.«

Und so kehrten wir am nächsten Wochenende nach Winterscombe zurück. Freddie und Winnie waren auf Steenies Beerdigung zum letzten Mal dort gewesen. Frank und ich hatten es vor achtzehn Jahren, bevor wir endgültig nach Amerika fuhren, das letzte Mal gesehen.

In Wiltshire hatte sich die Landschaft, wie in so vielen Teilen Englands, verändert. Die langen Reihen mit Ulmen waren verschwunden; die Hecken zogen sich bis zur nächsten Stadt, die früher dreißig Meilen entfernt gewesen war und die sich Winterscombe jetzt bis auf sechs Meilen genähert hatte.

Wir fuhren durch hohe Tore, und einen Augenblick lang – als ich über den See und das Tal blickte und dahinter das Haus und die Gärten im weichen Licht des späten Winternachmittags sah – glaubte ich, es habe sich kaum verändert. Dann sah ich, daß es eine Illusion war. Winterscombe war jetzt ein Hotelbetrieb. Die Auffahrt war frisch geharkt; alle Furchen und Unebenheiten waren entfernt worden; es roch ein bißchen nach Unkrautvertilger. Ich glaube, man versuchte den Eindruck zu vermitteln, als bestünde das Personal aus Resten der alten Familie: Vor dem Haus wurde uns das Gepäck von einem Mann abgenommen, der ein Gewand trug, wie ich es seit vierzig Jahren nicht mehr gesehen hatte. Er war jung und flott: Er trug eine grüne Flanellschürze.

An der Rezeption begrüßte uns ein Mann, der wie ein Butler gekleidet war, mit vornehmer Zurückhaltung. Der Empfang bestand aus einem Spieltisch aus der Zeit Edwards VII. Bei der Anmeldung schrieb man sich in ein Gästebuch mit Ledereinband ein; die Zimmerschlüssel trugen Namen, keine Nummern. Wahrscheinlich gab es irgendwo Computer und andere technologische Hilfsmittel, aber sie waren gut versteckt. Oben waren die Läufer durch dicke Teppiche ersetzt worden. Ein Gast kam mit einem Fischernetz an uns vorbei und beklagte sich darüber, daß der Fluß verschmutzt sei. (Es war gar nicht Fangzeit.) Ein anderer kam uns mit einem tragbaren Telefon entgegen. Freddie und Winnie schienen die einzigen englischen Gäste zu sein: Alle anderen, wie auch Frank und ich, sprachen mit allen möglichen ausländischen Akzenten.

Als wir in unserem Schlafzimmer waren und der Mann mit der grünen Schürze gegangen war, sahen Frank und ich uns an.

Das Zimmer, ein früheres Gästezimmer, war riesig. Es wurde von einer der Himmelbettreproduktionen beherrscht. Die Fenster waren doppelt verglast, die Heizkörper glühend heiß, die Zimmertemperatur lag bei 24° Celsius. Die Möbel waren sorgsam ausgewählt und aufeinander abgestimmt. Die Bilder an den Wänden waren stilsicher und untadelig. Die Sesselbezüge paßten zu der Überdecke und den Vorhängen. Auf einer Kommode waren, symmetrisch angeordnet, zwei kleine Flaschen Sherry, ein Korb mit Obst in Folie, ein Strauß überarrangierter getrockneter Blumen und eine Karte für den 24-Stunden-Zimmerservice. Frank und ich mußten lachen.

»Was würde Maud wohl dazu sagen?« fragte Frank.

»Ich weiß genau, was Maud sagen und tun würde. Maud konnte ein ziemlicher Snob sein. Wenn sie hier wäre, wenn sie jetzt hier hereinkäme – weißt du, was sie dann als erstes tun würde?«

»Was?«

»Das.« Ich schlug die Steppdecke auf dem Bett zurück und legte meine Hand auf das Kopfkissen. »Sie würde sagen: ›O Victoria, das wird *nicht* genügen. Das ist Baumwolle, nicht Leinen.‹«

Als wir zum Dinner hinuntergingen, waren Freddie und Winnie schon in der Hotelhalle – einem früheren Salon – und warteten auf uns. Sie saßen auf einem roten Sofa mit Samtbezug vor einem großen Holzfeuer und zogen reihenweise neugierige Blicke auf sich.

Freddie trug ein sehr altes grünliches Dinnerjackett, das schon bessere Tage gesehen hatte. Winnie hatte ein bodenlanges Kleid an, das eigentlich nie in Mode gewesen sein konnte. Vorn auf ihrem gewaltigen Schlachtschiffbusen steckte eine pechschwarze Brosche von der Größe einer Untertasse. Sie hatte Lippenstift aufgelegt, was sie nur zu den allerwichtigsten Anlässen tat.

Ihre Gesichter sahen glücklich und amüsiert und erwartungsvoll aus.

»Meine Liebe, du würdest nie darauf kommen, wo sie uns einquartiert haben«, sagte Winnie mit extra leiser Stimme, die man bestimmt bis ans andere Ende des Gartens hören konnte. »Im Schlafzimmer des Königs, Vicky! Stell dir bloß mal vor!«

»Aber das ist noch nicht alles.« Freddie schaukelte vor Entzücken hin und her. »In dem Badezimmer – liegt ein Teppich! Hat man das heute in Hotels, ja? Ganz außergewöhnlich ist das.« Er machte eine Pause. »Ich habe zu Winnie gesagt: ›Was für eine Umgebung für einen Mord. Was wohl Inspektor Coote daraus machen würde?‹«

Im ehemaligen Ballsaal machten Freddie und Winnie dann zum ersten Mal Bekanntschaft mit den Vorzügen der Nouvelle cuisine.

»Du liebe Güte«, sagte Freddie, als man ihm ein kleines Kunstwerk aus drei verschieden gefärbten Moussesorten auf einer großen weißen Platte präsentierte. »Ist das alles, was man bekommt? Sieht ein bißchen aus wie Babynahrung. Was meinst du, Winnie? Ich scheine eine Rose auf dem Teller zu haben. Ist das wirklich eine Rose? Großer Gott – also, ich will verdammt sein – wenn das keine Tomate ist.«

Das Essen war in der Tat ausgezeichnet, und Freddie wurde mit jedem Gang, der aufgetragen wurde, mehr umgestimmt, obwohl er auch jetzt noch über das Fehlen *ordentlicher* Nahrung wie etwa Steak und Kidney lamentierte. Um halb zehn – das war die Zeit, zu der er und Winnie immer ins Bett gingen – trank Onkel Freddie seinen üblichen Whisky. Er klopfte sich mit der Miene eines Mannes, der einen lieben Freund begrüßt, auf seinen festen runden Bauch.

»Weißt du was«, sagte er in vertraulichem Ton zu Frank, »während des Krieges – des großen Krieges – brachte mich meine Mutter zu einem Arzt, einem sehr berühmten Mann: Der sagte, ich hätte ein schwaches Herz. Irgendwas von Klappen und Ventilen, die nicht richtig funktionierten – ich hab vergessen, was es war. Auf jeden Fall finde ich, wenn ich es recht bedenke, daß ich mich gar nicht so schlecht gehalten habe. Neunzig Jahre. Wie findest du das, Frank?«

»Ich denke«, erwiderte Frank, »daß wir mit dir und Winnie noch mal hierherkommen werden, zu deinem hundertsten Geburtstag, Freddie.«

Freddie wurde ganz rot im Gesicht. Er drückte Franks Hände, und dann – nachdem er sich wieder gefaßt hatte – schüttelte er sie kräftig.

»Du hast einen sehr netten Mann, Vicky«, sagte Winnie, als ich sie bis zum Fuß der Treppe begleitete. »Freddie und ich haben für dich eine gute Wahl getroffen, nicht wahr, Freddie?«

Langsam stiegen sie die Treppe zu ihrem Zimmer hinauf, mit der festen Absicht, wie Winnie sagte, den Kometen von ihrem Schlafzimmerfenster aus zu beobachten. Die Tatsache, daß es in dieser Nacht bewölkt war und man kaum etwas sehen konnte, machte für Winnie, die einen ungetrübten Optimismus besaß, keinen Unterschied. Ich glaube, sie erwartete, daß der Komet ihren Wünschen folgte und direkt vor ihrem Fenster langsam und gut erkennbar vorbeiziehen würde.

»Wird es Funken geben, Freddie?« fragte sie, als sie die Treppe halb hinauf waren.

»Ich kann mich nicht erinnern, Winnie. Ich glaube nicht, daß es Funken gibt.«

»Oh, aber ich hoffe, daß es welche gibt.« Winnies Stimme klang sehnsüchtig. »Eine Menge Funken und einen großen Schweif. Weißt du, was ich glaube, Freddie? Ich glaube, es wird ganz genauso aussehen wie eine fliegende Bombe – ja, ganz genauso! Wie eine Rakete, Freddie...«

»Wir werden ihn nicht sehen, weißt du«, sagte Frank eine Weile später mit Bedauern. Wir hatten unsere Mäntel angezogen und standen auf der Terrasse.

Melancholisch sah Frank hinauf in den Himmel.

»Man kann kaum den Mond sehen. Und ich sehe keinen einzigen Stern. Die einzige Möglichkeit, diesen Kometen heute nacht zu sehen, ist mit einem Radioteleskop.«

»Das macht doch nichts. Jedenfalls ist er da. Wir wissen, daß er da ist, auch wenn wir ihn nicht sehen können.«

»Ich schätze, ja.« Frank, der Wissenschaftler, schien nicht besonders überzeugt zu sein. »Ich hätte ihn gern einmal gesehen. Nur ein einziges Mal. Schließlich – alle sechsundsiebzig Jahre –, da werden wir nie wieder Gelegenheit haben, ihn zu sehen.«

»Aber vielleicht unsere Kinder – sie können ihn für uns beobachten.«

»Glaubst du?«

»Ja, fast glaube ich es. Denn ich habe das Gefühl, als würde ich ihn heute abend für all die Menschen sehen, die ihn das letzte Mal von hier aus beobachtet haben.«

»Machen wir einen Spaziergang.« Frank nahm meine Hand. »Sollen wir? Sollen wir... einen langen Spaziergang machen? Das würde ich gern tun. Ich möchte nicht wieder dort hinein.«

»Nein, ich auch nicht. Gehen wir. Ich würde gern einen Nachtspaziergang machen.«

Und so verließen wir die Terrasse; wir gingen auf dem Weg zum See. Zuerst gingen wir nebeneinander; dann – wie so oft, wenn wir zusammen spazierengingen – ging Frank vor. Das störte keinen von uns: Frank hatte einen suchenden Schritt; er beschleunigte gern bis zur nächsten Biegung oder bis zur nächsten Anhöhe. Ich ging gern etwas langsamer, drehte mich manchmal um und sah zurück.

Auf dem See waren noch Schwäne – aber weiße. Wir sahen ihnen zu, wie sie aus der Dunkelheit auftauchten – schweigend, wie wunderschöne Geister, der Spalt zwischen ihren Flügeln so schwarz wie Ebenholz.

Wir gingen weiter. Ich blickte zu den Wolken auf, die über den Mond flogen. Ich beobachtete, wie sich die Bäume bewegten. Die Luft war feucht auf der Haut. Voller Zuneigung dachte ich an die Toten. Ich dachte an jene, die vor noch gar nicht so langer Zeit gestorben waren: Wexton und, ein paar Jahre vor ihm, Jenna – Jenna, die ich ein paar Jahre nach meiner Hochzeit mit ihrer neuen Familie aufgespürt hatte. Jenna hatte am Ende doch noch ihr Glück gefunden, und darüber war ich froh.

»Nicht durch den Wald«, rief Frank, als wir in seine Nähe kamen.

»Nein, nicht durch den Wald. Sollen wir den Weg dort gehen?«

»Wo führt er hin?«

»Wir sind ihn schon einmal gegangen, mit Freddies Hunden. Er geht immer weiter, viele Meilen. Aus dem Tal heraus und hinauf auf die Ebene. Er führt bis zu dem Kreis – weiter vielleicht. Als wir damals dort hinaufgegangen sind, haben wir oben angehalten, auf dem Hügel.«

»Der Kreis? Der Kreis aus Steinen? Den habe ich nie gesehen. Wie weit ist es bis dort?«

»Vier Meilen. Vielleicht fünf.«

»Sollen wir? Ich möchte heute nacht weit gehen. Immer weiter und weiter, ohne anzuhalten.«

Und so gingen wir weiter. Es war ein breiter Weg, deutlich zu erkennen. Der Mond war gerade hell genug, um uns seinen Verlauf zu zeigen, der sich vor uns hinaufwand, heraus aus dem Tal, in dem Winterscombe lag, bis hinauf in die rauhere Umgebung.

Während wir weitergingen, wurde der Wind immer stärker. Zuerst kam der Polarstern heraus; dann nach und nach die vertrauten Sternbilder. Ich dachte: Cassiopeia, Orion, die Zwillingssterne Castor und Pollux. Vielleicht beschloß ich in diesem Augenblick, die Geschichte von meinen Eltern und Constance aufzuschreiben.

»Wenn ich es aufschreiben würde, Frank –«

»Winterscombe?«

»Ja. Winterscombe. Wo soll ich dann beginnen?«

»Oh, das weiß ich. Das ist leicht. Mit dem Wahrsager.«

»Mit dem Wahrsager? Und warum?«

»Na ja, ich glaube, du solltest mit Zauberei beginnen.«

»Warum Zauberei?«

»Wegen all der anderen Zaubereien natürlich. War nicht Zauberei im Spiel, als Constance krank war und dann wieder gesund wurde? Und schließlich auch, als dein Vater wieder gesund wurde? Und was geschah mit deiner Mutter in diesen Höhlen? Was war es, was ich dort drüben, in dem Wald, gespürt habe? All diese Dinge haben mit Zauberei zu tun. Also mußt du mit Zauberei beginnen. Fang mit dem Wahrsager an.«

»Glaubst du an Wunder?«

»Gewiß.«

»Obwohl du ein Wissenschaftler bist?«

»Vielleicht *weil* ich ein Wissenschaftler bin. Und wenn du auf uns zu sprechen kommst –«, er machte eine Pause, »– dann vergiß nicht die Arithmetik zu erwähnen...«

Ich lächelte. Frank ging voraus. Auf der Kuppe blieb er stehen. Ich ging weiter, und als ich auch oben angekommen war, streckte er seine Hand nach mir aus.

»Sieh zuerst hier in diese Richtung.«

Ich drehte mich um und sah zurück, wo Winterscombe lag. Das Mondlicht war jetzt heller, die Sicht klarer. Ich konnte die Mulde des Tals sehen, den Verlauf des Flusses, der zum See führte und sich verbreiterte, den schützenden Waldgürtel und den großen Koloß des Hauses, seine schwarzen Dächer, seine Erker, seine Türmchen, seine Fensterreihen und seine Lichter.

»Und jetzt dorthin.«

Er drehte mich um, so daß ich in die andere Richtung sah. Ich hielt den Atem an. Dort, am Fuß der kahlen und baumlosen Hügel, war das Monument. Ein riesiger einsamer Kreis aus Steinen, ein prähistorischer Ort: Die Steine waren im Mondlicht so weiß wie Knochen.

Hinter den Pfeilern mit ihren riesigen Knäufen türmten sich die Wolken am Horizont, der Himmel über ihnen war klar. Ich bemerkte, daß die Wolken von Licht umrandet waren: Ihre Ausläufer waren ausgefranst, verschwommen, in ständiger Bewegung; sie ballten sich zusammen, trennten sich, waren von einer unirdischen schwefligen Helligkeit durchdrungen.

»Ist das der Komet, Frank?«

»Ich bin mir nicht sicher.«

»Ich hätte nie gedacht, daß er so aussehen würde.«

»Ich auch nicht.«

Wir blickten noch eine Weile in den Himmel. Der Mond stieg auf, und während sein Licht stärker wurde, wurde die Farbe der Wolken immer schwächer. Was braun gewesen war, verblaßte zu schimmerndem Silber, wurde dann grau und schließlich schwarz.

»Sieh uns an. Wie klein wir sind.«

Frank sah zu den geschwungenen Hügeln.

»Klein – und groß. Beides auf einmal. Fühlst du das?«

»Ja. Ich fühle es.«

»Ich möchte dort hinuntergehen. Bis ganz nach unten.« Er deutete auf das Monument. »Ich möchte heute nacht dort stehen, mitten in dem Kreis. Mit dir.«

Mit schnellen Schritten ging er den Hügel hinunter. Ich sah ein letztes Mal zurück zu den Lichtern von Winterscombe, dem Tal, das es umschloß. Frank drehte sich um; er wartete auf mich.

Ich lief den Hügel hinunter, um bei ihm zu sein. Wieder nahm er meine Hand, und dann gingen wir Hand in Hand durch den Wind hinunter zu dem Kreis aus Steinen.

Sandra Brown

Die Zeugin
Roman. 530 Seiten

**Auf der Flucht: eine Frau und ihr Baby.
Ihre Verfolger: eine Gruppe
rachsüchtiger Männer und das FBI.
Ein Alptraum,
der wie ein Märchen begann ...**

In diesem grandiosen Psychothriller über eine Frau in tödlicher Gefahr entfaltet Sandra Brown meisterhaft ihr Puzzle aus raffinierten Rückblenden und subtilen Andeutungen – Hochspannung von der ersten Seite bis zum explosiven Schluß.

»Sandra Browns aufregendster Roman!«
(USA Today)

Blanvalet

Ausgewählte Belletristik bei Blanvalet

Bernard Cornwell
Der Schattenfürst
Roman. 544 Seiten

Clive Cussler
Schockwelle
Roman. 608 Seiten

Diana Gabaldon
Ferne Ufer
Roman. 1088 Seiten

Elizabeth George
Denn sie betrügt man nicht
Roman. 704 Seiten

Charlotte Link
Das Haus der Schwestern
Roman. 608 Seiten

Ruth Rendell
Die Herzensgabe
Roman. 416 Seiten